일제강점 초기
일본어 민간신문 문예물 목록집

경성·인천 편

일본학 총서 36
일제강점 초기 한반도 간행 일본어 민간신문의 문예물 연구 1

일제강점 초기
일본어 민간신문 문예물 목록집

경성·인천 편

고려대학교 글로벌일본연구원
일제강점 초기 한반도 간행 일본어 민간신문의 문예물 연구 사업팀

간행사

이『일제강점 초기 일본어 민간신문 문예물 목록집』(전3권)은 1876년 강화도 조약 체결 이후부터 1920년 12월 31일까지 한반도에서 발행한 일본어 민간신문 중 현재 실물이 확인되는 20종의 일본어 민간신문에 게재된 문예물을 신문별로 목록화한 것이다. 이 목록집은 2016년부터 2019년까지 한국연구재단의 일반공동연구 과제의 지원을 받아 수행한 연구 성과를 담은 결과물이다.

강화도 조약 체결 이후 수많은 일본인들이 한반도로 건너와 이주하였고 그들은 정보 교환과 자신들의 권익 주장을 목적으로 한반도 내 개항 거류지를 비롯해서 각 지역에서 일본어 민간신문을 발행하였다. 이들 민간신문은 당국의 식민정책을 위에서 아래로 전달하기 위해서 발행한 『경성일보(京城日報)』나『매일신보(每日申報)』와 같은 통감부나 조선총독부의 기관지와는 달리 실제 조선에서 생활하던 재조일본인들이 자신들의 필요에 의해서 창간한 신문들이었다. 예를 들어 조선총독부의 온건한 식민지 정책에 만족하지 못하여 강경파 정치단체의 도움을 받아 신문 창간에 이른 경우도 있으나 대부분 실업에 종사한 재조일본인들이 자신들의 정보 교환, 권인 주장, 오락 제공 등의 필요와 이익을 위해서 신문 창간에 이르렀다. 이렇듯 자신들의 권익을 위해서 창간된 일본어 민간신문은 재조일본인들의 정치·경제·문화 활동, 생활 상황, 일본 혹은 조선에 대한 그들의 인식을 여실히 보여주고 있고 지역 신문의 성격이 강했기 때문에 일본인을 중심으로 한 그 지역 사회의 동향을 살필 수 있는 중요한 자료라 할 수 있다.

이렇듯 일제강점기에 한반도에서 발행된 일본어 민간신문은 식민지의 실상을 파악할 수 있는 중요한 사료라 할 수 있지만 신문들이 산재해 있고 보존 상태가 열악하여 연구 축적이 많이 이루어지지 않은 것이 실상이다. 따라서 본〈일제강점 초기 한반도 간행 일본어 민간신문의 문예물 연구〉사업팀은 현존하는 일본어 민간신문의 조사, 발굴, 수집에 힘을 썼고, 목록집 작성을 위해서 한국교회사문헌연구원과 한국통계서적센터에서 간행한 일본어 민간신문의 영인본, 한국사데이터베이스에서 제공하고 있는 디지털 원문, 일본 국립국회도서관과 일본 도쿄대학(東京大學)의 메이지신문잡지문고(明治新聞雜誌文庫)가 소장하고 있는 마이크로필름 등을 활용하였다.

이 목록집은 1920년 이전까지의 일본어 민간신문으로 목록화 대상 시기를 한정하고 있는데 이는 제한적인 사업 기간 내에 내실 있는 연구 수행을 위한 현실적인 실현 가능성을 고려한 점도 있으나 그보다는 기존의 식민지기 일본어문학·문화 연구의 시기적 불균형 현상을 보완하기 위해서 대상 시기를 일제강점 초기로 집중하였다. 2000년대 이후 한국에서는 일제강점기 재조일본인 연구 및 재조일본인 문학, 한국인 작가의 이중언어문학 작품의 발굴과 분석 등에 관한 연구가 활발히 이루어졌는데 이들 연구는 주로 총독부가 통치정책을 문화정책으로 전환하여 조선 내 언론·문화·문학 등이 다양한 양상을 보이기 시작한 1920년대 이후, 또는 중일전쟁 이후 국민문학, 친일문학이 문학과 문화계를 점철한 1937년 이후부터 해방 이전까지의 연구들이 주를 이루고 있다. 때문에 상대적으로 강화도 조약 이후부터 1920년까지 한반도 내 일본어문학·문화에 대한 연구는 많지 않으며, 또한 일제강점기 초기의 일본어 문학·문화 연구의 경우도 단행본, 잡지 혹은 총독부 기관지 연구에 편중되어 있다. 따라서 본 목록집의 간행을 통해 현재 특정 매체와 시기에 집중되어 있는 식민지기 일본어문학·문화 연구의 불균형 현상을 해소하는데 일조할 수 있을 것이라 기대하고 있다.

이 『일제강점 초기 일본어 민간신문 문예물 목록집』은 1876년부터 1920년까지 한반도에서 발행한 일본어 민간신문의 기사 중에서도 운문, 산문, 수필, 희곡 등의 문예물에 관한 정보를 목록화 한 것이다. 이들 일본어 민간신문에 게재된 문예물들은 일본 본토에 거주하던 일본인 작가의 작품이나 기고문도 다수 있으나 대부분이 한반도에 거주하던 기자, 작가, 일반 재조일본인의 창작물들이 다수이다. 이들 신문 문예물을 통해서 일본어문학·문예의 한반도로의 유입과 그 과정에 작용하고 있는 제반 상황 등을 통해서 일본어문학·문예의 이동, 변용, 정착 등 과경(跨境) 현상을 파악할 수 있는 토대 자료가 될 것이다. 신문의 문예물이란 기본적으로 불특정 다수의 독자들에게 읽는 즐거움을 제공하여 신문 구독을 유도하고 연재소설을 통해서 신문 구독을 유지하기 위한 역할을 하고 있다. 일본어 민간신문의 독자들을 한반도에 거주한 재조일본인들이고 이들 민간신문의 문예물을 통해서 그들의 리터러시 정도와 문예에 대한 인식, 선호 등 문예물 수용자, 독자에 관한 고찰과 함께 신문 미디어의 역학이 식민지 상황에서 어떻게 작용하였는지도 파악할 수 있을 것으로 기대한다.

『일제강점 초기 일본어 민간신문 문예물 목록집』은 총 3권으로 구성하였고 지역별로 나누어 분권하였다. 제1권은 경성에서 발행한 『대한일보(大韓日報)』, 『대동신보(大東新報)』, 『경성신보(京城新報)』, 『경성약보(京城藥報)』, 『용산일지출신문(龍山日之出新聞)』, 『법정신문(法廷新聞)』, 『경성일일신문(京城日日新聞)』과 인천에서 발행한 『조선신보(朝鮮新報)』, 『조선신문(朝鮮新聞)』의 문예물 목록을, 제2권은 1권에 이어 인천에서 발행한 『조선신문』, 『조선일일신문(朝鮮日日新

聞)』의 문예물 목록을, 제3권은 부산에서 발행한 『조선신보(朝鮮新報)』, 『조선시보(朝鮮時報)』, 『조선일보(朝鮮日報)』, 『부산일보(釜山日報)』와 대구에서 발행한 『조선(朝鮮)』과 평양에서 발행한 『평양신보(平壤新報)』, 『평양일일신문(平壤日日新聞)』 그리고 신의주에서 발행한 『평안일보(平安日報)』의 문예물 목록을 수록하였다. 제3권 권말에는 각 신문에 대한 해제를 수록하였다. 이들 민간신문사들은 1941년의 '일도일지 정책(一道一紙政策)' 이전에도 열악한 재정 상태 등의 이유로 발행주가 자주 바뀌었고 그때마다 제호를 변경하는 경우도 다수 있어 해제에서 신문 제호 변경 경위와 창간 배경, 성향 등을 정리하였다.

이 목록집의 체재는 각 신문에서 발췌한 문예물들의 발행 날짜, 게재면, 게재단, 작품명, 작가 이름, 역자 이름과 같은 기본 정보를 표기하고, 장르는 대분류와 하위분류로 나누어 기재하는 방식으로 구축하였다. 작품명은 한국어역을 병기하였으나 작가나 역자 등의 인명은 대부분 필명이거나 현재 인물정보가 파악되지 않는 아마추어 작가, 기자, 일반인의 경우가 많아 정확하지 않은 음독으로 인한 오류를 회피하기 위해서 신문에 기재된 원문만 표기하였다. 또한 일제강점 초기 민간신문에는 사소한 오기, 오식, 연재물의 횟수 오류 등을 산견할 수 있는데 이러한 오류를 비고란에서 정정하였다.

이 목록집이 기존의 '한국문학·문화사', '일본문학·문화사'의 사각지대에 있던 일제강점기 일본어문학 연구의 공백을 채우고 불균형한 연구 동향을 보완해서 일제강점기 일본어문학의 전체상을 파악하기 위한 종합적이고 체계적인 연구의 초석이 될 것이라 믿는다. 또한 이 목록집이 앞으로 일본과 한반도 사이에서 일어난 사람·제도·문화의 교류 양상을 정확하게 파악하고 규명한 연구의 활성화에 기여할 수 있기를 바란다.

마지막으로 이 『일제강점 초기 일본어 민간신문 문예물 목록집』이 한국에서 처음으로 간행될 수 있도록 지원해 준 한국연구재단의 일반공동연구지원사업단에 감사의 뜻을 전한다. 그리고 본 연구팀이 무사히 연구를 수행할 수 있도록 많은 편의를 봐주신 고려대학교 글로벌일본연구원의 서승원 전 원장님과 정병호 원장님께 감사의 말씀을 전한다. 그리고 한 글자 한 글자 판독하기 어려운 옛 신문을 상대로 사업기간 내내 고군분투하며 애써주신 본 연구팀의 이현희, 김보현, 이윤지, 김인아 연구교수님들, 많은 힘이 되어주시고 사업 수행을 끝까지 함께 해주신 김효순, 이승신 공동연구원 선생님들, 그리고 항상 든든한 연구보조원 소리마치 마스미 씨에게도 진심으로 감사의 뜻을 표하고 싶다. 그리고 이 목록집 간행을 맡아 주신 보고사와 꼼꼼하게 편집해주신 박현정 부장님과 황효은 과장님께도 감사의 말씀을 전하는 바이다.

2020년 4월

유재진

일러두기

1. 본 목록집은 일제강점 초기에 한반도에서 발간되었던 20종의 일본어 민간신문에 연재 및 게재된 문학작품 목록을 수록하였다. 이 중 한국어 특집호에 게재된 작품은 제외하고 일본어 작품만 정리한다.

2. 본 목록집에 수록된 신문의 배열은 발행지를 기준으로 경성, 인천, 부산 그 외의 지역 순서로 하여 제1권 〈경성·인천 편〉, 제2권 〈인천 편〉, 제3권 〈부산 및 기타지역 편〉으로 나누었다. 각 권에 수록한 신문의 순서는 발간일자 순으로 정리한다.

3. 본 목록집에 수록된 문학작품의 장르는 다음과 같으며, 대분류와 하위분류로 나누어서 표기한다.

   (1) 산문의 대분류는 소설, 수필, 고단(講談), 민속, 라쿠고(落語)이다.
      ① 소설의 하위분류는 일본소설, 고전소설, 동화, 한국고전, 번역소설 등이 있다.
      ② 수필의 하위분류는 서간, 평판기, 평론, 기행, 일상, 일기, 비평, 일반, 관찰, 기타 등이 있다.
      ③ 민속의 하위분류에는 민요(조선)가 있다.
      ④ 고단과 라쿠고의 하위분류는 없다.
   (2) 운문의 대분류는 시가(詩歌)이다.
      ① 하위분류로 단카(短歌), 교카(狂歌), 속곡(俗曲), 도도이쓰(都々逸), 신체시(新體詩), 하이쿠(俳句), 한시, 센류(川柳), 나니와부시(浪花節), 민요, 랏파부시(ラッパ節), 사노사부시(サノサ節), 하우타(端唄), 기타 등이 있다.
   (3) 광고의 대분류는 광고이다.
      ① 하위분류로 연재예고, 원고모집, 신간발매, 휴재 안내, 모임 안내 등이 있다.

4. 표기법
   (1) 본 목록집의 한자는 원문대로 표기한다.
   (2) 원문의 오류는 그대로 표기하고, 오류임을 명기한다.
   (3) 외래어 표기는 국립국어원의 표기법에 준한다.

5. 본 목록집의 분류 항목은 다음과 같다.

(1) 작품 목록은 날짜별로 구분하여 수록하였으며, 동일 날짜에 특별호, 지역판, 부록 등이 있는 경우에는 별도로 나누어서 수록한다.

(2) 신문의 발행 연월일, 요일, 호수를 상단에 기재한다.

(3) 작품에 대한 정보는 ①지면 ②단수 ③기획 ④기사 제목 〈회수〉 [곡수] ⑤ 필자(저자/역자) ⑥분류 ⑦비고로 구분한다.

① 지면에는 작품이 수록된 신문의 지면을 표기한다.

② 단수에는 작품이 수록된 지면에서 작품이 위치한 단수를 표기한다.

③ 기획에는 작품의 수록에 있어서 신문에 표기되어 있는 특집, 장르의 명칭을 표기한다.

④ 기사 제목에는 작품명, 시가의 제재명 등을 기록하고, 작품의 회수와 시가의 곡수를 아라비아 숫자로 병기한다.

⑤ 필자에는 저자나 역자를 표기한다.

⑥ 분류에는 작품의 장르를 대분류와 하위분류로 나누어 병기한다.

⑦ 비고에는 연재 작품의 회수 오류, 표기 오류, 면수 오류, 한자 판독 불가 및 그 외 기타 사항을 표기한다.

⑧ 신문의 연월일, 요일, 발행 호수의 오류는 상단의 신문 호수 오른쪽 끝에 표기한다.

7. 본문 내의 부호 및 기호의 표기 원칙은 다음과 같다.

(1) 작품의 연재 회수는 〈 〉로 표기한다.

(2) 시가의 작품 편수는 [ ]로 표기한다.

(3) 판독 불가능한 글자는 #로 표기한다. (예) 松浦#村

(4) 장르의 대분류와 하위분류는 /로 나누어서 표기한다. (예) 시가/하이쿠

(5) 『일제강점 초기 일본어 민간신문 문예물 번역집』(총 4권)에 수록된 작품의 경우 제목 앞에 다음과 같이 별도 표시를 한다.

① 전문이 번역 수록된 경우 ★

② 작품의 일부분만이 번역 수록된 경우 ☆

(6) 그 외의 기호는 원문에 준하여 표기한다.

목차

간행사 — 5

일러두기 — 8

경성

대한일보(大韓日報) —— 15

대동신보(大東新報) —— 15

경성신보(京城新報) —— 15

경성신문(京城新聞) —— 51

경성신보(京城新報) —— 90

경성약보(京城藥報) —— 307

용산일지출신문(龍山日之出新聞) —— 309

법정신문(法政新聞) —— 312

경성일일신문(京城日日新聞) —— 312

인천

조선신보(朝鮮新報) —— 329

조선신문(朝鮮新聞) —— 484

전체 목차

목록집 1권

[경성]   대한일보(大韓日報)

대동신보(大東新報)

경성신보(京城新報)

경성신문(京城新聞)

경성신보(京城新報)

경성약보(京城藥報)

용산일지출신문(龍山日之出新聞)

법정신문(法政新聞)

경성일일신문(京城日日新聞)

[인천]   조선신보(朝鮮新報)

조선신문(朝鮮新聞)

목록집 2권

[인천]   조선신문(朝鮮新聞)

조선일일신문(朝鮮日日新聞)

목록집 3권

[부산]   조선신보(朝鮮新報)

조선시보(朝鮮時報)

조선일보(朝鮮日報)

부산일보(釜山日報)

[대구]   조선(朝鮮)

[평양]   평양신보(平壤新報)

평양일일신문(平壤日日新聞)

[신의주]   평안일보(平安日報)

일제강점 초기 일본어 민간신문 해제

경성

대한일보

지면	단수	기획	기사제목 〈회수〉〔곡수〕	필자/저자(역자)	분류	비고
1907년 08월 27일 (화) 966호						
면수 불명	6		韓皇即位式を祝ひて 〔2〕 한황 즉위식을 축하하며	藤原公緯	시가/단카	
면수 불명	6~7		大鹽一代記 〈23〉 오시오 일대기	在東都 空坂生	고단	
3	1~2		★東雲畵堂を訪ふ(上) 〈1〉 동운화당을 방문하다(상)	花葉生	수필/일상	

대동신보

지면	단수	기획	기사제목 〈회수〉〔곡수〕	필자/저자(역자)	분류	비고
1906년 02월 16일 (금) 532호						
1	5~6	小說	★お天馬列傳 왈가닥 열전	伊藤政女	소설	
1906년 02월 16일 (금) 평양 부록 5호						
1	2	文苑	★俳句の連歌/大凧之卷(祝章冠讀込) 〔1〕 하이쿠노렌가/커다란 연에 대하여(축장관 요미코미)	香夢圍梅烏 獨吟	시가/렌가	

경성신보 1907.11.~1908.06.

지면	단수	기획	기사제목 〈회수〉〔곡수〕	필자/저자(역자)	분류	비고
1907년 11월 03일 (일) 1호						
1	4~6		一年雜記 일년 잡기	星樓山人	수필/일상	
1	6	文苑	天長節 〔5〕 천장절	升屋生	시가/단카	
1	6	文苑	★韓國に在りて天長節をほきまつる 〔1〕 한국에서 천장절을 축하하다	玉井南軒	시가/단카	
1	6~7		飾の爲に裸となりし王さまの話 겉치레 때문에 벌거벗은 임금님 이야기	鳥有道人	소설/동화	
1907년 11월 03일 (일) 1호 第三						
2	7		菊のながめ 〔5〕 국화를 바라보며	在京城 梅雪	시가·수필/ 하이쿠·비평	
1907년 11월 03일 (일) 1호 第四						
1	1~2		漢城一週の記 한성 일주 기록	長風生	수필/기행	
1	2		秋の賑ひ 가을의 넉넉함	信天翁	수필/일상	
1	2	俳句	(제목없음) 〔9〕	南軒	시가/하이쿠	

지면	단수	기획	기사제목 〈회수〉〔곡수〕	필자/저자(역자)	분류	비고
3	1~2	講談	江戸俠客 幡隨院長兵衛 〈1〉 에도 협객 반즈이인 조베에	桃川實	고단	

1907년 11월 03일 (일) 1호 第五

지면	단수	기획	기사제목 〈회수〉〔곡수〕	필자/저자(역자)	분류	비고
1	4		戰場の天長節 전장의 천장절	小#逸史	수필/일상	
3	1~3		韓國の昔噺 한국의 옛날이야기	濤畝山人	민속	

1907년 11월 10일 (일) 2호

지면	단수	기획	기사제목 〈회수〉〔곡수〕	필자/저자(역자)	분류	비고
1	1~2		一年雜記/置土産(上) 〈1〉 일년 잡기/고별 선물(상)	對星樓山人	수필/일상	
1	6	文苑	親水 〔1〕 친수	玉井南軒	시가/단카	
1	6	文苑	★京城孤兒院の孤兒を見て 〔1〕 경성 고아원의 고아를 보고	玉井南軒	시가/단카	
1	6	文苑	人より細々と文ありければ 〔1〕 다른 사람으로부터 세세한 글을 받고	玉井南軒	시가/단카	
1	6	文苑	ふる里の友よりつれなき便をきゝて 〔1〕 고향 친구로부터 박정한 소식을 듣고	玉井南軒	시가/단카	
1	6	文苑	父上の元に置きし我子の愛らしくなれりときゝて、母上へ參らせ待る 〔1〕 아버님 곁에 있는 내 자식이 귀여워졌다고 들어 어머님께 가게 하다	玉井南軒	시가/단카	
1	6	文苑	さまゞゝの人に交る者は自ら戒めよ 〔1〕 다양한 사람과 어울리는 사람은 스스로 경계하라	玉井南軒	시가/단카	
1	6~7	講談	無筆 〈1〉 문맹	柳家小さん	고단	

1907년 11월 12일 (화) 3호

지면	단수	기획	기사제목 〈회수〉〔곡수〕	필자/저자(역자)	분류	비고
1	5	文苑	佳羅丹之幾/紅葉 〔1〕 가라니시키/단풍	玉井南軒	시가/단카	
1	5	文苑	佳羅丹之幾/紅葉如錦 〔1〕 가라니시키/단풍처럼 고운 비단	玉井南軒	시가/단카	
1	5~7	小說	絃のみだれ 〈1〉 흐트러진 현	永井櫻國	소설/일본	
2	1~2		一年雜記/置土産(上)/李兄弟時代と後時代(上) 〈1〉 일년 잡기/고별 선물(상)/이씨 형제 전시대와 후시대(상)	對星樓山人	수필/일상	회수 오류

1907년 11월 13일 (수) 4호

지면	단수	기획	기사제목 〈회수〉〔곡수〕	필자/저자(역자)	분류	비고
1	3	文苑	佳羅丹之幾/炭竈 〔1〕 가라니시키/숯가마	玉井南軒	시가/단카	
1	3	文苑	佳羅丹之幾/男の琴に妙なるを見て 〔1〕 가라니시키/거문고에 뛰어난 남자를 보고	玉井南軒	시가/단카	
1	3	文苑	佳羅丹之幾/朝寢をいましむ 〔1〕 가라니시키/아침잠을 경계하다	玉井南軒	시가/단카	
1	3	文苑	佳羅丹之幾/心おほき女に寄する 〔1〕 가라니시키/마음 넓은 여성에게 보내다	玉井南軒	시가/단카	
1	3	文苑	佳羅丹之幾/戀になやめる女をみて 〔1〕 가라니시키/사랑으로 고민하는 여성을 보고	玉井南軒	시가/단카	
1	3	文苑	佳羅丹之幾/わたましせる友に 〔1〕 가라니시키/이사하는 벗에게	玉井南軒	시가/단카	
1	3	文苑	佳羅丹之幾/偶感 〔1〕 가라니시키/문득 떠오른 생각	玉井南軒	시가/단카	

지면	단수	기획	기사제목 〈회수〉〔곡수〕	필자/저자(역자)	분류	비고
1	3~5	小說	絃のみだれ 〈2〉 흐트러진 현	永井櫻國	소설/일본	

1907년 11월 14일 (목) 5호

지면	단수	기획	기사제목 〈회수〉〔곡수〕	필자/저자(역자)	분류	비고
1	4	文苑	佳羅丹之幾/懋 〔1〕 가라니시키/사랑	玉井南軒	시가/단카	
1	4	文苑	佳羅丹之幾/言志 〔1〕 가라니시키/언지	玉井南軒	시가/단카	
1	4	文苑	佳羅丹之幾/烏 〔1〕 가라니시키/까마귀	玉井南軒	시가/단카	
1	4~5	新報俳壇	冬雜詠 〔8〕 겨울-잡영	牛人	시가/하이쿠	
1	5~6	小說	絃のみだれ 〈3〉 흐트러진 현	永井櫻國	소설/일본	
3	1		孤島在住 日本婦人の書簡 고도 재주 일본 부인의 서간	武藤いし	수필/서간	
3	1~2		紅筆日誌 홍필일지	見返り柳	수필/일기	

1907년 11월 15일 (금) 6호

지면	단수	기획	기사제목 〈회수〉〔곡수〕	필자/저자(역자)	분류	비고
1	4		牛庵雜記 〈1〉〔3〕 규안 잡기	黑法師	수필·시가/ 일상·하이쿠	
1	5~6	小說	絃のみだれ 〈4〉 흐트러진 현	永井櫻國	소설/일본	

1907년 11월 16일 (토) 7호

지면	단수	기획	기사제목 〈회수〉〔곡수〕	필자/저자(역자)	분류	비고
1	5~6	小說	絃のみだれ 〈5〉 흐트러진 현	永井櫻國	소설/일본	
3	1	雜報	紅筆日誌 홍필일지	見返り柳	수필/일기	

1907년 11월 17일 (일) 8호

지면	단수	기획	기사제목 〈회수〉〔곡수〕	필자/저자(역자)	분류	비고
1	4	文苑	佳羅丹之幾/寄帶懋 〔1〕 가라니시키/오비에 빗댄 연정	玉井南軒	시가/단카	
1	4	文苑	佳羅丹之幾/遊女の帶によせて 〔1〕 가라니시키/유녀의 오비에 빗대어	玉井南軒	시가/단카	
1	4	文苑	佳羅丹之幾/待ても逢へざる懋 〔1〕 가라니시키/기다려도 만날 수 없는 사랑	玉井南軒	시가/단카	
1	5~6	小說	絃のみだれ 〈6〉 흐트러진 현	永井櫻國	소설/일본	

1907년 11월 19일 (화) 9호

지면	단수	기획	기사제목 〈회수〉〔곡수〕	필자/저자(역자)	분류	비고
1	1		一年雜記/韓南と韓北(上) 일년잡기/한남과 한북(상)	對星樓山人	수필/일상	
1	4		牛庵雜記 〈2〉〔2〕 규안 잡기	黑法師	수필·시가/ 일상·하이쿠	
1	4	文苑	黃菊白菊(上) 〈1〉〔10〕 노란 국화 흰 국화(상)	金子雨翠	시가/하이쿠	
1	4	文苑	佳羅丹之幾/鳥懋 〔1〕 가라니시키/새의 사랑	玉井南軒	시가/단카	
1	4	文苑	佳羅丹之幾/寄草木懋 〔1〕 가라니시키/초목에 빗댄 사랑	玉井南軒	시가/단카	

지면	단수	기획	기사제목 〈회수〉〔곡수〕	필자/저자(역자)	분류	비고
1	4	文苑	佳羅丹之幾/寄車戀〔1〕 가라니시키/수레에 빗댄 사랑	玉井南軒	시가/단카	
1	4	文苑	佳羅丹之幾/鵜船〔1〕 가라니시키/가마우지 고깃배	玉井南軒	시가/단카	
1	4	文苑	佳羅丹之幾/命〔1〕 가라니시키/생명	玉井南軒	시가/단카	
1	4	文苑	佳羅丹之幾/思意中人〔1〕 가라니시키/정인을 생각하며	玉井南軒	시가/단카	
1	4	文苑	佳羅丹之幾/文を遣りて返り言なき時〔1〕 가라니시키/글을 보내고 답장이 없을 때	玉井南軒	시가/단카	
1	4	文苑	佳羅丹之幾/對月三省〔1〕 가라니시키/달을 바라보며 세 차례 돌이켜 보다	玉井南軒	시가/단카	
1	4	文苑	佳羅丹之幾/心に一なり〔1〕 가라니시키/마음은 하나로다	玉井南軒	시가/단카	
1	4	文苑	佳羅丹之幾/たへがたきをしのぶ戀〔1〕 가라니시키/견디기 어려운 마음을 인내하는 사랑	玉井南軒	시가/단카	
1	5~6	小說	絃のみだれ〈7〉 흐트러진 현	永井櫻國	소설/일본	
3	3		汽車中の所感 기차 안에서의 소감	狼狽生	수필/일상	
3	4~5		紅筆日誌 홍필일지	見返り柳	수필/일기	

1907년 11월 20일 (수) 10호

지면	단수	기획	기사제목 〈회수〉〔곡수〕	필자/저자(역자)	분류	비고
1	2~3		一年雜記/風說の戰記 일년 잡기/풍설의 전기	對星樓山人	수필/일상	
1	5~6	小說	絃のみだれ〈8〉 흐트러진 현	永井櫻國	소설/일본	
3	4~5		紅筆日誌 홍필일지	見返り柳	수필/일기	

1907년 11월 21일 (목) 11호

지면	단수	기획	기사제목 〈회수〉〔곡수〕	필자/저자(역자)	분류	비고
1	5	文苑	黃菊白菊(中)〈2〉〔10〕 노란 국화 흰 국화(중)	金子雨翠	시가/하이쿠	
1	5	文苑	佳羅丹之幾/仁川の遊廓の繁昌を見て〔1〕 가라니시키/인천 유곽의 번창을 보며	玉井南軒	시가/단카	
1	5	文苑	佳羅丹之幾/夏の初めの景〔1〕 가라니시키/초여름의 풍경	玉井南軒	시가/단카	
1	5	文苑	佳羅丹之幾/蟬〔1〕 가라니시키/매미	玉井南軒	시가/단카	
1	5	文苑	佳羅丹之幾/伯母の子に鞠を贈りとて〔1〕 가라니시키/백모가 자식에게 공을 선물하여	玉井南軒	시가/단카	
1	5	文苑	佳羅丹之幾/我身をいましめ、かつかへりみて〔1〕 가라니시키/자신을 단속하고 또한 돌이켜 보며	玉井南軒	시가/단카	
1	5	文苑	佳羅丹之幾/禁煙せし友に代りて〔1〕 가라니시키/금연한 벗을 대신하여	玉井南軒	시가/단카	
1	5~6	文苑	佳羅丹之幾/禁煙せし友の再び喫煙を初めければ〔1〕 가라니시키/금연한 벗이 다시 흡연을 시작하니	玉井南軒	시가/단카	
1	6~7	小說	絃のみだれ〈9〉 흐트러진 현	永井櫻國	소설/일본	

1907년 11월 22일 (금) 12호

지면	단수	기획	기사제목 〈회수〉〔곡수〕	필자/저자(역자)	분류	비고
1	5		牛庵雜記 〈3〉〔5〕 규안 잡기	黑法師	수필·시가/ 일상·하이쿠	
1	5~6	文苑	黃菊白菊(下) 〈3〉〔10〕 노란 국화 흰 국화(하)	金子雨翠	시가/하이쿠	
1	6	文苑	冬雜詠 〔7〕 겨울-잡영	牛人	시가/하이쿠	
1	6~7	小說	絃のみだれ 〈10〉 흐트러진 현	永井櫻國	소설/일본	
3	3~4		紅筆日誌 홍필일지	見返り柳	수필/일기	

1907년 11월 23일 (토) 13호

지면	단수	기획	기사제목 〈회수〉〔곡수〕	필자/저자(역자)	분류	비고
1	2~3		一年雜記/雲峴宮の再興(上) 〈1〉 일년잡기/운현궁의 재흥(상)	對星樓山人	수필/일상	
1	4	文苑	佳羅丹之幾/弓に男子の心を譬ふ 〔1〕 가라니시키/활에 남자의 마음을 서약하다	玉井南軒	시가/단카	
1	4	文苑	佳羅丹之幾/おもふ戀 〔1〕 가라니시키/생각하는 사랑	玉井南軒	시가/단카	
1	4	文苑	佳羅丹之幾/寄髮戀 〔1〕 가라니시키/머리카락에 빗댄 사랑	玉井南軒	시가/단카	
1	4	文苑	佳羅丹之幾/寄衣戀 〔1〕 가라니시키/옷에 빗댄 사랑	玉井南軒	시가/단카	
1	4	文苑	佳羅丹之幾/親族に子生れ榮子と名命せりと聞きて 〔1〕 가라니시키/친족 아이가 태어나 에이코라 명명했음을 듣고	玉井南軒	시가/단카	
1	5~6	小說	絃のみだれ 〈11〉 흐트러진 현	永井櫻國	소설/일본	

1907년 11월 26일 (화) 14호

지면	단수	기획	기사제목 〈회수〉〔곡수〕	필자/저자(역자)	분류	비고
1	5	文苑	漫成 錄八首 〔8〕 만성/8수 지음	沒名學士	시가/한시	
1	5	文苑	佳羅丹之幾/偶感 〔1〕 가라니시키/문득 떠오른 생각	玉井南軒	시가/단카	
1	5	文苑	佳羅丹之幾/不如歸 〔1〕 가라니시키/두견이	玉井南軒	시가/단카	
1	5	文苑	佳羅丹之幾/五月雨 〔1〕 가라니시키/장마	玉井南軒	시가/단카	
1	6~7	小說	絃のみだれ 〈12〉 흐트러진 현	永井櫻國	소설/일본	
3	1~2		樂友會盲評記 〈1〉 라쿠유카이 맹평기	耳の人	수필/비평	

1907년 11월 27일 (수) 15호

지면	단수	기획	기사제목 〈회수〉〔곡수〕	필자/저자(역자)	분류	비고
1	1~2		一年雜記/雲峴宮の再興(下) 〈2〉 일년 잡기/운현궁의 재흥(하)	對星樓山人	수필/일상	
1	5~6	文苑	秋十句 〔10〕 가을-십구	金子雨翠	시가/하이쿠	
1	6~7	小說	絃のみだれ 〈13〉 흐트러진 현	永井櫻國	소설/일본	
3	1~2		「無限の熱血」を讀む 〈1〉 「무한의 열혈」을 읽다	錦陵生	수필/비평	

1907년 11월 28일 (목) 16호

지면	단수	기획	기사제목 〈회수〉〔곡수〕	필자/저자(역자)	분류	비고
1	2~3		一年雜記/統監府の人物評判〈1〉 일년 잡기/통감부의 인물 평판	對星樓山人	수필/일상	
1	5~6	文苑	☆四季雜吟〔17〕 사계-잡음	玉井南軒	시가/하이쿠	
1	6~7	小說	絃のみだれ〈14〉 흐트러진 현	永井櫻國	소설/일본	
3	1~2		「無限の熱血」を讀む〈2〉 「무한의 열혈」을 읽다	錦陵生	수필/비평	
3	4~6		樂友會盲評記〈2〉 라쿠유카이 맹평기	耳の人	수필/비평	

1907년 11월 29일 (금) 17호

지면	단수	기획	기사제목 〈회수〉〔곡수〕	필자/저자(역자)	분류	비고
1	5~6	文苑	(제목없음)〔6〕		시가/하이쿠	
1	6~7	小說	絃のみだれ〈15〉 흐트러진 현	永井櫻國	소설/일본	
3	1		「無限の熱血」を讀む〈3〉 「무한의 열혈」을 읽다	錦陵生	수필/비평	

1907년 11월 30일 (토) 18호

지면	단수	기획	기사제목 〈회수〉〔곡수〕	필자/저자(역자)	분류	비고
1	5~6	文苑	四季雜吟〔22〕 사계-잡음	玉井南軒	시가/하이쿠	
1	6~7	小說	絃のみだれ〈16〉 흐트러진 현	永井櫻國	소설/일본	
3	1~2		「無限の熱血」を讀む〈4〉 「무한의 열혈」을 읽다	錦陵生	수필/비평	

1907년 12월 01일 (일) 19호

지면	단수	기획	기사제목 〈회수〉〔곡수〕	필자/저자(역자)	분류	비고
1	5	文苑	佳羅丹之幾/冬野〔1〕 가라니시키/겨울 들녘	玉井南軒	시가/단카	
1	5	文苑	佳羅丹之幾/杜寒草〔1〕 가라니시키/숲의 마른풀	玉井南軒	시가/단카	
1	5	文苑	佳羅丹之幾/岩間水〔1〕 가라니시키/바위틈의 물	玉井南軒	시가/단카	
1	5	文苑	佳羅丹之幾/岩間雪〔1〕 가라니시키/바위틈의 눈	玉井南軒	시가/단카	
1	5	文苑	佳羅丹之幾/椎柴嵐〔1〕 가라니시키/모밀잣밤나무 군락의 바람	玉井南軒	시가/단카	
1	5	文苑	佳羅丹之幾/海邊の鈴蟲〔1〕 가라니시키/해변의 방울벌레	玉井南軒	시가/단카	
1	5	文苑	佳羅丹之幾/浪花の地をさまよひ出でし時よめる〔1〕 가라니시키/나니와 땅을 떠돌다 나섰을 때 읊다	玉井南軒	시가/단카	
1	5	文苑	佳羅丹之幾/意氣銷沈といふ事を〔1〕 가라니시키/의기소침이라는 것을	玉井南軒	시가/단카	
1	5~6	文苑	佳羅丹之幾/歌集をからにしきと名づけたることを〔1〕 가라니시키/가집을 가라니시키라 명명한 것에 대하여	玉井南軒	시가/신체시	
1	6~7	小說	絃のみだれ〈17〉 흐트러진 현	永井櫻國	소설/일본	
3	4~5		「無限の熱血」を讀む〈5〉 「무한의 열혈」을 읽다	錦陵生	수필/비평	

1907년 12월 03일 (화) 20호

지면	단수	기획	기사제목 〈회수〉〔곡수〕	필자/저자(역자)	분류	비고
1	6~7	小說	絃のみだれ 〈18〉 흐트러진 현	永井櫻國	소설/일본	
3	1~2		「無限の熱血」を讀む 〈6〉 「무한의 열혈」을 읽다	錦陵生	수필/비평	

1907년 12월 04일 (수) 21호

지면	단수	기획	기사제목 〈회수〉〔곡수〕	필자/저자(역자)	분류	비고
1	2~3		一年雜記/統監府の人物評判(二) 〈2〉 일년 잡기/통감부의 인물 평판(2)	對星樓山人	수필/일상	
1	6~7	小說	絃のみだれ 〈19〉 흐트러진 현	永井櫻國	소설/일본	
3	1~2		鴨綠江畔より(十一月廿七日) 압록강 물가에서(11월 27일)	於新義州 村川岳邨生	수필/서간	
3	4		獨逸の將棋村(上) 〈1〉 독일의 장기 마을(상)		수필/관찰	

1907년 12월 05일 (목) 22호

지면	단수	기획	기사제목 〈회수〉〔곡수〕	필자/저자(역자)	분류	비고
1	2~3		一年雜記/統監府の人物評判(三) 〈3〉 일년 잡기/통감부의 인물 평판(3)	對星樓山人	수필/일상	
1	6~7	小說	絃のみだれ 〈20〉 흐트러진 현	永井櫻國	소설/일본	
3	1~2		「無限の熱血」を讀む 〈7〉 「무한의 열혈」을 읽다	錦陵生	수필/비평	
3	4~5		獨逸の將棋村(下) 〈2〉 독일의 장기 마을(하)		수필/관찰	

1907년 12월 06일 (금) 23호

지면	단수	기획	기사제목 〈회수〉〔곡수〕	필자/저자(역자)	분류	비고
1	3~4		一年雜記/統監府の人物評判(五) 〈5〉 일년 잡기/통감부의 인물평판(5)	對星樓山人	수필/일상	회수 오류
3	1		「無限の熱血」を讀む 〈8〉 「무한의 열혈」을 읽다	錦陵生	수필/비평	

1907년 12월 07일 (토) 24호

지면	단수	기획	기사제목 〈회수〉〔곡수〕	필자/저자(역자)	분류	비고
1	5	文苑	霜 〔1〕 서리	水原慶夫	시가/단카	
1	5	文苑	冬月 〔1〕 겨울 달	水原慶夫	시가/단카	
1	5	文苑	氷 〔1〕 얼음	水原慶夫	시가/단카	
1	6	文苑	冬花 〔1〕 겨울 꽃	水原慶夫	시가/단카	
1	6	文苑	冬夜 〔1〕 겨울밤	水原慶夫	시가/단카	
1	6	文苑	冬庭 〔1〕 겨울 뜨락	水原慶夫	시가/단카	
1	6~7	小說	絃のみだれ 〈21〉 흐트러진 현	永井櫻國	소설/일본	
3	1~2		「無限の熱血」を讀む 〈9〉 「무한의 열혈」을 읽다	錦陵生	수필/비평	

1907년 12월 08일 (일) 25호

지면	단수	기획	기사제목 〈회수〉〔곡수〕	필자/저자(역자)	분류	비고
1	5	文苑	盆竹 〔1〕 분죽	沒名學士	시가/한시	

지면	단수	기획	기사제목 〈회수〉 〔곡수〕	필자/저자(역자)	분류	비고
1	5	文苑	大礮歌 〔1〕 대포가	沒名學士	시가/한시	
1	5~6	文苑	遊熊野十二社 〔5〕 구마노 12사를 유람하며	沒名學士	시가/한시	
1	6~7	小說	絃のみだれ 〈22〉 흐트러진 현	永井櫻國	소설/일본	
3	1~2		「無限の熱血」を讀む 〈10〉 「무한의 열혈」을 읽다	錦陵生	수필/비평	

1907년 12월 10일 (화) 26호

지면	단수	기획	기사제목 〈회수〉 〔곡수〕	필자/저자(역자)	분류	비고
1	6~7	小說	絃のみだれ 〈23〉 흐트러진 현	永井櫻國	소설/일본	
3	1~2		「無限の熱血」を讀む 〈11〉 「무한의 열혈」을 읽다	錦陵生	수필/비평	
3	3~4		無情强慾 〈1〉 무정강욕		수필/일상	

1907년 12월 11일 (수) 27호

지면	단수	기획	기사제목 〈회수〉 〔곡수〕	필자/저자(역자)	분류	비고
1	6~7	小說	絃のみだれ 〈24〉 흐트러진 현	永井櫻國	소설/일본	
2	7		治外法權/折にふれて 〔2〕 치외법권/이따금	巖の舍本父	시가/단카	
2	7		治外法權/同 〔2〕 치외법권/동일	よし夫	시가/단카	
3	2~3		無情强慾 〈2〉 무정강욕		수필/일상	

1907년 12월 12일 (목) 28호

지면	단수	기획	기사제목 〈회수〉 〔곡수〕	필자/저자(역자)	분류	비고
1	5	文苑	寄懷 〔1〕 기회	沒名學士	시가/한시	
1	5	文苑	聽蟲 〔1〕 벌레 소리 들으며	沒名學士	시가/한시	
1	5	文苑	過分陪河原過風雨 〔1〕 과분배하원과풍우	沒名學士	시가/한시	
1	5	文苑	訪梅博士 〔1〕 방매박사	沒名學士	시가/한시	
1	5	文苑	雲 〔5〕 구름	渡邊慶夫	시가/단카	
1	5~6	文苑	歲暮 〔4〕 세밑	渡邊慶夫	시가/단카	
1	6~7	小說	絃のみだれ 〈25〉 흐트러진 현	永井櫻國	소설/일본	
3	2~3		無情强慾 〈3〉 무정강욕		수필/일상	

1907년 12월 13일 (금) 29호

지면	단수	기획	기사제목 〈회수〉 〔곡수〕	필자/저자(역자)	분류	비고
1	5	文苑	秋雨 〔1〕 추우	沒名學士	시가/한시	
1	5	文苑	秋日偶成 〔1〕 추일우성	沒名學士	시가/한시	
1	5	文苑	孤梅來訪席上賦此似 〔1〕 고매래방석상부차사	沒名學士	시가/한시	

지면	단수	기획	기사제목 〈회수〉〔곡수〕	필자/저자(역자)	분류	비고
1	5~6	文苑	水後郊村 〔1〕 수후교촌	沒名學士	시가/한시	
1	6~7	小說	絃のみだれ 〈26〉 흐트러진 현	永井櫻國	소설/일본	
3	3		無情强慾 〈4〉 무정강욕		수필/일상	

1907년 12월 14일 (토) 30호

지면	단수	기획	기사제목 〈회수〉〔곡수〕	필자/저자(역자)	분류	비고
1	5	文苑	水後郊村 〔1〕 수후교촌	沒名學士	시가/한시	
1	5	文苑	得齋藤君書有此作 〔1〕 득 사이토 군 서유차작	沒名學士	시가/한시	
1	6	文苑	戀の歌の中に 〔2〕 사랑 노래 중에	渡邊慶夫	시가/단카	
1	6~7	小說	絃のみだれ 〈26〉 흐트러진 현	永井櫻國	소설/일본	
3	3~4		無情强慾 〈4〉 무정강욕		수필/일상	회수 오류

1907년 12월 15일 (일) 31호

지면	단수	기획	기사제목 〈회수〉〔곡수〕	필자/저자(역자)	분류	비고
1	2~4		志那旅行談(上) 〈1〉 지나 여행담(상)	瀧本美夫君	수필/기행	
1	6~7	小說	絃のみだれ 〈28〉 흐트러진 현	永井櫻國	소설/일본	
3	2~3		無情强慾 〈5〉 무정강욕		수필/일상	회수 오류

1907년 12월 17일 (화) 32호

지면	단수	기획	기사제목 〈회수〉〔곡수〕	필자/저자(역자)	분류	비고
1	1~2		志那旅行談(下) 〈2〉 지나 여행담(하)	瀧本美夫君	수필/기행	
1	5~6	文苑	中秋偶在家陪兩親宵月 〔1〕 중추우재가배량친소월	沒名學士	시가/한시	
1	6	文苑	是夜初晴後曇後晴 〔1〕 시야초청후담후청	沒名學士	시가/한시	
1	6~7	小說	絃のみだれ 〈29〉 흐트러진 현	永井櫻國	소설/일본	
3	2~3		無情强慾 〈7〉 무정강욕		수필/일상	

1907년 12월 18일 (수) 33호

지면	단수	기획	기사제목 〈회수〉〔곡수〕	필자/저자(역자)	분류	비고
1	6	文苑	戀の歌の中に 〔2〕 사랑 노래 중에	水原慶夫	시가/단카	
1	6	文苑	尼 〔1〕 비구니	水原慶夫	시가/단카	
1	6~7	小說	絃のみだれ 〈30〉 흐트러진 현	永井櫻國	소설/일본	
3	3		無情强慾 〈8〉 무정강욕		수필/일상	

1907년 12월 19일 (목) 34호

지면	단수	기획	기사제목 〈회수〉〔곡수〕	필자/저자(역자)	분류	비고
1	5~6	文苑	藥 〔1〕 약	水原慶夫	시가/단카	

지면	단수	기획	기사제목 〈회수〉 〔곡수〕	필자/저자(역자)	분류	비고
1	6	文苑	雲 〔1〕 구름	水原慶夫	시가/단카	
1	6~7	小說	絃のみだれ 〈30〉 흐트러진 현	永井櫻國	소설/일본	회수 오류
3	2~3		無情强慾 〈9〉 무정강욕		수필/일상	

1907년 12월 20일 (금) 35호

1	6	文苑	霜五句 〔5〕 서리-오구	むらさき	시가/하이쿠	
1	6~7	小說	絃のみだれ 〈32〉 흐트러진 현	永井櫻國	소설/일본	
3	3~4		無情强慾 〈10〉 무정강욕		수필/일상	

1907년 12월 21일 (토) 36호

1	5~6	文苑	冬十五句 〔15〕 겨울-십오구	金子雨翠	시가/하이쿠	
1	6~7	小說	絃のみだれ 〈33〉 흐트러진 현	永井櫻國	소설/일본	

1907년 12월 22일 (일) 37호

1	6~7	小說	絃のみだれ 〈34〉 흐트러진 현	永井櫻國	소설/일본	

1907년 12월 24일 (화) 38호

1	6~7	小說	絃のみだれ 〈35〉 흐트러진 현	永井櫻國	소설/일본	

1907년 12월 25일 (수) 39호

1	6~7	小說	絃のみだれ 〈36〉 흐트러진 현	永井櫻國	소설/일본	

1907년 12월 26일 (목) 40호

1	5	文苑	聽笛 〔1〕 청적	沒名學士	시가/한시	
1	5	文苑	夜坐 〔1〕 야좌	沒名學士	시가/한시	
1	5	文苑	秋日田家 〔1〕 추일전가	沒名學士	시가/한시	
1	5	文苑	戶田氏逸筆 〔1〕 도다 씨 일필	沒名學士	시가/한시	
1	5	文苑	衣 〔1〕 옷	渡邊慶夫	시가/단카	
1	5	文苑	屑 〔1〕 지스러기	渡邊慶夫	시가/단카	
1	5	文苑	眠 〔1〕 잠	渡邊慶夫	시가/단카	
1	6	文苑	冬五句 〔5〕 겨울-오구	金子翠雨	시가/하이쿠	
1	6~7	小說	絃のみだれ 〈37〉 흐트러진 현	永井櫻國	소설/일본	

지면	단수	기획	기사제목 〈회수〉〔곡수〕	필자/저자(역자)	분류	비고
3	1~2		海戀(上) 〈1〉 해련(상)	無名氏	소설/일본	

1907년 12월 27일 (금) 41호

지면	단수	기획	기사제목 〈회수〉〔곡수〕	필자/저자(역자)	분류	비고
1	5~6	文苑	家到 〔1〕 가도	沒名學士	시가/한시	
1	6~7	小說	絃のみだれ 〈38〉 흐트러진 현	永井櫻國	소설/일본	

1907년 12월 28일 (토) 42호

지면	단수	기획	기사제목 〈회수〉〔곡수〕	필자/저자(역자)	분류	비고
1	6	文苑	秋夜 〔1〕 추야	沒名學士	시가/한시	
1	6	文苑	麴坊僑居雜吟 〔1〕 국방교거잡음	沒名學士	시가/한시	
1	6	文苑	送人 〔1〕 송인	沒名學士	시가/한시	
1	6	文苑	秋江垂釣 〔1〕 추강수조	沒名學士	시가/한시	
1	6	文苑	訪問朴堂 〔1〕 방문박당	沒名學士	시가/한시	
1	6	文苑	答自數春潭問近況 〔1〕 답자수춘담문근황	沒名學士	시가/한시	
1	6	文苑	謁北條鷗所先生墓 〔1〕 알 호조 오쇼 선생묘	沒名學士	시가/한시	
1	6	文苑	偶成 〔1〕 우성	沒名學士	시가/한시	
1	6~7		海戀(下) 〈2〉 해련(하)	無名氏	소설/일본	

1907년 12월 29일 (일) 43호

지면	단수	기획	기사제목 〈회수〉〔곡수〕	필자/저자(역자)	분류	비고
1	7	文苑	佳羅丹之幾/歲暮言志 〔1〕 가라니시키/세모 언지	玉井南軒	시가/단카	
1	7	文苑	佳羅丹之幾/近縣旅行と言ひて家の內に寐て居るかた 〔1〕 가라니시키/근처 현에 여행을 간다고 하여 집 안에서 자고 있는 분	玉井南軒	시가/단카	
1	7	文苑	佳羅丹之幾/年內早梅 〔1〕 가라니시키/새해 전 이르게 핀 매화	玉井南軒	시가/단카	
1	7	文苑	佳羅丹之幾/山家歲暮 〔1〕 가라니시키/산골 세밑	玉井南軒	시가/단카	

1908년 01월 01일 (수) 44호

지면	단수	기획	기사제목 〈회수〉〔곡수〕	필자/저자(역자)	분류	비고
1	4~5		福の神に與ふ 복신에게 바치다	する生	수필/일상	
1	6		社頭松 〔6〕 신사 앞 소나무	京城 讀人知らず	시가/단카	
1	6		新年 〔5〕 신년	水原慶夫	시가/단카	
1	6		(제목없음) 〔2〕	京城 弔靜庵嶺月	시가/단카	
1	6		御題社頭松 〔10〕 어제 신사 앞 소나무	玉井南軒	시가/단카	
1	6		(제목없음) 〔10〕	京城 南軒	시가/하이쿠	

지면	단수	기획	기사제목 〈회수〉〔곡수〕	필자/저자(역자)	분류	비고
1	6		(제목없음)〔2〕	むらさき	시가/하이쿠	
3	2		屠蘇微吟/初日〔2〕 도소미음/새해 아침 해	金子南翠	시가/하이쿠	
3	2		屠蘇微吟/初鷄〔2〕 도소미음/새해 첫닭 울음	金子南翠	시가/하이쿠	
3	2		屠蘇微吟/門松〔2〕 도소미음/새해 소나무 장식	金子南翠	시가/하이쿠	
3	2		屠蘇微吟/書初〔2〕 도소미음/새해 첫 글	金子南翠	시가/하이쿠	
3	2		屠蘇微吟/年禮〔2〕 도소미음/신년 하례	金子南翠	시가/하이쿠	
3	2		屠蘇微吟/かるた〔2〕 도소미음/가루타	金子南翠	시가/하이쿠	
3	2~3		屠蘇微吟/元日〔2〕 도소미음/설날	金子南翠	시가/하이쿠	
3	3		屠蘇微吟/初旦〔2〕 도소미음/새해 첫날	金子南翠	시가/하이쿠	
3	3		屠蘇微吟/初鴉〔2〕 도소미음/새해 첫 까마귀	金子南翠	시가/하이쿠	
3	3		屠蘇微吟/寶引〔2〕 도소미음/정월 경품 뽑기	金子南翠	시가/하이쿠	
3	3		屠蘇微吟/雜煮〔2〕 도소미음/떡국	金子南翠	시가/하이쿠	
3	3		屠蘇微吟/春駒〔2〕 도소미음/정초의 걸립꾼	金子南翠	시가/하이쿠	
3	3		屠蘇微吟/歲旦〔2〕 도소미음/설날 아침	金子南翠	시가/하이쿠	
3	3		屠蘇微吟/羽子〔2〕 도소미음/하고	金子南翠	시가/하이쿠	
3	3		屠蘇微吟/福壽草〔2〕 도소미음/복수초	金子南翠	시가/하이쿠	
3	3		屠蘇微吟/初空〔2〕 도소미음/설날 하늘	金子南翠	시가/하이쿠	
3	3		屠蘇微吟/松の內〔2〕 도소미음/새해 소나무 장식	金子南翠	시가/하이쿠	
3	3		屠蘇微吟/藪入〔2〕 도소미음/귀성	金子南翠	시가/하이쿠	
3	3		新年吟〔2〕 신년음	玉井南軒	시가/하이쿠	
4	1~2	小說	我が家の妻 우리 집 아내	夢想	수필/일상	

1908년 01월 05일 (일) 45호

지면	단수	기획	기사제목 〈회수〉〔곡수〕	필자/저자(역자)	분류	비고
1	5	文苑	佳羅丹之幾/名所雪〔2〕 가라니시키/명소의 눈	玉井南軒	시가/단카	
1	5	文苑	佳羅丹之幾/川氷〔2〕 가라니시키/강의 얼음	玉井南軒	시가/단카	
1	5	文苑	佳羅丹之幾/峰炭竈〔2〕 가라니시키/봉우리의 숯가마	玉井南軒	시가/단카	
1	5	文苑	佳羅丹之幾/霜夜聞鐘〔2〕 가라니시키/서리 내린 밤 종소리 듣다	玉井南軒	시가/단카	

지면	단수	기획	기사제목 〈회수〉〔곡수〕	필자/저자(역자)	분류	비고
1	5	文苑	佳羅丹之幾/水鳥馴舟〔2〕 가라니시키/물새 배에 길들다	玉井南軒	시가/단카	
1	5	文苑	佳羅丹之幾/寄雪深〔2〕 가라니시키/눈에 빗댄 사랑	玉井南軒	시가/단카	
1	5	文苑	佳羅丹之幾/銀世界〔1〕 가라니시키/은세계	玉井南軒	시가/단카	
1	5	文苑	佳羅丹之幾/初霜〔1〕 가라니시키/첫 서리	玉井南軒	시가/단카	
1	6	文苑	佳羅丹之幾/天長節に初雪降りければ〔1〕 가라니시키/천장절에 첫눈 내리니	玉井南軒	시가/단카	
1	6	文苑	佳羅丹之幾/十二月一日の夜こたつに居睡りして足をやきければ〔1〕 가라니시키/12월 1일 밤 고타쓰에서 졸다가 발에 화상을 입어	玉井南軒	시가/단카	
1	6~7	小說	絃のみだれ〈39〉 흐트러진 현	永井櫻國	소설/일본	

1908년 01월 07일 (화) 46호

지면	단수	기획	기사제목 〈회수〉〔곡수〕	필자/저자(역자)	분류	비고
1	5	文苑	佳羅丹之幾/歲暮氷〔1〕 가라니시키/세밑 얼음	玉井南軒	시가/단카	
1	5	文苑	佳羅丹之幾/歲暮月〔1〕 가라니시키/세밑 달	玉井南軒	시가/단카	
1	5	文苑	佳羅丹之幾/御用仕舞〔1〕 가라니시키/올해 업무 마감	玉井南軒	시가/단카	
1	5	文苑	佳羅丹之幾/歲暮〔1〕 가라니시키/세밑	玉井南軒	시가/단카	
1	5	文苑	佳羅丹之幾/大三十日の晩〔1〕 가라니시키/섣달 그믐날 밤	玉井南軒	시가/단카	
1	5	文苑	佳羅丹之幾/歲暮〔1〕 가라니시키/세밑	玉井南軒	시가/단카	
1	6	文苑	佳羅丹之幾/年末の人心〔1〕 가라니시키/연말의 인심	玉井南軒	시가/단카	
1	6~7	小說	絃のみだれ〈40〉 흐트러진 현	永井櫻國	소설/일본	

1908년 01월 08일 (수) 47호

지면	단수	기획	기사제목 〈회수〉〔곡수〕	필자/저자(역자)	분류	비고
1	2		最近の御製/庭訓〔1〕 최근의 어제/가정 훈육	明治天皇	시가/단카	
1	2		最近の御製/手習〔1〕 최근의 어제/습자	明治天皇	시가/단카	
1	2		最近の御製/歌〔2〕 최근의 어제/노래	明治天皇	시가/단카	
1	2		最近の御製/夕〔1〕 최근의 어제/저녁	明治天皇	시가/단카	
1	2		最近の御製/夢見故人〔1〕 최근의 어제/꿈에서 본 고인	明治天皇	시가/단카	
1	5~6	文苑	★東京小景(一)/詣靖國神社〈1〉〔1〕 도쿄 소경(1)/야스쿠니 신사에 참배하다	沒名學士	시가/한시	
1	6~7	小說	絃のみだれ〈41〉 흐트러진 현	永井櫻國	소설/일본	

1908년 01월 09일 (목) 48호

지면	단수	기획	기사제목 〈회수〉〔곡수〕	필자/저자(역자)	분류	비고
1	3~5		韓國及東南/滿洲旅行談〈1〉 한국 및 동남/만주 여행담	陸軍步兵大佐 小澤 德平	수필/기행	

지면	단수	기획	기사제목 〈회수〉〔곡수〕	필자/저자(역자)	분류	비고
1	6	文苑	謁楠公像〔1〕 구스노키 공 상을 배알하다		시가/한시	
1	6~7	小說	絃のみだれ〈42〉 흐트러진 현	永井櫻國	소설/일본	

1908년 01월 10일 (금) 49호

지면	단수	기획	기사제목 〈회수〉〔곡수〕	필자/저자(역자)	분류	비고
1	2~3		韓國及東南/滿洲旅行談〈2〉 한국 및 동남/만주 여행담	陸軍步兵大佐 小澤德平	수필/기행	
1	6	文苑	謁川上參謀總長像〔1〕 가와카미 참모총장 상을 배알하다		시가/한시	
1	6	文苑	謁北白川大將宮像〔1〕 황족 기타시라카와 대장 상을 배알하다		시가/한시	
1	6	文苑	田安臺晚望〔1〕 전안대만망		시가/한시	
1	6	文苑	過櫻田門外追想幕府大老井伊掃頭仆於兇刃之事慨然賦此〔1〕 사쿠라다몬을 지나며 막부 다이로 이이가 암살당한 사건을 생각하며 이 시를 짓다		시가/한시	
1	6~7	小說	絃のみだれ〈43〉 흐트러진 현	永井櫻國	소설/일본	

1908년 01월 11일 (토) 50호

지면	단수	기획	기사제목 〈회수〉〔곡수〕	필자/저자(역자)	분류	비고
1	1~3		韓國及東南/滿洲旅行談〈3〉 한국 및 동남/만주 여행담	陸軍步兵大佐 小澤德平	수필/기행	
1	5	文苑	東京小景(三)/遊日比谷公園〈3〉〔1〕 도쿄 소경(3)/히비야 공원을 노닐다	沒名學士	시가/한시	
1	5	文苑	東京小景(三)/神田神社〈3〉〔1〕 도쿄 소경(3)/간다 신사	沒名學士	시가/한시	
1	5	文苑	東京小景(三)/湯島天神〈3〉〔1〕 도쿄 소경(3)/유시마텐진	沒名學士	시가/한시	
1	5	文苑	東京小景(三)/不忍池畔夜景〈3〉〔1〕 도쿄 소경(3)/시노바즈 연못가 야경	沒名學士	시가/한시	
1	5	文苑	東京小景(三)/謁西鄕隆盛公像〈3〉〔1〕 도쿄 소경(3)/사이고 다카모리 공 상을 배알하다	沒名學士	시가/한시	
1	5~7	小說	絃のみだれ〈44〉 흐트러진 현	永井櫻國	소설/일본	

1908년 01월 12일 (일) 51호

지면	단수	기획	기사제목 〈회수〉〔곡수〕	필자/저자(역자)	분류	비고
1	2~3		韓國及東南/滿洲旅行談〈4〉 한국 및 동남/만주 여행담	陸軍步兵大佐 小澤德平	수필/기행	
1	5	文苑	靖國神社境內園池〔1〕 야스쿠니 신사 경내 정원과 연못		시가/한시	
1	5	文苑	小赤壁〔1〕 소적벽		시가/한시	
1	6	文苑	むらさき集〔1〕 무라사키슈	むら	수필·시가/ 일상·하이쿠	
1	6~7	小說	絃のみだれ〈45〉 흐트러진 현	永井櫻國	소설/일본	

1908년 01월 14일 (화) 52호

지면	단수	기획	기사제목 〈회수〉〔곡수〕	필자/저자(역자)	분류	비고
1	1~3		韓國及東南/滿洲旅行談〈5〉 한국 및 동남/만주 여행담	陸軍步兵大佐 小澤德平	수필/기행	
1	5	文苑	遊動物園〔1〕 동물원을 노닐다	沒名學士	시가/한시	

지면	단수	기획	기사제목 〈회수〉〔곡수〕	필자/저자(역자)	분류	비고
1	5	文苑	淸水寺眺矚〔1〕 기요미즈데라를 바라보며	沒名學士	시가/한시	
1	5	文苑	詣東照宮〔1〕 도쇼궁을 참배하며	沒名學士	시가/한시	
1	5	文苑	東台梵鐘〔1〕 도다이 범종	沒名學士	시가/한시	
1	5	文苑	神田川〔1〕 간다가와	沒名學士	시가/한시	
1	5~6	文苑	遊阪本公園〔1〕 사카모토 공원에서 놀다	沒名學士	시가/한시	
1	6	文苑	竹柴浦晚望〔1〕 다케시바노우라 만망	沒名學士	시가/한시	
1	6	文苑	眺望木佳〔1〕 조망목가	沒名學士	시가/한시	
1	6~7	小說	絃のみだれ〈46〉 흐트러진 현	永井櫻國	소설/일본	

1908년 01월 15일 (수) 53호

지면	단수	기획	기사제목 〈회수〉〔곡수〕	필자/저자(역자)	분류	비고
1	4~5		肉の一片(上)〈1〉 고기 한 조각(상)		수필/관찰	
1	5	文苑	東京小景(五)/登愛宕山〈5〉〔1〕 도쿄 소경(5)/아타고야마를 등산하며	沒名學士	시가/한시	
1	5	文苑	東京小景(五)/詣龜井戶天神〈5〉〔1〕 도쿄 소경(5)/가메이도텐진 참배	沒名學士	시가/한시	
1	5	文苑	東京小景(五)/臥龍梅〈5〉〔1〕 도쿄 소경(5)/와룡매	沒名學士	시가/한시	
1	5	文苑	東京小景(五)/萩寺〈5〉〔1〕 도쿄 소경(5)/하기데라	沒名學士	시가/한시	
1	5	文苑	東京小景(五)/國府臺懷古〈5〉〔1〕 도쿄 소경(5)/고노다이 회고	沒名學士	시가/한시	
1	5	文苑	東京小景(五)/弘法寺〈5〉〔1〕 도쿄 소경(5)/구호지	沒名學士	시가/한시	
1	6	文苑	東京小景(五)/市川桃林〈5〉〔1〕 도쿄 소경(5)/이치카와 도림	沒名學士	시가/한시	
1	6~7	小說	絃のみだれ〈47〉 흐트러진 현	永井櫻國	소설/일본	

1908년 01월 16일 (목) 54호

지면	단수	기획	기사제목 〈회수〉〔곡수〕	필자/저자(역자)	분류	비고
1	1~2		韓國及東南/滿洲旅行談〈6〉 한국 및 동남/만주 여행담	陸軍步兵大佐 小澤 德平	수필/기행	
1	4~5		肉の一片(續)〈2〉 고기 한 조각(속)		수필/관찰	
1	6	文苑	東京小景(六)/遊小金井〈6〉〔1〕 도쿄 소경(6)/고가네이를 노닐다	沒名學士	시가/한시	
1	6~7	小說	絃のみだれ〈48〉 흐트러진 현	永井櫻國	소설/일본	
3	1~2		★夜の京成 밤의 경성		수필/관찰	

1908년 01월 17일 (금) 55호

지면	단수	기획	기사제목 〈회수〉〔곡수〕	필자/저자(역자)	분류	비고
1	5	文苑	東京小景(七)/泉岳寺吊赤穗義士之墓〈7〉〔1〕 도쿄 소경(7)/센가쿠지 아코 의사의 묘를 추모하며	沒名學士	시가/한시	

지면	단수	기획	기사제목 〈회수〉 [곡수]	필자/저자(역자)	분류	비고
1	5~6	文苑	東京小景(七)/法華經寺 〈7〉 [1] 도쿄 소경(7)/호케쿄지	沒名學士	시가/한시	
1	6~7	小說	絃のみだれ 〈49〉 흐트러진 현	永井櫻國	소설/일본	

1908년 01월 18일 (토) 56호

지면	단수	기획	기사제목 〈회수〉 [곡수]	필자/저자(역자)	분류	비고
1	1~2		朝鮮大官 日本旅行記 〈1〉 조선대관 일본 여행기	李書房	수필/기행	
1	6~7	小說	絃のみだれ 〈50〉 흐트러진 현	永井櫻國	소설/일본	

1908년 01월 19일 (일) 57호

지면	단수	기획	기사제목 〈회수〉 [곡수]	필자/저자(역자)	분류	비고
1	1		朝鮮大官 日本旅行記 〈2〉 조선대관 일본 여행기	李書房	수필/기행	
1	6~7	小說	絃のみだれ 〈51〉 흐트러진 현	永井櫻國	소설/일본	

1908년 01월 20일 (월) 58호

지면	단수	기획	기사제목 〈회수〉 [곡수]	필자/저자(역자)	분류	비고
1	1		朝鮮大官 日本旅行記 〈3〉 조선대관 일본 여행기	李書房	수필/기행	
1	5	文苑	東京小景(七)/本門寺 〈7〉 [1] 도쿄 소경(7)/혼몬지	沒名學士	시가/한시	
1	5	文苑	東京小景(七)/過江戶川 〈7〉 [1] 도쿄 소경(7)/에도가와를 지나다	沒名學士	시가/한시	
1	5	文苑	東京小景(七)/海晏寺 〈7〉 [1] 도쿄 소경(7)/가이안지	沒名學士	시가/한시	
1	5	文苑	佳羅丹之幾/元旦雪 [2] 가라니시키/설날의 눈	玉井南軒	시가/단카	
1	5	文苑	佳羅丹之幾/山に寄せて君が代を謳ひ奉る [2] 가라니시키/산에 빗대어 기미가요를 삼가 노래하다	玉井南軒	시가/단카	
1	5~6	文苑	佳羅丹之幾/新年朝 [3] 가라니시키/신년 아침	玉井南軒	시가/단카	
1	6~7	小說	絃のみだれ 〈52〉 흐트러진 현	永井櫻國	소설/일본	

1908년 01월 22일 (수) 59호

지면	단수	기획	기사제목 〈회수〉 [곡수]	필자/저자(역자)	분류	비고
1	5	文苑	佳羅丹之幾/寒樹 [5] 가라니시키/겨울나무	玉井南軒	시가/단카	
1	5	文苑	佳羅丹之幾/卅七年の大三十日に霰降りければ [2] 가라니시키/37년의 섣달그믐에 싸락눈 내리니	玉井南軒	시가/단카	
1	5	文苑	佳羅丹之幾/偶感 [1] 가라니시키/우감	玉井南軒	시가/단카	
1	5~6	文苑	佳羅丹之幾/陣中雜感 [2] 가라니시키/진중잡감	玉井南軒	시가/단카	
1	6~7	小說	絃のみだれ 〈53〉 흐트러진 현	永井櫻國	소설/일본	
3	1	御歌會始	社頭松/御製 [1] 신사 앞 소나무/어제	明治天皇	시가/단카	
3	1	御歌會始	社頭松/皇后宮御歌 [1] 신사 앞 소나무/황후궁 어가	昭憲皇后	시가/단카	
3	1	御歌會始	社頭松/東宮御歌 [1] 신사 앞 소나무/동궁 어가	東宮	시가/단카	

지면	단수	기획	기사제목 〈회수〉 〔곡수〕	필자/저자(역자)	분류	비고
3	1	御歌會始	社頭松/東宮妃御歌 〔1〕 신사 앞 소나무/동궁비 어가	東宮妃	시가/단카	
3	1	御歌會始	社頭松 〔1〕 신사 앞 소나무	海軍大將大勳位功 三級 威仁親王	시가/단카	
3	1	御歌會始	社頭松 〔1〕 신사 앞 소나무	侍從長從一位 大勳 位候爵 藤原實則	시가/단카	
3	1	御歌會始	社頭松 〔1〕 신사 앞 소나무	宮內大臣議定官 陸 軍少將正二位 勳一 等伯爵 藤原光顯	시가/단카	
3	1	御歌會始	社頭松 〔1〕 신사 앞 소나무	樞密院副議長正二 位勳一等伯爵 藤原 通禧	시가/단카	
3	2	御歌會始	社頭松 〔1〕 신사 앞 소나무	從二位勳四等伯爵 藤原重朝	시가/단카	
3	2	御歌會始	社頭松 〔1〕 신사 앞 소나무	御歌所參候 從四位 伯爵 藤原實義	시가/단카	
3	2	御歌會始	社頭松 〔1〕 신사 앞 소나무	從三位勳四等子爵 藤原以季	시가/단카	
3	2	御歌會始	社頭松 〔1〕 신사 앞 소나무	正四位子爵 藤原基 哲	시가/단카	
3	2	御歌會始	社頭松 〔1〕 신사 앞 소나무	正二位勳四等子爵 藤原爲守	시가/단카	
3	2	御歌會始	社頭松 〔1〕 신사 앞 소나무	正四位勳四等男爵 物部連有	시가/단카	
3	2	御歌會始	社頭松 〔1〕 신사 앞 소나무	御歌所參議 從六位 勳六等 刑部嚴雄	시가/단카	
3	2	御歌會始	社頭松 〔1〕 신사 앞 소나무	正五位 平信道	시가/단카	
3	2	御歌會始	社頭松/撰歌 〔1〕 신사 앞 소나무/찬가	從五位勳六等 高島 千畝	시가/단카	
3	2	御歌會始	社頭松/撰歌 〔1〕 신사 앞 소나무/찬가	候爵德大寺實則女 伊楚子	시가/단카	
3	2	御歌會始	社頭松/撰歌 〔1〕 신사 앞 소나무/찬가	大日本歌道獎勵會 員 宮城縣平民勳七 等 大町壯	시가/단카	
3	2	御歌會始	社頭松/撰歌 〔1〕 신사 앞 소나무/찬가	愛知縣士族七十三 歲媼 奧田大和	시가/단카	
3	2	御歌會始	社頭松/撰歌 〔1〕 신사 앞 소나무/찬가	京城府平民 木村忠 彦	시가/단카	
3	2	御歌會始	社頭松/撰歌 〔1〕 신사 앞 소나무/찬가	兵庫縣平民 鷲尾富 子	시가/단카	
1908년 01월 23일 (목) 60호						
1	1~3		新疆旅行記 〈1〉 신장 여행기	ハンス、デーリング	수필/기행	
1	5	文苑	東京小景(八)/瀧野川觀楓 〔1〕 도쿄 소경(8)/다키노카와 단풍 구경	沒名學士	시가/한시	
1	5	文苑	東京小景(八)/過兩國橋 〔1〕 도쿄 소경(9)/료고쿠바시를 건너며	沒名學士	시가/한시	
1	5~6	文苑	佳羅丹之幾/陣中雜感 〔15〕 가라니시키/진중잡감	玉井南軒	시가/단카	

지면	단수	기획	기사제목 〈회수〉〔곡수〕	필자/저자(역자)	분류	비고
1	6	文苑	佳羅丹之幾/馬上の武者繪に題す〔1〕 가라니시키/마상의 무사 그림을 주제로 노래하다	玉井南軒	시가/단카	
1	6	文苑	佳羅丹之幾/沖を眺むる海士の繪を見て〔1〕 가라니시키/난바다를 응시하는 어부의 그림을 보고	玉井南軒	시가/단카	
1	6~7	小說	絃のみだれ〈54〉 흐트러진 현	永井櫻國	소설/일본	

1908년 01월 24일 (금) 61호

지면	단수	기획	기사제목 〈회수〉〔곡수〕	필자/저자(역자)	분류	비고
1	1~3		新彊旅行記〈2〉 신장 여행기	ハンス、デーリング	수필/기행	
1	6	文苑	佳羅丹之幾/相思戀〔2〕 가라니시키/상사연	玉井南軒	시가/단카	
1	6~7	小說	絃のみだれ〈55〉 흐트러진 현	永井櫻國	소설/일본	
3	1~2		お菊の傳 其一〈1〉 오키쿠 전 그 첫 번째	紫生	수필/기타	

1908년 01월 25일 (토) 62호

지면	단수	기획	기사제목 〈회수〉〔곡수〕	필자/저자(역자)	분류	비고
1	1~2		新彊旅行記〈3〉 신장 여행기	ハンス、デーリング	수필/기행	
1	6~7	小說	絃のみだれ〈56〉 흐트러진 현	永井櫻國	소설/일본	
3	1~2		淫婦 秋月菊の傳 其二〈2〉 음부 아키즈키 기쿠 전 그 두 번째	紫生	수필/기타	

1908년 01월 26일 (일) 63호

지면	단수	기획	기사제목 〈회수〉〔곡수〕	필자/저자(역자)	분류	비고
1	1~2		新彊旅行記〈4〉 신장 여행기		수필/기행	
1	5	文苑	佳羅丹之幾/捕虜を見て感あり〔4〕 가라니시키/포로를 보고 느낀 바	玉井南軒	시가/단카	
1	5~6	文苑	佳羅丹之幾/憑僞戀〔1〕 가라니시키/빙위연	玉井南軒	시가/단카	
1	6~7	小說	絃のみだれ〈57〉 흐트러진 현	永井櫻國	소설/일본	
3	1~2		秋月菊の傳 其三〈3〉 아키즈키 기쿠 전 그 세 번째	紫生	수필/기타	

1908년 01월 28일 (화) 64호

지면	단수	기획	기사제목 〈회수〉〔곡수〕	필자/저자(역자)	분류	비고
1	1~2		朝鮮兩班の日本旅行記〈5〉 조선 양반의 일본 여행기	李書房	수필/기행	
1	5	文苑	佳羅丹之幾/被厭戀〔2〕 가라니시키/피염연	玉井南軒	시가/단카	
1	5	文苑	佳羅丹之幾/絶久戀〔2〕 가라니시키/절구연	玉井南軒	시가/단카	
1	5	文苑	佳羅丹之幾/立門戀〔2〕 가라니시키/입문연	玉井南軒	시가/단카	
1	5	文苑	佳羅丹之幾/絶後戀〔3〕 가라니시키/절후연	玉井南軒	시가/단카	
1	5	文苑	佳羅丹之幾/過門戀〔2〕 가라니시키/과문연	玉井南軒	시가/단카	
1	5	文苑	佳羅丹之幾/有妨戀〔3〕 가라니시키/유방연	玉井南軒	시가/단카	

지면	단수	기획	기사제목 〈회수〉〔곡수〕	필자/저자(역자)	분류	비고
1	5	文苑	佳羅丹之幾/散文懋 〔2〕 가라니시키/산문연	玉井南軒	시가/단카	
1	5~6	文苑	佳羅丹之幾/ある人の許へ 〔2〕 가라니시키/어떤 사람에게	玉井南軒	시가/단카	
1	6	文苑	佳羅丹之幾/ある本を見侍りて 〔1〕 가라니시키/어떤 책을 보며	玉井南軒	시가/단카	
1	6	文苑	佳羅丹之幾/赤十字社の看護婦を詠す 〔2〕 가라니시키/적십자사의 간호부를 읊다	玉井南軒	시가/단카	
1	6~7	小說	絃のみだれ 〈58〉 흐트러진 현	永井櫻國	소설/일본	
3	1~2		秋月菊の傳 其四 〈4〉 아키즈키 기쿠 전 그 네 번째	紫生	수필/기타	

1908년 01월 29일 (수) 65호

지면	단수	기획	기사제목 〈회수〉〔곡수〕	필자/저자(역자)	분류	비고
1	5	文苑	佳羅丹之幾/新年風 〔2〕 가라니시키/신년의 바람	玉井南軒	시가/단카	
1	5~6	文苑	佳羅丹之幾/新年眺望 〔2〕 가라니시키/신년의 조망	玉井南軒	시가/단카	
1	6	文苑	佳羅丹之幾/新年空 〔1〕 가라니시키/신년의 하늘	玉井南軒	시가/단카	
1	6~7	小說	絃のみだれ 〈58〉 흐트러진 현	永井櫻國	소설/일본	

1908년 01월 30일 (목) 66호

지면	단수	기획	기사제목 〈회수〉〔곡수〕	필자/저자(역자)	분류	비고
1	1~2		朝鮮兩班の日本旅行記 〈6〉 조선 양반의 일본 여행기	李書房	수필/기행	
1	2~3		新疆旅行記 〈5〉 신장 여행기		수필/기행	
1	5	文苑	佳羅丹之幾/新年雪 〔3〕 가라니시키/신년의 눈	玉井南軒	시가/단카	
1	5	文苑	佳羅丹之幾/新年興 〔1〕 가라니시키/신년의 흥	玉井南軒	시가/단카	
1	5~6	文苑	佳羅丹之幾/新年言志 〔2〕 가라니시키/신년의 언지	玉井南軒	시가/단카	
1	6	文苑	佳羅丹之幾/都新年 〔2〕 가라니시키/도성의 신년	玉井南軒	시가/단카	
1	6~7	小說	絃のみだれ 〈59〉 흐트러진 현	永井櫻國	소설/일본	
3	1~2		秋月菊の傳 其五 〈5〉 아키즈키 기쿠 전 그 다섯 번째	紫生	수필/기타	

1908년 02월 01일 (토) 67호

지면	단수	기획	기사제목 〈회수〉〔곡수〕	필자/저자(역자)	분류	비고
1	1~2		新疆旅行記 〈7〉 신장 여행기		수필/기행	
1	5	文苑	佳羅丹之幾/山家新年 〔1〕 가라니시키/산가의 신년	玉井南軒	시가/단카	
1	5	文苑	佳羅丹之幾/新年松 〔1〕 가라니시키/신년의 소나무	玉井南軒	시가/단카	
1	5	文苑	佳羅丹之幾/ある歲旅館に新年を迎へて 〔1〕 가라니시키/어느 해 여관에서 신년을 맞으며	玉井南軒	시가/단카	
1	5~6	文苑	佳羅丹之幾/故鄉新年 〔2〕 가라니시키/고향의 신년	玉井南軒	시가/단카	

지면	단수	기획	기사제목 〈회수〉〔곡수〕	필자/저자(역자)	분류	비고
1	6	文苑	佳羅丹之幾/新年鶴〔2〕 가라니시키/신년의 학	玉井南軒	시가/단카	
1	6~7	小說	絃のみだれ〈60〉 흐트러진 현	永井櫻國	소설/일본	
3	1~2		秋月菊の傳 其六〈6〉 아키즈키 기쿠 전 그 여섯 번째	紫生	수필/기타	

1908년 02월 02일 (일) 68호

지면	단수	기획	기사제목 〈회수〉〔곡수〕	필자/저자(역자)	분류	비고
1	3~5		新彊旅行記〈8〉 신장 여행기		수필/기행	
1	5	文苑	佳羅丹之幾/新年松〔1〕 가라니시키/신년의 소나무	玉井南軒	시가/단카	
1	6	文苑	佳羅丹之幾/新年竹〔2〕 가라니시키/신년의 대나무	玉井南軒	시가/단카	
1	6~7	小說	絃のみだれ〈61〉 흐트러진 현	永井櫻國	소설/일본	
3	3		ラッパ節(京義線讀込)〔1〕 랏파부시(경의선 요미코미)	兼二浦 紅雲野史	시가/랏파부시	
3	3		同(各國讀込)〔1〕 상동(각국 요미코미)	兼二浦 紅雲野史	시가/랏파부시	

1908년 02월 04일 (화) 69호

지면	단수	기획	기사제목 〈회수〉〔곡수〕	필자/저자(역자)	분류	비고
1	1~2		新彊旅行記(續)〈9〉 신장 여행기(속)		수필/기행	
1	6~7	小說	絃のみだれ〈63〉 흐트러진 현	永井櫻國	소설/일본	

1908년 02월 05일 (수) 70호

지면	단수	기획	기사제목 〈회수〉〔곡수〕	필자/저자(역자)	분류	비고
1	1~2		新彊旅行記(續)〈10〉 신장 여행기(속)		수필/기행	
1	6~7	小說	絃のみだれ〈64〉 흐트러진 현	永井櫻國	소설/일본	
3	1~2		秋月菊の傳 其七〈7〉 아키즈키 기쿠 전 그 일곱 번째	紫生	수필/기타	

1908년 02월 06일 (목) 71호

지면	단수	기획	기사제목 〈회수〉〔곡수〕	필자/저자(역자)	분류	비고
1	1		新彊旅行記(續)〈11〉 신장 여행기(속)		수필/기행	
1	6~7	小說	絃のみだれ〈65〉 흐트러진 현	永井櫻國	소설/일본	
3	1~2		秋月菊の傳 其八〈8〉 아키즈키 기쿠 전 그 여덟 번째	紫生	수필/기타	

1908년 02월 07일 (금) 72호

지면	단수	기획	기사제목 〈회수〉〔곡수〕	필자/저자(역자)	분류	비고
1	1~2		新彊旅行記(續)〈12〉 신장 여행기(속)		수필/기행	
1	6~7	小說	絃のみだれ〈66〉 흐트러진 현	永井櫻國	소설/일본	

1908년 02월 08일 (토) 73호

지면	단수	기획	기사제목 〈회수〉〔곡수〕	필자/저자(역자)	분류	비고
1	1~2		新彊旅行記(續)〈12〉 신장 여행기(속)		수필/기행	

지면	단수	기획	기사제목 〈회수〉〔곡수〕	필자/저자(역자)	분류	비고
1	6~7	小說	絃のみだれ 〈67〉 흐트러진 현	永井櫻國	소설/일본	
3	1~2		秋月菊の傳 其九 〈9〉 아키즈키 기쿠 전 그 아홉 번째	紫生	수필/기타	

1908년 02월 09일 (일) 74호

지면	단수	기획	기사제목 〈회수〉〔곡수〕	필자/저자(역자)	분류	비고
1	1~2		朝鮮兩班の日本旅行記 〈7〉 조선 양반의 일본 여행기	李書房	수필/기행	
1	2~3		新疆旅行記(續) 〈13〉 신장 여행기(속)		수필/기행	
1	5	文苑	佳羅丹之幾/初荷 〔1〕 가라니시키/새해 마수걸이 배달	玉井南軒	시가/단카	
1	5	文苑	佳羅丹之幾/英文楠公を觀て 〔1〕 가라니시키/영문 난코를 보고	玉井南軒	시가/단카	
1	5~6	文苑	佳羅丹之幾/梅 〔2〕 가라니시키/매화	玉井南軒	시가/단카	
1	6~7	小說	絃のみだれ 〈68〉 흐트러진 현	永井櫻國	소설/일본	
3	4~5		藤子を悼む 후지코를 애도하다	不肖なる其父 旭川	수필/기타	

1908년 02월 11일 (화) 75호

지면	단수	기획	기사제목 〈회수〉〔곡수〕	필자/저자(역자)	분류	비고
1	1~2		新疆旅行記(續) 〈14〉 신장 여행기(속)		수필/기행	
1	6	文苑	佳羅丹之幾/追羽子 〔1〕 가라니시키/오이바네	玉井南軒	시가/단카	
1	6	文苑	佳羅丹之幾/鞠遊 〔1〕 가라니시키/공놀이	玉井南軒	시가/단카	
1	6~7	小說	絃のみだれ 〈69〉 흐트러진 현	永井櫻國	소설/일본	

1908년 02월 13일 (목) 76호

지면	단수	기획	기사제목 〈회수〉〔곡수〕	필자/저자(역자)	분류	비고
1	1~3		新疆旅行記(續) 〈15〉 신장 여행기(속)		수필/기행	
1	6~7	小說	絃のみだれ 〈70〉 흐트러진 현	永井櫻國	소설/일본	

1908년 02월 14일 (금) 77호

지면	단수	기획	기사제목 〈회수〉〔곡수〕	필자/저자(역자)	분류	비고
1	1~2		新疆旅行記(續) 〈16〉 신장 여행기(속)		수필/기행	
1	5~6	文苑	佳羅丹之幾/秋山岡山煙草製造所長の大阪收納所長に榮轉されたるを壽ぐ 〔1〕 가라니시키/아키야마 오카야마 담배 제조 소장이 오사카 수납 소장으로 영전된 것을 축하하다	玉井南軒	시가/단카	
1	6	文苑	佳羅丹之幾/大阪を去りて東京に遊ぶ友を送る 〔1〕 가라니시키/오사카를 떠나 도쿄로 여행하는 친구를 배웅하다	玉井南軒	시가/단카	
1	6~7	小說	絃のみだれ 〈71〉 흐트러진 현	永井櫻國	소설/일본	

1908년 02월 15일 (토) 78호

지면	단수	기획	기사제목 〈회수〉〔곡수〕	필자/저자(역자)	분류	비고
1	1~2		新疆旅行記(續) 〈17〉 신장 여행기(속)		수필/기행	

지면	단수	기획	기사제목 〈회수〉〔곡수〕	필자/저자(역자)	분류	비고
1	6~7	小說	絃のみだれ 〈72〉 흐트러진 현	永井櫻國	소설/일본	
3	1~2		秋月菊の傳 其十 〈10〉 아키즈키 기쿠 진 그 열 번째	紫生	수필/기타	

1908년 02월 16일 (일) 79호

1	1~2		新疆旅行記(續) 〈18〉 신장 여행기(속)		수필/기행	
1	6~7	小說	絃のみだれ 〈73〉 흐트러진 현	永井櫻國	소설/일본	
3	1~2		秋月菊の傳 其十一 〈11〉 아키즈키 기쿠 전 그 열한 번째	紫生	수필/기타	

1908년 02월 18일 (화) 80호

| 1 | 1~2 | | 新疆旅行記(續) 〈19〉
신장 여행기(속) | | 수필/기행 | |
| 1 | 6~7 | 小說 | 絃のみだれ 〈74〉
흐트러진 현 | 永井櫻國 | 소설/일본 | |

1908년 02월 19일 (수) 81호

| 1 | 1~2 | | 新疆旅行記(續) 〈20〉
신장 여행기(속) | | 수필/기행 | |
| 1 | 6~7 | 小說 | 絃のみだれ 〈75〉
흐트러진 현 | 永井櫻國 | 소설/일본 | |

1908년 02월 20일 (목) 82호

1	4~6		新疆旅行記(續) 〈21〉 신장 여행기(속)		수필/기행	
1	6~7	小說	絃のみだれ 〈76〉 흐트러진 현	永井櫻國	소설/일본	
3	1~2		秋月菊の傳 其十二 〈12〉 아키즈키 기쿠 전 그 열두 번째	紫生	수필/기타	

1908년 02월 21일 (금) 83호

| 1 | 6~7 | 小說 | 絃のみだれ 〈77〉
흐트러진 현 | 永井櫻國 | 소설/일본 | |
| 3 | 1~2 | | 秋月菊の傳 其十三 〈13〉
아키즈키 기쿠 전 그 열세 번째 | 紫生 | 수필/기타 | |

1908년 02월 22일 (토) 84호

| 1 | 6~7 | 小說 | 絃のみだれ 〈78〉
흐트러진 현 | 永井櫻國 | 소설/일본 | |
| 3 | 1 | | 秋月菊の傳 其十四 〈14〉
아키즈키 기쿠 전 그 열네 번째 | 紫生 | 수필/기타 | |

1908년 02월 23일 (일) 85호

| 1 | 6~7 | 小說 | 絃のみだれ 〈79〉
흐트러진 현 | 永井櫻國 | 소설/일본 | |

1908년 02월 25일 (화) 86호

| 1 | 6~7 | 小說 | 絃のみだれ 〈80〉
흐트러진 현 | 永井櫻國 | 소설/일본 | |

지면	단수	기획	기사제목 〈회수〉〔곡수〕	필자/저자(역자)	분류	비고
3	1		秋月菊の傳 其十五 〈15〉 아키즈키 기쿠 전 그 열다섯 번째	紫生	수필/기타	

1908년 02월 26일 (수) 87호

지면	단수	기획	기사제목 〈회수〉〔곡수〕	필자/저자(역자)	분류	비고
1	5~6	文苑	佳羅丹之幾/淸國鳳凰城に行く友を送る 〔1〕 가라니시키/청국 봉황성에 가는 친구를 배웅하다	玉井南軒	시가/단카	
1	6	文苑	佳羅丹之幾/歌をたづねて人來給ひければ 〔1〕 가라니시키/노래를 찾아 사람 오시니	玉井南軒	시가/단카	
1	6~7	小說	絃のみだれ 〈81〉 흐트러진 현	永井櫻國	소설/일본	
3	1		秋月菊の傳 其十六 〈16〉 아키즈키 기쿠 전 그 열여섯 번째	紫生	수필/기타	

1908년 02월 27일 (목) 88호

지면	단수	기획	기사제목 〈회수〉〔곡수〕	필자/저자(역자)	분류	비고
1	6~7	小說	絃のみだれ 〈82〉 흐트러진 현	永井櫻國	소설/일본	
3	1~2		秋月菊の傳 其十七 〈17〉 아키즈키 기쿠 전 그 열일곱 번째	紫生	수필/기타	

1908년 02월 28일 (금) 89호

지면	단수	기획	기사제목 〈회수〉〔곡수〕	필자/저자(역자)	분류	비고
1	6~7	小說	絃のみだれ 〈83〉 흐트러진 현	永井櫻國	소설/일본	

1908년 02월 29일 (토) 90호

지면	단수	기획	기사제목 〈회수〉〔곡수〕	필자/저자(역자)	분류	비고
1	1~3		韓國及び東南/滿洲旅行談(續) 한국 및 동남/만주 여행담(속)	陸軍步兵大佐 小澤 德平	수필/기행	
1	5		立春 〔1〕 입춘	信天翁	시가/단카	
1	6~7	小說	絃のみだれ 〈84〉 흐트러진 현	永井櫻國	소설/일본	
3	1~3		秋月菊の傳 其十八 〈18〉 아키즈키 기쿠 전 그 열여덟 번째	紫生	수필/기타	

1908년 03월 01일 (일) 91호

지면	단수	기획	기사제목 〈회수〉〔곡수〕	필자/저자(역자)	분류	비고
1	1~3		韓國及び東南/滿洲旅行談(續) 한국 및 동남/만주 여행담(속)	陸軍步兵大佐 小澤 德平	수필/기행	
1	6~7	小說	絃のみだれ 〈85〉 흐트러진 현	永井櫻國	소설/일본	

1908년 03월 03일 (화) 92호

지면	단수	기획	기사제목 〈회수〉〔곡수〕	필자/저자(역자)	분류	비고
1	1~3		韓國及び東南/滿洲旅行談(續) 한국 및 동남/만주 여행담(속)	陸軍步兵大佐 小澤 德平	수필/기행	
1	6~7	小說	絃のみだれ 〈86〉 흐트러진 현	永井櫻國	소설/일본	
3	3		折ふれて 〔3〕 때때로	玄洋漁夫	시가/단카	

1908년 03월 04일 (수) 93호

지면	단수	기획	기사제목 〈회수〉〔곡수〕	필자/저자(역자)	분류	비고
1	1		韓國及び東南/滿洲旅行談(續) 한국 및 동남/만주 여행담(속)	陸軍步兵大佐 小澤 德平	수필/기행	
1	5~6		ひゝな(上) 〈1〉〔20〕 히나 인형(상)	牛人	수필·시가/ 수필·하이쿠	

지면	단수	기획	기사제목 〈회수〉〔곡수〕	필자/저자(역자)	분류	비고
1	6~7	小說	絃のみだれ〈87〉 흐트러진 현	永井櫻國	소설/일본	

1908년 03월 05일 (목) 94호

지면	단수	기획	기사제목 〈회수〉〔곡수〕	필자/저자(역자)	분류	비고
1	1~2		韓國及び東南/滿洲旅行談(續) 한국 및 동남/만주 여행담(속)	陸軍步兵大佐 小澤德平	수필/기행	
1	6~7	小說	絃のみだれ〈88〉 흐트러진 현	永井櫻國	소설/일본	

1908년 03월 06일 (금) 95호

지면	단수	기획	기사제목 〈회수〉〔곡수〕	필자/저자(역자)	분류	비고
1	5~6		韓國及び東南/滿洲旅行談(續) 한국 및 동남/만주 여행담(속)	陸軍步兵大佐 小澤德平	수필/기행	
1	6~7	小說	絃のみだれ〈89〉 흐트러진 현	永井櫻國	소설/일본	

1908년 03월 07일 (토) 96호

지면	단수	기획	기사제목 〈회수〉〔곡수〕	필자/저자(역자)	분류	비고
1	5~6		ひゝな(下)〈2〉〔35〕 히나 인형(하)	牛人	수필·시가/ 수필·하이쿠	
1	6~7	小說	絃のみだれ〈90〉 흐트러진 현	永井櫻國	소설/일본	

1908년 03월 08일 (일) 97호

지면	단수	기획	기사제목 〈회수〉〔곡수〕	필자/저자(역자)	분류	비고
1	6~7	小說	絃のみだれ〈91〉 흐트러진 현	永井櫻國	소설/일본	

1908년 03월 10일 (화) 98호

지면	단수	기획	기사제목 〈회수〉〔곡수〕	필자/저자(역자)	분류	비고
1	6~7	小說	絃のみだれ〈92〉 흐트러진 현	永井櫻國	소설/일본	

1908년 03월 12일 (목) 99호

지면	단수	기획	기사제목 〈회수〉〔곡수〕	필자/저자(역자)	분류	비고
1	6~7	小說	絃のみだれ〈93〉 흐트러진 현	永井櫻國	소설/일본	

1908년 03월 13일 (금) 100호

지면	단수	기획	기사제목 〈회수〉〔곡수〕	필자/저자(역자)	분류	비고
1	6~7	小說	絃のみだれ〈93〉 흐트러진 현	永井櫻國	소설/일본	회수 오류
2	6~7		奇話集(其の一)/村長の後見役〈1〉 기담집(그 첫 번째)/촌장의 후견 역		수필/기타	

1908년 03월 14일 (토) 101호

지면	단수	기획	기사제목 〈회수〉〔곡수〕	필자/저자(역자)	분류	비고
1	6~7	小說	絃のみだれ〈95〉 흐트러진 현	永井櫻國	소설/일본	

1908년 03월 15일 (일) 102호

지면	단수	기획	기사제목 〈회수〉〔곡수〕	필자/저자(역자)	분류	비고
1	6	文苑	雪意〔1〕 설의	飯塚鵜涯	시가/한시	
1	6	文苑	冬曉〔1〕 동효	飯塚鵜涯	시가/한시	
1	6	文苑	丁未餘夜〔1〕 정미여야	飯塚鵜涯	시가/한시	
1	6~7	小說	絃のみだれ〈95〉 흐트러진 현	永井櫻國	소설/일본	회수 오류

지면	단수	기획	기사제목 〈회수〉〔곡수〕	필자/저자(역자)	분류	비고
2	6~7		奇話集(其の二)/大王の鴉 〈2〉 기담집(그 두 번째)/대왕의 까마귀		수필/기타	

1908년 03월 17일 (화) 103호

지면	단수	기획	기사제목	필자/저자(역자)	분류	비고
1	6~7	小說	絃のみだれ 〈96〉 흐트러진 현	永井櫻國	소설/일본	회수 오류

1908년 03월 18일 (수) 104호

지면	단수	기획	기사제목	필자/저자(역자)	분류	비고
1	6~7	小說	絃のみだれ 〈97〉 흐트러진 현	永井櫻國	소설/일본	회수 오류
3	1~2		事實談 花の根ざし 〈1〉 사실담 꽃의 정착	栗嶽庵主人	소설/일본	
3	2~3		秋月菊の傳 其十九 〈19〉 아키즈키 기쿠 전 그 열아홉 번째	紫生	수필/기타	

1908년 03월 19일 (목) 105호

지면	단수	기획	기사제목	필자/저자(역자)	분류	비고
1	6~7	小說	絃のみだれ 〈98〉 흐트러진 현	永井櫻國	소설/일본	회수 오류
3	1~2		事實談 花の根ざし 〈2〉 사실담 꽃의 정착	栗嶽庵主人	소설/일본	

1908년 03월 20일 (금) 106호

지면	단수	기획	기사제목	필자/저자(역자)	분류	비고
1	6~7	小說	絃のみだれ 〈99〉 흐트러진 현	永井櫻國	소설/일본	회수 오류
3	1~2		事實談 花の根ざし 〈3〉 사실담 꽃의 정착	栗嶽庵主人	소설/일본	

1908년 03월 21일 (토) 107호

지면	단수	기획	기사제목	필자/저자(역자)	분류	비고
1	6~7	小說	絃のみだれ 〈100〉 흐트러진 현	永井櫻國	소설/일본	회수 오류
3	1~2		事實談 花の根ざし 〈4〉 사실담 꽃의 정착	栗嶽庵主人	소설/일본	
3	4~5		秋月菊の傳 其二十 〈20〉 아키즈키 기쿠 전 그 스무 번째	紫生	수필/기타	

1908년 03월 24일 (화) 108호

지면	단수	기획	기사제목	필자/저자(역자)	분류	비고
1	6~7	小說	絃のみだれ 〈100〉 흐트러진 현	永井櫻國	소설/일본	회수 오류
3	1~2		事實談 花の根ざし 〈5〉 사실담 꽃의 정착	栗嶽庵主人	소설/일본	

1908년 03월 25일 (수) 109호

지면	단수	기획	기사제목	필자/저자(역자)	분류	비고
1	6~7	小說	絃のみだれ 〈102〉 흐트러진 현	永井櫻國	소설/일본	회수 오류
3	1		事實談 花の根ざし 〈6〉 사실담 꽃의 정착	栗嶽庵主人	소설/일본	

1908년 03월 26일 (목) 110호

지면	단수	기획	기사제목	필자/저자(역자)	분류	비고
1	6~7	小說	絃のみだれ 〈103〉 흐트러진 현	永井櫻國	소설/일본	회수 오류
3	1		事實談 花の根ざし 〈7〉 사실담 꽃의 정착	栗嶽庵主人	소설/일본	

지면	단수	기획	기사제목 〈회수〉 [곡수]	필자/저자(역자)	분류	비고
1908년 03월 27일 (금) 111호						
1	6~7	小說	絃のみだれ 〈104〉 흐트러진 현	永井櫻國	소설/일본	회수 오류
3	1		事實談 花の根ざし 〈8〉 사실담 꽃의 정착	栗嶽庵主人	소설/일본	
1908년 03월 28일 (토) 112호						
1	6~7	小說	絃のみだれ 〈104〉 흐트러진 현	永井櫻國	소설/일본	회수 오류
3	1		事實談 花の根ざし 〈9〉 사실담 꽃의 정착	栗嶽庵主人	소설/일본	
1908년 03월 29일 (일) 113호						
1	6~7	小說	絃のみだれ 〈105〉 흐트러진 현	永井櫻國	소설/일본	회수 오류
3	1~2		事實談 花の根ざし 〈10〉 사실담 꽃의 정착	栗嶽庵主人	소설/일본	
1908년 03월 31일 (화) 114호						
1	6~7	小說	絃のみだれ 〈106〉 흐트러진 현	永井櫻國	소설/일본	회수 오류
3	1		事實談 花の根ざし 〈11〉 사실담 꽃의 정착	栗嶽庵主人	소설/일본	
1908년 04월 01일 (수) 115호						
1	5~6	讀者文壇	婦人矯風會に望む 부인교풍회에 바란다	蝶子	수필/기타	
1	6~7	小說	絃のみだれ 〈107〉 흐트러진 현	永井櫻國	소설/일본	회수 오류
3	1		事實談 花の根ざし 〈12〉 사실담 꽃의 정착	栗嶽庵主人	소설/일본	
1908년 04월 02일 (목) 116호						
1	5	讀者文壇	文學會の設立を望む 문학회 설립을 바란다	好文生	수필/기타	
1	6~7	小說	絃のみだれ 〈108〉 흐트러진 현	永井櫻國	소설/일본	회수 오류
3	1~2		事實談 花の根ざし 〈13〉 사실담 꽃의 정착	栗嶽庵主人	소설/일본	
1908년 04월 03일 (금) 117호						
1	6~7	小說	絃のみだれ 〈109〉 흐트러진 현	永井櫻國	소설/일본	회수 오류
3	1~2		事實談 花の根ざし 〈14〉 사실담 꽃의 정착	栗嶽庵主人	소설/일본	
1908년 04월 05일 (일) 118호						
1	5	讀者文壇	世評の眞價値 세평의 진정한 가치	忠僻生	수필/기타	
1	6~7	小說	絃のみだれ 〈109〉 흐트러진 현	永井櫻國	소설/일본	회수 오류

지면	단수	기획	기사제목 〈회수〉〔곡수〕	필자/저자(역자)	분류	비고
1908년 04월 07일 (화) 119호						
1	5~6	讀者文壇	殖民地の氣風 식민지의 기풍	無名氏	수필/기타	
1	6~7	小說	絃のみだれ〈110〉 흐트러진 현	永井櫻國	소설/일본	회수 오류
1908년 04월 08일 (수) 120호						
1	5	讀者文壇	春夢〔1〕 춘몽	春の舍	시가/신체시	
1	5~6	讀者文壇	春季雜詠〔9〕 춘계-잡영	水原慶夫	시가/단카	
1	6~7	小說	絃のみだれ〈111〉 흐트러진 현	永井櫻國	소설/일본	회수 오류
1908년 04월 09일 (목) 121호						
1	5~7	小說	絃のみだれ〈112〉 흐트러진 현	永井櫻國	소설/일본	회수 오류
1908년 04월 10일 (금) 122호						
1	5	讀者文壇	折にふれてよめる歌並短歌〔1〕 이따금 읊는 노래 및 단카	高橋夏麿	시가/조카	
1	5	讀者文壇	反歌〔1〕 반가	高橋夏麿	시가/단카	
1	5	讀者文壇	春季雜詠〔9〕 춘계-잡영	水原慶夫	시가/단카	
1	5~7	小說	絃のみだれ〈113〉 흐트러진 현	永井櫻國	소설/일본	회수 오류
1908년 04월 11일 (토) 123호						
1	6~7	小說	絃のみだれ〈114〉 흐트러진 현	永井櫻國	소설/일본	회수 오류
1908년 04월 12일 (일) 124호						
1	5	讀者歌壇	春季雜詠/夕照〔1〕 춘계-잡영/석조	水原慶夫	시가/단카	
1	5	讀者歌壇	春季雜詠/壁〔1〕 춘계-잡영/벽	水原慶夫	시가/단카	
1	5	讀者歌壇	春季雜詠/黃〔1〕 춘계-잡영/노랑	水原慶夫	시가/단카	
1	5	讀者歌壇	春季雜詠/筆〔1〕 춘계-잡영/붓	水原慶夫	시가/단카	
1	5	讀者歌壇	春季雜詠/幽靈〔1〕 춘계-잡영/유령	水原慶夫	시가/단카	
1	5	讀者歌壇	春季雜詠/鳥〔1〕 춘계-잡영/새	水原慶夫	시가/단카	
1	5	讀者歌壇	春季雜詠/家〔1〕 춘계-잡영/집	水原慶夫	시가/단카	
1	5	讀者歌壇	春季雜詠/兎〔1〕 춘계-잡영/토끼	水原慶夫	시가/단카	
1	5	讀者歌壇	春季雜詠/たのしきもの〔1〕 춘계-잡영/즐거운 것	水原慶夫	시가/단카	

지면	단수	기획	기사제목 〈회수〉〔곡수〕	필자/저자(역자)	분류	비고
1	5	讀者歌壇	春季雜詠/をしきもの〔1〕 춘계-잡영/아쉬운 것	水原慶夫	시가/단카	
1	5	讀者歌壇	春季雜詠/醉中作〔1〕 춘계-잡영/취중작	水原慶夫	시가/단키	
1	5~6	讀者歌壇	春季雜詠/をりにふれて〔2〕 춘계-잡영/때때로	水原慶夫	시가/단카	
1	6~7	小說	絃のみだれ〈115〉 흐트러진 현	永井櫻國	소설/일본	회수 오류

1908년 04월 14일 (화) 125호

지면	단수	기획	기사제목 〈회수〉〔곡수〕	필자/저자(역자)	분류	비고
1	6~7	小說	絃のみだれ〈116〉 흐트러진 현	永井櫻國	소설/일본	회수 오류

1908년 04월 15일 (수) 126호

지면	단수	기획	기사제목 〈회수〉〔곡수〕	필자/저자(역자)	분류	비고
1	6~7	小說	絃のみだれ〈117〉 흐트러진 현	永井櫻國	소설/일본	회수 오류
3	3		鐵道俚謠〔2〕 철도 이요		시가/신체시 , 도도이쓰	

1908년 04월 16일 (목) 127호

지면	단수	기획	기사제목 〈회수〉〔곡수〕	필자/저자(역자)	분류	비고
1	5~6	讀者文壇	短詩小曲〔6〕 단시소곡	ふじ川梅#	시가/신체시	
1	6~7	小說	絃のみだれ〈118〉 흐트러진 현	永井櫻國	소설/일본	회수 오류
3	1		夜の南山〈1〉 밤의 남산		수필/일상	
3	4		小說豫告 소설 예고		광고/연재 예고	

1908년 04월 17일 (금) 128호

지면	단수	기획	기사제목 〈회수〉〔곡수〕	필자/저자(역자)	분류	비고
1	6~7	小說	絃のみだれ〈118〉 흐트러진 현	永井櫻國	소설/일본	회수 오류
3	1		夜の南山(下)〈2〉 밤의 남산(하)		수필/일상	

1908년 04월 18일 (토) 129호

지면	단수	기획	기사제목 〈회수〉〔곡수〕	필자/저자(역자)	분류	비고
1	6~7	小說	絃のみだれ〈118〉 흐트러진 현	永井櫻國	소설/일본	회수 오류
3	3		小說豫告 소설 예고		광고/연재 예고	
3	5		花見〔15〕 벚꽃놀이	壽町 吾妻屋主人	시가/하이쿠	

1908년 04월 19일 (일) 130호

지면	단수	기획	기사제목 〈회수〉〔곡수〕	필자/저자(역자)	분류	비고
1	5		春季雜詠/春雨〔1〕 춘계-잡영/봄비	春の舍主人	시가/단카	
1	5		春季雜詠/春懷舊〔1〕 춘계-잡영/봄 회구	春の舍主人	시가/단카	
1	6~7	小說	絃のみだれ〈121〉 흐트러진 현	永井櫻國	소설/일본	회수 오류
3	3		小說豫告 소설 예고		광고/연재 예고	

지면	단수	기획	기사제목 〈회수〉〔곡수〕	필자/저자(역자)	분류	비고
			1908년 04월 21일 (화) 131호			
1	5	讀者歌壇	短詩/春 〔1〕 단시/봄	八重吉	시가/신체시	
1	5	讀者歌壇	短詩/廓 〔1〕 단시/유곽	八重吉	시가/신체시	
1	5	讀者歌壇	春季雜詠/戀 〔1〕 춘계-잡영/사랑	春の舍主人	시가/단카	
1	6~7	小說	絃のみだれ 〈122〉 흐트러진 현	永井櫻國	소설/일본	회수 오류
			1908년 04월 22일 (수) 132호			
1	5~7	小說	絃のみだれ 〈123〉 흐트러진 현	永井櫻國	소설/일본	회수 오류
3	4	川柳	官吏 〔14〕 관리	壽町 吾妻屋主人	시가/센류	
			1908년 04월 23일 (목) 133호			
1	5~7		花車(上) 〈1〉 꽃수레(상)	風庵主人	소설/일본	
3	4		小說豫告 소설 예고		광고/연재 예고	
			1908년 04월 24일 (금) 134호			
1	6~7	小說	★新不如歸 〈1〉 신 불여귀	篠原嶺葉	소설/일본	
3	1		開成まで 〈1〉 개성까지	梅まど	수필/기행	
			1908년 04월 25일 (토) 135호			
1	4~6	讀者文壇	佛敎敎師に望む 불교 교사에게 바란다	啞石	수필/기타	
1	6~7	小說	★新不如歸 〈2〉 신 불여귀	篠原嶺葉	소설/일본	
3	1~2		開成まで 〈2〉 개성까지	梅まど	수필/기행	
			1908년 04월 26일 (일) 136호			
1	4~5	讀者文壇	韓人觀 한인관	商人	수필/비평	
1	5	讀者歌壇	四時の月 〔1〕 4시의 달	春の舍	시가/신체시	
1	5	讀者歌壇	夕 〔1〕 저녁	八重吉	시가/신체시	
1	5	讀者歌壇	川 〔1〕 냇물	八重吉	시가/신체시	
1	5	讀者歌壇	花 〔1〕 꽃	八重吉	시가/신체시	
1	6~7	小說	★新不如歸 〈3〉 신 불여귀	篠原嶺葉	소설/일본	
3	1~2		開成まで 〈3〉 개성까지	梅まど	수필/기행	

지면	단수	기획	기사제목 〈회수〉〔곡수〕	필자/저자(역자)	분류	비고
1908년 04월 28일 (화) 137호						
1	5~7	小說	★新不如歸〈4〉 신 불여귀	篠原嶺葉	소설/일본	
3	1~2		開成まで〈4〉 개성까지	梅まど	수필/기행	
1908년 04월 29일 (수) 138호						
1	5~6	讀者文壇	月の美 달의 아름다움	蝶子	수필/비평	
1	6~7	小說	★新不如歸〈4〉 신 불여귀	篠原嶺葉	소설/일본	회수 오류
3	1		開成まで〈5〉 개성까지	梅まど	수필/기행	
3	3		相撲甚句〔1〕 스모 진쿠	泥峴浪人	시가/진쿠	
1908년 04월 30일 (목) 139호						
1	4~6	讀者文壇	きのふの一日 어제의 하루	扇三子	수필/일상	
1	6~7	小說	★新不如歸〈6〉 신 불여귀	篠原嶺葉	소설/일본	
3	1~2		開成まで〈6〉 개성까지	梅まど	수필/기행	
1908년 05월 01일 (금) 140호						
1	5~6		★華城の地の君に 화성 땅의 임에게	永登浦 流葉生	시가/신체시	
1	6~7	小說	★新不如歸〈7〉 신 불여귀	篠原嶺葉	소설/일본	
1908년 05월 02일 (토) 141호						
1	5	讀者文壇	日本外交の拙劣 일본 외교의 졸렬함	△▲生	수필/비평	
1	5~7	小說	★新不如歸〈8〉 신 불여귀	篠原嶺葉	소설/일본	
3	1~2		開成まで〈7〉 개성까지	梅まど	수필/기행	
1908년 05월 03일 (일) 142호						
1	6~7	小說	★新不如歸〈9〉 신 불여귀	篠原嶺葉	소설/일본	
3	1~2		開成まで〈8〉 개성까지	梅まど	수필/기행	
1908년 05월 05일 (화) 143호						
1	5	讀者文壇	閑窓〔1〕 한창	夏子	수필·시가/ 일상·단카	
1	5~7	小說	★新不如歸〈10〉 신 불여귀	篠原嶺葉	소설/일본	
1908년 05월 06일 (수) 144호						

지면	단수	기획	기사제목 〈회수〉〔곡수〕	필자/저자(역자)	분류	비고
1	6~7	小說	★新不如歸 〈11〉 신 불여귀	篠原嶺葉	소설/일본	

1908년 05월 17일 (일) 145호

지면	단수	기획	기사제목	필자/저자(역자)	분류	비고
1	4	文苑	三溪洞にて〔1〕 삼계동에서	扇三子	시가/단카	
1	4	文苑	吾笑吾〔1〕 나를 비웃는 나	扇三子	시가/단카	
1	5	文苑	偶感〔1〕 우감	扇三子	시가/한시	
1	5~6	小說	★新不如歸 〈12〉 신 불여귀	篠原嶺葉	소설/일본	

1908년 05월 19일 (화) 146호

지면	단수	기획	기사제목	필자/저자(역자)	분류	비고
1	5~6	小說	★新不如歸 〈13〉 신 불여귀	篠原嶺葉	소설/일본	
3	3		俗調〔2〕 속조	松若	시가/도도이쓰	

1908년 05월 20일 (수) 147호

지면	단수	기획	기사제목	필자/저자(역자)	분류	비고
1	2~3	小品文	門外の樂園 문밖의 낙원	赤門前 神韻生	수필/일상	
1	3	小品文	門外の樂園/評 문밖의 낙원/평	選者 翠山生	수필/비평	
1	3	小品文	南大門の孤立 남대문의 고립	御成町 白葦生	수필/서간	
1	3	小品文	南大門の孤立/評 남대문의 고립/평	選者 翠山生	수필/비평	
1	3	小品文	嫁入仕度 시집 갈 준비	本町 白揚女史	수필/일상	
1	3	小品文	嫁入仕度/評 시집 갈 준비/평	選者 翠山生	수필/비평	
1	3~4		忍戀〔2〕 은밀한 사랑	夏子	시가/조카, 단카	
1	4~5	小說	★新不如歸 〈14〉 신 불여귀	篠原嶺葉	소설/일본	
3	2		俗調〔3〕 속조	吉崎御坊	시가/도도이쓰	

1908년 05월 21일 (목) 148호

지면	단수	기획	기사제목	필자/저자(역자)	분류	비고
1	4~5	小說	★新不如歸 〈15〉 신 불여귀	篠原嶺葉	소설/일본	
3	2		俗調〔2〕 속조	吉崎御坊	시가/도도이쓰	

1908년 05월 22일 (금) 149호

지면	단수	기획	기사제목	필자/저자(역자)	분류	비고
1	3~4	小品文	西小門外の夜景 서소문 밖의 야경	禿山生	수필/관찰	
1	4	小品文	西小門外の夜景/評 서소문 밖의 야경/평		수필/비평	
1	4~5	小說	★新不如歸 〈16〉 신 불여귀	篠原嶺葉	소설/일본	

지면	단수	기획	기사제목 〈회수〉 [곡수]	필자/저자(역자)	분류	비고
3	4		川柳/人 [4] 센류/사람	壽町 吾妻屋主人	시가/센류	

1908년 05월 23일 (토) 150호

지면	단수	기획	기사제목 〈회수〉 [곡수]	필자/저자(역자)	분류	비고
1	3	小品文	長嘆大息 장탄대식	南山町 白兎生	수필/일상	
1	3	小品文	長嘆大息/評 장탄대식/평	選者 翠山生	수필/비평	
1	3	小品文	親友の徴兵合格を祝す 친구의 징병 합격을 축하하다	本町 綾波生	수필/일상	
1	3	小品文	親友の徴兵合格を祝す/評 친구의 징병 합격을 축하하다/평	選者 翠山生	수필/비평	
1	3~5	小說	★新不如歸 〈17〉 신 불여귀	篠原嶺葉	소설/일본	

1908년 05월 24일 (일) 151호

지면	단수	기획	기사제목 〈회수〉 [곡수]	필자/저자(역자)	분류	비고
1	3	小品文	月下の夢 [1] 월하의 꿈	夏子	시가/신체시	
1	3	小品文	月下の夢/評 월하의 꿈/평	選者 翠山生	수필/비평	
1	3	小品文	去年の今頃 작년의 이맘때	青風生	수필/일상	
1	4	小品文	去年の今頃/評 작년의 이맘때/평	選者 翠山生	수필/비평	
1	4	小品文	田舍の初夏 시골의 초여름	信天翁	수필/일상	
1	4	小品文	田舍の初夏/評 시골의 초여름/평	選者 翠山生	수필/비평	
1	4~5	小說	★新不如歸 〈18〉 신 불여귀	篠原嶺葉	소설/일본	
3	1~2		美人の行衛 〈1〉 미인의 행방	閑坊	수필/관찰	
3	4		俗調 [1] 속조	紫	시가/도도이 쓰	

1908년 05월 26일 (화) 152호

지면	단수	기획	기사제목 〈회수〉 [곡수]	필자/저자(역자)	분류	비고
1	3~4	小品文	答不如歸 불여귀에 답하다	南山 花守	수필/일상	
1	4	小品文	答不如歸/評 불여귀에 답하다/평	選者 翠山生	수필/비평	
1	4	讀者歌壇	首夏雜詠 [3] 초여름-잡영	春の舍主人	시가/단카	
1	4~5	小說	★新不如歸 〈19〉 신 불여귀	篠原嶺葉	소설/일본	
3	1~2		美人の行衛 〈2〉 미인의 행방	閑坊	수필/기타	

1908년 05월 27일 (수) 153호

지면	단수	기획	기사제목 〈회수〉 [곡수]	필자/저자(역자)	분류	비고
1	4~5	小說	★新不如歸 〈20〉 신 불여귀	篠原嶺葉	소설/일본	
3	1~2		美人の行衛 〈3〉 미인의 행방	閑坊	수필/기타	

지면	단수	기획	기사제목 〈회수〉 [곡수]	필자/저자(역자)	분류	비고
3	5		俗調 [2] 속조	吉崎	시가/도도이 쓰	

1908년 05월 28일 (목) 154호

지면	단수	기획	기사제목 〈회수〉 [곡수]	필자/저자(역자)	분류	비고
1	4~5	小說	★新不如歸 〈21〉 신 불여귀	篠原嶺葉	소설/일본	
3	1~2		美人の行衛 〈4〉 미인의 행방	閑坊	수필/기타	
3	3		俗調 [2] 속조	吉崎	시가/도도이 쓰	

1908년 05월 29일 (금) 155호

지면	단수	기획	기사제목 〈회수〉 [곡수]	필자/저자(역자)	분류	비고
1	4~5	小說	★新不如歸 〈22〉 신 불여귀	篠原嶺葉	소설/일본	
3	1~2		美人の行衛 〈5〉 미인의 행방	閑坊	수필/기타	

1908년 05월 30일 (토) 156호

지면	단수	기획	기사제목 〈회수〉 [곡수]	필자/저자(역자)	분류	비고
1	4~5	小說	★新不如歸 〈23〉 신 불여귀	篠原嶺葉	소설/일본	
3	1~2		美人の行衛 〈6〉 미인의 행방	閑坊	소설/기타	
4	1		華族樣に口說かる/西の宮お樂の述懷 〈1〉 화족에게 구애를 받다/니시노미야 오라쿠의 술회		수필/일상	

1908년 05월 31일 (일) 157호

지면	단수	기획	기사제목 〈회수〉 [곡수]	필자/저자(역자)	분류	비고
1	4~5	小說	★新不如歸 〈24〉 신 불여귀	篠原嶺葉	소설/일본	
4	1		華族樣に口說かる/西の宮お樂の述懷 〈2〉 화족에게 구애를 받다/니시노미야 오라쿠의 술회		수필/일상	

1908년 06월 02일 (화) 158호

지면	단수	기획	기사제목 〈회수〉 [곡수]	필자/저자(역자)	분류	비고
1	3~4	浮世ぐさ	軍歌の始 군가의 시작		수필/기타	
1	4~5	小說	★新不如歸 〈25〉 신 불여귀	篠原嶺葉	소설/일본	
3	2		俗調 [3] 속조	吉崎御坊	시가/도도이 쓰	
4	1		華族樣に口說かる/西の宮お樂の述懷 〈3〉 화족에게 구애를 받다/니시노미야 오라쿠의 술회		수필/일상	

1908년 06월 03일 (수) 159호

지면	단수	기획	기사제목 〈회수〉 [곡수]	필자/저자(역자)	분류	비고
1	2~4	小說	★新不如歸 〈26〉 신 불여귀	篠原嶺葉	소설/일본	
4	1		華族樣に口說かる/西の宮お樂の述懷 〈4〉 화족에게 구애를 받다/니시노미야 오라쿠의 술회		수필/일상	

1908년 06월 04일 (목) 160호

지면	단수	기획	기사제목 〈회수〉 [곡수]	필자/저자(역자)	분류	비고
1	3~4	小說	★新不如歸 〈27〉 신 불여귀	篠原嶺葉	소설/일본	
3	4		俗調 [2] 속조	吉崎	시가/도도이 쓰	

지면	단수	기획	기사제목 〈회수〉 〔곡수〕	필자/저자(역자)	분류	비고
4	1		華族樣に口說かる/西の宮お樂の述懷 〈5〉 화족에게 구애를 받다/니시노미야 오라쿠의 술회		수필/일상	

1908년 06월 05일 (금) 161호

지면	단수	기획	기사제목 〈회수〉 〔곡수〕	필자/저자(역자)	분류	비고
1	3~4	小說	★新不如歸 〈28〉 신 불여귀	篠原嶺葉	소설/일본	
4	1		華族樣に口說かる/西の宮お樂の述懷 〈5〉 화족에게 구애를 받다/니시노미야 오라쿠의 술회		수필/일상	회수 오류

1908년 06월 06일 (토) 162호

지면	단수	기획	기사제목 〈회수〉 〔곡수〕	필자/저자(역자)	분류	비고
1	3~4	小說	★新不如歸 〈29〉 신 불여귀	篠原嶺葉	소설/일본	
3	3		俗調 〔3〕 속조	吉崎	시가/도도이 쓰	
4	1		西の宮お樂の述懷 〈6〉 니시노미야 오라쿠의 술회		수필/일상	회수 오류

1908년 06월 07일 (일) 163호

지면	단수	기획	기사제목 〈회수〉 〔곡수〕	필자/저자(역자)	분류	비고
1	2	小品文	若葉 어린잎	夏子	수필/일상	
1	2	小品文	若葉/評 어린잎/평		수필/비평	
1	2~4	小說	★新不如歸 〈30〉 신 불여귀	篠原嶺葉	소설/일본	
4	1		西の宮お樂の述懷 〈7〉 니시노미야 오라쿠의 술회		수필/일상	회수 오류

1908년 06월 09일 (화) 164호

지면	단수	기획	기사제목 〈회수〉 〔곡수〕	필자/저자(역자)	분류	비고
1	3~4	小說	★新不如歸 〈31〉 신 불여귀	篠原嶺葉	소설/일본	
4	1		西の宮お樂の述懷 〈8〉 니시노미야 오라쿠의 술회		수필/일상	회수 오류

1908년 06월 10일 (수) 165호

지면	단수	기획	기사제목 〈회수〉 〔곡수〕	필자/저자(역자)	분류	비고
1	2	俳句	○ 〔4〕 ○	むら	시가/하이쿠	
1	3~4	小說	★新不如歸 〈32〉 신 불여귀	篠原嶺葉	소설/일본	
3	3		俗調 〔3〕 속조	吉崎御坊	시가/도도이 쓰	
4	1		西の宮お樂の述懷 〈9〉 니시노미야 오라쿠의 술회		수필/일상	회수 오류

1908년 06월 11일 (목) 166호

지면	단수	기획	기사제목 〈회수〉 〔곡수〕	필자/저자(역자)	분류	비고
1	3~4	小說	★新不如歸 〈33〉 신 불여귀	篠原嶺葉	소설/일본	
2	7	諷詩林	奈世評 〔1〕 나세평		시가/한시	
2	7	諷詩林	皆凡骨 〔1〕 개범골		시가/한시	
4	1		西の宮お樂の述懷 〈10〉 니시노미야 오라쿠의 술회		수필/일상	회수 오류

지면	단수	기획	기사제목 〈회수〉〔곡수〕	필자/저자(역자)	분류	비고
			1908년 06월 12일 (금) 167호			
1	3~4	小說	★新不如歸 〈34〉 신 불여귀	篠原嶺葉	소설/일본	
2	7	諷詩林	心機轉 〔1〕 심기전		시가/한시	
2	7	諷詩林	爲何事 〔1〕 위하사		시가/한시	
3	4	川柳	官舍 〔12〕 관사	吾妻屋主人	시가/센류	
4	1		西の宮お樂の述懷 〈11〉 니시노미야 오라쿠의 술회		수필/일상	회수 오류
			1908년 06월 13일 (토) 168호			
1	3~4	小說	★新不如歸 〈35〉 신 불여귀	篠原嶺葉	소설/일본	
2	7	諷詩林	獨見君 〔1〕 독견군		시가/한시	
2	7	諷詩林	右夫人 〔1〕 우부인		시가/한시	
3	4		俗調 〔3〕 속조	吉崎御坊	시가/도도이 쓰	
4	1		西の宮お樂の述懷 〈12〉 니시노미야 오라쿠의 술회		수필/일상	회수 오류
			1908년 06월 14일 (일) 169호			
1	2~4	小說	★新不如歸 〈36〉 신 불여귀	篠原嶺葉	소설/일본	
2	7	諷詩林	苟安政 〔1〕 구안정		시가/한시	
3	4		俗調 〔3〕 속조	吉崎御坊	시가/도도이 쓰	
4	1		西の宮お樂の述懷 〈13〉 니시노미야 오라쿠의 술회		수필/일상	회수 오류
			1908년 06월 16일 (화) 170호			
1	2~4	小說	★新不如歸 〈37〉 신 불여귀	篠原嶺葉	소설/일본	
2	7	諷詩林	★律新聞 〔1〕 신문을 읊다		시가/한시	
4	1		西の宮お樂の述懷 〈14〉 니시노미야 오라쿠의 술회		수필/일상	회수 오류
			1908년 06월 17일 (수) 171호			
1	4~5	小說	★新不如歸 〈38〉 신 불여귀	篠原嶺葉	소설/일본	
2	7	諷詩林	失題 〔1〕 실제		시가/한시	
3	4		俗調 〔3〕 속조		시가/도도이 쓰	
4	1		西の宮お樂の述懷 〈15〉 니시노미야 오라쿠의 술회		수필/일상	회수 오류

지면	단수	기획	기사제목 〈회수〉〔곡수〕	필자/저자(역자)	분류	비고
			1908년 06월 18일 (목) 172호			
1	4~5	小說	★新不如歸 〈39〉 신 불여귀	篠原嶺葉	소설/일본	
2	7	諷詩林	★新學文 〔1〕 신학문		시가/한시	
4	1		西の宮お樂の述懷 〈16〉 니시노미야 오라쿠의 술회		수필/일상	회수 오류
			1908년 06월 19일 (금) 173호			
1	3~4	小說	★新不如歸 〈40〉 신 불여귀	篠原嶺葉	소설/일본	
3	3		馬糞十句 〔10〕 말똥-십구	馬公	시가/센류	
3	4		俗調 〔3〕 속조	吉崎	시가/도도이 쓰	
4	1		西の宮お樂の述懷 〈17〉 니시노미야 오라쿠의 술회		수필/일상	회수 오류
			1908년 06월 20일 (토) 174호			
1	3~4	小說	★新不如歸 〈41〉 신 불여귀	篠原嶺葉	소설/일본	
2	7	諷詩林	何日平 〔1〕 하일평		시가/한시	
3	4		俗調 〔3〕 속조	吉崎	시가/도도이 쓰	
4	1		西の宮お樂の述懷 〈18〉 니시노미야 오라쿠의 술회		수필/일상	회수 오류
			1908년 06월 21일 (일) 175호			
1	3~4	小說	★新不如歸 〈42〉 신 불여귀	篠原嶺葉	소설/일본	
4	1		西の宮お樂の述懷 〈19〉 니시노미야 오라쿠의 술회		수필/일상	회수 오류
			1908년 06월 23일 (화) 176호			
1	2~4	小說	★新不如歸 〈43〉 신 불여귀	篠原嶺葉	소설/일본	
4	1		西の宮お樂の述懷 〈20〉 니시노미야 오라쿠의 술회		수필/일상	회수 오류
			1908년 06월 24일 (수) 177호			
1	1	小品文	淸き犧牲 청정한 희생	夏夫	수필/기타	
1	1	小品文	淸き犧牲 〔1〕 청정한 희생	夏子	시가/단카	
1	2	小品文	述懷 〔1〕 술회	高橋夏麿	시가/조카	
1	2	小品文	述懷/反歌 〔1〕 술회/반가	高橋夏麿	시가/단카	
1	2~4	小說	★新不如歸 〈44〉 신 불여귀	篠原嶺葉	소설/일본	

지면	단수	기획	기사제목 〈회수〉 〔곡수〕	필자/저자(역자)	분류	비고
4	1		西の宮お樂の述懷 〈21〉 니시노미야 오라쿠의 술회		수필/일상	회수 오류

경성신문 1908.07.~1908.12.

지면	단수	기획	기사제목 〈회수〉 〔곡수〕	필자/저자(역자)	분류	비고
1908년 07월 05일 (일) 1호						
1	5	小品文	失戀 실연	祓川生	수필/관찰	
1	6~7	小說	★新不如歸 〈45〉 신 불여귀	篠原嶺葉	소설/일본	
3	4		疲れし舟 곤한 배	れい生	시가/신체시	
1908년 07월 07일 (화) 2호						
1	3~4	文苑	高麗の舊都を過て詠る歌 〔1〕 고려의 옛 도성을 지나며 읊은 노래	高橋夏麿	시가/조카	
1	4	文苑	☆高麗の舊都を過て詠る歌/反歌 〔2〕 고려의 옛 도성을 지나며 읊은 노래/반가	高橋夏麿	시가/단카	
1	4	文苑	折にふれて 〔1〕 이따금	信天翁	시가/단카	
1	4~5	小說	★新不如歸 〈46〉 신 불여귀	篠原嶺葉	소설/일본	
3	6		夏雜吟 〔7〕 여름-잡음	靑霞閑人	시가/하이쿠	
1908년 07월 08일 (수) 3호						
1	4~5	小說	★新不如歸 〈47〉 신 불여귀	篠原嶺葉	소설/일본	
3	1~2		南山の自然主義 남산의 자연주의		수필/관찰	
4	1		西の宮お樂の述懷 〈23〉 니시노미야 오라쿠의 술회		수필/일상	
1908년 07월 09일 (목) 4호						
1	3~4	小說	★新不如歸 〈48〉 신 불여귀	篠原嶺葉	소설/일본	
3	1~2		南山の自然主義 남산의 자연주의		수필/관찰	
3	2~3		薰風南山の夢 훈풍 남산의 꿈		수필/기타	
4	1		西の宮お樂の述懷 〈24〉 니시노미야 오라쿠의 술회		수필/일상	
1908년 07월 10일 (금) 5호						
1	3~4	小說	★新不如歸 〈49〉 신 불여귀	篠原嶺葉	소설/일본	
3	1		薰風南山の夢(續き) 훈풍 남산의 꿈(계속)		수필/기타	

지면	단수	기획	기사제목 〈회수〉〔곡수〕	필자/저자(역자)	분류	비고
4	1		西の宮お樂の述懷 〈25〉 니시노미야 오라쿠의 술회		수필/일상	

1908년 07월 11일 (토) 6호

지면	단수	기획	기사제목 〈회수〉〔곡수〕	필자/저자(역자)	분류	비고
1	3~4	小說	★新不如歸 〈50〉 신 불여귀	篠原嶺葉	소설/일본	
3	1		薰風南山の夢(續き) 훈풍 남산의 꿈(계속)		수필/기타	
4	1		西の宮お樂の述懷 〈26〉 니시노미야 오라쿠의 술회		수필/일상	

1908년 07월 12일 (일) 7호

지면	단수	기획	기사제목 〈회수〉〔곡수〕	필자/저자(역자)	분류	비고
1	3~4	小說	★新不如歸 〈51〉 신 불여귀	篠原嶺葉	소설/일본	
3	4		暑中はがき/光岡竹子様へ 복중 엽서/미쓰오카 다케코 님께		수필/서간	
4	1		西の宮お樂の述懷 〈27〉 니시노미야 오라쿠의 술회		수필/일상	

1908년 07월 14일 (화) 8호

지면	단수	기획	기사제목 〈회수〉〔곡수〕	필자/저자(역자)	분류	비고
1	3~4	小說	★新不如歸 〈52〉 신 불여귀	篠原嶺葉	소설/일본	
3	4		夕暮 해질녘		시가/신체시	
3	5		暑中はがき/淸華亭女將お勝裙へ 복중 엽서/세이카테이 관리인 오카쓰 군에게		수필/서간	
4	1		西の宮お樂の述懷 〈28〉 니시노미야 오라쿠의 술회		수필/일상	

1908년 07월 15일 (수) 9호

지면	단수	기획	기사제목 〈회수〉〔곡수〕	필자/저자(역자)	분류	비고
1	3~4	小說	★新不如歸 〈53〉 신 불여귀	篠原嶺葉	소설/일본	
4	1		西の宮お樂の述懷 〈29〉 니시노미야 오라쿠의 술회		수필/일상	

1908년 07월 16일 (목) 10호

지면	단수	기획	기사제목 〈회수〉〔곡수〕	필자/저자(역자)	분류	비고
1	3	文苑	松都懷古 〔1〕 송도회고	芽山處士	시가/한시	
1	3~4	小說	★新不如歸 〈54〉 신 불여귀	篠原嶺葉	소설/일본	
3	1~2		南山の自然主義(續) 남산의 자연주의(계속)		수필/관찰	
4	1		西の宮お樂の述懷 〈30〉 니시노미야 오라쿠의 술회		수필/일상	

1908년 07월 17일 (금) 11호

지면	단수	기획	기사제목 〈회수〉〔곡수〕	필자/저자(역자)	분류	비고
1	4~5	小說	★新不如歸 〈55〉 신 불여귀	篠原嶺葉	소설/일본	
4	1		西の宮お樂の述懷 〈31〉 니시노미야 오라쿠의 술회		수필/일상	

1908년 07월 18일 (토) 12호

지면	단수	기획	기사제목 〈회수〉〔곡수〕	필자/저자(역자)	분류	비고
1	4~5	小說	★新不如歸 〈56〉 신 불여귀	篠原嶺葉	소설/일본	
4	1		西の宮お樂の述懐 〈31〉 니시노미야 오라쿠의 술회		수필/일상	회수 오류

1908년 07월 19일 (일) 13호

지면	단수	기획	기사제목 〈회수〉〔곡수〕	필자/저자(역자)	분류	비고
1	2~3		半島の趣味(上) 〈1〉 반도의 취미(상)	高濱天我	수필/기타	
1	4	俳句	(제목없음) 〔2〕	むら	시가/하이쿠	
1	4~5	小說	★新不如歸 〈57〉 신 불여귀	篠原嶺葉	소설/일본	
4	1		西の宮お樂の述懐 〈33〉 니시노미야 오라쿠의 술회		수필/일상	

1908년 07월 21일 (화) 14호

지면	단수	기획	기사제목 〈회수〉〔곡수〕	필자/저자(역자)	분류	비고
1	2~3		半島の趣味(下) 〈2〉 반도의 취미(하)	高濱天我	수필/기타	
1	4~5	小說	★新不如歸 〈58〉 신 불여귀	篠原嶺葉	소설/일본	
3	1~2	雜報	笹の一葉 조릿대 잎사귀 하나	みどり生	수필/기타	
4	1		西の宮お樂の述懐 〈34〉 니시노미야 오라쿠의 술회		수필/일상	

1908년 07월 22일 (수) 15호

지면	단수	기획	기사제목 〈회수〉〔곡수〕	필자/저자(역자)	분류	비고
1	2~3		青葉の雫 푸른 잎의 이슬	三木青霞	수필/일상	
1	4~5	小說	★新不如歸 〈59〉 신 불여귀	篠原嶺葉	소설/일본	
3	1~2	雜報	笹の一葉 〈2〉 조릿대 잎사귀 하나	みどり生	수필/기타	
4	1		西の宮お樂の述懐 〈35〉 니시노미야 오라쿠의 술회		수필/일상	

1908년 07월 23일 (목) 16호

지면	단수	기획	기사제목 〈회수〉〔곡수〕	필자/저자(역자)	분류	비고
1	4~5	小說	★新不如歸 〈60〉 신 불여귀	篠原嶺葉	소설/일본	
3	1~2	雜報	笹の一葉 〈3〉 조릿대 잎새 하나	みどり生	수필/기타	
4	1		西の宮お樂の述懐 〈37〉 니시노미야 오라쿠의 술회		수필/일상	

1908년 07월 24일 (금) 17호

지면	단수	기획	기사제목 〈회수〉〔곡수〕	필자/저자(역자)	분류	비고
1	4~5	小說	★新不如歸 〈61〉 신 불여귀	篠原嶺葉	소설/일본	
3	1	雜報	笹の一葉 〈4〉 조릿대 잎사귀 하나	みどり生	수필/기타	
4	1		西の宮お樂の述懐 〈38〉 니시노미야 오라쿠의 술회		수필/일상	

1908년 07월 25일 (토) 18호

지면	단수	기획	기사제목 〈회수〉〔곡수〕	필자/저자(역자)	분류	비고
1	3	小品文	右行勵行 우행려행		수필/일상	
1	4	小品文	小役人 말단 관리		수필/일상	
1	4~5	小說	★新不如歸 〈62〉 신 불여귀	篠原嶺葉	소설/일본	
3	1~2	雜報	笹の一葉 〈5〉 조릿대 잎사귀 하나	みどり生	수필/기타	
4	1		老妓 茶羅次の身上話 〈1〉 늙은 기생 자라지의 신상 이야기		수필/일상	

1908년 07월 26일 (일) 19호

지면	단수	기획	기사제목 〈회수〉〔곡수〕	필자/저자(역자)	분류	비고
1	4~5	小說	★新不如歸 〈63〉 신 불여귀	篠原嶺葉	소설/일본	
3	1~2	雜報	笹の一葉 〈6〉 조릿대 잎사귀 하나	みどり生	수필/기타	
4	1		老妓 茶羅次の身上話 〈2〉 늙은 기생 자라지의 신상 이야기		수필/일상	

1908년 07월 28일 (화) 20호

지면	단수	기획	기사제목 〈회수〉〔곡수〕	필자/저자(역자)	분류	비고
1	4~5	小說	★新不如歸 〈64〉 신 불여귀	篠原嶺葉	소설/일본	
3	1	雜報	笹の一葉 〈6〉 조릿대 잎사귀 하나	みどり生	수필/기타	
3	3		俗調 〔1〕 속조	むら	시가/기타	
4	1		老妓 茶羅次の身上話 〈3〉 늙은 기생 자라지의 신상 이야기		수필/일상	

1908년 07월 29일 (수) 21호

지면	단수	기획	기사제목 〈회수〉〔곡수〕	필자/저자(역자)	분류	비고
1	4~5	小說	★新不如歸 〈65〉 신 불여귀	篠原嶺葉	소설/일본	
3	1~2	雜報	笹の一葉 〈7〉 조릿대 잎사귀 하나	みどり生	수필/기타	
4	1		老妓 茶羅次の身上話 〈3〉 늙은 기생 자라지의 신상 이야기		수필/일상	회수 오류

1908년 07월 30일 (목) 22호

지면	단수	기획	기사제목 〈회수〉〔곡수〕	필자/저자(역자)	분류	비고
1	3	浮世ぐさ	新体詩の始 신체시의 시작		수필/기타	
1	3	浮世ぐさ	小說文學の始 소설문학의 시작		수필/기타	
1	4~5	小說	★新不如歸 〈66〉 신 불여귀	篠原嶺葉	소설/일본	

1908년 07월 31일 (금) 23호

지면	단수	기획	기사제목 〈회수〉〔곡수〕	필자/저자(역자)	분류	비고
1	3~4	小說	★新不如歸 〈67〉 신 불여귀	篠原嶺葉	소설/일본	
3	1~2	雜報	笹の一葉 〈8〉 조릿대 잎사귀 하나	みどり生	수필/기타	
4	1		老妓 茶羅次の身上話 〈3〉 늙은 기생 자라지의 신상 이야기		수필/일상	회수 오류

지면	단수	기획	기사제목 〈회수〉〔곡수〕	필자/저자(역자)	분류	비고
1908년 08월 01일 (토) 24호						
1	4~5	小說	★新不如歸 〈68〉 신 불여귀	篠原嶺葉	소설/일본	
4	1		老妓 茶羅次の身上話 〈4〉 늙은 기생 자라지의 신상 이야기		수필/일상	회수 오류
1908년 08월 02일 (일) 25호						
1	4	文苑	夕晴 〔2〕 청명한 저녁	夏夫	수필·시가/ 일상·단카, 하이쿠	
1	4~6	小說	★新不如歸 〈69〉 신 불여귀	篠原嶺葉	소설/일본	
3	1	短篇小說	愛 〈1〉 사랑	青楓生	소설/일본	
3	3		俗調 〔1〕 속조	むら	시가/기타	
4	1		老妓 茶羅次の身上話 〈5〉 늙은 기생 자라지의 신상 이야기		수필/일상	회수 오류
1908년 08월 04일 (화) 26호						
1	4~5	小說	★新不如歸 〈70〉 신 불여귀	篠原嶺葉	소설/일본	
4	1		老妓 茶羅次の身上話 〈5〉 늙은 기생 자라지의 신상 이야기		수필/일상	회수 오류
1908년 08월 05일 (수) 27호						
1	2~4		忠州旅行記 〈1〉 충주 여행기	清風	수필/기행	
1	4~5	小說	★新不如歸 〈71〉 신 불여귀	篠原嶺葉	소설/일본	
3	1~2	短篇小說	愛 〈2〉 사랑	青楓生	소설/일본	
4	1		老妓 茶羅次の身上話 〈6〉 늙은 기생 자라지의 신상 이야기		수필/일상	회수 오류
1908년 08월 06일 (목) 28호						
1	2~4		忠州旅行記 〈2〉 충주 여행기	清風	수필/기행	
1	4~5	小說	★新不如歸 〈72〉 신 불여귀	篠原嶺葉	소설/일본	
3	1~2	短篇小說	愛 〈3〉 사랑	青楓生	소설/일본	
4	1		老妓 茶羅次の身上話 〈7〉 늙은 기생 자라지의 신상 이야기		수필/일상	회수 오류
1908년 08월 07일 (금) 29호						
1	4~5	小說	★新不如歸 〈73〉 신 불여귀	篠原嶺葉	소설/일본	
3	1~2	短篇小說	愛 〈4〉 사랑	青楓生	소설/일본	

지면	단수	기획	기사제목 〈회수〉 〔곡수〕	필자/저자(역자)	분류	비고
3	4		暑中御見舞 복중 문안	編輯小僧	수필/서간	
4	1		老妓 茶羅次の身上話 〈7〉 늙은 기생 자라지의 신상 이야기		수필/일상	회수 오류

1908년 08월 08일 (토) 30호

지면	단수	기획	기사제목 〈회수〉 〔곡수〕	필자/저자(역자)	분류	비고
1	4~5	小說	★新不如歸 〈73〉 신 불여귀	篠原嶺葉	소설/일본	회수 오류
3	2	.	(제목없음) 〔1〕	花月房江	시가/도도이쓰	
3	5~6		暑中御見舞 복중 문안	編輯小僧	수필/서간	
4	1		老妓 茶羅次の身上話 〈8〉 늙은 기생 자라지의 신상 이야기		수필/일상	회수 오류

1908년 08월 09일 (일) 31호

지면	단수	기획	기사제목 〈회수〉 〔곡수〕	필자/저자(역자)	분류	비고
1	4~6	小說	★新不如歸 〈75〉 신 불여귀	篠原嶺葉	소설/일본	
3	6		暑中御見舞 복중 문안	編輯小僧	수필/서간	
4	1		老妓 茶羅次の身上話 〈9〉 늙은 기생 자라지의 신상 이야기		수필/일상	회수 오류

1908년 08월 11일 (화) 32호

지면	단수	기획	기사제목 〈회수〉 〔곡수〕	필자/저자(역자)	분류	비고
1	4~5	小說	★新不如歸 〈76〉 신 불여귀	篠原嶺葉	소설/일본	
3	1~2	短篇小說	愛 〈5〉 사랑	青楓生	소설/일본	
4	1		老妓 茶羅次の身上話 〈10〉 늙은 기생 자라지의 신상 이야기		수필/일상	회수 오류

1908년 08월 12일 (수) 33호

지면	단수	기획	기사제목 〈회수〉 〔곡수〕	필자/저자(역자)	분류	비고
1	4~5	小說	★新不如歸 〈76〉 신 불여귀	篠原嶺葉	소설/일본	회수 오류
3	1	短篇小說	愛 〈6〉 사랑	青楓生	소설/일본	
3	5		暑中御見舞 복중 문안	編輯小僧	수필/서간	
4	1		老妓 茶羅次の身上話 〈11〉 늙은 기생 자라지의 신상 이야기		수필/일상	회수 오류

1908년 08월 13일 (목) 34호

지면	단수	기획	기사제목 〈회수〉 〔곡수〕	필자/저자(역자)	분류	비고
1	3~4	偶感	人世 인간 세상	夏夫	수필/기타	
1	4~6	小說	★新不如歸 〈77〉 신 불여귀	篠原嶺葉	소설/일본	회수 오류
3	1	短篇小說	愛 〈7〉 사랑	青楓生	소설/일본	
4	1		老妓 茶羅次の身上話 〈12〉 늙은 기생 자라지의 신상 이야기		수필/일상	회수 오류

1908년 08월 14일 (금) 35호

지면	단수	기획	기사제목 〈회수〉〔곡수〕	필자/저자(역자)	분류	비고
1	3~5	小說	新不如歸 〈80〉 신 불여귀	篠原嶺葉	소설/일본	회수 오류
3	3		★時事狂句/伊藤公の近情 〔1〕 시사 교쿠/이토 공의 근황	二猿子	시가/센류	
3	3		★時事狂句/居留地の近情 〔1〕 시사 교쿠/거류지의 근황	二猿子	시가/센류	
3	3		★時事狂句/居留民の近情 〔1〕 시사 교쿠/거류민의 근황	二猿子	시가/센류	
4	1		老妓 茶羅次の身上話 〈12〉 늙은 기생 자라지의 신상 이야기		수필/일상	회수 오류

1908년 08월 15일 (토) 36호

지면	단수	기획	기사제목 〈회수〉〔곡수〕	필자/저자(역자)	분류	비고
1	3~4		初盆の記 첫 우란분재 기록	長風生	수필/일상	
1	4~6	小說	新不如歸 〈80〉 신 불여귀	篠原嶺葉	소설/일본	
4	1		老妓 茶羅次の身上話 〈13〉 늙은 기생 자라지의 신상 이야기		수필/일상	회수 오류

1908년 08월 16일 (일) 37호

지면	단수	기획	기사제목 〈회수〉〔곡수〕	필자/저자(역자)	분류	비고
1	4~6	小說	★新不如歸 〈81〉 신 불여귀	篠原嶺葉	소설/일본	
3	2		次回小說豫告 차회 소설 예고		광고/연재 예고	
4	1		老妓 茶羅次の身上話 〈14〉 늙은 기생 자라지의 신상 이야기		수필/일상	회수 오류

1908년 08월 18일 (화) 38호

지면	단수	기획	기사제목 〈회수〉〔곡수〕	필자/저자(역자)	분류	비고
1	3~6	小說	★新不如歸 〈82〉 신 불여귀	篠原嶺葉	소설/일본	
3	5~6		暑中御見舞 복중 문안	編輯小僧	수필/서간	
4	1		老妓 茶羅次の身上話 〈15〉 늙은 기생 자라지의 신상 이야기		수필/일상	회수 오류

1908년 08월 19일 (수) 39호

지면	단수	기획	기사제목 〈회수〉〔곡수〕	필자/저자(역자)	분류	비고
1	4~6	小說	★新不如歸 〈83〉 신 불여귀	篠原嶺葉	소설/일본	
3	1	短篇小說	指環 上の一 가락지 상-1	青楓	소설/일본	
3	2		次回小說豫告 차회 소설 예고		광고/연재 예고	
4	1		老妓 茶羅次の身上話 〈16〉 늙은 기생 자라지의 신상 이야기		수필/일상	회수 오류

1908년 08월 20일 (목) 40호

지면	단수	기획	기사제목 〈회수〉〔곡수〕	필자/저자(역자)	분류	비고
1	4~6	小說	★新不如歸 〈84〉 신 불여귀	篠原嶺葉	소설/일본	
3	1~2	短篇小說	指環 上の二 가락지 상-2	青楓	소설/일본	
3	2		次回小說豫告 차회 소설 예고		광고/연재 예고	

지면	단수	기획	기사제목 〈회수〉〔곡수〕	필자/저자(역자)	분류	비고
3	3~4		白蓮花 〈1〉 백련화		수필/관찰	
3	5		俗調 〔1〕 속조	むら	시가/신체시	
4	1		老妓 茶羅次の身上話 〈16〉 늙은 기생 자라지의 신상 이야기		수필/일상	회수 오류

1908년 08월 21일 (금) 41호

지면	단수	기획	기사제목 〈회수〉〔곡수〕	필자/저자(역자)	분류	비고
1	4~5	小說	★新不如歸 〈85〉 신 불여귀	篠原嶺葉	소설/일본	
3	1~2	短篇小說	指環 上の三 가락지 상-3	靑楓	소설/일본	
3	2~3		白蓮花 〈2〉 백련화		수필/관찰	
4	1		老妓 茶羅次の身上話 〈16〉 늙은 기생 자라지의 신상 이야기		수필/일상	회수 오류

1908년 08월 22일 (토) 42호

지면	단수	기획	기사제목 〈회수〉〔곡수〕	필자/저자(역자)	분류	비고
1	4~6	小說	★新不如歸 〈86〉 신 불여귀	篠原嶺葉	소설/일본	
3	1		白蓮花 〈3〉 백련화		수필/관찰	
3	3		俗調 〔1〕 속조	むら	시가/신체시	
4	1		老妓 茶羅次の身上話 〈16〉 늙은 기생 자라지의 신상 이야기		수필/일상	회수 오류

1908년 08월 23일 (일) 43호

지면	단수	기획	기사제목 〈회수〉〔곡수〕	필자/저자(역자)	분류	비고
1	2~3		忠州旅行記 〈3〉 충주 여행기	淸風	수필/기행	
1	4	文苑	囚屋の夢 옥중의 꿈	靑楓生	소설	
1	4~6	小說	★新不如歸 〈87〉 신 불여귀	篠原嶺葉	소설/일본	
3	2		白蓮花 〈4〉 백련화		수필/관찰	
3	3		次回小說豫告 차회 소설 예고		광고/연재 예고	
4	1		幇間 富本半平の身上 〈1〉 호칸 도미모토 한페이의 신상		수필/일상	

1908년 08월 25일 (화) 44호

지면	단수	기획	기사제목 〈회수〉〔곡수〕	필자/저자(역자)	분류	비고
1	3	文苑	孤兒 고아	大庭生	소설	
1	4~6	短篇小說	指環 中の一 가락지 중-1	靑楓	소설/일본	

1908년 08월 26일 (수) 45호

지면	단수	기획	기사제목 〈회수〉〔곡수〕	필자/저자(역자)	분류	비고
1	3	文苑	日曜の夕 일요일 저녁	大庭生	수필/일상	
1	3~5	落語	美顔術 미안술	美好生	라쿠고	

지면	단수	기획	기사제목 〈회수〉〔곡수〕	필자/저자(역자)	분류	비고
4	1		幇間 富本半平の身上 〈2〉 호칸 도미모토 한페이의 신상		수필/일상	

1908년 08월 27일 (목) 46호

지면	단수	기획	기사제목 〈회수〉〔곡수〕	필자/저자(역자)	분류	비고
1	2~4		忠州旅行記 〈4〉 충주 여행기	淸風	수필/기행	
1	4	文苑	(제목없음) 〈3〉	信天翁	시가/단카	
1	5~6		家庭小說 五月闇 〈1〉 장편소설 장마철의 어둠	川合柳葉	소설/일본	
3	1~2	短篇小說	指環 中の三 가락지 중-3	靑楓	소설/일본	회수 오류
4	1		幇間 富本半平の身上 〈3〉 호칸 도미모토 한페이의 신상		수필/일상	

1908년 08월 28일 (금) 47호

지면	단수	기획	기사제목 〈회수〉〔곡수〕	필자/저자(역자)	분류	비고
1	3~4	讀者文壇	雜感 잡감	不言生	수필/기타	
1	4~5		家庭小說 五月闇 〈2〉 장편소설 장마철의 어둠	川合柳葉	소설/일본	
3	1~2	短篇小說	指環 下の一 가락지(하-1)	靑楓	소설/일본	
4	1		幇間 富本半平の身上 〈3〉 호칸 도미모토 한페이의 신상		수필/일상	회수 오류

1908년 08월 29일 (토) 48호

지면	단수	기획	기사제목 〈회수〉〔곡수〕	필자/저자(역자)	분류	비고
1	4~6		家庭小說 五月闇 〈3〉 장편소설 장마철의 어둠	川合柳葉	소설/일본	
4	1		幇間 富本半平の身上 〈4〉 호칸 도미모토 한페이의 신상		수필/일상	회수 오류

1908년 08월 30일 (일) 49호

지면	단수	기획	기사제목 〈회수〉〔곡수〕	필자/저자(역자)	분류	비고
1	3	讀者小品	雨の日 비 오는 날	泥峴生	수필/일상	
1	3	讀者小品	秋の野 〔1〕 가을의 들판	秋風生	수필·시가/ 일상·단카	
1	4~6		家庭小說 五月闇 〈4〉 장편소설 장마철의 어둠	川合柳葉	소설/일본	
4	1		幇間 富本半平の身上 〈4〉 호칸 도미모토 한페이의 신상		수필/일상	회수 오류

1908년 09월 01일 (화) 50호

지면	단수	기획	기사제목 〈회수〉〔곡수〕	필자/저자(역자)	분류	비고
1	4~6		家庭小說 五月闇 〈5〉 장편소설 장마철의 어둠	川合柳葉	소설/일본	
3	1~2	短篇小說	指環 下の二 가락지(하-2)	靑楓	소설/일본	
4	1		幇間 富本半平の身上 〈5〉 호칸 도미모토 한페이의 신상		수필/일상	회수 오류

1908년 09월 02일 (수) 51호

지면	단수	기획	기사제목 〈회수〉〔곡수〕	필자/저자(역자)	분류	비고
1	4~6		家庭小說 五月闇 〈6〉 장편소설 장마철의 어둠	川合柳葉	소설/일본	

지면	단수	기획	기사제목 〈회수〉〔곡수〕	필자/저자(역자)	분류	비고
3	1~2	短篇小說	指環 下の三 가락지(하-3)	靑楓	소설/일본	
4	1		幇間 富本半平の身上 〈5〉 호칸 도미모토 한페이의 신상		수필/일상	회수 오류

1908년 09월 03일 (목) 52호

지면	단수	기획	기사제목	필자/저자(역자)	분류	비고
1	2~3		忠州旅行記 〈4〉 충주 여행기	淸風	수필/기행	회수 오류
1	4~6		家庭小說 五月闇 〈7〉 장편소설 장마철의 어둠	川合柳葉	소설/일본	
4	1		幇間 富本半平の身上 〈6〉 호칸 도미모토 한페이의 신상		수필/일상	회수 오류

1908년 09월 04일 (금) 53호

지면	단수	기획	기사제목	필자/저자(역자)	분류	비고
1	4~5		家庭小說 五月闇 〈8〉 장편소설 장마철의 어둠	川合柳葉	소설/일본	
3	2~3		莫蓮花 〈1〉 막련화		수필/관찰	
4	1		幇間 富本半平の身上 〈7〉 호칸 도미모토 한페이의 신상		수필/일상	회수 오류

1908년 09월 05일 (토) 54호

지면	단수	기획	기사제목	필자/저자(역자)	분류	비고
1	4~6		家庭小說 五月闇 〈9〉 장편소설 장마철의 어둠	川合柳葉	소설/일본	
3	1		莫蓮花 〈2〉 막련화		수필/관찰	
4	1		幇間 富本半平の身上 〈8〉 호칸 도미모토 한페이의 신상		수필/일상	회수 오류

1908년 09월 06일 (일) 55호

지면	단수	기획	기사제목	필자/저자(역자)	분류	비고
1	4~6		家庭小說 五月闇 〈10〉 장편소설 장마철의 어둠	川合柳葉	소설/일본	
4	1		幇間 富本半平の身上 〈9〉 호칸 도미모토 한페이의 신상		수필/일상	회수 오류

1908년 09월 08일 (화) 56호

지면	단수	기획	기사제목	필자/저자(역자)	분류	비고
1	3~4	讀者小品	日曜日 일요일	半日漁夫	수필/일상	
1	4~6	落語	酒專賣 술 전매	紅毛子	라쿠고	
4	1		幇間 富本半平の身上 〈10〉 호칸 도미모토 한페이의 신상		수필/일상	회수 오류

1908년 09월 09일 (수) 57호

지면	단수	기획	기사제목	필자/저자(역자)	분류	비고
1	2		忠州旅行記 〈5〉 충주 여행기	淸風	수필/기행	회수 오류
1	3	讀者文壇	戀 사랑	霞子	수필·시가/ 기타·단카	
1	3	文苑	祝京城新聞發刊 〔1〕 축 경성신문 발간	孤山小史	시가/한시	
1	3	文苑	初夏偶感 〔1〕 초하우감	孤山小史	시가/한시	

지면	단수	기획	기사제목 〈회수〉〔곡수〕	필자/저자(역자)	분류	비고
1	3	文苑	子雉 [1] 자치	孤山小史	시가/한시	
1	3	文苑	雨後偶感 [1] 우후우감	孤山小史	시가/한시	
1	3	文苑	漫成 [1] 만성	孤山小史	시가/한시	
1	3~6	落語	酒專賣 술 전매	紅毛子	라쿠고	
3	3~4		白川劇を觀る 〈1〉 시라카와 극을 보다	みどり生	수필/비평	
4	1		幇間 富本半平の身上 〈2〉 호칸 도미모토 한페이의 신상		수필/일상	회수 오류

1908년 09월 10일 (목) 58호

지면	단수	기획	기사제목 〈회수〉〔곡수〕	필자/저자(역자)	분류	비고
1	3	文苑	月前會小集席上即賦 [1] 월전회소집석상즉부	孤山小史	시가/한시	
1	3	文苑	登木覓山 [1] 등목멱산	孤山小史	시가/한시	
1	3	文苑	白露吟集 [1] 백로음집	可醉	시가/하이쿠	
1	3	文苑	白露吟集 [1] 백로음집	松花	시가/하이쿠	
1	3	文苑	白露吟集 [1] 백로음집	湖東	시가/하이쿠	
1	3	文苑	白露吟集 [1] 백로음집	田柿	시가/하이쿠	
1	3	文苑	★白露吟集 [1] 백로음집	松花	시가/하이쿠	
1	3	文苑	白露吟集 [2] 백로음집	櫻水	시가/하이쿠	
1	3	文苑	白露吟集 [1] 백로음집	湖東	시가/하이쿠	
1	2	文苑	白露吟集 [1] 백로음집	三瓢	시가/하이쿠	
1	3	文苑	白露吟集 [1] 백로음집	可醉	시가/하이쿠	
1	3	文苑	白露吟集 [2] 백로음집	湖東	시가/하이쿠	
1	3	文苑	白露吟集 [1] 백로음집	可醉	시가/하이쿠	
1	3	文苑	白露吟集 [1] 백로음집	櫻水	시가/하이쿠	
1	3	文苑	★白露吟集 [1] 백로음집	可醉	시가/하이쿠	
1	4~5		家庭小說 五月闇 〈11〉 장편소설 장마철의 어둠	川合柳葉	소설/일본	
4	1		幇間 富本半平の身上 〈12〉 호칸 도미모토 한페이의 신상		수필/일상	회수 오류

1908년 09월 11일 (금) 59호

지면	단수	기획	기사제목 〈회수〉〔곡수〕	필자/저자(역자)	분류	비고
1	2		忠州旅行記 〈6〉 충주 여행기	清風	수필/기행	회수 오류

지면	단수	기획	기사제목 〈회수〉〔곡수〕	필자/저자(역자)	분류	비고
1	3	讀者文壇	漫筆 만필	大庭生	수필/기타	
1	3	文苑	書懷寄在旅順某兄 〔1〕 서회기재여순모형	孤山小史	시가/한시	
1	3~4	文苑	寄懷 〔1〕 기회	孤山小史	시가/한시	
1	4	文苑	歸臥偶成 〔1〕 귀와우성	孤山小史	시가/한시	
1	4	文苑	白露集 〔1〕 백로집	櫻水	시가/하이쿠	
1	4	文苑	白露集 〔1〕 백로집	三瓢	시가/하이쿠	
1	4	文苑	白露集 〔1〕 백로집	田柿	시가/하이쿠	
1	4	文苑	白露集 〔3〕 백로집	松花	시가/하이쿠	
1	4	文苑	白露集 〔1〕 백로집	櫻水	시가/하이쿠	
1	4	文苑	白露集 〔2〕 백로집	田柿	시가/하이쿠	
1	4	文苑	白露集 〔1〕 백로집	可醉	시가/하이쿠	
1	4	文苑	白露集 〔1〕 백로집	湖東	시가/하이쿠	
1	4	文苑	白露集 〔2〕 백로집	松花	시가/하이쿠	
1	4	文苑	白露集 〔1〕 백로집	可醉	시가/하이쿠	
1	4~6		家庭小說 五月闇 〈12〉 장편소설 장마철의 어둠	川合柳葉	소설/일본	
4	1		幇間 富本半平の身上 〈12〉 호칸 도미모토 한페이의 신상		수필/일상	회수 오류

1908년 09월 12일 (토) 60호

지면	단수	기획	기사제목 〈회수〉〔곡수〕	필자/저자(역자)	분류	비고
1	2~3		忠州旅行記(完) 〈8〉 충주 여행기(완)	淸風	수필/기행	
1	4	俳句	白露集 〔1〕 백로집	田柿	시가/하이쿠	
1	4	俳句	白露集 〔1〕 백로집	松花	시가/하이쿠	
1	4	俳句	白露集 〔1〕 백로집	可碎	시가/하이쿠	
1	4	俳句	白露集 〔1〕 백로집	松花	시가/하이쿠	
1	4	俳句	白露集 〔1〕 백로집	田柿	시가/하이쿠	
1	4	俳句	白露集 〔1〕 백로집	松花	시가/하이쿠	
1	4	俳句	白露集 〔1〕 백로집	三露	시가/하이쿠	
1	4~6		家庭小說 五月闇 〈13〉 장편소설 장마철의 어둠	川合柳葉	소설/일본	

지면	단수	기획	기사제목 〈회수〉〔곡수〕	필자/저자(역자)	분류	비고
3	1~2		水の流れ 〈1〉 물의 흐름	みどり生	수필/관찰	
4	1		幇間 富本半平の身上 〈13〉 호칸 도미모토 한페이의 신상		수필/일상	회수 오류

1908년 09월 13일 (일) 61호

지면	단수	기획	기사제목 〈회수〉〔곡수〕	필자/저자(역자)	분류	비고
1	3	小品文	朝顔 나팔꽃	好酌生	수필/일상	
1	3	小品文	幾ちゃん 이쿠 짱	九十九女史	수필/일상	
1	3	俳句	白露集 〔1〕 백로집	櫻水	시가/하이쿠	
1	4	俳句	白露集 〔1〕 백로집	松花	시가/하이쿠	
1	4	俳句	白露集 〔1〕 백로집	三露	시가/하이쿠	
1	4	俳句	白露集 〔1〕 백로집	可碎	시가/하이쿠	
1	4	俳句	白露集 〔1〕 백로집	田柿	시가/하이쿠	
1	4	俳句	白露集 〔2〕 백로집	松花	시가/하이쿠	
1	4	俳句	白露集 〔1〕 백로집	可醉	시가/하이쿠	
1	4	俳句	白露集 〔1〕 백로집	田柿	시가/하이쿠	
1	4	俳句	白露集 〔1〕 백로집	湖東	시가/하이쿠	
1	4	俳句	白露集 〔1〕 백로집	可醉	시가/하이쿠	
1	4	俳句	白露集 〔1〕 백로집	櫻水	시가/하이쿠	
1	4~6		家庭小說 五月闇 〈14〉 장편소설 장마철의 어둠	川合柳葉	소설/일본	
3	1		水の流れ 〈2〉 물의 흐름	みどり生	수필/관찰	
4	1		幇間 富本半平の身上 〈14〉 호칸 도미모토 한페이의 신상		수필/일상	회수 오류

1908년 09월 15일 (화) 62호

지면	단수	기획	기사제목 〈회수〉〔곡수〕	필자/저자(역자)	분류	비고
1	3	讀者文壇	瓢の記 호리병박 기록	半日閑人	수필/기타	
1	3~4	文苑	秋季雜詠 〔5〕 추계-잡영	露子	시가/단카	
1	4~5		家庭小說 五月闇 〈15〉 장편소설 장마철의 어둠	川合柳葉	소설/일본	
3	1		水の流れ 〈3〉 물의 흐름	みどり生	수필/관찰	
3	6		同可娛欄/都々逸/初投書 〈1〉〔1〕 동가오란/도도이쓰/첫 투서	魚友痴史	시가/도도이쓰	
3	6		同可娛欄/都々逸/山遊櫻雪子 〈1〉〔1〕 동가오란/도도이쓰/산유로 유키코	魚友痴史	시가/도도이쓰	

지면	단수	기획	기사제목 〈회수〉［곡수］	필자/저자(역자)	분류	비고
3	6		同可娛欄/都々逸/酌婦たつ子 〈1〉［1］ 동가오란/도도이쓰/작부 다쓰코	魚友痴史	시가/도도이 쓰	
4	1		幇間 富本半平の身上 〈15〉 호칸 도미모토 한페이의 신상		수필/일상	회수 오류

1908년 09월 16일 (수) 63호

1	3~4	讀者文壇	思出の記 추억의 기록	大庭生	수필/일상	
1	4	俳句	白露集 ［1］ 백로집	松花	시가/하이쿠	
1	4	俳句	白露集 ［1］ 백로집	湖東	시가/하이쿠	
1	4	俳句	白露集 ［1］ 백로집	三瓢	시가/하이쿠	
1	4	俳句	白露集 ［2］ 백로집	可醉	시가/하이쿠	
1	4	俳句	白露集 ［1］ 백로집	湖東	시가/하이쿠	
1	4	俳句	白露集 ［1］ 백로집	櫻水	시가/하이쿠	
1	4	俳句	白露集 ［1］ 백로집	松花	시가/하이쿠	
1	4	俳句	白露集 ［1］ 백로집	田柿	시가/하이쿠	
1	4	俳句	白露集 ［1］ 백로집	櫻水	시가/하이쿠	
1	4	俳句	白露集 ［1］ 백로집	松花	시가/하이쿠	
1	4	俳句	白露集 ［1］ 백로집	田柿	시가/하이쿠	
1	4~6		家庭小說 五月闇 〈16〉 장편소설 장마철의 어둠	川合柳葉	소설/일본	
4	1		幇間 富本半平の身上 〈16〉 호칸 도미모토 한페이의 신상		수필/일상	회수 오류

1908년 09월 17일 (목) 64호

1	3	讀者文壇	秋の夜 ［1］ 가을 밤	ひで子	시가/신체시	
1	3	俳句	白露集 ［1］ 백로집	松花	시가/하이쿠	
1	3	俳句	白露集 ［1］ 백로집	田柿	시가/하이쿠	
1	3	俳句	白露集 ［1］ 백로집	湖東	시가/하이쿠	
1	3	俳句	★白露集 ［1］ 백로집	松花	시가/하이쿠	
1	3	俳句	白露集 ［1］ 백로집	三瓢	시가/하이쿠	
1	3	俳句	白露集 ［1］ 백로집	可醉	시가/하이쿠	
1	3	俳句	白露集 ［1］ 백로집	櫻水	시가/하이쿠	

지면	단수	기획	기사제목 〈회수〉〔곡수〕	필자/저자(역자)	분류	비고
1	3~4	俳句	☆白露集 〔3〕 백로집	湖東	시가/하이쿠	
1	4	俳句	白露集 〔2〕 백로집	田柿	시가/하이쿠	
1	4	俳句	白露集 〔1〕 백로집	三瓢	시가/하이쿠	
1	4	俳句	白露集 〔1〕 백로집	可醉	시가/하이쿠	
1	4	俳句	白露集 〔1〕 백로집	田柿	시가/하이쿠	
1	4	俳句	白露集 〔1〕 백로집	櫻水	시가/하이쿠	
1	4	俳句	白露集 〔3〕 백로집	可醉	시가/하이쿠	
1	4~6		家庭小說 五月闇 〈17〉 장편소설 장마철의 어둠	川合柳葉	소설/일본	
3	1~2	短篇小說	舊友 〈1〉 오랜 벗	靑楓	소설/한국	
4	1		幇間 富本半平の身上 〈17〉 호칸 도미모토 한페이의 신상		수필/일상	회수 오류

1908년 09월 18일 (금) 65호

지면	단수	기획	기사제목 〈회수〉〔곡수〕	필자/저자(역자)	분류	비고
1	4	文苑	秋雨 〔7〕 가을 비	むら	시가·수필/ 하이쿠·일상	
1	4	俳句	白露集 〔1〕 백로집	湖東	시가/하이쿠	
1	4	俳句	白露集 〔1〕 백로집	櫻水	시가/하이쿠	
1	4	俳句	白露集 〔2〕 백로집	田柿	시가/하이쿠	
1	4	俳句	白露集 〔1〕 백로집	湖東	시가/하이쿠	
1	4	俳句	白露集 〔1〕 백로집	三瓢	시가/하이쿠	
1	4	俳句	白露集 〔1〕 백로집	松花	시가/하이쿠	
1	4	俳句	白露集 〔1〕 백로집	湖東	시가/하이쿠	
1	4	俳句	白露集/佳作 〔1〕 백로집/가작	田柿	시가/하이쿠	
1	4	俳句	白露集/佳作 〔1〕 백로집/가작	湖東	시가/하이쿠	
1	4	俳句	白露集/佳作 〔1〕 백로집/가작	可醉	시가/하이쿠	
1	4	俳句	白露集/佳作 〔1〕 백로집/가작	湖東	시가/하이쿠	
1	4	俳句	白露集/佳作 〔1〕 백로집/가작	田柿	시가/하이쿠	
1	4	俳句	白露集/佳作 〔1〕 백로집/가작	可醉	시가/하이쿠	
1	4	俳句	白露集/秀逸 〔1〕 백로집/수일	松花	시가/하이쿠	

지면	단수	기획	기사제목 〈회수〉〔곡수〕	필자/저자(역자)	분류	비고
1	4	俳句	白露集/秀逸 〔1〕 백로집/수일	三瓢	시가/하이쿠	
1	4	俳句	白露集/秀逸 〔1〕 백로집/수일	可醉	시기/하이쿠	
1	5~6		家庭小說 五月闇 〈18〉 장편소설 장마철의 어둠	川合柳葉	소설/일본	
3	1~2	短篇小說	舊友 〈2〉 오랜 벗	靑楓	소설/한국	
4	1		幇間 富本半平の身上 〈17〉 호칸 도미모토 한페이의 신상		수필/일상	회수 오류

1908년 09월 19일 (토) 66호

지면	단수	기획	기사제목 〈회수〉〔곡수〕	필자/저자(역자)	분류	비고
1	3	文苑	思出の記/戀人 추억의 기록/연인	大庭生	시가/자유시	
1	3	文苑	書懷 〔1〕 서회	孤山小史	시가/한시	
1	3	文苑	仲秋無月 〔1〕 중추무월	孤山小史	시가/한시	
1	3	文苑	漢江避暑 〔1〕 한강피서	孤山小史	시가/한시	
1	3	俳句	白露集 〔1〕 백로집	三瓢	시가/하이쿠	
1	3	俳句	白露集 〔2〕 백로집	可醉	시가/하이쿠	
1	4	俳句	白露集 〔1〕 백로집	櫻水	시가/하이쿠	
1	4	俳句	白露集 〔1〕 백로집	松花	시가/하이쿠	
1	4	俳句	白露集 〔1〕 백로집	可醉	시가/하이쿠	
1	4	俳句	白露集 〔1〕 백로집	櫻水	시가/하이쿠	
1	4	俳句	白露集 〔2〕 백로집	湖東	시가/하이쿠	
1	4	俳句	白露集 〔1〕 백로집	可醉	시가/하이쿠	
1	4~5		家庭小說 五月闇 〈19〉 장편소설 장마철의 어둠	川合柳葉	소설/일본	
3	1~2	短篇小說	舊友 〈3〉 오랜 벗	靑楓	소설/한국	
4	1	講談	西山茶話 衣川 〈1〉 니시야마 다화 고로모가와	桃川薰光	고단	

1908년 09월 20일 (일) 67호

지면	단수	기획	기사제목 〈회수〉〔곡수〕	필자/저자(역자)	분류	비고
1	4	俳句	白露集 〔1〕 백로집	櫻水	시가/하이쿠	
1	4	俳句	白露集 〔1〕 백로집	可醉	시가/하이쿠	
1	4	俳句	白露集 〔1〕 백로집	湖東	시가/하이쿠	
1	4	俳句	白露集 〔1〕 백로집	三瓢	시가/하이쿠	

지면	단수	기획	기사제목 〈회수〉〔곡수〕	필자/저자(역자)	분류	비고
1	4	俳句	白露集〔1〕 백로집	松花	시가/하이쿠	
1	4	俳句	白露集〔1〕 백로집	可醉	시가/하이쿠	
1	4	俳句	白露集〔2〕 백로집	三瓢	시가/하이쿠	
1	4	俳句	白露集〔1〕 백로집	湖東	시가/하이쿠	
1	4	俳句	白露集〔2〕 백로집	三瓢	시가/하이쿠	
1	4	俳句	白露集〔1〕 백로집	松花	시가/하이쿠	
1	4	俳句	白露集〔1〕 백로집	三瓢	시가/하이쿠	
1	4	俳句	白露集/五印〔1〕 백로집/오인	可醉	시가/하이쿠	
1	4	俳句	白露集/五印〔1〕 백로집/오인	湖東	시가/하이쿠	
1	4	俳句	白露集/五印〔1〕 백로집/오인	櫻水	시가/하이쿠	
1	4	俳句	白露集/五印〔1〕 백로집/오인	湖東	시가/하이쿠	
1	4~6		家庭小說 五月闇〈20〉 장편소설 장마철의 어둠	川合柳葉	소설/일본	
4	1	講談	西山茶話 衣川〈2〉 니시야마 다화 고로모가와	桃川燕光	고단	

1908년 09월 22일 (화) 68호

지면	단수	기획	기사제목 〈회수〉〔곡수〕	필자/저자(역자)	분류	비고
1	3	讀者文壇	朝の砧 아침 다듬이질	ひで子	수필/일상	
1	3	俳句	白露集〔1〕 백로집	松花	시가/하이쿠	
1	3	俳句	白露集〔1〕 백로집	櫻水	시가/하이쿠	
1	3	俳句	白露集〔1〕 백로집	松花	시가/하이쿠	
1	3	俳句	白露集〔1〕 백로집	三瓢	시가/하이쿠	
1	3	俳句	白露集〔1〕 백로집	松花	시가/하이쿠	
1	3	俳句	白露集〔1〕 백로집	三瓢	시가/하이쿠	
1	3	俳句	白露集〔1〕 백로집	湖東	시가/하이쿠	
1	3	俳句	白露集〔1〕 백로집	三瓢	시가/하이쿠	
1	3	俳句	白露集/五印〔1〕 백로집/오인	松花	시가/하이쿠	
1	3	俳句	白露集/五印〔1〕 백로집/오인	可醉	시가/하이쿠	
1	3	俳句	白露集/五印〔1〕 백로집/오인	三瓢	시가/하이쿠	

지면	단수	기획	기사제목 〈회수〉〔곡수〕	필자/저자(역자)	분류	비고
1	3	俳句	白露集/五印 [1] 백로집/오인	櫻水	시가/하이쿠	
1	3	俳句	白露集/五印 [1] 백로집/오인	可醉	시가/하이쿠	
1	3~5		家庭小說 五月闇 〈21〉 장편소설 장마철의 어둠	川合柳葉	소설/일본	
4	1	講談	西山茶話 衣川 〈3〉 니시야마 다화 고로모가와	桃川燕光	고단	

1908년 09월 23일 (수) 69호

지면	단수	기획	기사제목 〈회수〉〔곡수〕	필자/저자(역자)	분류	비고
1	2	俳句	白露集/五印 [1] 백로집/오인	湖東	시가/하이쿠	
1	2	俳句	白露集/五印 [1] 백로집/오인	松花	시가/하이쿠	
1	2	俳句	白露集/五印 [1] 백로집/오인	湖東	시가/하이쿠	
1	2	俳句	白露集/五印 [1] 백로집/오인	櫻水	시가/하이쿠	
1	2	俳句	白露集/五印 [1] 백로집/오인	湖東	시가/하이쿠	
1	3	俳句	白露集/五印 [1] 백로집/오인	松花	시가/하이쿠	
1	3	俳句	白露集/五印 [2] 백로집/오인	三瓢	시가/하이쿠	
1	3	俳句	白露集/五印 [1] 백로집/오인	櫻水	시가/하이쿠	
1	3	俳句	白露集/五印 [1] 백로집/오인	松花	시가/하이쿠	
1	3	俳句	白露集/五印 [1] 백로집/오인	櫻水	시가/하이쿠	
1	3	俳句	白露集/五印 [1] 백로집/오인	可醉	시가/하이쿠	
1	3	俳句	白露集/五印 [1] 백로집/오인	湖東	시가/하이쿠	
1	3~5		家庭小說 五月闇 〈22〉 장편소설 장마철의 어둠	川合柳葉	소설/일본	
3	5		同可娛欄/狂歌/井候の病狀 〈3〉 [1] 동가오란/교카/이노우에 후작의 병상	魚友痴史	시가/교카	
3	5		同可娛欄/狂歌/同家の憂愁 〈3〉 [1] 동가오란/교카/그 집안의 우수	魚友痴史	시가/교카	
3	5		同可娛欄/狂歌/藤公の見舞 〈3〉 [1] 동가오란/교카/후지 공의 병문안	魚友痴史	시가/교카	
4	1	講談	西山茶話 衣川 〈4〉 니시야마 다화 고로모가와	桃川燕光	고단	

1908년 09월 25일 (금) 70호

지면	단수	기획	기사제목 〈회수〉〔곡수〕	필자/저자(역자)	분류	비고
1	3	俳句	白露集/七印 [1] 백로집/칠인	可醉	시가/하이쿠	
1	3	俳句	白露集/七印 [1] 백로집/칠인	湖東	시가/하이쿠	
1	4	俳句	白露集/七印 [1] 백로집/칠인	櫻水	시가/하이쿠	

지면	단수	기획	기사제목 〈회수〉〔곡수〕	필자/저자(역자)	분류	비고
1	4	俳句	白露集/七印 [2] 백로집/칠인	松花	시가/하이쿠	
1	4	俳句	白露集/七印 [1] 백로집/칠인	可醉	시가/하이쿠	
1	4	俳句	白露集/七印 [1] 백로집/칠인	松花	시가/하이쿠	
1	4	俳句	白露集/七印 [1] 백로집/칠인	三瓢	시가/하이쿠	
1	4	俳句	白露集/七印 [1] 백로집/칠인	松花	시가/하이쿠	
1	4	俳句	白露集/七印 [1] 백로집/칠인	可醉	시가/하이쿠	
1	4~5		家庭小說 五月闇 〈23〉 장편소설 장마철의 어둠	川合柳葉	소설/일본	
3	4		同可娛欄/都々逸/京成日報 〈4〉 [1] 동가오란/도도이쓰/경성일보	魚友痴史	시가/도도이쓰	
3	4		同可娛欄/都々逸/大韓日報 〈4〉 [1] 동가오란/도도이쓰/대한일보	魚友痴史	시가/도도이쓰	
3	4		同可娛欄/都々逸/朝鮮日日 〈4〉 [1] 동가오란/도도이쓰/조선일일	魚友痴史	시가/도도이쓰	
3	4		同可娛欄/都々逸/京城新聞 〈4〉 [1] 동가오란/도도이쓰/경성신문	魚友痴史	시가/도도이쓰	
4	1	講談	西山茶話 衣川 〈5〉 니시야마 다화 고로모가와	桃川燕光	고단	

1908년 09월 26일 (토) 71호

지면	단수	기획	기사제목 〈회수〉〔곡수〕	필자/저자(역자)	분류	비고
1	3	俳句	白露集 [1] 백로집	櫻水	시가/하이쿠	
1	3	俳句	白露集 [1] 백로집	湖東	시가/하이쿠	
1	4	俳句	白露集 [1] 백로집	可醉	시가/하이쿠	
1	4	俳句	白露集 [1] 백로집	松花	시가/하이쿠	
1	4	俳句	白露集 [1] 백로집	可醉	시가/하이쿠	
1	4	俳句	白露集 [1] 백로집	櫻水	시가/하이쿠	
1	4	俳句	白露集 [1] 백로집	可醉	시가/하이쿠	
1	4	俳句	白露集 [1] 백로집	松花	시가/하이쿠	
1	4~5		家庭小說 五月闇 〈24〉 장편소설 장마철의 어둠	川合柳葉	소설/일본	
3	1~2	短篇小說	舊友 〈4〉 오랜 벗	靑楓	소설/한국	
4	1	講談	西山茶話 衣川 〈6〉 니시야마 다화 고로모가와	桃川燕光	고단	

1908년 09월 27일 (일) 72호

지면	단수	기획	기사제목 〈회수〉〔곡수〕	필자/저자(역자)	분류	비고
1	3	俳句	秋十題 [10] 가을-십제	ひで子	시가/하이쿠	

지면	단수	기획	기사제목 〈회수〉〔곡수〕	필자/저자(역자)	분류	비고
1	3~5		家庭小說 五月闇 〈25〉 장편소설 장마철의 어둠	川合柳葉	소설/일본	
4	1	講談	西山茶話 衣川 〈7〉 니시야마 다화 고로보가와	桃川燕光	고단	

1908년 09월 28일 (월) 73호

지면	단수	기획	기사제목 〈회수〉〔곡수〕	필자/저자(역자)	분류	비고
1	3~5		家庭小說 五月闇 〈26〉 장편소설 장마철의 어둠	川合柳葉	소설/일본	
3	1~2	短篇小說	舊友 〈5〉 오랜 벗	靑楓	소설/한국	
3	5		同可娛欄/都々逸/大韓日報タノシミ欄の賑盛 〈5〉〔1〕 동가오란/도도이쓰/대한일보 취미란의 번성	魚友痴史	시가/도도이쓰	
3	5		同可娛欄/都々逸/京城新聞無料紹介欄の便宜 〈5〉〔1〕 동가오란/도도이쓰/경성신문 무료 소개란의 편의	魚友痴史	시가/도도이쓰	
4	1	講談	西山茶話 衣川 〈8〉 니시야마 다화 고로모가와	桃川燕光	고단	

1908년 09월 30일 (수) 74호

지면	단수	기획	기사제목 〈회수〉〔곡수〕	필자/저자(역자)	분류	비고
1	3	讀者文壇	宵闇 초저녁 어둠	ひで子	수필/일상	
1	3	俳句	白露集/三印〔1〕 백로집/삼인	可醉	시가/하이쿠	
1	3	俳句	白露集/三印〔1〕 백로집/삼인	三瓢	시가/하이쿠	
1	3	俳句	白露集/三印〔2〕 백로집/삼인	櫻水	시가/하이쿠	
1	3	俳句	白露集/三印〔4〕 백로집/삼인	可醉	시가/하이쿠	
1	3	俳句	白露集/三印〔1〕 백로집/삼인	田柿	시가/하이쿠	
1	4	俳句	白露集/五印〔1〕 백로집/오인	湖東	시가/하이쿠	
1	4	俳句	白露集/五印〔1〕 백로집/오인	田柿	시가/하이쿠	
1	4	俳句	白露集/五印〔2〕 백로집/오인	櫻水	시가/하이쿠	
1	4	俳句	白露集/五印〔1〕 백로집/오인	田柿	시가/하이쿠	
1	4	俳句	白露集/五印〔1〕 백로집/오인	可醉	시가/하이쿠	
1	4~6		家庭小說 五月闇 〈27〉 장편소설 장마철의 어둠	川合柳葉	소설/일본	
3	6		★同可娛欄/狂句/韓國の農作 〈6〉〔1〕 동가오란/교쿠/한국의 농작	魚友痴史	시가/센류	
3	6		★同可娛欄/狂句/東拓委員會 〈6〉〔1〕 동가오란/교쿠/동양척식회사 위원회	魚友痴史	시가/센류	
3	6		同可娛欄/狂句/報償金事件 〈6〉〔1〕 동가오란/교쿠/보상금 사건	魚友痴史	시가/센류	
4	1	新講談	女俠秋瑾の傳 〈1〉 여걸 추근전		고단	

1908년 10월 01일 (목) 75호

지면	단수	기획	기사제목 〈회수〉〔곡수〕	필자/저자(역자)	분류	비고
1	3	讀者文壇	寄宿舍の記 〈1〉 기숙사의 기록	かへで生	수필/일상	
1	3		眞理は一也 〔1〕 진리는 하나라	南軒	시가/자유시	
1	3		靑葉の露 〔1〕 푸른 잎의 이슬	南軒	시가/자유시	
1	3		見返り橋 〔1〕 되돌아보는 다리	南軒	시가/자유시	
1	4		爆裂彈 〔1〕 폭렬탄	南軒	시가/자유시	
1	4	俳句	白露集/三印 〔1〕 백로집/삼인	櫻水	시가/하이쿠	
1	4	俳句	白露集/三印 〔1〕 백로집/삼인	三瓢	시가/하이쿠	
1	4	俳句	白露集/三印 〔3〕 백로집/삼인	可醉	시가/하이쿠	
1	4	俳句	白露集/三印 〔1〕 백로집/삼인	松花	시가/하이쿠	
1	4	俳句	白露集/三印 〔1〕 백로집/삼인	可醉	시가/하이쿠	
1	4	俳句	白露集/三印 〔1〕 백로집/삼인	櫻水	시가/하이쿠	
1	4	俳句	白露集/五印 〔2〕 백로집/오인	可醉	시가/하이쿠	
1	4	俳句	白露集/五印 〔3〕 백로집/오인	松花	시가/하이쿠	
1	4	俳句	白露集/五印 〔1〕 백로집/오인	櫻水	시가/하이쿠	
1	4~6		家庭小說 五月闇 〈28〉 장편소설 장마철의 어둠	川合柳葉	소설/일본	
4	1	新講談	女俠秋瑾の傳 〈2〉 여걸 추근전		고단	

1908년 10월 02일 (금) 76호

지면	단수	기획	기사제목 〈회수〉〔곡수〕	필자/저자(역자)	분류	비고
1	3~5		家庭小說 五月闇 〈29〉 장편소설 장마철의 어둠	川合柳葉	소설/일본	
3	1~2	短篇小說	舊友 〈6〉 오랜 벗	靑楓	소설/한국	
4	1	新講談	女俠秋瑾の傳 〈3〉 여걸 추근전		고단	

1908년 10월 03일 (토) 77호

지면	단수	기획	기사제목 〈회수〉〔곡수〕	필자/저자(역자)	분류	비고
1	3	讀者文壇	寄宿舍の記 〈2〉 기숙사의 기록	かへで生	수필/일상	
1	3		雜錄/理想と空想 잡록/이상과 공상	南軒	수필/기타	
1	3		雜錄/信友 잡록/신뢰하는 벗	南軒	수필/기타	
1	3~4		雜錄/彼の聲は 잡록/저 목소리는	南軒	수필/기타	
1	4	俳句	白露集/三印 〔1〕 백로집/삼인	田柿	시가/하이쿠	

지면	단수	기획	기사제목 〈회수〉〔곡수〕	필자/저자(역자)	분류	비고
1	4	俳句	白露集/三印 [1] 백로집/삼인	松花	시가/하이쿠	
1	4	俳句	白露集/三印 [1] 백로집/삼인	櫻水	시가/하이쿠	
1	4	俳句	白露集/三印 [1] 백로집/삼인	田柿	시가/하이쿠	
1	4	俳句	白露集/三印 [1] 백로집/삼인	櫻水	시가/하이쿠	
1	4	俳句	白露集/三印 [1] 백로집/삼인	田柿	시가/하이쿠	
1	4	俳句	白露集/三印 [1] 백로집/삼인	三瓢	시가/하이쿠	
1	4	俳句	白露集/三印 [1] 백로집/삼인	田柿	시가/하이쿠	
1	4	俳句	白露集/五印 [2] 백로집/오인	櫻水	시가/하이쿠	
1	4	俳句	白露集/五印 [1] 백로집/오인	松花	시가/하이쿠	
1	4	俳句	白露集/五印 [1] 백로집/오인	可醉	시가/하이쿠	
1	4	俳句	白露集/五印 [1] 백로집/오인	田柿	시가/하이쿠	
1	4	俳句	白露集/七印 [1] 백로집/칠인	三瓢	시가/하이쿠	
1	4	俳句	白露集/七印 [1] 백로집/칠인	松花	시가/하이쿠	
1	4	俳句	白露集/七印 [1] 백로집/칠인	湖東	시가/하이쿠	
1	4	俳句	白露集/七印 [1] 백로집/칠인	櫻水	시가/하이쿠	
1	4~5		家庭小說 五月闇 〈30〉 장편소설 장마철의 어둠	川合柳葉	소설/일본	
3	4		同可娛欄/都々逸/今紫の僞名 〈7〉 [1] 동가오란/도도이쓰/이마무라사키의 위명	魚友痴史	시가/도도이 쓰	
3	4		同可娛欄/都々逸/九十九の淚 〈7〉 [1] 동가오란/도도이쓰/쓰쿠모의 눈물	魚友痴史	시가/도도이 쓰	
3	4		同可娛欄/都々逸/茶羅子の寶 〈7〉 [1] 동가오란/도도이쓰/자라코의 보물	魚友痴史	시가/도도이 쓰	
4	1	新講談	女俠秋瑾の傳 〈4〉 여걸 추근전		고단	

1908년 10월 04일 (일) 78호

지면	단수	기획	기사제목 〈회수〉〔곡수〕	필자/저자(역자)	분류	비고
1	2~3	俳句	白露集/七印 [1] 백로집/칠인	田柿	시가/하이쿠	
1	3	俳句	白露集/七印 [1] 백로집/칠인	松花	시가/하이쿠	
1	3	俳句	白露集/七印 [1] 백로집/칠인	可醉	시가/하이쿠	
1	3	俳句	白露集/七印 [1] 백로집/칠인	三瓢	시가/하이쿠	
1	3	俳句	白露集/七印 [1] 백로집/칠인	松花	시가/하이쿠	

지면	단수	기획	기사제목 〈회수〉〔곡수〕	필자/저자(역자)	분류	비고
1	3~4		家庭小說 五月闇 〈31〉 장편소설 장마철의 어둠	川合柳葉	소설/일본	
3	1~2	短篇小說	舊友 〈6〉 오랜 벗	靑楓	소설/한국	
3	5		同可娛欄/狂句(情死未遂)/小池錦二 〈8〉〔1〕 동가오란/교쿠(정사 미수)/고이케 긴지	魚友痴史	시가/센류	
3	5		同可娛欄/狂句(情死未遂)/仲居政子 〈8〉〔1〕 동가오란/교쿠(정사 미수)/나카이 마사코	魚友痴史	시가/센류	
3	5		同可娛欄/狂句(情死未遂)/此花主人 〈8〉〔1〕 동가오란/교쿠(정사 미수)/고노하나 주인	魚友痴史	시가/센류	
3	5		同可娛欄/狂句(情死未遂)/長野刑事 〈8〉〔1〕 동가오란/교쿠(정사 미수)/나가노 형사	魚友痴史	시가/센류	
4	1	新講談	女俠秋瑾の傳 〈5〉 여걸 추근전		고단	

1908년 10월 06일 (화) 79호

지면	단수	기획	기사제목 〈회수〉〔곡수〕	필자/저자(역자)	분류	비고
1	3	俳句	白露集/七印 〔1〕 백로집/칠인	三瓢	시가/하이쿠	
1	3	俳句	白露集/七印 〔1〕 백로집/칠인	可醉	시가/하이쿠	
1	3	俳句	白露集/七印 〔1〕 백로집/칠인	湖東	시가/하이쿠	
1	3~4		家庭小說 五月闇 〈32〉 장편소설 장마철의 어둠	河合柳葉	소설/일본	
4	1	新講談	女俠秋瑾の傳 〈6〉 여걸 추근전		고단	

1908년 10월 07일 (수) 80호

지면	단수	기획	기사제목 〈회수〉〔곡수〕	필자/저자(역자)	분류	비고
1	2	讀者文壇	寄宿舍の記 〈2〉 기숙사의 기록	かへで生	수필/일상	회수 오류
1	2	俳句	白露集/七印 〔2〕 백로집/칠인	櫻水	시가/하이쿠	
1	2~3	俳句	白露集/秀逸 〔1〕 백로집/수일	松花	시가/하이쿠	
1	3	俳句	白露集/秀逸 〔1〕 백로집/수일	三瓢	시가/하이쿠	
1	3	俳句	白露集/秀逸 〔1〕 백로집/수일	松花	시가/하이쿠	
1	3	俳句	白露集/秀逸 〔1〕 백로집/수일	可醉	시가/하이쿠	
1	3	俳句	白露集/秀逸 〔1〕 백로집/수일	松花	시가/하이쿠	
1	3	俳句	白露集/人 〔1〕 백로집/인	三瓢	시가/하이쿠	
1	3	俳句	白露集/地 〔1〕 백로집/지	可醉	시가/하이쿠	
1	3	俳句	白露集/天 〔1〕 백로집/천	田柿	시가/하이쿠	
1	3~5		家庭小說 五月闇 〈33〉 장편소설 장마철의 어둠	河合柳葉	소설/일본	
3	1	短篇小說	舊友 〈7〉 오랜 벗	靑楓	소설/한국	

지면	단수	기획	기사제목 〈회수〉〔곡수〕	필자/저자(역자)	분류	비고
4	1	新講談	女俠秋瑾の傳 〈7〉 여걸 추근전		고단	

1908년 10월 08일 (목) 81호

지면	단수	기획	기사제목 〈회수〉〔곡수〕	필자/저자(역자)	분류	비고
1	3~4	家庭小說	五月闇 〈34〉 장편소설 장마철의 어둠	河合柳葉	소설/일본	
3	4		同可娛欄/都々逸/大韓日報多能糸味欄へ怨言(二日の分) 〈9〉〔2〕 동가오란/도도이쓰/대한일보 취미란에 대한 원망의 말(2일 기사분)	魚友痴史	시가/도도이쓰	
3	4		同可娛欄/都々逸/大韓日報多能糸味欄へ怨言(三日の分) 〈9〉〔2〕 동가오란/도도이쓰/대한일보 취미란에 대한 원망의 말(3일 기사분)	魚友痴史	시가/도도이쓰	
4	1	新講談	女俠秋瑾の傳 〈8〉 여걸 추근전		고단	

1908년 10월 09일 (금) 82호

지면	단수	기획	기사제목 〈회수〉〔곡수〕	필자/저자(역자)	분류	비고
1	3~5	家庭小說	五月闇 〈35〉 장편소설 장마철의 어둠	川合柳葉	소설/일본	
3	1~2	短篇小說	舊友 〈8〉 오랜 벗	靑楓	소설/한국	
3	5		同可娛欄/狂歌/狂言的の離別 〈10〉〔1〕 동가오란/교카/희극적 이별	魚友痴史	시가/교카	
3	5		同可娛欄/狂歌/情夫狂の女房 〈10〉〔1〕 동가오란/교카/정부에 미친 아내	魚友痴史	시가/교카	
3	5		同可娛欄/狂歌/運送屋の痴狂 〈10〉〔1〕 동가오란/교카/배달꾼의 어리석음	魚友痴史	시가/교카	
4	1	新講談	女俠秋瑾の傳 〈9〉 여걸 추근전		고단	

1908년 10월 10일 (토) 83호

지면	단수	기획	기사제목 〈회수〉〔곡수〕	필자/저자(역자)	분류	비고
1	3~4	讀者文壇	寄宿舍の記 〈4〉 기숙사의 기록	かへで生	수필/일상	
1	4~6	家庭小說	五月闇 〈35〉 장편소설 장마철의 어둠	河合柳葉	소설/일본	회수 오류
3	1~2	短篇小說	舊友 〈9〉 오랜 벗	靑楓	소설/한국	
3	5		同可娛欄/端唄(秋の夜替へ歌) 〈11〉〔1〕 동가오란/하우타(가을밤 가에우타)	魚友痴史	시가/하우타	
4	1	新講談	女俠秋瑾の傳 〈9〉 여걸 추근전		고단	회수 오류

1908년 10월 11일 (일) 84호

지면	단수	기획	기사제목 〈회수〉〔곡수〕	필자/저자(역자)	분류	비고
1	4	俳句	白露集 〔1〕 백로집	湖東	시가/하이쿠	
1	4	俳句	白露集 〔1〕 백로집	龍水	시가/하이쿠	
1	4	俳句	白露集 〔1〕 백로집	田柿	시가/하이쿠	
1	4	俳句	白露集 〔1〕 백로집	拇子	시가/하이쿠	
1	4	俳句	白露集 〔1〕 백로집	湖東	시가/하이쿠	
1	4	俳句	白露集 〔1〕 백로집	松花	시가/하이쿠	

지면	단수	기획	기사제목 〈회수〉〔곡수〕	필자/저자(역자)	분류	비고
1	4	俳句	白露集 [2] 백로집	可醉	시가/하이쿠	
1	4	俳句	白露集 [2] 백로집	松花	시가/하이쿠	
1	4	俳句	白露集 [1] 백로집	香霧	시가/하이쿠	
1	4	俳句	白露集 [1] 백로집	湖東	시가/하이쿠	
1	4	俳句	白露集 [1] 백로집	可醉	시가/하이쿠	
1	4	俳句	白露集 [1] 백로집	龍水	시가/하이쿠	
1	4	俳句	白露集 [1] 백로집	可醉	시가/하이쿠	
1	4~6		家庭小說 五月闇 〈37〉 장편소설 장마철의 어둠	河合柳葉	소설/일본	
4	1	落語	一ツ穴 〈1〉 한통속	橘屋圓喬	라쿠고	

1908년 10월 13일 (화) 85호

지면	단수	기획	기사제목 〈회수〉〔곡수〕	필자/저자(역자)	분류	비고
1	3	俳句	白露吟集 [1] 백로음집	田柿	시가/하이쿠	
1	3	俳句	白露吟集 [1] 백로음집	松花	시가/하이쿠	
1	3	俳句	白露吟集 [1] 백로음집	可醉	시가/하이쿠	
1	3	俳句	白露吟集 [1] 백로음집	龍水	시가/하이쿠	
1	3	俳句	白露吟集 [1] 백로음집	拇子	시가/하이쿠	
1	3	俳句	白露吟集 [2] 백로음집	松花	시가/하이쿠	
1	3	俳句	白露吟集 [1] 백로음집	龍水	시가/하이쿠	
1	3	俳句	白露吟集 [1] 백로음집	可醉	시가/하이쿠	
1	4	俳句	白露吟集 [1] 백로음집	香霧	시가/하이쿠	
1	4	俳句	白露吟集 [1] 백로음집	松花	시가/하이쿠	
1	4	俳句	白露吟集 [1] 백로음집	香霧	시가/하이쿠	
1	4	俳句	白露吟集 [1] 백로음집	松花	시가/하이쿠	
1	4	俳句	白露吟集 [1] 백로음집	可醉	시가/하이쿠	
1	4~6		家庭小說 五月闇 〈39〉 장편소설 장마철의 어둠	河合柳葉	소설/일본	회수 오류
4	1	落語	一ツ穴 〈2〉 한통속	橘屋圓喬	라쿠고	

1908년 10월 14일 (수) 86호

지면	단수	기획	기사제목 〈회수〉〔곡수〕	필자/저자(역자)	분류	비고
1	3~4	讀者文壇	追懷 〔1〕 추회	黑#生	시가/신체시	
1	4~6		家庭小說 五月闇 〈40〉 장편소설 장마철의 어둠	河合柳葉	소설/일본	회수 오류
3	3		★同可娛欄/都々逸(本紙登載廣告)/南門湯 〈14〉〔1〕 동가오란/도도이쓰(본지 게재 광고)/난몬유	魚友痴史	시가/도도이 쓰	
3	3		同可娛欄/都々逸(本紙登載廣告)/浪花湯 〈14〉〔1〕 동가오란/도도이쓰(본지 게재 광고)/나니와유	魚友痴史	시가/도도이 쓰	
3	3		同可娛欄/都々逸(本紙登載廣告)/日の出湯 〈14〉〔1〕 동가오란/도도이쓰(본지 게재 광고)/히노데유	魚友痴史	시가/도도이 쓰	
4	1	落語	一ツ穴 〈3〉 한통속	橘屋圓喬	라쿠고	

1908년 10월 15일 (목) 87호

지면	단수	기획	기사제목 〈회수〉〔곡수〕	필자/저자(역자)	분류	비고
1	3	讀者文壇	寄宿舍の記 〈5〉 기숙사의 기록	かへで生	수필/일상	
1	3	文苑	秋風吟 〔5〕 추풍음	山水	시가/단카	
1	3	俳句	白露吟集/三印 〔1〕 백로음집/삼인	松花	시가/하이쿠	
1	3	俳句	白露吟集/三印 〔2〕 백로음집/삼인	拇子	시가/하이쿠	
1	3	俳句	白露吟集/三印 〔1〕 백로음집/삼인	香霧	시가/하이쿠	
1	3	俳句	白露吟集/三印 〔1〕 백로음집/삼인	湖東	시가/하이쿠	
1	3	俳句	白露吟集/三印 〔1〕 백로음집/삼인	香霧	시가/하이쿠	
1	3	俳句	白露吟集/三印 〔1〕 백로음집/삼인	田柿	시가/하이쿠	
1	3	俳句	白露吟集/三印 〔2〕 백로음집/삼인	拇子	시가/하이쿠	
1	3	俳句	白露吟集/五印 〔1〕 백로음집/오인	拇子	시가/하이쿠	
1	3	俳句	白露吟集/五印 〔1〕 백로음집/오인	可醉	시가/하이쿠	
1	3	俳句	白露吟集/五印 〔1〕 백로음집/오인	湖東	시가/하이쿠	
1	3	俳句	白露吟集/五印 〔1〕 백로음집/오인	拇子	시가/하이쿠	
1	3	俳句	白露吟集/五印 〔1〕 백로음집/오인	香霧	시가/하이쿠	
1	3	俳句	白露吟集/五印 〔1〕 백로음집/오인	湖東	시가/하이쿠	
1	3	俳句	白露吟集/五印 〔3〕 백로음집/오인	香霧	시가/하이쿠	
1	3	俳句	白露吟集/五印 〔1〕 백로음집/오인	龍水	시가/하이쿠	
1	3	俳句	白露吟集/五印 〔1〕 백로음집/오인	田柿	시가/하이쿠	
1	3	俳句	白露吟集/五印 〔1〕 백로음집/오인	松花	시가/하이쿠	

지면	단수	기획	기사제목 〈회수〉〔곡수〕	필자/저자(역자)	분류	비고
1	3	俳句	白露吟集/五印 [1] 백로음집/오인	田柿	시가/하이쿠	
1	4	俳句	白露吟集/五印 [1] 백로음집/오인	松花	시가/하이쿠	
1	4	俳句	白露吟集/五印 [1] 백로음집/오인	香霧	시가/하이쿠	
1	4	俳句	白露吟集/五印 [1] 백로음집/오인	田柿	시가/하이쿠	
1	4	俳句	白露吟集/五印 [1] 백로음집/오인	拇子	시가/하이쿠	
1	4	俳句	白露吟集/五印 [1] 백로음집/오인	田柿	시가/하이쿠	
1	4	俳句	白露吟集/五印 [1] 백로음집/오인	可醉	시가/하이쿠	
1	4	俳句	白露吟集/五印 [1] 백로음집/오인	香霧	시가/하이쿠	
1	4~5		家庭小說 五月闇 〈40〉 장편소설 장마철의 어둠	河合柳葉	소설/일본	
3	1~2	短篇小說	舊友 〈10〉 오랜 벗	青楓	소설/한국	
4	1	落語	一ツ穴 〈4〉 한통속	橘屋圓喬	라쿠고	

1908년 10월 16일 (금) 88호

지면	단수	기획	기사제목 〈회수〉〔곡수〕	필자/저자(역자)	분류	비고
1	3	讀者文壇	寄宿舍の記 〈6〉 기숙사의 기록	かへで生	수필/일상	
1	3	讀者文壇	大將 대장	南軒	수필/기타	
1	3	讀者文壇	四つ禮 예의범절의 네 가지 종류	南軒	수필/기타	
1	3	讀者文壇	命は斬れぬ 목숨은 끊어지지 않았다	南軒	수필/기타	
1	3	俳句	白露吟集/五印 [1] 백로음집/오인	湖東	시가/하이쿠	
1	3	俳句	白露吟集/五印 [1] 백로음집/오인	香霧	시가/하이쿠	
1	3	俳句	白露吟集/五印 [1] 백로음집/오인	拇子	시가/하이쿠	
1	3	俳句	白露吟集/五印 [1] 백로음집/오인	松花	시가/하이쿠	
1	3	俳句	白露吟集/五印 [1] 백로음집/오인	拇子	시가/하이쿠	
1	3	俳句	白露吟集/五印 [1] 백로음집/오인	龍水	시가/하이쿠	
1	3	俳句	白露吟集/五印 [1] 백로음집/오인	香霧	시가/하이쿠	
1	3	俳句	白露吟集/五印 [1] 백로음집/오인	拇子	시가/하이쿠	
1	3	俳句	白露吟集/七印 [1] 백로음집/칠인	湖東	시가/하이쿠	
1	3	俳句	白露吟集/七印 [1] 백로음집/칠인	拇子	시가/하이쿠	

지면	단수	기획	기사제목 〈회수〉〔곡수〕	필자/저자(역자)	분류	비고
1	3	俳句	白露吟集/七印 [1] 백로음집/칠인	田柿	시가/하이쿠	
1	3	俳句	白露吟集/七印 [1] 백로음집/칠인	松花	시가/하이쿠	
1	4~6		家庭小說 五月闇 〈41〉 장편소설 장마철의 어둠	河合柳葉	소설/일본	
4	1	落語	一ツ穴 〈5〉 한통속	橘屋圓喬	라쿠고	

1908년 10월 17일 (토) 89호

지면	단수	기획	기사제목 〈회수〉〔곡수〕	필자/저자(역자)	분류	비고
1	3	讀者文壇	間男、間女 간통하는 남녀	南軒	수필/기타	
1	3	讀者文壇	命より金 목숨보다 돈	南軒	수필/기타	
1	4	俳句	白露吟集/七印 [1] 백로음집/칠인	香霧	시가/하이쿠	
1	4	俳句	白露吟集/七印 [1] 백로음집/칠인	田柿	시가/하이쿠	
1	4	俳句	白露吟集/七印 [1] 백로음집/칠인	拇子	시가/하이쿠	
1	4	俳句	白露吟集/七印 [1] 백로음집/칠인	可醉	시가/하이쿠	
1	4	俳句	白露吟集/七印 [1] 백로음집/칠인	龍水	시가/하이쿠	
1	4	俳句	白露吟集/七印 [1] 백로음집/칠인	湖東	시가/하이쿠	
1	4	俳句	白露吟集/七印 [1] 백로음집/칠인	田柿	시가/하이쿠	
1	4	俳句	白露吟集/七印 [2] 백로음집/칠인	拇子	시가/하이쿠	
1	4	俳句	白露吟集/七印 [2] 백로음집/칠인	松花	시가/하이쿠	
1	4~5		家庭小說 五月闇 〈42〉 장편소설 장마철의 어둠	河合柳葉	소설/일본	
3	5		同可娛欄/狂歌/神嘗祭 〈15〉 [2] 동가오란/교카/간나메사이	魚友痴史	시가/교카	
4	1	落語	一ツ穴 〈6〉 한통속	橘屋圓喬	라쿠고	

1908년 10월 20일 (화) 90호

지면	단수	기획	기사제목 〈회수〉〔곡수〕	필자/저자(역자)	분류	비고
1	3	讀者文壇	寄宿舍の記 〈7〉 기숙사의 기록	かへで生	수필/일상	
1	3	讀者文壇	見覺ましきもの 훌륭한 것	南軒	수필/기타	
1	3	讀者文壇	ヒヲットコとド多福 추남과 추녀	南軒	수필/기타	
1	4	俳句	白露吟集/十印 [1] 백로음집/십인	湖東	시가/하이쿠	
1	4	俳句	白露吟集/十印 [1] 백로음집/십인	可醉	시가/하이쿠	
1	4	俳句	白露吟集/十印 [1] 백로음집/십인	松花	시가/하이쿠	

지면	단수	기획	기사제목 〈회수〉〔곡수〕	필자/저자(역자)	분류	비고
1	4	俳句	白露吟集/十印 〔1〕 백로음집/십인	湖東	시가/하이쿠	
1	4	俳句	白露吟集/十印 〔1〕 백로음집/십인	香霧	시가/하이쿠	
1	4	俳句	白露吟集/人 〔1〕 백로음집/인	田柿	시가/하이쿠	
1	4	俳句	白露吟集/地 〔1〕 백로음집/지	松花	시가/하이쿠	
1	4	俳句	白露吟集/天 〔1〕 백로음집/천	拇子	시가/하이쿠	
1	4~5		家庭小說 五月闇 〈43〉 장편소설 장마철의 어둠	河合柳葉	소설/일본	
4	1	落語	一ツ穴 〈7〉 한통속	橘屋圓喬	라쿠고	

1908년 10월 21일 (수) 91호

지면	단수	기획	기사제목 〈회수〉〔곡수〕	필자/저자(역자)	분류	비고
1	3	讀者文壇	寄宿舍の記 〈8〉 기숙사의 기록	かへで生	수필/일상	
1	3	讀者文壇	畵家と書家 화가와 서예가	南軒	수필/기타	
1	3~4	讀者文壇	生命石 생명석	南軒	수필/기타	
1	4~5		家庭小說 五月闇 〈44〉 장편소설 장마철의 어둠	河合柳葉	소설/일본	
3	4		同可娛欄/狂歌/片々子へ 〈16〉〔1〕 동가오란/교카/헨펜시에게	魚友痴史	시가/센류	
3	4		同可娛欄/狂歌/甘言子へ 〈16〉〔1〕 동가오란/교카/간겐시에게	魚友痴史	시가/센류	
3	4		同可娛欄/狂歌/倂呑子へ 〈16〉〔1〕 동가오란/교카/헤이돈시에게	魚友痴史	시가/센류	
3	4		同可娛欄/狂歌/梧風子へ 〈16〉〔1〕 동가오란/교카/고후시에게	魚友痴史	시가/센류	

1908년 10월 22일 (목) 92호

지면	단수	기획	기사제목 〈회수〉〔곡수〕	필자/저자(역자)	분류	비고
1	3	俳句	月と菊 〔10〕 달과 국화	飛天子	시가/하이쿠	
1	3~5		家庭小說 五月闇 〈44〉 장편소설 장마철의 어둠	河合柳葉	소설/일본	회수 오류
3	5		同可娛欄/都々逸(本紙登載廣告)/とり淸 〈16〉〔1〕 동가오란/도도이쓰(본지 게재 광고)/도리세이	魚友痴史	시가/도도이 쓰	
3	5		同可娛欄/都々逸(本紙登載廣告)/松その 〈16〉〔1〕 동가오란/도도이쓰(본지 게재 광고)/마쓰소노	魚友痴史	시가/도도이 쓰	
3	5		同可娛欄/都々逸(本紙登載廣告)/天金 〈16〉〔1〕 동가오란/도도이쓰(본지 게재 광고)/덴킨	魚友痴史	시가/도도이 쓰	

1908년 10월 23일 (금) 93호

지면	단수	기획	기사제목 〈회수〉〔곡수〕	필자/저자(역자)	분류	비고
1	3~5		家庭小說 五月闇 〈46〉 장편소설 장마철의 어둠	河合柳葉	소설/일본	
3	5		同可娛欄/都々逸(本紙登載廣告)/待合 春日 〈16〉〔1〕 동가오란/도도이쓰(본지 게재 광고)/요정 가스가	魚友痴史	시가/도도이 쓰	
3	5		同可娛欄/都々逸(本紙登載廣告)/同 いねのや 〈16〉〔1〕 동가오란/도도이쓰(본지 게재 광고)/요정 이네노야	魚友痴史	시가/도도이 쓰	

지면	단수	기획	기사제목 〈회수〉〔곡수〕	필자/저자(역자)	분류	비고
3	5		同可娛欄/都々逸(本紙登載廣告)/同 嬉し野〈16〉〔1〕 동가오란/도도이쓰(본지 게재 광고)/요정 우레시노	魚友痴史	시가/도도이쓰	

1908년 10월 24일 (토) 94호

지면	단수	기획	기사제목 〈회수〉〔곡수〕	필자/저자(역자)	분류	비고
1	3~5		家庭小說 五月闇〈47〉 장편소설 장마철의 어둠	河合柳葉	소설/일본	
3	5		同可娛欄/狂歌(本紙登載廣告)/下宿辻家〈16〉〔1〕 동가오란/교카(본지 게재 광고)/하숙 쓰지야	魚友痴史	시가/교카	
3	5		同可娛欄/狂歌(本紙登載廣告)/同澤田館〈16〉〔1〕 동가오란/교카(본지 게재 광고)/하숙 사와다칸	魚友痴史	시가/교카	
3	5		同可娛欄/狂歌(本紙登載廣告)/同統明館〈16〉〔1〕 동가오란/교카(본지 게재 광고)/하숙 도메이칸	魚友痴史	시가/교카	
4	1	落語	一ツ穴〈8〉 한통속	橘屋圓喬	라쿠고	

1908년 10월 25일 (일) 95호

지면	단수	기획	기사제목 〈회수〉〔곡수〕	필자/저자(역자)	분류	비고
1	3~4		家庭小說 五月闇〈48〉 장편소설 장마철의 어둠	河合柳葉	소설/일본	
4	1	落語	一ツ穴〈9〉 한통속	橘屋圓喬	라쿠고	

1908년 10월 27일 (화) 96호

지면	단수	기획	기사제목 〈회수〉〔곡수〕	필자/저자(역자)	분류	비고
1	3~5		家庭小說 五月闇〈49〉 장편소설 장마철의 어둠	河合柳葉	소설/일본	
4	1	落語	一ツ穴〈10〉 한통속	橘屋圓喬	라쿠고	

1908년 10월 28일 (수) 97호

지면	단수	기획	기사제목 〈회수〉〔곡수〕	필자/저자(역자)	분류	비고
1	2~3	讀者文壇	韓十三道漫遊 한국 십삼도 유람	黑川淸岩	수필/기행	
1	3~4		家庭小說 五月闇〈50〉 장편소설 장마철의 어둠	河合柳葉	소설/일본	
3	4		同可娛欄/狂歌(本紙登載廣告)/酒。山邑〈1〉 동가오란/교카(본지 게재 광고)/술. 야마무라	魚友痴史	시가/교카	
3	4		同可娛欄/狂歌(本紙登載廣告)/裘。岡野〈1〉 동가오란/교카(본지 게재 광고)/도롱이. 오카노	魚友痴史	시가/교카	
3	4		同可娛欄/狂歌(本紙登載廣告)/茶。開春園〈1〉 동가오란/교카(본지 게재 광고)/차. 가이슌엔	魚友痴史	시가/교카	
4	1	落語	一ツ穴〈11〉 한통속	橘屋圓喬	라쿠고	

1908년 10월 29일 (목) 98호

지면	단수	기획	기사제목 〈회수〉〔곡수〕	필자/저자(역자)	분류	비고
1	3~5		家庭小說 五月闇〈51〉 장편소설 장마철의 어둠	河合柳葉	소설/일본	
3	5		同可娛欄/狂歌(本紙登載廣告)/煉炭。神田組〈20〉〔1〕 동가오란/교카(본지 게재 광고)/연탄. 간다구미	魚友痴史	시가/교카	
3	5		同可娛欄/狂歌(本紙登載廣告)/石炭。林田〈20〉〔1〕 동가오란/교카(본지 게재 광고)/석탄. 하야시다	魚友痴史	시가/교카	
3	5		同可娛欄/狂歌(本紙登載廣告)/塊炭。山邊〈20〉〔1〕 동가오란/교카(본지 게재 광고)/괴탄. 야마베	魚友痴史	시가/교카	
4	1	落語	一ツ穴〈12〉 한통속	橘屋圓喬	라쿠고	

지면	단수	기획	기사제목 〈회수〉〔곡수〕	필자/저자(역자)	분류	비고
			1908년 10월 30일 (금) 99호			
1	3~5		家庭小說 五月闇 〈52〉 장편소설 장마철의 어둠	河合柳葉	소설/일본	
3	4		同可娛欄/都々逸(本紙登載廣告)/皆春樓の菊 〈21〉〔5〕 동가오란/도도이쓰(본지 게재 광고)/가이슌로의 기쿠	魚友痴史	시가/도도이쓰	
4	1	落語	一ツ穴 〈13〉 한통속	橘屋圓喬	라쿠고	
			1908년 10월 31일 (토) 99호			호수 오류
1	2	讀者文壇	述懷 〔1〕 술회	あきつの舍主人	시가/조카	
1	3	讀者文壇	述懷/反歌 〔1〕 술회/반가	あきつの舍主人	시가/단카	
1	3~5		家庭小說 五月闇 〈53〉 장편소설 장마철의 어둠	河合柳葉	소설/일본	
3	4		同可娛欄/狂歌(本紙廣告讀込)/靑々園茶舖 〈21〉〔1〕 동가오란/교카(본지 광고 관련)/세이세이엔 찻집	志雲	시가/교카	
3	4		同可娛欄/狂歌(本紙廣告讀込)/池田病院 〈21〉〔1〕 동가오란/교카(본지 광고 관련)/이케다 병원	志雲	시가/교카	
3	4		同可娛欄/狂歌(本紙廣告讀込)/平山牛乳 〈21〉〔1〕 동가오란/교카(본지 광고 관련)/히라야마 우유	志雲	시가/교카	
3	4		同可娛欄/狂歌(本紙廣告讀込)/日の丸魚市場 〈21〉〔1〕 동가오란/교카(본지 광고 관련)/히노마루 어시장	志雲	시가/교카	
4	1	落語	一ツ穴 〈13〉 한통속	橘屋圓喬	라쿠고	회수 오류
			1908년 11월 01일 (일) 100호			호수 오류
1	3~5		家庭小說 五月闇 〈54〉 장편소설 장마철의 어둠	河合柳葉	소설/일본	
3	4		★同可娛欄/興詠/愛國婦人會員一丸モト子樣より慰問袋を賜はりて 〈22〉〔3〕 동가오란/흥을 읊다/애국부인회원 이치마루 모토코 님에게서 위문품을 받고	魚友痴史	시가/단카	
4	1	落語	湯屋番 〈1〉 유야반	三遊亭圓遊	라쿠고	
			1908년 11월 05일 (목) 102호			
1	3~5		家庭小說 五月闇 〈56〉 장편소설 장마철의 어둠	河合柳葉	소설/일본	
3	1		謠曲閑話 〈2〉 요쿄쿠 한담	獨尊生	수필/비평	
4	1	落語	湯屋番 〈2〉 유야반	三遊亭圓遊	라쿠고	
			1908년 11월 06일 (금) 103호			
1	3~4		家庭小說 五月闇 〈57〉 장편소설 장마철의 어둠	河合柳葉	소설/일본	
3	1		謠曲閑話 〈3〉 요쿄쿠 한담	獨尊生	수필/비평	
3	1~2		慰問袋に添へて 위문품에 부쳐	高知縣私立幡多郡 實業女學校 本科三 學年生 土居菊野	수필/서간	

지면	단수	기획	기사제목 〈회수〉〔곡수〕	필자/저자(역자)	분류	비고
3	2		副統監と赤十字總會の歌〔1〕 부통감과 적십자 총회의 노래	韓國京城において 西湖子	시가/조카	
4	1	落語	湯屋番〈3〉 유야반	三遊亭圓遊	라쿠고	

1908년 11월 07일 (토) 104호

지면	단수	기획	기사제목 〈회수〉〔곡수〕	필자/저자(역자)	분류	비고
1	3	俳句	☆吟光會小集/菊、秋扇〔5〕 긴코카이 소모임/국화, 가을 부채	射石	시가/하이쿠	
1	3	俳句	吟光會小集/菊、秋扇〔5〕 긴코카이 소모임/국화, 가을 부채	せきぢ	시가/하이쿠	
1	3	俳句	☆吟光會小集/菊、秋扇〔5〕 긴코카이 소모임/국화, 가을 부채	飛天子	시가/하이쿠	
1	3	俳句	吟光會小集/菊、秋扇〔2〕 긴코카이 소모임/국화, 가을 부채	白蘆	시가/하이쿠	
1	4~5		家庭小說 五月闇〈58〉 장편소설 장마철의 어둠	河合柳葉	소설/일본	
3	1		筆のまにへ/未明 붓 가는 대로/미명		수필/일상	
3	1		筆のまにへ/朝 붓 가는 대로/아침		수필/일상	
3	1		筆のまにへ/夜 붓 가는 대로/저녁		수필/일상	
4	1	落語	湯屋番〈4〉 유야반	三遊亭圓遊	라쿠고	

1908년 11월 08일 (일) 105호

지면	단수	기획	기사제목 〈회수〉〔곡수〕	필자/저자(역자)	분류	비고
1	3	讀者文壇	秋望〔1〕 가을의 조망	櫻州野人	시가/신체시	
1	3	讀者文壇	折にふれて〔2〕 이따금	櫻州野人	시가/신체시 , 단카	
1	4~6		家庭小說 五月闇〈59〉 장편소설 장마철의 어둠	河合柳葉	소설/일본	
3	1		胸三寸〈1〉 마음속		수필/관찰	
4	1	落語	湯屋番〈5〉 유야반	三遊亭圓遊	라쿠고	

1908년 11월 10일 (화) 106호

지면	단수	기획	기사제목 〈회수〉〔곡수〕	필자/저자(역자)	분류	비고
1	3	俳句	吟光會小集/秋の水、千鳥、冬木並〔6〕 긴코카이 소모임/가을의 물, 물떼새, 겨울 가로수	射石	시가/하이쿠	
1	3	俳句	吟光會小集/秋の水、千鳥、冬木並〔1〕 긴코카이 소모임/가을의 물, 물떼새, 겨울 가로수	せきぢ	시가/하이쿠	
1	3	俳句	吟光會小集/舊王城香遠亭〔5〕 긴코카이 소모임/옛 왕성의 향원정	せきぢ	시가/하이쿠	
1	4~5		家庭小說 五月闇〈60〉 장편소설 장마철의 어둠	河合柳葉	소설/일본	
3	1		胸三寸〈2〉 마음속		수필/관찰	
4	1	落語	湯屋番〈6〉 유야반	三遊亭圓遊	라쿠고	

1908년 11월 11일 (수) 107호

지면	단수	기획	기사제목 〈회수〉〔곡수〕	필자/저자(역자)	분류	비고
1	3	俳句	☆吟光小會集〔5〕 음광소회집	南六	시가/하이쿠	
1	3	俳句	☆吟光小會集〔6〕 음광소회집	飛天子	시가/하이쿠	
1	4~5	短篇小說	片思 짝사랑	孤尾	소설	
3	1		胸三寸〈3〉 마음속		수필/관찰	
4	1	落語	湯屋番〈7〉 유야반	三遊亭圓遊	라쿠고	

1908년 11월 12일 (목) 108호

지면	단수	기획	기사제목 〈회수〉〔곡수〕	필자/저자(역자)	분류	비고
1	3	俳句	吟光小會集〔2〕 긴코 소모임집	糸三	시가/하이쿠	
1	3	俳句	吟光小會集〔3〕 긴코 소모임집	白声	시가/하이쿠	
1	3	俳句	吟光小會集〔2〕 긴코 소모임집	空吏	시가/하이쿠	
1	3	俳句	吟光小會集〔2〕 긴코 소모임집	冠山	시가/하이쿠	
1	3	俳句	吟光小會集〔2〕 긴코 소모임집	迴眉	시가/하이쿠	
1	3~5		家庭小說 五月闇〈61〉 장편소설 장마철의 어둠	河合柳葉	소설/일본	
3	1		胸三寸〈4〉 마음속		수필/관찰	

1908년 11월 13일 (금) 109호

지면	단수	기획	기사제목 〈회수〉〔곡수〕	필자/저자(역자)	분류	비고
1	3~5		家庭小說 五月闇〈62〉 장편소설 장마철의 어둠	河合柳葉	소설/일본	
3	1		胸三寸〈5〉 마음속		수필/관찰	
4	1	落語	湯屋番〈8〉 유야반	三遊亭圓遊	라쿠고	

1908년 11월 14일 (토) 110호

지면	단수	기획	기사제목 〈회수〉〔곡수〕	필자/저자(역자)	분류	비고
1	3~5		家庭小說 五月闇〈63〉 장편소설 장마철의 어둠	河合柳葉	소설/일본	
3	1		可憐の少女 가련한 소녀		수필/관찰	
4	1	落語	湯屋番〈9〉 유야반	三遊亭圓遊	라쿠고	

1908년 11월 15일 (일) 111호

지면	단수	기획	기사제목 〈회수〉〔곡수〕	필자/저자(역자)	분류	비고
1	3	俳句	吟光小會集〔2〕 긴코 소모임집	晃南	시가/하이쿠	
1	3	俳句	吟光小會集〔3〕 긴코 소모임집	仙花	시가/하이쿠	
1	3~4		家庭小說 五月闇〈64〉 장편소설 장마철의 어둠	河合柳葉	소설/일본	
3	4		同可娛欄/俚謠正調(十二日本紙三面記事參照)/今樣石童丸〈24〉〔1〕 동가오란/이요 정조(12일 본지 3면 기사 참조)/이마요 이시도마루	魚友痴史	시가/도도이 쓰	

지면	단수	기획	기사제목 〈회수〉〔곡수〕	필자/저자(역자)	분류	비고
3	4		同可娛欄/俚謠正調(十二日本紙三面記事參照)/不親切醫者 〈24〉〔1〕 동가오란/이요 정조(12일 본지 3면 기사 참조)/불친절한 의사	魚友痴史	시가/도도이쓰	
3	4		同可娛欄/俚謠正調(十二日本紙三面記事參照)/感珍藝妓上 〈24〉〔1〕 동가오란/이요 정조(12일 본지 3면 기사 참조)/감진예기상	魚友痴史	시가/도도이쓰	
4	1	落語	猫久 〈1〉 네코큐	禽語樓小さん	라쿠고	

1908년 11월 17일 (화) 112호

지면	단수	기획	기사제목 〈회수〉〔곡수〕	필자/저자(역자)	분류	비고
1	2	俳句	吟光小會集 〔2〕 긴코 소모임집	一二三	시가/하이쿠	
1	2	俳句	吟光小會集 〔3〕 긴코 소모임집	草四	시가/하이쿠	
1	2	俳句	吟光小會集 〔1〕 긴코 소모임집	靜香	시가/하이쿠	
1	3~5		家庭小說 五月闇 〈65〉 장편소설 장마철의 어둠	河合柳葉	소설/일본	
3	1		★探偵實話 奇緣 〈1〉 탐정실화 기이한 인연	ひで子	소설/한국	
3	5		同可娛欄/俚謠正調/初雪 〈25〉〔1〕 동가오란/이요 정조/첫눈	魚友痴史	시가/도도이쓰	
3	5		同可娛欄/俚謠正調/初氷 〈25〉〔1〕 동가오란/이요 정조/첫얼음	魚友痴史	시가/도도이쓰	
3	5		同可娛欄/俚謠正調/三寒四溫 〈25〉〔1〕 동가오란/이요 정조/삼한사온	魚友痴史	시가/도도이쓰	
4	1	落語	猫久 〈2〉 네코큐	禽語樓小さん	라쿠고	

1908년 11월 18일 (수) 113호

지면	단수	기획	기사제목 〈회수〉〔곡수〕	필자/저자(역자)	분류	비고
1	2~4	落語	名奉行 〈1〉 훌륭한 부교	桂文技	라쿠고	
3	1		★探偵實話 奇緣 〈2〉 탐정실화 기이한 인연	ひで子	소설/한국	
4	2	落語	猫久 〈3〉 네코큐	禽語樓小さん	라쿠고	

1908년 11월 19일 (목) 114호

지면	단수	기획	기사제목 〈회수〉〔곡수〕	필자/저자(역자)	분류	비고
1	2	俳句	☆冬隣 〔4〕 다가오는 겨울	射石	시가/하이쿠	
1	2	俳句	☆冬隣 〔3〕 다가오는 겨울	南六	시가/하이쿠	
1	2	俳句	冬隣 〔3〕 다가오는 겨울	せきぢ	시가/하이쿠	
1	2	俳句	冬隣 〔3〕 다가오는 겨울	飛天子	시가/하이쿠	
1	2	俳句	冬隣 〔2〕 다가오는 겨울	草四	시가/하이쿠	
1	2	俳句	冬隣 〔3〕 다가오는 겨울	白呂	시가/하이쿠	
1	2~4	落語	名奉行 〈2〉 훌륭한 부교	桂文技	라쿠고	
3	1		★探偵實話 奇緣 〈3〉 탐정실화 기이한 인연	ひで子	소설/한국	

지면	단수	기획	기사제목 〈회수〉〔곡수〕	필자/저자(역자)	분류	비고
4	1	落語	猫久 〈4〉 네코큐	禽語樓小さん	라쿠고	

1908년 11월 20일 (금) 115호

지면	단수	기획	기사제목	필자/저자(역자)	분류	비고
1	3~5	講談	名奉行 〈3〉 훌륭한 부교	桂文枝	고단	고단-라 쿠고 오기
3	1		★後の奇緣 〈1〉 기이한 인연 그 후	ひで子	소설	
4	1	落語	猫久 〈5〉 네코큐	禽語樓小さん	라쿠고	

1908년 11월 21일 (토) 116호

지면	단수	기획	기사제목	필자/저자(역자)	분류	비고
1	2	俳句	吟光小會集/冬隣 〔2〕 긴코 소모임집/다가오는 겨울	淸香	시가/하이쿠	
1	2	俳句	吟光小會集/冬隣 〔1〕 긴코 소모임집/다가오는 겨울	華堂	시가/하이쿠	
1	2	俳句	吟光小會集/冬隣 〔1〕 긴코 소모임집/다가오는 겨울	系三	시가/하이쿠	
1	3	俳句	吟光小會集/冬隣 〔2〕 긴코 소모임집/다가오는 겨울	晃南	시가/하이쿠	
1	3	俳句	吟光小會集/冬隣 〔1〕 긴코 소모임집/다가오는 겨울	究吏	시가/하이쿠	
1	3	俳句	吟光小會集/冬隣 〔1〕 긴코 소모임집/다가오는 겨울	一止	시가/하이쿠	
1	3	俳句	吟光小會集/蕎麥湯 〔2〕 긴코 소모임집/메밀국수 삶아낸 물	草四	시가/하이쿠	
1	3	俳句	吟光小會集/蕎麥湯 〔4〕 긴코 소모임집/메밀국수 삶아낸 물	華堂	시가/하이쿠	
1	3	俳句	吟光小會集/蕎麥湯 〔2〕 긴코 소모임집/메밀국수 삶아낸 물	究吏	시가/하이쿠	
1	3	俳句	吟光小會集/蕎麥湯 〔1〕 긴코 소모임집/메밀국수 삶아낸 물	系三	시가/하이쿠	
1	3	俳句	吟光小會集/蕎麥湯 〔1〕 긴코 소모임집/메밀국수 삶아낸 물	白召	시가/하이쿠	
1	3~5	講談	名奉行 〈4〉 훌륭한 부교	桂文枝	고단	고단-라 쿠고 오기
3	1		★後の奇緣 〈2〉 기이한 인연 그 후	ひで子	소설	
3	5		同可娛欄/興詠(十七日店員評判記參照)/守屋柳治君 〈26〉〔1〕 동가오란/흥을 읊다(17일 점원 평판기 참조)/모리야 류지 군	魚友痴史	시가/교카	
3	5		同可娛欄/興詠(十七日店員評判記參照)/淸水重雄君 〈26〉〔1〕 동가오란/흥을 읊다(17일 점원 평판기 참조)/시미즈 시게오 군	魚友痴史	시가/교카	
3	5		同可娛欄/興詠(十七日店員評判記參照)/新原茂君 〈26〉〔1〕 동가오란/흥을 읊다(17일 점원 평판기 참조)/니하라 시게루 군	魚友痴史	시가/교카	
4	1	落語	猫久 〈6〉 네코큐	禽語樓小さん	라쿠고	

1908년 11월 22일 (일) 117호

지면	단수	기획	기사제목	필자/저자(역자)	분류	비고
1	3	俳句	吟光小會集/そば湯 〔3〕 긴코 소모임집/메밀국수 삶아낸 물	淸香	시가/하이쿠	
1	3	俳句	吟光小會集/そば湯 〔2〕 긴코 소모임집/메밀국수 삶아낸 물	せきぢ	시가/하이쿠	

지면	단수	기획	기사제목 〈회수〉〔곡수〕	필자/저자(역자)	분류	비고
1	3	俳句	吟光小會集/そば湯 〔2〕 긴코 소모임집/메밀국수 삶아낸 물	南六	시가/하이쿠	
1	4	俳句	吟光小會集/そば湯 〔3〕 긴코 소모임집/메밀국수 삶아낸 물	飛天子	시가/하이쿠	
1	4	俳句	吟光小會集/そば湯 〔2〕 긴코 소모임집/메밀국수 삶아낸 물	晃南	시가/하이쿠	
1	4	俳句	吟光小會集/そば湯 〔3〕 긴코 소모임집/메밀국수 삶아낸 물	射石	시가/하이쿠	
1	4~5	講談	名奉行 〈4〉 훌륭한 부교	桂文枝	고단	고단-라쿠 고 오기/회 수 오류
3	1		★後の奇緣 〈3〉 기이한 인연 그 후	ひで子	소설	
3	5		同可娛欄/興詠(十九日店員評判記參照)/渡邊友一君 〈26〉〔1〕 동가오란/흥을 읊다(19일 점원 평판기 참조)/와타나베 유이치 군	魚友痴史	시가/교카	
3	5		同可娛欄/興詠(十九日店員評判記參照)/沼口正義君 〈26〉〔1〕 동가오란/흥을 읊다(19일 점원 평판기 참조)/누마구치 마사요시 군	魚友痴史	시가/교카	
3	5		同可娛欄/興詠/(十九日店員評判記參照)佐竹安陸君 〈26〉〔1〕 동가오란/흥을 읊다(19일 점원 평판기 참조)/사타케 야스타카 군	魚友痴史	시가/교카	
4	1	落語	猫久 〈7〉 네코큐	禽語樓小さん	라쿠고	

1908년 11월 25일 (수) 118호

지면	단수	기획	기사제목 〈회수〉〔곡수〕	필자/저자(역자)	분류	비고
1	3~5		家庭小說 五月闇 〈66〉 장편소설 장마철의 어둠	河合柳葉	소설/일본	
4	1	落語	猫久 〈8〉 네코큐	禽語樓小さん	라쿠고	

1908년 11월 26일 (목) 119호

지면	단수	기획	기사제목 〈회수〉〔곡수〕	필자/저자(역자)	분류	비고
1	3	文苑	醒めよ韓國少年 깨어나라 한국 소년	鷄北生	수필/기타	
1	3	文苑	晩秋 만추	靑風生	수필/기타	
1	3	俳句	☆病中吟 〔7〕 병중에 읊다	飛天子	시가/하이쿠	
1	3~5		家庭小說 五月闇 〈67〉 장편소설 장마철의 어둠	河合柳葉	소설/일본	
3	1		★續奇緣 〈1〉 속 기이한 인연	ひで子	소설	
3	5		同可娛欄/興詠(廿一日店員評判記參照)/山本義雄君 〈26〉〔1〕 동가오란/흥을 읊다(21일 점원 평판기 참조)/야마모토 요시오 군	魚友痴史	시가/교카	
3	5		同可娛欄/興詠(廿一日店員評判記參照)/松村近太郎君 〈26〉〔1〕 동가오란/흥을 읊다(21일 점원 평판기 참조)/마쓰무라 긴타로 군	魚友痴史	시가/교카	
3	5		同可娛欄/興詠(廿一日店員評判記參照)/加藤甲四朗君 〈26〉〔1〕 동가오란/흥을 읊다(21일 점원 평판기 참조)/가토 고시로 군	魚友痴史	시가/교카	
4	1~2	落語	猫久 〈8〉 네코큐	禽語樓小さん	라쿠고	회수 오류

1908년 11월 27일 (금) 120호

지면	단수	기획	기사제목 〈회수〉〔곡수〕	필자/저자(역자)	분류	비고
1	3~4		家庭小說 五月闇 〈68〉 장편소설 장마철의 어둠	河合柳葉	소설/일본	

지면	단수	기획	기사제목 〈회수〉 [곡수]	필자/저자(역자)	분류	비고
3	1		★續奇緣 〈2〉 속 기이한 인연	ひで子	소설	
3	5		同可娛欄/興詠(廿二日店員評判記參照)/佐藤才次郎君 〈26〉[1] 동가오란/흥을 읊다(22일 점원 평판기 참조)/사토 사이지로 군	魚友痴史	시가/교카	
3	5		同可娛欄/興詠(廿二日店員評判記參照)/鶴田活喜君 〈26〉[1] 동가오란/흥을 읊다(22일 점원 평판기 참조)/쓰루타 가쓰키 군	魚友痴史	시가/교카	
3	5		同可娛欄/興詠(廿二日店員評判記參照)/伊藤勇次郎君 〈26〉[1] 동가오란/흥을 읊다(22일 점원 평판기 참조)/이토 유지로 군	魚友痴史	시가/교카	
4	1	落語	小鳥丸 〈1〉 고가라스마루	桂文治	라쿠고	

1908년 11월 28일 (토) 121호

지면	단수	기획	기사제목 〈회수〉 [곡수]	필자/저자(역자)	분류	비고
1	3~5		家庭小說 五月闇 〈69〉 장편소설 장마철의 어둠	河合柳葉	소설/일본	
3	1		★續奇緣 〈3〉 속 기이한 인연	ひで子	소설	
4	1	落語	小鳥丸 〈2〉 고가라스마루	桂文治	라쿠고	

1908년 11월 29일 (일) 122호

지면	단수	기획	기사제목 〈회수〉 [곡수]	필자/저자(역자)	분류	비고
1	4~6		家庭小說 五月闇 〈70〉 장편소설 장마철의 어둠	河合柳葉	소설/일본	
3	1		續奇緣 〈4〉 속 기이한 인연	ひで子	소설	
3	4		同可娛欄 〈26〉[1] 동가오란	魚友痴史	시가/교카	
3	4		放多良歌誌/はしがき 〈1〉 호타라카시/서문	釜椀坊	기타	
3	4		放多良歌誌/舞亂山放任寺の徒弟 〈1〉[1] 호타라카시/무란산 방임사의 도제	釜椀坊	시가/교카	

1908년 12월 01일 (화) 123호

지면	단수	기획	기사제목 〈회수〉 [곡수]	필자/저자(역자)	분류	비고
1	3	俳句	續病中吟 [7] 속 병중에 읊다	飛天子	시가/하이쿠	
1	3	文苑	☆紅煙紫香 [13] 홍연자향	むら	수필·시가/ 일상·하이쿠	
1	4~6		家庭小說 五月闇 〈71〉 장편소설 장마철의 어둠	河合柳葉	소설/일본	
3	1		續奇緣 〈5〉 속 기이한 인연	ひで子	소설	

1908년 12월 02일 (수) 124호

지면	단수	기획	기사제목 〈회수〉 [곡수]	필자/저자(역자)	분류	비고
1	3	文苑	紅煙紫香 [13] 홍연자향	むら	수필·시가/ 일상·하이쿠	
1	4~5		家庭小說 五月闇 〈72〉 장편소설 장마철의 어둠	河合柳葉	소설/일본	

1908년 12월 03일 (목) 125호

지면	단수	기획	기사제목 〈회수〉 [곡수]	필자/저자(역자)	분류	비고
1	3	文苑	倭城の風 왜성의 바람	池水生	수필/비평	
1	4~5		家庭小說 五月闇 〈73〉 장편소설 장마철의 어둠	河合柳葉	소설/일본	

지면	단수	기획	기사제목 〈회수〉〔곡수〕	필자/저자(역자)	분류	비고
			1908년 12월 04일 (금) 126호			
1	4~5		家庭小說 五月闇 〈74〉 장편소설 상마설의 어둠	河合柳葉	소설/일본	
			1908년 12월 05일 (토) 127호			
1	3	文苑	破窓閑語 파창한어	むら	수필/비평	
1	4~6		家庭小說 五月闇 〈75〉 장편소설 장마철의 어둠	河合柳葉	소설/일본	
			1908년 12월 06일 (일) 128호			
1	4~6		家庭小說 五月闇 〈76〉 장편소설 장마철의 어둠	河合柳葉	소설/일본	
3	1		★實話 地獄谷 〈1〉 실화 지옥 계곡	かへで	소설/한국	
			1908년 12월 08일 (화) 129호			
1	4~5		家庭小說 五月闇 〈77〉 장편소설 장마철의 어둠	河合柳葉	소설/일본	
3	1		★實話 地獄谷 〈2〉 실화 지옥 계곡	かへで	소설/한국	
3	4		放多良歌誌/狂歌/漁友痴史を吊ふ 〈2〉〔1〕 호타라카시/교카/교우치시를 기리다	釜椀坊	시가/교카	
3	4		放多良歌誌/狂歌/逢たい生に告ぐ 〈2〉〔1〕 호타라카시/교카/만나고픈 그에게 고한다	釜椀坊	시가/교카	
3	4		放多良歌誌/狂歌/御君諸方に白す 〈2〉〔1〕 호타라카시/교카/제군들에게 말하다	釜椀坊	시가/교카	
3	4		放多良歌誌/狂歌(六日平民文庫參照)/電信柱から斜めに針金が地上に立つて居るが晝間は兎も角夜分などは實に危險だ現に僕は此間針金で顔を打つた 〈3〉〔1〕 호타라카시/교카(6일 평민문고 참조)/전신주에서 철사가 비스듬하게 지상으로 뻗어 있는데 낮이야 어떻든 밤에는 실로 위험하다. 실제로 나는 요전이 철사에 얼굴이 부딪혔다.	釜椀坊	시가/교카	
3	4		放多良歌誌/狂歌(六日平民文庫參照)/汚染掃除はナカヘ行き届いて居る序に汚れものゝ洗濯迄遣て貰ひたい 〈3〉〔1〕 호타라카시/교카(6일 평민문고 참조)/오물 청소는 꽤 꼼꼼하게 이루어지고 있다. 하는 김에 빨랫감 세탁까지 해 주었으면 좋겠다.	釜椀坊	시가/교카	
			1908년 12월 09일 (수) 130호			
1	3	俳句	(제목없음) 〔6〕	洛午舍	시가/하이쿠	
1	3	俳句	(제목없음) 〔6〕	飛天子	시가/하이쿠	
1	4~5		家庭小說 五月闇 〈78〉 장편소설 장마철의 어둠	河合柳葉	소설/일본	
3	1		★實話 地獄谷 〈3〉 실화 지옥 계곡	かへで	소설/한국	
			1908년 12월 10일 (목) 131호			
1	4~5		家庭小說 五月闇 〈79〉 장편소설 장마철의 어둠	河合柳葉	소설/일본	

지면	단수	기획	기사제목 〈회수〉 〔곡수〕	필자/저자(역자)	분류	비고
3	1		★實話 地獄谷 〈4〉 실화 지옥 계곡	かへで	소설/한국	
3	4		放多良歌誌/狂歌(六日近事片々參照)/每度云ふ事だが一進會も大韓協會も皆解散せしむるを宜しをす存置の必要なし候 〈4〉〔1〕 호타라카시/교카(6일 근사편편 참조)/매번 하는 말이지만 일진회도 대한협회도 모두 해산시키는 것이 좋다. 존치될 필요가 없다.	釜椀坊	시가/교카	
3	4		放多良歌誌/狂歌(六日近事片々參照)/淸國地方官憲暴戾は每度の事ながら始末にをへぬ何とか改心さするの道なき乎 〈4〉〔1〕 호타라카시/교카(6일 근사편편 참조)/청국 지방 관헌의 폭거는 항상 있는 일이라 어찌할 도리가 없다. 어떻게 개심시킬 방법이 없는 것인가.	釜椀坊	시가/교카	

1908년 12월 11일 (금) 132호

지면	단수	기획	기사제목 〈회수〉 〔곡수〕	필자/저자(역자)	분류	비고
1	3	文苑	破窓閑語 파창한어	むら	수필/비평	
1	3~4	文苑	東雲感 새벽 기운	池水生	수필/일상	
1	4~6		家庭小說 五月闇 〈80〉 장편소설 장마철의 어둠	河合柳葉	소설/일본	
3	1		★實話 地獄谷 〈5〉 실화 지옥 계곡	かへで	소설/한국	
3	3		放多良歌誌/狂歌(八日店員評判記參照)/淵田實雄君 〈5〉〔1〕 호타라카시/교카(8일 점원 평판기 참조)/후치다 사네오군	釜椀坊	시가/교카	
3	3		放多良歌誌/狂歌(八日店員評判記參照)/大塚松榮君 〈5〉〔1〕 호타라카시/교카(8일 점원 평판기 참조)/오쓰카 마쓰에이 군	釜椀坊	시가/교카	
3	3		放多良歌誌/狂歌(平民文庫參照)/山櫻といふ卷莨は柔らかくて喉當りがよい一箱七十錢値も廉い(日本男子) 〈5〉〔1〕 호타라카시/교카(8일 평민문고 참조)/야마자쿠라라고 하는 궐련은 부드럽고 목에 닿는 느낌이 좋다. 한 상자에 70전이라는 가격도 싸다. (일본 남자)	釜椀坊	시가/교카	
3	3		放多良歌誌/狂歌(平民文庫參照)/貴紙三面の店員評判記はナカ〱面白いが少しは短所も出し給へ(會社員) 〈5〉〔1〕 호타라카시/교카(8일 평민문고 참조)/귀 신문 3면의 점원 평판기는 상당히 재미있지만 약간은 단점에 대해서도 언급하라. (회사원)	釜椀坊	시가/교카	

1908년 12월 12일 (토) 133호

지면	단수	기획	기사제목 〈회수〉 〔곡수〕	필자/저자(역자)	분류	비고
1	4~6		家庭小說 五月闇 〈81〉 장편소설 장마철의 어둠	河合柳葉	소설/일본	
3	3		放多良歌誌/文句入情歌(六日小說五月闇參照) 〈6〉〔1〕 호타라카시/문구가 들어간 정가(6일 소설 장마철의 어둠 참조)	釜椀坊	시가/도도이쓰	

1908년 12월 13일 (일) 134호

지면	단수	기획	기사제목 〈회수〉 〔곡수〕	필자/저자(역자)	분류	비고
1	2~3	雜錄	破窓閑語 파창한어	むら	수필/비평	
1	4~5		家庭小說 五月闇 〈82〉 장편소설 장마철의 어둠	河合柳葉	소설/일본	
3	3		放多良歌誌/文句入情歌(六日小說五月闇參照) 〈6〉〔1〕 호타라카시/문구가 들어간 정가(6일 소설 장마철의 어둠 참조)	釜椀坊	시가/도도이쓰	

1908년 12월 15일 (화) 135호

지면	단수	기획	기사제목 〈회수〉 〔곡수〕	필자/저자(역자)	분류	비고
1	2~3	雜錄	破窓閑語 파창한어	むら	수필/비평	
1	3~5		家庭小說 五月闇 〈83〉 장편소설 장마철의 어둠	河合柳葉	소설/일본	

지면	단수	기획	기사제목 〈회수〉〔곡수〕	필자/저자(역자)	분류	비고
			1908년 12월 16일 (수) 136호			
1	3	雜錄	破窓閑語 파창한어	むら	수필/비평	
1	4~5		家庭小說 五月闇 〈84〉 장편소설 장마철의 어둠	河合柳葉	소설/일본	
			1908년 12월 17일 (목) 137호			
1	3~5		家庭小說 五月闇 〈85〉 장편소설 장마철의 어둠	河合柳葉	소설/일본	
			1908년 12월 18일 (금) 138호			
1	3~4	文苑	うばたま〔8〕 우바타마	むら	수필·시가/ 비평·하이쿠	
1	4~6		家庭小說 五月闇 〈86〉 장편소설 장마철의 어둠	河合柳葉	소설/일본	
			1908년 12월 19일 (토) 139호			
1	3~5		家庭小說 五月闇 〈87〉 장편소설 장마철의 어둠	河合柳葉	소설/일본	
			1908년 12월 20일 (일) 140호			
1	3~5		家庭小說 五月闇 〈88〉 장편소설 장마철의 어둠	河合柳葉	소설/일본	
			1908년 12월 22일 (화) 141호			
1	3~4		家庭小說 五月闇 〈89〉 장편소설 장마철의 어둠	河合柳葉	소설/일본	
			1908년 12월 23일 (수) 142호			
1	3~5		家庭小說 五月闇 〈90〉 장편소설 장마철의 어둠	河合柳葉	소설/일본	

경성신보 1909.01.~1912.02.

지면	단수	기획	기사제목 〈회수〉〔곡수〕	필자/저자(역자)	분류	비고
			1909년 01월 01일 (금) 1호			
1	5		御製〔1〕 어제	明治天皇	시가/단카	
3	1~2		家庭小說 五月闇 〈91〉 장편소설 장마철의 어둠	河合柳葉	소설/일본	
3	3~4	雜報	悲劇の反映乎 비극의 반영인가		수필/관찰	
			1909년 01월 05일 (화) 2호			
1	3~5		家庭小說 五月闇 〈92〉 장편소설 장마철의 어둠	河合柳葉	소설/일본	
3	1~2		悲劇の反映か(續) 비극의 반영인가(속)		수필/관찰	

지면	단수	기획	기사제목 〈회수〉〔곡수〕	필자/저자(역자)	분류	비고
3	4~5		於壽茂司 어수무사	むら	수필/일상	

1909년 01월 07일 (목) 3호

지면	단수	기획	기사제목 〈회수〉〔곡수〕	필자/저자(역자)	분류	비고
1	2		元旦の所感 신년 소감	不言生	수필/일상	
1	2~3		僕の新年 나의 신년	かへで	수필/일상	
1	3~5		家庭小說 五月闇 〈93〉 장편소설 장마철의 어둠	河合柳葉	소설/일본	
3	3		情歌絃/上加減〔1〕 정가현/상가감	魚遊痴史	시가/도도이쓰	
3	3		情歌絃/京成新報〔1〕 정가현/경성신보	魚遊痴史	시가/도도이쓰	
3	3		情歌絃/御題雪中松〔1〕 정가현/어제 눈 속의 소나무	魚遊痴史	시가/도도이쓰	
3	3		情歌絃/酉の春〔1〕 정가현/닭 해의 봄	魚遊痴史	시가/도도이쓰	
3	3		情歌絃/屠蘇の醉〔1〕 정가현/도소주에 취하다	魚遊痴史	시가/도도이쓰	
3	3		情歌絃/松竹梅〔1〕 정가현/송죽매	魚遊痴史	시가/도도이쓰	

1909년 01월 08일 (금) 4호

지면	단수	기획	기사제목 〈회수〉〔곡수〕	필자/저자(역자)	분류	비고
1	2~3		平壤旅行記 〈1〉 평양 여행기	翠山生	수필/기행	
1	3		破窓獨語 파창독어	むら	수필/기타	
1	3		僕の新年 나의 신년	かへで	수필/일상	
1	4~6		家庭小說 五月闇 〈94〉 장편소설 장마철의 어둠	河合柳葉	소설/일본	
3	2~3		(제목없음)〔1〕		시가/도도이쓰	

1909년 01월 09일 (토) 5호

지면	단수	기획	기사제목 〈회수〉〔곡수〕	필자/저자(역자)	분류	비고
1	2~3		平壤旅行記 〈2〉 평양 여행기	翠山生	수필/기행	
1	3	雜錄	雪中松をよめる歌並短歌〔1〕 눈 속의 소나무를 읊은 노래 및 단카	夏麿	시가/조카	
1	3	雜錄	雪中松をよめる歌並短歌/反歌〔1〕 눈 속의 소나무를 읊은 노래 및 단카/반가	夏麿	시가/단카	
1	3	雜錄	雪中松〔1〕 눈 속의 소나무	不言生	시가/단카	
1	3~5		家庭小說 五月闇 〈95〉 장편소설 장마철의 어둠	河合柳葉	소설/일본	
3	4~5		吾人は賢明である 우리들은 현명하다	むら	수필/비평	

1909년 01월 10일 (일) 6호

지면	단수	기획	기사제목 〈회수〉〔곡수〕	필자/저자(역자)	분류	비고
1	2		破窓獨語 파창독어	片々子	수필/기타	

지면	단수	기획	기사제목 〈회수〉〔곡수〕	필자/저자(역자)	분류	비고
1	3~5		家庭小說 五月闇 〈96〉 장편소설 장마철의 어둠	河合柳葉	소설/일본	
3	1~2		★余の文學感(上) 〈1〉 나의 문학감(상)	三面子	수필/비평	
3	2~3		(제목없음)	鳥日上使	시가/도도이 쓰	

1909년 01월 12일 (화) 7호

지면	단수	기획	기사제목 〈회수〉〔곡수〕	필자/저자(역자)	분류	비고
1	3	文苑	雪中竹をよめる歌並短歌 〔1〕 눈 속의 대나무를 읊은 노래 및 단카	高橋夏廬	시가/조카	
1	3	文苑	雪中竹をよめる歌並短歌/返歌 〔2〕 눈 속의 대나무를 읊은 노래 및 단카/반가	高橋夏廬	시가/단카	
1	3~4	文苑	雪中梅をよめる歌並短歌 〔1〕 눈 속의 매화를 읊은 노래 및 단카	高橋夏廬	시가/조카	
1	4	文苑	雪中梅をよめる歌並短歌/返歌 〔2〕 눈 속의 매화를 읊은 노래 및 단카/반가	高橋夏廬	시가/단카	
1	4~6		家庭小說 五月闇 〈97〉 장편소설 장마철의 어둠	河合柳葉	소설/일본	
3	1~2		★余の文學感(下) 〈2〉 나의 문학감(하)	三面子	수필/비평	
3	3		溫知樂詩(上) 〈1〉 〔7〕 오치라시(상)	魚遊痴史	시가/도도이 쓰	

1909년 01월 13일 (수) 8호

지면	단수	기획	기사제목 〈회수〉〔곡수〕	필자/저자(역자)	분류	비고
1	3~4	雜錄	雪中富士登山 눈 속의 후지산 등산	むら	수필/일상	
1	4~6		家庭小說 五月闇 〈98〉 장편소설 장마철의 어둠	河合柳葉	소설/일본	
3	3		溫知樂詩(下) 〈2〉 〔7〕 오치라시(하)	魚遊痴史	시가/도도이 쓰	

1909년 01월 14일 (목) 9호

지면	단수	기획	기사제목 〈회수〉〔곡수〕	필자/저자(역자)	분류	비고
1	3~5		家庭小說 五月闇 〈99〉 장편소설 장마철의 어둠	河合柳葉	소설/일본	

1909년 01월 15일 (금) 10호

지면	단수	기획	기사제목 〈회수〉〔곡수〕	필자/저자(역자)	분류	비고
1	4~6		家庭小說 五月闇 〈100〉 장편소설 장마철의 어둠	河合柳葉	소설/일본	
3	3		千和絃歌/痴話喧嘩 〔1〕 지와겐카/사랑싸움	魚遊痴史	시가/도도이 쓰	
3	3		千和絃歌/子多加良 〔1〕 지와겐카/아이는 보물	魚遊痴史	시가/도도이 쓰	
3	3		千和絃歌/新世帶 〔1〕 지와겐카/새 가족	魚遊痴史	시가/도도이 쓰	
3	3		千和絃歌/宿の春 〔1〕 지와겐카/숙소의 봄	魚遊痴史	시가/도도이 쓰	
3	3		千和絃歌/新玉の年 〔1〕 지와겐카/새로운 해	魚遊痴史	시가/도도이 쓰	
3	3		千和絃歌/遣り羽子 〔1〕 지와겐카/오이바네 놀이	魚遊痴史	시가/도도이 쓰	

1909년 01월 16일 (토) 11호

지면	단수	기획	기사제목 〈회수〉〔곡수〕	필자/저자(역자)	분류	비고
1	3~5		家庭小說 五月闇 〈101〉 장편소설 장마철의 어둠	河合柳葉	소설/일본	
3	3		三三綺絃(上) 〈1〉〔7〕 삼삼기현(상)	魚遊痴史	시가/도도이 쓰	

1909년 01월 17일 (일) 12호

지면	단수	기획	기사제목 〈회수〉〔곡수〕	필자/저자(역자)	분류	비고
1	3~5		家庭小說 五月闇 〈102〉 장편소설 장마철의 어둠	河合柳葉	소설/일본	
3	2		三三綺絃(下) 〈2〉〔7〕 삼삼기현(하)	魚遊痴史	시가/도도이 쓰	

1909년 01월 19일 (화) 13호

지면	단수	기획	기사제목 〈회수〉〔곡수〕	필자/저자(역자)	분류	비고
1	3~5		家庭小說 五月闇 〈103〉 장편소설 장마철의 어둠	河合柳葉	소설/일본	

1909년 01월 20일 (수) 14호

지면	단수	기획	기사제목 〈회수〉〔곡수〕	필자/저자(역자)	분류	비고
1	4~5		家庭小說 五月闇 〈104〉 장편소설 장마철의 어둠	河合柳葉	소설/일본	

1909년 01월 21일 (목) 15호

지면	단수	기획	기사제목 〈회수〉〔곡수〕	필자/저자(역자)	분류	비고
1	3~6		家庭小說 五月闇 〈105〉 장편소설 장마철의 어둠	河合柳葉	소설/일본	
3	2		★近事小歌/南韓御巡幸 〔1〕 근사소가/남한 순행	魚遊痴史	시가/도도이 쓰	
3	2		近事小歌/長谷川大將 〔1〕 근사소가/하세가와 대장	魚遊痴史	시가/도도이 쓰	
3	2		近事小歌/駒ヶ嶽と鳳 〔1〕 근사소가/고마가타케와 봉황	魚遊痴史	시가/도도이 쓰	
3	2		★近事小歌/歌留多大會 〔1〕 근사소가/가루타 대회	魚遊痴史	시가/도도이 쓰	
3	2		★近事小歌/壽座の今紫 〔1〕 근사소가/고토부키자의 이마무라사키	魚遊痴史	시가/도도이 쓰	
3	2		近事小歌/伊太利震災 〔1〕 근사소가/이탈리아 지진	魚遊痴史	시가/도도이 쓰	

1909년 01월 22일 (금) 16호

지면	단수	기획	기사제목 〈회수〉〔곡수〕	필자/저자(역자)	분류	비고
1	4~6		家庭小說 五月闇 〈106〉 장편소설 장마철의 어둠	河合柳葉	소설/일본	

1909년 01월 23일 (토) 17호

지면	단수	기획	기사제목 〈회수〉〔곡수〕	필자/저자(역자)	분류	비고
1	4~6		家庭小說 五月闇 〈107〉 장편소설 장마철의 어둠	河合柳葉	소설/일본	

1909년 01월 24일 (일) 18호

지면	단수	기획	기사제목 〈회수〉〔곡수〕	필자/저자(역자)	분류	비고
1	3~5		家庭小說 五月闇 〈108〉 장편소설 장마철의 어둠	河合柳葉	소설/일본	

1909년 01월 26일 (화) 19호

지면	단수	기획	기사제목 〈회수〉〔곡수〕	필자/저자(역자)	분류	비고
1	4~6		家庭小說 五月闇 〈109〉 장편소설 장마철의 어둠	河合柳葉	소설/일본	
3	3		★時事俳評/漢城便りを讀みて 〔1〕 시사 하이쿠 평/한성 소식을 읽고	ちはる	시가/하이쿠	

지면	단수	기획	기사제목 〈회수〉〔곡수〕	필자/저재(역자)	분류	비고
3	3		★時事俳評/近時片々を讀みて〔1〕 시사 하이쿠 평/근시편편을 읽고	ちはる	시가/하이쿠	
3	3		★時事俳評/北韓御巡幸に就て〔1〕 시시 하이쿠 평/북한 순행에 대하여	ちはる	시가/하이쿠	
3	3		★時事俳評/夜行列車の縮小〔1〕 시사 하이쿠 평/야간열차의 축소	ちはる	시가/하이쿠	
3	3		★時事俳評/東拓の事務開始〔1〕 시사 하이쿠 평/동척의 사무 개시	ちはる	시가/하이쿠	
3	3		★時事俳評/現內閣の運命〔1〕 시사 하이쿠 평/현 내각의 운명	ちはる	시가/하이쿠	
3	3		★時事俳評/宋內相の窮狀〔1〕 시사 하이쿠 평/송 내상의 궁지	ちはる	시가/하이쿠	

1909년 01월 27일 (수) 20호

지면	단수	기획	기사제목 〈회수〉〔곡수〕	필자/저재(역자)	분류	비고
1	2		破窓獨語 파창독어	片々子	수필/기타	
1	3	文苑	惜しい哉快男兒〔1〕 아쉬워라 쾌남아	さつき	수필/비평	
1	3	文苑	嫁きますとも〔1〕 신부가 오는데	周防生	수필/기타	
1	4~6		家庭小說 五月闇〈110〉 장편소설 장마철의 어둠	河合柳葉	소설/일본	
3	1		七代目 芳村伊三郎〈1〉 7대 요시무라 이사부로		수필/기타	

1909년 01월 28일 (목) 21호

지면	단수	기획	기사제목 〈회수〉〔곡수〕	필자/저재(역자)	분류	비고
1	4~5		家庭小說 五月闇〈111〉 장편소설 장마철의 어둠	河合柳葉	소설/일본	
3	1		七代目 芳村伊三郎〈1〉 7대 요시무라 이사부로		수필/기타	회수 오류
3	3	講談揭載 豫告	義民 佐倉宗吾の傳 의민 사쿠라 소고 전		광고/연재 예고	

1909년 01월 29일 (금) 22호

지면	단수	기획	기사제목 〈회수〉〔곡수〕	필자/저재(역자)	분류	비고
1	4~6		家庭小說 五月闇〈112〉 장편소설 장마철의 어둠	河合柳葉	소설/일본	

1909년 01월 30일 (토) 23호

지면	단수	기획	기사제목 〈회수〉〔곡수〕	필자/저재(역자)	분류	비고
1	3	文苑	若夫婦の胸中 젊은 부부의 흉중	もみぢ	수필/일상	
1	3	文苑	此の心 이 마음	悶々子	수필/일상	
1	4~6		家庭小說 五月闇〈113〉 장편소설 장마철의 어둠	河合柳葉	소설/일본	
3	1~2		七代目 芳村伊三郎〈3〉 7대 요시무라 이사부로		수필/기타	
3	4	講談揭載 豫告	義民 佐倉宗吾の傳 의민 사쿠라 소고 전		광고/연재 예고	

1909년 02월 02일 (화) 24호

지면	단수	기획	기사제목 〈회수〉〔곡수〕	필자/저재(역자)	분류	비고
1	3	文苑	##と趣味 ##와 취미	あかつき	수필/일상	

지면	단수	기획	기사제목 〈회수〉〔곡수〕	필자/저자(역자)	분류	비고
1	2	文苑	眼に奇山水 눈에 기산수	牛刀	수필/기타	
1	4~6		家庭小說 五月闇 〈114〉 장편소설 장마철의 어둠	河合柳葉	소설/일본	
3	2		★時事俳評/宋、魚の格鬪〔1〕 시사 하이쿠 평/송병준과 어담의 격투	ちはる	시가/하이쿠	
3	2		★時事俳評/宋內相の決死〔1〕 시사 하이쿠 평/송 내상의 결사	ちはる	시가/하이쿠	
3	2		★時事俳評/東拓と空權屋〔1〕 시사 하이쿠 평/동척과 공권자	ちはる	시가/하이쿠	
3	2		★時事俳評/芳村伊三郎の成功談〔1〕 시사 하이쿠 평/요시무라 이사부로의 성공담	ちはる	시가/하이쿠	
3	2		★時事俳評/長唄會の盛況〔1〕 시사 하이쿠 평/나가우타 모임의 성황	ちはる	시가/하이쿠	
3	4	講談揭載 豫告	義民 佐倉宗吾の傳 의민 사쿠라 소고 전		광고/연재 예고	

1909년 02월 03일 (수) 25호

지면	단수	기획	기사제목	필자/저자(역자)	분류	비고
1	4~5		家庭小說 五月闇 〈115〉 장편소설 장마철의 어둠	河合柳葉	소설/일본	
3	5~6		七代目 芳村伊三郎 〈4〉 7대 요시무라 이사부로		수필/기타	

1909년 02월 04일 (목) 26호

지면	단수	기획	기사제목	필자/저자(역자)	분류	비고
1	3~4	俳句	春十句〔10〕 봄-십구	千春	시가/하이쿠	
1	4~6		家庭小說 五月闇 〈116〉 장편소설 장마철의 어둠	河合柳葉	소설/일본	
3	3		津眞美記〔1〕 쓰마비키	むら	시가/조카	
3	4		七代目 芳村伊三郎 〈5〉 7대 요시무라 이사부로		수필/기타	

1909년 02월 05일 (금) 27호

지면	단수	기획	기사제목	필자/저자(역자)	분류	비고
1	4~6		家庭小說 五月闇 〈117〉 장편소설 장마철의 어둠	河合柳葉	소설/일본	
3	3		★時事俳評/御還行の盛儀〔1〕 시사 하이쿠 평/환행의 성대한 의식	ちはる	시가/하이쿠	
3	3		★時事俳評/御巡幸と頑迷派の覺醒〔1〕 시사 하이쿠 평/순행과 완미파의 각성	ちはる	시가/하이쿠	
3	3		★時事俳評/御巡幸後の南韓暴徒〔1〕 시사 하이쿠 평/순행 후 남한 폭도	ちはる	시가/하이쿠	
3	3		★時事俳評/山本刑事の殉職〔1〕 시사 하이쿠 평/야마모토 형사의 순직	ちはる	시가/하이쿠	
3	3		★時事俳評/宮相の結婚中止〔1〕 시사 하이쿠 평/궁내부 대신의 결혼 중지	ちはる	시가/하이쿠	
3	3~4		七代目 芳村伊三郎 〈6〉 7대 요시무라 이사부로		수필/기타	

1909년 02월 06일 (토) 28호

지면	단수	기획	기사제목	필자/저자(역자)	분류	비고
1	3	文苑	與統監旗 통감기를 수여하다	ときは	수필/일상	

지면	단수	기획	기사제목 〈회수〉〔곡수〕	필자/저자(역자)	분류	비고
1	3	文苑	死んでも持たぬ 죽어도 가지지 않겠다	##生	수필/일상	
1	3	文苑	明日は天氣が 내일은 날씨가	しつぢ	수필/일상	
1	4~6		家庭小說 五月闇 〈118〉 장편소설 장마철의 어둠	河合柳葉	소설/일본	
3	4		七代目 芳村伊三郎 〈7〉 7대 요시무라 이사부로		수필/기타	

1909년 02월 07일 (일) 29호

지면	단수	기획	기사제목 〈회수〉〔곡수〕	필자/저자(역자)	분류	비고
1	4~5		家庭小說 五月闇 〈119〉 장편소설 장마철의 어둠	河合柳葉	소설/일본	
3	3	講談揭載 豫告	義民 佐倉宗吾の傳 의민 사쿠라 소고 전		광고/연재 예고	

1909년 02월 09일 (화) 30호

지면	단수	기획	기사제목 〈회수〉〔곡수〕	필자/저자(역자)	분류	비고
1	3	文苑	慈悲の母 자비로운 어머니	骨頂生	소설	
1	3~6		佐倉宗吾 〈1〉 사쿠라 소고	眞龍齋貞水	고단	
3	1		七代目 芳村伊三郎 〈8〉 7대 요시무라 이사부로		수필/기타	
3	2		月と花/井門樓支店 〈1〉〔1〕 달과 꽃/세이몬로 지점	魚遊痴史	시가/도도이 쓰	
3	2		月と花/月下樓 〈1〉〔1〕 달과 꽃/겟카로	魚遊痴史	시가/도도이 쓰	
3	2		月と花/松榮樓 〈1〉〔1〕 달과 꽃/쇼에이로	魚遊痴史	시가/도도이 쓰	
3	2		月と花/高島屋 〈1〉〔1〕 달과 꽃/다카시마야	魚遊痴史	시가/도도이 쓰	
3	2		月と花/南山樓 〈1〉〔1〕 달과 꽃/난잔로	魚遊痴史	시가/도도이 쓰	
3	2		月と花/大桝屋 〈1〉〔1〕 달과 꽃/오마스야	魚遊痴史	시가/도도이 쓰	

1909년 02월 10일 (수) 31호

지면	단수	기획	기사제목 〈회수〉〔곡수〕	필자/저자(역자)	분류	비고
1	2~3		平壤小觀(上) 〈1〉 평양 소관(상)	京城 岑城生	수필/기행	
1	3	文苑	南無阿彌陀佛 나무아미타불	山骨	수필/일상	
1	3	文苑	警鐘亂打 경종난타	朔風	수필/일상	
1	4~6		佐倉宗吾 〈2〉 사쿠라 소고	眞龍齋貞水	고단	
3	1		七代目 芳村伊三郎 〈9〉 7대 요시무라 이사부로		수필/기타	
3	2		月と花/皆春樓 〈2〉〔1〕 달과 꽃/가이슌로	魚遊痴史	시가/도도이 쓰	
3	2		月と花/淸月樓 〈2〉〔1〕 달과 꽃/세이게쓰로	魚遊痴史	시가/도도이 쓰	
3	2		月と花/第一樓 〈2〉〔1〕 달과 꽃/다이이치로	魚遊痴史	시가/도도이 쓰	

지면	단수	기획	기사제목 〈회수〉〔곡수〕	필자/저자(역자)	분류	비고
3	2		月と花/第一樓支店 〈2〉〔1〕 달과 꽃/다이이치로 지점	魚遊痴史	시가/도도이쓰	
3	2		月と花/京城樓 〈2〉〔1〕 달과 꽃/경성루	魚遊痴史	시가/도도이쓰	
3	2		月と花/山遊樓 〈2〉〔1〕 달과 꽃/산유로	魚遊痴史	시가/도도이쓰	

1909년 02월 11일 (목) 32호

지면	단수	기획	기사제목	필자/저자(역자)	분류	비고
1	2		平壤小觀(中) 〈2〉 평양 소관(중)	京城 岑城生	수필/기행	
1	2~3	文苑	上弦の月 상현달	北犀	수필/일상	
1	3	文苑	懸賞小說 현상소설	淵漢	수필/일상	
1	3	文苑	小さき胸 작은 가슴	谷川	수필/일상	
1	3~6		佐倉宗吾 〈3〉 사쿠라 소고	眞龍齋貞水	고단	

1909년 02월 13일 (토) 33호

지면	단수	기획	기사제목	필자/저자(역자)	분류	비고
1	2~3		平壤小觀(下) 〈3〉 평양 소관(하)	京城 岑城生	수필/기행	
1	3~6		佐倉宗吾 〈4〉 사쿠라 소고	眞龍齋貞水	고단	
3	2		綺絃世都 〔7〕 기현세도	魚遊痴史	시가/도도이쓰	

1909년 02월 14일 (일) 34호

지면	단수	기획	기사제목	필자/저자(역자)	분류	비고
1	3		たかみさん 다카미 상	かへで	수필/일상	
1	3		湯屋 목욕탕	おほば	수필/일상	
1	3		パンなる哉 빵인 것인가	愛子	수필/일상	
1	3~6		佐倉宗吾 〈5〉 사쿠라 소고	眞龍齋貞水	고단	
3	1~2		七代目 芳村伊三郎 〈10〉 7대 요시무라 이사부로		수필/기타	

1909년 02월 16일 (화) 35호

지면	단수	기획	기사제목	필자/저자(역자)	분류	비고
1	2~3	文苑	千圓 천 엔	かへで	수필/일상	
1	3	文苑	今日は寒い 오늘은 춥다	ましわ	수필/일상	
1	3	俳句	春十句 〔10〕 봄-십구	千春	시가/하이쿠	
1	4~6		佐倉宗吾 〈6〉 사쿠라 소고	眞龍齋貞水	고단	
3	3		★時事俳評/閔宮相の渡日 〔1〕 시사 하이쿠 평/민 궁상의 도일	ちはる	시가/하이쿠	
3	3		★時事俳評/內部の空明け… 〔1〕 시사 하이쿠 평/내부의 여명…	ちはる	시가/하이쿠	

지면	단수	기획	기사제목 〈회수〉〔곡수〕	필자/저자(역자)	분류	비고
3	3		★時事俳評/內相と李容九の會見〔1〕 시사 하이쿠 평/내상과 이용구의 회견	ちはる	시가/하이쿠	
3	3		★時事俳評/一進會の退職權告〔1〕 시사 하이쿠 평/일진회의 시직 권고	ちはる	시가/하이쿠	
3	3		★時事俳評/芳村伊三郎の妙技〔1〕 시사 하이쿠 평/요시무라 이사부로의 묘기	ちはる	시가/하이쿠	

1909년 02월 17일 (수) 36호

지면	단수	기획	기사제목 〈회수〉〔곡수〕	필자/저자(역자)	분류	비고
1	2		破窓獨語 파창독어	片々子	수필/기타	
1	3	文苑	自今禁酒 지금부터 금주	秋帆	수필/일상	
1	3	文苑	意志薄弱 의지박약	淸嵐	수필/일상	
1	3~6		佐倉宗吾 〈7〉 사쿠라 소고	眞龍齋貞水	고단	
3	1~2		七代目 芳村伊三郎 〈11〉 7대 요시무라 이사부로		수필/기타	

1909년 02월 18일 (목) 37호

지면	단수	기획	기사제목 〈회수〉〔곡수〕	필자/저자(역자)	분류	비고
1	3	文苑	門外の春色 문밖의 봄기운	浪々子	수필/일상	
1	3		瑞光餘影 〈1〉〔5〕 서광여영	魚遊痴史	수필·시가/ 기행·도도이 쓰	
1	3~6		佐倉宗吾 〈8〉 사쿠라 소고	眞龍齋貞水	고단	

1909년 02월 19일 (금) 38호

지면	단수	기획	기사제목 〈회수〉〔곡수〕	필자/저자(역자)	분류	비고
1	3		瑞光餘影 〈2〉〔4〕 서광여영	魚遊痴史	수필·시가/ 기행·도도이 쓰	
1	3~5		佐倉宗吾 〈9〉 사쿠라 소고	眞龍齋貞水	고단	
3	1~2		七代目 芳村伊三郎 〈12〉 7대 요시무라 이사부로		수필/기타	

1909년 02월 20일 (토) 39호

지면	단수	기획	기사제목 〈회수〉〔곡수〕	필자/저자(역자)	분류	비고
1	3	文苑	殘味在舌焉 잔미재설언	刃川	수필/일상	
1	3	文苑	我輩は鋏である 나는 가위이다	問零	수필/기타	
1	3		瑞光餘影 〈3〉〔4〕 서광여영	魚遊痴史	수필·시가/ 기행·도도이 쓰	
1	4~6		佐倉宗吾 〈10〉 사쿠라 소고	眞龍齋貞水	고단	
3	1~2		七代目 芳村伊三郎 〈13〉 7대 요시무라 이사부로		수필/기타	

1909년 02월 21일 (일) 40호

지면	단수	기획	기사제목 〈회수〉 〔곡수〕	필자/저자(역자)	분류	비고
1	3~6		佐倉宗吾 〈11〉 사쿠라 소고	眞龍齋貞水	고단	
3	3		★時事俳評/對東拓希望論評に就いて(其一)/南山生の論評 〔1〕 시사 하이쿠 평/대 동척 희망 논평에 대하여(그 첫 번째)/미나미야먀 씨의 논평	ちはる	시가/하이쿠	
3	3		時事俳評/對東拓希望論評に就いて(其二)/一讀者の批評 〔1〕 시사 하이쿠 평/대 동척 희망 논평에 대하여(그 두 번째)/한 독자의 논평	ちはる	시가/하이쿠	
3	3		★時事俳評/對東拓希望論評に就いて(其三)/上山生の論評 〔1〕 시사 하이쿠 평/대 동척 희망 논평에 대하여(그 세 번째)/우에야마 씨의 논평	ちはる	시가/하이쿠	
3	3		★時事俳評/對東拓希望論評に就いて(其四)/エス、エツチ生の注意 〔1〕 시사 하이쿠 평/대 동척 희망 논평에 대하여(그 네 번째)/에스, 엣치 씨의 주의	ちはる	시가/하이쿠	
3	3		★時事俳評/對東拓希望論評に就いて(其五)/南村生の希望 〔1〕 시사 하이쿠 평/대 동척 희망 논평에 대하여(그 다섯 번째)/미나미무라 씨의 희망	ちはる	시가/하이쿠	
3	3		★時事俳評/俳評子の俳評 〔1〕 시사 하이쿠 평/하이효시의 하이쿠 평	ちはる	시가/하이쿠	

1909년 02월 23일 (화) 41호

지면	단수	기획	기사제목 〈회수〉 〔곡수〕	필자/저자(역자)	분류	비고
1	4	文苑	婚約の彼の女 약혼한 그 여자	采女	수필/일상	
1	4~7		佐倉宗吾 〈12〉 사쿠라 소고	眞龍齋貞水	고단	

1909년 02월 24일 (수) 42호

지면	단수	기획	기사제목 〈회수〉 〔곡수〕	필자/저자(역자)	분류	비고
1	4~7		佐倉宗吾 〈13〉 사쿠라 소고	眞龍齋貞水	고단	
3	3		★時事俳評/社會縱橫を讀みて 〔1〕 시사 하이쿠 평/사회종횡을 읽고	ちはる	시가/하이쿠	
3	3		★時事俳評/統監政治の質問 〔1〕 시사 하이쿠 평/통감정치 질문	ちはる	시가/하이쿠	
3	3		★時事俳評/官選民長撤廢案 〔1〕 시사 하이쿠 평/관선민장 철폐안	ちはる	시가/하이쿠	
3	3		★時事俳評/宋內相の怪氣焰 〔1〕 시사 하이쿠 평/송 내상의 이상한 기염	ちはる	시가/하이쿠	
3	3		★時事俳評/田中宮相の執念 〔1〕 시사 하이쿠 평/다나카 궁상의 집념	ちはる	시가/하이쿠	
3	3		★時事俳評/酒井政平の破綻 〔1〕 시사 하이쿠 평/사카이 마사히라의 파탄	ちはる	시가/하이쿠	
3	4~5		七代目 芳村伊三郎 〈14〉 7대 요시무라 이사부로		수필/기타	

1909년 02월 25일 (목) 43호

지면	단수	기획	기사제목 〈회수〉 〔곡수〕	필자/저자(역자)	분류	비고
1	3	文苑	雲と雲 〈1〉 〔2〕 구름과 구름	むら	수필·시가/ 일상·하이쿠	
1	3		瑞光餘影 〈4〉 〔4〕 서광여영	魚遊痴史	수필·시가/ 기행·도도이 쓰	
1	3~4		お手つけ 실수	あけぼの	수필/일상	
1	4~6		佐倉宗吾 〈14〉 사쿠라 소고	眞龍齋貞水	고단	

지면	단수	기획	기사제목 〈회수〉〔곡수〕	필자/저자(역자)	분류	비고
3	4		時事俳評/副統監の態度〔1〕 시사 하이쿠 평/부통감의 태도	ちはる	시가/하이쿠	
3	4		時事俳評/韓國成效者頌表〔1〕 시사 하이쿠 평/한국 공보사 표창	ちはる	시가/하이쿠	
3	4		時事俳評/熊谷生の對東拓希望〔1〕 시사 하이쿠 평/구마가이 씨의 동양척식회사에 대한 희망	ちはる	시가/하이쿠	
3	4		時事俳評/同藤原生の希望〔1〕 시사 하이쿠 평/후지와라 씨의 동양척식회사에 대한 희망	ちはる	시가/하이쿠	
3	4		時事俳評/同社會道人の希望〔1〕 시사 하이쿠 평/사회 도인의 동양척식회사에 대한 희망	ちはる	시가/하이쿠	
3	4		時事俳評/京龍間の發展〔1〕 시사 하이쿠 평/경룡간의 발전	ちはる	시가/하이쿠	
3	4~5		優しき娼妓日記 상냥한 창기 일기		수필/일기	

1909년 02월 26일 (금) 44호

지면	단수	기획	기사제목 〈회수〉〔곡수〕	필자/저자(역자)	분류	비고
1	3	文苑	雲と雲〈2〉〔2〕 구름과 구름	むら	수필·시가/ 일상·신체시, 하이쿠	
1	3	文苑	禿 대머리	かへで	수필/일상	
1	3	文苑	別れ 이별	おほば	수필/관찰	
1	3	文苑	春五句(詠史)/佐倉宗吾〔1〕 봄-오구(영사)/사쿠라 소고	千春	시가/하이쿠	
1	3	文苑	春五句(詠史)/明智光秀〔1〕 봄-오구(영사)/아케치 미쓰히데	千春	시가/하이쿠	
1	3	文苑	春五句(詠史)/木下藤吉郎〔1〕 봄-오구(영사)/기노시타 도키치로	千春	시가/하이쿠	
1	3	文苑	春五句(詠史)/小野道風〔1〕 봄-오구(영사)/오노노 도후	千春	시가/하이쿠	
1	4	文苑	春五句(詠史)/熊谷直實〔1〕 봄-오구(영사)/구마가이 나오자네	千春	시가/하이쿠	
1	4~6		佐倉宗吾〈15〉 사쿠라 소고	眞龍齋貞水	고단	

1909년 02월 27일 (토) 45호

지면	단수	기획	기사제목 〈회수〉〔곡수〕	필자/저자(역자)	분류	비고
1	3	文苑	雲と雲〈3〉 구름과 구름	むら	수필/일상	
1	3	文苑	春五句(詠史)/大久保彦左衛門〔1〕 봄-오구(영사)/오쿠보 히코자에몬	千春	시가/하이쿠	
1	3	文苑	春五句(詠史)/和氣淸麿〔1〕 봄-오구(영사)/와케노 기요마로	千春	시가/하이쿠	
1	3	文苑	春五句(詠史)/筒井順慶〔1〕 봄-오구(영사)/쓰쓰이 준케이	千春	시가/하이쿠	
1	3	文苑	春五句(詠史)/德川家康〔1〕 봄-오구(영사)/도쿠가와 이에야스	千春	시가/하이쿠	
1	3	文苑	春五句(詠史)/鎭西八郎爲朝〔1〕 봄-오구(영사)/진제이 하치로 다메토모	千春	시가/하이쿠	
1	4~6		佐倉宗吾〈16〉 사쿠라 소고	眞龍齋貞水	고단	

지면	단수	기획	기사제목 〈회수〉〔곡수〕	필자/저자(역자)	분류	비고
3	3		時事俳評/對議會の統監演設(か)〔1〕 시사 하이쿠 평/대 의회의 통감 연설(인가)	ちはる	시가/하이쿠	
3	3		時事俳評/大內氏の官選反對論〔1〕 시사 하이쿠 평/오우치 씨의 관선 반대론	ちはる	시가/하이쿠	
3	3		時事俳評/遞相の辭職沙汰〔1〕 시사 하이쿠 평/체신대신의 사직 사태	ちはる	시가/하이쿠	
3	3		時事俳評/鐵道管理局の亂脈〔1〕 시사 하이쿠 평/철도관리국의 난맥	ちはる	시가/하이쿠	
3	3		時事俳評/南一生の東拓論評〔1〕 시사 하이쿠 평/미나미이치 씨의 동양척식회사 논평	ちはる	시가/하이쿠	
3	3		時事俳評/犬塚生の東拓批評〔1〕 시사 하이쿠 평/이누즈카 씨의 동양척식회사 비평	ちはる	시가/하이쿠	

1909년 02월 28일 (일) 46호

지면	단수	기획	기사제목 〈회수〉〔곡수〕	필자/저자(역자)	분류	비고
1	2		瑞光餘影 〈5〉〔3〕 서광여영	魚遊痴史	수필·시가/ 기행·도도이 쓰	
1	3	文苑	雲と雲 〈4〉〔12〕 구름과 구름	むら	수필·시가/ 일상·하이쿠	
1	3~6		佐倉宗吾 〈17〉 사쿠라 소고	眞龍齋貞水	고단	
3	4		日本行き 〈1〉 일본행	柳江	수필/기행	

1909년 03월 02일 (화) 47호

지면	단수	기획	기사제목 〈회수〉〔곡수〕	필자/저자(역자)	분류	비고
1	3	文苑	雲と雲 〈5〉〔2〕 구름과 구름	むら	수필·시가/ 일상·도도이 쓰, 하이쿠	
1	3	文苑	戀 사랑	かへで	수필/일상	
1	3	文苑	氷結 결빙	凸坊	수필/일상	
1	3~4	文苑	風 바람	かへで	수필/일상	
1	4~6		佐倉宗吾 〈18〉 사쿠라 소고	眞龍齋貞水	고단	
3	3		時事俳評/宋內相の辭職〔1〕 시사 하이쿠 평/송 내상의 사직	ちはる	시가/하이쿠	
3	3		時事俳評/國旗問題演說會〔1〕 시사 하이쿠 평/국기 문제 연설회	ちはる	시가/하이쿠	
3	3		時事俳評/統監の留任乎〔1〕 시사 하이쿠 평/통감 유임인가	ちはる	시가/하이쿠	
3	3		時事俳評/旭町生の東拓論評〔1〕 시사 하이쿠 평/아사히마치 씨의 동양척식회사 논평	ちはる	시가/하이쿠	
3	3		時事俳評/扇田生の東拓論評〔1〕 시사 하이쿠 평/오기다 씨의 동양척식회사 논평	ちはる	시가/하이쿠	
3	3		時事俳評/亞川君の演說(川柳)〔1〕 시사 하이쿠 평/아가와 군의 연설(센류)	ちはる	시가/센류	

1909년 03월 03일 (수) 48호

지면	단수	기획	기사제목 〈회수〉〔곡수〕	필자/저자(역자)	분류	비고
1	2		日本行き 〈2〉 일본행	柳江	수필/기행	

지면	단수	기획	기사제목 〈회수〉 〔곡수〕	필자/저자(역자)	분류	비고
1	2~3	文苑	雲と雲 〈6〉〔5〕 구름과 구름	むら	수필·시가/ 일상·하이쿠	
1	3	文苑	沈痛の情 침통한 마음	硯北	수필/비평	
1	3~5		佐倉宗吾 〈19〉 사쿠라 소고	眞龍齋貞水	고단	

1909년 03월 04일 (목) 49호

지면	단수	기획	기사제목 〈회수〉 〔곡수〕	필자/저자(역자)	분류	비고
1	2		瑞光餘影 〈5〉〔3〕 서광여영	魚遊痴史	수필·시가/ 기행·도도이 쓰	
1	3~5		佐倉宗吾 〈20〉 사쿠라 소고	眞龍齋貞水	고단	

1909년 03월 05일 (금) 50호

지면	단수	기획	기사제목 〈회수〉 〔곡수〕	필자/저자(역자)	분류	비고
1	3	文苑	盲目の夫 눈이 먼 남편	晴峯	수필/일상	
1	3		瑞光餘影 〈7〉〔4〕 서광여영	魚遊痴史	수필·시가/ 기행·도도이 쓰	
1	3~4	文苑	活地獄 생지옥	はなの	수필/일상	
1	4~6		佐倉宗吾 〈21〉 사쿠라 소고	眞龍齋貞水	고단	

1909년 03월 06일 (토) 51호

지면	단수	기획	기사제목 〈회수〉 〔곡수〕	필자/저자(역자)	분류	비고
1	3	文苑	我輩は新聞紙である 나는 신문지로소이다	江東	수필/기타	
1	3	文苑	我輩は活字である 나는 활자로소이다	北洲	수필/기타	
1	3	文苑	上弦の月 상현달	松聲	수필/기타	
1	3~6		佐倉宗吾 〈22〉 사쿠라 소고	眞龍齋貞水	고단	

1909년 03월 07일 (일) 52호

지면	단수	기획	기사제목 〈회수〉 〔곡수〕	필자/저자(역자)	분류	비고
1	2		かぐはな 〔3〕 가구하나	むら	수필·시가/ 일상·단카	
1	3~6		佐倉宗吾 〈23〉 사쿠라 소고	眞龍齋貞水	고단	

1909년 03월 09일 (화) 53호

지면	단수	기획	기사제목 〈회수〉 〔곡수〕	필자/저자(역자)	분류	비고
1	3	文苑	一簑一笠 도롱이 하나 삿갓 하나	靑楓	수필/기행	
1	3~5		佐倉宗吾 〈24〉 사쿠라 소고	眞龍齋貞水	고단	

1909년 03월 10일 (수) 54호

지면	단수	기획	기사제목 〈회수〉 〔곡수〕	필자/저자(역자)	분류	비고
1	2		瑞光餘影 〈8〉〔5〕 서광여영	魚遊痴史	수필·시가/ 기행·도도이 쓰	

지면	단수	기획	기사제목 〈회수〉〔곡수〕	필자/저자(역자)	분류	비고
1	3	文苑	一蓑一笠/その四 〈4〉 도롱이 하나 삿갓 하나/그 네 번째	靑楓	수필/기행	
1	3	文苑	一蓑一笠/その五 〈5〉 도롱이 하나 삿갓 하나/그 다섯 번째	靑楓	수필/기행	
1	3	文苑	朝の一時間 아침의 한 시간	うろ子	수필/일상	
1	4~6		佐倉宗吾 〈25〉 사쿠라 소고	眞龍齋貞水	고단	

1909년 03월 12일 (금) 55호

지면	단수	기획	기사제목 〈회수〉〔곡수〕	필자/저자(역자)	분류	비고
1	2~3		瑞光餘影 〈9〉〔4〕 서광여영	魚遊痴史	수필·시가/ 기행·도도이 쓰	
1	3	文苑	一蓑一笠/その六 〈6〉 도롱이 하나 삿갓 하나/그 여섯 번째	靑楓	수필/기행	
1	3	文苑	一蓑一笠/その七 〈7〉 도롱이 하나 삿갓 하나/그 일곱 번째	靑楓	수필/기행	
1	3~6		佐倉宗吾 〈26〉 사쿠라 소고	眞龍齋貞水	고단	
3	3		時事俳評/大竹代議士演說の一節 〔1〕 시사 하이쿠 평/오타케 대의원 연설의 한 구절	ちはる	시가/하이쿠	
3	3		時事俳評/進步黨の大騷擾 〔1〕 시사 하이쿠 평/진보당의 대소요	ちはる	시가/하이쿠	
3	3		時事俳評/統監後任說は眞乎 〔1〕 시사 하이쿠 평/통감 후임설은 사실인가	ちはる	시가/하이쿠	
3	3		時事俳評/京龍神士錄の發行 〔1〕 시사 하이쿠 평/경룡 신사록 발행	ちはる	시가/하이쿠	
3	3		時事俳評/米穀輸入禁止稅問題 〔1〕 시사 하이쿠 평/미곡 수입 금지세 문제	ちはる	시가/하이쿠	
3	3		時事俳評/龍山の陸軍紀念祭 〔1〕 시사 하이쿠 평/용산의 육군기념제	ちはる	시가/하이쿠	

1909년 03월 13일 (토) 56호

지면	단수	기획	기사제목 〈회수〉〔곡수〕	필자/저자(역자)	분류	비고
1	3		瑞光餘影 〈10〉〔3〕 서광여영	魚遊痴史	수필·시가/ 기행·도도이 쓰	
1	3~6		佐倉宗吾 〈27〉 사쿠라 소고	眞龍齋貞水	고단	

1909년 03월 14일 (일) 57호

지면	단수	기획	기사제목 〈회수〉〔곡수〕	필자/저자(역자)	분류	비고
1	3	文苑	一蓑一笠/その八 〈8〉 도롱이 하나 삿갓 하나/그 여덟 번째	靑楓	수필/기행	
1	3	俳句	桃十句 〔10〕 복숭아-십구	千春	시가/하이쿠	
1	4~6		佐倉宗吾 〈28〉 사쿠라 소고	眞龍齋貞水	고단	
3	4		敷島の花(上)/日進樓 〈1〉〔1〕 시키시마의 꽃(상)/닛신로	魚遊痴史	시가/도도이 쓰	
3	4		敷島の花(上)/朝日樓 〈1〉〔1〕 시키시마의 꽃(상)/아사히로	魚遊痴史	시가/도도이 쓰	
3	4		敷島の花(上)/一山樓 〈1〉〔1〕 시키시마의 꽃(상)/이치야마로	魚遊痴史	시가/도도이 쓰	

지면	단수	기획	기사제목 〈회수〉〔곡수〕	필자/저자(역자)	분류	비고
3	4		敷島の花(上)/敷島樓 〈1〉〔1〕 시키시마의 꽃(상)/시키시마로	魚遊痴史	시가/도도이 쓰	

1909년 03월 16일 (화) 58호

지면	단수	기획	기사제목 〈회수〉〔곡수〕	필자/저자(역자)	분류	비고
1	3	文苑	三面投書 삼면 투고	春川	수필/일상	
1	3	文苑	春雨霏々 봄비 그치지 않고	丁零	수필/일상	
1	3	文苑	親方の顔 부모의 얼굴	ももよ	수필/일상	
1	3	俳句	青海苔 〔10〕 파래		시가/하이쿠	
1	4~7		佐倉宗吾 〈29〉 사쿠라 소고	眞龍齋貞水	고단	
3	3		敷島の花(下)/吾妻樓 〈2〉〔1〕 시키시마의 꽃(하)/아즈마로	魚遊痴史	시가/도도이 쓰	
3	3		敷島の花(下)/深川樓 〈2〉〔1〕 시키시마의 꽃(하)/후카가와로	魚遊痴史	시가/도도이 쓰	
3	3		敷島の花(下)/第二敷島樓 〈2〉〔1〕 시키시마의 꽃(하)/제이시키시마로	魚遊痴史	시가/도도이 쓰	
3	3		敷島の花(下)/高砂樓 〈2〉〔1〕 시키시마의 꽃(하)/다카사고로	魚遊痴史	시가/도도이 쓰	
3	3		敷島の花(下)/第二高砂樓 〈2〉〔1〕 시키시마의 꽃(하)/제이다카사고로	魚遊痴史	시가/도도이 쓰	

1909년 03월 17일 (수) 59호

지면	단수	기획	기사제목 〈회수〉〔곡수〕	필자/저자(역자)	분류	비고
1	3		瑞光餘影 〈10〉〔2〕 서광여영	魚遊痴史	수필·시가/ 기행·도도이 쓰	
1	4~6		佐倉宗吾 〈30〉 사쿠라 소고	眞龍齋貞水	고단	

1909년 03월 18일 (목) 60호

지면	단수	기획	기사제목 〈회수〉〔곡수〕	필자/저자(역자)	분류	비고
1	2~3	文苑	劣等なる日本人 열등한 일본인	幻現庵	수필/비평	
1	3	文苑	若き我が妻 어린 내 아내	殿六	수필/일상	
1	3		瑞光餘影 〈12〉〔4〕 서광여영	魚遊痴史	수필·시가/ 기행·도도이 쓰	
1	3	俳句	燒野十句 〔10〕 그을린 들판-십구	千春	시가/하이쿠	
1	4~6		佐倉宗吾 〈31〉 사쿠라 소고	眞龍齋貞水	고단	
3	2		時事俳評/統監の道後行き 〔1〕 시사 하이쿠 평/통감의 도고행	ちはる	시가/하이쿠	
3	2		時事俳評/夜行列車の復舊 〔1〕 시사 하이쿠 평/야간열차의 복구	ちはる	시가/하이쿠	
3	2		時事俳評/政友會の盲從 〔1〕 시사 하이쿠 평/정우회의 맹종	ちはる	시가/하이쿠	
3	2		時事俳評/宮相と統監の斡旋 〔1〕 시사 하이쿠 평/궁상과 통감의 알선	ちはる	시가/하이쿠	

지면	단수	기획	기사제목 〈회수〉〔곡수〕	필자/저자(역자)	분류	비고
3	2		時事俳評/平民文庫の蛤論戰〔1〕 시사 하이쿠 평/평민문고의 대합 논쟁	ちはる	시가/하이쿠	
3	2		時事俳評/十八娘の放火(川柳)〔1〕 시사 하이쿠 평/18세 소녀의 방화(센류)	ちはる	시가/센류	
3	4		小夜嵐(敷島近事)/明石の自殺〔1〕 밤에 부는 폭풍(시키시마 근사)/아카시의 자살	京城 魚遊痴史	시가/도도이 쓰	
3	4		小夜嵐(敷島近事)/日出の拘留〔1〕 밤에 부는 폭풍(시키시마 근사)/히노데의 구류	京城 魚遊痴史	시가/도도이 쓰	
3	4		小夜嵐(敷島近事)/雛鶴の入院〔1〕 밤에 부는 폭풍(시키시마 근사)/히나즈루의 입원	京城 魚遊痴史	시가/도도이 쓰	
3	4		小夜嵐(敷島近事)/奴の大敗策〔1〕 밤에 부는 폭풍(시키시마 근사)/얏코의 대실패	京城 魚遊痴史	시가/도도이 쓰	

1909년 03월 19일 (금) 61호

지면	단수	기획	기사제목 〈회수〉〔곡수〕	필자/저자(역자)	분류	비고
1	3	俳句	雀子十句〔10〕 참새 새끼-십구	千春	시가/하이쿠	
1	3~5		佐倉宗吾〈32〉 사쿠라 소고	眞龍齋貞水	고단	
3	4		新ラッパ節〔4〕 신 랏파부시		시가/랏파부 시	

1909년 03월 20일 (토) 62호

지면	단수	기획	기사제목 〈회수〉〔곡수〕	필자/저자(역자)	분류	비고
1	2~3	文苑	苦心 고심	白水	수필/일상	
1	3	俳句	倣西施顰〔8〕 서시의 찡그린 얼굴을 흉내내다	くれなゐ	시가/하이쿠	
1	3~5		佐倉宗吾〈33〉 사쿠라 소고	眞龍齋貞水	고단	
3	3		時事俳評/閔宮相の歸城〔1〕 시사 하이쿠 평/민 궁상의 귀성	ちはる	시가/하이쿠	
3	3		時事俳評/李首相の御馳走政策〔1〕 시사 하이쿠 평/이 수상의 대접 정책	ちはる	시가/하이쿠	
3	3		時事俳評/井上角五郎の橫道〔1〕 시사 하이쿠 평/이노우에 가쿠고로의 부정	ちはる	시가/하이쿠	
3	3		時事俳評/政友會の民撰否決〔1〕 시사 하이쿠 평/정우회의 민선 부결	ちはる	시가/하이쿠	
3	3		時事俳評/京城中學の開校〔1〕 시사 하이쿠 평/경성중학 개교	ちはる	시가/하이쿠	
3	3		時事俳評/義和宮の落胤〔1〕 시사 하이쿠 평/의화궁의 사생아	ちはる	시가/하이쿠	

1909년 03월 21일 (일) 63호

지면	단수	기획	기사제목 〈회수〉〔곡수〕	필자/저자(역자)	분류	비고
1	2	文苑	一蓑一笠/その九〈9〉 도롱이 하나 삿갓 하나/그 아홉 번째	靑楓	수필/기행	
1	3	文苑	一蓑一笠/その十〈10〉 도롱이 하나 삿갓 하나/그 열 번째	靑楓	수필/기행	
1	3	文苑	階級〔1〕 계급	よし子	수필·시가/ 센류	
1	3~6		佐倉宗吾〈34〉 사쿠라 소고	眞龍齋貞水	고단	
3	3		梅の落花(新町遊廓の入院女郎)/南山樓初音〔1〕 매화의 낙화(신정 유곽의 입원 유녀)/난잔로 하쓰네	魚遊痴史	시가/도도이 쓰	

지면	단수	기획	기사제목 〈회수〉 〔곡수〕	필자/저자(역자)	분류	비고
3	3		梅の落花(新町遊廓の入院女郎)/同樓三ッ咲 〔1〕 매화의 낙화(신정 유곽의 입원 유녀)/난잔로 밋사키	魚遊痴史	시가/도도이 쓰	
3	3		梅の落花(新町遊廓の入院女郎)/京城樓濱子 〔1〕 매화의 낙화(신정 유곽의 입원 유녀)/경성루 하마코	魚遊痴史	시가/도도이 쓰	
3	3		梅の落花(新町遊廓の入院女郎)/月下樓喜蝶 〔1〕 매화의 낙화(신정 유곽의 입원 유녀)/겟카로 기쵸	魚遊痴史	시가/도도이 쓰	
3	3		梅の落花(新町遊廓の入院女郎)/第一樓紅梅 〔1〕 매화의 낙화(신정 유곽의 입원 유녀)/다이이치로 고바이	魚遊痴史	시가/도도이 쓰	
3	3		梅の落花(新町遊廓の入院女郎)/同樓春香 〔1〕 매화의 낙화(신정 유곽의 입원 유녀)/다이이치로 하루카	魚遊痴史	시가/도도이 쓰	
3	3		梅の落花(新町遊廓の入院女郎)/皆春樓都 〔1〕 매화의 낙화(신정 유곽의 입원 유녀)/가이슌로 미야코	魚遊痴史	시가/도도이 쓰	
3	3		梅の落花(新町遊廓の入院女郎)/同樓白玉 〔1〕 매화의 낙화(신정 유곽의 입원 유녀)/가이슌로 시라타마	魚遊痴史	시가/도도이 쓰	

1909년 03월 23일 (화) 64호

지면	단수	기획	기사제목 〈회수〉 〔곡수〕	필자/저자(역자)	분류	비고
1	3~6		佐倉宗吾 〈35〉 사쿠라 소고	眞龍齋貞水	고단	

1909년 03월 24일 (수) 65호

지면	단수	기획	기사제목 〈회수〉 〔곡수〕	필자/저자(역자)	분류	비고
1	3	文苑	古物 고물	あさひ	수필/일상	
1	3		瑞光餘影 〈13〉 〔4〕 서광여영	魚遊痴史	수필·시가/ 기행·도도이 쓰	
1	3~6		佐倉宗吾 〈36〉 사쿠라 소고	眞龍齋貞水	고단	

1909년 03월 25일 (목) 66호

지면	단수	기획	기사제목 〈회수〉 〔곡수〕	필자/저자(역자)	분류	비고
1	3		一蓑一笠 〈11〉 도롱이 하나 삿갓 하나	靑楓	수필/기행	
1	3~6		佐倉宗吾 〈37〉 사쿠라 소고	眞龍齋貞水	고단	

1909년 03월 26일 (금) 67호

지면	단수	기획	기사제목 〈회수〉 〔곡수〕	필자/저자(역자)	분류	비고
1	3	文苑	覺醒よ 각성하라	靑楓	시가/자유시	
1	3~6		佐倉宗吾 〈38〉 사쿠라 소고	眞龍齋貞水	고단	
3	3		無類の名文 비할 데 없는 명문		수필/비평	

1909년 03월 27일 (토) 68호

지면	단수	기획	기사제목 〈회수〉 〔곡수〕	필자/저자(역자)	분류	비고
1	3		時事俳評/李完用の職務 〔1〕 시사 하이쿠 평/이완용의 직무	ひさご	시가/하이쿠	
1	3		時事俳評/東拓の商賣振 〔1〕 시사 하이쿠 평/동양척식회사의 장삿속	ひさご	시가/하이쿠	
1	3		時事俳評/京城日報觀光團 〔1〕 시사 하이쿠 평/경성일보 관광단	ひさご	시가/하이쿠	
1	3		時事俳評/韓國側の東拓評 〔1〕 시사 하이쿠 평/한국 측의 동양척식회사 평	ひさご	시가/하이쿠	

지면	단수	기획	기사제목 〈회수〉〔곡수〕	필자/저자(역자)	분류	비고
1	3		時事俳評/日本人の東拓評〔1〕 시사 하이쿠 평/일본인의 동양척식회사 평	ひさご	시가/하이쿠	
1	3~5		佐倉宗吾〈39〉 사쿠라 소고	眞龍齋貞水	고단	

1909년 03월 28일 (일) 69호

1	3		瑞光餘影〈14〉〔3〕 서광여영	魚遊痴史	수필·시가/ 기행·도도이 쓰	
1	3	文苑	雨の夜〔5〕 비 내리는 밤	靈弦生	시가/단카	
1	3	俳句	神の林〔5〕 신의 숲	むら	시가/하이쿠	
1	4~6		佐倉宗吾〈40〉 사쿠라 소고	眞龍齋貞水	고단	

1909년 03월 30일 (화) 70호

1	3	讀者文壇	貰いたいこと/電車 받고 싶은 것/전차	於龍山 霞城生	수필/일상	
1	3	讀者文壇	貰いたいこと/反省せよ 받고 싶은 것/반성하라	於龍山 霞城生	수필/일상	
1	3~5		佐倉宗吾〈41〉 사쿠라 소고	眞龍齋貞水	고단	

1909년 03월 31일 (수) 71호

1	3		瑞光餘影〈15〉〔3〕 서광여영	魚遊痴史	수필·시가/ 기행·도도이 쓰	
1	3	文苑	春の怨〔4〕 봄의 원망	靈弦生	시가/단카	
1	3~6		佐倉宗吾〈42〉 사쿠라 소고	眞龍齋貞水	고단	

1909년 04월 01일 (목) 72호

1	3	文苑	九十の春光 구십의 봄볕	桂春	수필/일상	
1	3	文苑	社會の罪 사회의 죄	春帆	수필/일상	
1	3~6		佐倉宗吾〈43〉 사쿠라 소고	眞龍齋貞水	고단	
3	3		川柳(言わけ)〔15〕 센류(변명)	八九庵	시가/센류	

1909년 04월 02일 (금) 73호

1	3		(제목없음)〔2〕	夕闇生	시가/단카	
1	3	俳句	梅〔3〕 매화	旦水	시가/하이쿠	
1	3	俳句	朧〔3〕 어슴푸레	旦水	시가/하이쿠	
1	3	俳句	田螺〔3〕 우렁이	旦水	시가/하이쿠	

지면	단수	기획	기사제목 〈회수〉〔곡수〕	필자/저자(역자)	분류	비고
1	3	俳句	春風〔3〕 봄바람	旦水	시가/하이쿠	
1	3	俳句	山吹〔3〕 황매화	旦水	시가/하이쿠	
1	3	俳句	柳〔3〕 버들	旦水	시가/하이쿠	
1	4~6		佐倉宗吾〈44〉 사쿠라 소고	眞龍齋貞水	고단	
3	3		波津花(新町遊廓南山樓の新妓)/春海〔1〕 하쓰하나(신정 유곽 난잔로의 새로운 기생)/하루미	魚遊痴史	시가/도도이 쓰	
3	3		波津花(新町遊廓南山樓の新妓)/小福〔1〕 하쓰하나(신정 유곽 난잔로의 새로운 기생)/고후쿠	魚遊痴史	시가/도도이 쓰	
3	3		波津花(新町遊廓南山樓の新妓)/南絲〔1〕 하쓰하나(신정 유곽 난잔로의 새로운 기생)/난시	魚遊痴史	시가/도도이 쓰	
3	3		波津花(新町遊廓南山樓の新妓)/鈴香〔1〕 하쓰하나(신정 유곽 난잔로의 새로운 기생)/스즈카	魚遊痴史	시가/도도이 쓰	
3	3		波津花(新町遊廓南山樓の新妓)/衣重〔1〕 하쓰하나(신정 유곽 난잔로의 새로운 기생)/기누에	魚遊痴史	시가/도도이 쓰	
3	3		波津花(新町遊廓南山樓の新妓)/桔梗〔1〕 하쓰하나(신정 유곽 난잔로의 새로운 기생)/기쿄	魚遊痴史	시가/도도이 쓰	
3	3		波津花(新町遊廓南山樓の新妓)/喜蓬〔1〕 하쓰하나(신정 유곽 난잔로의 새로운 기생)/기호	魚遊痴史	시가/도도이 쓰	

1909년 04월 03일 (토) 74호

지면	단수	기획	기사제목 〈회수〉〔곡수〕	필자/저자(역자)	분류	비고
1	3	文苑	相合籠〔14〕 함께 쓰는 바구니	靈弦生	시가/기타	
1	3~6		佐倉宗吾〈45〉 사쿠라 소고	眞龍齋貞水	고단	
3	2		川柳(言わけ)〔10〕 센류(변명)	からす	시가/센류	
3	4		畏友の訃に接し 경외하는 벗의 부보를 접하고	高木久馬太	수필/일상	

1909년 04월 06일 (화) 75호

지면	단수	기획	기사제목 〈회수〉〔곡수〕	필자/저자(역자)	분류	비고
1	3	文苑	##歸鄕 ##귀향	孤吟	수필/일상	
1	3	文苑	預金帳 예금통장	悶々子	수필/일상	
1	3~5		佐倉宗吾〈45〉 사쿠라 소고	眞龍齋貞水	고단	회수 오류
3	3		●▲◎〔2〕 ●▲◎	えん子	시가/신체시	

1909년 04월 07일 (수) 76호

지면	단수	기획	기사제목 〈회수〉〔곡수〕	필자/저자(역자)	분류	비고
1	3~6		佐倉宗吾〈47〉 사쿠라 소고	眞龍齋貞水	고단	

1909년 04월 08일 (목) 77호

지면	단수	기획	기사제목 〈회수〉〔곡수〕	필자/저자(역자)	분류	비고
1	3		人を律す 사람을 다루다	彌六	수필/기타	
1	3		太陽熱の利用 태양열의 이용	片々子	수필/관찰	

지면	단수	기획	기사제목 〈회수〉〔곡수〕	필자/저자(역자)	분류	비고
1	4~7		佐倉宗吾 〈48〉 사쿠라 소고	眞龍齋貞水	고단	

1909년 04월 09일 (금) 78호

지면	단수	기획	기사제목 〈회수〉〔곡수〕	필자/저자(역자)	분류	비고
1	3	文苑	非詩二章 〔2〕 비시이장	靈弦生	시가/신체시	
1	3~6		佐倉宗吾 〈49〉 사쿠라 소고	眞龍齋貞水	고단	
3	4		花柳巷談 似合の花較べ 〈1〉 화류항담 조화로운 꽃 겨루기	伊豫之守	수필/평판기	

1909년 04월 10일 (토) 79호

지면	단수	기획	기사제목 〈회수〉〔곡수〕	필자/저자(역자)	분류	비고
1	3	文苑	寂寥 〔4〕 적료	靈弦生	시가/단카	
1	3~6		佐倉宗吾 〈50〉 사쿠라 소고	眞龍齋貞水	고단	
3	3~4		花柳巷談 似合の花較べ 〈2〉 화류항담 조화로운 꽃 겨루기	伊豫之守	수필/평판기	

1909년 04월 11일 (일) 80호

지면	단수	기획	기사제목 〈회수〉〔곡수〕	필자/저자(역자)	분류	비고
1	3~6		佐倉宗吾 〈51〉 사쿠라 소고	眞龍齋貞水	고단	
3	3		時事俳評/統監政治の犠牲 〔1〕 시사 하이쿠 평/통감정치의 희생	ちはる	시가/하이쿠	
3	3		時事俳評/輿論と統監政治 〔1〕 시사 하이쿠 평/여론과 통감정치	ちはる	시가/하이쿠	
3	3		時事俳評/李容九の歸來 〔1〕 시사 하이쿠 평/이용구의 귀래	ちはる	시가/하이쿠	
3	3		時事俳評/驛屯土の欠損 〔1〕 시사 하이쿠 평/역둔토의 결손	ちはる	시가/하이쿠	
3	3		時事俳評/監獄署の新築 〔1〕 시사 하이쿠 평/교도소 신축	ちはる	시가/하이쿠	
3	3		時事俳評/列國の製艦熱 〔1〕 시사 하이쿠 평/열국의 함선 제조 열기	ちはる	시가/하이쿠	
3	4~5		花柳巷談 似合の花較べ 〈2〉 화류항담 조화로운 꽃 겨루기	伊豫之守	수필/평판기	회수 오류

1909년 04월 13일 (화) 81호

지면	단수	기획	기사제목 〈회수〉〔곡수〕	필자/저자(역자)	분류	비고
1	4~6		佐倉宗吾 〈52〉 사쿠라 소고	眞龍齋貞水	고단	
3	3		初みどり(掬翠樓の新妓)/一郎 〔1〕 신록(기쿠스이로의 새로운 기생)/이치로	魚遊痴史	시가/도도이쓰	
3	3		初みどり(掬翠樓の新妓)/二郎 〔1〕 신록(기쿠스이로의 새로운 기생)/지로	魚遊痴史	시가/도도이쓰	
3	3		初みどり(掬翠樓の新妓)/三郎 〔1〕 신록(기쿠스이로의 새로운 기생)/사부로	魚遊痴史	시가/도도이쓰	
3	3		初みどり(掬翠樓の新妓)/四郎 〔1〕 신록(기쿠스이로의 새로운 기생)/시로	魚遊痴史	시가/도도이쓰	
3	4		花柳巷談 似合の花較べ 화류항담 조화로운 꽃 겨루기		광고/휴재 안내	

1909년 04월 14일 (수) 82호

지면	단수	기획	기사제목 〈회수〉〔곡수〕	필자/저자(역자)	분류	비고
1	3	文苑	醉ふては胸 [1] 취한 마음	しづ子	시가/신체시	
1	3	俳句	洋傘十句 [10] 양산-십구	千春	시가/하이쿠	
1	3~6		佐倉宗吾 〈53〉 사쿠라 소고	眞龍齋貞水	고단	
3	2		新花淸月(花月樓の新妓)/福助 [1] 신화청월(가게쓰로의 새로운 기생)/후쿠스케	魚遊痴史	시가/도도이 쓰	
3	2		新花淸月(花月樓の新妓)/十郎 [1] 신화청월(가게쓰로의 새로운 기생)/주로	魚遊痴史	시가/도도이 쓰	
3	2		新花淸月(花月樓の新妓)/奴 [1] 신화청월(가게쓰로의 새로운 기생)/얏코	魚遊痴史	시가/도도이 쓰	
3	2		新花淸月(花月樓の新妓)/小稻 [1] 신화청월(가게쓰로의 새로운 기생)/고이나	魚遊痴史	시가/도도이 쓰	
3	2		新花淸月(花月樓の新妓)/光子 [1] 신화청월(가게쓰로의 새로운 기생)/미쓰코	魚遊痴史	시가/도도이 쓰	
3	3		花柳巷談 似合の花較べ 〈4〉 화류항담 조화로운 꽃 겨루기	伊豫之守	수필/평판기	

1909년 04월 15일 (목) 83호

지면	단수	기획	기사제목	필자/저자(역자)	분류	비고
1	3		春の夕 봄의 저녁	靑楓	수필/일상	
1	3		月の漢江 달 비치는 한강	おほば	수필/기타	
1	3	俳句	短艇十句 [10] 작은 배-십구	千春	시가/하이쿠	
1	3~6		佐倉宗吾 〈54〉 사쿠라 소고	眞龍齋貞水	고단	
3	3~4		花柳巷談 似合の花較べ 〈5〉 화류항담 조화로운 꽃 겨루기	伊豫之守	수필/평판기	

1909년 04월 16일 (금) 84호

지면	단수	기획	기사제목	필자/저자(역자)	분류	비고
1	3	文苑	死 죽음	靑楓	수필/기타	
1	3~5		佐倉宗吾 〈54〉 사쿠라 소고	眞龍齋貞水	고단	회수 오류
3	1		玉子孃の初戀 〈1〉 다마코 양의 첫사랑		수필/기타	
3	3~4		花柳巷談 似合の花較べ 〈6〉 화류항담 조화로운 꽃 겨루기	伊豫之守	수필/평판기	

1909년 04월 17일 (토) 85호

지면	단수	기획	기사제목	필자/저자(역자)	분류	비고
1	2~3	文苑	一夜 하룻밤	かひで	수필/일상	
1	3	文苑	文明 문명	靑楓	수필/일상	
1	3~6		佐倉宗吾 〈56〉 사쿠라 소고	眞龍齋貞水	고단	
3	1		玉子孃の初戀 〈2〉 다마코 양의 첫사랑		수필/기타	
3	4		花柳巷談 似合の花較べ 〈7〉 화류항담 조화로운 꽃 겨루기	伊豫之守	수필/평판기	

지면	단수	기획	기사제목 〈회수〉〔곡수〕	필자/저자(역자)	분류	비고
			1909년 04월 18일 (일) 86호			
1	2~3		好い天気だ 좋은 날씨다	美泉	수필/일상	
1	3		丼二ツ 덮밥 둘	いづみ	수필/일상	
1	3~5		佐倉宗吾 〈57〉 사쿠라 소고	眞龍齋貞水	고단	
3	1~2		玉子孃の初戀 〈3〉 다마코 양의 첫사랑		수필/기타	
3	3		時事俳評/副統監の北韓視察 〔1〕 시사 하이쿠 평/부통감의 북한 시찰	ちはる	시가/하이쿠	
3	3		時事俳評/統監後任者の未定 〔1〕 시사 하이쿠 평/통감 후임자 미정	ちはる	시가/하이쿠	
3	3		時事俳評/仁川居留民大會乎 〔1〕 시사 하이쿠 평/인천 거류민 대회	ちはる	시가/하이쿠	
3	3		時事俳評/又々京城の破獄沙汰 〔1〕 시사 하이쿠 평/재차 경성의 탈옥 소동	ちはる	시가/하이쿠	
3	3		時事俳評/日糖疑獄と醜議員 〔1〕 시사 하이쿠 평/일본제당 오직 사건과 추악한 의원	ちはる	시가/하이쿠	
3	3		時事俳評/花柳巷談似合の花 〔1〕 시사 하이쿠 평/화류항담 조화로운 꽃 겨루기	ちはる	시가/하이쿠	
3	3~4		花柳巷談 似合の花較べ 〈7〉 화류항담 조화로운 꽃 겨루기	伊豫之守	수필/평판기	회수 오류
			1909년 04월 20일 (화) 87호			
1	3~5		佐倉宗吾 〈58〉 사쿠라 소고	眞龍齋貞水	고단	
3	3		合わせ鏡/ぽん太と政子 〈1〉〔2〕 맞거울질/폰타와 마사코	魚遊痴史	시가/도도이 쓰	
3	3		合わせ鏡/花奴と政菊 〈1〉〔2〕 맞거울질/하나얏코와 마사기쿠	魚遊痴史	시가/도도이 쓰	
3	4		花柳巷談 似合の花較べ 화류항담 조화로운 꽃 겨루기		광고/휴재 안내	
			1909년 04월 21일 (수) 88호			
1	3	文苑	袷十日 〔10〕 겹옷 십일	ちはる	시가/하이쿠	
1	3~5		佐倉宗吾 〈59〉 사쿠라 소고	眞龍齋貞水	고단	
3	3		合わせ鏡/お辰 〈2〉〔2〕 맞거울질/오타쓰	魚遊痴史	시가/도도이 쓰	
3	3		合わせ鏡/お蔦 〈2〉〔2〕 맞거울질/오쓰타	魚遊痴史	시가/도도이 쓰	
3	5		花柳巷談 似合の花較べ 화류항담 조화로운 꽃 겨루기		광고/휴재 안내	
			1909년 04월 22일 (목) 89호			
1	3~6		佐倉宗吾 〈59〉 사쿠라 소고	眞龍齋貞水	고단	회수 오류
3	1		寶の灰 〈1〉 보물의 재	某生	수필/일상	

지면	단수	기획	기사제목 〈회수〉〔곡수〕	필자/저자(역자)	분류	비고
3	4		花柳巷談 似合の花較べ 〈8〉 화류항담 조화로운 꽃 겨루기	伊豫之守	수필/평판기	회수 오류

1909년 04월 23일 (금) 90호

지면	단수	기획	기사제목 〈회수〉〔곡수〕	필자/저자(역자)	분류	비고
1	2~3	文苑	十句 〔10〕 십구	千春	시가/하이쿠	
1	3	俳句	これでも詩か 〔11〕 이것도 시인가	春子	시가/하이쿠	
1	3~5		佐倉宗吾 〈61〉 사쿠라 소고	眞龍齋貞水	고단	
3	3~4		花柳巷談 似合の花較べ 〈9〉 화류항담 조화로운 꽃 겨루기	伊豫之守	수필/평판기	회수 오류
3	4		寶の灰/筆者病氣に付本日休載 보물의 재/필자 병으로 금일 휴재		광고/휴재 안내	

1909년 04월 24일 (토) 91호

지면	단수	기획	기사제목 〈회수〉〔곡수〕	필자/저자(역자)	분류	비고
1	3	俳句	初夏十句 〔10〕 초여름-십구	千春	시가/하이쿠	
1	3~5		佐倉宗吾 〈62〉 사쿠라 소고	眞龍齋貞水	고단	
3	1		寶の灰 〈2〉 보물의 재	某生	수필/일상	
3	1~2		花柳巷談 似合の花較べ 〈10〉 화류항담 조화로운 꽃 겨루기	伊豫之守	수필/평판기	회수 오류
3	2		合わせ鏡/靜子とお茶羅 〈3〉〔2〕 맞거울질/시즈코와 오차라	魚遊痴史	시가/도도이 쓰	
3	2		合わせ鏡/おゑんと三太 〈3〉〔2〕 맞거울질/오엔과 산타	魚遊痴史	시가/도도이 쓰	

1909년 04월 25일 (일) 92호

지면	단수	기획	기사제목 〈회수〉〔곡수〕	필자/저자(역자)	분류	비고
1	3~6		佐倉宗吾 〈63〉 사쿠라 소고	眞龍齋貞水	고단	
3	1~2		寶の灰 〈3〉 보물의 재	某生	수필/일상	
3	2		花柳巷談 似合の花較べ 〈11〉 화류항담 조화로운 꽃 겨루기	伊豫之守	수필/평판기	회수 오류

1909년 04월 27일 (화) 93호

지면	단수	기획	기사제목 〈회수〉〔곡수〕	필자/저자(역자)	분류	비고
1	2~3		桃花李花 복사꽃 배꽃	みどり	수필/일상	
1	3~5		佐倉宗吾 〈64〉 사쿠라 소고	眞龍齋貞水	고단	
3	2		合わせ鏡/君江とお多福 〈3〉〔2〕 맞거울질/기미에와 오타후쿠	魚遊痴史	시가/도도이 쓰	
3	2		合わせ鏡/お民とお玉 〈3〉〔2〕 맞거울질/오타미와 오타마	魚遊痴史	시가/도도이 쓰	

1909년 04월 28일 (수) 94호

지면	단수	기획	기사제목 〈회수〉〔곡수〕	필자/저자(역자)	분류	비고
1	3~5		佐倉宗吾 〈65〉 사쿠라 소고	眞龍齋貞水	고단	
3	1~2		雙影 〈1〉 두 그림자	南殷北馬樓主人	소설	

지면	단수	기획	기사제목 〈회수〉〔곡수〕	필자/저자(역자)	분류	비고
3	3		合わせ鏡/お千代に今奴 〈5〉〔2〕 맞거울질/오치요와 이마얏코	魚遊痴史	시가/도도이쓰	
3	3		合わせ鏡/梅之助に權太 〈5〉〔2〕 맞거울질/우메노스케와 곤타	魚遊痴史	시가/도도이쓰	

1909년 04월 29일 (목) 95호

지면	단수	기획	기사제목 〈회수〉〔곡수〕	필자/저자(역자)	분류	비고
1	3		花見と面目 꽃놀이와 면목	蘭雞	수필/일상	
1	3		女と花 〔1〕 여자와 꽃	もゝ代	시가/자유시	
1	3~5		佐倉宗吾 〈66〉 사쿠라 소고	眞龍齋貞水	고단	
3	1~2		雙影 〈2〉 두 그림자	南殷北馬樓主人	소설	

1909년 04월 30일 (금) 96호

지면	단수	기획	기사제목 〈회수〉〔곡수〕	필자/저자(역자)	분류	비고
1	2~3		初戀 첫사랑	放浪子	수필/일상	
1	3~5		佐倉宗吾 〈67〉 사쿠라 소고	眞龍齋貞水	고단	
3	1~2		雙影 〈3〉 두 그림자	南殷北馬樓主人	소설	

1909년 05월 01일 (토) 97호

지면	단수	기획	기사제목 〈회수〉〔곡수〕	필자/저자(역자)	분류	비고
1	2~3	俳句	自選十句 〔10〕 자선-십구	恕堂	시가/하이쿠	
1	3~5		佐倉宗吾 〈68〉 사쿠라 소고	眞龍齋貞水	고단	
3	2		合わせ鏡/文之助と大吉 〈6〉〔2〕 맞거울질/후미노스케와 다이키치	魚遊痴史	시가/도도이쓰	
3	2		合わせ鏡/桃太郎と勝丸 〈6〉〔2〕 맞거울질/모모타로와 가쓰마루	魚遊痴史	시가/도도이쓰	
3	3		二葉日記 후타바 일기	なにがし	수필/일기	
3	5		雙影 두 그림자		광고/휴재 안내	

1909년 05월 02일 (일) 98호

지면	단수	기획	기사제목 〈회수〉〔곡수〕	필자/저자(역자)	분류	비고
1	2~3	文苑	何の怨か 무슨 원한인가	靑瓦生	수필/기타	
1	3	文苑	歸去來 귀거래	くれなひ	수필/기타	
1	3~5		佐倉宗吾 〈69〉 사쿠라 소고	眞龍齋貞水	고단	
3	1~2		雙影 〈4〉 두 그림자	南殷北馬樓主人	소설	
3	2		合わせ鏡/やん茶 〈7〉〔1〕 맞거울질/얀차	魚遊痴史	시가/도도이쓰	
3	2		合わせ鏡/笑太郎 〈7〉〔1〕 맞거울질/에미타로	魚遊痴史	시가/도도이쓰	
3	2		合わせ鏡/秀子 〈7〉〔1〕 맞거울질/히데코	魚遊痴史	시가/도도이쓰	

지면	단수	기획	기사제목 〈회수〉〔곡수〕	필자/저자(역자)	분류	비고
3	3~4		二葉日記 후타바 일기	なにがし	수필/일기	

1909년 05월 04일 (화) 99호

지면	단수	기획	기사제목 〈회수〉〔곡수〕	필자/저자(역자)	분류	비고
1	3	文苑	蛙の#親會 개구리 #친회	はなの	수필/일상	
1	3	文苑	筆止る 붓이 멎다	みどり	수필/기타	
1	3	文苑	平壤浮碧樓偶感〔1〕 평양부벽루우감	雲烟	시가/한시	
1	3~6		佐倉宗吾〈70〉 사쿠라 소고	眞龍齋貞水	고단	
3	1~2		雙影〈4〉 두 그림자	南般北馬棲主人	소설	회수 오류

1909년 05월 05일 (수) 100호

지면	단수	기획	기사제목 〈회수〉〔곡수〕	필자/저자(역자)	분류	비고
1	3~6		佐倉宗吾〈71〉 사쿠라 소고	眞龍齋貞水	고단	
3	1~2		雙影〈5〉 두 그림자	南般北馬棲主人	소설	회수 오류
3	4		ぶらつ記〈1〉 산책 기록	ぼく	수필/일상	

1909년 05월 06일 (목) 101호

지면	단수	기획	기사제목 〈회수〉〔곡수〕	필자/저자(역자)	분류	비고
1	3	文苑	述懷 술회	片々子	수필/기타	
1	3~5		佐倉宗吾〈71〉 사쿠라 소고	眞龍齋貞水	고단	회수 오류
3	1~2		ぶらつ記〈2〉 산책 기록	ぼく	수필/일상	

1909년 05월 07일 (금) 102호

지면	단수	기획	기사제목 〈회수〉〔곡수〕	필자/저자(역자)	분류	비고
1	2~3	文苑	#大の國 ##의 나라	むき	수필/기타	
1	3	文苑	紳士と何ぞ 신사란 무엇인가	片々子	수필/기타	
1	3	文苑	新嫁〔1〕 새색시	つゝみ	시가/신체시	
1	3~5		佐倉宗吾〈73〉 사쿠라 소고	眞龍齋貞水	고단	

1909년 05월 08일 (토) 103호

지면	단수	기획	기사제목 〈회수〉〔곡수〕	필자/저자(역자)	분류	비고
1	2	寄書	俳句と美學との關係〈1〉 하이쿠와 미학의 관계	恕堂	수필/비평	
1	2~3	文苑	容貌魁偉 뛰어난 풍채	硯堂	수필/관찰	
1	3	文苑	無形の信用 무형의 신용	しのぶ	수필/기타	
1	3~5		佐倉宗吾〈74〉 사쿠라 소고	眞龍齋貞水	고단	
3	3		熱三魔詩(上)/其一『神魔地』〈1〉〔11〕 네쓰사마시(상)/그 첫 번째 『신마치』	魚遊痴史	시가/도도이 쓰	

지면	단수	기획	기사제목 〈회수〉 〔곡수〕	필자/저자(역자)	분류	비고
3	4		ぶらつ記 〈3〉 산책 기록	ぼく	수필/일상	

1909년 05월 09일 (일) 104호

지면	단수	기획	기사제목 〈회수〉 〔곡수〕	필자/저자(역자)	분류	비고
1	2~3	文苑	友の逝去 〈1〉 〔1〕 친구의 서거	奬月	시가/신체시	
1	3~5		佐倉宗吾 〈75〉 사쿠라 소고	眞龍齋貞水	고단	
3	1~2		雙影 〈7〉 두 그림자	南般北馬樓主人	소설	
3	3		熱三魔詩(中)/其二『悶々夜魔』〈2〉 〔10〕 네쓰사마시(중)/그 두 번째 「모모야마」	魚遊痴史	시가/도도이 쓰	
3	5		ぶらつ記 〈4〉 산책 기록	ぼく	수필/일상	

1909년 05월 11일 (화) 105호

지면	단수	기획	기사제목 〈회수〉 〔곡수〕	필자/저자(역자)	분류	비고
1	2~3	文苑	友の逝去 〈2〉 〔1〕 친구의 서거	奬月	시가/신체시	
1	3	俳句	自選五句 〔3〕 자선-오구	恕堂	시가/하이쿠	
1	3	俳句	★自選五句/南山 〔1〕 자선-오구/남산	恕堂	시가/하이쿠	
1	3	俳句	★自選五句/漢江 〔1〕 자선-오구/한강	恕堂	시가/하이쿠	
1	3~6		佐倉宗吾 〈76〉 사쿠라 소고	眞龍齋貞水	고단	
3	1~2		ぶらつ記 〈5〉 산책 기록	ぼく	수필/일상	
3	3		熱三魔詩(下)/其三『紫奇姿魔』〈3〉 〔7〕 네쓰사마시(하)/그 세 번째 「시키시마」	魚遊痴史	시가/도도이 쓰	

1909년 05월 12일 (수) 106호

지면	단수	기획	기사제목 〈회수〉 〔곡수〕	필자/저자(역자)	분류	비고
1	3	俳句	自選-五句 〔5〕 자선-오구	恕堂	시가/하이쿠	
1	3~5		佐倉宗吾 〈77〉 사쿠라 소고	眞龍齋貞水	고단	
3	1~2		ぶらつ記 〈6〉 산책 기록	ぼく	수필/일상	

1909년 05월 13일 (목) 107호

지면	단수	기획	기사제목 〈회수〉 〔곡수〕	필자/저자(역자)	분류	비고
1	2	寄書	俳句と美學との關係 〈2〉 하이쿠와 미학의 관계	恕堂	수필/비평	
1	2~3	文苑	水の音 물소리	奬月	수필/기타	
1	3~6		佐倉宗吾 〈77〉 사쿠라 소고	眞龍齋貞水	고단	회수 오류
3	3~4		ぶらつ記 〈7〉 산책 기록	ぼく	수필/일상	

1909년 05월 14일 (금) 108호

지면	단수	기획	기사제목 〈회수〉 〔곡수〕	필자/저자(역자)	분류	비고
1	2~3	寄書	俳句と美學との關係 〈3〉 하이쿠와 미학의 관계	恕堂	수필/비평	

지면	단수	기획	기사제목 〈회수〉〔곡수〕	필자/저자(역자)	분류	비고
1	3	文苑	少女と猫 소녀와 고양이	世醉	수필/일상	
1	3	文苑	吾輩は判任官である 나는 판임관이로소이다	くはの	수필/일상	
1	3~5		佐倉宗吾 〈79〉 사쿠라 소고	眞龍齋貞水	고단	
3	4~5		ぶらつ記 〈8〉 산책 기록	ぼく	수필/일상	

1909년 05월 15일 (토) 109호

지면	단수	기획	기사제목 〈회수〉〔곡수〕	필자/저자(역자)	분류	비고
1	2~3	寄書	俳句と美學との關係 〈4〉 하이쿠와 미학의 관계	恕堂	수필/기타	
1	3~6		佐倉宗吾 〈80〉 사쿠라 소고	眞龍齋貞水	고단	
3	3		曾禰副統監閣下古都を巡覽せられしを聞きて 〔2〕 소네 부통감 각하 고도를 순람하신다는 것을 듣고	年秋	시가/단카	
3	3		副統監は左の如く答え玉ふへし 〔1〕 부통감은 다음과 같이 답하시다	古狂生	시가/단카	
3	4~5		ぶらつ記 〈9〉 산책 기록	ぼく	수필/일상	

1909년 05월 16일 (일) 110호

지면	단수	기획	기사제목 〈회수〉〔곡수〕	필자/저자(역자)	분류	비고
1	2~3	寄書	俳句と美學との關係 〈5〉 하이쿠와 미학의 관계	恕堂	수필/비평	
1	3	文苑	五餞貸して吳れ 5전 빌려다오	百童	수필/일상	
1	3	文苑	無遠慮な人 배려가 없는 사람	光代	수필/일상	
1	3~6		佐倉宗吾 〈81〉 사쿠라 소고	眞龍齋貞水	고단	

1909년 05월 18일 (화) 111호

지면	단수	기획	기사제목 〈회수〉〔곡수〕	필자/저자(역자)	분류	비고
1	2~3	俳句	木下闇 〔5〕 나무 아래 어둠	錦子	시가/하이쿠	
1	3	俳句	鴨足草 〔5〕 범의귀	錦子	시가/하이쿠	
1	3~5		佐倉宗吾 〈82〉 사쿠라 소고	眞龍齋貞水	고단	

1909년 05월 19일 (수) 112호

지면	단수	기획	기사제목 〈회수〉〔곡수〕	필자/저자(역자)	분류	비고
1	3	文苑	綠陰深所有惡緣 녹음 깊은 곳에 악연이 있다	片々子	수필/기타	
1	3	俳句	自選十句 〔8〕 자선-십구	恕堂	시가/하이쿠	
1	3	俳句	自選十句/子規庵 〔1〕 자선-십구/시키 암자	恕堂	시가/하이쿠	
1	3	俳句	自選十句/京城崇禮門 〔1〕 자선-십구/경성 숭례문	恕堂	시가/하이쿠	
1	3~5		佐倉宗吾 〈83〉 사쿠라 소고	眞龍齋貞水	고단	

1909년 05월 20일 (목) 113호

지면	단수	기획	기사제목 〈회수〉〔곡수〕	필자/저자(역자)	분류	비고
1	3	文苑	大檢擧 대검거	鷄零	수필/기타	
1	3	文苑	友の免職 친구의 면직	淸眠	수필/일상	
1	3~5		佐倉宗吾 〈84〉 사쿠라 소고	眞龍齋貞水	고단	

1909년 05월 21일 (금) 114호

지면	단수	기획	기사제목 〈회수〉〔곡수〕	필자/저자(역자)	분류	비고
1	3	文苑	大酒家 대주가	勿禁	수필/일상	
1	3	文苑	新發明の#樂 신발명의 #약	淸川	수필/관찰	
1	3	文苑	父の自慢 아버지 자랑	百代	수필/기타	
1	3~5		佐倉宗吾 〈85〉 사쿠라 소고	眞龍齋貞水	고단	
3	1		新町見物 〈1〉 신마치 구경	椋助	수필/관찰	
3	2		小夜嵐(密賣淫大檢擧) 〔10〕 밤에 부는 폭풍(밀매음 대대적 검거)	魚遊痴史	시가/도도이 쓰	

1909년 05월 22일 (토) 115호

지면	단수	기획	기사제목 〈회수〉〔곡수〕	필자/저자(역자)	분류	비고
1	2~3	文苑	心配したので腹が空つた 걱정했더니 배가 고프다	紅	수필/일상	
1	3	俳句	自選雜句 〔6〕 자선-잡구	恕堂	시가/하이쿠	
1	3	俳句	西鄕隆盛 〔1〕 사이고 다카모리		시가/도도이 쓰	
1	3~6		佐倉宗吾 〈86〉 사쿠라 소고	眞龍齋貞水	고단	
3	1~2		新町見物 〈2〉 신마치 구경	椋助	수필/관찰	

1909년 05월 23일 (일) 116호

지면	단수	기획	기사제목 〈회수〉〔곡수〕	필자/저자(역자)	분류	비고
1	3	文苑	深山の人 〔1〕 깊은 산 사람	奘月	시가/신체시	
1	3	文苑	眞の## 〔1〕 실제 ##	幽眠	수필/일상	
1	3	文苑	ぶんなぐれ節 〔1〕 분나구레부시	放浪子	수필/일상	
1	3~5		佐倉宗吾 〈87〉 사쿠라 소고	眞龍齋貞水	고단	
3	1		新町見物 〈3〉 신마치 구경	椋助	수필/관찰	
3	2		出放題 나오는 대로	むら	시가/기타	

1909년 05월 25일 (화) 117호

지면	단수	기획	기사제목 〈회수〉〔곡수〕	필자/저자(역자)	분류	비고
1	3	文苑	弓術の硏究 궁술 연구	肅雨	수필/일상	
1	4~5		佐倉宗吾 〈88〉 사쿠라 소고	眞龍齋貞水	고단	

지면	단수	기획	기사제목 〈회수〉〔곡수〕	필자/저자(역자)	분류	비고
3	1~2		京城の一朝 〈1〉 경성의 어느 날 아침	ぼく	수필/관찰	

1909년 05월 26일 (수) 118호

지면	단수	기획	기사제목 〈회수〉〔곡수〕	필자/저자(역자)	분류	비고
1	3	文苑	丸木橋〔1〕 외나무다리	奬月	시가/신체시	
1	3	寄書	(제목없음)〔10〕	むら	시가/하이쿠	
1	3~5		佐倉宗吾 〈89〉 사쿠라 소고	眞龍齋貞水	고단	
3	1~2		京城の一朝 〈2〉 경성의 어느 날 아침	ぼく	수필/관찰	

1909년 05월 27일 (목) 119호

지면	단수	기획	기사제목 〈회수〉〔곡수〕	필자/저자(역자)	분류	비고
1	2~3	文苑	慕〔1〕 사모	奬月	수필·시가/ 일상·도도이 쓰	
1	3	文苑	朝寢 아침잠	砥#	수필/일상	
1	3	寄書	自選十句〔10〕 자선-십구	恕堂	시가/하이쿠	
1	3~6		佐倉宗吾 〈90〉 사쿠라 소고	眞龍齋貞水	고단	
3	1~2		京城の一朝 〈3〉 경성의 어느 날 아침	ぼく	수필/관찰	

1909년 05월 28일 (금) 120호

지면	단수	기획	기사제목 〈회수〉〔곡수〕	필자/저자(역자)	분류	비고
1	3	文苑	琴を聞きて 거문고를 듣고	秋月	시가/신체시	
1	3	文苑	獨立國 독립국	片々子	수필/일상	
1	3	文苑	百人一首讀替/天智天皇 〈1〉〔1〕 백인일수 요미카에/덴지 천황	まゝ乙女史	시가/단카	
1	3	文苑	百人一首讀替/持統天皇 〈1〉〔1〕 백인일수 요미카에/지토 천황	まゝ乙女史	시가/단카	
1	3	文苑	百人一首讀替/柿本人麿 〈1〉〔1〕 백인일수 요미카에/가키노모토노 히토마로	まゝ乙女史	시가/단카	
1	3	文苑	百人一首讀替/山邊赤人 〈1〉〔1〕 백인일수 요미카에/야마베노 아카히토	まゝ乙女史	시가/단카	
1	3	文苑	百人一首讀替/猿丸太夫 〈1〉〔1〕 백인일수 요미카에/사루마루 다유	まゝ乙女史	시가/단카	
1	3~6		佐倉宗吾 〈91〉 사쿠라 소고	眞龍齋貞水	고단	

1909년 05월 29일 (토) 121호

지면	단수	기획	기사제목 〈회수〉〔곡수〕	필자/저자(역자)	분류	비고
1	3	文苑	百人一首讀替/阿部仲麿 〈2〉〔1〕 백인일수 요미카에/아베노 나카마로	まゝ乙女史	시가/단카	
1	3	文苑	百人一首讀替/喜撰法師 〈2〉〔1〕 백인일수 요미카에/기센 법사	まゝ乙女史	시가/단카	
1	3	文苑	百人一首讀替/小野小町 〈2〉〔1〕 백인일수 요미카에/오노노 고마치	まゝ乙女史	시가/단카	

지면	단수	기획	기사제목 〈회수〉〔곡수〕	필자/저자(역자)	분류	비고
1	3	文苑	百人一首讀替/蟬丸 〈2〉〔1〕 백인일수 요미카에/세미마루	ま丶乙女史	시가/단카	
1	3	文苑	百人一首讀替/僧正遍昭 〈2〉〔1〕 백인일수 요미카에/소조 헨조	ま丶乙女史	시가/단카	
1	3	俳句	自選十句 〔7〕 자선-십구	恕堂	시가/하이쿠	
1	3	俳句	★自選十句/南山國師堂 〔1〕 자선-십구/남산 국사당	恕堂	시가/하이쿠	
1	3	俳句	★自選十句/南山烽燧臺 〔1〕 자선-십구/남산 봉수대	恕堂	시가/하이쿠	
1	3	俳句	★自選十句/老人亭 〔1〕 자선-십구/노인정	恕堂	시가/하이쿠	
1	3~6		佐倉宗吾 〈92〉 사쿠라 소고	眞龍齋貞水	고단	

1909년 05월 30일 (일) 122호

지면	단수	기획	기사제목 〈회수〉〔곡수〕	필자/저자(역자)	분류	비고
1	3	文苑	百人一首讀替/參議篁 〈3〉〔1〕 백인일수 요미카에/산기 다카무라	ま丶乙女史	시가/단카	
1	3	文苑	百人一首讀替/陽成院 〈3〉〔1〕 백인일수 요미카에/요제이인	ま丶乙女史	시가/단카	
1	3	文苑	百人一首讀替/河原左大臣 〈3〉〔1〕 백인일수 요미카에/가와라노 사다이진	ま丶乙女史	시가/단카	
1	3	文苑	百人一首讀替/光孝天皇 〈3〉〔1〕 백인일수 요미카에/고코 천황	ま丶乙女史	시가/단카	
1	3	文苑	百人一首讀替/中納言行平 〈3〉〔1〕 백인일수 요미카에/주나곤 유키히라	ま丶乙女史	시가/단카	
1	3	文苑	百人一首讀替/在原業平朝臣 〈3〉〔1〕 백인일수 요미카에/아리와라노 나리히라 아손	ま丶乙女史	시가/단카	
1	3	文苑	百人一首讀替/藤原敏行朝臣 〈3〉〔1〕 백인일수 요미카에/후지와라노 도시유키 아손	ま丶乙女史	시가/단카	
1	3~7		佐倉宗吾 〈93〉 사쿠라 소고	眞龍齋貞水	고단	

1909년 06월 01일 (화) 123호

지면	단수	기획	기사제목 〈회수〉〔곡수〕	필자/저자(역자)	분류	비고
1	3	文苑	百人一首讀替/伊勢 〈4〉〔1〕 백인일수 요미카에/이세	ま丶乙女史	시가/단카	
1	3	文苑	百人一首讀替/元良親王 〈4〉〔1〕 백인일수 요미카에/모토요시 친왕	ま丶乙女史	시가/단카	
1	3	文苑	百人一首讀替/素性法師 〈4〉〔1〕 백인일수 요미카에/소세이 법사	ま丶乙女史	시가/단카	
1	3	文苑	百人一首讀替/文屋康秀 〈4〉〔1〕 백인일수 요미카에/훈야노 야스히데	ま丶乙女史	시가/단카	
1	3	文苑	百人一首讀替/大江千里 〈4〉〔1〕 백인일수 요미카에/오에노 지사토	ま丶乙女史	시가/단카	
1	3	文苑	百人一首讀替/菅家 〈4〉〔1〕 백인일수 요미카에/간케	ま丶乙女史	시가/단카	
1	3	文苑	椋助君足下 무쿠스케 군 귀하	鹿の子	수필/서간	
1	3	俳句	自選-五句 〔5〕 자선-오구	恕堂	시가/하이쿠	
1	3~6		佐倉宗吾 〈94〉 사쿠라 소고	眞龍齋貞水	고단	

지면	단수	기획	기사제목 〈회수〉〔곡수〕	필자/저자(역자)	분류	비고

1909년 06월 02일 (수) 124호

지면	단수	기획	기사제목 〈회수〉〔곡수〕	필자/저자(역자)	분류	비고
1	3	文苑	百人一首讀替/三條右大臣 〈6〉〔1〕 백인일수 요미카에/산조 우다이진	まゝ乙女史	시가/단카	
1	3	文苑	百人一首讀替/貞信公 〈6〉〔1〕 백인일수 요미카에/데이신코	まゝ乙女史	시가/단카	
1	3	文苑	百人一首讀替/中納言兼輔 〈6〉〔1〕 백인일수 요미카에/주나곤 가네스케	まゝ乙女史	시가/단카	
1	3	文苑	百人一首讀替/源宗于朝臣 〈6〉〔1〕 백인일수 요미카에/미나모토노 무네유키 아손	まゝ乙女史	시가/단카	
1	3	文苑	百人一首讀替/凡河內躬恒 〈6〉〔1〕 백인일수 요미카에/오시코치노 미쓰네	まゝ乙女史	시가/단카	
1	3	文苑	百人一首讀替/壬生忠岑 〈6〉〔1〕 백인일수 요미카에/미부노 다다미네	まゝ乙女史	시가/단카	
1	3~6		佐倉宗吾 〈95〉 사쿠라 소고	眞龍齋貞水	고단	

1909년 06월 03일 (목) 125호

지면	단수	기획	기사제목 〈회수〉〔곡수〕	필자/저자(역자)	분류	비고
1	2~3	文苑	鹿の子君足下 가노코 군 귀하	椋助	수필/서간	
1	3~6		佐倉宗吾 〈96〉 사쿠라 소고	眞龍齋貞水	고단	

1909년 06월 04일 (금) 126호

지면	단수	기획	기사제목 〈회수〉〔곡수〕	필자/저자(역자)	분류	비고
1	3	文苑	百人一首讀替/坂上是則 〈7〉〔1〕 백인일수 요미카에/사카노우에노 고레노리	まゝ乙女史	시가/단카	
1	3	文苑	百人一首讀替/春道列樹 〈7〉〔1〕 백인일수 요미카에/하루미치노 쓰라키	まゝ乙女史	시가/단카	
1	3	文苑	百人一首讀替/紀友則 〈7〉〔1〕 백인일수 요미카에/기노 도모노리	まゝ乙女史	시가/단카	
1	3	文苑	百人一首讀替/藤原興風 〈7〉〔1〕 백인일수 요미카에/후지와라노 오키카제	まゝ乙女史	시가/단카	
1	3	文苑	百人一首讀替/紀貫之 〈7〉〔1〕 백인일수 요미카에/기노 쓰라유키	まゝ乙女史	시가/단카	
1	3	文苑	百人一首讀替/淸原深養父 〈7〉〔1〕 백인일수 요미카에/기요하라노 후카야부	まゝ乙女史	시가/단카	
1	3~6		佐倉宗吾 〈97〉 사쿠라 소고	眞龍齋貞水	고단	

1909년 06월 05일 (토) 127호

지면	단수	기획	기사제목 〈회수〉〔곡수〕	필자/저자(역자)	분류	비고
1	2~3	文苑	王者の主權 왕자의 주권	片々子	수필/기타	
1	3	文苑	百人一首讀替/文屋朝康 〈8〉〔1〕 백인일수 요미카에/훈야노 아사야스	まゝ乙女史	시가/단카	
1	3	文苑	百人一首讀替/右近 〈8〉〔1〕 백인일수 요미카에/우콘	まゝ乙女史	시가/단카	
1	3	文苑	百人一首讀替/參議等 〈8〉〔1〕 백인일수 요미카에/산기 히토시	まゝ乙女史	시가/단카	
1	3	文苑	百人一首讀替/平兼盛 〈8〉〔1〕 백인일수 요미카에/다이라노 가네모리	まゝ乙女史	시가/단카	
1	3	文苑	百人一首讀替/壬生忠見 〈8〉〔1〕 백인일수 요미카에/미부노 다다미	まゝ乙女史	시가/단카	

지면	단수	기획	기사제목 〈회수〉〔곡수〕	필자/저자(역자)	분류	비고
1	3	文苑	百人一首讀替/淸原元輔 〈8〉〔1〕 백인일수 요미카에/기요하라노 모토스케	まゝ乙女史	시가/단카	
1	3	俳句	自選四句 〔4〕 자선-사구	麥村	시가/하이쿠	
1	3~5		佐倉宗吾 〈98〉 사쿠라 소고	眞龍齋貞水	고단	

1909년 06월 06일 (일) 128호

지면	단수	기획	기사제목 〈회수〉〔곡수〕	필자/저자(역자)	분류	비고
1	3	文苑	天眞爛漫 천진난만	ケー、オー生	수필/일상	
1	3	文苑	百人一首讀替/權中納言敦忠 〔1〕 백인일수 요미카에/곤추나곤 아쓰타다		시가/단카	
1	3	文苑	百人一首讀替/中納言朝忠 〔1〕 백인일수 요미카에/주나곤 아사타다		시가/단카	
1	3	文苑	百人一首讀替/謙德公 〔1〕 백인일수 요미카에/겐토쿠코		시가/단카	
1	3	文苑	百人一首讀替/曾禰好忠 〔1〕 백인일수 요미카에/소네노 요시타다		시가/단카	
1	3	文苑	百人一首讀替/惠慶法師 〔1〕 백인일수 요미카에/에교 법사		시가/단카	
1	3	文苑	百人一首讀替/源重之 〔1〕 백인일수 요미카에/미나모토노 시게유키		시가/단카	
1	3~6		佐倉宗吾 〈99〉 사쿠라 소고	眞龍齋貞水	고단	

1909년 06월 08일 (화) 129호

지면	단수	기획	기사제목 〈회수〉〔곡수〕	필자/저자(역자)	분류	비고
1	3	文苑	良心の苛責 양심의 가책	#到生	수필/일상	
1	3	文苑	不如歸 〔1〕 불여귀	奘月	시가/신체시	
1	3~6		佐倉宗吾 〈100〉 사쿠라 소고	眞龍齋貞水	고단	

1909년 06월 09일 (수) 130호

지면	단수	기획	기사제목 〈회수〉〔곡수〕	필자/저자(역자)	분류	비고
1	3	文苑	大馬鹿者 엄청난 바보	淸香	수필/관찰	
1	3	文苑	百人一首讀替/大中臣能宣 〈10〉〔1〕 백인일수 요미카에/오나카토미노 요시노부	まゝ乙女史	시가/단카	
1	3	文苑	百人一首讀替/藤原義孝 〈10〉〔1〕 백인일수 요미카에/후지와라노 요시타카	まゝ乙女史	시가/단카	
1	3	文苑	百人一首讀替/藤原実方朝臣 〈10〉〔1〕 백인일수 요미카에/후지와라노 사네카타 아손	まゝ乙女史	시가/단카	
1	3	文苑	百人一首讀替/藤原道信朝臣 〈10〉〔1〕 백인일수 요미카에/후지와라노 미치노부 아손	まゝ乙女史	시가/단카	
1	3	文苑	百人一首讀替/右大將道綱母 〈10〉〔1〕 백인일수 요미카에/우다이쇼 미치쓰나 모친	まゝ乙女史	시가/단카	
1	3	文苑	百人一首讀替/儀同三司母 〈10〉〔1〕 백인일수 요미카에/기도 산시 모친	まゝ乙女史	시가/단카	
1	3~6		佐倉宗吾 〈101〉 사쿠라 소고	眞龍齋貞水	고단	
3	1		京城座見物(上) 〈1〉 경성좌 구경(상)	劇痴生投	수필/비평	

지면	단수	기획	기사제목 〈회수〉〔곡수〕	필자/저자(역자)	분류	비고
			1909년 06월 10일 (목) 131호			
1	2~3	文苑	決心 결심	新出前持	수필/기타	
1	3	文苑	うき草(上) 〈1〉〔1〕 부평초(상)	松井義青	시가/신체시	
1	3	俳句	興來七句 〔7〕 흥래-칠구	虎耳	시가/하이쿠	
1	3~6		佐倉宗吾 〈102〉 사쿠라 소고	眞龍齋貞水	고단	
3	1		京城座見物(下) 〈2〉 경성좌 구경(하)	劇痴生投	수필/비평	
			1909년 06월 11일 (금) 132호			
1	3	文苑	百人一首讀替/大納言公任 〈11〉〔1〕 백인일수 요미카에/다이나곤 긴토	まゝ乙女史	시가/단카	
1	3	文苑	百人一首讀替/和泉式部 〈11〉〔1〕 백인일수 요미카에/이즈미 시키부	まゝ乙女史	시가/단카	
1	3	文苑	百人一首讀替/紫式部 〈11〉〔1〕 백인일수 요미카에/무라사키 시키부	まゝ乙女史	시가/단카	
1	3	文苑	百人一首讀替/大貳三位 〈11〉〔1〕 백인일수 요미카에/다이니노 산미	まゝ乙女史	시가/단카	
1	3	文苑	百人一首讀替/赤染衛門 〈11〉〔1〕 백인일수 요미카에/아카조메에몬	まゝ乙女史	시가/단카	
1	3	文苑	百人一首讀替/小式部內侍 〈11〉〔1〕 백인일수 요미카에/고시키부노 나이시	まゝ乙女史	시가/단카	
1	3	文苑	百人一首讀替/伊勢大輔 〈11〉〔1〕 백인일수 요미카에/이세노 다이후	まゝ乙女史	시가/단카	
1	3	俳句	★新羅の風俗 〔5〕 신라의 풍속	恕堂	시가/하이쿠	
1	3~5		佐倉宗吾 〈103〉 사쿠라 소고	眞龍齋貞水	고단	
			1909년 06월 12일 (토) 133호			
1	3	文苑	百人一首讀替/淸少納言 〈10〉〔1〕 백인일수 요미카에/세이 쇼나곤	まゝ乙女史	시가/단카	회수 오류
1	3	文苑	百人一首讀替/左京大夫道雅 〈10〉〔1〕 백인일수 요미카에/사쿄노다이후 미치마사	まゝ乙女史	시가/단카	회수 오류
1	3	文苑	百人一首讀替/權中納言定賴 〈10〉〔1〕 백인일수 요미카에/곤추나곤 사다요리	まゝ乙女史	시가/단카	회수 오류
1	3	文苑	百人一首讀替/相模 〈10〉〔1〕 백인일수 요미카에/사가미	まゝ乙女史	시가/단카	회수 오류
1	3	文苑	百人一首讀替/大僧正行尊 〈10〉〔1〕 백인일수 요미카에/다이소조 교손	まゝ乙女史	시가/단카	회수 오류
1	3	文苑	百人一首讀替/周防內侍 〈10〉〔1〕 백인일수 요미카에/스오노 나이시	まゝ乙女史	시가/단카	회수 오류
1	3~6		佐倉宗吾 〈104〉 사쿠라 소고	眞龍齋貞水	고단	
			1909년 06월 13일 (일) 134호			
1	2~3	文苑	凜たる精神 늠름한 정신	片々子	수필/기타	

지면	단수	기획	기사제목 〈회수〉〔곡수〕	필자/저자(역자)	분류	비고
1	3	文苑	觀劇趣味の墮落 관극 취미의 타락	夏雲生	수필/비평	
1	3	文苑	百人一首讀替/三條院 〈12〉〔1〕 백인일수 요미카에/산조인	まゝ乙女史	시가/단카	회수 오류
1	3	文苑	百人一首讀替/能因法師 〈12〉〔1〕 백인일수 요미카에/노인 법사	まゝ乙女史	시가/단카	회수 오류
1	3	文苑	百人一首讀替/良暹法師 〈12〉〔1〕 백인일수 요미카에/료젠 법사	まゝ乙女史	시가/단카	회수 오류
1	3	文苑	百人一首讀替/大納言經信 〈12〉〔1〕 백인일수 요미카에/다이나곤 쓰네노부	まゝ乙女史	시가/단카	회수 오류
1	3	文苑	百人一首讀替/祐子內親王家紀伊 〈12〉〔1〕 백인일수 요미카에/유시 내친왕가 기이	まゝ乙女史	시가/단카	회수 오류
1	3	文苑	百人一首讀替/前中納言匡房 〈12〉〔1〕 백인일수 요미카에/사키노추나곤 마사후사	まゝ乙女史	시가/단카	회수 오류
1	3~5		佐倉宗吾 〈105〉 사쿠라 소고	眞龍齋貞水	고단	

1909년 06월 15일 (화) 135호

지면	단수	기획	기사제목 〈회수〉〔곡수〕	필자/저자(역자)	분류	비고
1	3	文苑	百人一首讀替/源俊賴朝臣 〈13〉〔1〕 백인일수 요미카에/미나모토노 도시요리 아손	まゝ乙女史	시가/단카	회수 오류
1	3	文苑	百人一首讀替/藤原基俊 〈13〉〔1〕 백인일수 요미카에/후지와라노 모토토시	まゝ乙女史	시가/단카	회수 오류
1	3	文苑	百人一首讀替/法性寺入道前關白太政大臣 〈13〉〔1〕 백인일수 요미카에/홋쇼지뉴도사키노칸파쿠다이조다이진	まゝ乙女史	시가/단카	회수 오류
1	3	文苑	百人一首讀替/崇德院 〈13〉〔1〕 백인일수 요미카에/스도쿠인	まゝ乙女史	시가/단카	회수 오류
1	3	文苑	百人一首讀替/源兼昌 〈13〉〔1〕 백인일수 요미카에/미나모토노 가네마사	まゝ乙女史	시가/단카	회수 오류
1	3	文苑	百人一首讀替/左京大夫顯輔 〈13〉〔1〕 백인일수 요미카에/사쿄노다이부 아키스케	まゝ乙女史	시가/단카	회수 오류
1	3~5		佐倉宗吾 〈106〉 사쿠라 소고	眞龍齋貞水	고단	

1909년 06월 16일 (수) 136호

지면	단수	기획	기사제목 〈회수〉〔곡수〕	필자/저자(역자)	분류	비고
1	3	文苑	戀と火事 사랑과 화재	紅麗	수필/일상	
1	3	文苑	百人一首讀替/待賢門院堀河 〈15〉〔1〕 백인일수 요미카에/다이켄몬인노 호리카와	まゝ乙女史	시가/단카	
1	3	文苑	百人一首讀替/後德大寺左大臣 〈15〉〔1〕 백인일수 요미카에/고토쿠다이지노 사다이진	まゝ乙女史	시가/단카	
1	3	文苑	百人一首讀替/道因法師 〈15〉〔1〕 백인일수 요미카에/도인 법사	まゝ乙女史	시가/단카	
1	3	文苑	百人一首讀替/皇太后宮大夫俊成 〈15〉〔1〕 백인일수 요미카에/고타이코구다이부 도시나리	まゝ乙女史	시가/단카	
1	3	文苑	百人一首讀替/藤原淸輔朝臣 〈15〉〔1〕 백인일수 요미카에/후지와라노 기요스케 아손	まゝ乙女史	시가/단카	
1	3	文苑	百人一首讀替/俊惠法師 〈15〉〔1〕 백인일수 요미카에/슌에 법사	まゝ乙女史	시가/단카	
1	3~6		佐倉宗吾 〈107〉 사쿠라 소고	眞龍齋貞水	고단	

1909년 06월 17일 (목) 137호

지면	단수	기획	기사제목 〈회수〉〔곡수〕	필자/저자(역자)	분류	비고
1	3	文苑	京城人の避暑地 경성인의 피서지	愛夏生	수필/관찰	
1	3	文苑	百人一首讀替/西行法師 〈16〉〔1〕 백인일수 요미카에/사이교 법사	まゝ乙女史	시가/단카	
1	3	文苑	百人一首讀替/寂蓮法師 〈16〉〔1〕 백인일수 요미카에/자쿠렌 법사	まゝ乙女史	시가/단카	
1	3	文苑	百人一首讀替/皇嘉門院別當 〈16〉〔1〕 백인일수 요미카에/고카몬인노 벳토	まゝ乙女史	시가/단카	
1	3	文苑	百人一首讀替/式子內親王 〈16〉〔1〕 백인일수 요미카에/쇼쿠시 내친왕	まゝ乙女史	시가/단카	
1	3	文苑	百人一首讀替/殷富門院大輔 〈16〉〔1〕 백인일수 요미카에/인푸몬인노 다이후	まゝ乙女史	시가/단카	
1	3	文苑	百人一首讀替/後京極攝政前太政大臣 〈16〉〔1〕 백인일수 요미카에/고쿄고쿠셋쇼사키노다이조다이진	まゝ乙女史	시가/단카	
1	3~6		佐倉宗吾 〈108〉 사쿠라 소고	眞龍齋貞水	고단	

1909년 06월 18일 (금) 138호

지면	단수	기획	기사제목 〈회수〉〔곡수〕	필자/저자(역자)	분류	비고
1	3	文苑	可憐なる娘 가련한 딸	川巴	수필/일상	
1	3	文苑	無邪氣な小僧 천진난만한 동자승	茶庵	수필/기타	
1	3	文苑	百人一首讀替/二條院讚岐 〈17〉〔1〕 백인일수 요미카에/니조인노 사누키	まゝ乙女史	시가/단카	
1	3	文苑	百人一首讀替/鎌倉右大臣 〈17〉〔1〕 백인일수 요미카에/가마쿠라노 우다이진	まゝ乙女史	시가/단카	
1	3	文苑	百人一首讀替/參議雅經 〈17〉〔1〕 백인일수 요미카에/산기 마사쓰네	まゝ乙女史	시가/단카	
1	3	文苑	百人一首讀替/前大僧正慈圓 〈17〉〔1〕 백인일수 요미카에/사키노다이소조 지엔	まゝ乙女史	시가/단카	
1	3	文苑	百人一首讀替/入道前太政大臣 〈17〉〔1〕 백인일수 요미카에/뉴도사키노다이조다이진	まゝ乙女史	시가/단카	
1	3~6		佐倉宗吾 〈109〉 사쿠라 소고	眞龍齋貞水	고단	

1909년 06월 19일 (토) 139호

지면	단수	기획	기사제목 〈회수〉〔곡수〕	필자/저자(역자)	분류	비고
1	3	文苑	官民共同歡迎會 관민 공동 환영회	一居留民	수필/기타	
1	3	文苑	百人一首讀替/權中納言定家 〈18〉〔1〕 백인일수 요미카에/곤추나곤 사다이에	まゝ乙女史	시가/단카	
1	3	文苑	百人一首讀替/從二位家隆 〈18〉〔1〕 백인일수 요미카에/종이위 이에타카	まゝ乙女史	시가/단카	
1	3	文苑	百人一首讀替/後鳥羽院 〈18〉〔1〕 백인일수 요미카에/고토바인	まゝ乙女史	시가/단카	
1	3	文苑	百人一首讀替/順德院 〈18〉〔1〕 백인일수 요미카에/준토쿠인	まゝ乙女史	시가/단카	
1	3	文苑	百人一首讀替/中納言家持 〈18〉〔1〕 백인일수 요미카에/주나곤 야카모치	まゝ乙女史	시가/단카	
1	3~5		佐倉宗吾 〈110〉 사쿠라 소고	眞龍齋貞水	고단	

1909년 06월 20일 (일) 140호

지면	단수	기획	기사제목 〈회수〉〔곡수〕	필자/저자(역자)	분류	비고
1	3	文苑	未#文 미#문	零丁	수필/기타	
1	3	文苑	我輩の身上 나의 신상	紅	수필/기타	
1	3~6		佐倉宗吾 〈111〉 사쿠라 소고	眞龍齋貞水	고단	

1909년 06월 22일 (화) 141호

지면	단수	기획	기사제목 〈회수〉〔곡수〕	필자/저자(역자)	분류	비고
1	3~6		佐倉宗吾 〈112〉 사쿠라 소고	眞龍齋貞水	고단	

1909년 06월 23일 (수) 142호

지면	단수	기획	기사제목 〈회수〉〔곡수〕	필자/저자(역자)	분류	비고
1	3	文苑	在留十有三年 재류 십삼여 년	百代	수필/일상	
1	3	文苑	小供の感化 아이의 감화	水月	수필/일상	
1	3~6		佐倉宗吾 〈113〉 사쿠라 소고	眞龍齋貞水	고단	

1909년 06월 24일 (목) 143호

지면	단수	기획	기사제목 〈회수〉〔곡수〕	필자/저자(역자)	분류	비고
1	3~6		佐倉宗吾 〈114〉 사쿠라 소고	眞龍齋貞水	고단	

1909년 06월 25일 (금) 144호

지면	단수	기획	기사제목 〈회수〉〔곡수〕	필자/저자(역자)	분류	비고
1	2~3	文苑	一場の夢 한바탕 꿈	殺到生	수필/일상	
1	3	文苑	昔と今 과거와 현재	低#生	수필/기타	
1	3~5		佐倉宗吾 〈115〉 사쿠라 소고	眞龍齋貞水	고단	

1909년 06월 26일 (토) 145호

지면	단수	기획	기사제목 〈회수〉〔곡수〕	필자/저자(역자)	분류	비고
1	3~5		佐倉宗吾 〈116〉 사쿠라 소고	眞龍齋貞水	고단	

1909년 06월 27일 (일) 146호

지면	단수	기획	기사제목 〈회수〉〔곡수〕	필자/저자(역자)	분류	비고
1	3~6		佐倉宗吾 〈117〉 사쿠라 소고	眞龍齋貞水	고단	

1909년 06월 29일 (화) 147호

지면	단수	기획	기사제목 〈회수〉〔곡수〕	필자/저자(역자)	분류	비고
1	2~3	文苑	新統監の端唄 새로운 통감에 대한 하우타	素人	수필/비평	
1	3	文苑	隣りの由ちやん 이웃집 요시 짱	紅	수필/일상	
1	3~5		佐倉宗吾 〈118〉 사쿠라 소고	眞龍齋貞水	고단	

1909년 06월 30일 (수) 148호

지면	단수	기획	기사제목 〈회수〉〔곡수〕	필자/저자(역자)	분류	비고
1	3	俳句	(제목없음) 〔4〕	松月	시가/하이쿠	
1	3	俳句	(제목없음) 〔2〕	六坊	시가/하이쿠	

지면	단수	기획	기사제목 〈회수〉〔곡수〕	필자/저자(역자)	분류	비고
1	3	俳句	(제목없음)〔4〕	文子	시가/하이쿠	
1	3	俳句	(제목없음)〔4〕	四樂	시가/하이쿠	
1	3	俳句	(제목없음)〔3〕	月哉	시가/하이쿠	
1	3	俳句	日糖事件に因みて〔1〕 일본제당 오직사건에 대하여	月哉	시가/하이쿠	
1	3~6		佐倉宗吾〈119〉 사쿠라 소고	眞龍齋貞水	고단	
3	2		赤十字御歌/御題〔1〕 적십자 어가/어제		시가/단카	
3	2		赤十字御歌/皇后陛下御歌〔1〕 적십자 어가/황후 폐하 어가		시가/단카	

1909년 07월 01일 (목) 149호

지면	단수	기획	기사제목 〈회수〉〔곡수〕	필자/저자(역자)	분류	비고
1	3	文苑	大々的駄作 대대적 졸작	勘右衛門	수필/일상	
1	3	文苑	遊興振り 유흥의 모습	宇都木	수필/일상	
1	3~6		佐倉宗吾〈120〉 사쿠라 소고	眞龍齋貞水	고단	

1909년 07월 02일 (금) 150호

지면	단수	기획	기사제목 〈회수〉〔곡수〕	필자/저자(역자)	분류	비고
1	2~3	文苑	弄花の意味 로카(弄花)라는 단어의 의미	朴念人	수필/일상	
1	3~5		佐倉宗吾〈121〉 사쿠라 소고	眞龍齋貞水	고단	

1909년 07월 03일 (토) 151호

지면	단수	기획	기사제목 〈회수〉〔곡수〕	필자/저자(역자)	분류	비고
1	2~3	文苑	自殺の種類 자살의 종류	紅	수필/기타	
1	3	文苑	★馬賊(上)〈1〉 마적(상)	滿洲男	시가/신체시	
1	3~5		佐倉宗吾〈122〉 사쿠라 소고	眞龍齋貞水	고단	
3	3~4		中檢 披露劇を觀る〈1〉 중검번 피로극을 보다	もの字	수필/비평	

1909년 07월 04일 (일) 152호

지면	단수	기획	기사제목 〈회수〉〔곡수〕	필자/저자(역자)	분류	비고
1	3	文苑	★馬賊(下)〈2〉 마적(하)	滿洲男	시가/신체시	
1	3~5		佐倉宗吾〈122〉 사쿠라 소고	眞龍齋貞水	고단	회수 오류
3	1~2		中檢 披露劇を觀る〈2〉 중검번 피로극을 보다	もの字	수필/비평	

1909년 07월 06일 (화) 153호

지면	단수	기획	기사제목 〈회수〉〔곡수〕	필자/저자(역자)	분류	비고
1	2~3	文苑	勇士 용사	靑楓	수필/일상	
1	3	文苑	別世界の缺點 별세계의 결점	三枝	수필/일상	

지면	단수	기획	기사제목 〈회수〉〔곡수〕	필자/저자(역자)	분류	비고
1	3~6		佐倉宗吾 〈124〉 사쿠라 소고	眞龍齋貞水	고단	
3	3		時事俳評/辭職後の前統監来韓〔1〕 시사 하이쿠 평/사직 후 전 통감 내한	ちはる	시가/하이쿠	
3	3		時事俳評/新統監の鐵道速成〔1〕 시사 하이쿠 평/새로운 통감의 철도 속성	ちはる	시가/하이쿠	
3	3		時事俳評/東拓と驛屯土引繼難〔1〕 시사 하이쿠 평/동양척식주식회사와 역둔토 인계난	ちはる	시가/하이쿠	
3	3		時事俳評/若しも余にして統監たらば…〔1〕 시사 하이쿠 평/만약 내가 통감이라면…	ちはる	시가/하이쿠	
3	3		時事俳評/京城紳士の遊興振〔1〕 시사 하이쿠 평/경성 신사의 유흥 모습	ちはる	시가/하이쿠	
3	3~4		中檢 披露劇を觀る 〈3〉 중검번 피로극을 보다	もの字	수필/비평	

1909년 07월 07일 (수) 154호

지면	단수	기획	기사제목 〈회수〉〔곡수〕	필자/저자(역자)	분류	비고
1	3	文苑	此れ丈の策 이 정도의 방책	佐藤	수필/일상	
1	3	文苑	病院 병원	靑楓	수필/일상	
1	3~5		佐倉宗吾 〈125〉 사쿠라 소고	眞龍齋貞水	고단	
3	1~3		中檢 披露劇を觀る 〈4〉 중검번 피로극을 보다	もの字	수필/비평	

1909년 07월 08일 (목) 155호

지면	단수	기획	기사제목 〈회수〉〔곡수〕	필자/저자(역자)	분류	비고
1	3	俳句	掛香十句〔10〕 괘향-십구	千春	시가/하이쿠	
1	3~6		佐倉宗吾 〈126〉 사쿠라 소고	眞龍齋貞水	고단	
3	4		時事俳評/伊藤公の辭任演說〔1〕 시사 하이쿠 평/이토 공의 사임 연설	ちはる	시가/하이쿠	
3	4		時事俳評/中央銀行事業の性質〔1〕 시사 하이쿠 평/중앙은행 사업의 성질	ちはる	시가/하이쿠	
3	4		時事俳評/日淸開戰說の無根〔1〕 시사 하이쿠 평/청일 개전설 사실무근	ちはる	시가/하이쿠	
3	4		時事俳評/安奉線と當局決意〔1〕 시사 하이쿠 평/안봉선과 당국의 결의	ちはる	시가/하이쿠	
3	4		時事俳評/讀者記者相談の相談〔1〕 시사 하이쿠 평/독자 기자 상담의 상담	ちはる	시가/하이쿠	

1909년 07월 09일 (금) 156호

지면	단수	기획	기사제목 〈회수〉〔곡수〕	필자/저자(역자)	분류	비고
1	3	文苑	訊問 심문	高堂	수필/관찰	
1	3	俳句	夕顔十句〔10〕 박꽃-십구	千春	시가/하이쿠	
1	3~6		佐倉宗吾 〈127〉 사쿠라 소고	眞龍齋貞水	고단	

1909년 07월 10일 (토) 157호

지면	단수	기획	기사제목 〈회수〉〔곡수〕	필자/저자(역자)	분류	비고
1	3	文苑	瀆職議員諸子 독직 의원 제자	△△生	수필/일상	

지면	단수	기획	기사제목 〈회수〉〔곡수〕	필자/저자(역자)	분류	비고
1	3	俳句	鵜飼十句 〔10〕 가마우지 낚시-십구	千春	시가/하이쿠	
1	3~6		佐倉宗吾 〈128〉 사쿠라 소고	眞龍齋貞水	고단	
3	2		朝湯 아침 목욕		수필·시가/ 일상·신체시	

1909년 07월 11일 (일) 158호

1	3	文苑	意志薄弱 의지박약	堅郎	수필/일상	
1	3	文苑	黃梁の夢 황량의 꿈	赤坊	수필/일상	
1	3~6		佐倉宗吾 〈129〉 사쿠라 소고	眞龍齋貞水	고단	

1909년 07월 13일 (화) 159호

| 1 | 3 | | 講談豫告 中山大納言
고단 예고 나카야마 다이나곤 | | 광고/연재
예고 | |
| 1 | 3~6 | | 佐倉宗吾 〈130〉
사쿠라 소고 | 眞龍齋貞水 | 고단 | |

1909년 07월 14일 (수) 160호

1	3	文苑	白砂靑松 흰 모래 푸른 소나무	長汀生	수필/기타	
1	3		講談豫告 中山大納言 고단 예고 나카야마 다이나곤		광고/연재 예고	
1	3~6		佐倉宗吾 〈131〉 사쿠라 소고	眞龍齋貞水	고단	

1909년 07월 15일 (목) 161호

| 1 | 2~4 | | 佐倉宗吾 〈132〉
사쿠라 소고 | 眞龍齋貞水 | 고단 | |

1909년 07월 16일 (금) 162호

1	3	文苑	面が見たいわね 〔1〕 낯짝이 보고 싶네요	源公	수필/일상	
1	3	俳句	波上吟/日曜吟社/靑葉 〔1〕 파상음/일요음사/푸른 잎	月哉	시가/하이쿠	
1	3	俳句	波上吟/日曜吟社/靑葉 〔1〕 파상음/일요음사/푸른 잎	淡水	시가/하이쿠	
1	3	俳句	波上吟/日曜吟社/靑葉 〔1〕 파상음/일요음사/푸른 잎	○から	시가/하이쿠	
1	3	俳句	波上吟/日曜吟社/靑葉 〔1〕 파상음/일요음사/푸른 잎	文子	시가/하이쿠	
1	3	俳句	波上吟/日曜吟社/靑葉 〔2〕 파상음/일요음사/푸른 잎	四樂	시가/하이쿠	
1	3	俳句	波上吟/日曜吟社/晝寢 〔1〕 파상음/일요음사/낮잠	文子	시가/하이쿠	
1	3	俳句	波上吟/日曜吟社/晝寢 〔1〕 파상음/일요음사/낮잠	玉糸	시가/하이쿠	
1	3	俳句	波上吟/日曜吟社/晝寢 〔1〕 파상음/일요음사/낮잠	月哉	시가/하이쿠	

지면	단수	기획	기사제목 〈회수〉〔곡수〕	필자/저자(역자)	분류	비고
1	3	俳句	波上吟/日曜吟社/晝寢〔1〕 파상음/일요음사/낮잠	禿山	시가/하이쿠	
1	3	俳句	波上吟/日曜吟社/晝寢〔1〕 파상음/일요음사/낮잠	逸名	시가/하이쿠	
1	3	俳句	波上吟/日曜吟社/晝寢〔1〕 파상음/일요음사/낮잠	淡水	시가/하이쿠	
1	3	俳句	波上吟/日曜吟社/晝寢〔1〕 파상음/일요음사/낮잠	四樂	시가/하이쿠	
1	3	俳句	波上吟/日曜吟社/晝寢〔1〕 파상음/일요음사/낮잠	文子	시가/하이쿠	
1	4~6		佐倉宗吾〈133〉 사쿠라 소고	眞龍齋貞水	고단	
1	6		講談豫告 中山大納言 고단 예고 나카야마 다이나곤		광고/연재 예고	

1909년 07월 17일 (토) 163호

지면	단수	기획	기사제목 〈회수〉〔곡수〕	필자/저자(역자)	분류	비고
1	3	俳句	波上吟/日曜吟社/秋近し〔1〕 파상음/일요음사/가을이 다가오다	四樂	시가/하이쿠	
1	3	俳句	波上吟/日曜吟社/秋近し〔1〕 파상음/일요음사/가을이 다가오다	中庸	시가/하이쿠	
1	3	俳句	波上吟/日曜吟社/秋近し〔1〕 파상음/일요음사/가을이 다가오다	月哉	시가/하이쿠	
1	3	俳句	波上吟/日曜吟社/秋近し〔1〕 파상음/일요음사/가을이 다가오다	逸名	시가/하이쿠	
1	3	俳句	波上吟/日曜吟社/蜻蛉〔1〕 파상음/일요음사/잠자리	中庸	시가/하이쿠	
1	3	俳句	波上吟/日曜吟社/蜻蛉〔3〕 파상음/일요음사/잠자리	○から	시가/하이쿠	
1	3	俳句	波上吟/日曜吟社/蜻蛉〔1〕 파상음/일요음사/잠자리	六坊	시가/하이쿠	
1	3	俳句	波上吟/日曜吟社/蜻蛉〔1〕 파상음/일요음사/잠자리	月哉	시가/하이쿠	
1	3	俳句	波上吟/日曜吟社/蜻蛉〔1〕 파상음/일요음사/잠자리	淡水	시가/하이쿠	
1	3~5		佐倉宗吾〈134〉 사쿠라 소고	眞龍齋貞水	고단	

1909년 07월 18일 (일) 164호

지면	단수	기획	기사제목 〈회수〉〔곡수〕	필자/저자(역자)	분류	비고
1	3	俳句	波上吟/日曜吟社/ラムネ〔1〕 파상음/일요음사/라무네	文子	시가/하이쿠	
1	3	俳句	波上吟/日曜吟社/ラムネ〔1〕 파상음/일요음사/라무네	秋花	시가/하이쿠	
1	3	俳句	波上吟/日曜吟社/ラムネ〔3〕 파상음/일요음사/라무네	○から	시가/하이쿠	
1	3	俳句	波上吟/日曜吟社/ラムネ〔1〕 파상음/일요음사/라무네	淡水	시가/하이쿠	
1	3~6	講談	中山大納言〈1〉 나카야마 다이나곤	桃川燕玉	고단	

1909년 07월 20일 (화) 165호

지면	단수	기획	기사제목 〈회수〉〔곡수〕	필자/저자(역자)	분류	비고
1	3~5	講談	中山大納言〈2〉 나카야마 다이나곤	桃川燕玉	고단	

지면	단수	기획	기사제목 〈회수〉〔곡수〕	필자/저자(역자)	분류	비고
\multicolumn{7}{l}{1909년 07월 21일 (수) 166호}						
1	2		釜山港より 부산항에서	山道叶川	수필/기행	
1	3~5	講談	中山大納言 〈3〉 나카야마 다이나곤	桃川燕玉	고단	
\multicolumn{7}{l}{1909년 07월 22일 (목) 167호}						
1	2~3		薩摩丸より 사쓰마마루에서	山道叶川	수필/서간	
1	3~6	講談	中山大納言 〈4〉 나카야마 다이나곤	桃川燕玉	고단	
\multicolumn{7}{l}{1909년 07월 23일 (금) 168호}						
1	3	ハガキ文 集	京の友へ 경성의 벗에게	靑楓	수필/서간	
1	3~6	講談	中山大納言 〈4〉 나카야마 다이나곤	桃川燕玉	고단	회수 오류
\multicolumn{7}{l}{1909년 07월 24일 (토) 169호}						
1	2	ハガキ文 集	病友へ 병든 벗에게	靑楓	수필/서간	
1	2	ハガキ文 集	龍山の友へ 용산의 벗에게	靑楓	수필/서간	
1	3~5	講談	中山大納言 〈6〉 나카야마 다이나곤	桃川燕玉	고단	
\multicolumn{7}{l}{1909년 07월 25일 (일) 170호}						
1	2	ハガキ文 集	私立大學生へ 사립 대학생에게	靑楓	수필/서간	
1	3~5	講談	中山大納言 〈7〉 나카야마 다이나곤	桃川燕玉	고단	
\multicolumn{7}{l}{1909년 07월 27일 (화) 171호}						
1	2~3	文苑	牽牛花 나팔꽃	ほうろふ	수필/일상	
1	3~5	講談	中山大納言 〈8〉 나카야마 다이나곤	桃川燕玉	고단	
\multicolumn{7}{l}{1909년 07월 28일 (수) 172호}						
1	2~3	ハガキ文 集	近況 근황	靑楓	수필/서간	
1	3~6	講談	中山大納言 〈8〉 나카야마 다이나곤	桃川燕玉	고단	회수 오류
\multicolumn{7}{l}{1909년 07월 29일 (목) 173호}						
1	3~5	講談	中山大納言 〈9〉 나카야마 다이나곤	桃川燕玉	고단	회수 오류
\multicolumn{7}{l}{1909년 07월 30일 (금) 174호}						
1	2		雪中の露營 눈 속의 야영	片々生	수필/일상	

지면	단수	기획	기사제목 〈회수〉[곡수]	필자/저자(역자)	분류	비고
1	2	ハガキ文集	渡韓せんとする友へ 도한하려는 벗에게	青楓	수필/서간	
1	2~3	ハガキ文集	雨の窓で 비 내리는 창가에서	青楓	수필/서간	
1	3~6	講談	中山大納言 〈9〉 나카야마 다이나곤	桃川燕玉	고단	회수 오류

1909년 07월 31일 (토) 175호

지면	단수	기획	기사제목 〈회수〉[곡수]	필자/저자(역자)	분류	비고
1	2	俳句	日曜吟/龍山すみれ會/第三回例會/芳春亭 評/秀逸 [1] 일요음/용산 스미레카이/제3회 예회/호슌테이 평/수일	秋花	시가/하이쿠	
1	2	俳句	★日曜吟/龍山すみれ會/第三回例會/芳春亭 評/秀逸 [1] 일요음/용산 스미레카이/제3회 예회/호슌테이 평/수일	取太郎	시가/하이쿠	
1	2	俳句	日曜吟/龍山すみれ會/第三回例會/芳春亭 評/秀逸 [1] 일요음/용산 스미레카이/제3회 예회/호슌테이 평/수일	四樂	시가/하이쿠	
1	2	俳句	☆日曜吟/龍山すみれ會/第三回例會/芳春亭 評/秀逸 [2] 일요음/용산 스미레카이/제3회 예회/호슌테이 평/수일	淡水	시가/하이쿠	
1	2	俳句	日曜吟/龍山すみれ會/第三回例會/芳春亭 評/秀逸 [2] 일요음/용산 스미레카이/제3회 예회/호슌테이 평/수일	秋花	시가/하이쿠	
1	2	俳句	日曜吟/龍山すみれ會/第三回例會/芳春亭 評/再々考 [1] 일요음/용산 스미레카이/제3회 예회/호슌테이 평/재재고	淡水	시가/하이쿠	
1	2	俳句	日曜吟/龍山すみれ會/第三回例會/芳春亭 評/再々考 [1] 일요음/용산 스미레카이/제3회 예회/호슌테이 평/재재고	天心	시가/하이쿠	
1	2	俳句	日曜吟/龍山すみれ會/第三回例會/芳春亭 評/再々考 [1] 일요음/용산 스미레카이/제3회 예회/호슌테이 평/재재고	取太郎	시가/하이쿠	
1	2	ハガキ文集	妹に代つて 여동생을 대신하여	青楓	수필/서간	
1	3~5	講談	中山大納言 〈12〉 나카야마 다이나곤	桃川燕玉	고단	

1909년 08월 01일 (일) 176호

지면	단수	기획	기사제목 〈회수〉[곡수]	필자/저자(역자)	분류	비고
1	2	俳句	日曜吟/龍山すみれ會 [1] 일요음/용산 스미레카이	松月	시가/하이쿠	
1	2	俳句	日曜吟/龍山すみれ會 [1] 일요음/용산 스미레카이	笹波	시가/하이쿠	
1	2	俳句	日曜吟/龍山すみれ會 [1] 일요음/용산 스미레카이	松月	시가/하이쿠	
1	2	俳句	日曜吟/龍山すみれ會 [1] 일요음/용산 스미레카이	秋花	시가/하이쿠	
1	2	俳句	日曜吟/龍山すみれ會 [2] 일요음/용산 스미레카이	淡水	시가/하이쿠	
1	2	俳句	日曜吟/龍山すみれ會 [1] 일요음/용산 스미레카이	天心	시가/하이쿠	
1	2	俳句	日曜吟/龍山すみれ會 [1] 일요음/용산 스미레카이	松月	시가/하이쿠	
1	2	俳句	日曜吟/龍山すみれ會 [1] 일요음/용산 스미레카이	六坊	시가/하이쿠	
1	2	俳句	日曜吟/龍山すみれ會 [1] 일요음/용산 스미레카이	四樂	시가/하이쿠	
1	3	俳句	日曜吟/龍山すみれ會 [1] 일요음/용산 스미레카이	中庸	시가/하이쿠	
1	3	俳句	日曜吟/龍山すみれ會 [1] 일요음/용산 스미레카이	天心	시가/하이쿠	

지면	단수	기획	기사제목 〈회수〉〔곡수〕	필자/저자(역자)	분류	비고
1	3	俳句	日曜吟/龍山すみれ會 [1] 일요음/용산 스미레카이	六坊	시가/하이쿠	
1	3	俳句	日曜吟/龍山すみれ會 [1] 일요음/용산 스미레카이	淡水	시가/하이쿠	
1	3~5	講談	中山大納言 〈13〉 나카야마 다이나곤	桃川燕玉	고단	

1909년 08월 03일 (화) 177호

지면	단수	기획	기사제목 〈회수〉〔곡수〕	필자/저자(역자)	분류	비고
1	2	俳句	日曜吟/龍山すみれ會 [1] 일요음/용산 스미레카이	六坊	시가/하이쿠	
1	2	俳句	日曜吟/龍山すみれ會 [2] 일요음/용산 스미레카이	中庸	시가/하이쿠	
1	2	俳句	日曜吟/龍山すみれ會 [1] 일요음/용산 스미레카이	白洋	시가/하이쿠	
1	2	俳句	日曜吟/龍山すみれ會 [1] 일요음/용산 스미레카이	松月	시가/하이쿠	
1	3	俳句	日曜吟/龍山すみれ會 [1] 일요음/용산 스미레카이	四樂	시가/하이쿠	
1	3	俳句	#中吟 [5] #중음	むら	시가/하이쿠	
1	3~6	講談	中山大納言 〈14〉 나카야마 다이나곤	桃川燕玉	고단	

1909년 08월 04일 (수) 178호

지면	단수	기획	기사제목 〈회수〉〔곡수〕	필자/저자(역자)	분류	비고
1	3~5	講談	中山大納言 〈15〉 나카야마 다이나곤	桃川燕玉	고단	

1909년 08월 05일 (목) 179호

지면	단수	기획	기사제목 〈회수〉〔곡수〕	필자/저자(역자)	분류	비고
1	2~3	ハガキ文集	二人の甥へ(其一) 〈1〉 두 명의 조카에게(그 첫 번째)	魚遊	수필/서간	
1	3	ハガキ文集	二人の甥へ(其二) 〈2〉 두 명의 조카에게(그 두 번째)	魚遊	수필/서간	
1	3~6	講談	中山大納言 〈16〉 나카야마 다이나곤	桃川燕玉	고단	

1909년 08월 06일 (금) 180호

지면	단수	기획	기사제목 〈회수〉〔곡수〕	필자/저자(역자)	분류	비고
1	3~5	講談	中山大納言 〈17〉 나카야마 다이나곤	桃川燕玉	고단	

1909년 08월 07일 (토) 181호

지면	단수	기획	기사제목 〈회수〉〔곡수〕	필자/저자(역자)	분류	비고
1	2	文苑	悠然潤步 유연히 활보하다	好零	수필/기타	
1	2~3	文苑	夏は暑い 여름은 덥다	春野	수필/일상	
1	3~5	講談	中山大納言 〈18〉 나카야마 다이나곤	桃川燕玉	고단	

1909년 08월 08일 (일) 182호

지면	단수	기획	기사제목 〈회수〉〔곡수〕	필자/저자(역자)	분류	비고
1	3~7	講談	中山大納言 〈18〉 나카야마 다이나곤	桃川燕玉	고단	회수 오류
3	1		韓國上流の風儀 〈1〉 한국 상류의 풍습		수필/비평	

지면	단수	기획	기사제목 〈회수〉〔곡수〕	필자/저자(역자)	분류	비고
			1909년 08월 10일 (화) 183호			
1	3~6	講談	中山大納言 〈20〉 나카야마 다이나곤	桃川燕玉	고단	
3	1		韓國上流の風儀 〈2〉 한국 상류의 풍습		수필/비평	
			1909년 08월 11일 (수) 184호			
1	3~6	講談	中山大納言 〈21〉 나카야마 다이나곤	桃川燕玉	고단	
3	1~2		韓國上流の風儀 〈3〉 한국 상류의 풍습		수필/비평	
			1909년 08월 12일 (목) 185호			
1	3~5	講談	中山大納言 〈22〉 나카야마 다이나곤	桃川燕玉	고단	
3	1~2		韓國上流の風儀 〈4〉 한국 상류의 풍습		수필/비평	
			1909년 08월 13일 (금) 186호			
1	3~6	講談	中山大納言 〈23〉 나카야마 다이나곤	桃川燕玉	고단	
			1909년 08월 14일 (토) 187호			
1	3~6	講談	中山大納言 〈24〉 나카야마 다이나곤	桃川燕玉	고단	
			1909년 08월 15일 (일) 188호			
1	3~6	講談	中山大納言 〈25〉 나카야마 다이나곤	桃川燕玉	고단	
			1909년 08월 17일 (화) 189호			
1	2~3	文苑	去年の今夜 작년의 오늘 밤	伊豫の守	수필/일상	
1	3~5	講談	中山大納言 〈26〉 나카야마 다이나곤	桃川燕玉	고단	
			1909년 08월 18일 (수) 190호			
1	3		俚謠正調/夏の月 〔5〕 이요 정조/여름 달	獨立門人	시가/도도이 쓰	
1	3~6	講談	中山大納言 〈27〉 나카야마 다이나곤	桃川燕玉	고단	
			1909년 08월 19일 (목) 191호			
1	3	文苑	江戸調情歌/蚊屋 〔5〕 에도 조 정가/모기장	獨立門人	시가/도도이 쓰	
1	3~6	講談	中山大納言 〈28〉 나카야마 다이나곤	桃川燕玉	고단	
			1909년 08월 20일 (금) 192호			
1	3~6	講談	中山大納言 〈29〉 나카야마 다이나곤	桃川燕玉	고단	

지면	단수	기획	기사제목 〈회수〉〔곡수〕	필자/저자(역자)	분류	비고
3	3		都々逸天狗〔1〕 도도이쓰 덴구	魚遊	시가/도도이쓰	

1909년 08월 21일 (토) 193호

지면	단수	기획	기사제목 〈회수〉〔곡수〕	필자/저자(역자)	분류	비고
1	3	文苑	春雨傘 봄비 우산	ぼく	수필/일상	
1	3~6	講談	中山大納言〈30〉 나카야마 다이나곤	桃川燕玉	고단	

1909년 08월 22일 (일) 194호

지면	단수	기획	기사제목 〈회수〉〔곡수〕	필자/저자(역자)	분류	비고
1	3~6	講談	中山大納言〈31〉 나카야마 다이나곤	桃川燕玉	고단	

1909년 08월 24일 (화) 195호

지면	단수	기획	기사제목 〈회수〉〔곡수〕	필자/저자(역자)	분류	비고
1	3~6	講談	中山大納言〈32〉 나카야마 다이나곤	桃川燕玉	고단	

1909년 08월 25일 (수) 196호

지면	단수	기획	기사제목 〈회수〉〔곡수〕	필자/저자(역자)	분류	비고
1	3~7	講談	中山大納言〈33〉 나카야마 다이나곤	桃川燕玉	고단	
3	2		俚謠正調/魂祭〔1〕 이요 정조/다마마쓰리	獨門隱士	시가/도도이쓰	
3	2		俚謠正調/虫〔1〕 이요 정조/벌레	獨門隱士	시가/도도이쓰	
3	2		俚謠正調/擣衣〔1〕 이요 정조/다듬이질	獨門隱士	시가/도도이쓰	

1909년 08월 26일 (목) 197호

지면	단수	기획	기사제목 〈회수〉〔곡수〕	필자/저자(역자)	분류	비고
1	3	俳句	★一題一句/露〔1〕 일제일구/이슬	四樂	시가/하이쿠	
1	3	俳句	★一題一句/露〔1〕 일제일구/이슬	中庸	시가/하이쿠	
1	3	俳句	★一題一句/露〔1〕 일제일구/이슬	六坊	시가/하이쿠	
1	3	俳句	★一題一句/露〔1〕 일제일구/이슬	むら	시가/하이쿠	
1	3	俳句	一題一句/甜瓜〔1〕 일제일구/참외	四樂	시가/하이쿠	
1	3	俳句	★一題一句/甜瓜〔1〕 일제일구/참외	六坊	시가/하이쿠	
1	3	俳句	★一題一句/甜瓜〔1〕 일제일구/참외	中庸	시가/하이쿠	
1	3	俳句	一題一句/甜瓜〔1〕 일제일구/참외	むら	시가/하이쿠	
1	3~5	講談	中山大納言〈34〉 나카야마 다이나곤	桃川燕玉	고단	

1909년 08월 27일 (금) 198호

지면	단수	기획	기사제목 〈회수〉〔곡수〕	필자/저자(역자)	분류	비고
1	3~5	講談	中山大納言〈35〉 나카야마 다이나곤	桃川燕玉	고단	

1909년 08월 28일 (토) 199호

지면	단수	기획	기사제목 〈회수〉〔곡수〕	필자/저자(역자)	분류	비고
1	3~6	講談	中山大納言 〈36〉 나카야마 다이나곤	桃川燕玉	고단	
3	4		貴社貴婦人の墮落を讀み侍べりて大岡小宮兩大人に寄す〔1〕 귀사의 귀부인의 타락을 읽고 오오카, 고미야 두 분의 대인께 드린다	梅女	시가/교카	

1909년 08월 29일 (일) 200호

| 1 | 3~6 | 講談 | 中山大納言 〈37〉
나카야마 다이나곤 | 桃川燕玉 | 고단 | |

1909년 08월 31일 (화) 201호

| 1 | 3~6 | 講談 | 中山大納言 〈38〉
나카야마 다이나곤 | 桃川燕玉 | 고단 | |

1909년 09월 01일 (수) 202호

| 1 | 3~5 | 講談 | 中山大納言 〈39〉
나카야마 다이나곤 | 桃川燕玉 | 고단 | |

1909년 09월 02일 (목) 203호

| 1 | 3~6 | 講談 | 中山大納言 〈40〉
나카야마 다이나곤 | 桃川燕玉 | 고단 | |

1909년 09월 03일 (금) 204호

| 1 | 3~6 | 講談 | 中山大納言 〈41〉
나카야마 다이나곤 | 桃川燕玉 | 고단 | |

1909년 09월 04일 (토) 205호

| 1 | 3~6 | 講談 | 中山大納言 〈42〉
나카야마 다이나곤 | 桃川燕玉 | 고단 | |

1909년 09월 05일 (일) 206호

1	2	俳句	第五回六句集/すみれ會/夏の月-むら判〔1〕 제5회 6구집/스미레카이/여름 달-무라 판정	霞城	시가/하이쿠	
1	2	俳句	第五回六句集/すみれ會/夏の月/むら判/結(夕鈴志菜我留類萬間野般安所比)〔1〕 제5회 6구집/스미레카이/여름 달-무라 판정	秋花	시가/하이쿠	
1	2	俳句	第五回六句集/すみれ會/夏の月-むら〔1〕 제5회 6구집/스미레카이/여름 달-무라 판정	月哉	시가/하이쿠	
1	2	俳句	☆第五回六句集/すみれ會/夏の月-むら〔2〕 제5회 6구집/스미레카이/여름 달-무라 판정	淡水	시가/하이쿠	
1	2	俳句	第五回六句集/すみれ會/夏の月-むら〔1〕 제5회 6구집/스미레카이/여름 달-무라 판정	中庸	시가/하이쿠	
1	2	俳句	第五回六句集/すみれ會/夏の月-むら〔1〕 제5회 6구집/스미레카이/여름 달-무라 판정	かつら	시가/하이쿠	
1	2	俳句	★第五回六句集/すみれ會/夏の月-むら〔1〕 제5회 6구집/스미레카이/여름 달-무라 판정	中庸	시가/하이쿠	
1	3	俳句	第五回六句集/すみれ會/夏の月-むら〔1〕 제5회 6구집/스미레카이/여름 달-무라 판정	月哉	시가/하이쿠	
1	3	俳句	第五回六句集/すみれ會/夏の月-むら判/秀逸〔1〕 제5회 6구집/스미레카이/여름 달-무라 판정/수일	淡水	시가/하이쿠	
1	3	俳句	第五回六句集/すみれ會/夏の月-むら判/秀逸〔1〕 제5회 6구집/스미레카이/여름 달-무라 판정/수일	月哉	시가/하이쿠	

지면	단수	기획	기사제목 〈회수〉〔곡수〕	필자/저자(역자)	분류	비고
1	3	俳句	第五回六句集/すみれ會/夏の月-むら判/自句〔1〕 제5회 6구집/스미레카이/여름 달-무라 판정/자구	むら	시가/하이쿠	
1	3	俳句	第五回六句集/すみれ會/川狩〔1〕 제5회 6구집/스미레카이/천렵	天心	시가/하이쿠	
1	3	俳句	第五回六句集/すみれ會/川狩〔1〕 제5회 6구집/스미레카이/천렵	月哉	시가/하이쿠	
1	3	俳句	第五回六句集/すみれ會/川狩〔2〕 제5회 6구집/스미레카이/천렵	秋花	시가/하이쿠	
1	3	俳句	第五回六句集/すみれ會/川狩〔1〕 제5회 6구집/스미레카이/천렵	かつら	시가/하이쿠	
1	3	俳句	第五回六句集/すみれ會/川狩/秀逸〔1〕 제5회 6구집/스미레카이/천렵/수일	蘭	시가/하이쿠	
1	3	俳句	第五回六句集/すみれ會/川狩/自句〔1〕 제5회 6구집/스미레카이/천렵/자구	むら	시가/하이쿠	
1	3~5	講談	中山大納言〈43〉 나카야마 다이나곤	桃川燕玉	고단	

1909년 09월 07일 (화) 207호

지면	단수	기획	기사제목 〈회수〉〔곡수〕	필자/저자(역자)	분류	비고
1	3~5	講談	中山大納言〈44〉 나카야마 다이나곤	桃川燕玉	고단	
3	3		★俚謠情調/虫〔2〕 이요 정조/벌레	うろ子	시가/도도이쓰	
3	3		★俚謠情調/砧〔2〕 이요 정조/다듬이질	うろ子	시가/도도이쓰	

1909년 09월 08일 (수) 208호

지면	단수	기획	기사제목 〈회수〉〔곡수〕	필자/저자(역자)	분류	비고
1	2	俳句	第五回六句集/すみれ會/毛虫-むら判〔1〕 제5회 6구집/스미레카이/털벌레-무라 판정	霞城	시가/하이쿠	
1	2	俳句	第五回六句集/すみれ會/毛虫-むら判〔1〕 제5회 6구집/스미레카이/털벌레-무라 판정	四樂	시가/하이쿠	
1	2	俳句	第五回六句集/すみれ會/毛虫-むら判〔1〕 제5회 6구집/스미레카이/털벌레-무라 판정	六坊	시가/하이쿠	
1	2	俳句	第五回六句集/すみれ會/毛虫-むら判〔1〕 제5회 6구집/스미레카이/털벌레-무라 판정	淡水	시가/하이쿠	
1	2	俳句	第五回六句集/すみれ會/毛虫-むら判〔1〕 제5회 6구집/스미레카이/털벌레-무라 판정	四樂	시가/하이쿠	
1	2	俳句	第五回六句集/すみれ會/毛虫-むら判〔1〕 제5회 6구집/스미레카이/털벌레-무라 판정	月哉	시가/하이쿠	
1	2	俳句	第五回六句集/すみれ會/毛虫-むら判〔1〕 제5회 6구집/스미레카이/털벌레-무라 판정	笹波	시가/하이쿠	
1	2	俳句	第五回六句集/すみれ會/毛虫-むら判〔1〕 제5회 6구집/스미레카이/털벌레-무라 판정	凸坊	시가/하이쿠	
1	2	俳句	第五回六句集/すみれ會/毛虫-むら判〔1〕 제5회 6구집/스미레카이/털벌레-무라 판정	月哉	시가/하이쿠	
1	2	俳句	第五回六句集/すみれ會/毛虫-むら判〔1〕 제5회 6구집/스미레카이/털벌레-무라 판정	松月	시가/하이쿠	
1	2	俳句	第五回六句集/すみれ會/毛虫-むら判/自句〔1〕 제5회 6구집/스미레카이/털벌레-무라 판정/자구	むら	시가/하이쿠	
1	3	俳句	第五回六句集/すみれ會/薄羽織〔1〕 제5회 6구집/스미레카이/얇은 하오리	秋花	시가/하이쿠	
1	3	俳句	第五回六句集/すみれ會/薄羽織〔1〕 제5회 6구집/스미레카이/얇은 하오리	天心	시가/하이쿠	

지면	단수	기획	기사제목 〈회수〉〔곡수〕	필자/저자(역자)	분류	비고
1	3	俳句	第五回六句集/すみれ會/薄羽織〔1〕 제5회 6구집/스미레카이/얇은 하오리	四樂	시가/하이쿠	
1	3	俳句	第五回六句集/すみれ會/薄羽織〔1〕 제5회 6구집/스미레카이/얇은 하오리	かつら	시가/하이쿠	
1	3	俳句	第五回六句集/すみれ會/薄羽織〔1〕 제5회 6구집/스미레카이/얇은 하오리	淡水	시가/하이쿠	
1	3	俳句	第五回六句集/すみれ會/薄羽織〔1〕 제5회 6구집/스미레카이/얇은 하오리	笹波	시가/하이쿠	
1	3	俳句	第五回六句集/すみれ會/薄羽織〔1〕 제5회 6구집/스미레카이/얇은 하오리	四樂	시가/하이쿠	
1	3	俳句	第五回六句集/すみれ會/薄羽織〔3〕 제5회 6구집/스미레카이/얇은 하오리	月哉	시가/하이쿠	
1	3	俳句	第五回六句集/すみれ會/薄羽織/秀逸〔1〕 제5회 6구집/스미레카이/얇은 하오리/수일	かつら	시가/하이쿠	
1	3	俳句	第五回六句集/すみれ會/薄羽織/自句〔1〕 제5회 6구집/스미레카이/얇은 하오리/자구	むら	시가/하이쿠	
1	3~6	講談	中山大納言 〈45〉 나카야마 다이나곤	桃川燕玉	고단	

1909년 09월 09일 (목) 209호

지면	단수	기획	기사제목 〈회수〉〔곡수〕	필자/저자(역자)	분류	비고
1	3	俳句	第五回六句集/すみれ會/百合-むら判〔1〕 제5회 6구집/스미레카이/백합-무라 판정	天心	시가/하이쿠	
1	3	俳句	第五回六句集/すみれ會/百合-むら判〔1〕 제5회 6구집/스미레카이/백합-무라 판정	やっこ	시가/하이쿠	
1	3	俳句	第五回六句集/すみれ會/百合-むら判〔1〕 제5회 6구집/스미레카이/백합-무라 판정	中庸	시가/하이쿠	
1	3	俳句	第五回六句集/すみれ會/百合-むら判〔1〕 제5회 6구집/스미레카이/백합-무라 판정	天心	시가/하이쿠	
1	3	俳句	第五回六句集/すみれ會/百合-むら判〔1〕 제5회 6구집/스미레카이/백합-무라 판정	月哉	시가/하이쿠	
1	3	俳句	第五回六句集/すみれ會/百合-むら判〔1〕 제5회 6구집/스미레카이/백합-무라 판정	淡水	시가/하이쿠	
1	3	俳句	第五回六句集/すみれ會/百合-むら判〔1〕 제5회 6구집/스미레카이/백합-무라 판정	秋花	시가/하이쿠	
1	3	俳句	第五回六句集/すみれ會/百合-むら判〔1〕 제5회 6구집/스미레카이/백합-무라 판정	淡水	시가/하이쿠	
1	3	俳句	第五回六句集/すみれ會/百合-むら判〔1〕 제5회 6구집/스미레카이/백합-무라 판정	月哉	시가/하이쿠	
1	3	俳句	第五回六句集/すみれ會/百合-むら判〔1〕 제5회 6구집/스미레카이/백합-무라 판정	秋花	시가/하이쿠	
1	3	俳句	第五回六句集/すみれ會/百合-むら判〔1〕 제5회 6구집/스미레카이/백합-무라 판정	月哉	시가/하이쿠	
1	3	俳句	第五回六句集/すみれ會/百合-むら判〔1〕 제5회 6구집/스미레카이/백합-무라 판정	蘭	시가/하이쿠	
1	3	俳句	第五回六句集/すみれ會/百合-むら判/秀逸〔1〕 제5회 6구집/스미레카이/백합-무라 판정/수일	月哉	시가/하이쿠	
1	3	俳句	第五回六句集/すみれ會/百合-むら判/自句〔1〕 제5회 6구집/스미레카이/백합-무라 판정/자구	むら	시가/하이쿠	
1	3~6	講談	中山大納言 〈46〉 나카야마 다이나곤	桃川燕玉	고단	
3	4		江戶調情歌/擣衣〔5〕 에도 조 정가/다듬이질	うろ子	시가/도도이쓰	

지면	단수	기획	기사제목 〈회수〉〔곡수〕	필자/저자(역자)	분류	비고
			1909년 09월 10일 (금) 210호			
1	3	俳句	第五回六句集/すみれ會/夏季混題-むら判 〔1〕 제5회 6구집/스미레카이/하계 혼제-무라 판정	松月	시가/하이쿠	
1	3	俳句	第五回六句集/すみれ會/夏季混題-むら判 〔1〕 제5회 6구집/스미레카이/하계 혼제-무라 판정	天心	시가/하이쿠	
1	3	俳句	第五回六句集/すみれ會/夏季混題-むら判 〔1〕 제5회 6구집/스미레카이/하계 혼제-무라 판정	中庸	시가/하이쿠	
1	3	俳句	第五回六句集/すみれ會/夏季混題-むら判 〔2〕 제5회 6구집/스미레카이/하계 혼제-무라 판정	松月	시가/하이쿠	
1	3	俳句	第五回六句集/すみれ會/夏季混題-むら判 〔1〕 제5회 6구집/스미레카이/하계 혼제-무라 판정	月哉	시가/하이쿠	
1	3	俳句	第五回六句集/すみれ會/夏季混題-むら判 〔1〕 제5회 6구집/스미레카이/하계 혼제-무라 판정	昇月	시가/하이쿠	
1	3	俳句	第五回六句集/すみれ會/夏季混題-むら判 〔1〕 제5회 6구집/스미레카이/하계 혼제-무라 판정	淡水	시가/하이쿠	
1	3	俳句	第五回六句集/すみれ會/夏季混題-むら判 〔1〕 제5회 6구집/스미레카이/하계 혼제-무라 판정	月哉	시가/하이쿠	
1	3	俳句	第五回六句集/すみれ會/夏季混題-むら判/秀逸 〔1〕 제5회 6구집/스미레카이/하계 혼제-무라 판정/수일	月哉	시가/하이쿠	
1	3	俳句	第五回六句集/すみれ會/夏季混題-むら判/自句 〔1〕 제5회 6구집/스미레카이/하계 혼제-무라 판정/자구	むら	시가/하이쿠	
1	3~6	講談	中山大納言 〈47〉 나카야마 다이나곤	桃川燕玉	고단	
3	1~2		悲劇 掬翠樓主の亡魂 〈1〉 비극 기쿠스이로 주인의 망혼		희곡	
3	3		江戶調情歌/蟲 〔5〕 에도 조 정가/벌레	うろ子	시가/도도이쓰	
			1909년 09월 11일 (토) 211호			
1	3~5	講談	中山大納言 〈48〉 나카야마 다이나곤	桃川燕玉	고단	
3	1		悲劇 掬翠樓主の亡魂 〈2〉 비극 기쿠스이로 주인의 망혼		희곡	
3	2		時事俳評/東拓金融部の擴張 〔1〕 시사 하이쿠 평/동양척식회사 금융부의 확장	千春	시가/하이쿠	
3	2		時事俳評/三角航路は難産 〔1〕 시사 하이쿠 평/삼각항로는 난산	千春	시가/하이쿠	
3	2		時事俳評/韓銀權利株の下落 〔1〕 시사 하이쿠 평/한은 권리주의 하락	千春	시가/하이쿠	
3	2		時事俳評/三南線起點地の競爭 〔1〕 시사 하이쿠 평/삼남선 기점지 경쟁	千春	시가/하이쿠	
3	2		時事俳評/すみれ會の隆盛 〔1〕 시사 하이쿠 평/스미레카이의 융성	千春	시가/하이쿠	
			1909년 09월 12일 (일) 212호			
1	3	俳句	花火十句 〔10〕 불꽃놀이-십구	多田千春	시가/하이쿠	
1	3~6	講談	中山大納言 〈49〉 나카야마 다이나곤	桃川燕玉	고단	
3	3		近事俗謠/掬翠樓主の亡魂 〔1〕 근사 속요/기쿠스이로 주인의 망혼	うろ子	시가/도도이쓰	

지면	단수	기획	기사제목 〈회수〉〔곡수〕	필자/저자(역자)	분류	비고
3	3		近事俗謠/韓國と日本の戀〔1〕 근사 속요/한국과 일본의 사랑	うろ子	시가/도도이 쓰	
3	3		近事俗謠/日韓車挽の爭論〔1〕 근사 속요/한일 인력거꾼 논쟁	うろ子	시가/도도이 쓰	
3	3		近事俗謠/越褌三子の的事〔1〕 근사 속요/엣콘산코의 기대감	うろ子	시가/도도이 쓰	

1909년 09월 14일 (화) 213호

지면	단수	기획	기사제목 〈회수〉〔곡수〕	필자/저자(역자)	분류	비고
1	3~5	講談	中山大納言〈50〉 나카야마 다이나곤	桃川燕玉	고단	

1909년 09월 15일 (수) 214호

지면	단수	기획	기사제목 〈회수〉〔곡수〕	필자/저자(역자)	분류	비고
1	2~3	俳句	蜻蛉十句〔10〕 잠자리-십구	多田千春	시가/하이쿠	
1	3~5	講談	中山大納言〈51〉 나카야마 다이나곤	桃川燕玉	고단	

1909년 09월 16일 (목) 215호

지면	단수	기획	기사제목 〈회수〉〔곡수〕	필자/저자(역자)	분류	비고
1	3	俳句	稻妻十句〔10〕 번개-십구	千春	시가/하이쿠	
1	3~6	講談	中山大納言〈52〉 나카야마 다이나곤	桃川燕玉	고단	
3	3		時事俳評/北極探險の報告競爭〔1〕 시사 하이쿠 평/북극 탐험 보도 경쟁	千春	시가/하이쿠	
3	3		時事俳評/官吏用稅就輸入品〔1〕 시사 하이쿠 평/관리용 세취 수입품	千春	시가/하이쿠	
3	3		時事俳評/開闢以來の大豊作〔1〕 시사 하이쿠 평/개벽 이래의 대풍작	千春	시가/하이쿠	
3	3		時事俳評/お福さんの豪い權幕〔1〕 시사 하이쿠 평/오후쿠 씨의 대단한 기세	千春	시가/하이쿠	
3	3		時事俳評/仁川虎疫の猖獗〔1〕 시사 하이쿠 평/인천 콜레라 창궐	千春	시가/하이쿠	
3	4		俗調/虎列拉豫防の歌(上)〈1〉〔10〕 속조/콜레라 예방 노래(상)	魚遊痴史	시가/기타	

1909년 09월 17일 (금) 216호

지면	단수	기획	기사제목 〈회수〉〔곡수〕	필자/저자(역자)	분류	비고
1	3	俳句	鹿十句〔10〕 사슴-십구	千春	시가/하이쿠	
1	3~6	講談	中山大納言〈53〉 나카야마 다이나곤	桃川燕玉	고단	
3	3		俗調/虎列拉豫防の歌(中)〈2〉〔10〕 속조/콜레라 예방 노래(중)	魚遊痴史	시가/기타	

1909년 09월 18일 (토) 217호

지면	단수	기획	기사제목 〈회수〉〔곡수〕	필자/저자(역자)	분류	비고
1	3~5	講談	中山大納言〈54〉 나카야마 다이나곤	桃川燕玉	고단	

1909년 09월 19일 (일) 218호

지면	단수	기획	기사제목 〈회수〉〔곡수〕	필자/저자(역자)	분류	비고
1	3	俳句	第六回月次集/すみれ會/初秋-むら判/秀逸〔1〕 제6회 월차집/스미레카이/초가을-무라 판정/수일	四樂	시가/하이쿠	
1	3	俳句	第六回月次集/すみれ會/初秋-むら判/秀逸〔1〕 제6회 월차집/스미레카이/초가을-무라 판정/수일	蘭坊	시가/하이쿠	

지면	단수	기획	기사제목 〈회수〉〔곡수〕	필자/저자(역자)	분류	비고
1	3	俳句	第六回月次集/すみれ會/初秋-むら判/秀逸〔1〕 제6회 월차집/스미레카이/초가을-무라 판정/수일	弓糸	시가/하이쿠	
1	3	俳句	第六回月次集/すみれ會/初秋-むら判/秀逸〔1〕 제6회 월차집/스미레카이/초가을-무라 판정/수일	秋花	시가/하이쿠	
1	3	俳句	第六回月次集/すみれ會/初秋-むら判/秀逸〔1〕 제6회 월차집/스미레카이/초가을-무라 판정/수일	凸坊	시가/하이쿠	
1	3	俳句	第六回月次集/すみれ會/初秋-むら判/秀逸〔1〕 제6회 월차집/스미레카이/초가을-무라 판정/수일	弓糸	시가/하이쿠	
1	3	俳句	第六回月次集/すみれ會/初秋-むら判/秀逸〔1〕 제6회 월차집/스미레카이/초가을-무라 판정/수일	昇月	시가/하이쿠	
1	3	俳句	第六回月次集/すみれ會/初秋-むら判/秀逸〔1〕 제6회 월차집/스미레카이/초가을-무라 판정/수일	萩水	시가/하이쿠	
1	3	俳句	第六回月次集/すみれ會/初秋-むら判/秀逸〔1〕 제6회 월차집/스미레카이/초가을-무라 판정/수일	六坊	시가/하이쿠	
1	3	俳句	第六回月次集/すみれ會/初秋-むら判/秀逸〔1〕 제6회 월차집/스미레카이/초가을-무라 판정/수일	松月	시가/하이쿠	
1	3	俳句	第六回月次集/すみれ會/初秋-むら判〔1〕 제6회 월차집/스미레카이/초가을-무라 판정	精華	시가/하이쿠	
1	3~6	講談	中山大納言〈55〉 나카야마 다이나곤	桃川燕玉	고단	
3	3		俗調/虎列拉豫防の歌(下)〈3〉〔10〕 속조/콜레라 예방 노래(하)	魚遊痴史	시가/기타	

1909년 09월 21일 (화) 219호

지면	단수	기획	기사제목 〈회수〉〔곡수〕	필자/저자(역자)	분류	비고
1	3~6	講談	中山大納言〈56〉 나카야마 다이나곤	桃川燕玉	고단	
3	3		★判任〔1〕 판임	豚酒舍	시가/센류	
3	3		★商人〔1〕 상인	豚酒舍	시가/센류	
3	3		才子〔1〕 재자	豚酒舍	시가/센류	
3	3		★宗敎家〔1〕 종교가	豚酒舍	시가/센류	
3	3		僕〔1〕 나	豚酒舍	시가/센류	
3	3		豚の家〔1〕 돼지의 집	むら	시가/센류	

1909년 09월 22일 (수) 220호

지면	단수	기획	기사제목 〈회수〉〔곡수〕	필자/저자(역자)	분류	비고
1	3	俳句	第六回月次集/すみれ會/雁-むら判/秀逸〔1〕 제6회 월차집/스미레카이/기러기-무라 판정/수일	萩水	시가/하이쿠	
1	3	俳句	第六回月次集/すみれ會/雁-むら判/秀逸〔1〕 제6회 월차집/스미레카이/기러기-무라 판정/수일	秋花	시가/하이쿠	
1	3	俳句	第六回月次集/すみれ會/雁-むら判/秀逸〔1〕 제6회 월차집/스미레카이/기러기-무라 판정/수일	月哉	시가/하이쿠	
1	3	俳句	第六回月次集/すみれ會/雁-むら判/秀逸〔1〕 제6회 월차집/스미레카이/기러기-무라 판정/수일	萩水	시가/하이쿠	
1	3	俳句	第六回月次集/すみれ會/雁-むら判/秀逸〔1〕 제6회 월차집/스미레카이/기러기-무라 판정/수일	玉糸	시가/하이쿠	
1	3	俳句	第六回月次集/すみれ會/雁-むら判/秀逸〔1〕 제6회 월차집/스미레카이/기러기-무라 판정/수일	月哉	시가/하이쿠	

지면	단수	기획	기사제목 〈회수〉〔곡수〕	필자/저자(역자)	분류	비고
1	3	俳句	第六回月次集/すみれ會/雁-むら判/秀逸〔1〕 제6회 월차집/스미레카이/기러기-무라 판정/수일	萩水	시가/하이쿠	
1	3	俳句	第六回月次集/すみれ會/雁-むら判/秀逸〔1〕 제6회 월차집/스미레카이/기러기-무라 판정/수일	天心	시가/하이쿠	
1	3	俳句	第六回月次集/すみれ會/雁-むら判/秀逸〔1〕 제6회 월차집/스미레카이/기러기-무라 판정/수일	中庸	시가/하이쿠	
1	3	俳句	第六回月次集/すみれ會/雁-むら判/秀逸〔1〕 제6회 월차집/스미레카이/기러기-무라 판정/수일	淡水	시가/하이쿠	
1	3	俳句	第六回月次集/すみれ會/雁-むら判/秀逸〔1〕 제6회 월차집/스미레카이/기러기-무라 판정/수일	松月	시가/하이쿠	
1	3	俳句	第六回月次集/すみれ會/雁-むら判〔1〕 제6회 월차집/스미레카이/기러기-무라 판정	不美女	시가/하이쿠	
1	3~7	講談	中山大納言〈57〉 나카야마 다이나곤	桃川燕玉	고단	

1909년 09월 23일 (목) 221호

지면	단수	기획	기사제목 〈회수〉〔곡수〕	필자/저자(역자)	분류	비고
1	3	俳句	第六回月次集/すみれ會/朝顔-むら判/秀逸〔1〕 제6회 월차집/스미레카이/나팔꽃-무라 판정/수일	月哉	시가/하이쿠	
1	3	俳句	第六回月次集/すみれ會/朝顔-むら判/秀逸〔1〕 제6회 월차집/스미레카이/나팔꽃-무라 판정/수일	昇月	시가/하이쿠	
1	3	俳句	第六回月次集/すみれ會/朝顔-むら判/秀逸〔1〕 제6회 월차집/스미레카이/나팔꽃-무라 판정/수일	中庸	시가/하이쿠	
1	3	俳句	第六回月次集/すみれ會/朝顔-むら判/秀逸〔1〕 제6회 월차집/스미레카이/나팔꽃-무라 판정/수일	萩水	시가/하이쿠	
1	3	俳句	第六回月次集/すみれ會/朝顔-むら判/秀逸〔1〕 제6회 월차집/스미레카이/나팔꽃-무라 판정/수일	四樂	시가/하이쿠	
1	3	俳句	第六回月次集/すみれ會/朝顔-むら判/秀逸〔1〕 제6회 월차집/스미레카이/나팔꽃-무라 판정/수일	淡水	시가/하이쿠	
1	3	俳句	第六回月次集/すみれ會/朝顔-むら判/秀逸〔1〕 제6회 월차집/스미레카이/나팔꽃-무라 판정/수일	凸坊	시가/하이쿠	
1	3	俳句	第六回月次集/すみれ會/朝顔-むら判/秀逸〔1〕 제6회 월차집/스미레카이/나팔꽃-무라 판정/수일	不美女	시가/하이쿠	
1	3	俳句	第六回月次集/すみれ會/朝顔-むら判/秀逸〔1〕 제6회 월차집/스미레카이/나팔꽃-무라 판정/수일	月哉	시가/하이쿠	
1	3	俳句	第六回月次集/すみれ會/朝顔-むら判/秀逸〔1〕 제6회 월차집/스미레카이/나팔꽃-무라 판정/수일	不美女	시가/하이쿠	
1	3	俳句	第六回月次集/すみれ會/朝顔-むら判/秀逸〔1〕 제6회 월차집/스미레카이/나팔꽃-무라 판정/수일	月哉	시가/하이쿠	
1	3	俳句	第六回月次集/すみれ會/朝顔-むら判/秀逸〔1〕 제6회 월차집/스미레카이/나팔꽃-무라 판정/수일	玉糸	시가/하이쿠	
1	3	俳句	第六回月次集/すみれ會/朝顔-むら判/秀逸〔1〕 제6회 월차집/스미레카이/나팔꽃-무라 판정/수일	弓糸	시가/하이쿠	
1	3	俳句	第六回月次集/すみれ會/朝顔-むら判〔1〕 제6회 월차집/스미레카이/나팔꽃-무라 판정	笹波	시가/하이쿠	
1	3~6	講談	中山大納言〈58〉 나카야마 다이나곤	桃川燕玉	고단	

1909년 09월 24일 (금) 222호

지면	단수	기획	기사제목 〈회수〉〔곡수〕	필자/저자(역자)	분류	비고
1	3	俳句	第六回月次集/すみれ會/踊-むら判/秀逸〔1〕 제6회 월차집/스미레카이/춤-무라 판정/수일	萩水	시가/하이쿠	
1	3	俳句	第六回月次集/すみれ會/踊-むら判/秀逸〔1〕 제6회 월차집/스미레카이/춤-무라 판정/수일	不美女	시가/하이쿠	

지면	단수	기획	기사제목 〈회수〉 [곡수]	필자/저자(역자)	분류	비고
1	3	俳句	第六回月次集/すみれ會/踊-むら判/秀逸 [1] 제6회 월차집/스미레카이/춤-무라 판정/수일	六坊	시가/하이쿠	
1	3	俳句	第六回月次集/すみれ會/踊-むら判/秀逸 [1] 제6회 월차집/스미레카이/춤-무라 판정/수일	月哉	시가/하이쿠	
1	3	俳句	第六回月次集/すみれ會/踊-むら判/秀逸 [1] 제6회 월차집/스미레카이/춤-무라 판정/수일	中庸	시가/하이쿠	
1	3	俳句	第六回月次集/すみれ會/踊-むら判/秀逸 [1] 제6회 월차집/스미레카이/춤-무라 판정/수일	精華	시가/하이쿠	
1	3	俳句	第六回月次集/すみれ會/踊-むら判/秀逸 [1] 제6회 월차집/스미레카이/춤-무라 판정/수일	秋花	시가/하이쿠	
1	3	俳句	第六回月次集/すみれ會/踊-むら判/秀逸 [1] 제6회 월차집/스미레카이/춤-무라 판정/수일	月哉	시가/하이쿠	
1	3	俳句	第六回月次集/すみれ會/踊-むら判/秀逸 [1] 제6회 월차집/스미레카이/춤-무라 판정/수일	不美女	시가/하이쿠	
1	3	俳句	第六回月次集/すみれ會/踊-むら判/秀逸 [1] 제6회 월차집/스미레카이/춤-무라 판정/수일	秋花	시가/하이쿠	
1	3	俳句	第六回月次集/すみれ會/踊-むら判/秀逸 [1] 제6회 월차집/스미레카이/춤-무라 판정/수일	月哉	시가/하이쿠	
1	3	俳句	第六回月次集/すみれ會/踊-むら判/秀逸 [1] 제6회 월차집/스미레카이/춤-무라 판정/수일	中庸	시가/하이쿠	
1	3	俳句	第六回月次集/すみれ會/踊-むら判/秀逸 [1] 제6회 월차집/스미레카이/춤-무라 판정/수일	萩水	시가/하이쿠	
1	3	俳句	第六回月次集/すみれ會/踊-むら判/秀逸 [1] 제6회 월차집/스미레카이/춤-무라 판정/수일	六坊	시가/하이쿠	
1	3	俳句	第六回月次集/すみれ會/踊-むら判/秀逸 [1] 제6회 월차집/스미레카이/춤-무라 판정/수일	秋花	시가/하이쿠	
1	3	俳句	第六回月次集/すみれ會/踊-むら判/秀逸 [1] 제6회 월차집/스미레카이/춤-무라 판정/수일	萩水	시가/하이쿠	
1	3	俳句	第六回月次集/すみれ會/踊-むら判 [1] 제6회 월차집/스미레카이/춤-무라 판정	玉糸	시가/하이쿠	
1	3		(제목없음) [4]	むら	시가/기타	
1	3~6	講談	中山大納言 〈59〉 나카야마 다이나곤	桃川燕玉	고단	
3	2		むら子に [1] 무라 선생에게	豚酒舍	시가/센류	
3	2		豚酒舍子へ [1] 부타노야 선생에게	むら	시가/센류	
3	2		慈善家 [1] 자선가	豚酒舍	시가/센류	
3	2		某會會頭 [1] 어떤 모임의 우두머리	豚酒舍	시가/센류	
3	2		新消毒藥 [1] 새로운 소독약	豚酒舍	시가/센류	
3	2		統監府員の愚痴 [1] 통감부원의 푸념	豚酒舍	시가/센류	

1909년 09월 26일 (일) 223호

지면	단수	기획	기사제목	필자/저자(역자)	분류	비고
1	2	俳句	第六回月次集/すみれ會/稲妻-むら判/秀逸 [1] 제6회 월차집/스미레카이/번개-무라 판정/수일	玉糸	시가/하이쿠	
1	2	俳句	第六回月次集/すみれ會/稲妻-むら判/秀逸 [1] 제6회 월차집/스미레카이/번개-무라 판정/수일	凸坊	시가/하이쿠	

지면	단수	기획	기사제목 〈회수〉〔곡수〕	필자/저자(역자)	분류	비고
1	2	俳句	第六回月次集/すみれ會/稻妻-むら判/秀逸〔1〕 제6회 월차집/스미레카이/번개-무라 판정/수일	弓糸	시가/하이쿠	
1	2	俳句	第六回月次集/すみれ會/稻妻-むら判/秀逸〔1〕 제6회 월차집/스미레카이/번개-무라 판정/수일	月哉	시가/하이쿠	
1	3	俳句	第六回月次集/すみれ會/稻妻-むら判/秀逸〔1〕 제6회 월차집/스미레카이/번개-무라 판정/수일	萩水	시가/하이쿠	
1	3	俳句	第六回月次集/すみれ會/稻妻-むら判/秀逸〔1〕 제6회 월차집/스미레카이/번개-무라 판정/수일	松月	시가/하이쿠	
1	3	俳句	第六回月次集/すみれ會/稻妻-むら判/秀逸〔1〕 제6회 월차집/스미레카이/번개-무라 판정/수일	秋花	시가/하이쿠	
1	3	俳句	第六回月次集/すみれ會/稻妻-むら判/秀逸〔1〕 제6회 월차집/스미레카이/번개-무라 판정/수일	萩水	시가/하이쿠	
1	3	俳句	第六回月次集/すみれ會/稻妻-むら判/秀逸〔1〕 제6회 월차집/스미레카이/번개-무라 판정/수일	弓糸	시가/하이쿠	
1	3	俳句	第六回月次集/すみれ會/稻妻-むら判/秀逸〔2〕 제6회 월차집/스미레카이/번개-무라 판정/수일	淡水	시가/하이쿠	
1	3	俳句	第六回月次集/すみれ會/稻妻-むら判〔1〕 제6회 월차집/스미레카이/번개-무라 판정	萩水	시가/하이쿠	
1	3	俳句	第六回月次集/すみれ會/稻妻-むら判/自句〔5〕 제6회 월차집/스미레카이/번개-무라 판정/자구	むら	시가/하이쿠	
1	3~6	講談	中山大納言〈60〉 나카야마 다이나곤	桃川燕玉	고단	

1909년 09월 28일 (화) 224호

지면	단수	기획	기사제목 〈회수〉〔곡수〕	필자/저자(역자)	분류	비고
1	3~6	講談	中山大納言〈61〉 나카야마 다이나곤	桃川燕玉	고단	

1909년 09월 29일 (수) 225호

지면	단수	기획	기사제목 〈회수〉〔곡수〕	필자/저자(역자)	분류	비고
1	3~6	講談	中山大納言〈62〉 나카야마 다이나곤	桃川燕玉	고단	
3	3		落ぐり/むら子に申し上げ候〔1〕 떨어진 밤/무라 선생에게 말씀드리다	豚洒舍主人	시가/센류	
3	3		落ぐり/拙作を歡迎せられて〔1〕 떨어진 밤/졸작을 환영받고	豚洒舍主人	시가/센류	
3	3		落ぐり/火星より見たる人類〔2〕 떨어진 밤/화성에서 보는 인류	豚洒舍主人	시가/센류	
3	3		落ぐり/韓妻殿の集合〔1〕 떨어진 밤/한국 사모님 집합	豚洒舍主人	시가/센류	
3	3		落ぐり/御用記者先生〔1〕 떨어진 밤/어용 기자 선생	豚洒舍主人	시가/센류	
3	3		落ぐり/コレラ流行〔6〕 떨어진 밤/콜레라 유행	むら	시가/센류	

1909년 09월 30일 (목) 226호

지면	단수	기획	기사제목 〈회수〉〔곡수〕	필자/저자(역자)	분류	비고
1	3~6	講談	中山大納言〈63〉 나카야마 다이나곤	桃川燕玉	고단	
3	3	豫告	鎭西八郎 진제이 하치로		광고/연재 예고	

1909년 10월 01일 (금) 227호

지면	단수	기획	기사제목 〈회수〉〔곡수〕	필자/저자(역자)	분류	비고
1	3~6	講談	中山大納言〈64〉 나카야마 다이나곤	桃川燕玉	고단	

지면	단수	기획	기사제목 〈회수〉〔곡수〕	필자/저자(역자)	분류	비고
3	4	豫告	鎭西八郎 진제이 하치로		광고/연재 예고	

1909년 10월 02일 (토) 228호

지면	단수	기획	기사제목 〈회수〉〔곡수〕	필자/저자(역자)	분류	비고
1	3~6	講談	中山大納言〈65〉 나카야마 다이나곤	桃川燕玉	고단	
3	3	豫告	鎭西八郎 진제이 하치로		광고/연재 예고	

1909년 10월 03일 (일) 229호

지면	단수	기획	기사제목 〈회수〉〔곡수〕	필자/저자(역자)	분류	비고
1	3~6	講談	中山大納言〈66〉 나카야마 다이나곤	桃川燕玉	고단	

1909년 10월 05일 (화) 230호

지면	단수	기획	기사제목 〈회수〉〔곡수〕	필자/저자(역자)	분류	비고
1	3~5	講談	中山大納言〈67〉 나카야마 다이나곤	桃川燕玉	고단	

1909년 10월 06일 (수) 231호

지면	단수	기획	기사제목 〈회수〉〔곡수〕	필자/저자(역자)	분류	비고
1	3~5	講談	中山大納言〈68〉 나카야마 다이나곤	桃川燕玉	고단	

1909년 10월 07일 (목) 232호

지면	단수	기획	기사제목 〈회수〉〔곡수〕	필자/저자(역자)	분류	비고
1	3~5	講談	★鎭西八郎〈1〉 진제이 하치로	神田松鯉	고단	

1909년 10월 08일 (금) 233호

지면	단수	기획	기사제목 〈회수〉〔곡수〕	필자/저자(역자)	분류	비고
1	3	俳句	日曜吟/すみれ會-二春庵宗匠選/題、安山子(見足目)、夜長(櫻並木)、柿(四條通)、秋の蠅(不思議)、秋の雨(馬場先)、コレラ(雜)〔1〕 일요음/스미레카이-니슌안 종장 선/주제, 허수아비, 긴 밤, 감, 가을 파리, 가을비, 콜레라	舟芳	시가/하이쿠	
1	3	俳句	日曜吟/すみれ會-二春庵宗匠選/題、安山子(見足目)、夜長(櫻並木)、柿(四條通)、秋の蠅(不思議)、秋の雨(馬場先)、コレラ(雜)〔1〕 일요음/스미레카이-니슌안 종장 선/주제, 허수아비, 긴 밤, 감, 가을 파리, 가을비, 콜레라	紫子	시가/하이쿠	
1	3	俳句	日曜吟/すみれ會-二春庵宗匠選/題、安山子(見足目)、夜長(櫻並木)、柿(四條通)、秋の蠅(不思議)、秋の雨(馬場先)、コレラ(雜)〔1〕 일요음/스미레카이-니슌안 종장 선/주제, 허수아비, 긴 밤, 감, 가을 파리, 가을비, 콜레라	月哉	시가/하이쿠	
1	3	俳句	日曜吟/すみれ會-二春庵宗匠選/題、安山子(見足目)、夜長(櫻並木)、柿(四條通)、秋の蠅(不思議)、秋の雨(馬場先)、コレラ(雜)〔1〕 일요음/스미레카이-니슌안 종장 선/주제, 허수아비, 긴 밤, 감, 가을 파리, 가을비, 콜레라	中庸	시가/하이쿠	
1	3	俳句	日曜吟/すみれ會-二春庵宗匠選/題、安山子(見足目)、夜長(櫻並木)、柿(四條通)、秋の蠅(不思議)、秋の雨(馬場先)、コレラ(雜)〔1〕 일요음/스미레카이-니슌안 종장 선/주제, 허수아비, 긴 밤, 감, 가을 파리, 가을비, 콜레라	舟芳	시가/하이쿠	
1	3	俳句	日曜吟/すみれ會-二春庵宗匠選/題、安山子(見足目)、夜長(櫻並木)、柿(四條通)、秋の蠅(不思議)、秋の雨(馬場先)、コレラ(雜)〔2〕 일요음/스미레카이-니슌안 종장 선/주제, 허수아비, 긴 밤, 감, 가을 파리, 가을비, 콜레라	玉糸	시가/하이쿠	
1	3	俳句	日曜吟/すみれ會-二春庵宗匠選/題、安山子(見足目)、夜長(櫻並木)、柿(四條通)、秋の蠅(不思議)、秋の雨(馬場先)、コレラ(雜)〔1〕 일요음/스미레카이-니슌안 종장 선/주제, 허수아비, 긴 밤, 감, 가을 파리, 가을비, 콜레라	舟芳	시가/하이쿠	

지면	단수	기획	기사제목 〈회수〉〔곡수〕	필자/저자(역자)	분류	비고
1	3	俳句	日曜吟/すみれ會-二春庵宗匠選/題、安山子(見足目)、夜長(櫻並木)、柿(四條通)、秋の蠅(不思議)、秋の雨(馬場先)、コレラ(雜)〔1〕 일요음/스미레카이-니슌안 종장 선/주제, 허수아비, 긴 밤, 감, 가을 파리, 가을비, 콜레라	紫子	시가/하이쿠	
1	3	俳句	日曜吟/すみれ會-二春庵宗匠選/題、安山子(見足目)、夜長(櫻並木)、柿(四條通)、秋の蠅(不思議)、秋の雨(馬場先)、コレラ(雜)〔1〕 일요음/스미레카이-니슌안 종장 선/주제, 허수아비, 긴 밤, 감, 가을 파리, 가을비, 콜레라	中庸	시가/하이쿠	
1	3	俳句	日曜吟/すみれ會-二春庵宗匠選/題、安山子(見足目)、夜長(櫻並木)、柿(四條通)、秋の蠅(不思議)、秋の雨(馬場先)、コレラ(雜)〔1〕 일요음/스미레카이-니슌안 종장 선/주제, 허수아비, 긴 밤, 감, 가을 파리, 가을비, 콜레라	玉糸	시가/하이쿠	
1	3	俳句	日曜吟/すみれ會-二春庵宗匠選/題、安山子(見足目)、夜長(櫻並木)、柿(四條通)、秋の蠅(不思議)、秋の雨(馬場先)、コレラ(雜)〔1〕 일요음/스미레카이-니슌안 종장 선/주제, 허수아비, 긴 밤, 감, 가을 파리, 가을비, 콜레라	紫子	시가/하이쿠	
1	3	俳句	日曜吟/すみれ會-二春庵宗匠選/題、安山子(見足目)、夜長(櫻並木)、柿(四條通)、秋の蠅(不思議)、秋の雨(馬場先)、コレラ(雜)/五客〔1〕 일요음/스미레카이-니슌안 종장 선/주제, 허수아비, 긴 밤, 감, 가을 파리, 가을비, 콜레라/오객	紫子	시가/하이쿠	
1	3	俳句	日曜吟/すみれ會-二春庵宗匠選/題、安山子(見足目)、夜長(櫻並木)、柿(四條通)、秋の蠅(不思議)、秋の雨(馬場先)、コレラ(雜)/五客〔1〕 일요음/스미레카이-니슌안 종장 선/주제, 허수아비, 긴 밤, 감, 가을 파리, 가을비, 콜레라/오객	玉糸	시가/하이쿠	
1	3	俳句	日曜吟/すみれ會-二春庵宗匠選/題、安山子(見足目)、夜長(櫻並木)、柿(四條通)、秋の蠅(不思議)、秋の雨(馬場先)、コレラ(雜)/五客〔1〕 일요음/스미레카이-니슌안 종장 선/주제, 허수아비, 긴 밤, 감, 가을 파리, 가을비, 콜레라/오객	六坊	시가/하이쿠	
1	3	俳句	日曜吟/すみれ會-二春庵宗匠選/題、安山子(見足目)、夜長(櫻並木)、柿(四條通)、秋の蠅(不思議)、秋の雨(馬場先)、コレラ(雜)/五客〔1〕 일요음/스미레카이-니슌안 종장 선/주제, 허수아비, 긴 밤, 감, 가을 파리, 가을비, 콜레라/오객	舟芳	시가/하이쿠	
1	3	俳句	日曜吟/すみれ會-二春庵宗匠選/題、安山子(見足目)、夜長(櫻並木)、柿(四條通)、秋の蠅(不思議)、秋の雨(馬場先)、コレラ(雜)/五客〔1〕 일요음/스미레카이-니슌안 종장 선/주제, 허수아비, 긴 밤, 감, 가을 파리, 가을비, 콜레라/오객	紫子	시가/하이쿠	
1	3	俳句	日曜吟/すみれ會-二春庵宗匠選/題、安山子(見足目)、夜長(櫻並木)、柿(四條通)、秋の蠅(不思議)、秋の雨(馬場先)、コレラ(雜)/人位〔1〕 일요음/스미레카이-니슌안 종장 선/주제, 허수아비, 긴 밤, 감, 가을 파리, 가을비, 콜레라/인위	中庸	시가/하이쿠	
1	3	俳句	日曜吟/すみれ會-二春庵宗匠選/題、安山子(見足目)、夜長(櫻並木)、柿(四條通)、秋の蠅(不思議)、秋の雨(馬場先)、コレラ(雜)/地位〔1〕 일요음/스미레카이-니슌안 종장 선/주제, 허수아비, 긴 밤, 감, 가을 파리, 가을비, 콜레라/지위	月哉	시가/하이쿠	
1	3	俳句	日曜吟/すみれ會-二春庵宗匠選/題、安山子(見足目)、夜長(櫻並木)、柿(四條通)、秋の蠅(不思議)、秋の雨(馬場先)、コレラ(雜)/天位〔1〕 일요음/스미레카이-니슌안 종장 선/주제, 허수아비, 긴 밤, 감, 가을 파리, 가을비, 콜레라/천위	四樂	시가/하이쿠	
1	3	俳句	日曜吟/すみれ會-二春庵宗匠選/題、安山子(見足目)、夜長(櫻並木)、柿(四條通)、秋の蠅(不思議)、秋の雨(馬場先)、コレラ(雜)/撰者吟〔1〕 일요음/스미레카이-니슌안 종장 선/주제, 허수아비, 긴 밤, 감, 가을 파리, 가을비, 콜레라/찬자음	二春庵	시가/하이쿠	
1	4~6	講談	★鎭西八郎 〈2〉 진제이 하치로	神田松鯉	고단	

1909년 10월 09일 (토) 234호

지면	단수	기획	기사제목 〈회수〉〔곡수〕	필자/저자(역자)	분류	비고
1	3		僕の樂 나의 즐거움	への字	수필/일상	
1	3~5	講談	★鎭西八郞 〈3〉 진제이 하치로	神田松鯉	고단	
3	1~2		夜の龍山新市街 밤의 용산 신시가지	よあけ鳥	수필/관찰	
3	3		當世平民の歌 秋はよい季〔4〕 당세 평민의 노래 가을은 좋은 계절	藤一戲	시가/기타	

1909년 10월 10일 (일) 235호

지면	단수	기획	기사제목 〈회수〉〔곡수〕	필자/저자(역자)	분류	비고
1	3	文苑	港の秋〔1〕 항구의 가을	仁川にて 中野生	수필·시가/일 상·도도이쓰	
1	3~6	講談	★鎭西八郞 〈4〉 진제이 하치로	神田松鯉	고단	

1909년 10월 12일 (화) 236호

지면	단수	기획	기사제목 〈회수〉〔곡수〕	필자/저자(역자)	분류	비고
1	3~6	講談	★鎭西八郞 〈5〉 진제이 하치로	神田松鯉	고단	

1909년 10월 13일 (수) 237호

지면	단수	기획	기사제목 〈회수〉〔곡수〕	필자/저자(역자)	분류	비고
1	4~6	講談	★鎭西八郞 〈6〉 진제이 하치로	神田松鯉	고단	

1909년 10월 14일 (목) 238호

지면	단수	기획	기사제목 〈회수〉〔곡수〕	필자/저자(역자)	분류	비고
1	2~3		逍遙の印象/漢江渡船場 소요의 인상/한강 선착장	藤子	수필/일상	
1	4~6	講談	★鎭西八郞 〈7〉 진제이 하치로	神田松鯉	고단	
3	2		龍山 新市街の夕景 용산 신시가지의 저녁 풍경	夕鳥	수필/관찰	

1909년 10월 15일 (금) 239호

지면	단수	기획	기사제목 〈회수〉〔곡수〕	필자/저자(역자)	분류	비고
1	2~3	寄書	金剛山行 〈1〉 금강산행	鈴木生	수필/기행	
1	4~6	講談	★鎭西八郞 〈8〉 진제이 하치로	神田松鯉	고단	

1909년 10월 16일 (토) 240호

지면	단수	기획	기사제목 〈회수〉〔곡수〕	필자/저자(역자)	분류	비고
1	4~6	講談	★鎭西八郞 〈9〉 진제이 하치로	神田松鯉	고단	

1909년 10월 17일 (일) 241호

지면	단수	기획	기사제목 〈회수〉〔곡수〕	필자/저자(역자)	분류	비고
1	4~6	講談	★鎭西八郞 〈10〉 진제이 하치로	神田松鯉	고단	

1909년 10월 19일 (화) 242호

지면	단수	기획	기사제목 〈회수〉〔곡수〕	필자/저자(역자)	분류	비고
1	4~6	講談	★鎭西八郞 〈11〉 진제이 하치로	神田松鯉	고단	

1909년 10월 20일 (수) 243호

지면	단수	기획	기사제목 〈회수〉〔곡수〕	필자/저자(역자)	분류	비고
1	2~3	寄書	金剛山行 〈2〉 금강산행	鈴木生	수필/기행	

지면	단수	기획	기사제목 〈회수〉〔곡수〕	필자/저자(역자)	분류	비고
1	4~6	講談	★鎭西八郎 〈12〉 진제이 하치로	神田松鯉	고단	

1909년 10월 21일 (목) 244호

지면	단수	기획	기사제목 〈회수〉〔곡수〕	필자/저자(역자)	분류	비고
1	3	文苑	偶成〔2〕 우성	芳雨	시가/한시	
1	3	文苑	觀楓〔1〕 관풍	芳雨	시가/한시	
1	3~6	講談	★鎭西八郎 〈13〉 진제이 하치로	神田松鯉	고단	
3	2~3		嚴島神社に詣て/干潮の折〔1〕 이쓰쿠시마 신사를 참배하고/간조 때	醉耶	시가/단카	
3	2~3		嚴島神社に詣て/滿潮の折〔1〕 이쓰쿠시마 신사를 참배하고/만조 때	醉耶	시가/단카	

1909년 10월 22일 (금) 245호

지면	단수	기획	기사제목 〈회수〉〔곡수〕	필자/저자(역자)	분류	비고
1	2~3	寄書	金剛山行 〈3〉 금강산행	鈴木生	수필/기행	
1	3~6	講談	★鎭西八郎 〈14〉 진제이 하치로	神田松鯉	고단	

1909년 10월 23일 (토) 246호

지면	단수	기획	기사제목 〈회수〉〔곡수〕	필자/저자(역자)	분류	비고
1	2~3	寄書	金剛山行 〈5〉 금강산행	鈴木生	수필/기행	
1	4~6	講談	★鎭西八郎 〈15〉 진제이 하치로	神田松鯉	고단	

1909년 10월 24일 (일) 247호

지면	단수	기획	기사제목 〈회수〉〔곡수〕	필자/저자(역자)	분류	비고
1	3~5	講談	★鎭西八郎 〈15〉 진제이 하치로	神田松鯉	고단	회수 오류

1909년 10월 26일 (화) 248호

지면	단수	기획	기사제목 〈회수〉〔곡수〕	필자/저자(역자)	분류	비고
1	4~6	講談	★鎭西八郎 〈17〉 진제이 하치로	神田松鯉	고단	
3	1~2		福井茂兵衛優 〈1〉 배우 후쿠이 모헤에		수필/기타	

1909년 10월 27일 (수) 249호

지면	단수	기획	기사제목 〈회수〉〔곡수〕	필자/저자(역자)	분류	비고
1	3~6	講談	★鎭西八郎 〈18〉 진제이 하치로	神田松鯉	고단	
3	3		月を讀める文學藝妓 달을 노래하는 문학 게이샤		수필/기타	

1909년 10월 28일 (목) 250호

지면	단수	기획	기사제목 〈회수〉〔곡수〕	필자/저자(역자)	분류	비고
3	4~5		福井茂兵衛優 〈2〉 배우 후쿠이 모헤에		수필/기타	

1909년 10월 29일 (금) 251호

지면	단수	기획	기사제목 〈회수〉〔곡수〕	필자/저자(역자)	분류	비고
1	4~6	講談	★鎭西八郎 〈19〉 진제이 하치로	神田松鯉	고단	
3	5		福井茂兵衛優 〈3〉 배우 후쿠이 모헤에		수필/기타	

지면	단수	기획	기사제목 〈회수〉〔곡수〕	필자/저자(역자)	분류	비고
1909년 10월 30일 (토) 252호						
3	4~6		福井茂兵衛優 〈4〉 배우 후쿠이 모헤에		수필/기타	
1909년 10월 31일 (일) 253호						
1	3~6	講談	★鎭西八郎 〈20〉 진제이 하치로	神田松鯉	고단	
3	3		伊藤公の俗謠 〔1〕 이토 공의 속요		시가/도도이 쓰	
3	4~5		福井茂兵衛優 〈5〉 배우 후쿠이 모헤에		수필/기타	
1909년 11월 02일 (화) 254호						
1	4~6	講談	★鎭西八郎 〈21〉 진제이 하치로	神田松鯉	고단	
3	1		福井茂兵衛優 〈6〉 배우 후쿠이 모헤에		수필/기타	
1909년 11월 03일 (수) 255호						
1	4~7	講談	★鎭西八郎 〈21〉 진제이 하치로	神田松鯉	고단	회수 오류
3	4~5		福井茂兵衛優 〈7〉 배우 후쿠이 모헤에		수필/기타	
1909년 11월 05일 (금) 256호						
1	4~6	講談	★鎭西八郎 〈22〉 진제이 하치로	神田松鯉	고단	회수 오류
3	1~2		福井茂兵衛優 〈8〉 배우 후쿠이 모헤에		수필/기타	
1909년 11월 06일 (토) 257호						
1	3	俳句	第七次五吟集/すみれ會/きぬた-むら撰 〔1〕 제7차 5음집/스미레카이/다듬이질-무라 찬	淡水	시가/하이쿠	
1	3	俳句	第七次五吟集/すみれ會/きぬた-むら撰 〔1〕 제7차 5음집/스미레카이/다듬이질-무라 찬	月哉	시가/하이쿠	
1	3	俳句	第七次五吟集/すみれ會/きぬた-むら撰 〔1〕 제7차 5음집/스미레카이/다듬이질-무라 찬	霞城	시가/하이쿠	
1	3	俳句	第七次五吟集/すみれ會/きぬた-むら撰 〔1〕 제7차 5음집/스미레카이/다듬이질-무라 찬	萩水	시가/하이쿠	
1	3	俳句	第七次五吟集/すみれ會/きぬた-むら撰 〔1〕 제7차 5음집/스미레카이/다듬이질-무라 찬	秋花	시가/하이쿠	
1	3	俳句	第七次五吟集/すみれ會/きぬた-むら撰 〔1〕 제7차 5음집/스미레카이/다듬이질-무라 찬	出來內	시가/하이쿠	
1	3	俳句	第七次五吟集/すみれ會/きぬた-むら撰 〔1〕 제7차 5음집/스미레카이/다듬이질-무라 찬	笹波	시가/하이쿠	
1	3	俳句	第七次五吟集/すみれ會/きぬた-むら撰 〔1〕 제7차 5음집/스미레카이/다듬이질-무라 찬	淡水	시가/하이쿠	
1	3	俳句	第七次五吟集/すみれ會/きぬた-むら撰 〔1〕 제7차 5음집/스미레카이/다듬이질-무라 찬	玉糸女	시가/하이쿠	
1	3	俳句	第七次五吟集/すみれ會/きぬた-むら撰 〔1〕 제7차 5음집/스미레카이/다듬이질-무라 찬	萩水	시가/하이쿠	

지면	단수	기획	기사제목 〈회수〉〔곡수〕	필자/저자(역자)	분류	비고
1	3	俳句	第七次五吟集/すみれ會/きぬた-むら撰 〔1〕 제7차 5음집/스미레카이/다듬이질-무라 찬	四樂	시가/하이쿠	
1	3	俳句	第七次五吟集/すみれ會/きぬた-むら撰 〔1〕 제7차 5음집/스미레카이/다듬이질-무라 찬	秋花	시가/하이쿠	
1	3	俳句	第七次五吟集/すみれ會/きぬた-むら撰 〔1〕 제7차 5음집/스미레카이/다듬이질-무라 찬	出來內	시가/하이쿠	
1	3	俳句	第七次五吟集/すみれ會/きぬた-むら撰 〔1〕 제7차 5음집/스미레카이/다듬이질-무라 찬	一止	시가/하이쿠	
1	3	俳句	第七次五吟集/すみれ會/きぬた-むら撰 〔1〕 제7차 5음집/스미레카이/다듬이질-무라 찬	月哉	시가/하이쿠	
1	3	俳句	第七次五吟集/すみれ會/きぬた-むら撰 〔1〕 제7차 5음집/스미레카이/다듬이질-무라 찬	笹波	시가/하이쿠	
1	3	俳句	第七次五吟集/すみれ會/きぬた-むら撰 〔1〕 제7차 5음집/스미레카이/다듬이질-무라 찬	月哉	시가/하이쿠	
1	3	俳句	第七次五吟集/すみれ會/きぬた-むら撰 〔1〕 제7차 5음집/스미레카이/다듬이질-무라 찬	胞三	시가/하이쿠	
1	3	俳句	第七次五吟集/すみれ會/きぬた-むら撰 〔1〕 제7차 5음집/스미레카이/다듬이질-무라 찬	四樂	시가/하이쿠	
1	3	俳句	第七次五吟集/すみれ會/きぬた-むら撰 〔1〕 제7차 5음집/스미레카이/다듬이질-무라 찬	六坊	시가/하이쿠	
1	3	俳句	第七次五吟集/すみれ會/きぬた-むら撰 〔1〕 제7차 5음집/스미레카이/다듬이질-무라 찬	月哉	시가/하이쿠	
1	3	俳句	第七次五吟集/すみれ會/きぬた-むら撰 〔1〕 제7차 5음집/스미레카이/다듬이질-무라 찬	胞三	시가/하이쿠	
1	3	俳句	第七次五吟集/すみれ會/きぬた-むら撰 〔2〕 제7차 5음집/스미레카이/다듬이질-무라 찬	六坊	시가/하이쿠	
1	4	俳句	第七次五吟集/すみれ會/きぬた-むら撰 〔3〕 제7차 5음집/스미레카이/다듬이질-무라 찬	四樂	시가/하이쿠	
1	4	俳句	第七次五吟集/すみれ會/感章 〔1〕 제7차 5음집/스미레카이/감장	凹坊	시가/하이쿠	
1	4~7	講談	★鎭西八郞 〈22〉 진제이 하치로	神田松鯉	고단	회수 오류
3	1~2		福井茂兵衛優 〈9〉 배우 후쿠이 모헤에		수필/기타	

1909년 11월 08일 (일) 258호

지면	단수	기획	기사제목 〈회수〉〔곡수〕	필자/저자(역자)	분류	비고
1	3	俳句	第七次五吟集/すみれ會/名月-むら撰 〔1〕 제7차 5음집/스미레카이/명월-무라 찬	萩水	시가/하이쿠	
1	3	俳句	第七次五吟集/すみれ會/名月-むら撰 〔1〕 제7차 5음집/스미레카이/명월-무라 찬	玉糸女	시가/하이쿠	
1	3	俳句	第七次五吟集/すみれ會/名月-むら撰 〔1〕 제7차 5음집/스미레카이/명월-무라 찬	中庸	시가/하이쿠	
1	3	俳句	第七次五吟集/すみれ會/名月-むら撰 〔1〕 제7차 5음집/스미레카이/명월-무라 찬	舞鶴	시가/하이쿠	
1	3	俳句	第七次五吟集/すみれ會/名月-むら撰 〔1〕 제7차 5음집/스미레카이/명월-무라 찬	不美女	시가/하이쿠	
1	3	俳句	第七次五吟集/すみれ會/名月-むら撰 〔1〕 제7차 5음집/스미레카이/명월-무라 찬	萩水	시가/하이쿠	
1	3	俳句	第七次五吟集/すみれ會/名月-むら撰 〔1〕 제7차 5음집/스미레카이/명월-무라 찬	一止	시가/하이쿠	
1	3	俳句	第七次五吟集/すみれ會/名月-むら撰 〔1〕 제7차 5음집/스미레카이/명월-무라 찬	玉糸女	시가/하이쿠	

지면	단수	기획	기사제목 〈회수〉 [곡수]	필자/저자(역자)	분류	비고
1	3	俳句	第七次五吟集/すみれ會/名月-むら撰 [1] 제7차 5음집/스미레카이/명월-무라 찬	四樂	시가/하이쿠	
1	3	俳句	第七次五吟集/すみれ會/名月-むら撰 [1] 제7차 5음집/스미레카이/명월-부라 산	笹波	시가/하이쿠	
1	4	俳句	第七次五吟集/すみれ會/名月-むら撰 [1] 제7차 5음집/스미레카이/명월-무라 찬	月哉	시가/하이쿠	
1	4	俳句	第七次五吟集/すみれ會/名月-むら撰 [1] 제7차 5음집/스미레카이/명월-무라 찬	凸坊	시가/하이쿠	
1	4	俳句	第七次五吟集/すみれ會/名月-むら撰 [1] 제7차 5음집/스미레카이/명월-무라 찬	月哉	시가/하이쿠	
1	4	俳句	第七次五吟集/すみれ會/名月-むら撰 [1] 제7차 5음집/스미레카이/명월-무라 찬	笹波	시가/하이쿠	
1	4	俳句	第七次五吟集/すみれ會/名月-むら撰 [2] 제7차 5음집/스미레카이/명월-무라 찬	四樂	시가/하이쿠	
1	4~6	講談	★鎭西八郎 〈25〉 진제이 하치로	神田松鯉	고단	
3	1		福井茂兵衛優 〈10〉 배우 후쿠이 모헤에		수필/기타	

1909년 11월 09일 (화) 259호

지면	단수	기획	기사제목 〈회수〉 [곡수]	필자/저자(역자)	분류	비고
1	4~6	講談	★鎭西八郎 〈26〉 진제이 하치로	神田松鯉	고단	
3	1~2		福井茂兵衛優 〈11〉 배우 후쿠이 모헤에		수필/기타	

1909년 11월 10일 (수) 260호

지면	단수	기획	기사제목 〈회수〉 [곡수]	필자/저자(역자)	분류	비고
1	4~7	講談	★鎭西八郎 〈27〉 진제이 하치로	神田松鯉	고단	
3	1~2		福井茂兵衛優 〈12〉 배우 후쿠이 모헤에		수필/기타	

1909년 11월 11일 (목) 261호

지면	단수	기획	기사제목 〈회수〉 [곡수]	필자/저자(역자)	분류	비고
1	3	俳句	第七次五吟集/すみれ會/秋の蝶-むら撰 [1] 제7차 5음집/스미레카이/가을 나비-무라 찬	月哉	시가/하이쿠	
1	3	俳句	第七次五吟集/すみれ會/秋の蝶-むら撰 [1] 제7차 5음집/스미레카이/가을 나비-무라 찬	中庸	시가/하이쿠	
1	3	俳句	第七次五吟集/すみれ會/秋の蝶-むら撰 [1] 제7차 5음집/스미레카이/가을 나비-무라 찬	不美女	시가/하이쿠	
1	3	俳句	第七次五吟集/すみれ會/秋の蝶-むら撰 [1] 제7차 5음집/스미레카이/가을 나비-무라 찬	淡水	시가/하이쿠	
1	3	俳句	第七次五吟集/すみれ會/秋の蝶-むら撰 [1] 제7차 5음집/스미레카이/가을 나비-무라 찬	萩水	시가/하이쿠	
1	3	俳句	第七次五吟集/すみれ會/秋の蝶-むら撰 [1] 제7차 5음집/스미레카이/가을 나비-무라 찬	中庸	시가/하이쿠	
1	3	俳句	第七次五吟集/すみれ會/秋の蝶-むら撰 [1] 제7차 5음집/스미레카이/가을 나비-무라 찬	玉糸女	시가/하이쿠	
1	3	俳句	第七次五吟集/すみれ會/秋の蝶-むら撰 [1] 제7차 5음집/스미레카이/가을 나비-무라 찬	凸坊	시가/하이쿠	
1	3	俳句	第七次五吟集/すみれ會/秋の蝶-むら撰 [1] 제7차 5음집/스미레카이/가을 나비-무라 찬	秋花	시가/하이쿠	
1	3	俳句	第七次五吟集/すみれ會/秋の蝶-むら撰 [1] 제7차 5음집/스미레카이/가을 나비-무라 찬	四樂	시가/하이쿠	

지면	단수	기획	기사제목 〈회수〉〔곡수〕	필자/저자(역자)	분류	비고
1	3	俳句	第七次五吟集/すみれ會/秋の蝶-むら撰〔1〕 제7차 5음집/스미레카이/가을 나비-무라 찬	胞三	시가/하이쿠	
1	3	俳句	第七次五吟集/すみれ會/秋の蝶-むら撰〔1〕 제7차 5음집/스미레카이/가을 나비-무라 찬	月哉	시가/하이쿠	
1	3	俳句	第七次五吟集/すみれ會/秋の蝶-むら撰〔3〕 제7차 5음집/스미레카이/가을 나비-무라 찬	四樂	시가/하이쿠	
1	3	俳句	第七次五吟集/すみれ會/秋の蝶-むら撰〔2〕 제7차 5음집/스미레카이/가을 나비-무라 찬	六坊	시가/하이쿠	
1	3	俳句	第七次五吟集/すみれ會/感章〔1〕 제7차 5음집/스미레카이/감장	月哉	시가/하이쿠	
1	3~6	講談	★鎭西八郞〈28〉 진제이 하치로	神田松鯉	고단	
3	1~2		福井茂兵衛優〈13〉 배우 후쿠이 모헤에		수필/기타	

1909년 11월 12일 (금) 262호

지면	단수	기획	기사제목 〈회수〉〔곡수〕	필자/저자(역자)	분류	비고
1	3~6	講談	★鎭西八郞〈29〉 진제이 하치로	神田松鯉	고단	
3	1~2		福井茂兵衛優〈14〉 배우 후쿠이 모헤에		수필/기타	

1909년 11월 13일 (토) 263호

지면	단수	기획	기사제목 〈회수〉〔곡수〕	필자/저자(역자)	분류	비고
1	3	俳句	第七次五吟集/すみれ會/女郎花/むら撰〔1〕 제7차 5음집/스미레카이/마타리-무라 찬	四樂	시가/하이쿠	
1	3	俳句	第七次五吟集/すみれ會/女郎花/むら撰〔1〕 제7차 5음집/스미레카이/마타리-무라 찬	中庸	시가/하이쿠	
1	3	俳句	第七次五吟集/すみれ會/女郎花/むら撰〔1〕 제7차 5음집/스미레카이/마타리-무라 찬	舞鶴	시가/하이쿠	
1	3	俳句	第七次五吟集/すみれ會/女郎花/むら撰〔1〕 제7차 5음집/스미레카이/마타리-무라 찬	六坊	시가/하이쿠	
1	3	俳句	第七次五吟集/すみれ會/感章〔1〕 제7차 5음집/스미레카이/감장	四樂	시가/하이쿠	
1	4	俳句	第七次五吟集/すみれ會/新酒〔1〕 제7차 5음집/스미레카이/갓 빚은 술	○△生	시가/하이쿠	
1	4	俳句	第七次五吟集/すみれ會/新酒〔1〕 제7차 5음집/스미레카이/갓 빚은 술	中庸	시가/하이쿠	
1	4	俳句	第七次五吟集/すみれ會/新酒〔1〕 제7차 5음집/스미레카이/갓 빚은 술	○△生	시가/하이쿠	
1	4	俳句	第七次五吟集/すみれ會/新酒〔1〕 제7차 5음집/스미레카이/갓 빚은 술	一止	시가/하이쿠	
1	4	俳句	第七次五吟集/すみれ會/新酒〔1〕 제7차 5음집/스미레카이/갓 빚은 술	玉糸女	시가/하이쿠	
1	4	俳句	第七次五吟集/すみれ會/新酒〔1〕 제7차 5음집/스미레카이/갓 빚은 술	精華	시가/하이쿠	
1	4	俳句	第七次五吟集/すみれ會/新酒〔1〕 제7차 5음집/스미레카이/갓 빚은 술	萩水	시가/하이쿠	
1	4	俳句	第七次五吟集/すみれ會/新酒〔1〕 제7차 5음집/스미레카이/갓 빚은 술	○△生	시가/하이쿠	
1	4	俳句	第七次五吟集/すみれ會/新酒〔1〕 제7차 5음집/스미레카이/갓 빚은 술	月哉	시가/하이쿠	
1	4	俳句	第七次五吟集/すみれ會/新酒〔1〕 제7차 5음집/스미레카이/갓 빚은 술	○△生	시가/하이쿠	

지면	단수	기획	기사제목 〈회수〉 [곡수]	필자/저자(역자)	분류	비고
1	4	俳句	第七次五吟集/すみれ會/新酒 [1] 제7차 5음집/스미레카이/갓 빚은 술	失名子	시가/하이쿠	
1	4	俳句	第七次五吟集/すみれ會/新酒 [1] 제7차 5음집/스미레카이/갓 빚은 술	四樂	시가/하이쿠	
1	4	俳句	第七次五吟集/すみれ會/感章 [1] 제7차 5음집/스미레카이/감장	四樂	시가/하이쿠	
1	4	俳句	第七次五吟集/すみれ會/感章 [1] 제7차 5음집/스미레카이/감장	水甫	시가/하이쿠	
1	4~7	講談	★鎭西八郎 〈30〉 진제이 하치로	神田松鯉	고단	
3	1~2		福井茂兵衛優 〈15〉 배우 후쿠이 모헤에		수필/기타	

1909년 11월 15일 (월) 264호

지면	단수	기획	기사제목 〈회수〉 [곡수]	필자/저자(역자)	분류	비고
1	2~3	俳句	五吟集總評 〈1〉 5음집 총평	むら	수필/비평	
1	4~7	講談	★鎭西八郎 〈31〉 진제이 하치로	神田松鯉	고단	
3	3~4		觀世流謠曲大會 간제류 요쿄쿠 대회		기타/모임 안내	

1909년 11월 16일 (화) 265호

지면	단수	기획	기사제목 〈회수〉 [곡수]	필자/저자(역자)	분류	비고
1	4~7	講談	★鎭西八郎 〈32〉 진제이 하치로	神田松鯉	고단	
3	5~6		★京城の讀書界(上) 〈1〉 경성의 독서계(상)	藤子	수필/관찰	

1909년 11월 17일 (수) 266호

지면	단수	기획	기사제목 〈회수〉 [곡수]	필자/저자(역자)	분류	비고
1	3	俳句	四樂君の良緣を得られたるを祝して [1] 시라쿠 군이 좋은 연분을 얻은 것을 축하하며	六坊	시가/하이쿠	
1	3	俳句	四樂君の良緣を得られたるを祝して [1] 시라쿠 군이 좋은 연분을 얻은 것을 축하하며	かつら	시가/하이쿠	
1	3	俳句	四樂君の良緣を得られたるを祝して [1] 시라쿠 군이 좋은 연분을 얻은 것을 축하하며	秋花	시가/하이쿠	
1	3	俳句	四樂君の良緣を得られたるを祝して [1] 시라쿠 군이 좋은 연분을 얻은 것을 축하하며	龜甲	시가/하이쿠	
1	3	俳句	四樂君の良緣を得られたるを祝して [1] 시라쿠 군이 좋은 연분을 얻은 것을 축하하며	玉糸女	시가/하이쿠	
1	3	俳句	四樂君の良緣を得られたるを祝して [1] 시라쿠 군이 좋은 연분을 얻은 것을 축하하며	蘭坊	시가/하이쿠	
1	3	俳句	四樂君の良緣を得られたるを祝して [1] 시라쿠 군이 좋은 연분을 얻은 것을 축하하며	月哉	시가/하이쿠	
1	3	俳句	四樂君の良緣を得られたるを祝して [1] 시라쿠 군이 좋은 연분을 얻은 것을 축하하며	桐雨	시가/하이쿠	
1	3	俳句	四樂君の良緣を得られたるを祝して [1] 시라쿠 군이 좋은 연분을 얻은 것을 축하하며	榮菊	시가/하이쿠	
1	3	俳句	四樂君の良緣を得られたるを祝して [1] 시라쿠 군이 좋은 연분을 얻은 것을 축하하며	酒泉	시가/하이쿠	
1	3	俳句	四樂君の良緣を得られたるを祝して [1] 시라쿠 군이 좋은 연분을 얻은 것을 축하하며	むら	시가/하이쿠	
1	3	俳句	寄松祝 [1] 기송축	貞家	시가/하이쿠	

지면	단수	기획	기사제목 〈회수〉〔곡수〕	필자/저자(역자)	분류	비고
1	3~6	講談	★鎭西八郎 〈33〉 진제이 하치로	神田松鯉	고단	
3	5		★京城の讀書界(下) 〈2〉 경성의 독서계(하)	藤子	수필/관찰	

1909년 11월 18일 (목) 267호

지면	단수	기획	기사제목 〈회수〉〔곡수〕	필자/저자(역자)	분류	비고
1	4~7	講談	★鎭西八郎 〈34〉 진제이 하치로	神田松鯉	고단	
3	3		梨の旦那 배와 남편		수필/관찰	

1909년 11월 20일 (토) 268호

지면	단수	기획	기사제목 〈회수〉〔곡수〕	필자/저자(역자)	분류	비고
1	3~6	講談	★鎭西八郎 〈35〉 진제이 하치로	神田松鯉	고단	
3	4		和歌募集 勅題「新年雪」 와카 모집 칙제「신년설」	本社編輯局	광고/모집 광고	

1909년 11월 21일 (일) 269호

지면	단수	기획	기사제목 〈회수〉〔곡수〕	필자/저자(역자)	분류	비고
1	2		和歌募集 勅題「新年雪」 와카 모집 칙제「신년설」	本社編輯局	광고/모집 광고	
1	2~3	雜錄	折にふれて 이따금	旭川	수필/기타	
1	3~6	講談	★鎭西八郎 〈36〉 진제이 하치로	神田松鯉	고단	

1909년 11월 23일 (화) 270호

지면	단수	기획	기사제목 〈회수〉〔곡수〕	필자/저자(역자)	분류	비고
1	3		和歌募集 勅題「新年雪」 와카 모집 칙제「신년설」	本社編輯局	광고/모집 광고	
1	4~7	講談	★鎭西八郎 〈37〉 진제이 하치로	神田松鯉	고단	

1909년 11월 25일 (목) 271호

지면	단수	기획	기사제목 〈회수〉〔곡수〕	필자/저자(역자)	분류	비고
1	3		和歌募集 勅題「新年雪」 와카 모집 칙제「신년설」	本社編輯局	광고/모집 광고	
1	4~7	講談	★鎭西八郎 〈38〉 진제이 하치로	神田松鯉	고단	
3	3		電車の內 〈1〉 전차 안	#の子	수필/관찰	

1909년 11월 26일 (금) 272호

지면	단수	기획	기사제목 〈회수〉〔곡수〕	필자/저자(역자)	분류	비고
1	2		和歌募集 勅題「新年雪」 와카 모집 칙제「신년설」	本社編輯局	광고/모집 광고	
1	4~6	講談	★鎭西八郎 〈39〉 진제이 하치로	神田松鯉	고단	
3	3		電車の內 〈2〉 전차 안		수필/관찰	

1909년 11월 27일 (토) 273호

지면	단수	기획	기사제목 〈회수〉〔곡수〕	필자/저자(역자)	분류	비고
1	3		和歌募集 勅題「新年雪」 와카 모집 칙제「신년설」	本社編輯局	광고/모집 광고	
1	4~7	講談	★鎭西八郎 〈40〉 진제이 하치로	神田松鯉	고단	

지면	단수	기획	기사제목 〈회수〉〔곡수〕	필자/저자(역자)	분류	비고
3	2		電車の內 〈3〉 전차 안		수필/관찰	
3	4		時事俳評/韓鐵合併の可決〔1〕 시사 하이쿠 평/한철합병 가결	ちはる	시가/하이쿠	
3	4		時事俳評/民長問題の紛擾〔1〕 시사 하이쿠 평/민장 문제의 분란	ちはる	시가/하이쿠	
3	4		時事俳評/ヨボ司法官の金筋〔1〕 시사 하이쿠 평/요보 사법관의 금줄	ちはる	시가/하이쿠	
3	4		時事俳評/兩班處分の內議〔1〕 시사 하이쿠 평/양반 처분의 내부 논의	ちはる	시가/하이쿠	
3	4		時事俳評/花月房江の氣焰〔1〕 시사 하이쿠 평/가게쓰 후사에의 기염	ちはる	시가/하이쿠	

1909년 11월 28일 (일) 274호

지면	단수	기획	기사제목 〈회수〉〔곡수〕	필자/저자(역자)	분류	비고
1	3		和歌募集 勅題「新年雪」 와카 모집 칙제「신년설」	本社編輯局	광고/모집 광고	
1	4~7	講談	★鎭西八郎 〈41〉 진제이 하치로	神田松鯉	고단	
3	2		電車の內 〈4〉 전차 안		수필/관찰	

1909년 11월 30일 (화) 275호

지면	단수	기획	기사제목 〈회수〉〔곡수〕	필자/저자(역자)	분류	비고
1	3		和歌募集 勅題「新年雪」 와카 모집 칙제「신년설」	本社編輯局	광고/모집 광고	
1	4~7	講談	★鎭西八郎 〈42〉 진제이 하치로	神田松鯉	고단	

1909년 12월 01일 (수) 276호

지면	단수	기획	기사제목 〈회수〉〔곡수〕	필자/저자(역자)	분류	비고
1	3		和歌募集 勅題「新年雪」 와카 모집 칙제「신년설」	本社編輯局	광고/모집 광고	
1	3~6	講談	★鎭西八郎 〈43〉 진제이 하치로	神田松鯉	고단	
3	3		電車の內 〈5〉 전차 안		수필/관찰	

1909년 12월 02일 (목) 277호

지면	단수	기획	기사제목 〈회수〉〔곡수〕	필자/저자(역자)	분류	비고
1	3		和歌募集 勅題「新年雪」 와카 모집 칙제「신년설」	本社編輯局	광고/모집 광고	
1	3~6	講談	★鎭西八郎 〈44〉 진제이 하치로	神田松鯉	고단	
3	4		時事俳評/現內閣の對韓策乎〔1〕 시사 하이쿠 평/현 내각의 대한 정책인가	ちはる	시가/하이쿠	
3	4		時事俳評/度支部學部の衝突〔1〕 시사 하이쿠 평/도지부 학부의 충돌	ちはる	시가/하이쿠	
3	4		時事俳評/期成會の發會式〔1〕 시사 하이쿠 평/기성회의 발회식	ちはる	시가/하이쿠	
3	4		時事俳評/民長問題行惱み乎〔1〕 시사 하이쿠 평/민장 문제가 고민인가	ちはる	시가/하이쿠	
3	4		時事俳評/民長候補者の續出〔1〕 시사 하이쿠 평/민장 후보자 속출	ちはる	시가/하이쿠	

1909년 12월 03일 (금) 278호

지면	단수	기획	기사제목 〈회수〉〔곡수〕	필자/저자(역자)	분류	비고
1	2		和歌募集 勅題「新年雪」 와카 모집 칙제「신년설」	本社編輯局	광고/모집 광고	
1	3~6	講談	★鎭西八郎 〈45〉 진제이 하치로	神田松鯉	고단	

1909년 12월 04일 (토) 279호

지면	단수	기획	기사제목 〈회수〉〔곡수〕	필자/저자(역자)	분류	비고
1	3		和歌募集 勅題「新年雪」 와카 모집 칙제「신년설」	本社編輯局	광고/모집 광고	
1	3~4	俳句	雜題十句〔10〕 잡제-십구	龍山 高木淡水	시가/하이쿠	
1	4~6	講談	★鎭西八郎 〈46〉 진제이 하치로	神田松鯉	고단	

1909년 12월 05일 (일) 280호

지면	단수	기획	기사제목 〈회수〉〔곡수〕	필자/저자(역자)	분류	비고
1	3		和歌募集 勅題「新年雪」 와카 모집 칙제「신년설」	本社編輯局	광고/모집 광고	
1	4~6	講談	★鎭西八郎 〈47〉 진제이 하치로	神田松鯉	고단	

1909년 12월 07일 (화) 281호

지면	단수	기획	기사제목 〈회수〉〔곡수〕	필자/저자(역자)	분류	비고
1	3		和歌募集 勅題「新年雪」 와카 모집 칙제「신년설」	本社編輯局	광고/모집 광고	
1	4	俳句	勅題五句〔5〕 칙제-오구	千春	시가/하이쿠	
1	4~7	講談	★鎭西八郎 〈48〉 진제이 하치로	神田松鯉	고단	

1909년 12월 08일 (수) 282호

지면	단수	기획	기사제목 〈회수〉〔곡수〕	필자/저자(역자)	분류	비고
1	3		和歌募集 勅題「新年雪」 와카 모집 칙제「신년설」	本社編輯局	광고/모집 광고	
1	3~4	俳句	雪五句〔5〕 눈-오구	千春	시가/하이쿠	
1	4~6	講談	★鎭西八郎 〈49〉 진제이 하치로	神田松鯉	고단	

1909년 12월 09일 (목) 283호

지면	단수	기획	기사제목 〈회수〉〔곡수〕	필자/저자(역자)	분류	비고
1	3		和歌募集 勅題「新年雪」 와카 모집 칙제「신년설」	本社編輯局	광고/모집 광고	
1	4	俳句	寒稽古五句〔5〕 한겨울의 수련-오구	千春	시가/하이쿠	
1	4~7	講談	★鎭西八郎 〈50〉 진제이 하치로	神田松鯉	고단	

1909년 12월 10일 (금) 284호

지면	단수	기획	기사제목 〈회수〉〔곡수〕	필자/저자(역자)	분류	비고
1	3		和歌募集 勅題「新年雪」 와카 모집 칙제「신년설」	本社編輯局	광고/모집 광고	
1	4~6	講談	★鎭西八郎 〈51〉 진제이 하치로	神田松鯉	고단	

1909년 12월 11일 (토) 285호

지면	단수	기획	기사제목 〈회수〉〔곡수〕	필자/저자(역자)	분류	비고
1	3		和歌募集 勅題「新年雪」 와카 모집 칙제「신년설」	本社編輯局	광고/모집 광고	

지면	단수	기획	기사제목 〈회수〉〔곡수〕	필자/저자(역자)	분류	비고
1	4~6	講談	★鎭西八郎 〈52〉 진제이 하치로	神田松鯉	고단	

1909년 12월 12일 (일) 286호

지면	단수	기획	기사제목 〈회수〉〔곡수〕	필자/저자(역자)	분류	비고
1	3		和歌募集 勅題「新年雪」 와카 모집 칙제「신년설」	本社編輯局	광고/모집 광고	
1	4~7	講談	★鎭西八郎 〈53〉 진제이 하치로	神田松鯉	고단	

1909년 12월 14일 (화) 287호

지면	단수	기획	기사제목 〈회수〉〔곡수〕	필자/저자(역자)	분류	비고
1	3		和歌募集 勅題「新年雪」 와카 모집 칙제「신년설」	本社編輯局	광고/모집 광고	
1	4~7	講談	★鎭西八郎 〈54〉 진제이 하치로	神田松鯉	고단	

1909년 12월 15일 (수) 288호

지면	단수	기획	기사제목 〈회수〉〔곡수〕	필자/저자(역자)	분류	비고
1	2		和歌募集 勅題「新年雪」 와카 모집 칙제「신년설」	本社編輯局	광고/모집 광고	
1	3~6	講談	★鎭西八郎 〈55〉 진제이 하치로	神田松鯉	고단	
1	6	豫告	日本銘刀傳 일본명도전		광고/연재 예고	

1909년 12월 16일 (목) 289호

지면	단수	기획	기사제목 〈회수〉〔곡수〕	필자/저자(역자)	분류	비고
1	3		和歌募集 勅題「新年雪」 와카 모집 칙제「신년설」	本社編輯局	광고/모집 광고	
1	3~5	短篇小說	雪の夜(上) 〈1〉 눈 내리는 밤(상)	ゆり子	소설	
3	3	豫告	日本銘刀傳 일본명도전	本社編輯局	광고/연재 예고	

1909년 12월 17일 (금) 290호

지면	단수	기획	기사제목 〈회수〉〔곡수〕	필자/저자(역자)	분류	비고
1	3		和歌募集 勅題「新年雪」 와카 모집 칙제「신년설」	本社編輯局	광고/모집 광고	
1	4~5	短篇小說	雪の夜(下) 〈2〉 눈 내리는 밤(하)	ゆり子	소설	

1909년 12월 18일 (토) 291호

지면	단수	기획	기사제목 〈회수〉〔곡수〕	필자/저자(역자)	분류	비고
1	3		和歌募集 勅題「新年雪」 와카 모집 칙제「신년설」	本社編輯局	광고/모집 광고	
1	4~8	講談	日本銘刀傳 〈1〉 일본명도전	邑井一	고단	

1909년 12월 19일 (일) 292호

지면	단수	기획	기사제목 〈회수〉〔곡수〕	필자/저자(역자)	분류	비고
1	3		和歌募集 勅題「新年雪」 와카 모집 칙제「신년설」	本社編輯局	광고/모집 광고	
1	3~6	講談	日本銘刀傳 〈2〉 일본명도전	邑井一	고단	

1909년 12월 21일 (화) 293호

지면	단수	기획	기사제목 〈회수〉〔곡수〕	필자/저자(역자)	분류	비고
1	3		和歌募集 勅題「新年雪」 와카 모집 칙제「신년설」	本社編輯局	광고/모집 광고	

지면	단수	기획	기사제목 〈회수〉 [곡수]	필자/저자(역자)	분류	비고
1	4~6	講談	日本銘刀傳 〈3〉 일본명도전	邑井一	고단	

1909년 12월 22일 (수) 294호

지면	단수	기획	기사제목 〈회수〉 [곡수]	필자/저자(역자)	분류	비고
1	3		和歌募集 勅題「新年雪」 와카 모집 칙제「신년설」	本社編輯局	광고/모집 광고	
1	4	俳句	歲末五句 [5] 연말-오구	千春	시가/하이쿠	
1	5~8	講談	日本銘刀傳 〈3〉 일본명도전	邑井一	고단	회수 오류

1909년 12월 23일 (목) 295호

지면	단수	기획	기사제목 〈회수〉 [곡수]	필자/저자(역자)	분류	비고
1	3		和歌募集 勅題「新年雪」 와카 모집 칙제「신년설」	本社編輯局	광고/모집 광고	
1	4	俳句	歲末五句 [5] 연말-오구	千春	시가/하이쿠	
1	4~6	講談	日本銘刀傳 〈5〉 일본명도전	邑井一	고단	

1909년 12월 24일 (금) 296호

지면	단수	기획	기사제목 〈회수〉 [곡수]	필자/저자(역자)	분류	비고
1	3		和歌募集 勅題「新年雪」 와카 모집 칙제「신년설」	本社編輯局	광고/모집 광고	
1	3~5	講談	日本銘刀傳 〈6〉 일본명도전	邑井一	고단	

1909년 12월 25일 (토) 297호

지면	단수	기획	기사제목 〈회수〉 [곡수]	필자/저자(역자)	분류	비고
1	3		和歌募集 勅題「新年雪」 와카 모집 칙제「신년설」	本社編輯局	광고/모집 광고	
1	3	俳句	歲末五句 [5] 연말-오구	千春	시가/하이쿠	
1	3~6	講談	日本銘刀傳 〈6〉 일본명도전	邑井一	고단	회수 오류

1909년 12월 26일 (일) 298호

지면	단수	기획	기사제목 〈회수〉 [곡수]	필자/저자(역자)	분류	비고
1	2~3	雜錄	寢られぬ記 잠들지 못한 기록		수필/일상	
1	3		和歌募集 勅題「新年雪」 와카 모집 칙제「신년설」	本社編輯局	광고/모집 광고	
1	4~6	講談	日本銘刀傳 〈6〉 일본명도전	邑井一	고단	회수 오류

1909년 12월 28일 (화) 299호

지면	단수	기획	기사제목 〈회수〉 [곡수]	필자/저자(역자)	분류	비고
1	3~4	雜錄	初春と餠と酒 신춘과 떡과 술	むら	수필/일상	
1	4~6	講談	日本銘刀傳 〈6〉 일본명도전	邑井一	고단	회수 오류

1910년 01월 01일 (토) 300호

지면	단수	기획	기사제목 〈회수〉 [곡수]	필자/저자(역자)	분류	비고
1	2		謹みて勅題新年の雪を詠して迎歲の辭に代ふ [1] 삼가 칙제 신년의 눈(新年の雪)을 읊어 신년사를 갈음한다	峰岸生	시가/단카	
1	2		古歌 本居大人 [1] 옛 노래 모토오리 대인	本居宣長	시가/단카	

지면	단수	기획	기사제목 〈회수〉〔곡수〕	필자/저자(역자)	분류	비고
1	3	應募和歌	★勅題 新年雪 〔1〕 칙제 신년설	京城 廣岡克	시가/단카	
1	3	應募和歌	★勅題 新年雪 〔1〕 칙제 신년설	京城 川崎みつゑ	시가/단카	
1	3	應募和歌	★勅題 新年雪 〔1〕 칙제 신년설	京城 牛草魚人	시기/단카	
1	3	應募和歌	★勅題 新年雪 〔2〕 칙제 신년설	木浦 直井默響	시가/단카	
1	3	應募和歌	★勅題 新年雪 〔1〕 칙제 신년설	京城 飛高	시가/단카	
1	3	應募和歌	★勅題 新年雪 〔1〕 칙제 신년설	汶山 古里新	시가/단카	
1	3	應募和歌	★勅題 新年雪 〔1〕 칙제 신년설	京城 古原二葉	시가/단카	
1	3~4	應募和歌	★勅題 新年雪 〔1〕 칙제 신년설	京城 ゆり子	시가/단카	
1	4	應募和歌	★勅題 新年雪 〔1〕 칙제 신년설	京城 森逸遊	시가/단카	
1	4	應募和歌	★勅題 新年雪 〔1〕 칙제 신년설	京城 本多潤	시가/단카	
1	5	應募和歌	★勅題 新年雪 〔1〕 칙제 신년설	京城 一潮修堂	시가/단카	
1	5	應募和歌	★勅題 新年雪 〔2〕 칙제 신년설	京城 春道	시가/단카	
1	5	應募和歌	★勅題 新年雪 〔1〕 칙제 신년설	選者 去留	시가/단카	
1	6~7		屠蘇酒 〈1〉 도소주	草根木皮道人	수필/기타	
1	7		新春十句 〔10〕 신춘-십구	多田千春	시가/하이쿠	
1	7		勅題一句 〔1〕 칙제-일구	多田千春	시가/하이쿠	
1	7		新年雪 〔6〕 신년설	京城 牛草魚人	시가/하이쿠	

1910년 01월 05일 (수) 301호

지면	단수	기획	기사제목 〈회수〉〔곡수〕	필자/저자(역자)	분류	비고
1	3~6	講談	日本銘刀傳 〈11〉 일본명도전	邑井一	고단	
3	3		★迎春賀評/元旦の各新聞紙 〔1〕 영춘하평/설날의 각 신문사	#雪庵千春	시가/하이쿠	
3	3		迎春賀評/千里同風の嘉辰 〔1〕 영춘하평/천리동풍의 길일	#雪庵千春	시가/하이쿠	
3	3		★迎春賀評/京城市民の初夢 〔1〕 영춘하평/경성 시민의 새해 첫 꿈	#雪庵千春	시가/하이쿠	
3	3		★迎春賀評/韓國學生の試筆 〔1〕 영춘하평/한국 학생의 시필	#雪庵千春	시가/하이쿠	
3	3		★迎春賀評/韓政治家の迎春 〔1〕 영춘하평/한국 정치가의 봄맞이	#雪庵千春	시가/하이쿠	

1910년 01월 07일 (금) 302호

지면	단수	기획	기사제목 〈회수〉〔곡수〕	필자/저자(역자)	분류	비고
1	2		醉駄吟 취태음	むの字	수필/일상	

지면	단수	기획	기사제목 〈회수〉〔곡수〕	필자/저자(역자)	분류	비고
1	2		醉駄吟/醉餘吟 〔1〕 취태음/취여음	むの字	시가/하이쿠	
1	2		醉駄吟/醉餘吟 〔1〕 취태음/취여음	玉糸	시가/하이쿠	
1	2		醉駄吟/醉餘吟 〔1〕 취태음/취여음	春葉	시가/하이쿠	
1	2		醉駄吟/醉餘吟 〔1〕 취태음/취여음	淡水	시가/하이쿠	
1	3		醉駄吟/醉餘吟 〔1〕 취태음/취여음	月哉	시가/하이쿠	
1	3		醉駄吟/醉餘吟 〔1〕 취태음/취여음	二春	시가/하이쿠	
1	3		醉駄吟/醉餘吟 〔1〕 취태음/취여음	萩水	시가/하이쿠	
1	3		醉駄吟/初東風 〔1〕 취태음/첫 동풍	月哉	시가/하이쿠	
1	3		醉駄吟/初東風 〔1〕 취태음/첫 동풍	玉糸	시가/하이쿠	
1	3		醉駄吟/初東風 〔1〕 취태음/첫 동풍	淡水	시가/하이쿠	
1	3		醉駄吟/初東風 〔1〕 취태음/첫 동풍	萩水	시가/하이쿠	
1	3		醉駄吟/初東風 〔1〕 취태음/첫 동풍	むの字	시가/하이쿠	
1	3		醉駄吟/初東風 〔1〕 취태음/첫 동풍	二春	시가/하이쿠	
1	3		醉駄吟/若水 〔1〕 취태음/정화수	萩水	시가/하이쿠	
1	3		醉駄吟/若水 〔1〕 취태음/정화수	淡水	시가/하이쿠	
1	3		醉駄吟/若水 〔1〕 취태음/정화수	二春	시가/하이쿠	
1	3		醉駄吟/若水 〔1〕 취태음/정화수	月哉	시가/하이쿠	
1	3		醉駄吟/若水 〔1〕 취태음/정화수	春葉	시가/하이쿠	
1	3		醉駄吟/若水 〔1〕 취태음/정화수	玉糸	시가/하이쿠	
1	3		醉駄吟/若水 〔1〕 취태음/정화수	むの字	시가/하이쿠	
1	3	和歌	★新年雪 〔3〕 신년설	鳥致院 西頭生	시가/단카	
1	4~6	講談	日本銘刀傳 〈12〉 일본명도전	邑井一	고단	

1910년 01월 08일 (토) 303호

| 1 | 1~2 | 雜報 | 屠蘇酒 〈2〉
도소주 | | 수필/기타 | |
| 1 | 4~6 | 講談 | 日本銘刀傳 〈13〉
일본명도전 | 邑井一 | 고단 | |

1910년 01월 09일 (일) 304호

지면	단수	기획	기사제목 〈회수〉〔곡수〕	필자/저자(역자)	분류	비고
1	3~6	講談	日本銘刀傳 〈14〉 일본명도전	邑井一	고단	
3	1~2		拳骨 〈1〉 주먹	桃睦	소설	

1910년 01월 11일 (화) 305호

지면	단수	기획	기사제목 〈회수〉〔곡수〕	필자/저자(역자)	분류	비고
1	3~6	講談	日本銘刀傳 〈15〉 일본명도전	邑井一	고단	
3	1~2		拳骨 〈2〉 주먹	桃睦	소설	

1910년 01월 12일 (수) 306호

지면	단수	기획	기사제목 〈회수〉〔곡수〕	필자/저자(역자)	분류	비고
1	4~7	講談	日本銘刀傳 〈16〉 일본명도전	邑井一	고단	
3	1~2		拳骨 〈3〉 주먹	桃睦	소설	

1910년 01월 13일 (목) 307호

지면	단수	기획	기사제목 〈회수〉〔곡수〕	필자/저자(역자)	분류	비고
1	3~6	講談	日本銘刀傳 〈17〉 일본명도전	邑井一	고단	
3	1~2		拳骨 〈4〉 주먹	桃睦	소설	

1910년 01월 14일 (금) 308호

지면	단수	기획	기사제목 〈회수〉〔곡수〕	필자/저자(역자)	분류	비고
1	4~6	講談	日本銘刀傳 〈18〉 일본명도전	邑井一	고단	
3	1~2		拳骨 〈5〉 주먹	桃睦	소설	

1910년 01월 15일 (토) 309호

지면	단수	기획	기사제목 〈회수〉〔곡수〕	필자/저자(역자)	분류	비고
1	4~6	講談	日本銘刀傳 〈19〉 일본명도전	邑井一	고단	
3	1~2		拳骨 〈6〉 주먹	桃睦	소설	

1910년 01월 16일 (일) 310호

지면	단수	기획	기사제목 〈회수〉〔곡수〕	필자/저자(역자)	분류	비고
1	3~4	文苑	過ぎた元日(上) 〈1〉 지나간 설날(상)	龍山 僞策	소설	
1	4~6	講談	日本銘刀傳 〈19〉 일본명도전	邑井一	고단	회수 오류
3	1~2		拳骨 〈7〉 주먹	桃睦	소설	

1910년 01월 18일 (화) 311호

지면	단수	기획	기사제목 〈회수〉〔곡수〕	필자/저자(역자)	분류	비고
1	3~4	文苑	過ぎた元日(下) 〈2〉 지나간 설날(하)	龍山 僞策	소설	
1	4~7	講談	日本銘刀傳 〈21〉 일본명도전	邑井一	고단	
3	1~2		拳骨 〈8〉 주먹	桃睦	소설	

1910년 01월 19일 (수) 312호

지면	단수	기획	기사제목 〈회수〉〔곡수〕	필자/저자(역자)	분류	비고
1	4~6	講談	日本銘刀傳 〈22〉 일본명도전	邑井一	고단	
3	1~2		拳骨 〈9〉 주먹	桃睦	소설	

1910년 01월 20일 (목) 313호

지면	단수	기획	기사제목 〈회수〉〔곡수〕	필자/저자(역자)	분류	비고
1	4~7	講談	日本銘刀傳 〈23〉 일본명도전	邑井一	고단	

1910년 01월 21일 (금) 314호

지면	단수	기획	기사제목 〈회수〉〔곡수〕	필자/저자(역자)	분류	비고
1	3~6	講談	日本銘刀傳 〈24〉 일본명도전	邑井一	고단	
3	1~2		拳骨 〈10〉 주먹	桃睦	소설	
3	2	三面電報	勅題選歌の決定 〔1〕 칙제 선가의 결정	圖書寮主事 高島張輔	시가/단카	
3	2	三面電報	勅題選歌の決定 〔1〕 칙제 선가의 결정	宮內省屬 片岡久太郎	시가/단카	
3	2	三面電報	勅題選歌の決定 〔1〕 칙제 선가의 결정	三重縣士族 堤盛#言	시가/단카	
3	2	三面電報	勅題選歌の決定 〔1〕 칙제 선가의 결정	愛知縣士族 長岡秋道	시가/단카	
3	2	三面電報	勅題選歌の決定 〔1〕 칙제 선가의 결정	長野縣平民 桑原保#	시가/단카	

1910년 01월 22일 (토) 315호

지면	단수	기획	기사제목 〈회수〉〔곡수〕	필자/저자(역자)	분류	비고
1	4~7	講談	日本銘刀傳 〈24〉 일본명도전	邑井一	고단	회수 오류
3	1~2		拳骨 〈11〉 주먹	桃睦	소설	

1910년 01월 23일 (일) 316호

지면	단수	기획	기사제목 〈회수〉〔곡수〕	필자/저자(역자)	분류	비고
1	4~7	講談	日本銘刀傳 〈26〉 일본명도전	邑井一	고단	
3	1~2		拳骨 〈12〉 주먹	桃睦	소설	

1910년 01월 25일 (화) 317호

지면	단수	기획	기사제목 〈회수〉〔곡수〕	필자/저자(역자)	분류	비고
1	3~6	講談	日本銘刀傳 〈27〉 일본명도전	邑井一	고단	

1910년 01월 26일 (수) 318호

지면	단수	기획	기사제목 〈회수〉〔곡수〕	필자/저자(역자)	분류	비고
1	4~7	講談	日本銘刀傳 〈28〉 일본명도전	邑井一	고단	
3	1~2		拳骨 〈13〉 주먹	桃睦	소설	

1910년 01월 27일 (목) 319호

지면	단수	기획	기사제목 〈회수〉〔곡수〕	필자/저자(역자)	분류	비고
1	3~4	文苑	交叉點(上) 〈1〉 교차점(상)	大庭青楓	수필/일상	
1	4~7	講談	日本銘刀傳 〈29〉 일본명도전	邑井一	고단	

지면	단수	기획	기사제목 〈회수〉〔곡수〕	필자/저자(역자)	분류	비고
1910년 01월 28일 (금) 320호						
1	3~4	文苑	交叉點(下) 〈2〉 교차점(하)	大庭靑楓	수필/일상	
1	4~6	講談	日本銘刀傳 〈30〉 일본명도전	邑井一	고단	
3	1~2		拳骨 〈14〉 주먹	桃睦	소설	
1910년 01월 29일 (토) 321호						
1	파본	講談	日本銘刀傳 〈31〉 일본명도전	邑井一	고단	
3	1~2		拳骨 〈15〉 주먹	桃睦	소설	
3	5~6		趣味の京城 〈1〉 취미의 경성		수필/일상	
1910년 01월 30일 (일) 322호						
1	3~4	文苑	三連人(下) 〈2〉 세 사람의 동행인(하)	大庭靑楓	수필/일상	
1	4~7	講談	日本銘刀傳 〈32〉 일본명도전	邑井一	고단	
3	1~2		拳骨 〈16〉 주먹	桃睦	소설	
3	5~7		趣味の京城 〈2〉 취미의 경성		수필/일상	
1910년 02월 01일 (화) 323호						
1	4~7	講談	日本銘刀傳 〈33〉 일본명도전	邑井一	고단	
3	1~2		趣味の京城 〈3〉 취미의 경성		수필/일상	
1910년 02월 02일 (수) 324호						
1	4~7	講談	日本銘刀傳 〈34〉 일본명도전	邑井一	고단	
1910년 02월 03일 (목) 325호						
1	4~6	講談	日本銘刀傳 〈35〉 일본명도전	邑井一	고단	
3	1~2		拳骨 〈17〉 주먹	桃睦	소설	
3	5~6		趣味の京城 〈4〉 취미의 경성		수필/일상	
1910년 02월 04일 (금) 326호						
1	3~6	講談	日本銘刀傳 〈36〉 일본명도전	邑井一	고단	
1910년 02월 05일 (토) 327호						
1	3~6	講談	日本銘刀傳 〈37〉 일본명도전	邑井一	고단	

지면	단수	기획	기사제목 〈회수〉 〔곡수〕	필자/저자(역자)	분류	비고
1910년 02월 06일 (일) 328호						
1	3~6	講談	日本銘刀傳 〈38〉 일본명도전	邑井一	고단	
3	1~2		趣味の京城 〈5〉 취미의 경성		수필/일상	
1910년 02월 08일 (월) 329호						
1	4~6	講談	日本銘刀傳 〈39〉 일본명도전	邑井一	고단	
3	1~2		趣味の京城 〈6〉 취미의 경성		수필/일상	
1910년 02월 09일 (화) 330호						
1	4~6	講談	日本銘刀傳 〈40〉 일본명도전	邑井一	고단	
1910년 02월 10일 (수) 331호						
1	3~4	雜錄	最うよからう 이제 좋겠지	桃睦生	수필/일상	
1	4~7	講談	日本銘刀傳 〈41〉 일본명도전	邑井一	고단	
1910년 02월 11일 (목) 332호						
1	3~6	講談	日本銘刀傳 〈42〉 일본명도전	邑井一	고단	
1910년 02월 15일 (화) 334호						
1	4~7	講談	日本銘刀傳 〈43〉 일본명도전	邑井一	고단	
1910년 02월 16일 (수) 335호						
1	4~6	講談	日本銘刀傳 〈44〉 일본명도전	邑井一	고단	
1910년 02월 17일 (목) 336호						
1	4~7	講談	日本銘刀傳 〈44〉 일본명도전	邑井一	고단	회수 오류
1910년 02월 18일 (금) 337호						
1	4~7	講談	日本銘刀傳 〈45〉 일본명도전	邑井一	고단	회수 오류
1910년 02월 19일 (토) 338호						
1	4~7	講談	日本銘刀傳 〈46〉 일본명도전	邑井一	고단	회수 오류
1910년 02월 20일 (일) 339호						
1	5~7	講談	日本銘刀傳 〈48〉 일본명도전	邑井一	고단	
1910년 02월 22일 (화) 340호						

지면	단수	기획	기사제목 〈회수〉〔곡수〕	필자/저자(역자)	분류	비고
1	4~6	講談	日本銘刀傳 〈49〉 일본명도전	邑井一	고단	

1910년 02월 23일 (수) 341호

지면	단수	기획	기사제목 〈회수〉〔곡수〕	필자/저자(역자)	분류	비고
1	3~6	講談	日本銘刀傳 〈50〉 일본명도전	邑井一	고단	

1910년 02월 24일 (목) 342호

지면	단수	기획	기사제목 〈회수〉〔곡수〕	필자/저자(역자)	분류	비고
1	4~6	講談	日本銘刀傳 〈51〉 일본명도전	邑井一	고단	

1910년 02월 25일 (금) 343호

지면	단수	기획	기사제목 〈회수〉〔곡수〕	필자/저자(역자)	분류	비고
1	5~7	講談	日本銘刀傳 〈52〉 일본명도전	邑井一	고단	

1910년 02월 26일 (토) 344호

지면	단수	기획	기사제목 〈회수〉〔곡수〕	필자/저자(역자)	분류	비고
1	5~7	講談	日本銘刀傳 〈53〉 일본명도전	邑井一	고단	

1910년 02월 27일 (일) 345호

지면	단수	기획	기사제목 〈회수〉〔곡수〕	필자/저자(역자)	분류	비고
1	3~6	講談	日本銘刀傳 〈54〉 일본명도전	邑井一	고단	

1910년 03월 01일 (화) 346호

지면	단수	기획	기사제목 〈회수〉〔곡수〕	필자/저자(역자)	분류	비고
1	4~6	講談	日本銘刀傳 〈55〉 일본명도전	邑井一	고단	

1910년 03월 02일 (수) 347호

지면	단수	기획	기사제목 〈회수〉〔곡수〕	필자/저자(역자)	분류	비고
1	4~6	講談	日本銘刀傳 〈56〉 일본명도전	邑井一	고단	

1910년 03월 03일 (목) 348호

지면	단수	기획	기사제목 〈회수〉〔곡수〕	필자/저자(역자)	분류	비고
1	3	漢詩	★聽安重根公判有感 〔1〕 안중근 공판을 듣고 느낀 바 있어	栗原主	시가/한시	
1	3	漢詩	偶成 〔1〕 우성	栗原主	시가/한시	
1	3~6	講談	日本銘刀傳 〈57〉 일본명도전	邑井一	고단	

1910년 03월 04일 (금) 349호

지면	단수	기획	기사제목 〈회수〉〔곡수〕	필자/저자(역자)	분류	비고
1	3~6	講談	日本銘刀傳 〈58〉 일본명도전	邑井一	고단	

1910년 03월 05일 (토) 350호

지면	단수	기획	기사제목 〈회수〉〔곡수〕	필자/저자(역자)	분류	비고
1	4~7	講談	日本銘刀傳 〈59〉 일본명도전	邑井一	고단	

1910년 03월 06일 (일) 351호

지면	단수	기획	기사제목 〈회수〉〔곡수〕	필자/저자(역자)	분류	비고
1	4~7	講談	日本銘刀傳 〈60〉 일본명도전	邑井一	고단	

1910년 03월 08일 (화) 352호

지면	단수	기획	기사제목 〈회수〉〔곡수〕	필자/저자(역자)	분류	비고
1	3~6	講談	日本銘刀傳 〈61〉 일본명도전	邑井一	고단	

1910년 03월 09일 (수) 353호

지면	단수	기획	기사제목 〈회수〉〔곡수〕	필자/저자(역자)	분류	비고
1	3~6	講談	日本銘刀傳 〈62〉 일본명도전	邑井一	고단	
3	3		三面詠歌 〔5〕 삼면 영가		시가/도도이 쓰	

1910년 03월 10일 (목) 354호

지면	단수	기획	기사제목 〈회수〉〔곡수〕	필자/저자(역자)	분류	비고
1	4~7	講談	日本銘刀傳 〈63〉 일본명도전	邑井一	고단	
3	3		三面詠歌 〔5〕 삼면 영가		시가/도도이 쓰	
3	4~5		夢一夜 하룻밤 꿈	ト	수필/일상	

1910년 03월 12일 (토) 355호

지면	단수	기획	기사제목 〈회수〉〔곡수〕	필자/저자(역자)	분류	비고
1	4~6	講談	日本銘刀傳 〈64〉 일본명도전	邑井一	고단	

1910년 03월 13일 (일) 356호

지면	단수	기획	기사제목 〈회수〉〔곡수〕	필자/저자(역자)	분류	비고
1	3~6	講談	日本銘刀傳 〈65〉 일본명도전	邑井一	고단	
3	4~5		夢一夜 하룻밤 꿈	ト	수필/일상	

1910년 03월 15일 (화) 357호

지면	단수	기획	기사제목 〈회수〉〔곡수〕	필자/저자(역자)	분류	비고
1	4~7	講談	日本銘刀傳 〈66〉 일본명도전	邑井一	고단	

1910년 03월 16일 (수) 358호

지면	단수	기획	기사제목 〈회수〉〔곡수〕	필자/저자(역자)	분류	비고
1	4~6	講談	日本銘刀傳 〈67〉 일본명도전	邑井一	고단	

1910년 03월 17일 (목) 359호

지면	단수	기획	기사제목 〈회수〉〔곡수〕	필자/저자(역자)	분류	비고
1	4	文苑	女性の四季/春 〔1〕 여성의 사계/봄	甘醉道人	시가/신체시	
1	4~7	講談	日本銘刀傳 〈68〉 일본명도전	邑井一	고단	

1910년 03월 18일 (금) 360호

지면	단수	기획	기사제목 〈회수〉〔곡수〕	필자/저자(역자)	분류	비고
1	3	文苑	女性の四季/夏 〔1〕 여성의 사계/여름	甘醉道人	시가/신체시	
1	3~6	講談	日本銘刀傳 〈69〉 일본명도전	邑井一	고단	

1910년 03월 19일 (토) 361호

지면	단수	기획	기사제목 〈회수〉〔곡수〕	필자/저자(역자)	분류	비고
1	3~4	文苑	女性の四季/秋 〔1〕 여성의 사계/가을	甘醉道人	시가/신체시	
1	4~7	講談	日本銘刀傳 〈80〉 일본명도전	邑井一	고단	회수 오류

지면	단수	기획	기사제목 〈회수〉 〔곡수〕	필자/저자(역자)	분류	비고
			1910년 03월 21일 (월) 362호			
1	3~6	講談	日本銘刀傳 〈71〉 일본명도전	邑井一	고단	
			1910년 03월 23일 (수) 363호			
1	4	文苑	女性の四季/冬 〔1〕 여성의 사계/겨울	甘醉道人	시가/신체시	
1	5~8	講談	日本銘刀傳 〈72〉 일본명도전	邑井一	고단	
3	6~7		★朝鮮の風習 〈1〉 조선의 풍습		수필/관찰	
			1910년 03월 24일 (목) 364호			
1	3~4		碧蹄館行き 〈1〉 벽제관행	伊豫之守	수필/기행	
1	4~7	講談	日本銘刀傳 〈73〉 일본명도전	邑井一	고단	
3	1~2		★朝鮮の風習 〈2〉 조선의 풍습		수필/관찰	
			1910년 03월 25일 (금) 365호			
1	3~4		碧蹄館行き 〈2〉 벽제관행	伊豫之守	수필/기행	
1	4~7	講談	日本銘刀傳 〈74〉 일본명도전	邑井一	고단	
3	4~6		★朝鮮の風習 〈3〉 조선의 풍습		수필/관찰	
			1910년 03월 26일 (토) 366호			
1	3~4		碧蹄館行き 〈3〉 벽제관행	伊豫之守	수필/기행	
1	5~7	講談	日本銘刀傳/金華山兼定(二) 〈75〉 일본명도전/긴카잔 가네사다(2)	邑井一	고단	
3	1		★朝鮮の風習 〈4〉 조선의 풍습		수필/관찰	
			1910년 03월 27일 (일) 367호			
1	4~6	講談	日本銘刀傳/金華山兼定(三) 〈76〉 일본명도전/긴카잔 가네사다(3)	邑井一	고단	
			1910년 03월 29일 (화) 368호			
1	4~6	講談	日本銘刀傳/金華山兼定(四) 〈77〉 일본명도전/긴카잔 가네사다(4)	邑井一	고단	
3	5~6		★朝鮮の風習 〈5〉 조선의 풍습		수필/관찰	
			1910년 03월 30일 (수) 369호			
1	4~7	講談	日本銘刀傳/法城寺正弘(一) 〈78〉 일본명도전/호조지 마사히로(1)	邑井一	고단	
3	5~6		諸國盆踊唱歌評 〈1〉 각 지역의 본오도리 창가 평		수필/비평	

지면	단수	기획	기사제목 〈회수〉〔곡수〕	필자/저자(역자)	분류	비고
			1910년 03월 31일 (목) 370호			
1	3~6	講談	日本銘刀傳/法城寺正弘(一) 〈79〉 일본명도전/호조지 마사히로(1)	邑井一	고단	
			1910년 04월 01일 (금) 371호			
1	4~6	講談	日本銘刀傳/法城寺正弘(三) 〈79〉 일본명도전/호조지 마사히로(3)	邑井一	고단	회수 오류
3	3~4		諸國盆踊唱歌評 〈2〉 각 지역의 본오도리 창가 평		수필/비평	
			1910년 04월 02일 (토) 372호			
1	4~8	講談	日本銘刀傳/法城寺正弘(四) 〈80〉 일본명도전/호조지 마사히로(4)	邑井一	고단	회수 오류
3	4		諸國盆踊唱歌評 〈3〉 각 지역의 본오도리 창가 평		수필/비평	
			1910년 04월 03일 (일) 373호			
1	2~3	寄書	隨感隨筆 수감 수필	石井生	수필/비평	
3	5		諸國盆踊唱歌評 〈5〉 각 지역의 본오도리 창가 평		수필/비평	회수 오류
			1910년 04월 05일 (화) 374호			
1	4~6	講談	日本銘刀傳/法城寺正弘(五) 〈82〉 일본명도전/호조지 마사히로(5)	邑井一	고단	
3	5		諸國盆踊唱歌評 〈6〉 각 지역의 본오도리 창가 평		수필/비평	회수 오류
			1910년 04월 06일 (수) 375호			
1	2~3		文##譯 伊曾保物語 〈1〉 문##역 이솝 이야기		소설/동화	
1	4~6	講談	日本銘刀傳/法城寺正弘(五) 〈83〉 일본명도전/호조지 마사히로(5)	邑井一	고단	
3	5		諸國盆踊唱歌評 〈7〉 각 지역의 본오도리 창가 평		수필/비평	회수 오류
			1910년 04월 07일 (목) 376호			
1	1~2		文##譯 伊曾保物語 〈2〉 문##역 이솝 이야기		소설/동화	
1	4~6	講談	日本銘刀傳/法城寺正弘(六) 〈84〉 일본명도전/호조지 마사히로(6)	邑井一	고단	
3	5		諸國盆踊唱歌評 〈8〉 각 지역의 본오도리 창가 평		수필/비평	회수 오류
			1910년 04월 08일 (금) 377호			
1	4~7	講談	日本銘刀傳/法城寺正弘(七) 〈85〉 일본명도전/호조지 마사히로(7)	邑井一	고단	
3	4~5		諸國盆踊唱歌評 〈9〉 각 지역의 본오도리 창가 평		수필/비평	회수 오류
			1910년 04월 09일 (토) 378호			

지면	단수	기획	기사제목 〈회수〉〔곡수〕	필자/저자(역자)	분류	비고
1	4~6	講談	日本銘刀傳/法城寺正弘(八) 〈86〉 일본명도전/호조지 마사히로(8)	邑井一	고단	
3	4~5		諸國盆踊唱歌評 〈10〉 각 지역의 본오도리 창가 평		수필/비평	회수 오류
3	5		花月の老妓お辰をよみて 〔1〕 가게쓰의 노기 오타쓰를 읽고	市楓	시가/기타	

1910년 04월 10일 (일) 379호

지면	단수	기획	기사제목 〈회수〉〔곡수〕	필자/저자(역자)	분류	비고
1	4~7	講談	日本銘刀傳/法城寺正弘(九) 〈87〉 일본명도전/호조지 마사히로(9)	邑井一	고단	

1910년 04월 12일 (화) 380호

지면	단수	기획	기사제목 〈회수〉〔곡수〕	필자/저자(역자)	분류	비고
1	4~6	講談	日本銘刀傳/法城寺正弘(十) 〈88〉 일본명도전/호조지 마사히로(10)	邑井一	고단	

1910년 04월 13일 (수) 381호

지면	단수	기획	기사제목 〈회수〉〔곡수〕	필자/저자(역자)	분류	비고
1	4	俳句	第九次すみれ集/再考-むら撰 〔1〕 제9차 스미레슈/재고-무라 찬	淡水	시가/하이쿠	
1	4	俳句	第九次すみれ集/再考-むら撰 〔1〕 제9차 스미레슈/재고-무라 찬	四樂	시가/하이쿠	
1	4	俳句	第九次すみれ集/再考-むら撰 〔1〕 제9차 스미레슈/재고-무라 찬	萩水	시가/하이쿠	
1	4	俳句	第九次すみれ集/再考-むら撰 〔1〕 제9차 스미레슈/재고-무라 찬	月哉	시가/하이쿠	
1	4	俳句	第九次すみれ集/再考-むら撰 〔1〕 제9차 스미레슈/재고-무라 찬	萩水	시가/하이쿠	
1	4	俳句	第九次すみれ集/再考-むら撰 〔1〕 제9차 스미레슈/재고-무라 찬	四樂	시가/하이쿠	
1	4	俳句	第九次すみれ集/再考-むら撰 〔1〕 제9차 스미레슈/재고-무라 찬	笹波	시가/하이쿠	
1	4	俳句	第九次すみれ集/再考-むら撰 〔1〕 제9차 스미레슈/재고-무라 찬	月哉	시가/하이쿠	
1	4	俳句	第九次すみれ集/再考-むら撰 〔1〕 제9차 스미레슈/재고-무라 찬	淡水	시가/하이쿠	
1	4	俳句	第九次すみれ集/再考-むら撰 〔1〕 제9차 스미레슈/재고-무라 찬	春葉	시가/하이쿠	
1	4	俳句	第九次すみれ集/再々考-むら撰 〔1〕 제9차 스미레슈/재재고-무라 찬	萩水	시가/하이쿠	
1	4	俳句	第九次すみれ集/再々考-むら撰 〔2〕 제9차 스미레슈/재재고-무라 찬	月哉	시가/하이쿠	
1	4	俳句	第九次すみれ集/自句 〔2〕 제9차 스미레슈/자구	むら	시가/하이쿠	
1	5~8	講談	日本銘刀傳/法城寺正弘(十一) 〈89〉 일본명도전/호조지 마사히로(11)	邑井一	고단	
3	5~6		諸國盆踊唱歌評 〈11〉 각 지역의 본오도리 창가 평		수필/비평	회수 오류

1910년 04월 14일 (목) 382호

지면	단수	기획	기사제목 〈회수〉〔곡수〕	필자/저자(역자)	분류	비고
1	4	俳句	第十次すみれ集-むら撰/秀逸 〔1〕 제10차 스미레슈-무라 찬/수일	笹波	시가/하이쿠	
1	4	俳句	第十次すみれ集-むら撰/秀逸 〔1〕 제10차 스미레슈-무라 찬/수일	四樂	시가/하이쿠	

지면	단수	기획	기사제목 〈회수〉〔곡수〕	필자/저자(역자)	분류	비고
1	4	俳句	第十次すみれ集-むら撰/秀逸〔1〕 제10차 스미레슈-무라 찬/수일	月哉	시가/하이쿠	
1	4	俳句	第十次すみれ集-むら撰/秀逸〔1〕 제10차 스미레슈-무라 찬/수일	玉糸	시가/하이쿠	
1	4	俳句	第十次すみれ集-むら撰/秀逸〔1〕 제10차 스미레슈-무라 찬/수일	秋花	시가/하이쿠	
1	4	俳句	第十次すみれ集-むら撰/秀逸〔1〕 제10차 스미레슈-무라 찬/수일	月哉	시가/하이쿠	
1	4	俳句	第十次すみれ集-むら撰/秀逸〔1〕 제10차 스미레슈-무라 찬/수일	笹波	시가/하이쿠	
1	4	俳句	第十次すみれ集-むら撰/秀逸〔1〕 제10차 스미레슈-무라 찬/수일	秋花	시가/하이쿠	
1	4	俳句	第十次すみれ集-むら撰/秀逸〔1〕 제10차 스미레슈-무라 찬/수일	月哉	시가/하이쿠	
1	4	俳句	第十次すみれ集-むら撰/秀逸〔1〕 제10차 스미레슈-무라 찬/수일	四樂	시가/하이쿠	
1	4	俳句	第十次すみれ集-むら撰/秀逸〔1〕 제10차 스미레슈-무라 찬/수일	月哉	시가/하이쿠	
1	4~7	講談	日本銘刀傳/法城寺正弘(十二)〈89〉 일본명도전/호조지 마사히로(12)	邑井一	고단	회수 오류

1910년 04월 15일 (금) 383호

지면	단수	기획	기사제목 〈회수〉〔곡수〕	필자/저자(역자)	분류	비고
1	5~7	講談	日本銘刀傳/法城寺正弘(十三)〈91〉 일본명도전/호조지 마사히로(13)	邑井一	고단	

1910년 04월 16일 (토) 384호

지면	단수	기획	기사제목 〈회수〉〔곡수〕	필자/저자(역자)	분류	비고
1	4~7	講談	日本銘刀傳/法城寺正弘(十四)〈92〉 일본명도전/호조지 마사히로(14)	邑井一	고단	

1910년 04월 17일 (일) 385호

지면	단수	기획	기사제목 〈회수〉〔곡수〕	필자/저자(역자)	분류	비고
1	4~7	講談	日本銘刀傳/法城寺正弘(十五)〈93〉 일본명도전/호조지 마사히로(15)	邑井一	고단	
3	5		時事俳評/京龍民團の合併〔1〕 시사 하이쿠 평/경룡 민단 합병	千春	시가/하이쿠	
3	5		時事俳評/鴨綠江架橋協約〔1〕 시사 하이쿠 평/압록강 가교 협약	千春	시가/하이쿠	
3	5		時事俳評/龍山遊廓問題〔1〕 시사 하이쿠 평/용산의 유곽 문제	千春	시가/하이쿠	
3	5		時事俳評/金筋の大檢擧〔1〕 시사 하이쿠 평/금줄 대검거	千春	시가/하이쿠	

1910년 04월 19일 (화) 386호

지면	단수	기획	기사제목 〈회수〉〔곡수〕	필자/저자(역자)	분류	비고
1	4	俳句	春五句〔5〕 봄-오구	多田千春	시가/하이쿠	
1	4~7	講談	日本銘刀傳/法城寺正弘(十六)〈94〉 일본명도전/호조지 마사히로(16)	邑井一	고단	

1910년 04월 20일 (수) 387호

지면	단수	기획	기사제목 〈회수〉〔곡수〕	필자/저자(역자)	분류	비고
1	4~7	講談	日本銘刀傳/法城寺正弘(十七)〈95〉 일본명도전/호조지 마사히로(17)	邑井一	고단	
3	5		赤穗義士〈1〉〔5〕 아코 의사	佐々木信網	시가/신체시	

지면	단수	기획	기사제목 〈회수〉〔곡수〕	필자/저자(역자)	분류	비고
			1910년 04월 21일 (목) 388호			
1	4	俳句	春五句 〔5〕 봄-오구	千春	시가/하이쿠	
1	4~7	講談	日本銘刀傳/法城寺正弘(十八) 〈96〉 일본명도전/호조지 마사히로(18)	邑井一	고단	
3	5		赤穂義士 〈2〉〔4〕 아코 의사	佐々木信網	시가/신체시	
			1910년 04월 22일 (금) 389호			
1	3	俳句	★春五句 〔5〕 봄-오구	千春	시가/하이쿠	
1	3~6	講談	日本銘刀傳/津田近江之守(一) 〈97〉 일본명도전/쓰다 오미노카미(1)	邑井一	고단	
3	5		赤穂義士 〈3〉〔4〕 아코 의사	佐々木信網	시가/신체시	
			1910년 04월 29일 (금) 391호			
1	3~4	俳句	春五句 〔5〕 봄-오구	千春	시가/하이쿠	
1	4~7	講談	日本銘刀傳/津田近江之守(三) 〈99〉 일본명도전/쓰다 오미노카미(3)	邑井一	고단	
3	5		赤穂義士 〈終〉〔4〕 아코 의사 〈종〉	佐々木信網	시가/신체시	
			1910년 04월 30일 (토) 392호			
1	4~7	講談	日本銘刀傳/津田近江之守(四) 〈100〉 일본명도전/쓰다 오미노카미(4)	邑井一	고단	
			1910년 05월 01일 (일) 393호			
1	4~6	講談	日本銘刀傳/津田近江之守(五) 〈101〉 일본명도전/쓰다 오미노카미(5)	邑井一	고단	
			1910년 05월 03일 (화) 394호			
1	5~7	講談	日本銘刀傳/津田近江之守(六) 〈102〉 일본명도전/쓰다 오미노카미(6)	邑井一	고단	
			1910년 05월 04일 (수) 395호			
1	4~7	講談	日本銘刀傳/津田近江之守(七) 〈103〉 일본명도전/쓰다 오미노카미(7)	邑井一	고단	
			1910년 05월 05일 (목) 396호			
1	4~7	講談	日本銘刀傳/津田近江之守(八) 〈104〉 일본명도전/쓰다 오미노카미(8)	邑井一	고단	
3	4~5		木村一座の藝風 〈1〉 기무라이치자의 예풍	もの字	수필/비평	
			1910년 05월 06일 (금) 397호			
1	4~7	講談	日本銘刀傳/津田近江之守(九) 〈105〉 일본명도전/쓰다 오미노카미(9)	邑井一	고단	
3	5~6		木村一座の藝風 〈2〉 기무라이치자의 예풍		수필/비평	

지면	단수	기획	기사제목 〈회수〉〔곡수〕	필자/저자(역자)	분류	비고
			1910년 05월 07일 (토) 398호			
1	3~6	講談	日本銘刀傳/津田近江之守(十) 〈106〉 일본명도전/쓰다 오미노카미(10)	邑井一	고단	
3	5~6		木村一座の藝風 〈3〉 기무라이치자의 예풍		수필/비평	
			1910년 05월 08일 (일) 399호			
1	4~6	講談	日本銘刀傳/津田近江之守(十一) 〈107〉 일본명도전/쓰다 오미노카미(11)	邑井一	고단	
3	5~6		木村一座の藝風 〈4〉 기무라이치자의 예풍	もの字	수필/비평	
			1910년 05월 10일 (화) 400호			
1	4~6	講談	日本銘刀傳/津田近江之守(十二) 〈108〉 일본명도전/쓰다 오미노카미(12)	邑井一	고단	
			1910년 05월 11일 (수) 401호			
1	5~7	講談	日本銘刀傳/津田近江之守(十二) 〈108〉 일본명도전/쓰다 오미노카미(12)	邑井一	고단	회수 오류
			1910년 05월 12일 (목) 402호			
1	4~6	講談	日本銘刀傳/津田近江之守(十三) 〈109〉 일본명도전/쓰다 오미노카미(13)	邑井一	고단	회수 오류
			1910년 05월 13일 (금) 403호			
1	3~6	講談	日本銘刀傳/津田近江之守(十五) 〈111〉 일본명도전/쓰다 오미노카미(15)	邑井一	고단	
			1910년 05월 14일 (토) 404호			
1	4~6	講談	日本銘刀傳/津田近江之守(十六) 〈112〉 일본명도전/쓰다 오미노카미(16)	邑井一	고단	
			1910년 05월 15일 (일) 405호			
1	3~6	講談	日本銘刀傳/津田近江之守(十七) 〈113〉 일본명도전/쓰다 오미노카미(17)	邑井一	고단	
			1910년 05월 17일 (화) 406호			
1	5~7	講談	日本銘刀傳/津田近江之守(十八) 〈114〉 일본명도전/쓰다 오미노카미(18)	邑井一	고단	
			1910년 05월 18일 (수) 407호			
1	4~6	講談	日本銘刀傳/津田近江之守(十九) 〈115〉 일본명도전/쓰다 오미노카미(19)	邑井一	고단	
			1910년 05월 19일 (목) 408호			
1	4~7	講談	日本銘刀傳/津田近江之守(二十) 〈116〉 일본명도전/쓰다 오미노카미(20)	邑井一	고단	
			1910년 05월 20일 (금) 409호			
1	4~7	講談	日本銘刀傳/津田近江之守(廿一) 〈117〉 일본명도전/쓰다 오미노카미(21)	邑井一	고단	

지면	단수	기획	기사제목 〈회수〉〔곡수〕	필자/저자(역자)	분류	비고
1910년 05월 22일 (일) 410호						
1	4~6	講談	日本銘刀傳/津田近江之守(廿二) 〈118〉 일본명도전/쓰다 오미노카미(22)	邑井一	고단	
1910년 05월 24일 (화) 411호						
1	4~6	講談	日本銘刀傳/津田近江之守(廿三) 〈119〉 일본명도전/쓰다 오미노카미(23)	邑井一	고단	
1910년 05월 25일 (수) 412호						
1	4~7	講談	日本銘刀傳/津田近江之守(廿四) 〈120〉 일본명도전/쓰다 오미노카미(24)	邑井一	고단	
1910년 05월 26일 (목) 413호						
1	4~6	講談	日本銘刀傳/津田近江之守(廿五) 〈121〉 일본명도전/쓰다 오미노카미(25)	邑井一	고단	
1910년 05월 27일 (금) 414호						
1	5		日本海の海戰 〔5〕 일본해 해전		시가/단카	
1	5~7	講談	日本銘刀傳/津田近江之守(廿六) 〈122〉 일본명도전/쓰다 오미노카미(26)	邑井一	고단	
3	6		都々逸/三遊亭若遊三君へ 〔1〕 도도이쓰/산유테이 와카유자 군에게	濱の家主人	시가/도도이 쓰	
3	6		都々逸/同丈の踊りを見て 〔1〕 도도이쓰/이 분의 춤을 보고	濱の家主人	시가/도도이 쓰	
3	6		都々逸/浪花館大入を祝し 〔1〕 도도이쓰/나니와칸 흥행을 축하하며	濱の家主人	시가/도도이 쓰	
1910년 05월 28일 (토) 415호						
1	4~7	講談	日本銘刀傳/津田近江之守(廿七) 〈123〉 일본명도전/쓰다 오미노카미(27)	邑井一	고단	
1910년 05월 29일 (일) 416호						
1	4~7	講談	日本銘刀傳/津田近江之守(廿八) 〈124〉 일본명도전/쓰다 오미노카미(28)	邑井一	고단	
1910년 05월 31일 (화) 417호						
1	4~6	講談	日本銘刀傳/津田近江之守(廿九) 〈125〉 일본명도전/쓰다 오미노카미(29)	邑井一	고단	
1910년 06월 01일 (수) 418호						
1	3~6	講談	日本銘刀傳/津田近江之守(三十) 〈126〉 일본명도전/쓰다 오미노카미(30)	邑井一	고단	
1910년 06월 02일 (목) 419호						
1	4~7	講談	日本銘刀傳/津田近江之守(卅一) 〈127〉 일본명도전/쓰다 오미노카미(31)	邑井一	고단	
1910년 06월 03일 (금) 420호						
1	3~6	講談	日本銘刀傳/津田近江之守(卅三) 〈128〉 일본명도전/쓰다 오미노카미(33)	邑井一	고단	

지면	단수	기획	기사제목 〈회수〉〔곡수〕	필자/저자(역자)	분류	비고
3	6		都々逸〔2〕 도도이쓰	井門本店內 政子	시가/도도이쓰	
3	6		都々逸/雛子さんへ〔1〕 도도이쓰/히나코 씨에게	井門本店內 政子	시가/도도이쓰	
3	6		都々逸〔2〕 도도이쓰	たなじ內 蝶々	시가/도도이쓰	

1910년 06월 04일 (토) 421호

지면	단수	기획	기사제목 〈회수〉〔곡수〕	필자/저자(역자)	분류	비고
1	3~6	講談	日本銘刀傳/津田近江之守(卅四)〈129〉 일본명도전/쓰다 오미노카미(34)	邑井一	고단	

1910년 06월 05일 (일) 422호

지면	단수	기획	기사제목 〈회수〉〔곡수〕	필자/저자(역자)	분류	비고
1	4~7	講談	日本銘刀傳/津田近江之守(卅五)〈130〉 일본명도전/쓰다 오미노카미(35)	邑井一	고단	
3	6	俳句	★鴨綠江〔1〕 압록강	無黃	시가/하이쿠	
3	6	俳句	★乙密樓〔1〕 을밀루	無黃	시가/하이쿠	
3	6	俳句	★朝鮮人は遊惰なりと人の言ふ聞きしが平安道の田野よく耕されたるを見て〔1〕 조선인은 게으르다는 사람들의 말을 들었지만 평안도의 논밭이 잘 경작된 것을 보고	無黃	시가/하이쿠	
3	6	俳句	★平壤宿泊〔1〕 평양 숙박	無黃	시가/하이쿠	
3	6	俳句	★景福宮〔1〕 경복궁	無黃	시가/하이쿠	
3	6	俳句	☆京城街上所見〔3〕 경성 거리에서의 소견	無黃	시가/하이쿠	

1910년 06월 07일 (화) 423호

지면	단수	기획	기사제목 〈회수〉〔곡수〕	필자/저자(역자)	분류	비고
1	5~7	講談	日本銘刀傳/津田近江之守(卅六)〈131〉 일본명도전/쓰다 오미노카미(36)	邑井一	고단	

1910년 06월 08일 (수) 424호

지면	단수	기획	기사제목 〈회수〉〔곡수〕	필자/저자(역자)	분류	비고
1	4~6	講談	日本銘刀傳/津田近江之守(卅七)〈132〉 일본명도전/쓰다 오미노카미(37)	邑井一	고단	

1910년 06월 09일 (목) 425호

지면	단수	기획	기사제목 〈회수〉〔곡수〕	필자/저자(역자)	분류	비고
1	2~3		螢は何故光る(上)〈1〉 반딧불은 어째서 빛이 나는가(상)		수필/기타	
1	4~6	講談	日本銘刀傳/津田近江之守(卅八)〈133〉 일본명도전/쓰다 오미노카미(38)	邑井一	고단	

1910년 06월 10일 (금) 426호

지면	단수	기획	기사제목 〈회수〉〔곡수〕	필자/저자(역자)	분류	비고
1	3~4		螢は何故光る(中)〈2〉 반딧불은 어째서 빛이 나는가(중)		수필/기타	
1	4~7	講談	日本銘刀傳/津田近江之守(卅九)〈134〉 일본명도전/쓰다 오미노카미(39)	邑井一	고단	

1910년 06월 11일 (토) 427호

지면	단수	기획	기사제목 〈회수〉〔곡수〕	필자/저자(역자)	분류	비고
1	2~3		螢は何故光る(下)〈3〉 반딧불은 어째서 빛이 나는가(하)		수필/기타	

지면	단수	기획	기사제목 〈회수〉〔곡수〕	필자/저자(역자)	분류	비고
1	3~5	講談	日本銘刀傳/津田近江之守(卅九) 〈135〉 일본명도전/쓰다 오미노카미(39)	邑井一	고단	

1910년 06월 12일 (일) 428호

지면	단수	기획	기사제목 〈회수〉〔곡수〕	필자/저자(역자)	분류	비고
1	4~6	講談	日本銘刀傳/津田近江之守(四十) 〈136〉 일본명도전/쓰다 오미노카미(40)	邑井一	고단	

1910년 06월 14일 (화) 429호

지면	단수	기획	기사제목 〈회수〉〔곡수〕	필자/저자(역자)	분류	비고
1	5~7	講談	日本銘刀傳/津田近江之守(四一) 〈137〉 일본명도전/쓰다 오미노카미(41)	邑井一	고단	

1910년 06월 15일 (수) 430호

지면	단수	기획	기사제목 〈회수〉〔곡수〕	필자/저자(역자)	분류	비고
1	4~7	講談	日本銘刀傳/津田近江之守(四二) 〈138〉 일본명도전/쓰다 오미노카미(42)	邑井一	고단	

1910년 06월 16일 (목) 431호

지면	단수	기획	기사제목 〈회수〉〔곡수〕	필자/저자(역자)	분류	비고
1	4~7	講談	日本銘刀傳/津田近江之守(四三) 〈139〉 일본명도전/쓰다 오미노카미(43)	邑井一	고단	

1910년 06월 17일 (금) 432호

지면	단수	기획	기사제목 〈회수〉〔곡수〕	필자/저자(역자)	분류	비고
1	3~6	講談	日本銘刀傳/津田近江之守(四四) 〈140〉 일본명도전/쓰다 오미노카미(44)	邑井一	고단	

1910년 06월 18일 (토) 433호

지면	단수	기획	기사제목 〈회수〉〔곡수〕	필자/저자(역자)	분류	비고
1	5~7	講談	日本銘刀傳/津田近江之守(四五) 〈141〉 일본명도전/쓰다 오미노카미(45)	邑井一	고단	

1910년 06월 19일 (일) 434호

지면	단수	기획	기사제목 〈회수〉〔곡수〕	필자/저자(역자)	분류	비고
1	5~7	講談	日本銘刀傳/津田近江之守(四六) 〈142〉 일본명도전/쓰다 오미노카미(46)	邑井一	고단	
3	5	講談豫告	越後傳吉 에치고 덴키치	編輯局	광고/연재 예고	

1910년 06월 21일 (화) 435호

지면	단수	기획	기사제목 〈회수〉〔곡수〕	필자/저자(역자)	분류	비고
1	5	文苑	春畝公詩存拔翠/航西舟中作(維新前の作)〔1〕 슌포 공의 시에서 발췌/항서주중작(유신 전의 작품)	伊藤博文	시가/한시	
1	5	文苑	春畝公詩存拔翠/偶成〔1〕 슌포 공의 시에서 발췌/우성	伊藤博文	시가/한시	
1	5~7	講談	大岡政談/越後傳吉 〈1〉 오오카 정담/에치고 덴키치	旭堂南陵	고단	
3	5		★時事俳評/新統監の來韓〔1〕 시사 하이쿠 평/새로운 통감의 내한	千春	시가/하이쿠	
3	5		★時事俳評/官側の大改革乎〔1〕 시사 하이쿠 평/관제의 대개혁이여	千春	시가/하이쿠	
3	5		★時事俳評/統監と耶蘇敎〔1〕 시사 하이쿠 평/통감과 야소교	千春	시가/하이쿠	
3	5		★時事俳評/金融の大緩漫〔1〕 시사 하이쿠 평/금융 매우 활발치 못함	千春	시가/하이쿠	
3	5		★時事俳評/連載の女振り〔1〕 시사 하이쿠 평/연재 여자다운 모습	千春	시가/하이쿠	

1910년 06월 22일 (수) 436호

지면	단수	기획	기사제목 〈회수〉〔곡수〕	필자/저자(역자)	분류	비고
1	5	文苑	春畝公詩存拔翠/書懷〔1〕 슌포 공의 시에서 발췌/서회	伊藤博文	시가/한시	
1	5	俳句	夏五句〔5〕 여름-오구	多田千春	시가/하이쿠	
1	5~7	講談	大岡政談/越後傳吉〈2〉 오오카 정담/에치고 덴키치	旭堂南陵	고단	
3	6		★時事俳評/有吉長官の多辨〔1〕 시사 하이쿠 평/아리요시 장관의 다변	千春	시가/하이쿠	
3	6		★時事俳評/御用紙の不謹愼〔1〕 시사 하이쿠 평/어용신문의 불근신	千春	시가/하이쿠	
3	6		★時事俳評/京龍合倂の發表〔1〕 시사 하이쿠 평/경룡합병 발표	千春	시가/하이쿠	
3	6		★時事俳評/大相撲の前景氣〔1〕 시사 하이쿠 평/대스모 전 경기	千春	시가/하이쿠	
3	6		★時事俳評/女敎員の有夫姦〔1〕 시사 하이쿠 평/여성 교원의 간통	千春	시가/하이쿠	

1910년 06월 23일 (목) 437호

지면	단수	기획	기사제목 〈회수〉〔곡수〕	필자/저자(역자)	분류	비고
1	3	文苑	春畝公詩存拔翠/丁卯初夏與石川等諸兄話時事席上卽賦一絶以呈(京都作)〔1〕 슌포 공의 시에서 발췌/정묘년 초여름 이시카와 등 제형과 더불어 시사를 이야기하는 석상에서 즉흥적으로 지은 부 일절(교토 작)	伊藤博文	시가/한시	
1	3~4	俳句	夏五句〔5〕 여름-오구	多田千春	시가/하이쿠	
1	4~6	講談	大岡政談/越後傳吉〈3〉 오오카 정담/에치고 덴키치	旭堂南陵	고단	
3	6		★時事俳評/統監の家族携帶〔1〕 시사 하이쿠 평/통감의 가족 동반	千春	시가/하이쿠	
3	6		★時事俳評/德壽宮內の宮殿〔1〕 시사 하이쿠 평/덕수궁 내의 궁전	千春	시가/하이쿠	
3	6		★時事俳評/東拓の移民規定〔1〕 시사 하이쿠 평/동양척식주식회사의 이민 규정	千春	시가/하이쿠	
3	6		時事俳評/旭公園の引繼難〔1〕 시사 하이쿠 평/아사히 공원의 인계난	千春	시가/하이쿠	
3	6		★時事俳評/民長殿の秘め事〔1〕 시사 하이쿠 평/민장전의 비사	千春	시가/하이쿠	

1910년 06월 24일 (금) 438호

지면	단수	기획	기사제목 〈회수〉〔곡수〕	필자/저자(역자)	분류	비고
1	4	文苑	春畝公詩存拔翠/林子平墓前作(一七年甲申)〔1〕 슌포 공의 시에서 발췌/하야시 시헤이 묘 앞에서 짓다(17년 갑신)	伊藤博文	시가/한시	
1	4	俳句	夏五句〔5〕 여름-오구	多田千春	시가/하이쿠	
1	4~7	講談	大岡政談/越後傳吉〈3〉 오오카 정담/에치고 덴키치	旭堂南陵	고단	회수 오류

1910년 06월 25일 (토) 439호

지면	단수	기획	기사제목 〈회수〉〔곡수〕	필자/저자(역자)	분류	비고
1	4	文苑	春畝公詩存拔翠/廿一年九月自元山至浦潮斯懷作〔1〕 슌포 공의 시에서 발췌/21년 9월 원산을 출발하여 블라디보스토크에 도착할 때 짓다	伊藤博文	시가/한시	
1	4	俳句	夏五句〔5〕 여름-오구	多田千春	시가/하이쿠	

지면	단수	기획	기사제목 〈회수〉〔곡수〕	필자/저자(역자)	분류	비고
1	4~7	講談	大岡政談/越後傳吉 〈5〉 오오카 정담/에치고 덴키치	旭堂南陵	고단	
3	6		★時事俳評/明石司令官の敏腕 〔1〕 시사 하이쿠 평/아카시 사령관의 수완	千春	시가/하이쿠	
3	6		★時事俳評/ルーズベルト剚戰 〔1〕 시사 하이쿠 평/루스벨트 개전	千春	시가/하이쿠	
3	6		★時事俳評/救世軍の富錢興行 〔1〕 시사 하이쿠 평/구세군의 경품권 흥행	千春	시가/하이쿠	
3	6		★時事俳評//兩國に鳳と大の川 〔1〕 시사 하이쿠 평/양국의 봉황과 큰 강	千春	시가/하이쿠	
3	6		時事俳評/御苑內の臺覽相撲 〔1〕 시사 하이쿠 평/어원 내 대람 스모	千春	시가/하이쿠	

1910년 06월 26일 (일) 440호

지면	단수	기획	기사제목 〈회수〉〔곡수〕	필자/저자(역자)	분류	비고
1	4	文苑	春畝公詩存拔翠/大津之變#駕赴西京歸途作(二十四年) 〔1〕 슌포 공의 시에서 발췌/오쓰의 변 ## 사이쿄를 방문하고 돌아오는 길에 짓다(24년)	伊藤博文	시가/한시	
1	4~7	講談	大岡政談/越後傳吉 〈5〉 오오카 정담/에치고 덴키치	旭堂南陵	고단	회수 오류

1910년 06월 28일 (화) 441호

지면	단수	기획	기사제목 〈회수〉〔곡수〕	필자/저자(역자)	분류	비고
1	4	文苑	春畝公詩存拔翠/二十二年紀元節恭賦 〔1〕 슌포 공의 시에서 발췌/22년 기원절을 공축하는 부		시가/한시	
1	4~7	講談	大岡政談/越後傳吉 〈5〉 오오카 정담/에치고 덴키치	旭堂南陵	고단	회수 오류

1910년 06월 29일 (수) 442호

지면	단수	기획	기사제목 〈회수〉〔곡수〕	필자/저자(역자)	분류	비고
1	5	俳句	夏(植物)五句 〔5〕 여름(식물)-오구	多田千春	시가/하이쿠	
1	5~7	講談	大岡政談/越後傳吉 〈8〉 오오카 정담/에치고 덴키치	旭堂南陵	고단	
3	6		★時事俳評/時局と警察權委任 〔1〕 시사 하이쿠 평/시국과 경찰권 위임	千春	시가/하이쿠	
3	6		★時事俳評/韓國留學生の排日 〔1〕 시사 하이쿠 평/한국 유학생의 배일	千春	시가/하이쿠	
3	6		時事俳評/趣味多き經濟小言 〔1〕 시사 하이쿠 평/취미 많은 경제 소언	千春	시가/하이쿠	
3	6		時事俳評/相撲陪覽の官吏連 〔1〕 시사 하이쿠 평/스모 배람의 관리들	千春	시가/하이쿠	
3	6		★時事俳評/各關取連の韓國觀 〔1〕 시사 하이쿠 평/각 스모 선수들의 한국관	千春	시가/하이쿠	

1910년 06월 30일 (목) 443호

지면	단수	기획	기사제목 〈회수〉〔곡수〕	필자/저자(역자)	분류	비고
1	4	俳句	夏(植物)五句 〔5〕 여름(식물)-오구	多田千春	시가/하이쿠	
1	4~6	講談	大岡政談/越後傳吉 〈9〉 오오카 정담/에치고 덴키치	旭堂南陵	고단	

1910년 07월 01일 (금) 444호

지면	단수	기획	기사제목 〈회수〉〔곡수〕	필자/저자(역자)	분류	비고
1	3	俳句	夏(植物)五句 〔5〕 여름(식물)-오구	多田千春	시가/하이쿠	

지면	단수	기획	기사제목 〈회수〉〔곡수〕	필자/저자(역자)	분류	비고
1	4~6	講談	大岡政談/越後傳吉 〈10〉 오오카 정담/에치고 덴키치	旭堂南陵	고단	
1910년 07월 02일 (토) 445호						
1	3	俳句	夏(植物)五句 〔5〕 여름(식물)-오구	多田千春	시가/하이쿠	
1	3~5	講談	大岡政談/越後傳吉 〈11〉 오오카 정담/에치고 덴키치	旭堂南陵	고단	
1910년 07월 03일 (일) 446호						
1	3	俳句	夏(植物)五句 〔5〕 여름(식물)-오구	多田千春	시가/하이쿠	
1	3~6	講談	大岡政談/越後傳吉 〈12〉 오오카 정담/에치고 덴키치	旭堂南陵	고단	
1910년 07월 05일 (화) 447호						
1	4	俳句	夏(植物)五句 〔5〕 여름(식물)-오구	多田千春	시가/하이쿠	
1	4~6	講談	大岡政談/越後傳吉 〈13〉 오오카 정담/에치고 덴키치	旭堂南陵	고단	
1910년 07월 06일 (수) 448호						
1	3	俳句	夏(植物)五句 〔5〕 여름(식물)-오구	多田千春	시가/하이쿠	
1	3~6	講談	大岡政談/越後傳吉 〈14〉 오오카 정담/에치고 덴키치	旭堂南陵	고단	
1910년 07월 07일 (목) 449호						
1	4	文苑	春畝公詩存拔翠/#朝鮮牙山戰報 〔1〕 슌포 공의 시에서 발췌/조선 아산의 전보를 ##	伊藤博文	시가/한시	
1	4~6	講談	大岡政談/越後傳吉 〈15〉 오오카 정담/에치고 덴키치	旭堂南陵	고단	
1910년 07월 08일 (금) 450호						
1	4	文苑	★春畝公詩存拔翠/征淸歌(二十七年) 〔1〕 『슌포 공 시포』 발췌/청나라를 정벌하며(메이지 27년)	伊藤博文	시가/한시	
1	5~7	講談	大岡政談/越後傳吉 〈15〉 오오카 정담/에치고 덴키치	旭堂南陵	고단	회수 오류
1910년 07월 09일 (토) 451호						
1	4	文苑	春畝公詩存拔翠/嚴島 二十七年 〔1〕 슌포 공의 시에서 발췌/이쓰쿠시마 27년	伊藤博文	시가/한시	
1	4~7	講談	大岡政談/越後傳吉 〈17〉 오오카 정담/에치고 덴키치	旭堂南陵	고단	
1910년 07월 10일 (일) 452호						
1	3~6	講談	大岡政談/越後傳吉 〈18〉 오오카 정담/에치고 덴키치	旭堂南陵	고단	
1910년 07월 12일 (월) 453호						
1	4~6	講談	大岡政談/越後傳吉 〈18〉 오오카 정담/에치고 덴키치	旭堂南陵	고단	회수 오류

지면	단수	기획	기사제목 〈회수〉〔곡수〕	필자/저자(역자)	분류	비고
\multicolumn{7}{l}{1910년 07월 13일 (수) 454호}						

지면	단수	기획	기사제목 〈회수〉〔곡수〕	필자/저자(역자)	분류	비고
			1910년 07월 13일 (수) 454호			
1	3~6	講談	大岡政談/越後傳吉 〈20〉 오오카 성담/에치고 덴키치	旭堂南陵	고단	
			1910년 07월 14일 (목) 455호			
1	5~7	講談	大岡政談/越後傳吉 〈21〉 오오카 정담/에치고 덴키치	旭堂南陵	고단	
			1910년 07월 15일 (금) 456호			
1	4~6	講談	大岡政談/越後傳吉 〈22〉 오오카 정담/에치고 덴키치	旭堂南陵	고단	
			1910년 07월 16일 (토) 457호			
1	4~7	講談	大岡政談/越後傳吉 〈23〉 오오카 정담/에치고 덴키치	旭堂南陵	고단	
			1910년 07월 17일 (일) 458호			
1	4~6	講談	大岡政談/越後傳吉 〈24〉 오오카 정담/에치고 덴키치	旭堂南陵	고단	
			1910년 07월 19일 (화) 459호			
1	3	文苑	春畝公詩存拔翠/臺灣巡視中作 〔1〕 슌포 공의 시에서 발췌/타이완 순시 중 짓다	伊藤博文	시가/한시	
1	3~5	講談	大岡政談/越後傳吉 〈25〉 오오카 정담/에치고 덴키치	旭堂南陵	고단	
			1910년 07월 20일 (수) 460호			
1	4	文苑	春畝公詩存拔翠/早起 〔1〕 슌포 공의 시에서 발췌/조기	伊藤博文	시가/한시	
1	4~7	講談	大岡政談/越後傳吉 〈26〉 오오카 정담/에치고 덴키치	旭堂南陵	고단	
			1910년 07월 21일 (목) 461호			
1	4~6	講談	大岡政談/越後傳吉 〈26〉 오오카 정담/에치고 덴키치	旭堂南陵	고단	회수 오류
3	6		三面情歌(十六日本紙記事)/泥棒の淫賣買 〔1〕 삼면 정가(16일 본지 기사)/도둑 성매매	水賓生	시가/도도이쓰	
3	6		三面情歌(十六日本紙記事)/鼻汁垂れ三衛 〔1〕 삼면 정가(16일 본지 기사)/코흘리개 산에	水賓生	시가/도도이쓰	
3	6		三面情歌(十六日本紙記事)/常陸山の摺鉢 〔1〕 삼면 정가(16일 본지 기사)/히타치야마의 절구	水賓生	시가/도도이쓰	
			1910년 07월 22일 (금) 462호			
1	4~6	講談	大岡政談/越後傳吉 〈27〉 오오카 정담/에치고 덴키치	旭堂南陵	고단	회수 오류
3	6		三面情歌(十八日本紙記事)/淫賣婦の狡猾 〔1〕 삼면 정가(18일 본지 기사)/음매부의 교활함	水賓生	시가/도도이쓰	
3	6		三面情歌(十八日本紙記事)/氣船中の屈辱 〔1〕 삼면 정가(18일 본지 기사)/기선 안의 굴욕	水賓生	시가/도도이쓰	
3	6		三面情歌(十八日本紙記事)/可愛子供の旅 〔1〕 삼면 정가(18일 본지 기사)/귀여운 아이의 여행	水賓生	시가/도도이쓰	

지면	단수	기획	기사제목 〈회수〉〔곡수〕	필자/저자(역자)	분류	비고
1910년 07월 23일 (토) 463호						
1	4~7	講談	大岡政談/越後傳吉 〈28〉 오오카 정담/에치고 덴키치	旭堂南陵	고단	회수 오류
1910년 07월 24일 (일) 464호						
1	5~7	講談	大岡政談/越後傳吉 〈29〉 오오카 정담/에치고 덴키치	旭堂南陵	고단	회수 오류
1910년 07월 27일 (수) 466호						
1	4~7	講談	大岡政談/越後傳吉 〈29〉 오오카 정담/에치고 덴키치	旭堂南陵	고단	회수 오류
3	6		三面情歌(二十日本紙記事)/短氣な仲裁人〔1〕 삼면 정가(20일 본지 기사)/성미 급한 중재인	水賓生	시가/도도이 쓰	
3	6		三面情歌(二十日本紙記事)/義狹料理店主〔1〕 삼면 정가(20일 본지 기사)/의협심 있는 요리점 주인	水賓生	시가/도도이 쓰	
3	6		三面情歌(二十日本紙記事)/留學生の一家〔1〕 삼면 정가(20일 본지 기사)/유학생 일가	水賓生	시가/도도이 쓰	
1910년 07월 28일 (목) 467호						
1	4~6	講談	大岡政談/越後傳吉 〈32〉 오오카 정담/에치고 덴키치	旭堂南陵	고단	
1910년 07월 29일 (금) 468호						
1	4~6	講談	大岡政談/越後傳吉 〈33〉 오오카 정담/에치고 덴키치	旭堂南陵	고단	
1910년 07월 30일 (토) 469호						
1	4~6	講談	大岡政談/越後傳吉 〈34〉 오오카 정담/에치고 덴키치	旭堂南陵	고단	
3	4		★三面情歌(廿一日本紙記事)/韓童の溺死〔1〕 삼면 정가(21일 본지 기사)/한국 아이의 익사	水賓生	시가/도도이 쓰	
3	4		★三面情歌(廿一日本紙記事)/領事と美人〔1〕 삼면 정가(21일 본지 기사)/영사와 미인	水賓生	시가/도도이 쓰	
3	4		★三面情歌(廿一日本紙記事)/脫營兵逮捕〔1〕 삼면 정가(21일 본지 기사)/탈영병 체포	水賓生	시가/도도이 쓰	
1910년 07월 31일 (일) 470호						
1	4~6	講談	大岡政談/越後傳吉 〈35〉 오오카 정담/에치고 덴키치	旭堂南陵	고단	
1910년 08월 02일 (화) 471호						
1	4~7	講談	大岡政談/越後傳吉 〈36〉 오오카 정담/에치고 덴키치	旭堂南陵	고단	
3	1~2		朴淵に遊ふ(上) 〈1〉 박연에서 놀다(상)	○○生	수필/기타	
1910년 08월 03일 (수) 472호						
1	4~6	講談	大岡政談/越後傳吉 〈37〉 오오카 정담/에치고 덴키치	旭堂南陵	고단	

지면	단수	기획	기사제목 〈회수〉〔곡수〕	필자/저자(역자)	분류	비고
2	5~6		KOREAN PENINSULA AS VIEWED BY A FOREIGNER 外人の見たる半島 〈1〉 KOREAN PENINSULA AS VIEWED BY A FOREIGNER 외국인이 본 반도	一外人	수필/관찰	
3	1~2		朴淵に遊ふ(下) 〈2〉 박연에서 놀다(하)	福岡生	수필/기타	

1910년 08월 04일 (목) 473호

지면	단수	기획	기사제목 〈회수〉〔곡수〕	필자/저자(역자)	분류	비고
1	3~6	講談	大岡政談/越後傳吉 〈38〉 오오카 정담/에치고 덴키치	旭堂南陵	고단	

1910년 08월 05일 (금) 474호

지면	단수	기획	기사제목 〈회수〉〔곡수〕	필자/저자(역자)	분류	비고
1	4~6	講談	大岡政談/越後傳吉 〈39〉 오오카 정담/에치고 덴키치	旭堂南陵	고단	
2	4		KOREAN PENINSULA AS VIEWED BY A FOREIGNER 外人の視たる半島 〈2〉 KOREAN PENINSULA AS VIEWED BY A FOREIGNER 외국인이 본 반도	一外人	수필/관찰	

1910년 08월 06일 (토) 475호

지면	단수	기획	기사제목 〈회수〉〔곡수〕	필자/저자(역자)	분류	비고
1	3~6	講談	大岡政談/越後傳吉 〈40〉 오오카 정담/에치고 덴키치	旭堂南陵	고단	
2	5~6		KOREAN PENINSULA AS VIEWED BY A FOREIGNER 外人の視たる半島 〈3〉 KOREAN PENINSULA AS VIEWED BY A FOREIGNER 외국인이 본 반도	一外人	수필/관찰	

1910년 08월 07일 (일) 476호

지면	단수	기획	기사제목 〈회수〉〔곡수〕	필자/저자(역자)	분류	비고
1	4~6	講談	大岡政談/越後傳吉 〈41〉 오오카 정담/에치고 덴키치	旭堂南陵	고단	
2	5~6		KOREAN PENINSULA AS VIEWED BY A FOREIGNER 外人の視たる半島 〈4〉 KOREAN PENINSULA AS VIEWED BY A FOREIGNER 외국인이 본 반도	一外人	수필/관찰	

1910년 08월 09일 (화) 477호

지면	단수	기획	기사제목 〈회수〉〔곡수〕	필자/저자(역자)	분류	비고
1	4~6	講談	大岡政談/越後傳吉 〈42〉 오오카 정담/에치고 덴키치	旭堂南陵	고단	
2	5~6		KOREAN PENINSULA AS VIEWED BY A FOREIGNER 外人の視たる半島 〈5〉 KOREAN PENINSULA AS VIEWED BY A FOREIGNER 외국인이 본 반도	一外人	수필/관찰	

1910년 08월 10일 (수) 478호

지면	단수	기획	기사제목 〈회수〉〔곡수〕	필자/저자(역자)	분류	비고
1	4~6	講談	大岡政談/越後傳吉 〈43〉 오오카 정담/에치고 덴키치	旭堂南陵	고단	

1910년 08월 11일 (목) 479호

지면	단수	기획	기사제목 〈회수〉〔곡수〕	필자/저자(역자)	분류	비고
1	4~6	講談	大岡政談/越後傳吉 〈44〉 오오카 정담/에치고 덴키치	旭堂南陵	고단	

1910년 08월 12일 (금) 480호

지면	단수	기획	기사제목 〈회수〉〔곡수〕	필자/저자(역자)	분류	비고
1	4~6	講談	大岡政談/越後傳吉 〈45〉 오오카 정담/에치고 덴키치	旭堂南陵	고단	
2	5~6		KOREAN PENINSULA AS VIEWED BY A FOREIGNER 外人の視たる半島 〈6〉 KOREAN PENINSULA AS VIEWED BY A FOREIGNER 외국인이 본 반도	一外人	수필/관찰	

지면	단수	기획	기사제목 〈회수〉〔곡수〕	필자/저자(역자)	분류	비고
3	6		雷風一行の劍武術を見る 라이후 일행의 검무술을 보다	○○生	수필/비평	

1910년 08월 13일 (토) 481호

지면	단수	기획	기사제목 〈회수〉〔곡수〕	필자/저자(역자)	분류	비고
1	4~6	講談	大岡政談/越後傳吉 〈46〉 오오카 정담/에치고 덴키치	旭堂南陵	고단	
2	5~6		KOREAN PENINSULA AS VIEWED BY A FOREIGNER 外人の視たる半島 〈7〉 KOREAN PENINSULA AS VIEWED BY A FOREIGNER 외국인이 본 반도	一外人	수필/관찰	

1910년 08월 14일 (일) 482호

지면	단수	기획	기사제목 〈회수〉〔곡수〕	필자/저자(역자)	분류	비고
1	4~6	講談	大岡政談/越後傳吉 〈47〉 오오카 정담/에치고 덴키치	旭堂南陵	고단	
2	5~7		KOREAN PENINSULA AS VIEWED BY A FOREIGNER 外人の視たる半島 〈8〉 KOREAN PENINSULA AS VIEWED BY A FOREIGNER 외국인이 본 반도	一外人	수필/관찰	

1910년 08월 15일 (월) 483호

지면	단수	기획	기사제목 〈회수〉〔곡수〕	필자/저자(역자)	분류	비고
1	5~7	講談	大岡政談/越後傳吉 〈48〉 오오카 정담/에치고 덴키치	旭堂南陵	고단	
2	1~2		KOREAN PENINSULA AS VIEWED BY A FOREIGNER 外人の視たる半島 〈9〉 KOREAN PENINSULA AS VIEWED BY A FOREIGNER 외국인이 본 반도	一外人	수필/관찰	

1910년 08월 17일 (수) 484호

지면	단수	기획	기사제목 〈회수〉〔곡수〕	필자/저자(역자)	분류	비고
1	5~6	講談	大岡政談/越後傳吉 〈49〉 오오카 정담/에치고 덴키치	旭堂南陵	고단	
2	1~3		KOREAN PENINSULA AS VIEWED BY A FOREIGNER 外人の視たる半島 〈10〉 KOREAN PENINSULA AS VIEWED BY A FOREIGNER 외국인이 본 반도	一外人	수필/관찰	

1910년 08월 18일 (목) 485호

지면	단수	기획	기사제목 〈회수〉〔곡수〕	필자/저자(역자)	분류	비고
1	4~6	講談	大岡政談/越後傳吉 〈50〉 오오카 정담/에치고 덴키치	旭堂南陵	고단	
2	7		外人の視たる半島 외국인이 본 반도		광고/휴재 안내	

1910년 08월 19일 (금) 486호

지면	단수	기획	기사제목 〈회수〉〔곡수〕	필자/저자(역자)	분류	비고
1	4~6	講談	大岡政談/越後傳吉 〈51〉 오오카 정담/에치고 덴키치	旭堂南陵	고단	
2	5~6		KOREAN PENINSULA AS VIEWED BY A FOREIGNER 外人の視たる半島 〈11〉 KOREAN PENINSULA AS VIEWED BY A FOREIGNER 외국인이 본 반도	一外人	수필/관찰	

1910년 08월 20일 (토) 487호

지면	단수	기획	기사제목 〈회수〉〔곡수〕	필자/저자(역자)	분류	비고
1	4~7	講談	大岡政談/越後傳吉 〈52〉 오오카 정담/에치고 덴키치	旭堂南陵	고단	
2	5~6		KOREAN PENINSULA AS VIEWED BY A FOREIGNER 外人の視たる半島 〈12〉 KOREAN PENINSULA AS VIEWED BY A FOREIGNER 외국인이 본 반도	一外人	수필/관찰	

1910년 08월 21일 (일) 488호

지면	단수	기획	기사제목 〈회수〉〔곡수〕	필자/저자(역자)	분류	비고
1	4~7	講談	大岡政談/越後傳吉 〈53〉 오오카 정담/에치고 덴키치	旭堂南陵	고단	

1910년 08월 23일 (화) 489호

지면	단수	기획	기사제목 〈회수〉〔곡수〕	필자/저자(역자)	분류	비고
1	3~4		翠湖君を送る 스이코 군을 보내다	柳江生	수필/일기	
1	4~6	講談	大岡政談/越後傳吉 〈54〉 오오카 정담/에치고 덴키치	旭堂南陵	고단	

1910년 08월 24일 (수) 490호

지면	단수	기획	기사제목 〈회수〉〔곡수〕	필자/저자(역자)	분류	비고
1	4~7	講談	大岡政談/越後傳吉 〈55〉 오오카 정담/에치고 덴키치	旭堂南陵	고단	

1910년 08월 25일 (목) 491호

지면	단수	기획	기사제목 〈회수〉〔곡수〕	필자/저자(역자)	분류	비고
1	4~6	講談	大岡政談/越後傳吉 〈56〉 오오카 정담/에치고 덴키치	旭堂南陵	고단	

1910년 08월 26일 (금) 492호

지면	단수	기획	기사제목 〈회수〉〔곡수〕	필자/저자(역자)	분류	비고
1	2~3		退韓記 〈1〉 퇴한기	勸韓農生	수필/서간	
1	3~6	講談	大岡政談/越後傳吉 〈57〉 오오카 정담/에치고 덴키치	旭堂南陵	고단	

1910년 08월 27일 (토) 493호

지면	단수	기획	기사제목 〈회수〉〔곡수〕	필자/저자(역자)	분류	비고
1	3~4		退韓記 〈2〉 퇴한기	勸韓農生	수필/서간	
1	4~7	講談	大岡政談/越後傳吉 〈58〉 오오카 정담/에치고 덴키치	旭堂南陵	고단	

1910년 08월 28일 (일) 494호

지면	단수	기획	기사제목 〈회수〉〔곡수〕	필자/저자(역자)	분류	비고
1	2~3		退韓記 〈3〉 퇴한기	勸韓農生	수필/서간	
1	3~6	講談	大岡政談/越後傳吉 〈59〉 오오카 정담/에치고 덴키치	旭堂南陵	고단	

1910년 08월 30일 (화) 495호

지면	단수	기획	기사제목 〈회수〉〔곡수〕	필자/저자(역자)	분류	비고
1	5~8	講談	大岡政談/越後傳吉 〈52〉 오오카 정담/에치고 덴키치	旭堂南陵	고단	회수 오류

1910년 08월 31일 (수) 496호

지면	단수	기획	기사제목 〈회수〉〔곡수〕	필자/저자(역자)	분류	비고
1	4~7	講談	大岡政談/越後傳吉 〈61〉 오오카 정담/에치고 덴키치	旭堂南陵	고단	

1910년 09월 01일 (목) 497호

지면	단수	기획	기사제목 〈회수〉〔곡수〕	필자/저자(역자)	분류	비고
1	3~4		退韓記 〈4〉 퇴한기	勸韓農生	수필/서간	
1	4	俳句	京城 如月會句集/東京 二蕉庵紫香宗匠撰 〈1〉〔2〕 경성 기사라기카이 구집/도쿄 니쇼안 시코 종장 찬	彌生	시가/하이쿠	
1	4	俳句	京城 如月會句集/東京 二蕉庵紫香宗匠撰 〈1〉〔1〕 경성 기사라기카이 구집/도쿄 니쇼안 시코 종장 찬	ひさし	시가/하이쿠	
1	4	俳句	京城 如月會句集/東京 二蕉庵紫香宗匠撰 〈1〉〔1〕 경성 기사라기카이 구집/도쿄 니쇼안 시코 종장 찬	萩水	시가/하이쿠	

지면	단수	기획	기사제목 〈회수〉〔곡수〕	필자/저자(역자)	분류	비고
1	4	俳句	京城 如月會句集/東京 二蕉庵紫香宗匠撰 〈1〉〔1〕 경성 기사라기카이 구집/도쿄 니쇼안 시코 종장 찬	蕉華女	시가/하이쿠	
1	4	俳句	京城 如月會句集/東京 二蕉庵紫香宗匠撰 〈1〉〔2〕 경성 기사라기카이 구집/도쿄 니쇼안 시코 종장 찬	萩水	시가/하이쿠	
1	4	俳句	京城 如月會句集/東京 二蕉庵紫香宗匠撰 〈1〉〔1〕 경성 기사라기카이 구집/도쿄 니쇼안 시코 종장 찬	彌生	시가/하이쿠	
1	4	俳句	京城 如月會句集/東京 二蕉庵紫香宗匠撰 〈1〉〔1〕 경성 기사라기카이 구집/도쿄 니쇼안 시코 종장 찬	萩水	시가/하이쿠	
1	4	俳句	京城 如月會句集/東京 二蕉庵紫香宗匠撰 〈1〉〔1〕 경성 기사라기카이 구집/도쿄 니쇼안 시코 종장 찬	彌生	시가/하이쿠	
1	4	俳句	京城 如月會句集/東京 二蕉庵紫香宗匠撰 〈1〉〔1〕 경성 기사라기카이 구집/도쿄 니쇼안 시코 종장 찬	不美女	시가/하이쿠	
1	4	俳句	京城 如月會句集/東京 二蕉庵紫香宗匠撰 〈1〉〔1〕 경성 기사라기카이 구집/도쿄 니쇼안 시코 종장 찬	不得	시가/하이쿠	
1	4	俳句	京城 如月會句集/東京 二蕉庵紫香宗匠撰 〈1〉〔1〕 경성 기사라기카이 구집/도쿄 니쇼안 시코 종장 찬	萩水	시가/하이쿠	
1	4	俳句	京城 如月會句集/東京 二蕉庵紫香宗匠撰 〈1〉〔1〕 경성 기사라기카이 구집/도쿄 니쇼안 시코 종장 찬	ひさし	시가/하이쿠	
1	4	俳句	京城 如月會句集/東京 二蕉庵紫香宗匠撰 〈1〉〔1〕 경성 기사라기카이 구집/도쿄 니쇼안 시코 종장 찬	撰者 紫香	시가/하이쿠	
1	4~7	講談	大岡政談/越後傳吉 〈62〉 오오카 정담/에치고 덴키치	旭堂南陵	고단	

1910년 09월 02일 (금) 498호

지면	단수	기획	기사제목 〈회수〉〔곡수〕	필자/저자(역자)	분류	비고
1	3	俳句	京城 如月會句集/高木むら先生撰 〈2〉〔1〕 경성 기사라기카이 구집/다카키 무라 선생 찬	不美女	시가/하이쿠	
1	3	俳句	京城 如月會句集/高木むら先生撰 〈2〉〔1〕 경성 기사라기카이 구집/다카키 무라 선생 찬	不得	시가/하이쿠	
1	3	俳句	京城 如月會句集/高木むら先生撰 〈2〉〔1〕 경성 기사라기카이 구집/다카키 무라 선생 찬	彌生	시가/하이쿠	
1	3	俳句	京城 如月會句集/高木むら先生撰 〈2〉〔3〕 경성 기사라기카이 구집/다카키 무라 선생 찬	萩水	시가/하이쿠	
1	4	俳句	京城 如月會句集/高木むら先生撰 〈2〉〔1〕 경성 기사라기카이 구집/다카키 무라 선생 찬	彌生	시가/하이쿠	
1	4	俳句	京城 如月會句集/高木むら先生撰 〈2〉〔1〕 경성 기사라기카이 구집/다카키 무라 선생 찬	ひさし	시가/하이쿠	
1	4	俳句	京城 如月會句集/高木むら先生撰 〈2〉〔2〕 경성 기사라기카이 구집/다카키 무라 선생 찬	萩水	시가/하이쿠	
1	4	俳句	京城 如月會句集/高木むら先生撰 〈2〉〔1〕 경성 기사라기카이 구집/다카키 무라 선생 찬	不美女	시가/하이쿠	
1	4	俳句	京城 如月會句集/高木むら先生撰 〈2〉〔1〕 경성 기사라기카이 구집/다카키 무라 선생 찬	花醉	시가/하이쿠	
1	4	俳句	京城 如月會句集/高木むら先生撰 〈2〉〔2〕 경성 기사라기카이 구집/다카키 무라 선생 찬	萩水	시가/하이쿠	
1	4	俳句	京城 如月會句集/高木むら先生撰 〈2〉〔1〕 경성 기사라기카이 구집/다카키 무라 선생 찬	撰者 むら	시가/하이쿠	
1	4~6	講談	大岡政談/越後傳吉 〈63〉 오오카 정담/에치고 덴키치	旭堂南陵	고단	

1910년 09월 03일 (토) 499호

지면	단수	기획	기사제목 〈회수〉〔곡수〕	필자/저자(역자)	분류	비고
1	4~6	講談	大岡政談/越後傳吉 〈64〉 오오카 정담/에치고 덴키치	旭堂南陵	고단	

지면	단수	기획	기사제목 〈회수〉〔곡수〕	필자/저자(역자)	분류	비고
			1910년 09월 04일 (일) 500호			
1	3~6	講談	大岡政談/越後傳吉 〈65〉 오오카 정담/에치고 덴키치	旭堂南陵	고단	
			1910년 09월 06일 (화) 501호			
1	4~7	講談	大岡政談/越後傳吉 〈66〉 오오카 정담/에치고 덴키치	旭堂南陵	고단	
			1910년 09월 07일 (수) 502호			
1	4	文苑	秋の團扇に賛す 가을의 단선에 찬하다	二春	수필/일상	
1	4~7	講談	大岡政談/越後傳吉 〈67〉 오오카 정담/에치고 덴키치	旭堂南陵	고단	
3	1		時代劇「信女の片戀」 시대극「신녀의 짝사랑」		수필/기타	
3	4		時事批評/統監と本願寺布敎〔1〕 시사 하이쿠 평/통감과 혼간지 포교	千春	시가/하이쿠	
3	4		時事批評/官吏減少は虛說乎〔1〕 시사 하이쿠 평/관리 감소는 허설인가	千春	시가/하이쿠	
3	4		時事批評/各理事官の諭達〔1〕 시사 하이쿠 평/각 이사관의 유달	千春	시가/하이쿠	
3	4		時事批評/露國官憲の嚴戒〔1〕 시사 하이쿠 평/러시아 관헌의 엄계	千春	시가/하이쿠	
3	4		時事批評/日朝會議所の合併〔1〕 시사 하이쿠 평/일조회의소의 합병	千春	시가/하이쿠	
			1910년 09월 08일 (목) 503호			
1	4	俳句	秋五句〔5〕 가을-오구	多田千春	시가/하이쿠	
1	4~7	講談	大岡政談/越後傳吉 〈68〉 오오카 정담/에치고 덴키치	旭堂南陵	고단	
			1910년 09월 09일 (금) 504호			
1	4	俳句	秋五句〔5〕 가을-오구	多田千春	시가/하이쿠	
1	4~6	講談	大岡政談/越後傳吉 〈69〉 오오카 정담/에치고 덴키치	旭堂南陵	고단	
			1910년 09월 10일 (토) 505호			
1	3	俳句	秋五句〔5〕 가을-오구	多田千春	시가/하이쿠	
1	3~6	講談	大岡政談/越後傳吉 〈70〉 오오카 정담/에치고 덴키치	旭堂南陵	고단	
			1910년 09월 11일 (일) 506호			
1	3	文苑	★文學勃興の秋(上) 〈1〉 문학 발흥의 가을(상)	閑々生	수필/비평	
1	4~7	講談	大岡政談/越後傳吉 〈71〉 오오카 정담/에치고 덴키치	旭堂南陵	고단	
			1910년 09월 13일 (화) 507호			

지면	단수	기획	기사제목 〈회수〉〔곡수〕	필자/저자(역자)	분류	비고
1	2~3		退韓記 〈5〉 퇴한기	勸韓農生	수필/서간	
1	3~4	文苑	★文學勃興の秋(中) 〈2〉 문학 발흥의 가을(중)	閑々生	수필/비평	
1	4~7	講談	大岡政談/越後傳吉 〈72〉 오오카 정담/에치고 덴키치	旭堂南陵	고단	

1910년 09월 14일 (수) 508호

지면	단수	기획	기사제목 〈회수〉〔곡수〕	필자/저자(역자)	분류	비고
1	4	俳句	★漢陽吟社句集/花儒園主人選 〔1〕 한양음사 구집/가주엔 주인 선	半韓	시가/하이쿠	
1	4	俳句	★漢陽吟社句集/花儒園主人選 〔1〕 한양음사 구집/가주엔 주인 선	鈍蝶	시가/하이쿠	
1	4	俳句	漢陽吟社句集/花儒園主人選 〔1〕 한양음사 구집/가주엔 주인 선	米水	시가/하이쿠	
1	4	俳句	漢陽吟社句集/花儒園主人選 〔1〕 한양음사 구집/가주엔 주인 선	梅窓	시가/하이쿠	
1	4	俳句	☆漢陽吟社句集/花儒園主人選 〔4〕 한양음사 구집/가주엔 주인 선	梧竹	시가/하이쿠	
1	4	俳句	漢陽吟社句集/花儒園主人選 〔2〕 한양음사 구집/가주엔 주인 선	好春子	시가/하이쿠	
1	4~7	講談	大岡政談/越後傳吉 〈73〉 오오카 정담/에치고 덴키치	旭堂南陵	고단	

1910년 09월 15일 (목) 509호

지면	단수	기획	기사제목 〈회수〉〔곡수〕	필자/저자(역자)	분류	비고
1	3	俳句	漢陽吟社句集/花儒園主人選 〔1〕 한양음사 구집/가주엔 주인 선	梅窓	시가/하이쿠	
1	3	俳句	漢陽吟社句集/花儒園主人選 〔1〕 한양음사 구집/가주엔 주인 선	萩月	시가/하이쿠	
1	3	俳句	漢陽吟社句集/花儒園主人選 〔1〕 한양음사 구집/가주엔 주인 선	都天女	시가/하이쿠	
1	3	俳句	漢陽吟社句集/花儒園主人選 〔1〕 한양음사 구집/가주엔 주인 선	德女	시가/하이쿠	
1	3	俳句	漢陽吟社句集/花儒園主人選 〔1〕 한양음사 구집/가주엔 주인 선	梅窓	시가/하이쿠	
1	3	俳句	漢陽吟社句集/花儒園主人選 〔1〕 한양음사 구집/가주엔 주인 선	都天女	시가/하이쿠	
1	3	俳句	漢陽吟社句集/花儒園主人選 〔2〕 한양음사 구집/가주엔 주인 선	西都	시가/하이쿠	
1	3	俳句	漢陽吟社句集/花儒園主人選 〔1〕 한양음사 구집/가주엔 주인 선	思遠	시가/하이쿠	
1	3	俳句	漢陽吟社句集/花儒園主人選 〔1〕 한양음사 구집/가주엔 주인 선	其月	시가/하이쿠	
1	4~6	講談	大岡政談/越後傳吉 〈73〉 오오카 정담/에치고 덴키치	旭堂南陵	고단	회수 오류

1910년 09월 16일 (금) 510호

지면	단수	기획	기사제목 〈회수〉〔곡수〕	필자/저자(역자)	분류	비고
1	2~3	文苑	★文學勃興の秋(下) 〈3〉 문학 발흥의 가을(하)	閑々生	수필/비평	
1	3~6	講談	大岡政談/越後傳吉 〈75〉 오오카 정담/에치고 덴키치	旭堂南陵	고단	

1910년 09월 17일 (토) 511호

지면	단수	기획	기사제목 〈회수〉〔곡수〕	필자/저자(역자)	분류	비고
1	3	俳句	漢陽吟社句集/花儒園主人選〔1〕 한양음사 구집/가주엔 주인 선	萩月	시가/하이쿠	
1	3	俳句	漢陽吟社句集/花儒園主人選〔1〕 한양음사 구집/가주엔 주인 선	半水	시가/하이쿠	
1	3	俳句	漢陽吟社句集/花儒園主人選〔1〕 한양음사 구집/가주엔 주인 선	都天女	시가/하이쿠	
1	3	俳句	漢陽吟社句集/花儒園主人選〔1〕 한양음사 구집/가주엔 주인 선	鈍蝶	시가/하이쿠	
1	3	俳句	漢陽吟社句集/花儒園主人選〔1〕 한양음사 구집/가주엔 주인 선	其月	시가/하이쿠	
1	3	俳句	漢陽吟社句集/花儒園主人選〔1〕 한양음사 구집/가주엔 주인 선	一水	시가/하이쿠	
1	3	俳句	漢陽吟社句集/花儒園主人選〔1〕 한양음사 구집/가주엔 주인 선	朝松	시가/하이쿠	
1	3	俳句	漢陽吟社句集/花儒園主人選〔1〕 한양음사 구집/가주엔 주인 선	其月	시가/하이쿠	
1	3	俳句	漢陽吟社句集/花儒園主人選〔1〕 한양음사 구집/가주엔 주인 선	一水	시가/하이쿠	
1	3	俳句	漢陽吟社句集/花儒園主人選〔1〕 한양음사 구집/가주엔 주인 선	其月	시가/하이쿠	
1	4~6	講談	大岡政談/越後傳吉〈76〉 오오카 정담/에치고 덴키치	旭堂南陵	고단	

1910년 09월 18일 (일) 512호

지면	단수	기획	기사제목 〈회수〉〔곡수〕	필자/저자(역자)	분류	비고
1	3	俳句	漢陽吟社句集/花儒園主人撰/高座十客〔1〕 한양음사 구집/가주엔 주인 선/고좌 십객	一水	시가/하이쿠	
1	3	俳句	漢陽吟社句集/花儒園主人撰/高座十客〔1〕 한양음사 구집/가주엔 주인 선/고좌 십객	朝松	시가/하이쿠	
1	3	俳句	漢陽吟社句集/花儒園主人撰/高座十客〔2〕 한양음사 구집/가주엔 주인 선/고좌 십객	其月	시가/하이쿠	
1	3	俳句	漢陽吟社句集/花儒園主人撰/高座十客〔1〕 한양음사 구집/가주엔 주인 선/고좌 십객	萩月	시가/하이쿠	
1	3	俳句	漢陽吟社句集/花儒園主人撰/高座十客〔1〕 한양음사 구집/가주엔 주인 선/고좌 십객	其月	시가/하이쿠	
1	3	俳句	漢陽吟社句集/花儒園主人撰/高座十客〔1〕 한양음사 구집/가주엔 주인 선/고좌 십객	如春子	시가/하이쿠	
1	3	俳句	漢陽吟社句集/花儒園主人撰/高座十客〔1〕 한양음사 구집/가주엔 주인 선/고좌 십객	德女	시가/하이쿠	
1	3	俳句	漢陽吟社句集/花儒園主人撰/高座十客〔1〕 한양음사 구집/가주엔 주인 선/고좌 십객	都天女	시가/하이쿠	
1	3	俳句	漢陽吟社句集/花儒園主人撰/高座十客〔1〕 한양음사 구집/가주엔 주인 선/고좌 십객	一水	시가/하이쿠	
1	3	俳句	漢陽吟社句集/花儒園主人選/追加〔1〕 한양음사 구집/가주엔 주인 선/추가	如月堂	시가/하이쿠	
1	3~6	講談	大岡政談/越後傳吉〈77〉 오오카 정담/에치고 덴키치	旭堂南陵	고단	

1910년 09월 20일 (화) 513호

지면	단수	기획	기사제목 〈회수〉〔곡수〕	필자/저자(역자)	분류	비고
1	3~4	文苑	英雄と小說家 영웅과 소설가	閑々生	수필/비평	
1	4	文苑	女性の四季/秋〔1〕 여자의 사계/가을	歐骸生	시가/신체시	

지면	단수	기획	기사제목 〈회수〉〔곡수〕	필자/저자(역자)	분류	비고
1	4	俳句	漢陽吟社句集/花儒園主人撰〔1〕 한양음사 구집/가주엔 주인 선	如春子	시가/하이쿠	
1	4	俳句	漢陽吟社句集/花儒園主人撰〔1〕 한양음사 구집/가주엔 주인 선	西都	시가/하이쿠	
1	4	俳句	漢陽吟社句集/花儒園主人撰〔2〕 한양음사 구집/가주엔 주인 선	如春子	시가/하이쿠	
1	5	俳句	漢陽吟社句集/花儒園主人撰〔2〕 한양음사 구집/가주엔 주인 선	半韓	시가/하이쿠	
1	5	俳句	漢陽吟社句集/花儒園主人撰〔1〕 한양음사 구집/가주엔 주인 선	西都	시가/하이쿠	
1	5	俳句	漢陽吟社句集/花儒園主人撰〔1〕 한양음사 구집/가주엔 주인 선	如春子	시가/하이쿠	
1	5	俳句	漢陽吟社句集/花儒園主人撰〔1〕 한양음사 구집/가주엔 주인 선	思遠	시가/하이쿠	
1	5	俳句	漢陽吟社句集/花儒園主人撰〔1〕 한양음사 구집/가주엔 주인 선	梅窓	시가/하이쿠	
1	5~7	講談	大岡政談/越後傳吉〈78〉 오오카 정담/에치고 덴키치	旭堂南陵	고단	

1910년 09월 21일 (수) 514호

지면	단수	기획	기사제목 〈회수〉〔곡수〕	필자/저자(역자)	분류	비고
1	3	俳句	漢陽吟社觀月會句集(上)/花儒園拏雲宗匠撰〈1〉〔2〕 한양음사 관월회 구집(상)/가주엔 나운 종장 찬	米水	시가/하이쿠	
1	3	俳句	漢陽吟社觀月會句集(上)/花儒園拏雲宗匠撰〈1〉〔1〕 한양음사 관월회 구집(상)/가주엔 나운 종장 찬	其月	시가/하이쿠	
1	3	俳句	漢陽吟社觀月會句集(上)/花儒園拏雲宗匠撰〈1〉〔1〕 한양음사 관월회 구집(상)/가주엔 나운 종장 찬	鈍蝶	시가/하이쿠	
1	3	俳句	漢陽吟社觀月會句集(上)/花儒園拏雲宗匠撰〈1〉〔1〕 한양음사 관월회 구집(상)/가주엔 나운 종장 찬	萩月	시가/하이쿠	
1	3	俳句	漢陽吟社觀月會句集(上)/花儒園拏雲宗匠撰〈1〉〔1〕 한양음사 관월회 구집(상)/가주엔 나운 종장 찬	鈍蝶	시가/하이쿠	
1	3	俳句	漢陽吟社觀月會句集(上)/花儒園拏雲宗匠撰〈1〉〔1〕 한양음사 관월회 구집(상)/가주엔 나운 종장 찬	米水	시가/하이쿠	
1	3	俳句	漢陽吟社觀月會句集(上)/花儒園拏雲宗匠撰〈1〉〔1〕 한양음사 관월회 구집(상)/가주엔 나운 종장 찬	其月	시가/하이쿠	
1	3	俳句	漢陽吟社觀月會句集(上)/花儒園拏雲宗匠撰〈1〉〔1〕 한양음사 관월회 구집(상)/가주엔 나운 종장 찬	朝松	시가/하이쿠	
1	3	俳句	漢陽吟社觀月會句集(上)/花儒園拏雲宗匠撰〈1〉〔1〕 한양음사 관월회 구집(상)/가주엔 나운 종장 찬	都天女	시가/하이쿠	
1	3	俳句	漢陽吟社觀月會句集(上)/花儒園拏雲宗匠撰〈1〉〔1〕 한양음사 관월회 구집(상)/가주엔 나운 종장 찬	西都	시가/하이쿠	
1	3	俳句	漢陽吟社觀月會句集(上)/花儒園拏雲宗匠撰〈1〉〔1〕 한양음사 관월회 구집(상)/가주엔 나운 종장 찬	梅窓	시가/하이쿠	
1	3~4	俳句	漢陽吟社觀月會句集(上)/花儒園拏雲宗匠撰〈1〉〔3〕 한양음사 관월회 구집(상)/가주엔 나운 종장 찬	其月	시가/하이쿠	
1	4	俳句	漢陽吟社觀月會句集(上)/花儒園拏雲宗匠撰〈1〉〔1〕 한양음사 관월회 구집(상)/가주엔 나운 종장 찬	德女	시가/하이쿠	
1	4	俳句	漢陽吟社觀月會句集(上)/花儒園拏雲宗匠撰〈1〉〔1〕 한양음사 관월회 구집(상)/가주엔 나운 종장 찬	梅窓	시가/하이쿠	
1	4	俳句	漢陽吟社觀月會句集(上)/花儒園拏雲宗匠撰〈1〉〔1〕 한양음사 관월회 구집(상)/가주엔 나운 종장 찬	朝松	시가/하이쿠	
1	4	俳句	漢陽吟社觀月會句集(上)/花儒園拏雲宗匠撰〈1〉〔1〕 한양음사 관월회 구집(상)/가주엔 나운 종장 찬	鈍蝶	시가/하이쿠	

지면	단수	기획	기사제목 〈회수〉〔곡수〕	필자/저자(역자)	분류	비고
1	4	俳句	漢陽吟社觀月會句集(上)/花儒園擎雲宗匠撰 〈1〉〔1〕 한양음사 관월회 구집(상)/가주엔 나운 종장 찬	朝松	시가/하이쿠	
1	4	俳句	漢陽吟社觀月會句集(上)/花儒園擎雲宗匠撰 〈1〉〔1〕 한양음사 관월회 구집(상)/가수엔 나운 종징 친	##	시가/하이쿠	
1	4	俳句	漢陽吟社觀月會句集(上)/花儒園擎雲宗匠撰 〈1〉〔1〕 한양음사 관월회 구집(상)/가주엔 나운 종장 찬	都天女	시가/하이쿠	
1	4~6	講談	大岡政談/越後傳吉 〈79〉 오오카 정담/에치고 덴키치	旭堂南陵	고단	

1910년 09월 22일 (목) 515호

지면	단수	기획	기사제목 〈회수〉〔곡수〕	필자/저자(역자)	분류	비고
1	2	俳句	漢陽吟社觀月會句集(下)/花儒園擎雲宗匠撰 〈2〉〔1〕 한양음사 관월회 구집(하)/가주엔 나운 종장 찬	梅窓	시가/하이쿠	
1	2	俳句	漢陽吟社觀月會句集(下)/花儒園擎雲宗匠撰 〈2〉〔2〕 한양음사 관월회 구집(하)/가주엔 나운 종장 찬	其月	시가/하이쿠	
1	2	俳句	漢陽吟社觀月會句集(下)/花儒園擎雲宗匠撰 〈2〉〔1〕 한양음사 관월회 구집(하)/가주엔 나운 종장 찬	德女	시가/하이쿠	
1	2	俳句	漢陽吟社觀月會句集(下)/花儒園擎雲宗匠選 〈2〉〔1〕 한양음사 관월회 구집(하)/가주엔 나운 종장 찬	萩月	시가/하이쿠	
1	2	俳句	漢陽吟社觀月會句集(下)/花儒園擎雲宗匠選/高座十客 〈2〉〔1〕 한양음사 관월회 구집(하)/가주엔 나운 종장 찬/고좌 십객	米水	시가/하이쿠	
1	2	俳句	漢陽吟社觀月會句集(下)/花儒園擎雲宗匠選/高座十客 〈2〉〔1〕 한양음사 관월회 구집(하)/가주엔 나운 종장 찬/고좌 십객	悟竹	시가/하이쿠	
1	2	俳句	漢陽吟社觀月會句集(下)/花儒園擎雲宗匠選/高座十客 〈2〉〔1〕 한양음사 관월회 구집(하)/가주엔 나운 종장 찬/고좌 십객	鈍蝶	시가/하이쿠	
1	2	俳句	漢陽吟社觀月會句集(下)/花儒園擎雲宗匠選/高座十客 〈2〉〔1〕 한양음사 관월회 구집(하)/가주엔 나운 종장 찬/고좌 십객	西都	시가/하이쿠	
1	2	俳句	漢陽吟社觀月會句集(下)/花儒園擎雲宗匠選/高座十客 〈2〉〔1〕 한양음사 관월회 구집(하)/가주엔 나운 종장 찬/고좌 십객	德女	시가/하이쿠	
1	2	俳句	漢陽吟社觀月會句集(下)/花儒園擎雲宗匠選/高座十客 〈2〉〔1〕 한양음사 관월회 구집(하)/가주엔 나운 종장 찬/고좌 십객	萩月	시가/하이쿠	
1	2	俳句	漢陽吟社觀月會句集(下)/花儒園擎雲宗匠選/高座十客 〈2〉〔1〕 한양음사 관월회 구집(하)/가주엔 나운 종장 찬/고좌 십객	朝松	시가/하이쿠	
1	2	俳句	漢陽吟社觀月會句集(下)/花儒園擎雲宗匠選/人 〈2〉〔1〕 한양음사 관월회 구집(하)/가주엔 나운 종장 찬/인	悟竹	시가/하이쿠	
1	2	俳句	漢陽吟社觀月會句集(下)/花儒園擎雲宗匠選/地 〈2〉〔1〕 한양음사 관월회 구집(하)/가주엔 나운 종장 찬/지	都天女	시가/하이쿠	
1	3	俳句	漢陽吟社觀月會句集(下)/花儒園擎雲宗匠選/天 〈2〉〔1〕 한양음사 관월회 구집(하)/가주엔 나운 종장 찬/천	其月	시가/하이쿠	
1	3	俳句	漢陽吟社觀月會句集(下)/花儒園擎雲宗匠選/追加 〈2〉〔1〕 한양음사 관월회 구집(하)/가주엔 나운 종장 찬/추가	判者 擎雲	시가/하이쿠	
1	3~6	講談	大岡政談/越後傳吉 〈80〉 오오카 정담/에치고 덴키치	旭堂南陵	고단	

1910년 09월 23일 (금) 516호

지면	단수	기획	기사제목 〈회수〉〔곡수〕	필자/저자(역자)	분류	비고
1	4~6	講談	大岡政談/越後傳吉 〈81〉 오오카 정담/에치고 덴키치	旭堂南陵	고단	

1910년 09월 24일 (토) 517호

지면	단수	기획	기사제목 〈회수〉〔곡수〕	필자/저자(역자)	분류	비고
1	3~6	講談	大岡政談/越後傳吉 〈82〉 오오카 정담/에치고 덴키치	旭堂南陵	고단	

1910년 09월 27일 (화) 518호

지면	단수	기획	기사제목 〈회수〉〔곡수〕	필자/저자(역자)	분류	비고
1	3~6	講談	大岡政談/越後傳吉 〈83〉 오오카 정담/에치고 덴키치	旭堂南陵	고단	

1910년 09월 28일 (수) 519호

지면	단수	기획	기사제목	필자/저자(역자)	분류	비고
1	3~6	講談	大岡政談/越後傳吉 〈84〉 오오카 정담/에치고 덴키치	旭堂南陵	고단	

1910년 09월 29일 (목) 520호

지면	단수	기획	기사제목	필자/저자(역자)	분류	비고
1	4~6	講談	大岡政談/越後傳吉 〈84〉 오오카 정담/에치고 덴키치	旭堂南陵	고단	회수 오류

1910년 09월 30일 (금) 521호

지면	단수	기획	기사제목	필자/저자(역자)	분류	비고
1	4~6	講談	大岡政談/越後傳吉 〈86〉 오오카 정담/에치고 덴키치	旭堂南陵	고단	

1910년 10월 01일 (토) 522호

지면	단수	기획	기사제목	필자/저자(역자)	분류	비고
1	4~6	講談	大岡政談/越後傳吉 〈87〉 오오카 정담/에치고 덴키치	旭堂南陵	고단	

1910년 10월 02일 (일) 523호

지면	단수	기획	기사제목	필자/저자(역자)	분류	비고
1	3~5	講談	大岡政談/越後傳吉 〈88〉 오오카 정담/에치고 덴키치	旭堂南陵	고단	

1910년 10월 04일 (화) 524호

지면	단수	기획	기사제목	필자/저자(역자)	분류	비고
1	2~3	文苑	演劇事實考 〈1〉 연극 사실고	閑生	수필/비평	
1	4~6	講談	大岡政談/越後傳吉 〈89〉 오오카 정담/에치고 덴키치	旭堂南陵	고단	

1910년 10월 05일 (수) 525호

지면	단수	기획	기사제목	필자/저자(역자)	분류	비고
1	4~6	講談	大岡政談/越後傳吉 〈90〉 오오카 정담/에치고 덴키치	旭堂南陵	고단	

1910년 10월 06일 (목) 526호

지면	단수	기획	기사제목	필자/저자(역자)	분류	비고
1	4~7	講談	大岡政談/越後傳吉 〈91〉 오오카 정담/에치고 덴키치	旭堂南陵	고단	

1910년 10월 07일 (금) 527호

지면	단수	기획	기사제목	필자/저자(역자)	분류	비고
1	3~4	文苑	演劇事實考 〈2〉 연극 사실고	閑生	수필/비평	
1	4~7	講談	大岡政談/越後傳吉 〈92〉 오오카 정담/에치고 덴키치	旭堂南陵	고단	

1910년 10월 08일 (토) 528호

지면	단수	기획	기사제목	필자/저자(역자)	분류	비고
1	4~6	講談	大岡政談/越後傳吉 〈92〉 오오카 정담/에치고 덴키치	旭堂南陵	고단	

1910년 10월 09일 (일) 529호

지면	단수	기획	기사제목	필자/저자(역자)	분류	비고
1	4~6	講談	大岡政談/越後傳吉 〈94〉 오오카 정담/에치고 덴키치	旭堂南陵	고단	

1910년 10월 11일 (화) 530호

지면	단수	기획	기사제목 〈회수〉 〔곡수〕	필자/저자(역자)	분류	비고
1	3~6	講談	大岡政談/越後傳吉 〈95〉 오오카 정담/에치고 덴키치	旭堂南陵	고단	

1910년 10월 12일 (수) 531호

지면	단수	기획	기사제목 〈회수〉 〔곡수〕	필자/저자(역자)	분류	비고
1	5~8	講談	大岡政談/越後傳吉 〈96〉 오오카 정담/에치고 덴키치	旭堂南陵	고단	

1910년 10월 13일 (목) 532호

지면	단수	기획	기사제목 〈회수〉 〔곡수〕	필자/저자(역자)	분류	비고
1	4~7	講談	大岡政談/越後傳吉 〈97〉 오오카 정담/에치고 덴키치	旭堂南陵	고단	

1910년 10월 14일 (금) 533호

지면	단수	기획	기사제목 〈회수〉 〔곡수〕	필자/저자(역자)	분류	비고
1	6	文苑	秋 〔2〕 가을	閑々生	시가/도도이쓰	

1910년 10월 15일 (토) 534호

지면	단수	기획	기사제목 〈회수〉 〔곡수〕	필자/저자(역자)	분류	비고
1	4~6	講談	大岡政談/越後傳吉 〈98〉 오오카 정담/에치고 덴키치	旭堂南陵	고단	

1910년 10월 16일 (일) 535호

지면	단수	기획	기사제목 〈회수〉 〔곡수〕	필자/저자(역자)	분류	비고
1	5~7	講談	大岡政談/越後傳吉 〈99〉 오오카 정담/에치고 덴키치	旭堂南陵	고단	

1910년 10월 19일 (수) 536호

지면	단수	기획	기사제목 〈회수〉 〔곡수〕	필자/저자(역자)	분류	비고
1	3~5	講談	大岡政談/越後傳吉 〈100〉 오오카 정담/에치고 덴키치	旭堂南陵	고단	

1910년 10월 20일 (목) 537호

지면	단수	기획	기사제목 〈회수〉 〔곡수〕	필자/저자(역자)	분류	비고
1	4	俳句	漢陽吟社第十回發句集/花儒園拏雲宗匠撰 〔1〕 한양음사 제10회 홋쿠슈/가주엔 나운 종장 찬	其月	시가/하이쿠	
1	4	俳句	漢陽吟社第十回發句集/花儒園拏雲宗匠撰 〔1〕 한양음사 제10회 홋쿠슈/가주엔 나운 종장 찬	梅窓	시가/하이쿠	
1	4	俳句	漢陽吟社第十回發句集/花儒園拏雲宗匠撰 〔1〕 한양음사 제10회 홋쿠슈/가주엔 나운 종장 찬	西都	시가/하이쿠	
1	4	俳句	漢陽吟社第十回發句集/花儒園拏雲宗匠撰 〔1〕 한양음사 제10회 홋쿠슈/가주엔 나운 종장 찬	其月	시가/하이쿠	
1	4	俳句	漢陽吟社第十回發句集/花儒園拏雲宗匠撰 〔2〕 한양음사 제10회 홋쿠슈/가주엔 나운 종장 찬	如春子	시가/하이쿠	
1	4	俳句	漢陽吟社第十回發句集/花儒園拏雲宗匠撰 〔1〕 한양음사 제10회 홋쿠슈/가주엔 나운 종장 찬	其月	시가/하이쿠	
1	4	俳句	漢陽吟社第十回發句集/花儒園拏雲宗匠撰 〔1〕 한양음사 제10회 홋쿠슈/가주엔 나운 종장 찬	半韓	시가/하이쿠	
1	4	俳句	漢陽吟社第十回發句集/花儒園拏雲宗匠撰 〔1〕 한양음사 제10회 홋쿠슈/가주엔 나운 종장 찬	西都	시가/하이쿠	
1	4	俳句	漢陽吟社第十回發句集/花儒園拏雲宗匠撰 〔1〕 한양음사 제10회 홋쿠슈/가주엔 나운 종장 찬	都天女	시가/하이쿠	
1	4	俳句	漢陽吟社第十回發句集/花儒園拏雲宗匠撰 〔1〕 한양음사 제10회 홋쿠슈/가주엔 나운 종장 찬	鈍蝶	시가/하이쿠	
1	4	俳句	漢陽吟社第十回發句集/花儒園拏雲宗匠撰 〔1〕 한양음사 제10회 홋쿠슈/가주엔 나운 종장 찬	其月	시가/하이쿠	
1	4	俳句	漢陽吟社第十回發句集/花儒園拏雲宗匠撰 〔1〕 한양음사 제10회 홋쿠슈/가주엔 나운 종장 찬	西都	시가/하이쿠	

지면	단수	기획	기사제목 〈회수〉〔곡수〕	필자/저자(역자)	분류	비고
1	4	俳句	漢陽吟社第十回發句集/花儒園拏雲宗匠撰〔1〕 한양음사 제10회 홋쿠슈/가주엔 나운 종장 찬	悟竹	시가/하이쿠	
1	4	俳句	漢陽吟社第十回發句集/花儒園拏雲宗匠撰〔1〕 한양음사 제10회 홋쿠슈/가주엔 나운 종장 찬	如眠	시가/하이쿠	
1	4	俳句	漢陽吟社第十回發句集/花儒園拏雲宗匠撰〔1〕 한양음사 제10회 홋쿠슈/가주엔 나운 종장 찬	朝松	시가/하이쿠	
1	4	俳句	漢陽吟社第十回發句集/花儒園拏雲宗匠撰〔1〕 한양음사 제10회 홋쿠슈/가주엔 나운 종장 찬	梅窓	시가/하이쿠	
1	4	俳句	漢陽吟社第十回發句集/花儒園拏雲宗匠撰〔1〕 한양음사 제10회 홋쿠슈/가주엔 나운 종장 찬	德女	시가/하이쿠	
1	4	俳句	漢陽吟社第十回發句集/花儒園拏雲宗匠撰〔1〕 한양음사 제10회 홋쿠슈/가주엔 나운 종장 찬	如春子	시가/하이쿠	
1	4	俳句	漢陽吟社第十回發句集/花儒園拏雲宗匠撰〔1〕 한양음사 제10회 홋쿠슈/가주엔 나운 종장 찬	朝松	시가/하이쿠	
1	4	俳句	漢陽吟社第十回發句集/花儒園拏雲宗匠撰〔1〕 한양음사 제10회 홋쿠슈/가주엔 나운 종장 찬	梅窓	시가/하이쿠	
1	4~8	講談	大岡政談/越後傳吉〈101〉 오오카 정담/에치고 덴키치	旭堂南陵	고단	

1910년 10월 21일 (금) 538호

지면	단수	기획	기사제목 〈회수〉〔곡수〕	필자/저자(역자)	분류	비고
1	4~7	講談	大岡政談/越後傳吉〈102〉 오오카 정담/에치고 덴키치	旭堂南陵	고단	
3	2~3		菊のいろいろ〈1〉 국화의 이모저모		수필/관찰	

1910년 10월 22일 (토) 539호

지면	단수	기획	기사제목 〈회수〉〔곡수〕	필자/저자(역자)	분류	비고
1	4~6	講談	大岡政談/越後傳吉〈103〉 오오카 정담/에치고 덴키치	旭堂南陵	고단	
3	1~2		菊のいろいろ〈2〉 국화의 이모저모		수필/관찰	

1910년 10월 23일 (일) 540호

지면	단수	기획	기사제목 〈회수〉〔곡수〕	필자/저자(역자)	분류	비고
1	4~6	講談	大岡政談/越後傳吉〈104〉 오오카 정담/에치고 덴키치	旭堂南陵	고단	
5	3~5		菊のいろいろ〈3〉 국화의 이모저모		수필/관찰	

1910년 10월 25일 (화) 541호

지면	단수	기획	기사제목 〈회수〉〔곡수〕	필자/저자(역자)	분류	비고
1	4	俳句	漢陽吟社第十回發句集/花儒園拏雲宗匠撰〔1〕 한양음사 제10회 홋쿠슈/가주엔 나운 종장 찬	都天女	시가/하이쿠	
1	4	俳句	漢陽吟社第十回發句集/花儒園拏雲宗匠撰〔1〕 한양음사 제10회 홋쿠슈/가주엔 나운 종장 찬	半韓	시가/하이쿠	
1	4	俳句	漢陽吟社第十回發句集/花儒園拏雲宗匠撰〔1〕 한양음사 제10회 홋쿠슈/가주엔 나운 종장 찬	如春子	시가/하이쿠	
1	4	俳句	漢陽吟社第十回發句集/花儒園拏雲宗匠撰〔1〕 한양음사 제10회 홋쿠슈/가주엔 나운 종장 찬	朝松	시가/하이쿠	
1	4	俳句	漢陽吟社第十回發句集/花儒園拏雲宗匠撰〔1〕 한양음사 제10회 홋쿠슈/가주엔 나운 종장 찬	如眠	시가/하이쿠	
1	4	俳句	漢陽吟社第十回發句集/花儒園拏雲宗匠撰〔1〕 한양음사 제10회 홋쿠슈/가주엔 나운 종장 찬	梧竹	시가/하이쿠	
1	4	俳句	漢陽吟社第十回發句集/花儒園拏雲宗匠撰〔1〕 한양음사 제10회 홋쿠슈/가주엔 나운 종장 찬	思遠	시가/하이쿠	

지면	단수	기획	기사제목 〈회수〉〔곡수〕	필자/저자(역자)	분류	비고
1	4	俳句	漢陽吟社第十回發句集/花儒園拏雲宗匠撰〔1〕 한양음사 제10회 홋쿠슈/가주엔 나운 종장 찬	其月	시가/하이쿠	
1	4	俳句	漢陽吟社第十回發句集/花儒園拏雲宗匠撰〔1〕 한양음사 제10회 홋쿠슈/가주엔 나운 송상 산	西都	시가/하이쿠	
1	4	俳句	漢陽吟社第十回發句集/花儒園拏雲宗匠撰〔1〕 한양음사 제10회 홋쿠슈/가주엔 나운 종장 찬	梅窓	시가/하이쿠	
1	5	俳句	漢陽吟社第十回發句集/花儒園拏雲宗匠撰〔1〕 한양음사 제10회 홋쿠슈/가주엔 나운 종장 찬	香水	시가/하이쿠	
1	5	俳句	漢陽吟社第十回發句集/花儒園拏雲宗匠撰〔1〕 한양음사 제10회 홋쿠슈/가주엔 나운 종장 찬	梅窓	시가/하이쿠	
1	5~6	講談	大岡政談/越後傳吉〈105〉 오오카 정담/에치고 덴키치	旭堂南陵	고단	
3	4~5		菊のいろいろ〈4〉 국화의 이모저모		수필/관찰	

1910년 10월 26일 (수) 542호

지면	단수	기획	기사제목 〈회수〉〔곡수〕	필자/저자(역자)	분류	비고
1	4	俳句	漢陽吟社第十回發句集/花儒園拏雲宗匠撰〔1〕 한양음사 제10회 홋쿠슈/가주엔 나운 종장 찬	其月	시가/하이쿠	
1	4	俳句	漢陽吟社第十回發句集/花儒園拏雲宗匠撰〔1〕 한양음사 제10회 홋쿠슈/가주엔 나운 종장 찬	悟竹	시가/하이쿠	
1	4	俳句	漢陽吟社第十回發句集/花儒園拏雲宗匠撰/高座十客〔1〕 한양음사 제10회 홋쿠슈/가주엔 나운 종장 찬/고좌 십객	都天女	시가/하이쿠	
1	4	俳句	漢陽吟社第十回發句集/花儒園拏雲宗匠撰/高座十客〔1〕 한양음사 제10회 홋쿠슈/가주엔 나운 종장 찬/고좌 십객	西都	시가/하이쿠	
1	4	俳句	漢陽吟社第十回發句集/花儒園拏雲宗匠撰/高座十客〔1〕 한양음사 제10회 홋쿠슈/가주엔 나운 종장 찬/고좌 십객	香水	시가/하이쿠	
1	4	俳句	漢陽吟社第十回發句集/花儒園拏雲宗匠撰/高座十客〔2〕 한양음사 제10회 홋쿠슈/가주엔 나운 종장 찬/고좌 십객	悟竹	시가/하이쿠	
1	4	俳句	漢陽吟社第十回發句集/花儒園拏雲宗匠撰/高座十客〔1〕 한양음사 제10회 홋쿠슈/가주엔 나운 종장 찬/고좌 십객	其月	시가/하이쿠	
1	4	俳句	漢陽吟社第十回發句集/花儒園拏雲宗匠撰/高座十客〔1〕 한양음사 제10회 홋쿠슈/가주엔 나운 종장 찬/고좌 십객	梅窓	시가/하이쿠	
1	4	俳句	漢陽吟社第十回發句集/花儒園拏雲宗匠撰/高座十客〔1〕 한양음사 제10회 홋쿠슈/가주엔 나운 종장 찬/고좌 십객	如眠	시가/하이쿠	
1	4	俳句	漢陽吟社第十回發句集/花儒園拏雲宗匠撰/高座十客〔1〕 한양음사 제10회 홋쿠슈/가주엔 나운 종장 찬/고좌 십객	如春子	시가/하이쿠	
1	4	俳句	漢陽吟社第十回發句集/花儒園拏雲宗匠撰/高座十客〔1〕 한양음사 제10회 홋쿠슈/가주엔 나운 종장 찬/고좌 십객	其月	시가/하이쿠	
1	4	俳句	漢陽吟社第十回發句集/花儒園拏雲宗匠撰/追加〔1〕 한양음사 제10회 홋쿠슈/가주엔 나운 종장 찬/추가	判者 拏雲	시가/하이쿠	
1	4~7	講談	大岡政談/越後傳吉〈106〉 오오카 정담/에치고 덴키치	旭堂南陵	고단	
3	4~5		菊のいろいろ〈5〉 국화의 이모저모		수필/관찰	

1910년 10월 27일 (목) 543호

지면	단수	기획	기사제목 〈회수〉〔곡수〕	필자/저자(역자)	분류	비고
1	3~4	文苑	小册子 소책자	一美生	수필/일상	
1	4~7	講談	大岡政談/越後傳吉〈107〉 오오카 정담/에치고 덴키치	旭堂南陵	고단	
3	5~6		菊のいろいろ〈6〉 국화의 이모저모		수필/관찰	면수 오류

지면	단수	기획	기사제목 〈회수〉〔곡수〕	필자/저자(역자)	분류	비고
1910년 10월 28일 (금) 544호						
1	3~6	講談	大岡政談/越後傳吉 〈108〉 오오카 정담/에치고 덴키치	旭堂南陵	고단	
3	4~5		菊のいろいろ 〈7〉 국화의 이모저모		수필/관찰	
1910년 10월 29일 (토) 545호						
1	3	文苑	噫々夢 아아 꿈이여	一美生	수필/일상	
1	4~6	講談	山中鹿之助 〈1〉 야마나카 시카노스케	西尾麟慶	고단	
3	3~5		菊のいろいろ 〈8〉 국화의 이모저모		수필/관찰	
1910년 10월 30일 (일) 546호						
1	4~6	講談	山中鹿之助 〈2〉 야마나카 시카노스케	西尾麟慶	고단	
3	3~4		菊のいろいろ 〈9〉 국화의 이모저모		수필/관찰	
1910년 11월 01일 (화) 547호						
1	3	文苑	竹內將軍の雅懷 〔3〕 다케우치 장군의 아회		시가/한시	
1	4~7	講談	山中鹿之助 〈3〉 야마나카 시카노스케	西尾麟慶	고단	
3	2~3		菊のいろいろ 〈10〉 국화의 이모저모		수필/관찰	
1910년 11월 02일 (수) 548호						
1	3~6	講談	山中鹿之助 〈4〉 야마나카 시카노스케	西尾麟慶	고단	
1910년 11월 05일 (토) 550호						
1	5~7	講談	山中鹿之助 〈6〉 야마나카 시카노스케	西尾麟慶	고단	
1910년 11월 06일 (일) 551호						
1	4~7	講談	山中鹿之助 〈7〉 야마나카 시카노스케	西尾麟慶	고단	
3	3		都々逸 〔4〕 도도이쓰	魚人生	시가/도도이 쓰	
1910년 11월 08일 (화) 552호						
1	4~6	講談	山中鹿之助 〈8〉 야마나카 시카노스케	西尾麟慶	고단	
1910년 11월 09일 (수) 553호						
1	3~4	文苑	弱き胸の所産 연약한 가슴의 소산	エヌ生	수필/비평	
1	5~8	講談	山中鹿之助 〈9〉 야마나카 시카노스케	西尾麟慶	고단	

지면	단수	기획	기사제목 〈회수〉〔곡수〕	필자/저자(역자)	분류	비고
			1910년 11월 10일 (목) 554호			
1	3	俳句	天〔1〕 천	美生	시가/하이쿠	
1	3	俳句	地〔1〕 지	美生	시가/하이쿠	
1	3	俳句	人〔1〕 인	美生	시가/하이쿠	
1	3~4	俳句	秀逸〔20〕 수일	美生	시가/하이쿠	
1	4~6	講談	山中鹿之助〈10〉 야마나카 시카노스케	西尾麟慶	고단	
5	1		當世好色男(上)〈1〉 당세호색남(상)		수필/기타	면수 오류
			1910년 11월 11일 (금) 555호			
1	3~4	文苑	峴泥の一夜 이현의 하룻밤	一美生	수필/일상	峴泥-泥 峴 오기
1	4	俳句	漢陽吟社第十一回餘興/花儒園選〔1〕 한양음사 제11회 여흥/가주엔 선	都天女	시가/하이쿠	
1	4	俳句	漢陽吟社第十一回餘興/花儒園選〔1〕 한양음사 제11회 여흥/가주엔 선	其月	시가/하이쿠	
1	4	俳句	漢陽吟社第十一回餘興/花儒園選〔2〕 한양음사 제11회 여흥/가주엔 선	都天女	시가/하이쿠	
1	4	俳句	漢陽吟社第十一回餘興/花儒園選〔1〕 한양음사 제11회 여흥/가주엔 선	悟竹	시가/하이쿠	
1	4	俳句	漢陽吟社第十一回餘興/花儒園選〔1〕 한양음사 제11회 여흥/가주엔 선	如春子	시가/하이쿠	
1	4	俳句	漢陽吟社第十一回餘興/花儒園選〔1〕 한양음사 제11회 여흥/가주엔 선	半韓	시가/하이쿠	
1	4	俳句	漢陽吟社第十一回餘興/花儒園選〔1〕 한양음사 제11회 여흥/가주엔 선	悟竹	시가/하이쿠	
1	4	俳句	漢陽吟社第十一回餘興/花儒園選〔1〕 한양음사 제11회 여흥/가주엔 선	思遠	시가/하이쿠	
1	4	俳句	漢陽吟社第十一回餘興/花儒園選〔1〕 한양음사 제11회 여흥/가주엔 선	半韓	시가/하이쿠	
1	4	俳句	漢陽吟社第十一回餘興/花儒園選〔1〕 한양음사 제11회 여흥/가주엔 선	朝松	시가/하이쿠	
1	4	俳句	漢陽吟社第十一回餘興/花儒園選〔1〕 한양음사 제11회 여흥/가주엔 선	都天女	시가/하이쿠	
1	4	俳句	漢陽吟社第十一回餘興/花儒園選〔1〕 한양음사 제11회 여흥/가주엔 선	半韓	시가/하이쿠	
1	4	俳句	漢陽吟社第十一回餘興/花儒園選〔1〕 한양음사 제11회 여흥/가주엔 선	其月	시가/하이쿠	
1	4	俳句	漢陽吟社第十一回餘興/花儒園選〔1〕 한양음사 제11회 여흥/가주엔 선	朝松	시가/하이쿠	
1	4	俳句	漢陽吟社第十一回餘興/花儒園選〔1〕 한양음사 제11회 여흥/가주엔 선	如眠	시가/하이쿠	
1	4	俳句	漢陽吟社第十一回餘興/花儒園選〔1〕 한양음사 제11회 여흥/가주엔 선	如春子	시가/하이쿠	
1	4	俳句	漢陽吟社第十一回餘興/花儒園選/三光/人〔1〕 한양음사 제11회 여흥/가주엔 선/삼광/인	如春子	시가/하이쿠	

지면	단수	기획	기사제목 〈회수〉 〔곡수〕	필자/저자(역자)	분류	비고
1	4	俳句	漢陽吟社第十一回餘興/花儒園選/三光/人 〔1〕 한양음사 제11회 여흥/가주엔 선/삼광/인	朝松	시가/하이쿠	人-地 오기
1	4	俳句	漢陽吟社第十一回餘興/花儒園選/三光/天 〔1〕 한양음사 제11회 여흥/가주엔 선/삼광/천	半韓	시가/하이쿠	
1	4	俳句	漢陽吟社第十一回餘興/花儒園選/追加 〔1〕 한양음사 제11회 여흥/가주엔 선/삼광/추가	拏雲	시가/하이쿠	
1	5~7	講談	山中鹿之助 〈11〉 야마나카 시카노스케	西尾麟慶	고단	
5	1~2		當世好色男(下) 〈2〉 당세호색남(하)		수필/기타	면수 오류

1910년 11월 12일 (토) 556호

지면	단수	기획	기사제목 〈회수〉 〔곡수〕	필자/저자(역자)	분류	비고
1	4	漢詩	杉浦天臺郵寄天長節賀詞三章依韻和之/其一 〔1〕 스기우라가 텐타이에서 우편으로 천장절을 축하하는 시 3수를 우편으로 보내다/그 첫 번째	千葉鹿峰	시가/한시	
1	4	漢詩	杉浦天臺郵寄天長節賀詞三章依韻和之/其二 〔1〕 스기우라가 텐타이에서 우편으로 천장절을 축하하는 시 3수를 우편으로 보내다/그 두 번째	千葉鹿峰	시가/한시	
1	4	漢詩	杉浦天臺郵寄天長節賀詞三章依韻和之/其三 〔1〕 스기우라가 텐타이에서 우편으로 천장절을 축하하는 시 3수를 우편으로 보내다/그 세 번째	千葉鹿峰	시가/한시	
1	4~7	講談	山中鹿之助 〈12〉 야마나카 시카노스케	西尾麟慶	고단	

1910년 11월 13일 (일) 557호

지면	단수	기획	기사제목 〈회수〉 〔곡수〕	필자/저자(역자)	분류	비고
1	3	俳句	漢陽吟社第十一回芳詠甲乙逆列/花儒園選 〔2〕 한양음사 제11회 방영 갑을 역렬/가주엔 선	一考	시가/하이쿠	
1	3	俳句	漢陽吟社第十一回芳詠甲乙逆列/花儒園選 〔2〕 한양음사 제11회 방영 갑을 역렬/가주엔 선	朝橋	시가/하이쿠	
1	3	俳句	漢陽吟社第十一回芳詠甲乙逆列/花儒園選 〔1〕 한양음사 제11회 방영 갑을 역렬/가주엔 선	半韓	시가/하이쿠	
1	3	俳句	漢陽吟社第十一回芳詠甲乙逆列/花儒園選 〔1〕 한양음사 제11회 방영 갑을 역렬/가주엔 선	悟竹	시가/하이쿠	
1	3	俳句	漢陽吟社第十一回芳詠甲乙逆列/花儒園選 〔1〕 한양음사 제11회 방영 갑을 역렬/가주엔 선	如眠	시가/하이쿠	
1	3	俳句	漢陽吟社第十一回芳詠甲乙逆列/花儒園選 〔1〕 한양음사 제11회 방영 갑을 역렬/가주엔 선	西都	시가/하이쿠	
1	3~4	俳句	漢陽吟社第十一回芳詠甲乙逆列/花儒園選 〔2〕 한양음사 제11회 방영 갑을 역렬/가주엔 선	如眠	시가/하이쿠	
1	4	俳句	漢陽吟社第十一回芳詠甲乙逆列/花儒園選 〔1〕 한양음사 제11회 방영 갑을 역렬/가주엔 선	米水	시가/하이쿠	
1	4	俳句	漢陽吟社第十一回芳詠甲乙逆列/花儒園選 〔2〕 한양음사 제11회 방영 갑을 역렬/가주엔 선	悟竹	시가/하이쿠	
1	4	俳句	漢陽吟社第十一回芳詠甲乙逆列/花儒園選 〔1〕 한양음사 제11회 방영 갑을 역렬/가주엔 선	朝橋	시가/하이쿠	
1	4	俳句	漢陽吟社第十一回芳詠甲乙逆列/花儒園選 〔1〕 한양음사 제11회 방영 갑을 역렬/가주엔 선	香水	시가/하이쿠	
1	4	俳句	漢陽吟社第十一回芳詠甲乙逆列/花儒園選 〔1〕 한양음사 제11회 방영 갑을 역렬/가주엔 선	半佛	시가/하이쿠	
1	4	俳句	漢陽吟社第十一回芳詠甲乙逆列/花儒園選 〔1〕 한양음사 제11회 방영 갑을 역렬/가주엔 선	其月	시가/하이쿠	

지면	단수	기획	기사제목 〈회수〉〔곡수〕	필자/저자(역자)	분류	비고
1	4~7	講談	山中鹿之助 〈13〉 야마나카 시카노스케	西尾麟慶	고단	

1910년 11월 15일 (화) 558호

지면	단수	기획	기사제목 〈회수〉〔곡수〕	필자/저자(역자)	분류	비고
1	3~4	文苑	別れの朝 이별의 아침	一美生	수필/일상	
1	4~7	講談	山中鹿之助 〈14〉 야마나카 시카노스케	西尾麟慶	고단	

1910년 11월 16일 (수) 559호

지면	단수	기획	기사제목 〈회수〉〔곡수〕	필자/저자(역자)	분류	비고
1	3	俳句	漢陽吟社第十回發句集/花儒園拏雲宗匠撰 〔1〕 한양음사 제10회 홋쿠슈/가주엔 나운 종장 찬	朝松	시가/하이쿠	
1	3	俳句	漢陽吟社第十回發句集/花儒園拏雲宗匠撰 〔1〕 한양음사 제10회 홋쿠슈/가주엔 나운 종장 찬	如春子	시가/하이쿠	
1	3	俳句	漢陽吟社第十回發句集/花儒園拏雲宗匠撰 〔2〕 한양음사 제10회 홋쿠슈/가주엔 나운 종장 찬	香水	시가/하이쿠	
1	3	俳句	漢陽吟社第十回發句集/花儒園拏雲宗匠撰 〔1〕 한양음사 제10회 홋쿠슈/가주엔 나운 종장 찬	都天女	시가/하이쿠	
1	3	俳句	漢陽吟社第十回發句集/花儒園拏雲宗匠撰 〔1〕 한양음사 제10회 홋쿠슈/가주엔 나운 종장 찬	悟竹	시가/하이쿠	
1	3	俳句	漢陽吟社第十回發句集/花儒園拏雲宗匠撰 〔1〕 한양음사 제10회 홋쿠슈/가주엔 나운 종장 찬	半韓	시가/하이쿠	
1	3	俳句	漢陽吟社第十回發句集/花儒園拏雲宗匠撰 〔1〕 한양음사 제10회 홋쿠슈/가주엔 나운 종장 찬	悟竹	시가/하이쿠	
1	3	俳句	漢陽吟社第十回發句集/花儒園拏雲宗匠撰 〔3〕 한양음사 제10회 홋쿠슈/가주엔 나운 종장 찬	半韓	시가/하이쿠	
1	3	俳句	漢陽吟社第十回發句集/花儒園拏雲宗匠撰 〔1〕 한양음사 제10회 홋쿠슈/가주엔 나운 종장 찬	如眠	시가/하이쿠	
1	3	俳句	漢陽吟社第十回發句集/花儒園拏雲宗匠撰 〔1〕 한양음사 제10회 홋쿠슈/가주엔 나운 종장 찬	都天女	시가/하이쿠	
1	3	俳句	漢陽吟社第十回發句集/花儒園拏雲宗匠撰 〔1〕 한양음사 제10회 홋쿠슈/가주엔 나운 종장 찬	香水	시가/하이쿠	
1	3	俳句	漢陽吟社第十回發句集/花儒園拏雲宗匠撰 〔1〕 한양음사 제10회 홋쿠슈/가주엔 나운 종장 찬	思龍	시가/하이쿠	
1	4	俳句	漢陽吟社第十回發句集/花儒園拏雲宗匠撰 〔1〕 한양음사 제10회 홋쿠슈/가주엔 나운 종장 찬	如春子	시가/하이쿠	
1	4	俳句	漢陽吟社第十回發句集/花儒園拏雲宗匠撰 〔1〕 한양음사 제10회 홋쿠슈/가주엔 나운 종장 찬	銀蝶	시가/하이쿠	
1	4	俳句	漢陽吟社第十回發句集/花儒園拏雲宗匠撰 〔1〕 한양음사 제10회 홋쿠슈/가주엔 나운 종장 찬	半韓	시가/하이쿠	
1	4	俳句	漢陽吟社第十回發句集/花儒園拏雲宗匠撰 〔1〕 한양음사 제10회 홋쿠슈/가주엔 나운 종장 찬	朝松	시가/하이쿠	
1	4	俳句	漢陽吟社第十回發句集/花儒園拏雲宗匠撰 〔1〕 한양음사 제10회 홋쿠슈/가주엔 나운 종장 찬	紫水	시가/하이쿠	
1	4~6	講談	山中鹿之助 〈15〉 야마나카 시카노스케	西尾麟慶	고단	

1910년 11월 17일 (목) 560호

지면	단수	기획	기사제목 〈회수〉〔곡수〕	필자/저자(역자)	분류	비고
1	2	文苑	つらい雨 괴로운 비	なの字	수필/일상	
1	2~3	詩壇	(제목없음) 〔1〕	一記者	수필·시가/ 기타·한시	

지면	단수	기획	기사제목 〈회수〉〔곡수〕	필자/저자(역자)	분류	비고
1	3		漢陽吟社第十回發句集/花儒園擎雲宗匠撰〔1〕 한양음사 제10회 홋쿠슈/가주엔 나운 종장 찬	半韓	시가/하이쿠	
1	3		漢陽吟社第十回發句集/花儒園擎雲宗匠撰〔1〕 한양음사 제10회 홋쿠슈/가주엔 나운 종장 찬	如眠	시가/하이쿠	
1	3		漢陽吟社第十回發句集/花儒園擎雲宗匠撰〔3〕 한양음사 제10회 홋쿠슈/가주엔 나운 종장 찬	半韓	시가/하이쿠	
1	3		漢陽吟社第十回發句集/花儒園擎雲宗匠撰/高座十客〔2〕 한양음사 제10회 홋쿠슈/가주엔 나운 종장 찬/고좌 십객	都天女	시가/하이쿠	
1	3		漢陽吟社第十回發句集/花儒園擎雲宗匠撰/高座十客〔2〕 한양음사 제10회 홋쿠슈/가주엔 나운 종장 찬/고좌 십객	半韓	시가/하이쿠	
1	3		漢陽吟社第十回發句集/花儒園擎雲宗匠撰/高座十客〔1〕 한양음사 제10회 홋쿠슈/가주엔 나운 종장 찬/고좌 십객	都天女	시가/하이쿠	
1	3		漢陽吟社第十回發句集/花儒園擎雲宗匠撰/高座十客〔1〕 한양음사 제10회 홋쿠슈/가주엔 나운 종장 찬/고좌 십객	思遠	시가/하이쿠	
1	3		漢陽吟社第十回發句集/花儒園擎雲宗匠撰/高座十客〔1〕 한양음사 제10회 홋쿠슈/가주엔 나운 종장 찬/고좌 십객	香水	시가/하이쿠	
1	3		漢陽吟社第十回發句集/花儒園擎雲宗匠撰/三光〔1〕 한양음사 제10회 홋쿠슈/가주엔 나운 종장 찬/삼광	半韓	시가/하이쿠	
1	3		漢陽吟社第十回發句集/花儒園擎雲宗匠撰/三光〔1〕 한양음사 제10회 홋쿠슈/가주엔 나운 종장 찬/삼광	淸女	시가/하이쿠	
1	3		漢陽吟社第十回發句集/花儒園擎雲宗匠撰/三光〔1〕 한양음사 제10회 홋쿠슈/가주엔 나운 종장 찬/삼광	半韓	시가/하이쿠	
1	3		漢陽吟社第十回發句集/花儒園擎雲宗匠撰/追加〔1〕 한양음사 제10회 홋쿠슈/가주엔 나운 종장 찬/추가	擎雲	시가/하이쿠	
1	4~6	講談	山中鹿之助〈16〉 야마나카 시카노스케	西尾麟慶	고단	
3	5		仁川夜の一時間 인천 밤의 한 시간	まの字	수필/일상	

1910년 11월 18일 (금) 561호

지면	단수	기획	기사제목 〈회수〉〔곡수〕	필자/저자(역자)	분류	비고
1	3	文苑	初雪につけ 첫눈을 맞으며	一美生	수필/일상	
1	4~6	講談	山中鹿之助〈17〉 야마나카 시카노스케	西尾麟慶	고단	

1910년 11월 19일 (토) 562호

지면	단수	기획	기사제목 〈회수〉〔곡수〕	필자/저자(역자)	분류	비고
1	4	四方八方	玄關の蜘蛛の巢と妻君 현관의 거미줄과 아내		수필/일상	
1	4~7	講談	山中鹿之助〈18〉 야마나카 시카노스케	西尾麟慶	고단	

1910년 11월 20일 (일) 563호

지면	단수	기획	기사제목 〈회수〉〔곡수〕	필자/저자(역자)	분류	비고
1	4~7	講談	山中鹿之助〈19〉 야마나카 시카노스케	西尾麟慶	고단	

1910년 11월 22일 (화) 564호

지면	단수	기획	기사제목 〈회수〉〔곡수〕	필자/저자(역자)	분류	비고
1	3	西方八方	星の老人と小供 별의 노인과 아이		수필/일상	
1	3	文苑	京城の友へ 경성의 친구에게	一美生	수필/서간	
1	4~6	講談	山中鹿之助〈20〉 야마나카 시카노스케	西尾麟慶	고단	

지면	단수	기획	기사제목 〈회수〉〔곡수〕	필자/저자(역자)	분류	비고
			1910년 11월 23일 (수) 565호			
1	3	文苑	田舍の友へ 고향 친구에게	一美生	수필/서간	
1	3~4	俳句	芭蕉忌 바쇼 기일		기타/모임	안내
1	4	俳句	翁忌俳諧之連歌 〈1〉〔1〕 바쇼 기일 하이카이 렌가	眞海	시가/렌가	
1	4	俳句	翁忌俳諧之連歌 〈1〉〔1〕 바쇼 기일 하이카이 렌가	拏雲	시가/렌가	
1	4	俳句	翁忌俳諧之連歌 〈1〉〔1〕 바쇼 기일 하이카이 렌가	西都	시가/렌가	
1	4	俳句	翁忌俳諧之連歌 〈1〉〔1〕 바쇼 기일 하이카이 렌가	萩月	시가/렌가	
1	4	俳句	翁忌俳諧之連歌 〈1〉〔1〕 바쇼 기일 하이카이 렌가	朝#	시가/렌가	
1	4	俳句	翁忌俳諧之連歌 〈1〉〔1〕 바쇼 기일 하이카이 렌가	鈍蝶	시가/렌가	
1	4	俳句	翁忌俳諧之連歌 〈1〉〔1〕 바쇼 기일 하이카이 렌가	德女	시가/렌가	
1	4	俳句	翁忌俳諧之連歌 〈1〉〔1〕 바쇼 기일 하이카이 렌가	悟竹	시가/렌가	
1	4	俳句	翁忌俳諧之連歌 〈1〉〔1〕 바쇼 기일 하이카이 렌가	朝月	시가/렌가	
1	4	俳句	翁忌俳諧之連歌 〈1〉〔1〕 바쇼 기일 하이카이 렌가	思遠	시가/렌가	
1	4	俳句	翁忌俳諧之連歌 〈1〉〔1〕 바쇼 기일 하이카이 렌가	一考	시가/렌가	
1	4	俳句	翁忌俳諧之連歌 〈1〉〔1〕 바쇼 기일 하이카이 렌가	如眠	시가/렌가	
1	4	俳句	翁忌俳諧之連歌 〈1〉〔1〕 바쇼 기일 하이카이 렌가	梅窓	시가/렌가	
1	4	俳句	翁忌俳諧之連歌 〈1〉〔1〕 바쇼 기일 하이카이 렌가	如春子	시가/렌가	
1	4	俳句	翁忌俳諧之連歌 〈1〉〔1〕 바쇼 기일 하이카이 렌가	其月	시가/렌가	
1	4	俳句	翁忌俳諧之連歌 〈1〉〔1〕 바쇼 기일 하이카이 렌가	紫水	시가/렌가	
1	4	俳句	翁忌俳諧之連歌 〈1〉〔1〕 바쇼 기일 하이카이 렌가	半韓	시가/렌가	
1	4	俳句	翁忌俳諧之連歌 〈1〉〔1〕 바쇼 기일 하이카이 렌가	天都女	시가/렌가	
1	4~7	講談	山中鹿之助 〈21〉 야마나카 시카노스케	西尾麟慶	고단	
			1910년 11월 25일 (금) 566호			
1	3~4	文苑	渡鮮して最近の感 조선에 온 최근의 소감	勝水	수필/일상	
1	4~7	講談	山中鹿之助 〈22〉 야마나카 시카노스케	西尾麟慶	고단	
3	2~5		投書家懇親會 투서가 친목회		기타/모임	안내

지면	단수	기획	기사제목 〈회수〉〔곡수〕	필자/저자(역자)	분류	비고
3	3		投書家懇親會/人〔1〕 투서가 친목회/인	牛草魚人	시가/도도이 쓰	
3	4		投書家懇親會/地〔1〕 투서가 친목회/지	高野浪子	시가/도도이 쓰	
3	4		投書家懇親會/天〔1〕 투서가 친목회/천	岡田鬼笑	시가/도도이 쓰	
3	4		投書家懇親會/人〔1〕 투서가 친목회/인	川村市松	시가/도도이 쓰	
3	4		投書家懇親會/地〔1〕 투서가 친목회/지	高木むら	시가/도도이 쓰	
3	4		投書家懇親會/天〔1〕 투서가 친목회/천	岡田鬼笑	시가/도도이 쓰	

1910년 11월 26일 (토) 567호

지면	단수	기획	기사제목 〈회수〉〔곡수〕	필자/저자(역자)	분류	비고
1	4	俳句	翁忌俳諧之連歌 〈1〉〔1〕 바쇼 기일 하이카이 렌가	西都	시가/렌가	
1	4	俳句	翁忌俳諧之連歌 〈1〉〔1〕 바쇼 기일 하이카이 렌가	萩月	시가/렌가	
1	4	俳句	翁忌俳諧之連歌 〈1〉〔1〕 바쇼 기일 하이카이 렌가	朝松	시가/렌가	
1	4	俳句	翁忌俳諧之連歌 〈1〉〔1〕 바쇼 기일 하이카이 렌가	德女	시가/렌가	
1	4	俳句	翁忌俳諧之連歌 〈1〉〔1〕 바쇼 기일 하이카이 렌가	悟竹	시가/렌가	
1	4	俳句	翁忌俳諧之連歌 〈1〉〔1〕 바쇼 기일 하이카이 렌가	朝月	시가/렌가	
1	4	俳句	翁忌俳諧之連歌 〈1〉〔1〕 바쇼 기일 하이카이 렌가	思遠	시가/렌가	
1	4	俳句	翁忌俳諧之連歌 〈1〉〔1〕 바쇼 기일 하이카이 렌가	梅窓	시가/렌가	
1	4	俳句	翁忌俳諧之連歌 〈1〉〔1〕 바쇼 기일 하이카이 렌가	如眠	시가/렌가	
1	4	俳句	翁忌俳諧之連歌 〈1〉〔1〕 바쇼 기일 하이카이 렌가	都天女	시가/렌가	
1	4	俳句	翁忌俳諧之連歌 〈1〉〔1〕 바쇼 기일 하이카이 렌가	鈍蝶	시가/렌가	
1	4	俳句	翁忌俳諧之連歌 〈1〉〔1〕 바쇼 기일 하이카이 렌가	半韓	시가/렌가	
1	4	俳句	翁忌俳諧之連歌 〈1〉〔1〕 바쇼 기일 하이카이 렌가	朝松	시가/렌가	
1	4	俳句	翁忌俳諧之連歌 〈1〉〔1〕 바쇼 기일 하이카이 렌가	鈍蝶	시가/렌가	
1	4	俳句	翁忌俳諧之連歌 〈1〉〔1〕 바쇼 기일 하이카이 렌가	德女	시가/렌가	
1	4	俳句	翁忌俳諧之連歌 〈1〉〔1〕 바쇼 기일 하이카이 렌가	萩月	시가/렌가	
1	4	俳句	翁忌俳諧之連歌 〈1〉〔1〕 바쇼 기일 하이카이 렌가	拏雲	시가/렌가	
1	4	俳句	翁忌俳諧之連歌 〈1〉〔1〕 바쇼 기일 하이카이 렌가	執筆	시가/렌가	
1	5~7	講談	山中鹿之助 〈23〉 야마나카 시카노스케	西尾麟慶	고단	

지면	단수	기획	기사제목 〈회수〉〔곡수〕	필자/저자(역자)	분류	비고
3	4		★絃吟會選外秀逸/けふの雨〔1〕 겐긴카이 선외 수일/오늘의 비	呑樂坊	시가/도도이쓰	
3	4		絃吟會選外秀逸/けふの雨〔1〕 겐긴카이 선외 수일/오늘의 비	一美	시가/도도이쓰	
3	4		★絃吟會選外秀逸/けふの雨〔1〕 겐긴카이 선외 수일/오늘의 비	曲肱庵	시가/도도이쓰	
3	4		絃吟會選外秀逸/けふの雨〔1〕 겐긴카이 선외 수일/오늘의 비	法樂	시가/도도이쓰	
3	4		絃吟會選外秀逸/けふの雨〔1〕 겐긴카이 선외 수일/오늘의 비	魚人	시가/도도이쓰	
3	4		★絃吟會選外秀逸/さむさ〔1〕 겐긴카이 선외 수일/추위	曲肱庵	시가/도도이쓰	
3	4		★絃吟會選外秀逸/さむさ〔1〕 겐긴카이 선외 수일/추위	浪子	시가/도도이쓰	
3	4		★絃吟會選外秀逸/さむさ〔1〕 겐긴카이 선외 수일/추위	一美	시가/도도이쓰	
3	4		★絃吟會選外秀逸/さむさ〔1〕 겐긴카이 선외 수일/추위	呑樂坊	시가/도도이쓰	

1910년 11월 27일 (일) 568호

지면	단수	기획	기사제목 〈회수〉〔곡수〕	필자/저자(역자)	분류	비고
1	3~4	文苑	會話 회화	碌々庵	수필/기타	
1	4	俳句	☆韓國合併後の翁忌/獻句〔2〕 한국합병 후의 바쇼 기일/헌정 구	孥雲	시가/하이쿠	
1	4	俳句	☆韓國合併後の翁忌/獻句〔2〕 한국합병 후의 바쇼 기일/헌정 구	半韓	시가/하이쿠	
1	4	俳句	韓國合併後の翁忌/獻句〔1〕 한국합병 후의 바쇼 기일/헌정 구	萩月	시가/하이쿠	
1	4	俳句	韓國合併後の翁忌/獻句〔1〕 한국합병 후의 바쇼 기일/헌정 구	鈍蝶	시가/하이쿠	
1	4	俳句	韓國合併後の翁忌/獻句〔1〕 한국합병 후의 바쇼 기일/헌정 구	西都	시가/하이쿠	
1	4	俳句	韓國合併後の翁忌/獻句〔2〕 한국합병 후의 바쇼 기일/헌정 구	梅窓	시가/하이쿠	
1	4	俳句	韓國合併後の翁忌/獻句〔1〕 한국합병 후의 바쇼 기일/헌정 구	朝松	시가/하이쿠	
1	4	俳句	韓國合併後の翁忌/獻句〔1〕 한국합병 후의 바쇼 기일/헌정 구	都天女	시가/하이쿠	
1	4	俳句	韓國合併後の翁忌/獻句〔1〕 한국합병 후의 바쇼 기일/헌정 구	紫水	시가/하이쿠	
1	4	俳句	韓國合併後の翁忌/獻句〔1〕 한국합병 후의 바쇼 기일/헌정 구	其月	시가/하이쿠	
1	4	俳句	韓國合併後の翁忌/獻句〔1〕 한국합병 후의 바쇼 기일/헌정 구	朝月	시가/하이쿠	
1	4	俳句	韓國合併後の翁忌/獻句〔1〕 한국합병 후의 바쇼 기일/헌정 구	如春子	시가/하이쿠	
1	4	俳句	韓國合併後の翁忌/獻句〔1〕 한국합병 후의 바쇼 기일/헌정 구	思遠	시가/하이쿠	
1	4	俳句	韓國合併後の翁忌/獻句〔1〕 한국합병 후의 바쇼 기일/헌정 구	德女	시가/하이쿠	
1	4	俳句	★韓國合併後の翁忌/獻句〔1〕 한국합병 후의 바쇼 기일/헌정 구	悟竹	시가/하이쿠	

지면	단수	기획	기사제목 〈회수〉 〔곡수〕	필자/저자(역자)	분류	비고
1	4	俳句	韓國合倂後の翁忌/獻句 〔1〕 한국합병 후의 바쇼 기일/헌정 구	如眠	시가/하이쿠	
1	4	俳句	韓國合倂後の翁忌/獻句 〔1〕 한국합병 후의 바쇼 기일/헌정 구	半水	시가/하이쿠	
1	4~7	講談	山中鹿之助 〈24〉 야마나카 시카노스케	西尾麟慶	고단	

1910년 12월 02일 (금) 569호

지면	단수	기획	기사제목 〈회수〉 〔곡수〕	필자/저자(역자)	분류	비고
1	2~3	文苑	會話 회화	硨硨庵	수필/기타	
1	3	俳句	祖翁忌芳詠六十三章甲乙逆列/花儒園拏雲宗匠撰 〔1〕 바쇼 기일 방영 63장 갑을 역렬/가주엔 나운 종장 찬	半韓	시가/하이쿠	
1	3	俳句	祖翁忌芳詠六十三章甲乙逆列/花儒園拏雲宗匠撰 〔1〕 바쇼 기일 방영 63장 갑을 역렬/가주엔 나운 종장 찬	朝松	시가/하이쿠	
1	3	俳句	祖翁忌芳詠六十三章甲乙逆列/花儒園拏雲宗匠撰 〔1〕 바쇼 기일 방영 63장 갑을 역렬/가주엔 나운 종장 찬	都天女	시가/하이쿠	
1	3	俳句	祖翁忌芳詠六十三章甲乙逆列/花儒園拏雲宗匠撰 〔1〕 바쇼 기일 방영 63장 갑을 역렬/가주엔 나운 종장 찬	半韓	시가/하이쿠	
1	3	俳句	祖翁忌芳詠六十三章甲乙逆列/花儒園拏雲宗匠撰 〔1〕 바쇼 기일 방영 63장 갑을 역렬/가주엔 나운 종장 찬	朝松	시가/하이쿠	
1	3	俳句	祖翁忌芳詠六十三章甲乙逆列/花儒園拏雲宗匠撰 〔1〕 바쇼 기일 방영 63장 갑을 역렬/가주엔 나운 종장 찬	一考	시가/하이쿠	
1	3	俳句	祖翁忌芳詠六十三章甲乙逆列/花儒園拏雲宗匠撰 〔1〕 바쇼 기일 방영 63장 갑을 역렬/가주엔 나운 종장 찬	萩月	시가/하이쿠	
1	3	俳句	祖翁忌芳詠六十三章甲乙逆列/花儒園拏雲宗匠撰 〔1〕 바쇼 기일 방영 63장 갑을 역렬/가주엔 나운 종장 찬	鈍蝶	시가/하이쿠	
1	3	俳句	祖翁忌芳詠六十三章甲乙逆列/花儒園拏雲宗匠撰 〔1〕 바쇼 기일 방영 63장 갑을 역렬/가주엔 나운 종장 찬	思遠	시가/하이쿠	
1	3	俳句	祖翁忌芳詠六十三章甲乙逆列/花儒園拏雲宗匠撰 〔1〕 바쇼 기일 방영 63장 갑을 역렬/가주엔 나운 종장 찬	如眠	시가/하이쿠	
1	3	俳句	祖翁忌芳詠六十三章甲乙逆列/花儒園拏雲宗匠撰 〔1〕 바쇼 기일 방영 63장 갑을 역렬/가주엔 나운 종장 찬	如春子	시가/하이쿠	
1	3	俳句	祖翁忌芳詠六十三章甲乙逆列/花儒園拏雲宗匠撰 〔1〕 바쇼 기일 방영 63장 갑을 역렬/가주엔 나운 종장 찬	其月	시가/하이쿠	
1	3	俳句	祖翁忌芳詠六十三章甲乙逆列/花儒園拏雲宗匠撰 〔1〕 바쇼 기일 방영 63장 갑을 역렬/가주엔 나운 종장 찬	朝月	시가/하이쿠	
1	3	俳句	祖翁忌芳詠六十三章甲乙逆列/花儒園拏雲宗匠撰 〔1〕 바쇼 기일 방영 63장 갑을 역렬/가주엔 나운 종장 찬	如眠	시가/하이쿠	
1	3	俳句	祖翁忌芳詠六十三章甲乙逆列/花儒園拏雲宗匠撰 〔1〕 바쇼 기일 방영 63장 갑을 역렬/가주엔 나운 종장 찬	都天女	시가/하이쿠	
1	3	俳句	祖翁忌芳詠六十三章甲乙逆列/花儒園拏雲宗匠撰 〔1〕 바쇼 기일 방영 63장 갑을 역렬/가주엔 나운 종장 찬	朝松	시가/하이쿠	
1	3	俳句	祖翁忌芳詠六十三章甲乙逆列/花儒園拏雲宗匠撰 〔1〕 바쇼 기일 방영 63장 갑을 역렬/가주엔 나운 종장 찬	半韓	시가/하이쿠	
1	3	俳句	祖翁忌芳詠六十三章甲乙逆列/花儒園拏雲宗匠撰 〔1〕 바쇼 기일 방영 63장 갑을 역렬/가주엔 나운 종장 찬	悟竹	시가/하이쿠	
1	3	俳句	祖翁忌芳詠六十三章甲乙逆列/花儒園拏雲宗匠撰 〔1〕 바쇼 기일 방영 63장 갑을 역렬/가주엔 나운 종장 찬	萩月	시가/하이쿠	
1	3	俳句	祖翁忌芳詠六十三章甲乙逆列/花儒園拏雲宗匠撰 〔1〕 바쇼 기일 방영 63장 갑을 역렬/가주엔 나운 종장 찬	其月	시가/하이쿠	
1	3	俳句	祖翁忌芳詠六十三章甲乙逆列/花儒園拏雲宗匠撰 〔1〕 바쇼 기일 방영 63장 갑을 역렬/가주엔 나운 종장 찬	西都	시가/하이쿠	

지면	단수	기획	기사제목 〈회수〉〔곡수〕	필자/저자(역자)	분류	비고
1	3	俳句	祖翁忌芳詠六十三章甲乙逆列/花儒園擎雲宗匠撰〔1〕 바쇼 기일 방영 63장 갑을 역렬/가주엔 나운 종장 찬	朝松	시가/하이쿠	
1	3	俳句	祖翁忌芳詠六十三章甲乙逆列/花儒園擎雲宗匠撰〔1〕 바쇼 기일 방영 63장 갑을 역렬/가주엔 나운 종장 찬	其月	시가/하이쿠	
1	3	俳句	祖翁忌芳詠六十三章甲乙逆列/花儒園擎雲宗匠撰〔1〕 바쇼 기일 방영 63장 갑을 역렬/가주엔 나운 종장 찬	米水	시가/하이쿠	
1	3~6	講談	山中鹿之助〈24〉 야마나카 시카노스케	西尾麟慶	고단	회수 오류
3	4	和歌募集	勅題「寒月照梅花」 칙제「한월 매화를 비추다」	本社編輯局	광고/모집 광고	

1910년 12월 03일 (토) 570호

지면	단수	기획	기사제목 〈회수〉〔곡수〕	필자/저자(역자)	분류	비고
1	2	和歌募集	勅題「寒月照梅花」 칙제「한월 매화를 비추다」	本社編輯局	광고/모집 광고	
1	3	文苑	骸骨 해골	碌々庵	수필/기타	
1	3	俳句	祖翁忌芳詠六十三章甲乙逆列〔1〕 바쇼 기일 방영 63장 갑을 역렬	悟竹	시가/하이쿠	
1	3	俳句	祖翁忌芳詠六十三章甲乙逆列〔2〕 바쇼 기일 방영 63장 갑을 역렬	如春子	시가/하이쿠	
1	3	俳句	祖翁忌芳詠六十三章甲乙逆列〔1〕 바쇼 기일 방영 63장 갑을 역렬	思遠	시가/하이쿠	
1	3	俳句	祖翁忌芳詠六十三章甲乙逆列〔1〕 바쇼 기일 방영 63장 갑을 역렬	朝月	시가/하이쿠	
1	3	俳句	祖翁忌芳詠六十三章甲乙逆列〔1〕 바쇼 기일 방영 63장 갑을 역렬	其月	시가/하이쿠	
1	3	俳句	祖翁忌芳詠六十三章甲乙逆列〔1〕 바쇼 기일 방영 63장 갑을 역렬	朝松	시가/하이쿠	
1	3	俳句	祖翁忌芳詠六十三章甲乙逆列〔1〕 바쇼 기일 방영 63장 갑을 역렬	西都	시가/하이쿠	
1	3	俳句	祖翁忌芳詠六十三章甲乙逆列〔1〕 바쇼 기일 방영 63장 갑을 역렬	鈍蝶	시가/하이쿠	
1	3	俳句	祖翁忌芳詠六十三章甲乙逆列〔1〕 바쇼 기일 방영 63장 갑을 역렬	半韓	시가/하이쿠	
1	3	俳句	祖翁忌芳詠六十三章甲乙逆列〔1〕 바쇼 기일 방영 63장 갑을 역렬	一考	시가/하이쿠	
1	3	俳句	祖翁忌芳詠六十三章甲乙逆列〔2〕 바쇼 기일 방영 63장 갑을 역렬	半韓	시가/하이쿠	
1	3	俳句	祖翁忌芳詠六十三章甲乙逆列〔1〕 바쇼 기일 방영 63장 갑을 역렬	朝松	시가/하이쿠	
1	3	俳句	祖翁忌芳詠六十三章甲乙逆列〔1〕 바쇼 기일 방영 63장 갑을 역렬	悟竹	시가/하이쿠	
1	3	俳句	祖翁忌芳詠六十三章甲乙逆列〔1〕 바쇼 기일 방영 63장 갑을 역렬	其月	시가/하이쿠	
1	3	俳句	祖翁忌芳詠六十三章甲乙逆列〔1〕 바쇼 기일 방영 63장 갑을 역렬	梅窓	시가/하이쿠	
1	3	俳句	祖翁忌芳詠六十三章甲乙逆列〔1〕 바쇼 기일 방영 63장 갑을 역렬	其月	시가/하이쿠	
1	3	俳句	祖翁忌芳詠六十三章甲乙逆列〔1〕 바쇼 기일 방영 63장 갑을 역렬	都天女	시가/하이쿠	
1	4	俳句	祖翁忌芳詠六十三章甲乙逆列/高座二十吟〔1〕 바쇼 기일 방영 63장 갑을 역렬/고좌 이십음	德女	시가/하이쿠	

지면	단수	기획	기사제목 〈회수〉〔곡수〕	필자/저자(역자)	분류	비고
1	4	俳句	祖翁忌芳詠六十三章甲乙逆列/高座二十吟 〔1〕 바쇼 기일 방영 63장 갑을 역렬/고좌 이십음	紫水	시가/하이쿠	
1	4	俳句	祖翁忌芳詠六十三章甲乙逆列/高座二十吟 〔2〕 바쇼 기일 방영 63장 갑을 역렬/고좌 이십음	其月	시가/하이쿠	
1	4	俳句	祖翁忌芳詠六十三章甲乙逆列/高座二十吟 〔1〕 바쇼 기일 방영 63장 갑을 역렬/고좌 이십음	悟竹	시가/하이쿠	
1	4	俳句	祖翁忌芳詠六十三章甲乙逆列/高座二十吟 〔1〕 바쇼 기일 방영 63장 갑을 역렬/고좌 이십음	半韓	시가/하이쿠	
1	4~6	講談	山中鹿之助 〈26〉 야마나카 시카노스케	西尾麟慶	고단	

<table>
1910년 12월 04일 (일) 571호
</table>

지면	단수	기획	기사제목 〈회수〉〔곡수〕	필자/저자(역자)	분류	비고
1	3	和歌募集	勅題「寒月照梅花」 칙제「한월 매화를 비추다」	本社編輯局	광고/모집 광고	
1	4	俳句	祖翁忌芳詠六十三章甲乙逆列/花儒園孥雲宗匠撰 〔1〕 바쇼 기일 방영 63장 갑을 역렬/가주엔 나운 종장 찬	米水	시가/하이쿠	
1	4	俳句	祖翁忌芳詠六十三章甲乙逆列/花儒園孥雲宗匠撰 〔1〕 바쇼 기일 방영 63장 갑을 역렬/가주엔 나운 종장 찬	其月	시가/하이쿠	
1	4	俳句	祖翁忌芳詠六十三章甲乙逆列/花儒園孥雲宗匠撰 〔1〕 바쇼 기일 방영 63장 갑을 역렬/가주엔 나운 종장 찬	悟竹	시가/하이쿠	
1	4	俳句	祖翁忌芳詠六十三章甲乙逆列/花儒園孥雲宗匠撰 〔1〕 바쇼 기일 방영 63장 갑을 역렬/가주엔 나운 종장 찬	鈍蝶	시가/하이쿠	
1	4	俳句	祖翁忌芳詠六十三章甲乙逆列/花儒園孥雲宗匠撰 〔1〕 바쇼 기일 방영 63장 갑을 역렬/가주엔 나운 종장 찬	紫水	시가/하이쿠	
1	4	俳句	祖翁忌芳詠六十三章甲乙逆列/花儒園孥雲宗匠撰 〔2〕 바쇼 기일 방영 63장 갑을 역렬/가주엔 나운 종장 찬	半韓	시가/하이쿠	
1	4	俳句	祖翁忌芳詠六十三章甲乙逆列/花儒園孥雲宗匠撰 〔1〕 바쇼 기일 방영 63장 갑을 역렬/가주엔 나운 종장 찬	萩月	시가/하이쿠	
1	4	俳句	祖翁忌芳詠六十三章甲乙逆列/花儒園孥雲宗匠撰 〔1〕 바쇼 기일 방영 63장 갑을 역렬/가주엔 나운 종장 찬	都天女	시가/하이쿠	
1	4	俳句	祖翁忌芳詠六十三章甲乙逆列/花儒園孥雲宗匠撰 〔2〕 바쇼 기일 방영 63장 갑을 역렬/가주엔 나운 종장 찬	半韓	시가/하이쿠	
1	4	俳句	祖翁忌芳詠六十三章甲乙逆列/花儒園孥雲宗匠撰 〔1〕 바쇼 기일 방영 63장 갑을 역렬/가주엔 나운 종장 찬	思遠	시가/하이쿠	
1	4	俳句	祖翁忌芳詠六十三章甲乙逆列/花儒園孥雲宗匠撰 〔1〕 바쇼 기일 방영 63장 갑을 역렬/가주엔 나운 종장 찬	米水	시가/하이쿠	
1	4	俳句	祖翁忌芳詠六十三章甲乙逆列/花儒園孥雲宗匠撰/人 〔1〕 바쇼 기일 방영 63장 갑을 역렬/가주엔 나운 종장 찬/인	如春子	시가/하이쿠	
1	4	俳句	祖翁忌芳詠六十三章甲乙逆列/花儒園孥雲宗匠撰/地 〔1〕 바쇼 기일 방영 63장 갑을 역렬/가주엔 나운 종장 찬/지	梅窓	시가/하이쿠	
1	4	俳句	祖翁忌芳詠六十三章甲乙逆列/花儒園孥雲宗匠撰/天 〔1〕 바쇼 기일 방영 63장 갑을 역렬/가주엔 나운 종장 찬/천	其月	시가/하이쿠	
1	4	俳句	祖翁忌芳詠六十三章甲乙逆列/花儒園孥雲宗匠撰/追加 〔1〕 바쇼 기일 방영 63장 갑을 역렬/가주엔 나운 종장 찬/추가	孥雲	시가/하이쿠	
1	5~8	講談	山中鹿之助 〈27〉 야마나카 시카노스케	西尾麟慶	고단	
2	1		KOREAN PENINSULA AS VIEWED BY A FOREIGNER (續)外人の視たる半島 〈1〉 KOREAN PENINSULA AS VIEWED BY A FOREIGNER (속)외국인이 본 반도	一外人	수필/관찰	

<table>
1910년 12월 06일 (화) 572호
</table>

지면	단수	기획	기사제목 〈회수〉〔곡수〕	필자/저자(역자)	분류	비고
1	4~6	講談	山中鹿之助 〈28〉 야마나카 시카노스케	西尾麟慶	고단	

1910년 12월 07일 (수) 573호

지면	단수	기획	기사제목 〈회수〉〔곡수〕	필자/저자(역자)	분류	비고
1	3	和歌募集	勅題「寒月照梅花」 칙제「한월 매화를 비추다」	本社編輯局	광고/모집 광고	
1	4~8	講談	山中鹿之助 〈29〉 야마나카 시카노스케	西尾麟慶	고단	
2	1~2		KOREAN PENINSULA AS VIEWED BY A FOREIGNER (續)外人の視たる半島 〈2〉 KOREAN PENINSULA AS VIEWED BY A FOREIGNER (속)외국인이 본 반도	一外人	수필/관찰	

1910년 12월 08일 (목) 574호

지면	단수	기획	기사제목 〈회수〉〔곡수〕	필자/저자(역자)	분류	비고
1	3	和歌募集	勅題「寒月照梅花」 칙제「한월 매화를 비추다」	本社編輯局	광고/모집 광고	
1	4	俳句	冬の句/むら子の高庵に來り即吟數首を詠ず〔7〕 겨울의 구/무라시가 고안에 오다. 즉음 몇 수를 읊다.	秀峰	시가/하이쿠	
1	4	俳句	冬の句/京城竹枝〔2〕 겨울의 구/경성 풍속	秀峰	시가/하이쿠	
1	4~7	講談	山中鹿之助 〈30〉 야마나카 시카노스케	西尾麟慶	고단	

1910년 12월 09일 (금) 575호

지면	단수	기획	기사제목 〈회수〉〔곡수〕	필자/저자(역자)	분류	비고
1	3	和歌募集	勅題「寒月照梅花」 칙제「한월 매화를 비추다」	本社編輯局	광고/모집 광고	
1	4~6	講談	山中鹿之助 〈31〉 야마나카 시카노스케	西尾麟慶	고단	

1910년 12월 10일 (토) 576호

지면	단수	기획	기사제목 〈회수〉〔곡수〕	필자/저자(역자)	분류	비고
1	2	和歌募集	勅題「寒月照梅花」 칙제「한월 매화를 비추다」	本社編輯局	광고/모집 광고	
1	4~6	講談	山中鹿之助 〈32〉 야마나카 시카노스케	西尾麟慶	고단	
2	1		KOREAN PENINSULA AS VIEWED BY A FOREIGNER (續)外人の視たる半島 〈3〉 KOREAN PENINSULA AS VIEWED BY A FOREIGNER (속)외국인이 본 반도	一外人	수필/관찰	

1910년 12월 11일 (일) 577호

지면	단수	기획	기사제목 〈회수〉〔곡수〕	필자/저자(역자)	분류	비고
1	3	和歌募集	勅題「寒月照梅花」 칙제「한월 매화를 비추다」	本社編輯局	광고/모집 광고	
1	4~6	講談	山中鹿之助 〈33〉 야마나카 시카노스케	西尾麟慶	고단	

1910년 12월 13일 (화) 578호

지면	단수	기획	기사제목 〈회수〉〔곡수〕	필자/저자(역자)	분류	비고
1	3~4	文苑	秋の日 가을날	碌々庵	수필/일상	
1	3	和歌募集	勅題「寒月照梅花」 칙제「한월 매화를 비추다」	本社編輯局	광고/모집 광고	
1	4	俳句	★如月會納會句集(其の一)/むら撰 〈1〉〔2〕 기사라기카이 송년회 구집(그 첫 번째)/무라 찬	萩水	시가/하이쿠	
1	4	俳句	★如月會納會句集(其の一)/むら撰 〈1〉〔1〕 기사라기카이 송년회 구집(그 첫 번째)/무라 찬	彌生	시가/하이쿠	

지면	단수	기획	기사제목 〈회수〉〔곡수〕	필자/저자(역자)	분류	비고
1	4	俳句	★如月會納會句集(其の一)/むら撰 〈1〉〔1〕 기사라기카이 송년회 구집(그 첫 번째)/무라 찬	不美女	시가/하이쿠	
1	4	俳句	如月會納會句集(其の一)/むら撰 〈1〉〔1〕 기사라기카이 송년회 구집(그 첫 번째)/무라 찬	彌生	시가/하이쿠	
1	4	俳句	如月會納會句集(其の一)/むら撰 〈1〉〔1〕 기사라기카이 송년회 구집(그 첫 번째)/무라 찬	萩水	시가/하이쿠	
1	4	俳句	如月會納會句集(其の一)/むら撰 〈1〉〔1〕 기사라기카이 송년회 구집(그 첫 번째)/무라 찬	ひさし	시가/하이쿠	
1	4	俳句	如月會納會句集(其の一)/むら撰 〈1〉〔1〕 기사라기카이 송년회 구집(그 첫 번째)/무라 찬	紅電	시가/하이쿠	
1	4	俳句	如月會納會句集(其の一)/むら撰 〈1〉〔1〕 기사라기카이 송년회 구집(그 첫 번째)/무라 찬	萩水	시가/하이쿠	
1	4	俳句	如月會納會句集(其の一)/むら撰 〈1〉〔1〕 기사라기카이 송년회 구집(그 첫 번째)/무라 찬	紅電	시가/하이쿠	
1	4~8	講談	山中鹿之助 〈34〉 야마나카 시카노스케	西尾麟慶	고단	

1910년 12월 14일 (수) 579호

지면	단수	기획	기사제목 〈회수〉〔곡수〕	필자/저자(역자)	분류	비고
1	3	和歌募集	勅題「寒月照梅花」 칙제「한월 매화를 비추다」	本社編輯局	광고/모집 광고	
1	4~8	講談	山中鹿之助 〈35〉 야마나카 시카노스케	西尾麟慶	고단	

1910년 12월 15일 (목) 580호

지면	단수	기획	기사제목 〈회수〉〔곡수〕	필자/저자(역자)	분류	비고
1	3	和歌募集	勅題「寒月照梅花」 칙제「한월 매화를 비추다」	本社編輯局	광고/모집 광고	
1	3~4	文苑	冬の日 겨울날	碌々庵	수필/일상	
1	4~7	講談	山中鹿之助 〈36〉 야마나카 시카노스케	西尾麟慶	고단	

1910년 12월 16일 (금) 581호

지면	단수	기획	기사제목 〈회수〉〔곡수〕	필자/저자(역자)	분류	비고
1	2~4	雜錄	僕の初感 나의 첫 감상	秀峯	수필/일상	
1	3	和歌募集	勅題「寒月照梅花」 칙제「한월 매화를 비추다」	本社編輯局	광고/모집 광고	
1	4	文苑	暗澹〔4〕 암담	秀峯	시가/단카	
1	4	俳句	如月會納會句集(其の二)/むら撰 〈2〉〔1〕 기사라기카이 송년회 구집(그 두 번째)/무라 찬	萩水	시가/하이쿠	
1	4	俳句	如月會納會句集(其の二)/むら撰 〈2〉〔1〕 기사라기카이 송년회 구집(그 두 번째)/무라 찬	不美女	시가/하이쿠	
1	4	俳句	★如月會納會句集(其の二)/むら撰 〈2〉〔1〕 기사라기카이 송년회 구집(그 두 번째)/무라 찬	彌生	시가/하이쿠	
1	4	俳句	如月會納會句集(其の二)/むら撰 〈2〉〔2〕 기사라기카이 송년회 구집(그 두 번째)/무라 찬	萩水	시가/하이쿠	
1	4	俳句	★如月會納會句集(其の二)/むら撰 〈2〉〔1〕 기사라기카이 송년회 구집(그 두 번째)/무라 찬	春江	시가/하이쿠	
1	4	俳句	★如月會納會句集(其の二)/むら撰 〈2〉〔2〕 기사라기카이 송년회 구집(그 두 번째)/무라 찬	千世	시가/하이쿠	
1	4	俳句	如月會納會句集(其の二)/むら撰 〈2〉〔1〕 기사라기카이 송년회 구집(그 두 번째)/무라 찬	香人	시가/하이쿠	

지면	단수	기획	기사제목 〈회수〉〔곡수〕	필자/저자(역자)	분류	비고
1	4	俳句	如月會納會句集(其の二)/むら撰 〈2〉〔1〕 기사라기카이 송년회 구집(그 두 번째)/무라 찬	萩水	시가/하이쿠	
1	4~7	講談	山中鹿之助 〈37〉 야마나카 시카노스케	西尾麟慶	고단	

1910년 12월 17일 (토) 582호

지면	단수	기획	기사제목 〈회수〉〔곡수〕	필자/저자(역자)	분류	비고
1	3	和歌募集	勅題「寒月照梅花」 칙제「한월 매화를 비추다」	本社編輯局	광고/모집 광고	
1	4~7	講談	山中鹿之助 〈38〉 야마나카 시카노스케	西尾麟慶	고단	

1910년 12월 18일 (일) 583호

지면	단수	기획	기사제목 〈회수〉〔곡수〕	필자/저자(역자)	분류	비고
1	3	和歌募集	勅題「寒月照梅花」 칙제「한월 매화를 비추다」	本社編輯局	광고/모집 광고	
1	3~4	文苑	失敬 실례	九南生	수필/일상	
1	4~6	講談	山中鹿之助 〈39〉 야마나카 시카노스케	西尾麟慶	고단	
2	1~2		KOREAN PENINSULA AS VIEWED BY A FOREIGNER (續)外人の視たる半島 〈5〉 KOREAN PENINSULA AS VIEWED BY A FOREIGNER (속)외국인이 본 반도	一外人	수필/관찰	회수 오류
3	1	活動寫眞	はしがき 서문	覆面子	수필/관찰	

1910년 12월 20일 (화) 584호

지면	단수	기획	기사제목 〈회수〉〔곡수〕	필자/저자(역자)	분류	비고
1	2~3	文苑	『靑邱』を披いて 『청구』를 창간하며	秀峯	수필/기타	
1	3	文苑	夜の空氣 밤공기	ひの字	수필/일상	
1	3	和歌募集	勅題「寒月照梅花」 칙제「한월 매화를 비추다」	本社編輯局	광고/모집 광고	
1	3~6	講談	山中鹿之助 〈40〉 야마나카 시카노스케	西尾麟慶	고단	
3	1~2	活動寫眞	活ける南大門驛 활기찬 남대문역	覆面子	수필/관찰	

1910년 12월 21일 (수) 585호

지면	단수	기획	기사제목 〈회수〉〔곡수〕	필자/저자(역자)	분류	비고
1	2	和歌募集	勅題「寒月照梅花」 칙제「한월 매화를 비추다」	本社編輯局	광고/모집 광고	
1	3~6	講談	山中鹿之助 〈41〉 야마나카 시카노스케	西尾麟慶	고단	
3	1~2	活動寫眞	十九日 夜の南大門驛 19일 밤의 남대문역	覆面子	수필/관찰	

1910년 12월 22일 (목) 586호

지면	단수	기획	기사제목 〈회수〉〔곡수〕	필자/저자(역자)	분류	비고
1	3	和歌募集	勅題「寒月照梅花」 칙제「한월 매화를 비추다」	本社編輯局	광고/모집 광고	
1	3	俳句	如月會納會句集(其の三)/むら撰 〈3〉〔2〕 기사라기카이 송년회 구집(그 세 번째)/무라 찬	彌生	시가/하이쿠	
1	3	俳句	如月會納會句集(其の三)/むら撰 〈3〉〔1〕 기사라기카이 송년회 구집(그 세 번째)/무라 찬	香人	시가/하이쿠	

지면	단수	기획	기사제목 〈회수〉〔곡수〕	필자/저자(역자)	분류	비고
1	3	俳句	如月會納會句集(其の三)/むら撰〈3〉〔1〕 기사라기카이 송년회 구집(그 세 번째)/무라 찬	春江	시가/하이쿠	
1	3	俳句	如月會納會句集(其の三)/むら撰/人〈3〉〔1〕 기사라기카이 송년회 구집(그 세 번째)/무라 찬/인	不得	시가/하이쿠	
1	3	俳句	如月會納會句集(其の三)/むら撰/地〈3〉〔1〕 기사라기카이 송년회 구집(그 세 번째)/무라 찬/지	ひさし	시가/하이쿠	
1	3	俳句	如月會納會句集(其の三)/むら撰/天〈3〉〔1〕 기사라기카이 송년회 구집(그 세 번째)/무라 찬/천	萩水	시가/하이쿠	
1	3	俳句	如月會納會句集(其の三)/むら撰/自句〈3〉〔1〕 기사라기카이 송년회 구집(그 세 번째)/무라 찬/자구	むら	시가/하이쿠	
1	4~6	講談	山中鹿之助〈42〉 야마나카 시카노스케	西尾麟慶	고단	
3	1~2	活動寫眞	二十一日 朝の南大門驛 21일 아침의 남대문역	覆面子	수필/관찰	

1910년 12월 23일 (금) 587호

지면	단수	기획	기사제목 〈회수〉〔곡수〕	필자/저자(역자)	분류	비고
1	3	和歌募集	勅題「寒月照梅花」 칙제「한월 매화를 비추다」	本社編輯局	광고/모집 광고	
1	4~6	講談	山中鹿之助〈43〉 야마나카 시카노스케	西尾麟慶	고단	
5	1~2	活動寫眞	二十一日 夜の南大門驛 21일 밤의 남대문역	覆面子	수필/관찰	

1910년 12월 24일 (토) 588호

지면	단수	기획	기사제목 〈회수〉〔곡수〕	필자/저자(역자)	분류	비고
1	3	和歌募集	勅題「寒月照梅花」 칙제「한월 매화를 비추다」	本社編輯局	광고/모집 광고	
1	3	俳句	冬の句〔5〕 겨울의 구	秀峰	시가/하이쿠	
1	3~6	講談	山中鹿之助〈44〉 야마나카 시카노스케	西尾麟慶	고단	
3	1~2	活動寫眞	二十三日 朝の南大門驛 23일 아침의 남대문역	覆面子	수필/관찰	

1910년 12월 25일 (일) 589호

지면	단수	기획	기사제목 〈회수〉〔곡수〕	필자/저자(역자)	분류	비고
1	2	和歌募集	勅題「寒月照梅花」 칙제「한월 매화를 비추다」	本社編輯局	광고/모집 광고	
1	3~6	講談	山中鹿之助〈45〉 야마나카 시카노스케	西尾麟慶	고단	
3	1~2	活動寫眞	二十三日 夜の南大門驛 23일 밤의 남대문역	覆面子	수필/관찰	
3	3~4		クリスマスと戀/歐洲諸國の迷信 크리스마스와 사랑/유럽 여러 나라의 미신		수필/기타	

1910년 12월 27일 (화) 590호

지면	단수	기획	기사제목 〈회수〉〔곡수〕	필자/저자(역자)	분류	비고
1	3~6	講談	山中鹿之助〈46〉 야마나카 시카노스케	西尾麟慶	고단	
3	1	活動寫眞	二十六日 朝の南大門驛 26일 아침의 남대문역	覆面子	수필/관찰	

1910년 12월 28일 (수) 591호

지면	단수	기획	기사제목 〈회수〉〔곡수〕	필자/저자(역자)	분류	비고
1	2	俳句	如月會# 併合紀念句集/筑前二凉庵宗匠撰(上座拔萃)〈1〉〔1〕 기사라기카이 # 병합 기념 구집/지쿠젠 니료안 종장 찬(상좌 발췌)	梧桐	시가/하이쿠	

지면	단수	기획	기사제목 〈회수〉〔곡수〕	필자/저자(역자)	분류	비고
1	2	俳句	如月會# 併合紀念句集/筑前二凉庵宗匠撰(上座拔萃) 〈1〉〔1〕 기사라기카이 # 병합 기념 구집/지쿠젠 니료안 종장 찬(상좌 발췌)	才涯	시가/하이쿠	
1	2	俳句	如月會# 併合紀念句集/筑前二凉庵宗匠撰(上座拔萃) 〈1〉〔1〕 기사라기카이 # 병합 기념 구집/시쿠젠 니료안 종장 찬(상좌 발췌)	楳芳	시가/하이쿠	
1	2	俳句	如月會# 併合紀念句集/筑前二凉庵宗匠撰(上座拔萃) 〈1〉〔1〕 기사라기카이 # 병합 기념 구집/지쿠젠 니료안 종장 찬(상좌 발췌)	諸久	시가/하이쿠	
1	2	俳句	如月會# 併合紀念句集/筑前二凉庵宗匠撰(上座拔萃) 〈1〉〔1〕 기사라기카이 # 병합 기념 구집/지쿠젠 니료안 종장 찬(상좌 발췌)	梧桐	시가/하이쿠	
1	2	俳句	如月會# 併合紀念句集/筑前二凉庵宗匠撰(上座拔萃) 〈1〉〔1〕 기사라기카이 # 병합 기념 구집/지쿠젠 니료안 종장 찬(상좌 발췌)	松雪	시가/하이쿠	
1	2	俳句	如月會# 併合紀念句集/筑前二凉庵宗匠撰(上座拔萃) 〈1〉〔1〕 기사라기카이 # 병합 기념 구집/지쿠젠 니료안 종장 찬(상좌 발췌)	子耕	시가/하이쿠	
1	2	俳句	如月會# 併合紀念句集/筑前二凉庵宗匠撰(上座拔萃) 〈1〉〔1〕 기사라기카이 # 병합 기념 구집/지쿠젠 니료안 종장 찬(상좌 발췌)	諸久	시가/하이쿠	
1	2	俳句	如月會# 併合紀念句集/筑前二凉庵宗匠撰(上座拔萃) 〈1〉〔1〕 기사라기카이 # 병합 기념 구집/지쿠젠 니료안 종장 찬(상좌 발췌)	句郞人	시가/하이쿠	
1	2	俳句	如月會# 併合紀念句集/筑前二凉庵宗匠撰(上座拔萃) 〈1〉〔1〕 기사라기카이 # 병합 기념 구집/지쿠젠 니료안 종장 찬(상좌 발췌)	才涯	시가/하이쿠	
1	2	俳句	如月會# 併合紀念句集/筑前二凉庵宗匠撰(上座拔萃) 〈1〉〔1〕 기사라기카이 # 병합 기념 구집/지쿠젠 니료안 종장 찬(상좌 발췌)	四樂	시가/하이쿠	
1	2	俳句	如月會# 併合紀念句集/筑前二凉庵宗匠撰(上座拔萃) 〈1〉〔2〕 기사라기카이 # 병합 기념 구집/지쿠젠 니료안 종장 찬(상좌 발췌)	才涯	시가/하이쿠	
1	2	俳句	如月會# 併合紀念句集/筑前二凉庵宗匠撰(上座拔萃) 〈1〉〔2〕 기사라기카이 # 병합 기념 구집/지쿠젠 니료안 종장 찬(상좌 발췌)	天女	시가/하이쿠	
1	2	俳句	如月會# 併合紀念句集/筑前二凉庵宗匠撰(上座拔萃) 〈1〉〔1〕 기사라기카이 # 병합 기념 구집/지쿠젠 니료안 종장 찬(상좌 발췌)	才涯	시가/하이쿠	
1	2	俳句	如月會# 併合紀念句集/筑前二凉庵宗匠撰(上座拔萃) 〈1〉〔1〕 기사라기카이 # 병합 기념 구집/지쿠젠 니료안 종장 찬(상좌 발췌)	萩水	시가/하이쿠	
1	2	俳句	如月會# 併合紀念句集/筑前二凉庵宗匠撰(上座拔萃) 〈1〉〔1〕 기사라기카이 # 병합 기념 구집/지쿠젠 니료안 종장 찬(상좌 발췌)	俗佛	시가/하이쿠	
1	2	俳句	如月會# 併合紀念句集/筑前二凉庵宗匠撰(上座拔萃) 〈1〉〔1〕 기사라기카이 # 병합 기념 구집/지쿠젠 니료안 종장 찬(상좌 발췌)	梧朗	시가/하이쿠	
1	2	俳句	如月會# 併合紀念句集/筑前二凉庵宗匠撰(上座拔萃) 〈1〉〔1〕 기사라기카이 # 병합 기념 구집/지쿠젠 니료안 종장 찬(상좌 발췌)	不得	시가/하이쿠	
1	2	俳句	如月會# 併合紀念句集/筑前二凉庵宗匠撰(上座拔萃) 〈1〉〔1〕 기사라기카이 # 병합 기념 구집/지쿠젠 니료안 종장 찬(상좌 발췌)	空山	시가/하이쿠	
1	2	俳句	如月會# 併合紀念句集/筑前二凉庵宗匠撰(上座拔萃) 〈1〉〔1〕 기사라기카이 # 병합 기념 구집/지쿠젠 니료안 종장 찬(상좌 발췌)	玉水	시가/하이쿠	
1	2	俳句	如月會# 併合紀念句集/筑前二凉庵宗匠撰(上座拔萃) 〈1〉〔2〕 기사라기카이 # 병합 기념 구집/지쿠젠 니료안 종장 찬(상좌 발췌)	六甲	시가/하이쿠	
1	2	俳句	如月會# 併合紀念句集/筑前二凉庵宗匠撰(上座拔萃) 〈1〉〔1〕 기사라기카이 # 병합 기념 구집/지쿠젠 니료안 종장 찬(상좌 발췌)	春江	시가/하이쿠	
1	2	俳句	如月會# 併合紀念句集/筑前二凉庵宗匠撰(上座拔萃) 〈1〉〔1〕 기사라기카이 # 병합 기념 구집/지쿠젠 니료안 종장 찬(상좌 발췌)	空山	시가/하이쿠	
1	2	俳句	如月會# 併合紀念句集/筑前二凉庵宗匠撰(上座拔萃) 〈1〉〔1〕 기사라기카이 # 병합 기념 구집/지쿠젠 니료안 종장 찬(상좌 발췌)	紫庵	시가/하이쿠	
1	2	俳句	如月會# 併合紀念句集/筑前二凉庵宗匠撰(上座拔萃) 〈1〉〔1〕 기사라기카이 # 병합 기념 구집/지쿠젠 니료안 종장 찬(상좌 발췌)	漢叟	시가/하이쿠	
1	2	俳句	如月會# 併合紀念句集/筑前二凉庵宗匠撰(上座拔萃) 〈1〉〔2〕 기사라기카이 # 병합 기념 구집/지쿠젠 니료안 종장 찬(상좌 발췌)	空山	시가/하이쿠	
1	2	俳句	如月會# 併合紀念句集/筑前二凉庵宗匠撰(上座拔萃) 〈1〉〔1〕 기사라기카이 # 병합 기념 구집/지쿠젠 니료안 종장 찬(상좌 발췌)	ひさし	시가/하이쿠	

지면	단수	기획	기사제목 〈회수〉〔곡수〕	필자/저자(역자)	분류	비고
1	2	俳句	如月會# 倂合紀念句集/筑前二凉庵宗匠撰(上座拔萃) 〈1〉〔1〕 기사라기카이 # 병합 기념 구집/지쿠젠 니료안 종장 찬(상좌 발췌)	淡水	시가/하이쿠	
1	2	俳句	如月會# 倂合紀念句集/筑前二凉庵宗匠撰(上座拔萃) 〈1〉〔1〕 기사라기카이 # 병합 기념 구집/지쿠젠 니료안 종장 찬(상좌 발췌)	句郞人	시가/하이쿠	
1	2	俳句	如月會# 倂合紀念句集/筑前二凉庵宗匠撰(上座拔萃)/人位 〈1〉〔1〕 기사라기카이 # 병합 기념 구집/지쿠젠 니료안 종장 찬(상좌 발췌)/인위	句郞人	시가/하이쿠	
1	2	俳句	如月會# 倂合紀念句集/筑前二凉庵宗匠撰(上座拔萃)/地位 〈1〉〔1〕 기사라기카이 # 병합 기념 구집/지쿠젠 니료안 종장 찬(상좌 발췌)/지위	ひさし	시가/하이쿠	
1	2	俳句	如月會# 倂合紀念句集/筑前二凉庵宗匠撰(上座拔萃)/天位 〈1〉〔1〕 기사라기카이 # 병합 기념 구집/지쿠젠 니료안 종장 찬(상좌 발췌)/천위	ふくべ	시가/하이쿠	
1	3	俳句	如月會# 倂合紀念句集/筑前二凉庵宗匠撰(上座拔萃)/追加 〈1〉〔1〕 기사라기카이 # 병합 기념 구집/지쿠젠 니료안 종장 찬(상좌 발췌)/추가	蜂月	시가/하이쿠	
1	3~5	講談	山中鹿之助 〈47〉 야마나카 시카노스케	西尾麟慶	고단	
3	1~2	活動寫眞	二十七日 朝の南大門驛 27일 아침의 남대문역	覆面子	수필/관찰	

1911년 01월 01일 (일) 592호

지면	단수	기획	기사제목 〈회수〉〔곡수〕	필자/저자(역자)	분류	비고
1	1		勅題 寒月照梅花/九皐館去留謹選 〔1〕 칙제 한월 매화를 비추다/규코칸 교류 근선	広島市西白鳥町三 十九番地 平民 勳七 等 出本昌一	시가/단카	
1	1		勅題 寒月照梅花/九皐館去留謹選 〔1〕 칙제 한월 매화를 비추다/규코칸 교류 근선	京城 梅香生	시가/단카	
1	1		勅題 寒月照梅花/九皐館去留謹選 〔1〕 칙제 한월 매화를 비추다/규코칸 교류 근선	京城若草町一丁目 田中はる子	시가/단카	
1	1		勅題 寒月照梅花/九皐館去留謹選 〔1〕 칙제 한월 매화를 비추다/규코칸 교류 근선	京城南大門通四丁 目 和田鯉淵	시가/단카	
1	1		勅題 寒月照梅花/九皐館去留謹選 〔1〕 칙제 한월 매화를 비추다/규코칸 교류 근선	龍山祝町 中村半助	시가/단카	
1	1		勅題 寒月照梅花/九皐館去留謹選 〔1〕 칙제 한월 매화를 비추다/규코칸 교류 근선	龍山元町一丁目三 十番戸 蒔田秀夫	시가/단카	
1	1		勅題 寒月照梅花/九皐館去留謹選 〔1〕 칙제 한월 매화를 비추다/규코칸 교류 근선	龍山元町一丁目三 十番戸 蒔田茂彦	시가/단카	
1	1		勅題 寒月照梅花/九皐館去留謹選 〔1〕 칙제 한월 매화를 비추다/규코칸 교류 근선	龍山 はな女	시가/단카	
1	1		勅題 寒月照梅花/九皐館去留謹選 〔1〕 칙제 한월 매화를 비추다/규코칸 교류 근선	京城明治町二丁目 伊室一厘	시가/단카	
1	1		勅題 寒月照梅花/九皐館去留謹選 〔1〕 칙제 한월 매화를 비추다/규코칸 교류 근선	京城 蘇舟生	시가/단카	
1	1		勅題 寒月照梅花/九皐館去留謹選 〔1〕 칙제 한월 매화를 비추다/규코칸 교류 근선	京城大和町 露門生	시가/단카	
1	1		勅題 寒月照梅花/九皐館去留謹選 〔1〕 칙제 한월 매화를 비추다/규코칸 교류 근선	京城奬忠壇 政幸	시가/단카	
1	1		勅題 寒月照梅花/九皐館去留謹選 〔1〕 칙제 한월 매화를 비추다/규코칸 교류 근선	京城 柳靑	시가/단카	
1	1		勅題 寒月照梅花/九皐館去留謹選 〔1〕 칙제 한월 매화를 비추다/규코칸 교류 근선	京城西小門內 なにがし	시가/단카	
1	2		勅題 寒月照梅花/九皐館去留謹選 〔1〕 칙제 한월 매화를 비추다/규코칸 교류 근산	京義線汶山 古里新	시가/단카	
1	2		勅題 寒月照梅花/九皐館去留謹選 〔1〕 칙제 한월 매화를 비추다/규코칸 교류 근선	京城本町九丁目廿 番の三 川崎みつゑ	시가/단카	

지면	단수	기획	기사제목 〈회수〉〔곡수〕	필자/저자(역자)	분류	비고
1	2		勅題 寒月照梅花/九皐館去留謹選〔1〕 칙제 한월 매화를 비추다/규코칸 교류 근선	仁川寺町二丁目 佐分秀和	시가/단카	
1	2		勅題 寒月照梅花/九皐館去留謹選〔1〕 칙제 한월 매화를 비추다/규코칸 교류 근선	京城 なか某生	시가/단카	
1	2		勅題 寒月照梅花/九皐館去留謹選〔1〕 칙제 한월 매화를 비추다/규코칸 교류 근선	京城民團議員 松氷達次郎	시가/단카	
1	2		勅題 寒月照梅花/九皐館去留謹選〔1〕 칙제 한월 매화를 비추다/규코칸 교류 근선	仁川仲町二丁目 小谷嘉吉	시가/단카	
1	2		勅題 寒月照梅花/九皐館去留謹選〔1〕 칙제 한월 매화를 비추다/규코칸 교류 근선	京城竹園町 佐藤雪洲	시가/단카	
1	2		勅題 寒月照梅花/九皐館去留謹選〔1〕 칙제 한월 매화를 비추다/규코칸 교류 근선	京城 牛草魚人	시가/단카	
1	2		勅題 寒月照梅花/九皐館去留謹選〔1〕 칙제 한월 매화를 비추다/규코칸 교류 근선	京城竹添町二丁目 中谷すか	시가/단카	
1	3		勅題 寒月照梅花/九皐館去留謹選〔1〕 칙제 한월 매화를 비추다/규코칸 교류 근선	大坂府岸和田町 間室順信	시가/단카	
1	3		勅題 寒月照梅花/九皐館去留謹選〔1〕 칙제 한월 매화를 비추다/규코칸 교류 근선	仁川 高春	시가/단카	
1	3		勅題 寒月照梅花/九皐館去留謹選〔1〕 칙제 한월 매화를 비추다/규코칸 교류 근선	黃澗 粕屋飛鳥	시가/단카	
1	3		勅題 寒月照梅花/九皐館去留謹選〔1〕 칙제 한월 매화를 비추다/규코칸 교류 근선	京城若草町 池田緣	시가/단카	
1	3		勅題 寒月照梅花/九皐館去留謹選〔1〕 칙제 한월 매화를 비추다/규코칸 교류 근선	京城太平町 南陽	시가/단카	
1	3		勅題 寒月照梅花/九皐館去留謹選〔1〕 칙제 한월 매화를 비추다/규코칸 교류 근선	京城 西川さい子	시가/단카	
1	3		勅題 寒月照梅花/九皐館去留謹選〔1〕 칙제 한월 매화를 비추다/규코칸 교류 근선	京城本町六丁目 田村のぶ子	시가/단카	
1	3		勅題 寒月照梅花/九皐館去留謹選〔1〕 칙제 한월 매화를 비추다/규코칸 교류 근선	京城美洞七戸 春紅女史	시가/단카	
1	3		勅題 寒月照梅花/九皐館去留謹選〔1〕 칙제 한월 매화를 비추다/규코칸 교류 근선	京城明治町二丁目二十八番戸 深尾將山	시가/단카	
1	4		勅題 寒月照梅花/九皐館去留謹選〔1〕 칙제 한월 매화를 비추다/규코칸 교류 근선	京城本町六丁目 田村義二郎	시가/단카	
1	4		勅題 寒月照梅花/九皐館去留謹選〔1〕 칙제 한월 매화를 비추다/규코칸 교류 근선	京城竹添町二丁目 中谷有祐	시가/단카	
1	4		勅題 寒月照梅花/九皐館去留謹選〔1〕 칙제 한월 매화를 비추다/규코칸 교류 근선	京城貞洞 笹山章	시가/단카	
1	4		勅題 寒月照梅花/九皐館去留謹選/人〔1〕 칙제 한월 매화를 비추다/규코칸 교류 근선/인	朝鮮總督府賄方一文字いく方 小笹原曉水	시가/단카	
1	4		勅題 寒月照梅花/九皐館去留謹選/地〔1〕 칙제 한월 매화를 비추다/규코칸 교류 근선/지	京城古市町五十四 一瀬武內	시가/단카	
1	5		勅題 寒月照梅花/九皐館去留謹選/天〔1〕 칙제 한월 매화를 비추다/규코칸 교류 근선/천	慶尙#道居# 藤山はつ子	시가/단카	
1	5		勅題 寒月照梅花/九皐館去留謹選/特選〔1〕 칙제 한월 매화를 비추다/규코칸 교류 근선/특선	京城本町六丁目 田村乃婦子	시가/단카	
1	5		勅題に因みて〔1〕 칙제에 관하여	小笹原曉水	시가/단카	
1	5		賣梅花〔1〕 매화를 팔며	田村乃婦子	시가/단카	

지면	단수	기획	기사제목 〈회수〉〔곡수〕	필자/저자(역자)	분류	비고
1	5		元旦口號 〔2〕 새해 구호	京城 米倉火峯	시가/한시	
1	5		寒月照梅花 〔2〕 한월 매화를 비추다	##	시가/한시	
1	5		寒月照梅花 〔1〕 한월 매화를 비추다	加藤游濠	시가/한시	
1	6		○ 〔2〕 ○	### 北川	시가/하이쿠	
1	6		朝鮮に新年を迎へて 〔1〕 조선에서 신년을 맞이하며	### 北川	시가/하이쿠	
3	1~2		山中鹿之助 〈47〉 야마나카 시카노스케	西尾麟慶	고단	회수 오류
3	5	俗謠	○ 〔4〕 ○	魚廼家梅月	시가/도도이 쓰	
3	5	俗謠	○ 〔10〕 ○	仁川 秀山濁水樓主 人	시가/도도이 쓰	
3	5~6	俗謠	寒月梅 〔1〕 한월매	仁川 彩雲居丹葉	시가/자유시	

1911년 01월 05일 (목) 593호

지면	단수	기획	기사제목 〈회수〉〔곡수〕	필자/저자(역자)	분류	비고
1	4~6		山中鹿之助 〈48〉 야마나카 시카노스케	西尾麟慶	고단	회수 오류
3	1~2	活動寫眞	三日 夜の南大門驛 3일 밤의 남대문역	覆面子	수필/관찰	
3	3		春の歌 〔4〕 봄의 노래	秀峰	시가/단카	
3	3		寒月照梅花 〔1〕 한월 매화를 비추다	秀峰	시가/단카	

1911년 01월 07일 (토) 594호

지면	단수	기획	기사제목 〈회수〉〔곡수〕	필자/저자(역자)	분류	비고
1	3	俳句	★倂合紀念如月會句案/京城二春庵宗匠撰 〈1〉〔1〕 병합 기념 기사라기카이 구안/경성 니슌안 종장 찬	楳花	시가/하이쿠	
1	3	俳句	★倂合紀念如月會句案/京城二春庵宗匠撰 〈1〉〔1〕 병합 기념 기사라기카이 구안/경성 니슌안 종장 찬	天女	시가/하이쿠	
1	3	俳句	倂合紀念如月會句案/京城二春庵宗匠撰 〈1〉〔1〕 병합 기념 기사라기카이 구안/경성 니슌안 종장 찬	柴庵	시가/하이쿠	
1	3	俳句	倂合紀念如月會句案/京城二春庵宗匠撰 〈1〉〔1〕 병합 기념 기사라기카이 구안/경성 니슌안 종장 찬	涼山	시가/하이쿠	
1	3	俳句	倂合紀念如月會句案/京城二春庵宗匠撰 〈1〉〔1〕 병합 기념 기사라기카이 구안/경성 니슌안 종장 찬	彌生	시가/하이쿠	
1	3	俳句	倂合紀念如月會句案/京城二春庵宗匠撰 〈1〉〔1〕 병합 기념 기사라기카이 구안/경성 니슌안 종장 찬	俗佛	시가/하이쿠	
1	3	俳句	倂合紀念如月會句案/京城二春庵宗匠撰 〈1〉〔1〕 병합 기념 기사라기카이 구안/경성 니슌안 종장 찬	ひさ子	시가/하이쿠	
1	3	俳句	倂合紀念如月會句案/京城二春庵宗匠撰 〈1〉〔1〕 병합 기념 기사라기카이 구안/경성 니슌안 종장 찬	涼山	시가/하이쿠	
1	3	俳句	倂合紀念如月會句案/京城二春庵宗匠撰 〈1〉〔1〕 병합 기념 기사라기카이 구안/경성 니슌안 종장 찬	松雪	시가/하이쿠	
1	3	俳句	倂合紀念如月會句案/京城二春庵宗匠撰 〈1〉〔1〕 병합 기념 기사라기카이 구안/경성 니슌안 종장 찬	俗佛	시가/하이쿠	
1	3	俳句	倂合紀念如月會句案/京城二春庵宗匠撰 〈1〉〔1〕 병합 기념 기사라기카이 구안/경성 니슌안 종장 찬	梧桐	시가/하이쿠	

지면	단수	기획	기사제목 〈회수〉〔곡수〕	필자/저자(역자)	분류	비고
1	3	俳句	倂合紀念如月會句案/京城二春庵宗匠撰 〈1〉〔1〕 병합 기념 기사라기카이 구안/경성 니슌안 종장 찬	松雪	시가/하이쿠	
1	3	俳句	倂合紀念如月會句案/京城二春庵宗匠撰 〈1〉〔1〕 병합 기념 기사라기카이 구안/경성 니슌안 종상 찬	仲浦	시가/하이쿠	
1	3	俳句	倂合紀念如月會句案/京城二春庵宗匠撰 〈1〉〔1〕 병합 기념 기사라기카이 구안/경성 니슌안 종장 찬	吞海	시가/하이쿠	
1	3	俳句	倂合紀念如月會句案/京城二春庵宗匠撰 〈1〉〔1〕 병합 기념 기사라기카이 구안/경성 니슌안 종장 찬	涼山	시가/하이쿠	
1	3	俳句	倂合紀念如月會句案/京城二春庵宗匠撰 〈1〉〔1〕 병합 기념 기사라기카이 구안/경성 니슌안 종장 찬	才涯	시가/하이쿠	
1	3	俳句	倂合紀念如月會句案/京城二春庵宗匠撰 〈1〉〔1〕 병합 기념 기사라기카이 구안/경성 니슌안 종장 찬	子耕	시가/하이쿠	
1	3	俳句	倂合紀念如月會句案/京城二春庵宗匠撰 〈1〉〔1〕 병합 기념 기사라기카이 구안/경성 니슌안 종장 찬	夕郎人	시가/하이쿠	
1	3	俳句	倂合紀念如月會句案/京城二春庵宗匠撰 〈1〉〔1〕 병합 기념 기사라기카이 구안/경성 니슌안 종장 찬	涼山	시가/하이쿠	
1	3	俳句	倂合紀念如月會句案/京城二春庵宗匠撰 〈1〉〔2〕 병합 기념 기사라기카이 구안/경성 니슌안 종장 찬	空山	시가/하이쿠	
1	3	俳句	★倂合紀念如月會句案/京城二春庵宗匠撰 〈1〉〔1〕 병합 기념 기사라기카이 구안/경성 니슌안 종장 찬	三勝	시가/하이쿠	
1	3	俳句	倂合紀念如月會句案/京城二春庵宗匠撰 〈1〉〔1〕 병합 기념 기사라기카이 구안/경성 니슌안 종장 찬	荻水	시가/하이쿠	
1	4~7		山中鹿之助 〈50〉 야마나카 시카노스케	西尾麟慶	고단	
3	1~2	活動寫眞	五日 夜の南大門驛 5일 밤의 남대문역	覆面子	수필/관찰	

1911년 01월 08일 (일) 595호

지면	단수	기획	기사제목 〈회수〉〔곡수〕	필자/저자(역자)	분류	비고
1	3~6		山中鹿之助 〈51〉 야마나카 시카노스케	西尾麟慶	고단	
3	1~2	活動寫眞	七日 朝の南大門驛 7일 아침의 남대문역	覆面子	수필/관찰	

1911년 01월 10일 (화) 596호

지면	단수	기획	기사제목 〈회수〉〔곡수〕	필자/저자(역자)	분류	비고
1	3	俳句	(제목없음)〔1〕	才涯	시가/하이쿠	
1	3	俳句	(제목없음)〔1〕	ひさ子	시가/하이쿠	
1	3	俳句	(제목없음)〔1〕	ひさし	시가/하이쿠	
1	3	俳句	(제목없음)〔1〕	荻水	시가/하이쿠	
1	3	俳句	(제목없음)〔1〕	句郎人	시가/하이쿠	
1	3	俳句	(제목없음)〔1〕	梧桐	시가/하이쿠	
1	3	俳句	(제목없음)〔1〕	涼山	시가/하이쿠	
1	3	俳句	(제목없음)〔1〕	ふくべ	시가/하이쿠	
1	3	俳句	(제목없음)〔1〕	松雪	시가/하이쿠	

지면	단수	기획	기사제목 〈회수〉〔곡수〕	필자/저자(역자)	분류	비고
1	3	俳句	(제목없음) 〔1〕	天女	시가/하이쿠	
1	3	俳句	(제목없음) 〔1〕	周防#叟	시가/하이쿠	
1	3	俳句	(제목없음) 〔1〕	梧桐	시가/하이쿠	
1	3	俳句	人位 〔1〕 인위	子耕	시가/하이쿠	
1	3	俳句	地位 〔1〕 지위	才涯	시가/하이쿠	
1	3	俳句	天位 〔1〕 천위	議久	시가/하이쿠	
1	3	俳句	追加 〔1〕 추가	選者 舟耕	시가/하이쿠	
1	3~6		山中鹿之助 〈52〉 야마나카 시카노스케	西尾麟慶	고단	
3	1~2	活動寫眞	九日 朝の南大門驛 9일 아침의 남대문역	覆面子	수필/관찰	

1911년 01월 11일 (수) 597호

지면	단수	기획	기사제목 〈회수〉〔곡수〕	필자/저자(역자)	분류	비고
1	3	俳句	漢陽吟社發句集/題 冬月、若菜、御慶、初鷄、雜煮/花儒園主人一月五日撰 〈1〉〔1〕 한양음사 홋쿠슈/주제 겨울 달, 봄나물, 신년 하례, 새해 첫 닭 울음, 떡국/가주엔 주인 1월 5일 찬	如眠	시가/하이쿠	
1	3	俳句	漢陽吟社發句集/題 冬月、若菜、御慶、初鷄、雜煮/花儒園主人一月五日撰 〈1〉〔1〕 한양음사 홋쿠슈/주제 겨울 달, 봄나물, 신년 하례, 새해 첫 닭 울음, 떡국/가주엔 주인 1월 5일 찬	西都	시가/하이쿠	
1	3	俳句	漢陽吟社發句集/題 冬月、若菜、御慶、初鷄、雜煮/花儒園主人一月五日撰 〈1〉〔1〕 한양음사 홋쿠슈/주제 겨울 달, 봄나물, 신년 하례, 새해 첫 닭 울음, 떡국/가주엔 주인 1월 5일 찬	悟竹	시가/하이쿠	
1	3	俳句	漢陽吟社發句集/題 冬月、若菜、御慶、初鷄、雜煮/花儒園主人一月五日撰 〈1〉〔1〕 한양음사 홋쿠슈/주제 겨울 달, 봄나물, 신년 하례, 새해 첫 닭 울음, 떡국/가주엔 주인 1월 5일 찬	筑紫	시가/하이쿠	
1	3	俳句	漢陽吟社發句集/題 冬月、若菜、御慶、初鷄、雜煮/花儒園主人一月五日撰 〈1〉〔1〕 한양음사 홋쿠슈/주제 겨울 달, 봄나물, 신년 하례, 새해 첫 닭 울음, 떡국/가주엔 주인 1월 5일 찬	一考	시가/하이쿠	
1	3	俳句	漢陽吟社發句集/題 冬月、若菜、御慶、初鷄、雜煮/花儒園主人一月五日撰 〈1〉〔1〕 한양음사 홋쿠슈/주제 겨울 달, 봄나물, 신년 하례, 새해 첫 닭 울음, 떡국/가주엔 주인 1월 5일 찬	筑紫	시가/하이쿠	
1	3	俳句	漢陽吟社發句集/題 冬月、若菜、御慶、初鷄、雜煮/花儒園主人一月五日撰 〈1〉〔1〕 한양음사 홋쿠슈/주제 겨울 달, 봄나물, 신년 하례, 새해 첫 닭 울음, 떡국/가주엔 주인 1월 5일 찬	半韓	시가/하이쿠	
1	3	俳句	漢陽吟社發句集/題 冬月、若菜、御慶、初鷄、雜煮/花儒園主人一月五日撰 〈1〉〔1〕 한양음사 홋쿠슈/주제 겨울 달, 봄나물, 신년 하례, 새해 첫 닭 울음, 떡국/가주엔 주인 1월 5일 찬	都天女	시가/하이쿠	

지면	단수	기획	기사제목 〈회수〉〔곡수〕	필자/저자(역자)	분류	비고
1	3	俳句	漢陽吟社發句集/題　冬月、若菜、御慶、初鷄、雑煮/花儒園主人一月五日撰〈1〉〔1〕 한양음사 홋쿠슈/주제 겨울 달, 봄나물, 신년 하례, 새해 첫 닭 울음, 떡국/가주엔 주인 1월 5일 찬	筑紫	시가/하이쿠	
1	3	俳句	漢陽吟社發句集/題　冬月、若菜、御慶、初鷄、雑煮/花儒園主人一月五日撰〈1〉〔1〕 한양음사 홋쿠슈/주제 겨울 달, 봄나물, 신년 하례, 새해 첫 닭 울음, 떡국/가주엔 주인 1월 5일 찬	西都	시가/하이쿠	
1	3	俳句	漢陽吟社發句集/題　冬月、若菜、御慶、初鷄、雑煮/花儒園主人一月五日撰〈1〉〔1〕 한양음사 홋쿠슈/주제 겨울 달, 봄나물, 신년 하례, 새해 첫 닭 울음, 떡국/가주엔 주인 1월 5일 찬	德女	시가/하이쿠	
1	3	俳句	漢陽吟社發句集/題　冬月、若菜、御慶、初鷄、雑煮/花儒園主人一月五日撰〈1〉〔2〕 한양음사 홋쿠슈/주제 겨울 달, 봄나물, 신년 하례, 새해 첫 닭 울음, 떡국/가주엔 주인 1월 5일 찬	如眠	시가/하이쿠	
1	3	俳句	漢陽吟社發句集/題　冬月、若菜、御慶、初鷄、雑煮/花儒園主人一月五日撰〈1〉〔1〕 한양음사 홋쿠슈/주제 겨울 달, 봄나물, 신년 하례, 새해 첫 닭 울음, 떡국/가주엔 주인 1월 5일 찬	米水	시가/하이쿠	
1	3	俳句	漢陽吟社發句集/題　冬月、若菜、御慶、初鷄、雑煮/花儒園主人一月五日撰〈1〉〔1〕 한양음사 홋쿠슈/주제 겨울 달, 봄나물, 신년 하례, 새해 첫 닭 울음, 떡국/가주엔 주인 1월 5일 찬	其月	시가/하이쿠	
1	3	俳句	漢陽吟社發句集/題　冬月、若菜、御慶、初鷄、雑煮/花儒園主人一月五日撰〈1〉〔1〕 한양음사 홋쿠슈/주제 겨울 달, 봄나물, 신년 하례, 새해 첫 닭 울음, 떡국/가주엔 주인 1월 5일 찬	花水	시가/하이쿠	
1	3	俳句	漢陽吟社發句集/題　冬月、若菜、御慶、初鷄、雑煮/花儒園主人一月五日撰〈1〉〔1〕 한양음사 홋쿠슈/주제 겨울 달, 봄나물, 신년 하례, 새해 첫 닭 울음, 떡국/가주엔 주인 1월 5일 찬	紫水	시가/하이쿠	
1	3	俳句	漢陽吟社發句集/題　冬月、若菜、御慶、初鷄、雑煮/花儒園主人一月五日撰〈1〉〔3〕 한양음사 홋쿠슈/주제 겨울 달, 봄나물, 신년 하례, 새해 첫 닭 울음, 떡국/가주엔 주인 1월 5일 찬	悟竹	시가/하이쿠	
1	3	俳句	漢陽吟社發句集/題　冬月、若菜、御慶、初鷄、雑煮/花儒園主人一月五日撰〈1〉〔2〕 한양음사 홋쿠슈/주제 겨울 달, 봄나물, 신년 하례, 새해 첫 닭 울음, 떡국/가주엔 주인 1월 5일 찬	半韓	시가/하이쿠	
1	3~6		山中鹿之助〈53〉 야마나카 시카노스케	西尾麟慶	고단	
3	1	活動寫眞	十日 朝の南大門驛 10일 아침의 남대문역	覆面子	수필/관찰	

1911년 01월 12일 (목) 598호

지면	단수	기획	기사제목 〈회수〉〔곡수〕	필자/저자(역자)	분류	비고
1	3	俳句	漢陽吟社發句集/題　冬月、若菜、御慶、初鷄、雑煮/花儒園主人一月五日撰〈2〉〔1〕 한양음사 홋쿠슈/주제 겨울 달, 봄나물, 신년 하례, 새해 첫 닭 울음, 떡국/가주엔 주인 1월 5일 찬	紫水	시가/하이쿠	
1	3	俳句	漢陽吟社發句集/題　冬月、若菜、御慶、初鷄、雑煮/花儒園主人一月五日撰〈2〉〔1〕 한양음사 홋쿠슈/주제 겨울 달, 봄나물, 신년 하례, 새해 첫 닭 울음, 떡국/가주엔 주인 1월 5일 찬	如春	시가/하이쿠	

지면	단수	기획	기사제목 〈회수〉〔곡수〕	필자/저자(역자)	분류	비고
1	3	俳句	漢陽吟社發句集/題　冬月、若菜、御慶、初鷄、雜煮/花儒園主人一月五日撰〈2〉〔1〕 한양음사 홋쿠슈/주제 겨울 달, 봄나물, 신년 하례, 새해 첫 닭 울음, 떡국/가주엔 주인 1월 5일 찬	鈍蝶	시가/하이쿠	
1	3	俳句	漢陽吟社發句集/題　冬月、若菜、御慶、初鷄、雜煮/花儒園主人一月五日撰〈2〉〔1〕 한양음사 홋쿠슈/주제 겨울 달, 봄나물, 신년 하례, 새해 첫 닭 울음, 떡국/가주엔 주인 1월 5일 찬	筑紫	시가/하이쿠	
1	3	俳句	漢陽吟社發句集/題　冬月、若菜、御慶、初鷄、雜煮/花儒園主人一月五日撰〈2〉〔1〕 한양음사 홋쿠슈/주제 겨울 달, 봄나물, 신년 하례, 새해 첫 닭 울음, 떡국/가주엔 주인 1월 5일 찬	西都	시가/하이쿠	
1	3	俳句	漢陽吟社發句集/題　冬月、若菜、御慶、初鷄、雜煮/花儒園主人一月五日撰〈2〉〔1〕 한양음사 홋쿠슈/주제 겨울 달, 봄나물, 신년 하례, 새해 첫 닭 울음, 떡국/가주엔 주인 1월 5일 찬	米水	시가/하이쿠	
1	3	俳句	漢陽吟社發句集/題　冬月、若菜、御慶、初鷄、雜煮/花儒園主人一月五日撰〈2〉〔1〕 한양음사 홋쿠슈/주제 겨울 달, 봄나물, 신년 하례, 새해 첫 닭 울음, 떡국/가주엔 주인 1월 5일 찬	花水	시가/하이쿠	
1	3	俳句	漢陽吟社發句集/題　冬月、若菜、御慶、初鷄、雜煮/花儒園主人一月五日撰〈2〉〔4〕 한양음사 홋쿠슈/주제 겨울 달, 봄나물, 신년 하례, 새해 첫 닭 울음, 떡국/가주엔 주인 1월 5일 찬	其月	시가/하이쿠	
1	3	俳句	漢陽吟社發句集/題　冬月、若菜、御慶、初鷄、雜煮/花儒園主人一月五日撰〈2〉〔1〕 한양음사 홋쿠슈/주제 겨울 달, 봄나물, 신년 하례, 새해 첫 닭 울음, 떡국/가주엔 주인 1월 5일 찬	西都	시가/하이쿠	
1	3	俳句	漢陽吟社發句集/題　冬月、若菜、御慶、初鷄、雜煮/花儒園主人一月五日撰〈2〉〔1〕 한양음사 홋쿠슈/주제 겨울 달, 봄나물, 신년 하례, 새해 첫 닭 울음, 떡국/가주엔 주인 1월 5일 찬	思遠	시가/하이쿠	
1	3	俳句	漢陽吟社發句集/題　冬月、若菜、御慶、初鷄、雜煮/花儒園主人一月五日撰〈2〉〔1〕 한양음사 홋쿠슈/주제 겨울 달, 봄나물, 신년 하례, 새해 첫 닭 울음, 떡국/가주엔 주인 1월 5일 찬	花水	시가/하이쿠	
1	3	俳句	漢陽吟社發句集/題　冬月、若菜、御慶、初鷄、雜煮/花儒園主人一月五日撰〈2〉〔1〕 한양음사 홋쿠슈/주제 겨울 달, 봄나물, 신년 하례, 새해 첫 닭 울음, 떡국/가주엔 주인 1월 5일 찬	半韓	시가/하이쿠	
1	3	俳句	漢陽吟社發句集/題　冬月、若菜、御慶、初鷄、雜煮/花儒園主人一月五日撰〈2〉〔1〕 한양음사 홋쿠슈/주제 겨울 달, 봄나물, 신년 하례, 새해 첫 닭 울음, 떡국/가주엔 주인 1월 5일 찬	如春	시가/하이쿠	
1	3	俳句	漢陽吟社發句集/題　冬月、若菜、御慶、初鷄、雜煮/花儒園主人一月五日撰〈2〉〔1〕 한양음사 홋쿠슈/주제 겨울 달, 봄나물, 신년 하례, 새해 첫 닭 울음, 떡국/가주엔 주인 1월 5일 찬	筑紫	시가/하이쿠	
1	3	俳句	漢陽吟社發句集/題　冬月、若菜、御慶、初鷄、雜煮/花儒園主人一月五日撰〈2〉〔2〕 한양음사 홋쿠슈/주제 겨울 달, 봄나물, 신년 하례, 새해 첫 닭 울음, 떡국/가주엔 주인 1월 5일 찬	半韓	시가/하이쿠	
1	3	俳句	漢陽吟社發句集/題　冬月、若菜、御慶、初鷄、雜煮/花儒園主人一月五日撰〈2〉〔1〕 한양음사 홋쿠슈/주제 겨울 달, 봄나물, 신년 하례, 새해 첫 닭 울음, 떡국/가주엔 주인 1월 5일 찬	朝松	시가/하이쿠	

지면	단수	기획	기사제목 〈회수〉〔곡수〕	필자/저자(역자)	분류	비고
1	3	俳句	漢陽吟社發句集/題　冬月、若菜、御慶、初鷄、雜煮/花儒園主人一月五日撰〈2〉〔1〕 한양음사 홋쿠슈/주제 겨울 달, 봄나물, 신년 하례, 새해 첫 닭 울음, 떡국/가주엔 주인 1월 5일 찬	都天女	시가/하이쿠	
1	3	俳句	漢陽吟社發句集/題　冬月、若菜、御慶、初鷄、雜煮/花儒園主人一月五日撰〈2〉〔1〕 한양음사 홋쿠슈/주제 겨울 달, 봄나물, 신년 하례, 새해 첫 닭 울음, 떡국/가주엔 주인 1월 5일 찬	紫水	시가/하이쿠	
1	3	俳句	漢陽吟社發句集/題　冬月、若菜、御慶、初鷄、雜煮/花儒園主人一月五日撰〈2〉〔2〕 한양음사 홋쿠슈/주제 겨울 달, 봄나물, 신년 하례, 새해 첫 닭 울음, 떡국/가주엔 주인 1월 5일 찬	半韓	시가/하이쿠	
1	3	俳句	漢陽吟社發句集/題　冬月、若菜、御慶、初鷄、雜煮/花儒園主人一月五日撰〈2〉〔1〕 한양음사 홋쿠슈/주제 겨울 달, 봄나물, 신년 하례, 새해 첫 닭 울음, 떡국/가주엔 주인 1월 5일 찬	筑紫	시가/하이쿠	
1	4~7		山中鹿之助〈54〉 야마나카 시카노스케	西尾麟慶	고단	
3	1~2	活動寫眞	十一日 朝の南大門驛 11일 아침의 남대문역	覆面子	수필/관찰	

1911년 01월 13일 (금) 599호

지면	단수	기획	기사제목 〈회수〉〔곡수〕	필자/저자(역자)	분류	비고
1	3	俳句	漢陽吟社發句集/題　冬月、若菜、御慶、初鷄、雜煮/花儒園主人一月五日撰〈3〉〔1〕 한양음사 홋쿠슈/주제 겨울 달, 봄나물, 신년 하례, 새해 첫 닭 울음, 떡국/가주엔 주인 1월 5일 찬	如眠	시가/하이쿠	
1	3	俳句	漢陽吟社發句集/題　冬月、若菜、御慶、初鷄、雜煮/花儒園主人一月五日撰〈3〉〔1〕 한양음사 홋쿠슈/주제 겨울 달, 봄나물, 신년 하례, 새해 첫 닭 울음, 떡국/가주엔 주인 1월 5일 찬	如春	시가/하이쿠	
1	3	俳句	漢陽吟社發句集/題　冬月、若菜、御慶、初鷄、雜煮/花儒園主人一月五日撰〈3〉〔1〕 한양음사 홋쿠슈/주제 겨울 달, 봄나물, 신년 하례, 새해 첫 닭 울음, 떡국/가주엔 주인 1월 5일 찬	半韓	시가/하이쿠	
1	3	俳句	漢陽吟社發句集/題　冬月、若菜、御慶、初鷄、雜煮/花儒園主人一月五日撰〈3〉〔1〕 한양음사 홋쿠슈/주제 겨울 달, 봄나물, 신년 하례, 새해 첫 닭 울음, 떡국/가주엔 주인 1월 5일 찬	如春	시가/하이쿠	
1	3	俳句	漢陽吟社發句集/題　冬月、若菜、御慶、初鷄、雜煮/花儒園主人一月五日撰〈3〉〔2〕 한양음사 홋쿠슈/주제 겨울 달, 봄나물, 신년 하례, 새해 첫 닭 울음, 떡국/가주엔 주인 1월 5일 찬	思遠	시가/하이쿠	
1	3	俳句	漢陽吟社發句集/題　冬月、若菜、御慶、初鷄、雜煮/花儒園主人一月五日撰〈3〉〔1〕 한양음사 홋쿠슈/주제 겨울 달, 봄나물, 신년 하례, 새해 첫 닭 울음, 떡국/가주엔 주인 1월 5일 찬	花水	시가/하이쿠	
1	3	俳句	漢陽吟社發句集/題　冬月、若菜、御慶、初鷄、雜煮/花儒園主人一月五日撰〈3〉〔3〕 한양음사 홋쿠슈/주제 겨울 달, 봄나물, 신년 하례, 새해 첫 닭 울음, 떡국/가주엔 주인 1월 5일 찬	如春	시가/하이쿠	
1	3	俳句	漢陽吟社發句集/題　冬月、若菜、御慶、初鷄、雜煮/花儒園主人一月五日撰〈3〉〔1〕 한양음사 홋쿠슈/주제 겨울 달, 봄나물, 신년 하례, 새해 첫 닭 울음, 떡국/가주엔 주인 1월 5일 찬	朝松	시가/하이쿠	

지면	단수	기획	기사제목 〈회수〉〔곡수〕	필자/저자(역자)	분류	비고
1	3	俳句	漢陽吟社發句集/題　冬月、若菜、御慶、初鶏、雑煮/花儒園主人一月五日撰 〈3〉〔1〕 한양음사 홋쿠슈/주제 겨울 달, 봄나물, 신년 하례, 새해 첫 닭 울음, 떡국/가주엔 주인 1월 5일 찬	其月	시가/하이쿠	
1	3	俳句	漢陽吟社發句集/題　冬月、若菜、御慶、初鶏、雑煮/花儒園主人一月五日撰 〈3〉〔1〕 한양음사 홋쿠슈/주제 겨울 달, 봄나물, 신년 하례, 새해 첫 닭 울음, 떡국/가주엔 주인 1월 5일 찬	鈍蝶	시가/하이쿠	
1	4	俳句	漢陽吟社發句集/題　冬月、若菜、御慶、初鶏、雑煮/花儒園主人一月五日撰 〈3〉〔1〕 한양음사 홋쿠슈/주제 겨울 달, 봄나물, 신년 하례, 새해 첫 닭 울음, 떡국/가주엔 주인 1월 5일 찬	悟竹	시가/하이쿠	
1	4	俳句	漢陽吟社發句集/題　冬月、若菜、御慶、初鶏、雑煮/花儒園主人一月五日撰 〈3〉〔1〕 한양음사 홋쿠슈/주제 겨울 달, 봄나물, 신년 하례, 새해 첫 닭 울음, 떡국/가주엔 주인 1월 5일 찬	一考	시가/하이쿠	
1	4	俳句	漢陽吟社發句集/題　冬月、若菜、御慶、初鶏、雑煮/花儒園主人一月五日撰 〈3〉〔1〕 한양음사 홋쿠슈/주제 겨울 달, 봄나물, 신년 하례, 새해 첫 닭 울음, 떡국/가주엔 주인 1월 5일 찬	半韓	시가/하이쿠	
1	4	俳句	漢陽吟社發句集/題　冬月、若菜、御慶、初鶏、雑煮/花儒園主人一月五日撰 〈3〉〔1〕 한양음사 홋쿠슈/주제 겨울 달, 봄나물, 신년 하례, 새해 첫 닭 울음, 떡국/가주엔 주인 1월 5일 찬	悟竹	시가/하이쿠	
1	4	俳句	漢陽吟社發句集/題　冬月、若菜、御慶、初鶏、雑煮/花儒園主人一月五日撰 〈3〉〔1〕 한양음사 홋쿠슈/주제 겨울 달, 봄나물, 신년 하례, 새해 첫 닭 울음, 떡국/가주엔 주인 1월 5일 찬	半韓	시가/하이쿠	
1	4	俳句	漢陽吟社發句集/題　冬月、若菜、御慶、初鶏、雑煮/花儒園主人一月五日撰 〈3〉〔1〕 한양음사 홋쿠슈/주제 겨울 달, 봄나물, 신년 하례, 새해 첫 닭 울음, 떡국/가주엔 주인 1월 5일 찬	如眠	시가/하이쿠	
1	4	俳句	漢陽吟社發句集/題　冬月、若菜、御慶、初鶏、雑煮/花儒園主人一月五日撰 〈3〉〔1〕 한양음사 홋쿠슈/주제 겨울 달, 봄나물, 신년 하례, 새해 첫 닭 울음, 떡국/가주엔 주인 1월 5일 찬	半韓	시가/하이쿠	
1	4	俳句	漢陽吟社發句集/題　冬月、若菜、御慶、初鶏、雑煮/花儒園主人一月五日撰 〈3〉〔1〕 한양음사 홋쿠슈/주제 겨울 달, 봄나물, 신년 하례, 새해 첫 닭 울음, 떡국/가주엔 주인 1월 5일 찬	西都	시가/하이쿠	
1	4	俳句	漢陽吟社發句集/題　冬月、若菜、御慶、初鶏、雑煮/花儒園主人一月五日撰 〈3〉〔1〕 한양음사 홋쿠슈/주제 겨울 달, 봄나물, 신년 하례, 새해 첫 닭 울음, 떡국/가주엔 주인 1월 5일 찬	筑紫	시가/하이쿠	
1	4	俳句	漢陽吟社發句集/題　冬月、若菜、御慶、初鶏、雑煮/花儒園主人一月五日撰 〈3〉〔1〕 한양음사 홋쿠슈/주제 겨울 달, 봄나물, 신년 하례, 새해 첫 닭 울음, 떡국/가주엔 주인 1월 5일 찬	悟竹	시가/하이쿠	
1	4	俳句	漢陽吟社發句集/題　冬月、若菜、御慶、初鶏、雑煮/花儒園主人一月五日撰 〈3〉〔1〕 한양음사 홋쿠슈/주제 겨울 달, 봄나물, 신년 하례, 새해 첫 닭 울음, 떡국/가주엔 주인 1월 5일 찬	都天女	시가/하이쿠	
1	4	俳句	漢陽吟社發句集/題　冬月、若菜、御慶、初鶏、雑煮/花儒園主人一月五日撰 〈3〉〔1〕 한양음사 홋쿠슈/주제 겨울 달, 봄나물, 신년 하례, 새해 첫 닭 울음, 떡국/가주엔 주인 1월 5일 찬	米水	시가/하이쿠	

지면	단수	기획	기사제목 〈회수〉 [곡수]	필자/저자(역자)	분류	비고
1	4	俳句	漢陽吟社發句集/題 冬月、若菜、御慶、初鷄、雜煮/花儒園主人一月五日撰 〈3〉[1] 한양음사 훗쿠슈/주제 겨울 달, 봄나물, 신년 하례, 새해 첫 닭 울음, 떡국/가주엔 주인 1월 5일 찬	德女	시가/하이쿠	
1	4~7		山中鹿之助 〈55〉 야마나카 시카노스케	西尾麟慶	고단	
3	1~2	活動寫眞	十一日 夜の南大門驛 11일 밤의 남대문역	覆面子	수필/관찰	

1911년 01월 14일 (토) 600호

지면	단수	기획	기사제목 〈회수〉 [곡수]	필자/저자(역자)	분류	비고
1	3	俳句	漢陽吟社發句集/題 冬月、若菜、御慶、初鷄、雜煮/花儒園主人一月五日撰 〈4〉[1] 한양음사 훗쿠슈/주제 겨울 달, 봄나물, 신년 하례, 새해 첫 닭 울음, 떡국/가주엔 주인 1월 5일 찬	思遠	시가/하이쿠	
1	3	俳句	漢陽吟社發句集/題 冬月、若菜、御慶、初鷄、雜煮/花儒園主人一月五日撰 〈4〉[1] 한양음사 훗쿠슈/주제 겨울 달, 봄나물, 신년 하례, 새해 첫 닭 울음, 떡국/가주엔 주인 1월 5일 찬	朝松	시가/하이쿠	
1	3	俳句	漢陽吟社發句集/題 冬月、若菜、御慶、初鷄、雜煮/花儒園主人一月五日撰 〈4〉[1] 한양음사 훗쿠슈/주제 겨울 달, 봄나물, 신년 하례, 새해 첫 닭 울음, 떡국/가주엔 주인 1월 5일 찬	半韓	시가/하이쿠	
1	3	俳句	漢陽吟社發句集/題 冬月、若菜、御慶、初鷄、雜煮/花儒園主人一月五日撰 〈4〉[1] 한양음사 훗쿠슈/주제 겨울 달, 봄나물, 신년 하례, 새해 첫 닭 울음, 떡국/가주엔 주인 1월 5일 찬	米水	시가/하이쿠	
1	3	俳句	漢陽吟社發句集/題 冬月、若菜、御慶、初鷄、雜煮/花儒園主人一月五日撰 〈4〉[1] 한양음사 훗쿠슈/주제 겨울 달, 봄나물, 신년 하례, 새해 첫 닭 울음, 떡국/가주엔 주인 1월 5일 찬	其月	시가/하이쿠	
1	3	俳句	漢陽吟社發句集/題 冬月、若菜、御慶、初鷄、雜煮/花儒園主人一月五日撰 〈4〉[1] 한양음사 훗쿠슈/주제 겨울 달, 봄나물, 신년 하례, 새해 첫 닭 울음, 떡국/가주엔 주인 1월 5일 찬	甚水	시가/하이쿠	
1	3	俳句	漢陽吟社發句集/題 冬月、若菜、御慶、初鷄、雜煮/花儒園主人一月五日撰/高座十吟 〈4〉[1] 한양음사 훗쿠슈/주제 겨울 달, 봄나물, 신년 하례, 새해 첫 닭 울음, 떡국/가주엔 주인 1월 5일 찬/고좌 십음	如眠	시가/하이쿠	
1	3	俳句	漢陽吟社發句集/題 冬月、若菜、御慶、初鷄、雜煮/花儒園主人一月五日撰/高座十吟 〈4〉[2] 한양음사 훗쿠슈/주제 겨울 달, 봄나물, 신년 하례, 새해 첫 닭 울음, 떡국/가주엔 주인 1월 5일 찬/고좌 십음	半韓	시가/하이쿠	
1	3	俳句	漢陽吟社發句集/題 冬月、若菜、御慶、初鷄、雜煮/花儒園主人一月五日撰/高座十吟 〈4〉[1] 한양음사 훗쿠슈/주제 겨울 달, 봄나물, 신년 하례, 새해 첫 닭 울음, 떡국/가주엔 주인 1월 5일 찬/고좌 십음	朝松	시가/하이쿠	
1	3	俳句	漢陽吟社發句集/題 冬月、若菜、御慶、初鷄、雜煮/花儒園主人一月五日撰/高座十吟 〈4〉[1] 한양음사 훗쿠슈/주제 겨울 달, 봄나물, 신년 하례, 새해 첫 닭 울음, 떡국/가주엔 주인 1월 5일 찬/고좌 십음	如眠	시가/하이쿠	
1	3	俳句	漢陽吟社發句集/題 冬月、若菜、御慶、初鷄、雜煮/花儒園主人一月五日撰/高座十吟 〈4〉[1] 한양음사 훗쿠슈/주제 겨울 달, 봄나물, 신년 하례, 새해 첫 닭 울음, 떡국/가주엔 주인 1월 5일 찬/고좌 십음	都天女	시가/하이쿠	

지면	단수	기획	기사제목 〈회수〉〔곡수〕	필자/저자(역자)	분류	비고
1	3	俳句	漢陽吟社發句集/題 冬月、若菜、御慶、初鷄、雜煮/花儒園主人一月五日撰/高座十吟 〈4〉〔1〕 한양음사 홋쿠슈/주제 겨울 달, 봄나물, 신년 하례, 새해 첫 닭 울음, 떡국/가주엔 주인 1월 5일 찬/고좌 십음	悟竹	시가/하이쿠	
1	3	俳句	漢陽吟社發句集/題 冬月、若菜、御慶、初鷄、雜煮/花儒園主人一月五日撰/人 〈4〉〔1〕 한양음사 홋쿠슈/주제 겨울 달, 봄나물, 신년 하례, 새해 첫 닭 울음, 떡국/가주엔 주인 1월 5일 찬/인	西都	시가/하이쿠	
1	3	俳句	漢陽吟社發句集/題 冬月、若菜、御慶、初鷄、雜煮/花儒園主人一月五日撰/地 〈4〉〔1〕 한양음사 홋쿠슈/주제 겨울 달, 봄나물, 신년 하례, 새해 첫 닭 울음, 떡국/가주엔 주인 1월 5일 찬/지	半韓	시가/하이쿠	
1	3	俳句	漢陽吟社發句集/題 冬月、若菜、御慶、初鷄、雜煮/花儒園主人一月五日撰/天 〈4〉〔1〕 한양음사 홋쿠슈/주제 겨울 달, 봄나물, 신년 하례, 새해 첫 닭 울음, 떡국/가주엔 주인 1월 5일 찬/천	半韓	시가/하이쿠	
1	3	俳句	漢陽吟社發句集/題 冬月、若菜、御慶、初鷄、雜煮/花儒園主人一月五日撰/追加 〈4〉〔1〕 한양음사 홋쿠슈/주제 겨울 달, 봄나물, 신년 하례, 새해 첫 닭 울음, 떡국/가주엔 주인 1월 5일 찬/추가	判者 擎雲	시가/하이쿠	
1	3~6		山中鹿之助 〈56〉 야마나카 시카노스케	西尾麟慶	고단	
3	1~2	活動寫眞	十三日 朝の南大門驛 13일 아침의 남대문역	覆面子	수필/관찰	

1911년 01월 15일 (일) 601호

지면	단수	기획	기사제목 〈회수〉〔곡수〕	필자/저자(역자)	분류	비고
1	2~3	文苑	御題有感 어제 유감	掬水生	수필/기타	
1	3~6		山中鹿之助 〈57〉 야마나카 시카노스케	西尾麟慶	고단	
3	1	活動寫眞	十四日 朝の南大門驛 14일 아침의 남대문역	覆面子	수필/관찰	

1911년 01월 17일 (화) 602호

지면	단수	기획	기사제목 〈회수〉〔곡수〕	필자/저자(역자)	분류	비고
1	3~6		山中鹿之助 〈58〉 야마나카 시카노스케	西尾麟慶	고단	
3	1~2	活動寫眞	十六日 朝の南大門驛 16일 아침의 남대문역	覆面子	수필/관찰	

1911년 01월 18일 (수) 603호

지면	단수	기획	기사제목 〈회수〉〔곡수〕	필자/저자(역자)	분류	비고
1	3~6		山中鹿之助 〈60〉 야마나카 시카노스케	西尾麟慶	고단	회수 오류
3	1~2	活動寫眞	十七日 朝の南大門驛 17일 아침의 남대문역	覆面子	수필/관찰	

1911년 01월 19일 (목) 604호

지면	단수	기획	기사제목 〈회수〉〔곡수〕	필자/저자(역자)	분류	비고
1	4~7		山中鹿之助 〈60〉 야마나카 시카노스케	西尾麟慶	고단	
2	3	東京電報	御製新年歌/御製 〔1〕 어제 신년가/어제	明治天皇	시가/단카	
2	3	東京電報	御製新年歌/皇后陛下 〔1〕 어제 신년가/황후 폐하	昭憲皇后	시가/단카	
2	3	東京電報	御製新年歌/東宮殿下 〔1〕 어제 신년가/동궁 전하	東宮	시가/단카	

지면	단수	기획	기사제목 〈회수〉〔곡수〕	필자/저자(역자)	분류	비고
2	3	東京電報	御製新年歌/東宮妃殿下〔1〕 어제 신년가/동궁비 전하	東宮妃	시가/단카	
2	3	東京電報	御製新年歌/勅選歌〔1〕 어제 신년가/칙선가	宮內省典侍 藤原愛子	시가/단카	
2	3	東京電報	御製新年歌/勅選歌〔1〕 어제 신년가/칙선가	愛知縣士族 大島爲足	시가/단카	
2	3	東京電報	御製新年歌/勅選歌〔1〕 어제 신년가/칙선가	京都府平民 大屋ヒサ子	시가/단카	
2	3	東京電報	御製新年歌/勅選歌〔1〕 어제 신년가/칙선가	京都府平民 奧村義道	시가/단카	
2	3	東京電報	御製新年歌/勅選歌〔1〕 어제 신년가/칙선가	朝鮮全羅南道 許燮	시가/단카	
3	3~4	活動寫眞	十八日 朝の南大門驛 18일 아침의 남대문역	覆面子	수필/관찰	

1911년 01월 20일 (금) 605호

지면	단수	기획	기사제목 〈회수〉〔곡수〕	필자/저자(역자)	분류	비고
1	4~6		山中鹿之助〈61〉 야마나카 시카노스케	西尾麟慶	고단	
3	3	活動寫眞	十九日 朝の南大門驛 19일 아침의 남대문역	覆面子	수필/관찰	

1911년 01월 21일 (토) 606호

지면	단수	기획	기사제목 〈회수〉〔곡수〕	필자/저자(역자)	분류	비고
1	3~6		山中鹿之助〈61〉 야마나카 시카노스케	西尾麟慶	고단	회수 오류

1911년 01월 22일 (일) 607호

지면	단수	기획	기사제목 〈회수〉〔곡수〕	필자/저자(역자)	분류	비고
1	3~6		山中鹿之助〈62〉 야마나카 시카노스케	西尾麟慶	고단	회수 오류
3	1~2	活動寫眞	二十一日 朝の南大門驛 21일 아침의 남대문역	覆面子	수필/관찰	

1911년 01월 24일 (화) 608호

지면	단수	기획	기사제목 〈회수〉〔곡수〕	필자/저자(역자)	분류	비고
1	3~6		山中鹿之助〈63〉 야마나카 시카노스케	西尾麟慶	고단	회수 오류
3	1	活動寫眞	二十三日 朝の南大門驛 23일 아침의 남대문역	覆面子	수필/관찰	
3	2~4		廿二日の情歌合戰 22일의 정가 시합		기타/모임 안내	
3	2		廿二日の情歌合戰/元結(四點)〔1〕 22일의 정가 시합/상투(4점)	市松	시가/도도이쓰	
3	2		廿二日の情歌合戰/元結(六點)〔1〕 22일의 정가 시합/상투(6점)	市松	시가/도도이쓰	
3	2		廿二日の情歌合戰/元結(七點)〔1〕 22일의 정가 시합/상투(7점)	光石	시가/도도이쓰	
3	2		廿二日の情歌合戰/元結(八點)〔1〕 22일의 정가 시합/상투(8점)	浪子	시가/도도이쓰	
3	2		廿二日の情歌合戰/元結(十一點)〔1〕 22일의 정가 시합/상투(11점)	秀峯	시가/도도이쓰	
3	2		廿二日の情歌合戰/元結(十二點)〔1〕 22일의 정가 시합/상투(12점)	浪子	시가/도도이쓰	
3	2		廿二日の情歌合戰/元結/人(十五點)〔1〕 22일의 정가 시합/상투/인(15점)	ふの字	시가/도도이쓰	

지면	단수	기획	기사제목 〈회수〉〔곡수〕	필자/저자(역자)	분류	비고
3	2		廿二日の情歌合戰/元結/地(十六點)〔1〕 22일의 정가 시합/상투/지(16점)	むら	시가/도도이쓰	
3	2		廿二日の情歌合戰/元結/天(十七點)〔1〕 22일의 정가 시합/상투/천(17점)	市松	시가/도도이쓰	
3	2~3		廿二日の情歌合戰/雪(三點)〔1〕 22일의 정가 시합/눈(3점)	小市	시가/도도이쓰	
3	3		廿二日の情歌合戰/雪(四點)〔1〕 22일의 정가 시합/눈(4점)	秀峯	시가/도도이쓰	
3	3		廿二日の情歌合戰/雪(四點)〔1〕 22일의 정가 시합/눈(4점)	市松	시가/도도이쓰	
3	3		廿二日の情歌合戰/雪(五點)〔1〕 22일의 정가 시합/눈(5점)	むら	시가/도도이쓰	
3	3		廿二日の情歌合戰/雪(六點)〔1〕 22일의 정가 시합/눈(6점)	光石	시가/도도이쓰	
3	3		廿二日の情歌合戰/雪(七點)〔1〕 22일의 정가 시합/눈(7점)	市松	시가/도도이쓰	
3	3		廿二日の情歌合戰/雪/人〔1〕 22일의 정가 시합/눈/인(8점)	若松	시가/도도이쓰	
3	3		廿二日の情歌合戰/雪/同〔1〕 22일의 정가 시합/눈/인(8점)	秀峰	시가/도도이쓰	
3	3		廿二日の情歌合戰/雪/地〔1〕 22일의 정가 시합/눈/지(9점)	市松	시가/도도이쓰	
3	3		廿二日の情歌合戰/雪/天〔2〕 22일의 정가 시합/눈/천(10점)	浪子	시가/도도이쓰	
3	3		廿二日の情歌合戰/雪/同〔1〕 22일의 정가 시합/눈/천(10점)	秀峰	시가/도도이쓰	
3	3		廿二日の情歌合戰/猪(三點)〔1〕 22일의 정가 시합/멧돼지(3점)	小市	시가/도도이쓰	
3	3		廿二日の情歌合戰/猪(四點)〔1〕 22일의 정가 시합/멧돼지(4점)	若市	시가/도도이쓰	
3	3		廿二日の情歌合戰/猪(五點)〔1〕 22일의 정가 시합/멧돼지(5점)	ふの字	시가/도도이쓰	
3	3		廿二日の情歌合戰/猪(五點)〔1〕 22일의 정가 시합/멧돼지(5점)	市松	시가/도도이쓰	
3	3		廿二日の情歌合戰/猪(五點)〔1〕 22일의 정가 시합/멧돼지(5점)	小市	시가/도도이쓰	
3	3		廿二日の情歌合戰/猪(七點)〔1〕 22일의 정가 시합/멧돼지(7점)	秀峯	시가/도도이쓰	
3	3		廿二日の情歌合戰/猪(十點)〔1〕 22일의 정가 시합/멧돼지(10점)	市松	시가/도도이쓰	
3	3		廿二日の情歌合戰/猪(十二點)〔1〕 22일의 정가 시합/멧돼지(12점)	むら	시가/도도이쓰	
3	3		廿二日の情歌合戰/猪/人(十三點)〔1〕 22일의 정가 시합/멧돼지/인(13점)	市松	시가/도도이쓰	
3	3		廿二日の情歌合戰/猪/地(十六點)〔1〕 22일의 정가 시합/멧돼지/지(16점)	浪子	시가/도도이쓰	
3	3		廿二日の情歌合戰/猪/天(十八點)〔1〕 22일의 정가 시합/멧돼지/천(18점)	浪子	시가/도도이쓰	

1911년 01월 25일 (수) 609호

지면	단수	기획	기사제목 〈회수〉〔곡수〕	필자/저자(역자)	분류	비고
1	3~6		山中鹿之助 〈64〉 야마나카 시카노스케	西尾麟慶	고단	회수 오류

지면	단수	기획	기사제목 〈회수〉〔곡수〕	필자/저자(역자)	분류	비고
3	1~2	活動寫眞	二十四日 朝の南大門驛 24일 아침의 남대문역	覆面子	수필/관찰	

1911년 01월 26일 (목) 610호

지면	단수	기획	기사제목 〈회수〉〔곡수〕	필자/저자(역자)	분류	비고
1	3~6		山中鹿之助 〈65〉 야마나카 시카노스케	西尾麟慶	고단	회수 오류
3	1~2	活動寫眞	二十五日 朝の南大門驛 25일 아침의 남대문역	覆面子	수필/관찰	

1911년 01월 27일 (금) 611호

지면	단수	기획	기사제목 〈회수〉〔곡수〕	필자/저자(역자)	분류	비고
1	3~6		山中鹿之助 〈65〉 야마나카 시카노스케	西尾麟慶	고단	회수 오류
3	1~2	活動寫眞	二十六日 朝の南大門驛 26일 아침의 남대문역	覆面子	수필/관찰	

1911년 01월 28일 (토) 612호

지면	단수	기획	기사제목 〈회수〉〔곡수〕	필자/저자(역자)	분류	비고
1	3~6		山中鹿之助 〈67〉 야마나카 시카노스케	西尾麟慶	고단	회수 오류
5	1~2	活動寫眞	二十七日 朝の南大門驛 27일 아침의 남대문역	覆面子	수필/관찰	

1911년 01월 29일 (일) 613호

지면	단수	기획	기사제목 〈회수〉〔곡수〕	필자/저자(역자)	분류	비고
1	2~5		山中鹿之助 〈68〉 야마나카 시카노스케	西尾麟慶	고단	회수 오류
3	3~4		特選 歌かるた 〔26〕 특선 우타카루타		시가/단카	
5	1	活動寫眞	二十八日 朝の南大門驛 28일 아침의 남대문역	覆面子	수필/관찰	

1911년 02월 01일 (수) 616호

지면	단수	기획	기사제목 〈회수〉〔곡수〕	필자/저자(역자)	분류	비고
1	2~5		山中鹿之助 〈69〉 야마나카 시카노스케	西尾麟慶	고단	회수 오류
3	1~2		龍山行 용산행	みや生	수필/기행	
3	2	活動寫眞	三十一日 朝の街と停車場 31일 아침의 거리와 정차장	覆面子	수필/관찰	

1911년 02월 03일 (금) 617호

지면	단수	기획	기사제목 〈회수〉〔곡수〕	필자/저자(역자)	분류	비고
1	3~5		山中鹿之助 〈70〉 야마나카 시카노스케	西尾麟慶	고단	회수 오류
3	1		龍山行 용산행	みや生	수필/기행	
3	1~2	活動寫眞	二日 朝の南大門驛 2일 아침의 남대문역	覆面子	수필/관찰	

1911년 02월 04일 (토) 618호

지면	단수	기획	기사제목 〈회수〉〔곡수〕	필자/저자(역자)	분류	비고
1	3~6		山中鹿之助 〈71〉 야마나카 시카노스케	西尾麟慶	고단	회수 오류
3	1		龍山行 용산행	みや生	수필/기행	
3	1~2	活動寫眞	三日 朝の南大門驛 3일 아침의 남대문역	覆面子	수필/관찰	

지면	단수	기획	기사제목 〈회수〉〔곡수〕	필자/저자(역자)	분류	비고
3	5		相合傘 함께 쓴 우산	紅生	수필/일상	
3	5		相合傘/首尾 함께 쓴 우산/수미	白洞誤仙	시가/도도이쓰	
3	5		相合傘/口車 함께 쓴 우산/감언이설	五林堂半仙	시가/도도이쓰	
3	5		相合傘/春の宵 함께 쓴 우산/봄날 밤	花の家くれない	시가/도도이쓰	

1911년 02월 05일 (일) 619호

지면	단수	기획	기사제목 〈회수〉〔곡수〕	필자/저자(역자)	분류	비고
1	3~6		山中鹿之助 〈72〉 야마나카 시카노스케	西尾麟慶	고단	회수 오류
3	1	活動寫眞	四日 朝の南大門驛 4일 아침의 남대문역	覆面子	수필/관찰	

1911년 02월 07일 (화) 620호

지면	단수	기획	기사제목 〈회수〉〔곡수〕	필자/저자(역자)	분류	비고
1	3	雜錄	結婚 결혼	みや生	수필/비평	
1	3~6		山中鹿之助 〈73〉 야마나카 시카노스케	西尾麟慶	고단	회수 오류
3	2	活動寫眞	六日 朝の南大門驛 6일 아침의 남대문역	覆面子	수필/관찰	

1911년 02월 08일 (수) 621호

지면	단수	기획	기사제목 〈회수〉〔곡수〕	필자/저자(역자)	분류	비고
1	4~7		山中鹿之助 〈74〉 야마나카 시카노스케	西尾麟慶	고단	회수 오류
3	1	活動寫眞	七日 朝の南大門驛 7일 아침의 남대문역	覆面子	수필/관찰	

1911년 02월 09일 (목) 622호

지면	단수	기획	기사제목 〈회수〉〔곡수〕	필자/저자(역자)	분류	비고
1	3	雜錄	斷髮 단발	なにがし	수필/기타	
1	3~4	雜錄	死 죽음	なにがし	수필/기타	
1	4~7		山中鹿之助 〈75〉 야마나카 시카노스케	西尾麟慶	고단	회수 오류
3	1	活動寫眞	七日 夜の南大門驛 7일 밤의 남대문역	覆面子	수필/관찰	

1911년 02월 10일 (금) 623호

지면	단수	기획	기사제목 〈회수〉〔곡수〕	필자/저자(역자)	분류	비고
1	3	俳句	漢陽吟社發句集(上)/芳詠五十章甲乙逆列-花儒園選 〈1〉〔1〕 한양음사 홋쿠슈(상)/방영 50장 갑을 역렬-가주엔 선	悟竹	시가/하이쿠	
1	3	俳句	☆漢陽吟社發句集(上)/芳詠五十章甲乙逆列-花儒園選 〈1〉〔2〕 한양음사 홋쿠슈(상)/방영 50장 갑을 역렬-가주엔 선	西都	시가/하이쿠	
1	3	俳句	漢陽吟社發句集(上)/芳詠五十章甲乙逆列-花儒園選 〈1〉〔1〕 한양음사 홋쿠슈(상)/방영 50장 갑을 역렬-가주엔 선	德女	시가/하이쿠	
1	3	俳句	漢陽吟社發句集(上)/芳詠五十章甲乙逆列-花儒園選 〈1〉〔1〕 한양음사 홋쿠슈(상)/방영 50장 갑을 역렬-가주엔 선	朝月	시가/하이쿠	
1	3	俳句	漢陽吟社發句集(上)/芳詠五十章甲乙逆列-花儒園選 〈1〉〔1〕 한양음사 홋쿠슈(상)/방영 50장 갑을 역렬-가주엔 선	鈍蝶	시가/하이쿠	
1	3	俳句	★漢陽吟社發句集(上)/芳詠五十章甲乙逆列-花儒園選 〈1〉〔1〕 한양음사 홋쿠슈(상)/방영 50장 갑을 역렬-가주엔 선	如眠	시가/하이쿠	

지면	단수	기획	기사제목 〈회수〉〔곡수〕	필자/저자(역자)	분류	비고
1	3	俳句	漢陽吟社發句集(上)/芳詠五十章甲乙逆列-花儒園選 〈1〉〔1〕 한양음사 홋쿠슈(상)/방영 50장 갑을 역렬-가주엔 선	半韓	시가/하이쿠	
1	3	俳句	漢陽吟社發句集(上)/芳詠五十章甲乙逆列-花儒園選 〈1〉〔1〕 한양음사 홋쿠슈(상)/방영 50장 갑을 역렬-가주엔 선	西都	시가/하이쿠	
1	3	俳句	漢陽吟社發句集(上)/芳詠五十章甲乙逆列-花儒園選 〈1〉〔1〕 한양음사 홋쿠슈(상)/방영 50장 갑을 역렬-가주엔 선	一考	시가/하이쿠	
1	3	俳句	★漢陽吟社發句集(上)/芳詠五十章甲乙逆列-花儒園選 〈1〉〔1〕 한양음사 홋쿠슈(상)/방영 50장 갑을 역렬-가주엔 선	紫水	시가/하이쿠	
1	3	俳句	漢陽吟社發句集(上)/芳詠五十章甲乙逆列-花儒園選 〈1〉〔1〕 한양음사 홋쿠슈(상)/방영 50장 갑을 역렬-가주엔 선	如眠	시가/하이쿠	
1	3	俳句	漢陽吟社發句集(上)/芳詠五十章甲乙逆列-花儒園選 〈1〉〔1〕 한양음사 홋쿠슈(상)/방영 50장 갑을 역렬-가주엔 선	朝松	시가/하이쿠	
1	3	俳句	漢陽吟社發句集(上)/芳詠五十章甲乙逆列-花儒園選 〈1〉〔1〕 한양음사 홋쿠슈(상)/방영 50장 갑을 역렬-가주엔 선	西都	시가/하이쿠	
1	3	俳句	★漢陽吟社發句集(上)/芳詠五十章甲乙逆列-花儒園選 〈1〉〔1〕 한양음사 홋쿠슈(상)/방영 50장 갑을 역렬-가주엔 선	朝松	시가/하이쿠	
1	3	俳句	漢陽吟社發句集(上)/芳詠五十章甲乙逆列-花儒園選 〈1〉〔1〕 한양음사 홋쿠슈(상)/방영 50장 갑을 역렬-가주엔 선	紫水	시가/하이쿠	
1	3	俳句	漢陽吟社發句集(上)/芳詠五十章甲乙逆列-花儒園選 〈1〉〔1〕 한양음사 홋쿠슈(상)/방영 50장 갑을 역렬-가주엔 선	半韓	시가/하이쿠	
1	3	俳句	漢陽吟社發句集(上)/芳詠五十章甲乙逆列-花儒園選 〈1〉〔1〕 한양음사 홋쿠슈(상)/방영 50장 갑을 역렬-가주엔 선	西都	시가/하이쿠	
1	3	俳句	漢陽吟社發句集(上)/芳詠五十章甲乙逆列-花儒園選 〈1〉〔1〕 한양음사 홋쿠슈(상)/방영 50장 갑을 역렬-가주엔 선	其月	시가/하이쿠	
1	3	俳句	★漢陽吟社發句集(上)/芳詠五十章甲乙逆列-花儒園選 〈1〉〔1〕 한양음사 홋쿠슈(상)/방영 50장 갑을 역렬-가주엔 선	悟竹	시가/하이쿠	
1	3	俳句	★漢陽吟社發句集(上)/芳詠五十章甲乙逆列-花儒園選 〈1〉〔1〕 한양음사 홋쿠슈(상)/방영 50장 갑을 역렬-가주엔 선	朝松	시가/하이쿠	
1	3~6		山中鹿之助 〈76〉 야마나카 시카노스케	西尾麟慶	고단	회수 오류
3	1	活動寫眞	九日 朝의南大門驛 9일 아침의 남대문역	覆面子	수필/관찰	

1911년 02월 11일 (토) 624호

지면	단수	기획	기사제목 〈회수〉〔곡수〕	필자/저자(역자)	분류	비고
1	3~6		山中鹿之助 〈76〉 야마나카 시카노스케	西尾麟慶	고단	회수 오류
3	1~2	活動寫眞	十日 朝의南大門驛 10일 아침의 남대문역	覆面子	수필/관찰	
3	5~6		操 지조	茂坊	수필/일상	

1911년 02월 14일 (화) 625호

지면	단수	기획	기사제목 〈회수〉〔곡수〕	필자/저자(역자)	분류	비고
1	3	俳句	漢陽吟社發句集(上) 〈1〉〔1〕 한양음사 홋쿠슈(상)	朝松	시가/하이쿠	
1	3	俳句	漢陽吟社發句集(上) 〈1〉〔1〕 한양음사 홋쿠슈(상)	悟竹	시가/하이쿠	
1	3	俳句	漢陽吟社發句集(上) 〈1〉〔1〕 한양음사 홋쿠슈(상)	梅窓	시가/하이쿠	
1	3	俳句	漢陽吟社發句集(上) 〈1〉〔1〕 한양음사 홋쿠슈(상)	朝月	시가/하이쿠	
1	3	俳句	漢陽吟社發句集(上) 〈1〉〔1〕 한양음사 홋쿠슈(상)	都天女	시가/하이쿠	

지면	단수	기획	기사제목 〈회수〉〔곡수〕	필자/저자(역자)	분류	비고
1	3	俳句	漢陽吟社發句集(上) 〈1〉 [1] 한양음사 홋쿠슈(상)	其月	시가/하이쿠	
1	4	俳句	漢陽吟社發句集(上) 〈1〉 [1] 한양음사 홋쿠슈(상)	悟竹	시가/하이쿠	
1	4	俳句	漢陽吟社發句集(上) 〈1〉 [1] 한양음사 홋쿠슈(상)	西都	시가/하이쿠	
1	4	俳句	漢陽吟社發句集(上) 〈1〉 [1] 한양음사 홋쿠슈(상)	半如	시가/하이쿠	
1	4	俳句	漢陽吟社發句集(上) 〈1〉 [1] 한양음사 홋쿠슈(상)	米水	시가/하이쿠	
1	4	俳句	漢陽吟社發句集(上) 〈1〉 [1] 한양음사 홋쿠슈(상)	梅窓	시가/하이쿠	
1	4	俳句	漢陽吟社發句集(上) 〈1〉 [1] 한양음사 홋쿠슈(상)	其月	시가/하이쿠	
1	4	俳句	漢陽吟社發句集(上) 〈1〉 [1] 한양음사 홋쿠슈(상)	如春	시가/하이쿠	
1	4	俳句	漢陽吟社發句集(上) 〈1〉 [1] 한양음사 홋쿠슈(상)	米水	시가/하이쿠	
1	4	俳句	漢陽吟社發句集(上) 〈1〉 [1] 한양음사 홋쿠슈(상)	如春	시가/하이쿠	
1	4	俳句	漢陽吟社發句集(上) 〈1〉 [1] 한양음사 홋쿠슈(상)	如眠	시가/하이쿠	
1	4	俳句	漢陽吟社發句集(上) 〈1〉 [1] 한양음사 홋쿠슈(상)	如春	시가/하이쿠	
1	4	俳句	漢陽吟社發句集(上) 〈1〉 [2] 한양음사 홋쿠슈(상)	悟竹	시가/하이쿠	
1	4	俳句	漢陽吟社發句集(上) 〈1〉 [1] 한양음사 홋쿠슈(상)	其月	시가/하이쿠	
1	4	俳句	漢陽吟社發句集(上) 〈1〉 [1] 한양음사 홋쿠슈(상)	悟竹	시가/하이쿠	
1	4	俳句	漢陽吟社發句集(上) 〈1〉 [1] 한양음사 홋쿠슈(상)	如春	시가/하이쿠	
1	4	俳句	漢陽吟社發句集(上) 〈1〉 [1] 한양음사 홋쿠슈(상)	朝松	시가/하이쿠	
1	4	俳句	漢陽吟社發句集(上) 〈1〉 [1] 한양음사 홋쿠슈(상)	德女	시가/하이쿠	
1	4	俳句	漢陽吟社發句集(上) 〈1〉 [1] 한양음사 홋쿠슈(상)	半韓	시가/하이쿠	
1	4	俳句	漢陽吟社發句集(上) 〈1〉 [1] 한양음사 홋쿠슈(상)	其月	시가/하이쿠	
1	4	俳句	漢陽吟社發句集(上) 〈1〉 [1] 한양음사 홋쿠슈(상)	如春	시가/하이쿠	
1	4	俳句	漢陽吟社發句集(上)/人 〈1〉 [1] 한양음사 홋쿠슈(상)/인	都天女	시가/하이쿠	
1	4	俳句	漢陽吟社發句集(上)/地 〈1〉 [1] 한양음사 홋쿠슈(상)/지	其月	시가/하이쿠	
1	4	俳句	漢陽吟社發句集(上)/天 〈1〉 [1] 한양음사 홋쿠슈(상)/천	如春	시가/하이쿠	
1	4	俳句	漢陽吟社發句集(上)/追加 〈1〉 [1] 한양음사 홋쿠슈(상)/추가	判者 翠堂	시가/하이쿠	
1	4~7		山中鹿之助 〈77〉 야마나카 시카노스케	西尾麟慶	고단	회수 오류

지면	단수	기획	기사제목 〈회수〉〔곡수〕	필자/저자(역자)	분류	비고
3	1	活動寫眞	十三日 朝の南大門驛 13일 아침의 남대문역	覆面子	수필/관찰	
3	5~6		揵 지조	茂坊	수필/일상	

1911년 02월 15일 (수) 626호

지면	단수	기획	기사제목 〈회수〉〔곡수〕	필자/저자(역자)	분류	비고
1	2		新小說予告 신소설 예고		광고/연재 예고	
1	3~6		山中鹿之助 〈78〉 야마나카 시카노스케	西尾麟慶	고단	회수 오류
3	1	活動寫眞	十四日 朝の南大門驛 14일 아침의 남대문역	覆面子	수필/관찰	
3	5~6		京城の眞夜中 〈1〉 경성의 한밤중	みや生	수필/일상	

1911년 02월 16일 (목) 627호

지면	단수	기획	기사제목 〈회수〉〔곡수〕	필자/저자(역자)	분류	비고
1	3	俳句	漢陽吟社發句集 〈2〉〔1〕 한양음사 홋쿠슈	朝松	시가/하이쿠	
1	3	俳句	漢陽吟社發句集 〈2〉〔1〕 한양음사 홋쿠슈	都天女	시가/하이쿠	
1	3	俳句	漢陽吟社發句集 〈2〉〔1〕 한양음사 홋쿠슈	朝月	시가/하이쿠	
1	3	俳句	漢陽吟社發句集 〈2〉〔1〕 한양음사 홋쿠슈	思走	시가/하이쿠	
1	3	俳句	漢陽吟社發句集 〈2〉〔2〕 한양음사 홋쿠슈	朝松	시가/하이쿠	
1	4	俳句	漢陽吟社發句集 〈2〉〔1〕 한양음사 홋쿠슈	思走	시가/하이쿠	
1	4	俳句	漢陽吟社發句集 〈2〉〔1〕 한양음사 홋쿠슈	悟竹	시가/하이쿠	
1	4	俳句	漢陽吟社發句集 〈2〉〔1〕 한양음사 홋쿠슈	朝月	시가/하이쿠	
1	4	俳句	漢陽吟社發句集/人 〈2〉〔1〕 한양음사 홋쿠슈/인	都天女	시가/하이쿠	
1	4	俳句	漢陽吟社發句集/地 〈2〉〔1〕 한양음사 홋쿠슈/지	半韓	시가/하이쿠	
1	4	俳句	漢陽吟社發句集/天 〈2〉〔1〕 한양음사 홋쿠슈/천	半韓	시가/하이쿠	
1	4	俳句	漢陽吟社發句集/自句 〈2〉〔1〕 한양음사 홋쿠슈/자구	犖雲	시가/하이쿠	
1	4~6		召使お初 〈1-1〉 시녀 오하쓰	碧瑠璃園	소설/일본 고전	
3	1	活動寫眞	十五日 朝の南大門驛 15일 아침의 남대문역	覆面子	수필/관찰	
3	4~5		京城の眞夜中 〈2〉 경성의 한밤중	みや生	수필/일상	

1911년 02월 17일 (금) 628호

지면	단수	기획	기사제목 〈회수〉〔곡수〕	필자/저자(역자)	분류	비고
1	3~6		召使お初 〈1-2〉 시녀 오하쓰	碧瑠璃園	소설/일본 고전	
3	1~2		京城の眞夜中 〈3〉 경성의 한밤중	みや生	수필/일상	

지면	단수	기획	기사제목 〈회수〉〔곡수〕	필자/저자(역자)	분류	비고
3	2~3	活動寫眞	十六日 朝の南大門驛 16일 아침의 남대문역	覆面子	수필/관찰	

1911년 02월 18일 (토) 629호

지면	단수	기획	기사제목	필자/저자(역자)	분류	비고
1	4~6		召使お初〈1-2〉 시녀 오하쓰	碧瑠璃園	소설/일본 고전	회수 오류
3	1~2	活動寫眞	十七日 朝の南大門驛 17일 아침의 남대문역	覆面子	수필/관찰	

1911년 02월 19일 (일) 630호

지면	단수	기획	기사제목	필자/저자(역자)	분류	비고
1	4~6		召使お初〈1-4〉 시녀 오하쓰	碧瑠璃園	소설/일본 고전	
3	1~2	活動寫眞	十八日 朝の南大門驛 18일 아침의 남대문역	覆面子	수필/관찰	

1911년 02월 21일 (화) 631호

지면	단수	기획	기사제목	필자/저자(역자)	분류	비고
1	3~6		召使お初〈1-5〉 시녀 오하쓰	碧瑠璃園	소설/일본 고전	
3	1	活動寫眞	二十日 朝の南大門驛 20일 아침의 남대문역	覆面子	수필/관찰	
3	4		勅諡神機獨妙正宗國師/白隱和尚選述/座禪和讚〔1〕 칙시 신기 도쿠묘 쇼슈 국사/하쿠인 화상 선술/좌선 와산	於韓國漢城 牧雲印施	시가/와산	

1911년 02월 22일 (수) 632호

지면	단수	기획	기사제목	필자/저자(역자)	분류	비고
1	4~6		召使お初〈1-6〉 시녀 오하쓰	碧瑠璃園	소설/일본 고전	
3	1	活動寫眞	二十一日 朝の南大門驛 21일 아침의 남대문역	覆面子	수필/관찰	
3	5~7		京城の眞夜中〈4〉 경성의 한밤중	みや生	수필/일상	

1911년 02월 23일 (목) 633호

지면	단수	기획	기사제목	필자/저자(역자)	분류	비고
1	4~6		召使お初〈1-7〉 시녀 오하쓰	碧瑠璃園	소설/일본 고전	
3	1~2	活動寫眞	二十二日 朝の南大門驛 22일 아침의 남대문역	覆面子	수필/관찰	
3	4		京城の眞夜中〈5〉 경성의 한밤중	みや生	수필/일상	

1911년 02월 24일 (금) 634호

지면	단수	기획	기사제목	필자/저자(역자)	분류	비고
1	4~6		召使お初〈1-8〉 시녀 오하쓰	碧瑠璃園	소설/일본 고전	
3	1	活動寫眞	二十三日 朝の南大門驛 23일 아침의 남대문역	覆面子	수필/관찰	
3	4		京城の眞夜中〈6〉 경성의 한밤중	みや生	수필/일상	

1911년 02월 25일 (토) 635호

지면	단수	기획	기사제목	필자/저자(역자)	분류	비고
1	4~6		召使お初〈1-9〉 시녀 오하쓰	碧瑠璃園	소설/일본 고전	
3	2~3	活動寫眞	二十四日 朝の南大門驛 24일 아침의 남대문역	覆面子	수필/관찰	

지면	단수	기획	기사제목 〈회수〉〔곡수〕	필자/저자(역자)	분류	비고
			1911년 02월 26일 (일) 636호			
1	4~6		召使お初 〈1-10〉 시녀 오하쓰	黑法師	소실/일본 고전	
3	1	活動寫眞	二十五日 朝の南大門驛 25일 아침의 남대문역	覆面子	수필/관찰	
			1911년 02월 28일 (화) 637호			
1	4~6		召使お初 〈1-10〉 시녀 오하쓰	黑法師	소설/일본 고전	회수 오류
3	1	活動寫眞	二十七日 朝の南大門驛 27일 아침의 남대문역	覆面子	수필/관찰	
			1911년 03월 01일 (수) 638호			
1	3~4	雜錄	平凡 평범	みや生	수필/일상	
1	4~7		召使お初 〈1-12〉 시녀 오하쓰	黑法師	소설/일본 고전	
3	1	活動寫眞	二十八日 朝の南大門驛 28일 아침의 남대문역	覆面子	수필/관찰	
			1911년 03월 02일 (목) 639호			
1	2~3	雜錄	閑窓放言 한창방언	在京城 西圃山人	수필/기타	
1	4~6		召使お初 〈2-1〉 시녀 오하쓰	黑法師	소설/일본 고전	
3	1	活動寫眞	一日 朝の南大門驛 1일 아침의 남대문역	覆面子	수필/관찰	
3	4		三筋文學 〔2〕 삼현 문학	福島柳慶	시가/도도이 쓰	
3	4		三筋文學 〔2〕 삼현 문학	高野浪の舍	시가/도도이 쓰	
			1911년 03월 03일 (금) 640호			
1	3~4	雜錄	閑窓放言 한창방언	在京城 西圃山人	수필/기타	
1	4	文苑	或る男の歌 어느 남자의 노래	碌々庵	시가/자유시	
1	4~7		召使お初 〈2-2〉 시녀 오하쓰	黑法師	소설/일본 고전	
3	1	活動寫眞	二日 朝の南大門驛 2일 아침의 남대문역	覆面子	수필/관찰	
3	3		ひゝな 〔5〕 히나 인형	秀峰	시가/하이쿠	
3	3		ひゝな 〔3〕 히나 인형	不渴	시가/하이쿠	
3	3		ひゝな 〔3〕 히나 인형	紫生	시가/하이쿠	
3	5		三面都々逸 〔3〕 3면 도도이쓰	浮世亭美坊	시가/도도이 쓰	
			1911년 03월 04일 (토) 641호			

지면	단수	기획	기사제목 〈회수〉〔곡수〕	필자/저자(역자)	분류	비고
1	3	文苑	白椿〔5〕 흰 동백	ふさ子	시가/단카	
1	3	文苑	春の歌 봄의 노래	碌々庵	시가/자유시	
1	4~6		召使お初〈2-3〉 시녀 오하쓰	黑法師	소설/일본 고전	
3	4		三面都々逸〔4〕 3면 도도이쓰	浮世亭美坊	시가/도도이 쓰	

1911년 03월 05일 (일) 642호

지면	단수	기획	기사제목 〈회수〉〔곡수〕	필자/저자(역자)	분류	비고
1	3~4		相手の立場に同情せよ〈1〉 상대방의 입장을 동정하라	みや生	수필/기타	
1	4~6		召使お初〈2-4〉 시녀 오하쓰	黑法師	소설/일본 고전	
3	1~2	活動寫眞	四日 朝の南大門驛 4일 아침의 남대문역	覆面子	수필/관찰	

1911년 03월 07일 (화) 643호

지면	단수	기획	기사제목 〈회수〉〔곡수〕	필자/저자(역자)	분류	비고
1	2~3		相手の立場に同情せよ〈2〉 상대방의 입장을 동정하라	みや生	수필/기타	
1	3~4	文苑	太平の民 태평의 백성	紫生	수필/일상	
1	4~6		召使お初〈2-5〉 시녀 오하쓰	黑法師	소설/일본 고전	
3	3		三面狂歌〔4〕 3면 교카	浮世亭	시가/교카	
3	3		三面狂歌〔1〕 3면 교카	△○生	시가/교카	

1911년 03월 08일 (수) 644호

지면	단수	기획	기사제목 〈회수〉〔곡수〕	필자/저자(역자)	분류	비고
1	3	文苑	淡雪〔5〕 담설	ふさ子	시가/단카	
1	3	文苑	老杉〔1〕 늙은 삼나무	ふさ子	시가/신체시	
1	4~6		召使お初〈2-6〉 시녀 오하쓰	黑法師	소설/일본 고전	
3	1		ドロへの京城 진흙투성이 경성		수필/관찰	
3	1~2		七日 朝の南大門驛 7일 아침의 남대문역		수필/관찰	
3	4		四ツ手網/三面狂歌〔2〕 뜰망/3면 교카	浮世亭	시가/교카	

1911년 03월 09일 (목) 645호

지면	단수	기획	기사제목 〈회수〉〔곡수〕	필자/저자(역자)	분류	비고
1	3~4	文苑	雁〔1〕 기러기	ふさ子	시가/신체시	
1	4	文苑	雪の歌 눈의 노래	碌々庵	시가/자유시	
1	4		漢陽吟社第十五回席上餘興/花儒園撰〔1〕 한양음사 제15회 석상 여흥/가주엔 찬	都天女	시가/하이쿠	
1	4		漢陽吟社第十五回席上餘興/花儒園撰〔1〕 한양음사 제15회 석상 여흥/가주엔 찬	朝松	시가/하이쿠	

지면	단수	기획	기사제목 〈회수〉〔곡수〕	필자/저자(역자)	분류	비고
1	4		漢陽吟社第十五回席上餘興/花儒園撰〔2〕 한양음사 제15회 석상 여흥/가주엔 찬	悟竹	시가/하이쿠	
1	4		漢陽吟社第十五回席上餘興/花儒園撰〔1〕 한양음사 제15회 석상 여흥/가주엔 찬	朝松	시가/하이쿠	
1	4		漢陽吟社第十五回席上餘興/花儒園撰〔1〕 한양음사 제15회 석상 여흥/가주엔 찬	半韓	시가/하이쿠	
1	4		漢陽吟社第十五回席上餘興/花儒園撰〔1〕 한양음사 제15회 석상 여흥/가주엔 찬	都天女	시가/하이쿠	
1	4		漢陽吟社第十五回席上餘興/花儒園撰〔1〕 한양음사 제15회 석상 여흥/가주엔 찬	思遠	시가/하이쿠	
1	4		漢陽吟社第十五回席上餘興/花儒園撰/人〔1〕 한양음사 제15회 석상 여흥/가주엔 찬/인	都天女	시가/하이쿠	
1	4		漢陽吟社第十五回席上餘興/花儒園撰/地〔1〕 한양음사 제15회 석상 여흥/가주엔 찬/지	都天女	시가/하이쿠	
1	4		漢陽吟社第十五回席上餘興/花儒園撰/天〔1〕 한양음사 제15회 석상 여흥/가주엔 찬/천	半韓	시가/하이쿠	
1	4		漢陽吟社第十五回席上餘興/花儒園撰/追加〔1〕 한양음사 제15회 석상 여흥/가주엔 찬/추가	撰者	시가/하이쿠	
1	5~7		召使お初〈2-6〉 시녀 오하쓰	黑法師	소설/일본 고전	회수 오류
3	5~6		京城より釜山へ 경성에서 부산으로	秀峯	수필/기행	

1911년 03월 10일 (금) 646호

지면	단수	기획	기사제목 〈회수〉〔곡수〕	필자/저자(역자)	분류	비고
1	2~3	文苑	らつぱぶし〔1〕 랏파부시	硃々庵	시가/랏파부 시	
1	3	文苑	早春〔1〕 이른 봄	ふさ子	시가/신체시	
1	3	俳句	漢陽吟社第十五回月並發句集/花儒園選〔1〕 한양음사 제15회 쓰키나미 홋쿠슈/가주엔 선	悟竹	시가/하이쿠	
1	3	俳句	漢陽吟社第十五回月並發句集/花儒園選〔1〕 한양음사 제15회 쓰키나미 홋쿠슈/가주엔 선	如眠	시가/하이쿠	
1	3	俳句	漢陽吟社第十五回月並發句集/花儒園選〔1〕 한양음사 제15회 쓰키나미 홋쿠슈/가주엔 선	如春	시가/하이쿠	
1	3	俳句	漢陽吟社第十五回月並發句集/花儒園選〔1〕 한양음사 제15회 쓰키나미 홋쿠슈/가주엔 선	其月	시가/하이쿠	
1	3	俳句	漢陽吟社第十五回月並發句集/花儒園選〔1〕 한양음사 제15회 쓰키나미 홋쿠슈/가주엔 선	悟竹	시가/하이쿠	
1	3	俳句	漢陽吟社第十五回月並發句集/花儒園選〔2〕 한양음사 제15회 쓰키나미 홋쿠슈/가주엔 선	米水	시가/하이쿠	
1	3	俳句	漢陽吟社第十五回月並發句集/花儒園選〔2〕 한양음사 제15회 쓰키나미 홋쿠슈/가주엔 선	一水	시가/하이쿠	
1	3	俳句	漢陽吟社第十五回月並發句集/花儒園選〔2〕 한양음사 제15회 쓰키나미 홋쿠슈/가주엔 선	如春	시가/하이쿠	
1	3	俳句	漢陽吟社第十五回月並發句集/花儒園選〔1〕 한양음사 제15회 쓰키나미 홋쿠슈/가주엔 선	悟竹	시가/하이쿠	
1	3	俳句	漢陽吟社第十五回月並發句集/花儒園選〔1〕 한양음사 제15회 쓰키나미 홋쿠슈/가주엔 선	都天女	시가/하이쿠	
1	3	俳句	漢陽吟社第十五回月並發句集/花儒園選〔2〕 한양음사 제15회 쓰키나미 홋쿠슈/가주엔 선	朝松	시가/하이쿠	
1	3	俳句	漢陽吟社第十五回月並發句集/花儒園選〔1〕 한양음사 제15회 쓰키나미 홋쿠슈/가주엔 선	其月	시가/하이쿠	

지면	단수	기획	기사제목 〈회수〉〔곡수〕	필자/저자(역자)	분류	비고
1	3	俳句	漢陽吟社第十五回月並發句集/花儒園選〔1〕 한양음사 제15회 쓰키나미 홋쿠슈/가주엔 선	如眠	시가/하이쿠	
1	3	俳句	漢陽吟社第十五回月並發句集/花儒園選〔1〕 한양음사 제15회 쓰키나미 홋쿠슈/가주엔 선	悟竹	시가/하이쿠	
1	3	俳句	漢陽吟社第十五回月並發句集/花儒園選〔1〕 한양음사 제15회 쓰키나미 홋쿠슈/가주엔 선	其月	시가/하이쿠	
1	3	俳句	漢陽吟社第十五回月並發句集/花儒園選〔1〕 한양음사 제15회 쓰키나미 홋쿠슈/가주엔 선	米水	시가/하이쿠	
1	3	俳句	漢陽吟社第十五回月並發句集/花儒園選〔1〕 한양음사 제15회 쓰키나미 홋쿠슈/가주엔 선	德女	시가/하이쿠	
1	3	俳句	漢陽吟社第十五回月並發句集/花儒園選〔1〕 한양음사 제15회 쓰키나미 홋쿠슈/가주엔 선	一水	시가/하이쿠	
1	3	俳句	漢陽吟社第十五回月並發句集/花儒園選〔1〕 한양음사 제15회 쓰키나미 홋쿠슈/가주엔 선	半韓	시가/하이쿠	
1	3	俳句	漢陽吟社第十五回月並發句集/花儒園選〔1〕 한양음사 제15회 쓰키나미 홋쿠슈/가주엔 선	如眠	시가/하이쿠	
1	3	俳句	漢陽吟社第十五回月並發句集/花儒園選〔1〕 한양음사 제15회 쓰키나미 홋쿠슈/가주엔 선	半韓	시가/하이쿠	
1	3	俳句	漢陽吟社第十五回月並發句集/花儒園選/十感〔1〕 한양음사 제15회 쓰키나미 홋쿠슈/가주엔 선/십감	朝松	시가/하이쿠	
1	3	俳句	漢陽吟社第十五回月並發句集/花儒園選/十感〔1〕 한양음사 제15회 쓰키나미 홋쿠슈/가주엔 선/십감	米水	시가/하이쿠	
1	3	俳句	漢陽吟社第十五回月並發句集/花儒園選/十感〔1〕 한양음사 제15회 쓰키나미 홋쿠슈/가주엔 선/십감	都天女	시가/하이쿠	
1	3	俳句	漢陽吟社第十五回月並發句集/花儒園選/十感〔1〕 한양음사 제15회 쓰키나미 홋쿠슈/가주엔 선/십감	半韓	시가/하이쿠	
1	3	俳句	漢陽吟社第十五回月並發句集/花儒園選/十感〔1〕 한양음사 제15회 쓰키나미 홋쿠슈/가주엔 선/십감	如眠	시가/하이쿠	
1	3	俳句	漢陽吟社第十五回月並發句集/花儒園選/十感〔1〕 한양음사 제15회 쓰키나미 홋쿠슈/가주엔 선/십감	如春	시가/하이쿠	
1	3	俳句	漢陽吟社第十五回月並發句集/花儒園選/十感〔1〕 한양음사 제15회 쓰키나미 홋쿠슈/가주엔 선/십감	朝松	시가/하이쿠	
1	3	俳句	漢陽吟社第十五回月並發句集/花儒園選/十感〔1〕 한양음사 제15회 쓰키나미 홋쿠슈/가주엔 선/십감	其月	시가/하이쿠	
1	3	俳句	漢陽吟社第十五回月並發句集/花儒園選/十感〔1〕 한양음사 제15회 쓰키나미 홋쿠슈/가주엔 선/십감	悟竹	시가/하이쿠	
1	3	俳句	漢陽吟社第十五回月並發句集/花儒園選/十感〔1〕 한양음사 제15회 쓰키나미 홋쿠슈/가주엔 선/십감	如春	시가/하이쿠	
1	3	俳句	漢陽吟社第十五回月並發句集/花儒園選/追加〔1〕 한양음사 제15회 쓰키나미 홋쿠슈/가주엔 선/추가	犂雲	시가/하이쿠	
1	4~6		召使お初〈2-6〉 시녀 오하쓰	黑法師	소설/일본 고전	회수 오류
3	5		四ツ手網/都々逸/柳十句〔10〕 뜰망/도도이쓰/버드나무-십구	よし女	시가/도도이 쓰	

1911년 03월 11일 (토) 647호

지면	단수	기획	기사제목	필자/저자(역자)	분류	비고
1	4	文苑	金の歌〔4〕 돈의 노래	碌々庵	시가/자유시	
1	4~7		召使お初〈2-7〉 시녀 오하쓰	黑法師	소설/일본 고전	회수 오류

1911년 03월 12일 (일) 648호

지면	단수	기획	기사제목 〈회수〉〔곡수〕	필자/저자(역자)	분류	비고
1	3~4		美の人 〔1〕 아름다운 사람	ふさ子	시가/신체시	
1	4		雁 〔1〕 기러기	ふさ子	시가/단카	
1	4		春の山 〔1〕 봄의 산	ふさ子	시가/단카	
1	4		釜山の一日 〈1〉 부산의 하루	秀峯	수필/기행	
1	4~7		召使お初 〈2-8〉 시녀 오하쓰	黑法師	소설/일본 고전	회수 오류

1911년 03월 14일 (화) 649호

지면	단수	기획	기사제목 〈회수〉〔곡수〕	필자/저자(역자)	분류	비고
1	4~5		釜山の一日 〈2〉 부산의 하루	秀峯	수필/기행	
1	5~7		召使お初 〈2-4〉 시녀 오하쓰	黑法師	소설/일본 고전	회수 오류

1911년 03월 15일 (수) 650호

지면	단수	기획	기사제목 〈회수〉〔곡수〕	필자/저자(역자)	분류	비고
1	3~4		釜山の一日 〈2〉 부산의 하루	秀峯	수필/기행	회수 오류
1	4~7		召使お初 〈25〉 시녀 오하쓰	黑法師	소설/일본 고전	
3	3		近代的ぶし 근대적 가락		수필/기타	

1911년 03월 16일 (목) 651호

지면	단수	기획	기사제목 〈회수〉〔곡수〕	필자/저자(역자)	분류	비고
1	4	文苑	★つきぬいくさ(上) 〈1〉〔1〕 끝나지 않은 전투(상)	#南	시가/신체시	
1	5~7		召使お初 〈26〉 시녀 오하쓰	黑法師	소설/일본 고전	
3	1~2	活動寫眞	十五日 朝の南大門驛 15일 아침의 남대문역		수필/관찰	

1911년 03월 17일 (금) 652호

지면	단수	기획	기사제목 〈회수〉〔곡수〕	필자/저자(역자)	분류	비고
1	4	文苑	★つきぬいくさ(下) 〈2〉〔1〕 끝나지 않은 전투(하)	#南	시가/신체시	
1	5~7		召使お初 〈27〉 시녀 오하쓰	黑法師	소설/일본 고전	
3	4		四ツ手網/都々逸 〔7〕 뜰망/도도이쓰	京城 よし女	시가/도도이 쓰	

1911년 03월 18일 (토) 653호

지면	단수	기획	기사제목 〈회수〉〔곡수〕	필자/저자(역자)	분류	비고
1	4~6		召使お初 〈28〉 시녀 오하쓰	黑法師	소설/일본 고전	

1911년 03월 19일 (일) 654호

지면	단수	기획	기사제목 〈회수〉〔곡수〕	필자/저자(역자)	분류	비고
1	4~5	文苑	春七首 〔7〕 봄-칠수	大夢	시가/단카	
1	5~7		召使お初 〈29〉 시녀 오하쓰	黑法師	소설/일본 고전	
3	4		四ツ手網/中券藝妓藝名詠込都々逸/花月樓 君江 〔1〕 뜰망/중권번 예기 예명 요미코미 도도이쓰/가게쓰로 기미에	本町 浪廼舍	시가/도도이 쓰	

지면	단수	기획	기사제목 〈회수〉〔곡수〕	필자/저자(역자)	분류	비고
3	4		四ツ手網/中券藝妓藝名詠込都々逸/井門樓 蝶々〔1〕 뜰망/중권번 예기 예명 요미코미 도도이쓰/세이몬로 조초	本町 浪廼舍	시가/도도이쓰	
3	4		四ツ手網/中券藝妓藝名詠込都々逸/掬翠樓 い京〔1〕 뜰망/중권번 예기 예명 요미코미 도도이쓰/기쿠스이로 이쿄	本町 浪廼舍	시가/도도이쓰	
3	4		四ツ手網/中券藝妓藝名詠込都々逸/松葉樓 駒榮〔1〕 뜰망/중권번 예기 예명 요미코미 도도이쓰/마쓰바로 고마사카에	本町 浪廼舍	시가/도도이쓰	
3	4		四ツ手網/中券藝妓藝名詠込都々逸/淸華樓 お多福〔1〕 뜰망/중권번 예기 예명 요미코미 도도이쓰/세이카로 오타후쿠	本町 浪廼舍	시가/도도이쓰	

1911년 03월 21일 (화) 655호

지면	단수	기획	기사제목 〈회수〉〔곡수〕	필자/저자(역자)	분류	비고
1	3	雜錄	世と友 세상과 친구	みや生	수필/기타	
1	3~4	文苑	鷄林集/春の巻(上) 〈1〉〔9〕 계림집/봄의 권(상)	安東 花儒園	시가/단카	
1	4~6		召使お初 〈30〉 시녀 오하쓰	黑法師	소설/일본 고전	
3	4		四ツ手網/中券藝妓藝名詠込都々逸/花月樓 ふで〔1〕 뜰망/중권번 예기 예명 요미코미 도도이쓰/가게쓰로 후데	本町 浪廼舍	시가/도도이쓰	
3	4		四ツ手網/中券藝妓藝名詠込都々逸/井門樓 奴〔1〕 뜰망/중권번 예기 예명 요미코미 도도이쓰/세이몬로 얏코	本町 浪廼舍	시가/도도이쓰	
3	4		四ツ手網/中券藝妓藝名詠込都々逸/掬翠樓 やんちゃ〔1〕 뜰망/중권번 예기 예명 요미코미 도도이쓰/기쿠스이로 얀차	本町 浪廼舍	시가/도도이쓰	
3	4		四ツ手網/中券藝妓藝名詠込都々逸/淸華樓 若龍〔1〕 뜰망/중권번 예기 예명 요미코미 도도이쓰/세이카로 와카타쓰	本町 浪廼舍	시가/도도이쓰	
3	4		四ツ手網/中券藝妓藝名詠込都々逸/花月樓 えん〔1〕 뜰망/중권번 예기 예명 요미코미 도도이쓰/가게쓰로 엔	本町 浪廼舍	시가/도도이쓰	

1911년 03월 22일 (수) 656호

지면	단수	기획	기사제목 〈회수〉〔곡수〕	필자/저자(역자)	분류	비고
1	2		馬山浦片信(上) 〈1〉 마산포 편신(상)	釜山にて 秀峰	수필/기행	
1	3~5		召使お初 〈31〉 시녀 오하쓰	黑法師	소설/일본 고전	
3	4		四ツ手網/都々逸/雜八句〔8〕 뜰망/도도이쓰/잡-팔구	京城 よし子	시가/도도이쓰	

1911년 03월 24일 (금) 657호

지면	단수	기획	기사제목 〈회수〉〔곡수〕	필자/저자(역자)	분류	비고
1	2~3		馬山浦片信(下) 〈2〉 마산포 편신(하)	釜山にて 秀峰	수필/기행	
1	3	文苑	鷄林集/春の巻(下) 〈2〉〔9〕 계림집/봄의 권(하)	安東 花儒園	시가/단카	
1	4~6		召使お初 〈32〉 시녀 오하쓰	黑法師	소설/일본 고전	

1911년 03월 25일 (토) 658호

지면	단수	기획	기사제목 〈회수〉〔곡수〕	필자/저자(역자)	분류	비고
1	2~3	文苑	鷄林集/雲の峰(上) 〈3〉〔9〕 계림집/뭉게구름(상)	安東 花儒園	시가/단카	
1	3~6		召使お初 〈33〉 시녀 오하쓰	黑法師	소설/일본 고전	
5	5		四ツ手網/新町娼妓讀み込都々逸/井門支店 美知枝 〈1〉〔1〕 뜰망/신정 창기 요미코미 도도이쓰/세이몬 지점 미치에	浮世亭魚人	시가/도도이쓰	
5	5		四ツ手網/新町娼妓讀み込都々逸/井門支店 妻枝 〈1〉〔1〕 뜰망/신정 창기 요미코미 도도이쓰/세이몬 지점 쓰마에	浮世亭魚人	시가/도도이쓰	

지면	단수	기획	기사제목 〈회수〉〔곡수〕	필자/저자(역자)	분류	비고
5	5		四ツ手網/新町娼妓讀み込都々逸/京城樓 花子 〈1〉〔1〕 뜰망/신정 창기 요미코미 도도이쓰/경성루 하나코	浮世亭魚人	시가/도도이쓰	
5	5		四ツ手網/新町娼妓讀み込都々逸/淸月樓 若松 〈1〉〔1〕 뜰망/신정 창기 요미코미 도도이쓰/세이게쓰로 와카마쓰	浮世亭魚人	시가/도도이쓰	
5	5		四ツ手網/新町娼妓讀み込都々逸/第一樓 二葉 〔1〕 뜰망/신정 창기 요미코미 도도이쓰/다이이치로 후타바	浮世亭魚人	시가/도도이쓰	

1911년 03월 26일 (일) 659호

지면	단수	기획	기사제목 〈회수〉〔곡수〕	필자/저자(역자)	분류	비고
1	3~4	文苑	鷄林集/雲の峰(下) 〈5〉〔9〕 계림집/뭉게구름(하)	安東 花儒園	시가/단카	회수 오류
1	4~6		召使お初 〈34〉 시녀 오하쓰	黑法師	소설/일본고전	
5	1~2	活動寫眞	二十五日 朝の南大門驛 25일 아침의 남대문역		수필/관찰	
5	5		四ツ手網/新町娼妓讀み込都々逸/大桝屋 彌生 〈2〉〔1〕 뜰망/신정 창기 요미코미 도도이쓰/오마스야 야요이	浮世亭魚人	시가/도도이쓰	
5	5		四ツ手網/新町娼妓讀み込都々逸/玉家 花子 〈2〉〔1〕 뜰망/신정 창기 요미코미 도도이쓰/다마야 하나코	浮世亭魚人	시가/도도이쓰	
5	5		四ツ手網/新町娼妓讀み込都々逸/第一樓 月子 〈2〉〔1〕 뜰망/신정 창기 요미코미 도도이쓰/다이이치로 쓰키코	浮世亭魚人	시가/도도이쓰	
5	5		四ツ手網/新町娼妓讀み込都々逸/日曜樓 月曜 〈2〉〔1〕 뜰망/신정 창기 요미코미 도도이쓰/니치요로 게쓰요	浮世亭魚人	시가/도도이쓰	
5	5		四ツ手網/新町娼妓讀み込都々逸/大桝屋 貞子 〈2〉〔1〕 뜰망/신정 창기 요미코미 도도이쓰/오마스야 사다코	浮世亭魚人	시가/도도이쓰	

1911년 03월 28일 (화) 660호

지면	단수	기획	기사제목 〈회수〉〔곡수〕	필자/저자(역자)	분류	비고
1	3~4	文苑	鷄林集/冬の卷(上) 〈5〉〔9〕 계림집/겨울의 권(상)	安東 花儒園	시가/단카	
1	4~6		召使お初 〈35〉 시녀 오하쓰	黑法師	소설/일본고전	
5	5		四ツ手網/新町娼妓讀み込都々逸/井門支店 しつ枝 〈3〉〔1〕 뜰망/신정 창기 요미코미 도도이쓰/세이몬 지점 시즈에	浮世亭魚人	시가/도도이쓰	
5	5		四ツ手網/新町娼妓讀み込都々逸/京城樓 喜代子 〈3〉〔1〕 뜰망/신정 창기 요미코미 도도이쓰/경성루 기요코	浮世亭魚人	시가/도도이쓰	
5	5		四ツ手網/新町娼妓讀み込都々逸/皆春樓 式部 〈3〉〔1〕 뜰망/신정 창기 요미코미 도도이쓰/가이슌로 시키부	浮世亭魚人	시가/도도이쓰	
5	5		四ツ手網/新町娼妓讀み込都々逸/第一樓 艶子 〈3〉〔1〕 뜰망/신정 창기 요미코미 도도이쓰/다이이치로 쓰야코	浮世亭魚人	시가/도도이쓰	
5	5		四ツ手網/新町娼妓讀み込都々逸/井門支店 富士枝 〈3〉〔1〕 뜰망/신정 창기 요미코미 도도이쓰/세이몬 지점 후지에	浮世亭魚人	시가/도도이쓰	
5	5		都々逸 〔7〕 도도이쓰	晚春	시가/도도이쓰	

1911년 03월 29일 (수) 661호

지면	단수	기획	기사제목 〈회수〉〔곡수〕	필자/저자(역자)	분류	비고
1	4		鷄林集/冬の卷(下) 〈6〉〔9〕 계림집/겨울의 권(하)	安東 花儒園	시가/단카	
1	4~7		召使お初 〈36〉 시녀 오하쓰	黑法師	소설/일본고전	
3	2~3	活動寫眞	二十八日 朝の南大門驛 28일 아침의 남대문역		수필/관찰	

1911년 03월 30일 (목) 662호

지면	단수	기획	기사제목 〈회수〉〔곡수〕	필자/저자(역자)	분류	비고
1	4~6		召使お初 〈37〉 시녀 오하쓰	黑法師	소설/일본 고전	
3	5		四ツ手網/都々逸 〔7〕 뜰망/도도이쓰	晩春	시가/도도이 쓰	

1911년 03월 31일 (금) 663호

지면	단수	기획	기사제목	필자/저자	분류	비고
1	4~6		召使お初 〈38〉 시녀 오하쓰	黑法師	소설/일본 고전	

1911년 04월 01일 (토) 664호

지면	단수	기획	기사제목	필자/저자	분류	비고
1	2~3		境遇と友情(上) 〈1〉 처지와 우정(상)	春川やす井生	수필/기타	
1	4	文苑	★韓山双樓曲 〔4〕 한산 쌍루곡	晴霞	시가/신체시	
1	4~7		召使お初 〈39〉 시녀 오하쓰	黑法師	소설/일본 고전	

1911년 04월 02일 (일) 665호

지면	단수	기획	기사제목	필자/저자	분류	비고
1	2~3		境遇と友情(下) 〈2〉 처지와 우정(하)	春川やす井生	수필/기타	
1	3~6		召使お初 〈40〉 시녀 오하쓰	黑法師	소설/일본 고전	

1911년 04월 05일 (수) 666호

지면	단수	기획	기사제목	필자/저자	분류	비고
1	4~6		召使お初 〈41〉 시녀 오하쓰	黑法師	소설/일본 고전	
3	4		新町娼妓讀み込都々逸/京城樓 茶羅子 〈4〉〔1〕 신정 창기 요미코미 도도이쓰/경성루 자라코	浮世亭魚人	시가/도도이 쓰	
3	4		新町娼妓讀み込都々逸/井門樓 雪子 〈4〉〔1〕 신정 창기 요미코미 도도이쓰/세이몬로 유키코	浮世亭魚人	시가/도도이 쓰	
3	4		新町娼妓讀み込都々逸/第一樓 櫻 〈4〉〔1〕 신정 창기 요미코미 도도이쓰/다이이치로 사쿠라	浮世亭魚人	시가/도도이 쓰	
3	4		新町娼妓讀み込都々逸/第一樓 君香 〈4〉〔1〕 신정 창기 요미코미 도도이쓰/다이이치로 기미카	浮世亭魚人	시가/도도이 쓰	
3	4		新町娼妓讀み込都々逸/淸月樓 文の助 〈4〉〔1〕 신정 창기 요미코미 도도이쓰/세이게쓰로 후미노스케	浮世亭魚人	시가/도도이 쓰	
3	4		中券藝妓藝名詠込都々逸/搊翠 お染 〈2〉〔1〕 중권번 예기 예명 요미코미 도도이쓰/기쿠스이 오소메	本町 浪廼舍	시가/도도이 쓰	
3	4		中券藝妓藝名詠込都々逸/花月 福奴 〈2〉〔1〕 중권번 예기 예명 요미코미 도도이쓰/가게쓰 후쿠얏코	本町 浪廼舍	시가/도도이 쓰	
3	4		中券藝妓藝名詠込都々逸/井門 鶴吉 〈2〉〔1〕 중권번 예기 예명 요미코미 도도이쓰/세이몬 쓰루키치	本町 浪廼舍	시가/도도이 쓰	
3	4		中券藝妓藝名詠込都々逸/淸華 丸子 〈2〉〔1〕 중권번 예기 예명 요미코미 도도이쓰/세이카 마루코	本町 浪廼舍	시가/도도이 쓰	
3	4		中券藝妓藝名詠込都々逸/搊翠 靜江 〈2〉〔1〕 중권번 예기 예명 요미코미 도도이쓰/기쿠스이 시즈에	本町 浪廼舍	시가/도도이 쓰	

1911년 04월 06일 (목) 667호

지면	단수	기획	기사제목	필자/저자	분류	비고
1	4~8		召使お初 〈42〉 시녀 오하쓰	黑法師	소설/일본 고전	
3	4		四ツ手網/中券藝妓讀み込都々逸/井門 妻子 〈5〉〔1〕 뜰망/중권번 예기 요미코미 도도이쓰/세이몬 쓰마코	浪の家	시가/도도이 쓰	

지면	단수	기획	기사제목 〈회수〉〔곡수〕	필자/저자(역자)	분류	비고
3	4		四ツ手網/中券藝妓讀み込都々逸/花月 お茶羅 〈5〉〔1〕 뜰망/중권번 예기 요미코미 도도이쓰/가게쓰 오차라	浪の家	시가/도도이쓰	
3	4		四ツ手網/中券藝妓詠み込都々逸/掬翠 伊達子 〈5〉〔1〕 뜰망/중권번 예기 요미코미 도도이쓰/기쿠스이 다테코	浪の家	시가/도도이쓰	
3	4		四ツ手網/中券藝妓讀み込都々逸/清華 一奴 〈5〉〔1〕 뜰망/중권번 예기 요미코미 도도이쓰/세이카 이치얏코	浪の家	시가/도도이쓰	
3	4		四ツ手網/中券藝妓讀み込都々逸/掬翠 二三四 〈5〉〔1〕 뜰망/중권번 예기 요미코미 도도이쓰/기쿠스이 후미요	浪の家	시가/도도이쓰	

1911년 04월 07일 (금) 668호

지면	단수	기획	기사제목 〈회수〉〔곡수〕	필자/저자(역자)	분류	비고
1	4~6		召使お初 〈43〉 시녀 오하쓰	黑法師	소설/일본고전	
3	4		四ツ手網/中券藝妓讀み込都々逸/清華 今奴 〈5〉〔1〕 뜰망/중권번 예기 요미코미 도도이쓰/세이카 이마얏코	浪の家	시가/도도이쓰	
3	4		四ツ手網/中券藝妓讀み込都々逸/井門 政子 〈5〉〔1〕 뜰망/중권번 예기 요미코미 도도이쓰/세이몬 마사코	浪の家	시가/도도이쓰	
3	4		四ツ手網/中券藝妓讀み込都々逸/花月 小高 〈5〉〔1〕 뜰망/중권번 예기 요미코미 도도이쓰/가게쓰 오타카	浪の家	시가/도도이쓰	
3	4		四ツ手網/中券藝妓讀み込都々逸/有名 龜勇 〈5〉〔1〕 뜰망/중권번 예기 요미코미 도도이쓰/유우메이 가메유	浪の家	시가/도도이쓰	
3	4		四ツ手網/中券藝妓讀み込都々逸/松葉 八々 〈5〉〔1〕 뜰망/중권번 예기 요미코미 도도이쓰/마쓰바 야야	浪の家	시가/도도이쓰	
3	4		都々逸 〔7〕 도도이쓰	晚春	시가/도도이쓰	

1911년 04월 08일 (토) 669호

지면	단수	기획	기사제목 〈회수〉〔곡수〕	필자/저자(역자)	분류	비고
1	3~6		召使お初 〈44〉 시녀 오하쓰	黑法師	소설/일본고전	

1911년 04월 16일 (일) 670호

지면	단수	기획	기사제목 〈회수〉〔곡수〕	필자/저자(역자)	분류	비고
1	3	俳句	漢陽吟社第十六回集/花儒園選 〈1〉〔1〕 한양음사 제16집/가주엔 선	迂鈍爺	시가/하이쿠	
1	3	俳句	漢陽吟社第十六回集/花儒園選 〈1〉〔1〕 한양음사 제16집/가주엔 선	思遠	시가/하이쿠	
1	3	俳句	漢陽吟社第十六回集/花儒園選 〈1〉〔1〕 한양음사 제16집/가주엔 선	西都	시가/하이쿠	
1	3	俳句	漢陽吟社第十六回集/花儒園選 〈1〉〔1〕 한양음사 제16집/가주엔 선	都天女	시가/하이쿠	
1	3	俳句	漢陽吟社第十六回集/花儒園選 〈1〉〔3〕 한양음사 제16집/가주엔 선	朝松	시가/하이쿠	
1	3	俳句	漢陽吟社第十六回集/花儒園選 〈1〉〔1〕 한양음사 제16집/가주엔 선	悟竹	시가/하이쿠	
1	3	俳句	漢陽吟社第十六回集/花儒園選 〈1〉〔2〕 한양음사 제16집/가주엔 선	德女	시가/하이쿠	
1	3	俳句	漢陽吟社第十六回集/花儒園選 〈1〉〔1〕 한양음사 제16집/가주엔 선	朝松	시가/하이쿠	
1	3	俳句	漢陽吟社第十六回集/花儒園選 〈1〉〔1〕 한양음사 제16집/가주엔 선	如春	시가/하이쿠	
1	3	俳句	漢陽吟社第十六回集/花儒園選 〈1〉〔1〕 한양음사 제16집/가주엔 선	悟竹	시가/하이쿠	
1	3	俳句	漢陽吟社第十六回集/花儒園選 〈1〉〔1〕 한양음사 제16집/가주엔 선	西都	시가/하이쿠	

지면	단수	기획	기사제목 〈회수〉〔곡수〕	필자/저자(역자)	분류	비고
1	3	俳句	漢陽吟社第十六回集/花儒園選 〈1〉〔2〕 한양음사 제16집/가주엔 선	都天女	시가/하이쿠	
1	3	俳句	漢陽吟社第十六回集/花儒園選 〈1〉〔1〕 한양음사 제16집/가주엔 선	半韓	시가/하이쿠	
1	3	俳句	漢陽吟社第十六回集/花儒園選 〈1〉〔1〕 한양음사 제16집/가주엔 선	如春	시가/하이쿠	
1	3		失題 실제	茂坊	수필/기타	
1	3~6		召使お初 〈45〉 시녀 오하쓰	黑法師	소설/일본 고전	

1911년 04월 18일 (화) 671호

지면	단수	기획	기사제목 〈회수〉〔곡수〕	필자/저자(역자)	분류	비고
1	3~6		召使お初 〈46〉 시녀 오하쓰	黑法師	소설/일본 고전	

1911년 04월 19일 (수) 672호

지면	단수	기획	기사제목 〈회수〉〔곡수〕	필자/저자(역자)	분류	비고
1	4~6		召使お初 〈47〉 시녀 오하쓰	黑法師	소설/일본 고전	
5	5		四ツ手網/中券藝妓讀み込都々逸/淸華 一駒 〈6〉〔1〕 뜰망/중권번 예기 요미코미 도도이쓰/세이카 이치코마	本町 浪の家	시가/도도이 쓰	
5	5		四ツ手網/中券藝妓讀み込都々逸/井門 千代 〈6〉〔1〕 뜰망/중권번 예기 예명 요미코미 도도이쓰/세이몬 지요	本町 浪の家	시가/도도이 쓰	
5	5		四ツ手網/中券藝妓詠み込都々逸/掬翠 澄江 〈6〉〔1〕 뜰망/중권번 예기 예명 요미코미 도도이쓰/기쿠스이 스미에	本町 浪の家	시가/도도이 쓰	
5	5		四ツ手網/中券藝妓讀み込都々逸/花月 若一 〈6〉〔1〕 뜰망/중권번 예기 예명 요미코미 도도이쓰/가게쓰 와카이치	本町 浪の家	시가/도도이 쓰	
5	5		四ツ手網/中券藝妓讀み込都々逸/淸華 政菊 〈6〉〔1〕 뜰망/중권번 예기 예명 요미코미 도도이쓰/세이카 마사기쿠	本町 浪の家	시가/도도이 쓰	

1911년 04월 20일 (목) 673호

지면	단수	기획	기사제목 〈회수〉〔곡수〕	필자/저자(역자)	분류	비고
1	4~6		召使お初 〈48〉 시녀 오하쓰	黑法師	소설/일본 고전	
3	5		四ツ手網/新町娼妓讀み込都々逸/皆春樓 都 〈5〉〔1〕 뜰망/신정 창기 요미코미 도도이쓰/가이슌로 미야코	南大門 浮世亭魚人	시가/도도이 쓰	
3	5		四ツ手網/新町娼妓讀み込都々逸/玉家 可祝 〈5〉〔1〕 뜰망/신정 창기 요미코미 도도이쓰/다마야 가슈쿠	南大門 浮世亭魚人	시가/도도이 쓰	
3	5		四ツ手網/新町娼妓讀み込都々逸/淸月樓 春人 〈5〉〔1〕 뜰망/신정 창기 요미코미 도도이쓰/세이게쓰로 하루토	南大門 浮世亭魚人	시가/도도이 쓰	
3	5		四ツ手網/新町娼妓讀み込都々逸/第一樓支店 千鳥 〈5〉〔1〕 뜰망/신정 창기 요미코미 도도이쓰/다이이치로 지점 지도리	南大門 浮世亭魚人	시가/도도이 쓰	
3	5		四ツ手網/新町娼妓讀み込都々逸/京城樓 袖子 〈5〉〔1〕 뜰망/신정 창기 요미코미 도도이쓰/경성루 소데코	南大門 浮世亭魚人	시가/도도이 쓰	

1911년 04월 21일 (금) 674호

지면	단수	기획	기사제목 〈회수〉〔곡수〕	필자/저자(역자)	분류	비고
1	3~6		召使お初 〈49〉 시녀 오하쓰	黑法師	소설/일본 고전	

1911년 04월 22일 (토) 675호

지면	단수	기획	기사제목 〈회수〉〔곡수〕	필자/저자(역자)	분류	비고
1	3	俳句	漢陽吟社第十六回集/花儒園選 〈2〉〔1〕 한양음사 제16집/가주엔 선	如春	시가/하이쿠	
1	3	俳句	漢陽吟社第十六回集/花儒園選 〈2〉〔1〕 한양음사 제16집/가주엔 선	悟竹	시가/하이쿠	

지면	단수	기획	기사제목 〈회수〉 〔곡수〕	필자/저자(역자)	분류	비고
1	3	俳句	漢陽吟社第十六回集/花儒園選 〈2〉〔1〕 한양음사 제16집/가주엔 선	半韓	시가/하이쿠	
1	3	俳句	漢陽吟社第十六回集/花儒園選 〈2〉〔1〕 한양음사 제16집/가주엔 선	朝松	시가/하이쿠	
1	3	俳句	漢陽吟社第十六回集/花儒園選 〈2〉〔1〕 한양음사 제16집/가주엔 선	半韓	시가/하이쿠	
1	3	俳句	漢陽吟社第十六回集/花儒園選 〈2〉〔1〕 한양음사 제16집/가주엔 선	朝松	시가/하이쿠	
1	3	俳句	漢陽吟社第十六回集/花儒園選 〈2〉〔1〕 한양음사 제16집/가주엔 선	都天女	시가/하이쿠	
1	3	俳句	漢陽吟社第十六回集/花儒園選 〈2〉〔1〕 한양음사 제16집/가주엔 선	西都	시가/하이쿠	
1	3	俳句	漢陽吟社第十六回集/花儒園選 〈2〉〔1〕 한양음사 제16집/가주엔 선	悟竹	시가/하이쿠	
1	3	俳句	漢陽吟社第十六回集/花儒園選 〈2〉〔1〕 한양음사 제16집/가주엔 선	都天女	시가/하이쿠	
1	4	俳句	漢陽吟社第十六回集/花儒園選 〈2〉〔1〕 한양음사 제16집/가주엔 선	西都	시가/하이쿠	
1	4	俳句	漢陽吟社第十六回集/花儒園選 〈2〉〔1〕 한양음사 제16집/가주엔 선	半韓	시가/하이쿠	
1	4	俳句	漢陽吟社第十六回集/花儒園選 〈2〉〔1〕 한양음사 제16집/가주엔 선	如春	시가/하이쿠	
1	4	俳句	漢陽吟社第十六回集/花儒園選 〈2〉〔1〕 한양음사 제16집/가주엔 선	西都	시가/하이쿠	
1	4	俳句	漢陽吟社第十六回集/花儒園選 〈2〉〔1〕 한양음사 제16집/가주엔 선	如春	시가/하이쿠	
1	4	俳句	漢陽吟社第十六回集/花儒園選 〈2〉〔1〕 한양음사 제16집/가주엔 선	悟竹	시가/하이쿠	
1	4	俳句	漢陽吟社第十六回集/花儒園選 〈2〉〔1〕 한양음사 제16집/가주엔 선	米水	시가/하이쿠	
1	4	俳句	漢陽吟社第十六回集/花儒園選 〈2〉〔1〕 한양음사 제16집/가주엔 선	悟竹	시가/하이쿠	
1	4	俳句	漢陽吟社第十六回集/花儒園選 〈2〉〔1〕 한양음사 제16집/가주엔 선	都天女	시가/하이쿠	
1	4	俳句	漢陽吟社第十六回集/花儒園選 〈2〉〔1〕 한양음사 제16집/가주엔 선	朝松	시가/하이쿠	
1	4~6		召使お初 〈50〉 시녀 오하쓰	黒法師	소설/일본 고전	
3	5		四ツ手網/新町娼妓讀み込都々逸/第一樓 梅香 〈6〉〔1〕 뜰망/신정 창기 요미코미 도도이쓰/다이이치로 바이카	南大門 浮世亭魚人	시가/도도이 쓰	
3	5		四ツ手網/新町娼妓讀み込都々逸/日曜樓 万〇 〈6〉〔1〕 뜰망/신정 창기 요미코미 도도이쓰/니치요로 만마루	南大門 浮世亭魚人	시가/도도이 쓰	
3	5		四ツ手網/新町娼妓讀み込都々逸/玉家 琴代 〈6〉〔1〕 뜰망/신정 창기 요미코미 도도이쓰/다마야 고토요	南大門 浮世亭魚人	시가/도도이 쓰	
3	5		四ツ手網/新町娼妓讀み込都々逸/第一樓支店 葉櫻 〈6〉〔1〕 뜰망/신정 창기 요미코미 도도이쓰/다이이치로 지점 하자쿠라	南大門 浮世亭魚人	시가/도도이 쓰	
3	5		四ツ手網/新町娼妓讀み込都々逸/第一樓 一松 〈6〉〔1〕 뜰망/신정 창기 요미코미 도도이쓰/다이이치로 이치마쓰	南大門 浮世亭魚人	시가/도도이 쓰	第樓-第 一樓 오기

1911년 04월 23일 (일) 676호

지면	단수	기획	기사제목	필자/저자(역자)	분류	비고
1	3~7		召使お初 〈51〉 시녀 오하쓰	黒法師	소설/일본 고전	

지면	단수	기획	기사제목 〈회수〉〔곡수〕	필자/저자(역자)	분류	비고
			1911년 04월 26일 (수) 678호			
1	4~6		召使お初 〈52〉 시녀 오하쓰	黑法師	소설/일본 고전	
			1911년 05월 18일 (목) 679호			
1	4	俳句	漢陽吟社第十六集/花儒園選 〈3〉〔1〕 한양음사 제16집/가주엔 선	半韓	시가/하이쿠	
1	4	俳句	漢陽吟社第十六集/花儒園選 〈3〉〔1〕 한양음사 제16집/가주엔 선	迂鈍爺	시가/하이쿠	
1	4	俳句	漢陽吟社第十六集/花儒園選 〈3〉〔1〕 한양음사 제16집/가주엔 선	半韓	시가/하이쿠	
1	4	俳句	漢陽吟社第十六集/花儒園選 〈3〉〔1〕 한양음사 제16집/가주엔 선	西都	시가/하이쿠	
1	4	俳句	漢陽吟社第十六集/花儒園選 〈3〉〔1〕 한양음사 제16집/가주엔 선	米水	시가/하이쿠	
1	4	俳句	漢陽吟社第十六集/花儒園選 〈3〉〔1〕 한양음사 제16집/가주엔 선	西都	시가/하이쿠	
1	4	俳句	漢陽吟社第十六集/花儒園選 〈3〉〔1〕 한양음사 제16집/가주엔 선	半韓	시가/하이쿠	
1	4	俳句	漢陽吟社第十六集/花儒園選/高座十吟 〈3〉〔1〕 한양음사 제16집/가주엔 선/고좌 십음	如春	시가/하이쿠	
1	4	俳句	漢陽吟社第十六集/花儒園選/高座十吟 〈3〉〔1〕 한양음사 제16집/가주엔 선/고좌 십음	德女	시가/하이쿠	
1	4	俳句	漢陽吟社第十六集/花儒園選/高座十吟 〈3〉〔1〕 한양음사 제16집/가주엔 선/고좌 십음	思遠	시가/하이쿠	
1	4	俳句	漢陽吟社第十六集/花儒園選/高座十吟 〈3〉〔1〕 한양음사 제16집/가주엔 선/고좌 십음	都天女	시가/하이쿠	
1	4	俳句	漢陽吟社第十六集/花儒園選/高座十吟 〈3〉〔2〕 한양음사 제16집/가주엔 선/고좌 십음	半韓	시가/하이쿠	
1	4	俳句	漢陽吟社第十六集/花儒園選/高座十吟 〈3〉〔1〕 한양음사 제16집/가주엔 선/고좌 십음	悟竹	시가/하이쿠	
1	4	俳句	漢陽吟社第十六集/花儒園選/三光/人 〈3〉〔1〕 한양음사 제16집/가주엔 선/삼광/인	半韓	시가/하이쿠	
1	4	俳句	漢陽吟社第十六集/花儒園選/三光/地 〈3〉〔1〕 한양음사 제16집/가주엔 선/삼광/지	米水	시가/하이쿠	
1	4	俳句	漢陽吟社第十六集/花儒園選/三光/天 〈3〉〔1〕 한양음사 제16집/가주엔 선/삼광/천	悟竹	시가/하이쿠	
1	4	俳句	漢陽吟社第十六集/花儒園選/追加 〈3〉〔1〕 한양음사 제16집/가주엔 선/추가	判者 拏雲	시가/하이쿠	
1	4~7		召使お初 〈53〉 시녀 오하쓰	黑法師	소설/일본 고전	
			1911년 05월 19일 (금) 680호			
1	2~3		苦笑 쓴웃음	蓬頭垢#樓主人	수필/일상	
1	3	俳句	漢陽吟社第十六集/花儒園選/高座十吟 〈4〉〔1〕 한양음사 제16집/가주엔 선/고좌 십음	西都	시가/하이쿠	
1	3	俳句	漢陽吟社第十六集/花儒園選/高座十吟 〈4〉〔1〕 한양음사 제16집/가주엔 선/고좌 십음	朝松	시가/하이쿠	
1	3	俳句	漢陽吟社第十六集/花儒園選/高座十吟 〈4〉〔3〕 한양음사 제16집/가주엔 선/고좌 십음	悟竹	시가/하이쿠	

지면	단수	기획	기사제목 〈회수〉〔곡수〕	필자/저자(역자)	분류	비고
1	3	俳句	漢陽吟社第十六集/花儒園選/高座十吟 〈4〉[1] 한양음사 제16집/가주엔 선/고좌 십음	朝松	시가/하이쿠	
1	3	俳句	漢陽吟社第十六集/花儒園選/高座十吟 〈4〉[1] 한양음사 제16집/가주엔 선/고좌 십음	如眠	시가/하이쿠	
1	3	俳句	漢陽吟社第十六集/花儒園選/高座十吟 〈4〉[1] 한양음사 제16집/가주엔 선/고좌 십음	思遠	시가/하이쿠	
1	3	俳句	漢陽吟社第十六集/花儒園選/高座十吟 〈4〉[1] 한양음사 제16집/가주엔 선/고좌 십음	朝松	시가/하이쿠	
1	3	俳句	漢陽吟社第十六集/花儒園選/高座十吟 〈4〉[1] 한양음사 제16집/가주엔 선/고좌 십음	思遠	시가/하이쿠	
1	3	俳句	漢陽吟社第十六集/花儒園選/三光/人 〈4〉[1] 한양음사 제16집/가주엔 선/삼광/인	西都	시가/하이쿠	
1	3	俳句	漢陽吟社第十六集/花儒園選/三光/地 〈4〉[1] 한양음사 제16집/가주엔 선/삼광/지	思遠	시가/하이쿠	
1	3	俳句	漢陽吟社第十六集/花儒園選/三光/天 〈4〉[1] 한양음사 제16집/가주엔 선/삼광/천	悟竹	시가/하이쿠	
1	3	俳句	漢陽吟社第十六集/花儒園選/追加 〈4〉[2] 한양음사 제16집/가주엔 선/추가	犖雲	시가/하이쿠	
1	3~6		召使お初 〈54〉 시녀 오하쓰	黒法師	소설/일본 고전	

1911년 05월 20일 (토) 681호

지면	단수	기획	기사제목 〈회수〉〔곡수〕	필자/저자(역자)	분류	비고
1	3~6		召使お初 〈55〉 시녀 오하쓰	黒法師	소설/일본 고전	

1911년 05월 21일 (일) 682호

지면	단수	기획	기사제목 〈회수〉〔곡수〕	필자/저자(역자)	분류	비고
1	3		櫻の牛耳洞(中)/魚骨生 〈2〉[3] 벚꽃 피는 우이동(中)교코쓰세이	魚骨	시가/하이쿠	
1	3		☆櫻の牛耳洞(中)/魚骨生 〈2〉[2] 벚꽃 피는 우이동(中)교코쓰세이	愚石	시가/하이쿠	
1	3		櫻の牛耳洞(中)/魚骨生 〈2〉[1] 벚꽃 피는 우이동(中)교코쓰세이	島藝	시가/하이쿠	
1	3		櫻の牛耳洞(中)/魚骨生 〈2〉[1] 벚꽃 피는 우이동(中)교코쓰세이	苔石	시가/하이쿠	
1	3		櫻の牛耳洞(中)/魚骨生 〈2〉[1] 벚꽃 피는 우이동(中)교코쓰세이	島藝	시가/하이쿠	
1	3		☆櫻の牛耳洞(中)/魚骨生 〈2〉[3] 벚꽃 피는 우이동(中)교코쓰세이	袋人	시가/하이쿠	
1	3		★櫻の牛耳洞(中)/魚骨生 〈2〉[2] 벚꽃 피는 우이동(中)교코쓰세이	袋人	시가/하이쿠	
1	3		櫻の牛耳洞(中)/牛耳洞雜吟 〈2〉[1] 벚꽃 피는 우이동(中)/우이동-잡음	大道雲烟	시가/한시	
1	3~6		召使お初 〈56〉 시녀 오하쓰	黒法師	소설/일본 고전	

1911년 05월 23일 (화) 683호

지면	단수	기획	기사제목 〈회수〉〔곡수〕	필자/저자(역자)	분류	비고
1	4~6		召使お初 〈57〉 시녀 오하쓰	黒法師	소설/일본 고전	

1911년 05월 24일 (수) 684호

지면	단수	기획	기사제목 〈회수〉〔곡수〕	필자/저자(역자)	분류	비고
1	3		櫻の牛耳洞(下)/魚骨生/其一 〈3〉[1] 벚꽃 피는 우이동(하)/교코쓰세이/그 첫 번째	隈倍山猿	시가/한시	

지면	단수	기획	기사제목 〈회수〉〔곡수〕	필자/저자(역자)	분류	비고
1	3		櫻の牛耳洞(下)/魚骨生/其二 〈3〉〔1〕 벚꽃 피는 우이동(하)/교코쓰세이/그 두 번째	隈倍山猿	시가/한시	
1	3		櫻の牛耳洞(下)/魚骨生/其三 〈3〉〔1〕 벚꽃 피는 우이동(하)/교코쓰세이/그 세 번째	隈倍山猿	시가/한시	
1	3		櫻の牛耳洞(下)/魚骨生/其四 〈3〉〔1〕 벚꽃 피는 우이동(하)/교코쓰세이/그 네 번째	隈倍山猿	시가/한시	
1	3		櫻の牛耳洞(下)/魚骨生/其五 〈3〉〔1〕 벚꽃 피는 우이동(하)/교코쓰세이/그 다섯 번째	隈倍山猿	시가/한시	
1	3		櫻の牛耳洞(下)/魚骨生/其一 〈3〉〔1〕 벚꽃 피는 우이동(하)/교코쓰세이/그 첫 번째	金公植	시가/한시	
1	3		櫻の牛耳洞(下)/魚骨生/其二 벚꽃 피는 우이동(하)/교코쓰세이/그 두 번째	金公植	시가/한시	
1	3		櫻の牛耳洞(下)/魚骨生/其三 벚꽃 피는 우이동(하)/교코쓰세이/그 세 번째	金公植	시가/한시	
1	3		櫻の牛耳洞(下)/魚骨生/其四 벚꽃 피는 우이동(하)/교코쓰세이/그 네 번째	金公植	시가/한시	
1	3~4	文苑	兀良哈の野 〈1〉 오랑캐의 들판	碌々庵	수필/기타	
1	4~6		召使お初 〈58〉 시녀 오하쓰	黒法師	소설/일본 고전	

1911년 05월 25일 (목) 685호

| 1 | 4~7 | | 召使お初 〈59〉
시녀 오하쓰 | 黒法師 | 소설/일본
고전 | |

1911년 05월 26일 (금) 686호

| 1 | 4~6 | | 召使お初 〈60〉
시녀 오하쓰 | 黒法師 | 소설/일본
고전 | |
| 3 | 1~2 | | 舊稿 滊車の旅
구고 기차 여행 | 晩春 | 수필/기행 | 稿舊-舊
稿 오기 |

1911년 05월 27일 (토) 687호

| 1 | 3 | 文苑 | 兀良哈の野 〈3〉
오랑캐의 들판 | 碌々庵 | 수필/기타 | 회수 오류 |
| 1 | 3~6 | | 召使お初 〈61〉
시녀 오하쓰 | 黒法師 | 소설/일본
고전 | |

1911년 05월 28일 (일) 688호

1	5~8		召使お初 〈61〉 시녀 오하쓰	黒法師	소설/일본 고전	회수 오류
2	7~8		內地巡禮日記 〈1〉 내지 순례 일기	水浪生	수필/일기	
3	1~2		舊稿 熱車の旅 구고 기차 여행	晩春	수필/기행	

1911년 05월 29일 (월) 689호

| 1 | 4~7 | | 召使お初 〈61〉
시녀 오하쓰 | 黒法師 | 소설/일본
고전 | 회수 오류 |

1911년 05월 30일 (화) 690호

| 1 | 4~7 | | 召使お初 〈64〉
시녀 오하쓰 | 黒法師 | 소설/일본
고전 | |

지면	단수	기획	기사제목 〈회수〉 〔곡수〕	필자/저자(역자)	분류	비고
2	7~8		內地巡禮日記 〈2〉 내지 순례 일기	水浪生	수필/일기	
3	1		舊稿 滊車の旅 구고 기차 여행	晩春	수필/기행	

1911년 05월 31일 (수) 691호

지면	단수	기획	기사제목 〈회수〉 〔곡수〕	필자/저자(역자)	분류	비고
1	4~6		召使お初 〈65〉 시녀 오하쓰	黑法師	소설/일본 고전	
2	7~8		內地巡禮日記 〈3〉 내지 순례 일기	水浪生	수필/일기	

1911년 06월 01일 (목) 692호

지면	단수	기획	기사제목 〈회수〉 〔곡수〕	필자/저자(역자)	분류	비고
1	4	文苑	兀良哈の野 〈3〉 오랑캐의 들판	磈々庵	수필/기타	
1	4~6		召使お初 〈66〉 시녀 오하쓰	黑法師	소설/일본 고전	
2	7~8		內地巡禮日記 〈4〉 내지 순례 일기	水浪生	수필/일기	

1911년 06월 02일 (금) 693호

지면	단수	기획	기사제목 〈회수〉 〔곡수〕	필자/저자(역자)	분류	비고
1	4~7		召使お初 〈67〉 시녀 오하쓰	黑法師	소설/일본 고전	
2	7~8		內地巡禮日記 〈5〉 내지 순례 일기	水浪生	수필/일기	

1911년 06월 03일 (토) 694호

지면	단수	기획	기사제목 〈회수〉 〔곡수〕	필자/저자(역자)	분류	비고
1	5~7		召使お初 〈67〉 시녀 오하쓰	黑法師	소설/일본 고전	회수 오류
2	7~8		內地巡禮日記 〈6〉 내지 순례 일기	水浪生	수필/일기	

1911년 06월 04일 (일) 695호

지면	단수	기획	기사제목 〈회수〉 〔곡수〕	필자/저자(역자)	분류	비고
1	4~6		召使お初 〈68〉 시녀 오하쓰	黑法師	소설/일본 고전	회수 오류
2	6		はがきたより/イ便 〈1〉 엽서 소식/이 편	山靈水神生	수필/기행	
2	7~8		內地巡禮日記 〈7〉 내지 순례 일기	水浪生	수필/일기	

1911년 06월 06일 (화) 696호

지면	단수	기획	기사제목 〈회수〉 〔곡수〕	필자/저자(역자)	분류	비고
1	4~7		召使お初 〈69〉 시녀 오하쓰	黑法師	소설/일본 고전	회수 오류
2	6		はがきたより/ロ便 〈2〉 엽서 소식/로 편	山靈水神生	수필/기행	
2	7~8		內地巡禮日記 〈8〉 내지 순례 일기	水浪生	수필/일기	

1911년 06월 07일 (수) 697호

지면	단수	기획	기사제목 〈회수〉 〔곡수〕	필자/저자(역자)	분류	비고
1	4~7		召使お初 〈70〉 시녀 오하쓰	黑法師	소설/일본 고전	회수 오류
2	6		はがきたより/ハ便 〈3〉 엽서 소식/하 편	山靈水神生	수필/기행	

지면	단수	기획	기사제목 〈회수〉〔곡수〕	필자/저자(역자)	분류	비고
2	7~8		內地巡禮日記 〈9〉 내지 순례 일기	水浪生	수필/일기	

1911년 06월 08일 (목) 698호

지면	단수	기획	기사제목 〈회수〉〔곡수〕	필자/저자(역자)	분류	비고
1	4	文苑	誠 정성	もの字	수필/기타	
1	5~7		召使お初 〈71〉 시녀 오하쓰	黑法師	소설/일본 고전	회수 오류
2	7~8		內地巡禮日記 〈10〉 내지 순례 일기	水浪生	수필/일기	

1911년 06월 09일 (금) 699호

지면	단수	기획	기사제목 〈회수〉〔곡수〕	필자/저자(역자)	분류	비고
1	4~6		召使お初 〈72〉 시녀 오하쓰	黑法師	소설/일본 고전	회수 오류
2	6~7		はがきたより/二便 〈4〉 엽서 소식/니 편	山靈水神生	수필/기행	
2	7~8		內地巡禮日記 〈11〉 내지 순례 일기	水浪生	수필/일기	

1911년 06월 10일 (토) 700호

지면	단수	기획	기사제목 〈회수〉〔곡수〕	필자/저자(역자)	분류	비고
1	3~6		召使お初 〈73〉 시녀 오하쓰	黑法師	소설/일본 고전	회수 오류
2	7~8		內地巡禮日記 〈12〉 내지 순례 일기	水浪生	수필/일기	

1911년 06월 11일 (일) 701호

지면	단수	기획	기사제목 〈회수〉〔곡수〕	필자/저자(역자)	분류	비고
1	3~5		召使お初 〈73〉 시녀 오하쓰	黑法師	소설/일본 고전	회수 오류
2	6~7		群山俄道中記/ホ便 〈5〉 군산아도중기/호 편	山靈水神生	수필/기행	
2	7~8		內地巡禮日記 〈13〉 내지 순례 일기	水浪生	수필/일기	

1911년 06월 13일 (화) 702호

지면	단수	기획	기사제목 〈회수〉〔곡수〕	필자/저자(역자)	분류	비고
1	4~6		召使お初 〈74〉 시녀 오하쓰	黑法師	소설/일본 고전	회수 오류
2	7~8		內地巡禮日記 〈14〉 내지 순례 일기	水浪生	수필/기행	
3	1~2		群山俄道中記/ヘ便 〈6〉 군산아도중기/헤 편	山靈水神生	수필/기행	

1911년 06월 14일 (수) 703호

지면	단수	기획	기사제목 〈회수〉〔곡수〕	필자/저자(역자)	분류	비고
1	3		來年も夏はある 내년에도 여름은 있다	だらう生	수필/일상	
1	3~6		召使お初 〈76〉 시녀 오하쓰	黑法師	소설/일본 고전	회수 오류
2	7~8		內地巡禮日記 〈15〉 내지 순례 일기	水浪生	수필/일기	
3	1~2		群山俄道中記/卜便 〈7〉 군산아도중기/토 편	山靈水神生	수필/기행	

1911년 06월 15일 (목) 704호

지면	단수	기획	기사제목 〈회수〉 [곡수]	필자/저자(역자)	분류	비고
1	3~5		召使お初 〈77〉 시녀 오하쓰	黑法師	소설/일본 고전	회수 오류
2	7~8		內地巡禮日記 〈16〉 내지 순례 일기	水浪生	수필/일기	
3	1~2		群山俄道中記/チ便 〈8〉 군산아도중기/치 편	山靈水神生	수필/기행	

1911년 06월 16일 (금) 705호

지면	단수	기획	기사제목 〈회수〉 [곡수]	필자/저자(역자)	분류	비고
1	4~6		召使お初 〈78〉 시녀 오하쓰	黑法師	소설/일본 고전	회수 오류
2	7~8		內地巡禮日記 〈17〉 내지 순례 일기	水浪生	수필/일기	
2	8		一日一訓 〈1〉 1일 1훈	白#禪師	시가/도도이 쓰	
3	1~2		群山俄道中記/リ便 〈9〉 군산아도중기/리 편	山靈水神生	수필/기행	

1911년 06월 17일 (토) 706호

지면	단수	기획	기사제목 〈회수〉 [곡수]	필자/저자(역자)	분류	비고
1	4~6		召使お初 〈79〉 시녀 오하쓰	黑法師	소설/일본 고전	회수 오류
2	7~8		內地巡禮日記 〈18〉 내지 순례 일기	水浪生	수필/일기	
3	1~2		群山俄道中記/ヌ便 〈10〉 군산아도중기/누 편	山靈水神生	수필/기행	

1911년 06월 18일 (일) 707호

지면	단수	기획	기사제목 〈회수〉 [곡수]	필자/저자(역자)	분류	비고
1	5	俳句	時事俳評/總督の學校巡視 [1] 시사 하이쿠 평/총독의 학교 순시	多田千春	시가/하이쿠	
1	5	俳句	時事俳評/併合の論功行賞 [1] 시사 하이쿠 평/병합의 논공행상	多田千春	시가/하이쿠	
1	5	俳句	時事俳評/取引所の認可難 [1] 시사 하이쿠 평/거래소의 인가난	多田千春	시가/하이쿠	
1	5	俳句	時事俳評/讀內地巡禮日記 [1] 시사 하이쿠 평/내지 순례 일기를 읽고	多田千春	시가/하이쿠	
1	5	俳句	時事俳評/京城藝妓の半生 [1] 시사 하이쿠 평/경성 게이샤의 반생	多田千春	시가/하이쿠	
1	5~6		召使お初 〈80〉 시녀 오하쓰	黑法師	소설/일본 고전	회수 오류
2	7~8		內地巡禮日記 〈19〉 내지 순례 일기	水浪生	수필/일기	
3	1~2		群山俄道中記/ル便 〈11〉 군산아도중기/루 편	山靈水神生	수필/기행	

1911년 06월 20일 (화) 708호

지면	단수	기획	기사제목 〈회수〉 [곡수]	필자/저자(역자)	분류	비고
1	4~6		召使お初 〈81〉 시녀 오하쓰	黑法師	소설/일본 고전	회수 오류
2	7~8		內地巡禮日記 〈20〉 내지 순례 일기	水浪生	수필/일기	
3	1~2		群山俄道中記/ヲ便 〈12〉 군산아도중기/오 편	山靈水神生	수필/기행	

1911년 06월 21일 (수) 709호

지면	단수	기획	기사제목 〈회수〉〔곡수〕	필자/저자(역자)	분류	비고
1	4		雨の朝 비 내리는 아침	水村生	수필/일상	
1	4~7		召使お初 〈82〉 시녀 오하쓰	黑法師	소설/일본 고전	회수 오류
2	7~8		內地巡禮日記 〈22〉 내지 순례 일기	水浪生	수필/일기	회수 오류
3	1~2		群山俄道中記/ワ便 〈13〉 군산아도중기/와 편	山靈水神生	수필/기행	

1911년 06월 22일 (목) 710호

지면	단수	기획	기사제목 〈회수〉〔곡수〕	필자/저자(역자)	분류	비고
1	2~3		群山俄道中記/カ便 〈14〉 군산아도중기/카 편	山靈水神生	수필/기행	
1	3		近詠七首/山家新樹 〔1〕 근영-칠수/산가신수	滋足	시가/단카	
1	3		近詠七首/余花 〔1〕 근영-칠수/여화	滋足	시가/단카	
1	3		近詠七首/夕橋 〔1〕 근영-칠수/석교	滋足	시가/단카	
1	3		近詠七首/窓前新竹 〔1〕 근영-칠수/창전신죽	滋足	시가/단카	
1	3		近詠七首/野亭郭公 〔1〕 근영-칠수/야정곽공	滋足	시가/단카	
1	3		近詠七首/蓮露 〔1〕 근영-칠수/연로	滋足	시가/단카	
1	3		近詠七首/樹陰待風 〔1〕 근영-칠수/수음대풍	滋足	시가/단카	
1	3~6		召使お初 〈83〉 시녀 오하쓰	黑法師	소설/일본 고전	회수 오류
2	7~8		內地巡禮日記 〈23〉 내지 순례 일기	水浪生	수필/일기	회수 오류

1911년 06월 23일 (금) 711호

지면	단수	기획	기사제목 〈회수〉〔곡수〕	필자/저자(역자)	분류	비고
1	3~6		召使お初 〈84〉 시녀 오하쓰	黑法師	소설/일본 고전	회수 오류
2	7~8		內地巡禮日記 〈24〉 내지 순례 일기	水浪生	수필/일기	회수 오류

1911년 06월 24일 (토) 712호

지면	단수	기획	기사제목 〈회수〉〔곡수〕	필자/저자(역자)	분류	비고
1	1~2		群山俄道中記/ク便 〈15〉 군산아도중기/요 편	山靈水神生	수필/기행	
1	5~8		召使お初 〈84〉 시녀 오하쓰	黑法師	소설/일본 고전	회수 오류
2	7~8		內地巡禮日記 〈25〉 내지 순례 일기	水浪生	수필/일기	회수 오류

1911년 06월 25일 (일) 713호

지면	단수	기획	기사제목 〈회수〉〔곡수〕	필자/저자(역자)	분류	비고
1	1~2		群山俄道中記/夕便 〈16〉 군산아도중기/타 편	山靈水神生	수필/기행	
1	4~7		召使お初 〈85〉 시녀 오하쓰	黑法師	소설/일본 고전	회수 오류
2	7~8		內地巡禮日記 〈26〉 내지 순례 일기	水浪生	수필/일기	회수 오류

지면	단수	기획	기사제목 〈회수〉 [곡수]	필자/저자(역자)	분류	비고
			1911년 06월 27일 (화) 714호			
1	1~2		群山俄道中記/レ便 〈17〉 군산아도중기/레 편	山靈水神生	수필/기행	
1	4~6		召使お初 〈86〉 시녀 오하쓰	黑法師	소설/일본 고전	회수 오류
2	6		釜山より 부산에서	山水道人	수필/서간	
2	7~8		內地巡禮日記 〈27〉 내지 순례 일기	水浪生	수필/일기	회수 오류
			1911년 06월 28일 (수) 715호			
1	1~2		群山俄道中記/ソ便 〈18〉 군산아도중기/소 편	山靈水神生	수필/기행	
1	5~6		召使お初 〈87〉 시녀 오하쓰	黑法師	소설/일본 고전	회수 오류
2	6		釜山より 부산에서	山水道人	수필/서간	
2	7~8		內地巡禮日記 〈28〉 내지 순례 일기	水浪生	수필/일기	회수 오류
			1911년 06월 29일 (목) 716호			
1	1~2		群山俄道中記/ツ便 〈19〉 군산아도중기/쓰 편	山靈水神生	수필/기행	
1	4~7		召使お初 〈87〉 시녀 오하쓰	黑法師	소설/일본 고전	회수 오류
2	6		釜山より 부산에서	山水道人	수필/서간	
			1911년 06월 30일 (금) 717호			
1	1~2		群山俄道中記/ネ便 〈20〉 군산아도중기/네 편	山靈水神生	수필/기행	
1	4	文苑	次春陽館吟筵之分韻寄井蛙詞兄 [2] 차춘양관음연지분운기정와사형	加藤游濠	시가/한시	
1	4	文苑	次春陽館吟筵之分韻寄井蛙詞兄 [2] 차춘양관음연지분운기정와사형	加藤游濠	시가/하이쿠	
1	4~6		召使お初 〈90〉 시녀 오하쓰	黑法師	소설/일본 고전	회수 오류
2	7~8		車中より 차 안에서	山水道人	수필/서간	
			1911년 07월 01일 (토) 718호			
1	3	寄書	歌舞伎座に基督敎の演說を聽きて 가부키자에서 기독교 연설을 듣고	渡邊不言	수필/비평	
1	3	文苑	梅雨雜詠 [5] 장마-잡영	喬桐 松籟生	시가/단카	
1	4~6	講談	召使お初 〈91〉 시녀 오하쓰	黑法師	고단	회수 오류
2	8		內地巡禮日記 〈29〉 내지 순례 일기	水浪生	수필/일기	회수 오류
			1911년 07월 02일 (일) 719호			

지면	단수	기획	기사제목 〈회수〉 〔곡수〕	필자/저자(역자)	분류	비고
1	4~6	講談	召使お初 〈92〉 시녀 오하쓰	黑法師	고단	회수 오류
2	6~7		車中より 차 안에서	山水道人	수필/서간	

1911년 07월 04일 (화) 720호

지면	단수	기획	기사제목 〈회수〉 〔곡수〕	필자/저자(역자)	분류	비고
1	4~6	講談	召使お初 〈93〉 시녀 오하쓰	黑法師	고단	회수 오류

1911년 07월 05일 (수) 721호

지면	단수	기획	기사제목 〈회수〉 〔곡수〕	필자/저자(역자)	분류	비고
1	1~3		群山俄道中記/ナ便 〈21〉 군산아도중기/나 편	山#水神生	수필/기행	
1	4~6	講談	召使お初 〈93〉 시녀 오하쓰	黑法師	고단	회수 오류
2	7~8		內地巡禮日記 〈30〉 내지 순례 일기	水浪生	수필/일기	회수 오류

1911년 07월 06일 (목) 722호

지면	단수	기획	기사제목 〈회수〉 〔곡수〕	필자/저자(역자)	분류	비고
1	1~2	史譚	臨終の奈破翁 〈1〉 임종의 나폴레옹	山水道人	수필/기타	
1	3~4		? 〈1〉 ?	東西南北人	수필/기타	
1	4~7	講談	召使お初 〈94〉 시녀 오하쓰	黑法師	고단	회수 오류

1911년 07월 07일 (금) 723호

지면	단수	기획	기사제목 〈회수〉 〔곡수〕	필자/저자(역자)	분류	비고
1	1~2	史譚	臨終の奈破翁 〈2〉 임종의 나폴레옹	山水道人	수필/기타	
1	2~3	文苑	思ふ事ありて詠る長歌 〔1〕 생각하는 바 있어 읊은 조카	加藤梅雄	시가/조카	
1	3~4		? 〈2〉 ?	東西南北人	수필/기타	
1	4~6	講談	召使お初 〈94〉 시녀 오하쓰	黑法師	고단	회수 오류
3	3		七夕 〔4〕 칠석	安田雨村	시가/신체시	

1911년 07월 08일 (토) 724호

지면	단수	기획	기사제목 〈회수〉 〔곡수〕	필자/저자(역자)	분류	비고
1	1~2	史譚	臨終の奈破翁 〈3〉 임종의 나폴레옹	山水道人	수필/기타	
1	2	文苑	基督敎の演說を聞て 〔1〕 기독교 연설을 듣고	加藤梅雄	시가/단카	
1	2	文苑	基督敎の演說を聞て/倭釼 〔1〕 기독교 연설을 듣고/일본 칼	加藤梅雄	시가/단카	
1	2	文苑	基督敎の演說を聞て/玉 〔1〕 기독교 연설을 듣고/구슬	加藤梅雄	시가/단카	
1	2	文苑	基督敎の演說を聞て/神祇 〔2〕 기독교 연설을 듣고/신기	加藤梅雄	시가/단카	
1	2	文苑	基督敎の演說を聞て/鏡 〔1〕 기독교 연설을 듣고/거울	加藤梅雄	시가/단카	
1	2	文苑	基督敎の演說を聞て/曉神祇 〔1〕 기독교 연설을 듣고/새벽의 신기	加藤梅雄	시가/단카	

지면	단수	기획	기사제목 〈회수〉〔곡수〕	필자/저자(역자)	분류	비고
1	3~4		? 〈3〉 ?	東西南北人	수필/기타	
1	4~6	講談	召使お初 〈97〉 시녀 오하쓰	黑法師	고단	회수 오류

1911년 07월 09일 (일) 725호

지면	단수	기획	기사제목 〈회수〉〔곡수〕	필자/저자(역자)	분류	비고
1	1~2	史譚	臨終の奈破翁 〈4〉 임종의 나폴레옹	山水道人	수필/기타	
1	3~4		微笑 미소	妙子の兄	수필/일상	
1	5	文苑	曙の歌 〔1〕 여명의 노래	雨村野人	시가/신체시	
3	1~3	講談	召使お初 〈98〉 시녀 오하쓰	黑法師	고단	회수 오류

1911년 07월 11일 (화) 726호

지면	단수	기획	기사제목 〈회수〉〔곡수〕	필자/저자(역자)	분류	비고
1	1~2	史譚	臨終の奈破翁 〈5〉 임종의 나폴레옹	山水道人	수필/기타	
1	3		涼風 산들바람	妙子の兄	수필/일상	
1	4~6	講談	召使お初 〈99〉 시녀 오하쓰	黑法師	고단	회수 오류

1911년 07월 12일 (수) 727호

지면	단수	기획	기사제목 〈회수〉〔곡수〕	필자/저자(역자)	분류	비고
1	1~2	史譚	臨終の奈破翁 〈6〉 임종의 나폴레옹	山水道人	수필/기타	
1	4	文苑	夏雲集 〈1〉〔5〕 하운집	雲遊霞宿堂主人	시가/단카	
1	4	文苑	養病京城醫院其房云蘇堂因似 〔1〕 양병경성의원기방운소당인사	加藤游濠	시가/한시	
1	5~7	講談	召使お初 〈100〉 시녀 오하쓰	黑法師	고단	회수 오류

1911년 07월 13일 (목) 728호

지면	단수	기획	기사제목 〈회수〉〔곡수〕	필자/저자(역자)	분류	비고
1	1~2	史譚	臨終の奈破翁 〈7〉 임종의 나폴레옹	山水道人	수필/기타	
1	3~4	文苑	夏雲集 〈2〉〔8〕 하운집		시가/단카	
1	4~7	講談	召使お初 〈101〉 시녀 오하쓰	黑法師	고단	회수 오류

1911년 07월 14일 (금) 729호

지면	단수	기획	기사제목 〈회수〉〔곡수〕	필자/저자(역자)	분류	비고
1	1~2	史譚	臨終の奈破翁 〈8〉 임종의 나폴레옹	山水道人	수필/기타	
1	3~4		犬の名 개의 이름	妙子の兄	수필/일상	
1	4	文苑	夏雲集 〈3〉〔7〕 하운집	雲遊霞宿堂主人	시가/단카	
1	4~6	講談	召使お初 〈102〉 시녀 오하쓰	黑法師	고단	회수 오류

1911년 07월 15일 (토) 730호

지면	단수	기획	기사제목 〈회수〉〔곡수〕	필자/저자(역자)	분류	비고
1	1~2	史譚	臨終の奈破翁 〈9〉 임종의 나폴레옹	山水道人	수필/기타	
1	4		涙の味 눈물의 맛	妙子の兄	수필/일상	
1	4~7	講談	召使お初 〈103〉 시녀 오하쓰	黑法師	고단	회수 오류

1911년 07월 16일 (일) 731호

지면	단수	기획	기사제목 〈회수〉〔곡수〕	필자/저자(역자)	분류	비고
1	5~6		與四郎 요시로	妙子の兄	수필/일상	

1911년 07월 18일 (화) 732호

지면	단수	기획	기사제목 〈회수〉〔곡수〕	필자/저자(역자)	분류	비고
1	1~2		文學上より見たる謠曲 문학상에서 보는 요쿄쿠	秋川生	수필/비평	
1	3~4		與四郎 요시로	妙子の兄	수필/일상	
1	4	文苑	霖雨歎〔1〕 임우탄	秋川漁郎	시가/한시	
1	4	文苑	雨後偶成〔1〕 우후우성	秋川漁郎	시가/한시	
1	4	文苑	寄白川詞兄〔1〕 시라카와 사형에게 보내다	秋川漁郎	시가/한시	
1	4	文苑	贈平壤幽石君〔1〕 평양 유세키 군에게 바치다	秋川漁郎	시가/한시	
1	4~7	講談	召使お初 〈105〉 시녀 오하쓰	黑法師	고단	

1911년 07월 19일 (수) 733호

지면	단수	기획	기사제목 〈회수〉〔곡수〕	필자/저자(역자)	분류	비고
1	1~2		咸南の鮮人慣習 함남의 조선인 관습		수필/관찰	
1	2~3		與四郎 요시로	妙子の兄	수필/일상	
1	3		時事俳評/民團存廢#問題〔1〕 시사 하이쿠 평/민단 존폐 #문제	千春	시가/하이쿠	
1	3		時事俳評/#議員連の##〔1〕 시사 하이쿠 평/#의원들의 ##	千春	시가/하이쿠	
1	3		時事俳評/借款と日露抗議〔1〕 시사 하이쿠 평/차관과 러일 항의	千春	시가/하이쿠	
1	3		時事俳評/鮮人觀光團參宮〔1〕 시사 하이쿠 평/조선인 관광단 신궁 참배	千春	시가/하이쿠	
1	3		時事俳評/南大門驛の擴張〔1〕 시사 하이쿠 평/남대문역의 확장	千春	시가/하이쿠	
1	3		時事俳評/日英同盟の繼續〔1〕 시사 하이쿠 평/영일동맹의 계속	千春	시가/하이쿠	
1	4~6	講談	召使お初 〈105〉 시녀 오하쓰	黑法師	고단	회수 오류

1911년 07월 20일 (목) 734호

지면	단수	기획	기사제목 〈회수〉〔곡수〕	필자/저자(역자)	분류	비고
1	2~3		琴の音 거문고 소리	妙子の兄	수필/일상	
1	3		時事俳評/夏季亂題〔8〕 시사 하이쿠 평/하계-난제	多田千春	시가/하이쿠	

지면	단수	기획	기사제목 〈회수〉〔곡수〕	필자/저자(역자)	분류	비고
1	3~6	講談	召使お初 〈107〉 시녀 오하쓰	黑法師	고단	

1911년 07월 21일 (금) 735호

지면	단수	기획	기사제목 〈회수〉〔곡수〕	필자/저자(역자)	분류	비고
1	2~3		千代子 지요코	妙子の兄	수필/일상	
1	3		時事俳評/夏季亂題 〔7〕 시사 하이쿠 평/하계-난제	多田千春	시가/하이쿠	
1	4~6	講談	召使お初 〈108〉 시녀 오하쓰	黑法師	고단	

1911년 07월 22일 (토) 736호

지면	단수	기획	기사제목 〈회수〉〔곡수〕	필자/저자(역자)	분류	비고
1	2	文苑	★大同江畔所見 〔1〕 대동강변의 풍경	秋川漁郎	시가/한시	
1	2	文苑	出京途上占 〔1〕 출경도상점	秋川漁郎	시가/한시	
1	2	文苑	入京泊稻葉旅館偶成 〔1〕 서울에 들어와 이나바 여관에 숙박하며 짓다	秋川漁郎	시가/한시	
1	2	文苑	此夜深更雨甚即有此作 〔1〕 차야심경우심즉유차작	秋川漁郎	시가/한시	
1	2~4		千代子 지요코	妙子の兄	수필/일상	
1	4		時事俳評/商議の兩議員辭職 〔1〕 시사 하이쿠 평/상공회의소의 양 의원 사직	千春	시가/하이쿠	
1	4		時事俳評/水道斷水の無責任 〔1〕 시사 하이쿠 평/수도 단수의 무책임	千春	시가/하이쿠	
1	4		時事俳評/斷水と總督府活動 〔1〕 시사 하이쿠 평/단수와 총독부 활동	千春	시가/하이쿠	
1	4		時事俳評/各地方の大水害 〔1〕 시사 하이쿠 평/각 지방의 큰 수해	千春	시가/하이쿠	
1	4		時事俳評/京城の金融緩漫？〔1〕 시사 하이쿠 평/경성의 금융 완만?	千春	시가/하이쿠	
1	4		時事俳評/東京相撲の興行 〔1〕 시사 하이쿠 평/도쿄 스모의 흥행	千春	시가/하이쿠	
1	4~6	講談	召使お初 〈109〉 시녀 오하쓰	黑法師	고단	

1911년 07월 23일 (일) 737호

지면	단수	기획	기사제목 〈회수〉〔곡수〕	필자/저자(역자)	분류	비고
1	2	文苑	偶成 〔1〕 우성	秋川漁郎	시가/한시	
1	2	文苑	失題 〔1〕 실제	秋川漁郎	시가/한시	
1	2	文苑	萬壑松風圖 〔1〕 만학송풍도	秋川漁郎	시가/한시	
1	2~3	雜錄	隨意 〈1〉 수의	小松夢涯	수필/기타	
1	3~4		千代子 지요코	妙子の兄	수필/일상	
1	4~7	講談	召使お初 〈110〉 시녀 오하쓰	黑法師	고단	

1911년 07월 25일 (화) 738호

지면	단수	기획	기사제목 〈회수〉〔곡수〕	필자/저자(역자)	분류	비고
1	2~3		隨意 〈2〉 수의	小松夢涯	수필/기타	
1	3~4		千代子 지요코	妙子の兄	수필/일상	
1	4~6	講談	召使お初 〈111〉 시녀 오하쓰	黑法師	고단	

1911년 07월 26일 (수) 739호

지면	단수	기획	기사제목 〈회수〉〔곡수〕	필자/저자(역자)	분류	비고
1	1~2		隨意 〈3〉 수의	小松夢涯	수필/기타	
1	4~7	講談	召使お初 〈112〉 시녀 오하쓰	黑法師	고단	

1911년 07월 27일 (목) 740호

지면	단수	기획	기사제목 〈회수〉〔곡수〕	필자/저자(역자)	분류	비고
1	1		隨想 〈4〉 수상	小松夢涯	수필/기타	제목 변경
1	3~4		千代子 지요코	妙子の兄	수필/일상	
3	1~3	講談	召使お初 〈113〉 시녀 오하쓰	黑法師	고단	

1911년 07월 28일 (금) 741호

지면	단수	기획	기사제목 〈회수〉〔곡수〕	필자/저자(역자)	분류	비고
1	1~2		隨想 〈5〉 수상	小松夢涯	수필/기타	제목 변경
1	3	文苑	★神宮奉齋會朝鮮本部幹事常在として初て京城にすまひたる夏/梅雨久といふに因みて〔1〕 신궁봉재회 조선 본부 간사로 상주하게 되어 처음 경성에 살기 시작한 여름/장마가 길다고 하여	安元滋足	시가/단카	
1	3	文苑	神宮奉齋會朝鮮本部幹事常在として初て京城にすまひたる夏/近詠　雨中郭公〔1〕 신궁봉재회 조선 본부 간사로 상주하게 되어 처음 경성에 살기 시작한 여름/근영 빗속의 두견새	安元滋足	시가/단카	
1	3	文苑	★神宮奉齋會朝鮮本部幹事常在として初て京城にすまひたる夏/澤螢〔1〕 신궁봉재회 조선 본부 간사로 상주하게 되어 처음 경성에 살기 시작한 여름/연못의 반딧불이	安元滋足	시가/단카	
1	3	文苑	★神宮奉齋會朝鮮本部幹事常在として初て京城にすまひたる夏/雨中蓮〔1〕 신궁봉재회 조선 본부 간사로 상주하게 되어 처음 경성에 살기 시작한 여름/빗속의 연꽃	安元滋足	시가/단카	
1	3	文苑	★神宮奉齋會朝鮮本部幹事常在として初て京城にすまひたる夏/月前水鷄〔1〕 신궁봉재회 조선 본부 간사로 상주하게 되어 처음 경성에 살기 시작한 여름/달빛을 받은 물오리	安元滋足	시가/단카	
1	3	文苑	神宮奉霽會朝鮮本部幹事常在として初て京城にすまひたる夏/掬泉〔1〕 신궁봉재회 조선 본부 간사로 상주하게 되어 처음 경성에 살기 시작한 여름/샘물을 뜨다	安元滋足	시가/단카	
1	3~4		殘念 유감	角力荘	수필/일상	
1	4~5	講談	召使お初 〈114〉 시녀 오하쓰	黑法師	고단	

1911년 07월 29일 (토) 742호

지면	단수	기획	기사제목 〈회수〉〔곡수〕	필자/저자(역자)	분류	비고
1	3~4	雜錄	紳士の說 신사 이야기	蚊學士	수필/기타	

지면	단수	기획	기사제목 〈회수〉〔곡수〕	필자/저자(역자)	분류	비고
1	4	文苑	★なでしこ/京城學舍生徒佐藤哲三君の歸鄕せらるゝに其別れの#居にてよめる〔1〕 패랭이꽃/경성학사 학생 사토 데쓰조 군이 귀향하게 되어 그와 작별하는 자리에서 읊은 노래	加藤梅雄	시가/단카	
1	4	文苑	★なでしこ/水練〔1〕 패랭이꽃/수영 연습	加藤梅雄	시가/단카	
1	4	文苑	なでしこ/梅雨〔1〕 패랭이꽃/장마	加藤梅雄	시가/단카	
1	4	文苑	★なでしこ/螢〔1〕 패랭이꽃/반딧불이	加藤梅雄	시가/단카	
1	4	文苑	なでしこ/瞿麥〔1〕 패랭이꽃/패랭이꽃	加藤梅雄	시가/단카	
1	4	文苑	なでしこ/蚊遺火〔1〕 패랭이꽃/모깃불	加藤梅雄	시가/단카	
1	4	文苑	なでしこ/伊藤公〔1〕 패랭이꽃/이토 공	加藤梅雄	시가/단카	
1	5~6	講談	召使お初〈115〉 시녀 오하쓰	黑法師	고단	
3	4		時事俳評/王世子殿下の歸鮮〔1〕 시사 하이쿠 평/왕세자 전하 조선 귀환	千春	시가/하이쿠	
3	4		時事俳評/#####と葬儀〔1〕 시사 하이쿠 평/#####와 장의	千春	시가/하이쿠	
3	4		時事俳評/國民讀本と獨逸〔1〕 시사 하이쿠 평/국민 독본과 독일	千春	시가/하이쿠	
3	4		時事俳評/船車三等客の待遇〔1〕 시사 하이쿠 평/선차 3등객의 대우	千春	시가/하이쿠	
3	4		時事俳評/敎員の夏季講習會〔1〕 시사 하이쿠 평/교원의 하계 강습회	千春	시가/하이쿠	
3	4		時事俳評/京城藝妓の半生〔1〕 시사 하이쿠 평/경성 게이샤의 반생	千春	시가/하이쿠	

1911년 07월 30일 (일) 743호

지면	단수	기획	기사제목 〈회수〉〔곡수〕	필자/저자(역자)	분류	비고
1	3	俳句	雜詠十章〔10〕 잡영-십장	多田千春	시가/하이쿠	
1	3~6	講談	召使お初〈116〉 시녀 오하쓰	黑法師	고단	

1911년 07월 31일 (화) 744호   요일 오류

지면	단수	기획	기사제목 〈회수〉〔곡수〕	필자/저자(역자)	분류	비고
1	2~3		出代 고용 만료 교체	妙子の兄	수필/일상	
1	3~4	雜錄	病床より〈1〉 병상에서	花眠庵主人	수필/일상	
1	4	文苑	寄戀團扇七句〔7〕 기연단선-칠구	多田千春	시가/하이쿠	
1	4~6	講談	召使お初〈117〉 시녀 오하쓰	黑法師	고단	
3	4		戲作十句/上戶の郭公〔5〕 게사쿠-십구/술 잘 마시는 두견새	多田千春	시가/센류	
3	4		戲作十句/下戶の郭公〔5〕 게사쿠-십구/술 못 마시는 두견새	多田千春	시가/센류	

1911년 08월 02일 (수) 745호

지면	단수	기획	기사제목 〈회수〉〔곡수〕	필자/저자(역자)	분류	비고
1	1~2		朝鮮下向記 〈1〉 조선 하향기	マンモース	수필/기행	
1	4~7	講談	召使お初 〈118〉 시녀 오하쓰	黑法師	고단	

1911년 08월 03일 (목) 746호

지면	단수	기획	기사제목 〈회수〉〔곡수〕	필자/저자(역자)	분류	비고
1	2~4		朝鮮下向記 〈2〉 조선 하향기	マンモース	수필/기행	
1	4~6	講談	召使お初 〈119〉 시녀 오하쓰	黑法師	고단	

1911년 08월 04일 (금) 747호

지면	단수	기획	기사제목 〈회수〉〔곡수〕	필자/저자(역자)	분류	비고
1	2~3		朝鮮下向記 〈3〉 조선 하향기	マンモース	수필/기행	
1	3~4		出代 고용 만료 교체	妙子の兄	수필/일상	
1	4	文苑	夕月/耳病みて 〔2〕 저녁 달/귀가 아파서	佐鹿某女	시가/단카	
1	4	文苑	夕月/植物園に住む人 〔1〕 저녁 달/식물원에 사는 사람	佐鹿某女	시가/단카	
1	4	文苑	夕月/◎ 〔1〕 저녁 달/◎	佐鹿某女	시가/단카	
1	4	文苑	夕月/戀 〔1〕 저녁 달/사랑	佐鹿某女	시가/단카	
1	4~7	講談	召使お初 〈120〉 시녀 오하쓰	黑法師	고단	

1911년 08월 05일 (토) 748호

지면	단수	기획	기사제목 〈회수〉〔곡수〕	필자/저자(역자)	분류	비고
1	2~3		朝鮮下向記 〈4〉 조선 하향기	マンモース	수필/기행	
1	4	雜錄	病床より 병상에서	花眠庵主人	수필/일상	
1	4~7	講談	召使お初 〈121〉 시녀 오하쓰	黑法師	고단	

1911년 08월 06일 (일) 749호

지면	단수	기획	기사제목 〈회수〉〔곡수〕	필자/저자(역자)	분류	비고
1	2~3		程度の話 정도의 이야기	蚊學士	수필/기타	
1	3	文苑	思ひの記 생각의 기록	岸溪舟	수필/일상	
1	3~4	雜錄	病床より 〈4〉 병상에서	花眠庵主人	수필/일상	
1	5~6	講談	召使お初 〈122〉 시녀 오하쓰	黑法師	고단	

1911년 08월 08일 (화) 750호

지면	단수	기획	기사제목 〈회수〉〔곡수〕	필자/저자(역자)	분류	비고
1	3	文苑	折にふれて 〔2〕 이따금	蚊學士	시가/단카	
1	3	文苑	★滿韓視察のため京城に來りたる友を送りけるとき 〔1〕 만한 시찰을 위하여 경성을 방문한 친구를 배웅했을 때	蚊學士	시가/단카	
1	3	文苑	運命 운명	オルハン生	수필/일상	

지면	단수	기획	기사제목 〈회수〉〔곡수〕	필자/저자(역자)	분류	비고
1	4		あこがれ 동경	淸郎	수필/일상	
1	4~7	講談	召使お初 〈122〉 시녀 오하쓰	黑法師	고단	회수 오류

1911년 08월 09일 (수) 751호

지면	단수	기획	기사제목 〈회수〉〔곡수〕	필자/저자(역자)	분류	비고
1	4~7	講談	召使お初 〈124〉 시녀 오하쓰	黑法師	고단	

1911년 08월 10일 (목) 752호

지면	단수	기획	기사제목 〈회수〉〔곡수〕	필자/저자(역자)	분류	비고
1	4		死 죽음	オルハン生	시가/신체시	
1	5~8	講談	召使お初 〈125〉 시녀 오하쓰	黑法師	고단	

1911년 08월 11일 (금) 753호

지면	단수	기획	기사제목 〈회수〉〔곡수〕	필자/저자(역자)	분류	비고
1	3		時事俳評/宋子と金氏自殺〔1〕 시사 하이쿠 평/송자와 김 씨 자살	千春	시가/하이쿠	
1	3		時事俳評/隈伯の滿漢渡航〔1〕 시사 하이쿠 평/오쿠마 백작의 만한 도항	千春	시가/하이쿠	
1	3		時事俳評/木內長官の辭任〔1〕 시사 하이쿠 평/기우치 장관의 사임	千春	시가/하이쿠	
1	3		時事俳評/朝鮮帥#增設案〔1〕 시사 하이쿠 평/조선 수# 증설안	千春	시가/하이쿠	
1	3		時事俳評/南大門外の擴張〔1〕 시사 하이쿠 평/남대문 외곽의 확장	千春	시가/하이쿠	
1	3		時事俳評/米價暴騰と鮮民〔1〕 시사 하이쿠 평/쌀값 폭등과 조선 민중	千春	시가/하이쿠	
1	3~4	文苑	酒 술	オルハン生	수필/일상	
1	5~8	講談	召使お初 〈126〉 시녀 오하쓰	黑法師	고단	

1911년 08월 12일 (토) 754호

지면	단수	기획	기사제목 〈회수〉〔곡수〕	필자/저자(역자)	분류	비고
1	3	俳句	雜吟十句〔10〕 잡음-십구	多田千春	시가/하이쿠	
1	5~7	講談	召使お初 〈127〉 시녀 오하쓰	黑法師	고단	

1911년 08월 13일 (일) 755호

지면	단수	기획	기사제목 〈회수〉〔곡수〕	필자/저자(역자)	분류	비고
1	3	雜錄	散步 산책	オルハン生	수필/일상	
1	3~4	雜錄	節儉か吝嗇か 절약하는 것일까 인색한 것일까	世外生	수필/일상	
1	4	俳句	短夜十句〔10〕 짧은 밤-십구	多田千春	시가/하이쿠	
1	4~7	講談	召使お初 〈128〉 시녀 오하쓰	黑法師	고단	

1911년 08월 15일 (화) 756호

지면	단수	기획	기사제목 〈회수〉〔곡수〕	필자/저자(역자)	분류	비고
1	4	俳句	行々子(十句)〔10〕 개개비(십구)	多田千春	시가/하이쿠	

지면	단수	기획	기사제목 〈회수〉〔곡수〕	필자/저자(역자)	분류	비고
1	4~8	講談	召使お初 〈129〉 시녀 오하쓰	黑法師	고단	

1911년 08월 16일 (수) 757호

지면	단수	기획	기사제목 〈회수〉〔곡수〕	필자/저자(역자)	분류	비고
1	2	俳句	蚊帳(十句) 〔10〕 모기장(십구)	多田千春	시가/하이쿠	
1	2	文苑	(제목없음) 〔2〕	游濠 加藤	시가/한시	
1	3~4	雜錄	宗敎家の虛榮心 종교가의 허영심	京城 權右衛門	수필/비평	
1	4~7	講談	召使お初 〈130〉 시녀 오하쓰	黑法師	고단	

1911년 08월 25일 (금) 758호

지면	단수	기획	기사제목 〈회수〉〔곡수〕	필자/저자(역자)	분류	비고
1	1~2	雜錄	暑氣其日へ 여름 더위 그날 그날	晩香生	수필/일상	
1	3~4		寶六庵の萩と藤 보륙암의 싸리와 등나무	なにがし	수필/기행	
1	4~7	講談	召使お初 〈130〉 시녀 오하쓰	黑法師	고단	회수 오류

1911년 08월 26일 (토) 759호

지면	단수	기획	기사제목 〈회수〉〔곡수〕	필자/저자(역자)	분류	비고
1	5~8	講談	召使お初 〈131〉 시녀 오하쓰	黑法師	고단	회수 오류
3	1	講談	明石志賀之助 〈1〉 아카시 시가노스케		고단	

1911년 08월 27일 (일) 760호

지면	단수	기획	기사제목 〈회수〉〔곡수〕	필자/저자(역자)	분류	비고
1	5~8	講談	召使お初 〈132〉 시녀 오하쓰	黑法師	고단	회수 오류
3	1~2	講談	明石志賀之助 〈2〉 아카시 시가노스케		고단	

1911년 08월 29일 (화) 761호

지면	단수	기획	기사제목 〈회수〉〔곡수〕	필자/저자(역자)	분류	비고
1	4~5		京城週りの記 〈1〉 경성 주유 기록	銕翠居士	수필/일상	
1	5~7	講談	召使お初 〈133〉 시녀 오하쓰	黑法師	고단	회수 오류
4	1~2	講談	明石志賀之助 〈3〉 아카시 시가노스케		고단	

1911년 08월 30일 (수) 762호

지면	단수	기획	기사제목 〈회수〉〔곡수〕	필자/저자(역자)	분류	비고
1	3	俳句	花火十句 〔10〕 불꽃놀이-십구	多田千春	시가/하이쿠	
1	4~6	講談	召使お初 〈134〉 시녀 오하쓰	黑法師	고단	회수 오류
3	1~2	講談	明石志賀之助 〈3〉 아카시 시가노스케		고단	회수 오류

1911년 08월 31일 (목) 763호

지면	단수	기획	기사제목 〈회수〉〔곡수〕	필자/저자(역자)	분류	비고
1	3	漢詩	朝鮮漫遊雜感 〔4〕 조선만유잡감	荒川信助	시가/한시	

지면	단수	기획	기사제목 〈회수〉 [곡수]	필자/저자(역자)	분류	비고
1	4~6	講談	召使お初 〈135〉 시녀 오하쓰	黑法師	고단	회수 오류
3	1~2	講談	明石志賀之助 〈5〉 아카시 시가노스케		고단	
5	4		新町遊廓名妓讀込都々逸/第一樓 淸香 [1] 신정 유곽 명기 요미코미 도도이쓰/다이이치로 세이카	市松	시가·수필/도 도이쓰·비평	
5	4		新町遊廓名妓讀込都々逸/井門支店 瀧子 [1] 신정 유곽 명기 요미코미 도도이쓰/세이몬 지점 다키코	市松	시가·수필/도 도이쓰·비평	
5	4		新町遊廓名妓讀込都々逸/玉家 琴代 [1] 신정 유곽 명기 요미코미 도도이쓰/다마야 고토요	市松	시가·수필/도 도이쓰·비평	
5	4		新町遊廓名妓讀込都々逸樓/淸進樓 菊代 [1] 신정 유곽 명기 요미코미 도도이쓰/세이신로 기쿠요	市松	시가·수필/도 도이쓰·비평	

1911년 09월 01일 (금) 764호

지면	단수	기획	기사제목 〈회수〉 [곡수]	필자/저자(역자)	분류	비고
1	4	文苑	慶會樓 [1] 경회루	碌々庵	시가/자유시	
1	4~6	講談	召使お初 〈136〉 시녀 오하쓰	黑法師	고단	회수 오류
3	4		新町遊廓名妓讀込都々逸/淸月樓 玉章 [1] 신정 유곽 명기 요미코미 도도이쓰/세이게쓰로 다마즈사	市松	시가·수필/도 도이쓰·비평	
3	4		新町遊廓名妓讀込都々逸/皆春樓 花子 [1] 신정 유곽 명기 요미코미 도도이쓰/가이슌로 하나코	市松	시가·수필/도 도이쓰·비평	
3	4		新町遊廓名妓讀込都々逸/大桝屋 若竹 [1] 신정 유곽 명기 요미코미 도도이쓰/오마스야 와카타케	市松	시가·수필/도 도이쓰·비평	
3	4		新町遊廓名妓讀込都々逸/日曜樓 朝霧 [1] 신정 유곽 명기 요미코미 도도이쓰/니치요로 아사기리	市松	시가·수필/도 도이쓰·비평	

1911년 09월 02일 (토) 765호

지면	단수	기획	기사제목 〈회수〉 [곡수]	필자/저자(역자)	분류	비고
1	4	文苑	淸凉里 [1] 청량리	碌々庵	시가/자유시	
1	5~6	講談	召使お初 〈136〉 시녀 오하쓰	黑法師	고단	회수 오류
3	5		新町遊廓名妓讀込都々逸/京城樓 喜代子 [1] 신정 유곽 명기 요미코미 도도이쓰/경성루 기요코	市松	시가·수필/도 도이쓰·비평	
3	5		新町遊廓名妓讀込都々逸/君の江 此糸 [1] 신정 유곽 명기 요미코미 도도이쓰/기미노에 고노이토	市松	시가·수필/도 도이쓰·비평	
3	5		新町遊廓名妓讀込都々逸/龜鶴 明石 [1] 신정 유곽 명기 요미코미 도도이쓰/가메즈루 아카시	市松	시가·수필/도 도이쓰·비평	

1911년 09월 05일 (화) 767호

지면	단수	기획	기사제목 〈회수〉 [곡수]	필자/저자(역자)	분류	비고
1	3	文苑	普信閣 [1] 보신각	碌々庵	시가/자유시	
1	3	文苑	歌屑 [1] 서툰 노래	雲遊霞宿堂主人	시가/단카	
1	3	文苑	歌屑/友に代りて [1] 서툰 노래/친구를 대신하여	雲遊霞宿堂主人	시가/단카	
1	3	文苑	歌屑 [1] 서툰 노래	雲遊霞宿堂主人	시가/단카	
1	4~6	講談	召使お初 〈140〉 시녀 오하쓰	黑法師	고단	

1911년 09월 06일 (수) 768호

지면	단수	기획	기사제목 〈회수〉〔곡수〕	필자/저자(역자)	분류	비고
1	4	文苑	歌屑 〔3〕 서툰 노래	雲遊霞宿堂主人	시가/단카	
1	4~7	講談	召使お初 〈141〉 시녀 오하쓰	黑法師	고단	

1911년 09월 07일 (목) 769호

지면	단수	기획	기사제목 〈회수〉〔곡수〕	필자/저자(역자)	분류	비고
1	2~3	雜錄	京城週りの記 〈2〉 경성 주유 기록	銕翠居士	수필/일상	
1	3	文苑	歌屑 〔3〕 서툰 노래	雲遊霞宿堂主人	시가/단카	
1	5~7	講談	召使お初 〈142〉 시녀 오하쓰	黑法師	고단	

1911년 09월 08일 (금) 770호

지면	단수	기획	기사제목 〈회수〉〔곡수〕	필자/저자(역자)	분류	비고
1	2~3	雜錄	京城週りの記 〈3〉 경성 주유 기록	銕翠居士	수필/일상	
1	4~6	講談	召使お初 〈143〉 시녀 오하쓰	黑法師	고단	

1911년 09월 09일 (토) 771호

지면	단수	기획	기사제목 〈회수〉〔곡수〕	필자/저자(역자)	분류	비고
1	3	雜錄	京城週りの記 〈4〉 경성 주유 기록	銕翠居士	수필/일상	
1	3~4	文苑	歌屑 〔3〕 서툰 노래	雲遊霞宿堂主人	시가/단카	
1	4	文苑	秋風吟 〔6〕 추풍음	野崎小蟹	시가/하이쿠	
1	4	文苑	アカシヤの綠葉 〔9〕 아카시아의 푸른 잎	野崎小蟹	시가/하이쿠	
1	4	文苑	朝鮮の御用新聞を更迭すべし 〔2〕 조선의 어용신문을 경질해야 한다	野崎小蟹	시가/하이쿠	
1	4~6	講談	召使お初 〈144〉 시녀 오하쓰	黑法師	고단	

1911년 09월 10일 (일) 772호

지면	단수	기획	기사제목 〈회수〉〔곡수〕	필자/저자(역자)	분류	비고
1	4	文苑	歌屑 〔3〕 서툰 노래	雲遊霞宿堂主人	시가/단카	
1	4~7	講談	召使お初 〈145〉 시녀 오하쓰	黑法師	고단	

1911년 09월 12일 (화) 773호

지면	단수	기획	기사제목 〈회수〉〔곡수〕	필자/저자(역자)	분류	비고
1	5~7	講談	召使お初 〈146〉 시녀 오하쓰	黑法師	고단	

1911년 09월 22일 (금) 775호

지면	단수	기획	기사제목 〈회수〉〔곡수〕	필자/저자(역자)	분류	비고
1	2~3	雜錄	京城週りの記 〈5〉 경성 주유 기록	銕翠居士	수필/일상	
1	3	文苑	歌屑 〔2〕 서툰 노래	雲遊霞宿堂主人	시가/단카	
1	3	文苑	★歌屑/盲目となりし友を思ふ 〔2〕 서툰 노래/맹인이 된 친구를 생각하다	雲遊霞宿堂主人	시가/단카	
1	3	文苑	(제목없음) 〔1〕	在鮮 加藤游濠	시가/한시	

지면	단수	기획	기사제목 〈회수〉〔곡수〕	필자/저자(역자)	분류	비고
1	3	文苑	(제목없음)〔1〕	在鮮 加藤游濠	시가/하이쿠	
1	3	文苑	(제목없음)〔1〕	在鮮 加藤游濠	시기/한시	
1	3	文苑	(제목없음)〔1〕	在鮮 加藤游濠	시가/하이쿠	
1	3~6	講談	召使お初 〈148〉 시녀 오하쓰	黑法師	고단	

1911년 09월 22일 (금) 775호 其二

지면	단수	기획	기사제목 〈회수〉〔곡수〕	필자/저자(역자)	분류	비고
1	2~3	雜錄	初秋の昨日今日 초가을의 어제 오늘	晩香生	수필/일상	
2	1~2	雜報	京城圖書館視察記(上) 〈1〉 경성 도서관 시찰기(상)		수필/관찰	
3	1~2	雜報	尋ね逢えずの記 방문했지만 만나지 못한 이야기	野崎小蟹	수필/일상	
3	3		友の信 친구의 신의		수필/일상	

1911년 09월 22일 (금) 775호 其三 仁川號

지면	단수	기획	기사제목 〈회수〉〔곡수〕	필자/저자(역자)	분류	비고
3	2	俳句	はぎごと「俳句」/秋季混題〔19〕 경사「하이쿠」/추계 혼제	仁川 小谷丹葉	시가/하이쿠	

1911년 09월 22일 (금) 775호 其四

지면	단수	기획	기사제목 〈회수〉〔곡수〕	필자/저자(역자)	분류	비고
2	1	雜錄	藝妓觀 게이샤에 대한 시각	香夢	수필/비평	

1911년 09월 23일 (토) 776호

지면	단수	기획	기사제목 〈회수〉〔곡수〕	필자/저자(역자)	분류	비고
1	1~2		下宿屋の一日 〈1〉 하숙집의 하루	△○生	수필/일상	
1	2~3		新妻 새 아내	妙子の兄	수필/일상	
1	3	文苑	折にふれて/萩半綻〔1〕 이따금/싸리가 반쯤 벌다	杉の舍主人	시가/단카	
1	3	文苑	折にふれて/水邊萩〔1〕 이따금/물가의 싸리	杉の舍主人	시가/단카	
1	4	文苑	折にふれて/園中萩〔1〕 이따금/정원 안의 싸리	杉の舍主人	시가/단카	
1	4	文苑	折にふれて/故鄕の薄〔1〕 이따금/고향의 억새	杉の舍主人	시가/단카	
1	4	文苑	折にふれて/女郎花〔1〕 이따금/마타리	杉の舍主人	시가/단카	
1	4~7	講談	召使お初 〈149〉 시녀 오하쓰	黑法師	고단	

1911년 09월 24일 (일) 777호

지면	단수	기획	기사제목 〈회수〉〔곡수〕	필자/저자(역자)	분류	비고
1	2~3		下宿屋の一日 〈2〉 하숙집의 하루	△○生	수필/일상	
1	3	文苑	其の日へ/月前草花〔1〕 그날그날/월전초화	杉の舍主人	시가/단카	
1	3	文苑	其の日へ/野秋興〔1〕 그날그날/야추흥	杉の舍主人	시가/단카	

지면	단수	기획	기사제목 〈회수〉〔곡수〕	필자/저자(역자)	분류	비고
1	3	文苑	其の日へ/秋夕〔1〕 그날그날/추석	杉の舍主人	시가/단카	
1	3	俳句	秋季雜吟〔10〕 추계-잡음	多田千春	시가/하이쿠	
1	4~7	講談	召使お初〈150〉 시녀 오하쓰	黑法師	고단	
3	1~2		清凉里行 청량리행	晩香居士	수필/기행	

1911년 09월 26일 (화) 778호

지면	단수	기획	기사제목 〈회수〉〔곡수〕	필자/저자(역자)	분류	비고
1	1~2		思ひ出で集 회상집	靜宇山人	수필/기타	
1	3	文苑	其の日へ/二月十日〔1〕 그날그날/2월 10일	杉の舍主人	시가/단카	
1	3	文苑	★其の日へ/滿月〔1〕 그날그날/만월	杉の舍主人	시가/단카	
1	3	文苑	★其の日へ/小夜砧〔1〕 그날그날/밤의 다듬이질	杉の舍主人	시가/단카	
1	3	文苑	其の日へ/南極探險〔1〕 그날그날/남극 탐험	杉の舍主人	시가/단카	
1	3	文苑	歌屑〔4〕 서툰 노래	雲遊霞宿堂主人	시가/단카	
1	3	俳句	秋季雜吟〔10〕 추계-잡음	多田千春	시가/하이쿠	
1	4~7	講談	召使お初〈151〉 시녀 오하쓰	黑法師	고단	

1911년 09월 27일 (수) 779호

지면	단수	기획	기사제목 〈회수〉〔곡수〕	필자/저자(역자)	분류	비고
1	3	文苑	其の日へ/港〔1〕 그날그날/항구	杉の舍主人	시가/단카	
1	3	文苑	其の日へ/圖書館〔1〕 그날그날/도서관	杉の舍主人	시가/단카	
1	3	文苑	其の日へ/飛行船〔1〕 그날그날/비행선	杉の舍主人	시가/단카	
1	4	俳句	朝寒拾句〔10〕 아침 추위-십구	多田千春	시가/하이쿠	
1	4~7	講談	召使お初〈152〉 시녀 오하쓰	黑法師	고단	
3	3	新講談揭 載豫告	梁川庄八正國 야나가와 쇼하치 마사쿠니		광고/연재 예고	

1911년 09월 28일 (목) 780호

지면	단수	기획	기사제목 〈회수〉〔곡수〕	필자/저자(역자)	분류	비고
1	3	新講談揭 載豫告	梁川庄八正國 야나가와 쇼하치 마사쿠니		광고/연재 예고	
1	4~7	講談	召使お初〈153〉 시녀 오하쓰	黑法師	고단	
3	1~2		ヨボ偶感 여보 우감	矢崎生	수필/관찰	

1911년 09월 29일 (금) 781호

지면	단수	기획	기사제목 〈회수〉〔곡수〕	필자/저자(역자)	분류	비고
1	2	新講談揭 載豫告	梁川庄八正國 야나가와 쇼하치 마사쿠니		광고/연재 예고	

지면	단수	기획	기사제목 〈회수〉〔곡수〕	필자/저자(역자)	분류	비고
1	3	文苑	其の日へ/植林〔1〕 그날그날/식림	杉の舍主人	시가/단카	
1	3	文苑	其の日へ/茸狩〔1〕 그날그날/버섯 따기	杉の舍主人	시가/단카	
1	3	文苑	其の日へ/落栗〔1〕 그날그날/떨어진 밤	杉の舍主人	시가/단카	
1	3	文苑	歌屑〔3〕 서툰 노래	雲遊霞宿堂主人	시가/단카	
1	3	俳句	★仁川卯月會俳句第八輯/秋五題拔萃上座五十章逆列/小谷丹葉選〈1〉〔1〕 인천 우즈키카이 하이쿠 제8집/가을 오제 발췌 상좌 50장 역렬/고타니 단바 선	一滴	시가/하이쿠	
1	3	俳句	仁川卯月會俳句第八輯/秋五題拔萃上座五十章逆列/小谷丹葉選〈1〉〔1〕 인천 우즈키카이 하이쿠 제8집/가을 오제 발췌 상좌 50장 역렬/고타니 단바 선	松都	시가/하이쿠	
1	3	俳句	★仁川卯月會俳句第八輯/秋五題拔萃上座五十章逆列/小谷丹葉選〈1〉〔1〕 인천 우즈키카이 하이쿠 제8집/가을 오제 발췌 상좌 50장 역렬/고타니 단바 선	開城	시가/하이쿠	
1	3	俳句	仁川卯月會俳句第八輯/秋五題拔萃上座五十章逆列/小谷丹葉選〈1〉〔1〕 인천 우즈키카이 하이쿠 제8집/가을 오제 발췌 상좌 50장 역렬/고타니 단바 선	竹賀	시가/하이쿠	
1	3	俳句	仁川卯月會俳句第八輯/秋五題拔萃上座五十章逆列/小谷丹葉選〈1〉〔2〕 인천 우즈키카이 하이쿠 제8집/가을 오제 발췌 상좌 50장 역렬/고타니 단바 선	翫月	시가/하이쿠	
1	3	俳句	仁川卯月會俳句第八輯/秋五題拔萃上座五十章逆列/小谷丹葉選〈1〉〔1〕 인천 우즈키카이 하이쿠 제8집/가을 오제 발췌 상좌 50장 역렬/고타니 단바 선	如風	시가/하이쿠	
1	3	俳句	★仁川卯月會俳句第八輯/秋五題拔萃上座五十章逆列/小谷丹葉選〈1〉〔1〕 인천 우즈키카이 하이쿠 제8집/가을 오제 발췌 상좌 50장 역렬/고타니 단바 선	鉄舟	시가/하이쿠	
1	3	俳句	仁川卯月會俳句第八輯/秋五題拔萃上座五十章逆列/小谷丹葉選〈1〉〔1〕 인천 우즈키카이 하이쿠 제8집/가을 오제 발췌 상좌 50장 역렬/고타니 단바 선	竹賀	시가/하이쿠	
1	3	俳句	仁川卯月會俳句第八輯/秋五題拔萃上座五十章逆列/小谷丹葉選〈1〉〔1〕 인천 우즈키카이 하이쿠 제8집/가을 오제 발췌 상좌 50장 역렬/고타니 단바 선	柳仙	시가/하이쿠	
1	3	俳句	仁川卯月會俳句第八輯/秋五題拔萃上座五十章逆列/小谷丹葉選〈1〉〔1〕 인천 우즈키카이 하이쿠 제8집/가을 오제 발췌 상좌 50장 역렬/고타니 단바 선	竹窓	시가/하이쿠	
1	3	俳句	★仁川卯月會俳句第八輯/秋五題拔萃上座五十章逆列/小谷丹葉選〈1〉〔1〕 인천 우즈키카이 하이쿠 제8집/가을 오제 발췌 상좌 50장 역렬/고타니 단바 선	翫月	시가/하이쿠	
1	3	俳句	仁川卯月會俳句第八輯/秋五題拔萃上座五十章逆列/小谷丹葉選〈1〉〔1〕 인천 우즈키카이 하이쿠 제8집/가을 오제 발췌 상좌 50장 역렬/고타니 단바 선	如風	시가/하이쿠	
1	3	俳句	仁川卯月會俳句第八輯/秋五題拔萃上座五十章逆列/小谷丹葉選〈1〉〔1〕 인천 우즈키카이 하이쿠 제8집/가을 오제 발췌 상좌 50장 역렬/고타니 단바 선	竹賀	시가/하이쿠	
1	3	俳句	★仁川卯月會俳句第八輯/秋五題拔萃上座五十章逆列/小谷丹葉選〈1〉〔1〕 인천 우즈키카이 하이쿠 제8집/가을 오제 발췌 상좌 50장 역렬/고타니 단바 선	翫月	시가/하이쿠	
1	3	俳句	★仁川卯月會俳句第八輯/秋五題拔萃上座五十章逆列/小谷丹葉選〈1〉〔1〕 인천 우즈키카이 하이쿠 제8집/가을 오제 발췌 상좌 50장 역렬/고타니 단바 선	鉄舟	시가/하이쿠	
1	3	俳句	仁川卯月會俳句第八輯/秋五題拔萃上座五十章逆列/小谷丹葉選〈1〉〔1〕 인천 우즈키카이 하이쿠 제8집/가을 오제 발췌 상좌 50장 역렬/고타니 단바 선	翫月	시가/하이쿠	
1	3	俳句	仁川卯月會俳句第八輯/秋五題拔萃上座五十章逆列/小谷丹葉選〈1〉〔1〕 인천 우즈키카이 하이쿠 제8집/가을 오제 발췌 상좌 50장 역렬/고타니 단바 선	一滴	시가/하이쿠	
1	4~6	講談	召使お初〈154〉 시녀 오하쓰	黒法師	고단	

1911년 09월 30일 (토) 782호

지면	단수	기획	기사제목 〈회수〉〔곡수〕	필자/저자(역자)	분류	비고
1	1~2		秋の辭 가을의 문장	晩香居士	수필/기타	
1	2	新講談揭 載豫告	梁川庄八正國 야나가와 쇼하치 마사쿠니		광고/연재 예고	
1	3	文苑	其の日へ/苅萱〔1〕 그날그날/띠 베기	杉の舍主人	시가/단카	
1	3	文苑	其の日へ/秋夜長〔1〕 그날그날/가을의 긴 밤	杉の舍主人	시가/단카	
1	3	文苑	其の日へ/落葉有聲〔1〕 그날그날/낙엽 유성	杉の舍主人	시가/단카	
1	3	俳句	仁川卯月會俳句第八輯/秋五題拔萃上座五十章逆列〈2〉〔1〕 인천 우즈키카이 하이쿠 제8집/가을 오제 발췌 상좌 50장 역렬	柳仙	시가/하이쿠	
1	3	俳句	仁川卯月會俳句第八輯/秋五題拔萃上座五十章逆列〈2〉〔1〕 인천 우즈키카이 하이쿠 제8집/가을 오제 발췌 상좌 50장 역렬	一抔	시가/하이쿠	
1	3	俳句	仁川卯月會俳句第八輯/秋五題拔萃上座五十章逆列〈2〉〔1〕 인천 우즈키카이 하이쿠 제8집/가을 오제 발췌 상좌 50장 역렬	花柳	시가/하이쿠	
1	3	俳句	仁川卯月會俳句第八輯/秋五題拔萃上座五十章逆列〈2〉〔1〕 인천 우즈키카이 하이쿠 제8집/가을 오제 발췌 상좌 50장 역렬	鉄舟	시가/하이쿠	
1	3	俳句	仁川卯月會俳句第八輯/秋五題拔萃上座五十章逆列〈2〉〔1〕 인천 우즈키카이 하이쿠 제8집/가을 오제 발췌 상좌 50장 역렬	竹窓	시가/하이쿠	
1	3	俳句	仁川卯月會俳句第八輯/秋五題拔萃上座五十章逆列〈2〉〔1〕 인천 우즈키카이 하이쿠 제8집/가을 오제 발췌 상좌 50장 역렬	一滴	시가/하이쿠	
1	3	俳句	仁川卯月會俳句第八輯/秋五題拔萃上座五十章逆列〈2〉〔1〕 인천 우즈키카이 하이쿠 제8집/가을 오제 발췌 상좌 50장 역렬	一抔	시가/하이쿠	
1	3	俳句	仁川卯月會俳句第八輯/秋五題拔萃上座五十章逆列〈2〉〔1〕 인천 우즈키카이 하이쿠 제8집/가을 오제 발췌 상좌 50장 역렬	凌霜	시가/하이쿠	
1	3	俳句	仁川卯月會俳句第八輯/秋五題拔萃上座五十章逆列〈2〉〔1〕 인천 우즈키카이 하이쿠 제8집/가을 오제 발췌 상좌 50장 역렬	竹窓	시가/하이쿠	
1	3	俳句	仁川卯月會俳句第八輯/秋五題拔萃上座五十章逆列〈2〉〔1〕 인천 우즈키카이 하이쿠 제8집/가을 오제 발췌 상좌 50장 역렬	竹賀	시가/하이쿠	
1	3	俳句	仁川卯月會俳句第八輯/秋五題拔萃上座五十章逆列〈2〉〔1〕 인천 우즈키카이 하이쿠 제8집/가을 오제 발췌 상좌 50장 역렬	海南	시가/하이쿠	
1	3	俳句	仁川卯月會俳句第八輯/秋五題拔萃上座五十章逆列〈2〉〔2〕 인천 우즈키카이 하이쿠 제8집/가을 오제 발췌 상좌 50장 역렬	竹賀	시가/하이쿠	
1	3	俳句	仁川卯月會俳句第八輯/秋五題拔萃上座五十章逆列〈2〉〔1〕 인천 우즈키카이 하이쿠 제8집/가을 오제 발췌 상좌 50장 역렬	花柳	시가/하이쿠	
1	3	俳句	仁川卯月會俳句第八輯/秋五題拔萃上座五十章逆列〈2〉〔1〕 인천 우즈키카이 하이쿠 제8집/가을 오제 발췌 상좌 50장 역렬	海南	시가/하이쿠	
1	4	俳句	仁川卯月會俳句第八輯/秋五題拔萃上座五十章逆列〈2〉〔1〕 인천 우즈키카이 하이쿠 제8집/가을 오제 발췌 상좌 50장 역렬	花柳	시가/하이쿠	
1	4	俳句	仁川卯月會俳句第八輯/秋五題拔萃上座五十章逆列〈2〉〔1〕 인천 우즈키카이 하이쿠 제8집/가을 오제 발췌 상좌 50장 역렬	如風	시가/하이쿠	
1	4	俳句	仁川卯月會俳句第八輯/秋五題拔萃上座五十章逆列〈2〉〔1〕 인천 우즈키카이 하이쿠 제8집/가을 오제 발췌 상좌 50장 역렬	甑月	시가/하이쿠	
1	4	俳句	仁川卯月會俳句第八輯/秋五題拔萃上座五十章逆列〈2〉〔1〕 인천 우즈키카이 하이쿠 제8집/가을 오제 발췌 상좌 50장 역렬	一抔	시가/하이쿠	
1	4	俳句	仁川卯月會俳句第八輯/秋五題拔萃上座五十章逆列〈2〉〔1〕 인천 우즈키카이 하이쿠 제8집/가을 오제 발췌 상좌 50장 역렬	竹窓	시가/하이쿠	
1	4	俳句	仁川卯月會俳句第八輯/秋五題拔萃上座五十章逆列〈2〉〔1〕 인천 우즈키카이 하이쿠 제8집/가을 오제 발췌 상좌 50장 역렬	甑月	시가/하이쿠	
1	4	俳句	仁川卯月會俳句第八輯/秋五題拔萃上座五十章逆列〈2〉〔1〕 인천 우즈키카이 하이쿠 제8집/가을 오제 발췌 상좌 50장 역렬	是空	시가/하이쿠	

지면	단수	기획	기사제목 〈회수〉 〔곡수〕	필자/저자(역자)	분류	비고
1	4~6	講談	召使お初〈155〉 시녀 오하쓰	黒法師	고단	

1911년 10월 01일 (일) 783호

지면	단수	기획	기사제목 〈회수〉 〔곡수〕	필자/저자(역자)	분류	비고
1	2	雜錄	人生の至寶 인생의 가장 큰 보물	高橋天浪	수필/일상	
1	2	新講談揭 載豫告	梁川庄八正國 야나가와 쇼하치 마사쿠니		광고/연재 예고	
1	3	文苑	歌屑〔3〕 서툰 노래	雲遊霞宿堂主人	시가/단카	
1	3	俳句	第拾〔1〕 제십	花外	시가/하이쿠	
1	3	俳句	第九〔1〕 제구	籬庵	시가/하이쿠	
1	3	俳句	第八〔1〕 제팔	竹賀	시가/하이쿠	
1	3	俳句	第七〔1〕 제칠	如風	시가/하이쿠	
1	3	俳句	第六〔1〕 제육	鐵舟	시가/하이쿠	
1	3	俳句	第五〔1〕 제오	海南	시가/하이쿠	
1	3	俳句	第四〔1〕 제사	如風	시가/하이쿠	
1	3	俳句	人位〔1〕 인위	鐵舟	시가·수필/ 하이쿠·비평	
1	3	俳句	地位〔1〕 지위	葦洲	시가·수필/ 하이쿠·비평	
1	3	俳句	天位〔1〕 천위	竹賀	시가·수필/ 하이쿠·비평	
1	3	俳句	選者吟〔5〕 선자음	丹葉	시가/하이쿠	
1	4~5	講談	召使お初〈157〉 시녀 오하쓰	黒法師	고단	

1911년 10월 03일 (호) 784호

지면	단수	기획	기사제목 〈회수〉 〔곡수〕	필자/저자(역자)	분류	비고
1	2	新講談揭 載豫告	梁川庄八正國 야나가와 쇼하치 마사쿠니		광고/연재 예고	
1	3~4	文苑	新聞紙をよめる長歌〔1〕 신문지를 읊은 조카	加藤梅雄	시가/조카	
1	4	文苑	歌屑〔3〕 서툰 노래	雲遊霞宿堂主人	시가/단카	
1	4~7	講談	召使お初〈158〉 시녀 오하쓰	黒法師	고단	

1911년 10월 04일 (수) 785호

지면	단수	기획	기사제목 〈회수〉 〔곡수〕	필자/저자(역자)	분류	비고
1	3	新講談揭 載豫告	梁川庄八正國 야나가와 쇼하치 마사쿠니		광고/연재 예고	
1	4	文苑	歌屑〔6〕 서툰 노래	雲遊霞宿堂主人	시가/단카	
1	4~7	講談	召使お初〈159〉 시녀 오하쓰	黒法師	고단	

지면	단수	기획	기사제목 〈회수〉〔곡수〕	필자/저자(역자)	분류	비고
			1911년 10월 05일 (목) 786호			
1	2~3	雜錄	碧蹄館の一日(上) 〈1〉 벽제관의 하루(상)	エム、エー生	수필/기행	
1	3	文苑	歌屑 〔3〕 서툰 노래	雲遊霞宿堂主人	시가/단카	
1	4~7		梁川庄八 〈1〉 야나가와 쇼하치	小金井蘆州	고단	
			1911년 10월 06일 (금) 787호			
1	2~3	雜錄	碧蹄館の一日(下) 〈2〉 벽제관의 하루(하)	エム、エー生	수필/기행	
1	3~6		梁川庄八 〈2〉 야나가와 쇼하치	小金井蘆州	고단	
			1911년 10월 07일 (토) 788호			
1	3	文苑	社頭 〔1〕 신사 앞	加藤梅雄	시가/단카	
1	3	文苑	吉野懷古 〔1〕 요시노 회고	加藤梅雄	시가/단카	
1	3	文苑	弓 〔1〕 활	加藤梅雄	시가/단카	
1	3	文苑	雲 〔1〕 구름	加藤梅雄	시가/단카	
1	3	文苑	浪 〔1〕 물결	加藤梅雄	시가/단카	
1	3	文苑	源爲朝 〔1〕 미나모토노 다메토모	加藤梅雄	시가/단카	
1	3~6		梁川庄八 〈3〉 야나가와 쇼하치	小金井蘆州	고단	
			1911년 10월 08일 (일) 789호			
1	2~3	雜錄	韓山夜語 〈1〉 한산야어	ケー、エッチ生	수필/일상	
1	3	文苑	折にふれて 〔6〕 이따금	松琴生	시가/단카	
1	4~7		梁川庄八 〈4〉 야나가와 쇼하치	小金井蘆州	고단	
			1911년 10월 10일 (화) 790호			
1	3~6		梁川庄八 〈5〉 야나가와 쇼하치	小金井蘆州	고단	
			1911년 10월 11일 (수) 791호			
1	2~4	雜錄	南山の國師堂(上) 〈1〉 남산 국사당(상)	野崎小蟹	수필/기행	
1	4~7		梁川庄八 〈6〉 야나가와 쇼하치	小金井蘆州	고단	
3	5~7		「時雨日記」荒筋 「늦가을 비 일기」 줄거리		수필/기타	
			1911년 10월 12일 (목) 792호			

지면	단수	기획	기사제목 〈회수〉〔곡수〕	필자/저자(역자)	분류	비고
1	1~2	雜錄	南山の國師堂(上)〈2〉 남산 국사당(하)	野崎小蟹	수필/기행	
1	3~6		梁川庄八〈7〉 야나가와 쇼하치	小金井蘆州	고단	

1911년 10월 13일 (금) 793호

지면	단수	기획	기사제목 〈회수〉〔곡수〕	필자/저자(역자)	분류	비고
1	1~2	雜錄	汽車の六分間 기차에서 6분 동안	晚香生	수필/일상	
1	2		安養拾栗會記(上)〈1〉 안양 밤 줍기 모임 기록(상)	ぼんくら生	수필/기행	
1	3	俳句	仁川卯月會俳句第九輯/△題、月さま△/一千六百二十句中拔萃 上座 八十章 逆列/彩雲居丹葉撰〈1〉〔1〕 인천 우즈키카이 하이쿠 제9집/△주제, 달 관련△/1620구 중 발췌 상좌 80장 역렬/사이운쿄 단바 찬	田吾	시가/하이쿠	
1	3	俳句	仁川卯月會俳句第九輯/△題、月さま△/一千六百二十句中拔萃 上座 八十章 逆列/彩雲居丹葉撰〈1〉〔1〕 인천 우즈키카이 하이쿠 제9집/△주제, 달 관련△/1620구 중 발췌 상좌 80장 역렬/사이운쿄 단바 찬	柳仙	시가/하이쿠	
1	3	俳句	仁川卯月會俳句第九輯/△題、月さま△/一千六百二十句中拔萃 上座 八十章 逆列/彩雲居丹葉撰〈1〉〔1〕 인천 우즈키카이 하이쿠 제9집/△주제, 달 관련△/1620구 중 발췌 상좌 80장 역렬/사이운쿄 단바 찬	一抔	시가/하이쿠	
1	3	俳句	仁川卯月會俳句第九輯/△題、月さま△/一千六百二十句中拔萃 上座 八十章 逆列/彩雲居丹葉撰〈1〉〔1〕 인천 우즈키카이 하이쿠 제9집/△주제, 달 관련△/1620구 중 발췌 상좌 80장 역렬/사이운쿄 단바 찬	竹窓	시가/하이쿠	
1	3	俳句	仁川卯月會俳句第九輯/△題、月さま△/一千六百二十句中拔萃 上座 八十章 逆列/彩雲居丹葉撰〈1〉〔1〕 인천 우즈키카이 하이쿠 제9집/△주제, 달 관련△/1620구 중 발췌 상좌 80장 역렬/사이운쿄 단바 찬	竹賀	시가/하이쿠	
1	3	俳句	仁川卯月會俳句第九輯/△題、月さま△/一千六百二十句中拔萃 上座 八十章 逆列/彩雲居丹葉撰〈1〉〔1〕 인천 우즈키카이 하이쿠 제9집/△주제, 달 관련△/1620구 중 발췌 상좌 80장 역렬/사이운쿄 단바 찬	淇水	시가/하이쿠	
1	3	俳句	仁川卯月會俳句第九輯/△題、月さま△/一千六百二十句中拔萃 上座 八十章 逆列/彩雲居丹葉撰〈1〉〔1〕 인천 우즈키카이 하이쿠 제9집/△주제, 달 관련△/1620구 중 발췌 상좌 80장 역렬/사이운쿄 단바 찬	一滴	시가/하이쿠	
1	3	俳句	仁川卯月會俳句第九輯/△題、月さま△/一千六百二十句中拔萃 上座 八十章 逆列/彩雲居丹葉撰〈1〉〔1〕 인천 우즈키카이 하이쿠 제9집/△주제, 달 관련△/1620구 중 발췌 상좌 80장 역렬/사이운쿄 단바 찬	竹賀	시가/하이쿠	
1	3	俳句	仁川卯月會俳句第九輯/△題、月さま△/一千六百二十句中拔萃 上座 八十章 逆列/彩雲居丹葉撰〈1〉〔1〕 인천 우즈키카이 하이쿠 제9집/△주제, 달 관련△/1620구 중 발췌 상좌 80장 역렬/사이운쿄 단바 찬	醉仙	시가/하이쿠	
1	3	俳句	仁川卯月會俳句第九輯/△題、月さま△/一千六百二十句中拔萃 上座 八十章 逆列/彩雲居丹葉撰〈1〉〔1〕 인천 우즈키카이 하이쿠 제9집/△주제, 달 관련△/1620구 중 발췌 상좌 80장 역렬/사이운쿄 단바 찬	一滴	시가/하이쿠	
1	3	俳句	仁川卯月會俳句第九輯/△題、月さま△/一千六百二十句中拔萃 上座 八十章 逆列/彩雲居丹葉撰〈1〉〔1〕 인천 우즈키카이 하이쿠 제9집/△주제, 달 관련△/1620구 중 발췌 상좌 80장 역렬/사이운쿄 단바 찬	磐若	시가/하이쿠	

지면	단수	기획	기사제목 〈회수〉〔곡수〕	필자/저자(역자)	분류	비고
1	3	俳句	仁川卯月會俳句第九輯/△題、月さま〳〵/一千六百二十句中拔萃 上座 八十章 逆列/彩雲居丹葉撰 〈1〉〔1〕 인천 우즈키카이 하이쿠 제9집/△주제, 달 관련△/1620구 중 발췌 상좌 80장 역렬/사이운쿄 단바 찬	淇水	시가/하이쿠	
1	3	俳句	仁川卯月會俳句第九輯/△題、月さま〳〵/一千六百二十句中拔萃 上座 八十章 逆列/彩雲居丹葉撰 〈1〉〔1〕 인천 우즈키카이 하이쿠 제9집/△주제, 달 관련△/1620구 중 발췌 상좌 80장 역렬/사이운쿄 단바 찬	哲舟	시가/하이쿠	
1	3	俳句	仁川卯月會俳句第九輯/△題、月さま〳〵/一千六百二十句中拔萃 上座 八十章 逆列/彩雲居丹葉撰 〈1〉〔1〕 인천 우즈키카이 하이쿠 제9집/△주제, 달 관련△/1620구 중 발췌 상좌 80장 역렬/사이운쿄 단바 찬	松園	시가/하이쿠	
1	3	俳句	仁川卯月會俳句第九輯/△題、月さま〳〵/一千六百二十句中拔萃 上座 八十章 逆列/彩雲居丹葉撰 〈1〉〔1〕 인천 우즈키카이 하이쿠 제9집/△주제, 달 관련△/1620구 중 발췌 상좌 80장 역렬/사이운쿄 단바 찬	竹賀	시가/하이쿠	
1	3	俳句	仁川卯月會俳句第九輯/△題、月さま〳〵/一千六百二十句中拔萃 上座 八十章 逆列/彩雲居丹葉撰 〈1〉〔1〕 인천 우즈키카이 하이쿠 제9집/△주제, 달 관련△/1620구 중 발췌 상좌 80장 역렬/사이운쿄 단바 찬	淇水	시가/하이쿠	
1	3	俳句	仁川卯月會俳句第九輯/△題、月さま〳〵/一千六百二十句中拔萃 上座 八十章 逆列/彩雲居丹葉撰 〈1〉〔1〕 인천 우즈키카이 하이쿠 제9집/△주제, 달 관련△/1620구 중 발췌 상좌 80장 역렬/사이운쿄 단바 찬	白神	시가/하이쿠	
1	3	俳句	仁川卯月會俳句第九輯/△題、月さま〳〵/一千六百二十句中拔萃 上座 八十章 逆列/彩雲居丹葉撰 〈1〉〔1〕 인천 우즈키카이 하이쿠 제9집/△주제, 달 관련△/1620구 중 발췌 상좌 80장 역렬/사이운쿄 단바 찬	一雫	시가/하이쿠	
1	3	俳句	仁川卯月會俳句第九輯/△題、月さま〳〵/一千六百二十句中拔萃 上座 八十章 逆列/彩雲居丹葉撰 〈1〉〔1〕 인천 우즈키카이 하이쿠 제9집/△주제, 달 관련△/1620구 중 발췌 상좌 80장 역렬/사이운쿄 단바 찬	柳仙	시가/하이쿠	
1	3	俳句	仁川卯月會俳句第九輯/△題、月さま〳〵/一千六百二十句中拔萃 上座 八十章 逆列/彩雲居丹葉撰 〈1〉〔1〕 인천 우즈키카이 하이쿠 제9집/△주제, 달 관련△/1620구 중 발췌 상좌 80장 역렬/사이운쿄 단바 찬	一抔	시가/하이쿠	
1	3	俳句	仁川卯月會俳句第九輯/△題、月さま〳〵/一千六百二十句中拔萃 上座 八十章 逆列/彩雲居丹葉撰 〈1〉〔1〕 인천 우즈키카이 하이쿠 제9집/△주제, 달 관련△/1620구 중 발췌 상좌 80장 역렬/사이운쿄 단바 찬	竹香	시가/하이쿠	
1	3	俳句	仁川卯月會俳句第九輯/△題、月さま〳〵/一千六百二十句中拔萃 上座 八十章 逆列/彩雲居丹葉撰 〈1〉〔1〕 인천 우즈키카이 하이쿠 제9집/△주제, 달 관련△/1620구 중 발췌 상좌 80장 역렬/사이운쿄 단바 찬	淇水	시가/하이쿠	
1	3	俳句	仁川卯月會俳句第九輯/△題、月さま〳〵/一千六百二十句中拔萃 上座 八十章 逆列/彩雲居丹葉撰 〈1〉〔1〕 인천 우즈키카이 하이쿠 제9집/△주제, 달 관련△/1620구 중 발췌 상좌 80장 역렬/사이운쿄 단바 찬	松園	시가/하이쿠	
1	4~6		梁川庄八 〈8〉 야나가와 쇼하치	小金井蘆州	고단	

1911년 10월 14일 (토) 794호

지면	단수	기획	기사제목 〈회수〉〔곡수〕	필자/저자(역자)	분류	비고
1	2~3	雜錄	汽車の六分間 기차에서 6분 동안	晚香生	수필/일상	
1	3~6		梁川庄八 〈9〉 야나가와 쇼하치	小金井蘆州	고단	

지면	단수	기획	기사제목 〈회수〉 〔곡수〕	필자/저자(역자)	분류	비고
3	4		狂言 正直大名(上) 〈1〉 교겐 정직 다이묘(상)	吳	교겐	

1911년 10월 15일 (일) 795호

지면	단수	기획	기사제목 〈회수〉 〔곡수〕	필자/저자(역자)	분류	비고
1	2	文苑	獵期迫る 사냥철이 다가오다	匿名氏	수필/일상	
1	2	文苑	妻を送る 아내를 배웅하다	淚舟	시가/자유시	
1	3	俳句	仁川卯月會俳句第九輯/△題、月さま∧△ 〈2〉〔1〕 인천 우즈키카이 하이쿠 제9집/△주제, 달 관련△	甑月	시가/하이쿠	
1	3	俳句	仁川卯月會俳句第九輯/△題、月さま∧△ 〈2〉〔1〕 인천 우즈키카이 하이쿠 제9집/△주제, 달 관련△	凌霜	시가/하이쿠	
1	3	俳句	仁川卯月會俳句第九輯/△題、月さま∧△ 〈2〉〔1〕 인천 우즈키카이 하이쿠 제9집/△주제, 달 관련△	竹香	시가/하이쿠	
1	3	俳句	仁川卯月會俳句第九輯/△題、月さま∧△ 〈2〉〔1〕 인천 우즈키카이 하이쿠 제9집/△주제, 달 관련△	竹賀	시가/하이쿠	
1	3	俳句	仁川卯月會俳句第九輯/△題、月さま∧△ 〈2〉〔1〕 인천 우즈키카이 하이쿠 제9집/△주제, 달 관련△	枯柳	시가/하이쿠	
1	3	俳句	仁川卯月會俳句第九輯/△題、月さま∧△ 〈2〉〔1〕 인천 우즈키카이 하이쿠 제9집/△주제, 달 관련△	松園	시가/하이쿠	
1	3	俳句	仁川卯月會俳句第九輯/△題、月さま∧△ 〈2〉〔1〕 인천 우즈키카이 하이쿠 제9집/△주제, 달 관련△	里石	시가/하이쿠	
1	3	俳句	仁川卯月會俳句第九輯/△題、月さま∧△ 〈2〉〔1〕 인천 우즈키카이 하이쿠 제9집/△주제, 달 관련△	柳仙	시가/하이쿠	
1	3	俳句	仁川卯月會俳句第九輯/△題、月さま∧△ 〈2〉〔1〕 인천 우즈키카이 하이쿠 제9집/△주제, 달 관련△	一滴	시가/하이쿠	
1	3	俳句	仁川卯月會俳句第九輯/△題、月さま∧△ 〈2〉〔1〕 인천 우즈키카이 하이쿠 제9집/△주제, 달 관련△	磐若	시가/하이쿠	
1	3	俳句	仁川卯月會俳句第九輯/△題、月さま∧△ 〈2〉〔1〕 인천 우즈키카이 하이쿠 제9집/△주제, 달 관련△	哲舟	시가/하이쿠	
1	3	俳句	仁川卯月會俳句第九輯/△題、月さま∧△ 〈2〉〔1〕 인천 우즈키카이 하이쿠 제9집/△주제, 달 관련△	竹賀	시가/하이쿠	
1	3	俳句	仁川卯月會俳句第九輯/△題、月さま∧△ 〈2〉〔1〕 인천 우즈키카이 하이쿠 제9집/△주제, 달 관련△	一抔	시가/하이쿠	
1	3	俳句	仁川卯月會俳句第九輯/△題、月さま∧△ 〈2〉〔1〕 인천 우즈키카이 하이쿠 제9집/△주제, 달 관련△	色葉	시가/하이쿠	
1	3	俳句	仁川卯月會俳句第九輯/△題、月さま∧△ 〈2〉〔1〕 인천 우즈키카이 하이쿠 제9집/△주제, 달 관련△	甑月	시가/하이쿠	
1	3	俳句	仁川卯月會俳句第九輯/△題、月さま∧△ 〈2〉〔1〕 인천 우즈키카이 하이쿠 제9집/△주제, 달 관련△	竹窓	시가/하이쿠	
1	3	俳句	仁川卯月會俳句第九輯/△題、月さま∧△ 〈2〉〔1〕 인천 우즈키카이 하이쿠 제9집/△주제, 달 관련△	是空	시가/하이쿠	
1	3	俳句	仁川卯月會俳句第九輯/△題、月さま∧△ 〈2〉〔1〕 인천 우즈키카이 하이쿠 제9집/△주제, 달 관련△	花柳	시가/하이쿠	
1	3	俳句	仁川卯月會俳句第九輯/△題、月さま∧△ 〈2〉〔1〕 인천 우즈키카이 하이쿠 제9집/△주제, 달 관련△	一滴	시가/하이쿠	
1	3	俳句	仁川卯月會俳句第九輯/△題、月さま∧△ 〈2〉〔1〕 인천 우즈키카이 하이쿠 제9집/△주제, 달 관련△	竹窓	시가/하이쿠	
1	3	俳句	仁川卯月會俳句第九輯/△題、月さま∧△ 〈2〉〔1〕 인천 우즈키카이 하이쿠 제9집/△주제, 달 관련△	凌霜	시가/하이쿠	
1	3	俳句	仁川卯月會俳句第九輯/△題、月さま∧△ 〈2〉〔1〕 인천 우즈키카이 하이쿠 제9집/△주제, 달 관련△	是空	시가/하이쿠	

지면	단수	기획	기사제목 〈회수〉〔곡수〕	필자/저자(역자)	분류	비고
1	3	俳句	仁川卯月會俳句第九輯/△題、月さま〴〵△〈2〉〔1〕 인천 우즈키카이 하이쿠 제9집/△주제, 달 관련△	一雫	시가/하이쿠	
1	3	俳句	仁川卯月會俳句第九輯/△題、月さま〴〵△〈2〉〔1〕 인천 우즈키카이 하이쿠 제9집/△주제, 달 관련△	里石	시가/하이쿠	
1	3	俳句	仁川卯月會俳句第九輯/△題、月さま〴〵△〈2〉〔1〕 인천 우즈키카이 하이쿠 제9집/△주제, 달 관련△	柳仙	시가/하이쿠	
1	3	俳句	仁川卯月會俳句第九輯/△題、月さま〴〵△〈2〉〔1〕 인천 우즈키카이 하이쿠 제9집/△주제, 달 관련△	一抔	시가/하이쿠	
1	3	俳句	仁川卯月會俳句第九輯/△題、月さま〴〵△〈2〉〔1〕 인천 우즈키카이 하이쿠 제9집/△주제, 달 관련△	梅華	시가/하이쿠	
1	3	俳句	仁川卯月會俳句第九輯/△題、月さま〴〵△〈2〉〔1〕 인천 우즈키카이 하이쿠 제9집/△주제, 달 관련△	一樹	시가/하이쿠	
1	3~6		梁川庄八〈9〉 야나가와 쇼하치	小金井蘆州	고단	회수 오류
3	1~2		和魂 일본의 정신	高橋天浪	수필/기타	
3	2		眞勇とは何ぞ 진정한 용기란 무엇인가	高橋天浪	수필/기타	

1911년 10월 17일 (화) 796호

지면	단수	기획	기사제목 〈회수〉〔곡수〕	필자/저자(역자)	분류	비고
1	1~2	雜錄	朝鮮史蹟 倭城臺(上)〈1〉 조선 사적 왜성대(상)	京城 冥冥生	수필/기타	
1	2	俳句	仁川卯月會俳句第九輯/△題、月さま〴〵△/一千六百二十句中拔萃 上座 八十章 逆列/彩雲居丹葉撰〈3〉〔1〕 인천 우즈키카이 하이쿠 제9집/△주제, 달 관련△/1620구 중 발췌 상좌 80장 역렬/사이운쿄 단바 찬	是空	시가/하이쿠	
1	2	俳句	仁川卯月會俳句第九輯/△題、月さま〴〵△/一千六百二十句中拔萃 上座 八十章 逆列/彩雲居丹葉撰〈3〉〔1〕 인천 우즈키카이 하이쿠 제9집/△주제, 달 관련△/1620구 중 발췌 상좌 80장 역렬/사이운쿄 단바 찬	凌霜	시가/하이쿠	
1	2	俳句	仁川卯月會俳句第九輯/△題、月さま〴〵△/一千六百二十句中拔萃 上座 八十章 逆列/彩雲居丹葉撰〈3〉〔1〕 인천 우즈키카이 하이쿠 제9집/△주제, 달 관련△/1620구 중 발췌 상좌 80장 역렬/사이운쿄 단바 찬	海南	시가/하이쿠	
1	2	俳句	仁川卯月會俳句第九輯/△題、月さま〴〵△/一千六百二十句中拔萃 上座 八十章 逆列/彩雲居丹葉撰〈3〉〔1〕 인천 우즈키카이 하이쿠 제9집/△주제, 달 관련△/1620구 중 발췌 상좌 80장 역렬/사이운쿄 단바 찬	竹賀	시가/하이쿠	
1	2	俳句	仁川卯月會俳句第九輯/△題、月さま〴〵△/一千六百二十句中拔萃 上座 八十章 逆列/彩雲居丹葉撰〈3〉〔1〕 인천 우즈키카이 하이쿠 제9집/△주제, 달 관련△/1620구 중 발췌 상좌 80장 역렬/사이운쿄 단바 찬	梅華	시가/하이쿠	
1	2	俳句	仁川卯月會俳句第九輯/△題、月さま〴〵△/一千六百二十句中拔萃 上座 八十章 逆列/彩雲居丹葉撰〈3〉〔1〕 인천 우즈키카이 하이쿠 제9집/△주제, 달 관련△/1620구 중 발췌 상좌 80장 역렬/사이운쿄 단바 찬	甑月	시가/하이쿠	
1	2	俳句	仁川卯月會俳句第九輯/△題、月さま〴〵△/一千六百二十句中拔萃 上座 八十章 逆列/彩雲居丹葉撰〈3〉〔1〕 인천 우즈키카이 하이쿠 제9집/△주제, 달 관련△/1620구 중 발췌 상좌 80장 역렬/사이운쿄 단바 찬	一滴	시가/하이쿠	
1	2	俳句	仁川卯月會俳句第九輯/△題、月さま〴〵△/一千六百二十句中拔萃 上座 八十章 逆列/彩雲居丹葉撰〈3〉〔1〕 인천 우즈키카이 하이쿠 제9집/△주제, 달 관련△/1620구 중 발췌 상좌 80장 역렬/사이운쿄 단바 찬	開城 松都	시가/하이쿠	

지면	단수	기획	기사제목 〈회수〉〔곡수〕	필자/저자(역자)	분류	비고
1	2	俳句	仁川卯月會俳句第九輯/△題、月さま△/一千六百二十句中拔萃 上座 八十章 逆列/彩雲居丹葉撰 〈3〉〔1〕 인천 우즈키카이 하이쿠 제9집/△주제, 달 관련△/1620구 중 발췌 상좌 80장 역렬/사이운쿄 단바 찬	田吾	시가/하이쿠	
1	2	俳句	仁川卯月會俳句第九輯/△題、月さま△/一千六百二十句中拔萃 上座 八十章 逆列/彩雲居丹葉撰 〈3〉〔1〕 인천 우즈키카이 하이쿠 제9집/△주제, 달 관련△/1620구 중 발췌 상좌 80장 역렬/사이운쿄 단바 찬	一樹	시가/하이쿠	
1	2	俳句	仁川卯月會俳句第九輯/△題、月さま△/一千六百二十句中拔萃 上座 八十章 逆列/彩雲居丹葉撰 〈3〉〔1〕 인천 우즈키카이 하이쿠 제9집/△주제, 달 관련△/1620구 중 발췌 상좌 80장 역렬/사이운쿄 단바 찬	是空	시가/하이쿠	
1	2	俳句	仁川卯月會俳句第九輯/△題、月さま△/一千六百二十句中拔萃 上座 八十章 逆列/彩雲居丹葉撰 〈3〉〔1〕 인천 우즈키카이 하이쿠 제9집/△주제, 달 관련△/1620구 중 발췌 상좌 80장 역렬/사이운쿄 단바 찬	凌霜	시가/하이쿠	
1	2	俳句	仁川卯月會俳句第九輯/△題、月さま△/一千六百二十句中拔萃 上座 八十章 逆列/彩雲居丹葉撰 〈3〉〔1〕 인천 우즈키카이 하이쿠 제9집/△주제, 달 관련△/1620구 중 발췌 상좌 80장 역렬/사이운쿄 단바 찬	梅華	시가/하이쿠	
1	2	俳句	仁川卯月會俳句第九輯/△題、月さま△/一千六百二十句中拔萃 上座 八十章 逆列/彩雲居丹葉撰 〈3〉〔1〕 인천 우즈키카이 하이쿠 제9집/△주제, 달 관련△/1620구 중 발췌 상좌 80장 역렬/사이운쿄 단바 찬	一抔	시가/하이쿠	
1	2	俳句	仁川卯月會俳句第九輯/△題、月さま△/一千六百二十句中拔萃 上座 八十章 逆列/彩雲居丹葉撰 〈3〉〔1〕 인천 우즈키카이 하이쿠 제9집/△주제, 달 관련△/1620구 중 발췌 상좌 80장 역렬/사이운쿄 단바 찬	一樹	시가/하이쿠	
1	2	俳句	仁川卯月會俳句第九輯/△題、月さま△/一千六百二十句中拔萃 上座 八十章 逆列/彩雲居丹葉撰 〈3〉〔1〕 인천 우즈키카이 하이쿠 제9집/△주제, 달 관련△/1620구 중 발췌 상좌 80장 역렬/사이운쿄 단바 찬	甑月	시가/하이쿠	
1	2	俳句	仁川卯月會俳句第九輯/△題、月さま△/一千六百二十句中拔萃 上座 八十章 逆列/彩雲居丹葉撰 〈3〉〔1〕 인천 우즈키카이 하이쿠 제9집/△주제, 달 관련△/1620구 중 발췌 상좌 80장 역렬/사이운쿄 단바 찬	竹賀	시가/하이쿠	
1	2	俳句	仁川卯月會俳句第九輯/△題、月さま△/一千六百二十句中拔萃 上座 八十章 逆列/彩雲居丹葉撰 〈3〉〔1〕 인천 우즈키카이 하이쿠 제9집/△주제, 달 관련△/1620구 중 발췌 상좌 80장 역렬/사이운쿄 단바 찬	一滴	시가/하이쿠	
1	2	俳句	仁川卯月會俳句第九輯/△題、月さま△/一千六百二十句中拔萃 上座 八十章 逆列/彩雲居丹葉撰 〈3〉〔1〕 인천 우즈키카이 하이쿠 제9집/△주제, 달 관련△/1620구 중 발췌 상좌 80장 역렬/사이운쿄 단바 찬	白神	시가/하이쿠	
1	2	俳句	仁川卯月會俳句第九輯/△題、月さま△/一千六百二十句中拔萃 上座 八十章 逆列/彩雲居丹葉撰/第十 〈3〉〔1〕 인천 우즈키카이 하이쿠 제9집/△주제, 달 관련△/1620구 중 발췌 상좌 80장 역렬/사이운쿄 단바 찬/제십	色葉	시가·수필/ 하이쿠·비평	
1	2	俳句	仁川卯月會俳句第九輯/△題、月さま△/一千六百二十句中拔萃 上座 八十章 逆列/彩雲居丹葉撰/第九 〈3〉〔1〕 인천 우즈키카이 하이쿠 제9집/△주제, 달 관련△/1620구 중 발췌 상좌 80장 역렬/사이운쿄 단바 찬/제구	柳仙	시가·수필/ 하이쿠·비평	
1	3	俳句	仁川卯月會俳句第九輯/△題、月さま△/一千六百二十句中拔萃 上座 八十章 逆列/彩雲居丹葉撰/第八 〈3〉〔1〕 인천 우즈키카이 하이쿠 제9집/△주제, 달 관련△/1620구 중 발췌 상좌 80장 역렬/사이운쿄 단바 찬/제팔	一滴	시가·수필/ 하이쿠·비평	
1	3	文苑	折にふれて〔5〕 이따금	松琴生	시가/단카	

지면	단수	기획	기사제목 〈회수〉〔곡수〕	필자/저자(역자)	분류	비고
1	3~6		梁川庄八 〈11〉 야나가와 쇼하치	小金井蘆州	고단	
3	4~5		狂言 正直大名(下) 〈2〉 교겐 정직 다이묘(하)	吳	교겐	

1911년 10월 19일 (목) 797호

지면	단수	기획	기사제목 〈회수〉〔곡수〕	필자/저자(역자)	분류	비고
1	2~3	雜錄	朝鮮史蹟 倭城臺(下) 〈2〉 조선사적 왜성대(하)	京城 南冥生	수필/기타	
1	4~7		梁川庄八 〈12〉 야나가와 쇼하치	小金井蘆州	고단	

1911년 10월 20일 (금) 798호

지면	단수	기획	기사제목 〈회수〉〔곡수〕	필자/저자(역자)	분류	비고
1	2~3	雜錄	京元線初乘記(上) 〈1〉 경원선 첫 승차 기록(상)	松琴生	수필/기행	
1	3~6		梁川庄八 〈13〉 야나가와 쇼하치	小金井蘆州	고단	
2	4		謹告 新年御歌會御題「松上鶴」 근고 신년 어가회 어제「소나무 위 두루미」		광고/모집 광고	

1911년 10월 21일 (토) 799호

지면	단수	기획	기사제목 〈회수〉〔곡수〕	필자/저자(역자)	분류	비고
1	1~2	雜錄	新領土の舊山河 〈1〉 새로운 영토의 옛 산하	吳越	수필/기타	
1	2~3	雜錄	議政府探勝記 〈1〉 의정부 탐승기	半風庵	수필/기행	
1	3~6		梁川庄八 〈14〉 야나가와 쇼하치	小金井蘆州	고단	
2	5		謹告 新年御歌會御題「松上鶴」 근고 신년 어가회 어제「소나무 위 두루미」		광고/모집 광고	
3	1	俳句	仁川卯月會俳句第九輯/△題、月さま〰△/一千六百二十句中拔萃 上座 八十章 逆列/彩雲居丹葉撰/第七 〈3〉〔1〕 인천 우즈키카이 하이쿠 제9집/△주제, 달 관련△/1620구 중 발췌 상좌 80장 역렬/사이운쿄 단바 찬/제칠	哲舟	시가·수필/ 하이쿠·비평	
3	1	俳句	仁川卯月會俳句第九輯/△題、月さま〰△/一千六百二十句中拔萃 上座 八十章 逆列/彩雲居丹葉撰/第六 〈3〉〔1〕 인천 우즈키카이 하이쿠 제9집/△주제, 달 관련△/1620구 중 발췌 상좌 80장 역렬/사이운쿄 단바 찬/제륙	是空	시가·수필/ 하이쿠·비평	
3	1	俳句	仁川卯月會俳句第九輯/△題、月さま〰△/一千六百二十句中拔萃 上座 八十章 逆列/彩雲居丹葉撰/第五 〈3〉〔1〕 인천 우즈키카이 하이쿠 제9집/△주제, 달 관련△/1620구 중 발췌 상좌 80장 역렬/사이운쿄 단바 찬/제오	醉仙	시가·수필/ 하이쿠·비평	
3	1	俳句	仁川卯月會俳句第九輯/△題、月さま〰△/一千六百二十句中拔萃 上座 八十章 逆列/彩雲居丹葉撰/第四 〈3〉〔1〕 인천 우즈키카이 하이쿠 제9집/△주제, 달 관련△/1620구 중 발췌 상좌 80장 역렬/사이운쿄 단바 찬/제사	竹窓	시가·수필/ 하이쿠·비평	
3	1~2		京元線初乘記 〈2〉 경원선 첫 승차 기록	松琴生	수필/기행	

1911년 10월 22일 (일) 800호

지면	단수	기획	기사제목 〈회수〉〔곡수〕	필자/저자(역자)	분류	비고
1	1	雜錄	新領土の舊山河 〈2〉 새로운 영토의 옛 산하	吳越	수필/기타	
1	2~3	雜錄	議政府探勝記 〈2〉 의정부 탐승기	半風庵	수필/기행	

지면	단수	기획	기사제목 〈회수〉 〔곡수〕	필자/저자(역자)	분류	비고
1	4~6		梁川庄八 〈15〉 야나가와 쇼하치	小金井蘆州	고단	
2	5		謹告 新年御歌會御題「松上鶴」〈10〉 근고 신년 어가회 어제「소나무 위 두루미」		광고/모집 광고	

1911년 10월 24일 (화) 801호

지면	단수	기획	기사제목 〈회수〉 〔곡수〕	필자/저자(역자)	분류	비고
1	1~2	雜錄	議政府探勝記 〈3〉 의정부 탐승기	半風庵	수필/기행	
1	2	俳句	仁川卯月會俳句第九輯/△題、月さま〈ヽ〉△/一千六百二十句中拔萃 上座 八十章 逆列/彩雲居丹葉撰/人位 〈4〉〔1〕 인천 우즈키카이 하이쿠 제9집/△주제, 달 관련△/1620구 중 발췌 상좌 80장 역렬/사이운쿄 단바 찬/인위	海奉	시가·수필/ 하이쿠·비평	
1	2	俳句	仁川卯月會俳句第九輯/△題、月さま〈ヽ〉△/一千六百二十句中拔萃 上座 八十章 逆列/彩雲居丹葉撰/地位 〈4〉〔1〕 인천 우즈키카이 하이쿠 제9집/△주제, 달 관련△/1620구 중 발췌 상좌 80장 역렬/사이운쿄 단바 찬/지위	哲舟	시가·수필/ 하이쿠·비평	
1	2~3	俳句	仁川卯月會俳句第九輯/△題、月さま〈ヽ〉△/一千六百二十句中拔萃 上座 八十章 逆列/彩雲居丹葉撰/天位 〈4〉〔1〕 인천 우즈키카이 하이쿠 제9집/△주제, 달 관련△/1620구 중 발췌 상좌 80장 역렬/사이운쿄 단바 찬/천위	竹賀	시가·수필/ 하이쿠·비평	
1	3	俳句	仁川卯月會俳句第九輯/△題、月さま〈ヽ〉△/一千六百二十句中拔萃 上座 八十章 逆列/彩雲居丹葉撰/予が選評の拙きを恥ぢて 〈4〉〔1〕 인천 우즈키카이 하이쿠 제9집/△주제, 달 관련△/1620구 중 발췌 상좌 80장 역렬/사이운쿄 단바 찬/자신의 선평이 치졸함을 부끄러워하며	丹葉	시가/하이쿠	
1	3~6		梁川庄八 〈16〉 야나가와 쇼하치	小金井蘆州	고단	

1911년 10월 25일 (수) 802호

지면	단수	기획	기사제목 〈회수〉 〔곡수〕	필자/저자(역자)	분류	비고
1	1~2	雜錄	新領土の舊山河 〈3〉 새로운 영토의 옛 산하	吳越	수필/기타	
1	2~3	雜錄	議政府探勝記 〈4〉 의정부 탐승기	半風庵	수필/기행	
1	3	文苑	(제목없음) 〔2〕	加藤梅雄	시가/단카	
1	3	文苑	(제목없음) 〔1〕	渡邊玄哲	시가/단카	
1	3	文苑	(제목없음) 〔1〕	加藤梅雄	시가/단카	
1	4~7		梁川庄八 〈17〉 야나가와 쇼하치	小金井蘆州	고단	

1911년 10월 26일 (목) 803호

지면	단수	기획	기사제목 〈회수〉 〔곡수〕	필자/저자(역자)	분류	비고
1	1~2	雜錄	新領土の舊山河 〈4〉 새로운 영토의 옛 산하	吳越	수필/기타	
1	2		變哲學 변화의 철학	夢涯子	수필/비평	
1	2	文苑	折にふれて 〔5〕 이따금	松琴生	시가/단카	
1	3~6		梁川庄八 〈18〉 야나가와 쇼하치	小金井蘆州	고단	

1911년 10월 27일 (금) 804호

지면	단수	기획	기사제목 〈회수〉〔곡수〕	필자/저자(역자)	분류	비고
1	1~2	雜錄	新領土の舊山河 〈5〉 새로운 영토의 옛 산하	吳越	수필/기타	
1	2~3		變哲學 변화의 철학	夢涯子	수필/비평	
1	3~6		梁川庄八 〈19〉 야나가와 쇼하치	小金井蘆州	고단	

1911년 10월 28일 (토) 805호

지면	단수	기획	기사제목	필자/저자(역자)	분류	비고
1	1~2	雜錄	不平家と良民 불평가와 양민	吳越	수필/비평	
1	3~6		梁川庄八 〈20〉 야나가와 쇼하치	小金井蘆州	고단	

1911년 10월 29일 (일) 806호

지면	단수	기획	기사제목	필자/저자(역자)	분류	비고
1	2~3		變哲學 변화의 철학	夢涯子	수필/비평	
1	3~6		梁川庄八 〈21〉 야나가와 쇼하치	小金井蘆州	고단	

1911년 10월 31일 (화) 807호

지면	단수	기획	기사제목	필자/저자(역자)	분류	비고
1	2		新領土の舊山河 〈6〉 새로운 영토의 옛 산하	吳越	수필/기타	
1	3~6		梁川庄八 〈22〉 야나가와 쇼하치	小金井蘆州	고단	

1911년 11월 01일 (수) 808호

지면	단수	기획	기사제목	필자/저자(역자)	분류	비고
1	2~3	雜錄	新領土の舊山河 〈7〉 새로운 영토의 옛 산하	吳越	수필/기타	
1	3~6		梁川庄八 〈23〉 야나가와 쇼하치	小金井蘆州	고단	

1911년 11월 02일 (목) 809호

지면	단수	기획	기사제목	필자/저자(역자)	분류	비고
1	1~2	雜錄	新領土の舊山河 〈8〉 새로운 영토의 옛 산하	吳越	수필/기타	
1	3~6		梁川庄八 〈24〉 야나가와 쇼하치	小金井蘆州	고단	

1911년 11월 03일 (금) 810호

지면	단수	기획	기사제목	필자/저자(역자)	분류	비고
1	4~5	雜錄	新領土の舊山河 〈9〉 새로운 영토의 옛 산하	吳越	수필/기타	
1	5~7		評論の評論 〈1〉 평론의 평론	愚翁	수필/비평	

1911년 11월 05일 (일) 811호

지면	단수	기획	기사제목	필자/저자(역자)	분류	비고
1	2~3	雜錄	ひかへ帳 〈1〉 비망록	かもめ	수필/일상	
1	4~6		梁川庄八 〈26〉 야나가와 쇼하치	小金井蘆州	고단	

1911년 11월 07일 (화) 812호

지면	단수	기획	기사제목	필자/저자(역자)	분류	비고
1	3~6		梁川庄八 〈26〉 야나가와 쇼하치	小金井蘆州	고단	회수 오류

지면	단수	기획	기사제목 〈회수〉〔곡수〕	필자/저자(역자)	분류	비고

1911년 11월 08일 (수) 813호

지면	단수	기획	기사제목 〈회수〉〔곡수〕	필자/저자(역자)	분류	비고
1	4~6		梁川庄八 〈28〉 야나가와 쇼하치	小金井蘆州	고단	

1911년 11월 09일 (목) 814호

지면	단수	기획	기사제목 〈회수〉〔곡수〕	필자/저자(역자)	분류	비고
1	2~3		ひかへ帳 〈2〉 비망록	かもめ	수필/일상	
1	4~6		梁川庄八 〈29〉 야나가와 쇼하치	小金井蘆州	고단	

1911년 11월 10일 (금) 815호

지면	단수	기획	기사제목 〈회수〉〔곡수〕	필자/저자(역자)	분류	비고
1	3	文苑	明治四十四年長天節の日よみ奉る〔1〕 메이지 44년 천장절 날 지어 올리다	加藤梅雄	시가/단카	
1	3	文苑	芳野懷古といふ心を〔1〕 요시노 회고라는 마음을	加藤梅雄	시가/단카	
1	3	文苑	源顯家〔1〕 미나모토노 아키이에	加藤梅雄	시가/단카	
1	3	文苑	我友木內ぬしの母なる人のみまかられたる日よみてつかはしける〔1〕 나의 벗 기우치의 어머니께서 타계하신 날 지어 보내다	加藤梅雄	시가/단카	
1	3	文苑	折にふれて〔1〕 이따금	加藤梅雄	시가/단카	
1	3	文苑	擣衣〔1〕 다듬이질	加藤梅雄	시가/단카	
1	3	文苑	暮秋夕〔1〕 저무는 가을밤	加藤梅雄	시가/단카	
1	4~6		梁川庄八 〈30〉 야나가와 쇼하치	小金井蘆州	고단	

1911년 11월 11일 (토) 816호

지면	단수	기획	기사제목 〈회수〉〔곡수〕	필자/저자(역자)	분류	비고
1	1~2	雜錄	ひかへ帳 〈3〉 비망록	かもめ	수필/일상	
1	3	俳句	新報俳壇 花もみじ吟〔15〕 신보 하이단 꽃과 단풍을 읊다	野崎小蟹	시가/하이쿠	
1	3~6		梁川庄八 〈31〉 야나가와 쇼하치	小金井蘆州	고단	

1911년 11월 12일 (일) 817호

지면	단수	기획	기사제목 〈회수〉〔곡수〕	필자/저자(역자)	분류	비고
1	4~7		梁川庄八 〈32〉 야나가와 쇼하치	小金井蘆州	고단	

1911년 11월 14일 (화) 819호

지면	단수	기획	기사제목 〈회수〉〔곡수〕	필자/저자(역자)	분류	비고
1	1~2		哈爾賓より 하얼빈에서	釋尾旭邦	수필/서간	
1	2~3	文苑	短歌〔7〕 단카	芦酒舍	시가/단카	
1	3	俳句	仁川卯月會俳句第九輯/▲題、菊いろへ(奉祝天長節佳節併祈國家安靜)/一字勝手詠込/俳句一千四百章中拔萃上座五十章逆列/彩雲居丹葉選〈1〉〔5〕 인천 우즈키카이 하이쿠 제9집/▲주제, 국화 관련(봉축 천장절 가절 및 국가 안정 기원)/1자 임의로 넣어 작시/하이쿠 1400장 중 발췌 상좌 50장 역렬/사이운쿄 단바 선		시가/하이쿠	

지면	단수	기획	기사제목 〈회수〉〔곡수〕	필자/저자(역자)	분류	비고
1	3	俳句	仁川卯月會俳句第九輯/▲題、菊いろへ(奉祝天長節佳節併祈國家安靜)/一字勝手詠込/俳句一千四百章中拔萃上座五十章逆列/彩雲居丹葉選〈1〉〔1〕 인천 우즈키카이 하이쿠 제9집/▲주제, 국화 관련(봉축 천장절 가절 및 국가 안정 기원)/1자 임의로 넣어 작시/하이쿠 1400장 중 발췌 상좌 50장 역렬/사이운쿄 단바 선	柳仙	시가/하이쿠	
1	3	俳句	仁川卯月會俳句第九輯/▲題、菊いろへ(奉祝天長節佳節併祈國家安靜)/一字勝手詠込/俳句一千四百章中拔萃上座五十章逆列/彩雲居丹葉選〈1〉〔1〕 인천 우즈키카이 하이쿠 제9집/▲주제, 국화 관련(봉축 천장절 가절 및 국가 안정 기원)/1자 임의로 넣어 작시/하이쿠 1400장 중 발췌 상좌 50장 역렬/사이운쿄 단바 선	松都	시가/하이쿠	
1	3	俳句	仁川卯月會俳句第九輯/▲題、菊いろへ(奉祝天長節佳節併祈國家安靜)/一字勝手詠込/俳句一千四百章中拔萃上座五十章逆列/彩雲居丹葉選〈1〉〔1〕 인천 우즈키카이 하이쿠 제9집/▲주제, 국화 관련(봉축 천장절 가절 및 국가 안정 기원)/1자 임의로 넣어 작시/하이쿠 1400장 중 발췌 상좌 50장 역렬/사이운쿄 단바 선	柳仙	시가/하이쿠	
1	3	俳句	仁川卯月會俳句第九輯/▲題、菊いろへ(奉祝天長節佳節併祈國家安靜)/一字勝手詠込/俳句一千四百章中拔萃上座五十章逆列/彩雲居丹葉選〈1〉〔1〕 인천 우즈키카이 하이쿠 제9집/▲주제, 국화 관련(봉축 천장절 가절 및 국가 안정 기원)/1자 임의로 넣어 작시/하이쿠 1400장 중 발췌 상좌 50장 역렬/사이운쿄 단바 선	海南	시가/하이쿠	
1	3	俳句	仁川卯月會俳句第九輯/▲題、菊いろへ(奉祝天長節佳節併祈國家安靜)/一字勝手詠込/俳句一千四百章中拔萃上座五十章逆列/彩雲居丹葉選〈1〉〔1〕 인천 우즈키카이 하이쿠 제9집/▲주제, 국화 관련(봉축 천장절 가절 및 국가 안정 기원)/1자 임의로 넣어 작시/하이쿠 1400장 중 발췌 상좌 50장 역렬/사이운쿄 단바 선	梅園	시가/하이쿠	
1	3	俳句	仁川卯月會俳句第九輯/▲題、菊いろへ(奉祝天長節佳節併祈國家安靜)/一字勝手詠込/俳句一千四百章中拔萃上座五十章逆列/彩雲居丹葉選〈1〉〔1〕 인천 우즈키카이 하이쿠 제9집/▲주제, 국화 관련(봉축 천장절 가절 및 국가 안정 기원)/1자 임의로 넣어 작시/하이쿠 1400장 중 발췌 상좌 50장 역렬/사이운쿄 단바 선	竹賀	시가/하이쿠	
1	3	俳句	仁川卯月會俳句第九輯/▲題、菊いろへ(奉祝天長節佳節併祈國家安靜)/一字勝手詠込/俳句一千四百章中拔萃上座五十章逆列/彩雲居丹葉選〈1〉〔1〕 인천 우즈키카이 하이쿠 제9집/▲주제, 국화 관련(봉축 천장절 가절 및 국가 안정 기원)/1자 임의로 넣어 작시/하이쿠 1400장 중 발췌 상좌 50장 역렬/사이운쿄 단바 선	是空	시가/하이쿠	
1	3	俳句	仁川卯月會俳句第九輯/▲題、菊いろへ(奉祝天長節佳節併祈國家安靜)/一字勝手詠込/俳句一千四百章中拔萃上座五十章逆列/彩雲居丹葉選〈1〉〔1〕 인천 우즈키카이 하이쿠 제9집/▲주제, 국화 관련(봉축 천장절 가절 및 국가 안정 기원)/1자 임의로 넣어 작시/하이쿠 1400장 중 발췌 상좌 50장 역렬/사이운쿄 단바 선	色葉	시가/하이쿠	
1	3	俳句	仁川卯月會俳句第九輯/▲題、菊いろへ(奉祝天長節佳節併祈國家安靜)/一字勝手詠込/俳句一千四百章中拔萃上座五十章逆列/彩雲居丹葉選〈1〉〔1〕 인천 우즈키카이 하이쿠 제9집/▲주제, 국화 관련(봉축 천장절 가절 및 국가 안정 기원)/1자 임의로 넣어 작시/하이쿠 1400장 중 발췌 상좌 50장 역렬/사이운쿄 단바 선	凌霜	시가/하이쿠	
1	3	俳句	仁川卯月會俳句第九輯/▲題、菊いろへ(奉祝天長節佳節併祈國家安靜)/一字勝手詠込/俳句一千四百章中拔萃上座五十章逆列/彩雲居丹葉選〈1〉〔1〕 인천 우즈키카이 하이쿠 제9집/▲주제, 국화 관련(봉축 천장절 가절 및 국가 안정 기원)/1자 임의로 넣어 작시/하이쿠 1400장 중 발췌 상좌 50장 역렬/사이운쿄 단바 선	淇水	시가/하이쿠	

지면	단수	기획	기사제목 〈회수〉〔곡수〕	필자/저자(역자)	분류	비고
1	3	俳句	仁川卯月會俳句第九輯/▲題、菊いろへ(奉祝天長節佳節併祈國家安靜)/一字勝手詠込/俳句一千四百章中拔萃上座五十章逆列/彩雲居丹葉選 〈1〉〔1〕 인천 우즈키카이 하이쿠 제9집/▲주제, 국화 관련(봉축 천장절 가절 및 국가 안정 기원)/1자 임의로 넣어 작시/하이쿠 1400장 중 발췌 상좌 50장 역렬/사이운쿄 단바 선	一骨	시가/하이쿠	
1	4~6		梁川庄八 〈33〉 야나가와 쇼하치	小金井蘆州	고단	

1911년 11월 15일 (수) 819호

지면	단수	기획	기사제목 〈회수〉〔곡수〕	필자/저자(역자)	분류	비고
1	1~2	雜錄	通俗藝術の將來(上) 〈1〉 통속 예술의 장래(상)	鷗聲	수필/비평	
1	2	文苑	殘菊吟 잔국음	野崎小蟹	기타/모임 안내	
1	2	文苑	殘菊吟 〔15〕 잔국음		시가/하이쿠	
1	2	俳句	仁川卯月會俳句第九輯/▲題、菊いろへ(奉祝天長節佳節併祈國家安靜)/以上十二字中一字勝手詠込 〔1〕 인천 우즈키카이 하이쿠 제9집/▲주제, 국화 관련(봉축 천장절 가절 및 국가 안정 기원)/이상 12자 가운데 1자 임의로 넣어 작시	諧南	시가/하이쿠	
1	2	俳句	仁川卯月會俳句第九輯/▲題、菊いろへ(奉祝天長節佳節併祈國家安靜)/以上十二字中一字勝手詠込 〔1〕 인천 우즈키카이 하이쿠 제9집/▲주제, 국화 관련(봉축 천장절 가절 및 국가 안정 기원)/이상 12자 가운데 1자 임의로 넣어 작시	一滴	시가/하이쿠	
1	2	俳句	仁川卯月會俳句第九輯/▲題、菊いろへ(奉祝天長節佳節併祈國家安靜)/以上十二字中一字勝手詠込 〔1〕 인천 우즈키카이 하이쿠 제9집/▲주제, 국화 관련(봉축 천장절 가절 및 국가 안정 기원)/이상 12자 가운데 1자 임의로 넣어 작시	竹賀	시가/하이쿠	
1	2	俳句	仁川卯月會俳句第九輯/▲題、菊いろへ(奉祝天長節佳節併祈國家安靜)/以上十二字中一字勝手詠込 〔1〕 인천 우즈키카이 하이쿠 제9집/▲주제, 국화 관련(봉축 천장절 가절 및 국가 안정 기원)/이상 12자 가운데 1자 임의로 넣어 작시	淇水	시가/하이쿠	
1	2	俳句	仁川卯月會俳句第九輯/▲題、菊いろへ(奉祝天長節佳節併祈國家安靜)/以上十二字中一字勝手詠込 〔1〕 인천 우즈키카이 하이쿠 제9집/▲주제, 국화 관련(봉축 천장절 가절 및 국가 안정 기원)/이상 12자 가운데 1자 임의로 넣어 작시	俳北	시가/하이쿠	
1	2	俳句	仁川卯月會俳句第九輯/▲題、菊いろへ(奉祝天長節佳節併祈國家安靜)/以上十二字中一字勝手詠込 〔1〕 인천 우즈키카이 하이쿠 제9집/▲주제, 국화 관련(봉축 천장절 가절 및 국가 안정 기원)/이상 12자 가운데 1자 임의로 넣어 작시	海南	시가/하이쿠	
1	2	俳句	仁川卯月會俳句第九輯/▲題、菊いろへ(奉祝天長節佳節併祈國家安靜)/以上十二字中一字勝手詠込 〔1〕 인천 우즈키카이 하이쿠 제9집/▲주제, 국화 관련(봉축 천장절 가절 및 국가 안정 기원)/이상 12자 가운데 1자 임의로 넣어 작시	一抔	시가/하이쿠	
1	2	俳句	仁川卯月會俳句第九輯/▲題、菊いろへ(奉祝天長節佳節併祈國家安靜)/以上十二字中一字勝手詠込 〔1〕 인천 우즈키카이 하이쿠 제9집/▲주제, 국화 관련(봉축 천장절 가절 및 국가 안정 기원)/이상 12자 가운데 1자 임의로 넣어 작시	是空	시가/하이쿠	
1	2	俳句	仁川卯月會俳句第九輯/▲題、菊いろへ(奉祝天長節佳節併祈國家安靜)/以上十二字中一字勝手詠込 〔1〕 인천 우즈키카이 하이쿠 제9집/▲주제, 국화 관련(봉축 천장절 가절 및 국가 안정 기원)/이상 12자 가운데 1자 임의로 넣어 작시	しづく	시가/하이쿠	
1	2	俳句	仁川卯月會俳句第九輯/▲題、菊いろへ(奉祝天長節佳節併祈國家安靜)/以上十二字中一字勝手詠込 〔1〕 인천 우즈키카이 하이쿠 제9집/▲주제, 국화 관련(봉축 천장절 가절 및 국가 안정 기원)/이상 12자 가운데 1자 임의로 넣어 작시	梅園	시가/하이쿠	

지면	단수	기획	기사제목 〈회수〉〔곡수〕	필자/저자(역자)	분류	비고
1	3	俳句	仁川卯月會俳句第九輯/▲題、菊いろへ(奉祝天長節佳節併祈國家安靜)/以上十二字中一字勝手詠込〔1〕 인천 우즈키카이 하이쿠 제9집/▲주제, 국화 관련(봉축 천장절 가절 및 국가 안정 기원)/이상 12자 가운데 1자 임의로 넣어 작시	醉仙	시가/하이쿠	
1	3	俳句	仁川卯月會俳句第九輯/▲題、菊いろへ(奉祝天長節佳節併祈國家安靜)/以上十二字中一字勝手詠込〔1〕 인천 우즈키카이 하이쿠 제9집/▲주제, 국화 관련(봉축 천장절 가절 및 국가 안정 기원)/이상 12자 가운데 1자 임의로 넣어 작시	松都	시가/하이쿠	
1	3	俳句	仁川卯月會俳句第九輯/▲題、菊いろへ(奉祝天長節佳節併祈國家安靜)/以上十二字中一字勝手詠込〔1〕 인천 우즈키카이 하이쿠 제9집/▲주제, 국화 관련(봉축 천장절 가절 및 국가 안정 기원)/이상 12자 가운데 1자 임의로 넣어 작시	竹賀	시가/하이쿠	
1	3	俳句	仁川卯月會俳句第九輯/▲題、菊いろへ(奉祝天長節佳節併祈國家安靜)/以上十二字中一字勝手詠込〔1〕 인천 우즈키카이 하이쿠 제9집/▲주제, 국화 관련(봉축 천장절 가절 및 국가 안정 기원)/이상 12자 가운데 1자 임의로 넣어 작시	菴亭	시가/하이쿠	
1	3	俳句	仁川卯月會俳句第九輯/▲題、菊いろへ(奉祝天長節佳節併祈國家安靜)/以上十二字中一字勝手詠込〔1〕 인천 우즈키카이 하이쿠 제9집/▲주제, 국화 관련(봉축 천장절 가절 및 국가 안정 기원)/이상 12자 가운데 1자 임의로 넣어 작시	月宗	시가/하이쿠	
1	3	俳句	仁川卯月會俳句第九輯/▲題、菊いろへ(奉祝天長節佳節併祈國家安靜)/以上十二字中一字勝手詠込〔1〕 인천 우즈키카이 하이쿠 제9집/▲주제, 국화 관련(봉축 천장절 가절 및 국가 안정 기원)/이상 12자 가운데 1자 임의로 넣어 작시	甘柿	시가/하이쿠	
1	3	俳句	仁川卯月會俳句第九輯/▲題、菊いろへ(奉祝天長節佳節併祈國家安靜)/以上十二字中一字勝手詠込〔1〕 인천 우즈키카이 하이쿠 제9집/▲주제, 국화 관련(봉축 천장절 가절 및 국가 안정 기원)/이상 12자 가운데 1자 임의로 넣어 작시	白神	시가/하이쿠	
1	3	俳句	仁川卯月會俳句第九輯/▲題、菊いろへ(奉祝天長節佳節併祈國家安靜)/以上十二字中一字勝手詠込〔1〕 인천 우즈키카이 하이쿠 제9집/▲주제, 국화 관련(봉축 천장절 가절 및 국가 안정 기원)/이상 12자 가운데 1자 임의로 넣어 작시	俳北	시가/하이쿠	
1	3~6		梁川庄八 〈34〉 야나가와 쇼하치	小金井蘆州	고단	

1911년 11월 16일 (목) 820호

지면	단수	기획	기사제목 〈회수〉〔곡수〕	필자/저자(역자)	분류	비고
1	2	雜錄	下宿屋觀 하숙집에 대한 시각	不撓生	수필/일상	
1	2	雜錄	同上 위와 동일	不撓生	수필/일상	
1	3	俳句	仁川卯月會俳句第九輯/▲題、菊いろへ(奉祝天長節佳節併祈國家安靜)/以上十二字中一字勝手詠込〔1〕 인천 우즈키카이 하이쿠 제9집/▲주제, 국화 관련(봉축 천장질 가절 및 국가 안정 기원)/이상 12자 가운데 1자 임의로 넣어 작시	裏天	시가/하이쿠	
1	3	俳句	仁川卯月會俳句第九輯/▲題、菊いろへ(奉祝天長節佳節併祈國家安靜)/以上十二字中一字勝手詠込〔1〕 인천 우즈키카이 하이쿠 제9집/▲주제, 국화 관련(봉축 천장절 가절 및 국가 안정 기원)/이상 12자 가운데 1자 임의로 넣어 작시	是空	시가/하이쿠	
1	3	俳句	仁川卯月會俳句第九輯/▲題、菊いろへ(奉祝天長節佳節併祈國家安靜)/以上十二字中一字勝手詠込〔1〕 인천 우즈키카이 하이쿠 제9집/▲주제, 국화 관련(봉축 천장절 가절 및 국가 안정 기원)/이상 12자 가운데 1자 임의로 넣어 작시	一骨	시가/하이쿠	
1	3	俳句	仁川卯月會俳句第九輯/▲題、菊いろへ(奉祝天長節佳節併祈國家安靜)/以上十二字中一字勝手詠込〔1〕 인천 우즈키카이 하이쿠 제9집/▲주제, 국화 관련(봉축 천장절 가절 및 국가 안정 기원)/이상 12자 가운데 1자 임의로 넣어 작시	柳好	시가/하이쿠	

지면	단수	기획	기사제목 〈회수〉〔곡수〕	필자/저자(역자)	분류	비고
1	3	俳句	仁川卯月會俳句第九輯/▲題、菊いろへ(奉祝天長節佳節併祈國家安靜)/以上十二字中一字勝手詠込〔1〕 인천 우즈키카이 하이쿠 제9집/▲주제, 국화 관련(봉축 천장절 가절 및 국가 안정 기원)/이상 12자 가운데 1자 임의로 넣어 작시	李雨景	시가/하이쿠	
1	3	俳句	仁川卯月會俳句第九輯/▲題、菊いろへ(奉祝天長節佳節併祈國家安靜)/以上十二字中一字勝手詠込〔1〕 인천 우즈키카이 하이쿠 제9집/▲주제, 국화 관련(봉축 천장절 가절 및 국가 안정 기원)/이상 12자 가운데 1자 임의로 넣어 작시	一骨	시가/하이쿠	
1	3	俳句	仁川卯月會俳句第九輯/▲題、菊いろへ(奉祝天長節佳節併祈國家安靜)/以上十二字中一字勝手詠込〔1〕 인천 우즈키카이 하이쿠 제9집/▲주제, 국화 관련(봉축 천장절 가절 및 국가 안정 기원)/이상 12자 가운데 1자 임의로 넣어 작시	竹賀	시가/하이쿠	
1	3	俳句	仁川卯月會俳句第九輯/▲題、菊いろへ(奉祝天長節佳節併祈國家安靜)/以上十二字中一字勝手詠込〔1〕 인천 우즈키카이 하이쿠 제9집/▲주제, 국화 관련(봉축 천장절 가절 및 국가 안정 기원)/이상 12자 가운데 1자 임의로 넣어 작시	甑月	시가/하이쿠	
1	3	俳句	仁川卯月會俳句第九輯/▲題、菊いろへ(奉祝天長節佳節併祈國家安靜)/以上十二字中一字勝手詠込〔1〕 인천 우즈키카이 하이쿠 제9집/▲주제, 국화 관련(봉축 천장절 가절 및 국가 안정 기원)/이상 12자 가운데 1자 임의로 넣어 작시	溪水	시가/하이쿠	
1	3	俳句	仁川卯月會俳句第九輯/▲題、菊いろへ(奉祝天長節佳節併祈國家安靜)/以上十二字中一字勝手詠込〔1〕 인천 우즈키카이 하이쿠 제9집/▲주제, 국화 관련(봉축 천장절 가절 및 국가 안정 기원)/이상 12자 가운데 1자 임의로 넣어 작시	一骨	시가/하이쿠	
1	3	俳句	仁川卯月會俳句第九輯/▲題、菊いろへ(奉祝天長節佳節併祈國家安靜)/以上十二字中一字勝手詠込〔1〕 인천 우즈키카이 하이쿠 제9집/▲주제, 국화 관련(봉축 천장절 가절 및 국가 안정 기원)/이상 12자 가운데 1자 임의로 넣어 작시	一抔	시가/하이쿠	
1	3	俳句	仁川卯月會俳句第九輯/▲題、菊いろへ(奉祝天長節佳節併祈國家安靜)/以上十二字中一字勝手詠込〔1〕 인천 우즈키카이 하이쿠 제9집/▲주제, 국화 관련(봉축 천장절 가절 및 국가 안정 기원)/이상 12자 가운데 1자 임의로 넣어 작시	一樹	시가/하이쿠	
1	3	俳句	仁川卯月會俳句第九輯/▲題、菊いろへ(奉祝天長節佳節併祈國家安靜)/以上十二字中一字勝手詠込〔1〕 인천 우즈키카이 하이쿠 제9집/▲주제, 국화 관련(봉축 천장절 가절 및 국가 안정 기원)/이상 12자 가운데 1자 임의로 넣어 작시	色葉	시가/하이쿠	
1	3	俳句	仁川卯月會俳句第九輯/▲題、菊いろへ(奉祝天長節佳節併祈國家安靜)/以上十二字中一字勝手詠込〔1〕 인천 우즈키카이 하이쿠 제9집/▲주제, 국화 관련(봉축 천장절 가절 및 국가 안정 기원)/이상 12자 가운데 1자 임의로 넣어 작시	梅園	시가/하이쿠	
1	3	俳句	仁川卯月會俳句第九輯/▲題、菊いろへ(奉祝天長節佳節併祈國家安靜)/以上十二字中一字勝手詠込〔1〕 인천 우즈키카이 하이쿠 제9집/▲주제, 국화 관련(봉축 천장절 가절 및 국가 안정 기원)/이상 12자 가운데 1자 임의로 넣어 작시	花卯	시가/하이쿠	
1	3	俳句	仁川卯月會俳句第九輯/▲題、菊いろへ(奉祝天長節佳節併祈國家安靜)/以上十二字中一字勝手詠込〔1〕 인천 우즈키카이 하이쿠 제9집/▲주제, 국화 관련(봉축 천장절 가절 및 국가 안정 기원)/이상 12자 가운데 1자 임의로 넣어 작시	梅華	시가/하이쿠	
1	3	俳句	仁川卯月會俳句第九輯/▲題、菊いろへ(奉祝天長節佳節併祈國家安靜)/以上十二字中一字勝手詠込〔1〕 인천 우즈키카이 하이쿠 제9집/▲주제, 국화 관련(봉축 천장절 가절 및 국가 안정 기원)/이상 12자 가운데 1자 임의로 넣어 작시	醉仙	시가/하이쿠	
1	3	俳句	仁川卯月會俳句第九輯/▲題、菊いろへ(奉祝天長節佳節併祈國家安靜)/以上十二字中一字勝手詠込〔1〕 인천 우즈키카이 하이쿠 제9집/▲주제, 국화 관련(봉축 천장절 가절 및 국가 안정 기원)/이상 12자 가운데 1자 임의로 넣어 작시	溪水	시가/하이쿠	

지면	단수	기획	기사제목 〈회수〉〔곡수〕	필자/저자(역자)	분류	비고
1	3	俳句	仁川卯月會俳句第九輯/▲題、菊いろへ(奉祝天長節佳節併祈國家安靜)/以上十二字中一字勝手詠込〔1〕 인천 우즈키카이 하이쿠 제9집/▲주제, 국화 관련(봉축 천장절 가절 및 국가 안정 기원)/이상 12자 가운데 1자 임의로 넣어 작시	松園	시가/하이쿠	
1	3	俳句	仁川卯月會俳句第九輯/▲題、菊いろへ(奉祝天長節佳節併祈國家安靜)/以上十二字中一字勝手詠込〔1〕 인천 우즈키카이 하이쿠 제9집/▲주제, 국화 관련(봉축 천장절 가절 및 국가 안정 기원)/이상 12자 가운데 1자 임의로 넣어 작시	哲舟	시가/하이쿠	
1	3	俳句	仁川卯月會俳句第九輯/▲題、菊いろへ(奉祝天長節佳節併祈國家安靜)/以上十二字中一字勝手詠込〔1〕 인천 우즈키카이 하이쿠 제9집/▲주제, 국화 관련(봉축 천장절 가절 및 국가 안정 기원)/이상 12자 가운데 1자 임의로 넣어 작시	花卯	시가/하이쿠	
1	3	俳句	仁川卯月會俳句第九輯/▲題、菊いろへ(奉祝天長節佳節併祈國家安靜)/以上十二字中一字勝手詠込〔1〕 인천 우즈키카이 하이쿠 제9집/▲주제, 국화 관련(봉축 천장절 가절 및 국가 안정 기원)/이상 12자 가운데 1자 임의로 넣어 작시	俳阿彌	시가/하이쿠	
1	3~6		梁川庄八 〈35〉 야나가와 쇼하치	小金井蘆州	고단	

1911년 11월 17일 (금) 821호

지면	단수	기획	기사제목 〈회수〉〔곡수〕	필자/저자(역자)	분류	비고
1	3~6		梁川庄八 〈36〉 야나가와 쇼하치	小金井蘆州	고단	

1911년 11월 18일 (토) 822호

지면	단수	기획	기사제목 〈회수〉〔곡수〕	필자/저자(역자)	분류	비고
1	2~3	雜錄	通俗藝術の將來(中) 〈2〉 통속 예술의 장래(중)	鷗聲	수필/비평	
1	3~6		梁川庄八 〈37〉 야나가와 쇼하치	小金井蘆州	고단	

1911년 11월 19일 (일) 823호

지면	단수	기획	기사제목 〈회수〉〔곡수〕	필자/저자(역자)	분류	비고
1	1		通俗藝術の將來(下) 〈3〉 통속 예술의 장래(하)	鷗聲	수필/비평	
1	1~2		食客論(上) 〈1〉 식객론(상)	橫行廢人	수필/비평	
1	3~6		梁川庄八 〈38〉 야나가와 쇼하치	小金井蘆州	고단	

1911년 11월 21일 (화) 824호

지면	단수	기획	기사제목 〈회수〉〔곡수〕	필자/저자(역자)	분류	비고
1	2~3		食客論(下) 〈2〉 식객론(하)	橫行廢人	수필/비평	
1	3~6		梁川庄八 〈39〉 야나가와 쇼하치	小金井蘆州	고단	

1911년 11월 22일 (수) 825호

지면	단수	기획	기사제목 〈회수〉〔곡수〕	필자/저자(역자)	분류	비고
1	3	文苑	折にふれて〔5〕 이따금	松琴生	시가/단카	
1	3	俳句	仁川俳壇卯月會席上即吟/會同人投/題、小春、楢、毛布(各一句吐)/四點之部〔1〕 인천 하이단 우즈키카이 석상 즉음/회 동인 투고/주제, 음력 10월, 장작, 담요(각 1구씩 읊다)/4점 부	竹賀	시가/하이쿠	
1	3	俳句	仁川俳壇卯月會席上即吟/會同人投/題、小春、楢、毛布(各一句吐)/四點之部〔1〕 인천 하이단 우즈키카이 석상 즉음/회 동인 투고/주제, 음력 10월, 장작, 담요(각 1구씩 읊다)/4점 부	溪水	시가/하이쿠	

지면	단수	기획	기사제목 〈회수〉〔곡수〕	필자/저자(역자)	분류	비고
1	3	俳句	仁川俳壇卯月會席上即吟/會同人投/題、小春、榾、毛布(各一句吐)/四點之部〔1〕 인천 하이단 우즈키카이 석상 즉음/회 동인 투고/주제, 음력 10월, 장작, 담요(각 1구씩 읊다)/4점 부	花卯	시가/하이쿠	
1	3	俳句	仁川俳壇卯月會席上即吟/會同人投/題、小春、榾、毛布(各一句吐)/四點之部〔1〕 인천 하이단 우즈키카이 석상 즉음/회 동인 투고/주제, 음력 10월, 장작, 담요(각 1구씩 읊다)/4점 부	松園	시가/하이쿠	
1	3	俳句	仁川俳壇卯月會席上即吟/會同人投/題、小春、榾、毛布(各一句吐)/四點之部〔1〕 인천 하이단 우즈키카이 석상 즉음/회 동인 투고/주제, 음력 10월, 장작, 담요(각 1구씩 읊다)/4점 부	巴城	시가/하이쿠	
1	3	俳句	仁川俳壇卯月會席上即吟/會同人投/題、小春、榾、毛布(各一句吐)/四點之部〔1〕 인천 하이단 우즈키카이 석상 즉음/회 동인 투고/주제, 음력 10월, 장작, 담요(각 1구씩 읊다)/4점 부	淇水	시가/하이쿠	
1	3	俳句	仁川俳壇卯月會席上即吟/會同人投/題、小春、榾、毛布(各一句吐)/四點之部〔1〕 인천 하이단 우즈키카이 석상 즉음/회 동인 투고/주제, 음력 10월, 장작, 담요(각 1구씩 읊다)/4점 부	一滴	시가/하이쿠	
1	3	俳句	仁川俳壇卯月會席上即吟/會同人投/題、小春、榾、毛布(各一句吐)/四點之部〔1〕 인천 하이단 우즈키카이 석상 즉음/회 동인 투고/주제, 음력 10월, 장작, 담요(각 1구씩 읊다)/4점 부	竹賀	시가/하이쿠	
1	3	俳句	仁川俳壇卯月會席上即吟/會同人投/題、小春、榾、毛布(各一句吐)/五點之部〔1〕 인천 하이단 우즈키카이 석상 즉음/회 동인 투고/주제, 음력 10월, 장작, 담요(각 1구씩 읊다)/5점 부	翫月	시가/하이쿠	
1	3	俳句	仁川俳壇卯月會席上即吟/會同人投/題、小春、榾、毛布(各一句吐)/五點之部〔2〕 인천 하이단 우즈키카이 석상 즉음/회 동인 투고/주제, 음력 10월, 장작, 담요(각 1구씩 읊다)/5점 부	一骨	시가/하이쿠	
1	3	俳句	仁川俳壇卯月會席上即吟/會同人投/題、小春、榾、毛布(各一句吐)/五點之部〔1〕 인천 하이단 우즈키카이 석상 즉음/회 동인 투고/주제, 음력 10월, 장작, 담요(각 1구씩 읊다)/5점 부	諧南	시가/하이쿠	
1	3	俳句	仁川俳壇卯月會席上即吟/會同人投/題、小春、榾、毛布(各一句吐)/五點之部〔1〕 인천 하이단 우즈키카이 석상 즉음/회 동인 투고/주제, 음력 10월, 장작, 담요(각 1구씩 읊다)/5점 부	一骨	시가/하이쿠	
1	3	俳句	仁川俳壇卯月會席上即吟/會同人投/題、小春、榾、毛布(各一句吐)/五點之部〔1〕 인천 하이단 우즈키카이 석상 즉음/회 동인 투고/주제, 음력 10월, 장작, 담요(각 1구씩 읊다)/5점 부	醉仙	시가/하이쿠	
1	3	俳句	仁川俳壇卯月會席上即吟/會同人投/題、小春、榾、毛布(各一句吐)/五點之部〔1〕 인천 하이단 우즈키카이 석상 즉음/회 동인 투고/주제, 음력 10월, 장작, 담요(각 1구씩 읊다)/5점 부	哲舟	시가/하이쿠	
1	3~6		梁川庄八 〈40〉 야나가와 쇼하치	小金井蘆州	고단	

1911년 11월 23일 (목) 826호

1	2~3		ボンクラ記 얼간이 기록	野崎小蟹	수필/일상	

지면	단수	기획	기사제목 〈회수〉〔곡수〕	필자/저자(역자)	분류	비고
1	3	俳句	仁川俳壇卯月會席上即吟/會同人投/題、小春、榾、毛布(各一句吐)/六點之部 〔1〕 인천 하이단 우즈키카이 석상 즉음/회 동인 투고/주제, 음력 10월, 장작, 담요(각 1구씩 읊다)/6점 부	竹窓	시가/하이쿠	
1	3	俳句	仁川俳壇卯月會席上即吟/會同人投/題、小春、榾、毛布(各一句吐)/七點之部 〔1〕 인천 하이단 우즈키카이 석상 즉음/회 동인 투고/주제, 음력 10월, 장작, 담요(각 1구씩 읊다)/7점 부	竹香	시가/하이쿠	
1	3	俳句	仁川俳壇卯月會席上即吟/會同人投/題、小春、榾、毛布(各一句吐)/七點之部 〔1〕 인천 하이단 우즈키카이 석상 즉음/회 동인 투고/주제, 음력 10월, 장작, 담요(각 1구씩 읊다)/7점 부	里石	시가/하이쿠	
1	3	俳句	仁川俳壇卯月會席上即吟/會同人投/題、小春、榾、毛布(各一句吐)/七點之部 〔1〕 인천 하이단 우즈키카이 석상 즉음/회 동인 투고/주제, 음력 10월, 장작, 담요(각 1구씩 읊다)/7점 부	綠翠	시가/하이쿠	
1	3	俳句	仁川俳壇卯月會席上即吟/會同人投/題、小春、榾、毛布(各一句吐)/七點之部 〔1〕 인천 하이단 우즈키카이 석상 즉음/회 동인 투고/주제, 음력 10월, 장작, 담요(각 1구씩 읊다)/7점 부	是空	시가/하이쿠	
1	3	俳句	仁川俳壇卯月會席上即吟/會同人投/題、小春、榾、毛布(各一句吐)/七點之部 〔1〕 인천 하이단 우즈키카이 석상 즉음/회 동인 투고/주제, 음력 10월, 장작, 담요(각 1구씩 읊다)/7점 부	凌霜	시가/하이쿠	
1	3	俳句	仁川俳壇卯月會席上即吟/會同人投/題、小春、榾、毛布(各一句吐)/七點之部 〔1〕 인천 하이단 우즈키카이 석상 즉음/회 동인 투고/주제, 음력 10월, 장작, 담요(각 1구씩 읊다)/7점 부	菴亭	시가/하이쿠	
1	3	俳句	仁川俳壇卯月會席上即吟/會同人投/題、小春、榾、毛布(各一句吐)/八點之部 〔1〕 인천 하이단 우즈키카이 석상 즉음/회 동인 투고/주제, 음력 10월, 장작, 담요(각 1구씩 읊다)/8점 부	月宗	시가/하이쿠	
1	3	俳句	仁川俳壇卯月會席上即吟/會同人投/題、小春、榾、毛布(各一句吐)/八點之部 〔1〕 인천 하이단 우즈키카이 석상 즉음/회 동인 투고/주제, 음력 10월, 장작, 담요(각 1구씩 읊다)/8점 부	枯柳	시가/하이쿠	
1	3	俳句	仁川俳壇卯月會席上即吟/會同人投/題、小春、榾、毛布(各一句吐)/九點之部 〔1〕 인천 하이단 우즈키카이 석상 즉음/회 동인 투고/주제, 음력 10월, 장작, 담요(각 1구씩 읊다)/9점 부	淇水	시가/하이쿠	
1	3	俳句	仁川俳壇卯月會席上即吟/會同人投/題、小春、榾、毛布(各一句吐)/十點之部 〔1〕 원천 하이단 우즈키카이 석상 즉음/회 동인 투고/주제, 음력 10월, 장작, 담요(각 1구씩 읊다)/10점 부	笹邊	시가/하이쿠	
1	3	俳句	仁川俳壇卯月會席上即吟/會同人投/題、小春、榾、毛布(各一句吐)/十點之部 〔1〕 인천 하이단 우즈키카이 석상 즉음/회 동인 투고/주제, 음력 10월, 장작, 담요(각 1구씩 읊다)/10점 부	梅園	시가/하이쿠	
1	3	俳句	仁川俳壇卯月會席上即吟/會同人投/題、小春、榾、毛布(各一句吐)/十一點之部 〔1〕 인천 하이단 우즈키카이 석상 즉음/회 동인 투고/주제, 음력 10월, 장작, 담요(각 1구씩 읊다)/11점 부	愛菊	시가/하이쿠	
1	3	俳句	仁川俳壇卯月會席上即吟/會同人投/題、小春、榾、毛布(各一句吐)/十一點之部 〔1〕 인천 하이단 우즈키카이 석상 즉음/회 동인 투고/주제, 음력 10월, 장작, 담요(각 1구씩 읊다)/11점 부	翫月	시가/하이쿠	

지면	단수	기획	기사제목 〈회수〉〔곡수〕	필자/저자(역자)	분류	비고
1	3	俳句	仁川俳壇卯月會席上即吟/會同人投/題、小春、楢、毛布(各一句吐)/十二點之部〔1〕 인천 하이단 우즈키카이 석상 즉음/회 동인 투고/주제, 음력 10월, 장작, 담요(각 1구씩 읊다)/12점 부	唫雅	시가/하이쿠	
1	3	俳句	仁川俳壇卯月會席上即吟/會同人投/題、小春、楢、毛布(各一句吐)/十三點之部〔1〕 인천 하이단 우즈키카이 석상 즉음/회 동인 투고/주제, 음력 10월, 장작, 담요(각 1구씩 읊다)/13점 부	菴亭	시가/하이쿠	
1	3	俳句	仁川俳壇卯月會席上即吟/會同人投/題、小春、楢、毛布(各一句吐)/十四點之部〔1〕 인천 하이단 우즈키카이 석상 즉음/회 동인 투고/주제, 음력 10월, 장작, 담요(각 1구씩 읊다)/14점 부	哲舟	시가/하이쿠	
1	3	俳句	仁川俳壇卯月會席上即吟/會同人投/題、小春、楢、毛布(各一句吐)/十四點之部〔1〕 인천 하이단 우즈키카이 석상 즉음/회 동인 투고/주제, 음력 10월, 장작, 담요(각 1구씩 읊다)/14점 부	一滴	시가/하이쿠	
1	3	俳句	仁川俳壇卯月會席上即吟/會同人投/題、小春、楢、毛布(各一句吐)/十四點之部〔1〕 인천 하이단 우즈키카이 석상 즉음/회 동인 투고/주제, 음력 10월, 장작, 담요(각 1구씩 읊다)/14점 부	諧南	시가/하이쿠	
1	3	俳句	仁川俳壇卯月會席上即吟/會同人投/題、小春、楢、毛布(各一句吐)/十五點之部〔1〕 인천 하이단 우즈키카이 석상 즉음/회 동인 투고/주제, 음력 10월, 장작, 담요(각 1구씩 읊다)/15점 부	月宗	시가/하이쿠	
1	3~6		梁川庄八 〈41〉 야나가와 쇼하치	小金井蘆州	고단	

1911년 11월 25일 (토) 827호

지면	단수	기획	기사제목 〈회수〉〔곡수〕	필자/저자(역자)	분류	비고
1	3	俳句	仁川俳壇卯月會席上即吟/會同人投/題、小春、楢、毛布(各一句吐)/十九點之部〔1〕 인천 하이단 우즈키카이 석상 즉음/회 동인 투고/주제, 음력 10월, 장작, 담요(각 1구씩 읊다)/19점 부	俳北	시가/하이쿠	
1	3	俳句	仁川俳壇卯月會席上即吟/會同人投/題、小春、楢、毛布(各一句吐)/十九點之部〔1〕 인천 하이단 우즈키카이 석상 즉음/회 동인 투고/주제, 음력 10월, 장작, 담요(각 1구씩 읊다)/19점 부	松園	시가/하이쿠	
1	3	俳句	仁川俳壇卯月會席上即吟/會同人投/題、小春、楢、毛布(各一句吐)/十九點之部〔1〕 인천 하이단 우즈키카이 석상 즉음/회 동인 투고/주제, 음력 10월, 장작, 담요(각 1구씩 읊다)/19점 부	竹賀	시가/하이쿠	
1	3	俳句	仁川俳壇卯月會席上即吟/會同人投/題、小春、楢、毛布(各一句吐)/二十點之部〔1〕 인천 하이단 우즈키카이 석상 즉음/회 동인 투고/주제, 음력 10월, 장작, 담요(각 1구씩 읊다)/20점 부	菊樂	시가/하이쿠	
1	3	俳句	仁川俳壇卯月會席上即吟/會同人投/題、小春、楢、毛布(各一句吐)/二十點之部〔1〕 인천 하이단 우즈키카이 석상 즉음/회 동인 투고/주제, 음력 10월, 장작, 담요(각 1구씩 읊다)/20점 부	巴城	시가/하이쿠	
1	3	俳句	仁川俳壇卯月會席上即吟/會同人投/題、小春、楢、毛布(各一句吐)/廿一點之部〔1〕 인천 하이단 우즈키카이 석상 즉음/회 동인 투고/주제, 음력 10월, 장작, 담요(각 1구씩 읊다)/21점 부	裏天	시가/하이쿠	
1	3	俳句	仁川俳壇卯月會席上即吟/會同人投/題、小春、楢、毛布(各一句吐)/廿四點之部〔1〕 인천 하이단 우즈키카이 석상 즉음/회 동인 투고/주제, 음력 10월, 장작, 담요(각 1구씩 읊다)/24점 부	淇水	시가/하이쿠	

지면	단수	기획	기사제목 〈회수〉〔곡수〕	필자/저자(역자)	분류	비고
1	3	俳句	仁川俳壇卯月會席上即吟/會同人投/題、小春、榾、毛布(各一句吐)/廿八點之部 [1] 인천 하이단 우즈키카이 석상 즉음/회 동인 투고/주제, 음력 10월, 장작, 담요(각 1구씩 읊다)/28점 부	醉仙	시가/하이쿠	
1	3	俳句	仁川俳壇卯月會席上即吟/會同人投/題、小春、榾、毛布(各一句吐)/廿九點之部 [1] 인천 하이단 우즈키카이 석상 즉음/회 동인 투고/주제, 음력 10월, 장작, 담요(각 1구씩 읊다)/29점 부	一抔	시가/하이쿠	
1	3	俳句	仁川俳壇卯月會席上即吟/會同人投/題、小春、榾、毛布(各一句吐)/卅二點之部 [1] 인천 하이단 우즈키카이 석상 즉음/회 동인 투고/주제, 음력 10월, 장작, 담요(각 1구씩 읊다)/32점 부	笹邊	시가/하이쿠	
1	3~6		梁川庄八 〈42〉 야나가와 쇼하치	小金井蘆州	고단	

1911년 11월 26일 (일) 828호

지면	단수	기획	기사제목 〈회수〉〔곡수〕	필자/저자(역자)	분류	비고
1	3		新年和歌募集 勅題「松上鶴」 신년 와카 모집 칙제「소나무 위 두루미」	京城新報編輯局	광고/모집 광고	
1	3~6		梁川庄八 〈43〉 야나가와 쇼하치	小金井蘆州	고단	

1911년 11월 28일 (화) 829호

지면	단수	기획	기사제목 〈회수〉〔곡수〕	필자/저자(역자)	분류	비고
1	2~3	雜錄	時雨日記 늦은 가을비 일기	枯骨生	수필/일기	
1	3		新年和歌募集 勅題「松上鶴」 신년 와카 모집 칙제「소나무 위 두루미」	京城新報編輯局	광고/모집 광고	
1	4~6		梁川庄八 〈44〉 야나가와 쇼하치	小金井蘆州	고단	

1911년 12월 03일 (일) 831호

지면	단수	기획	기사제목 〈회수〉〔곡수〕	필자/저자(역자)	분류	비고
1	3		新年和歌募集 勅題「松上鶴」 신년 와카 모집 칙제「소나무 위 두루미」	京城新報編輯局	광고/모집 광고	
1	3~6		梁川庄八 〈46〉 야나가와 쇼하치	小金井蘆州	고단	
3	3~4		初冬の動物園 초겨울의 동물원	故生	수필/관찰	

1911년 12월 05일 (화) 832호

지면	단수	기획	기사제목 〈회수〉〔곡수〕	필자/저자(역자)	분류	비고
1	3	文苑	折にふれて 〔5〕 이따금	松琴生	시가/단카	
1	3		新年和歌募集 勅題「松上鶴」 신년 와카 모집 칙제「소나무 위 두루미」	京城新報編輯局	광고/모집 광고	
1	4~6		梁川庄八 〈47〉 야나가와 쇼하치	小金井蘆州	고단	

1911년 12월 06일 (수) 833호

지면	단수	기획	기사제목 〈회수〉〔곡수〕	필자/저자(역자)	분류	비고
1	2	文苑	時雨七句 〔7〕 초겨울 비-칠구	野崎小蟹	시가/하이쿠	
1	3		新年和歌募集 勅題「松上鶴」 신년 와카 모집 칙제「소나무 위 두루미」	京城新報編輯局	광고/모집 광고	
1	4~6		梁川庄八 〈48〉 야나가와 쇼하치	小金井蘆州	고단	

지면	단수	기획	기사제목 〈회수〉〔곡수〕	필자/저자(역자)	분류	비고

1911년 12월 07일 (목) 834호

지면	단수	기획	기사제목 〈회수〉〔곡수〕	필자/저자(역자)	분류	비고
1	2	文苑	二人の名 〔9〕 두 사람의 이름	石井竹馬	시가/단카	
1	3		新年和歌募集 勅題「松上鶴」 신년 와카 모집 칙제「소나무 위 두루미」	京城新報編輯局	광고/모집 광고	
1	3~6		梁川庄八 〈49〉 야나가와 쇼하치	小金井蘆州	고단	
3	2		總督府醫院內回春園を觀る 총독부 의원 내 회춘원을 보다	金衣公子	수필/관찰	

1911년 12월 08일 (금) 835호

지면	단수	기획	기사제목 〈회수〉〔곡수〕	필자/저자(역자)	분류	비고
1	2~3	雜錄	溫突迷語錄 〈1〉 온돌미어록	歪の權太	수필/비평	
1	2		新年和歌募集 勅題「松上鶴」 신년 와카 모집 칙제「소나무 위 두루미」	京城新報編輯局	광고/모집 광고	
1	4~7		梁川庄八 〈50〉 야나가와 쇼하치	小金井蘆州	고단	

1911년 12월 09일 (토) 836호

지면	단수	기획	기사제목 〈회수〉〔곡수〕	필자/저자(역자)	분류	비고
1	3		新年和歌募集 勅題「松上鶴」 신년 와카 모집 칙제「소나무 위 두루미」	京城新報編輯局	광고/모집 광고	
1	4~7		梁川庄八 〈51〉 야나가와 쇼하치	小金井蘆州	고단	

1911년 12월 10일 (일) 837호

지면	단수	기획	기사제목 〈회수〉〔곡수〕	필자/저자(역자)	분류	비고
1	2		新年和歌募集 勅題「松上鶴」 신년 와카 모집 칙제「소나무 위 두루미」	京城新報編輯局	광고/모집 광고	
1	3	文苑	亂調 〔6〕 난조	在春川 蘆洒舍	시가/단카	
1	3	文苑	亂調/捕鯨船ニコライ丸にて 〔2〕 난조/포경선 니콜라이마루에서	在春川 蘆洒舍	시가/단카	
1	3~7		梁川庄八 〈52〉 야나가와 쇼하치	小金井蘆州	고단	

1911년 12월 12일 (화) 838호

지면	단수	기획	기사제목 〈회수〉〔곡수〕	필자/저자(역자)	분류	비고
1	3	文苑	折にふれて 〔5〕 이따금	松琴生	시가/단카	
1	3		新年和歌募集 勅題「松上鶴」 신년 와카 모집 칙제「소나무 위 두루미」	京城新報編輯局	광고/모집 광고	
1	3~6		梁川庄八 〈53〉 야나가와 쇼하치	小金井蘆州	고단	
3	1~2		國寶「花山森林」を視る 〈1〉 국보「화산삼림」을 보다	天眞生	수필/기행	

1911년 12월 13일 (수) 839호

지면	단수	기획	기사제목 〈회수〉〔곡수〕	필자/저자(역자)	분류	비고
1	1~3		溫突迷語錄 〈2〉 온돌미어록	歪の權太	수필/비평	
1	3		新年和歌募集 勅題「松上鶴」 신년 와카 모집 칙제「소나무 위 두루미」	京城新報編輯局	광고/모집 광고	
1	4~7		梁川庄八 〈54〉 야나가와 쇼하치	小金井蘆州	고단	

지면	단수	기획	기사제목 〈회수〉〔곡수〕	필자/저자(역자)	분류	비고
3	1	俳句	仁川俳壇卯月會席上即吟/會同人投/題、炭、菊枯るヽ、千鳥/四點之部〔1〕 인천 하이단 우즈키카이 석상 즉음/회 동인 투고/주제, 숯, 국화 시들다, 물떼새/4점 부	松園	시가/하이쿠	
3	1	俳句	仁川俳壇卯月會席上即吟/會同人投/題、炭、菊枯るヽ、千鳥/四點之部〔1〕 인천 하이단 우즈키카이 석상 즉음/회 동인 투고/주제, 숯, 국화 시들다, 물떼새/4점 부	翫月	시가/하이쿠	
3	1	俳句	仁川俳壇卯月會席上即吟/會同人投/題、炭、菊枯るヽ、千鳥/四點之部〔1〕 인천 하이단 우즈키카이 석상 즉음/회 동인 투고/주제, 숯, 국화 시들다, 물떼새/4점 부	梅園	시가/하이쿠	
3	1	俳句	仁川俳壇卯月會席上即吟/會同人投/題、炭、菊枯るヽ、千鳥/四點之部〔1〕 인천 하이단 우즈키카이 석상 즉음/회 동인 투고/주제, 숯, 국화 시들다, 물떼새/4점 부	里石	시가/하이쿠	
3	1	俳句	仁川俳壇卯月會席上即吟/會同人投/題、炭、菊枯るヽ、千鳥/四點之部〔1〕 인천 하이단 우즈키카이 석상 즉음/회 동인 투고/주제, 숯, 국화 시들다, 물떼새/4점 부	諧南	시가/하이쿠	
3	1	俳句	仁川俳壇卯月會席上即吟/會同人投/題、炭、菊枯るヽ、千鳥/四點之部〔1〕 인천 하이단 우즈키카이 석상 즉음/회 동인 투고/주제, 숯, 국화 시들다, 물떼새/4점 부	李雨景	시가/하이쿠	
3	1	俳句	仁川俳壇卯月會席上即吟/會同人投/題、炭、菊枯るヽ、千鳥/五點之部〔1〕 인천 하이단 우즈키카이 석상 즉음/회 동인 투고/주제, 숯, 국화 시들다, 물떼새/5점 부	竹窓	시가/하이쿠	
3	1	俳句	仁川俳壇卯月會席上即吟/會同人投/題、炭、菊枯るヽ、千鳥/五點之部〔1〕 인천 하이단 우즈키카이 석상 즉음/회 동인 투고/주제, 숯, 국화 시들다, 물떼새/5점 부	菴亭	시가/하이쿠	
3	1	俳句	仁川俳壇卯月會席上即吟/會同人投/題、炭、菊枯るヽ、千鳥/五點之部〔1〕 인천 하이단 우즈키카이 석상 즉음/회 동인 투고/주제, 숯, 국화 시들다, 물떼새/5점 부	一盃	시가/하이쿠	
3	1	俳句	仁川俳壇卯月會席上即吟/會同人投/題、炭、菊枯るヽ、千鳥/六點之部〔1〕 인천 하이단 우즈키카이 석상 즉음/회 동인 투고/주제, 숯, 국화 시들다, 물떼새/6점 부	月宗	시가/하이쿠	
3	1	俳句	仁川俳壇卯月會席上即吟/會同人投/題、炭、菊枯るヽ、千鳥/六點之部〔1〕 인천 하이단 우즈키카이 석상 즉음/회 동인 투고/주제, 숯, 국화 시들다, 물떼새/6점 부	枯柳	시가/하이쿠	
3	1	俳句	仁川俳壇卯月會席上即吟/會同人投/題、炭、菊枯るヽ、千鳥/七點之部〔1〕 인천 하이단 우즈키카이 석상 즉음/회 동인 투고/주제, 숯, 국화 시들다, 물떼새/7점 부	醉月	시가/하이쿠	
3	1	俳句	仁川俳壇卯月會席上即吟/會同人投/題、炭、菊枯るヽ、千鳥/七點之部〔1〕 인천 하이단 우즈키카이 석상 즉음/회 동인 투고/주제, 숯, 국화 시들다, 물떼새/7점 부	白翁	시가/하이쿠	
3	1	俳句	仁川俳壇卯月會席上即吟/會同人投/題、炭、菊枯るヽ、千鳥/七點之部〔1〕 인천 하이단 우즈키카이 석상 즉음/회 동인 투고/주제, 숯, 국화 시들다, 물떼새/7점 부	一骨	시가/하이쿠	

지면	단수	기획	기사제목 〈회수〉〔곡수〕	필자/저자(역자)	분류	비고
3	1	俳句	仁川俳壇卯月會席上卽吟/會同人投/題、炭、菊枯るゝ、千鳥/八點之部〔1〕 인천 하이단 우즈키카이 석상 즉음/회 동인 투고/주제, 숯, 국화 시들다, 물떼새/8점 부	諧南	시가/하이쿠	
3	1	俳句	仁川俳壇卯月會席上卽吟/會同人投/題、炭、菊枯るゝ、千鳥/八點之部〔1〕 인천 하이단 우즈키카이 석상 즉음/회 동인 투고/주제, 숯, 국화 시들다, 물떼새/8점 부	一滴	시가/하이쿠	
3	1	俳句	仁川俳壇卯月會席上卽吟/會同人投/題、炭、菊枯るゝ、千鳥/十點之部〔1〕 인천 하이단 우즈키카이 석상 즉음/회 동인 투고/주제, 숯, 국화 시들다, 물떼새/10점 부	平凡作	시가/하이쿠	
3	1	俳句	仁川俳壇卯月會席上卽吟/會同人投/題、炭、菊枯るゝ、千鳥/十一點之部〔1〕 인천 하이단 우즈키카이 석상 즉음/회 동인 투고/주제, 숯, 국화 시들다, 물떼새/11점 부	醉仙	시가/하이쿠	
3	1	俳句	仁川俳壇卯月會席上卽吟/會同人投/題、炭、菊枯るゝ、千鳥/十一點之部〔1〕 인천 하이단 우즈키카이 석상 즉음/회 동인 투고/주제, 숯, 국화 시들다, 물떼새/11점 부	俳阿彌	시가/하이쿠	
3	1	俳句	仁川俳壇卯月會席上卽吟/會同人投/題、炭、菊枯るゝ、千鳥/十二點之部〔1〕 인천 하이단 우즈키카이 석상 즉음/회 동인 투고/주제, 숯, 국화 시들다, 물떼새/12점 부	一骨	시가/하이쿠	
3	1	俳句	仁川俳壇卯月會席上卽吟/會同人投/題、炭、菊枯るゝ、千鳥/十三點之部〔1〕 인천 하이단 우즈키카이 석상 즉음/회 동인 투고/주제, 숯, 국화 시들다, 물떼새/13점 부	竹賀	시가/하이쿠	
3	1	俳句	仁川俳壇卯月會席上卽吟/會同人投/題、炭、菊枯るゝ、千鳥/十三點之部〔1〕 인천 하이단 우즈키카이 석상 즉음/회 동인 투고/주제, 숯, 국화 시들다, 물떼새/13점 부	一盃	시가/하이쿠	
3	1	俳句	仁川俳壇卯月會席上卽吟/會同人投/題、炭、菊枯るゝ、千鳥/十五點之部〔1〕 인천 하이단 우즈키카이 석상 즉음/회 동인 투고/주제, 숯, 국화 시들다, 물떼새/15점 부	淇水	시가/하이쿠	
3	1	俳句	仁川俳壇卯月會席上卽吟/會同人投/題、炭、菊枯るゝ、千鳥/十六點之部〔1〕 인천 하이단 우즈키카이 석상 즉음/회 동인 투고/주제, 숯, 국화 시들다, 물떼새/16점 부	翫月	시가/하이쿠	
3	1	俳句	仁川俳壇卯月會席上卽吟/會同人投/題、炭、菊枯るゝ、千鳥/十八點之部〔1〕 인천 하이단 우즈키카이 석상 즉음/회 동인 투고/주제, 숯, 국화 시들다, 물떼새/18점 부	白翁	시가/하이쿠	
3	1	俳句	仁川俳壇卯月會席上卽吟/會同人投/題、炭、菊枯るゝ、千鳥/十八點之部〔1〕 인천 하이단 우즈키카이 석상 즉음/회 동인 투고/주제, 숯, 국화 시들다, 물떼새/18점 부	柳好	시가/하이쿠	
3	1	俳句	仁川俳壇卯月會席上卽吟/會同人投/題、炭、菊枯るゝ、千鳥/十八點之部〔1〕 인천 하이단 우즈키카이 석상 즉음/회 동인 투고/주제, 숯, 국화 시들다, 물떼새/18점 부	色葉	시가/하이쿠	
3	1	俳句	仁川俳壇卯月會席上卽吟/會同人投/題、炭、菊枯るゝ、千鳥/十九點之部〔1〕 인천 하이단 우즈키카이 석상 즉음/회 동인 투고/주제, 숯, 국화 시들다, 물떼새/19점 부	一骨	시가/하이쿠	

지면	단수	기획	기사제목 〈회수〉〔곡수〕	필자/저자(역자)	분류	비고
3	1	俳句	仁川俳壇卯月會席上即吟/會同人投/題、炭、菊枯るヽ、千鳥/廿二點之部(人) 〔1〕 인천 하이단 우즈키카이 석상 즉음/회 동인 투고/주제, 숯, 국화 시들다, 물떼새/22점 부(인)	里石	시가/하이쿠	
3	1	俳句	仁川俳壇卯月會席上即吟/會同人投/題、炭、菊枯るヽ、千鳥/廿四點之部(地) 〔1〕 인천 하이단 우즈키카이 석상 즉음/회 동인 투고/주제, 숯, 국화 시들다, 물떼새/24점 부(지)	竹窓	시가/하이쿠	
3	1	俳句	仁川俳壇卯月會席上即吟/會同人投/題、炭、菊枯るヽ、千鳥/卅三點之部(天) 〔1〕 인천 하이단 우즈키카이 석상 즉음/회 동인 투고/주제, 숯, 국화 시들다, 물떼새/33점 부(천)	李雨景	시가/하이쿠	
5	1		國寶「花山森林」を視る 〈2〉 국보 「화산삼림」을 보다	天眞生	수필/기행	

			1911년 12월 14일 (목) 840호			
1	3		新年和歌募集 勅題「松上鶴」 신년 와카 모집 칙제 「소나무 위 두루미」	京城新報編輯局	광고/모집 광고	
1	4~7		梁川庄八 〈55〉 야나가와 쇼하치	小金井蘆州	고단	
5	1~2		國寶「花山森林」を視る 〈3〉 국보 「화산심림」을 보다	天眞生	수필/기행	

			1911년 12월 15일 (금) 841호			
1	1~2		歲末自觀 〈1〉 연말 자관	夢涯浪客	수필/일상	
1	2	文苑	別離所感 〔1〕 별리소감	平壤控訴院檢事 秋場格太郎	시가/한시	
1	2	文苑	別離所感 〔1〕 별리소감	平壤控訴院檢事 秋場格太郎	시가/단카	
1	2	文苑	悲情悲歌 〈1〉〔5〕 비정비가	夢涯生	시가/단카	
1	2	俳句	題、課 時雨、冬並木、鶯の鳴、紙衣、#の類。(一題四句吐)會員相互選 一句點締上座……逆列/十五點部 〔1〕 과제, 초겨울 비, 겨울 가로수, 꾀꼬리 울음, 종이 옷, ##. (1주제 4구씩 읊다) 회원상호선1구점축상좌……역렬/15점 부	菴亭	시가/하이쿠	題、課-課題、오기
1	2	俳句	題、課 時雨、冬並木、鶯の鳴、紙衣、#の類。(一題四句吐)會員相互選 一句點締上座……逆列/十五點部 〔1〕 과제, 초겨울 비, 겨울 가로수, 꾀꼬리 울음, 종이 옷, ##. (1주제 4구씩 읊다) 회원상호선1구점축상좌……역렬/15점 부	月宗	시가/하이쿠	
1	2	俳句	題、課 時雨、冬並木、鶯の鳴、紙衣、#の類。(一題四句吐)會員相互選 一句點締上座……逆列/十五點部 〔1〕 과제, 초겨울 비, 겨울 가로수, 꾀꼬리 울음, 종이 옷, ##. (1주제 4구씩 읊다) 회원상호선1구점축상좌……역렬/15점 부	俳北	시가/하이쿠	
1	2	俳句	題、課 時雨、冬並木、鶯の鳴、紙衣、#の類。(一題四句吐)會員相互選 一句點締上座……逆列/十五點部 〔1〕 과제, 초겨울 비, 겨울 가로수, 꾀꼬리 울음, 종이 옷, ##. (1주제 4구씩 읊다) 회원상호선1구점축상좌……역렬/15점 부	其樂	시가/하이쿠	
1	2	俳句	題、課 時雨、冬並木、鶯の鳴、紙衣、#の類。(一題四句吐)會員相互選 一句點締上座……逆列/十五點部 〔1〕 과제, 초겨울 비, 겨울 가로수, 꾀꼬리 울음, 종이 옷, ##. (1주제 4구씩 읊다) 회원상호선1구점축상좌……역렬/15점 부	一骨	시가/하이쿠	

지면	단수	기획	기사제목 〈회수〉〔곡수〕	필자/저자(역자)	분류	비고
1	2	俳句	題、課 時雨、冬並木、鶯の鳴、紙衣、#の類。(一題四句吐)會員相互選 一句點縮上座……逆列/十五點部〔1〕 과제, 초겨울 비, 겨울 가로수, 꾀꼬리 울음, 종이 옷, ##. (1주제 4구씩 읊다) 회원상호선1구점축상좌……역렬/15점 부	雲水	시가/하이쿠	
1	2	俳句	題、課 時雨、冬並木、鶯の鳴、紙衣、#の類。(一題四句吐)會員相互選 一句點縮上座……逆列/十六點部〔1〕 과제, 초겨울 비, 겨울 가로수, 꾀꼬리 울음, 종이 옷, ##. (1주제 4구씩 읊다) 회원상호선1구점축상좌……역렬/16점 부	梅園	시가/하이쿠	
1	2	俳句	題、課 時雨、冬並木、鶯の鳴、紙衣、#の類。(一題四句吐)會員相互選 一句點縮上座……逆列/十六點部〔1〕 과제, 초겨울 비, 겨울 가로수, 꾀꼬리 울음, 종이 옷, ##. (1주제 4구씩 읊다) 회원상호선1구점축상좌……역렬/16점 부	耳柿	시가/하이쿠	
1	2	俳句	題、課 時雨、冬並木、鶯の鳴、紙衣、#の類。(一題四句吐)會員相互選 一句點縮上座……逆列/十六點部〔1〕 과제, 초겨울 비, 겨울 가로수, 꾀꼬리 울음, 종이 옷, ##. (1주제 4구씩 읊다) 회원상호선1구점축상좌……역렬/16점 부	醉仙	시가/하이쿠	
1	2	俳句	題、課 時雨、冬並木、鶯の鳴、紙衣、#の類。(一題四句吐)會員相互選 一句點縮上座……逆列/十六點部〔1〕 주제, 초겨울 비, 겨울 가로수, 백로의 울음, 종이 옷, #종류(1제 4구토)회원 상호 선별 1구점 축상좌 ….역렬/16점 부	一盃	시가/하이쿠	
1	2	俳句	題、課 時雨、冬並木、鶯の鳴、紙衣、#の類。(一題四句吐)會員相互選 一句點縮上座……逆列/十六點部〔1〕 과제, 초겨울 비, 겨울 가로수, 꾀꼬리 울음, 종이 옷, ##. (1주제 4구씩 읊다) 회원상호선1구점축상좌……역렬/16점 부	諧南	시가/하이쿠	
1	2	俳句	題、課 時雨、冬並木、鶯の鳴、紙衣、#の類。(一題四句吐)會員相互選 一句點縮上座……逆列/十六點部〔1〕 과제, 초겨울 비, 겨울 가로수, 꾀꼬리 울음, 종이 옷, ##. (1주제 4구씩 읊다) 회원상호선1구점축상좌……역렬/16점 부	襄天	시가/하이쿠	
1	2	俳句	題、課 時雨、冬並木、鶯の鳴、紙衣、#の類。(一題四句吐)會員相互選 一句點縮上座……逆列/十六點部〔1〕 과제, 초겨울 비, 겨울 가로수, 꾀꼬리 울음, 종이 옷, ##. (1주제 4구씩 읊다) 회원상호선1구점축상좌……역렬/16점 부	白翁	시가/하이쿠	
1	3		新年和歌募集 勅題「松上鶴」 신년 와카 모집 칙제「소나무 위 두루미」	京城新報編輯局	광고/모집 광고	
1	3~6		梁川庄八〈56〉 야나가와 쇼하치	小金井蘆州	고단	
3	2	俳句	仁川俳壇卯月會第拾壹輯/十七點之部〔1〕 인천 하이단 우즈키카이 제11집/17점 부	是空	시가/하이쿠	
3	2	俳句	仁川俳壇卯月會第拾壹輯/十七點之部〔1〕 인천 하이단 우즈키카이 제11집/17점 부	諧南	시가/하이쿠	
3	2	俳句	仁川俳壇卯月會第拾壹輯/十七點之部〔1〕 인천 하이단 우즈키카이 제11집/17점 부	柳門	시가/하이쿠	
3	2	俳句	仁川俳壇卯月會第拾壹輯/十七點之部〔1〕 인천 하이단 우즈키카이 제11집/17점 부	金雅	시가/하이쿠	
3	2	俳句	仁川俳壇卯月會第拾壹輯/十七點之部〔1〕 인천 하이단 우즈키카이 제11집/17점 부	海南	시가/하이쿠	
3	2	俳句	仁川俳壇卯月會第拾壹輯/十七點之部〔1〕 인천 하이단 우즈키카이 제11집/17점 부	折中	시가/하이쿠	
3	2	俳句	仁川俳壇卯月會第拾壹輯/十七點之部〔1〕 인천 하이단 우즈키카이 제11집/17점 부	柳好	시가/하이쿠	
3	2	俳句	仁川俳壇卯月會第拾壹輯/十八點之部〔1〕 인천 하이단 우즈키카이 제11집/18점 부	松園	시가/하이쿠	
3	2	俳句	仁川俳壇卯月會第拾壹輯/十八點之部〔1〕 인천 하이단 우즈키카이 제11집/18점 부	色葉	시가/하이쿠	

지면	단수	기획	기사제목 〈회수〉〔곡수〕	필자/저자(역자)	분류	비고
3	2	俳句	仁川俳壇卯月會第拾壹輯/十八點之部〔1〕 인천 하이단 우즈키카이 제11집/18점 부	凌霜	시가/하이쿠	
3	2	俳句	仁川俳壇卯月會第拾壹輯/十八點之部〔1〕 인천 하이단 우즈키카이 제11집/18점 부	哲舟	시가/하이쿠	
3	2	俳句	仁川俳壇卯月會第拾壹輯/十八點之部〔1〕 인천 하이단 우즈키카이 제11집/18점 부	梅華	시가/하이쿠	
3	2	俳句	仁川俳壇卯月會第拾壹輯/十八點之部〔1〕 인천 하이단 우즈키카이 제11집/18점 부	竹窓	시가/하이쿠	
3	2	俳句	仁川俳壇卯月會第拾壹輯/十八點之部〔1〕 인천 하이단 우즈키카이 제11집/18점 부	一盃	시가/하이쿠	
3	2	俳句	仁川俳壇卯月會第拾壹輯/十九點之部〔1〕 인천 하이단 우즈키카이 제11집/19점 부	醉仙	시가/하이쿠	
3	2	俳句	仁川俳壇卯月會第拾壹輯/十九點之部〔1〕 인천 하이단 우즈키카이 제11집/19점 부	梅園	시가/하이쿠	
3	2	俳句	仁川俳壇卯月會第拾壹輯/十九點之部〔1〕 인천 하이단 우즈키카이 제11집/19점 부	菴亭	시가/하이쿠	
3	2	俳句	仁川俳壇卯月會第拾壹輯/十九點之部〔1〕 인천 하이단 우즈키카이 제11집/19점 부	一樹	시가/하이쿠	
3	2	俳句	仁川俳壇卯月會第拾壹輯/十九點之部〔1〕 인천 하이단 우즈키카이 제11집/19점 부	是空	시가/하이쿠	
3	2	俳句	仁川俳壇卯月會第拾壹輯/二十點之部〔1〕 인천 하이단 우즈키카이 제11집/20점 부	竹窓	시가/하이쿠	
3	2	俳句	仁川俳壇卯月會第拾壹輯/二十點之部〔1〕 인천 하이단 우즈키카이 제11집/20점 부	柳好	시가/하이쿠	
3	2	俳句	仁川俳壇卯月會第拾壹輯/廿一點之部〔1〕 인천 하이단 우즈키카이 제11집/21점 부	宗裏	시가/하이쿠	
3	2	俳句	仁川俳壇卯月會第拾壹輯/廿一點之部〔1〕 인천 하이단 우즈키카이 제11집/21점 부	凌霜	시가/하이쿠	
3	2	俳句	仁川俳壇卯月會第拾壹輯/廿一點之部〔1〕 인천 하이단 우즈키카이 제11집/21점 부	俳北	시가/하이쿠	
3	2	俳句	仁川俳壇卯月會第拾壹輯/廿一點之部〔1〕 인천 하이단 우즈키카이 제11집/21점 부	菊樂	시가/하이쿠	
3	2	俳句	仁川俳壇卯月會第拾壹輯/廿二點之部〔1〕 인천 하이단 우즈키카이 제11집/22점 부	裏天	시가/하이쿠	
3	2	俳句	仁川俳壇卯月會第拾壹輯/廿二點之部〔1〕 인천 하이단 우즈키카이 제11집/22점 부	聽雨	시가/하이쿠	
3	2	俳句	仁川俳壇卯月會第拾壹輯/廿二點之部〔1〕 인천 하이단 우즈키카이 제11집/22점 부	哲舟	시가/하이쿠	
3	2	俳句	仁川俳壇卯月會第拾壹輯/廿二點之部〔1〕 인천 하이단 우즈키카이 제11집/22점 부	松都	시가/하이쿠	
3	2	俳句	仁川俳壇卯月會第拾壹輯/廿三點之部〔1〕 인천 하이단 우즈키카이 제11집/23점 부	竹賀	시가/하이쿠	
3	2	俳句	仁川俳壇卯月會第拾壹輯/廿三點之部〔1〕 인천 하이단 우즈키카이 제11집/23점 부	一滴	시가/하이쿠	
3	2	俳句	仁川俳壇卯月會第拾壹輯/廿三點之部〔1〕 인천 하이단 우즈키카이 제11집/23점 부	哲舟	시가/하이쿠	
3	2	俳句	仁川俳壇卯月會第拾壹輯/廿三點之部〔1〕 인천 하이단 우즈키카이 제11집/23점 부	翫月	시가/하이쿠	
3	2	俳句	仁川俳壇卯月會第拾壹輯/廿三點之部〔1〕 인천 하이단 우즈키카이 제11집/23점 부	無柾	시가/하이쿠	
3	2	俳句	仁川俳壇卯月會第拾壹輯/廿三點之部〔1〕 인천 하이단 우즈키카이 제11집/23점 부	醉仙	시가/하이쿠	

지면	단수	기획	기사제목 〈회수〉〔곡수〕	필자/저자(역자)	분류	비고
3	2	俳句	仁川俳壇卯月會第拾壹輯/廿四點之部〔1〕 인천 하이단 우즈키카이 제11집/24점 부	山岳	시가/하이쿠	
3	2	俳句	仁川俳壇卯月會第拾壹輯/廿四點之部〔1〕 인천 하이단 우즈키카이 제11집/24점 부	月宗	시가/하이쿠	
3	2	俳句	仁川俳壇卯月會第拾壹輯/廿四點之部〔1〕 인천 하이단 우즈키카이 제11집/24점 부	枯柳	시가/하이쿠	
3	2	俳句	仁川俳壇卯月會第拾壹輯/廿六點之部〔1〕 인천 하이단 우즈키카이 제11집/26점 부	俳北	시가/하이쿠	
3	2	俳句	仁川俳壇卯月會第拾壹輯/廿七點之部〔1〕 인천 하이단 우즈키카이 제11집/27점 부	是空	시가/하이쿠	
3	2	俳句	仁川俳壇卯月會第拾壹輯/廿七點之部〔1〕 인천 하이단 우즈키카이 제11집/27점 부	淇水	시가/하이쿠	
3	3	俳句	仁川俳壇卯月會第拾壹輯/廿七點之部〔1〕 인천 하이단 우즈키카이 제11집/27점 부	竹香	시가/하이쿠	
3	3	俳句	仁川俳壇卯月會第拾壹輯/廿八點之部〔1〕 인천 하이단 우즈키카이 제11집/28점 부	一盃	시가/하이쿠	
3	3	俳句	仁川俳壇卯月會第拾壹輯/廿九點之部〔1〕 인천 하이단 우즈키카이 제11집/29점 부	白翁	시가/하이쿠	
3	3	俳句	仁川俳壇卯月會第拾壹輯/卅一點之部〔1〕 인천 하이단 우즈키카이 제11집/31점 부	一滴	시가/하이쿠	
3	3	俳句	仁川俳壇卯月會第拾壹輯/卅二點之部〔1〕 인천 하이단 우즈키카이 제11집/32점 부	菊樂	시가/하이쿠	
3	3	俳句	仁川俳壇卯月會第拾壹輯/卅三點之部〔1〕 인천 하이단 우즈키카이 제11집/33점 부	俳北	시가/하이쿠	
3	3	俳句	仁川俳壇卯月會第拾壹輯/卅三點之部(人)〔1〕 인천 하이단 우즈키카이 제11집/33점 부(인)	里石	시가/하이쿠	
3	3	俳句	仁川俳壇卯月會第拾壹輯/卅四點之部(地)〔1〕 인천 하이단 우즈키카이 제11집/34점 부(지)	翫月	시가/하이쿠	
3	3	俳句	仁川俳壇卯月會第拾壹輯/四十九點之部(天)〔1〕 인천 하이단 우즈키카이 제11집/49점 부(천)	竹窓	시가/하이쿠	
5	1~2		國寶「花山森林」を視る〈4〉 국보「화산삼림」을 보다	天眞生	수필/기행	

1911년 12월 16일 (토) 842호

지면	단수	기획	기사제목 〈회수〉〔곡수〕	필자/저자(역자)	분류	비고
1	1~2		歲末自觀〈2〉 연말 자관	夢涯浪客	수필/일상	
1	2	文苑	☆漢江のほとり〔5〕 한강 부근	松琴生	시가/단카	
1	3		新年和歌募集 勅題「松上鶴」 신년 와카 모집 칙제「소나무 위 두루미」	京城新報編輯局	광고/모집 광고	
1	3~7		梁川庄八〈57〉 야나가와 쇼하치	小金井蘆州	고단	
3	1~2		國寶「花山森林」を視る〈5〉 국보「화산삼림」을 보다	天眞生	수필/기행	

1911년 12월 17일 (일) 843호

지면	단수	기획	기사제목 〈회수〉〔곡수〕	필자/저자(역자)	분류	비고
1	1~3		歲末自觀〈3〉 연말 자관	夢涯浪客	수필/일상	
1	3		新年和歌募集 勅題「松上鶴」 신년 와카 모집 칙제「소나무 위 두루미」	京城新報編輯局	광고/모집 광고	
1	4	文苑	悲情悲歌(下)〈2〉〔5〕 비정비가(하)	夢涯生	시가/단카	

지면	단수	기획	기사제목 〈회수〉〔곡수〕	필자/저자(역자)	분류	비고
1	4~8		梁川庄八 〈58〉 야나가와 쇼하치	小金井蘆州	고단	
5	1~3		國寶「花山森林」을 視る 〈6〉 국보 「화산삼림」을 보다	天眞生	수필/기행	

1911년 12월 19일 (화) 844호

지면	단수	기획	기사제목 〈회수〉〔곡수〕	필자/저자(역자)	분류	비고
1	1		歲末自觀 〈4〉 연말 자관	夢涯浪客	수필/일상	
1	1~2		コツパ會句錄 곳파카이 구록		기타/모임 안내	
1	2		コツパ會句錄/極月九日於例會席上互撰/出席者 靜軒 袋人 六朝 苔石 魚骨 湖東 礭川 梅村 白雨/冬籠 〔2〕 곳파카이 구록/12월 9일 어례회 석상 호찬/출석자 세이켄 다이진 리쿠초 고케이시 교코쓰 고토 가쿠센 우메무라 하쿠우/겨울나기	六朝	시가/하이쿠	
1	2		コツパ會句錄/極月九日於例會席上互撰/出席者 靜軒 袋人 六朝 苔石 魚骨 湖東 礭川 梅村 白雨/冬籠 〔1〕 곳파카이 구록/12월 9일 어례회 석상 호찬/출석자 세이켄 다이진 리쿠초 고케이시 교코쓰 고토 가쿠센 우메무라 하쿠우/겨울나기	礭川	시가/하이쿠	
1	2		コツパ會句錄/極月九日於例會席上互撰/出席者 靜軒 袋人 六朝 苔石 魚骨 湖東 礭川 梅村 白雨/冬籠 〔1〕 곳파카이 구록/12월 9일 어례회 석상 호찬/출석자 세이켄 다이진 리쿠초 고케이시 교코쓰 고토 가쿠센 우메무라 하쿠우/겨울나기	湖東	시가/하이쿠	
1	2		コツパ會句錄/極月九日於例會席上互撰/出席者 靜軒 袋人 六朝 苔石 魚骨 湖東 礭川 梅村 白雨/冬籠 〔1〕 곳파카이 구록/12월 9일 어례회 석상 호찬/출석자 세이켄 다이진 리쿠초 고케이시 교코쓰 고토 가쿠센 우메무라 하쿠우/겨울나기	梅村	시가/하이쿠	
1	2		コツパ會句錄/極月九日於例會席上互撰/出席者 靜軒 袋人 六朝 苔石 魚骨 湖東 礭川 梅村 白雨/冬籠 〔2〕 곳파카이 구록/12월 9일 어례회 석상 호찬/출석자 세이켄 다이진 리쿠초 고케이시 교코쓰 고토 가쿠센 우메무라 하쿠우/겨울나기	苔石	시가/하이쿠	
1	2		コツパ會句錄/極月九日於例會席上互撰/出席者 靜軒 袋人 六朝 苔石 魚骨 湖東 礭川 梅村 白雨/冬籠 〔1〕 곳파카이 구록/12월 9일 어례회 석상 호찬/출석자 세이켄 다이진 리쿠초 고케이시 교코쓰 고토 가쿠센 우메무라 하쿠우/겨울나기	袋人	시가/하이쿠	
1	2		コツパ會句錄/極月九日於例會席上互撰/出席者 靜軒 袋人 六朝 苔石 魚骨 湖東 礭川 梅村 白雨/冬籠 〔2〕 곳파카이 구록/12월 9일 어례회 석상 호찬/출석자 세이켄 다이진 리쿠초 고케이시 교코쓰 고토 가쿠센 우메무라 하쿠우/겨울나기	靜軒	시가/하이쿠	
1	2		コツパ會句錄/極月九日於例會席上互撰/出席者 靜軒 袋人 六朝 苔石 魚骨 湖東 礭川 梅村 白雨/冬籠 〔1〕 곳파카이 구록/12월 9일 어례회 석상 호찬/출석자 세이켄 다이진 리쿠초 고케이시 교코쓰 고토 가쿠센 우메무라 하쿠우/겨울나기	袋人	시가/하이쿠	
1	2		コツパ會句錄/極月九日於例會席上互撰/出席者 靜軒 袋人 六朝 苔石 魚骨 湖東 礭川 梅村 白雨/冬籠 〔1〕 곳파카이 구록/12월 9일 어례회 석상 호찬/출석자 세이켄 다이진 리쿠초 고케이시 교코쓰 고토 가쿠센 우메무라 하쿠우/겨울나기	靜軒	시가/하이쿠	
1	2		コツパ會句錄/極月九日於例會席上互撰/出席者 靜軒 袋人 六朝 苔石 魚骨 湖東 礭川 梅村 白雨/冬籠 〔2〕 곳파카이 구록/12월 9일 어례회 석상 호찬/출석자 세이켄 다이진 리쿠초 고케이시 교코쓰 고토 가쿠센 우메무라 하쿠우/겨울나기	魚骨	시가/하이쿠	
1	2		コツパ會句錄/極月九日於例會席上互撰/出席者 靜軒 袋人 六朝 苔石 魚骨 湖東 礭川 梅村 白雨/雪佛(雪達摩) 〔1〕 곳파카이 구록/12월 9일 어례회 석상 호찬/출석자 세이켄 다이진 리쿠초 고케이시 교코쓰 고토 가쿠센 우메무라 하쿠우/눈사람	湖東	시가/하이쿠	

지면	단수	기획	기사제목 〈회수〉〔곡수〕	필자/저자(역자)	분류	비고
1	2		コツパ會句錄/極月九日於例會席上互撰/出席者 靜軒 袋人 六朝 苔石 魚骨 湖東 確川 梅村 白雨/雪佛(雪達摩)〔2〕 곳파카이 구록/12월 9일 어례회 석상 호찬/출석자 세이켄 다이진 리쿠초 고게이시 교코쓰 고토 가쿠센 우메무라 하쿠우/눈사람	確川	시가/하이쿠	
1	2		コツパ會句錄/極月九日於例會席上互撰/出席者 靜軒 袋人 六朝 苔石 魚骨 湖東 確川 梅村 白雨/雪佛(雪達摩)〔1〕 곳파카이 구록/12월 9일 어례회 석상 호찬/출석자 세이켄 다이진 리쿠초 고게이시 교코쓰 고토 가쿠센 우메무라 하쿠우/눈사람	靜軒	시가/하이쿠	
1	2		コツパ會句錄/極月九日於例會席上互撰/出席者 靜軒 袋人 六朝 苔石 魚骨 湖東 確川 梅村 白雨/雪佛(雪達摩)〔1〕 곳파카이 구록/12월 9일 어례회 석상 호찬/출석자 세이켄 다이진 리쿠초 고게이시 교코쓰 고토 가쿠센 우메무라 하쿠우/눈사람	袋人	시가/하이쿠	
1	2		コツパ會句錄/極月九日於例會席上互撰/出席者 靜軒 袋人 六朝 苔石 魚骨 湖東 確川 梅村 白雨/雪佛(雪達摩)〔2〕 곳파카이 구록/12월 9일 어례회 석상 호찬/출석자 세이켄 다이진 리쿠초 고게이시 교코쓰 고토 가쿠센 우메무라 하쿠우/눈사람	白雨	시가/하이쿠	
1	2		コツパ會句錄/極月九日於例會席上互撰/出席者 靜軒 袋人 六朝 苔石 魚骨 湖東 確川 梅村 白雨/雪佛(雪達摩)〔1〕 곳파카이 구록/12월 9일 어례회 석상 호찬/출석자 세이켄 다이진 리쿠초 고게이시 교코쓰 고토 가쿠센 우메무라 하쿠우/눈사람	苔石	시가/하이쿠	
1	2		コツパ會句錄/極月九日於例會席上互撰/出席者 靜軒 袋人 六朝 苔石 魚骨 湖東 確川 梅村 白雨/雪佛(雪達摩)〔2〕 곳파카이 구록/12월 9일 어례회 석상 호찬/출석자 세이켄 다이진 리쿠초 고게이시 교코쓰 고토 가쿠센 우메무라 하쿠우/눈사람	魚骨	시가/하이쿠	
1	2		コツパ會句錄/極月九日於例會席上互撰/出席者 靜軒 袋人 六朝 苔石 魚骨 湖東 確川 梅村 白雨/雪佛(雪達摩)〔1〕 곳파카이 구록/12월 9일 어례회 석상 호찬/출석자 세이켄 다이진 리쿠초 고게이시 교코쓰 고토 가쿠센 우메무라 하쿠우/눈사람	靜軒	시가/하이쿠	
1	2		コツパ會句錄/極月九日於例會席上互撰/出席者 靜軒 袋人 六朝 苔石 魚骨 湖東 確川 梅村 白雨/雪佛(雪達摩)〔1〕 곳파카이 구록/12월 9일 어례회 석상 호찬/출석자 세이켄 다이진 리쿠초 고게이시 교코쓰 고토 가쿠센 우메무라 하쿠우/눈사람	袋人	시가/하이쿠	
1	2		コツパ會句錄/極月九日於例會席上互撰/出席者 靜軒 袋人 六朝 苔石 魚骨 湖東 確川 梅村 白雨/雪佛(雪達摩)〔1〕 곳파카이 구록/12월 9일 어례회 석상 호찬/출석자 세이켄 다이진 리쿠초 고게이시 교코쓰 고토 가쿠센 우메무라 하쿠우/눈사람	苔石	시가/하이쿠	
1	3		新年和歌募集 勅題「松上鶴」 신년 와카 모집 칙제「소나무 위 두루미」	京城新報編輯局	광고/모집 광고	
1	3~6		梁川庄八 〈59〉 야나가와 쇼하치	小金井蘆州	고단	

1911년 12월 20일 (수) 845호

지면	단수	기획	기사제목 〈회수〉〔곡수〕	필자/저자(역자)	분류	비고
1	3		新年和歌募集 勅題「松上鶴」 신년 와카 모집 칙제「소나무 위 두루미」	京城新報編輯局	광고/모집 광고	
1	4~6		梁川庄八 〈60〉 야나가와 쇼하치	小金井蘆州	고단	
3	2		雨催冬の夜の市(上) 〈1〉 비를 부르는 겨울 야시장(상)	夜叉若	수필/관찰	

1911년 12월 21일 (목) 846호

지면	단수	기획	기사제목 〈회수〉〔곡수〕	필자/저자(역자)	분류	비고
1	1		溫突迷語錄 〈3〉 온돌미어록	歪の權太	수필/비평	
1	3		新年和歌募集 勅題「松上鶴」 신년 와카 모집 칙제「소나무 위 두루미」	京城新報編輯局	광고/모집 광고	

지면	단수	기획	기사제목 〈회수〉〔곡수〕	필자/저자(역자)	분류	비고
1	3	文苑	折にふれて〔5〕 이따금	松琴生	시가/단카	
1	4~5		梁川庄八 〈61〉 야나가와 쇼하치	小金井蘆州	고단	
3	2		雨催冬の夜の市(下) 〈2〉 비를 부르는 겨울 야시장(하)	夜叉若	수필/일상	

1911년 12월 22일 (금) 847호

지면	단수	기획	기사제목 〈회수〉〔곡수〕	필자/저자(역자)	분류	비고
1	1		溫突迷語錄 〈4〉 온돌미어록	歪の權太	수필/비평	
1	1~2		閻摩廳俳句局より/コツパ會同人諸君 〈1〉 염라청 하이쿠 부처에서/곳파카이 동인 제군	俳亡者	수필/기타	
1	2~3	文苑	コツパ會祝吟〔18〕 곳파카이 축음	仁川 丹葉山人	시가/하이쿠	
1	3		新年和歌募集 勅題「松上鶴」 신년 와카 모집 칙제「소나무 위 두루미」	京城新報編輯局	광고/모집 광고	
1	3~6		梁川庄八 〈62〉 야나가와 쇼하치	小金井蘆州	고단	

1911년 12월 23일 (토) 848호

지면	단수	기획	기사제목 〈회수〉〔곡수〕	필자/저자(역자)	분류	비고
1	1		溫突迷語錄 〈5〉 온돌미어록	歪の權太	수필/비평	
1	2	文苑	閻摩廳俳句局より/コツパ會同人諸君 〈2〉 염라청 하이쿠 부처에서/곳파카이 동인 제군	俳亡者	수필·시가/ 기타·하이쿠	
1	3		新年和歌募集 勅題「松上鶴」 신년 와카 모집 칙제「소나무 위 두루미」	京城新報編輯局	광고/모집 광고	
1	3~6		梁川庄八 〈63〉 야나가와 쇼하치	小金井蘆州	고단	

1911년 12월 24일 (일) 849호

지면	단수	기획	기사제목 〈회수〉〔곡수〕	필자/저자(역자)	분류	비고
1	2	文苑	閻摩廳俳句局より/コツパ會同人諸君 〈3〉 염라청 하이쿠 부처에서/곳파카이 동인 제군	俳亡者	수필/기타	
1	3		新年和歌募集 勅題「松上鶴」 신년 와카 모집 칙제「소나무 위 두루미」	京城新報編輯局	광고/모집 광고	
1	3~6		梁川庄八 〈64〉 야나가와 쇼하치	小金井蘆州	고단	

1911년 12월 26일 (화) 850호

지면	단수	기획	기사제목 〈회수〉〔곡수〕	필자/저자(역자)	분류	비고
1	3~6		梁川庄八 〈65〉 야나가와 쇼하치	小金井蘆州	고단	
3	1		支那人氣質 지나인의 기질	某淸國通	수필/비평	

1911년 12월 27일 (수) 851호

지면	단수	기획	기사제목 〈회수〉〔곡수〕	필자/저자(역자)	분류	비고
1	2	文苑	指の數〔5〕 손가락 수	松琴生	시가/단카	
1	3~6		梁川庄八 〈66〉 야나가와 쇼하치	小金井蘆州	고단	

1911년 12월 28일 (목) 852호

지면	단수	기획	기사제목 〈회수〉〔곡수〕	필자/저자(역자)	분류	비고
1	1~2		明治四十年を送る 메이지 40년을 보내다		수필/비평	

지면	단수	기획	기사제목 〈회수〉〔곡수〕	필자/저자(역자)	분류	비고
1	2~5		梁川庄八 〈67〉 야나가와 쇼하치	小金井蘆州	고단	

1912년 01월 05일 (금) 854호

지면	단수	기획	기사제목	필자/저자(역자)	분류	비고
1	2		やはらき 누그러짐	霞州	수필/일상	
1	3~6		梁川庄八 〈69〉 야나가와 쇼하치	小金井蘆洲	고단	
3	1~2		鴨綠江の橋と氷 〈1〉 압록강의 다리와 얼음	天眞生	수필/기행	

1912년 01월 07일 (일) 855호

지면	단수	기획	기사제목	필자/저자(역자)	분류	비고
1	1	文苑	元旦 〔2〕 정월 초하루	田村のぶ子	시가/단카	
1	1	文苑	立春 〔1〕 입춘	田村のぶ子	시가/단카	
1	1	文苑	山家雪 〔1〕 눈 오는 산 속의 집	田村のぶ子	시가/단카	
1	1~2	文苑	山雪 〔1〕 눈 내리는 산	田村のぶ子	시가/단카	
1	2	文苑	冬月 〔2〕 겨울 달	田村のぶ子	시가/단카	
1	2	文苑	埋火 〔1〕 묻어 둔 숯불	田村のぶ子	시가/단카	
1	2	文苑	朝雪 〔1〕 아침에 내리는 눈	田村のぶ子	시가/단카	
1	2	文苑	歲暮 〔1〕 세밑	田村のぶ子	시가/단카	
1	2	文苑	新聲 〔5〕 신성	松琴生	시가/단카	
1	2	文苑	新年雜吟十首 〔1〕 신년 잡음-십수	京城 小牧細月	시가/단카	
1	2	文苑	新年雜吟十首/新年鶴 〔1〕 신년 잡음-십수/새해의 두루미	京城 小牧細月	시가/단카	
1	2	文苑	新年雜吟十首/新年酒 〔1〕 신년 잡음-십수/새해의 술	京城 小牧細月	시가/단카	
1	2	文苑	新年雜吟十首/新年祝世 〔1〕 신년 잡음-십수/새해 세상을 축하하며	京城 小牧細月	시가/단카	
1	2	文苑	新年雜吟十首/新年望海 〔1〕 신년 잡음-십수/새해 바다를 바라보며	京城 小牧細月	시가/단카	
1	2	文苑	新年雜吟十首/朝の山 〔1〕 신년 잡음-십수/아침 산	京城 小牧細月	시가/단카	
1	2	文苑	新年雜吟十首/遇太平世 〔1〕 신년 잡음-십수/태평한 세상을 만나다	京城 小牧細月	시가/단카	
1	3	文苑	新年雜吟十首/新年宴 〔1〕 신년 잡음-십수/신년 연회	京城 小牧細月	시가/단카	
1	3	文苑	新年雜吟十首/新年遊興 〔1〕 신년 잡음-십수/신년 유흥	京城 小牧細月	시가/단카	
1	3	文苑	新年雜吟十首/都新年 〔1〕 신년 잡음-십수/도성의 신년	京城 小牧細月	시가/단카	
1	3	文苑	壬子元旦 〔1〕 임자원단	京城 兒玉秋川	시가/한시	

지면	단수	기획	기사제목 〈회수〉〔곡수〕	필자/저자(역자)	분류	비고
1	3~6		梁川庄八 〈70〉 야나가와 쇼하치	小金井蘆洲	고단	
3	1~2		鴨綠江の橋と氷 〈2〉 압록강의 다리와 얼음	天眞生	수필/기행	

1912년 01월 09일 (화) 856호

지면	단수	기획	기사제목	필자/저자(역자)	분류	비고
1	1~2	雜錄	我輩の新年 〈1〉 나의 신년	溫突の哲人	수필/일상	
1	3~6		梁川庄八 〈71〉 야나가와 쇼하치	小金井蘆洲	고단	
3	1~2		鴨綠江の橋と氷 〈3〉 압록강의 다리와 얼음	天眞生	수필/기행	

1912년 01월 10일 (수) 857호

지면	단수	기획	기사제목	필자/저자(역자)	분류	비고
1	1~2	雜錄	我輩の新年 〈2〉 나의 신년	溫突哲人	수필/일상	
1	3~6		梁川庄八 〈72〉 야나가와 쇼하치	小金井蘆洲	고단	
3	1~2		鴨綠江の橋と氷 〈4〉 압록강의 다리와 얼음	天眞生	수필/기행	

1912년 01월 11일 (목) 858호

지면	단수	기획	기사제목	필자/저자(역자)	분류	비고
1	1~2	雜錄	我輩の新年 〈3〉 나의 신년	溫突哲人	수필/일상	
1	2	漢詩	原韻 〔1〕 원운	加藤游濠	시가/한시	
1	2	漢詩	其一 〔1〕 그 첫 번째	加藤游濠	시가/한시	
1	2	漢詩	其二 〔1〕 그 두 번째	加藤游濠	시가/한시	
1	2	漢詩	松上鶴 〔4〕 소나무 위 두루미	河村竹溪	시가/한시	
1	3~6		梁川庄八 〈73〉 야나가와 쇼하치	小金井蘆洲	고단	
3	1~2		鴨綠江の橋と氷 〈5〉 압록강의 다리와 얼음	天眞生	수필/기행	

1912년 01월 12일 (금) 859호

지면	단수	기획	기사제목	필자/저자(역자)	분류	비고
1	1		我輩の新年 〈4〉 나의 신년	溫突哲人	수필/일상	
1	2		粉吹雪 눈보라	▲△生	수필/일상	
1	3~6		梁川庄八 〈74〉 야나가와 쇼하치	小金井蘆洲	고단	
3	1~2		鴨綠江の橋と氷 〈6〉 압록강의 다리와 얼음	天眞生	수필/기행	

1912년 01월 13일 (토) 860호

지면	단수	기획	기사제목	필자/저자(역자)	분류	비고
1	1		飛びく日記 띄엄띄엄 일기	彩雲居丹葉	수필/일기	
1	1~2		粉吹雪 눈보라	▲△生	수필/일상	

지면	단수	기획	기사제목 〈회수〉〔곡수〕	필자/저자(역자)	분류	비고
1	2~6		梁川庄八 〈75〉 야나가와 쇼하치	小金井蘆洲	고단	
3	1~2		鴨綠江の橋と氷 〈7〉 압록강의 다리와 얼음	天眞生	수필/기행	

1912년 01월 14일 (일) 861호

1	2~3		粉吹雪 눈보라	▲△生	수필/일상	
1	3~6		梁川庄八 〈76〉 야나가와 쇼하치	小金井蘆洲	고단	
3	1~2		鴨綠江の橋と氷 〈8〉 압록강의 다리와 얼음	天眞生	수필/기행	

1912년 01월 16일 (화) 862호

1	1~2	寄書	スカンヂナビヤ 一年間の見聞 〈1〉 스칸디나비아 1년간의 견문	在瑞典ストツクホルム 三浦彌五郎	수필/관찰	
1	3~6		梁川庄八 〈77〉 야나가와 쇼하치	小金井蘆洲	고단	
3	1~2		鴨綠江の橋と氷 〈9〉 압록강의 다리와 얼음	天眞生	수필/기행	

1912년 01월 17일 (수) 863호

1	1~2	寄書	スカンヂナビヤ 一年間の見聞 〈2〉 스칸디나비아 1년간의 견문	在瑞典ストツクホルム 三浦彌五郎	수필/관찰	
1	3~6		梁川庄八 〈78〉 야나가와 쇼하치	小金井蘆洲	고단	
3	1~2		鴨綠江の橋と氷 〈10〉 압록강의 다리와 얼음	天眞生	수필/기행	

1912년 01월 18일 (목) 864호

1	1~2	寄書	スカンヂナビヤ 一年間の見聞 〈3〉 스칸디나비아 1년간의 견문	在瑞典ストツクホルム 三浦彌五郎	수필/관찰	
1	3	俳句	俳躰聯詩 松の內/李雨景投〔1〕 하이쿠 연시 마쓰노우치/이우경 투고	丹葉	시가/기타	
1	4~7		梁川庄八 〈79〉 야나가와 쇼하치	小金井蘆洲	고단	

1912년 01월 19일 (금) 865호

| 1 | 1~2 | 寄書 | スカンヂナビヤ 一年間の見聞 〈4〉
스칸디나비아 1년간의 견문 | 在瑞典ストツクホルム 三浦彌五郎 | 수필/관찰 | |
| 1 | 3~6 | | 梁川庄八 〈80〉
야나가와 쇼하치 | 小金井蘆洲 | 고단 | |

1912년 01월 20일 (토) 866호

1	1~2	寄書	スカンヂナビヤ 一年間の見聞 〈5〉 스칸디나비아 1년간의 견문	在瑞典ストツクホルム 三浦彌五郎	수필/관찰	
1	3	俳句	京城新春句抄/初風、女禮者、山笑、梅〔3〕 경성 신춘 구초/설날에 부는 바람, 여성 신년 하례객, 봄의 산, 매화	靜軒	시가/하이쿠	
1	3	俳句	京城新春句抄/初風、女禮者、山笑、梅〔2〕 경성 신춘 구초/설날에 부는 바람, 여성 신년 하례객, 봄의 산, 매화	目池	시가/하이쿠	
1	3	俳句	京城新春句抄/初風、女禮者、山笑、梅〔4〕 경성 신춘 구초/설날에 부는 바람, 여성 신년 하례객, 봄의 산, 매화	島堂	시가/하이쿠	

지면	단수	기획	기사제목 〈회수〉〔곡수〕	필자/저자(역자)	분류	비고
1	3	俳句	京城新春句抄/初風、女禮者、山笑、梅〔3〕 경성 신춘 구초/설날에 부는 바람, 여성 신년 하례객, 봄의 산, 매화	不考郎	시가/하이쿠	
1	3	俳句	京城新春句抄/初風、女禮者、山笑、梅〔4〕 경성 신춘 구초/설날에 부는 바람, 여성 신년 하례객, 봄의 산, 매화	梅村	시가/하이쿠	
1	3	俳句	京城新春句抄/初風、女禮者、山笑、梅〔2〕 경성 신춘 구초/설날에 부는 바람, 여성 신년 하례객, 봄의 산, 매화	旗人	시가/하이쿠	
1	3	俳句	京城新春句抄/初風、女禮者、山笑、梅〔2〕 경성 신춘 구초/설날에 부는 바람, 여성 신년 하례객, 봄의 산, 매화	法蘇	시가/하이쿠	
1	3	俳句	京城新春句抄/初風、女禮者、山笑、梅〔1〕 경성 신춘 구초/설날에 부는 바람, 여성 신년 하례객, 봄의 산, 매화	湖東	시가/하이쿠	
1	3	俳句	京城新春句抄/初風、女禮者、山笑、梅〔1〕 경성 신춘 구초/설날에 부는 바람, 여성 신년 하례객, 봄의 산, 매화	子角	시가/하이쿠	
1	3	俳句	京城新春句抄/初風、女禮者、山笑、梅〔6〕 경성 신춘 구초/설날에 부는 바람, 여성 신년 하례객, 봄의 산, 매화	小蟹	시가/하이쿠	
1	4~7		梁川庄八〈81〉 야나가와 쇼하치	小金井蘆洲	고단	

1912년 01월 21일 (일) 867호

지면	단수	기획	기사제목 〈회수〉〔곡수〕	필자/저자(역자)	분류	비고
1	1~2	寄書	スカンヂナビヤ 一年間の見聞〈6〉 스칸디나비아 1년간의 견문	在瑞典ストックホルム 三浦彌五郎	수필/관찰	
1	3	俳句	京城新春句抄/明太の子、初鵲 경성 신춘 구초/명란젓, 첫 까치	野崎小蟹	기타/모임 안내	
1	3	俳句	京城新春句抄/明太の子、初鵲〔2〕 경성 신춘 구초/명란젓, 첫 까치	島堂	시가/하이쿠	
1	3	俳句	京城新春句抄/明太の子、初鵲〔2〕 경성 신춘 구초/명란젓, 첫 까치	目池	시가/하이쿠	
1	3	俳句	京城新春句抄/明太の子、初鵲〔2〕 경성 신춘 구초/명란젓, 첫 까치	不考郎	시가/하이쿠	
1	3	俳句	京城新春句抄/明太の子、初鵲〔2〕 경성 신춘 구초/명란젓, 첫 까치	法蘇	시가/하이쿠	
1	3	俳句	☆京城新春句抄/明太の子、初鵲〔2〕 경성 신춘 구초/명란젓, 첫 까치	湖東	시가/하이쿠	
1	3	俳句	☆京城新春句抄/明太の子、初鵲〔2〕 경성 신춘 구초/명란젓, 첫 까치	子角	시가/하이쿠	
1	3	俳句	京城新春句抄/明太の子、初鵲〔1〕 경성 신춘 구초/명란젓, 첫 까치	梅枝	시가/하이쿠	
1	3	俳句	京城新春句抄/明太の子、初鵲〔2〕 경성 신춘 구초/명란젓, 첫 까치	靜軒	시가/하이쿠	
1	3	俳句	☆京城新春句抄/明太の子、初鵲〔6〕 경성 신춘 구초/명란젓, 첫 까치	小蟹	시가/하이쿠	
1	4~7		梁川庄八〈82〉 야나가와 쇼하치	小金井蘆洲	고단	

1912년 01월 23일 (화) 868호

지면	단수	기획	기사제목 〈회수〉〔곡수〕	필자/저자(역자)	분류	비고
1	1~2	寄書	スカンヂナビヤ 一年間の見聞〈7〉 스칸디나비아 1년간의 견문	在瑞典ストツクホル厶 三浦彌五郎	수필/관찰	
1.	4~6		梁川庄八〈83〉 야나가와 쇼하치	小金井蘆洲	고단	

1912년 01월 24일 (수) 869호

지면	단수	기획	기사제목 〈회수〉〔곡수〕	필자/저자(역자)	분류	비고
1	1~2	寄書	スカンヂナビヤ 一年間の見聞〈8〉 스칸디나비아 1년간의 견문	在瑞典ストツクホル厶 三浦彌五郎	수필/관찰	

지면	단수	기획	기사제목 〈회수〉〔곡수〕	필자/저자(역자)	분류	비고
1	4~7		梁川庄八 〈84〉 야나가와 쇼하치	小金井蘆洲	고단	

1912년 01월 25일 (목) 870호

지면	단수	기획	기사제목 〈회수〉〔곡수〕	필자/저자(역자)	분류	비고
1	1~2	寄書	スカンヂナビヤ 一年間の見聞 〈9〉 스칸디나비아 1년간의 견문	在瑞典ストツクホルム 三浦彌五郎	수필/관찰	
1	3	俳句	仁川俳壇 卯月會初會席上即吟/題、霞、鶯、藪入/三點の部 〈1〉〔1〕 인천 하이단 우즈키카이 구집 초회 석상 즉음/주제, 봄 안개, 휘파람새, 정초 휴가/3점 부	色葉	시가/하이쿠	
1	3	俳句	仁川俳壇 卯月會初會席上即吟/題、霞、鶯、藪入/三點の部 〈1〉〔1〕 인천 하이단 우즈키카이 구집 초회 석상 즉음/주제, 봄 안개, 휘파람새, 정초 휴가/3점 부	一骨	시가/하이쿠	
1	3	俳句	仁川俳壇 卯月會初會席上即吟/題、霞、鶯、藪入/三點の部 〈1〉〔1〕 인천 하이단 우즈키카이 구집 초회 석상 즉음/주제, 봄 안개, 휘파람새, 정초 휴가/3점 부	竹窓	시가/하이쿠	
1	3	俳句	仁川俳壇 卯月會初會席上即吟/題、霞、鶯、藪入/三點の部 〈1〉〔1〕 인천 하이단 우즈키카이 구집 초회 석상 즉음/주제, 봄 안개, 휘파람새, 정초 휴가/3점 부	色葉	시가/하이쿠	
1	3	俳句	仁川俳壇 卯月會初會席上即吟/題、霞、鶯、藪入/三點の部 〈1〉〔1〕 인천 하이단 우즈키카이 구집 초회 석상 즉음/주제, 봄 안개, 휘파람새, 정초 휴가/3점 부	松園	시가/하이쿠	
1	3	俳句	仁川俳壇 卯月會初會席上即吟/題、霞、鶯、藪入/三點の部 〈1〉〔1〕 인천 하이단 우즈키카이 구집 초회 석상 즉음/주제, 봄 안개, 휘파람새, 정초 휴가/3점 부	色葉	시가/하이쿠	
1	3	俳句	仁川俳壇 卯月會初會席上即吟/題、霞、鶯、藪入/三點の部 〈1〉〔1〕 인천 하이단 우즈키카이 구집 초회 석상 즉음/주제, 봄 안개, 휘파람새, 정초 휴가/3점 부	甎月	시가/하이쿠	
1	3	俳句	仁川俳壇 卯月會初會席上即吟/題、霞、鶯、藪入/四點の部 〈1〉〔2〕 인천 하이단 우즈키카이 구집 초회 석상 즉음/주제, 봄 안개, 휘파람새, 정초 휴가/4점 부	諧南	시가/하이쿠	
1	3	俳句	仁川俳壇 卯月會初會席上即吟/題、霞、鶯、藪入/四點の部 〈1〉〔1〕 인천 하이단 우즈키카이 구집 초회 석상 즉음/주제, 봄 안개, 휘파람새, 정초 휴가/4점 부	竹賀	시가/하이쿠	
1	3	俳句	仁川俳壇 卯月會初會席上即吟/題、霞、鶯、藪入/四點の部 〈1〉〔1〕 인천 하이단 우즈키카이 구집 초회 석상 즉음/주제, 봄 안개, 휘파람새, 정초 휴가/4점 부	一俳	시가/하이쿠	
1	3	俳句	仁川俳壇 卯月會初會席上即吟/題、霞、鶯、藪入/四點の部 〈1〉〔1〕 인천 하이단 우즈키카이 구집 초회 석상 즉음/주제, 봄 안개, 휘파람새, 정초 휴가/4점 부	一骨	시가/하이쿠	
1	3	俳句	仁川俳壇 卯月會初會席上即吟/題、霞、鶯、藪入/四點の部 〈1〉〔1〕 인천 하이단 우즈키카이 구집 초회 석상 즉음/주제, 봄 안개, 휘파람새, 정초 휴가/4점 부	色葉	시가/하이쿠	
1	3	俳句	仁川俳壇 卯月會初會席上即吟/題、霞、鶯、藪入/五點の部 〈1〉〔1〕 인천 하이단 우즈키카이 구집 초회 석상 즉음/주제, 봄 안개, 휘파람새, 정초 휴가/5점 부	竹賀	시가/하이쿠	
1	3	俳句	仁川俳壇 卯月會初會席上即吟/題、霞、鶯、藪入/五點の部 〈1〉〔1〕 인천 하이단 우즈키카이 구집 초회 석상 즉음/주제, 봄 안개, 휘파람새, 정초 휴가/5점 부	一骨	시가/하이쿠	
1	3	俳句	仁川俳壇 卯月會初會席上即吟/題、霞、鶯、藪入/七點の部 〈1〉〔1〕 인천 하이단 우즈키카이 구집 초회 석상 즉음/주제, 봄 안개, 휘파람새, 정초 휴가/7점 부	一滴	시가/하이쿠	
1	3	俳句	仁川俳壇 卯月會初會席上即吟/題、霞、鶯、藪入/七點の部 〈1〉〔1〕 인천 하이단 우즈키카이 구집 초회 석상 즉음/주제, 봄 안개, 휘파람새, 정초 휴가/7점 부	色葉	시가/하이쿠	

지면	단수	기획	기사제목 〈회수〉〔곡수〕	필자/저자(역자)	분류	비고
1	3	俳句	仁川俳壇 卯月會初會席上即吟/題、霞、鶯、藪入/九點の部〈1〉〔1〕 인천 하이단 우즈키카이 구집 초회 석상 즉음/주제, 봄 안개, 휘파람새, 정초 휴가/9점 부	甑月	시가/하이쿠	
1	4	俳句	仁川俳壇 卯月會初會席上即吟/題、霞、鶯、藪入/九點の部〈1〉〔1〕 인천 하이단 우즈키카이 구집 초회 석상 즉음/주제, 봄 안개, 휘파람새, 정초 휴가/9점 부	松園	시가/하이쿠	
1	4	俳句	仁川俳壇 卯月會初會席上即吟/題、霞、鶯、藪入/九點の部〈1〉〔1〕 인천 하이단 우즈키카이 구집 초회 석상 즉음/주제, 봄 안개, 휘파람새, 정초 휴가/9점 부	色葉	시가/하이쿠	
1	4~7		梁川庄八〈85〉 야나가와 쇼하치	小金井蘆洲	고단	

1912년 01월 26일 (금) 871호

지면	단수	기획	기사제목 〈회수〉〔곡수〕	필자/저자(역자)	분류	비고
1	2	俳句	仁川俳壇 卯月會初會席上即吟/題、霞、鶯、藪入/十點の部〈2〉〔1〕 인천 하이단 우즈키카이 구집 초회 석상 즉음/주제, 봄 안개, 휘파람새, 정초 휴가/10점 부	甑月	시가/하이쿠	
1	2	俳句	仁川俳壇 卯月會初會席上即吟/題、霞、鶯、藪入/十點の部〈2〉〔1〕 인천 하이단 우즈키카이 구집 초회 석상 즉음/주제, 봄 안개, 휘파람새, 정초 휴가/10점 부	一骨	시가/하이쿠	
1	2	俳句	仁川俳壇 卯月會初會席上即吟/題、霞、鶯、藪入/十點の部〈2〉〔1〕 인천 하이단 우즈키카이 구집 초회 석상 즉음/주제, 봄 안개, 휘파람새, 정초 휴가/10점 부	一俳	시가/시가	
1	2		仁川俳壇 卯月會初會席上即吟/題、霞、鶯、藪入/十點の部〈2〉〔1〕 인천 하이단 우즈키카이 구집 초회 석상 즉음/주제, 봄 안개, 휘파람새, 정초 휴가/10점 부	俳北	시가/시가	
1	2	俳句	仁川俳壇 卯月會初會席上即吟/題、霞、鶯、藪入/十一點の部〈2〉〔1〕 인천 하이단 우즈키카이 구집 초회 석상 즉음/주제, 봄 안개, 휘파람새, 정초 휴가/11점 부	竹窓	시가/하이쿠	
1	2	俳句	仁川俳壇 卯月會初會席上即吟/題、霞、鶯、藪入/十一點の部〈2〉〔1〕 인천 하이단 우즈키카이 구집 초회 석상 즉음/주제, 봄 안개, 휘파람새, 정초 휴가/11점 부	諧南	시가/하이쿠	
1	2	俳句	仁川俳壇 卯月會初會席上即吟/題、霞、鶯、藪入/十二點の部〈2〉〔1〕 인천 하이단 우즈키카이 구집 초회 석상 즉음/주제, 봄 안개, 휘파람새, 정초 휴가/12점 부	竹賀	시가/하이쿠	
1	2	俳句	仁川俳壇 卯月會初會席上即吟/題、霞、鶯、藪入/十六點の部〈2〉〔1〕 인천 하이단 우즈키카이 구집 초회 석상 즉음/주제, 봄 안개, 휘파람새, 정초 휴가/16점 부	松園	시가/하이쿠	
1	3	俳句	仁川俳壇 卯月會初會席上即吟/題、霞、鶯、藪入/十七點の部〈2〉〔1〕 인천 하이단 우즈키카이 구집 초회 석상 즉음/주제, 봄 안개, 휘파람새, 정초 휴가/17점 부	竹窓	시가/하이쿠	
1	2~3	俳句	仁川俳壇 卯月會初會席上即吟/題、霞、鶯、藪入/十九點の部〈2〉〔1〕 인천 하이단 우즈키카이 구집 초회 석상 즉음/주제, 봄 안개, 휘파람새, 정초 휴가/19점 부	一滴	시가/하이쿠	
1	2~3	俳句	仁川俳壇 卯月會初會席上即吟/題、霞、鶯、藪入/二十點の部(人)〈2〉 〔1〕 인천 하이단 우즈키카이 구집 초회 석상 즉음/주제, 봄 안개, 휘파람새, 정초 휴가/20점 부(인)	俳北	시가/하이쿠	
1	2~3	俳句	仁川俳壇 卯月會初會席上即吟/題、霞、鶯、藪入/廿二點の部(地)〈2〉 〔1〕 인천 하이단 우즈키카이 구집 초회 석상 즉음/주제, 봄 안개, 휘파람새, 정초 휴가/22점 부(지)	一俳	시가/하이쿠	
1	2~3	俳句	仁川俳壇 卯月會初會席上即吟/題、霞、鶯、藪入/廿四點の部(天)〈2〉 〔1〕 인천 하이단 우즈키카이 구집 초회 석상 즉음/주제, 봄 안개, 휘파람새, 정초 휴가/24점 부(천)	俳北	시가/하이쿠	

지면	단수	기획	기사제목 〈회수〉〔곡수〕	필자/저자(역자)	분류	비고
1	3~6		梁川庄八 〈86〉 야나가와 쇼하치	小金井蘆洲	고단	

1912년 01월 27일 (토) 872호

지면	단수	기획	기사제목 〈회수〉〔곡수〕	필자/저자(역자)	분류	비고
1	1~2	寄書	スカンジナビア 一年間の見聞 〈10〉 스칸디나비아 1년간의 견문	在瑞典ストツクホルム 三浦彌五郎	수필/관찰	
1	3~6		梁川庄八 〈87〉 야나가와 쇼하치	小金井蘆洲	고단	
3	1~2		禁酒 금주	花眠生	수필/일상	

1912년 01월 28일 (일) 873호

지면	단수	기획	기사제목 〈회수〉〔곡수〕	필자/저자(역자)	분류	비고
1	2~3	俳句	コツパ會句錄 곳파카이 구록		기타/모임 안내	
1	3	俳句	コツパ會句錄/猫の戀 〈1〉〔1〕 곳파카이 구록/교미기의 고양이	魚骨	시가/하이쿠	
1	3	俳句	コツパ會句錄/猫の戀 〈1〉〔1〕 곳파카이 구록/교미기의 고양이	袋人	시가/하이쿠	
1	3	俳句	コツパ會句錄/猫の戀 〈1〉〔1〕 곳파카이 구록/교미기의 고양이	苔石	시가/하이쿠	
1	3	俳句	コツパ會句錄/猫の戀 〈1〉〔1〕 곳파카이 구록/교미기의 고양이	僬蒙	시가/하이쿠	
1	3	俳句	コツパ會句錄/猫の戀 〈1〉〔1〕 곳파카이 구록/교미기의 고양이	其月	시가/하이쿠	
1	3	俳句	コツパ會句錄/猫の戀 〈1〉〔1〕 곳파카이 구록/교미기의 고양이	麥笛	시가/하이쿠	
1	3	俳句	コツパ會句錄/猫の戀 〈1〉〔1〕 곳파카이 구록/교미기의 고양이	雄川	시가/하이쿠	
1	3	俳句	コツパ會句錄/猫の戀 〈1〉〔1〕 곳파카이 구록/교미기의 고양이	湖東	시가/하이쿠	
1	3	俳句	コツパ會句錄/猫の戀 〈1〉〔1〕 곳파카이 구록/교미기의 고양이	刀筆	시가/하이쿠	
1	3	俳句	コツパ會句錄/猫の戀 〈1〉〔1〕 곳파카이 구록/교미기의 고양이	小蟹	시가/하이쿠	
1	3	俳句	コツパ會句錄/猫の戀 〈1〉〔1〕 곳파카이 구록/교미기의 고양이	瀬村	시가/하이쿠	
1	3	俳句	コツパ會句錄/猫の戀 〈1〉〔1〕 곳파카이 구록/교미기의 고양이	白雨	시가/하이쿠	
1	3	俳句	コツパ會句錄/猫の戀 〈1〉〔1〕 곳파카이 구록/교미기의 고양이	山猿	시가/하이쿠	
1	3	俳句	コツパ會句錄/猫の戀 〈1〉〔1〕 곳파카이 구록/교미기의 고양이	松雲	시가/하이쿠	
1	3	俳句	コツパ會句錄/猫の戀 〈1〉〔1〕 곳파카이 구록/교미기의 고양이	田柿	시가/하이쿠	
1	3	俳句	コツパ會句錄/猫の戀 〈1〉〔1〕 곳파카이 구록/교미기의 고양이	靜軒	시가/하이쿠	
1	3~6		梁川庄八 〈88〉 야나가와 쇼하치	小金井蘆洲	고단	

1912년 01월 30일 (화) 874호

지면	단수	기획	기사제목 〈회수〉〔곡수〕	필자/저자(역자)	분류	비고
1	1~2	寄書	スカンジナビア 一年間の見聞 〈11〉 스칸디나비아 1년간의 견문	在瑞典ストツクホルム 三浦彌五郎	수필/관찰	

지면	단수	기획	기사제목 〈회수〉〔곡수〕	필자/저자(역자)	분류	비고
1	3	俳句	コツパ會句錄/摘草 〈2〉〔1〕 곳파카이 구록/봄나물 캐기	魚骨	시가/하이쿠	
1	3	俳句	コツパ會句錄/摘草 〈2〉〔1〕 곳파카이 구록/봄나물 캐기	袋人	시가/하이쿠	
1	3	俳句	コツパ會句錄/摘草 〈2〉〔1〕 곳파카이 구록/봄나물 캐기	梅子	시가/하이쿠	
1	3	俳句	コツパ會句錄/摘草 〈2〉〔1〕 곳파카이 구록/봄나물 캐기	苔石	시가/하이쿠	
1	3	俳句	コツパ會句錄/摘草 〈2〉〔1〕 곳파카이 구록/봄나물 캐기	止水	시가/하이쿠	
1	3	俳句	コツパ會句錄/摘草 〈2〉〔1〕 곳파카이 구록/봄나물 캐기	死佛	시가/하이쿠	
1	3	俳句	コツパ會句錄/摘草 〈2〉〔1〕 곳파카이 구록/봄나물 캐기	情風	시가/하이쿠	
1	3	俳句	コツパ會句錄/摘草 〈2〉〔1〕 곳파카이 구록/봄나물 캐기	僮蒙	시가/하이쿠	
1	3	俳句	コツパ會句錄/摘草 〈2〉〔1〕 곳파카이 구록/봄나물 캐기	無角	시가/하이쿠	
1	3	俳句	コツパ會句錄/摘草 〈2〉〔1〕 곳파카이 구록/봄나물 캐기	雄川	시가/하이쿠	
1	3	俳句	コツパ會句錄/摘草 〈2〉〔1〕 곳파카이 구록/봄나물 캐기	小蟹	시가/하이쿠	
1	3	俳句	コツパ會句錄/摘草 〈2〉〔1〕 곳파카이 구록/봄나물 캐기	瀬村	시가/하이쿠	
1	3	俳句	コツパ會句錄/摘草 〈2〉〔1〕 곳파카이 구록/봄나물 캐기	白雨	시가/하이쿠	
1	3	俳句	コツパ會句錄/摘草 〈2〉〔1〕 곳파카이 구록/봄나물 캐기	香風	시가/하이쿠	
1	3	俳句	コツパ會句錄/摘草 〈2〉〔1〕 곳파카이 구록/봄나물 캐기	山猿	시가/하이쿠	
1	3	俳句	コツパ會句錄/摘草 〈2〉〔1〕 곳파카이 구록/봄나물 캐기	松雲	시가/하이쿠	
1	3	俳句	コツパ會句錄/摘草 〈2〉〔1〕 곳파카이 구록/봄나물 캐기	田柿	시가/하이쿠	
1	3	俳句	コツパ會句錄/摘草 〈2〉〔1〕 곳파카이 구록/봄나물 캐기	靜軒	시가/하이쿠	
1	3	俳句	コツパ會句錄/干鱈 〈2〉〔1〕 곳파카이 구록/건대구	魚骨	시가/하이쿠	
1	3	俳句	コツパ會句錄/干鱈 〈2〉〔1〕 곳파카이 구록/건대구	袋人	시가/하이쿠	
1	3	俳句	コツパ會句錄/干鱈 〈2〉〔1〕 곳파카이 구록/건대구	梅子	시가/하이쿠	
1	3	俳句	コツパ會句錄/干鱈 〈2〉〔1〕 곳파카이 구록/건대구	苔石	시가/하이쿠	
1	3	俳句	コツパ會句錄/干鱈 〈2〉〔1〕 곳파카이 구록/건대구	死佛	시가/하이쿠	
1	3	俳句	コツパ會句錄/干鱈 〈2〉〔1〕 곳파카이 구록/건대구	雄川	시가/하이쿠	
1	3	俳句	コツパ會句錄/干鱈 〈2〉〔1〕 곳파카이 구록/건대구	湖東	시가/하이쿠	
1	3	俳句	コツパ會句錄/干鱈 〈2〉〔1〕 곳파카이 구록/건대구	刀筆	시가/하이쿠	

지면	단수	기획	기사제목 〈회수〉〔곡수〕	필자/저자(역자)	분류	비고
1	3	俳句	コツバ會句錄/干鱈 〈2〉〔1〕 곳파카이 구록/건대구	瀨村	시가/하이쿠	
1	3	俳句	コツバ會句錄/干鱈 〈2〉〔1〕 곳파카이 구록/건대구	香風	시가/하이쿠	
1	3	俳句	コツバ會句錄/干鱈 〈2〉〔1〕 곳파카이 구록/건대구	山猿	시가/하이쿠	
1	3	俳句	コツバ會句錄/干鱈 〈2〉〔1〕 곳파카이 구록/건대구	田柿	시가/하이쿠	
1	3	俳句	コツバ會句錄/干鱈 〈2〉〔1〕 곳파카이 구록/건대구	靜軒	시가/하이쿠	
1	4~7		梁川庄八 〈89〉 야나가와 쇼하치	小金井蘆洲	고단	

1912년 02월 01일 (목) 875호

지면	단수	기획	기사제목 〈회수〉〔곡수〕	필자/저자(역자)	분류	비고
1	1~2	寄書	スカンジナビア 一年間の見聞 〈11〉 스칸디나비아 1년간의 견문	在瑞典ストツクホルム 三浦彌五郎	수필/관찰	회수 오류
1	2~3		溫突語迷 온돌어미	權太生	수필/비평	
1	3~6		梁川庄八 〈91〉 야나가와 쇼하치	小金井蘆洲	고단	회수 오류

1912년 02월 02일 (금) 876호

지면	단수	기획	기사제목 〈회수〉〔곡수〕	필자/저자(역자)	분류	비고
1	4	俳句	見切もの/素人の呉服屋と云はれて面目ない 〔2〕 단념한 것/풋내기 포목상이라는 말을 들으니 면목이 없다	野崎小蟹	시가/하이쿠	
1	4	俳句	見切もの/七草 春駒 〔4〕 단념한 것/일곱 가지 봄 채소, 정초의 걸립꾼	野崎小蟹	시가/하이쿠	
1	4	俳句	見切もの/今度のは冬季なれば大安賣に候 〔9〕 단념한 것/이번에는 겨울이니 대단히 싸게 파는 것입니다	野崎小蟹	시가/하이쿠	
1	4~7		梁川庄八 〈91〉 야나가와 쇼하치	小金井蘆洲	고단	

1912년 02월 03일 (토) 877호

지면	단수	기획	기사제목 〈회수〉〔곡수〕	필자/저자(역자)	분류	비고
1	2~3	寄書	スカンジナビア 一年間の見聞 〈13〉 스칸디나비아 1년간의 견문	在瑞典ストツクホルム 三浦彌五郎	수필/관찰	
1	4~7		梁川庄八 〈92〉 야나가와 쇼하치	小金井蘆洲	고단	

1912년 02월 04일 (일) 878호

지면	단수	기획	기사제목 〈회수〉〔곡수〕	필자/저자(역자)	분류	비고
1	1~2	寄書	スカンジナビア 一年間の見聞 〈14〉 스칸디나비아 1년간의 견문	在瑞典ストツクホルム 三浦彌五郎	수필/관찰	
1	2~3		溫突語迷 온돌어미	權太生	수필/비평	
1	3~6		梁川庄八 〈93〉 야나가와 쇼하치	小金井蘆洲	고단	

1912년 02월 06일 (화) 879호

지면	단수	기획	기사제목 〈회수〉〔곡수〕	필자/저자(역자)	분류	비고
1	2~3		溫突語迷 온돌어미	權太生	수필/비평	
1	4~7		梁川庄八 〈94〉 야나가와 쇼하치	小金井蘆洲	고단	

1912년 02월 07일 (수) 880호

지면	단수	기획	기사제목 〈회수〉〔곡수〕	필자/저자(역자)	분류	비고
1	2~3	文苑	★古城壁下に立ちて(上) 〈1〉〔1〕 옛 성벽 밑에 서서(상)	圭木隆	시가/자유시	
1	3		飛びへ日記 〈1〉 띄엄띄엄 일기	仁川 たび家丹葉	수필/일기	
1	4~6		梁川庄八 〈95〉 야나가와 쇼하치	小金井蘆洲	고단	

1912년 02월 08일 (목) 881호

지면	단수	기획	기사제목 〈회수〉〔곡수〕	필자/저자(역자)	분류	비고
1	2~3	文苑	★古城壁下に立ちて(下) 〈2〉〔1〕 옛 성벽 밑에 서서(하)	圭木隆	시가/자유시	
1	3		飛びへ日記 〈2〉 띄엄띄엄 일기	仁川 たび家丹葉	수필/일기	
1	4~7		梁川庄八 〈96〉 야나가와 쇼하치	小金井蘆洲	고단	

1912년 02월 09일 (금) 882호

지면	단수	기획	기사제목 〈회수〉〔곡수〕	필자/저자(역자)	분류	비고
1	2~3	雜報	夕暮れ(上) 〈1〉 황혼(상)	白楊生	수필/기타	
1	3~4		飛びへ日記 〈3〉 띄엄띄엄 일기	仁川 たび家丹葉	수필/일기	
1	4~7		梁川庄八 〈97〉 야나가와 쇼하치	小金井蘆洲	고단	

1912년 02월 10일 (토) 883호

지면	단수	기획	기사제목 〈회수〉〔곡수〕	필자/저자(역자)	분류	비고
1	1~2	寄書	同化に就て(上) 〈1〉 동화에 관하여(상)	交河生	수필/기타	
1	2~3	雜錄	夕暮れ(下) 〈2〉 황혼(하)	白楊生	수필/기타	
1	3~4		飛びへ日記 〈4〉 띄엄띄엄 일기	仁川 たび家丹葉	수필/일기	
1	4~7		梁川庄八 〈98〉 야나가와 쇼하치	小金井蘆洲	고단	

1912년 02월 11일 (일) 884호

지면	단수	기획	기사제목 〈회수〉〔곡수〕	필자/저자(역자)	분류	비고
1	2~3	寄書	同化に就て(下) 〈2〉 동화에 관하여(하)	交河生	수필/기타	
1	4~7		梁川庄八 〈99〉 야나가와 쇼하치	小金井蘆洲	고단	

1912년 02월 13일 (화) 885호

지면	단수	기획	기사제목 〈회수〉〔곡수〕	필자/저자(역자)	분류	비고
1	1~2		溫突語迷 온돌어미	權大生	수필/비평	
1	2~3	文苑	丹葉さんへ 단바 씨에게	野崎小蟹	시가/자유시	
1	3~6		梁川庄八 〈100〉 야나가와 쇼하치	小金井蘆洲	고단	

1912년 02월 14일 (수) 886호

지면	단수	기획	기사제목 〈회수〉〔곡수〕	필자/저자(역자)	분류	비고
1	2	俳句	仁川俳壇卯月會席上即吟/題、春の雪、小豆粥、猫の戀/出席句者相互選/三點の部 〔1〕 인천 하이단 우즈키카이 석상 즉음/주제, 봄눈, 팥죽, 교미기의 고양이/출석 구자 상호선/3점 부	松園	시가/하이쿠	

지면	단수	기획	기사제목 〈회수〉〔곡수〕	필자/저자(역자)	분류	비고
1	2	俳句	★仁川俳壇卯月會席上即吟/題、春の雪、小豆粥、猫の戀/出席句者相互選/三點の部〔1〕 인천 하이단 우즈키카이 석상 즉음/주제, 봄눈, 팥죽, 교미기의 고양이/출석 구자 상호선/3점 부	色葉	시가/하이쿠	
1	2	俳句	仁川俳壇卯月會席上即吟/題、春の雪、小豆粥、猫の戀/出席句者相互選/三點の部〔1〕 인천 하이단 우즈키카이 석상 즉음/주제, 봄눈, 팥죽, 교미기의 고양이/출석 구자 상호선/3점 부	竹香	시가/하이쿠	
1	2	俳句	★仁川俳壇卯月會席上即吟/題、春の雪、小豆粥、猫の戀/出席句者相互選/四點の部〔1〕 인천 하이단 우즈키카이 석상 즉음/주제, 봄눈, 팥죽, 교미기의 고양이/출석 구자 상호선/4점 부	一骨	시가/하이쿠	
1	2	俳句	仁川俳壇卯月會席上即吟/題、春の雪、小豆粥、猫の戀/出席句者相互選/四點の部〔1〕 인천 하이단 우즈키카이 석상 즉음/주제, 봄눈, 팥죽, 교미기의 고양이/출석 구자 상호선/4점 부	松翠	시가/하이쿠	
1	2	俳句	仁川俳壇卯月會席上即吟/題、春の雪、小豆粥、猫の戀/出席句者相互選/四點の部〔1〕 인천 하이단 우즈키카이 석상 즉음/주제, 봄눈, 팥죽, 교미기의 고양이/출석 구자 상호선/4점 부	梅園	시가/하이쿠	
1	2	俳句	仁川俳壇卯月會席上即吟/題、春の雪、小豆粥、猫の戀/出席句者相互選/五點の部〔1〕 인천 하이단 우즈키카이 석상 즉음/주제, 봄눈, 팥죽, 교미기의 고양이/출석 구자 상호선/5점 부	俳北	시가/하이쿠	
1	2	俳句	仁川俳壇卯月會席上即吟/題、春の雪、小豆粥、猫の戀/出席句者相互選/五點の部〔1〕 인천 하이단 우즈키카이 석상 즉음/주제, 봄눈, 팥죽, 교미기의 고양이/출석 구자 상호선/5점 부	菴亭	시가/하이쿠	
1	2	俳句	仁川俳壇卯月會席上即吟/題、春の雪、小豆粥、猫の戀/出席句者相互選/五點の部〔1〕 인천 하이단 우즈키카이 석상 즉음/주제, 봄눈, 팥죽, 교미기의 고양이/출석 구자 상호선/5점 부	春坪	시가/하이쿠	
1	2	俳句	★仁川俳壇卯月會席上即吟/題、春の雪、小豆粥、猫の戀/出席句者相互選/七點の部〔1〕 인천 하이단 우즈키카이 석상 즉음/주제, 봄눈, 팥죽, 교미기의 고양이/출석 구자 상호선/7점 부	一俳	시가/하이쿠	
1	2	俳句	仁川俳壇卯月會席上即吟/題、春の雪、小豆粥、猫の戀/出席句者相互選/七點の部〔1〕 인천 하이단 우즈키카이 석상 즉음/주제, 봄눈, 팥죽, 교미기의 고양이/출석 구자 상호선/7점 부	瓢水	시가/하이쿠	
1	2	俳句	★仁川俳壇卯月會席上即吟/題、春の雪、小豆粥、猫の戀/出席句者相互選/八點の部〔1〕 인천 하이단 우즈키카이 석상 즉음/주제, 봄눈, 팥죽, 교미기의 고양이/출석 구자 상호선/8점 부	俳骨	시가/하이쿠	
1	2	俳句	仁川俳壇卯月會席上即吟/題、春の雪、小豆粥、猫の戀/出席句者相互選/十一點の部〔1〕 인천 하이단 우즈키카이 석상 즉음/주제, 봄눈, 팥죽, 교미기의 고양이/출석 구자 상호선/11점 부	是空	시가/하이쿠	
1	2	俳句	仁川俳壇卯月會席上即吟/題、春の雪、小豆粥、猫の戀/出席句者相互選/十四點の部〔1〕 인천 하이단 우즈키카이 석상 즉음/주제, 봄눈, 팥죽, 교미기의 고양이/출석 구자 상호선/14점 부	淩霜	시가/하이쿠	
1	2	俳句	仁川俳壇卯月會席上即吟/題、春の雪、小豆粥、猫の戀/出席句者相互選/十六點の部〔1〕 인천 하이단 우즈키카이 석상 즉음/주제, 봄눈, 팥죽, 교미기의 고양이/출석 구자 상호선/16점 부	梅華	시가/하이쿠	

지면	단수	기획	기사제목 〈회수〉〔곡수〕	필자/저자(역자)	분류	비고
1	2	俳句	★仁川俳壇卯月會席上即吟/題、春の雪、小豆粥、猫の戀/出席句者相互選/十七點の部〔1〕 인천 하이단 우즈키카이 석상 즉음/주제, 봄눈, 팥죽, 교미기의 고양이/출석구자 상호선/17점 부	一俳	시가/하이쿠	
1	2	俳句	仁川俳壇卯月會席上即吟/題、春の雪、小豆粥、猫の戀/出席句者相互選/十八點の部〔1〕 인천 하이단 우즈키카이 석상 즉음/주제, 봄눈, 팥죽, 교미기의 고양이/출석구자 상호선/18점 부	月宗	시가/하이쿠	
1	3~7		梁川庄八〈101〉 야나가와 쇼하치	小金井蘆洲	고단	

1912년 02월 15일 (목) 887호

지면	단수	기획	기사제목 〈회수〉〔곡수〕	필자/저자(역자)	분류	비고
1	2	文苑	折にふれて〔5〕 이따금	松琴生	시가/단카	
1	3~6		梁川庄八〈102〉 야나가와 쇼하치	小金井蘆洲	고단	

1912년 02월 16일 (금) 888호

지면	단수	기획	기사제목 〈회수〉〔곡수〕	필자/저자(역자)	분류	비고
1	2	文苑	丹葉さんと小蟹さんへ〔1〕 단바 씨와 고가니 씨에게	本町 浪廼家	시가/기타	
1	2	文苑	彩雲居句屑/春ばし〔5〕 사이운쿄 서툰 구/이른 봄	仁川 丹葉	시가/하이쿠	
1	2	文苑	彩雲居句屑/椿〔4〕 사이운쿄 서툰 구/동백	仁川 丹葉	시가/하이쿠	
1	2	文苑	彩雲居句屑/雲雀〔4〕 사이운쿄 서툰 구/종다리	仁川 丹葉	시가/하이쿠	
1	2	文苑	彩雲居句屑/飛行船〔1〕 사이운쿄 서툰 구/비행선	仁川 丹葉	시가/하이쿠	
1	2	文苑	彩雲居句屑/春寒〔4〕 사이운쿄 서툰 구/꽃샘추위	仁川 丹葉	시가/하이쿠	
1	3~6		梁川庄八〈103〉 야나가와 쇼하치	小金井蘆洲	고단	

1912년 02월 17일 (토) 889호

지면	단수	기획	기사제목 〈회수〉〔곡수〕	필자/저자(역자)	분류	비고
1	4~8		梁川庄八〈104〉 야나가와 쇼하치	小金井蘆洲	고단	

1912년 02월 18일 (일) 890호

지면	단수	기획	기사제목 〈회수〉〔곡수〕	필자/저자(역자)	분류	비고
1	2~3		平凡語 평범어	ヤーコト生	수필/기타	
1	3~6		梁川庄八〈105〉 야나가와 쇼하치	小金井蘆洲	고단	

1912년 02월 20일 (화) 891호

지면	단수	기획	기사제목 〈회수〉〔곡수〕	필자/저자(역자)	분류	비고
1	3~6		梁川庄八〈106〉 야나가와 쇼하치	小金井蘆洲	고단	

1912년 02월 21일 (수) 892호

지면	단수	기획	기사제목 〈회수〉〔곡수〕	필자/저자(역자)	분류	비고
1	3	文苑	舊曆元旦の市街 구정 첫날의 거리	ケー、エス生	수필/관찰	
1	3~6		梁川庄八〈107〉 야나가와 쇼하치	小金井蘆洲	고단	

지면	단수	기획	기사제목 〈회수〉 [곡수]	필자/저자(역자)	분류	비고
			1912년 02월 22일 (목) 893호			
1	2~3	文苑	淋しき日(上)〈1〉 쓸쓸한 날(상)	人の子	수필/서간	
1	3~6		梁川庄八〈108〉 야나가와 쇼하치	小金井蘆洲	고단	
			1912년 02월 23일 (금) 894호			
1	2	俳句	飛びへ日記/冴返る(一) 띄엄띄엄 일기/꽃샘추위(1)	仁川 たび家丹葉	수필/일기	
1	2	俳句	飛びへ日記/冴返る(一)/擔軍 [1] 띄엄띄엄 일기/꽃샘추위(1)/지게꾼	仁川 たび家丹葉	시가/하이쿠	
1	3	俳句	飛びへ日記/冴返る(一)/書師 [1] 띄엄띄엄 일기/꽃샘추위(1)/서사	仁川 たび家丹葉	시가/하이쿠	
1	3	俳句	飛びへ日記/冴返る(一)/百姓 [1] 띄엄띄엄 일기/꽃샘추위(1)/백성	仁川 たび家丹葉	시가/하이쿠	
1	3	俳句	飛びへ日記/冴返る(一)/山莊 [1] 띄엄띄엄 일기/꽃샘추위(1)/산장	仁川 たび家丹葉	시가/하이쿠	
1	3	俳句	飛びへ日記/冴返る(一)/園藝 [1] 띄엄띄엄 일기/꽃샘추위(1)/원예	仁川 たび家丹葉	시가/하이쿠	
1	3	俳句	飛びへ日記/冴返る(一)/丁稚 [1] 띄엄띄엄 일기/꽃샘추위(1)/점원	仁川 たび家丹葉	시가/하이쿠	
1	3	俳句	飛びへ日記/冴返る(一)/金筋 [1] 띄엄띄엄 일기/꽃샘추위(1)/금줄	仁川 たび家丹葉	시가/하이쿠	
1	3	俳句	飛びへ日記/冴返る(一)/漁夫 [1] 띄엄띄엄 일기/꽃샘추위(1)/어부	仁川 たび家丹葉	시가/하이쿠	
1	3	俳句	飛びへ日記/冴返る(一)/酌婦 [1] 띄엄띄엄 일기/꽃샘추위(1)/작부	仁川 たび家丹葉	시가/하이쿠	
1	3	俳句	飛びへ日記/冴返る(一)/衛士 [1] 띄엄띄엄 일기/꽃샘추위(1)/위사	仁川 たび家丹葉	시가/하이쿠	
1	3	俳句	飛びへ日記/冴返る(一)/木匠 [1] 띄엄띄엄 일기/꽃샘추위(1)/목공	仁川 たび家丹葉	시가/하이쿠	
1	3	文苑	淋しき日(下)〈2〉 쓸쓸한 날(하)	人の子	수필/서간	
1	4~6		梁川庄八〈109〉 야나가와 쇼하치	小金井蘆洲	고단	
			1912년 02월 24일 (토) 895호			
1	2		平凡語 평범어	ヤーコト生	수필/기타	
1	3~5		梁川庄八〈110〉 야나가와 쇼하치	小金井蘆洲	고단	
3	1~2		短篇小說 見送り(上)〈1〉 단편소설 배웅(상)	野崎小蟹	소설/일본	
			1912년 02월 25일 (일) 896호			
1	2	文苑	飛びへ日記/冴返る(二)/腰辨 [1] 띄엄띄엄 일기/꽃샘추위(2)/가난한 월급쟁이	仁川 たび家丹葉	시가/하이쿠	
1	2	文苑	飛びへ日記/冴返る(二)/石工 [1] 띄엄띄엄 일기/꽃샘추위(2)/석공	仁川 たび家丹葉	시가/하이쿠	
1	2	文苑	飛びへ日記/冴返る(二)/藝妓 [1] 띄엄띄엄 일기/꽃샘추위(2)/게이샤	仁川 たび家丹葉	시가/하이쿠	

지면	단수	기획	기사제목 〈회수〉〔곡수〕	필자/저자(역자)	분류	비고
1	2	文苑	飛びへ日記/冴返る(二)/仲仕〔1〕 띄엄띄엄 일기/꽃샘추위(2)/짐꾼	仁川 たび家丹葉	시가/하이쿠	
1	2	文苑	飛びへ日記/冴返る(二)/髮結〔1〕 띄엄띄엄 일기/꽃샘추위(2)/미용사	仁川 たび家丹葉	시가/하이쿠	
1	2	文苑	飛びへ日記/冴返る(二)/炭賣〔1〕 띄엄띄엄 일기/꽃샘추위(2)/숯 파는 사람	仁川 たび家丹葉	시가/하이쿠	
1	2	文苑	飛びへ日記/冴返る(二)/花嫁〔1〕 띄엄띄엄 일기/꽃샘추위(2)/신부	仁川 たび家丹葉	시가/하이쿠	
1	2	文苑	飛びへ日記/冴返る(二)/番頭〔1〕 띄엄띄엄 일기/꽃샘추위(2)/상점 지배인	仁川 たび家丹葉	시가/하이쿠	
1	2	文苑	飛びへ日記/冴返る(二)/夫婦〔1〕 띄엄띄엄 일기/꽃샘추위(2)/부부	仁川 たび家丹葉	시가/하이쿠	
1	2	文苑	飛びへ日記/冴返る(二)/下婢〔1〕 띄엄띄엄 일기/꽃샘추위(2)/하녀	仁川 たび家丹葉	시가/하이쿠	
1	2	文苑	飛びへ日記/冴返る(二)/俳優〔1〕 띄엄띄엄 일기/꽃샘추위(2)/배우	仁川 たび家丹葉	시가/하이쿠	
1	2	文苑	飛びへ日記/冴返る(二)/娼婦〔1〕 띄엄띄엄 일기/꽃샘추위(2)/창부	仁川 たび家丹葉	시가/하이쿠	
1	2	文苑	飛びへ日記/冴返る(二)/學生〔1〕 띄엄띄엄 일기/꽃샘추위(2)/학생	仁川 たび家丹葉	시가/하이쿠	
1	3	文苑	飛びへ日記/冴返る(二)/患者〔1〕 띄엄띄엄 일기/꽃샘추위(2)/환자	仁川 たび家丹葉	시가/하이쿠	
1	3	文苑	飛びへ日記/冴返る(二)/閑居〔1〕 띄엄띄엄 일기/꽃샘추위(2)/한거	仁川 たび家丹葉	시가/하이쿠	
1	3	文苑	飛びへ日記/冴返る(二)/盲人〔1〕 띄엄띄엄 일기/꽃샘추위(2)/맹인	仁川 たび家丹葉	시가/하이쿠	
1	3	文苑	飛びへ日記/冴返る(二)/我輩〔1〕 띄엄띄엄 일기/꽃샘추위(2)/나	仁川 たび家丹葉	시가/하이쿠	
1	3		次退#居樂之先生雪曉詩〔1〕 차퇴#거락지선생설효시	加藤游濠	시가/한시	
1	3		同和#湖山枕山松塘遺稿又題#北詩鈔詩〔1〕 동화#호산침산송당유고우제#북시초시	加藤游濠	시가/한시	
1	3~6		梁川庄八 〈111〉 야나가와 쇼하치	小金井蘆洲	고단	

1912년 02월 27일 (화) 897호

1	1~2		獨語(上) 〈1〉 혼잣말(상)	獨去來	수필/비평	
1	2	文苑	飛びへ日記/若婆心 띄엄띄엄 일기/노파심	仁川 たび家丹葉	수필/일기	
1	2~3	文苑	彩雲居句屑(其二) 〈2〉〔16〕 사이운쿄 서툰 구(그 두 번째)	丹葉	시가/하이쿠	
1	3~6		梁川庄八 〈112〉 야나가와 쇼하치	小金井蘆洲	고단	

1912년 02월 28일 (수) 898호

| 1 | 2~3 | | 獨語(中) 〈2〉
혼잣말(중) | 獨去來 | 수필/비평 | |
| 1 | 4~6 | | 梁川庄八 〈113〉
야나가와 쇼하치 | 小金井蘆洲 | 고단 | |

1912년 02월 29일 (목) 899호

지면	단수	기획	기사제목 〈회수〉〔곡수〕	필자/저자(역자)	분류	비고
1	1~2		獨語(下) 〈3〉 혼잣말(하)	獨去來	수필/비평	
1	2	俳句	仁川俳壇卯月會第拾參輯/一滴、梅華、里石、竹賀、金雅、丹葉合選 /宿題{おほろ、凧、梅、殘雪、海苔}上坐-逆列 〈1〉〔1〕 인천 하이단 우즈키카이 제13집/잇테키, 바이카, 리세키, 다케가, 긴가, 단바 합선/숙제{으스름 달밤, 연, 매화, 잔설, 김}상좌-역렬	月兎	시가/하이쿠	
1	2	俳句	仁川俳壇卯月會第拾參輯/一滴、梅華、里石、竹賀、金雅、丹葉合選 /宿題{おほろ、凧、梅、殘雪、海苔}上坐-逆列 〈1〉〔1〕 인천 하이단 우즈키카이 제13집/잇테키, 바이카, 리세키, 다케가, 긴가, 단바 합선/숙제{으스름 달밤, 연, 매화, 잔설, 김}상좌-역렬	花水	시가/하이쿠	
1	2	俳句	仁川俳壇卯月會第拾參輯/一滴、梅華、里石、竹賀、金雅、丹葉合選 /宿題{おほろ、凧、梅、殘雪、海苔}上坐-逆列 〈1〉〔1〕 인천 하이단 우즈키카이 제13집/잇테키, 바이카, 리세키, 다케가, 긴가, 단바 합선/숙제{으스름 달밤, 연, 매화, 잔설, 김}상좌-역렬	金雅	시가/하이쿠	
1	2	俳句	仁川俳壇卯月會第拾參輯/一滴、梅華、里石、竹賀、金雅、丹葉合選 /宿題{おほろ、凧、梅、殘雪、海苔}上坐-逆列 〈1〉〔1〕 인천 하이단 우즈키카이 제13집/잇테키, 바이카, 리세키, 다케가, 긴가, 단바 합선/숙제{으스름 달밤, 연, 매화, 잔설, 김}상좌-역렬	双柳	시가/하이쿠	
1	2	俳句	仁川俳壇卯月會第拾參輯/一滴、梅華、里石、竹賀、金雅、丹葉合選 /宿題{おほろ、凧、梅、殘雪、海苔}上坐-逆列 〈1〉〔1〕 인천 하이단 우즈키카이 제13집/잇테키, 바이카, 리세키, 다케가, 긴가, 단바 합선/숙제{으스름 달밤, 연, 매화, 잔설, 김}상좌-역렬	俳北	시가/하이쿠	
1	2	俳句	仁川俳壇卯月會第拾參輯/一滴、梅華、里石、竹賀、金雅、丹葉合選 /宿題{おほろ、凧、梅、殘雪、海苔}上坐-逆列 〈1〉〔2〕 인천 하이단 우즈키카이 제13집/잇테키, 바이카, 리세키, 다케가, 긴가, 단바 합선/숙제{으스름 달밤, 연, 매화, 잔설, 김}상좌-역렬	甌月	시가/하이쿠	
1	2	俳句	仁川俳壇卯月會第拾參輯/一滴、梅華、里石、竹賀、金雅、丹葉合選 /宿題{おほろ、凧、梅、殘雪、海苔}上坐-逆列 〈1〉〔1〕 인천 하이단 우즈키카이 제13집/잇테키, 바이카, 리세키, 다케가, 긴가, 단바 합선/숙제{으스름 달밤, 연, 매화, 잔설, 김}상좌-역렬	一滴	시가/하이쿠	
1	2	俳句	仁川俳壇卯月會第拾參輯/一滴、梅華、里石、竹賀、金雅、丹葉合選 /宿題{おほろ、凧、梅、殘雪、海苔}上坐-逆列 〈1〉〔1〕 인천 하이단 우즈키카이 제13집/잇테키, 바이카, 리세키, 다케가, 긴가, 단바 합선/숙제{으스름 달밤, 연, 매화, 잔설, 김}상좌-역렬	月兎	시가/하이쿠	
1	2	俳句	仁川俳壇卯月會第拾參輯/一滴、梅華、里石、竹賀、金雅、丹葉合選 /宿題{おほろ、凧、梅、殘雪、海苔}上坐-逆列 〈1〉〔1〕 인천 하이단 우즈키카이 제13집/잇테키, 바이카, 리세키, 다케가, 긴가, 단바 합선/숙제{으스름 달밤, 연, 매화, 잔설, 김}상좌-역렬	甌月	시가/하이쿠	
1	2	俳句	仁川俳壇卯月會第拾參輯/一滴、梅華、里石、竹賀、金雅、丹葉合選 /宿題{おほろ、凧、梅、殘雪、海苔}上坐-逆列 〈1〉〔1〕 인천 하이단 우즈키카이 제13집/잇테키, 바이카, 리세키, 다케가, 긴가, 단바 합선/숙제{으스름 달밤, 연, 매화, 잔설, 김}상좌-역렬	金雅	시가/하이쿠	
1	2	俳句	仁川俳壇卯月會第拾參輯/一滴、梅華、里石、竹賀、金雅、丹葉合選 /宿題{おほろ、凧、梅、殘雪、海苔}上坐-逆列 〈1〉〔2〕 인천 하이단 우즈키카이 제13집/잇테키, 바이카, 리세키, 다케가, 긴가, 단바 합선/숙제{으스름 달밤, 연, 매화, 잔설, 김}상좌-역렬	丹葉	시가/하이쿠	
1	2	俳句	仁川俳壇卯月會第拾參輯/一滴、梅華、里石、竹賀、金雅、丹葉合選 /宿題{おほろ、凧、梅、殘雪、海苔}上坐-逆列 〈1〉〔1〕 인천 하이단 우즈키카이 제13집/잇테키, 바이카, 리세키, 다케가, 긴가, 단바 합선/숙제{으스름 달밤, 연, 매화, 잔설, 김}상좌-역렬	醉仙	시가/하이쿠	
1	2	俳句	仁川俳壇卯月會第拾參輯/一滴、梅華、里石、竹賀、金雅、丹葉合選 /宿題{おほろ、凧、梅、殘雪、海苔}上坐-逆列 〈1〉〔1〕 인천 하이단 우즈키카이 제13집/잇테키, 바이카, 리세키, 다케가, 긴가, 단바 합선/숙제{으스름 달밤, 연, 매화, 잔설, 김}상좌-역렬	一滴	시가/하이쿠	
1	2	俳句	仁川俳壇卯月會第拾參輯/一滴、梅華、里石、竹賀、金雅、丹葉合選 /宿題{おほろ、凧、梅、殘雪、海苔}上坐-逆列 〈1〉〔1〕 인천 하이단 우즈키카이 제13집/잇테키, 바이카, 리세키, 다케가, 긴가, 단바 합선/숙제{으스름 달밤, 연, 매화, 잔설, 김}상좌-역렬	醉仙	시가/하이쿠	

지면	단수	기획	기사제목 〈회수〉〔곡수〕	필자/저자(역자)	분류	비고
1	2	俳句	仁川俳壇卯月會第拾參輯/一滴、梅華、里石、竹賀、金雅、丹葉合選/宿題{おほろ、凧、梅、殘雪、海苔}上坐-逆列 〈1〉〔1〕 인천 하이단 우즈키카이 제13집/잇테키, 바이카, 리세키, 다케가, 긴가, 단바 합선/숙제{으스름 달밤, 연, 매화, 잔설, 김}상좌-역렬	柳仙	시가/하이쿠	
1	2~3	俳句	春のいろいろ 〔12〕 봄의 이모저모	仁川 原海南	시가/하이쿠	
1	3~6		梁川庄八 〈114〉 야나가와 쇼하치	小金井蘆洲	고단	

경성약보

지면	단수	기획	기사제목 〈회수〉〔곡수〕	필자/저자(역자)	분류	비고
1908년 03월 03일 (화) 1호						
1	5		春雜吟 〔7〕 봄-잡음	蒼田	시가/하이쿠	
4	1~3	小說	★義姉さん 형수님	星濱	소설/일본	
5	1~2	小說	★義姉さん 형수님	星濱	소설/일본	
6	1~2		ストーブ 스토브	柳葉	수필/일상	
1908년 04월 03일 (금) 2호						
3	1~4		★他山の石 타산지석	風來子	수필/일상	
4	1~3	小說	破れ舟 부서진 배	天紅	소설	
7	1		聯珠吟 〔14〕 연주음	天紅, 雲眠	시가/하이쿠	
7	2		藥報俳壇 〔1〕 약보 하이단	博田	시가/하이쿠	
7	2		藥報俳壇 〔1〕 약보 하이단	蘭山	시가/하이쿠	
7	2		藥報俳壇 〔1〕 약보 하이단	北漢山	시가/하이쿠	
7	2		藥報俳壇 〔1〕 약보 하이단	北風	시가/하이쿠	
7	2		藥報俳壇 〔1〕 약보 하이단	博田	시가/하이쿠	
7	2		藥報俳壇 〔2〕 약보 하이단	冷田	시가/하이쿠	
7	2		藥報俳壇 〔1〕 약보 하이단	蘭山	시가/하이쿠	
1908년 05월 03일 (일) 3호						
5	3		散石靑葉 산석청엽	南山にて 柳葉	수필/일상	
7	1		藥報俳壇/永日 〔1〕 약보 하이단/영일	玉川	시가/하이쿠	

지면	단수	기획	기사제목 〈회수〉〔곡수〕	필자/저자(역자)	분류	비고
7	1		藥報俳壇/永日〔1〕 약보 하이단/영일	可醉	시가/하이쿠	
7	1		藥報俳壇/雲雀〔1〕 약보 하이단/종달새	櫻水	시가/하이쿠	
7	1		藥報俳壇/雲雀〔3〕 약보 하이단/종달새	可醉	시가/하이쿠	
7	1		藥報俳壇/田螺〔1〕 약보 하이단/논우렁이	可醉	시가/하이쿠	
7	1		藥報俳壇/猫懋〔1〕 약보 하이단/교미기의 고양이	櫻水	시가/하이쿠	
7	1		藥報俳壇/若鮎〔1〕 약보 하이단/새끼 은어	櫻水	시가/하이쿠	
7	1		藥報俳壇/若鮎〔1〕 약보 하이단/새끼 은어	可醉	시가/하이쿠	
7	1		藥報俳壇/若鮎〔1〕 약보 하이단/새끼 은어	玉川	시가/하이쿠	
7	1		藥報俳壇/海苔〔1〕 약보 하이단/김	可醉	시가/하이쿠	
7	1		藥報俳壇/海苔〔1〕 약보 하이단/김	玉川	시가/하이쿠	
7	1		藥報俳壇/春の月〔2〕 약보 하이단/봄 달	可醉	시가/하이쿠	
7	1		藥報俳壇/陽炎〔3〕 약보 하이단/아지랑이	可醉	시가/하이쿠	
7	1		藥報俳壇/春の風〔1〕 약보 하이단/봄바람	玉川	시가/하이쿠	
7	1		藥報俳壇/春の風〔1〕 약보 하이단/봄바람	可醉	시가/하이쿠	
7	1		藥報俳壇/春の風〔1〕 약보 하이단/봄바람	香霧	시가/하이쿠	
7	1		藥報俳壇/凧上り〔3〕 약보 하이단/연날리기	可醉	시가/하이쿠	
7	1		藥報俳壇/春雨〔1〕 약보 하이단/봄비	松花	시가/하이쿠	
7	1		藥報俳壇/春雨〔1〕 약보 하이단/봄비	香霧	시가/하이쿠	
7	1		藥報俳壇/春雨〔4〕 약보 하이단/봄비	可醉	시가/하이쿠	
7	1		藥報俳壇/櫻〔4〕 약보 하이단/벚꽃	可醉	시가/하이쿠	
7	1		藥報俳壇/春野〔1〕 약보 하이단/봄 들녘	玉川	시가/하이쿠	
7	1		藥報俳壇/春野〔2〕 약보 하이단/봄 들녘	可醉	시가/하이쿠	
7	1		藥報俳壇/瓢〔4〕 약보 하이단/호 리병박	可醉	시가/하이쿠	
7	1		藥報俳壇/春の駒〔5〕 약보 하이단/정초 걸립꾼	可醉	시가/하이쿠	
7	1		藥報俳壇/桃〔5〕 약보 하이단/복숭아	可醉	시가/하이쿠	
7	1		藥報俳壇/朝の雪〔2〕 약보 하이단/아침 눈	可醉	시가/하이쿠	

지면	단수	기획	기사제목 〈회수〉〔곡수〕	필자/저자(역자)	분류	비고
1908년 6월 3일 (수) 4호						
3	1~4		★他山の石 타산지석	風來子	수필/일상	

용산일지출신문

지면	단수	기획	기사제목 〈회수〉〔곡수〕	필자/저자(역자)	분류	비고
1908년 11월 20일 (금) 43호						
1	4~5	俳壇	菊十句 〔10〕 국화-십구	曉影	시가/하이쿠	
1	5~6		二千萬年前の動物奇譚 〈1〉 이천만 년 전의 동물 기담		민속	
3	4	詩入情歌	(제목없음) 〔5〕	小池堂	시가/도도이 쓰	
3	4	單調情歌	雪中松 〔4〕 눈 속의 소나무	小池堂	시가/도도이 쓰	
1908년 11월 23일 (일) 44호						
1	5	雜錄	★讀者の領分(投稿歡迎)/小品文/偶感諷言 〈2〉 독자란(투고 환영)/소품문/우감풍언	元町 東坡	수필/일상	
1	5~6	雜錄	★讀者の領分(投稿歡迎)/小品文/僕が進退 독자란(투고 환영)/소품문/나의 거취	老松町 赤軒	수필/일상	
1	6		二千萬年前の動物奇譚 〈2〉 이천만 년 전의 동물 기담		민속	
3	2		本紙廣告讀込み都々逸/有田商店(雜貨) 〔1〕 본지 광고 요미코미 도도이쓰/아리타 상점(잡화)	曉のや	시가/도도이 쓰	
3	2~3		本紙廣告讀込み都々逸/竹の家(御料理) 〔1〕 본지 광고 요미코미 도도이쓰/다케노야(요리)	曉のや	시가/도도이 쓰	
3	3		本紙廣告讀込み都々逸/尾崎商店(金物) 〔1〕 본지 광고 요미코미 도도이쓰/오자키 상점(철물)	曉のや	시가/도도이 쓰	
3	3		本紙廣告讀込み都々逸/桃山印刷所(名刺) 〔1〕 본지 광고 요미코미 도도이쓰/모모야마 인쇄소(명함)	曉のや	시가/도도이 쓰	
3	3		本紙廣告讀込み都々逸/松屋(雜貨及薪炭) 〔1〕 본지 광고 요미코미 도도이쓰/마쓰야(잡화 및 신탄)	曉のや	시가/도도이 쓰	
3	3		本紙廣告讀込み都々逸/林博愛院(藥) 〔1〕 본지 광고 요미코미 도도이쓰/하야시 박애원(약)	曉のや	시가/도도이 쓰	
3	3		同藝者と料理屋の部/(北海樓) 〔1〕 게이샤와 요릿집 부(북해루)	玉子	시가/도도이 쓰	
3	3		同藝者と料理屋の部/(てる子裙) 〔1〕 게이샤와 요릿집 부(데루코 군)	玉子	시가/도도이 쓰	
3	3		同藝者と料理屋の部/(てる子裙) 〔1〕 게이샤와 요릿집 부(데루코 군)	骨皮仙	시가/도도이 쓰	
3	3		同藝者と料理屋の部/(竹の家) 〔1〕 게이샤와 요릿집 부(다케노야)	骨皮仙	시가/도도이 쓰	
3	3		同藝者と料理屋の部/(をなべ、おかま兩裙) 〔1〕 게이샤와 요릿집 부(오나베, 오카마 양쪽)	骨皮仙	시가/도도이 쓰	
3	3		同藝者と料理屋の部/(をなべ、おかま兩裙) 〔1〕 게이샤와 요릿집 부(오나베, 오카마 양쪽)	萬字女	시가/도도이 쓰	

지면	단수	기획	기사제목 〈회수〉 〔곡수〕	필자/저자(역자)	분류	비고
\multicolumn{7}{l}{**1908년 11월 26일 (수) 45호**}						
1	5		★讀者の領分(投稿歡迎)/小品文/淋しい夜 독자란(투고 환영)/소품문/쓸쓸한 밤	湖琴生	수필/일상	
1	5		★讀者の領分(投稿歡迎)/小品文/汽車旅行 〈3〉 독자란(투고 환영)/소품문/기차 여행	石之助	수필/기행	
1	5~6		二千萬年前の動物奇譚 〈2〉 이천만 년 전의 동물 기담		민속	회수 오류
3	2~3		★初戀 〈1〉 첫사랑		수필/기타	
\multicolumn{7}{l}{**1908년 12월 03일 (목) 47호**}						
1	6		二千萬年前の動物奇譚 〈4〉 이천만 년 전의 동물 기담		민속	
3	1	雜報	★初戀 〈2〉 첫사랑	まさ子	수필/기타	
3	3	情歌	戀電話 〔9〕 사랑 전화	小池堂	시가/도도이쓰	
\multicolumn{7}{l}{**1908년 12월 05일 (토) 48호**}						
1	3~4	雜錄	★讀者の領分(投稿歡迎)/小品文/黃昏 독자란(투고 환영)/소품문/해질녘	湖琴生	수필/일상	
1	4	雜錄	讀者の領分(投稿歡迎)/都々逸/本紙廣告讀み込み/八つ藤 〔1〕 독자란(투고 환영)/도도이쓰/본지 광고 요미코미/야쓰후지	曉の舍	시가/도도이쓰	
1	2~3	雜錄	讀者の領分(投稿歡迎)/都々逸/本紙廣告讀み込み/福の家(御料理) 〔1〕 독자란(투고 환영)/도도이쓰/본지 광고 요미코미/후쿠노야(요리)	曉の舍	시가/도도이쓰	
1	2~3	雜錄	讀者の領分(投稿歡迎)/都々逸/本紙廣告讀み込み/山本吳服店 〔1〕 독자란(투고 환영)/도도이쓰/본지 광고 요미코미/야마모토 포목점	曉の舍	시가/속도도이쓰	
1	2~3	雜錄	讀者の領分(投稿歡迎)/都々逸/本紙廣告讀み込み/竹田商店(瓦店) 〔1〕 독자란(투고 환영)/도도이쓰/본지 광고 요미코미/다케다 상점(기와 상점)	曉の舍	시가/도도이쓰	
1	2~3	雜錄	讀者の領分(投稿歡迎)/都々逸/本紙廣告讀み込み/都々逸會の開催に 〔1〕 독자란(투고 환영)/도도이쓰/본지 광고 요미코미/도도이쓰 모임 개최에	曉の舍	시가/도도이쓰	
1	3	雜錄	讀者の領分(投稿歡迎)/本調子/新年の曲 〔1〕 독자란(투고 환영)/제가락/신년의 곡	八景園主 鶴子	시가/기타	
1	4~6		幽靈實見譚 유령을 실제로 본 이야기	奈雪鉄心	수필/기타	
\multicolumn{7}{l}{**1908년 12월 09일 (수) 49호**}						
3	1		★初戀 〈3〉 첫사랑	まさ子	수필/기타	
3	5	情歌	偲舊友 〔1〕 오랜 벗을 그리워하며	万字女	시가/도도이쓰	
3	5	情歌	偲舊友 〔1〕 오랜 벗을 그리워하며	骨皮仙	시가/도도이쓰	
3	5	情歌	第一金水 〔1〕 다이이치 긴스이	玉子	시가/도도이쓰	
3	5	情歌	梅吉(金水) 〔1〕 우메키치(긴스이)	玉子	시가/도도이쓰	
\multicolumn{7}{l}{**1908년 12월 15일 (화) 51호**}						
3	1~2		幽靈實見譚 〈2〉 유령을 실제로 본 이야기	奈雪鐵心	수필/기타	

지면	단수	기획	기사제목 〈회수〉〔곡수〕	필자/저자(역자)	분류	비고
3	2~3	雜報	★初戀 〈4〉 첫사랑	まさ子	수필/기타	
3	3	雜報	讀者の領分(投稿歡迎)/狂句/正月は眼の先にあり〔4〕 독자란(투고 환영)/교쿠/정월을 앞두고	呑氣坊	시가/센류	
3	4	雜報	讀者の領分(投稿歡迎)/狂歌/師匠の走る師走を忘れて〔2〕 독자란(투고 환영)/교카/스승이 달음질치는 바쁜 섣달을 잊고	石の助	시가/교카	
3	4~6		二千萬年前の動物奇譚 〈5〉 이천만 년 전의 동물 기담		민속	
3	6		★冬の龍山 겨울의 용산		수필/일상	
5	1	雜報	果たして何者? 과연 누구인가?		수필/일상	
5	5~6	情歌	小池堂氏へ〔1〕 고이케도 씨에게	社末 まさ子	시가/도도이 쓰	
5	6	情歌	玉子氏へ〔1〕 다마코 씨에게	社末 まさ子	시가/도도이 쓰	
5	6	情歌	曉のや氏へ〔1〕 아케노야 씨에게	社末 まさ子	시가/도도이 쓰	
5	6	情歌	若吉(金水)〔1〕 와카키치(긴스이)	社末 まさ子	시가/도도이 쓰	
5	6	情歌	駒吉(金水)〔1〕 고마키치(긴스이)	社末 まさ子	시가/도도이 쓰	
5	6	情歌	曉のやの君へ〔1〕 아케노야 군에게	ぼんち	시가/도도이 쓰	

1908년 12월 17일 (목) 52호

지면	단수	기획	기사제목	필자/저자(역자)	분류	비고
3	4		新柳樽/前號廣告讀込〔5〕 신 야나기다루/전호 광고 요미코미	政湖	시가/센류	

1908년 12월 23일 (수) 54호

지면	단수	기획	기사제목	필자/저자(역자)	분류	비고
1	3	俳句	初冬雜句〔4〕 초겨울-잡구	湖琴生	시가/하이쿠	
1	3	俳句	初冬雜句〔5〕 초겨울-잡구	玫公	시가/하이쿠	
1	3	小品文	★立小便 노상방뇨	五郎	수필/일상	
1	3	小品文	醉興 취흥	五郎	수필/일상	
3	4		本紙廣告讀込情歌/あけぼの〔1〕 본지 광고 요미코미 정가/아케보노	曉のや	시가/도도이 쓰	

1908년 12월 26일 (토) 55호

지면	단수	기획	기사제목	필자/저자(역자)	분류	비고
1	5	俳句	初冬〔1〕 초겨울	元町 政子	시가/단카	
1	5	俳句	初冬朝〔1〕 초겨울 아침	元町 政子	시가/단카	
1	5	俳句	初冬月〔1〕 초겨울 달	元町 政子	시가/단카	
1	5	俳句	田家初冬〔1〕 농가의 초겨울	元町 政子	시가/단카	
3	4	情歌	まさ子樣へ〔1〕 마사코 님에게	曉のや	시가/도도이 쓰	

지면	단수	기획	기사제목 〈회수〉 〔곡수〕	필자/저자(역자)	분류	비고
3	4	情歌	ぼんち様へ 〔1〕 본치 님에게	曉のや	시가/도도이쓰	
3	4	情歌	吾輩様へ 〔1〕 와가하이 님에게	曉のや	시가/도도이쓰	

1909년 01월 01일 (금) 54호 其四						호수 오류
13	2	新春句	初空 〔1〕 설날 아침의 하늘	鎭山	시가/하이쿠	
13	2	新春句	初空 〔1〕 설날 아침의 하늘	ゆとり	시가/하이쿠	
13	2	新春句	雙六 〔1〕 쌍륙	蕉雨	시가/하이쿠	
13	2	新春句	雙六 〔1〕 쌍륙	龍水	시가/하이쿠	
13	2	新春句	福壽草 〔1〕 복수초	十步老	시가/하이쿠	
13	2	新春句	福壽草 〔1〕 복수초	時雨	시가/하이쿠	

1909년 01월 01일 (금) 56호						
14	1~3		龍宮行 〈1〉 용궁행	花柴	소설	
14	3~4		春の歌 〔4〕 봄노래	水野露草	시가/단카	
14	3~4		春の歌 〔4〕 봄노래	柚原白楊	시가/단카	
14	4		夕ぐれ 〔1〕 해질녘	白月	시가/신체시	

법정신문

지면	단수	기획	기사제목 〈회수〉 〔곡수〕	필자/저자(역자)	분류	비고
1909년 07월 25일 (일)						
30	2		★祝法政新聞生誕 〔7〕 축 법정신문 탄생	木浦 諛達吟社 梅友	시가/하이쿠	
30	2		★(제목없음) 〔5〕	長劍	시가/하이쿠	
62	1~2		見ぬおもかげ 〈1〉 볼 수 없는 지난 모습	よし子	수필/일상	

경성일일신문

지면	단수	기획	기사제목 〈회수〉 〔곡수〕	필자/저자(역자)	분류	비고
1920년 08월 01일 (일) 29호						
4	1~3		小栗判官 照手姬 〈29〉 오구리 판관 데루테히메	旭亭樓山	고단	

지면	단수	기획	기사제목 〈회수〉〔곡수〕	필자/저자(역자)	분류	비고
			1920년 08월 02일 (월) 30호			
1	5~6	創作	創生の歡び〈23〉 창생의 기쁨	難波英夫	소설	
4	1~3		小栗判官 照手姬〈30〉 오구리 판관 데루테히메	旭亭樓山	고단	
			1920년 08월 03일 (화) 31호			
1	5~6	創作	逆流〈1〉 역류	森漱波	소설	
4	1~3		小栗判官 照手姬〈31〉 오구리 판관 데루테히메	旭亭樓山	고단	
			1920년 08월 04일 (수) 32호			
1	5~6	創作	逆流〈2〉 역류	森漱波	소설	
4	1~3		小栗判官 照手姬〈32〉 오구리 판관 데루테히메	旭亭樓山	고단	
			1920년 08월 05일 (목) 33호			
1	5~6	創作	逆流〈3〉 역류	森漱波	소설	
4	1~3		小栗判官 照手姬〈33〉 오구리 판관 데루테히메	旭亭樓山	고단	
			1920년 08월 06일 (금) 34호			
1	5~6	創作	逆流〈4〉 역류	森漱波	소설	
4	1~3		小栗判官 照手姬〈34〉 오구리 판관 데루테히메	旭亭樓山	고단	
			1920년 08월 08일 (일) 36호			
1	4~6	創作	逆流〈6〉 역류	森漱波	소설	
4	1~3		小栗判官 照手姬〈36〉 오구리 판관 데루테히메	旭亭樓山	고단	
			1920년 08월 09일 (월) 37호			
1	5~6	創作	逆流〈7〉 역류	森漱波	소설	
4	1~3		小栗判官 照手姬〈37〉 오구리 판관 데루테히메	旭亭樓山	고단	
			1920년 08월 11일 (수) 39호			
1	5~6	創作	逆流〈9〉 역류	森漱波	소설	
4	1~3		小栗判官 照手姬〈39〉 오구리 판관 데루테히메	旭亭樓山	고단	
			1920년 08월 12일 (목) 40호			
1	5~6	創作	逆流〈10〉 역류	森漱波	소설	

지면	단수	기획	기사제목 〈회수〉 〔곡수〕	필자/저자(역자)	분류	비고
4	1~3		小栗判官 照手姬 〈40〉 오구리 판관 데루테히메	旭亭樓山	고단	

1920년 08월 13일 (금) 41호

지면	단수	기획	기사제목 〈회수〉 〔곡수〕	필자/저자(역자)	분류	비고
1	5~6	創作	逆流 〈11〉 역류	森漱波	소설	
4	1~3		小栗判官 照手姬 〈41〉 오구리 판관 데루테히메	旭亭樓山	고단	

1920년 08월 14일 (토) 42호

지면	단수	기획	기사제목 〈회수〉 〔곡수〕	필자/저자(역자)	분류	비고
1	5~6	創作	逆流 〈12〉 역류	森漱波	소설	
4	1~3		小栗判官 照手姬 〈42〉 오구리 판관 데루테히메	旭亭樓山	고단	

1920년 08월 15일 (일) 43호

지면	단수	기획	기사제목 〈회수〉 〔곡수〕	필자/저자(역자)	분류	비고
1	5~6	創作	逆流 〈13〉 역류	森漱波	소설	
4	1~3		小栗判官 照手姬 〈43〉 오구리 판관 데루테히메	旭亭樓山	고단	

1920년 08월 16일 (월) 44호

지면	단수	기획	기사제목 〈회수〉 〔곡수〕	필자/저자(역자)	분류	비고
1	5~6	創作	逆流 〈14〉 역류	森漱波	소설	
3	10~12		小栗判官 照手姬 〈44〉 오구리 판관 데루테히메	旭亭樓山	고단	

1920년 08월 17일 (화) 45호

지면	단수	기획	기사제목 〈회수〉 〔곡수〕	필자/저자(역자)	분류	비고
1	5~6	創作	逆流 〈15〉 역류	森漱波	소설	
4	1~3		小栗判官 照手姬 〈45〉 오구리 판관 데루테히메	旭亭樓山	고단	

1920년 08월 18일 (수) 46호

지면	단수	기획	기사제목 〈회수〉 〔곡수〕	필자/저자(역자)	분류	비고
1	5~6	創作	逆流 〈16〉 역류	森漱波	소설	
4	1~2		小栗判官 照手姬 〈46〉 오구리 판관 데루테히메	旭亭樓山	고단	

1920년 08월 19일 (목) 47호

지면	단수	기획	기사제목 〈회수〉 〔곡수〕	필자/저자(역자)	분류	비고
1	5~6	創作	逆流 〈17〉 역류	森漱波	소설	
4	1~3		小栗判官 照手姬 〈47〉 오구리 판관 데루테히메	旭亭樓山	고단	

1920년 08월 20일 (금) 48호

지면	단수	기획	기사제목 〈회수〉 〔곡수〕	필자/저자(역자)	분류	비고
1	5~6	創作	逆流 〈17〉 역류	森漱波	소설	회수 오류
4	1~2		小栗判官 照手姬 〈48〉 오구리 판관 데루테히메	旭亭樓山	고단	

1920년 08월 21일 (토) 49호

지면	단수	기획	기사제목 〈회수〉〔곡수〕	필자/저자(역자)	분류	비고
1	5~6	創作	逆流 〈18〉 역류	森漱波	소설	회수 오류
4	1~2		小栗判官 照手姬 〈49〉 오구리 판관 데루테히메	旭亭樓山	고단	

1920년 08월 23일 (월) 51호

1	5~6	創作	逆流 〈20〉 역류	森漱波	소설	회수 오류
4	1~3		小栗判官 照手姬 〈51〉 오구리 판관 데루테히메	旭亭樓山	고단	

1920년 08월 24일 (화) 52호

1	5~6	創作	逆流 〈21〉 역류	森漱波	소설	회수 오류
4	1~3		小栗判官 照手姬 〈52〉 오구리 판관 데루테히메	旭亭樓山	고단	

1920년 08월 25일 (수) 53호

1	5~6	創作	逆流 〈22〉 역류	森漱波	소설	회수 오류
4	1~3		小栗判官 照手姬 〈53〉 오구리 판관 데루테히메	旭亭樓山	고단	

1920년 08월 26일 (목) 54호

1	5~6	創作	逆流 〈23〉 역류	森漱波	소설	회수 오류
4	1~3		小栗判官 照手姬 〈54〉 오구리 판관 데루테히메	旭亭樓山	고단	

1920년 08월 27일 (금) 55호

1	5~6	創作	逆流 〈24〉 역류	森漱波	소설	회수 오류
4	1~3		小栗判官 照手姬 〈55〉 오구리 판관 데루테히메	旭亭樓山	고단	

1920년 08월 28일 (토) 56호

1	5~6	創作	逆流 〈25〉 역류	森漱波	소설	회수 오류
4	1~3		小栗判官 照手姬 〈56〉 오구리 판관 데루테히메	旭亭樓山	고단	

1920년 08월 29일 (일) 57호

1	5~6	創作	逆流 〈26〉 역류	森漱波	소설	회수 오류
4	1~2		小栗判官 照手姬 〈57〉 오구리 판관 데루테히메	旭亭樓山	고단	

1920년 08월 30일 (월) 58호

1	5~6	創作	逆流 〈27〉 역류	森漱波	소설	회수 오류
4	1~2		小栗判官 照手姬 〈58〉 오구리 판관 데루테히메	旭亭樓山	고단	

지면	단수	기획	기사제목 〈회수〉 〔곡수〕	필자/저자(역자)	분류	비고
1920년 08월 31일 (화) 59호						
1	4~6	創作	★地獄の幸福 〈1〉 지옥의 행복	邦枝完二	소설	
4	1~3		小栗判官 照手姫 〈59〉 오구리 판관 데루테히메	旭亭樓山	고단	
1920년 09월 02일 (목) 60호						
1	5	日日詩壇	餘名否 〔1〕 여명부		시가/수필/ 한시/비평	
1	5	日日俳壇	(제목없음) 〔10〕		시가/하이쿠	
1	5~6	創作	★地獄の幸福 〈2〉 지옥의 행복	邦枝完二	소설	
4	1~2		小栗判官 照手姫 〈60〉 오구리 판관 데루테히메	旭亭樓山	고단	
1920년 09월 03일 (금) 61호						
1	4~6	創作	★地獄の幸福 〈3〉 지옥의 행복	邦枝完二	소설	
4	1~3		小栗判官 照手姫 〈61〉 오구리 판관 데루테히메	旭亭樓山	고단	
1920년 09월 04일 (토) 62호						
1	5~6	創作	★地獄の幸福 〈4〉 지옥의 행복	邦枝完二	소설	
4	1~3		小栗判官 照手姫 〈62〉 오구리 판관 데루테히메	旭亭樓山	고단	
1920년 09월 05일 (일) 63호						
1	5~6	創作	★地獄の幸福 〈5〉 지옥의 행복	邦枝完二	소설	
3	10~12		小栗判官 照手姫 〈63〉 오구리 판관 데루테히메	旭亭樓山	고단	
1920년 09월 06일 (월) 64호						
1	5~6	創作	★地獄の幸福 〈6〉 지옥의 행복	邦枝完二	소설	
4	1~3		小栗判官 照手姫 〈64〉 오구리 판관 데루테히메	旭亭樓山	고단	
1920년 09월 07일 (화) 65호						
1	5~6		鍾路に立ちて 〈1〉 종로에 서서	叩天	수필/일상	
4	1~2		小栗判官 照手姫 〈65〉 오구리 판관 데루테히메	旭亭樓山	고단	
1920년 09월 08일 (수) 66호						
1	4~6		鍾路に立ちて 〈2〉 종로에 서서	叩天	수필/일상	
4	1~3		小栗判官 照手姫 〈66〉 오구리 판관 데루테히메	旭亭樓山	고단	

지면	단수	기획	기사제목 〈회수〉〔곡수〕	필자/저자(역자)	분류	비고
\multicolumn{7}{l}{**1920년 09월 09일 (목) 67호**}						
1	6		熱光の下を 〈1〉 뜨거운 빛 아래	曉谷	소설	
4	1~2		小栗判官 照手姬 〈67〉 오구리 판관 데루테히메	旭亭樓山	고단	
\multicolumn{7}{l}{**1920년 09월 10일 (금) 68호**}						
1	5~6		熱光の下を 〈2〉 뜨거운 빛 아래	曉谷	소설	
4	1~2		小栗判官 照手姬 〈68〉 오구리 판관 데루테히메	旭亭樓山	고단	
\multicolumn{7}{l}{**1920년 09월 11일 (토) 69호**}						
1	5~6		熱光の下を 〈3〉 뜨거운 빛 아래	曉谷	소설	
4	1~2		小栗判官 照手姬 〈69〉 오구리 판관 데루테히메	旭亭樓山	고단	
\multicolumn{7}{l}{**1920년 09월 12일 (일) 70호**}						
1	4~5		戰後の歐米 〈1〉 전후의 구미	木村雄次	수필/기행	
1	5~6		熱光の下を 〈4〉 뜨거운 빛 아래	曉谷	소설	
4	1~3		小栗判官 照手姬 〈70〉 오구리 판관 데루테히메	旭亭樓山	고단	
\multicolumn{7}{l}{**1920년 09월 13일 (월) 71호**}						
1	3~5		戰後の歐米 〈2〉 전후의 구미	木村雄次	수필/기행	
1	5~6		熱光の下を 〈5〉 뜨거운 빛 아래	曉谷	소설	
4	1~3		小栗判官 照手姬 〈71〉 오구리 판관 데루테히메	旭亭樓山	고단	
\multicolumn{7}{l}{**1920년 09월 14일 (화) 72호**}						
1	2~3		戰後の歐米 〈3〉 전후의 구미	木村雄次	수필/기행	
1	5~6		熱光の下を 〈6〉 뜨거운 빛 아래	曉谷	소설	
4	1~3		小栗判官 照手姬 〈72〉 오구리 판관 데루테히메	旭亭樓山	고단	
\multicolumn{7}{l}{**1920년 09월 15일 (수) 73호**}						
1	2~3		戰後の歐米 〈4〉 전후의 구미	木村雄次	수필/기행	
1	5~6		熱光の下を 〈7〉 뜨거운 빛 아래	曉谷	소설	
4	1~2		小栗判官 照手姬 〈73〉 오구리 판관 데루테히메	旭亭樓山	고단	
\multicolumn{7}{l}{**1920년 09월 16일 (목) 74호**}						

지면	단수	기획	기사제목 〈회수〉〔곡수〕	필자/저자(역자)	분류	비고
1	2~3		戰後の歐米 〈5〉 전후의 구미	木村雄次	수필/기행	
1	5~6	創作	熱光の下を 〈8〉 뜨거운 빛 아래	曉谷	소설	
4	1~3		小栗判官 照手姫 〈74〉 오구리 판관 데루테히메	旭亭樓山	고단	

1920년 09월 17일 (금) 75호

1	2~3		戰後の歐米 〈6〉 전후의 구미	木村雄次	수필/기행	
1	5~6	創作	熱光の下を 〈9〉 뜨거운 빛 아래	曉谷	소설	
4	1~3		小栗判官 照手姫 〈75〉 오구리 판관 데루테히메	旭亭樓山	고단	

1920년 09월 18일 (토) 76호

1	2~4		戰後の歐米 〈7〉 전후의 구미	木村雄次	수필/기행	
1	5~6	創作	熱光の下を 〈10〉 뜨거운 빛 아래	曉谷	소설	
4	1~3		小栗判官 照手姫 〈76〉 오구리 판관 데루테히메	旭亭樓山	고단	

1920년 09월 19일 (일) 77호

1	2~3		戰後の歐米 〈8〉 전후의 구미	木村雄次	수필/기행	
1	5~6	創作	熱光の下を 〈11〉 뜨거운 빛 아래	曉谷	소설	
4	1~3		小栗判官 照手姫 〈77〉 오구리 판관 데루테히메	旭亭樓山	고단	

1920년 09월 20일 (월) 78호

1	2~4		戰後の歐米 〈9〉 전후의 구미	木村雄次	수필/기행	
1	5~6	創作	熱光の下を 〈12〉 뜨거운 빛 아래	曉谷	소설	
3	10~12		小栗判官 照手姫 〈78〉 오구리 판관 데루테히메	旭亭樓山	고단	

1920년 09월 21일 (화) 79호

4	1~3		小栗判官 照手姫 〈79〉 오구리 판관 데루테히메	旭亭樓山	고단	

1920년 09월 22일 (수) 80호

1	1~2		戰後の歐米 〈10〉 전후의 구미	木村雄次	수필/기행	
1	4~5	創作	熱光の下を 〈13〉 뜨거운 빛 아래	曉谷	소설	

1920년 09월 25일 (토) 82호

1	2~3		戰後の歐米 〈11〉 전후의 구미	木村雄次	수필/기행	

지면	단수	기획	기사제목 〈회수〉〔곡수〕	필자/저자(역자)	분류	비고
1	4~5	創作	熱光の下を 〈14〉 뜨거운 빛 아래	曉谷	소설	

1920년 09월 26일 (일) 83호

지면	단수	기획	기사제목 〈회수〉〔곡수〕	필자/저자(역자)	분류	비고
1	2~4		戰後の歐米 〈12〉 전후의 구미	木村雄次	수필/기행	
1	4~5	創作	熱光の下を 〈15〉 뜨거운 빛 아래	曉谷	소설	
4	1~3		小栗判官 照手姬 〈80〉 오구리 판관 데루테히메	旭亭樓山	고단	

1920년 09월 27일 (월) 84호

지면	단수	기획	기사제목 〈회수〉〔곡수〕	필자/저자(역자)	분류	비고
1	1~2		戰後の歐米 〈13〉 전후의 구미	木村雄次	수필/기행	
1	4~5	創作	熱光の下を 〈16〉 뜨거운 빛 아래	曉谷	소설	
4	1~3		小栗判官 照手姬 〈81〉 오구리 판관 데루테히메	旭亭樓山	고단	

1920년 09월 28일 (화) 85호

지면	단수	기획	기사제목 〈회수〉〔곡수〕	필자/저자(역자)	분류	비고
1	2~3		戰後の歐米 〈14〉 전후의 구미	木村雄次	수필/기행	
1	5~6	創作	熱光の下を 〈17〉 뜨거운 빛 아래	曉谷	소설	
4	1~3		小栗判官 照手姬 〈82〉 오구리 판관 데루테히메	旭亭樓山	고단	

1920년 09월 29일 (수) 86호

지면	단수	기획	기사제목 〈회수〉〔곡수〕	필자/저자(역자)	분류	비고
1	2~3		戰後の歐米 〈15〉 전후의 구미	木村雄次	수필/기행	
1	5~6	創作	熱光の下を 〈18〉 뜨거운 빛 아래	曉谷	소설	
4	1~3		小栗判官 照手姬 〈83〉 오구리 판관 데루테히메	旭亭樓山	고단	

1920년 09월 30일 (목) 87호

지면	단수	기획	기사제목 〈회수〉〔곡수〕	필자/저자(역자)	분류	비고
1	1~2		戰後の歐米 〈16〉 전후의 구미	木村雄次	수필/기행	
1	4~5	創作	熱光の下を 〈19〉 뜨거운 빛 아래	曉谷	소설	
4	1~3		小栗判官 照手姬 〈84〉 오구리 판관 데루테히메	旭亭樓山	고단	

1920년 10월 01일 (금) 88호

지면	단수	기획	기사제목 〈회수〉〔곡수〕	필자/저자(역자)	분류	비고
1	2~4		戰後の歐米 〈17〉 전후의 구미	木村雄次	수필/기행	
1	4~5	創作	熱光の下を 〈20〉 뜨거운 빛 아래	曉谷	소설	
4	1~2		小栗判官 照手姬 〈85〉 오구리 판관 데루테히메	旭亭樓山	고단	

1920년 10월 02일 (토) 89호

지면	단수	기획	기사제목 〈회수〉〔곡수〕	필자/저자(역자)	분류	비고
1	4~5	創作	熱光の下を 〈21〉 뜨거운 빛 아래	曉谷	소설	
4	1~2		小栗判官 照手姫 〈86〉 오구리 판관 데루테히메	旭亭樓山	고단	

1920년 10월 03일 (일) 90호

지면	단수	기획	기사제목 〈회수〉〔곡수〕	필자/저자(역자)	분류	비고
1	4	日日歌壇	(제목없음)〔4〕	草之防	시가/단카	
1	4~5	創作	熱光の下を 〈22〉 뜨거운 빛 아래	曉谷	소설	
3	10~11	フイルム	喜樂館 地獄の犬/原名ザヘルハウンドオブ、アラスカ 기라쿠관 지옥의 개/원명 더 헬하운드 오브 알래스카		수필/기타	
4	1~3		小栗判官 照手姫 〈87〉 오구리 판관 데루테히메	旭亭樓山	고단	

1920년 10월 04일 (월) 91호

지면	단수	기획	기사제목 〈회수〉〔곡수〕	필자/저자(역자)	분류	비고
1	4~5	創作	熱光の下を 〈23〉 뜨거운 빛 아래	曉谷	소설	
3	10~11	フイルム	黃金館 勞働者ガラヲ 前編/原名 ザ、テイヤス、オヴ、ウワーキングクラス 고가네칸 노동자 가라오 전편/원명 더 티어스 오브 워킹 클래스		수필/기타	
4	1~3		小栗判官 照手姫 〈88〉 오구리 판관 데루테히메	旭亭樓山	고단	

1920년 10월 05일 (화) 92호

지면	단수	기획	기사제목 〈회수〉〔곡수〕	필자/저자(역자)	분류	비고
1	4~5	創作	熱光の下を 〈24〉 뜨거운 빛 아래	曉谷	소설	
3	9~10	フイルム	大正館 皮の鞭/原名「ゼ、ラツシユ」 다이쇼칸 가죽 채찍/원명「젤러시」		수필/기타	
4	1~3		小栗判官 照手姫 〈89〉 오구리 판관 데루테히메	旭亭樓山	고단	

1920년 10월 06일 (수) 93호

지면	단수	기획	기사제목 〈회수〉〔곡수〕	필자/저자(역자)	분류	비고
1	5	日日歌壇 (投稿歡迎)	夏の歌〔4〕 여름의 노래	骨々子	시가/단카	
1	5	日日歌壇 (投稿歡迎)	想像して〔3〕 상상하고	馬場寬	시가/단카	
1	5~6	創作	熱光の下を 〈25〉 뜨거운 빛 아래	曉谷	소설	
3	9~10	フイルム	外篇 各舘の說明振 上編 외편 각관의 설명 모습 상편		수필/기타	
4	1~3		小栗判官 照手姫 〈90〉 오구리 판관 데루테히메	旭亭樓山	고단	

1920년 10월 07일 (목) 94호

지면	단수	기획	기사제목 〈회수〉〔곡수〕	필자/저자(역자)	분류	비고
1	4	日日歌壇 (投稿歡迎)	その日のはて〔2〕 그 날의 끝	骨々子	시가/단카	
1	4~5	創作	熱光の下を 〈26〉 뜨거운 빛 아래	曉谷	소설	
4	1~3		小栗判官 照手姫 〈91〉 오구리 판관 데루테히메	旭亭樓山	고단	

1920년 10월 08일 (금) 95호

지면	단수	기획	기사제목 〈회수〉〔곡수〕	필자/저자(역자)	분류	비고
1	4	日日歌壇 (投稿歡迎)	その日のはて〔1〕 그 날의 끝		시가/단카	
1	5~6	創作	熱光の下を〈27〉 뜨거운 빛 아래	曉谷	소설	
4	1~2		小栗判官 照手姫〈92〉 오구리 판관 데루테히메	旭亭樓山	고단	

1920년 10월 09일 (토) 96호

지면	단수	기획	기사제목 〈회수〉〔곡수〕	필자/저자(역자)	분류	비고
1	2~4		★比律賓紀行〈1〉 필리핀 기행	小林淺吉	수필/기행	
1	4	日日歌壇 (投稿歡迎)	その日のはて〔1〕 그 날의 끝	骨々子	시가/단카	
1	4	日日歌壇 (投稿歡迎)	つれづれ〔2〕 지루함	美子	시가/단카	
1	4~5	創作	熱光の下を〈28〉 뜨거운 빛 아래	曉谷	소설	
4	1~3		小栗判官 照手姫〈93〉 오구리 판관 데루테히메	旭亭樓山	고단	

1920년 10월 10일 (일) 97호

지면	단수	기획	기사제목 〈회수〉〔곡수〕	필자/저자(역자)	분류	비고
1	3~4		★比律賓紀行〈2〉 필리핀 기행	小林淺吉	수필/기행	
1	4	日日歌壇 (投稿歡迎)	文藝係選〔6〕 문예계 선		시가/단카	
1	4~5	創作	熱光の下を〈29〉 뜨거운 빛 아래	曉谷	소설	
4	1~3		小栗判官 照手姫〈93〉 오구리 판관 데루테히메	旭亭樓山	고단	회수 오류

1920년 10월 11일 (월) 98호

지면	단수	기획	기사제목 〈회수〉〔곡수〕	필자/저자(역자)	분류	비고
1	4	日日歌壇 (投稿歡迎)	(제목없음)〔2〕	狂二	시가/단카	
1	4	長詩	戀の花〔1〕 사랑의 꽃	紅點	시가/신체시	
1	4~5	創作	熱光の下を〈30〉 뜨거운 빛 아래	曉谷	소설	
3	8~9	フィルム	人情活劇「紅一點」/喜樂館 인정 활극 「홍일점」/기라쿠칸		수필/기타	
4	1~2		小栗判官 照手姫〈95〉 오구리 판관 데루테히메	旭亭樓山	고단	

1920년 10월 12일 (화) 99호

지면	단수	기획	기사제목 〈회수〉〔곡수〕	필자/저자(역자)	분류	비고
1	2~3		★比律賓紀行〈3〉 필리핀 기행	小林淺吉	수필/기행	
1	4		小星 작은 별	叩	수필/일상	
1	4~5	創作	熱光の下を〈31〉 뜨거운 빛 아래	曉谷	소설	
3	9~10	フィルム	黃金館/「白菊物話」と「常闇より光へ」 고가네칸/「흰 국화 이야기」와 「암흑에서 빛으로」		수필/기타	
4	1~2		小栗判官 照手姫〈96〉 오구리 판관 데루테히메	旭亭樓山	고단	

지면	단수	기획	기사제목 〈회수〉〔곡수〕	필자/저자(역자)	분류	비고
1920년 10월 13일 (수) 100호						
1	3~4		小星 작은 별	かずよし	수필/일상	
1	4~5	創作	熱光の下を 〈32〉 뜨거운 빛 아래	曉谷	소설	
4	1~2		小栗判官 照手姫 〈97〉 오구리 판관 데루테히메	旭亭樓山	고단	
1920년 10월 14일 (목) 101호						
1	3~4		★比律賓紀行 〈4〉 필리핀 기행	小林淺吉	수필/기행	
1	4	日日歌壇 (投稿歡迎)	寢床の中 〔1〕 잠자리 속	紅點	시가/신체시	
1	4~5	日日歌壇 (投稿歡迎)	(제목없음) 〔3〕	たみ子	시가/단카	
1	5		小星 작은 별	紅點	수필/일상	
1	5~6	創作	熱光の下を 〈33〉 뜨거운 빛 아래	曉谷	소설	
3	11~12	フイルム	山林情話 男の一言/大正館 산림정화 남자의 한마디/다이쇼칸		수필/기타	
4	1~2		小栗判官 照手姫 〈98〉 오구리 판관 데루테히메	旭亭樓山	고단	
1920년 10월 15일 (금) 102호						
1	5	日日歌壇 (投稿歡迎)	小寒の朝 〔3〕 소한 아침	富岡白妙女	시가/단카	
1	5		小星/デカタンの世界 작은 별/데카당의 세계	紅點	수필/일상	
1	5~6	創作	熱光の下を 〈34〉 뜨거운 빛 아래	曉谷	소설	
4	1~2		小栗判官 照手姫 〈99〉 오구리 판관 데루테히메	旭亭樓山	고단	
1920년 10월 16일 (금) 103호						
1	2~3		★比律賓紀行 〈5〉 필리핀 기행	小林淺吉	수필/기행	
1	4~5	創作	熱光の下を 〈35〉 뜨거운 빛 아래	曉谷	소설	
4	1~3		小栗判官 照手姫 〈99〉 오구리 판관 데루테히메	旭亭樓山	고단	회수 오류
1920년 10월 17일 (토) 104호						
1	3		★比律賓紀行 〈6〉 필리핀 기행	小林淺吉	수필/기행	
1	4	日日歌壇 (投稿歡迎)	ムウンライト 〔1〕 문라이트	浮一	시가/신체시	
1	4~5	創作	熱光の下を 〈36〉 뜨거운 빛 아래	曉谷	소설	
4	1~2		小栗判官 照手姫 〈101〉 오구리 판관 데루테히메	旭亭樓山	고단	

지면	단수	기획	기사제목 〈회수〉〔곡수〕	필자/저자(역자)	분류	비고
			1920년 10월 19일 (화) 105호			
1	2		★比律賓紀行 〈7〉 필리핀 기행	小林淺吉	수필/기행	
1	4	日日歌壇 (投稿歡迎)	雜詠 〔4〕 잡영	眞鍋則之	시가/단카	
1	4	日日歌壇 (投稿歡迎)	戀は憂し 〔6〕 사랑은 근심스럽네	淸子	시가/단카	
1	5~6	創作	熱光の下を 〈37〉 뜨거운 빛 아래	曉谷	소설	
4	1~2		小栗判官 照手姬 〈102〉 오구리 판관 데루테히메	旭亭樓山	고단	
			1920년 10월 20일 (수) 106호			
1	2~4	文人騷客	雅號の起因 〈1〉 아호의 기인	竹の島人	수필/기타	
1	4	日日歌壇 (投稿歡迎)	編輯室の午後に 〔4〕 편집실의 오후에	曉谷	시가/단카	
1	4~5	創作	熱光の下を 〈38〉 뜨거운 빛 아래	曉谷	소설	
4	1~2		小栗判官 照手姬 〈103〉 오구리 판관 데루테히메	旭亭樓山	고단	
			1920년 10월 21일 (목) 107호			
1	2~4		★比律賓紀行 〈7〉 필리핀 기행	小林淺吉	수필/기행	회수 오류
1	2~5	文人騷客	雅號の起因 〈2〉 아호의 기인	竹の島人	수필/기타	
1	4		小星/先づパンを與へよ 작은 별/먼저 빵을 주어라	紅點	수필/일상	
1	5		百號を祝して「編輯室の庭の秋を唱ふ」〔1〕 100호를 축하하며 「편집실 정원의 가을을 노래하다」	骨々子	시가/자유시	
1	5		心の海よ 〔1〕 마음의 바다여	まり子	시가/자유시	
1	5~6	創作	熱光の下を 〈39〉 뜨거운 빛 아래	曉谷	소설	
4	1~3		小栗判官 照手姬 〈104〉 오구리 판관 데루테히메	旭亭樓山	고단	
			1920년 10월 22일 (금) 108호			
1	2~3		★比律賓紀行 〈8〉 필리핀 기행	小林淺吉	수필/기행	회수 오류
1	3~4	文人騷客	雅號の起因 〈3〉 아호의 기인	竹の島人	수필/기타	
1	5~6	隨筆錄	伊達藝妓物語 〈1〉 다테게이샤 이야기	じろう生	수필/관찰	
1	6	時事詩評	禍#急 〔1〕 화#급		시가/한시	
4	1~3		小栗判官 照手姬 〈105〉 오구리 판관 데루테히메	旭亭樓山	고단	
			1920년 10월 24일 (일) 110호			

지면	단수	기획	기사제목 〈회수〉 〔곡수〕	필자/저자(역자)	분류	비고
1	4~5		小星/古き衣 작은 별/낡은 옷	紅點	수필/일상	
1	5	日日歌壇 (投稿歡迎)	母と子 〔7〕 어머니와 아이	しずを	시가/단카	
1	5	日日歌壇 (投稿歡迎)	菊を慕ひ 〔5〕 국화를 사랑하여	紫の花	시가/단카	
1	5		#領 〔1〕 #령	邦枝	시가/신체시	
1	5		少女の詠める 〔1〕 소녀가 읊다	紫草	시가/단카	
1	5~6	隨筆錄	伊達藝妓物語 〈3〉 다테게이샤 이야기	じろう生	수필/관찰	
3	10~11	フイルム	黃金館/お雪さん/原名「ア、ジャパニーズ、ナイチンゲール」 고가네칸/오유키 상/원명 「아, 재패니즈 나이팅게일」		수필/기타	
4	1~3		小栗判官 照手姬 〈107〉 오구리 판관 데루테히메	旭亭樓山	고단	

1920년 10월 25일 (월) 111호

지면	단수	기획	기사제목 〈회수〉 〔곡수〕	필자/저자(역자)	분류	비고
1	6	日日歌壇 (投稿歡迎)	秋雜詠 〔8〕 가을-잡영	大悟法利雄	시가/단카	
1	6	日日歌壇 (投稿歡迎)	秋雜詠 〔19〕 가을-잡영	平生松平	시가/단카	
1	6	日日歌壇 (投稿歡迎)	草新の前 〔14〕 혁신 전	骨々子	시가/자유시	
3	11~12	フイルム	大正館/不思議の眼/原名「ザ、アイス、オブ、ミステリー」 다이쇼칸/신비한 눈/원명 「더 아이스 오브 미스터리」		수필/기타	
4	1~2		小栗判官 照手姬 〈108〉 오구리 판관 데루테히메	旭亭樓山	고단	

1920년 10월 26일 (화) 112호

지면	단수	기획	기사제목 〈회수〉 〔곡수〕	필자/저자(역자)	분류	비고
1	5~6		★比律賓紀行 〈9〉 필리핀 기행	小林淺吉	수필/기행	회수 오류
1	6	隨筆錄	伊達藝妓物語 〈4〉 다테게이샤 이야기	じろう生	수필/관찰	
4	1~2		小栗判官 照手姬 〈109〉 오구리 판관 데루테히메	旭亭樓山	고단	

1920년 10월 27일 (수) 113호

지면	단수	기획	기사제목 〈회수〉 〔곡수〕	필자/저자(역자)	분류	비고
1	5	戱歌	局長さまに 〔10〕 국장님께	玉木はる子	시가/교카	
1	5~6	隨筆錄	伊達藝妓物語 〈5〉 다테게이샤 이야기	じろう生	수필/관찰	
4	1~2		小栗判官 照手姬 〈110〉 오구리 판관 데루테히메	旭亭樓山	고단	

1920년 10월 28일 (목) 114호

지면	단수	기획	기사제목 〈회수〉 〔곡수〕	필자/저자(역자)	분류	비고
1	3~5		★比律賓紀行 〈9〉 필리핀 기행	小林淺吉	수필/기행	회수 오류
1	5	日日歌壇	邦の君へ 〔8〕 고향에 있는 그대에게	まり子	시가/단카	
1	5~6	隨筆錄	伊達藝妓物語 〈6〉 다테게이샤 이야기	じろう生	수필/관찰	

지면	단수	기획	기사제목 〈회수〉〔곡수〕	필자/저자(역자)	분류	비고
4	1~2		小栗判官 照手姫 〈111〉 오구리 판관 데루테히메	旭亭樓山	고단	

1920년 10월 29일 (금) 115호

지면	단수	기획	기사제목 〈회수〉〔곡수〕	필자/저자(역자)	분류	비고
1	5~6	隨筆錄	伊達藝妓物語 〈7〉 다테게이샤 이야기	じろう生	수필/관찰	
3	10~11		小栗判官 照手姫 〈112〉 오구리 판관 데루테히메	旭亭樓山	고단	

1920년 10월 30일 (토) 116호

지면	단수	기획	기사제목 〈회수〉〔곡수〕	필자/저자(역자)	분류	비고
1	4~5		★比律賓紀行 〈10〉 필리핀 기행	小林淺吉	수필/기행	회수 오류
1	5		小星/孤獨の榮光 작은 별/고독의 영광	骨々子	수필/일상	
1	5~6	創作	驕兒 〈1〉 교만한 아이	叩天	소설	
4	1~3		小栗判官 照手姫 〈113〉 오구리 판관 데루테히메	旭亭樓山	고단	

인천

조선신보 1892.09.~1908.11.

지면	단수	기획	기사제목 〈회수〉〔곡수〕	필자/저자(역자)	분류	비고
			1892년 09월 03일 (토) 80호			
3	4		濟州島紀行 제주도 기행	四州生	수필/기행	
			1896년 11월 06일 (금) 364호			
3	2		第一回半歌小集/誘遙會寄稿/各位榮評合點成蹟/十客 〈2〉〔1〕 제1회 반가 소모임/유요카이 소모임/각위 영평 합점 성적/십객	初心	시가/하이쿠	
3	2		第一回半歌小集/誘遙會寄稿/各位榮評合點成蹟/十客 〈2〉〔1〕 제1회 반가 소모임/유요카이 소모임/각위 영평 합점 성적/십객	其日	시가/하이쿠	
3	2		第一回半歌小集/誘遙會寄稿/各位榮評合點成蹟/十客 〈2〉〔1〕 제1회 반가 소모임/유요카이 소모임/각위 영평 합점 성적/십객	喜月	시가/하이쿠	
3	2		第一回半歌小集/誘遙會寄稿/各位榮評合點成蹟/十客 〈2〉〔1〕 제1회 반가 소모임/유요카이 소모임/각위 영평 합점 성적/십객	加遊	시가/하이쿠	
3	2		第一回半歌小集/誘遙會寄稿/各位榮評合點成蹟/十客 〈2〉〔1〕 제1회 반가 소모임/유요카이 소모임/각위 영평 합점 성적/십객	井蛙	시가/하이쿠	
3	2		第一回半歌小集/誘遙會寄稿/各位榮評合點成蹟/十客 〈2〉〔2〕 제1회 반가 소모임/유요카이 소모임/각위 영평 합점 성적/십객	初心	시가/하이쿠	
3	2		第一回半歌小集/誘遙會寄稿/各位榮評合點成蹟/十客 〈2〉〔1〕 제1회 반가 소모임/유요카이 소모임/각위 영평 합점 성적/십객	加遊	시가/하이쿠	
3	3		第一回半歌小集/誘遙會寄稿/各位榮評合點成蹟/十客 〈2〉〔1〕 제1회 반가 소모임/유요카이 소모임/각위 영평 합점 성적/십객	喜月	시가/하이쿠	
3	3		第一回半歌小集/誘遙會寄稿/各位榮評合點成蹟/十客 〈2〉〔1〕 제1회 반가 소모임/유요카이 소모임/각위 영평 합점 성적/십객	半馬	시가/하이쿠	
3	3		第二回　俳句集　句調正風　題　后の月、砧/ 奇限十一月八日限 제2회 하이쿠슈 구조정풍/주제 음력9월13일 달, 다듬이질/기한 11월8일까지		광고/하이쿠 원고 모집	
			1896년 11월 22일 (일) 371호			
3	2		青山兄の死を悼みて〔1〕 아오야마 형의 죽음을 애도하며	京城 香雨	시가/하이쿠	
3	3	俳壇	題 后の月、砧/孤水園三至拙擇/十感〔1〕 주제 음력 9월 13일 달, 다듬이질/고스이 엔산시 졸택/십감	仁川 許由	시가/하이쿠	
3	3	俳壇	題 后の月、砧/孤水園三至拙擇/十感〔1〕 주제 음력 9월 13일 달, 다듬이질/고스이 엔산시 졸택/십감	仁川 濤花	시가/하이쿠	
3	3	俳壇	題 后の月、砧/孤水園三至拙擇/十感〔1〕 주제 음력 9월 13일 달, 다듬이질/고스이 엔산시 졸택/십감	京城 桃月	시가/하이쿠	
3	3	俳壇	題 后の月、砧/孤水園三至拙擇/十感〔1〕 주제 음력 9월 13일 달, 다듬이질/고스이 엔산시 졸택/십감	仁川 華龍	시가/하이쿠	
3	3	俳壇	題 后の月、砧/孤水園三至拙擇/十感〔1〕 주제 음력 9월 13일 달, 다듬이질/고스이 엔산시 졸택/십감	仁川 千鳳	시가/하이쿠	
3	3	俳壇	題 后の月、砧/孤水園三至拙擇/十感〔1〕 주제 음력 9월 13일 달, 다듬이질/고스이 엔산시 졸택/십감	仁川 素水	시가/하이쿠	
3	3	俳壇	題 后の月、砧/孤水園三至拙擇/十感〔1〕 주제 음력 9월 13일 달, 다듬이질/고스이 엔산시 졸택/십감	仁川 許由	시가/하이쿠	
3	3	俳壇	題 后の月、砧/孤水園三至拙擇/十感〔1〕 주제 음력 9월 13일 달, 다듬이질/고스이 엔산시 졸택/십감	仁川 素水	시가/하이쿠	
3	3	俳壇	題 后の月、砧/孤水園三至拙擇/十感〔1〕 주제 음력 9월 13일 달, 다듬이질/고스이 엔산시 졸택/십감	平壤 木母	시가/하이쿠	
3	3	俳壇	題 后の月、砧/孤水園三至拙擇/十感〔1〕 주제 음력 9월 13일 달, 다듬이질/고스이 엔산시 졸택/십감	仁川 好翠	시가/하이쿠	

지면	단수	기획	기사제목 〈회수〉 〔곡수〕	필자/저자(역자)	분류	비고
3	3	俳壇	題 后の月、砧/孤水園三至拙擇/七秀 〔1〕 주제 음력 9월 13일 달, 다듬이질/고스이 엔산시 졸택/칠수	仁川 濤花	시가/하이쿠	
3	3	俳壇	題 后の月、砧/孤水園三至拙擇/十秀 〔1〕 주제 음력 9월 13일 달, 다듬이질/고스이 엔산시 졸택/칠수	仁川 喜月	시가/하이쿠	
3	3	俳壇	題 后の月、砧/孤水園三至拙擇/七秀 〔1〕 주제 음력 9월 13일 달, 다듬이질/고스이 엔산시 졸택/칠수	仁川 好萃	시가/하이쿠	
3	3	俳壇	題 后の月、砧/孤水園三至拙擇/七秀 〔1〕 주제 음력 9월 13일 달, 다듬이질/고스이 엔산시 졸택/칠수	仁川 華龍	시가/하이쿠	
3	3	俳壇	題 后の月、砧/孤水園三至拙擇/七秀 〔1〕 주제 음력 9월 13일 달, 다듬이질/고스이 엔산시 졸택/칠수	京城 桃月	시가/하이쿠	
3	3	俳壇	題 后の月、砧/孤水園三至拙擇/七秀 〔1〕 주제 음력 9월 13일 달, 다듬이질/고스이 엔산시 졸택/칠수	仁川 萍水	시가/하이쿠	
3	3	俳壇	題 后の月、砧/孤水園三至拙擇/三光/人 〔1〕 주제 음력 9월 13일 달, 다듬이질/고스이 엔산시 졸택/삼광/인	仁川 半馬	시가/하이쿠	
3	3	俳壇	題 后の月、砧/孤水園三至拙擇/地 〔1〕 주제 음력 9월 13일 달, 다듬이질/고스이 엔산시 졸택/삼광/지	仁川 好萃	시가/하이쿠	
3	3	俳壇	題 后の月、砧/孤水園三至拙擇/天 〔1〕 주제 음력 9월 13일 달, 다듬이질/고스이 엔산시 졸택/삼광/천	平壤 木母	시가/하이쿠	
3	3	俳壇	題 后の月、砧/孤水園三至拙擇/追加 〔1〕 주제 음력 9월 13일 달, 다듬이질/고스이 엔산시 졸택/추가	三至	시가/하이쿠	

1896년 11월 28일 (토) 374호

지면	단수	기획	기사제목 〈회수〉 〔곡수〕	필자/저자(역자)	분류	비고
1	4	俳壇	月並俳句第壹會合芳吟拔章四十聲/題 角力、茸狩、冬近/蓁々唫社寄稿/大呼堂旭扇宗匠撰/七賢 〔1〕 쓰키나미 하이쿠 제1회 합방음발장40성/주제 씨름, 버섯 채취, 가까워진 겨울/진진금사기고/대호당 교쿠센 종장 찬/칠현	加遊	시가/하이쿠	
1	4	俳壇	月並俳句第壹會合芳吟拔章四十聲/題 角力、茸狩、冬近/蓁々唫社寄稿/大呼堂旭扇宗匠撰/七賢 〔1〕 쓰키나미 하이쿠 제1회 합방음발장40성/주제 씨름, 버섯 채취, 가까워진 겨울/진진금사기고/대호당 교쿠센 종장 찬/칠현	仙童	시가/하이쿠	
1	4	俳壇	月並俳句第壹會合芳吟拔章四十聲/題 角力、茸狩、冬近/蓁々唫社寄稿/大呼堂旭扇宗匠撰/七賢 〔1〕 쓰키나미 하이쿠 제1회 합방음발장40성/주제 씨름, 버섯 채취, 가까워진 겨울/진진금사기고/대호당 교쿠센 종장 찬/칠현	加遊	시가/하이쿠	
1	4	俳壇	月並俳句第壹會合芳吟拔章四十聲/題 角力、茸狩、冬近/蓁々唫社寄稿/大呼堂旭扇宗匠撰/七賢 〔2〕 쓰키나미 하이쿠 제1회 합방음발장40성/주제 씨름, 버섯 채취, 가까워진 겨울/진진금사기고/대호당 교쿠센 종장 찬/칠현	仙童	시가/하이쿠	
1	4	俳壇	月並俳句第壹會合芳吟拔章四十聲/題 角力、茸狩、冬近/蓁々唫社寄稿/大呼堂旭扇宗匠撰/七賢 〔1〕 쓰키나미 하이쿠 제1회 합방음발장40성/주제 씨름, 버섯 채취, 가까워진 겨울/진진금사기고/대호당 교쿠센 종장 찬/칠현	喜月	시가/하이쿠	
1	4	俳壇	月並俳句第壹會合芳吟拔章四十聲/題 角力、茸狩、冬近/蓁々唫社寄稿/大呼堂旭扇宗匠撰/三等/人 〔1〕 쓰키나미 하이쿠 제1회 합방음발장40성/주제 씨름, 버섯 채취, 가까워진 겨울/진진금사기고/대호당 교쿠센 종장 찬/3등/인	喜月	시가/하이쿠	
1	4	俳壇	月並俳句第壹會合芳吟拔章四十聲/題 角力、茸狩、冬近/蓁々唫社寄稿/大呼堂旭扇宗匠撰/三等/地 〔1〕 쓰키나미 하이쿠 제1회 합방음발장40성/주제 씨름, 버섯 채취, 가까워진 겨울/진진금사기고/대호당 교쿠센 종장 찬/3등/지	加遊	시가/하이쿠	
1	4	俳壇	月並俳句第壹會合芳吟拔章四十聲/題 角力、茸狩、冬近/蓁々唫社寄稿/大呼堂旭扇宗匠撰/三等/天 〔1〕 쓰키나미 하이쿠 제1회 합방음발장40성/주제 씨름, 버섯 채취, 가까워진 겨울/진진금사기고/대호당 교쿠센 종장 찬/3등/천	加遊	시가/하이쿠	

지면	단수	기획	기사제목 〈회수〉〔곡수〕	필자/저자(역자)	분류	비고
1	4	俳壇	月並俳句第壹會合芳吟拔章四十聲/題 角力、茸狩、冬近/蓁々唫社寄稿/大呼堂旭扇宗匠撰/追加〔1〕 쓰키나미 하이쿠 제1회 합방음발장40성/주제 씨름, 버섯 채취, 가까워진 겨울/진진금사기고/대호당 교쿠센 종장 찬/추가	旭扇	시가/하이쿠	

지면	단수	기획	기사제목 〈회수〉〔곡수〕	필자/저자(역자)	분류	비고
1	4	俳壇	第二回月並俳句集芳吟五十聲/題 秋暮、鴫、柿/誘進會寄稿/大呼堂旭扇宗匠撰/三十勝〔1〕 제2회 쓰키나미 하이쿠집 방음50성/주제 늦가을, 도요새, 감/유진회 기고/대호당 교쿠센 종장 찬/30승	初心	시가/하이쿠	
1	4	俳壇	第二回月並俳句集芳吟五十聲/題 秋暮、鴫、柿/誘進會寄稿/大呼堂旭扇宗匠撰/三十勝〔1〕 제2회 쓰키나미 하이쿠집 방음50성/주제 늦가을, 도요새, 감/유진회 기고/대호당 교쿠센 종장 찬/30승	窓月	시가/하이쿠	
1	4	俳壇	第二回月並俳句集芳吟五十聲/題 秋暮、鴫、柿/誘進會寄稿/大呼堂旭扇宗匠撰/三十勝〔1〕 제2회 쓰키나미 하이쿠집 방음50성/주제 늦가을, 도요새, 감/유진회 기고/대호당 교쿠센 종장 찬/30승	初心	시가/하이쿠	
1	4	俳壇	第二回月並俳句集芳吟五十聲/題 秋暮、鴫、柿/誘進會寄稿/大呼堂旭扇宗匠撰/三十勝〔1〕 제2회 쓰키나미 하이쿠집 방음50성/주제 늦가을, 도요새, 감/유진회 기고/대호당 교쿠센 종장 찬/30승	素水	시가/하이쿠	
1	4	俳壇	第二回月並俳句集芳吟五十聲/題 秋暮、鴫、柿/誘進會寄稿/大呼堂旭扇宗匠撰/三十勝〔1〕 제2회 쓰키나미 하이쿠집 방음50성/주제 늦가을, 도요새, 감/유진회 기고/대호당 교쿠센 종장 찬/30승	壽花	시가/하이쿠	
1	4	俳壇	第二回月並俳句集芳吟五十聲/題 秋暮、鴫、柿/誘進會寄稿/大呼堂旭扇宗匠撰/三十勝〔1〕 제2회 쓰키나미 하이쿠집 방음50성/주제 늦가을, 도요새, 감/유진회 기고/대호당 교쿠센 종장 찬/30승	如水	시가/하이쿠	
1	4	俳壇	第二回月並俳句集芳吟五十聲/題 秋暮、鴫、柿/誘進會寄稿/大呼堂旭扇宗匠撰/三十勝〔1〕 제2회 쓰키나미 하이쿠집 방음50성/주제 늦가을, 도요새, 감/유진회 기고/대호당 교쿠센 종장 찬/30승	加遊	시가/하이쿠	
1	4	俳壇	第二回月並俳句集芳吟五十聲/題 秋暮、鴫、柿/誘進會寄稿/大呼堂旭扇宗匠撰/三十勝〔1〕 제2회 쓰키나미 하이쿠집 방음50성/주제 늦가을, 도요새, 감/유진회 기고/대호당 교쿠센 종장 찬/30승	初心	시가/하이쿠	
1	4	俳壇	第二回月並俳句集芳吟五十聲/題 秋暮、鴫、柿/誘進會寄稿/大呼堂旭扇宗匠撰/三十勝〔2〕 제2회 쓰키나미 하이쿠집 방음50성/주제 늦가을, 도요새, 감/ 유진회 기고/대호당 교쿠센 종장 찬/30승	加遊	시가/하이쿠	
1	4	俳壇	第二回月並俳句集芳吟五十聲/題 秋暮、鴫、柿/誘進會寄稿/大呼堂旭扇宗匠撰/三十勝〔1〕 제2회 쓰키나미 하이쿠집 방음50성/주제 늦가을, 도요새, 감/유진회 기고/대호당 교쿠센 종장 찬/30승	素水	시가/하이쿠	
1	4	俳壇	第二回月並俳句集芳吟五十聲/題 秋暮、鴫、柿/誘進會寄稿/大呼堂旭扇宗匠撰/三十勝〔1〕 제2회 쓰키나미 하이쿠집 방음50성/주제 늦가을, 도요새, 감/유진회 기고/대호당 교쿠센 종장 찬/30승	華龍	시가/하이쿠	
1	4	俳壇	第二回月並俳句集芳吟五十聲/題 秋暮、鴫、柿/誘進會寄稿/大呼堂旭扇宗匠撰/三十勝〔1〕 제2회 쓰키나미 하이쿠집 방음50성/주제 늦가을, 도요새, 감/유진회 기고/대호당 교쿠센 종장 찬/30승	喜月	시가/하이쿠	
1	4	俳壇	第二回月並俳句集芳吟五十聲/題 秋暮、鴫、柿/誘進會寄稿/大呼堂旭扇宗匠撰/三十勝〔1〕 제2회 쓰키나미 하이쿠집 방음50성/주제 늦가을, 도요새, 감/ 유진회 기고/대호당 교쿠센 종장 찬/30승	千鷹	시가/하이쿠	

지면	단수	기획	기사제목 〈회수〉〔곡수〕	필자/저자(역자)	분류	비고
1	4	俳壇	第二回月並俳句集芳吟五十聲/題 秋暮、鵙、柿/誘進會寄稿/大呼堂旭扇宗匠撰/三十勝〔1〕 제2회 쓰키나미 하이쿠집 방음50성/주제 늦가을, 도요새, 감/ 유진회 기고/대호당 교쿠센 종장 찬/30승	素水	시가/하이쿠	
2	1~2	論説	大院君(上) 〈1〉 대원군(상)		수필/기타	

1896년 12월 04일 (금) 377호

지면	단수	기획	기사제목 〈회수〉〔곡수〕	필자/저자(역자)	분류	비고
2	1~2	論説	大院君(中) 〈2〉 대원군(중)		수필/기타	
3	2	俳壇	第二回月並俳句集芳吟五十聲/題 秋暮、鵙、柿/誘進會寄稿/大呼堂旭扇宗匠撰/三十勝〔1〕 제2회 쓰키나미 하이쿠집 방음50성/주제 늦가을, 도요새, 감/ 유진회 기고/대호당 교쿠센 종장 찬/30승	井蛙	시가/하이쿠	
3	3	俳壇	第二回月並俳句集芳吟五十聲/題 秋暮、鵙、柿/誘進會寄稿/大呼堂旭扇宗匠撰/三十勝〔1〕 제2회 쓰키나미 하이쿠집 방음50성/주제 늦가을, 도요새, 감/ 유진회 기고/대호당 교쿠센 종장 찬/30승	仙童	시가/하이쿠	
3	3	俳壇	第二回月並俳句集芳吟五十聲/題 秋暮、鵙、柿/誘進會寄稿/大呼堂旭扇宗匠撰/三十勝〔1〕 제2회 쓰키나미 하이쿠집 방음50성/주제 늦가을, 도요새, 감/ 유진회 기고/대호당 교쿠센 종장 찬/30승	加遊	시가/하이쿠	
3	3	俳壇	第二回月並俳句集芳吟五十聲/題 秋暮、鵙、柿/誘進會寄稿/大呼堂旭扇宗匠撰/三十勝〔1〕 제2회 쓰키나미 하이쿠집 방음50성/주제 늦가을, 도요새, 감/ 유진회 기고/대호당 교쿠센 종장 찬/30승	素水	시가/하이쿠	
3	3	俳壇	第二回月並俳句集芳吟五十聲/題 秋暮、鵙、柿/誘進會寄稿/大呼堂旭扇宗匠撰/三十勝〔1〕 제2회 쓰키나미 하이쿠집 방음50성/주제 늦가을, 도요새, 감/ 유진회 기고/대호당 교쿠센 종장 찬/30승	初心	시가/하이쿠	
3	3	俳壇	第二回月並俳句集芳吟五十聲/題 秋暮、鵙、柿/誘進會寄稿/大呼堂旭扇宗匠撰/三十勝〔1〕 제2회 쓰키나미 하이쿠집 방음50성/주제 늦가을, 도요새, 감/ 유진회 기고/대호당 교쿠센 종장 찬/30승	加遊	시가/하이쿠	
3	3	俳壇	第二回月並俳句集芳吟五十聲/題 秋暮、鵙、柿/誘進會寄稿/大呼堂旭扇宗匠撰/三十勝〔1〕 제2회 쓰키나미 하이쿠집 방음50성/주제 늦가을, 도요새, 감/ 유진회 기고/대호당 교쿠센 종장 찬/30승	華龍	시가/하이쿠	
3	3	俳壇	第二回月並俳句集芳吟五十聲/題 秋暮、鵙、柿/誘進會寄稿/大呼堂旭扇宗匠撰/三十勝〔1〕 제2회 쓰키나미 하이쿠집 방음50성/주제 늦가을, 도요새, 감/ 유진회 기고/대호당 교쿠센 종장 찬/30승	窓月	시가/하이쿠	
3	3	俳壇	第二回月並俳句集芳吟五十聲/題 秋暮、鵙、柿/誘進會寄稿/大呼堂旭扇宗匠撰/三十勝〔1〕 제2회 쓰키나미 하이쿠집 방음50성/주제 늦가을, 도요새, 감/ 유진회 기고/대호당 교쿠센 종장 찬/30승	仙童	시가/하이쿠	
3	3	俳壇	第二回月並俳句集芳吟五十聲/題 秋暮、鵙、柿/誘進會寄稿/大呼堂旭扇宗匠撰/三十勝〔1〕 제2회 쓰키나미 하이쿠집 방음50성/주제 늦가을, 도요새, 감/ 유진회 기고/대호당 교쿠센 종장 찬/30승	萍水	시가/하이쿠	
3	3	俳壇	第二回月並俳句集芳吟五十聲/題 秋暮、鵙、柿/誘進會寄稿/大呼堂旭扇宗匠撰/三十勝〔1〕 제2회 쓰키나미 하이쿠집 방음50성/주제 늦가을, 도요새, 감/ 유진회 기고/대호당 교쿠센 종장 찬/30승	初心	시가/하이쿠	

지면	단수	기획	기사제목 〈회수〉〔곡수〕	필자/저자(역자)	분류	비고
3	3	俳壇	第二回月並俳句集芳吟五十聲/題 秋暮、鴫、柿/誘進會寄稿/大呼堂旭扇宗匠撰/三十勝〔1〕 제2회 쓰키나미 하이쿠집 방음50성/주제 늦가을, 도요새, 감/ 유진회 기고/대호당 교쿠센 종장 찬/30승	萍水	시가/하이쿠	
3	3	俳壇	第二回月並俳句集芳吟五十聲/題 秋暮、鴫、柿/誘進會寄稿/大呼堂旭扇宗匠撰/三十勝〔1〕 제2회 쓰키나미 하이쿠집 방음50성/주제 늦가을, 도요새, 감/ 유진회 기고/대호당 교쿠센 종장 찬/30승	仙童	시가/하이쿠	
3	3	俳壇	第二回月並俳句集芳吟五十聲/題 秋暮、鴫、柿/誘進會寄稿/大呼堂旭扇宗匠撰/三十勝〔1〕 제2회 쓰키나미 하이쿠집 방음50성/주제 늦가을, 도요새, 감/ 유진회 기고/대호당 교쿠센 종장 찬/30승	萍水	시가/하이쿠	
3	3	俳壇	第二回月並俳句集芳吟五十聲/題 秋暮、鴫、柿/誘進會寄稿/大呼堂旭扇宗匠撰/三十勝〔1〕 제2회 쓰키나미 하이쿠집 방음50성/주제 늦가을, 도요새, 감/ 유진회 기고/대호당 교쿠센 종장 찬/30승	加遊	시가/하이쿠	

1896년 12월 18일 (금) 384호

지면	단수	기획	기사제목 〈회수〉〔곡수〕	필자/저자(역자)	분류	비고
1	4	俳壇	第二回蓁々唫社月次半歌合拔粹六十三聲/題　小春、殘菊、時雨、千鳥、枯野/蓁々唫社寄稿/大呼堂旭扇宗匠撰/十秀〔1〕 제2회 진진금사 월차반가합발수63성/주제 소춘, 잔국, 초겨울 비, 물떼새, 마른 들판 /진진금사기고/대호당 교쿠센 종장 찬/십수	仙童	시가/하이쿠	
1	4	俳壇	第二回蓁々唫社月次半歌合拔粹六十三聲/題　小春、殘菊、時雨、千鳥、枯野/蓁々唫社寄稿/大呼堂旭扇宗匠撰/十秀〔1〕 제2회 진진금사 월차반가합발수63성/주제 소춘, 잔국, 초겨울 비, 물떼새, 마른 들판 /진진금사기고/대호당 교쿠센 종장 찬/십수	喜月	시가/하이쿠	
1	4	俳壇	第二回蓁々唫社月次半歌合拔粹六十三聲/題　小春、殘菊、時雨、千鳥、枯野/蓁々唫社寄稿/大呼堂旭扇宗匠撰/十秀〔1〕 제2회 진진금사 월차반가합발수63성/주제 소춘, 잔국, 초겨울 비, 물떼새, 마른 들판 /진진금사기고/대호당 교쿠센 종장 찬/십수	加遊	시가/하이쿠	
1	4	俳壇	第二回蓁々唫社月次半歌合拔粹六十三聲/題　小春、殘菊、時雨、千鳥、枯野/蓁々唫社寄稿/大呼堂旭扇宗匠撰/十秀〔1〕 제2회 진진금사 월차반가합발수63성/주제 소춘, 잔국, 초겨울 비, 물떼새, 마른 들판 /진진금사기고/대호당 교쿠센 종장 찬/십수	仙童	시가/하이쿠	
1	4	俳壇	第二回蓁々唫社月次半歌合拔粹六十三聲/題　小春、殘菊、時雨、千鳥、枯野/蓁々唫社寄稿/大呼堂旭扇宗匠撰/十秀〔2〕 제2회 진진금사 월차반가합발수63성/주제 소춘, 잔국, 초겨울 비, 물떼새, 마른 들판 /진진금사기고/대호당 교쿠센 종장 찬/십수	素水	시가/하이쿠	
1	4	俳壇	第二回蓁々唫社月次半歌合拔粹六十三聲/題　小春、殘菊、時雨、千鳥、枯野/蓁々唫社寄稿/大呼堂旭扇宗匠撰/十秀〔1〕 제2회 진진금사 월차반가합발수63성/주제 소춘, 잔국, 초겨울 비, 물떼새, 마른 들판 /진진금사기고/대호당 교쿠센 종장 찬/십수	桃月	시가/하이쿠	
1	4	俳壇	第二回蓁々唫社月次半歌合拔粹六十三聲/題　小春、殘菊、時雨、千鳥、枯野/蓁々唫社寄稿/大呼堂旭扇宗匠撰/十秀〔1〕 제2회 진진금사 월차반가합발수63성/주제 소춘, 잔국, 초겨울 비, 물떼새, 마른 들판 /진진금사기고/대호당 교쿠센 종장 찬/십수	萍水	시가/하이쿠	
1	4	俳壇	第二回蓁々唫社月次半歌合拔粹六十三聲/題　小春、殘菊、時雨、千鳥、枯野/蓁々唫社寄稿/大呼堂旭扇宗匠撰/十秀〔1〕 제2회 진진금사 월차반가합발수63성/주제 소춘, 잔국, 초겨울 비, 물떼새, 마른 들판 /진진금사기고/대호당 교쿠센 종장 찬/십수	千鳳	시가/하이쿠	
1	4	俳壇	第二回蓁々唫社月次半歌合拔粹六十三聲/題　小春、殘菊、時雨、千鳥、枯野/蓁々唫社寄稿/大呼堂旭扇宗匠撰/卷中三逸〔1〕 제2회 진진금사 월차반가합발수63성/주제 소춘, 잔국, 초겨울 비, 물떼새, 마른 들판 /진진금사기고/대호당 교쿠센 종장 찬/십수	仙童	시가/하이쿠	
1	4	俳壇	第二回蓁々唫社月次半歌合拔粹六十三聲/題　小春、殘菊、時雨、千鳥、枯野/蓁々唫社寄稿/大呼堂旭扇宗匠撰/十秀〔1〕 제2회 진진금사 월차반가합발수63성/주제 소춘, 잔국, 초겨울 비, 물떼새, 마른 들판 /진진금사기고/대호당 교쿠센 종장 찬/권중삼일	千鳳	시가/하이쿠	

지면	단수	기획	기사제목 〈회수〉〔곡수〕	필자/저자(역자)	분류	비고
1	4	俳壇	第二回蓁々唫社月次半歌合拔粹六十三聲/題　小春、殘菊、時雨、千鳥、枯野/蓁々唫社寄稿/大呼堂旭扇宗匠撰/十秀〔2〕 제2회 진진금사 월차반가합발수63성/주제 소춘, 잔국, 초겨울 비, 물떼새, 마른 들핀 /진진금사기고/대호당 교쿠센 종장 찬/권중삼일	加遊	시가/하이쿠	
1	4	俳壇	第二回蓁々唫社月次半歌合拔粹六十三聲/題　小春、殘菊、時雨、千鳥、枯野/蓁々唫社寄稿/大呼堂旭扇宗匠撰/追加〔1〕 제2회 진진금사 월차반가합발수63성/주제 소춘, 잔국, 초겨울 비, 물떼새, 마른 들판 /진진금사기고/대호당 교쿠센 종장 찬/추가	判者	시가/하이쿠	
2	4		★時事十七字評/進步の見へぬ朝鮮政府〔1〕 시사 17자 평/전망이 없는 조선 정부	京城 南山生	시가/하이쿠	
2	4		★時事十七字評/勢力なく共日本は日本〔1〕 시사 17자 평/노력하지 않아도 일본은 일본	京城 南山生	시가/하이쿠	
2	4		★時事十七字評/舊王城人影稀なり〔1〕 시사 17자 평/옛 왕성에 인적은 드물고	京城 南山生	시가/하이쿠	
2	4		時事十七字評/#觀てよいのは朝鮮の顧問官〔1〕 시사 17자 평/#보고 좋은 것은 조선의 고문관	京城 南山生	시가/하이쿠	
2	4		★時事十七字評/某#公使の眞〆顏〔1〕 시사 17자 평/모 #공사의 진지한 얼굴	京城 南山生	시가/하이쿠	

1906년 09월 11일 (화) 2320호

지면	단수	기획	기사제목 〈회수〉〔곡수〕	필자/저자(역자)	분류	비고
2	7	諷林	珍客來〔1〕 진객내		시가/한시	
3	4	詩壇	###詩〔1〕 ###시	橫手海南	시가/한시	
3	4	詩壇	京城##〔1〕 경성##	#川#長	시가/한시	
3	4	詩壇	初秋〔1〕 초가을	早川猛	시가/한시	
3	4	詩壇	其一〔1〕 그 첫 번째	兒玉秋川	시가/한시	
3	4	詩壇	其二〔1〕 그 두 번째	兒玉秋川	시가/한시	
3	4	詩壇	#四川詞兄之東京〔1〕 #사천동형지동경	兒玉秋川	시가/한시	
4	1~3	講演	山賊退治〈21〉 산적 퇴치	無名氏	고단	
6	1~2		滿州事業 懸賞百萬圓〈11〉 만주사업 현상 백만 엔	河合柳香	소설/일본	

1906년 09월 12일 (수) 2321호

지면	단수	기획	기사제목 〈회수〉〔곡수〕	필자/저자(역자)	분류	비고
3	2	歌壇	(제목없음)〔3〕	蕉葉	시가/단카	
3	2	歌壇	(제목없음)〔1〕	靜岐	시가/단카	
3	2	歌壇	(제목없음)〔2〕	竹涯	시가/단카	
3	3		耳と目 귀와 눈		수필/기타	
4	1~3	講演	山賊退治〈22〉 산적 퇴치	無名氏	고단	
6	1~2		滿州事業 懸賞百萬圓〈12〉 만주사업 현상 백만 엔	河合柳香	소설/일본	

지면	단수	기획	기사제목 〈회수〉〔곡수〕	필자/저자(역자)	분류	비고
			1906년 09월 13일 (목) 2322호			
3	4	歌壇	(제목없음) 〔3〕	##	시가/단카	
3	4	歌壇	(제목없음) 〔2〕	##	시가/단카	
3	4	歌壇	(제목없음) 〔4〕	##	시가/단카	
4	1~3	講演	山賊退治 〈23〉 산적 퇴치	無名氏	고단	
6	1~2		滿州事業 懸賞百萬圓 〈13〉 만주사업 현상 백만 엔	河合柳香	소설/일본	
			1906년 09월 14일 (금) 2323호			
3	3	歌壇	(제목없음) 〔3〕	新庄竹涯	시가/단카	
3	4	歌壇	(제목없음) 〔2〕	中里#子	시가/단카	
3	4	歌壇	(제목없음) 〔2〕	####	시가/단카	
4	1~3	講演	山賊退治 〈24〉 산적 퇴치	無名氏	고단	
6	1~2		滿州事業 懸賞百萬圓 〈14〉 만주사업 현상 백만 엔	河合柳香	소설/일본	
			1906년 09월 15일 (토) 2324호			
3	4		眞砂集/雨あがり 진사집/비가 갬	撫子	수필/기타	
4	1~3	講演	山賊退治 〈25〉 산적 퇴치	無名氏	고단	
6	1~2		滿州事業 懸賞百萬圓 〈15〉 만주사업 현상 백만 엔	河合柳香	소설/일본	
			1906년 09월 16일 (일) 2325호			
4	1~3	講演	山賊退治 〈26〉 산적 퇴치	無名氏	고단	
6	1~2		滿州事業 懸賞百萬圓 〈16〉 만주사업 현상 백만 엔	河合柳香	소설/일본	
			1906년 09월 18일 (화) 2327호			
3	4	歌壇	○ 〔2〕 ○	鳥越靜岐	시가/단카	
3	4	歌壇	○ 〔2〕 ○	新庄竹涯	시가/단카	
3	4	歌壇	○ 〔3〕 ○	小野撫子	시가/단카	
4	1~3	講演	山賊退治 〈27〉 산적 퇴치	無名氏	고단	
6	1~2		滿州事業 懸賞百萬圓 〈16〉 만주사업 현상 백만 엔	河合柳香	소설/일본	회수 오류
			1906년 09월 19일 (수) 2328호			

지면	단수	기획	기사제목 〈회수〉〔곡수〕	필자/저자(역자)	분류	비고
3	4		都々逸 [8] 도도이쓰	#山 ##亭主人	시가/도도이 쓰	
4	1~3	講演	山賊退治 〈28〉 산적 퇴치	無名氏	고단	
5	2~3		耳と目 귀와 눈		수필/기타	
6	1~2		滿州事業 懸賞百萬圓 〈18〉 만주사업 현상 백만 엔	河合柳香	소설/일본	

1906년 09월 20일 (목) 2329호

지면	단수	기획	기사제목 〈회수〉〔곡수〕	필자/저자(역자)	분류	비고
3	1~2		傾城文學 萬石洞靑葉氏に答ふ 경성문학 만석동 아오바 씨에게 답하다	敷島の一妓	수필/비평	
4	1~3	講演	山賊退治 〈29〉 산적 퇴치	無名氏	고단	
6	1~2		滿州事業 懸賞百萬圓 〈19〉 만주사업 현상 백만 엔	河合柳香	소설/일본	

1906년 09월 21일 (금) 2330호

지면	단수	기획	기사제목 〈회수〉〔곡수〕	필자/저자(역자)	분류	비고
3	1~2		鎭南浦小言 진남포 잔소리	鎭南狐生	수필/기타	
4	1~3	講演	山賊退治 〈30〉 산적 퇴치	無名氏	고단	
6	1~2		滿州事業 懸賞百萬圓 〈20〉 만주사업 현상 백만 엔	河合柳香	소설/일본	

1906년 09월 23일 (일) 2332호

지면	단수	기획	기사제목 〈회수〉〔곡수〕	필자/저자(역자)	분류	비고
3	2~3		壺中小觀(上) 〈1〉 호중소관(상)	新庄竹涯	수필/일상	
3	3~4		眞砂集/汝の名は狂人なり 진사집/너의 이름은 미치광이다	撫子	수필/기타	
4	1~2	講演	喜劇 豫言鏡 희극 예언경	田中芳哉園	고단	
6	1~2		滿州事業 懸賞百萬圓 〈23〉 만주사업 현상 백만 엔	河合柳香	소설/일본	

1906년 09월 24일 (월) 2333호

지면	단수	기획	기사제목 〈회수〉〔곡수〕	필자/저자(역자)	분류	비고
4	1~2		滿州事業 懸賞百萬圓 〈##〉 만주사업 현상 백만 엔	河合柳香	소설/일본	회수 판독 불가

1906년 09월 26일 (수) 2335호

지면	단수	기획	기사제목 〈회수〉〔곡수〕	필자/저자(역자)	분류	비고
5	3~4		歌舞伎座の不如歸 가부키자의 불여귀		수필/비평	
6	1~2		滿州事業 懸賞百萬圓 〈##〉 만주사업 현상 백만 엔	河合柳香	소설/일본	회수 판독 불가

1906년 09월 27일 (목) 2336호

지면	단수	기획	기사제목 〈회수〉〔곡수〕	필자/저자(역자)	분류	비고
4	1~2	講演	喜劇 豫言鏡 〈6〉 희극 예언경	田中芳哉園	고단	
5	2		新講談廣告 신 고단 광고		광고/연재 예고	
6	1~2		滿州事業 懸賞百萬圓 〈25〉 만주사업 현상 백만 엔	河合柳香	소설/일본	

지면	단수	기획	기사제목 〈회수〉〔곡수〕	필자/저자(역자)	분류	비고
1906년 09월 28일 (금) 2337호						
3	2~3		俗談淸話 〈1〉 속담청화	山地白雨	수필/기타	
4	1~2	講演	喜劇 豫言鏡 〈7〉 희극 예언경	田中芳哉園	고단	
6	1~2	講談	大久保政談 〈1〉 오쿠보 정담	眞龍齋貞水	고단	
1906년 09월 29일 (금) 2338호						
4	1~2	講演	喜劇 豫言鏡 〈8〉 희극 예언경	田中芳哉園	고단	
6	1~2	講談	大久保政談 〈2〉 오쿠보 정담	眞龍齋貞水	고단	
1906년 09월 30일 (토) 2339호						
4	1~2		短篇小說 破天荒 〈1〉 단편소설 파천황	黑衣仙	소설/일본	
6	1~2	講談	大久保政談 〈3〉 오쿠보 정담	眞龍齋貞水	고단	
1906년 10월 02일 (화) 2341호						
3	2~3		觀察使の虐政 〈2〉 관찰사의 포악한 정치		수필/기타	
3	3~4		俗談淸話 〈2〉 속담청화	山地白雨	수필/기타	
4	1~2		短篇小說 破天荒 〈2〉 단편소설 파천황	黑衣仙	소설/일본	
6	1~2	講談	大久保政談 〈4〉 오쿠보 정담	眞龍齋貞水	고단	
1906년 10월 03일 (수) 2342호						
3	2		觀察使の虐政 〈3〉 관찰사의 포악한 정치		수필/기타	
3	2~3		俗談淸話 〈2〉 속담청화	山地白雨	수필/기타	
4	1~2		短篇小說 破天荒 〈3〉 단편소설 파천황	黑衣仙	소설/일본	
6	1~2	講談	大久保政談 〈5〉 오쿠보 정담	眞龍齋貞水	고단	
1906년 10월 04일 (목) 2343호						
3	3		月見 달구경	撫子	수필/일상	
4	1~2		短篇小說 陸軟風 〈1〉 단편소설 육연풍	黑衣仙	소설/일본	
6	1~2	講談	大久保政談 〈6〉 오쿠보 정담	眞龍齋貞水	고단	
1906년 10월 05일 (금) 2344호						
3	2~3		無題綠 무제록	中里桂波	수필/일상	

지면	단수	기획	기사제목 〈회수〉〔곡수〕	필자/저자(역자)	분류	비고
4	1~2		短篇小說 陸軟風 〈1〉 단편소설 육연풍	黑衣仙	소설/일본	회수 오류
6	1~2	講談	大久保政談 〈7〉 오쿠보 정담	眞龍齋貞水	고단	

1906년 10월 06일 (토) 2345호

지면	단수	기획	기사제목 〈회수〉〔곡수〕	필자/저자(역자)	분류	비고
3	2~3		戀し懷かし 사랑하고 그립고		수필/일상	
3	4		へなぶり〔9〕 헤나부리		시가/교카	
4	1~2		月の宵 달밤	せう#ふ	소설/일본	
6	1~2	講談	大久保政談 〈8〉 오쿠보 정담	眞龍齋貞水	고단	

1906년 10월 07일 (일) 2346호

지면	단수	기획	기사제목 〈회수〉〔곡수〕	필자/저자(역자)	분류	비고
5	1~2		一番汽車 첫 번째 기차		수필/일상	면수 오류
4	1~2		おはづれもの (一) の上 〈1〉 외톨이 (1)의 상	黑衣仙	소설/기타	
6	1~2	講談	大久保政談 〈8〉 오쿠보 정담	眞龍齋貞水	고단	회수 오류

1906년 10월 09일 (화) 2348호

지면	단수	기획	기사제목 〈회수〉〔곡수〕	필자/저자(역자)	분류	비고
3	1		蜻蛉會小集〔2〕 세이레이카이 소모임	政子	시가/하이쿠	
3	1		蜻蛉會小集〔1〕 세이레이카이 소모임	千波	시가/하이쿠	
3	1		蜻蛉會小集〔1〕 세이레이카이 소모임	梅村	시가/하이쿠	
3	1		蜻蛉會小集〔1〕 세이레이카이 소모임	初哉	시가/하이쿠	
3	1		蜻蛉會小集〔1〕 세이레이카이소모임	芳哉園	시가/하이쿠	
3	1		蜻蛉會小集〔1〕 세이레이카이 소모임	虹雲	시가/하이쿠	
3	1		蜻蛉會小集〔1〕 세이레이카이 소모임	撫子	시가/하이쿠	
3	1		蜻蛉會小集〔2〕 세이레이카이 소모임	政子	시가/하이쿠	
3	1		蜻蛉會小集〔1〕 세이레이카이 소모임	秋川	시가/하이쿠	
3	1		蜻蛉會小集〔2〕 세이레이카이 소모임	芳哉園	시가/하이쿠	
3	1		蜻蛉會小集〔1〕 세이레이카이 소모임	撫子	시가/하이쿠	
3	1		蜻蛉會小集〔3〕 세이레이카이 소모임	彌平	시가/하이쿠	
3	1		蜻蛉會小集〔1〕 세이레이카이소모임	楓村	시가/하이쿠	
3	1		蜻蛉會小集〔1〕 세이레이카이 소모임	政子	시가/하이쿠	

지면	단수	기획	기사제목 〈회수〉〔곡수〕	필자/저자(역자)	분류	비고
3	1		蜻蛉會小集 [2] 세이레이카이 소모임	撫子	시가/하이쿠	
4	1~2		おはづれもの (一) の下 〈2〉 외톨이 (1)의 하	黑衣仙	소설	
6	1~2	講談	大久保政談 〈10〉 오쿠보 정담	眞龍齋貞水	고단	

1906년 10월 10일 (수) 2349호

지면	단수	기획	기사제목 〈회수〉〔곡수〕	필자/저자(역자)	분류	비고
3	2~3		雪隱哲學 변소 철학	旭子	수필/일상	
4	1~2		滿州事業 懸賞百萬圓 〈26〉 만주사업 현상 백만 엔	河合柳香	소설/일본	
6	1~2	講談	大久保政談 〈11〉 오쿠보 정담	眞龍齋貞水	고단	

1906년 10월 11일 (목) 2350호

지면	단수	기획	기사제목 〈회수〉〔곡수〕	필자/저자(역자)	분류	비고
1	4		滿洲奇勝探險 〈1〉 만주의 절경 탐험	柴田綠花	수필/기행	
3	1~2		仁川節 인천 부시	芳哉園	시가/나니와 부시	
3	4		情歌さとげしき [8] 정가 고향 경치	元賴	시가/도도이 쓰	
4	1~2		滿州事業 懸賞百萬圓 〈27〉 만주사업 현상 백만 엔	河合柳香	소설/일본	
6	1~2	講談	大久保政談 〈12〉 오쿠보 정담	眞龍齋貞水	고단	

1906년 10월 12일 (금) 2351호

지면	단수	기획	기사제목 〈회수〉〔곡수〕	필자/저자(역자)	분류	비고
1	3~4		滿洲奇勝探險 〈2〉 만주의 절경 탐험	柴田綠花	수필/기행	
6	1~2	講談	大久保政談 〈13〉 오쿠보 정담	眞龍齋貞水	고단	

1906년 10월 13일 (토) 2352호

지면	단수	기획	기사제목 〈회수〉〔곡수〕	필자/저자(역자)	분류	비고
3	1~2		沿岸巡遊 海上日誌 〈1〉 연안 순유 해상일지	光濟號 便乘記者	수필/기행	
3	2~3		樂屋 演藝會素人評 〈1〉 대기실 연예회 초심자 평		수필/기타	
3	3		可憐なる美人 〈1〉 가련한 미인		수필/일상	
4	1~2		滿州事業 懸賞百萬圓 〈28〉 만주사업 현상 백만 엔	河合柳香	소설/일본	
6	1~2	講談	大久保政談 〈14〉 오쿠보 정담	眞龍齋貞水	고단	

1906년 10월 14일 (일) 2353호

지면	단수	기획	기사제목 〈회수〉〔곡수〕	필자/저자(역자)	분류	비고
1	2~3		探險記 〈1〉 탐험기	於木浦 加瀨生	수필/기행	
3	1~2		沿岸巡遊 海上日誌 〈2〉 연안 순유 해상일지	光濟號 便乘記者	수필/기행	
3	4		音樂會のぞ記 음악회 엿보기		수필/기타	

지면	단수	기획	기사제목 〈회수〉〔곡수〕	필자/저자(역자)	분류	비고
4	1~2		滿州事業 懸賞百萬圓 〈30〉 만주사업 현상 백만 엔	河合柳香	소설/일본	
5	2~3		私は舞妓ですの 〈1〉 나는 마이코예요	撫子	수필/일상	
6	1~2	講談	大久保政談 〈15〉 오쿠보 정담	眞龍齋貞水	고단	

1906년 10월 15일 (월) 2354호

지면	단수	기획	기사제목 〈회수〉〔곡수〕	필자/저자(역자)	분류	비고
1	2		探險記 〈1〉 탐험기	於木浦 加瀨生	수필/기행	
3	1		沿岸巡遊 海上日誌 〈3〉 연안 순유 해상일지	光濟號 便乘記者	수필/기행	
3	1~2		選擧の夜 선거의 밤		수필/일상	

1906년 10월 16일 (화) 2355호

지면	단수	기획	기사제목 〈회수〉〔곡수〕	필자/저자(역자)	분류	비고
1	1		探險記 〈2〉 탐험기	於木浦 加瀨生	수필/기행	
3	3		私は舞妓ですの 〈2〉 나는 마이코예요	撫子	수필/일상	
3	3		蜻蛉會雜吟/撫子/課題 栗、初霜 〔4〕 세이레이카이 잡음/패랭이꽃/과제 밤, 첫서리	政子	시가/하이쿠	
3	3		蜻蛉會雜吟/撫子/課題 栗、初霜 〔1〕 세이레이카이 잡음/패랭이꽃/과제 밤, 첫서리	虹橋	시가/하이쿠	
3	3		蜻蛉會雜吟/撫子/課題 栗、初霜 〔4〕 세이레이카이 잡음/패랭이꽃/과제 밤, 첫서리	彌平	시가/하이쿠	
3	3		蜻蛉會雜吟/撫子/課題 栗、初霜 〔2〕 세이레이카이 잡음/패랭이꽃/과제 밤, 첫서리	芳哉園	시가/하이쿠	
3	3		蜻蛉會雜吟/撫子/課題 栗、初霜 〔2〕 세이레이카이 잡음/패랭이꽃/과제 밤, 첫서리	楓村	시가/하이쿠	
3	3		蜻蛉會雜吟/撫子/課題 栗、初霜 〔2〕 세이레이카이 잡음/패랭이꽃/과제 밤, 첫서리	千波	시가/하이쿠	
3	3		蜻蛉會雜吟/撫子/課題 栗、初霜 〔2〕 세이레이카이잡음/패랭이꽃/과제 밤, 첫서리	初哉	시가/하이쿠	
3	3		蜻蛉會雜吟/撫子/課題 栗、初霜 〔1〕 세이레이카이 잡음/패랭이꽃/과제 밤, 첫서리	白百合	시가/하이쿠	
3	3		蜻蛉會雜吟/撫子/課題 栗、初霜 〔1〕 세이레이카이 잡음/패랭이꽃/과제 밤, 첫서리	丈千	시가/하이쿠	
4	1~2		滿州事業 懸賞百萬圓 〈31〉 만주사업 현상 백만 엔	河合柳香	소설/일본	
6	1~2	講談	大久保政談 〈16〉 오쿠보 정담	眞龍齋貞水	고단	

1906년 10월 17일 (수) 2356호

지면	단수	기획	기사제목 〈회수〉〔곡수〕	필자/저자(역자)	분류	비고
1	1~3		沿岸巡遊 海上日誌 〈4〉 연안 순유 해상일지	光濟號 便乘記者	수필/기행	
3	4	二十六字 詩	秋季雜題 〔4〕 추계-잡제		시가/단카	
4	1~2		滿州事業 懸賞百萬圓 〈32〉 만주사업 현상 백만 엔	河合柳香	소설/일본	
6	1~2	講談	大久保政談 〈17〉 오쿠보 정담	眞龍齋貞水	고단	

지면	단수	기획	기사제목 〈회수〉〔곡수〕	필자/저자(역자)	분류	비고
			1906년 10월 18일 (목) 2357호			
3	1~2		沿岸巡遊 海上日誌 〈5〉 연안 순유 해상일지	光濟號 便乘記者	수필/기행	
			1896년 10월 19일 (금) 2358호			
3	1~2		開城雜記 개성 잡기		수필/기행	
3	2~3		柳多留に就いて 야나기다루에 대하여	無鐵	수필/기타	
3	3~4		共同墓地 공동묘지	うつぼ	수필/일상	
4	1~2		滿州事業 懸賞百萬圓 〈33〉 만주사업 현상 백만 엔	河合柳香	소설/일본	
6	1~2	講談	大久保政談 〈18〉 오쿠보 정담	眞龍齋貞水	고단	
			1906년 10월 20일 (토) 2359호			
4	1~2		滿州事業 懸賞百萬圓 〈34〉 만주사업 현상 백만 엔	河合柳香	소설/일본	
5	1~2		戀の試驗/文豪イブセンの逸話 사랑의 시험/문호 입센의 일화		수필/비평	
6	1~2	講談	大久保政談 〈19〉 오쿠보 정담	眞龍齋貞水	고단	
			1906년 10월 21일 (일) 2360호			
3	1		秋感 가을 느낌	新庄竹涯	수필/일상	
3	2		南山絕頂に立ちて 남산 정산에 서서	京城 孤影	수필/일상	
3	2~4		川柳の詩形 〈1〉 센류의 형식	無鐵	수필/비평	
3	4		私は舞妓ですの 〈3〉 나는 마이코에요	撫子	수필/일상	
3	4~5	文苑	秋美人 〔1〕 가을 미인	兒玉秋川	시가/한시	
3	5	二十六字 詩	人情 〔9〕 인정		시가/단카	
3	5	短歌	○ 〔1〕 ○	木##雪	시가/단카	
3	5	短歌	○ 〔2〕 ○	花津ゆかり	시가/단카	
4	1~2		滿州事業 懸賞百萬圓 〈35〉 만주사업 현상 백만 엔	河合柳香	소설/일본	
6	1~2	講談	大久保政談 〈20〉 오쿠보 정담	眞龍齋貞水	고단	
			1906년 10월 23일 (화) 2362호			
1	2~3		開城雜記 〈4〉 개성 잡기	開城通信員	수필/기행	
3	1~2		川柳の詩形 〈2〉 센류의 형식	無鐵	수필/비평	

지면	단수	기획	기사제목 〈회수〉〔곡수〕	필자/저자(역자)	분류	비고
3	3~4		墓を掘るもの 묘지를 파헤치는 자	新庄竹涯	수필/일상	
3	4~5		火葬の記 화장의 기록	撫子	수필/일상	
3	5		屁嬲/蜻蛉會小集席上 〔8〕 아무렇지 않게 희롱하다/세이레이카이 소모임 석상	楓村	시가/단카	
4	1~2		滿州事業 懸賞百萬圓 〈36〉 만주사업 현상 백만 엔	河合柳香	소설/일본	
3	3~4		色の三つ葉/昔馴染は他所の花 세 가지 색의 이파리/옛 친구는 타지의 꽃		수필/일상	면수 오류
3	3~4		色の三つ葉/可愛女房は浮氣者 세 가지 색의 이파리/귀여운 마누라는 바람둥이		수필/일상	면수 오류
3	3~4		色の三つ葉/尋ね人は情婦 세 가지 색의 이파리/찾는 사람은 정부		수필/일상	면수 오류
6	1~2	講談	大久保政談 〈21〉 오쿠보 정담	眞龍齋貞水	고단	

1906년 10월 24일 (수) 2363호

지면	단수	기획	기사제목 〈회수〉〔곡수〕	필자/저자(역자)	분류	비고
3	2~3		犬言猿語 견언원어	新庄竹涯	수필/기타	
3	4		蜻蛉會第四十回小集 〔1〕 세이레이카이 제40회 소모임	楓村	시가/하이쿠	
3	4		蜻蛉會第四十回小集 〔1〕 세이레이카이 제40회 소모임	政子	시가/하이쿠	
3	4		蜻蛉會第四十回小集 〔1〕 세이레이카이 제40회 소모임	素仙	시가/하이쿠	
3	4		蜻蛉會第四十回小集 〔2〕 세이레이카이 제40회 소모임	夢樓	시가/하이쿠	
3	4		蜻蛉會第四十回小集 〔3〕 세이레이카이 제40회 소모임	撫子	시가/하이쿠	
3	4		蜻蛉會第四十回小集 〔1〕 세이레이카이 제40회 소모임	初哉	시가/하이쿠	
3	4		蜻蛉會第四十回小集 〔2〕 세이레이카이 제40회 소모임	彌平	시가/하이쿠	
3	4		蜻蛉會第四十回小集 〔1〕 세이레이카이 제40회 소모임	素仙	시가/하이쿠	
3	4		蜻蛉會第四十回小集 〔1〕 세이레이카이제40회 소모임	夢樓	시가/하이쿠	
3	4		蜻蛉會第四十回小集 〔1〕 세이레이카이제40회 소모임	初哉	시가/하이쿠	
3	4		屁嬲 〔5〕 아무렇지 않게 희롱하다	蚊子	시가/단카	
4	1~2		滿州事業 懸賞百萬圓 〈37〉 만주사업 현상 백만 엔	河合柳香	소설/일본	
6	1~2	講談	大久保政談 〈22〉 오쿠보 정담	眞龍齋貞水	고단	

1906년 10월 25일 (목) 2364호

지면	단수	기획	기사제목 〈회수〉〔곡수〕	필자/저자(역자)	분류	비고
3	1~2		獵趣味と俳句 〔7〕 사냥 취미와 하이쿠		수필·시가/ 일상·하이쿠	
3	2~3		靜思せよ 곰곰이 생각해라	新庄竹涯	수필/일상	

지면	단수	기획	기사제목 〈회수〉〔곡수〕	필자/저자(역자)	분류	비고
3	3~4		我輩は犬である 나는 개이다	京城 けい 雪子	수필/일상	
4	1~2		滿州事業 懸賞百萬圓 〈38〉 만주사업 현상 백만 엔	河合柳香	소설/일본	
5	1		鶴原長官の風流/汽車中 〔2〕 쓰루하라 장관의 풍류/#차중		시가/단카	
5	1		★鶴原長官の風流/鴨綠江 〔1〕 쓰루하라 장관의 풍류/압록강		시가/단카	
5	1		★鶴原長官の風流/平壤牡丹臺 〔1〕 쓰루하라 장관의 풍류/평양 모란대		시가/단카	
5	1		★鶴原長官の風流/開城滿月臺 〔1〕 쓰루하라 장관의 풍류/개성 만월대		시가/단카	
5	2		懸賞募集 課題 天長節、菊、秋の海 현상모집/ 주제 천장절, 국화, 가을의 바다		광고/한시, 하이쿠, 단카, 신체시, 단문, 교카 원고모집	
6	1~2	講談	大久保政談 〈23〉 오쿠보 정담	眞龍齋貞水	고단	

1906년 10월 26일 (금) 2365호

지면	단수	기획	기사제목 〈회수〉〔곡수〕	필자/저자(역자)	분류	비고
2	2~3		雅號と其人 아호와 그 사람	元賴	수필/기타	면수 오류
4	1~2		滿州事業 懸賞百萬圓 〈38〉 만주사업 현상 백만 엔	河合柳香	소설/일본	회수 오류
5	3		不思議の夢 신기한 꿈		수필/일상	
6	1~2	講談	大久保政談 〈24〉 오쿠보 정담	眞龍齋貞水	고단	

1906년 10월 27일 (토) 2366호

지면	단수	기획	기사제목 〈회수〉〔곡수〕	필자/저자(역자)	분류	비고
3	2~3		沿岸巡遊 海上日誌 〈5〉 연안 순유 해상일지	光濟號 便乘記者	수필/기행	회수 오류
4	1~2		滿州事業 懸賞百萬圓 〈40〉 만주사업 현상 백만 엔	河合柳香	소설/일본	
6	1~2	講談	大久保政談 〈25〉 오쿠보 정담	眞龍齋貞水	고단	

1906년 10월 28일 (일) 2367호

지면	단수	기획	기사제목 〈회수〉〔곡수〕	필자/저자(역자)	분류	비고
3	1~2		沿岸巡遊 海上日誌 〈5〉 연안 순유 해상일지	光濟號 便乘記者	수필/기행	회수 오류
3	3		續仁川節 속 인천 부시	芳哉園	시가/나니와 부시	
3	3~4		曙會詠草 〔5〕 아케보노카이 영초	小野撫子	시가/단카	
4	1~2		滿州事業 懸賞百萬圓 〈41〉 만주사업 현상 백만 엔	河合柳香	소설/일본	
6	1~2	講談	大久保政談 〈25〉 오쿠보 정담	眞龍齋貞水	고단	회수 오류

1906년 10월 30일 (화) 2369호

지면	단수	기획	기사제목 〈회수〉〔곡수〕	필자/저자(역자)	분류	비고
3	1~2		沿岸巡遊 海上日誌 〈6〉 연안 순유 해상일지	光濟號 便乘記者	수필/기행	회수 오류
4	1~2		滿州事業 懸賞百萬圓 〈41〉 만주사업 현상 백만 엔	河合柳香	소설/일본	회수 오류
6	1~2	講談	大久保政談 〈27〉 오쿠보 정담	眞龍齋貞水	고단	

1906년 10월 31일 (수) 2370호

지면	단수	기획	기사제목 〈회수〉〔곡수〕	필자/저자(역자)	분류	비고
3	1~2		沿岸巡遊 海上日誌 〈7〉 연안 순유 해상일지	光濟號 便乘記者	수필/기행	회수 오류
4	1~2		滿州事業 懸賞百萬圓 〈42〉 만주사업 현상 백만 엔	河合柳香	소설/일본	회수 오류
5	1~2		三千圓の賊 〈1〉 삼천 엔 도둑		수필/기타	
6	1~2	講談	大久保政談 〈28〉 오쿠보 정담	眞龍齋貞水	고단	

1906년 11월 01일 (목) 2371호

지면	단수	기획	기사제목 〈회수〉〔곡수〕	필자/저자(역자)	분류	비고
3	1~2		沿岸巡遊 海上日誌 〈8〉 연안 순유 해상일지	光濟號 便乘記者	수필/기행	회수 오류
3	2~3		雜感雜筆 잡감 잡필	平壤 光風生	수필/일상	
3	3		野糞の記 야분 이야기	小野撫子	수필/일상	
4	1~2		滿州事業 懸賞百萬圓 〈43〉 만주사업 현상 백만 엔	河合柳香	소설/일본	회수 오류
5	1~2		三千圓の賊 〈2〉 삼천 엔 도둑		수필/기타	
6	1~2	講談	大久保政談 〈29〉 오쿠보 정담	眞龍齋貞水	고단	

1906년 11월 02일 (금) 2372호

지면	단수	기획	기사제목 〈회수〉〔곡수〕	필자/저자(역자)	분류	비고
5	2~3		三千圓の賊 〈3〉 삼천 엔 도둑		소설/기타	
6	1~2	講談	大久保政談 〈30〉 오쿠보 정담	眞龍齋貞水	고단	

1906년 11월 03일 (토) 2373호

지면	단수	기획	기사제목 〈회수〉〔곡수〕	필자/저자(역자)	분류	비고
3	4		奉祝天長節 〔2〕 봉축 천장절	兒玉秋川	시가/한시	
3	5		祝佳節 〔4〕 축가절	京城八州旅館 石橋 眞水	시가/한시	
3	5		祝天長節 〔4〕 축 천장절	仁川病院 和田米	시가/한시	
3	5		仁川天長節 〔4〕 인천 천장절	鐵城 逸人	시가/한시	
3	5	新体詩	★天長節 〔1〕 천장절	秋叢子	시가/신체시	
3	5	新体詩	菊とお田鶴 〔1〕 국화와 두루미	桂波	시가/신체시	
3	5	俳句	(제목없음) 〔4〕	目池	시가/하이쿠	

지면	단수	기획	기사제목 〈회수〉〔곡수〕	필자/저자(역자)	분류	비고
3	5	俳句	## 〔1〕 ##	目池	시가/하이쿠	
3	5	俳句	## 〔2〕 ##	螢雪	시가/하이쿠	
3	5	俳句	## 〔1〕 ##	零餘子	시가/하이쿠	
3	5	俳句	## 〔1〕 ##	兵丹	시가/하이쿠	
3	5	俳句	## 〔1〕 ##	無名	시가/하이쿠	
3	5	俳句	## 〔2〕 ##	素仙	시가/하이쿠	
3	5	俳句	## 〔1〕 ##	秋水	시가/하이쿠	
3	5	俳句	## 〔1〕 ##	芳哉園	시가/하이쿠	
3	5	俳句	## 〔1〕 ##	零餘子	시가/하이쿠	
3	5	俳句	## 〔2〕 ##	素仙	시가/하이쿠	
3	5	俳句	## 〔2〕 ##	目池	시가/하이쿠	
4	1~7		菊手毬 〈1〉 국화 데마리	わかな	수필/기타	
5	2		天長節の餘興 천장절의 여흥	芳哉園	수필/일상	
5	2		不思議なる三の字 신기한 쥐돔	けい 雪子	수필/일상	
5	2		秋の海 가을 바다	中里桂波	수필/일상	
5	5		川柳談 〈1〉 센류담	無鐵	수필/일상	
6	1~2		滿州事業 懸賞百萬圓 〈45〉 만주사업 현상 백만 엔	河合柳香	소설/일본	
7	1~2		沿岸巡遊 海上日誌 〈9〉 연안 순유 해상일지	光濟號 便乘記者	수필/기행	회수 오류
7	2~3		三千圓の賊 〈4〉 삼천 엔 도둑		소설/기타	

1906년 11월 06일 (화) 2375호

지면	단수	기획	기사제목 〈회수〉〔곡수〕	필자/저자(역자)	분류	비고
3	1~2		沿岸巡遊 海上日誌 〈10〉 연안 순유 해상일지	光濟號便乘者 加藤 梧堂	수필/기행	회수 오류
3	2~3		浮れ糸 뜬 실	芳哉園	수필/일상	
3	3~4		川柳談 〈2〉 센류담	無鐵	수필/일상	
4	1~2		滿州事業 懸賞百萬圓 〈47〉 만주사업 현상 백만 엔	河合柳香	소설/일본	회수 오류
5	1~2		三千圓の賊 〈5〉 삼천 엔 도둑		소설/기타	
6	1~2	講談	大久保政談 〈31〉 오쿠보 정담	眞龍齋貞水	고단	

지면	단수	기획	기사제목 〈회수〉 〔곡수〕	필자/저자(역자)	분류	비고
			1906년 11월 07일 (수) 2376호			
3	1~2		沿岸巡遊 海上日誌 〈10〉 연안 순유 해상일지	光濟號便乘者 加藤梧堂	수필/기행	회수 오류
3	3		かぼちや會詠草(情歌) 〔8〕 가보차카이 영초(정가)	芳哉園	시가/도도이쓰	
3	3		秋の海 가을 바다	毛利元#	수필/일상	
4	1~2		滿州事業 懸賞百萬圓 〈48〉 만주사업 현상 백만 엔	河合柳香	소설/일본	회수 오류
5	1~2		三千圓の賊 〈6〉 삼천 엔 도둑		소설/기타	
6	1~2	講談	大久保政談 〈32〉 오쿠보 정담	眞龍齋貞水	고단	
			1906년 11월 08일 (목) 2377호			
3	1~2		沿岸巡遊 海上日誌 〈12〉 연안 순유 해상일지	光濟號 便乘記者	수필/기행	회수 오류
3	3		秋の海 가을 바다	芳哉園	수필/일상	
4	1~2		滿州事業 懸賞百萬圓 〈49〉 만주사업 현상 백만 엔	河合柳香	소설/일본	회수 오류
5	1~2		三千圓の賊 〈7〉 삼천 엔 도둑		소설/기타	
6	1~2	講談	大久保政談 〈33〉 오쿠보 정담	眞龍齋貞水	고단	
			1906년 11월 09일 (금) 2378호			
3	3		沿岸巡遊 海上日誌 〈13〉 연안 순유 해상일지	光濟號 便乘記者	수필/기행	회수 오류
3	3		曙會詠草 〔2〕 아케보노카이 영초	西村天邦	시가/단카	
3	3		曙會詠草 〔2〕 아케보노카이 영초	由里桂波	시가/단카	
4	1~2		滿州事業 懸賞百萬圓 〈50〉 만주사업 현상 백만 엔	河合柳香	소설/일본	회수 오류
5	3	時事へなぶり	萬事矛盾 〔2〕 만사 모순	天法螺	시가/도도이쓰	
5	3	時事へなぶり	花開洞言葉 〔2〕 화개동 말씀	天法螺	시가/도도이쓰	
6	1~2	講談	大久保政談 〈34〉 오쿠보 정담	眞龍齋貞水	고단	
			1906년 11월 10일 (토) 2379호			
3	2~3		川柳談 〈2〉 센류담	無鐵	수필/기타	회수 오류
4	1~2		滿州事業 懸賞百萬圓 〈51〉 만주사업 현상 백만 엔	河合柳香	소설/일본	회수 오류
5	1		新町評判記 신마치 평판기		수필/기행	
6	1~2	講談	大久保政談 〈35〉 오쿠보 정담	眞龍齋貞水	고단	

지면	단수	기획	기사제목 〈회수〉〔곡수〕	필자/저자(역자)	분류	비고
1906년 11월 11일 (일) 2380호						
3	4		血の涙 혈의 누	稜々子	수필/일상	
3	4		屁嬲/蝶泳〔2〕 아무렇지 않게 희롱하다/접영	蚊子	시가/단카	
3	4		屁嬲/醉〔5〕 아무렇지 않게 희롱하다/취함	へたの男	시가/단카	
4	1~2	小說	船大工〈1〉 조선공	撫子	소설/일본	
5	2		新町評判記 신마치 평판기		수필/기행	
6	1~2	講談	大久保政談〈36〉 오쿠보 정담	眞龍齋貞水	고단	
1906년 11월 13일 (화) 2383호						
4	1~2	小說	船大工〈2〉 조선공	撫子	소설/일본	
5	1~2		新町評判記 신마치 평판기		수필/기행	
5	2		アラ探し〈1〉 다금바리 찾기		수필/일상	
6	1~2	講談	大久保政談〈37〉 오쿠보 정담	眞龍齋貞水	고단	
1906년 11월 14일 (수) 2384호						
3	2~3		川柳談〈4〉 센류담	無鐵	수필/기타	
4	1~2	小說	船大工〈3〉 조선공	撫子	소설/일본	
5	2~3		アラ探し〈2〉 다금바리 찾기		수필/일상	
1906년 11월 15일 (목) 2385호						
3	4		沿岸巡遊 海上日誌〈14〉 연안 순유 해상일지	光濟號 便乘記者	수필/기행	회수 오류
4	1~2		滿州事業 懸賞百萬圓〈52〉 만주사업 현상 백만 엔	河合柳香	소설/일본	
5	1~2		新町評判記 신마치 평판기		수필/기행	
6	1~2	講談	大久保政談〈38〉 오쿠보 정담	眞龍齋貞水	고단	
1906년 11월 16일 (금) 2386호						
3	1~4		沿岸巡遊 海上日誌〈15〉 연안 순유 해상일지	光濟號 便乘記者	수필/기행	회수 오류
4	1~2		滿州事業 懸賞百萬圓〈53〉 만주사업 현상 백만 엔	河合柳香	소설/일본	회수 오류
5	2~3		アラ探し〈3〉 다금바리 찾기		수필/일상	
6	1~2	講談	大久保政談〈39〉 오쿠보 정담	眞龍齋貞水	고단	

지면	단수	기획	기사제목 〈회수〉〔곡수〕	필자/저자(역자)	분류	비고
			1906년 11월 17일 (토) 2387호			
3	1~2		沿岸巡遊 海上日誌 〈16〉 연안 순유 해상일지	光濟號 便乘記者	수필/기행	회수 오류
3	3		秋の千草/月夜 가을의 여러 가지 풀/달밤	めがね	수필/일상	
3	3		秋の千草/戀人 가을의 여러 가지 풀/연인	めがね	수필/일상	
3	3~4		秋の千草/予が戀 가을의 여러 가지 풀/나의 사랑	めがね	수필/일상	
3	4		秋の千草/故山 가을의 여러 가지 풀/고향의 산	めがね	수필/일상	
3	4		秋の千草/秋風 가을의 여러 가지 풀/가을 바람	めがね	수필/일상	
4	1~2		滿州事業 懸賞百萬圓 〈54〉 만주사업 현상 백만 엔	河合柳香	소설/일본	회수 오류
5	1~2		新町評判記 신마치 평판기		수필/기행	
5	2		アラ探し 〈2〉 다금바리 찾기		수필/일상	회수 오류
6	1~2	講談	大久保政談 〈40〉 오쿠보 정담	眞龍齋貞水	고단	
			1906년 11월 18일 (일) 2388호			
3	1~3		沿岸巡遊 海上日誌 〈17〉 연안 순유 해상일지	光濟號 便乘記者	수필/기행	회수 오류
3	3~4		嘲笑の一夜 조소의 하룻밤		수필/일상	
3	3		○ 〔3〕 ○	のらくら	시가/하이쿠	
3	3~4		○ 〔2〕 ○	ポチ	시가/하이쿠	
3	4		○ 〔2〕 ○	白樂坊	시가/하이쿠	
3	4		○ 〔2〕 ○	天法螺	시가/하이쿠	
4	1~2		滿州事業 懸賞百萬圓 〈55〉 만주사업 현상 백만 엔	河合柳香	소설/일본	회수 오류
5	2		アラ探し 〈5〉 다금바리 찾기		수필/일상	
6	1~2	講談	大久保政談 〈41〉 오쿠보 정담	眞龍齋貞水	고단	
			1906년 11월 19일 (월) 2389호			
3	1~2		沿岸巡遊 海上日誌 〈18〉 연안 순유 해상일지	光濟號 便乘記者	수필/기행	회수 오류
			1906년 11월 20일 (화) 2390호			
3	1~2		北韓巡遊雜錄 〈1〉 북한 순유 잡록	加瀨生	수필/기행	
3	2~3		脫走兵 탈주병	新庄竹涯	수필/일상	

지면	단수	기획	기사제목 〈회수〉〔곡수〕	필자/저자(역자)	분류	비고
4	1~2		滿州事業 懸賞百萬圓 〈56〉 만주사업 현상 백만 엔	河合柳香	소설/일본	회수 오류
5	1~2		悲慘なる一家 비참한 일가		수필/일상	
5	3~4		アラ探し 〈6〉 다금바리 찾기		수필/일상	
6	1~2	講談	大久保政談 〈42〉 오쿠보 정담	眞龍齋貞水	고단	

1906년 11월 21일 (수) 2391호

3	1~2		北韓巡遊雜錄 〈1〉 북한 순유 잡록	加瀬生	수필/기행	회수 오류
3	2		秋三題/虫 가을 삼제/벌레	新庄竹涯	수필/일상	
3	2		秋三題/草花 가을 삼제/풀꽃	新庄竹涯	수필/일상	
3	2~3		秋三題/秋の心 가을 삼제/가을의 마음	新庄竹涯	수필/일상	
3	3~4		沿岸巡遊 海上日誌 〈20〉 연안 순유 해상일지	光濟號 便乘記者	수필/기행	회수 오류
4	1~2		滿州事業 懸賞百萬圓 〈57〉 만주사업 현상 백만 엔	河合柳香	소설/일본	회수 오류
5	1~2		悲慘なる一家 비참한 일가		수필/일상	
6	1~2	講談	大久保政談 〈43〉 오쿠보 정담	眞龍齋貞水	고단	

1906년 11월 22일 (목) 2392호

3	1		北韓巡遊雜錄 〈4〉 북한 순유 잡록	加瀬生	수필/기행	회수 오류
3	1~2		無題錄 무제록	新庄竹涯	수필/기타	
3	2~3		沿岸巡遊 海上日誌 〈21〉 연안 순유 해상일지	光濟號 便乘記者	수필/기행	회수 오류
3	3~4		戀のたはむれ/友より封筒にて 사랑의 농담/친구로부터 봉투에 담아	撫子	수필/일상	
3	4		戀のたはむれ/男より女に送りたる 사랑의 농담/남자보다 여자에게 보내고 싶다	撫子	수필/일상	
4	1~2		滿州事業 懸賞百萬圓 〈55〉 만주사업 현상 백만 엔	河合柳香	소설/일본	회수 오류
5	1~2		悲慘なる一家 비참한 일가		수필/일상	
6	1~2	講談	大久保政談 〈44〉 오쿠보 정담	眞龍齋貞水	고단	

1906년 11월 23일 (금) 2393호

3	1~2		北韓巡遊雜錄 〈4〉 북한 순유 잡록	加瀬生	수필/기행	
3	2~3		沿岸巡遊 海上日誌 〈21〉 연안 순유 해상일지	光濟號 便乘記者	수필/기행	회수 오류
3	3~4		川柳談 〈5〉 센류담	無鐵	수필/기타	

지면	단수	기획	기사제목 〈회수〉〔곡수〕	필자/저자(역자)	분류	비고
4	1~2		滿州事業 懸賞百萬圓 〈56〉 만주사업 현상 백만 엔	河合柳香	소설/일본	회수 오류
5	1~2		アラ探し 〈7〉 다금바리 찾기		수필/일상	
6	1~2	講談	大久保政談 〈45〉 오쿠보 정담	眞龍齋貞水	고단	

1906년 11월 24일 (토) 2394호

지면	단수	기획	기사제목 〈회수〉〔곡수〕	필자/저자(역자)	분류	비고
3	3		狂言 戀の垣 교겐 사랑의 울타리		수필/일상	

1906년 11월 25일 (일) 2395호

지면	단수	기획	기사제목 〈회수〉〔곡수〕	필자/저자(역자)	분류	비고
3	1~2		北韓巡遊雜錄 〈7〉 북한 순유 잡록	加瀬生	수필/기행	회수 오류
3	2~3		沿岸巡遊 海上日誌 〈24〉 연안 순유 해상일지	光濟號 便乘記者	수필/기행	회수 오류
4	1~2		滿州事業 懸賞百萬圓 〈56〉 만주사업 현상 백만 엔	河合柳香	소설/일본	회수 오류
5	2~3		アラ探し 〈8〉 다금바리 찾기		수필/기타	
6	1~2	講談	大久保政談 〈45〉 오쿠보 정담	眞龍齋貞水	고단	회수 오류

1906년 11월 26일 (월) 2396호

지면	단수	기획	기사제목 〈회수〉〔곡수〕	필자/저자(역자)	분류	비고
3	1~2		沿岸巡遊 海上日誌 〈25〉 연안 순유 해상일지	光濟號 便乘記者	수필/기행	회수 오류

1906년 11월 27일 (화) 2397호

지면	단수	기획	기사제목 〈회수〉〔곡수〕	필자/저자(역자)	분류	비고
3	1~2		沿岸巡遊 海上日誌 〈26〉 연안 순유 해상일지	光濟號 便乘記者	수필/기행	회수 오류
3	2~3		水原修學旅行の記 수원 수학여행의 기록	高等四學年 內田せつ	수필/기행	
4	1~2		滿州事業 懸賞百萬圓 〈57〉 만주사업 현상 백만 엔	河合柳香	소설/일본	회수 오류
5	1~2		アラ探し 〈9〉 다금바리 찾기		수필/기타	
6	1~2	講談	大久保政談 〈47〉 오쿠보 정담	眞龍齋貞水	고단	

1906년 11월 28일 (수) 2398호

지면	단수	기획	기사제목 〈회수〉〔곡수〕	필자/저자(역자)	분류	비고
3	1~2		沿岸巡遊 海上日誌 〈26〉 연안 순유 해상일지	光濟號 便乘記者	수필/기행	회수 오류
3	3		小韻/野に立つ 소운/들판에 서서	新庄竹涯	수필/일상	
3	3		小韻/劍を見る 소운/검을 보며	新庄竹涯	수필/일상	
4	1~2		滿州事業 懸賞百萬圓 〈62〉 만주사업 현상 백만 엔	河合柳香	소설/일본	회수 오류
5	2		アラ探し 〈10〉 다금바리 찾기		수필/기타	
5	2~3		歌舞伎座の「不如歸」評 가부키자의 「불여귀」 평		수필/비평	

지면	단수	기획	기사제목 〈회수〉 〔곡수〕	필자/저자(역자)	분류	비고
6	1~2	講談	大久保政談 〈47〉 오쿠보 정담	眞龍齋貞水	고단	회수 오류

1906년 11월 29일 (목) 2399호

지면	단수	기획	기사제목 〈회수〉 〔곡수〕	필자/저자(역자)	분류	비고
3	2~3		水原修學旅行の記 수원 수학여행의 기록	高等四學年 小林ふえ	수필/기행	
4	1~2		滿州事業 懸賞百萬圓 〈63〉 만주사업 현상 백만 엔	河合柳香	소설/일본	회수 오류
5	1		非紳士の人騷がせ 비신사의 소란		수필/기타	
6	1~2	講談	大久保政談 〈47〉 오쿠보 정담	眞龍齋貞水	고단	회수 오류

1906년 11월 30일 (금) 2400호

지면	단수	기획	기사제목 〈회수〉 〔곡수〕	필자/저자(역자)	분류	비고
4	1~2		滿州事業 懸賞百萬圓 〈64〉 만주사업 현상 백만 엔	河合柳香	소설/일본	회수 오류
5	1~2		女郞の驅落 유녀의 사랑의 도피		수필/기타	
5	2~3		憐れなる美人 가련한 미인		수필/기타	
6	1~2	講談	大久保政談 〈47〉 오쿠보 정담	眞龍齋貞水	고단	회수 오류

1906년 12월 01일 (토) 2401호

지면	단수	기획	기사제목 〈회수〉 〔곡수〕	필자/저자(역자)	분류	비고
3	1~2		幽懷微言(上) 〈1〉 유회미언(상)	新庄竹涯	수필/일상	
4	1~2		滿州事業 懸賞百萬圓 〈65〉 만주사업 현상 백만 엔	河合柳香	소설/일본	회수 오류
6	1~2	講談	大久保政談 〈47〉 오쿠보 정담	眞龍齋貞水	고단	회수 오류

1906년 12월 02일 (일) 2402호

지면	단수	기획	기사제목 〈회수〉 〔곡수〕	필자/저자(역자)	분류	비고
3	1~2		滿州事業 懸賞百萬圓 〈66〉 만주사업 현상 백만 엔	河合柳香	소설/일본	회수 오류
4	1		沿岸巡遊 海上日誌 〈27〉 연안 순유 해상일지	光濟號 便乘記者	수필/기행	회수 오류
4	1~2		幽懷微言(下) 〈2〉 유회미언(하)	新庄竹涯	수필/기타	
4	3		木響 〔3〕 목향	小野撫子	시가/단카	
5	1		夢の戀、戀の夢 꿈의 사랑, 사랑의 꿈		수필/일상	
5	2		寫眞鏡 사진경		수필/일상	
5	2		かぶき座「己が罪」素人評 가부키자 「내가 죄인이다」 초심자 평		수필/비평	
6	1~2	講談	大久保政談 〈49〉 오쿠보 정담	眞龍齋貞水	고단	회수 오류

1906년 12월 03일 (월) 2403호

지면	단수	기획	기사제목 〈회수〉 〔곡수〕	필자/저자(역자)	분류	비고
3	2		役者氣質 배우 기질		수필/일상	

지면	단수	기획	기사제목 〈회수〉〔곡수〕	필자/저자(역자)	분류	비고
3	2~3		十二圓の嬶 십이 엔의 아내		수필/일상	

1906년 12월 04일 (화) 2404호

지면	단수	기획	기사제목 〈회수〉〔곡수〕	필자/저자(역자)	분류	비고
3	1		蟋蟀 귀뚜라미	新庄竹涯	수필/일상	
3	2~3		箕面の紅葉 미노의 단풍	在大阪 天涯生	수필/일상	
4	1~2		滿州事業 懸賞百萬圓 〈67〉 만주사업 현상 백만 엔	河合柳香	소설/일본	회수 오류
5	1~2		女夜叉 〈1〉 여 야차	人乎鬼乎	수필/기타	
6	1~2	講談	大久保政談 〈48〉 오쿠보 정담	眞龍齋貞水	고단	회수 오류

1906년 12월 05일 (수) 2405호

지면	단수	기획	기사제목 〈회수〉〔곡수〕	필자/저자(역자)	분류	비고
3	1		青うなばら 푸른 해원	新庄竹涯	수필/일상	
3	1		予が疾 나의 병	新庄竹涯	수필/일상	
3	2~3		妖怪屋敷 〈1〉 요괴 저택		수필/기타	
4	1~2		滿州事業 懸賞百萬圓 〈67〉 만주사업 현상 백만 엔	河合柳香	소설/일본	
5	1~2		女夜叉 〈2〉 여 야차	人乎鬼乎	수필/기타	
6	1~2	講談	大久保政談 〈48〉 오쿠보 정담	眞龍齋貞水	고단	회수 오류

1906년 12월 06일 (목) 2406호

지면	단수	기획	기사제목 〈회수〉〔곡수〕	필자/저자(역자)	분류	비고
3	1~2		滿州事業 懸賞百萬圓 〈68〉 만주사업 현상 백만 엔	河合柳香	소설/일본	
4	1~2		妖怪屋敷 〈2〉 요괴 저택		수필/기타	
4	2~3		かぶき座「己が罪」素人評 가부키자 「내가 죄인이다」 초심자 평		수필/비평	
6	1~2	講談	大久保政談 〈48〉 오쿠보 정담	眞龍齋貞水	고단	회수 오류

1906년 12월 07일 (금) 2407호

지면	단수	기획	기사제목 〈회수〉〔곡수〕	필자/저자(역자)	분류	비고
3	1~2		沿岸巡遊 海上日誌 〈28〉 연안 순유 해상일지	光濟號 便乘記者	수필/기행	회수 오류
3	2~3		妖怪屋敷 〈3〉 요괴 저택		수필/기타	
3	3		水仙 〔3〕 수선화	うつぼ	시가/단카	
4	1~2		滿州事業 懸賞百萬圓 〈69〉 만주사업 현상 백만 엔	河合柳香	소설/일본	
6	1~2	講談	大久保政談 〈56〉 오쿠보 정담	眞龍齋貞水	고단	

1906년 12월 08일 (토) 2408호

지면	단수	기획	기사제목 〈회수〉〔곡수〕	필자/저자(역자)	분류	비고
3	1~2		妖怪屋敷 〈4〉 요괴 저택		수필/기타	
3	2		戀愛觀 연애관	無鐵	수필/기타	
4	1~2		滿州事業 懸賞百萬圓 〈70〉 만주사업 현상 백만 엔	河合柳香	소설/일본	
5	1~2		女夜叉 〈3〉 여 야차	人乎鬼乎	수필/기타	
6	1~2	講談	大久保政談 〈56〉 오쿠보 정담	眞龍齋貞水	고단	

1906년 12월 09일 (일) 2409호

지면	단수	기획	기사제목 〈회수〉〔곡수〕	필자/저자(역자)	분류	비고
3	2~3		妖怪屋敷 〈5〉 요괴 저택		수필/기타	
4	1~2		滿州事業 懸賞百萬圓 〈71〉 만주사업 현상 백만 엔	河合柳香	소설/일본	
6	1~2	講談	大久保政談 〈56〉 오쿠보 정담	眞龍齋貞水	고단	

1906년 12월 10일 (월) 2410호

지면	단수	기획	기사제목 〈회수〉〔곡수〕	필자/저자(역자)	분류	비고
3	1~2		女夜叉 〈4〉 여 야차	人乎鬼乎	수필/기타	
3	2		白稱悴士へ 초췌하고 수척한 사람에게		수필/일상	

1906년 12월 11일 (화) 2411호

지면	단수	기획	기사제목 〈회수〉〔곡수〕	필자/저자(역자)	분류	비고
3	2~3		家庭と歲晩 가정과 세밑	素英堂主人	수필/기타	
4	1~2		滿州事業 懸賞百萬圓 〈72〉 만주사업 현상 백만 엔	河合柳香	소설/일본	
5	1~2		女夜叉 〈5〉 여 야차	人乎鬼乎	소설/일본	
6	1~2	講談	大久保政談 〈57〉 오쿠보 정담	眞龍齋貞水	고단	

1906년 12월 12일 (수) 2412호

지면	단수	기획	기사제목 〈회수〉〔곡수〕	필자/저자(역자)	분류	비고
5	1~2		女夜叉 〈6〉 여 야차	人乎鬼乎	소설/일본	
5	3		うらやまし記 부러운 이야기	かせ生	수필/일상	
6	1~2	講談	大久保政談 〈60〉 오쿠보 정담	眞龍齋貞水	고단	

1906년 12월 13일 (목) 2413호

지면	단수	기획	기사제목 〈회수〉〔곡수〕	필자/저자(역자)	분류	비고
5	3		とんだ惡戲 엉뚱한 장난		수필/일상	
5	3		戀しい淸子 사랑스런 세이코		수필/일상	

1906년 12월 14일 (금) 2414호

지면	단수	기획	기사제목 〈회수〉〔곡수〕	필자/저자(역자)	분류	비고
3	1~2		冬の衛生 겨울 위생	##雄	수필/일상	

지면	단수	기획	기사제목 〈회수〉〔곡수〕	필자/저자(역자)	분류	비고
5	1~2		高峰と駒助 고미네와 고마스케		수필/일상	
6	1~2	講談	大久保政談 〈61〉 오쿠보 정담	眞龍齋貞水	고단	

1906년 12월 15일 (토) 2415호

지면	단수	기획	기사제목 〈회수〉〔곡수〕	필자/저자(역자)	분류	비고
6	1~2	講談	大久保政談 〈62〉 오쿠보 정담	眞龍齋貞水	고단	

1906년 12월 16일 (일) 2416호

지면	단수	기획	기사제목 〈회수〉〔곡수〕	필자/저자(역자)	분류	비고
5	2~3		最近女學生の理想 최근 여학생의 이상		수필/일상	

1906년 12월 17일 (월) 2417호

지면	단수	기획	기사제목 〈회수〉〔곡수〕	필자/저자(역자)	분류	비고
3	3		藝名讀込情歌/千早 〔1〕 예명 요미코미 정가/지하야		시가/도도이 쓰	
3	3		藝名讀込情歌/芳廼 〔1〕 예명 요미코미 정가/요시노		시가/도도이 쓰	
3	3		藝名讀込情歌/三助 〔1〕 예명 요미코미 정가/산스케		시가/도도이 쓰	
3	3		藝名讀込情歌/かつ 〔1〕 예명 요미코미 정가/가쓰		시가/도도이 쓰	
3	3		藝名讀込情歌/おふじ 〔1〕 예명 요미코미 정가/오후지		시가/도도이 쓰	
3	3		藝名讀込情歌/梅奴 〔1〕 예명 요미코미 정가/우메얏코		시가/도도이 쓰	

1906년 12월 18일 (화) 2418호

지면	단수	기획	기사제목 〈회수〉〔곡수〕	필자/저자(역자)	분류	비고
3	1		酒席に於ける紳士 〈1〉 술자리에서의 신사		수필/기타	
3	2~3		春履きの下駄 봄에 신는 게타		수필/일상	
3	3		カルボの話 갈보 이야기	ヨボ生	수필/일상	
4	1~2	講談	大久保政談 〈62〉 오쿠보 정담	眞龍齋貞水	고단	회수 오류

1906년 12월 19일 (수) 2419호

지면	단수	기획	기사제목 〈회수〉〔곡수〕	필자/저자(역자)	분류	비고
3	3		カルボの話 갈보 이야기	ヨボ生	수필/일상	
4	1~2	講談	大久保政談 〈64〉 오쿠보 정담	眞龍齋貞水	고단	

1906년 12월 20일 (목) 2420호

지면	단수	기획	기사제목 〈회수〉〔곡수〕	필자/저자(역자)	분류	비고
3	1~2		朝鮮名物 ヨボ根性 조선 명물 요보 근성		수필/기타	

1906년 12월 21일 (금) 2421호

지면	단수	기획	기사제목 〈회수〉〔곡수〕	필자/저자(역자)	분류	비고
4	1~2	講談	大久保政談 〈65〉 오쿠보 정담	眞龍齋貞水	고단	

1906년 12월 22일 (토) 2422호

지면	단수	기획	기사제목 〈회수〉〔곡수〕	필자/저자(역자)	분류	비고
4	1~2	講談	大久保政談 〈66〉 오쿠보 정담	眞龍齋貞水	고단	

1906년 12월 26일 (수) 2426호

지면	단수	기획	기사제목 〈회수〉〔곡수〕	필자/저자(역자)	분류	비고
3	1~2		三面記事に就て 삼면 기사에 대하여		수필/비평	

1906년 12월 27일 (목) 2427호

지면	단수	기획	기사제목 〈회수〉〔곡수〕	필자/저자(역자)	분류	비고
3	1~2		感心の婦人 감동스러운 부인		수필/일상	

1906년 12월 28일 (금) 2428호

지면	단수	기획	기사제목 〈회수〉〔곡수〕	필자/저자(역자)	분류	비고
3	1		電話一時間 전화 한 시간		수필/일상	
3	2		カルボの戀 갈보의 사랑		수필/일상	

1907년 01월 01일 (화) 2430호

지면	단수	기획	기사제목 〈회수〉〔곡수〕	필자/저자(역자)	분류	비고
3	2		丁未歲旦寄鐵#先生 〔4〕 정미성단기철#선생	蘇峰生	시가/한시	
3	2		新年松 〔2〕 신년송	東京 坪谷水哉	시가/단카	
3	2		新年雜興 〔2〕 신년잡흥	東京 坪谷水哉	시가/단카	
3	3		俱樂部の番人 구락부의 문지기	新庄竹涯	수필/일상	
3	4		初彈の曲 〔1〕 초탄의 곡	木#子	시가/기타	

1907년 01월 01일 (화) 2430호 其三

지면	단수	기획	기사제목 〈회수〉〔곡수〕	필자/저자(역자)	분류	비고
1	1~2		新年之所感 새해 소감	第一銀行京城支店 長 市原盛宏	수필/일상	

1907년 01월 01일 (화) 2430호 其四

지면	단수	기획	기사제목 〈회수〉〔곡수〕	필자/저자(역자)	분류	비고
1	1~4		羊の智入(上) 〈1〉 양 사위 들이기(상)	東都 東旭齋櫻山 口 演	라쿠고	
1	5~6		羊の智入(上) 〈2〉 양 사위 들이기(하)	東都 東旭齋櫻山 口 演	라쿠고	삽입
1	6		韓國新年歌 한국 신년가	ヨボ生	시가/기타	

1907년 01월 01일 (화) 2430호 其五

지면	단수	기획	기사제목 〈회수〉〔곡수〕	필자/저자(역자)	분류	비고
1	1~3		儀式と飾りもの 의식과 장식		수필/관찰	
3	3~5		七草粥の話 일곱 가지 나물로 만든 죽 이야기		수필/일상	
3	5		未の歲の人 성년이 안된 사람		수필/일상	
3	5		○ 〔9〕 ○		시가/하이쿠	

1907년 01월 01일 (화) 2430호 其六

지면	단수	기획	기사제목 〈회수〉〔곡수〕	필자/저자(역자)	분류	비고
1	1~4		三面壇 麗望錄 삼면단 여망록		수필/일상	
1	7		野の君〔1〕 들판의 당신	△△△	시가/신체시	
3	1~2		羊の畵 양의 그림	小野撫子	수필/일상	

1907년 01월 01일 (화) 2430호 其七

지면	단수	기획	기사제목 〈회수〉〔곡수〕	필자/저자(역자)	분류	비고
2	2		追分〔1〕 오이와케	ちくがい	시가/민요	

1907년 01월 01일 (화) 2430호 其八

지면	단수	기획	기사제목 〈회수〉〔곡수〕	필자/저자(역자)	분류	비고
1	1~2		年頭の感 새해 소감		수필/일상	

1907년 01월 01일 (화) 2430호 其九

지면	단수	기획	기사제목 〈회수〉〔곡수〕	필자/저자(역자)	분류	비고
1	1		今昔感 금석감	###	수필/일상	
1	1~2		醉ひ申候 취한 김에 말씀드리옵니다	酒泥#成	수필/일상	

1907년 01월 01일 (화) 2430호 其十

지면	단수	기획	기사제목 〈회수〉〔곡수〕	필자/저자(역자)	분류	비고
1	1~2		正月前後の韓俗 정월 전후의 한국 풍습	村山##	수필/관찰	

1907년 01월 01일 (화) 2430호 其十一

지면	단수	기획	기사제목 〈회수〉〔곡수〕	필자/저자(역자)	분류	비고
1	1~3		正月 정월	蠅の子	수필/일상	
1	3~6		元旦 설날	にしき生	소설/일본	
1	6		(제목없음)〔1〕	芭蕉	시가/하이쿠	
1	6~7		(제목없음)〔3〕	蕪村	시가/하이쿠	
1	7		(제목없음)〔1〕	太#	시가/하이쿠	
1	7		(제목없음)〔1〕	几#	시가/하이쿠	
1	7		(제목없음)〔1〕	虛子	시가/하이쿠	
1	7		(제목없음)〔1〕	別天	시가/하이쿠	
1	7		(제목없음)〔1〕	小刀	시가/하이쿠	
1	7		(제목없음)〔1〕	土佛	시가/하이쿠	
1	7		(제목없음)〔1〕	甲村	시가/하이쿠	
1	7		(제목없음)〔1〕	春喬	시가/하이쿠	
1	7		(제목없음)〔1〕	默庵	시가/하이쿠	

지면	단수	기획	기사제목 〈회수〉〔곡수〕	필자/저자(역자)	분류	비고
1	7		(제목없음)〔1〕	北郊	시가/하이쿠	
1	7		(제목없음)〔1〕	笠堂	시가/하이쿠	
1	7		(제목없음)〔5〕	子規	시가/하이쿠	
1	7		(제목없음)〔3〕	虛子	시가/하이쿠	
1	7		(제목없음)〔3〕	鬼史	시가/하이쿠	
1	7		(제목없음)〔2〕	寒樓	시가/하이쿠	
1	7		(제목없음)〔1〕	#人	시가/하이쿠	
1	7		(제목없음)〔3〕	爲王	시가/하이쿠	
1	7		(제목없음)〔1〕	三川	시가/하이쿠	
1	7		(제목없음)〔1〕	岐水	시가/하이쿠	
1	7		(제목없음)〔1〕	面坊	시가/하이쿠	
1	7		(제목없음)〔1〕	碧周	시가/하이쿠	
1	7		(제목없음)〔2〕	靑々	시가/하이쿠	
1	7		(제목없음)〔1〕	一靑	시가/하이쿠	
1	7		(제목없음)〔1〕	雄	시가/하이쿠	
1	7		(제목없음)〔1〕	淺茅	시가/하이쿠	
1	7		(제목없음)〔1〕	甲村	시가/하이쿠	

1907년 01월 01일 (화) 2430호 其十二

지면	단수	기획	기사제목	필자/저자(역자)	분류	비고
1	1~2	講談	大久保政談 〈66〉 오쿠보 정담	眞龍齋貞水	고단	

1907년 01월 05일 (토) 2431호

지면	단수	기획	기사제목	필자/저자(역자)	분류	비고
3	1~3		羊の賜(上) 〈1〉 양의 덕택(상)	東京 松林伯知	라쿠고	
3	3~4		羊の賜(中) 〈2〉 양의 덕택(중)	東京 松林伯知	라쿠고	삽입
3	4~7		羊の賜(下) 〈3〉 양의 덕택(하)	東京 松林伯知	라쿠고	삽입
5	1		紳士の萬引 신사의 도둑질		수필/일상	
5	2		三ケ日記 삼 일간 일기		수필/일기	

1907년 01월 06일 (일) 2432호

지면	단수	기획	기사제목 〈회수〉〔곡수〕	필자/저자(역자)	분류	비고
1	4		漢城歲安 〔7〕 한성세안	梅溪居士	시가/한시	
1	4		四十年元旦 〔8〕 40년 설날	樂天主人	시가/한시	
1	4	和歌	新年松 〔1〕 신년송	楳林	시가/단카	
1	4	和歌	新年松 〔1〕 신년송	楳林	시가/단카	
1	4	和歌	新婚旅行 〔1〕 신혼여행	楳林	시가/단카	
3	1~2		感心な男 지극정성인 남자		수필/일상	
3	4		旅行はがき 여행 엽서	菊汀	수필/서간	

1907년 01월 07일 (월) 2433호

지면	단수	기획	기사제목 〈회수〉〔곡수〕	필자/저자(역자)	분류	비고
3	1~2		本年生るゝ人の運氣 올해 살아가는 사람의 운수		수필/일상	
3	2~3		感心な男(續) 지극정성인 남자(속)		수필/일상	

1907년 01월 08일 (화) 2434호

지면	단수	기획	기사제목 〈회수〉〔곡수〕	필자/저자(역자)	분류	비고
3	1~4		石化羊 석화양		소설/일본	
4	1~2		滿州事業 懸賞百萬圓 〈72〉 만주사업 현상 백만 엔	河合柳香	소설/일본	회수 오류
5	4		旅行はがき 여행 엽서	菊汀	수필/서간	
6	1~3	講談	大久保政談 〈66〉 오쿠보 정담	眞龍齋貞水	고단	

1907년 01월 09일 (수) 2435호

지면	단수	기획	기사제목 〈회수〉〔곡수〕	필자/저자(역자)	분류	비고
3	1~2		かるた取秘訣 가루타 집기 비결		수필/기타	
3	2~4		詩を吟ずる法 시를 읊는 법		수필/비평	
4	1~2		滿州事業 懸賞百萬圓 〈77〉 만주사업 현상 백만 엔	河合柳香	소설/일본	회수 오류
6	1~2	講談	大久保政談 〈67〉 오쿠보 정담	眞龍齋貞水	고단	

1907년 01월 10일 (목) 2436호

지면	단수	기획	기사제목 〈회수〉〔곡수〕	필자/저자(역자)	분류	비고
3	1~5		經濟社會 夢想の一卷 경제사회 몽상의 한 권		수필/기타	
4	1~2		滿州事業 懸賞百萬圓 〈78〉 만주사업 현상 백만 엔	河合柳香	소설/일본	회수 오류
5	3		旅行はがき 여행 엽서	菊汀	수필/서간	
6	1~2	講談	大久保政談 〈68〉 오쿠보 정담	眞龍齋貞水	고단	

1907년 01월 11일 (금) 2437호

지면	단수	기획	기사제목 〈회수〉〔곡수〕	필자/저자(역자)	분류	비고
3	2~3		寒氣と養生 한기와 양생		수필/일상	
4	1~2		滿州事業 懸賞百萬圓 〈78〉 만주사업 현상 백만 엔	河合柳香	소설/일본	회수 오류
5	1~4		夜の仁川 偵察隊 〈1〉 인천의 밤 정찰대	覆面坊主	수필/일상	
6	1~2	講談	大久保政談 〈71〉 오쿠보 정담	眞龍齋貞水	고단	

1907년 01월 12일 (토) 2438호

지면	단수	기획	기사제목 〈회수〉〔곡수〕	필자/저자(역자)	분류	비고
4	1~2		滿州事業 懸賞百萬圓 〈79〉 만주사업 현상 백만 엔	河合柳香	소설/일본	회수 오류
5	3~4		旅中漫興 여행 중의 흥취	#子生	수필/일상	
6	1~2	講談	大久保政談 〈71〉 오쿠보 정담	眞龍齋貞水	고단	

1907년 01월 13일 (일) 2439호

지면	단수	기획	기사제목 〈회수〉〔곡수〕	필자/저자(역자)	분류	비고
3	2~4		悲慘なる川柳 비참한 센류	無鐵	수필/비평	
4	1~2		滿州事業 懸賞百萬圓 〈81〉 만주사업 현상 백만 엔	河合柳香	소설/일본	회수 오류
5	1		夜の仁川 偵察隊 〈2〉 인천의 밤 정찰대	覆面坊主	수필/일상	
5	1~2		己が罪 내가 죄인이다		수필/기타	
5	4		歌舞伎座短評 가부키자 단평		수필/비평	
6	1~2	講談	大久保政談 〈72〉 오쿠보 정담	眞龍齋貞水	고단	

1907년 01월 15일 (화) 2441호

지면	단수	기획	기사제목 〈회수〉〔곡수〕	필자/저자(역자)	분류	비고
4	1~2		滿州事業 懸賞百萬圓 〈82〉 만주사업 현상 백만 엔	河合柳香	소설/일본	회수 오류
6	1~2	講談	大久保政談 〈73〉 오쿠보 정담	眞龍齋貞水	고단	

1907년 01월 16일 (수) 2442호

지면	단수	기획	기사제목 〈회수〉〔곡수〕	필자/저자(역자)	분류	비고
4	1~2		滿州事業 懸賞百萬圓 〈83〉 만주사업 현상 백만 엔	河合柳香	소설/일본	회수 오류
5	1~2		非人賤女の詩人 비인천녀의 시인	###	수필/일본	
5	2~3		戀の逢引 二つ巴 〈1〉 사랑의 밀회 두 개의 소용돌이		수필/기타	
6	1~2	講談	大久保政談 〈75〉 오쿠보 정담	眞龍齋貞水	고단	

1907년 01월 17일 (목) 2443호

지면	단수	기획	기사제목 〈회수〉〔곡수〕	필자/저자(역자)	분류	비고
1	4	俳句	(제목없음) 〔1〕	錢雨	시가/하이쿠	
1	4	俳句	紅葉吟社吟草 〔1〕 단풍음사 음초	流月	시가/하이쿠	

지면	단수	기획	기사제목 〈회수〉〔곡수〕	필자/저자(역자)	분류	비고
1	4	俳句	紅葉吟社吟草 [1] 단풍음사 음초	龍子	시가/하이쿠	
1	4	俳句	紅葉吟社吟草 [2] 단풍음사 음초	桂堂	시가/하이쿠	
4	1~2		滿州事業 懸賞百萬圓 〈84〉 만주사업 현상 백만 엔	河合柳香	소설/일본	회수 오류
5	2~3		戀の逢引 二つ巴 〈2〉 사랑의 밀회 두 개의 소용돌이		수필/기타	
6	1~2	講談	大久保政談 〈76〉 오쿠보 정담	眞龍齋貞水	고단	

1907년 01월 18일 (금) 2444호

지면	단수	기획	기사제목 〈회수〉〔곡수〕	필자/저자(역자)	분류	비고
3	2~3		非人賤女の文學 〈1〉 비인천녀의 문학	破翁選	수필/비평	
3	3		寸美 〔9〕 촌미	撫子	시가/기타	
4	1~2		滿州事業 懸賞百萬圓 〈85〉 만주사업 현상 백만 엔	河合柳香	소설/일본	회수 오류
5	2~3		戀の逢引 二つ巴 〈3〉 사랑의 밀회 두 개의 소용돌이		수필/기타	
6	1~2	講談	大久保政談 〈76〉 오쿠보 정담	眞龍齋貞水	고단	

1907년 01월 19일 (토) 2445호

지면	단수	기획	기사제목 〈회수〉〔곡수〕	필자/저자(역자)	분류	비고
3	2~4		非人賤女の文學/乞食卑僧の文學 〈2〉 비인천녀의 문학/거지 비승의 문학	破翁選	수필/비평	
4	1~2		滿州事業 懸賞百萬圓 〈86〉 만주사업 현상 백만 엔	河合柳香	소설/일본	회수 오류
6	1~2	講談	大久保政談 〈78〉 오쿠보 정담	眞龍齋貞水	고단	

1907년 01월 20일 (일) 2446호

지면	단수	기획	기사제목 〈회수〉〔곡수〕	필자/저자(역자)	분류	비고
1	6~7		極樂鳥の賦 [1] 극락조 노래		시가/신체시	
3	1		亡友中村君 憶ふ 망우 나카무라군을 추억하며	#夫淳平	수필/일상	
3	3~5		毬子譚 마리코 담		수필/일상	
4	1~2		滿州事業 懸賞百萬圓 〈87〉 만주사업 현상 백만 엔	河合柳香	소설/일본	회수 오류
6	1~2	講談	大久保政談 〈79〉 오쿠보 정담	眞龍齋貞水	고단	

1907년 01월 22일 (화) 2447호

지면	단수	기획	기사제목 〈회수〉〔곡수〕	필자/저자(역자)	분류	비고
3	1~2		滿州事業 懸賞百萬圓 〈88〉 만주사업 현상 백만 엔	河合柳香	소설/일본	회수 오류
4	1~2		非人賤女の文學/遊女の文學 〈1〉 비인천녀의 문학/유녀의 문학	破翁選	수필/비평	
4	2~3		明治の悲劇的川柳 메이지의 비극적 센류	無鐵	수필/비평	
6	1~2	講談	大久保政談 〈79〉 오쿠보 정담	眞龍齋貞水	고단	

지면	단수	기획	기사제목 〈회수〉〔곡수〕	필자/저자(역자)	분류	비고
1907년 01월 23일 (수) 2448호						
1	1		歌御會始詠進〔1〕 우타고카이 첫 시가 바침	威仁親王	시가/단카	
1	1		歌御會始詠進〔1〕 우타고카이 첫 시가 바침	有栖川宮妃	시가/단카	
1	1		歌御會始詠進〔1〕 우타고카이 첫 시가 바침	藤原朝臣實則	시가/단카	
1	1		歌御會始詠進〔1〕 우타고카이 첫 시가 바침	藤原朝臣通禧	시가/단카	
1	1		歌御會始詠進〔1〕 우타고카이 첫 시가 바침	藤原朝臣正風	시가/단카	
1	1		歌御會始詠進〔1〕 우타고카이 첫 시가 바침	藤原朝臣直大	시가/단카	
1	1		歌御會始詠進〔1〕 우타고카이 첫 시가 바침	藤原朝臣實麗	시가/단카	
1	1		歌御會始詠進〔1〕 우타고카이 첫 시가 바침	源朝臣有良	시가/단카	
1	1		歌御會始詠進〔1〕 우타고카이 첫 시가 바침	藤原朝臣功長	시가/단카	
1	1		歌御會始詠進〔1〕 우타고카이 첫 시가 바침	卜部朝臣行德	시가/단카	
1	1		歌御會始詠進〔1〕 우타고카이 첫 시가 바침	源朝臣文伸	시가/단카	
1	1		歌御會始詠進〔1〕 우타고카이 첫 시가 바침	藤原朝臣雅之	시가/단카	
1	1		歌御會始詠進〔1〕 우타고카이 첫 시가 바침	藤原朝臣嚴夫	시가/단카	
1	1		歌御會始詠進〔1〕 우타고카이 첫 시가 바침	平朝臣信道	시가/단카	
3	4		漢字統一會 한자통일회		수필/기타	
3	4	新報俳壇	(제목없음)〔3〕	政子	시가/하이쿠	
3	4	新報俳壇	(제목없음)〔1〕	楓村	시가/하이쿠	
3	4	新報俳壇	(제목없음)〔1〕	天杖	시가/하이쿠	
3	4	新報俳壇	(제목없음)〔2〕	楓村	시가/하이쿠	
3	4	新報俳壇	(제목없음)〔2〕	政子	시가/하이쿠	
4	1~2		滿州事業 懸賞百萬圓 〈89〉 만주사업 현상 백만 엔	河合柳香	소설/일본	회수 오류
5	2~3		連絡船中の所感 연락선 안에서의 소감	菊汀	수필/일상	
5	4		旅行はがき 여행 엽서	菊汀	수필/서간	
5	5		川柳の趣味 센류 취미	無鐵	수필/비평	
6	1~2	講談	大久保政談 〈80〉 오쿠보 정담	眞龍齋貞水	고단	

지면	단수	기획	기사제목 〈회수〉〔곡수〕	필자/저자(역자)	분류	비고
			1907년 01월 24일 (목) 2449호			
3	2~3		賤女卑人の文學/遊女の文學 천녀비인의 문학/유녀의 문학		수필/비평	
3	3~4		歐洲の女權熱 유럽의 여권 열풍		수필/비평	
4	1~2		滿州事業 懸賞百萬圓 〈90〉 만주사업 현상 백만 엔	河合柳香	소설/일본	회수 오류
6	1~2	講談	大久保政談 〈81〉 오쿠보 정담	眞龍齋貞水	고단	
			1907년 01월 26일 (토) 2450호			
1	6		(제목없음)〔2〕	黃公	시가/하이쿠	
1	6		(제목없음)〔3〕	素仙	시가/하이쿠	
1	6		(제목없음)〔1〕	花人	시가/하이쿠	
1	6		(제목없음)〔1〕	波生	시가/하이쿠	
1	6		(제목없음)〔2〕	政子	시가/하이쿠	
3	1~2		非人賤女の文學/遊女の文學 〈3〉 비인천녀의 문학/유녀의 문학	破翁選	수필/비평	
4	1~2		滿州事業 懸賞百萬圓 〈91〉 만주사업 현상 백만 엔	河合柳香	소설/일본	회수 오류
5	2~3		淚の洗ひ髮 눈물로 씻은 머리카락		수필/기타	
6	1~2	講談	大久保政談 〈81〉 오쿠보 정담	眞龍齋貞水	고단	
			1907년 01월 27일 (일) 2451호			
1	5	新報俳壇	(제목없음)〔3〕	杜鵑	시가/하이쿠	
1	5	新報俳壇	(제목없음)〔2〕	楓村	시가/하이쿠	
1	5	新報俳壇	(제목없음)〔1〕	素仙	시가/하이쿠	
1	5	新報俳壇	(제목없음)〔3〕	政子	시가/하이쿠	
1	5	新報俳壇	(제목없음)〔3〕	波生	시가/하이쿠	
1	5	新報俳壇	(제목없음)〔3〕	花人	시가/하이쿠	
3	2~3		非人賤女の文學/遊女の文學 〈3〉 비인천녀의 문학/유녀의 문학	破翁選	수필/비평	
3	3	新報俳壇	(제목없음)〔5〕	故公	시가/하이쿠	
4	1~2		滿州事業 懸賞百萬圓 〈92〉 만주사업 현상 백만 엔	河合柳香	소설/일본	회수 오류
5	2		家庭/人と睡眠 가정/사람과 수면		수필/기타	

지면	단수	기획	기사제목 〈회수〉〔곡수〕	필자/저자(역자)	분류	비고
5	5		旅行はがき 여행 엽서	菊汀	수필/서간	
6	1~2	講談	大久保政談 〈84〉 오쿠보 정담	眞龍齋貞水	고단	

1907년 01월 28일 (월) 2452호

지면	단수	기획	기사제목 〈회수〉〔곡수〕	필자/저자(역자)	분류	비고
1	4	新報俳壇	課題 出代、蘆、芽、芹、春寒 〔1〕 과제 출대, 갈대, 싹, 미나리, 봄추위	谷水	시가/하이쿠	
1	4	新報俳壇	課題 出代、蘆、芽、芹、春寒 〔2〕 과제 출대, 갈대, 싹, 미나리, 봄추위	政子	시가/하이쿠	
1	4	新報俳壇	課題 出代、蘆、芽、芹、春寒 〔3〕 과제 출대, 갈대, 싹, 미나리, 봄추위	花人	시가/하이쿠	
1	4	新報俳壇	課題 出代、蘆、芽、芹、春寒 〔1〕 과제 출대, 갈대, 싹, 미나리, 봄추위	芳雄	시가/하이쿠	
1	4	新報俳壇	課題 出代、蘆、芽、芹、春寒 〔1〕 과제 출대, 갈대, 싹, 미나리, 봄추위	政子	시가/하이쿠	
1	4	新報俳壇	課題 出代、蘆、芽、芹、春寒 〔1〕 과제 출대, 갈대, 싹, 미나리, 봄추위	芳雄	시가/하이쿠	

1907년 01월 29일 (화) 2453호

지면	단수	기획	기사제목 〈회수〉〔곡수〕	필자/저자(역자)	분류	비고
1	6	新報俳壇	(제목없음) 〔3〕	彌平	시가/하이쿠	
1	6	新報俳壇	(제목없음) 〔2〕	花人	시가/하이쿠	
1	6	新報俳壇	(제목없음) 〔1〕	谷水	시가/하이쿠	
1	6	新報俳壇	(제목없음) 〔1〕	政子	시가/하이쿠	
4	1~2		滿州事業 懸賞百萬圓 〈93〉 만주사업 현상 백만 엔	河合柳香	소설/일본	회수 오류
6	1~2	講談	大久保政談 〈84〉 오쿠보 정담	眞龍齋貞水	고단	

1907년 01월 30일 (수) 2454호

지면	단수	기획	기사제목 〈회수〉〔곡수〕	필자/저자(역자)	분류	비고
3	3~4		裁判長の唇は動きぬ 재판장의 입술은 움직였다	小野撫子	수필/일상	
4	1~2		滿州事業 懸賞百萬圓 〈94〉 만주사업 현상 백만 엔	河合柳香	소설/일본	회수 오류
5	4		新流行都々逸/此頃流行の都々逸二つ 〔2〕 신유행 도도이쓰/최근 유행하는 도도이쓰 두 수		시가/도도이쓰	
6	1~2	講談	大久保政談 〈85〉 오쿠보 정담	眞龍齋貞水	고단	

1907년 01월 31일 (목) 2455호

지면	단수	기획	기사제목 〈회수〉〔곡수〕	필자/저자(역자)	분류	비고
3	2~3		寒椿 〔3〕 겨울 동백꽃		시가/하이쿠	

1907년 02월 01일 (금) 2456호

지면	단수	기획	기사제목 〈회수〉〔곡수〕	필자/저자(역자)	분류	비고
3	5		春雪錄 춘설록	花人	수필/일상	
4	1~2		滿州事業 懸賞百萬圓 〈95〉 만주사업 현상 백만 엔	河合柳香	소설/일본	회수 오류

지면	단수	기획	기사제목 〈회수〉〔곡수〕	필자/저자(역자)	분류	비고
6	1~2	講談	大久保政談 〈86〉 오쿠보 정담	眞龍齋貞水	고단	

1907년 02월 02일 (토) 2457호

지면	단수	기획	기사제목 〈회수〉〔곡수〕	필자/저자(역자)	분류	비고
2	7		(제목없음)〔1〕	區鳥	시가/하이쿠	
2	7		(제목없음)〔4〕	素仙	시가/하이쿠	
2	7		(제목없음)〔1〕	菊子	시가/하이쿠	
2	7		(제목없음)〔1〕	湖水	시가/하이쿠	
4	1~2		滿州事業 懸賞百萬圓 〈96〉 만주사업 현상 백만 엔	河合柳香	소설/일본	회수 오류
6	1~2	講談	大久保政談 〈88〉 오쿠보 정담	眞龍齋貞水	고단	

1907년 02월 03일 (일) 2458호

지면	단수	기획	기사제목 〈회수〉〔곡수〕	필자/저자(역자)	분류	비고
1	4		(제목없음)〔5〕		시가/단카	
4	1~2		滿州事業 懸賞百萬圓 〈96〉 만주사업 현상 백만 엔	河合柳香	소설/일본	회수 오류
5	2		兒を持つた父兄へ 아이를 가진 학부모에게		수필/일상	
5	2		軍艦見物 군함 구경		수필/일상	
6	1~2	講談	大久保政談 〈89〉 오쿠보 정담	眞龍齋貞水	고단	

1907년 02월 04일 (월) 2459호

지면	단수	기획	기사제목 〈회수〉〔곡수〕	필자/저자(역자)	분류	비고
5	1		新報の文壇に就いて 신보 문단에 대하여		수필/비평	

1907년 02월 05일 (화) 2460호

지면	단수	기획	기사제목 〈회수〉〔곡수〕	필자/저자(역자)	분류	비고
1	4		春の野〔8〕 봄의 들판	新庄竹涯	시가/단카	
3	1~4		女同志の虛飾 여성 동지의 허식	某夫人	수필/일상	
4	1~2		滿州事業 懸賞百萬圓 〈97〉 만주사업 현상 백만 엔	河合柳香	소설/일본	회수 오류
5	2~3		(제목없음)〔1〕		시가/하이쿠	
5	4	柳體和歌	藝妓〔3〕 기생	無鐵	시가/단카	
6	1~2	講談	大久保政談 〈90〉 오쿠보 정담	眞龍齋貞水	고단	

1907년 02월 06일 (수) 2461호

지면	단수	기획	기사제목 〈회수〉〔곡수〕	필자/저자(역자)	분류	비고
1	4		月影〔8〕 달빛	新庄竹涯	시가/단카	
3	1~4		川柳入門 〈1〉〔13〕 센류 입문	無鐵	수필·시가/ 비평·센류	

지면	단수	기획	기사제목 〈회수〉〔곡수〕	필자/저자(역자)	분류	비고
3	4~5		非人賤女の文學/遊女の文學 비인천녀의 문학/유녀의 문학	破翁選	수필/비평	
4	1~2		滿州事業 懸賞百萬圓 〈98〉 만주사업 현상 백만 엔	河合柳香	소설/일본	회수 오류
6	1~2	講談	大久保政談 〈91〉 오쿠보 정담	眞龍齋貞水	고단	

1907년 02월 07일 (목) 2462호

지면	단수	기획	기사제목 〈회수〉〔곡수〕	필자/저자(역자)	분류	비고
1	4		野の花(上) 〈1〉 들판의 꽃(상)	新庄竹涯	수필/기타	
1	4		(제목없음) 〔3〕	楓村	시가/하이쿠	
1	4		(제목없음) 〔4〕	政子	시가/하이쿠	
1	4		(제목없음) 〔1〕	蘇川	시가/하이쿠	
1	4		(제목없음) 〔2〕	叢咲	시가/하이쿠	
3	1		川柳入門 〈2〉〔5〕 센류 입문	無鐵	수필·시가/ 비평·센류	
3	1~5		非人賤女の文學/遊女の文學 비인천녀의 문학/유녀의 문학	破翁選	수필/비평	
4	1~2		滿州事業 懸賞百萬圓 〈99〉 만주사업 현상 백만 엔	河合柳香	소설/일본	회수 오류
6	1~2	講談	大久保政談 〈92〉 오쿠보 정담	眞龍齋貞水	고단	

1907년 02월 08일 (금) 2463호

지면	단수	기획	기사제목 〈회수〉〔곡수〕	필자/저자(역자)	분류	비고
1	5		(제목없음) 〔3〕	久米春雄	시가/단카	
1	5		(제목없음) 〔2〕	河野蘇川	시가/단카	
1	5~6		野の花(下) 〈2〉 들판의 꽃(하)	新庄竹涯	수필/기타	
3	1~4		川柳入門 〈3〉〔7〕 센류 입문	無鐵	수필·시가/ 비평·센류	
3	4~5		非人賤女の文學/遊女の文學 비인천녀의 문학/유녀의 문학	破翁選	수필/비평	
4	1~2		滿州事業 懸賞百萬圓 〈100〉 만주사업 현상 백만 엔	河合柳香	소설/일본	회수 오류
6	1~3	講談	大久保政談 〈93〉 오쿠보 정담	眞龍齋貞水	고단	

1907년 02월 09일 (토) 2464호

지면	단수	기획	기사제목 〈회수〉〔곡수〕	필자/저자(역자)	분류	비고
4	1~2		滿州事業 懸賞百萬圓 〈101〉 만주사업 현상 백만 엔	河合柳香	소설/일본	회수 오류
5	2		狂言 紀念日祝賀會 교겐 기념일 축하회		수필/일상	

1907년 02월 11일 (월) 2465호

지면	단수	기획	기사제목 〈회수〉〔곡수〕	필자/저자(역자)	분류	비고
1	6		曙の賦(神武帝の御降りを歌へる) 〔1〕 새벽에 읊다(신무제의 강림을 노래하다)		시가/신체시	

지면	단수	기획	기사제목 〈회수〉 〔곡수〕	필자/저자(역자)	분류	비고
1	7		(제목없음) 〔9〕		시가/하이쿠	
4	1~2		滿州事業 懸賞百萬圓 〈101〉 만주사업 현상 백만 엔	河合柳香	소설/일본	회수 오류
5	2~3		夜行隊會議 야행대회의		수필/기행	
5	3		俚# 〔3〕 마을의 #	龍山 中#孤#	시가/도도이 쓰	
6	1~2	講談	大久保政談 〈93〉 오쿠보 정담	眞龍齋貞水	고단	회수 오류

1907년 02월 13일 (수) 2466호

지면	단수	기획	기사제목 〈회수〉 〔곡수〕	필자/저자(역자)	분류	비고
4	1~2		滿州事業 懸賞百萬圓 〈102〉 만주사업 현상 백만 엔	河合柳香	소설/일본	회수 오류

1907년 02월 14일 (목) 2467호

지면	단수	기획	기사제목 〈회수〉 〔곡수〕	필자/저자(역자)	분류	비고
4	1~2		滿州事業 懸賞百萬圓 〈103〉 만주사업 현상 백만 엔	河合柳香	소설/일본	회수 오류
5	2~3		仁川の裏面/(一)一種の風俗談 〈1〉 인천의 이면/(1)일종의 풍속담		수필/관찰	
5	4	新報俳壇	(제목없음) 〔2〕	楓村	시가/하이쿠	
5	4	新報俳壇	(제목없음) 〔1〕	素仙	시가/하이쿠	
5	4	新報俳壇	(제목없음) 〔3〕	政子	시가/하이쿠	
5	4	新報俳壇	(제목없음) 〔1〕	花人	시가/하이쿠	
5	4	新報俳壇	(제목없음) 〔1〕	素仙	시가/하이쿠	
5	4	新報俳壇	(제목없음) 〔1〕	楓村	시가/하이쿠	
5	4	新報俳壇	(제목없음) 〔1〕	天杖	시가/하이쿠	
6	1~2	講談	大久保政談 〈95〉 오쿠보 정담	眞龍齋貞水	고단	

1907년 02월 15일 (금) 2468호

지면	단수	기획	기사제목 〈회수〉 〔곡수〕	필자/저자(역자)	분류	비고
1	4		鐘樓守 〔1〕 종루지기	新庄竹涯	시가/신체시	
3	1~4		娛樂的謠曲の眞價/謠曲は最上の娛樂(續) 오락적 요쿄쿠의 진가/요쿄쿠는 최상의 오락(속)		수필/비평	
4	1~2		滿州事業 懸賞百萬圓 〈104〉 만주사업 현상 백만 엔	河合柳香	소설/일본	회수 오류
5	1		仁川の裏面/(二)アチヤさん 〈2〉 인천의 이면/(2)아치야 씨		수필/관찰	
5	1~2		仁川の裏面/(三)一通の手紙 〈3〉 인천의 이면/(3)한 통의 편지		수필/관찰	
6	1~2	講談	大久保政談 〈96〉 오쿠보 정담	眞龍齋貞水	고단	

1907년 02월 16일 (토) 2469호

지면	단수	기획	기사제목 〈회수〉〔곡수〕	필자/저자(역자)	분류	비고
1	4		鈴虫 〔8〕 방울벌레	新庄竹涯	시가/단카	
1	5~7		支那人の正月 중국인의 정월		수필/기행	
4	1~2		滿州事業 懸賞百萬圓 〈105〉 만주사업 현상 백만 엔	河合柳香	소설/일본	회수 오류
6	1~2	講談	大久保政談 〈97〉 오쿠보 정담	眞龍齋貞水	고단	

1907년 02월 17일 (일) 2470호

지면	단수	기획	기사제목 〈회수〉〔곡수〕	필자/저자(역자)	분류	비고
1	3		★歸らまじ 〔1〕 안 돌아가리	新庄竹涯	시가/신체시	
4	1~2		滿州事業 懸賞百萬圓 〈106〉 만주사업 현상 백만 엔	河合柳香	소설/일본	회수 오류
5	2		仁川の裏面/(四)事件とは何！〈4〉 인천의 이면/(4)사건이란 뭐냐!		수필/관찰	
5	2~3		仁川の裏面/(五)素的な美人 〈5〉 인천의 이면/(5)멋진 미인		수필/관찰	
6	1~2	講談	大久保政談 〈98〉 오쿠보 정담	眞龍齋貞水	고단	

1907년 02월 18일 (월) 2471호

지면	단수	기획	기사제목 〈회수〉〔곡수〕	필자/저자(역자)	분류	비고
1	3~4		娛樂的謠曲の眞價/三、精神上の娛樂 〈3〉 오락적 요쿄쿠의 진가/3.정신상의 오락		수필/비평	
1	4		★慄れる 〔1〕 두려워하다	新庄竹涯	시가/신체시	
3	3~4	月曜文藝	俳句狂占鄕 하이쿠광 고향을 점치다	小野撫子	수필/일상	

1907년 02월 19일 (화) 2472호

지면	단수	기획	기사제목 〈회수〉〔곡수〕	필자/저자(역자)	분류	비고
1	4	新報俳壇	蜻蛉會小集#句 〔1〕 세이레이카이 소모임 #구	彌平	시가/하이쿠	
1	4	新報俳壇	蜻蛉會小集#句 〔1〕 세이레이카이 소모임 #구	撫子	시가/하이쿠	
1	4	新報俳壇	蜻蛉會小集#句 〔1〕 세이레이카이 소모임 #구	蘇川	시가/하이쿠	
1	4	新報俳壇	蜻蛉會小集#句 〔1〕 세이레이카이 소모임 #구	政子	시가/하이쿠	
1	4	新報俳壇	蜻蛉會小集#句 〔1〕 세이레이카이 소모임 #구	楓村	시가/하이쿠	
1	4	新報俳壇	蜻蛉會小集#句 〔1〕 세이레이카이 소모임 #구	彌平	시가/하이쿠	
1	4	新報俳壇	蜻蛉會小集#句 〔1〕 세이레이카이 소모임 #구	目地	시가/하이쿠	
1	4	新報俳壇	蜻蛉會小集#句 〔1〕 세이레이카이 소모임 #구	百萬	시가/하이쿠	
1	4	新報俳壇	蜻蛉會小集#句 〔1〕 세이레이카이 소모임 #구	目地	시가/하이쿠	
1	4	新報俳壇	蜻蛉會小集#句 〔1〕 세이레이카이 소모임 #구	撫子	시가/하이쿠	
1	4	新報俳壇	蜻蛉會小集#句 〔1〕 세이레이카이 소모임 #구	桃月	시가/하이쿠	

지면	단수	기획	기사제목 〈회수〉〔곡수〕	필자/저자(역자)	분류	비고
1	4	新報俳壇	蜻蛉會小集#句 〔1〕 세이레이카이 소모임 #구	撫子	시가/하이쿠	
3	4~5		川柳入門 〈5〉 센류 입문	無鐵	수필/비평	
4	1~2		滿州事業 懸賞百萬圓 〈107〉 만주사업 현상 백만 엔	河合柳香	소설/일본	회수 오류
5	1~2		自殺と日本人 〈1〉 자살과 일본인	天杖 #	수필/관찰	
5	2		仁川の裏面/(六)母の一言 〈6〉 인천의 이면/(6)어머니의 한 마디		수필/관찰	
5	2~3		仁川の裏面/(七)京城通り 〈7〉 인천의 이면/(7)경성길		수필/관찰	
6	1~2	講談	大久保政談 〈99〉 오쿠보 정담	眞龍齋貞水	고단	

1907년 02월 20일 (수) 2473호

지면	단수	기획	기사제목 〈회수〉〔곡수〕	필자/저자(역자)	분류	비고
4	1~2		滿州事業 懸賞百萬圓 〈108〉 만주사업 현상 백만 엔	河合柳香	소설/일본	회수 오류
6	1~2	講談	大久保政談 〈100〉 오쿠보 정담	眞龍齋貞水	고단	

1907년 02월 21일 (목) 2474호

지면	단수	기획	기사제목 〈회수〉〔곡수〕	필자/저자(역자)	분류	비고
1	5	新報俳壇	(제목없음) 〔1〕	愚公	시가/하이쿠	
1	5	新報俳壇	(제목없음) 〔1〕	撫子	시가/하이쿠	
1	5	新報俳壇	(제목없음) 〔1〕	楓村	시가/하이쿠	
1	5	新報俳壇	(제목없음) 〔1〕	目地	시가/하이쿠	
1	5	新報俳壇	(제목없음) 〔1〕	撫子	시가/하이쿠	
1	5	新報俳壇	(제목없음) 〔1〕	目地	시가/하이쿠	
1	5	新報俳壇	(제목없음) 〔1〕	蘇川	시가/하이쿠	
1	5	新報俳壇	(제목없음) 〔1〕	撫子	시가/하이쿠	
1	5	新報俳壇	(제목없음) 〔2〕	彌平	시가/하이쿠	
1	5	新報俳壇	(제목없음) 〔1〕	桃月	시가/하이쿠	
1	5	新報俳壇	(제목없음) 〔1〕	閑々	시가/하이쿠	
1	5	新報俳壇	(제목없음) 〔1〕	蘇川	시가/하이쿠	
1	5	新報俳壇	(제목없음) 〔1〕	百万	시가/하이쿠	
1	5	新報俳壇	(제목없음) 〔1〕	撫子	시가/하이쿠	
1	5	新報俳壇	(제목없음) 〔1〕	雁聲	시가/하이쿠	

지면	단수	기획	기사제목 〈회수〉〔곡수〕	필자/저자(역자)	분류	비고
1	5	新報俳壇	(제목없음)〔1〕	愚蛙	시가/하이쿠	

1907년 02월 22일 (금) 2475호

지면	단수	기획	기사제목 〈회수〉〔곡수〕	필자/저자(역자)	분류	비고
1	4		曙會詠草〔7〕 아케보노노카이 영초	加藤二十三	시가/단카	

1907년 02월 23일 (토) 2476호

지면	단수	기획	기사제목 〈회수〉〔곡수〕	필자/저자(역자)	분류	비고
3	2		自殺と日本人〈2〉 자살과 일본인	天杖 #	수필/관찰	
4	1~2		米國の幼稚園〈1〉 미국의 유치원	甲賀ふじ子	수필/관찰	
6	1~2	講談	大久保政談〈101〉 오쿠보 정담	眞龍齋貞水	고단	

1907년 02월 24일 (일) 2477호

지면	단수	기획	기사제목 〈회수〉〔곡수〕	필자/저자(역자)	분류	비고
1	4~6	小說	熱火〈1〉 열화	撫子	소설/일본	
4	1~2		米國の幼稚園〈2〉 미국의 유치원	甲賀ふじ子	수필/관찰	
6	1~2	講談	大久保政談〈102〉 오쿠보 정담	眞龍齋貞水	고단	

1907년 02월 26일 (화) 2478호

지면	단수	기획	기사제목 〈회수〉〔곡수〕	필자/저자(역자)	분류	비고
4	1~2	小說	熱火〈2〉 열화	撫子	소설/일본	
6	1~2	講談	大久保政談〈103〉 오쿠보 정담	眞龍齋貞水	고단	

1907년 02월 27일 (수) 2479호

지면	단수	기획	기사제목 〈회수〉〔곡수〕	필자/저자(역자)	분류	비고
1	5		蜻蛉會例會集句〔1〕 세이레이카이예회집 구	政子	시가/하이쿠	
1	5		蜻蛉會例會集句〔1〕 세이레이카이예회집 구	黃公	시가/하이쿠	
1	5		蜻蛉會例會集句〔1〕 세이레이카이예회집 구	撫子	시가/하이쿠	
1	5		蜻蛉會例會集句〔1〕 세이레이카이예회집 구	目池	시가/하이쿠	
1	5		蜻蛉會例會集句〔1〕 세이레이카이예회집 구	蘇川	시가/하이쿠	
1	5		蜻蛉會例會集句〔1〕 세이레이카이예회집 구	撫子	시가/하이쿠	
1	5		蜻蛉會例會集句〔1〕 세이레이카이예회집 구	彌平	시가/하이쿠	
1	5		蜻蛉會例會集句〔1〕 세이레이카이예회집 구	孤杉	시가/하이쿠	
1	5		蜻蛉會例會集句〔1〕 세이레이카이예회집 구	閑々	시가/하이쿠	
1	5		蜻蛉會例會集句〔1〕 세이레이카이예회집 구	政子	시가/하이쿠	
1	5		蜻蛉會例會集句〔1〕 세이레이카이예회집 구	桃月	시가/하이쿠	

지면	단수	기획	기사제목 〈회수〉〔곡수〕	필자/저자(역자)	분류	비고
1	5		蜻蛉會例會集句〔1〕 세이레이카이예회집 구	撫子	시가/하이쿠	
4	1~2	小說	熱火 〈3〉 열화	撫子	소설/일본	
6	1~2	講談	大久保政談 〈104〉 오쿠보 정담	眞龍齋貞水	고단	

1907년 02월 28일 (목) 2480호

지면	단수	기획	기사제목 〈회수〉〔곡수〕	필자/저자(역자)	분류	비고
1	4	新報俳壇	蜻蛉會例會集句〔1〕 세이레이카이예회집 구	目池	시가/하이쿠	
1	4	新報俳壇	蜻蛉會例會集句〔1〕 세이레이카이예회집 구	遠名	시가/하이쿠	
1	4	新報俳壇	蜻蛉會例會集句〔1〕 세이레이카이예회집 구	黃公	시가/하이쿠	
1	4	新報俳壇	蜻蛉會例會集句〔1〕 세이레이카이예회집 구	撫子	시가/하이쿠	
1	4	新報俳壇	蜻蛉會例會集句〔3〕 세이레이카이예회집 구	失名	시가/하이쿠	
1	4	新報俳壇	蜻蛉會例會集句〔1〕 세이레이카이예회집 구	政子	시가/하이쿠	
1	4	新報俳壇	蜻蛉會例會集句〔1〕 세이레이카이예회집 구	撫子	시가/하이쿠	
1	4	新報俳壇	蜻蛉會例會集句〔1〕 세이레이카이예회집 구	失名	시가/하이쿠	
1	4	新報俳壇	蜻蛉會例會集句〔2〕 세이레이카이예회집 구	古鄕	시가/하이쿠	
1	4	新報俳壇	蜻蛉會例會集句〔2〕 세이레이카이예회집 구	鷗盟	시가/하이쿠	
4	1~2	小說	熱火 〈3〉 열화	撫子	소설/일본	회수 오류
6	1~2	講談	大久保政談 〈105〉 오쿠보 정담	眞龍齋貞水	고단	

1907년 03월 01일 (금) 2481호

지면	단수	기획	기사제목 〈회수〉〔곡수〕	필자/저자(역자)	분류	비고
1	4	新報俳壇	蜻蛉會例會集句〔2〕 세이레이카이예회집 구	撫子	시가/하이쿠	
1	4	新報俳壇	蜻蛉會例會集句〔1〕 세이레이카이예회집 구	失名	시가/하이쿠	
1	4	新報俳壇	蜻蛉會例會集句〔1〕 세이레이카이예회집 구	政子	시가/하이쿠	
1	4	新報俳壇	蜻蛉會例會集句〔1〕 세이레이카이예회집 구	撫子	시가/하이쿠	
1	4	新報俳壇	○〔5〕 ○	古鄕	시가/하이쿠	
1	5		落葉 낙엽	新庄竹涯	수필/일상	
4	1~2	小說	熱火 〈3〉 열화	撫子	소설/일본	회수 오류
6	1~2	講談	大久保政談 〈105〉 오쿠보 정담	眞龍齋貞水	고단	회수 오류

1907년 03월 02일 (토) 2482호

지면	단수	기획	기사제목 〈회수〉〔곡수〕	필자/저자(역자)	분류	비고
4	1~2	小說	熱火 〈5〉 열화	撫子	소설/일본	회수 오류
6	1~2	講談	大久保政談 〈106〉 오쿠보 정담	眞龍齋貞水	고단	회수 오류

1907년 03월 03일 (일) 2483호

지면	단수	기획	기사제목 〈회수〉〔곡수〕	필자/저자(역자)	분류	비고
1	3	新報俳壇	○ 〔2〕 ○	小野撫子	시가/하이쿠	
4	1~2	小說	熱火 〈5〉 열화	撫子	소설/일본	회수 오류

1907년 03월 05일 (화) 2484호

지면	단수	기획	기사제목 〈회수〉〔곡수〕	필자/저자(역자)	분류	비고
1	4		○ 〔4〕 ○	新庄竹涯	시가/단카	
4	1~2	講談	大久保政談 〈108〉 오쿠보 정담	眞龍齋貞水	고단	

1907년 03월 07일 (목) 2487호

지면	단수	기획	기사제목 〈회수〉〔곡수〕	필자/저자(역자)	분류	비고
1	4	新報俳壇	蜻蛉會例會集句/課題、桃 〔2〕 세이레이카이예회집 구/과제, 복숭아	蘇川	시가/하이쿠	
1	4	新報俳壇	蜻蛉會例會集句/課題、桃 〔3〕 세이레이카이예회집 구/과제, 복숭아	楓村	시가/하이쿠	
1	4	新報俳壇	蜻蛉會例會集句/課題、桃 〔1〕 세이레이카이예회집 구/과제, 복숭아	黃公	시가/하이쿠	
1	4	新報俳壇	蜻蛉會例會集句/課題、桃 〔3〕 세이레이카이예회집 구/과제, 복숭아	撫子	시가/하이쿠	
3	1~2	講談	大久保政談 〈100〉 오쿠보 정담	眞龍齋貞水	고단	회수 오류
4	1~2	小說	熱火 〈8〉 열화	撫子	소설/일본	

1907년 03월 08일 (금) 2488호

지면	단수	기획	기사제목 〈회수〉〔곡수〕	필자/저자(역자)	분류	비고
1	5	新報俳壇	蜻蛉會例會集句/文具(春季結び)桃 〔2〕 세이레이카이예회집 구/문구(봄 계어 마침)복숭아	撫子	시가/하이쿠	
1	5	新報俳壇	蜻蛉會例會集句/文具(春季結び)桃 〔1〕 세이레이카이예회집 구/문구(봄 계어 마침)복숭아	楓村	시가/하이쿠	
1	5	新報俳壇	蜻蛉會例會集句/文具(春季結び)桃 〔2〕 세이레이카이예회집 구/문구(봄 계어 마침)복숭아	蘇川	시가/하이쿠	
1	5	新報俳壇	蜻蛉會例會集句/文具(春季結び)桃 〔1〕 세이레이카이예회집 구/문구(봄 계어 마침)복숭아	桃月	시가/하이쿠	
1	5	新報俳壇	蜻蛉會例會集句/文具(春季結び)桃 〔2〕 세이레이카이예회집 구/문구(봄 계어 마침)복숭아	閑々	시가/하이쿠	
1	5	新報俳壇	蜻蛉會例會集句/文具(春季結び)桃 〔1〕 세이레이카이예회집 구/문구(봄 계어 마침)복숭아	撫子	시가/하이쿠	
1	5	新報俳壇	蜻蛉會例會集句/文具(春季結び)桃 〔1〕 세이레이카이예회집 구/문구(봄 계어 마침)복숭아	黃公	시가/하이쿠	
6	1~2	講談	大久保政談 〈110〉 오쿠보 정담	眞龍齋貞水	고단	

1907년 03월 09일 (토) 2489호

지면	단수	기획	기사제목 〈회수〉〔곡수〕	필자/저자(역자)	분류	비고
1	4~5		宿無日記 〈1〉 부랑자 일기	梧堂撫子	수필/일기	

지면	단수	기획	기사제목 〈회수〉〔곡수〕	필자/저자(역자)	분류	비고
3	4~5		ひき越し 이사	撫子	수필/일상	
6	1~2	講談	大久保政談 〈110〉 오쿠보 정담	眞龍齋貞水	고단	회수 오류

1907년 03월 10일 (일) 2490호

지면	단수	기획	기사제목 〈회수〉〔곡수〕	필자/저자(역자)	분류	비고
1	3~4		宿無日記 〈2〉 부랑자 일기	梧堂撫子	수필/일기	
6	1~2	講談	大久保政談 〈112〉 오쿠보 정담	眞龍齋貞水	고단	

1907년 03월 12일 (화) 2491호

지면	단수	기획	기사제목 〈회수〉〔곡수〕	필자/저자(역자)	분류	비고
1	2~3		宿無日記 부랑자 일기	梧堂撫子	수필/일기	
1	3		☆鐘の音 〔6〕 종소리	新庄竹涯	시가/단카	
3	4~5		英雄と詩人の艶文/ナポレオンより新夫人へ 〈1〉 영웅과 시인의 염문/나폴레옹의 새 부인에게		수필/기타	
4	1~2	小說	熱火 〈8〉 열화	撫子	소설/일본	회수 오류
6	1~2	講談	大久保政談 〈113〉 오쿠보 정담	眞龍齋貞水	고단	

1907년 03월 13일 (수) 2492호

지면	단수	기획	기사제목 〈회수〉〔곡수〕	필자/저자(역자)	분류	비고
1	4		あゝ指輪よ 아아 반지여	撫子	수필/일상	
1	4	新報俳壇	蜻蛉會例會集句/雉子/山地自百選 〔1〕 세이레이카이 예회집 구/꿩/산치 핫뱌쿠 선	山地自白選	시가/하이쿠	
1	4	新報俳壇	蜻蛉會例會集句/雉子/山地自百選 〔2〕 세이레이카이 예회집 구/꿩/산치 핫뱌쿠 선	楓村	시가/하이쿠	
1	4	新報俳壇	蜻蛉會例會集句/雉子/山地自百選 〔3〕 세이레이카이 예회집 구/꿩/산치 핫뱌쿠 선	素仙	시가/하이쿠	
1	4	新報俳壇	蜻蛉會例會集句/雉子/山地自百選 〔4〕 세이레이카이 예회집 구/꿩/산치 핫뱌쿠 선	彌平	시가/하이쿠	
1	4	新報俳壇	蜻蛉會例會集句/雉子/山地自百選 〔2〕 세이레이카이 예회집 구/꿩/산치 핫뱌쿠 선	政子	시가/하이쿠	
1	4~5	新報俳壇	蜻蛉會例會集句/雉子/山地自百選 〔6〕 세이레이카이 예회집 구/꿩/산치 핫뱌쿠 선	黃公	시가/하이쿠	
1	5	新報俳壇	蜻蛉會例會集句/雉子/山地自百選 〔1〕 세이레이카이 예회집 구/꿩/산치 핫뱌쿠 선	黃公	시가/하이쿠	
1	5	新報俳壇	蜻蛉會例會集句/雉子/山地自百選 〔1〕 세이레이카이 예회집 구/꿩/산치 핫뱌쿠 선	政子	시가/하이쿠	
1	5	新報俳壇	蜻蛉會例會集句/雉子/山地自百選 〔1〕 세이레이카이 예회집 구/꿩/산치 핫뱌쿠 선	黃公	시가/하이쿠	
1	5	新報俳壇	選春吟 〔3〕 선춘음		시가/하이쿠	
4	1~2		小說 熱火に就いて 소설 열화에 대해	小野撫子	수필/비평	소설에 대한 설명
6	1~2	講談	大久保政談 〈114〉 오쿠보 정담	眞龍齋貞水	고단	

1907년 03월 14일 (목) 2493호

지면	단수	기획	기사제목 〈회수〉〔곡수〕	필자/저자(역자)	분류	비고
1	5	新報俳壇	蜻蛉會例會集句〔2〕 세이레이카이 예회집 구	畫生	시가/하이쿠	
1	5	新報俳壇	蜻蛉會例會集句〔2〕 세이레이카이 예회집 구	花人	시가/하이쿠	
1	5	新報俳壇	蜻蛉會例會集句〔1〕 세이레이카이 예회집 구	孤醒	시가/하이쿠	
1	5	新報俳壇	蜻蛉會例會集句〔3〕 세이레이카이 예회집 구	琴子	시가/하이쿠	
1	5	新報俳壇	蜻蛉會例會集句〔1〕 세이레이카이 예회집 구	雁首	시가/하이쿠	
1	5	新報俳壇	蜻蛉會例會集句〔1〕 세이레이카이 예회집 구	鷗盟	시가/하이쿠	
4	1~2	小說	熱火 〈9〉 열화	小野撫子	소설/일본	회수 오류
6	1~2	講談	大久保政談 〈114〉 오쿠보 정담	眞龍齋貞水	고단	

1907년 03월 15일 (금) 2494호

지면	단수	기획	기사제목 〈회수〉〔곡수〕	필자/저자(역자)	분류	비고
1	4~5		うす絹〔6〕 얇은 비단	新庄竹涯	시가/단카	
4	1~2	小說	熱火 〈10〉 열화	小野撫子	소설/일본	회수 오류
6	1~2	講談	大久保政談 〈115〉 오쿠보 정담	眞龍齋貞水	고단	

1907년 03월 16일 (토) 2495호

지면	단수	기획	기사제목 〈회수〉〔곡수〕	필자/저자(역자)	분류	비고
1	4~5		靈と肉と 영혼과 육체와	新庄竹涯	수필/일상	
4	1~2	小說	熱火 〈11〉 열화	小野撫子	소설/일본	회수 오류
6	1~2	講談	大久保政談 〈116〉 오쿠보 정담	眞龍齋貞水	고단	

1907년 03월 17일 (일) 2496호

지면	단수	기획	기사제목 〈회수〉〔곡수〕	필자/저자(역자)	분류	비고
4	1~2	小說	熱火 〈12〉 열화	小野撫子	소설/일본	회수 오류
6	1~2	講談	大久保政談 〈117〉 오쿠보 정담	眞龍齋貞水	고단	

1907년 03월 19일 (화) 2497호

지면	단수	기획	기사제목 〈회수〉〔곡수〕	필자/저자(역자)	분류	비고
1	4		○〔12〕 ○	古鄕	시가/센류	
4	1~2	小說	熱火 〈13〉 열화	小野撫子	소설/일본	회수 오류
6	1~2	講談	大久保政談 〈120〉 오쿠보 정담	眞龍齋貞水	고단	회수 오류

1907년 03월 20일 (수) 2498호

지면	단수	기획	기사제목 〈회수〉〔곡수〕	필자/저자(역자)	분류	비고
1	4		春の日〔5〕 봄날	新庄竹涯	시가/단카	
4	1~2	小說	熱火 〈13〉 열화	小野撫子	소설/일본	회수 오류

지면	단수	기획	기사제목 〈회수〉〔곡수〕	필자/저자(역자)	분류	비고
6	1~2	講談	大久保政談 〈120〉 오쿠보 정담	眞龍齋貞水	고단	회수 오류

1907년 03월 21일 (목) 2499호

지면	단수	기획	기사제목 〈회수〉〔곡수〕	필자/저자(역자)	분류	비고
4	1		旅客用風船 여객용 풍선		수필/기행	
6	1~2	講談	大久保政談 〈120〉 오쿠보 정담	眞龍齋貞水	고단	

1907년 03월 22일 (금) 2500호

지면	단수	기획	기사제목 〈회수〉〔곡수〕	필자/저자(역자)	분류	비고
4	1~2	小說	熱火 〈15〉 열화	小野撫子	소설/일본	회수 오류
6	1~2	講談	大久保政談 〈121〉 오쿠보 정담	眞龍齋貞水	고단	

1907년 03월 24일 (일) 2501호

지면	단수	기획	기사제목 〈회수〉〔곡수〕	필자/저자(역자)	분류	비고
4	1~2	小說	熱火 〈14〉 열화	小野撫子	소설/일본	회수 오류
6	1~2	講談	大久保政談 〈122〉 오쿠보 정담	眞龍齋貞水	고단	

1907년 03월 26일 (화) 2502호

지면	단수	기획	기사제목 〈회수〉〔곡수〕	필자/저자(역자)	분류	비고
1	5	新報俳壇	蜻蛉會例會集句 〔1〕 세이레이카이 예회집 구	蘇川	시가/하이쿠	
1	5	新報俳壇	蜻蛉會例會集句 〔1〕 세이레이카이 예회집 구	目池	시가/하이쿠	
1	5	新報俳壇	蜻蛉會例會集句 〔2〕 세이레이카이 예회집 구	撫子	시가/하이쿠	
1	5	新報俳壇	蜻蛉會例會集句 〔1〕 세이레이카이 예회집 구	蘇川	시가/하이쿠	
1	5	新報俳壇	蜻蛉會例會集句 〔2〕 세이레이카이 예회집 구	撫子	시가/하이쿠	
1	5	新報俳壇	蜻蛉會例會集句 〔1〕 세이레이카이 예회집 구	彌平	시가/하이쿠	
1	5	新報俳壇	蜻蛉會例會集句 〔1〕 세이레이카이 예회집 구	百万	시가/하이쿠	
1	5	新報俳壇	蜻蛉會例會集句 〔1〕 세이레이카이 예회집 구	楓村	시가/하이쿠	
4	1~2	小說	熱火 〈15〉 열화	小野撫子	소설/일본	회수 오류
6	1~2	講談	大久保政談 〈123〉 오쿠보 정담	眞龍齋貞水	고단	

1907년 03월 27일 (수) 2503호

지면	단수	기획	기사제목 〈회수〉〔곡수〕	필자/저자(역자)	분류	비고
1	4	新報俳壇	(제목없음) 〔1〕	目池	시가/하이쿠	
1	4	新報俳壇	(제목없음) 〔1〕	撫子	시가/하이쿠	
1	4	新報俳壇	(제목없음) 〔2〕	黃公	시가/하이쿠	
1	4	新報俳壇	(제목없음) 〔1〕	彌平	시가/하이쿠	

지면	단수	기획	기사제목 〈회수〉〔곡수〕	필자/저자(역자)	분류	비고
1	4	新報俳壇	(제목없음)〔1〕	蘇川	시가/하이쿠	
1	4	新報俳壇	(제목없음)〔1〕	楓村	시가/하이쿠	
1	4	新報俳壇	(제목없음)〔2〕	撫子	시가/하이쿠	
1	4	新報俳壇	(제목없음)〔1〕	古柳	시가/하이쿠	
1	4	新報俳壇	(제목없음)〔1〕	如水	시가/하이쿠	
1	4	新報俳壇	(제목없음)〔1〕	小雨	시가/하이쿠	
6	1~2	講談	大久保政談 〈124〉 오쿠보 정담	眞龍齋貞水	고단	

1907년 04월 02일 (화) 2504호

지면	단수	기획	기사제목 〈회수〉〔곡수〕	필자/저자(역자)	분류	비고
6	1~2	講談	大久保政談 〈127〉 오쿠보 정담	眞龍齋貞水	고단	회수 오류

1907년 04월 03일 (수) 2505호

지면	단수	기획	기사제목 〈회수〉〔곡수〕	필자/저자(역자)	분류	비고
1	3~4		江原道巡り 강원도 순례	開拓道人	수필/기행	
4	1~2	新小說	おはづれもの 〈1〔2〕〉 빗나간 것	黑衣仙	소설/일본	회수 오류
6	1~2	講談	大久保政談 〈128〉 오쿠보 정담	眞龍齋貞水	고단	회수 오류

1907년 04월 05일 (금) 2506호

지면	단수	기획	기사제목 〈회수〉〔곡수〕	필자/저자(역자)	분류	비고
1	4	新報俳壇	苗代〔2〕 못자리	政子	시가/하이쿠	
1	4	新報俳壇	苗代〔2〕 못자리	蘇川	시가/하이쿠	
1	4	新報俳壇	苗代〔3〕 못자리	楓村	시가/하이쿠	
1	4	新報俳壇	苗代〔3〕 못자리	黃公	시가/하이쿠	
1	4	新報俳壇	苗代〔3〕 못자리	彌平	시가/하이쿠	
1	4	新報俳壇	苗代〔1〕 못자리	黃公	시가/하이쿠	
1	4	新報俳壇	苗代〔1〕 못자리	撫子	시가/하이쿠	
1	4	新報俳壇	苗代〔1〕 못자리	彌平	시가/하이쿠	
4	1~2	新小說	おはづれもの 〈1〔2〕〉 빗나간 것	黑仙衣	소설/일본	
6	1~2	講談	大久保政談 〈129〉 오쿠보 정담	眞龍齋貞水	고단	회수 오류

1907년 04월 06일 (토) 2507호

지면	단수	기획	기사제목 〈회수〉〔곡수〕	필자/저자(역자)	분류	비고
4	1~2	新小說	おはづれもの 〈2〔1〕〉 빗나간 것	黑衣仙	소설/일본	

지면	단수	기획	기사제목 〈회수〉〔곡수〕	필자/저자(역자)	분류	비고
6	1~2	講談	大久保政談 〈130〉 오쿠보 정담	眞龍齋貞水	고단	회수 오류

1907년 04월 07일 (일) 2508호

지면	단수	기획	기사제목 〈회수〉〔곡수〕	필자/저자(역자)	분류	비고
4	1~2	新小說	おはづれもの 〈2〔1〕〉 빗나간 것	黑衣仙	소설/일본	회수 오류
6	1~2	講談	大久保政談 〈130〉 오쿠보 정담	眞龍齋貞水	고단	회수 오류

1907년 04월 09일 (화) 2509호

지면	단수	기획	기사제목 〈회수〉〔곡수〕	필자/저자(역자)	분류	비고
1	4		仁川八景をよむ/松林里の晚鐘 〔1〕 인천 팔경을 읽다/송림리의 만종	澤木静山	시가/단카	
1	4		仁川八景をよむ/鼎足城址の秋月 〔1〕 인천 팔경을 읽다/정족성지의 가을 달	澤木靜山	시가/단카	
1	4		仁川八景をよむ/敷島の夜月 〔1〕 인천 팔경을 읽다/시키시마의 저녁 달	澤木靜山	시가/단카	
1	4		仁川八景をよむ/八阪公園の靑嵐 〔1〕 인천 팔경을 읽다/야사카 공원의 청람	澤木靜山	시가/단카	
1	4		仁川八景をよむ/沙島の落雁 〔1〕 인천 팔경을 읽다/사도의 낙안	澤木靜山	시가/단카	
1	4		仁川八景をよむ/江華島の夕照 〔1〕 인천 팔경을 읽다/강화도의 석조	澤木靜山	시가/단카	
1	4		仁川八景をよむ/万石洞の歸帆 〔1〕 인천 팔경을 읽다/만석동의 귀범	澤木靜山	시가/단카	
4	1~2	新小說	おはづれもの 〈3〔1〕〉 빗나간 것	黑衣仙	소설/일본	
6	1~2	講談	大久保政談 〈131〉 오쿠보 정담	眞龍齋貞水	고단	회수 오류

1907년 04월 10일 (수) 2510호

지면	단수	기획	기사제목 〈회수〉〔곡수〕	필자/저자(역자)	분류	비고
1	4	俳句	(제목없음) 〔2〕	目池	시가/하이쿠	
1	4	俳句	(제목없음) 〔1〕	楓村	시가/하이쿠	
1	4	俳句	(제목없음) 〔1〕	蘇川	시가/하이쿠	
1	4	俳句	(제목없음) 〔2〕	撫子	시가/하이쿠	
1	4	俳句	(제목없음) 〔4〕	彌平	시가/하이쿠	
1	4	俳句	(제목없음) 〔1〕	蘇川	시가/하이쿠	
1	4	俳句	(제목없음) 〔1〕	彌平	시가/하이쿠	
1	4	俳句	(제목없음) 〔2〕	目池	시가/하이쿠	
4	1~2	新小說	おはづれもの 〈3〔2〕〉 빗나간 것	黑衣仙	소설/일본	
6	1~2	講談	大久保政談 〈133〉 오쿠보 정담	眞龍齋貞水	고단	회수 오류

1907년 04월 11일 (목) 2511호

지면	단수	기획	기사제목 〈회수〉〔곡수〕	필자/저자(역자)	분류	비고
4	1~2	新小說	おはづれもの 〈3〔3〕〉 빗나간 것	黑衣仙	소설/일본	

1907년 04월 12일 (금) 2512호

지면	단수	기획	기사제목 〈회수〉〔곡수〕	필자/저자(역자)	분류	비고
4	1~2	新小說	おはづれもの 〈4〔1〕〉 빗나간 것	黑衣仙	소설/일본	
6	1~2	講談	大久保政談 〈134〉 오쿠보 정담	眞龍齋貞水	고단	회수 오류

1907년 04월 13일 (토) 2513호

지면	단수	기획	기사제목 〈회수〉〔곡수〕	필자/저자(역자)	분류	비고
4	1~2	新小說	おはづれもの 〈4〔2〕〉 빗나간 것	黑衣仙	소설/일본	
6	1~2	講談	大久保政談 〈135〉 오쿠보 정담	眞龍齋貞水	고단	회수 오류

1907년 04월 14일 (일) 2514호

지면	단수	기획	기사제목 〈회수〉〔곡수〕	필자/저자(역자)	분류	비고
4	1~2	新小說	おはづれもの 〈4〔2〕〉 빗나간 것	黑衣仙	소설/일본	
6	1~2	講談	大久保政談 〈135〉 오쿠보 정담	眞龍齋貞水	고단	회수 오류

1907년 04월 16일 (화) 2515호

지면	단수	기획	기사제목 〈회수〉〔곡수〕	필자/저자(역자)	분류	비고
4	1~2	新小說	おはづれもの 〈4〔2〕〉 빗나간 것	黑衣仙	소설/일본	
6	1~2	講談	大久保政談 〈136〉 오쿠보 정담	眞龍齋貞水	고단	회수 표기 불명

1907년 04월 17일 (수) 2516호

지면	단수	기획	기사제목 〈회수〉〔곡수〕	필자/저자(역자)	분류	비고
4	1~2	新小說	おはづれもの 〈4〔2〕〉 빗나간 것	黑衣仙	소설/일본	
6	1~2	講談	大久保政談 〈136〉 오쿠보 정담	眞龍齋貞水	고단	

1907년 04월 18일 (목) 2517호

지면	단수	기획	기사제목 〈회수〉〔곡수〕	필자/저자(역자)	분류	비고
6	1~2	講談	大久保政談 〈137〉 오쿠보 정담	眞龍齋貞水	고단	

1907년 04월 19일 (금) 2518호

지면	단수	기획	기사제목 〈회수〉〔곡수〕	필자/저자(역자)	분류	비고
6	1~2	講談	大久保政談 〈138〉 오쿠보 정담	眞龍齋貞水	고단	

1907년 04월 20일 (토) 2519호

지면	단수	기획	기사제목 〈회수〉〔곡수〕	필자/저자(역자)	분류	비고
1	5		曙會詠草/○ 〔2〕 아케보노카이 영초/○	緒方楓村	시가/단카	
1	5		曙會詠草/○ 〔3〕 아케보노카이 영초/○	草村かほる	시가/단카	
6	1~2	講談	大久保政談 〈141〉 오쿠보 정담	眞龍齋貞水	고단	회수 오류

1907년 04월 21일 (일) 2520호

지면	단수	기획	기사제목 〈회수〉〔곡수〕	필자/저자(역자)	분류	비고
1	4~5		櫻のいろいろ 〈1〉 여러 종류의 벚꽃		수필/관찰	

지면	단수	기획	기사제목 〈회수〉〔곡수〕	필자/저자(역자)	분류	비고
1	5	俳句	徐漢〔1〕 서한	百萬	시가/하이쿠	
1	5	俳句	徐漢〔1〕 서한	撫子	시가/하이쿠	
1	5	俳句	徐漢〔1〕 서한	蘇川	시가/하이쿠	
1	5	俳句	徐漢〔1〕 서한	彌平	시가/하이쿠	
1	5	俳句	徐漢〔1〕 서한	黃公	시가/하이쿠	
1	5	俳句	徐漢〔2〕 서한	撫子	시가/하이쿠	
1	5	俳句	徐漢〔1〕 서한	黃公	시가/하이쿠	
1	5	俳句	徐漢〔1〕 서한	撫子	시가/하이쿠	
1	5	俳句	徐漢〔1〕 서한	楓村	시가/하이쿠	
1	5	俳句	徐漢〔1〕 서한	彌平	시가/하이쿠	
1	5	俳句	徐漢〔1〕 서한	黃公	시가/하이쿠	
1	5	俳句	徐漢〔1〕 서한	選者	시가/하이쿠	

1907년 04월 23일 (화) 2521호

지면	단수	기획	기사제목 〈회수〉〔곡수〕	필자/저자(역자)	분류	비고
1	4~5	新歌壇	月尾島の##〔3〕 월미도의 ##	宇佐男	시가/단카	
1	5		洛東江〔1〕 낙동강	宇佐男	시가/단카	
1	5		秋風嶺〔1〕 추풍령	宇佐男	시가/단카	

1907년 04월 24일 (수) 2522호

지면	단수	기획	기사제목 〈회수〉〔곡수〕	필자/저자(역자)	분류	비고
1	4~5		櫻のいろいろ〈2〉 여러 종류의 벚꽃		수필/관찰	
3	2~3		卒業生の作文/源平の盛衰 졸업생 작문/겐페이의 성쇠	高等全科卒業生 奧 田愛子	수필/일상	
3	3~4		卒業生の作文/風の話 졸업생 작문/바람 이야기	尋常全科卒業 宮本 市	수필/일상	

1907년 04월 25일 (목) 2523호

지면	단수	기획	기사제목 〈회수〉〔곡수〕	필자/저자(역자)	분류	비고
1	4	俳句	蜆〔4〕 재첩	彌平	시가/하이쿠	
1	4	俳句	蜆〔2〕 재첩	楓村	시가/하이쿠	
1	4	俳句	蜆〔1〕 재첩	目地	시가/하이쿠	
1	4	俳句	蜆〔1〕 재첩	黃公	시가/하이쿠	
1	4	俳句	蜆〔1〕 재첩	彌平	시가/하이쿠	

지면	단수	기획	기사제목 〈회수〉〔곡수〕	필자/저자(역자)	분류	비고
1	4	俳句	蜆 〔1〕 재첩	目地	시가/하이쿠	
1	4	俳句	蜆 〔1〕 재첩	楓村	시가/하이쿠	
1	4	俳句	蜆 〔1〕 재첩	百萬	시가/하이쿠	
1	4	俳句	蜆 〔2〕 재첩	黃公	시가/하이쿠	
1	4	俳句	蜆 〔2〕 재첩	選者	시가/하이쿠	
6	1~2	講談	大久保政談 〈142〉 오쿠보 정담	眞龍齋貞水	고단	회수 오류

1907년 04월 26일 (금) 2524호

지면	단수	기획	기사제목 〈회수〉〔곡수〕	필자/저자(역자)	분류	비고
1	4		藥餌日記 〈2〉 약이 일기	撫子	수필/일기	
4	1~2	新小說	おはづれもの 〈4〔3〕〉 빗나간 것	黑衣仙	소설/일본	
6	1~2	講談	大久保政談 〈142〉 오쿠보 정담	眞龍齋貞水	고단	회수 오류

1907년 04월 27일 (토) 2525호

지면	단수	기획	기사제목 〈회수〉〔곡수〕	필자/저자(역자)	분류	비고
1	4		曙會詠草/○ 〔2〕 아케보노카이 영초/○	河野蘇川	시가/단카	
1	4		曙會詠草/○ 〔3〕 아케보노카이 영초/○	草村かほる	시가/단카	
3	1~2		卒業生の作文/仁川の大火災 졸업생 작문/인천의 대화재	高等全科卒業生 松岡常一	수필/일상	
3	2		卒業生の作文/ゆめの話 졸업생 작문/꿈 이야기	尋常全科卒業 瀬良當一郎	수필/일상	

1907년 04월 28일 (일) 2526호

지면	단수	기획	기사제목 〈회수〉〔곡수〕	필자/저자(역자)	분류	비고
1	5	俳句	初雪 〔1〕 첫눈	楓村	시가/하이쿠	
1	5	俳句	初雪 〔1〕 첫눈	目地	시가/하이쿠	
1	5	俳句	初雪 〔1〕 첫눈	彌平	시가/하이쿠	
1	5	俳句	初雪 〔1〕 첫눈	黃公	시가/하이쿠	
1	5	俳句	初雪 〔1〕 첫눈	目地	시가/하이쿠	
1	5	俳句	初雪 〔2〕 첫눈	百万	시가/하이쿠	
1	5	俳句	初雪 〔1〕 첫눈	楓村	시가/하이쿠	
1	5	俳句	初雪 〔1〕 첫눈	彌平	시가/하이쿠	
1	5	俳句	初雪 〔1〕 첫눈	撫子	시가/하이쿠	
1	5	俳句	初雪/天 〔1〕 첫눈/천	百万	시가/하이쿠	

지면	단수	기획	기사제목 〈회수〉〔곡수〕	필자/저자(역자)	분류	비고
1	5	俳句	初雪/地〔1〕 첫눈/지	蘇川	시가/하이쿠	
1	5	俳句	初雪/人〔4〕 첫눈/인	選者	시가/하이쿠	

1907년 04월 30일 (화) 2527호

지면	단수	기획	기사제목 〈회수〉〔곡수〕	필자/저자(역자)	분류	비고
1	4		朝づく日〔5〕 잔월이 남아있는 해	新庄竹涯	시가/단카	

1907년 05월 03일 (금) 2530호

지면	단수	기획	기사제목 〈회수〉〔곡수〕	필자/저자(역자)	분류	비고
1	3~4		諷壇〔8〕 풍단		시가/단카	
1	4~5	講談	大久保政談 〈142〉 오쿠보 정담	眞龍齋貞水	고단	
5	1		汽車博覽會 開城の第一日 기차 박람회 개성에서 첫째 날		수필/기행	

1907년 05월 04일 (토) 2531호

지면	단수	기획	기사제목 〈회수〉〔곡수〕	필자/저자(역자)	분류	비고
1	3		(제목없음)〔4〕	新庄竹涯	시가/단카	
1	3		(제목없음)〔2〕	河野蘇川	시가/단카	
1	3		(제목없음)〔3〕	向井敬亭	시가/단카	
1	4~5	講談	大久保政談 〈142〉 오쿠보 정담	眞龍齋貞水	고단	회수 오류
4	1~2	新小說	おはづれもの 〈5〔1〕〉 빗나간 것	黑衣仙	소설/일본	
5	1		汽車博覽會 開城の第二日 기차 박람회 개성에서 둘째 날		수필/기행	

1907년 05월 05일 (일) 2532호

지면	단수	기획	기사제목 〈회수〉〔곡수〕	필자/저자(역자)	분류	비고
1	4		義勇旗の歌 의용기 노래		시가/기타	
4	1~2	新小說	おはづれもの 〈5〔1〕〉 빗나간 것	黑衣仙	소설/일본	

1907년 05월 07일 (화) 2533호

지면	단수	기획	기사제목 〈회수〉〔곡수〕	필자/저자(역자)	분류	비고
1	2~5		明治の四歌人 메이지의 네 명의 가인	月彦	수필/비평	
1	5	新歌壇	春雨〔10〕 봄비	宇佐男	시가/단카	
4	1~2	新小說	おはづれもの 〈5〔2〕〉 빗나간 것	黑衣仙	소설/일본	
6	1~2	講談	大久保政談 〈143〉 오쿠보 정담	眞龍齋貞水	고단	회수 오류

1907년 05월 08일 (수) 2534호

지면	단수	기획	기사제목 〈회수〉〔곡수〕	필자/저자(역자)	분류	비고
1	4	漢詩林	晚春客中〔1〕 만춘객중		시가/한시	
1	4~5	漢詩林	暮春雜詩〔1〕 모춘잡시		시가/한시	

지면	단수	기획	기사제목 〈회수〉〔곡수〕	필자/저자(역자)	분류	비고
1	5	俳句	(제목없음) 〔1〕	撫子	시가/하이쿠	
1	5	俳句	(제목없음) 〔1〕	閑々	시가/하이쿠	
1	5	俳句	(제목없음) 〔1〕	蘇川	시가/하이쿠	
1	5	俳句	(제목없음) 〔1〕	黃公	시가/하이쿠	
1	5	俳句	(제목없음) 〔2〕	彌平	시가/하이쿠	
1	5	俳句	(제목없음) 〔1〕	楓村	시가/하이쿠	
1	5	俳句	人 〔1〕 인	彌平	시가/하이쿠	
1	5	俳句	地 〔1〕 지	彌平	시가/하이쿠	
1	5	俳句	天 〔1〕 천	目池	시가/하이쿠	
1	5	俳句	(제목없음) 〔1〕	蘇川	시가/하이쿠	
1	5	俳句	(제목없음) 〔1〕	黃公	시가/하이쿠	
1	5	俳句	(제목없음) 〔1〕	彌平	시가/하이쿠	
1	5	俳句	人 〔1〕 인	楓村	시가/하이쿠	
1	5	俳句	地 〔1〕 지	目池	시가/하이쿠	
1	5	俳句	天 〔1〕 천	撫子	시가/하이쿠	
1	5	俳句	天 〔1〕 천	蘇川	시가/하이쿠	
1	5	俳句	(제목없음) 〔3〕	白雨	시가/하이쿠	
1	5~6	小說	おはづれもの 〈5[2]〉 빗나간 것	黑衣仙	소설/일본	
4	1~2	講談	大久保政談 〈143〉 오쿠보 정담	眞龍齋貞水	고단	회수 오류

1907년 05월 09일 (목) 2535호

지면	단수	기획	기사제목 〈회수〉〔곡수〕	필자/저자(역자)	분류	비고
1	3~4	俳句	(제목없음) 〔10〕	竹涯生	시가/하이쿠	
1	4~5	小說	おはづれもの 〈5[2]〉 빗나간 것	黑衣仙	소설/일본	
4	1~2	講談	大久保政談 〈144〉 오쿠보 정담	眞龍齋貞水	고단	회수 오류

1907년 05월 10일 (금) 2536호

지면	단수	기획	기사제목 〈회수〉〔곡수〕	필자/저자(역자)	분류	비고
1	2~4		明治の四歌人 메이지의 네 명의 가인	月彦	수필/비평	
1	4~5	小說	おはづれもの 〈5[2]〉 빗나간 것	黑衣仙	소설/일본	

지면	단수	기획	기사제목 〈회수〉〔곡수〕	필자/저자(역자)	분류	비고
4	1~2	講談	大久保政談 〈144〉 오쿠보 정담	眞龍齋貞水	고단	회수 오류

1907년 05월 11일 (토) 2537호

지면	단수	기획	기사제목 〈회수〉〔곡수〕	필자/저자(역자)	분류	비고
1	4	新歌壇	漢江 〔1〕 한강	宇佐男	시가/단카	
1	4	新歌壇	龍山 〔1〕 용산	宇佐男	시가/단카	
1	4	新歌壇	倭城臺 〔1〕 왜성대	宇佐男	시가/단카	
1	4	俳句	(제목없음) 〔1〕	淨翁	시가/하이쿠	
1	4	俳句	(제목없음) 〔1〕	政子	시가/하이쿠	
1	4	俳句	(제목없음) 〔1〕	蘇川	시가/하이쿠	
1	4	俳句	(제목없음) 〔2〕	撫子	시가/하이쿠	
1	4	俳句	(제목없음) 〔5〕	鷗盟	시가/하이쿠	
1	4~7	小說	おはづれもの 〈7(2)〉 빗나간 것	黑衣仙	소설/일본	

1907년 05월 12일 (일) 2538호

지면	단수	기획	기사제목 〈회수〉〔곡수〕	필자/저자(역자)	분류	비고
1	5~7	小說	おはづれもの 〈7(#)〉 빗나간 것	黑衣仙	소설/일본	회수 판독 불가
4	1~2	講談	大久保政談 〈144〉 오쿠보 정담	眞龍齋貞水	고단	회수 오류

1907년 05월 14일 (화) 2539호

지면	단수	기획	기사제목 〈회수〉〔곡수〕	필자/저자(역자)	분류	비고
1	4	詩林	幽居雜題 〔1〕 유거잡제	木田溪芳	시가/한시	
1	4	詩林	子規 〔1〕 불여귀	木田溪芳	시가/한시	
1	4	詩林	訪友人山裝 〔2〕 산장의 친구를 방문하여	木田溪芳	시가/한시	
1	4	詩林	題畫 〔1〕 제화	木田溪芳	시가/한시	
1	4	詩林	#隱幽居 〔1〕 #은유거	木田溪芳	시가/한시	
1	4~7	小說	おはづれもの 〈7(5)〉 빗나간 것	黑衣仙	소설/일본	
4	1~2	講談	大久保政談 〈144〉 오쿠보 정담	眞龍齋貞水	고단	회수 오류
5	2~3		女の今昔 여자의 옛날과 지금		수필/관찰	

1907년 05월 15일 (수) 2540호

지면	단수	기획	기사제목 〈회수〉〔곡수〕	필자/저자(역자)	분류	비고
1	2~4		明治の四歌人 메이지의 네 명의 가인	月彦	수필/비평	
1	4~5	小說	おはづれもの 〈7(5)〉 빗나간 것	黑衣仙	소설/일본	

지면	단수	기획	기사제목 〈회수〉〔곡수〕	필자/저자(역자)	분류	비고
4	1~2	講談	大久保政談 〈144〉 오쿠보 정담	眞龍齋貞水	고단	회수 오류

1907년 05월 16일 (목) 2541호

지면	단수	기획	기사제목 〈회수〉〔곡수〕	필자/저자(역자)	분류	비고
1	4~5	小說	おはづれもの 〈7(5)〉 빗나간 것	黑衣仙	소설/일본	
4	1~2	講談	大久保政談 〈145〉 오쿠보 정담	眞龍齋貞水	고단	회수 오류

1907년 05월 17일 (금) 2542호

지면	단수	기획	기사제목 〈회수〉〔곡수〕	필자/저자(역자)	분류	비고
1	4	俳句	(제목없음)〔1〕	丈山	시가/하이쿠	
1	4	俳句	(제목없음)〔2〕	黃公	시가/하이쿠	
1	4	俳句	(제목없음)〔2〕	蘇川	시가/하이쿠	
1	4	俳句	(제목없음)〔2〕	目池	시가/하이쿠	
1	4	俳句	(제목없음)〔1〕	閑々	시가/하이쿠	
1	4	俳句	(제목없음)〔1〕	楓村	시가/하이쿠	
1	4~5	小說	おはづれもの 〈7(5)〉 빗나간 것	黑衣仙	소설/일본	
4	1~2	講談	大久保政談 〈156〉 오쿠보 정담	眞龍齋貞水	고단	회수 오류

1907년 05월 18일 (토) 2543호

지면	단수	기획	기사제목 〈회수〉〔곡수〕	필자/저자(역자)	분류	비고
1	4~6	小說	おはづれもの 〈8(1)〉 빗나간 것	黑衣仙	소설/일본	
4	1~2	講談	大久保政談 〈157〉 오쿠보 정담	眞龍齋貞水	고단	회수 오류

1907년 05월 19일 (일) 2544호

지면	단수	기획	기사제목 〈회수〉〔곡수〕	필자/저자(역자)	분류	비고
1	4	俳句	(제목없음)〔1〕	桃月	시가/하이쿠	
1	4	俳句	(제목없음)〔1〕	撫子	시가/하이쿠	
1	4	俳句	(제목없음)〔2〕	政子	시가/하이쿠	
1	4	俳句	(제목없음)〔1〕	目池	시가/하이쿠	
1	4	俳句	(제목없음)〔1〕	黃公	시가/하이쿠	
1	4	俳句	(제목없음)〔1〕	##	시가/하이쿠	
1	4	俳句	(제목없음)〔1〕	丈山	시가/하이쿠	
1	4~5	小說	おはづれもの 〈8(2)〉 빗나간 것	黑衣仙	소설/일본	
4	1~2	講談	大久保政談 〈158〉 오쿠보 정담	眞龍齋貞水	고단	회수 오류

지면	단수	기획	기사제목 〈회수〉〔곡수〕	필자/저자(역자)	분류	비고
1907년 05월 21일 (화) 2545호						
1	2~4		明治の四歌人 메이지의 네 명의 가인	月彦	수필/비평	
1	4	俳句	(제목없음) 〔1〕	政子	시가/하이쿠	
1	4	俳句	(제목없음) 〔1〕	白雨	시가/하이쿠	
1	4	俳句	(제목없음) 〔2〕	閑々	시가/하이쿠	
1	4	俳句	(제목없음) 〔1〕	彌平	시가/하이쿠	
1	4	俳句	(제목없음) 〔1〕	目池	시가/하이쿠	
1	4	俳句	(제목없음) 〔1〕	蘇川	시가/하이쿠	
1	4	俳句	(제목없음) 〔1〕	#入	시가/하이쿠	
1	4~5	小說	おはづれもの 〈10(1)〉 빗나간 것	黑衣仙	소설/일본	
4	1~2	講談	大久保政談 〈159〉 오쿠보 정담	眞龍齋貞水	고단	회수 오류
5	4		閑耳目 한이목		수필/기타	
1907년 05월 22일 (수) 2546호						
1	4~5	小說	おはづれもの 〈10(2)〉 빗나간 것	黑衣仙	소설/일본	
4	1~2	講談	大久保政談 〈159〉 오쿠보 정담	眞龍齋貞水	고단	회수 오류
1907년 05월 23일 (목) 2547호						
1	3~4	小說	おはづれもの 〈10(3)〉 빗나간 것	黑衣仙	소설/일본	
4	1~2	講談	大久保政談 〈160〉 오쿠보 정담	眞龍齋貞水	고단	회수 오류
5	4~5		閑耳目 한이목		수필/기타	
1907년 05월 24일 (금) 2548호						
1	4	俳句	(제목없음) 〔2〕	孤影	시가/하이쿠	
1	4	俳句	(제목없음) 〔3〕	撫子	시가/하이쿠	
1	4	俳句	(제목없음) 〔1〕	閑々	시가/하이쿠	
1	4	俳句	(제목없음) 〔1〕	黃公	시가/하이쿠	
1	4	俳句	(제목없음) 〔1〕	目池	시가/하이쿠	
1	4~5	小說	おはづれもの 〈10(3)〉 빗나간 것	黑衣仙	소설/일본	

지면	단수	기획	기사제목 〈회수〉〔곡수〕	필자/저자(역자)	분류	비고
4	1~2	講談	大久保政談 〈160〉 오쿠보 정담	眞龍齋貞水	고단	회수 오류

1907년 05월 25일 (토) 2549호

지면	단수	기획	기사제목 〈회수〉〔곡수〕	필자/저자(역자)	분류	비고
1	3~4	短歌	花車〔6〕 꽃수레	新庄竹涯	시가/단카	
1	4	俳句	(제목없음)〔1〕	拍人	시가/하이쿠	
1	4	俳句	(제목없음)〔1〕	蘇川	시가/하이쿠	
1	4	俳句	(제목없음)〔1〕	撫人	시가/하이쿠	
1	4	俳句	(제목없음)〔2〕	楓村	시가/하이쿠	
1	4	俳句	(제목없음)〔5〕	彌平	시가/하이쿠	
1	4	俳句	(제목없음)〔1〕	黃公	시가/하이쿠	
1	4	俳句	(제목없음)〔1〕	撫子	시가/하이쿠	
1	4	俳句	(제목없음)〔1〕	拍人	시가/하이쿠	
1	4	俳句	(제목없음)〔5〕	蘇川	시가/하이쿠	
1	4	俳句	(제목없음)〔2〕	選者	시가/하이쿠	
1	4~5	小說	おはづれもの 〈10(4)〉 빗나간 것	黑衣仙	소설/일본	
4	1~2	講談	大久保政談 〈160〉 오쿠보 정담	眞龍齋貞水	고단	회수 오류

1907년 05월 26일 (일) 2550호

지면	단수	기획	기사제목 〈회수〉〔곡수〕	필자/저자(역자)	분류	비고
1	3	短歌	春雨〔6〕 봄비	新庄竹涯	시가/단카	
1	3	俳句	(제목없음)〔1〕	目池	시가/하이쿠	
1	4	俳句	(제목없음)〔1〕	蘇川	시가/하이쿠	
1	4	俳句	(제목없음)〔1〕	拍人	시가/하이쿠	
1	4	俳句	(제목없음)〔4〕	彌平	시가/하이쿠	
1	4	俳句	(제목없음)〔2〕	楓村	시가/하이쿠	
1	4	俳句	(제목없음)〔4〕	撫子	시가/하이쿠	
1	4	俳句	(제목없음)〔3〕	黃公	시가/하이쿠	
1	4	俳句	(제목없음)〔3〕	目池	시가/하이쿠	
1	4	俳句	(제목없음)〔1〕	拍人	시가/하이쿠	

지면	단수	기획	기사제목 〈회수〉〔곡수〕	필자/저자(역자)	분류	비고
1	4	俳句	(제목없음) 〔2〕	政子	시가/하이쿠	
1	4	俳句	(제목없음) 〔4〕	蘇川	시가/하이쿠	
1	4	俳句	(제목없음) 〔2〕	撰者	시가/하이쿠	
1	4~5	小說	おはづれもの 〈10(4)〉 빗나간 것	黑衣仙	소설/일본	
4	1~2	講談	大久保政談 〈164〉 오쿠보 정담	眞龍齋貞水	고단	회수 오류

1907년 05월 28일 (화) 2551호

지면	단수	기획	기사제목 〈회수〉〔곡수〕	필자/저자(역자)	분류	비고
1	4	短歌	白牡丹 〔6〕 백모란	新庄竹涯	시가/단카	
1	4~5	小說	おはづれもの 〈10(4)〉 빗나간 것	黑衣仙	소설/일본	
4	1~2	講談	大久保政談 〈165〉 오쿠보 정담	眞龍齋貞水	고단	회수 오류

1907년 05월 29일 (수) 2552호

지면	단수	기획	기사제목 〈회수〉〔곡수〕	필자/저자(역자)	분류	비고
1	4~5	小說	おはづれもの 〈10(7)〉 빗나간 것	黑衣仙	소설/일본	
4	1~2	講談	大久保政談 〈166〉 오쿠보 정담	眞龍齋貞水	고단	회수 오류

1907년 05월 30일 (목) 2553호

지면	단수	기획	기사제목 〈회수〉〔곡수〕	필자/저자(역자)	분류	비고
1	4~5	講談	水島兄弟 〈1〉 미즈시마 형제	江戶子	고단	
4	1~2	講談	大久保政談 〈167〉 오쿠보 정담	眞龍齋貞水	고단	회수 오류

1907년 05월 31일 (금) 2554호

지면	단수	기획	기사제목 〈회수〉〔곡수〕	필자/저자(역자)	분류	비고
1	4	短歌	暮鐘 〔6〕 만종	新庄竹涯	시가/단카	
1	4~5	講談	水島兄弟 〈2〉 미즈시마 형제	江戶子	고단	
4	1~2	講談	大久保政談 〈168〉 오쿠보 정담	眞龍齋貞水	고단	회수 오류
5	4		仁川蚊壇 인천 문단		시가/기타	

1907년 06월 01일 (토) 2555호

지면	단수	기획	기사제목 〈회수〉〔곡수〕	필자/저자(역자)	분류	비고
1	4~5	講談	水島兄弟 〈3〉 미즈시마 형제	江戶子	고단	
4	1~2	講談	大久保政談 〈168〉 오쿠보 정담	眞龍齋貞水	고단	회수 오류

1907년 06월 02일 (일) 2556호

지면	단수	기획	기사제목 〈회수〉〔곡수〕	필자/저자(역자)	분류	비고
1	2		講談の流行 고단 유행		수필/비평	
1	4~5	短歌	淸韻 〔6〕 청운	新庄竹涯	시가/단카	

지면	단수	기획	기사제목 〈회수〉〔곡수〕	필자/저자(역자)	분류	비고
1	5~6	講談	水島兄弟 〈4〉 미즈시마 형제	江戸子	고단	
4	1~2	講談	大久保政談 〈168〉 오쿠보 정담	眞龍齋貞水	고단	회수 오류

1907년 06월 04일 (화) 2557호

지면	단수	기획	기사제목 〈회수〉〔곡수〕	필자/저자(역자)	분류	비고
1	4	短歌	游淸雜歌/卅九年の春楊子江を遡る 〈1〉〔1〕 유청잡가/삼십구년 봄 양자강을 거슬러 올라가다	月彦	시가/단카	
1	4	短歌	遊淸雜歌/岳州に向ふ途にて 〈1〉〔1〕 유청잡가/웨저우로 향하는 길에서	月彦	시가/단카	
1	4	短歌	遊淸雜歌/洞庭湖を渡る 〈1〉〔1〕 유청잡가/둥팅호를 건너다	月彦	시가/단카	
1	4	短歌	遊淸雜歌/湘江を遡る 〈1〉〔1〕 유청잡가/상강을 거슬러 올라가다	月彦	시가/단카	
1	4~5	講談	水島兄弟 〈5〉 미즈시마 형제	江戸子	고단	

1907년 06월 05일 (수) 2558호

지면	단수	기획	기사제목 〈회수〉〔곡수〕	필자/저자(역자)	분류	비고
1	4~5	講談	水島兄弟 〈5〉 미즈시마 형제	江戸子	고단	회수 오류
4	1~2		小說披露 소설 피로		수필/비평	

1907년 06월 06일 (목) 2559호

지면	단수	기획	기사제목 〈회수〉〔곡수〕	필자/저자(역자)	분류	비고
1	4	短歌	春の夜 〔6〕 봄 밤	新庄竹涯	시가/단카	
1	4~7	講談	水島兄弟 〈5〉 미즈시마 형제	江戸子	고단	회수 오류
4	1~2	小說	俠賊鼬小僧 〈1〉 협적 이타치코조		소설/일본	

1907년 06월 07일 (금) 2560호

지면	단수	기획	기사제목 〈회수〉〔곡수〕	필자/저자(역자)	분류	비고
1	4	短歌	藤の堂 〔12〕 등나무의 당	新庄竹涯	시가/단카	
1	4~6	講談	水島兄弟 〈5〉 미즈시마 형제	江戸子	고단	회수 오류
4	1~2	小說	俠賊鼬小僧 〈2〉 협적 이타치코조		소설/일본	

1907년 06월 08일 (토) 2561호

지면	단수	기획	기사제목 〈회수〉〔곡수〕	필자/저자(역자)	분류	비고
1	3~4	短歌	游淸雜詠 〈2〉〔7〕 유청잡영	月彦	시가/단카	
1	4	俳句	(제목없음) 〔1〕	政子	시가/하이쿠	
1	4	俳句	(제목없음) 〔2〕	目池	시가/하이쿠	
1	4	俳句	(제목없음) 〔1〕	靜岐	시가/하이쿠	
1	4	俳句	(제목없음) 〔1〕	蘇川	시가/하이쿠	
1	4	俳句	(제목없음) 〔1〕	白雨	시가/하이쿠	

지면	단수	기획	기사제목 〈회수〉〔곡수〕	필자/저자(역자)	분류	비고
1	4	俳句	(제목없음)〔1〕	彌平	시가/하이쿠	
1	4	俳句	(제목없음)〔1〕	牛人	시가/하이쿠	
1	4	俳句	(제목없음)〔1〕	鷗盟	시가/하이쿠	
1	4~5	講談	水島兄弟〈9〉 미즈시마 형제	江戸子	고단	
4	1~2	小說	俠賊鼬小僧〈4〉 협적 이타치코조		소설/일본	회수 오류

1907년 06월 09일 (일) 2562호

지면	단수	기획	기사제목 〈회수〉〔곡수〕	필자/저자(역자)	분류	비고
1	4	短歌	游淸雜詠〈3〉〔8〕 유청잡영	月彥	시가/단카	
1	4	俳句	(제목없음)〔1〕	失名	시가/하이쿠	
1	4	俳句	(제목없음)〔2〕	楓村	시가/하이쿠	
1	4	俳句	(제목없음)〔1〕	拍人	시가/하이쿠	
1	4	俳句	(제목없음)〔1〕	牛人	시가/하이쿠	
1	4	俳句	(제목없음)〔1〕	淸風	시가/하이쿠	
1	4	俳句	(제목없음)〔2〕	撫子	시가/하이쿠	
1	4	俳句	(제목없음)〔1〕	黃公	시가/하이쿠	
1	4	俳句	(제목없음)〔1〕	鷗盟	시가/하이쿠	
1	4~6	講談	水島兄弟〈10〉 미즈시마 형제	江戸子	고단	
4	1~2	小說	俠賊鼬小僧〈5〉 협적 이타치코조		소설/일본	회수 오류

1907년 06월 11일 (화) 2563호

지면	단수	기획	기사제목 〈회수〉〔곡수〕	필자/저자(역자)	분류	비고
1	4	短歌	游淸雜歌〈4〉〔8〕 유청잡가	月彥	시가/단카	
1	4~6	講談	水島兄弟〈11〉 미즈시마 형제	江戸子	고단	
4	1~2	小說	俠賊鼬小僧〈6〉 협적 이타치코조		소설/일본	
5	1~2		端午の節句 단오절		수필/일상	

1907년 06월 12일 (수) 2564호

지면	단수	기획	기사제목 〈회수〉〔곡수〕	필자/저자(역자)	분류	비고
1	4	短歌	戀は盲目〔4〕 사랑은 맹목적	河野蘇川	시가/단카	
1	5~7	講談	水島兄弟〈12〉 미즈시마 형제	江戸子	고단	
4	1~2	小說	俠賊鼬小僧〈7〉 협적 이타치코조		소설/일본	회수 오류

지면	단수	기획	기사제목 〈회수〉〔곡수〕	필자/저자(역자)	분류	비고
5	4		閑耳目 한이목		수필/기타	

1907년 06월 13일 (목) 2565호

지면	단수	기획	기사제목 〈회수〉〔곡수〕	필자/저자(역자)	분류	비고
1	3~4		漫錄 〈1〉 만록	▲△生	수필/일상	
1	4	俳句	蜻蛉會小集/桐の花 〔2〕 세이레이카이 소모임/오동나무 꽃	柏人	시가/하이쿠	
1	4	俳句	蜻蛉會小集/桐の花 〔2〕 세이레이카이 소모임/오동나무 꽃	黃公	시가/하이쿠	
1	4	俳句	蜻蛉會小集/桐の花 〔2〕 세이레이카이 소모임/오동나무 꽃	楓村	시가/하이쿠	
1	4	俳句	蜻蛉會小集/桐の花 〔2〕 세이레이카이 소모임/오동나무 꽃	彌平	시가/하이쿠	
1	4	俳句	蜻蛉會小集/桐の花 〔1〕 세이레이카이 소모임/오동나무 꽃	白雨	시가/하이쿠	
1	4	俳句	蜻蛉會小集/夏柳 〔2〕 세이레이카이 소모임/여름 버드나무	蘇川	시가/하이쿠	
1	4	俳句	蜻蛉會小集/夏柳 〔1〕 세이레이카이 소모임/여름 버드나무	目地	시가/하이쿠	
1	4	俳句	蜻蛉會小集/夏柳 〔1〕 세이레이카이 소모임/여름 버드나무	彌平	시가/하이쿠	
1	4	俳句	蜻蛉會小集/夏柳 〔2〕 세이레이카이 소모임/여름 버드나무	黃公	시가/하이쿠	
1	4~7	講談	水島兄弟 〈12〉 미즈시마 형제	江戸子	고단	회수 오류
4	1~2	小說	俠賊鼬小僧 〈8〉 협적 이타치코조		소설/일본	회수 오류

1907년 06월 14일 (금) 2566호

지면	단수	기획	기사제목 〈회수〉〔곡수〕	필자/저자(역자)	분류	비고
1	4~5		漫錄 〈2〉 만록	▲△生	수필/일상	
1	5	短歌	海邊夜泊 〔1〕 해변야박	月彦	시가/단카	
1	5	短歌	讀羅馬史 〔1〕 독라마사	月彦	시가/단카	
1	5	短歌	春野慢步 〔1〕 춘야만보	月彦	시가/단카	
1	5	短歌	夏夜月に依りて 〔1〕 여름밤 달을 따라	月彦	시가/단카	
1	5~6	講談	水島兄弟 〈12〉 미즈시마 형제	江戸子	고단	회수 오류
4	1~2	小說	俠賊鼬小僧 〈9〉 협적 이타치코조		소설/일본	회수 오류
5	1~2		貞女の鏡 처녀의 거울		수필/일상	
5	3~5		西大門外の妖怪 서대문 밖의 요괴		수필/일상	

1907년 06월 15일 (토) 2567호

지면	단수	기획	기사제목 〈회수〉〔곡수〕	필자/저자(역자)	분류	비고
1	3		漫錄 〈3〉 만록	▲△生	수필/일상	

지면	단수	기획	기사제목 〈회수〉 [곡수]	필자/저자(역자)	분류	비고
1	4	短歌	戰時漫吟 〈1〉 [7] 전시만음	月彦	시가/단카	
1	4	俳句	蜻蛉會小集 [1] 세이레이카이 소모임	目地	시가/하이쿠	
1	4	俳句	蜻蛉會小集 [1] 세이레이카이 소모임	梅介	시가/하이쿠	
1	4	俳句	蜻蛉會小集 [1] 세이레이카이소모임	楓村	시가/하이쿠	
1	4	俳句	蜻蛉會小集 [1] 세이레이카이 소모임	蘇川	시가/하이쿠	
1	4	俳句	蜻蛉會小集 [1] 세이레이카이 소모임	目地	시가/하이쿠	
1	4	俳句	蜻蛉會小集 [1] 세이레이카이 소모임	撫子	시가/하이쿠	
1	4	俳句	蜻蛉會小集 [1] 세이레이카이 소모임	蘇川	시가/하이쿠	
1	4	俳句	蜻蛉會小集 [1] 세이레이카이 소모임	黃公	시가/하이쿠	
1	4	俳句	蜻蛉會小集 [1] 세이레이카이 소모임	蘇川	시가/하이쿠	
1	4	俳句	蜻蛉會小集 [1] 세이레이카이 소모임	撰者吟	시가/하이쿠	
1	4~6	講談	水島兄弟 〈14〉 미즈시마 형제	江戸子	고단	회수 오류
4	1~2	小說	俠賊鼬小僧 〈10〉 협적 이타치코조		소설/일본	회수 오류
5	4~5		徒然古歌集 [5] 도연고 가집	牛韓居士	시가/단카	

1907년 06월 16일 (일) 2568호

지면	단수	기획	기사제목 〈회수〉 [곡수]	필자/저자(역자)	분류	비고
1	4	短歌	戰時漫吟 〈2〉 [5] 전시만음	月彦	시가/단카	
1	5~6	講談	水島兄弟 〈14〉 미즈시마 형제	江戸子	고단	회수 오류
4	1~2	小說	俠賊鼬小僧 〈11〉 협적 이타치코조		소설/일본	회수 오류

1907년 06월 18일 (화) 2569호

지면	단수	기획	기사제목 〈회수〉 [곡수]	필자/저자(역자)	분류	비고
1	2~3		漫錄 〈4〉 만록	▲△生	수필/일상	
1	4	短歌	潮華集 〈1〉 [7] 조화집	月彦	시가/단카	
1	5~6	講談	水島兄弟 〈17〉 미즈시마 형제	江戸子	고단	회수 오류
4	1~2	小說	俠賊鼬小僧 〈13〉 협적 이타치코조		소설/일본	회수 오류

1907년 06월 19일 (수) 2570호

지면	단수	기획	기사제목 〈회수〉 [곡수]	필자/저자(역자)	분류	비고
1	4		漫錄 〈5〉 만록	▲△生	수필/일상	
1	4~5.	新体詩	慎鬪 [1] 분투	開城 枯水	시가/신체시	

지면	단수	기획	기사제목 〈회수〉〔곡수〕	필자/저자(역자)	분류	비고
1	5~6	講談	水島兄弟 〈18〉 미즈시마 형제	江戸子	고단	회수 오류
4	1~2	小說	俠賊鼬小僧 〈13〉 협적 이타치코조		소설/일본	회수 오류

1907년 06월 20일 (목) 2571호

| 1 | 4~5 | 講談 | 水島兄弟 〈18〉
미즈시마 형제 | 江戸子 | 고단 | |
| 4 | 1~2 | 小說 | 俠賊鼬小僧 〈14〉
협적 이타치코조 | | 소설/일본 | 회수 오류 |

1907년 06월 21일 (금) 2572호

1	4	短歌	潮華集 〈2〉〔5〕 조화집	月彦	시가/단카	
1	5~6	講談	水島兄弟 〈19〉 미즈시마 형제	江戸子	고단	
4	1~2	小說	俠賊鼬小僧 〈14〉 협적 이타치코조		소설/일본	

1907년 06월 22일 (토) 2573호

1	4	俳句	目池居小集 〔3〕 모쿠치쿄 소모임	目池	시가/하이쿠	
1	4	俳句	目池居小集 〔2〕 모쿠치쿄 소모임	黃公	시가/하이쿠	
1	4	俳句	目池居小集 〔1〕 모쿠치쿄 소모임	蘇川	시가/하이쿠	
1	4	俳句	目池居小集 〔1〕 모쿠치쿄 소모임	政子	시가/하이쿠	
1	5~6	講談	水島兄弟 〈21〉 미즈시마 형제	江戸子	고단	회수 오류
4	1~2	小說	俠賊鼬小僧 〈17〉 협적 이타치코조		소설/일본	회수 오류

1907년 06월 23일 (일) 2574호

1	4	俳句	蜻蛉會小集 〔1〕 세이레이카이 소모임	蘇川	시가/하이쿠	
1	4	俳句	蜻蛉會小集 〔1〕 세이레이카이 소모임	撫子	시가/하이쿠	
1	4	俳句	蜻蛉會小集 〔2〕 세이레이카이 소모임	目池	시가/하이쿠	
1	4	俳句	蜻蛉會小集 〔2〕 세이레이카이 소모임	撫子	시가/하이쿠	
1	4	俳句	蜻蛉會小集 〔1〕 세이레이카이 소모임	楓村	시가/하이쿠	
1	4	俳句	蜻蛉會小集 〔1〕 세이레이카이 소모임	撫子	시가/하이쿠	
1	4	俳句	蜻蛉會小集 〔1〕 세이레이카이 소모임	黃公	시가/하이쿠	
1	4	俳句	蜻蛉會小集 〔1〕 세이레이카이 소모임	楓村	시가/하이쿠	
1	4	俳句	蜻蛉會小集 〔2〕 세이레이카이 소모임	目池	시가/하이쿠	

지면	단수	기획	기사제목 〈회수〉〔곡수〕	필자/저자(역자)	분류	비고
1	4	俳句	蜻蛉會小集〔1〕 세이레이카이 소모임	楓村	시가/하이쿠	
1	4	俳句	蜻蛉會小集〔1〕 세이레이카이 소모임	蘇川	시가/하이쿠	
1	4	俳句	蜻蛉會小集〔1〕 세이레이카이 소모임	楓村	시가/하이쿠	
1	4	俳句	蜻蛉會小集〔2〕 세이레이카이 소모임	柏人	시가/하이쿠	
1	4	俳句	蜻蛉會小集〔1〕 세이레이카이 소모임	黃公	시가/하이쿠	
1	4	俳句	蜻蛉會小集〔2〕 세이레이카이 소모임	政子	시가/하이쿠	
1	4~6	講談	水島兄弟〈21〉 미즈시마 형제	江戸子	고단	
4	1~2	小說	俠賊鼬小僧〈18〉 협적 이타치코조		소설/일본	회수 오류

1907년 06월 25일 (화) 2575호

지면	단수	기획	기사제목 〈회수〉〔곡수〕	필자/저자(역자)	분류	비고
1	4	新体詩	一と聲〔1〕 한마디의 소리	開城 枯水	시가/신체시	
1	4		漢詩十#〔3〕 한시십#	#莫#士	시가/한시	
1	5~7	講談	水島兄弟〈23〉 미즈시마 형제	江戸子	고단	회수 오류
4	1~2	小說	俠賊鼬小僧〈18〉 협적 이타치코조		소설/일본	회수 오류
5	4	柳樽	韓人を見る〔5〕 한인을 보다		시가/센류	
5	4	柳樽	雜報參照〔2〕 잡보 참조		시가/센류	

1907년 06월 26일 (수) 2576호

지면	단수	기획	기사제목 〈회수〉〔곡수〕	필자/저자(역자)	분류	비고
1	4~6	講談	水島兄弟〈23〉 미즈시마 형제	江戸子	고단	
4	1~2	小說	俠賊鼬小僧〈19〉 협적 이타치코조		소설/일본	회수 오류
5	4		柳樽〔8〕 술통	まさ子	시가/센류	

1907년 06월 27일 (목) 2577호

지면	단수	기획	기사제목 〈회수〉〔곡수〕	필자/저자(역자)	분류	비고
1	4~6	講談	水島兄弟〈23〉 미즈시마 형제	江戸子	고단	회수 오류
4	1~2	小說	俠賊鼬小僧〈19〉 협적 이타치코조		소설/일본	
5	3		柳樽〔8〕 술통	まさ子	시가/센류	

1907년 06월 28일 (금) 2578호

지면	단수	기획	기사제목 〈회수〉〔곡수〕	필자/저자(역자)	분류	비고
1	4	短歌	潮華集〈3〉〔4〕 조화집	月彦	시가/단카	
1	4	漢詩	(제목없음)〔1〕	#莫慢士	시가/한시	

지면	단수	기획	기사제목 〈회수〉〔곡수〕	필자/저자(역자)	분류	비고
1	4~5		嘉永俠客 國定忠次 〈1〉 가에이 협객 구니사다 주지	眞龍齋貞水	고단	
4	1~2	小說	俠賊鼬小僧 〈21〉 협적 이타치코조		소설/일본	회수 오류
5	5		柳樽 〔5〕 술통	まさ子	시가/센류	

1907년 06월 29일 (토) 2579호

지면	단수	기획	기사제목 〈회수〉〔곡수〕	필자/저자(역자)	분류	비고
1	4~5		平安鎌倉時代の文學 〈1〉 헤이안 가마쿠라 시대의 문학	▲△生	수필/비평	
1	5~6		嘉永俠客 國定忠次 〈2〉 가에이 협객 구니사다 주지	眞龍齋貞水	고단	
4	1~2	小說	俠賊鼬小僧 〈22〉 협적 이타치코조		소설/일본	회수 오류
5	4		柳樽 〔1〕 술통	無名氏	시가/센류	
5	4		柳樽 〔1〕 술통	へな女	시가/센류	
5	4		柳樽 〔1〕 술통	孤愼子	시가/센류	
5	4		柳樽 〔1〕 술통	あや吉	시가/센류	
5	4		柳樽 〔1〕 술통	コブ市	시가/센류	
5	4		柳樽 〔1〕 술통	成金家	시가/센류	
5	4		柳樽 〔1〕 술통	ゴリゴリ生	시가/센류	

1907년 06월 30일 (일) 2580호

지면	단수	기획	기사제목 〈회수〉〔곡수〕	필자/저자(역자)	분류	비고
1	4		平安鎌倉時代の文學 〈2〉 헤이안 가마쿠라 시대의 문학	▲△生	수필/비평	
1	5	俳句	蜻蛉會小集 〔1〕 세이레이카이 소모임	蘇川	시가/하이쿠	
1	5	俳句	蜻蛉會小集 〔1〕 세이레이카이 소모임	彌平	시가/하이쿠	
1	5	俳句	蜻蛉會小集 〔1〕 세이레이카이 소모임	撫子	시가/하이쿠	
1	5	俳句	蜻蛉會小集 〔1〕 세이레이카이 소모임	楓村	시가/하이쿠	
1	5	俳句	蜻蛉會小集 〔1〕 세이레이카이 소모임	撫子	시가/하이쿠	
1	5	俳句	蜻蛉會小集 〔1〕 세이레이카이 소모임	蘇川	시가/하이쿠	
1	5	俳句	蜻蛉會小集 〔1〕 세이레이카이 소모임	楓村	시가/하이쿠	
1	5	俳句	蜻蛉會小集 〔1〕 세이레이카이 소모임	彌平	시가/하이쿠	
1	5	俳句	蜻蛉會小集 〔1〕 세이레이카이 소모임	蘇川	시가/하이쿠	
1	5	俳句	蜻蛉會小集 〔1〕 세이레이카이 소모임	彌平	시가/하이쿠	

지면	단수	기획	기사제목 〈회수〉〔곡수〕	필자/저자(역자)	분류	비고
1	5	俳句	蜻蛉會小集 〔2〕 세이레이카이 소모임	撰者	시가/하이쿠	
1	5~6		嘉永俠客 國定忠次 〈3〉 가에이 협객 구니사다 주지	眞龍齋貞水	고단	
4	1~2	小說	俠賊鼬小僧 〈23〉 협적 이타치코조		소설/일본	회수 오류
5	4	柳樽	交換手 〔10〕 교환수	まさ子	시가/센류	

1907년 07월 02일 (화) 2581호

지면	단수	기획	기사제목 〈회수〉〔곡수〕	필자/저자(역자)	분류	비고
1	4		平安鎌倉時代の文學 〈3〉 헤이안 가마쿠라 시대의 문학	▲△生	수필/비평	
1	4	俳句	茨の花 〔4〕 찔레꽃	黃公	시가/하이쿠	
1	4	俳句	茨の花 〔3〕 찔레꽃	目池	시가/하이쿠	
1	4	俳句	茨の花 〔1〕 찔레꽃	拍人	시가/하이쿠	
1	4	俳句	###の##遊を跡く 〔1〕 ########	白雨	시가/하이쿠	
1	4	俳句	虎子の五々寺詣でも聞く 〔1〕 도라코의 고카지 참배를 듣고	白雨	시가/하이쿠	
1	5	俳句	知十先生の返信に#す 〔1〕 지주 선생님의 답장을 ###	白雨	시가/하이쿠	
1	5~6		嘉永俠客 國定忠次 〈4〉 가에이 협객 구니사다 주지	眞龍齋貞水	고단	
4	1~2	小說	俠賊鼬小僧 〈24〉 협적 이타치코조		소설/일본	회수 오류
5	4	柳樽	坊主 〔7〕 승려	くりくり坊	시가/센류	

1907년 07월 03일 (수) 2582호

지면	단수	기획	기사제목 〈회수〉〔곡수〕	필자/저자(역자)	분류	비고
1	4		平安鎌倉時代の文學 〈3〉 헤이안 가마쿠라 시대의 문학	▲△生	수필/비평	회수 오류
1	4	短歌	紅扇 〔3〕 홍선	加藤##	시가/단카	
1	4	戀歌	戀歌 〔3〕 연가	河野蘇川	시가/단카	
1	4~5	新体詩	夏梅 〔1〕 여름 매실	新庄竹涯	시가/신체시	
1	5~6		嘉永俠客 國定忠次 〈5〉 가에이 협객 구니사다 주지	眞龍齋貞水	고단	
4	1~2	小說	俠賊鼬小僧 〈25〉 협적 이타치코조		소설/일본	회수 오류
5	4	柳樽	坊主 〔6〕 승려	くりく坊	시가/센류	

1907년 07월 04일 (목) 2583호

지면	단수	기획	기사제목 〈회수〉〔곡수〕	필자/저자(역자)	분류	비고
1	4		平安鎌倉時代の文學 〈5〉 헤이안 가마쿠라 시대의 문학	▲△生	수필/비평	
1	4~5	短歌	靑葉影 〔5〕 청엽그림자	新庄竹涯	시가/단카	

지면	단수	기획	기사제목 〈회수〉〔곡수〕	필자/저자(역자)	분류	비고
1	5	漢詩	秋風嶺 [1] 추풍령	####	시가/한시	
1	5	漢詩	落花# [1] 낙화#	####	시가/한시	
1	5	漢詩	安城# [1] 안성#	####	시가/한시	
1	5~6		嘉永俠客 國定忠次 〈5〉 가에이 협객 구니사다 주지	眞龍齋貞水	고단	회수 오류
4	1	小說	讀み物披露 읽을거리 공표		광고/연재 예고	
4	1~2	小說	新玉家小糸の實傳 〈1〉 아라타마야 고이토의 실전		소설/일본	

1907년 07월 05일 (금) 2584호

지면	단수	기획	기사제목 〈회수〉〔곡수〕	필자/저자(역자)	분류	비고
1	4		平安鎌倉時代の文學 〈5〉 헤이안 가마쿠라 시대의 문학	▲△生	수필/비평	회수 오류
1	4~5	短歌	天華 [5] 천화	新庄竹涯	시가/단카	
1	5	俳句	(제목없음) 〔2〕	蘇川	시가/하이쿠	
1	5	俳句	(제목없음) 〔1〕	目地	시가/하이쿠	
1	5	俳句	(제목없음) 〔1〕	黃公	시가/하이쿠	
1	5	俳句	(제목없음) 〔1〕	柏人	시가/하이쿠	
1	5	俳句	(제목없음) 〔1〕	鷗盟	시가/하이쿠	
1	5	漢詩	孔#里 [1] 공#리	#莫慢士	시가/한시	
1	5	漢詩	場花津 [1] 장화진	#莫慢士	시가/한시	
1	5	漢詩	京城 [1] 경성	#莫慢士	시가/한시	
1	5~6		嘉永俠客 國定忠次 〈5〉 가에이 협객 구니사다 주지	眞龍齋貞水	고단	회수 오류
4	1~2	小說	新玉家小糸の實傳 〈2〉 아라타마야 고이토의 실전		소설/일본	
5	4	柳樽	下女 〔7〕 하녀		시가/센류	

1907년 07월 06일 (토) 2585호

지면	단수	기획	기사제목 〈회수〉〔곡수〕	필자/저자(역자)	분류	비고
1	4~5		平安鎌倉時代の文學 〈7〉 헤이안 가마쿠라 시대의 문학	▲△生	수필/비평	
1	5	短歌	小鼓 〔4〕 작은 북	新庄竹涯	시가/단카	
1	5~6		嘉永俠客 國定忠次 〈8〉 가에이 협객 구니사다 주지	眞龍齋貞水	고단	
4	1~2	小說	新玉家小糸の實傳 〈3〉 아라타마야 고이토의 실전		소설/일본	
5	1~2		世に稀なる孝女 세상에 드문 효녀		수필/일상	

지면	단수	기획	기사제목 〈회수〉〔곡수〕	필자/저자(역자)	분류	비고
			1907년 07월 07일 (일) 2586호			
1	4~5		平安鎌倉時代の文學 〈8〉 헤이안 가마쿠라 시대의 문학	▲△生	수필/비평	
1	5	短歌	薫風 〔4〕 훈풍	新庄竹涯	시가/단카	
1	5	俳句	瓜 〔2〕 참외	黃公	시가/하이쿠	
1	5	俳句	瓜 〔1〕 참외	目池	시가/하이쿠	
1	5	俳句	瓜 〔1〕 참외	政子	시가/하이쿠	
1	5	俳句	瓜 〔1〕 참외	蘇川	시가/하이쿠	
1	5~6		嘉永俠客 國定忠次 〈9〉 가에이 협객 구니사다 주지	眞龍齋貞水	고단	
4	1~2	小說	新玉家小糸の實傳 〈9〉 아라타마야 고이토의 실전		소설/일본	회수 오류
			1907년 07월 09일 (화) 2587호			
1	4		平安鎌倉時代の文學 〈9〉 헤이안 가마쿠라 시대의 문학	▲△生	수필/비평	
1	4	新体詩	彩雲/天女の歌 〔1〕 채운/선녀의 노래	新庄竹涯	시가/신체시	
1	4~5	新体詩	彩雲/人に 〔1〕 채운/사람에게	新庄竹涯	시가/신체시	
1	5	新体詩	彩雲/君が心 〔1〕 채운/당신이 마음에	新庄竹涯	시가/신체시	
1	5	俳句	蛇の友 〔1〕 뱀 친구	楓村	시가/하이쿠	
1	5	俳句	蛇の友 〔1〕 뱀 친구	黃公	시가/하이쿠	
1	5	俳句	蛇の友 〔1〕 뱀 친구	目池	시가/하이쿠	
1	5	俳句	蛇の友 〔1〕 뱀 친구	黃公	시가/하이쿠	
1	5	俳句	蛇の友 〔1〕 뱀 친구	楓村	시가/하이쿠	
1	5	俳句	蛇の友 〔1〕 뱀 친구	柏人	시가/하이쿠	
1	5	漢詩	開成三林# 〔1〕 개성 삼림#	#莫慢士	시가/한시	
1	5	漢詩	一病##黑月不# 〔1〕 일병##흑월부#	#莫慢士	시가/한시	
1	5	漢詩	重遊仁川 〔1〕 중유인천	#莫慢士	시가/한시	
1	5~7		嘉永俠客 國定忠次 〈10〉 가에이 협객 구니사다 주지	眞龍齋貞水	고단	
4	1~2	小說	新玉家小糸の實傳 〈5〉 아라타마야 고이토의 실전		소설/일본	
5	1~2		哀れなる孤兒 불쌍한 고아		수필/일상	

지면	단수	기획	기사제목 〈회수〉〔곡수〕	필자/저자(역자)	분류	비고
			1907년 07월 10일 (수) 2588호			
1	3		平安鎌倉時代の文學 〈10〉 헤이안 가마쿠라 시대의 문학	▲△生	수필/비평	
1	4	新体詩	闇 〔15〕 어둠	枯水	시가/신체시	
1	4	俳句	水鶏若竹 〔2〕 수계약죽	蘇川	시가/하이쿠	
1	4	俳句	水鶏若竹 〔1〕 수계약죽	柏人	시가/하이쿠	
1	4	俳句	水鶏若竹 〔1〕 수계약죽	黄公	시가/하이쿠	
1	4	俳句	水鶏若竹 〔2〕 수계약죽	目池	시가/하이쿠	
1	4	俳句	水鶏若竹 〔1〕 수게약죽	柏人	시가/하이쿠	
1	4	俳句	水鶏若竹 〔2〕 수계약죽	目池	시가/하이쿠	
1	4	俳句	水鶏若竹 〔1〕 수계약죽	柏人	시가/하이쿠	
1	4	俳句	水鶏若竹 〔1〕 수계약죽	目池	시가/하이쿠	
1	4~5		嘉永侠客 國定忠次 〈10〉 가에이 협객 구니사다 주지	眞龍齋貞水	고단	회수 오류
4	1~2		新玉家小糸の實傳 〈6〉 아라타마야 고이토의 실전		소설/일본	
			1907년 07월 11일 (목) 2589호			
1	4		阿房馬鹿# 〔6〕 아방마록#	ちょんちょん###	시가/단카	
1	4	俳句	雲の峯、夏草 〔2〕 봉우리에 걸린 구름, 여름 풀	目池	시가/하이쿠	
1	4	俳句	雲の峯、夏草 〔1〕 봉우리에 걸린 구름, 여름 풀	柏人	시가/하이쿠	
1	4	俳句	雲の峯、夏草 〔2〕 봉우리에 걸린 구름, 여름 풀	黄公	시가/하이쿠	
1	4	俳句	雲の峯、夏草 〔1〕 봉우리에 걸린 구름, 여름 풀	撰者	시가/하이쿠	
1	4~5		嘉永侠客 國定忠次 〈12〉 가에이 협객 구니사다 주지	眞龍齋貞水	고단	
4	1~2	小說	新玉家小糸の實傳 〈7〉 아라타마야 고이토의 실전		소설/일본	
			1907년 07월 12일 (금) 2590호			
1	4		平安鎌倉時代の文學 〈11〉 헤이안 가마쿠라 시대의 문학	▲△生	수필/비평	
1	4	短歌	星月夜 〔5〕 성월야	新庄竹涯	시가/단카	
1	4~5		嘉永侠客 國定忠次 〈13〉 가에이 협객 구니사다 주지	眞龍齋貞水	고단	
4	1~2	小說	新玉家小糸の實傳 〈8〉 아라타마야 고이토의 실전		소설/일본	

지면	단수	기획	기사제목 〈회수〉 [곡수]	필자/저자(역자)	분류	비고
1907년 07월 13일 (토) 2591호						
1	4~5	新体詩	歌妓 〈4〉 [1] 노래하는 게이샤	#の舍主人	시가/신체시	
1	5	短歌	夕月夜 [5] 석월야	新庄竹涯	시가/단카	
1	5~7		嘉永俠客 國定忠次 〈14〉 가에이 협객 구니사다 주지	眞龍齋貞水	고단	
4	1~2	小說	新玉家小糸の實傳 〈10〉 아라타마야 고이토의 실전		소설/일본	회수 오류
1907년 07월 14일 (일) 2592호						
1	4		平安鎌倉時代の文學 〈12〉 헤이안 가마쿠라 시대의 문학	▲△生	수필/비평	
1	4	短歌	われは [4] 나는	月彥	시가/단카	
1	4	俳句	(제목없음) [1]	楓村	시가/하이쿠	
1	4	俳句	(제목없음) [1]	黃公	시가/하이쿠	
1	4	俳句	(제목없음) [1]	目池	시가/하이쿠	
1	4	俳句	(제목없음) [1]	彌平	시가/하이쿠	
1	4	俳句	(제목없음) [1]	丈川	시가/하이쿠	
1	4	俳句	(제목없음) [1]	撫子	시가/하이쿠	
1	4	俳句	(제목없음) [5]	鶯子	시가/하이쿠	
1	5~6		嘉永俠客 國定忠次 〈15〉 가에이 협객 구니사다 주지	眞龍齋貞水	고단	
5	3	川柳	●五色吟 [5] ●오색음	##	시가/센류	
1907년 07월 16일 (화) 2593호						
1	4		平安鎌倉時代の文學 〈13〉 헤이안 가마쿠라 시대의 문학	▲△生	수필/비평	
1	4	新体詩	一葉の露 [1] 나뭇잎에 맺힌 이슬	新庄竹涯	시가/신체시	
1	4~6		嘉永俠客 國定忠次 〈15〉 가에이 협객 구니사다 주지	眞龍齋貞水	고단	회수 오류
4	1~2	小說	新玉家小糸の實傳 〈11〉 아라타마야 고이토의 실전		소설/일본	회수 오류
1907년 07월 17일 (수) 2594호						
1	4		平安鎌倉時代の文學 〈13〉 헤이안 가마쿠라 시대의 문학	▲△生	수필/비평	회수 오류
1	4~5	短歌	夏の感情 [4] 여름 감정	三島霞郎	시가/단카	
1	5~6		嘉永俠客 國定忠次 〈15〉 가에이 협객 구니사다 주지	眞龍齋貞水	고단	회수 오류

지면	단수	기획	기사제목 〈회수〉〔곡수〕	필자/저자(역자)	분류	비고
4	1~2	小說	新玉家小糸の實傳 〈12〉 아라타마야 고이토의 실전		소설/일본	회수 오류

1907년 07월 19일 (금) 2596호

지면	단수	기획	기사제목 〈회수〉〔곡수〕	필자/저자(역자)	분류	비고
1	4	新体詩	天の川 〔1〕 은하수	開城 春#	시가/신체시	
1	4	短歌	潮華集 〈4〉〔5〕 조화집	月彦	시가/단카	
1	4~5		嘉永俠客 國定忠次 〈15〉 가에이 협객 구니사다 주지	眞龍齋貞水	고단	회수 오류
4	1~2	小說	新玉家小糸の實傳 〈13〉 아라타마야 고이토의 실전		소설/일본	회수 오류

1907년 07월 20일 (토) 2597호

지면	단수	기획	기사제목 〈회수〉〔곡수〕	필자/저자(역자)	분류	비고
1	4	短歌	紅扇 〔4〕 홍선	三島霞郎	시가/단카	
1	4~5		嘉永俠客 國定忠次 〈15〉 가에이 협객 구니사다 주지	眞龍齋貞水	고단	회수 오류
4	1~2	小說	新玉家小糸の實傳 〈16〉 아라타마야 고이토의 실전		소설/일본	회수 오류

1907년 07월 21일 (일) 2598호

지면	단수	기획	기사제목 〈회수〉〔곡수〕	필자/저자(역자)	분류	비고
1	4~5		嘉永俠客 國定忠次 〈15〉 가에이 협객 구니사다 주지	眞龍齋貞水	고단	회수 오류

1907년 07월 23일 (화) 2599호

지면	단수	기획	기사제목 〈회수〉〔곡수〕	필자/저자(역자)	분류	비고
1	4~5		嘉永俠客 國定忠次 〈15〉 가에이 협객 구니사다 주지	眞龍齋貞水	고단	회수 오류

1907년 07월 24일 (수) 2600호

지면	단수	기획	기사제목 〈회수〉〔곡수〕	필자/저자(역자)	분류	비고
1	4	短歌	曾て畫を見竹の里人の歌に擬して作れる 〔10〕 전에 그림을 보고, 다케노사토진의 노래를 흉내내어 지었다	月彦	시가/단카	
1	4~5		嘉永俠客 國定忠次 〈15〉 가에이 협객 구니사다 주지	眞龍齋貞水	고단	회수 오류

1907년 07월 25일 (목) 2601호

지면	단수	기획	기사제목 〈회수〉〔곡수〕	필자/저자(역자)	분류	비고
1	3~4		夏休に就て 〈1〉 여름방학에 대해	井上純三郎	수필/일상	
1	4	短歌	潮華集 〈5〉〔7〕 조화집	月彦	시가/단카	
1	4~6		嘉永俠客 國定忠次 〈15〉 가에이 협객 구니사다 주지	眞龍齋貞水	고단	회수 오류

1907년 07월 26일 (금) 2602호

지면	단수	기획	기사제목 〈회수〉〔곡수〕	필자/저자(역자)	분류	비고
1	3~4		夏休に就て 〈1〉 여름방학에 대해	井上純三郎	수필/일상	
1	4~5		嘉永俠客 國定忠次 〈24〉 가에이 협객 구니사다 주지	眞龍齋貞水	고단	

1907년 07월 27일 (토) 2603호

지면	단수	기획	기사제목 〈회수〉〔곡수〕	필자/저자(역자)	분류	비고
1	3~4		夏休に就て 〈2〉 여름방학에 대해	井上純三郎	수필/일상	

지면	단수	기획	기사제목 〈회수〉〔곡수〕	필자/저자(역자)	분류	비고
1	4	短歌	潮華集 〈6〉 〔4〕 조화집	月彦	시가/단카	
1	5~6		嘉永俠客 國定忠次 〈25〉 가에이 협객 구니사다 주지	眞龍齋貞水	고단	
4	1~2	小說	新玉家小糸の實傳 〈17〉 아라타마야 고이토의 실전		소설/일본	회수 오류

1907년 07월 28일 (일) 2604호

지면	단수	기획	기사제목 〈회수〉〔곡수〕	필자/저자(역자)	분류	비고
1	4	短歌	潮華集 〈6〉 〔3〕 조화집	月彦	시가/단카	
1	4~6		嘉永俠客 國定忠次 〈25〉 가에이 협객 구니사다 주지	眞龍齋貞水	고단	회수 오류
4	1~2	小說	新玉家小糸の實傳 〈18〉 아라타마야 고이토의 실전		소설/일본	회수 오류

1907년 07월 30일 (화) 2605호

지면	단수	기획	기사제목 〈회수〉〔곡수〕	필자/저자(역자)	분류	비고
1	3~4		海水浴について 해수욕에 대해서		수필/일상	
1	4	短歌	潮華集 〈7〉 〔3〕 조화집	月彦	시가/단카	
1	4~5		嘉永俠客 國定忠次 〈25〉 가에이 협객 구니사다 주지	眞龍齋貞水	고단	회수 오류
4	1~2	小說	新玉家小糸の實傳 〈18〉 아라타마야 고이토의 실전		소설/일본	회수 오류
5	1~2		夏の朝鮮 여름의 조선		수필/관찰	

1907년 07월 31일 (수) 2606호

지면	단수	기획	기사제목 〈회수〉〔곡수〕	필자/저자(역자)	분류	비고
1	3~4	短歌	潮華集 〈7〉 〔4〕 조화집	月彦	시가/단카	
1	4~5		嘉永俠客 國定忠次 〈28〉 가에이 협객 구니사다 주지	眞龍齋貞水	고단	
4	1~2	小說	新玉家小糸の實傳 〈18〉 아라타마야 고이토의 실전		소설/일본	회수 오류
5	2~3		小學生徒の鑑 초등학생의 생각		수필/기타	
5	3~4		頓珍韓 돈진한		수필/일상	

1907년 08월 01일 (목) 2607호

지면	단수	기획	기사제목 〈회수〉〔곡수〕	필자/저자(역자)	분류	비고
1	4	短歌	潮華集 〈7〉 〔4〕 조화집	月彦	시가/단카	
1	4	俳句	紫陽花 〔6〕 자양화	震郎	시가/하이쿠	
1	4~5		嘉永俠客 國定忠次 〈29〉 가에이 협객 구니사다 주지	眞龍齋貞水	고단	
4	1~2	小說	新玉家小糸の實傳 〈18〉 아라타마야 고이토의 실전		소설/일본	

1907년 08월 02일 (금) 2608호

지면	단수	기획	기사제목 〈회수〉〔곡수〕	필자/저자(역자)	분류	비고
1	4	俳句	桶、扇 〔8〕 통, 부채	震郎	시가/하이쿠	

지면	단수	기획	기사제목 〈회수〉〔곡수〕	필자/저자(역자)	분류	비고
1	4~6		嘉永俠客 國定忠次 〈31〉 가에이 협객 구니사다 주지	眞龍齋貞水	고단	회수 오류
4	1~2	小說	新玉家小糸の實傳 〈18〉 아라타마야 고이토의 실전		소설/일본	회수 오류
5	1~4		夏季の洗濯 여름철 세탁		수필/일상	

1907년 08월 03일 (토) 2609호

지면	단수	기획	기사제목 〈회수〉〔곡수〕	필자/저자(역자)	분류	비고
1	4	短歌	#年の春 〔1〕 #년의 봄	月彦	시가/단카	
1	4	短歌	母の三周忌に東京にあり 〔2〕 어머니의 3주기에 도쿄에서	月彦	시가/단카	
1	4	短歌	或る時 〔1〕 어느 때	月彦	시가/단카	
1	4	俳句	○ 〔8〕 ○	震郎	시가/하이쿠	
1	4~6		嘉永俠客 國定忠次 〈32〉 가에이 협객 구니사다 주지	眞龍齋貞水	고단	회수 오류
4	1~2	小說	新玉家小糸の實傳 〈23〉 아라타마야 고이토의 실전		소설/일본	회수 오류

1907년 08월 04일 (일) 2610호

지면	단수	기획	기사제목 〈회수〉〔곡수〕	필자/저자(역자)	분류	비고
1	4	短歌	東京留学中五月雨の音をきいて 〔1〕 도쿄 유학중 장맛비 소리를 듣고		시가/단카	
1	4	短歌	この年の冬 〔1〕 이 해의 겨울		시가/단카	
1	4	短歌	鳥といふ題を得て 〔1〕 새라는 과제를 얻고		시가/단카	
1	4	短歌	秋の初ひとり王子あたりに遊びて 〔1〕 초가을 홀로 오지 지역을 거닐며		시가/단카	
1	4~6		嘉永俠客 國定忠次 〈32〉 가에이 협객 구니사다 주지	眞龍齋貞水	고단	
4	1~2	小說	新玉家小糸の實傳 〈23〉 아라타마야 고이토의 실전		소설/일본	회수 오류

1907년 08월 06일 (화) 2611호

지면	단수	기획	기사제목 〈회수〉〔곡수〕	필자/저자(역자)	분류	비고
1	4	短歌	かつて寫眞に 〔1〕 과거 사진에	月彦	시가/단카	
1	4~5	短歌	兵#所見 〔1〕 병#소견	月彦	시가/단카	
1	5	短歌	贈友 〔1〕 벗에게 주다	月彦	시가/단카	
1	5	短歌	上海郊外所見 〔1〕 상해교외소견	月彦	시가/단카	
1	5~6		嘉永俠客 國定忠次 〈34〉 가에이 협객 구니사다 주지	眞龍齋貞水	고단	회수 오류
4	1~2	小說	新玉家小糸の實傳 〈23〉 아라타마야 고이토의 실전		소설/일본	회수 오류

1907년 08월 07일 (수) 2612호

지면	단수	기획	기사제목 〈회수〉〔곡수〕	필자/저자(역자)	분류	비고
1	4	讀者文壇	暑中伺い 서중 문안	廷聲	수필/일상	

지면	단수	기획	기사제목 〈회수〉〔곡수〕	필자/저자(역자)	분류	비고
1	4	短歌	花百首の中〔5〕 꽃 백 수 중에서	月彦	시가/단카	
1	4	俳句	夕涼み〔1〕 저녁에 바람을 쐬다	○○生	시가/하이쿠	
1	4	俳句	夕涼み〔1〕 저녁에 바람을 쐬다	△○生	시가/하이쿠	
1	4	俳句	夕涼み〔1〕 저녁에 바람을 쐬다	△△生	시가/하이쿠	
1	4	俳句	夕涼み〔1〕 저녁에 바람을 쐬다	○△生	시가/하이쿠	
1	4~6		嘉永侠客 國定忠次〈35〉 가에이 협객 구니사다 주지	眞龍齋貞水	고단	회수 오류
4	1~2	小說	新玉家小糸の實傳〈26〉 아라타마야 고이토의 실전		소설/일본	회수 오류

1907년 08월 08일 (목) 2613호

지면	단수	기획	기사제목 〈회수〉〔곡수〕	필자/저자(역자)	분류	비고
1	4	短歌	花百首の中〔5〕 꽃 백 수 중에서	月彦	시가/단카	
1	5~6		嘉永侠客 國定忠次〈36〉 가에이 협객 구니사다 주지	眞龍齋貞水	고단	회수 오류
4	1~2	小說	新玉家小糸の實傳〈27〉 아라타마야 고이토의 실전		소설/일본	회수 오류
5	2~3		世界徒步 旅行者 세계 도보 여행자		수필/기행	

1907년 08월 09일 (금) 2614호

지면	단수	기획	기사제목 〈회수〉〔곡수〕	필자/저자(역자)	분류	비고
1	4~5	短歌	(제목없음)〔5〕		시가/단카	
1	5~7		嘉永侠客 國定忠次〈37〉 가에이 협객 구니사다 주지	眞龍齋貞水	고단	회수 오류
4	1~2	小說	新玉家小糸の實傳〈28〉 아라타마야 고이토의 실전		소설/일본	회수 오류

1907년 08월 10일 (토) 2615호

지면	단수	기획	기사제목 〈회수〉〔곡수〕	필자/저자(역자)	분류	비고
1	5	讀者文壇	## ##	#川	수필/일상	
1	5	短歌	卅八年の元旦上海にありて〔4〕 38년 새해 상해에서		시가/단카	
1	5~7		嘉永侠客 國定忠次〈38〉 가에이 협객 구니사다 주지	眞龍齋貞水	고단	회수 오류
4	1~2	小說	新玉家小糸の實傳〈29〉 아라타마야 고이토의 실전		소설/일본	회수 오류

1907년 08월 11일 (일) 2616호

지면	단수	기획	기사제목 〈회수〉〔곡수〕	필자/저자(역자)	분류	비고
1	4		詩と非詩 시와 비시	井上#素	수필/비평	
1	4	讀者文壇	人は交際の動物なり 인간은 교재의 동물이다.	▲△生	수필/비평	
1	5	漢詩	韓國##〔1〕 한국##	大江#鶴	시가/한시	
1	5	漢詩	金州途上〔1〕 전주 도중	大江#鶴	시가/한시	

지면	단수	기획	기사제목 〈회수〉〔곡수〕	필자/저자(역자)	분류	비고
1	5	漢詩	松都 〔1〕 송도	大江#鶴	시가/한시	
1	5~6		嘉永俠客 國定忠次 〈38〉 가에이 협객 구니사다 주지	眞龍齋貞水	고단	
3	1~2		雷鳴六郎 〈1〉 가미나리 로쿠로	渡邊默禪	소설/일본 고전	
3	3~4	小說	新玉家小糸の實傳 〈30〉 아라타마야 고이토의 실전		소설/일본	회수 오류
7	5		蜻蛉會句集 〔5〕 세이레이카이 구집	蘇川	시가/하이쿠	
7	5		蜻蛉會句集 〔3〕 세이레이카이 구집	柏人	시가/하이쿠	
7	5		蜻蛉會句集 〔2〕 세이레이카이 구집	掬子	시가/하이쿠	
7	5		蜻蛉會句集 〔2〕 세이레이카이 구집	營子	시가/하이쿠	

1907년 08월 13일 (화) 2617호

지면	단수	기획	기사제목 〈회수〉〔곡수〕	필자/저자(역자)	분류	비고
1	4		良友 좋은 친구	建雄	수필/일상	
1	4	漢詩	水柳#竹枝 〔6〕 수류#죽지	大江揚鶴	시가/한시	
1	4	漢詩	京釜線道所 〔4〕 경부선 도소	大江揚鶴	시가/한시	
1	4~6		雷鳴六郎 〈2〉 가미나리 로쿠로	渡邊默禪	소설/일본 고전	
4	1~2	小說	新玉家小糸の實傳 〈31〉 아라타마야 고이토의 실전		소설/일본	회수 오류

1907년 08월 14일 (수) 2618호

지면	단수	기획	기사제목 〈회수〉〔곡수〕	필자/저자(역자)	분류	비고
1	4	手紙集	上海より 상하이에서	龍太	수필/서간	
1	4~5	手紙集	長沙より 창사에서	三郎	수필/서간	
1	5	手紙集	河南より 허난에서	實	수필/서간	
1	5~7		雷鳴六郎 〈3〉 가미나리 로쿠로	渡邊默禪	소설/일본 고전	
4	1~2	小說	新玉家小糸の實傳 〈32〉 아라타마야 고이토의 실전		소설/일본	회수 오류

1907년 08월 15일 (목) 2619호

지면	단수	기획	기사제목 〈회수〉〔곡수〕	필자/저자(역자)	분류	비고
1	2~3		社頭の一夜 〈1〉 신사 앞에서 하룻밤	蘇川	수필/일상	
1	3	手紙集	漢口より 한커우에서	成正	수필/서간	
1	3~4	手紙集	作州より 사쿠슈에서	通夫	수필/서간	
1	4	短歌	꽃 백 수 중에서 〔4〕 화백수 안		시가/단카	
1	4		文藝繪畵募集 문예 회화 모집		광고/모집 광고	

지면	단수	기획	기사제목 〈회수〉 〔곡수〕	필자/저자(역자)	분류	비고
1	4~6		雷鳴六郎 〈4〉 가미나리 로쿠로	渡邊默禪	소설/일본 고전	
4	1~2	小說	新玉家小糸の實傳 〈34〉 아라타마야 고이토의 실전		소설/일본	회수 오류

1907년 08월 16일 (금) 2620호

지면	단수	기획	기사제목 〈회수〉 〔곡수〕	필자/저자(역자)	분류	비고
1	2~3		社頭の一夜 〈2〉 신사 앞에서 하룻밤	蘇川	수필/일상	
1	3		文藝繪畫募集 문예 회화 모집		광고/모집 광고	
1	3~4	手紙集	横須賀より 요코스카에서	幸利	수필/서간	
1	4	手紙集	鎭江より 전장에서	英次郎	수필/서간	
1	4~6		雷鳴六郎 〈5〉 가미나리 로쿠로	渡邊默禪	소설/일본 고전	
2	1~2		嘉永俠客 國定忠次 〈38〉 가에이 협객 구니사다 주지	眞龍齋貞水	고단	

1907년 08월 17일 (토) 2621호

지면	단수	기획	기사제목 〈회수〉 〔곡수〕	필자/저자(역자)	분류	비고
1	3~4		書齋偶語 서제우어	建雄	수필/기타	
1	4	手紙集	東京より 도쿄에서	伸	수필/서간	
1	4	手紙集	別府より 벳푸에서	滋	수필/서간	
1	5~6		雷鳴六郎 〈6〉 가미나리 로쿠로	渡邊默禪	소설/일본 고전	
4	1~2		嘉永俠客 國定忠次 〈41〉 가에이 협객 구니사다 주지	眞龍齋貞水	고단	회수 오류

1907년 08월 18일 (일) 2622호

지면	단수	기획	기사제목 〈회수〉 〔곡수〕	필자/저자(역자)	분류	비고
1	3~4		社頭の一夜 〈3〉 신사 앞에서 하룻밤	蘇川	수필/일상	
1	3		文藝繪畫募集 문예 회화 모집		광고/모집 광고	
1	4	手紙集	長野より 나가노에서	長德	수필/서간	
1	4	手紙集	葉山より 하야마에서	虎夫	수필/서간	
1	4	短歌	短歌 〔3〕 단카		시가/단카	
1	4~6		雷鳴六郎 〈7〉 가미나리 로쿠로	渡邊默禪	소설/일본 고전	
4	1~2		嘉永俠客 國定忠次 〈42〉 가에이 협객 구니사다 주지	眞龍齋貞水	고단	회수 오류

1907년 08월 20일 (화) 2623호

지면	단수	기획	기사제목 〈회수〉 〔곡수〕	필자/저자(역자)	분류	비고
1	3~4		社頭の一夜 〈4〉 신사 앞에서 하룻밤	蘇川	수필/일상	
1	3		文藝繪畫募集 문예 회화 모집		광고/모집 광고	

지면	단수	기획	기사제목 〈회수〉〔곡수〕	필자/저자(역자)	분류	비고
1	4	手紙集	福岡より 후쿠오카에서	梅外	수필/서간	
1	4	手紙集	本鄕より 혼고에서	春吉	수필/서간	
1	4	短歌	短歌〔4〕 단카		시가/단카	
1	4~6		雷鳴六郎〈8〉 가미나리 로쿠로	渡邊默禪	소설/일본 고전	
4	1~2		嘉永俠客 國定忠次〈45〉 가에이 협객 구니사다 주지	眞龍齋貞水	고단	

1907년 08월 21일 (수) 2624호

지면	단수	기획	기사제목 〈회수〉〔곡수〕	필자/저자(역자)	분류	비고
1	3		書齋偶語/元太祖訓言(上)〈1〉 서제우어/원태조훈언(상)	建雄	수필/기타	
1	3~4	手紙集	麻布より 아자부에서	良三	수필/서간	
1	4	手紙集	松山より 마쓰야마에서	吉次郎	수필/서간	
1	4~6		雷鳴六郎〈9〉 가미나리 로쿠로	渡邊默禪	소설/일본 고전	
4	1~2		嘉永俠客 國定忠次〈46〉 가에이 협객 구니사다 주지	眞龍齋貞水	고단	회수 오류

1907년 08월 22일 (목) 2625호

지면	단수	기획	기사제목 〈회수〉〔곡수〕	필자/저자(역자)	분류	비고
1	3~4		書齋偶語/續元太祖訓言(下)〈2〉 서제우어/속원태조훈언(하)	建雄	수필/기타	
1	3		文藝繪畫募集 문예 회화 모집		광고/모집 광고	
1	4	短歌	短歌〔4〕 단카		시가/단카	
1	4~7		雷鳴六郎〈10〉 가미나리 로쿠로	渡邊默禪	소설/일본 고전	
4	1~2		嘉永俠客 國定忠次〈47〉 가에이 협객 구니사다 주지	眞龍齋貞水	고단	회수 오류

1907년 08월 23일 (금) 2626호

지면	단수	기획	기사제목 〈회수〉〔곡수〕	필자/저자(역자)	분류	비고
1	3~4		廿餘年前の朝鮮(上)〈1〉 이십여 년 전 조선(상)		수필/관찰	
1	4		文藝繪畫募集 문예 회화 모집		광고/모집 광고	
1	4~5		湘潭の一夕 샹탄의 하루 저녁	小白	수필/일상	
1	5~6	新体詩	そのたまゆら〔1〕 그 순간	介春	시가/신체시	
4	1~2		嘉永俠客 國定忠次〈48〉 가에이 협객 구니사다 주지	眞龍齋貞水	고단	회수 오류

1907년 08월 24일 (토) 2627호

지면	단수	기획	기사제목 〈회수〉〔곡수〕	필자/저자(역자)	분류	비고
1	2~4		廿餘年前の朝鮮(上)〈1〉 이십여 년 전 조선(상)		수필/관찰	회수 오류
1	4	新体詩	病める兒〔1〕 아픈 아이	介春	시가/신체시	

지면	단수	기획	기사제목 〈회수〉 〔곡수〕	필자/저자(역자)	분류	비고
1	4~5		書齋偶語/柿本人麻呂の歌 서제우어/가키노모토 히토마로의 노래	建雄	수필/기타	
4	1~2		嘉永俠客 國定忠次 〈49〉 가에이 협객 구니사다 주지	眞龍齋貞水	고단	회수 오류
5	3		うたぶり 〔5〕 노래 장단	木化子	시가/단카	

1907년 08월 25일 (일) 2628호

지면	단수	기획	기사제목 〈회수〉 〔곡수〕	필자/저자(역자)	분류	비고
1	4~5		書齋偶語/日本古代の幅員 서제우어/일본 고대의 폭	建雄	수필/기타	
1	5	短歌	短歌 〔4〕 단카		시가/단카	
4	1~2		嘉永俠客 國定忠次 〈50〉 가에이 협객 구니사다 주지	眞龍齋貞水	고단	회수 오류

1907년 08월 27일 (화) 2629호

지면	단수	기획	기사제목 〈회수〉 〔곡수〕	필자/저자(역자)	분류	비고
1	4	手紙集	大久保より 오쿠보에서	伸	수필/서간	
1	4	手紙集	鎭江より 전장에서	英次郎	수필/서간	
1	4	俳句	稻妻 〔1〕 번개	蘇川	시가/하이쿠	
1	4	俳句	稻妻 〔2〕 번개	孤杉	시가/하이쿠	
1	4	俳句	稻妻 〔1〕 번개	彌平	시가/하이쿠	
1	4	俳句	稻妻 〔1〕 번개	柏人	시가/하이쿠	
1	4~5		書齋偶語/德川家康 서제우어/도쿠가와 이에야스	建雄	수필/기타	
4	1~2		嘉永俠客 國定忠次 〈52〉 가에이 협객 구니사다 주지	眞龍齋貞水	고단	회수 오류

1907년 08월 29일 (목) 2630호

지면	단수	기획	기사제목 〈회수〉 〔곡수〕	필자/저자(역자)	분류	비고
1	4~7		雷鳴六郎 〈11〉 가미나리 로쿠로	渡邊默禪	소설/일본 고전	
4	1~2		嘉永俠客 國定忠次 〈52〉 가에이 협객 구니사다 주지	眞龍齋貞水	고단	회수 오류

1907년 08월 30일 (금) 2631호

지면	단수	기획	기사제목 〈회수〉 〔곡수〕	필자/저자(역자)	분류	비고
1	2		小說の利害 소설의 이로움과 해악		수필/비평	
1	3~5		水の行くゑ/妹より 〈1〉 물이 흐르는 곳/여동생으로부터	梨の舍	수필/일상	
1	5~7		雷鳴六郎 〈12〉 가미나리 로쿠로	渡邊默禪	소설/일본 고전	
4	1~2		嘉永俠客 國定忠次 〈53〉 가에이 협객 구니사다 주지	眞龍齋貞水	고단	회수 오류

1907년 08월 31일 (토) 2632호

지면	단수	기획	기사제목 〈회수〉 〔곡수〕	필자/저자(역자)	분류	비고
1	2~3		水の行くゑ/妹より 〈2〉 물이 흐르는 곳/여동생으로부터	梨の舍	수필/일상	

지면	단수	기획	기사제목 〈회수〉〔곡수〕	필자/저자(역자)	분류	비고
1	3		文藝繪畵募集 문예 회화 모집		광고/모집 광고	
1	4		松林里ゆき 송림리 행	おうめい	수필/기행	
1	4~7		雷鳴六郎 〈13〉 가미나리 로쿠로	渡邊默禪	소설/일본 고전	
4	1~2		嘉永俠客 國定忠次 〈54〉 가에이 협객 구니사다 주지	眞龍齋貞水	고단	회수 오류

1907년 09월 01일 (일) 2633호

지면	단수	기획	기사제목 〈회수〉〔곡수〕	필자/저자(역자)	분류	비고
1	2~4		水の行くゑ/妹より 〈2〉 물이 흐르는 곳/여동생으로부터	梨の舍	수필/일상	회수 오류
1	3		松林里ゆき(續) 송림리 행(속)	おうめい	수필/기행	
1	4		文藝繪畵募集 문예 회화 모집		광고/모집 광고	
1	4		(제목없음)〔1〕	孤杉	시가/하이쿠	
1	4		(제목없음)〔1〕	楓村	시가/하이쿠	
1	4		(제목없음)〔1〕	蘇川	시가/하이쿠	
1	4		(제목없음)〔1〕	彌平	시가/하이쿠	
1	4		(제목없음)〔1〕	柏人	시가/하이쿠	
1	4		(제목없음)〔1〕	掬子	시가/하이쿠	
1	4		(제목없음)〔1〕	如水	시가/하이쿠	
1	4		(제목없음)〔1〕	鷗盟	시가/하이쿠	
1	5~7		雷鳴六郎 〈14〉 가미나리 로쿠로	渡邊默禪	소설/일본 고전	

1907년 09월 03일 (화) 2634호

지면	단수	기획	기사제목 〈회수〉〔곡수〕	필자/저자(역자)	분류	비고
1	3~4		水の行くゑ/妹より 〈4〉 물이 흐르는 곳/여동생으로부터	梨の舍	수필/일상	
1	3		文藝繪畵募集 문예 회화 모집		광고/모집 광고	
1	4	讀者文壇	夕暮 해질녘	秋風	수필/일상	
1	4	俳句	(제목없음)〔2〕	蘇川	시가/하이쿠	
1	4	俳句	(제목없음)〔2〕	彌平	시가/하이쿠	
1	4	俳句	(제목없음)〔2〕	楓村	시가/하이쿠	
1	4	俳句	(제목없음)〔2〕	柏人	시가/하이쿠	
1	4	俳句	(제목없음)〔1〕	掬子	시가/하이쿠	

지면	단수	기획	기사제목 〈회수〉〔곡수〕	필자/저자(역자)	분류	비고
1	5	俳句	(제목없음)〔2〕	螢子	시가/하이쿠	
1	5	俳句	(제목없음)〔1〕	如水	시가/하이쿠	
1	5	俳句	(제목없음)〔2〕	鷗盟	시가/하이쿠	
1	5~7		雷鳴六郎 〈15〉 가미나리 로쿠로	渡邊默禪	소설/일본 고전	
4	1~2		嘉永俠客 國定忠次 〈55〉 가에이 협객 구니사다 주지	眞龍齋貞水	고단	회수 오류

1907년 09월 04일 (수) 2635호

지면	단수	기획	기사제목 〈회수〉〔곡수〕	필자/저자(역자)	분류	비고
1	2~3		水の行くゑ/兄より 〈5〉 물의 흐름/오빠로부터	梨の舍	수필/일상	
1	3		文藝繪畫募集 문예 회화 모집		광고/모집 광고	
1	4	讀者文藝	募集俳句〔1〕 모집 하이쿠	蘇川	시가/하이쿠	
1	4	讀者文藝	募集俳句〔1〕 모집 하이쿠	牛郎	시가/하이쿠	
1	4	讀者文藝	募集俳句〔1〕 모집 하이쿠	貞水	시가/하이쿠	
1	4	讀者文藝	募集俳句〔4〕 모집 하이쿠	牛郎	시가/하이쿠	
1	4	讀者文藝	募集俳句〔4〕 모집 하이쿠	蘇川	시가/하이쿠	
1	4~7		雷鳴六郎 〈16〉 가미나리 로쿠로	渡邊默禪	소설/일본 고전	
4	1~2		嘉永俠客 國定忠次 〈56〉 가에이 협객 구니사다 주지	眞龍齋貞水	고단	회수 오류

1907년 09월 05일 (목) 2636호

지면	단수	기획	기사제목 〈회수〉〔곡수〕	필자/저자(역자)	분류	비고
1	3		水の行くゑ/妹より 〈6〉 물이 흐르는 곳/여동생으로부터	梨の舍	수필/일상	
1	3		文藝繪畫募集 문예 회화 모집		광고/모집 광고	
1	4	讀者文藝	募集俳句〔4〕 모집 하이쿠	掬子	시가/하이쿠	
1	4	讀者文藝	募集俳句〔2〕 모집 하이쿠	如水	시가/하이쿠	
1	5	讀者文藝	募集俳句〔2〕 모집 하이쿠	初學	시가/하이쿠	
1	5	讀者文藝	募集俳句〔1〕 모집 하이쿠	可學	시가/하이쿠	
1	5	讀者文藝	募集俳句〔1〕 모집 하이쿠	飛高	시가/하이쿠	
1	5	讀者文藝	募集俳句〔1〕 모집 하이쿠	才涯	시가/하이쿠	
1	5	讀者文藝	募集俳句〔1〕 모집 하이쿠	松月	시가/하이쿠	
1	5	讀者文藝	募集俳句〔1〕 모집 하이쿠	松鄉	시가/하이쿠	

지면	단수	기획	기사제목 〈회수〉〔곡수〕	필자/저자(역자)	분류	비고
1	5	讀者文藝	募集俳句〔1〕 모집 하이쿠	廷聲	시가/하이쿠	
1	5	讀者文藝	募集俳句〔1〕 모집 하이쿠	幸雄	시가/하이쿠	
1	5	讀者文藝	募集俳句〔3〕 모집 하이쿠	鷗盟	시가/하이쿠	
1	5~7		雷鳴六郎〈17〉 가미나리 로쿠로	渡邊默禪	소설/일본 고전	
4	1~2		嘉永俠客 國定忠次〈56〉 가에이 협객 구니사다 주지	眞龍齋貞水	고단	회수 오류

1907년 09월 06일 (금) 2637호

지면	단수	기획	기사제목	필자/저자	분류	비고
1	3		文藝繪畫募集 문예 회화 모집		광고/모집 광고	
1	4	讀者文壇	二百十日 이백십일	銑水	수필/기타	
1	4~6		雷鳴六郎〈18〉 가미나리 로쿠로	渡邊默禪	소설/일본 고전	
4	1~2		嘉永俠客 國定忠次〈58〉 가에이 협객 구니사다 주지	眞龍齋貞水	고단	회수 오류

1907년 09월 07일 (토) 2638호

지면	단수	기획	기사제목	필자/저자	분류	비고
1	3	讀者文藝/ 小品文 短歌	寢顔に水 잠든 얼굴에 물	#	수필/일상	
1	3~4	讀者文藝/ 小品文 短歌	○ ○	狂風	수필/일상	
1	4~7		雷鳴六郎〈19〉 가미나리 로쿠로	渡邊默禪	소설/일본 고전	
3	4~5		嘉永俠客 國定忠次〈59〉 가에이 협객 구니사다 주지	眞龍齋貞水	고단	회수 오류

1907년 09월 08일 (일) 2639호

지면	단수	기획	기사제목	필자/저자	분류	비고
1	3		文藝繪畫募集 문예 회화 모집		광고/모집 광고	
1	3~4		水の行くゑ/兄より〈6〉 물의 흐름/오빠로부터	梨の舍	수필/일상	회수 오류
1	4	俳句	黃公追悼吟〔6〕 황공 추도음	震郎	시가/하이쿠	
1	4~7		雷鳴六郎〈20〉 가미나리 로쿠로	渡邊默禪	소설/일본 고전	
3	4~5		嘉永俠客 國定忠次〈60〉 가에이 협객 구니사다 주지	眞龍齋貞水	고단	회수 오류

1907년 09월 10일 (화) 2640호

지면	단수	기획	기사제목	필자/저자	분류	비고
1	3~4		朝鮮の文學(上)〈1〉 조선의 문학(상)		수필/비평	
1	4	讀者文藝	女子 여자	よね子	수필/일상	
1	4~7		雷鳴六郎〈21〉 가미나리 로쿠로	渡邊默禪	소설/일본 고전	
3	4~6		嘉永俠客 國定忠次〈61〉 가에이 협객 구니사다 주지	眞龍齋貞水	고단	회수 오류

지면	단수	기획	기사제목 〈회수〉 [곡수]	필자/저자(역자)	분류	비고
			1907년 09월 11일 (수) 2641호			
1	3	讀者文藝/小品文 短歌	學校敎師 학교 교사	狂風	수필/일상	
1	3~4	讀者文藝/小品文 短歌	夕月夜 [5] 저녁 달	新庄竹涯	시가/단카	
1	4~6		雷鳴六郎 〈22〉 가미나리 로쿠로	渡邊默禪	소설/일본 고전	
3	4~6		嘉永俠客 國定忠次 〈62〉 가에이 협객 구니사다 주지	眞龍齋貞水	고단	회수 오류
5	1~2		島めぐり 섬 둘러보기		수필/기행	
			1907년 09월 12일 (목) 2642호			
1	3~4		朝鮮の文學(續) 〈2〉 조선의 문학(속)		수필/비평	
1	4	讀者文藝/小品文 俳句	新婚旅行 신혼여행	天囚	수필/일상	
1	4	讀者文藝/小品文 俳句	俳句 [1] 하이쿠	目池	시가/하이쿠	
1	4	讀者文藝/小品文 俳句	俳句 [2] 하이쿠	掬子	시가/하이쿠	
1	4	讀者文藝/小品文 俳句	俳句 [1] 하이쿠	楓村	시가/하이쿠	
1	4	讀者文藝/小品文 俳句	俳句 [2] 하이쿠	孤杉	시가/하이쿠	
1	4	讀者文藝/小品文 俳句	俳句 [1] 하이쿠	蘇川	시가/하이쿠	
1	4	讀者文藝/小品文 俳句	俳句 [2] 하이쿠	鷗盟	시가/하이쿠	
1	4~6		雷鳴六郎 〈23〉 가미나리 로쿠로	渡邊默禪	소설/일본 고전	
3	4~6		嘉永俠客 國定忠次 〈63〉 가에이 협객 구니사다 주지	眞龍齋貞水	고단	회수 오류
5	2~3		狂氣の自殺 광기의 자살		수필/기타	
			1907년 09월 13일 (금) 2643호			
1	3		文藝繪畫募集 문예 회화 모집		광고/모집 광고	
1	3~4	文藝/小品 文短歌 俳句	薇山先生 비잔 선생	小白	수필/일상	
1	4	文藝/小品 文短歌 俳句	故鄕 고향	秋風	수필/일상	
1	4	文藝/小品 文短歌 俳句	翠# [5] 취#	新庄竹涯	시가/단카	
1	4	文藝/小品 文短歌 俳句	俳句 [1] 하이쿠	蘇川	시가/하이쿠	
1	4	文藝/小品 文短歌 俳句	俳句 [1] 하이쿠	掬子	시가/하이쿠	
1	4	文藝/小品 文短歌 俳句	俳句 [1] 하이쿠	彌平	시가/하이쿠	

지면	단수	기획	기사제목 〈회수〉〔곡수〕	필자/저자(역자)	분류	비고
1	4	文藝/小品 文短歌 俳句	俳句〔1〕 하이쿠	如水	시가/하이쿠	
1	4	文藝/小品 文短歌 俳句	俳句〔1〕 하이쿠	楓村	시가/하이쿠	
1	4~6		雷鳴六郎〈24〉 가미나리 로쿠로	渡邊默禪	소설/일본 고전	
3	4~6		嘉永俠客 國定忠次〈64〉 가에이 협객 구니사다 주지	眞龍齋貞水	고단	회수 오류

1907년 09월 14일 (토) 2644호

지면	단수	기획	기사제목 〈회수〉〔곡수〕	필자/저자(역자)	분류	비고
1	5	文藝/小品 文短歌 俳句	虫の音 벌레 소리	##	수필/일상	
1	6	文藝/小品 文短歌 俳句	湖畔〔5〕 호반	新庄竹涯	시가/단카	
1	6	文藝/小品 文短歌 俳句	(제목없음)〔2〕	蘇川	시가/하이쿠	
1	6	文藝/小品 文短歌 俳句	(제목없음)〔1〕	柏人	시가/하이쿠	
1	6	文藝/小品 文短歌 俳句	(제목없음)〔1〕	楓村	시가/하이쿠	
1	6	文藝/小品 文短歌 俳句	(제목없음)〔1〕	孤杉	시가/하이쿠	
1	6	文藝/小品 文短歌 俳句	(제목없음)〔1〕	彌平	시가/하이쿠	
1	6	文藝/小品 文短歌 俳句	(제목없음)〔1〕	掬子	시가/하이쿠	
3	4~7		嘉永俠客 國定忠次〈65〉 가에이 협객 구니사다 주지	眞龍齋貞水	고단	회수 오류

1907년 09월 15일 (일) 2645호

지면	단수	기획	기사제목 〈회수〉〔곡수〕	필자/저자(역자)	분류	비고
1	4	文藝/小 品文 俳句	山と岡 산과 언덕	白花	수필/일상	
1	4	文藝/小 品文 俳句	俳句〔8〕 하이쿠	竹涯生	시가/하이쿠	
1	5~7		雷鳴六郎〈25〉 가미나리 로쿠로	渡邊默禪	소설/일본 고전	
3	4~6		嘉永俠客 國定忠次〈66〉 가에이 협객 구니사다 주지	眞龍齋貞水	고단	회수 오류

1907년 09월 17일 (화) 2646호

지면	단수	기획	기사제목 〈회수〉〔곡수〕	필자/저자(역자)	분류	비고
1	5	文藝	平和 평화	無名子	수필/일상	
1	5	文藝	俳句〔11〕 하이쿠	竹涯生	시가/하이쿠	
3	4~7		嘉永俠客 國定忠次〈67〉 가에이 협객 구니사다 주지	眞龍齋貞水	고단	회수 오류

1907년 09월 18일 (수) 2647호

지면	단수	기획	기사제목 〈회수〉〔곡수〕	필자/저자(역자)	분류	비고
1	4	俳句	俳句〔25〕 하이쿠	竹涯生	시가/하이쿠	
5	1~2		情けの露 인정의 이슬		수필/기타	

지면	단수	기획	기사제목 〈회수〉〔곡수〕	필자/저자(역자)	분류	비고
			1907년 09월 19일 (목) 2648호			
1	2		文藝繪畫募集 문예 회화 모집		광고/모집 광고	
1	3~5		月見草 달맞이꽃	天馳	수필/일상	
1	5	俳句	俳句 〔7〕 하이쿠	竹涯生	시가/하이쿠	
3	4~7		嘉永俠客 國定忠次 〈69〉 가에이 협객 구니사다 주지	眞龍齋貞水	고단	회수 오류
			1907년 09월 20일 (금) 2649호			
1	4	文藝	赤き白き 〔5〕 붉고 하얀	竹涯生	시가/단카	
1	4	俳句	(제목없음) 〔3〕	孤杉	시가/하이쿠	
1	4	俳句	(제목없음) 〔2〕	楓村	시가/하이쿠	
1	4	俳句	(제목없음) 〔2〕	蘇川	시가/하이쿠	
1	4	俳句	(제목없음) 〔3〕	百万	시가/하이쿠	
1	4	俳句	(제목없음) 〔1〕	柏人	시가/하이쿠	
1	4	俳句	(제목없음) 〔1〕	螢子	시가/하이쿠	
1	4	俳句	(제목없음) 〔1〕	如水	시가/하이쿠	
1	4	俳句	(제목없음) 〔2〕	鷗盟	시가/하이쿠	
1	4~6		雷鳴六郎 〈26〉 가미나리 로쿠로	渡邊默禪	소설/일본 고전	
3	4~7		嘉永俠客 國定忠次 〈70〉 가에이 협객 구니사다 주지	眞龍齋貞水	고단	회수 오류
5	3		文藝繪畫募集第一回當選者 문예 회화 모집 제1회 당선자		광고/모집 결과	
			1907년 09월 22일 (일) 2650호			
1	3~4		別府行日記抄 벳푸행 일기초	坊君の母	수필/일기	
1	4~7		雷鳴六郎 〈27〉 가미나리 로쿠로	渡邊默禪	소설/일본 고전	
3	4~6		嘉永俠客 國定忠次 〈71〉 가에이 협객 구니사다 주지	眞龍齋貞水	고단	회수 오류
			1907년 09월 24일 (화) 2651호			
1	3		文藝繪畫募集第二回 문예 회화 모집 제2회		광고/모집 광고	
1	4		別府行日記抄 벳푸행 일기초	坊君の母	수필/일기	
1	4~5	新体詩	默せる巖 〔24〕 침묵하는 바위	新庄竹涯	시가/신체시	

지면	단수	기획	기사제목 〈회수〉〔곡수〕	필자/저자(역자)	분류	비고
1	5~6		雷鳴六郎 〈28〉 가미나리 로쿠로	渡邊默禪	소설/일본 고전	
3	4~7		嘉永俠客 國定忠次 〈72〉 가에이 협객 구니사다 주지	眞龍齋貞水	고단	회수 오류

1907년 09월 26일 (목) 2652호

지면	단수	기획	기사제목 〈회수〉〔곡수〕	필자/저자(역자)	분류	비고
1	3		文藝繪畵募集第二回 문예 회화 모집 제2회		광고/모집 광고	
1	3~4		月見と留別 달맞이와 이별	△△△	수필/기타	
1	4	俳句	(제목없음)〔2〕	柏人	시가/하이쿠	
1	4	俳句	(제목없음)〔2〕	楓村	시가/하이쿠	
1	4	俳句	(제목없음)〔2〕	彌平	시가/하이쿠	
1	4	俳句	(제목없음)〔2〕	蘇川	시가/하이쿠	
1	4	俳句	(제목없음)〔2〕	鷗盟	시가/하이쿠	
1	4	短歌	乘り合ひ〔5〕 합승	竹	시가/단카	
1	4~6		雷鳴六郎 〈29〉 가미나리 로쿠로	渡邊默禪	소설/일본 고전	
3	4~7		嘉永俠客 國定忠次 〈73〉 가에이 협객 구니사다 주지	眞龍齋貞水	고단	회수 오류

1907년 09월 27일 (금) 2653호

지면	단수	기획	기사제목 〈회수〉〔곡수〕	필자/저자(역자)	분류	비고
1	3~4	短歌	二色繪具〔5〕 두 가지 색깔의 그림 도구	新庄竹涯	시가/단카	
1	4	俳句	俳句〔10〕 하이쿠	△△	시가/하이쿠	
1	4		文藝繪畵募集第二回 문예 회화 모집 제2회		광고/모집 광고	
1	4~6		雷鳴六郎 〈30〉 가미나리 로쿠로	渡邊默禪	소설/일본 고전	
3	4~6		嘉永俠客 國定忠次 〈74〉 가에이 협객 구니사다 주지	眞龍齋貞水	고단	회수 오류

1907년 09월 28일 (토) 2654호

지면	단수	기획	기사제목 〈회수〉〔곡수〕	필자/저자(역자)	분류	비고
1	3		文藝繪畵募集第二回 문예 회화 모집 제2회		광고/모집 광고	
1	3~4		狩の一日(上)〈1〉 수렵 1일(상)	崎堂	수필/일상	
1	4	文藝	##〔5〕 ##	新庄竹涯	수필/기타	
1	4~6		雷鳴六郎 〈31〉 가미나리 로쿠로	渡邊默禪	소설/일본 고전	
3	4~5		嘉永俠客 國定忠次 〈75〉 가에이 협객 구니사다 주지	眞龍齋貞水	고단	회수 오류

1907년 10월 01일 (화) 2656호

지면	단수	기획	기사제목 〈회수〉〔곡수〕	필자/저자(역자)	분류	비고
1	3		文藝繪畵募集第二回 문예 회화 모집 제2회		광고/모집 광고	
1	3~4		地聲 〈1〉 타고난 목소리	孤杉	수필/일상	
1	4	新体詩	二つの光 〔1〕 두 개의 빛	新庄竹涯	시가/신체시	
1	4~7		雷鳴六郎 〈33〉 가미나리 로쿠로	渡邊默禪	소설/일본 고전	
3	4~5		嘉永俠客 國定忠次 〈77〉 가에이 협객 구니사다 주지	眞龍齋貞水	고단	회수 오류

1907년 10월 02일 (수) 2657호

1	3		文藝繪畵募集第二回 문예 회화 모집 제2회		광고/모집 광고	
1	3~4		地聲 〈2〉 타고난 목소리	孤杉	수필/일상	
1	4~7		雷鳴六郎 〈34〉 가미나리 로쿠로	渡邊默禪	소설/일본 고전	
3	4~5		嘉永俠客 國定忠次 〈78〉 가에이 협객 구니사다 주지	眞龍齋貞水	고단	회수 오류

1907년 10월 03일 (목) 2658호

1	3		文藝繪畵募集第二回 문예 회화 모집 제2회		광고/모집 광고	
1	3~4		栗拾ひ記(上) 〈1〉 밤 줍기 기록(상)	瓜牛生	수필/일상	
1	4~7		雷鳴六郎 〈34〉 가미나리 로쿠로	渡邊默禪	소설/일본 고전	
3	4~5		嘉永俠客 國定忠次 〈79〉 가에이 협객 구니사다 주지	眞龍齋貞水	고단	회수 오류

1907년 10월 04일 (금) 2659호

| 1 | 4~6 | | 雷鳴六郎 〈34〉
가미나리 로쿠로 | 渡邊默禪 | 소설/일본
고전 | |
| 3 | 4~6 | | 嘉永俠客 國定忠次 〈80〉
가에이 협객 구니사다 주지 | 眞龍齋貞水 | 고단 | 회수 오류 |

1907년 10월 05일 (토) 2660호

1	3~4		栗拾ひ記(下) 〈2〉 밤 줍기 기록(하)	瓜牛生	수필/일상	
1	4~6		雷鳴六郎 〈35〉 가미나리 로쿠로	渡邊默禪	소설/일본 고전	
3	4~6		嘉永俠客 國定忠次 〈81〉 가에이 협객 구니사다 주지	眞龍齋貞水	고단	회수 오류

1907년 10월 06일 (일) 2661호

1	3		俳句會 〔2〕 하이쿠회	蘇川	시가/하이쿠	
1	3		俳句會 〔1〕 하이쿠회	營子	시가/하이쿠	
1	3		俳句會 〔1〕 하이쿠회	掬人	시가/하이쿠	

지면	단수	기획	기사제목 〈회수〉〔곡수〕	필자/저자(역자)	분류	비고
1	3		俳句會 〔2〕 하이쿠회	柏人	시가/하이쿠	
1	3		俳句會 〔1〕 하이쿠회	如水	시가/하이쿠	
1	3		俳句會 〔3〕 하이쿠회	楓村	시가/하이쿠	
1	3		俳句會 〔1〕 하이쿠회	龍谷	시가/하이쿠	
1	4~6		雷鳴六郎 〈38〉 가미나리 로쿠로	渡邊默禪	소설/일본 고전	
3	4~5		嘉永俠客 國定忠次 〈82〉 가에이 협객 구니사다 주지	眞龍齋貞水	고단	회수 오류
5	1~2		流行の洋服 양복의 유행		수필/관찰	

1907년 10월 08일 (화) 2662호

지면	단수	기획	기사제목 〈회수〉〔곡수〕	필자/저자(역자)	분류	비고
1	3		文藝繪畫募集第二回 문예 회화 모집 제2회		광고/모집 광고	
1	3~4		狩の一日(中) 〈2〉 수렵 1일(중)	崎堂	수필/일상	
1	4~6		雷鳴六郎 〈39〉 가미나리 로쿠로	渡邊默禪	소설/일본 고전	
3	4~6		嘉永俠客 國定忠次 〈83〉 가에이 협객 구니사다 주지	眞龍齋貞水	고단	회수 오류

1907년 10월 09일 (수) 2663호

지면	단수	기획	기사제목 〈회수〉〔곡수〕	필자/저자(역자)	분류	비고
1	3		文藝繪畫募集第二回 문예 회화 모집 제2회		광고/모집 광고	
1	4~6		雷鳴六郎 〈40〉 가미나리 로쿠로	渡邊默禪	소설/일본 고전	
3	4~5		嘉永俠客 國定忠次 〈84〉 가에이 협객 구니사다 주지	眞龍齋貞水	고단	회수 오류

1907년 10월 10일 (목) 2664호

지면	단수	기획	기사제목 〈회수〉〔곡수〕	필자/저자(역자)	분류	비고
1	2		文藝繪畫募集第二回 문예 회화 모집 제2회		광고/모집 광고	
1	3~5		雷鳴六郎 〈41〉 가미나리 로쿠로	渡邊默禪	소설/일본 고전	
3	4~5		嘉永俠客 國定忠次 〈85〉 가에이 협객 구니사다 주지	眞龍齋貞水	고단	회수 오류

1907년 10월 11일 (금) 2665호

지면	단수	기획	기사제목 〈회수〉〔곡수〕	필자/저자(역자)	분류	비고
1	2		文藝繪畫募集第二回 문예 회화 모집 제2회		광고/모집 광고	
1	2~3		狩の一日(下) 〈3〉 수렵 1일(하)	崎堂	수필/일상	
1	3~5		雷鳴六郎 〈42〉 가미나리 로쿠로	渡邊默禪	소설/일본 고전	
3	4~5		嘉永俠客 國定忠次 〈86〉 가에이 협객 구니사다 주지	眞龍齋貞水	고단	회수 오류
3	5		時雨の露 〔5〕 오락가락하는 빗방울	小野子	시가/단카	

지면	단수	기획	기사제목 〈회수〉〔곡수〕	필자/저자(역자)	분류	비고
1907년 10월 12일 (토) 2666호						
1	3~4		勞働 노동	白花	수필/일상	
1	4~6		雷鳴六郎 〈42〉 가미나리 로쿠로	渡邊默禪	소설/일본 고전	회수 오류
1907년 10월 13일 (일) 2667호						
1	3~4	手紙集	大久保より(九月十一日) 오쿠보에서(9월 11일)	伸	수필/서간	
1	3~4	手紙集	信州より(九月廿九日) 신슈에서(9월 29일)	長德	수필/서간	
1	4~6		雷鳴六郎 〈44〉 가미나리 로쿠로	渡邊默禪	소설/일본 고전	
3	4~5		嘉永俠客 國定忠次 〈86〉 가에이 협객 구니사다 주지	眞龍齋貞水	고단	회수 오류
1907년 10월 15일 (화) 2668호						
1	3		文藝繪畵募集第二回 문예 회화 모집 제2회		광고/모집 광고	
1	4	手紙集	久米より(九月十七日) 구메에서(9월 17일)	まんよ	수필/서간	
1	4	手紙集	鎭江より(九月廿日) 전장에서(9월 20일)	吉次郎	수필/서간	
1	5~7		雷鳴六郎 〈46〉 가미나리 로쿠로	渡邊默禪	소설/일본 고전	회수 오류
1907년 10월 16일 (수) 2669호 其二						
3	1~7		落日 〈1〉 낙일	水野葉舟	소설/일본	
1907년 10월 16일 (수) 2669호 其三						
4	1~3		仁川と横濱 인천과 요코하마	白眼	수필/기행	
1907년 10월 16일 (수) 2669호 其四						
3	1~3		讚美 찬미	みち生	수필/일상	
3	3~7		進行曲 진행곡	△△△	수필/일상	
3	7	俳句	(제목없음)〔5〕	拍人	시가/하이쿠	
3	7	俳句	(제목없음)〔2〕	如水	시가/하이쿠	
3	7	俳句	(제목없음)〔6〕	#人	시가/하이쿠	
1907년 10월 16일 (수) 2669호 其五						
1	1~3		雷鳴六郎 〈46〉 가미나리 로쿠로	渡邊默禪	소설/일본 고전	
1907년 10월 16일 (수) 2669호 其六						

지면	단수	기획	기사제목 〈회수〉〔곡수〕	필자/저자(역자)	분류	비고
1	1~2		嘉永俠客 國定忠次 〈88〉 가에이 협객 구니사다 주지	眞龍齋貞水	고단	회수 오류

1907년 10월 17일 (목) 2670호

지면	단수	기획	기사제목 〈회수〉〔곡수〕	필자/저자(역자)	분류	비고
1	4		文藝繪畫募集第二回 문예 회화 모집 제2회		광고/모집 광고	
1	4~5	手紙集	漢口より(九月十三日) 한커우에서(9월 13일)	成正	수필/서간	
1	5	手紙集	東京より(九月卅日) 도쿄에서(9월 30일)	#太郎	수필/서간	
1	5~7		雷鳴六郎 〈47〉 가미나리 로쿠로	渡邊默禪	소설/일본 고전	

1907년 10월 19일 (토) 2671호

지면	단수	기획	기사제목 〈회수〉〔곡수〕	필자/저자(역자)	분류	비고
1	3	文藝 / 短歌	弱き者〔7〕 약자	新庄竹涯	시가/단카	
1	3~6		雷鳴六郎 〈48〉 가미나리 로쿠로	渡邊默禪	소설/일본 고전	
3	4~5		嘉永俠客 國定忠次 〈88〉 가에이 협객 구니사다 주지	眞龍齋貞水	고단	회수 오류

1907년 10월 20일 (일) 2672호

지면	단수	기획	기사제목 〈회수〉〔곡수〕	필자/저자(역자)	분류	비고
1	4	文藝	短歌/希望の雲〔5〕 단카/희망의 구름	新庄竹涯	시가/단카	
1	4~6		雷鳴六郎 〈49〉 가미나리 로쿠로	渡邊默禪	소설/일본 고전	
3	6~7		嘉永俠客 國定忠次 〈90〉 가에이 협객 구니사다 주지	眞龍齋貞水	고단	회수 오류
3	7		野球試合の歌〔1〕 야구 시합 노래	隱戀坊	시가/신체시	

1907년 10월 23일 (수) 2674호

지면	단수	기획	기사제목 〈회수〉〔곡수〕	필자/저자(역자)	분류	비고
1	2~3		短歌/白菊〔5〕 단카/흰 국화	新庄竹涯	시가/단카	
1	3~5		落日 〈4〉 낙일	水野葉舟	소설/일본	

1907년 10월 24일 (목) 2675호

지면	단수	기획	기사제목 〈회수〉〔곡수〕	필자/저자(역자)	분류	비고
1	3~4	手紙集	大久保より(九月三十日) 오쿠보에서(9월 30일)	伸	수필/서간	
1	4	手紙集	河南省より(十月三日) 허난 성에서(10월 3일)	實	수필/서간	
1	4		短歌/藻の花〔9〕 단카/수초의 꽃	新庄竹涯	시가/단카	
1	4~5		落日 〈5〉 낙일	水野葉舟	소설/일본	
5	4~5		嵐三五郎の一座開演 아라시 산고로 이치자 개연		광고/공연 광고	

1907년 10월 25일 (금) 2676호

지면	단수	기획	기사제목 〈회수〉〔곡수〕	필자/저자(역자)	분류	비고
1	4	手紙集	中禪寺湖畔より(十四日) 주젠지 호반에서(14일)	伸	수필/서간	

지면	단수	기획	기사제목 〈회수〉〔곡수〕	필자/저자(역자)	분류	비고
1	4	手紙集	長野より(十七日) 나가노에서(17일)	長德	수필/서간	
1	4~5		短歌/昇る日 〔6〕 단카/떠오르는 해	新庄竹涯	시가/단카	
1	5		落日 〈6〉 낙일	水野葉舟	소설/일본	

1907년 10월 26일 (토) 2677호

지면	단수	기획	기사제목	필자/저자(역자)	분류	비고
1	4	小品文	惡夢 악몽	六道山人	수필/일상	
1	4~6		落日 〈7〉 낙일	水野葉舟	소설/일본	
5	2~3		歌舞伎座のぞ記 가부키자 관람기	一記者	수필/비평	

1907년 10월 27일 (일) 2678호

지면	단수	기획	기사제목	필자/저자(역자)	분류	비고
1	4~5	小品文	人の顔 사람의 얼굴	星山	수필/일상	
1	5~6		落日 〈8〉 낙일	水野葉舟	소설/일본	
5	1~3		剃染記 체염기	刀川生	수필/서간· 일상	

1907년 10월 28일 (월) 2679호

지면	단수	기획	기사제목	필자/저자(역자)	분류	비고
1	4		電話口 전화 통화	白岩つや子	수필/일상	
1	4~5		落日 〈9〉 낙일	水野葉舟	소설/일본	
5	2~3		歌舞伎座のぞ記 가부키자 관람기		수필/비평	

1907년 10월 30일 (수) 2680호

지면	단수	기획	기사제목	필자/저자(역자)	분류	비고
1	4	手紙集	鎭江より 전장에서	英次郎	수필/서간	
1	4	手紙集	松山より 마쓰야마에서	まんよ	수필/서간	
1	4~6		雷鳴六郎 〈51〉 가미나리 로쿠로	渡邊默禪	소설/일본 고전	
3	3~4		歌道の大名譽-香川景樹に就て 가도의 대명예-가가와 가게키에 대하여	井上通泰	수필/비평	
5	2~3		歌舞伎座のぞ記 가부키자 관람기		수필/비평	
5	3~4		べにふで 연지 붓	雀男	수필/관찰	
5	4~5		出鱈目集 아무렇게나 쓰는 글		수필/일상	

1907년 10월 31일 (목) 2681호

지면	단수	기획	기사제목	필자/저자(역자)	분류	비고
1	3~4		落日 〈10〉 낙일	水野葉舟	소설/일본	
1	4~6		雷鳴六郎 〈52〉 가미나리 로쿠로	渡邊默禪	소설/일본 고전	

지면	단수	기획	기사제목 〈회수〉〔곡수〕	필자/저자(역자)	분류	비고
5	3		落葉 [5] 낙엽	小琴子	시가/도도이 쓰	

1907년 11월 01일 (금) 2682호

지면	단수	기획	기사제목 〈회수〉〔곡수〕	필자/저자(역자)	분류	비고
1	3~4		落日 〈11〉 낙일	水野葉舟	소설/일본	
1	4~7		雷鳴六郎 〈53〉 가미나리 로쿠로	渡邊默禪	소설/일본 고전	
3	3~4		★關ケ原名殘月-新派浪花節 〈1〉 세키가하라 10월의 달-신파 나니와부시	末廣亭辰丸	시가/나니와 부시	
5	3~4		歌舞伎座のぞ記 가부키자 관람기		수필/비평	

1907년 11월 02일 (토) 2683호

지면	단수	기획	기사제목 〈회수〉〔곡수〕	필자/저자(역자)	분류	비고
1	3~4		落日 〈12〉 낙일	水野葉舟	소설/일본	
1	4~7		雷鳴六郎 〈54〉 가미나리 로쿠로	渡邊默禪	소설/일본 고전	
3	3~4		★關ケ原名殘月-新派浪花節 〈2〉 세키가하라 10월의 달-신파 나니와부시	末廣亭辰丸	시가/나니와 부시	

1907년 11월 03일 (일) 2684호

지면	단수	기획	기사제목 〈회수〉〔곡수〕	필자/저자(역자)	분류	비고
1	2		奉頌天長節 봉송 천장절		수필/기타	
1	4		菊十首 [10] 국화-십수	新庄竹涯	시가/단카	
1	4~6		雷鳴六郎 〈55〉 가미나리 로쿠로	渡邊默禪	소설/일본 고전	

1907년 11월 05일 (화) 2685호

지면	단수	기획	기사제목 〈회수〉〔곡수〕	필자/저자(역자)	분류	비고
1	4	文藝/小品 文 新体詩	新農夫 신농부	江華生	수필/일상	
1	4	文藝/小品 文 新体詩	漫吟 [1] 만음	涯	시가/신체시	
1	4~6		雷鳴六郎 〈55〉 가미나리 로쿠로	渡邊默禪	소설/일본 고전	회수 오류
3	3~4		★關ケ原名殘月-新派浪花節 〈4〉 세키가하라 10월의 달-신파 나니와부시	末廣亭辰丸	시가/나니와 부시	회수 오류
5	3		白菊 흰 국화	ユメ	수필/일상	

1907년 11월 06일 (수) 2686호

지면	단수	기획	기사제목 〈회수〉〔곡수〕	필자/저자(역자)	분류	비고
1	4	文藝	秋に泣く日記 〈1〉 가을에 우는 일기	停舟生	수필/일상	
1	4	文藝	お萩 [1] 싸리	竹涯生	시가/신체시	
1	4~6		雷鳴六郎 〈57〉 가미나리 로쿠로	渡邊默禪	소설/일본 고전	
2	2		★統監の近什 [2] 통감의 최근 시가	伊藤統監	시가/단카	
2	2		統監の近什 [1] 통감의 최근 시가	曾根副統監	시가/한시	

지면	단수	기획	기사제목 〈회수〉〔곡수〕	필자/저자(역자)	분류	비고
1907년 11월 07일 (목) 2687호						
1	4	文藝	秋に泣く日記 〈2〉 가을에 우는 일기	停舟生	수필/일상	
1	4~7		雷鳴六郎 〈5#〉 가미나리 로쿠로	渡邊默禪	소설/일본 고전	회수 판독 불가
1907년 11월 08일 (금) 2688호						
1	4	文藝	秋に泣く日記 〈3〉 가을에 우는 일기	停舟生	수필/일상	
1	4	文藝	短歌三首 〔3〕 단카-삼수	江華生	시가/단카	
1	4~7		雷鳴六郎 〈50〉 가미나리 로쿠로	渡邊默禪	소설/일본 고전	회수 오류
3	3~4		小說 送才郎/例の美人(上) 〈1〉 소설 송재랑/예의 미인(상)		소설/일본	
1907년 11월 09일 (토) 2689호						
1	4~5	文藝 / 小 品文	(一等)自然の樂園 (1등)자연의 낙원	秋峯	수필/일상	
1	5~6		斷崖 〈1〉 단애	蕗村	소설/일본	
3	3~4		小說 送才郎/例の美人(下) 〈2〉 소설 송재랑/예의 미인(하)		소설/일본	
1907년 11월 10일 (일) 2690호						
1	4~5		斷崖 〈2〉 단애	蕗村	소설/일본	
3	3~4		小說 送才郎/秘密親展(上) 〈3〉 소설 송재랑/비밀 친전(상)		소설/일본	
1907년 11월 12일 (화) 2691호						
1	4	文藝 / 小 品文	屁の記 방귀 기록	柳子	수필/일상	
1	4~5		斷崖 〈3〉 단애	蕗村	소설/일본	
3	3~4		小說 送才郎/秘密親展(下) 〈4〉 소설 송재랑/비밀 친전(하)		소설/일본	
1907년 11월 13일 (수) 2692호						
1	3~4		斷崖 〈3〉 단애	蕗村	소설/일본	회수 오류
1	4	文藝 / 新 体詩	舟の上 〔1〕 배 위	漁夫	시가/신체시	
1	4~7		雷鳴六郎 〈50〉 가미나리 로쿠로	渡邊默禪	소설/일본 고전	회수 오류
3	3~4		小說 送才郎/急病人(上) 〈5〉 소설 송재랑/급한 병자(상)		소설/일본	
1907년 11월 14일 (목) 2693호						
1	4~6		雷鳴六郎 〈50〉 가미나리 로쿠로	渡邊默禪	소설/일본 고전	회수 오류

지면	단수	기획	기사제목 〈회수〉〔곡수〕	필자/저자(역자)	분류	비고
3	3~4		小說 送才郎/急病人(下) 〈6〉 소설 송재랑/급한 병자(하)		소설/일본	

1907년 11월 15일 (금) 2694호

지면	단수	기획	기사제목 〈회수〉〔곡수〕	필자/저자(역자)	분류	비고
1	3	手紙集	麴町より(十月卅一日) 멘초에서(10월 31일)	義郎	수필/서간	
1	4	手紙集	大久保より(十一月七日) 오쿠보에서(11월 7일)	伸	수필/서간	
1	4~6		雷鳴六郎 〈63〉 가미나리 로쿠로	渡邊默禪	소설/일본 고전	회수 오류
3	3~4		小說 送才郎/怪しき男(上) 〈7〉 소설 송재랑/수상한 사내(상)		소설/일본	

1907년 11월 16일 (토) 2695호

지면	단수	기획	기사제목 〈회수〉〔곡수〕	필자/저자(역자)	분류	비고
1	4	文藝/小 品文	碧血 벽혈	斜汀生	수필/기타	
1	4~7		雷鳴六郎 〈64〉 가미나리 로쿠로	渡邊默禪	소설/일본 고전	회수 오류
3	3~4		小說 送才郎/怪しき男(上) 〈7〉 소설 송재랑/수상한 사내(하)		소설/일본	회수 오류

1907년 11월 17일 (일) 2696호

지면	단수	기획	기사제목 〈회수〉〔곡수〕	필자/저자(역자)	분류	비고
1	3~4		秋の一夕 〈1〉 가을 어느 저녁	春霞生	수필/일상	
1	4	手紙集	根室より(十月廿六日) 네무로에서(10월 26일)	孝子	수필/서간	
1	4	手紙集	大久保より(十一月七日) 오쿠보에서(11월 7일)	まんよ	수필/서간	
1	4~6		雷鳴六郎 〈65〉 가미나리 로쿠로	渡邊默禪	소설/일본 고전	회수 오류
3	3~4		小說 送才郎/月夜の宴 〈8〉 소설 송재랑/달밤의 연회		소설/일본	회수 오류
5	2		拾ひ文 습득한 편지		수필/서간	

1907년 11월 19일 (화) 2697호

지면	단수	기획	기사제목 〈회수〉〔곡수〕	필자/저자(역자)	분류	비고
1	4		秋の一夕 〈2〉 가을 날 어느 저녁	春霞生	수필/일상	
1	4~7		雷鳴六郎 〈67〉 가미나리 로쿠로	渡邊默禪	소설/일본 고전	회수 오류

1907년 11월 20일 (수) 2698호

지면	단수	기획	기사제목 〈회수〉〔곡수〕	필자/저자(역자)	분류	비고
1	3		新年文藝募集 신년 문예 모집	朝鮮新報文藝係	광고/모집 광고	
1	4		秋の一夕 〈2〉 가을 날 어느 저녁	春霞生	수필/일상	회수 오류
1	4~7		雷鳴六郎 〈68〉 가미나리 로쿠로	渡邊默禪	소설/일본 고전	회수 오류
3	3~4		小說 深山の姬百合 〈1〉 소설 깊은 산의 히메유리	水鏡	소설/일본	

1907년 11월 21일 (목) 2699호

지면	단수	기획	기사제목 〈회수〉 〔곡수〕	필자/저자(역자)	분류	비고
1	4		秋の一夕 〈3〉 가을 날 어느 저녁	春霞生	수필/일상	회수 오류
1	4~6		雷鳴六郎 〈69〉 가미나리 로쿠로	渡邊默禪	소설/일본 고전	회수 오류
3	2~3		小說 深山の姬百合 〈2〉 소설 깊은 산의 히메유리	水鏡	소설/일본	

1907년 11월 22일 (금) 2700호

지면	단수	기획	기사제목 〈회수〉 〔곡수〕	필자/저자(역자)	분류	비고
1	3		新年文藝募集 신년 문예 모집	朝鮮新報文藝係	광고/모집 광고	
1	4	文藝 / 小 品文	滯韓-雜詠 한국 체류-잡영		수필/일상	
1	4~6		雷鳴六郎 〈70〉 가미나리 로쿠로	渡邊默禪	소설/일본 고전	회수 오류
3	3~4		小說 深山の姬百合 〈3〉 소설 깊은 산의 히메유리	水鏡	소설/일본	

1907년 11월 23일 (토) 2701호

지면	단수	기획	기사제목 〈회수〉 〔곡수〕	필자/저자(역자)	분류	비고
1	3		新年文藝募集 신년 문예 모집	朝鮮新報文藝係	광고/모집 광고	
1	4	文藝 / 新 体詩	彗星の歌 〔1〕 혜성의 노래	新庄竹涯	시가/신체시	
1	4~6		雷鳴六郎 〈70〉 가미나리 로쿠로	渡邊默禪	소설/일본 고전	회수 오류

1907년 11월 26일 (화) 2702호

지면	단수	기획	기사제목 〈회수〉 〔곡수〕	필자/저자(역자)	분류	비고
1	3~4	文藝 / 小 品文	秋の雨 가을비	新庄竹涯	수필/일상	
1	4		新年文藝募集 신년 문예 모집	朝鮮新報文藝係	광고/모집 광고	
1	4~5		雷鳴六郎 〈71〉 가미나리 로쿠로	渡邊默禪	소설/일본 고전	회수 오류

1907년 11월 27일 (수) 2703호

지면	단수	기획	기사제목 〈회수〉 〔곡수〕	필자/저자(역자)	분류	비고
1	3		新年文藝募集 신년 문예 모집	朝鮮新報文藝係	광고/모집 광고	
1	4	文藝 / 小 品文	遠足の記 소풍 기록	木村つね子	수필/일상	
1	5~7		雷鳴六郎 〈72〉 가미나리 로쿠로	渡邊默禪	소설/일본 고전	회수 오류

1907년 11월 28일 (목) 2704호

지면	단수	기획	기사제목 〈회수〉 〔곡수〕	필자/저자(역자)	분류	비고
1	3		新年文藝募集 신년 문예 모집	朝鮮新報文藝係	광고/모집 광고	
1	4	文藝 / 俳 句	秋-雜吟 〔17〕 가을-잡음	竹涯生	시가/하이쿠	
1	4~7		雷鳴六郎 〈72〉 가미나리 로쿠로	渡邊默禪	소설/일본 고전	
3	1~2		醜業婦の自白 〈1〉 추업부의 자백		수필/기타	

1907년 11월 29일 (금) 2705호

지면	단수	기획	기사제목 〈회수〉〔곡수〕	필자/저자(역자)	분류	비고
1	4~6		雷鳴六郎 〈75〉 가미나리 로쿠로	渡邊默禪	소설/일본 고전	회수 오류
5	2~3		醜業婦の自白 〈2〉 추업부의 자백		수필/기타	

1907년 11월 30일 (토) 2706호

지면	단수	기획	기사제목 〈회수〉〔곡수〕	필자/저자(역자)	분류	비고
1	4	文藝 / 俳 句	秋-雜吟〔19〕 가을-잡음	竹涯生	시가/하이쿠	
1	4~6		雷鳴六郎 〈76〉 가미나리 로쿠로	渡邊默禪	소설/일본 고전	회수 오류
5	1		醜業婦の自白 〈3〉 추업부의 자백		수필/기타	

1907년 12월 01일 (일) 2707호

지면	단수	기획	기사제목 〈회수〉〔곡수〕	필자/저자(역자)	분류	비고
1	4		新年文藝募集 신년 문예 모집	朝鮮新報文藝係	광고/모집 광고	
1	4~6		雷鳴六郎 〈77〉 가미나리 로쿠로	渡邊默禪	소설/일본 고전	회수 오류
5	1~2		醜業婦の自白 〈3〉 추업부의 자백		수필/기타	

1907년 12월 03일 (화) 2708호

지면	단수	기획	기사제목 〈회수〉〔곡수〕	필자/저자(역자)	분류	비고
1	3		新年文藝募集 신년 문예 모집	朝鮮新報文藝係	광고/모집 광고	
1	4~6		雷鳴六郎 〈77〉 가미나리 로쿠로	渡邊默禪	소설/일본 고전	회수 오류

1907년 12월 04일 (수) 2709호

지면	단수	기획	기사제목 〈회수〉〔곡수〕	필자/저자(역자)	분류	비고
1	3		新年文藝募集 신년 문예 모집	朝鮮新報文藝係	광고/모집 광고	
1	4	文藝 / 小 品文	活きたる目覺時計 살아 있는 자명종	ユメ	수필/일상	
1	5~7		雷鳴六郎 〈78〉 가미나리 로쿠로	渡邊默禪	소설/일본 고전	회수 오류
3	1~2		醜業婦の自白 〈5〉 추업부의 자백		수필/기타	

1907년 12월 05일 (목) 2710호

지면	단수	기획	기사제목 〈회수〉〔곡수〕	필자/저자(역자)	분류	비고
1	2		新年文藝募集 신년 문예 모집	朝鮮新報文藝係	광고/모집 광고	
1	3	文藝 / 小 品文	開城行き 〈1〉 개성행	仁川小學校補習科 中川泉	수필/기행	
1	3~6		雷鳴六郎 〈78〉 가미나리 로쿠로	渡邊默禪	소설/일본 고전	
3	1~2		醜業婦の自白 〈6〉 추업부의 자백		수필/기타	

1907년 12월 06일 (금) 2711호

지면	단수	기획	기사제목 〈회수〉〔곡수〕	필자/저자(역자)	분류	비고
1	3~4	文藝 / 小 品文	開城行き 〈2〉 개성행	仁川小學校補習科 中川泉	수필/기행	
1	4~6		歷史御伽噺し 小供と西鄕 역사 옛날이야기 아이와 사이고		소설/동화	

지면	단수	기획	기사제목 〈회수〉 [곡수]	필자/저자(역자)	분류	비고
3	1~2		醜業婦の自白 〈7〉 추업부의 자백		수필/기타	
1907년 12월 07일 (토) 2712호						
1	3~4		病床日誌 〈1〉 병상일지	夢	수필/일기	
1	4	文藝 / 旅 行記	開城行き 〈3〉 개성행	仁川小學校補習科 中川泉	수필/기행	
1	4~6		乙女の花束 〈1〉 소녀의 꽃다발	水鏡生	소설/일본	
3	2~3		歌舞伎座覗 가부키자 관람기	一見物人	수필/비평	
1907년 12월 08일 (일) 2713호						
1	3		病床日誌 〈2〉 병상일지	夢	수필/일기	
1	4~6		雷鳴六郎 〈78〉 가미나리 로쿠로	渡邊默禪	소설/일본 고전	회수 오류
5	4		歌舞伎座覗 가부키자 관람기		수필/비평	
1907년 12월 10일 (화) 2714호						
1	4~5	文藝 / 旅 行記	開城行き 〈4〉 개성행	仁川小學校補習科 中川泉	수필/기행	
1	5		病床日誌 〈3〉 병상일지	夢	수필/일기	
1	5~7		雷鳴六郎 〈79〉 가미나리 로쿠로	渡邊默禪	소설/일본 고전	회수 오류
1907년 12월 11일 (수) 2715호						
1	2~5		雷鳴六郎 〈80〉 가미나리 로쿠로	渡邊默禪	소설/일본 고전	회수 오류
1907년 12월 12일 (목) 2716호						
1	3		病床日誌 〈4〉 병상일지	夢	수필/일기	
1	3~6		雷鳴六郎 〈81〉 가미나리 로쿠로	渡邊默禪	소설/일본 고전	회수 오류
1907년 12월 13일 (금) 2717호						
1	2		病床日誌 〈5〉 병상일지	夢	수필/일기	
1	3~5		雷鳴六郎 〈82〉 가미나리 로쿠로	渡邊默禪	소설/일본 고전	회수 오류
1907년 12월 14일 (토) 2718호						
1	2~3		病床日誌 〈6〉 병상일지	夢	수필/일기	
1	3~6		雷鳴六郎 〈83〉 가미나리 로쿠로	渡邊默禪	소설/일본 고전	회수 오류
1907년 12월 15일 (일) 2719호						

지면	단수	기획	기사제목 〈회수〉〔곡수〕	필자/저자(역자)	분류	비고
1	3		文藝募集 문예 모집		광고/모집 광고	
1	3~5		雷鳴六郎 〈84〉 가미나리 로쿠로	渡邊默禪	소설/일본 고전	회수 오류

1907년 12월 17일 (화) 2720호

지면	단수	기획	기사제목 〈회수〉〔곡수〕	필자/저자(역자)	분류	비고
1	4~5		雷鳴六郎 〈85〉 가미나리 로쿠로	渡邊默禪	소설/일본 고전	회수 오류

1907년 12월 19일 (목) 2722호

지면	단수	기획	기사제목 〈회수〉〔곡수〕	필자/저자(역자)	분류	비고
1	3		其日其折 그날 그때	夢	수필/일상	
1	3~4		文界片々 문학계 단편		수필/비평	
1	4		文藝募集 문예 모집		광고/모집 광고	
1	4~5		乙女の花束 〈2〉 소녀의 꽃다발	水鏡生	소설/일본	
3	3		坪內博士の二上 〔1〕 쓰보우치 박사의 니아가리	坪內逍遙/楳茂都扇性	시가/니아가리	

1907년 12월 20일 (금) 2723호

지면	단수	기획	기사제목 〈회수〉〔곡수〕	필자/저자(역자)	분류	비고
1	4	文藝/小品文	內山君に 우치야마 군에게	斜汀	수필/서간	
1	4		其日其折 그날 그때	夢	수필/일상	
1	4~5		乙女の花束 〈3〉 소녀의 꽃다발	水鏡生	소설/일본	

1907년 12월 21일 (토) 2724호

지면	단수	기획	기사제목 〈회수〉〔곡수〕	필자/저자(역자)	분류	비고
1	2		其日其折 그날 그때	夢	수필/일상	
1	2~3		文界片々 문학계 단편		수필/비평	
1	3		文藝募集 문예 모집		광고/모집 광고	
1	3~6		雷鳴六郎 〈86〉 가미나리 로쿠로	渡邊默禪	소설/일본 고전	회수 오류

1907년 12월 22일 (일) 2725호

지면	단수	기획	기사제목 〈회수〉〔곡수〕	필자/저자(역자)	분류	비고
1	3		寂しい晩 쓸쓸한 밤	芳	수필/일상	
1	3		其日其折 그날 그때	夢	수필/일상	
1	3		文界片々 문학계 단편		수필/비평	
1	3~5		雷鳴六郎 〈86〉 가미나리 로쿠로	渡邊默禪	소설/일본 고전	회수 오류

1907년 12월 24일 (화) 2726호

지면	단수	기획	기사제목 〈회수〉〔곡수〕	필자/저자(역자)	분류	비고
1	3		其日其折 그날 그때	夢	수필/일상	

지면	단수	기획	기사제목 〈회수〉 〔곡수〕	필자/저자(역자)	분류	비고
1	4~6		雷鳴六郎 〈87〉 가미나리 로쿠로	渡邊默禪	소설/일본 고전	회수 오류

1907년 12월 25일 (수) 2727호

지면	단수	기획	기사제목 〈회수〉 〔곡수〕	필자/저자(역자)	분류	비고
1	3		文界片々 문학계 단편		수필/비평	
1	3~5		雷鳴六郎 〈87〉 가미나리 로쿠로	渡邊默禪	소설/일본 고전	회수 오류

1907년 12월 26일 (목) 2728호

지면	단수	기획	기사제목 〈회수〉 〔곡수〕	필자/저자(역자)	분류	비고
1	2		文界片々 문학계 단편		수필/비평	
1	2~4		雷鳴六郎 〈88〉 가미나리 로쿠로	渡邊默禪	소설/일본 고전	회수 오류

1907년 12월 27일 (금) 2729호

지면	단수	기획	기사제목 〈회수〉 〔곡수〕	필자/저자(역자)	분류	비고
1	1~2		文界片々 문학계 단편		수필/비평	
1	2~4		雷鳴六郎 〈88〉 가미나리 로쿠로	渡邊默禪	소설/일본 고전	회수 오류

1908년 01월 01일 (수) 2730호 其二

지면	단수	기획	기사제목 〈회수〉 〔곡수〕	필자/저자(역자)	분류	비고
1	1~4		美術上の日韓關係 미술에서의 일한 관계	天草神來	수필/비평	
1	4		(제목없음) 〔7〕		시가/하이쿠	
3	6		(제목없음) 〔6〕		시가/하이쿠	

1908년 01월 01일 (수) 2730호 其三

지면	단수	기획	기사제목 〈회수〉 〔곡수〕	필자/저자(역자)	분류	비고
1	4		風の音 바람 소리		수필/일상	
3	1~2		吾輩は京城兒である 나는 경성 사람이다	南山隱士	수필/기타	

1908년 01월 01일 (수) 2730호 其四

지면	단수	기획	기사제목 〈회수〉 〔곡수〕	필자/저자(역자)	분류	비고
1	1~3		吾輩は仁川兒である 나는 인천 사람이다	月尾樓主人	수필/기타	

1908년 01월 01일 (수) 2730호 其五

지면	단수	기획	기사제목 〈회수〉 〔곡수〕	필자/저자(역자)	분류	비고
3	1~7		猿面冠者 〈1〉 원숭이 면상 청년	松林伯知	고단	

1908년 01월 01일 (수) 2730호 其六

지면	단수	기획	기사제목 〈회수〉 〔곡수〕	필자/저자(역자)	분류	비고
1	3~4		勅題と獻詠者 칙제와 헌영자		수필/기타	
3	1~4		京城新町門並評判 경성 신마치 항락가 평판	雀之助	수필/기타	

1908년 01월 01일 (수) 2730호 其七

지면	단수	기획	기사제목 〈회수〉 〔곡수〕	필자/저자(역자)	분류	비고
1	4		新年の說敎 〈1〉 신년의 설교	淨土宗 仁川寺 住職 飯田順應	수필/기타	

지면	단수	기획	기사제목 〈회수〉〔곡수〕	필자/저자(역자)	분류	비고
3	1~3		雷鳴六郎 〈90〉 가미나리 로쿠로	渡邊默禪	소설/일본 고전	회수 오류
3	3		元旦〔1〕 설날 아침	竹涯	시가/신체시	

1908년 01월 01일 (수) 2730호 其八

| 3 | 1~3 | | 吾輩は男である
나는 남자다 | | 수필/기타 | |

1908년 01월 01일 (수) 2730호 其十

1	1	募應文藝 /小品文	獨身 독신	延聲	수필/일상	
1	1	募應文藝 /小品文	春色 춘색	安東縣 夢川生	수필/일상	
1	1	募應文藝 /小品文	屠蘇 도소	京城 紫醉郎	수필/일상	
1	1~2	募應文藝 /小品文	社頭の松 신사 앞의 소나무	內洞 李書房	시가/신체시	
1	2	募應文藝 /和歌	社頭の松〔1〕 신사 앞의 소나무	南の海人	시가/단카	
1	2	募應文藝 /和歌	社頭の松〔1〕 신사 앞의 소나무	洋東	시가/단카	
1	2	募應文藝 /和歌	社頭の松〔2〕 신사 앞의 소나무	李書房	시가/단카	
1	2	募應文藝 /和歌	社頭の松〔1〕 신사 앞의 소나무	仰天	시가/단카	
1	2	募應文藝 /和歌	社頭の松〔1〕 신사 앞의 소나무	文の舍	시가/단카	
1	2	募應文藝 /和歌	社頭の松〔1〕 신사 앞의 소나무	渡邊秀子	시가/단카	
1	2	募應文藝 /和歌	社頭の松〔1〕 신사 앞의 소나무	海の人	시가/단카	
1	2	募應文藝 /俳句	梅〔2〕 매화	李書房	시가/하이쿠	
1	2	募應文藝 /俳句	若水〔1〕 새해 첫 정화수	延聲	시가/하이쿠	
1	3	募應文藝 /俳句	若水〔1〕 새해 첫 정화수	花扇	시가/하이쿠	
1	3	募應文藝 /俳句	若水〔2〕 새해 첫 정화수	李書房	시가/하이쿠	
1	3	募應文藝 /俳句	若水〔1〕 새해 첫 정화수	鐵蝎	시가/하이쿠	
1	3	募應文藝 /俳句	若水〔1〕 새해 첫 정화수	鶴堂	시가/하이쿠	
1	3	募應文藝 /俳句	追羽子〔1〕 오이바네	望月	시가/하이쿠	
1	3	募應文藝 /俳句	追羽子〔1〕 오이바네	其山	시가/하이쿠	
1	3	募應文藝 /俳句	追羽子〔2〕 오이바네	棹歌	시가/하이쿠	
1	3	募應文藝 /俳句	追羽子〔1〕 오이바네	箕山	시가/하이쿠	

지면	단수	기획	기사제목 〈회수〉〔곡수〕	필자/저자(역자)	분류	비고
1	3	募應文藝 /俳句	追羽子 [1] 오이바네	華秀	시가/하이쿠	
1	3	當選發表	新春 〔34〕 신춘	竹涯生	시가/하이쿠	

<table>
<tr><td colspan="7">1908년 01월 05일 (일) 2731호</td></tr>
</table>

지면	단수	기획	기사제목	필자/저자	분류	비고
1	1~2		新年の說敎 〈2〉 신년의 설교	浄土宗 仁川寺 住職 飯田順應	수필/기타	
1	2~3		新年と青年 〈1〉 신년과 청년	蘇川	수필/기타	
1	3	俳句	梅 〔7〕 매화	蘇川	시가/하이쿠	
1	3~6		雷鳴六郎 〈88〉 가미나리 로쿠로	渡邊默禪	소설/일본 고전	회수 오류

<table>
<tr><td colspan="7">1908년 01월 07일 (화) 2732호</td></tr>
</table>

지면	단수	기획	기사제목	필자/저자	분류	비고
1	2~5		雷鳴六郎 〈88〉 가미나리 로쿠로	渡邊默禪	소설/일본 고전	회수 오류
3	1	最近御製	庭訓 〔1〕 정훈	明治天皇	시가/단카	
3	1	最近御製	手習 〔1〕 습자	明治天皇	시가/단카	
3	1	最近御製	歌 〔2〕 노래	明治天皇	시가/단카	
3	1	最近御製	夕 〔1〕 저녁	明治天皇	시가/단카	
3	1	最近御製	夢見故人 〔1〕 꿈에 옛사람을 보다	明治天皇	시가/단카	
3	3	新年曲	御製-社頭松(本調子) 어제-신사 앞 소나무(혼초시)	松の家小琴	시가/신체시	

<table>
<tr><td colspan="7">1908년 01월 08일 (수) 2733호</td></tr>
</table>

지면	단수	기획	기사제목	필자/저자	분류	비고
1	2~3	短編小說	若き樵人 〈1〉 젊은 나무꾼	竹涯	소설/일본	
1	3~4	俳句	若水 〔8〕 새해 첫 정화수	蘇川	시가/하이쿠	
1	4	俳句	追羽子 〔6〕 오이바네	蘇川	시가/하이쿠	
1	4~6		雷鳴六郎 〈88〉 가미나리 로쿠로	渡邊默禪	소설/일본 고전	회수 오류
3	1~3	落語	七福神 〈1〉 칠복신	禽語樓小さん	라쿠고	

<table>
<tr><td colspan="7">1908년 01월 09일 (목) 2734호</td></tr>
</table>

지면	단수	기획	기사제목	필자/저자	분류	비고
1	3~4		若き樵人 〈2〉 젊은 나무꾼	竹涯	소설/일본	
1	4~5		雷鳴六郎 〈88〉 가미나리 로쿠로	渡邊默禪	소설/일본 고전	회수 오류
3	1~2	落語	七福神 〈2〉 칠복신	禽語樓小さん	라쿠고	

<table>
<tr><td colspan="7">1908년 01월 10일 (금) 2735호</td></tr>
</table>

지면	단수	기획	기사제목 〈회수〉〔곡수〕	필자/저자(역자)	분류	비고
1	3	和歌	舞は誰が子そ〔4〕 춤추는 것은 뉘 자식인가	蘇川	시가/단카	
1	3~5		雷鳴六郎 〈100〉 가미나리 로쿠로	渡邊默禪	소설/일본 고전	회수 오류
3	2~4	落語	七福神 〈3〉 칠복신	禽語樓小さん	라쿠고	
5	1~2		當世娘氣質 당세 여성 기질		수필/관찰	

1908년 01월 11일 (토) 2736호

지면	단수	기획	기사제목 〈회수〉〔곡수〕	필자/저자(역자)	분류	비고
1	4~5	浮れぶし	大石山鹿送り 〈1〉 오이시 야마가 호송	東家三叟	시가/나니와 부시	
3	1~3	落語	七福神 〈4〉 칠복신	禽語樓小さん	라쿠고	

1908년 01월 12일 (일) 2737호

지면	단수	기획	기사제목 〈회수〉〔곡수〕	필자/저자(역자)	분류	비고
1	4~5	浮れぶし	大石山鹿送り 〈2〉 오이시 야마가 호송	東家三叟	시가/나니와 부시	
3	1~2	落語	七福神 〈5〉 칠복신	禽語樓小さん	라쿠고	
3	2~4		藝者氣質 게이샤 기질		수필/기타	

1908년 01월 14일 (화) 2738호

지면	단수	기획	기사제목 〈회수〉〔곡수〕	필자/저자(역자)	분류	비고
1	2~3		新年と青年 〈2〉 신년과 청년	蘇川	수필/기타	
1	4~6	浮れぶし	大石山鹿送り 〈3〉 오이시 야마가 호송	東家三叟	시가/나니와 부시	
3	1~3	落語	七福神 〈5〉 칠복신	禽語樓小さん	라쿠고	회수 오류
3	4~5		北村座の不如歸 기타무라자의 불여귀	影法師	수필/비평	
3	5		屠蘇乃香〔5〕 도소주 향	まつの家小琴	시가/도도이 쓰	

1908년 01월 15일 (수) 2739호

지면	단수	기획	기사제목 〈회수〉〔곡수〕	필자/저자(역자)	분류	비고
1	4~6	浮れぶし	大石山鹿送り 〈4〉 오이시 야마가 호송	東家三叟	시가/나니와 부시	
3	1~3		大岡政談 小菅の仇討 〈1〉 오오카 정담 고스게의 복수	桃川如柳	고단	

1908년 01월 16일 (목) 2740호

지면	단수	기획	기사제목 〈회수〉〔곡수〕	필자/저자(역자)	분류	비고
1	4	和歌	海鳥〔8〕 바닷새	新庄竹涯	시가/단카	
1	4~6	浪花ぶし	勝田新左衛門 〈1〉 가쓰타 신자에몬	早川辰燕	시가/나니와 부시	
3	1~2		大岡政談 小菅の仇討 〈2〉 오오카 정담 고스게의 복수	桃川如柳	고단	

1908년 01월 17일 (금) 2741호

지면	단수	기획	기사제목 〈회수〉〔곡수〕	필자/저자(역자)	분류	비고
1	3~4	雜錄	吾輩は僧侶である 〈1〉 나는 승려다		수필/기타	

지면	단수	기획	기사제목 〈회수〉〔곡수〕	필자/저자(역자)	분류	비고
1	4	和歌	黄朽葉 [8] 누렁개 썩은 낙엽	竹涯	시가/단카	
1	5~6	浪花ぶし	勝田新左衛門 〈2〉 가쓰타 신자에몬	早川辰燕	시가/나니와부시	
3	1~2		大岡政談 小菅の仇討 〈3〉 오오카 정담 고스게의 복수	桃川如柳	고단	

1908년 01월 18일 (토) 2742호

지면	단수	기획	기사제목 〈회수〉〔곡수〕	필자/저자(역자)	분류	비고
1	2~3	雜錄	吾輩は僧侶である 〈2〉 나는 승려다		수필/기타	
1	4	和歌	契ひし日 [8] 언약했던 날	新庄竹涯	시가/단카	
1	4~6	浪花ぶし	勝田新左衛門 〈3〉 가쓰타 신자에몬	早川辰燕	시가/나니와부시	
3	1~2		大岡政談 小菅の仇討 〈4〉 오오카 정담 고스게의 복수	桃川如柳	고단	
5	3~4		淫賣婦物語 〈1〉 매춘부 이야기		수필/기타	

1908년 01월 20일 (월) 2743호

지면	단수	기획	기사제목 〈회수〉〔곡수〕	필자/저자(역자)	분류	비고
1	1		憶鬣南先生 신난 선생을 추억하며	鷗盟	수필/기타	
1	2		故鬣南を憶ふ 고 신난을 추억하다	無名氏	수필/기타	
1	2		追悼文 추도문	加来榮太郎	수필/기타	
1	2		追悼文 추도문	足立瀧二郎	수필/기타	
1	2		追悼文 추도문	田中佐七郎	수필/기타	
1	2		追悼文 추도문	奧田貞次郎	수필/기타	
1	2		追悼文 추도문	富田耕司	수필/기타	
1	2		追悼文 추도문	加藤藤太郎	수필/기타	
1	3		追悼電報 추도 전보	林權助	수필/기타	
1	3		追悼電報 추도 전보	加藤本四郎	수필/기타	
1	3		追悼電報 추도 전보	影山禎太郎	수필/기타	
1	3~5	浪花ぶし	勝田新左衛門 〈4〉 가쓰타 신자에몬	早川辰燕	시가/나니와부시	
5	3~4		淫賣婦物語 〈2〉 매춘부 이야기		수필/기타	

1908년 01월 23일 (목) 2744호

지면	단수	기획	기사제목 〈회수〉〔곡수〕	필자/저자(역자)	분류	비고
1	2~3	雜錄	吾輩は僧侶である 〈3〉 나는 승려다		수필/기타	
1	3	和歌	燃ゆる [8] 타오르다	竹涯	시가/단카	

지면	단수	기획	기사제목 〈회수〉〔곡수〕	필자/저자(역자)	분류	비고
1	3~5	うかれ節	勝田新左衛門 〈4〉 가쓰타 신자에몬	早川辰燕	시가/나니와 부시	회수 오류
5	1~2		大岡政談 小菅の仇討 〈5〉 오오카 정담 고스게의 복수	桃川如柳	고단	면수 오류
5	2~3		此君にして 이러한 군주가 있어	御歌所長高崎男	수필/비평	면수 오류
5	3~4		淫賣婦物語 〈3〉 매춘부 이야기		수필/기타	면수 오류

1908년 01월 24일 (금) 2745호

지면	단수	기획	기사제목 〈회수〉〔곡수〕	필자/저자(역자)	분류	비고
1	3~4	雜錄	佛敎の精髓に就て 〈1〉 불교의 정수에 대하여	菅原秀平	수필/기타	
1	4~5	和歌	閑居吟 〔15〕 한거음	竹涯生	시가/하이쿠	장르 오류
1	5~6	うかれ節	勝田新左衛門 〈4〉 가쓰타 신자에몬	早川辰燕	시가/나니와 부시	회수 오류
5	1~2		大岡政談 小菅の仇討 〈5〉 오오카 정담 고스게의 복수	桃川如柳	고단	면수 오류 회수 오류
5	3~4		淫賣婦物語 〈4〉 매춘부 이야기		수필/기타	면수 오류
5	2		當世女郎氣質 당세 유녀 기질		수필/관찰	

1908년 01월 25일 (토) 2746호

지면	단수	기획	기사제목 〈회수〉〔곡수〕	필자/저자(역자)	분류	비고
1	3~4	雜錄	佛敎の精髓に就て 〈2〉 불교의 정수에 대하여	菅原秀平	수필/기타	
1	4~5	和歌	朝鐘 〔8〕 아침 종	竹涯	시가/단카	
1	5~6		馬の述懷 〈1〉 말의 술회	柳村	소설/일본	
3	1~2		大岡政談 小菅の仇討 〈6〉 오오카 정담 고스게의 복수	桃川如柳	고단	회수 오류
3	2~3		淫賣婦物語 〈5〉 매춘부 이야기		수필/기타	

1908년 01월 26일 (일) 2747호

지면	단수	기획	기사제목 〈회수〉〔곡수〕	필자/저자(역자)	분류	비고
1	3	雜錄	ピツチヤーとキヤツチヤー 〈1〉 투수와 포수		수필/비평	
1	4	和歌	石佛 〔8〕 석불	新庄竹涯	시가/단카	
1	4~6		馬の述懷 〈2〉 말의 술회	柳村	소설/일본	
3	1~2		大岡政談 小菅の仇討 〈8〉 오오카 정담 고스게의 복수	桃川如柳	고단	
3	2~3		淫賣婦物語 〈6〉 매춘부 이야기		수필/기타	

1908년 01월 28일 (화) 2748호

지면	단수	기획	기사제목 〈회수〉〔곡수〕	필자/저자(역자)	분류	비고
1	3	雜錄	ピツチヤーとキヤツチヤー 〈2〉 투수와 포수		수필/비평	
1	4	和歌	石佛 〔8〕 석불	新庄竹涯	시가/단카	

지면	단수	기획	기사제목 〈회수〉 〔곡수〕	필자/저자(역자)	분류	비고
1	4~6		馬の述懷 〈2〉 말의 술회	柳村	소설/일본	회수 오류
5	1~2		大岡政談 小菅の仇討 〈8〉 오오카 정담 고스게의 복수	桃川如柳	고단	면수 오류 회수 오류
5	3~4		淫賣婦物語 〈7〉 매춘부 이야기		수필/기타	

1908년 01월 29일 (수) 2749호

지면	단수	기획	기사제목 〈회수〉 〔곡수〕	필자/저자(역자)	분류	비고
1	2~3		滿洲視察談 〈1〉 만주시찰담	高橋是淸	수필/기행	
1	3~4	雜錄	ピツチヤーとキヤツチヤー 〈3〉 투수와 포수		수필/비평	
1	4	新體詩	胸の火 〔1〕 가슴의 불	新庄竹涯	시가/신체시	
1	4~6		馬の述懷 〈4〉 말의 술회	柳村	소설/일본	
3	1~2		大岡政談 小菅の仇討 〈10〉 오오카 정담 고스게의 복수	桃川如柳	고단	
3	3		淫賣婦物語 〈8〉 매춘부 이야기		수필/기타	

1908년 01월 30일 (목) 2750호

지면	단수	기획	기사제목 〈회수〉 〔곡수〕	필자/저자(역자)	분류	비고
1	2~4		滿洲視察談 〈2〉 만주시찰담	高橋是淸	수필/기행	
1	4	和歌	花藻 〔8〕 흩어진 벚꽃	新庄竹涯	시가/단카	
1	4~6		馬の述懷 〈5〉 말의 술회	柳村	소설/일본	
3	1~2		大岡政談 小菅の仇討 〈11〉 오오카 정담 고스게의 복수	桃川如柳	고단	
3	3~4		淫賣婦物語 〈10〉 매춘부 이야기		수필/기타	회수 오류

1908년 02월 01일 (토) 2751호

지면	단수	기획	기사제목 〈회수〉 〔곡수〕	필자/저자(역자)	분류	비고
1	3	和歌	神誤てり 〔1〕 신이 잘못하여	新庄竹涯	시가/신체시	장르 오류
1	3~5	落語	包み娘 〈1〉 쓰쓰미무스메	猿松	라쿠고	
3	1~2		大岡政談 小菅の仇討 〈12〉 오오카 정담 고스게의 복수	桃川如柳	고단	
3	2		淫賣婦物語 〈11〉 매춘부 이야기		수필/기타	회수 오류

1908년 02월 02일 (일) 2752호

지면	단수	기획	기사제목 〈회수〉 〔곡수〕	필자/저자(역자)	분류	비고
1	4	新體詩	冬の月 〔1〕 겨울 달	竹涯生	시가/신체시	
1	4~6	落語	包み娘 〈2〉 쓰쓰미무스메	猿松	라쿠고	

1908년 02월 04일 (화) 2753호

지면	단수	기획	기사제목 〈회수〉 〔곡수〕	필자/저자(역자)	분류	비고
1	3	新體詩	夢 〔1〕 꿈	竹涯生	시가/신체시	

지면	단수	기획	기사제목 〈회수〉〔곡수〕	필자/저자(역자)	분류	비고
1	4~6	落語	包み娘 〈3〉 쓰쓰미무스메	猿松	라쿠고	
3	1~2		大岡政談 小菅の仇討 〈13〉 오오카 정담 고스게의 복수	桃川如柳	고단	
5	1~2		思出の記 〈1〉 추억의 기록		소설	

1908년 02월 05일 (수) 2754호

지면	단수	기획	기사제목 〈회수〉〔곡수〕	필자/저자(역자)	분류	비고
1	3~4	雜錄	十一時三十分 11시 30분		수필/일상	
1	5	俳句	時雨 〔20〕 초겨울 비	竹涯生	시가/하이쿠	
1	5~6	落語	包み娘 〈4〉 쓰쓰미무스메	猿松	라쿠고	
3	1~2		大岡政談 小菅の仇討 〈15〉 오오카 정담 고스게의 복수	桃川如柳	고단	회수 오류
3	3~4		淫賣婦物語 〈12〉 매춘부 이야기		수필/기타	회수 오류
5	1~2		思出の記 〈2〉 추억의 기록		소설	

1908년 02월 06일 (목) 2755호

지면	단수	기획	기사제목 〈회수〉〔곡수〕	필자/저자(역자)	분류	비고
1	3	雜錄	現時の女子を如何にすべき 〈1〉 이 시대의 여성을 어찌할 것인가		수필/기타	
1	4	新体詩	寺の駒鳥 〔1〕 사찰의 울새	竹涯生	시가/신체시	
1	5~6		阿新丸 〈1〉 구마와카마루	倭翁	고단	
3	1~2		大岡政談 小菅の仇討 〈15〉 오오카 정담 고스게의 복수	桃川如柳	고단	
3	2~3		淫賣婦物語 〈12〉 매춘부 이야기		수필/기타	
5	1~2		思出の記 〈2〉 추억의 기록		소설	회수 오류

1908년 02월 07일 (금) 2756호

지면	단수	기획	기사제목 〈회수〉〔곡수〕	필자/저자(역자)	분류	비고
1	2~3	雜錄	現時の女子を如何にすべき 〈2〉 이 시대의 여성을 어찌할 것인가		수필/기타	
1	3	新体詩	野の石に 〔1〕 들판의 돌에게	竹涯	시가/신체시	
1	3~5		阿新丸 〈2〉 구마와카마루	倭翁	고단	
5	1~2		思出の記 〈4〉 추억의 기록		소설	면수 오류
5	2~3		淫賣婦物語 〈14〉 매춘부 이야기		수필/기타	면수 오류

1908년 02월 08일 (토) 2757호

지면	단수	기획	기사제목 〈회수〉〔곡수〕	필자/저자(역자)	분류	비고
1	2~3	雜錄	現時の女子を如何にすべき 〈3〉 이 시대의 여성을 어찌할 것인가		수필/기타	
1	3	俳句	(제목없음) 〔11〕	蘇川	시가/하이쿠	

지면	단수	기획	기사제목 〈회수〉〔곡수〕	필자/저자(역자)	분류	비고
1	3~5		阿新丸 〈3〉 구마와카마루	倭翁	고단	
5	1		思出の記 〈4〉 추억의 기록		소설	면수 오류 회수 오류

1908년 02월 09일 (일) 2758호

지면	단수	기획	기사제목 〈회수〉〔곡수〕	필자/저자(역자)	분류	비고
1	2~4	雜錄	現時の女子を如何にすべき 〈4〉 이 시대의 여성을 어찌할 것인가		수필/기타	
1	4	俳句	水祝、韓國新年、左義長、餠花 〔3〕 미즈이와이, 한국 신년, 사기초, 모치바나	丈千	시가/하이쿠	
1	4	俳句	水祝、韓國新年、左義長、餠花 〔5〕 미즈이와이, 한국 신년, 사기초, 모치바나	彌平	시가/하이쿠	
1	4	俳句	水祝、韓國新年、左義長、餠花 〔5〕 미즈이와이, 한국 신년, 사기초, 모치바나	撫子	시가/하이쿠	
1	4	俳句	水祝、韓國新年、左義長、餠花 〔5〕 미즈이와이, 한국 신년, 사기초, 모치바나	蘇川	시가/하이쿠	
1	5~6	落語	橋の結婚 〈1〉 다리의 결혼	三遊亭圓枝	라쿠고	
3	1~2		大岡政談 小菅の仇討 〈15〉 오오카 정담 고스게의 복수	桃川如柳	고단	회수 오류
3	2~3		淫賣婦物語 〈13〉 매춘부 이야기		수필/기타	
5	1~2		思出の記 〈6〉 추억의 기록		소설	

1908년 02월 11일 (화) 2759호

지면	단수	기획	기사제목 〈회수〉〔곡수〕	필자/저자(역자)	분류	비고
1	4~6	落語	橋の結婚 〈2〉 다리의 결혼	三遊亭圓枝	라쿠고	
3	1~2		大岡政談 小菅の仇討 〈16〉 오오카 정담 고스게의 복수	桃川如柳	고단	회수 오류
3	3		淫賣婦物語 〈16〉 매춘부 이야기		수필/기타	회수 오류
5	2		竹園館の義太夫素人評 지쿠엔칸의 기다유 초심자의 소감		수필/평판기	

1908년 02월 14일 (금) 2761호

지면	단수	기획	기사제목 〈회수〉〔곡수〕	필자/저자(역자)	분류	비고
1	4~5	短篇小說	渡守の娘 〈2〉 나루터지기의 딸	水鏡	소설/일본	
3	1~2		懺悔錄 〈1〉 참회록	春子	수필/기타	
3	3~4		淫賣婦物語 〈17〉 매춘부 이야기		수필/기타	
5	1~2		思出の記 〈7〉 추억의 기록		소설	

1908년 02월 15일 (토) 2762호

지면	단수	기획	기사제목 〈회수〉〔곡수〕	필자/저자(역자)	분류	비고
1	4~5	俳句	無弦琴 〔15〕 무현금	竹涯生	시가/하이쿠	
3	1~2		懺悔錄 〈2〉 참회록	春子	수필/기타	
3	2~3		淫賣婦物語 〈18〉 매춘부 이야기		수필/기타	

지면	단수	기획	기사제목 〈회수〉〔곡수〕	필자/저자(역자)	분류	비고
			1908년 02월 16일 (일) 2763호			
1	4	新體詩	末路〔10〕 말로	新庄竹涯	시가/신체시	
1	5~6		春の水 〈1〉 봄 물		소설/일본	
3	1~3		懺悔錄 〈3〉 참회록	春子	수필/기타	
3	3~4		淫賣婦物語 〈19〉 매춘부 이야기		수필/기타	
			1908년 02월 18일 (화) 2764호			
1	4	俳句	☆落葉籠〔15〕 낙엽 바구니	竹涯生	시가/하이쿠	
1	4~5		春の水 〈2〉 봄 물		소설/일본	
3	1~3		淫賣婦物語 〈20〉 매춘부 이야기		수필/기타	
			1908년 02월 19일 (수) 2765호			
1	3	俳句	野#〔15〕 들#	竹涯生	시가/하이쿠	
1	3~5		春の水 〈3〉 봄 물		소설/일본	
3	1~3		懺悔錄 〈4〉 참회록	春子	수필/기타	
5	3		未練男の判決 미련을 버리지 못한 남자의 판결		수필/기타	
			1908년 02월 20일 (목) 2766호			
1	5	俳句	紫笛〔15〕 자적	竹涯生	시가/하이쿠	
1	5		若葉のひかり 〈1〉 젊은이의 빛	簾女	소설/기타	
			1908년 02월 21일 (금) 2767호			
1	5	俳句	☆破れ琴〔13〕 찢어진 거문고	竹涯生	시가/하이쿠	
1	5~6		若葉のひかり 〈2〉 젊은이의 빛	簾女	소설/기타	
3	1~2		嫁入前の一時間 〈1〉 시집가기 한 시간 전		수필/기타	
			1908년 02월 22일 (토) 2768호			
1	4~5	俳句	燒野、初年〔11〕 소야, 초년	孤杉	시가/하이쿠	
1	5~6		若葉のひかり 〈2〉 젊은이의 빛	簾女	소설/기타	회수 오류
3	1~3		梅田十之亟 〈1〉 우메다 주노조	桃川燕雨	고단	
5	1~2		嫁入前の一時間 〈2〉 시집가기 한 시간 전		수필/기타	

지면	단수	기획	기사제목 〈회수〉〔곡수〕	필자/저자(역자)	분류	비고
			1908년 02월 23일 (일) 2769호			
1	4	俳句	冬は來りぬ 〔8〕 겨울은 왔도다	新庄竹涯	시가/단카	장르 오류
1	4~5		若葉のひかり 〈3〉 젊은이의 빛	簾女	소설/기타	회수 오류
3	1~3		梅田十之亟 〈2〉 우메다 주노조	桃川燕雨	고단	
			1908년 02월 25일 (화) 2770호			
1	4	俳句	干蔭ぶり 〔8〕 히카게부리	竹涯	시가/단카	장르 오류
1	5~6		若葉のひかり 〈5〉 젊은이의 빛	簾女	소설/기타	
3	1~3		梅田十之亟 〈3〉 우메다 주노조	桃川燕雨	고단	
			1908년 02월 26일 (수) 2771호			
3	2~4		梅田十之亟 〈4〉 우메다 주노조	桃川燕雨	고단	
			1908년 02월 27일 (목) 2772호			
1	2	新體詩	日は暮れぬ 〔8〕 해는 지지 않는다	新庄竹涯	시가/신체시	
1	2~5		若葉のひかり 〈5〉 젊은이의 빛	簾女	소설/기타	회수 오류
3	1~3		梅田十之亟 〈5〉 우메다 주노조	桃川燕雨	고단	
3	4		妹が猫 〔1〕 여동생의 고양이	未得庵	시가/신체시	
5	1~2		嫁入前の一時間 〈3〉 시집가기 한 시간 전		수필/기타	
			1908년 02월 28일 (금) 2773호			
1	3	俳句	(제목없음) 〔10〕	賣劍子	시가/하이쿠	
1	3~5		胸のもだへ 〈1〉 가슴앓이	きみ子	소설/일본	
3	1~2		梅田十之亟 〈5〉 우메다 주노조	桃川燕雨	고단	회수 오류
3	3		遊女の情 유녀의 정	坂本亭月	수필/기타	
			1908년 02월 29일 (토) 2774호			
1	3	和歌	悲しき日 〔8〕 슬픈 날	新庄竹涯	시가/단카	
1	3~5		胸のもだへ 〈2〉 가슴앓이	きみ子	소설/일본	
3	1~3		梅田十之亟 〈7〉 우메다 주노조	桃川燕雨	고단	
3	4		日誌の一節(上) 〈1〉 일지 한 구절(상)	阿部祓川	수필/기타	

지면	단수	기획	기사제목 〈회수〉〔곡수〕	필자/저자(역자)	분류	비고
			1908년 03월 01일 (일) 2775호			
1	3~4		文界片々 문학계 단편		수필/비평	
1	4	和歌	深雪 〔8〕 깊이 쌓인 눈	竹涯生	시가/단카	
1	4~6		胸のもだへ 〈3〉 가슴앓이	きみ子	소설/일본	
3	1~3		梅田十之亟 〈8〉 우메다 주노조	桃川燕雨	고단	
3	4		日誌の一節(下) 〈2〉 일지 한 구절(하)	阿部祓川	수필/기타	
			1908년 03월 03일 (화) 2776호			
1	3~4	新體詩	鶯塚 〔8〕 우구이스즈카	竹涯生	시가/신체시	
1	4~5		思草 〈1〉 근심거리	澪子	소설/일본	
3	1~3		梅田十之亟 〈9〉 우메다 주노조	桃川燕雨	고단	
5	3		春寒 이른 봄의 추위	萩水	수필/기타	
			1908년 03월 04일 (수) 2777호			
1	3~4		文界片々/文壇の美擧 문학계 단편/문단의 미거		수필/비평	
1	4~5		思草 〈2〉 근심거리	澪子	소설/일본	
3	1~3		梅田十之亟 〈10〉 우메다 주노조	桃川燕雨	고단	
3	4		月夜の琵琶 달밤의 비파	坂本亭月	수필/기타	
			1908년 03월 05일 (목) 2778호			
1	4	俳句	火燵 〔8〕 고타쓰	賣劍子	시가/하이쿠	
1	4	俳句	火燵 〔8〕 고타쓰	鶴聲	시가/하이쿠	
1	4~6		思草 〈3〉 근심거리	澪子	소설/일본	
3	1~3		梅田十之亟 〈11〉 우메다 주노조	桃川燕雨	고단	
			1908년 03월 06일 (금) 2779호			
1	3~4		文界片々 문학계 단편		수필/비평	
1	4	俳句	豚河 〔4〕 복어	赤條條	시가/하이쿠	
1	4	俳句	豚河 〔3〕 복어	賣劍子	시가/하이쿠	
1	4~6		思草 〈4〉 근심거리	澪子	소설/일본	

지면	단수	기획	기사제목 〈회수〉〔곡수〕	필자/저자(역자)	분류	비고
3	4		我友よ 나의 벗이여	阿部祓川	수필/기타	

1908년 03월 07일 (토) 2780호

지면	단수	기획	기사제목 〈회수〉〔곡수〕	필자/저자(역자)	분류	비고
1	2~3		俚歌の趣味 〈1〉 속곡 취미	磧水	수필/비평	
1	3	俳句	燒野、初午 〔7〕 불탄 들판, 초오	蘇川	시가/하이쿠	
1	3	俳句	燒野、初午 〔8〕 불탄 들판, 초오	如水	시가/하이쿠	
3	1~4		梅田十之亟 〈12〉 우메다 주노조	桃川燕雨	고단	
5	4		暖き淚 따스한 눈물	阿部祓川	수필/기타	

1908년 03월 08일 (일) 2781호

지면	단수	기획	기사제목 〈회수〉〔곡수〕	필자/저자(역자)	분류	비고
1	4~5		俚歌の趣味 〈2〉 속곡 취미	磧水	수필/비평	
1	5		文界片々 문학계 단편		수필/비평	
1	5~6	小說	華軍 〈1〉 화군	殘月亭	소설/일본 고전	
3	1~3		梅田十之亟 〈13〉 우메다 주노조	桃川燕雨	고단	
3	3		花嫁 새색시	萩水	수필/기타	

1908년 03월 10일 (화) 2782호

지면	단수	기획	기사제목 〈회수〉〔곡수〕	필자/저자(역자)	분류	비고
1	3		文界片々 문학계 단편		수필/비평	
1	3	俳句	(제목없음) 〔2〕	蘇川	시가/하이쿠	
1	4~5	小說	華軍 〈2〉 화군	殘月亭	소설/일본 고전	
3	1~3		梅田十之亟 〈14〉 우메다 주노조	桃川燕雨	고단	

1908년 03월 12일 (목) 2783호

지면	단수	기획	기사제목 〈회수〉〔곡수〕	필자/저자(역자)	분류	비고
1	3~4		俚歌の趣味 〈3〉 속곡 취미	磧水	수필/비평	
1	4		文界片々 문학계 단편		수필/비평	
1	4~6	小說	華軍 〈3〉 화군	殘月亭	소설/일본 고전	
3	4		賣花娘 꽃 파는 아가씨	萩水	수필/기타	

1908년 03월 13일 (금) 2784호

지면	단수	기획	기사제목 〈회수〉〔곡수〕	필자/저자(역자)	분류	비고
1	4		俚歌の趣味 〈4〉 속곡 취미	磧水	수필/비평	
1	4~5		文界片々 문학계 단편		수필/비평	

지면	단수	기획	기사제목 〈회수〉〔곡수〕	필자/저자(역자)	분류	비고
1	5~6	小說	華軍 〈4〉 화군	殘月亭	소설/일본 고전	
3	1~3		梅田十之亟 〈15〉 우메다 주노조	桃川燕雨	고단	

1908년 03월 14일 (토) 2785호

지면	단수	기획	기사제목 〈회수〉〔곡수〕	필자/저자(역자)	분류	비고
1	5~6	小說	華軍 〈5〉 화군	殘月亭	소설/일본 고전	
3	2~4		梅田十之亟 〈16〉 우메다 주노조	桃川燕雨	고단	
5	1~2		巫女のお藤 무녀 오후지		수필/기타	

1908년 03월 15일 (일) 2786호

지면	단수	기획	기사제목 〈회수〉〔곡수〕	필자/저자(역자)	분류	비고
1	3~4		俚歌の趣味 〈5〉 속곡 취미	磧水	수필/비평	
1	4	俳句	芹 〔8〕 미나리	竹生	시가/하이쿠	
1	4	俳句	燒野山 〔3〕 소야산	赤條條	시가/하이쿠	
1	5~6	小說	華軍 〈5〉 화군	殘月亭	소설/일본 고전	회수 오류

1908년 03월 17일 (화) 2787호

지면	단수	기획	기사제목 〈회수〉〔곡수〕	필자/저자(역자)	분류	비고
1	3~4		俚歌の趣味 〈6〉 속곡 취미	磧水	수필/비평	
1	4~5	文苑	闇汁會記 야미지루카이 기록	北越 白虹	수필/기타	
1	5	俳句	餘寒 〔2〕 꽃샘추위	賣劍子	시가/하이쿠	
1	5	俳句	餘寒 〔5〕 꽃샘추위	虹白	시가/하이쿠	
1	5~7	小說	華軍 〈6〉 화군	殘月亭	소설/일본 고전	회수 오류
3	4~5		淨瑠璃一口評 조루리 일구평	芳子	수필/비평	

1908년 03월 18일 (수) 2788호

지면	단수	기획	기사제목 〈회수〉〔곡수〕	필자/저자(역자)	분류	비고
1	3~4		文界片々 문학계 단편		수필/비평	
1	4	俳句	春冬雜 〔12〕 춘동잡	白虹	시가/하이쿠	
1	4~6	小說	華軍 〈8〉 화군	殘月亭	소설/일본 고전	

1908년 03월 19일 (목) 2789호

지면	단수	기획	기사제목 〈회수〉〔곡수〕	필자/저자(역자)	분류	비고
1	4~5		俚歌の趣味 〈8〉 속곡 취미	磧水	수필/비평	
1	5	俳句	畑打 〔8〕 밭을 일구다	竹涯生	시가/하이쿠	
1	5~7	小說	華軍 〈9〉 화군	殘月亭	소설/일본 고전	

지면	단수	기획	기사제목 〈회수〉 [곡수]	필자/저자(역자)	분류	비고
1908년 03월 20일 (금) 2790호						
1	2~3	文苑	紅白の花(上) 〈1〉 홍백의 꽃(상)	新庄竹涯	수필/일상	
1	3	俳句	春の月 [6] 봄의 달	白虹	시가/히이쿠	
1	3~4	小說	華軍 〈9〉 화군	殘月亭	소설/일본 고전	회수 오류
1908년 03월 21일 (토) 2791호						
1	3~4	文苑	紅白の花(中) 〈2〉 홍백의 꽃(중)	新庄竹涯	수필/일상	
1	4	俳句	雲雀 [8] 종다리	竹涯生	시가/하이쿠	
1	4~6	小說	華軍 〈9〉 화군	殘月亭	소설/일본 고전	회수 오류
1908년 03월 24일 (화) 2792호						
1	3	文苑	紅白の花(下) 〈3〉 홍백의 꽃(하)	新庄竹涯	수필/일상	
1	3~4		文界片々 문학계 단편		수필/비평	
1	4	俳句	燒野山 [3] 소야산	賣劒子	시가/하이쿠	
1	4	俳句	燒野山 [3] 소야산	木語子	시가/하이쿠	
1	4~6	小說	華軍 〈11〉 화군	殘月亭	소설/일본 고전	회수 오류
2	1~3		梅田十之亟 〈17〉 우메다 주노조	桃川燕雨	고단	면수 오류
1908년 03월 25일 (수) 2793호						
1	4	俳句	朧月 [7] 으스름달	竹涯生	시가/하이쿠	
1	4~6	小說	華軍 〈12〉 화군	殘月亭	소설/일본 고전	회수 오류
3	1~3		梅田十之亟 〈17〉 우메다 주노조	桃川燕雨	고단	회수 오류
5	1		傾城に誠あり 〈1〉 게이샤에게도 진심은 있다		수필/기타	
1908년 03월 26일 (목) 2794호						
1	3~4		文界片々 문학계 단편		수필/비평	
1	4	俳句	雛 [10] 히나	竹涯生	시가/하이쿠	
1	4~5	小說	華軍 〈13〉 화군	殘月亭	소설/일본 고전	회수 오류
3	1~4		梅田十之亟 〈17〉 우메다 주노조	桃川燕雨	고단	회수 오류
5	1		傾城に誠あり 〈2〉 게이샤에게도 진심은 있다		수필/기타	

지면	단수	기획	기사제목 〈회수〉〔곡수〕	필자/저자(역자)	분류	비고
1908년 03월 27일 (금) 2795호						
1	5	俳句	桃〔12〕 복숭아	竹涯生	시가/하이쿠	
1	5~6	小說	華軍〈15〉 화군	殘月亭	소설/일본 고전	
3	1~2		傾城に誠あり〈3〉 게이샤에게도 진심은 있다		수필/기타	
3	5		野調〔1〕 야조	萩水	시가/기타	
1908년 03월 28일 (토) 2796호						
1	4	俳句	雪解殘雪〔10〕 설해잔설	竹涯生	시가/하이쿠	
1	4~6	小說	華軍〈16〉 화군	殘月亭	소설/일본 고전	
3	1~3		梅田十之丞〈20〉 우메다 주노조	桃川燕雨	고단	
5	1~2		傾城に誠あり〈4〉 게이샤에게도 진심은 있다		수필/기타	
3	4		調野〔1〕 조야	萩水	시가/기타	
1908년 03월 29일 (일) 2797호						
1	4	俳諧少話	(제목없음)〔1〕		수필·시가/ 일상·하이쿠	
1	4	小文	自戒〔6〕 자융	竹涯生	수필/일상	
1	4~5	俳句	(제목없음)〔12〕	老楓軒	시가/하이쿠	
1	5~6	小說	華軍〈17〉 화군	殘月亭	소설/일본 고전	
3	1~3		梅田十之丞〈21〉 우메다 주노조	桃川燕雨	고단	
5	4		野調〔1〕 야조	萩水	시가/기타	
1908년 03월 31일 (화) 2798호						
1	4		文界片々 문학계 단편		수필/비평	
1	5~6	小說	華軍〈18〉 화군	殘月亭	소설/일본 고전	
3	6		野調〔1〕 야조	萩水	시가/기타	
1908년 04월 01일 (수) 2799호						
1	4~5		文界片々 문학계 단편		수필/비평	
1	5	文苑	嫁と興する〔7〕 며느리를 보다	蘇川	시가/교카	
1	5~7	小說	華軍〈18〉 화군	殘月亭	소설/일본 고전	회수 오류

지면	단수	기획	기사제목 〈회수〉〔곡수〕	필자/저자(역자)	분류	비고
1908년 04월 02일 (목) 2800호						
1	4~6	小說	華軍 〈20〉 화군	殘月亭	소설/일본 고전	
3	1~3		梅田十之亟 〈22〉 우메다 주노조	桃川燕雨	고단	
5	5		野調 〔1〕 야조	萩水	시가/기타	
1908년 04월 03일 (금) 2801호						
1	4~6	小說	華軍 〈21〉 화군	殘月亭	소설/일본 고전	
3	3~5		梅田十之亟 〈23〉 우메다 주노조	桃川燕雨	고단	
1908년 04월 05일 (일) 2802호						
1	4~5	小說	華軍 〈22〉 화군	殘月亭	소설/일본 고전	
3	1~3		梅田十之亟 〈24〉 우메다 주노조	桃川燕雨	고단	
1908년 04월 07일 (화) 2803호						
1	4		文界片々 문학계 단편		수필/비평	
1	5~6	小說	華軍 〈23〉 화군	殘月亭	소설/일본 고전	
1908년 04월 08일 (수) 2804호						
1	4	俳句	(제목없음) 〔7〕	老楓軒	시가/하이쿠	
1	4~5	小說	華軍 〈24〉 화군	殘月亭	소설/일본 고전	
3	1~3		梅田十之亟 〈25〉 우메다 주노조	桃川燕雨	고단	
1908년 04월 09일 (목) 2805호						
1	4	俳句	雛 〔7〕 히나	蘇川	시가/하이쿠	
1	4~5	小說	華軍 〈25〉 화군	殘月亭	소설/일본 고전	
3	1~3		梅田十之亟 〈26〉 우메다 주노조	桃川燕雨	고단	
1908년 04월 10일 (금) 2806호						
1	3		文界片々 문학계 단편		수필/비평	
1	3	俳句	春水 〔8〕 춘수	蘇川	시가/하이쿠	
1	4~5	小說	華軍 〈26〉 화군	殘月亭	소설/일본 고전	
1908년 04월 11일 (토) 2807호						

지면	단수	기획	기사제목 〈회수〉〔곡수〕	필자/저자(역자)	분류	비고
1	4	俳句	笛吹く人 〔8〕 피리 부는 사람	新庄竹涯	시가/단카	장르 오류
1	4~6	小說	華軍 〈27〉 화군	殘月亭	소설/일본 고전	
3	1~3		梅田十之亟 〈27〉 우메다 주노조	桃川燕雨	고단	
5	5		野調 〔1〕 야조	萩水	시가/기타	

1908년 04월 12일 (일) 2808호

지면	단수	기획	기사제목 〈회수〉〔곡수〕	필자/저자(역자)	분류	비고
1	3~4		男と女 〈1〉 남과 여		수필/비평	
1	4	文苑	春の夜 봄의 밤	萩水	수필/일상	
1	4~5		噫エス 아아 에스	阿部生	수필/일상	
1	5		遠姿 〔1〕 먼 모습	竹涯生	시가/기타	
1	5		櫻人 〔1〕 벚꽃을 바라보는 사람	竹涯生	시가/기타	
1	5		破調 〔8〕 파조	新庄竹涯	시가/하이쿠	
1	5~7	小說	華軍 〈28〉 화군	殘月亭	소설/일본 고전	

1908년 04월 14일 (화) 2809호

지면	단수	기획	기사제목 〈회수〉〔곡수〕	필자/저자(역자)	분류	비고
1	4		男と女 〈2〉 남과 여		수필/비평	
1	4~5	文藝	★鐘樓守 〔1〕 종지기	新庄竹涯	시가/신체시	
1	5~6	小說	華軍 〈29〉 화군	殘月亭	소설/일본 고전	
3	1~2		燈臺の生活 등대의 생활		수필/일상	

1908년 04월 15일 (수) 2810호

지면	단수	기획	기사제목 〈회수〉〔곡수〕	필자/저자(역자)	분류	비고
1	2~4		男と女 〈4〉 남과 여		수필/비평	회수 오류
1	4	文藝	祈禱 기도	坂本亭月	수필/일상	
1	4	文藝	★夕の賦 〔1〕 저녁의 시	新庄竹涯	시가/기타	
1	4~5	文藝	銀杏 〔1〕 은행나무	新庄竹涯	시가/기타	
1	5	文藝	(제목없음) 〔7〕	白虹	시가/하이쿠	
1	5~6	小說	華軍 〈30〉 화군	殘月亭	소설/일본 고전	

1908년 04월 16일 (목) 2811호

지면	단수	기획	기사제목 〈회수〉〔곡수〕	필자/저자(역자)	분류	비고
1	2~3		男と女 〈4〉 남과 여		수필/비평	

지면	단수	기획	기사제목 〈회수〉〔곡수〕	필자/저자(역자)	분류	비고
1	4	文藝	天津日 아마쓰히	新庄竹涯	수필/일상	
1	4~6	小說	華軍 〈31〉 화군	殘月亭	소설/일본 고전	
3	1~3		梅田十之丞 〈28〉 우메다 주노조	桃川燕雨	고단	

1908년 04월 17일 (금) 2812호

지면	단수	기획	기사제목 〈회수〉〔곡수〕	필자/저자(역자)	분류	비고
1	2~3		男と女 〈5〉 남과 여		수필/비평	
1	3~4	文藝	氷雨の夜 〔8〕 우박 내리는 밤	新庄竹涯	시가/단카	
1	4	文藝	(제목없음) 〔4〕	越后　白紅	시가/하이쿠	
1	4	文藝	(제목없음) 〔2〕	寓居	시가/하이쿠	
1	4	文藝	(제목없음) 〔1〕	翠峨	시가/하이쿠	
1	4	文藝	(제목없음) 〔5〕	白紅	시가/하이쿠	
1	4~5	小說	華軍 〈32〉 화군	殘月亭	소설/일본 고전	

1908년 04월 18일 (토) 2813호

지면	단수	기획	기사제목 〈회수〉〔곡수〕	필자/저자(역자)	분류	비고
1	4		ゆらぎそめて 〔7〕 흔들리기 시작하다	蘇川	시가/단카	
1	4~5		朧夜 으스름 달밤	#東	수필/기타	
1	5~6	小說	華軍 〈33〉 화군	殘月亭	소설/일본 고전	

1908년 04월 19일 (일) 2814호

지면	단수	기획	기사제목 〈회수〉〔곡수〕	필자/저자(역자)	분류	비고
1	6~7	小說	華軍 〈34〉 화군	殘月亭	소설/일본 고전	

1908년 04월 22일 (수) 2816호

지면	단수	기획	기사제목 〈회수〉〔곡수〕	필자/저자(역자)	분류	비고
1	6~7	小說	華軍 〈36〉 화군	殘月亭	소설/일본 고전	

1908년 04월 23일 (목) 2817호

지면	단수	기획	기사제목 〈회수〉〔곡수〕	필자/저자(역자)	분류	비고
1	6~7	小說	華軍 〈37〉 화군	殘月亭	소설/일본 고전	

1908년 04월 24일 (금) 2818호

지면	단수	기획	기사제목 〈회수〉〔곡수〕	필자/저자(역자)	분류	비고
1	4		詩人の自殺 〈1〉 시인의 자살	磧水	수필/기타	
1	6		文界片々 문학계 단편		수필/비평	
1	6	俳句	日永 〔7〕 봄 기나긴 낮	蘇川	시가/하이쿠	
1	7	俳句	日永 〔4〕 봄 기나긴 낮	赤條條	시가/하이쿠	

지면	단수	기획	기사제목 〈회수〉 〔곡수〕	필자/저자(역자)	분류	비고
1	7	俳句	日永 〔4〕 봄 기나긴 낮	#聲	시가/하이쿠	
1	7~9	小說	華軍 〈38〉 화군	殘月亭	소설/일본 고전	
3	1~3		梅田十之亟 〈29〉 우메다 주노조	桃川燕雨	고단	
3	7		野調 〔1〕 야조	萩水	시가/기타	

1908년 04월 25일 (토) 2819호

지면	단수	기획	기사제목 〈회수〉 〔곡수〕	필자/저자(역자)	분류	비고
1	3~4		詩人の自殺 〈2〉 시인의 자살	磧水	수필/기타	
1	6	俳句	豆の花、麗、日永 〔6〕 완두콩 꽃, 청명함, 봄 기나긴 낮	蘇川	시가/하이쿠	
1	6	俳句	豆の花、麗、日永 〔5〕 완두콩 꽃, 청명함, 봄 기나긴 낮	老楓軒	시가/하이쿠	
1	6	俳句	豆の花、麗、日永 〔2〕 완두콩 꽃, 청명함, 봄 기나긴 낮	平凡	시가/하이쿠	
1	6~9		梅田十之亟 〈30〉 우메다 주노조	桃川燕雨	고단	
3	1~2	小說	華軍 〈39〉 화군	殘月亭	소설/일본 고전	
3	6		野調 〔1〕 야조	萩水	시가/신체시	

1908년 04월 28일 (화) 2820호

지면	단수	기획	기사제목 〈회수〉 〔곡수〕	필자/저자(역자)	분류	비고
1	4~5		詩人の自殺 〈3〉 시인의 자살	磧水	수필/기타	
1	6	俳句	藤、小弓引 〔11〕 등나무, 작은 활 당기기	蘇川	시가/하이쿠	
1	6~9		梅田十之亟 〈31〉 우메다 주노조	桃川燕雨	고단	

1908년 04월 29일 (수) 2821호

지면	단수	기획	기사제목 〈회수〉 〔곡수〕	필자/저자(역자)	분류	비고
1	4		男性美 〈1〉 남성미		수필/관찰	
1	5~8	講談	梅田十之亟 〈32〉 우메다 주노조	桃川燕雨	고단	

1908년 05월 01일 (금) 2822호

지면	단수	기획	기사제목 〈회수〉 〔곡수〕	필자/저자(역자)	분류	비고
1	4~5		詩人の自殺 〈4〉 시인의 자살	磧水	수필/기타	
1	5		男性美 〈2〉 남성미		수필/관찰	
1	5~8		梅田十之亟 〈33〉 우메다 주노조	桃川燕雨	고단	
3	1~2	小說	華軍 〈40〉 화군	殘月亭	소설/일본 고전	

1908년 05월 02일 (토) 2823호

지면	단수	기획	기사제목 〈회수〉 〔곡수〕	필자/저자(역자)	분류	비고
1	3~4		詩人の自殺 〈5〉 시인의 자살	磧水	수필/기타	

지면	단수	기획	기사제목 〈회수〉〔곡수〕	필자/저자(역자)	분류	비고
1	4		文界片々 문학계 단편		수필/비평	
1	5	俳句	初雪〔8〕 첫눈	蘇川	시가/하이쿠	
1	6~8		梅田十之亟〈34〉 우메다 주노조	桃川燕雨	고단	
3	1~2	小說	華軍〈41〉 화군	殘月亭	소설/일본 고전	

1908년 05월 03일 (일) 2824호

지면	단수	기획	기사제목 〈회수〉〔곡수〕	필자/저자(역자)	분류	비고
1	4~5		男性美〈3〉 남성미		수필/관찰	
1	5~8		梅田十之亟〈35〉 우메다 주노조	桃川燕雨	고단	
3	1~2	小說	華軍〈42〉 화군	殘月亭	소설/일본 고전	
3	4	情歌	◎〔1〕 ◎	一山支店 岸の	시가/도도이 쓰	
3	4	情歌	◎〔1〕 ◎	淸榮樓　淸鶴	시가/도도이 쓰	
3	4	情歌	◎〔1〕 ◎	常磐樓　札幌	시가/도도이 쓰	
3	4	情歌	◎〔1〕 ◎	敷島樓　瀨川	시가/도도이 쓰	
3	4	情歌	◎〔1〕 ◎	敷島樓 若吉	시가/도도이 쓰	
3	4	情歌	◎〔1〕 ◎	敷島樓 松子	시가/도도이 쓰	
3	4	情歌	◎〔1〕 ◎	一山支店 #代	시가/도도이 쓰	

1908년 05월 04일 (월) 2825호

지면	단수	기획	기사제목 〈회수〉〔곡수〕	필자/저자(역자)	분류	비고
1	3~4		詩人の自殺〈6〉 시인의 자살	磧水	수필/기타	
1	5		文界片々 문학계 단편		수필/비평	
1	6~8		梅田十之亟〈36〉 우메다 주노조	桃川燕雨	고단	

1908년 05월 05일 (화) 2826호

지면	단수	기획	기사제목 〈회수〉〔곡수〕	필자/저자(역자)	분류	비고
1	5		文界片々 문학계 단편		수필/비평	
1	5~6	和歌	理想に眈ける〔7〕 이상에 빠지다	蘇川	시가/단카	
1	6~8		梅田十之亟〈37〉 우메다 주노조	桃川燕雨	고단	
3	1~2	小說	華軍〈43〉 화군	殘月亭	소설/일본 고전	

1908년 05월 06일 (수) 2827호

지면	단수	기획	기사제목 〈회수〉〔곡수〕	필자/저자(역자)	분류	비고
1	5~8		梅田十之亟〈38〉 우메다 주노조	桃川燕雨	고단	

지면	단수	기획	기사제목 〈회수〉 [곡수]	필자/저자(역자)	분류	비고
3	1~2	小說	華軍 〈44〉 화군	殘月亭	소설/일본 고전	
3	4		樓名讀込都独逸 [11] 루명 요미코미 도도이쓰		시가/도도이 쓰	

1908년 05월 07일 (목) 2828호

지면	단수	기획	기사제목	필자/저자(역자)	분류	비고
1	2~3		詩人の自殺 〈7〉 시인의 자살	磧水	수필/기타	
1	4		文界片々 문학계 단편		수필/비평	
1	4	俳句	鮎 [5] 은어	蘇川	시가/하이쿠	
1	4~7		梅田十之亟 〈39〉 우메다 주노조	桃川燕雨	고단	

1908년 05월 08일 (토) 2829호   요일 오류

지면	단수	기획	기사제목	필자/저자(역자)	분류	비고
1	4~5		詩人の自殺 〈8〉 시인의 자살	磧水	수필/기타	
1	6	俳句	筍 [7] 죽순	蘇川	시가/하이쿠	
1	6~9		梅田十之亟 〈40〉 우메다 주노조	桃川燕雨	고단	
3	1~2	小說	華軍 〈45〉 화군	殘月亭	소설/일본 고전	
3	6		名樓藝妓讀込都々逸 [1] 명루 게이샤 요미코미 도도이쓰	一富士 君之助	시가/도도이 쓰	
3	6		名樓藝妓讀込都々逸 [1] 명루 게이샤 요미코미 도도이쓰	一富士 福之助	시가/도도이 쓰	
3	6		名樓藝妓讀込都々逸 [1] 명루 게이샤 요미코미 도도이쓰	朝日樓 桝子	시가/도도이 쓰	
3	6		名樓藝妓讀込都々逸 [1] 명루 게이샤 요미코미 도도이쓰	朝日樓 勝利	시가/도도이 쓰	

1908년 05월 09일 (토) 2830호

지면	단수	기획	기사제목	필자/저자(역자)	분류	비고
1	6	俳句	日永、麗 [16] 봄 기나긴 낮, 청명함	竹涯生	시가/하이쿠	
1	6~9		梅田十之亟 〈41〉 우메다 주노조	桃川燕雨	고단	
3	1~2	小說	華軍 〈46〉 화군	殘月亭	소설/일본 고전	
3	6		名樓藝妓讀込都々逸 [1] 명루 게이샤 요미코미 도도이쓰	壽樓 大吉	시가/도도이 쓰	
3	6		名樓藝妓讀込都々逸 [1] 명루 게이샤 요미코미 도도이쓰	八坂樓 おかよ	시가/도도이 쓰	

1908년 05월 10일 (일) 2831호

지면	단수	기획	기사제목	필자/저자(역자)	분류	비고
1	4~5		詩人の自殺 〈9〉 시인의 자살	磧水	수필/기타	
1	5		文界片々 문학계 단편		수필/비평	
1	6	文藝	菊姬 국희	亭月	수필/기타	

지면	단수	기획	기사제목 〈회수〉 [곡수]	필자/저자(역자)	분류	비고
1	6	文藝	菜の花、春の川 〈1〉 [7] 유채꽃, 봄의 강	竹涯生	시가/하이쿠	
1	7~9		梅田十之亟 〈42〉 우메다 주노조	桃川燕雨	고단	
3	1~2	小說	華軍 〈47〉 화군	殘月亭	소설/일본 고전	
3	5		名樓藝妓讀込都々逸 [1] 명루 게이샤 요미코미 도도이쓰	一山樓 淸駒	시가/도도이 쓰	
3	5		名樓藝妓讀込都々逸 [1] 명루 게이샤 요미코미 도도이쓰	八坂 勇	시가/도도이 쓰	
3	5		名樓藝妓讀込都々逸 [1] 명루 게이샤 요미코미 도도이쓰	鱗樓 笑子	시가/도도이 쓰	

1908년 05월 11일 (월) 2832호

1	4~5		詩人の自殺 〈10〉 시인의 자살	磧水	수필/기타	
1	6	文藝	菜の花、春の川 〈2〉 [8] 유채꽃, 봄의 강	竹涯生	시가/하이쿠	
1	6~9		梅田十之亟 〈43〉 우메다 주노조	桃川燕雨	고단	
3	1~2	小說	華軍 〈48〉 화군	殘月亭	소설/일본 고전	
3	5		春の鳥讀込み都々逸 [6] 봄 새 요미코미 도도이쓰		시가/도도이 쓰	

1908년 05월 12일 (화) 2833호

1	6~7	俳句	桃、柳 [13] 복숭아, 버드나무	竹涯生	시가/하이쿠	
1	7~9		梅田十之亟 〈44〉 우메다 주노조	桃川燕雨	고단	
3	1~2	小說	華軍 〈49〉 화군	殘月亭	소설/일본 고전	

1908년 05월 13일 (수) 2834호

1	4		文界片々 문학계 단편		수필/비평	
1	4		流行の小說 〈1〉 유행하는 소설		수필/비평	
1	5	文藝	灯を消して [1] 불을 끄고	竹涯生	시가/기타	
1	5~9		梅田十之亟 〈45〉 우메다 주노조	桃川燕雨	고단	
3	1~2	小說	華軍 〈50〉 화군	殘月亭	소설/일본 고전	

1908년 05월 14일 (목) 2835호

1	6~7	俳句	朧、春月 [13] 희미한 달빛, 춘월	竹涯生	시가/하이쿠	
1	7~9		梅田十之亟 〈46〉 우메다 주노조	桃川燕雨	고단	
3	1~2	小說	華軍 〈51〉 화군	殘月亭	소설/일본 고전	

지면	단수	기획	기사제목 〈회수〉〔곡수〕	필자/저자(역자)	분류	비고
1908년 05월 15일 (금) 2836호						
1	5		文界片々 문학계 단편		수필/비평	
1	5~6		流行の小説 〈2〉 유행하는 소설		수필/비평	
1	6	文藝	富士紫 〔1〕 후지무라사키	竹涯生	시가/기타	
1	6~9		梅田十之亟 〈47〉 우메다 주노조	桃川燕雨	고단	
3	1~2	小說	華軍 〈52〉 화군	殘月亭	소설/일본 고전	
3	4		名樓藝妓讀込都々逸 〔1〕 명루 게이샤 요미코미 도도이쓰	鱗樓 梅八	시가/도도이 쓰	
3	4		名樓藝妓讀込都々逸 〈3〉〔1〕 명루 게이샤 요미코미 도도이쓰	富士 富美子	시가/도도이 쓰	
1908년 05월 16일 (토) 2837호						
1	5	俳句	春宵 〈1〉〔5〕 봄밤	竹涯生	시가/하이쿠	
1	5~8		梅田十之亟 〈48〉 우메다 주노조	桃川燕雨	고단	
3	1~2	小說	華軍 〈53〉 화군	殘月亭	소설/일본 고전	
1908년 05월 17일 (일) 2838호						
1	5	俳句	春宵 〈2〉〔8〕 봄밤	竹涯生	시가/하이쿠	
1	5~8		梅田十之亟 〈49〉 우메다 주노조	桃川燕雨	고단	
3	1~2	小說	華軍 〈54〉 화군	殘月亭	소설/일본 고전	
1908년 05월 19일 (화) 2839호						
1	4		男何者ぞ(上) 〔1〕 남자란 무엇인가(상)		수필/비평	
1	5		文界片々 문학계 단편		수필/비평	
1	5	俳句	春雨 〔10〕 봄비	竹涯生	시가/하이쿠	
1	5~8		梅田十之亟 〈50〉 우메다 주노조	桃川燕雨	고단	
3	1~2	小說	華軍 〈55〉 화군	殘月亭	소설/일본 고전	
3	7		開校式の歌 〔1〕 개교식 노래		시가/기타	
1908년 05월 20일 (수) 2840호						
1	5~6		琴の主 거문고의 주인	亭月	수필/기타	
1	6	俳句	梅、鶯 〈1〉〔6〕 매화, 앵어	竹涯生	시가/하이쿠	

지면	단수	기획	기사제목 〈회수〉〔곡수〕	필자/저자(역자)	분류	비고
1	6~8		梅田十之亟 〈51〉 우메다 주노조	桃川燕雨	고단	
3	1~2	小說	華軍 〈56〉 화군	殘月亭	소설/일본 고전	
3	4		名樓藝妓讀込都々逸 〔1〕 명루 게이샤 요미코미 도도이쓰	鱗 大吉	시가/도도이 쓰	
3	4		名樓藝妓讀込都々逸 〔1〕 명루 게이샤 요미코미 도도이쓰	一山 駒助	시가/도도이 쓰	
3	4		名樓藝妓讀込都々逸 〔1〕 명루 게이샤 요미코미 도도이쓰	一富士 福之助	시가/도도이 쓰	

1908년 05월 21일 (목) 2841호

지면	단수	기획	기사제목 〈회수〉〔곡수〕	필자/저자(역자)	분류	비고
1	4		男何者ぞ(中) 〔2〕 남자란 무엇인가(중)		수필/비평	
1	6		文界片々 문학계 단편		수필/비평	
1	6	俳句	梅、鶯 〈2〉 〔11〕 매화, 앵어	竹涯生	시가/하이쿠	
1	6~8		梅田十之亟 〈52〉 우메다 주노조	桃川燕雨	고단	
3	1~2	小說	華軍 〈57〉 화군	殘月亭	소설/일본 고전	
3	4		山の話 산 이야기	班鬢道人	수필/기타	

1908년 05월 22일 (금) 2842호

지면	단수	기획	기사제목 〈회수〉〔곡수〕	필자/저자(역자)	분류	비고
1	4		男何者ぞ(下) 〔3〕 남자란 무엇인가(하)		수필/비평	
1	5		文界片々 문학계 단편		수필/비평	
1	5	俳句	櫻 〔12〕 벚꽃	竹涯生	시가/하이쿠	
1	6~8		梅田十之亟 〈53〉 우메다 주노조	桃川燕雨	고단	
3	1~2	小說	華軍 〈58〉 화군	殘月亭	소설/일본 고전	

1908년 05월 23일 (토) 2843호

지면	단수	기획	기사제목 〈회수〉〔곡수〕	필자/저자(역자)	분류	비고
1	5	文藝	島の一夜 〈1〉 섬에서 하룻밤	河野蘇川	수필/기행	
1	5	俳句	(제목없음) 〔4〕	蘇川	시가/하이쿠	
1	6~8		梅田十之亟 〈54〉 우메다 주노조	桃川燕雨	고단	
3	7		題野菜 〔1〕 제목 야채	素砂 水山生	시가/기타	

1908년 05월 24일 (일) 2844호

지면	단수	기획	기사제목 〈회수〉〔곡수〕	필자/저자(역자)	분류	비고
1	5	文藝	島の一夜 〈2〉 섬에서 하룻밤	河野蘇川	수필/기행	
1	5~6		笛の人 〔1〕 피리부는 사람	竹涯生	시가/기타	

지면	단수	기획	기사제목 〈회수〉〔곡수〕	필자/저자(역자)	분류	비고
1	6~8		梅田十之亟 〈55〉 우메다 주노조	桃川燕雨	고단	
3	1~2	小說	華軍 〈59〉 화군	殘月亭	소설/일본 고전	

1908년 05월 25일 (월) 2845호

지면	단수	기획	기사제목 〈회수〉〔곡수〕	필자/저자(역자)	분류	비고
1	5	文藝	島の一夜 〈3〉 섬에서 하룻밤	河野蘇川	수필/기행	
1	5		鶯 〔1〕 앵어	竹涯生	시가/신체시	
1	6~8		梅田十之亟 〈56〉 우메다 주노조	桃川燕雨	고단	
3	1~2	小說	華軍 〈60〉 화군	殘月亭	소설/일본 고전	
3	4		素砂産作物讀込み 〔2〕 소사산 작물 요미코미	松濤	시가/도도이 쓰	

1908년 05월 26일 (화) 2846호

지면	단수	기획	기사제목 〈회수〉〔곡수〕	필자/저자(역자)	분류	비고
1	6		文界片々 문학계 단편		수필/비평	
1	6		春の夢 〔8〕 봄 꿈	新庄竹涯	시가/단카	
1	6~8		梅田十之亟 〈57〉 우메다 주노조	桃川燕雨	고단	
3	1~2	小說	華軍 〈61〉 화군	殘月亭	소설/일본 고전	
3	4		素砂産作物讀込み 〔2〕 소사산 작물 요미코미	松濤	시가/도도이 쓰	

1908년 05월 27일 (수) 2847호

지면	단수	기획	기사제목 〈회수〉〔곡수〕	필자/저자(역자)	분류	비고
1	5	俳句	春の句 〔14〕 봄의 구	竹涯生	시가/하이쿠	
1	5~8		梅田十之亟 〈58〉 우메다 주노조	桃川燕雨	고단	
3	1~2	小說	華軍 〈61〉 화군	殘月亭	소설/일본 고전	회수 오류

1908년 05월 29일 (금) 2848호

지면	단수	기획	기사제목 〈회수〉〔곡수〕	필자/저자(역자)	분류	비고
1	5		文界片々 문학계 단편		수필/비평	
1	6	文藝	木の芽 〔1〕 새싹	竹涯生	시가/기타	
1	6~8		梅田十之亟 〈59〉 우메다 주노조	桃川燕雨	고단	
3	1~2	小說	華軍 〈62〉 화군	殘月亭	소설/일본 고전	

1908년 05월 30일 (토) 2849호

지면	단수	기획	기사제목 〈회수〉〔곡수〕	필자/저자(역자)	분류	비고
1	5		文界片々 문학계 단편		수필/비평	
1	5	文藝	雄心 〔8〕 원대한 포부	新庄竹涯	시가/단카	

지면	단수	기획	기사제목 〈회수〉〔곡수〕	필자/저자(역자)	분류	비고
1	5~8		梅田十之丞 〈60〉 우메다 주노조	桃川燕雨	고단	
3	1~2	小說	華軍 〈64〉 화군	殘月亭	소설/일본 고전	회수 오류

1908년 05월 31일 (일) 2850호

지면	단수	기획	기사제목 〈회수〉〔곡수〕	필자/저자(역자)	분류	비고
1	5~6		文界片々 문학계 단편		수필/비평	
1	6	文藝	錦浦 〔1〕 금포	竹涯生	시가/기타	
1	6~8		梅田十之丞 〈61〉 우메다 주노조	桃川燕雨	고단	
3	1~2	小說	華軍 〈65〉 화군	殘月亭	소설/일본 고전	회수 오류
3	4		雨 〔7〕 비	素砂 水心生	시가/도도이 쓰	

1908년 06월 01일 (월) 2851호

지면	단수	기획	기사제목 〈회수〉〔곡수〕	필자/저자(역자)	분류	비고
1	5	文藝	落椿 〔9〕 떨어진 동백꽃	新庄竹涯	시가/단카	
1	6~8		梅田十之丞 〈61〉 우메다 주노조	桃川燕雨	고단	회수 오류
3	1~2	小說	華軍 〈66〉 화군	殘月亭	소설/일본 고전	회수 오류

1908년 06월 02일 (화) 2852호

지면	단수	기획	기사제목 〈회수〉〔곡수〕	필자/저자(역자)	분류	비고
1	5		文界片々 문학계 단편		수필/비평	
1	5~8		梅田十之丞 〈62〉 우메다 주노조	桃川燕雨	고단	회수 오류
3	1~2	小說	華軍 〈67〉 화군	殘月亭	소설/일본 고전	회수 오류

1908년 06월 03일 (수) 2853호

지면	단수	기획	기사제목 〈회수〉〔곡수〕	필자/저자(역자)	분류	비고
1	6		文界片々 문학계 단편		수필/비평	
1	6	文藝	菅笠 〈1〉〔5〕 삿갓	新庄竹涯	시가/단카	
1	6~8		梅田十之丞 〈64〉 우메다 주노조	桃川燕雨	고단	
3	1~2		端午節の起原 단오절 기원		수필/관찰	

1908년 06월 04일 (목) 2854호

지면	단수	기획	기사제목 〈회수〉〔곡수〕	필자/저자(역자)	분류	비고
1	4	雜錄	美男と美女(上) 〈1〉 미남과 미녀(상)		수필/비평	
1	5	文藝	菅笠 〈2〉〔3〕 삿갓	新庄竹涯	시가/단카	
1	6~8		梅田十之丞 〈65〉 우메다 주노조	桃川燕雨	고단	
3	1~2		端午の節句 단오의 절구		수필/관찰	

지면	단수	기획	기사제목 〈회수〉〔곡수〕	필자/저자(역자)	분류	비고
3	3	新小說廣告	幻影 환영		광고/연재 예고	

1908년 06월 05일 (금) 2855호

1	4~5		美男と美女(中)〈2〉 미남과 미녀(중)		수필/비평	
1	5		文界片々 문학계 단편		수필/비평	
1	6~8		梅田十之亟〈66〉 우메다 주노조	桃川燕雨	고단	
3	1~2	小說	華軍〈68〉 화군	殘月亭	소설/일본 고전	회수 오류
3	4	新小說廣告	幻影 환영		광고/연재 예고	

1908년 06월 06일 (토) 2856호

1	4~5		美男と美女(下)〈3〉 미남과 미녀(하)		수필/비평	
1	5		文界片々 문학계 단편		수필/비평	
1	6~9		梅田十之亟〈67〉 우메다 주노조	桃川燕雨	고단	
3	1~2	小說	華軍〈69〉 화군	殘月亭	소설/일본 고전	회수 오류

1908년 06월 07일 (일) 2857호

1	6		文界片々 문학계 단편		수필/비평	
1	6	文藝	柿の花〔6〕 감나무 꽃	蘇川	시가/하이쿠	
1	6~9		梅田十之亟〈68〉 우메다 주노조	桃川燕雨	고단	
3	1~2		所謂放火犯に就て〈1〉 이른바 방화범에 관해서		수필/관찰	
3	4	新小說廣告	幻影 환영		광고/연재 예고	

1908년 06월 08일 (월) 2858호

1	5		文界片々 문학계 단편		수필/비평	
1	6~9		梅田十之亟〈69〉 우메다 주노조	桃川燕雨	고단	
3	1~2		幻影〈1〉 환영	鐵耕	소설/일본	

1908년 06월 09일 (화) 2859호

1	6~9		梅田十之亟〈70〉 우메다 주노조	桃川燕雨	고단	
3	1~2		所謂放火犯に就て〈2〉 이른바 방화범에 관해서		수필/관찰	

1908년 06월 10일 (수) 2860호

지면	단수	기획	기사제목 〈회수〉〔곡수〕	필자/저자(역자)	분류	비고
1	4~5	雜錄	美人と英雄 〈1〉 미인과 영웅		수필/일상	
1	6		文界片々 문학계 단편		수필/비평	
1	7~9		梅田十之亟 〈71〉 우메다 주노조	桃川燕雨	고단	
3	4		角力讀込み狂歌 〔3〕 스모 요미코미 교카		시가/교카	

1908년 06월 11일 (목) 2861호

지면	단수	기획	기사제목 〈회수〉〔곡수〕	필자/저자(역자)	분류	비고
1	4~5		美人と英雄 〈2〉 미인과 영웅		수필/일상	
1	6	文藝	競馬、新茶 〔7〕 경마, 신차	蘇川	시가/하이쿠	
1	6~9		梅田十之亟 〈72〉 우메다 주노조	桃川燕雨	고단	

1908년 06월 12일 (금) 2862호

지면	단수	기획	기사제목 〈회수〉〔곡수〕	필자/저자(역자)	분류	비고
1	6	文藝	若葉 〔7〕 어린 잎	蘇川	시가/하이쿠	
1	6~9		梅田十之亟 〈72〉 우메다 주노조	桃川燕雨	고단	회수 오류

1908년 06월 12일 (금) 2862호 第二版

지면	단수	기획	기사제목 〈회수〉〔곡수〕	필자/저자(역자)	분류	비고
3	1~2		夏季と眼 〈1〉 여름철과 눈		수필/일상	

1908년 06월 13일 (토) 2863호

지면	단수	기획	기사제목 〈회수〉〔곡수〕	필자/저자(역자)	분류	비고
1	6		文界片々 문학계 단편		수필/비평	
1	7~9		梅田十之亟 〈73〉 우메다 주노조	桃川燕雨	고단	

1908년 06월 13일 (토) 2863호 第二版

지면	단수	기획	기사제목 〈회수〉〔곡수〕	필자/저자(역자)	분류	비고
3	1~2		夏季と眼 〈2〉 여름철과 눈		수필/일상	

1908년 06월 14일 (일) 2864호

지면	단수	기획	기사제목 〈회수〉〔곡수〕	필자/저자(역자)	분류	비고
1	6		文界片々 문학계 단편		수필/비평	
1	6~9		梅田十之亟 〈74〉 우메다 주노조	桃川燕雨	고단	
3	1~2		夏季と眼 〈3〉 여름철과 눈		수필/일상	

1908년 06월 15일 (월) 2865호

지면	단수	기획	기사제목 〈회수〉〔곡수〕	필자/저자(역자)	분류	비고
1	7~9		梅田十之亟 〈75〉 우메다 주노조	桃川燕雨	고단	
3	1~2		夏季と眼 〈4〉 여름철과 눈		수필/일상	

1908년 06월 16일 (화) 2866호

지면	단수	기획	기사제목 〈회수〉〔곡수〕	필자/저자(역자)	분류	비고
1	6~9		梅田十之亟 〈76〉 우메다 주노조	桃川燕雨	고단	
3	1~2		夏季と眼 〈5〉 여름철과 눈		수필/일상	

1908년 06월 17일 (수) 2867호

| 1 | 6~9 | | 梅田十之亟 〈77〉
우메다 주노조 | 桃川燕雨 | 고단 | |
| 3 | 1~2 | | 夏季と眼 〈6〉
여름철과 눈 | | 수필/일상 | |

1908년 06월 18일 (목) 2868호

| 1 | 6~7 | | 文界片々
문학계 단편 | | 수필/비평 | |
| 1 | 7~9 | | 梅田十之亟 〈78〉
우메다 주노조 | 桃川燕雨 | 고단 | |

1908년 06월 19일 (금) 6869호

1	6		文界片々 문학계 단편		수필/비평	
1	6~9		梅田十之亟 〈79〉 우메다 주노조	桃川燕雨	고단	
3	2~3		芍藥島の美人 작약도의 미인		수필/일상	

1908년 06월 20일 (토) 6870호

| 1 | 6 | | 文界片々
문학계 단편 | | 수필/비평 | |
| 1 | 7~9 | | 梅田十之亟 〈80〉
우메다 주노조 | 桃川燕雨 | 고단 | |

1908년 06월 21일 (일) 6871호

| 1 | 7~9 | | 梅田十之亟 〈81〉
우메다 주노조 | 桃川燕雨 | 고단 | |
| 3 | 6 | | 副統監の新作
부통감의 신작 | | 수필·시가/
기타 | |

1908년 06월 22일 (월) 2872호

| 1 | 7~9 | | 幻影 〈5〉
환영 | 鐵耕 | 소설/일본 | 회수 오류 |

1908년 06월 23일 (화) 2873호

1	5	雜錄	趣味と實用/其一 趣味に就きて 〈1〉 취미와 실용/그 첫 번째 취미에 대해서		수필/일상	
1	6		文界片々 문학계 단편		수필/비평	
1	8~9		一休禪師 〈1〉 잇큐 선사	松月堂呑玉	고단	
3	1~2		幻影 〈6〉 환영	鐵耕	소설/일본	회수 오류

1908년 06월 25일 (목) 2874호 날짜 오류

지면	단수	기획	기사제목 〈회수〉 [곡수]	필자/저자(역자)	분류	비고
1	4~5	雜錄	趣味と實用/其二 身分と趣味 〈2〉 취미와 실용/그 두 번째 신분과 취미		수필/일상	
1	7~8	文藝	朝を繭煮る [5] 아침 누에고치를 삶다	蘇川	시가/단카	
1	8~9		一休禪師 〈2〉 잇큐 선사	松月堂呑玉	고단	
3	1~2		幻影 〈7〉 환영	鐵耕	소설/일본	회수 오류
3	4		神戸の流行唄 고베에서 유행하는 노래		시가/니아가리	

1908년 06월 26일 (금) 2875호

지면	단수	기획	기사제목 〈회수〉 [곡수]	필자/저자(역자)	분류	비고
1	7	文藝	夏季雜詠 [3] 하계-잡영	竹涯	시가/하이쿠	
1	7	文藝	夏季雜詠 [3] 하계-잡영	一中	시가/하이쿠	
1	7	文藝	夏季雜詠 [2] 하계-잡영	月枝	시가/하이쿠	
1	7	文藝	夏季雜詠 [2] 하계-잡영	不剛	시가/하이쿠	
1	7	文藝	夏季雜詠 [2] 하계-잡영	五風	시가/하이쿠	
1	7	文藝	夏季雜詠 [1] 하계-잡영	聽雨	시가/하이쿠	
1	7~9		一休禪師 〈3〉 잇큐 선사	松月堂呑玉	고단	
3	1~2		幻影 〈8〉 환영	鐵耕	소설/일본	회수 오류
3	7~8		島巡りの記 〈1〉 섬 순회기	なにかし	수필/기행	

1908년 06월 27일 (토) 2876호

지면	단수	기획	기사제목 〈회수〉 [곡수]	필자/저자(역자)	분류	비고
1	6	雜錄	趣味と實用/其三 流行と實用 〈3〉 취미와 실용/그 세 번째 유행과 실용		수필/일상	
1	7		文界片々 문학계 단편		수필/비평	
1	8	文藝	夏川 [1] 여름철 강	竹涯生	시가/기타	
1	8~9		一休禪師 〈4〉 잇큐 선사	松月堂呑玉	고단	
3	1~2		島巡りの記 〈2〉 섬 순회기	なにかし	수필/기행	
3	3		田植唄 [5] 모내기 노래		시가/도도이쓰	
3	5~6		社會の裏面/藝妓の生活 〈1〉 사회의 이면/게이샤의 생활		수필/관찰	
4	1~2		幻影 〈9〉 환영	鐵耕	소설/일본	회수 오류

1908년 06월 28일 (일) 2877호

지면	단수	기획	기사제목 〈회수〉 [곡수]	필자/저자(역자)	분류	비고
1	7	文藝	(제목없음) [9]	蘇川	시가/하이쿠	

지면	단수	기획	기사제목 〈회수〉 [곡수]	필자/저자(역자)	분류	비고
1	8~9		一休禪師 〈5〉 잇큐 선사	松月堂呑玉	고단	
4	1~2		幻影 〈11〉 환영	鐵耕	소설/일본	회수 오류

1908년 06월 29일 (월) 2878호

지면	단수	기획	기사제목 〈회수〉 [곡수]	필자/저자(역자)	분류	비고
1	6~7		戀...涙...情 〈1〉 사랑...눈물...정		수필/일상	
1	7		文界片々 문학계 단편		수필/비평	
1	7	文藝	夏季雜吟 [4] 하계-잡음	一中	시가/하이쿠	
1	7	文藝	夏季雜吟 [3] 하계-잡음	月枝	시가/하이쿠	
1	7	文藝	夏季雜吟 [2] 하계-잡음	不到	시가/하이쿠	
1	7	文藝	夏季雜吟 [2] 하계-잡음	五風	시가/하이쿠	
1	7	文藝	夏季雜吟 [4] 하계-잡음	聽雨	시가/하이쿠	
1	7~9		一休禪師 〈6〉 잇큐 선사	松月堂呑玉	고단	

1908년 06월 30일 (화) 2879호

지면	단수	기획	기사제목 〈회수〉 [곡수]	필자/저자(역자)	분류	비고
1	5		戀...涙...情 〈2〉 사랑...눈물...정		수필/일상	
1	6~7		文界片々 문학계 단편		수필/비평	
1	7	文藝	我誤てり [8] 나의 잘못으로	竹涯生	시가/단카	
1	7~9		一休禪師 〈7〉 잇큐 선사	松月堂呑玉	고단	
3	1~2		島巡りの記 〈4〉 섬 순회기	なにかし	수필/기행	
4	1~2		幻影 〈11〉 환영	鐵耕	소설/일본	회수 오류

1908년 07월 01일 (수) 2880호

지면	단수	기획	기사제목 〈회수〉 [곡수]	필자/저자(역자)	분류	비고
1	7~9		一休禪師 〈8〉 잇큐 선사	松月堂呑玉	고단	
3	1~2		島巡り記 〈5〉 섬 순회기	なにかし	수필/기행	
3	2~3		社會の裏面/藝妓の生活 〈2〉 사회의 이면/게이샤의 생활		수필/관찰	
3	4		小町の髮切騷 고마치의 머리카락을 자르는 소란		수필/일상	
3	5		能陪觀の狂歌/翁 [1] 노 배관 교카/오기나	大倉喜八郎	시가/교카	
3	5		能陪觀の狂歌/黑尉 [1] 노 배관 교카/고쿠죠	大倉喜八郎	시가/교카	
3	5		能陪觀の狂歌/鶴龜 [1] 노 배관 교카/쓰루카메	大倉喜八郎	시가/교카	

지면	단수	기획	기사제목 〈회수〉〔곡수〕	필자/저자(역자)	분류	비고
4	1~2		幻影 〈13〉 환영	鐵耕	소설/일본	회수 오류

1908년 07월 02일 (목) 2881호

지면	단수	기획	기사제목 〈회수〉〔곡수〕	필자/저자(역자)	분류	비고
1	4~5	雜錄	社會と藝妓 사회와 게이샤		수필/일상	
1	6	文藝	ゆきくれて 〔1〕 날 저물어	竹涯生	시가/자유시	
1	7~9		一休禪師 〈9〉 잇큐 선사	松月堂呑玉	고단	
3	1~3		幻影 〈2〉 환영	鐵耕	소설/일본	2회가 뒤에 연재
4	1~2		幻影 〈14〉 환영	鐵耕	소설/일본	

1908년 07월 03일 (목) 2882호　　　　　　　　　　　　　　　　　요일 오류

지면	단수	기획	기사제목 〈회수〉〔곡수〕	필자/저자(역자)	분류	비고
1	8		一休禪師 〈10〉 잇큐 선사	松月堂呑玉	고단	
2	1~2		幻影 〈15〉 환영	鐵耕	소설/일본	
2	2~3		社會の裏面/紳士の狀態 〈3〉 사회의 이면/신사의 상태		수필/관찰	

1908년 07월 04일 (목) 2882호　　　　　　　　　　　　　　　　　요일 오류

지면	단수	기획	기사제목 〈회수〉〔곡수〕	필자/저자(역자)	분류	비고
1	5~7		一休禪師 〈11〉 잇큐 선사	松月堂呑玉	고단	
3	1~2		幻影 〈16〉 환영	鐵耕	소설/일본	
3	4		川柳ポンチ 〈1〉〔1〕 센류폰치		시가/센류	

1908년 07월 05일 (일) 2884호

지면	단수	기획	기사제목 〈회수〉〔곡수〕	필자/저자(역자)	분류	비고
1	3~4	雜錄	嫁と姑/某法學士婦人の談 〈1〉 며느리와 시어머니/어느 법학사 부인의 이야기		수필/일상	
1	5~8		一休禪師 〈12〉 잇큐 선사	松月堂呑玉	고단	
3	1~2		幻影 〈17〉 환영	鐵耕	소설/일본	
3	5~6		川柳ポンチ 〈2〉〔1〕 센류폰치		시가/센류	

1908년 07월 07일 (화) 2885호

지면	단수	기획	기사제목 〈회수〉〔곡수〕	필자/저자(역자)	분류	비고
1	5~6	雜錄	嫁と姑/某法學士婦人の談/冤罪は嫁の役目 〈1〉 며느리와 시어머니/어떤 법학사 부인의 이야기/원죄는 며느리의 역할		수필/일상	회수 오류
1	6~7		一休禪師 〈13〉 잇큐 선사	松月堂呑玉	고단	
3	1~3		幻影 〈18〉 환영	鐵耕	소설/일본	

1908년 07월 09일 (목) 2886호

지면	단수	기획	기사제목 〈회수〉〔곡수〕	필자/저자(역자)	분류	비고
1	4~5		嫁と姑/某法學士婦人の談/子を設けて後の苦痛 〈3〉 며느리와 시어머니/어떤 법학사 부인의 이야기/아이가 태어난 후의 고통		수필/일상	

지면	단수	기획	기사제목 〈회수〉 〔곡수〕	필자/저자(역자)	분류	비고
1	5~7		一休禪師 〈13〉 잇큐 선사	松月堂呑玉	고단	회수 오류
3	1~3		幻影 〈19〉 환영	鐵耕	소설/일본	
3	5		川柳ポンチ 〈3〉〔1〕 센류폰치		시가/센류	

1908년 07월 10일 (금) 2887호

지면	단수	기획	기사제목 〈회수〉 〔곡수〕	필자/저자(역자)	분류	비고
1	3~4		嫁と姑/某法學士婦人の談/嫁の憎い理由 〈4〉 며느리와 시어머니/어떤 법학사 부인의 이야기/며느리가 미운 이유		수필/일상	
1	5~7		一休禪師 〈14〉 잇큐 선사	松月堂呑玉	고단	회수 오류
3	1~3		幻影 〈20〉 환영	鐵耕	소설/일본	
3	5~6		川柳ポンチ 〈4〉〔1〕 센류폰치		시가/센류	

1908년 07월 11일 (토) 2888호

지면	단수	기획	기사제목 〈회수〉 〔곡수〕	필자/저자(역자)	분류	비고
1	3~4	雜錄	嫁と姑/姑の僻む理由/婦人の革命期 〈5〉 며느리와 시어머니/시어머니가 비뚤어진 이유/여성의 혁명기		수필/일상	
1	4	文藝	冥府より誘ふ 〔7〕 저승에서 불러내다	蘇川	시가/단카	
1	5	文藝	夏帽 〔3〕 여름 모자	竹涯	시가/하이쿠	
1	5	文藝	夏帽 〔2〕 여름 모자	一中	시가/하이쿠	
1	5	文藝	夏帽 〔1〕 여름 모자	五風	시가/하이쿠	
1	5	文藝	夏帽 〔1〕 여름 모자	鳥文	시가/하이쿠	
1	5	文藝	夏帽 〔1〕 여름 모자	不到	시가/하이쿠	
1	5	文藝	夏帽 〔1〕 여름 모자	しのぶ	시가/하이쿠	
1	5	文藝	夏帽 〔1〕 여름 모자	聽雨	시가/하이쿠	
1	5~7		一休禪師 〈15〉 잇큐 선사	松月堂呑玉	고단	회수 오류
3	2~3		川柳ポンチ 〈6〉〔1〕 센류폰치		시가/센류	

1908년 07월 12일 (일) 2889호

지면	단수	기획	기사제목 〈회수〉 〔곡수〕	필자/저자(역자)	분류	비고
1	3~4	雜錄	嫁と姑/嫁さんへの注文 〈6〉 며느리와 시어머니/며느리에게 대한 주문		수필/일상	
1	5	文藝	斷琴 〔8〕 단금	新庄竹涯	시가/단카	
1	5~7		一休禪師 〈16〉 잇큐 선사	松月堂呑玉	고단	회수 오류
3	1~2		幻影 〈21〉 환영	鐵耕	소설/일본	
3	5~6		川柳ポンチ 〈6〉〔1〕 센류폰치		시가/센류	

지면	단수	기획	기사제목 〈회수〉〔곡수〕	필자/저자(역자)	분류	비고

1908년 07월 13일 (일) 2890호 — 요일 오류

지면	단수	기획	기사제목 〈회수〉〔곡수〕	필자/저자(역자)	분류	비고
1	4~5	雜錄	嫁と姑/家政讓渡の暗闘 〈7〉 며느리와 시어머니/가정 양도의 암투		수필/일상	
1	5	文藝	人に捧ぐ 〔1〕 사람에게 바친다	竹涯生	시가/조카	
1	5~7		一休禪師 〈17〉 잇큐 선사	松月堂呑玉	고단	회수 오류
3	1~2		幻影 〈22〉 환영	鐵耕	소설/일본	
3	5~6		川柳ポンチ 〈7〉〔1〕 센류폰치		시가/센류	

1908년 07월 14일 (화) 2891호

지면	단수	기획	기사제목 〈회수〉〔곡수〕	필자/저자(역자)	분류	비고
1	3~4		嫁と姑/嫁は不憫姑は氣毒 〈8〉 며느리와 시어머니/며느리는 안타깝고 시어머니는 딱하다		수필/일상	
1	4~5	文藝	也哉十五句 〔15〕 야재-십오구	竹涯生	시가/하이쿠	
1	5~7		一休禪師 〈18〉 잇큐 선사	松月堂呑玉	고단	회수 오류
3	1~2		幻影 〈24〉 환영	鐵耕	소설/일본	회수 오류
3	5~6		(제목없음) 〔1〕		시가/센류	

1908년 07월 15일 (수) 2892호

지면	단수	기획	기사제목 〈회수〉〔곡수〕	필자/저자(역자)	분류	비고
1	4~5		文界片々 문학계 단편		수필/비평	
1	5	雜錄	鯉の天下(上) 〈1〉 잉어의 천하(상)		수필/일상	
1	5	文藝	身は知らず 〔6〕 분수를 모르고	蘇川	시가/단카	
1	6~7		一休禪師 〈19〉 잇큐 선사	松月堂呑玉	고단	회수 오류
3	1~2		幻影 〈24〉 환영	鐵耕	소설/일본	

1908년 07월 16일 (목) 2893호

지면	단수	기획	기사제목 〈회수〉〔곡수〕	필자/저자(역자)	분류	비고
1	4~5	雜錄	鯉の天下(下) 〈2〉 잉어의 천하(하)		수필/일상	
1	5		文界片々 문학계 단편		수필/비평	
1	5	文藝	當季亂題 〔20〕 당계-난제	竹涯生	시가/하이쿠	
1	5~8		一休禪師 〈20〉 잇큐 선사	松月堂呑玉	고단	회수 오류
3	1~2		幻影 〈26〉 환영	鐵耕	소설/일본	회수 오류

1908년 07월 17일 (금) 2894호

지면	단수	기획	기사제목 〈회수〉〔곡수〕	필자/저자(역자)	분류	비고
1	5		文界片々 문학계 단편		수필/비평	

지면	단수	기획	기사제목 〈회수〉 〔곡수〕	필자/저자(역자)	분류	비고
1	5~6	文藝	夏十五句 〔15〕 여름-십오구	竹涯生	시가/하이쿠	
1	6~8		一休禪師 〈21〉 잇큐 선사	松月堂呑玉	고단	회수 오류
3	1~2		幻影 〈27〉 환영	鐵耕	소설/일본	회수 오류
3	6~7		川柳ポンチ 〈8〉 〔1〕 센류폰치		시가/센류	

1908년 07월 18일 (토) 2895호

1	5	文藝	乱舞 〔8〕 난무		시가/단카	
1	5~8		一休禪師 〈22〉 잇큐 선사	松月堂呑玉	고단	회수 오류
3	1~2		幻影 〈28〉 환영	鐵耕	소설/일본	회수 오류
3	6		川柳ポンチ 〈9〉 〔1〕 센류폰치		시가/센류	

1908년 07월 19일 (일) 2896호

1	5	雜錄	男美と女 남자의 아름다움과 여자		수필/일상	
1	6~9		一休禪師 〈23〉 잇큐 선사	松月堂呑玉	고단	회수 오류
3	2		新橋のハイカラ節(上) 신바시 하이카라부시(상)		수필/일상	
3	4~5		川柳ポンチ 〈10〉 〔1〕 센류폰치		시가/센류	
4	1~2		幻影 〈29〉 환영	鐵耕	소설/일본	회수 오류

1908년 07월 21일 (화) 2897호

1	4~5	雜錄	女学生の流行語(上) 〈1〉 여학생의 유행어(상)		수필/일상	
1	5		文界片々 문학계 단편		수필/비평	
1	5	文藝	かかじ聞えじ 〔6〕 쓰지도 않고 들리지도 않는	蘇川	시가/단카	
1	5~8		一休禪師 〈24〉 잇큐 선사	松月堂呑玉	고단	회수 오류
3	1~3		幻影 〈30〉 환영	鐵耕	소설/일본	회수 오류
3	6~7		川柳ポンチ 〔1〕 센류폰치		시가/센류	

1908년 07월 22일 (수) 2898호

1	4	雜錄	女学生の流行語(下) 〈2〉 여학생의 유행어(하)		수필/일상	
1	4~5	文藝	青唐辛 〈1〉 〔1〕 풋고추	竹涯生	시가/하이쿠	
1	5	文藝	#の怨 〔1〕 #의 원한	竹涯生	시가/신체시	

지면	단수	기획	기사제목 〈회수〉 [곡수]	필자/저자(역자)	분류	비고
1	5~8		一休禪師 〈25〉 잇큐 선사	松月堂呑玉	고단	회수 오류
3	1~3		幻影 〈31〉 환영	鐵耕	소설/일본	회수 오류
3	5		川柳ポンチ [1] 센류폰치		시가/센류	

1908년 07월 23일 (목) 2899호

지면	단수	기획	기사제목	필자/저자	분류	비고
1	4	雜錄	崇高なる職分 숭고한 직분		수필/일상	
1	4~5	文藝	靑唐辛 〈2〉 [1] 풋고추	竹涯生	시가/하이쿠	
1	5	文藝	俳句 [8] 하이쿠	蘇川	시가/하이쿠	
1	5~8		一休禪師 〈26〉 잇큐 선사	松月堂呑玉	고단	회수 오류
3	1~3		幻影 〈32〉 환영	鐵耕	소설/일본	회수 오류
3	4~5		川柳ポンチ [1] 센류폰치		시가/센류	

1908년 07월 24일 (금) 2900호

지면	단수	기획	기사제목	필자/저자	분류	비고
1	4	雜錄	罪後發顯の新法 범죄 후 발현의 신법		수필/일상	
1	5	文藝	靑唐辛 〈3〉 [1] 풋고추	竹涯生	시가/하이쿠	
1	5	文藝	大動脈 [1] 대동맥	竹涯生	시가/신체시	
1	5~8		一休禪師 〈27〉 잇큐 선사	松月堂呑玉	고단	회수 오류
3	1~3		幻影 〈33〉 환영	鐵耕	소설/일본	회수 오류
3	5~6		川柳ポンチ [1] 센류폰치		시가/센류	

1908년 07월 25일 (토) 2901호

지면	단수	기획	기사제목	필자/저자	분류	비고
1	3~4	雜錄	談話術の修養 〈1〉 담화 기술의 수양		수필/일상	
1	4~5	文藝	靑唐辛 〈4〉 [1] 풋고추	竹涯生	수필/일상	
1	5	文藝	夏雜吟 [11] 여름-잡음	竹涯生	시가/하이쿠	
1	5~8		一休禪師 〈27〉 잇큐 선사	松月堂呑玉	고단	회수 오류
3	1~3		幻影 〈34〉 환영	鐵耕	소설/일본	회수 오류
3	5~6		川柳ポンチ [1] 센류폰치		시가/센류	

1908년 07월 26일 (일) 2902호

지면	단수	기획	기사제목	필자/저자	분류	비고
1	4~5	雜錄	談話術の修養 〈2〉 담화 기술의 수양		수필/일상	

지면	단수	기획	기사제목 〈회수〉〔곡수〕	필자/저자(역자)	분류	비고
1	5	文藝	藻しほ草(上) 〈1〉 모시호구사(상)	磧水	수필/일상	
1	5	俳句	靑田、朝顔 〔12〕 푸른 논, 나팔꽃	竹涯生	시가/하이쿠	
1	5~8		一休禪師 〈29〉 잇큐 선사	松月堂呑玉	고단	회수 오류
3	1~3		幻影 〈35〉 환영	鐵耕	소설/일본	회수 오류
3	5		川柳ポンチ 〔1〕 센류폰치		시가/센류	

1908년 07월 28일 (화) 2903호

1	3	雜錄	談話術の修養 〈3〉 담화 기술의 수양		수필/일상	
1	5~6	文藝	藻しほ草(下) 〈2〉 모시호구사(하)	磧水	수필/일상	
1	6~8		一休禪師 〈30〉 잇큐 선사	松月堂呑玉	고단	회수 오류
3	1~3		幻影 〈36〉 환영	鐵耕	소설/일본	회수 오류
3	5	新講談の 披露	元和三勇士 겐나 삼용사		광고/연재 예고	

1908년 07월 29일 (수) 2904호

1	5		文界片々 문학계 단편		수필/비평	
1	5~8		一休禪師 〈31〉 잇큐 선사	松月堂呑玉	고단	회수 오류
3	6		川柳ポンチ 〈17〉 센류폰치		시가/센류	
4	1~2		幻影 〈37〉 환영	鐵耕	소설/일본	회수 오류

1908년 07월 30일 (목) 2905호

1	5	文藝	川狩 〔8〕 천렵	竹涯生	시가/하이쿠	
1	5~7		一休禪師 〈32〉 잇큐 선사	松月堂呑玉	고단	회수 오류
3	5		川柳ポンチ 〈18〉 센류폰치		시가/센류	
4	1~2		幻影 〈38〉 환영	鐵耕	소설/일본	회수 오류

1908년 07월 31일 (금) 2906호

1	5	文藝	夏の句 〔15〕 여름의 구	竹涯生	시가/하이쿠	
1	6~7		一休禪師 〈33〉 잇큐 선사	松月堂呑玉	고단	회수 오류
3	8	新講談の 披露	元和三勇士 겐나 삼용사		광고/연재 예고	
4	1~2		幻影 〈39〉 환영	鐵耕	소설/일본	회수 오류

지면	단수	기획	기사제목 〈회수〉〔곡수〕	필자/저자(역자)	분류	비고
			1908년 08월 01일 (토) 2907호			
1	3~4	雜錄	無題 무제		수필/일상	
1	5	文藝	靑嵐 〔9〕 청람	竹涯生	시가/하이쿠	
1	5~7		一休禪師 〈34〉 잇큐 선사	松月堂呑玉	고단	회수 오류
3	4		喜劇鼻毛競べ 〈1〉 희극 코털경쟁		수필/비평	
3	5		新橋流行の高襟節(下) 〈2〉 신바시 유행 하이카라부시(하)		시가/나니와 부시	
4	1~2		幻影 〈40〉 환영	鐵耕	소설/일본	회수 오류
			1908년 08월 02일 (일) 2908호			
1	4	文藝	葉の音(上) 〈1〉〔1〕 나뭇잎 소리(상)	竹涯生	시가/자유시	
1	5~6		一休禪師 〈35〉 잇큐 선사	松月堂呑玉	고단	회수 오류
3	3~4		喜劇鼻毛競べ 〈2〉 희극 코털경쟁		수필/비평	
3	6	新柳樽	仁川巷譚の中 〔2〕 인천 항담 중	和尙	시가/센류	
3	6	新柳樽	自由廢業酌婦 〔1〕 자유 폐업 작부	和尙	시가/센류	
3	6	新柳樽	小富士の迷惑 〔1〕 고후지의 민폐	和尙	시가/센류	
3	6	新柳樽	鐵道又々不通 〔1〕 철도 다시 또 불통	和尙	시가/센류	
4	1~2		幻影 〈41〉 환영	鐵耕	소설/일본	회수 오류
			1908년 08월 04일 (화) 2909호			
1	4	文藝	葉の音(下) 〈2〉〔1〕 나뭇잎 소리(하)		시가/자유시	
1	5~6		一休禪師 〈36〉 잇큐 선사	松月堂呑玉	고단	회수 오류
4	1~2		幻影 〈42〉 환영	鐵耕	소설/일본	회수 오류
			1908년 08월 05일 (수) 2910호			
1	4	文藝	淸風# 〔8〕 청풍#	新庄竹涯	시가/단카	
1	5~6		一休禪師 〈37〉 잇큐 선사	松月堂呑玉	고단	회수 오류
4	1~2		幻影 〈42〉 환영	鐵耕	소설/일본	회수 오류
			1909년 08월 06일 (목) 2911호			
1	4		文界片々 문학계 단편		수필/비평	

지면	단수	기획	기사제목 〈회수〉 [곡수]	필자/저자(역자)	분류	비고
1	4	文藝	銀雨 [8] 은우	新庄竹涯	시가/단카	
1	5~7		一休禪師 〈38〉 잇큐 선사	松月堂呑玉	고단	회수 오류
3	5~6		出齒り婆さん 〈1〉 입이 튀어나온 노파	好奇心な支配人	수필/일상	

1910년 08월 07일 (금) 2912호

지면	단수	기획	기사제목 〈회수〉 [곡수]	필자/저자(역자)	분류	비고
1	4		文界片々 문학계 단편		수필/비평	
1	5~6		一休禪師 〈39〉 잇큐 선사	松月堂呑玉	고단	
3	3~4		出齒り婆さん 〈2〉 입이 튀어나온 노파	好奇心な支配人	수필/일상	
3	8		サノサ節(四#) [1] 사노사부시(4#)		시가/사노사 부시	

1908년 08월 08일 (토) 2913호

지면	단수	기획	기사제목 〈회수〉 [곡수]	필자/저자(역자)	분류	비고
1	4	雜錄	無題 무제		수필/일상	
1	5~6		一休禪師 〈40〉 잇큐 선사	松月堂呑玉	고단	회수 오류
4	1~2		幻影 〈43〉 환영	鐵耕	소설/일본	회수 오류

1908년 08월 09일 (일) 2914호

지면	단수	기획	기사제목 〈회수〉 [곡수]	필자/저자(역자)	분류	비고
1	4~6		一休禪師 〈41〉 잇큐 선사	松月堂呑玉	고단	회수 오류
4	1~2		幻影 〈44〉 환영	鐵耕	소설/일본	회수 오류

1908년 08월 10일 (월) 2915호

지면	단수	기획	기사제목 〈회수〉 [곡수]	필자/저자(역자)	분류	비고
1	2~3	雜錄	病める記/八月七日 〈1〉 투병 기록/8월 7일	白眼	수필/일기	
1	4~7		一休禪師 〈42〉 잇큐 선사	松月堂呑玉	고단	회수 오류
4	1~2		幻影 〈45〉 환영	鐵耕	소설/일본	회수 오류

1909년 08월 11일 (화) 2916호

지면	단수	기획	기사제목 〈회수〉 [곡수]	필자/저자(역자)	분류	비고
1	3~4	雜錄	病める記/八月七日 〈2〉 투병 기록/8월 7일	白眼	수필/일기	
1	5	文藝	俳句 [7] 하이쿠	蘇川	시가/하이쿠	
1	5~7		一休禪師 〈43〉 잇큐 선사	松月堂呑玉	고단	회수 오류
3	4~5		戀の柵 〈1〉 사랑의 속박		수필/일상	
4	1~2		幻影 〈46〉 환영	鐵耕	소설/일본	회수 오류

1908년 08월 12일 (수) 2917호

지면	단수	기획	기사제목 〈회수〉〔곡수〕	필자/저자(역자)	분류	비고
1	3	雜錄	病める記/八月八日 〈3〉 투병 기록/8월 8일	白眼	수필/일기	
1	4	文藝	果敢なかりしに 〔5〕 덧없이	蘇川	시가/단카	
1	5~7		一休禪師 〈44〉 잇큐 선사	松月堂呑玉	고단	회수 오류
1	6		元和三勇士-愈々明日より 겐나 삼용사-드디어 내일부터		광고/연재 예고	
3	4		戀の柵(續) 〈2〉 사랑의 속박(속)		수필/일상	
4	1~2		幻影 〈47〉 환영	鐵耕	소설/일본	회수 오류

1908년 08월 13일 (수) 2918호 　　　　　　　　　　　요일 오류

지면	단수	기획	기사제목 〈회수〉〔곡수〕	필자/저자(역자)	분류	비고
1	3~4	雜錄	病める記/八月九日 〈4〉 투병 기록/8월 9일	白眼	수필/일기	
1	5~7		元和三勇士 〈1〉 겐나 삼용사	柴田馨	고단	
3	1~2		一休禪師 〈45〉 잇큐 선사	松月堂呑玉	고단	회수 오류
4	1~2		幻影 〈48〉 환영	鐵耕	소설/일본	회수 오류

1908년 08월 14일 (금) 2919호

지면	단수	기획	기사제목 〈회수〉〔곡수〕	필자/저자(역자)	분류	비고
1	5	雜錄	病める記/八月十日 〈5〉 투병 기록/8월 10일	白眼	수필/일기	
1	5~6		文界片々 문학계 단편		수필/비평	
1	6~8		元和三勇士 〈2〉 겐나 삼용사	柴田馨	고단	
3	1~2		一休禪師 〈46〉 잇큐 선사	松月堂呑玉	고단	회수 오류
3	8		田代君を送る 〔1〕 다시로군을 보내다	脊高子	시가/신체시	
4	1~2		幻影 〈49〉 환영	鐵耕	소설/일본	회수 오류

1908년 08월 16일 (일) 2920호

지면	단수	기획	기사제목 〈회수〉〔곡수〕	필자/저자(역자)	분류	비고
1	5	雜錄	病める記/八月十一日 〈6〉 투병 기록/8월 11일	白眼	수필/일기	
1	6	文藝	(제목없음) 〔1〕	彌平	시가/하이쿠	
1	6	文藝	(제목없음) 〔2〕	狐杉	시가/하이쿠	
1	6	文藝	(제목없음) 〔1〕	犬千	시가/하이쿠	
1	6	文藝	(제목없음) 〔2〕	來川	시가/하이쿠	
1	6	文藝	(제목없음) 〔2〕	丈千	시가/하이쿠	
1	6	文藝	(제목없음) 〔2〕	彌平	시가/하이쿠	

지면	단수	기획	기사제목 〈회수〉〔곡수〕	필자/저자(역자)	분류	비고
1	6	文藝	(제목없음) 〔1〕	丈千	시가/하이쿠	
1	6	文藝	(제목없음) 〔1〕	狐杉	시가/하이쿠	
1	6	文藝	(제목없음) 〔1〕	彌平	시가/하이쿠	
1	6	文藝	(제목없음) 〔1〕	來川	시가/하이쿠	
1	6	文藝	(제목없음) 〔1〕	丈千	시가/하이쿠	
1	6	文藝	(제목없음) 〔1〕	彌平	시가/하이쿠	
1	6~8		元和三勇士 〈3〉 겐나 삼용사	柴田馨	고단	
3	1~2		一休禪師 〈47〉 잇큐 선사	松月堂呑玉	고단	회수 오류
4	1~2		幻影 〈50〉 환영	鐵耕	소설/일본	회수 오류

1908년 08월 17일 (일) 2921호   요일 오류

지면	단수	기획	기사제목 〈회수〉〔곡수〕	필자/저자(역자)	분류	비고
1	4~5	雜錄	病める記/八月十二日 〈7〉 투병 기록/8월 12일	白眼	수필/일기	
1	5~6		文界片々 문학계 단편		수필/비평	
1	6~8		元和三勇士 〈4〉 겐나 삼용사	柴田馨	고단	
4	1~2		幻影 〈51〉 환영	鐵耕	소설/일본	

1908년 08월 18일 (화) 2922호

지면	단수	기획	기사제목 〈회수〉〔곡수〕	필자/저자(역자)	분류	비고
1	5	雜錄	病める記/八月十三日 〈8〉 투병 기록/8월 13일	白眼	수필/일기	
1	6~8		元和三勇士 〈5〉 겐나 삼용사	柴田馨	고단	
3	1~3		一休禪師 〈47〉 잇큐 선사	松月堂呑玉	고단	회수 오류
3	3		藝妓の道行譚 〈1〉 예기의 길 이야기		수필/일상	
4	1~2		幻影 〈52〉 환영	鐵耕	소설/일본	회수 오류

1909년 08월 19일 (수) 2923호

지면	단수	기획	기사제목 〈회수〉〔곡수〕	필자/저자(역자)	분류	비고
1	5	雜錄	病める記/八月十四日 〈9〉 투병 기록/8월 14일	白眼	수필/일기	
1	6~8		元和三勇士 〈6〉 겐나 삼용사	柴田馨	고단	
3	1~2		一休禪師 〈47〉 잇큐 선사	松月堂呑玉	고단	회수 오류
3	3~4		藝妓の道行譚(つゞき) 〈2〉 예기의 길 이야기(속)		수필/일상	
4	1~2		幻影 〈53〉 환영	鐵耕	소설/일본	회수 오류

지면	단수	기획	기사제목 〈회수〉〔곡수〕	필자/저자(역자)	분류	비고
			1908년 08월 20일 (목) 2924호			
1	5~6	雜錄	病める記/八月十五日 〈10〉 투병 기록/8월 15일	白眼	수필/일기	
1	6	一口噺	(제목없음) 〔1〕	豊子	수필/일상	
1	6~8		元和三勇士 〈7〉 겐나 삼용사	柴田馨	고단	
3	1~2		一休禪師 〈48〉 잇큐 선사	松月堂呑玉	고단	회수 오류
4	1~2		幻影 〈54〉 환영	鐵耕	소설/일본	회수 오류
			1908년 08월 21일 (금) 2925호			
1	4~7	雜錄	心地よき水原 〈2〉 살기 좋은 수원	安田嘯風	수필/기행	
1	7~9		元和三勇士 〈8〉 겐나 삼용사	柴田馨	고단	
3	1		一休禪師 〈49〉 잇큐 선사	松月堂呑玉	고단	회수 오류
4	1~2		幻影 〈55〉 환영	鐵耕	소설/일본	회수 오류
			1908년 08월 22일 (토) 2926호			
1	4~6	雜錄	心地よき水原 〈3〉 살기 좋은 수원	安田嘯風	수필/기행	
1	6	文藝	夏雜吟 〔18〕 여름-잡음	竹涯生	시가/하이쿠	
1	7~9		元和三勇士 〈9〉 겐나 삼용사	柴田馨	고단	
3	1~2		幻影 〈56〉 환영	鐵耕	소설/일본	회수 오류
4	1~2		一休禪師 〈50〉 잇큐 선사	松月堂呑玉	고단	회수 오류
			1908년 08월 23일 (일) 2927호			
1	5~6	雜錄	病める記/八月十七日 〈11〉 투병 기록/8월 17일	白眼	수필/일기	
1	6	文藝	熱禱 〔1〕 열도	竹涯生	시가/신체시	
1	6~8		元和三勇士 〈10〉 겐나 삼용사	柴田馨	고단	
3	1~3		幻影 〈57〉 환영	鐵耕	소설/일본	회수 오류
4	1~2		一休禪師 〈51〉 잇큐 선사	松月堂呑玉	고단	회수 오류
			1908년 08월 24일 (월) 2928호			
1	5	雜錄	病める記/八月十八日 〈12〉 투병 기록/8월 18일	白眼	수필/일기	
1	5~6	文藝	凉風 〔11〕 선들바람	竹涯生	시가/하이쿠	

지면	단수	기획	기사제목 〈회수〉 [곡수]	필자/저자(역자)	분류	비고
1	6~8		元和三勇士 〈11〉 겐나 삼용사	柴田馨	고단	
3	1~2		幻影 〈58〉 환영	鐵耕	소설/일본	회수 오류
3	7		川柳ポンチ 〈17〉 [1] 센류폰치		시가/센류	

1909년 08월 25일 (화) 2929호

지면	단수	기획	기사제목 〈회수〉 [곡수]	필자/저자(역자)	분류	비고
1	5~6	文藝	夏混題 〈1〉 [4] 여름-혼제	竹涯生	시가/하이쿠	
1	6~8		元和三勇士 〈12〉 겐나 삼용사	柴田馨	고단	
3	1~2		幻影 〈59〉 환영	鐵耕	소설/일본	회수 오류
3	5		川柳ポンチ 〈18〉 [1] 센류폰치		시가/센류	
3	8	新流行唄	(제목없음) [1]		시가/속곡	
4	1~2		一休禪師 〈52〉 잇큐 선사	松月堂呑玉	고단	회수 오류

1908년 08월 26일 (수) 2930호

지면	단수	기획	기사제목 〈회수〉 [곡수]	필자/저자(역자)	분류	비고
1	5~7		元和三勇士 〈13〉 겐나 삼용사	柴田馨	고단	
3	1~2		幻影 〈60〉 환영	鐵耕	소설/일본	회수 오류
3	6~7		川柳ポンチ 〈19〉 센류폰치		시가/센류	

1908년 08월 27일 (목) 2931호

지면	단수	기획	기사제목 〈회수〉 [곡수]	필자/저자(역자)	분류	비고
1	4~5	文藝	夏混題 〈2〉 [11] 여름-혼제	竹涯生	시가/하이쿠	
1	5~7		元和三勇士 〈14〉 겐나 삼용사	柴田馨	고단	
3	1~2		幻影 〈61〉 환영	鐵耕	소설/일본	회수 오류
3	7		川柳ポンチ 〈19〉 [1] 센류폰치		시가/센류	
4	1~2		一休禪師 〈53〉 잇큐 선사	松月堂呑玉	고단	회수 오류

1908년 08월 29일 (토) 2932호

지면	단수	기획	기사제목 〈회수〉 [곡수]	필자/저자(역자)	분류	비고
1	7~9		元和三勇士 〈15〉 겐나 삼용사	柴田馨	고단	
3	5		川柳ポンチ 〈20〉 [1] 센류폰치		시가/센류	

1908년 08월 30일 (일) 2933호

지면	단수	기획	기사제목 〈회수〉 [곡수]	필자/저자(역자)	분류	비고
1	5~6	文藝	酢漿艸 [1] 괭이밥	竹涯生	시가/신체시	
1	6~8		元和三勇士 〈16〉 겐나 삼용사	柴田馨	고단	

지면	단수	기획	기사제목 〈회수〉 〔곡수〕	필자/저자(역자)	분류	비고
1	1~2		幻影 〈62〉 환영	鐵耕	소설/일본	회수 오류
3	7		川柳ポンチ 〈21〉〔1〕 센류폰치		시가/센류	

1908년 08월 31일 (월) 2934호

1	5~6	文藝	美しの人 〔1〕 아름다운 사람	河野蘇川	시가/신체시	
1	6~8		元和三勇士 〈17〉 겐나 삼용사	柴田馨	고단	
3	1~2		幻影 〈63〉 환영	鐵耕	소설/일본	회수 오류
3	7		川柳ポンチ 〈22〉〔1〕 센류폰치		시가/센류	

1908년 09월 01일 (화) 2935호

1	4	文藝	月すむ空に 〔1〕 달이 사는 하늘에	河野蘇川	시가/신체시	
1	6~8		元和三勇士 〈18〉 겐나 삼용사	柴田馨	고단	
3	1~2		幻影 〈64〉 환영	鐵耕	소설/일본	회수 오류
3	7		川柳ポンチ 〈23〉〔1〕 센류폰치		시가/센류	
4	1~2		一休禪師 〈54〉 잇큐 선사	松月堂呑玉	고단	회수 오류

1908년 09월 02일 (수) 2936호

1	6~8		元和三勇士 〈19〉 겐나 삼용사	柴田馨	고단	
3	1~2		幻影 〈65〉 환영	鐵耕	소설/일본	회수 오류
3	7		川柳ポンチ 〔1〕 센류폰치		시가/센류	
4	1~2		一休禪師 〈55〉 잇큐 선사	松月堂呑玉	고단	회수 오류

1908년 09월 03일 (목) 2937호

1	7~9		元和三勇士 〈20〉 겐나 삼용사	柴田馨	고단	
3	1~2		幻影 〈66〉 환영	鐵耕	소설/일본	회수 오류
3	6~7		川柳ポンチ 〈25〉〔1〕 센류폰치		시가/센류	

1908년 09월 04일 (금) 2938호

1	6~8		元和三勇士 〈21〉 겐나 삼용사	柴田馨	고단	
3	1~2		幻影 〈67〉 환영	鐵耕	소설/일본	회수 오류
3	8		川柳ポンチ 〈26〉〔1〕 센류폰치		시가/센류	

지면	단수	기획	기사제목 〈회수〉〔곡수〕	필자/저자(역자)	분류	비고
4	1~2		一休禪師 〈56〉 잇큐 선사	松月堂呑玉	고단	회수 오류

1908년 09월 05일 (토) 2939호

지면	단수	기획	기사제목 〈회수〉〔곡수〕	필자/저자(역자)	분류	비고
1	6	雜錄	樂しき朝 〈1〉 즐거운 아침	蘇川	수필/일상	
1	7~9		元和三勇士 〈22〉 겐나 삼용사	柴田馨	고단	
3	1~2		幻影 〈68〉 환영	鐵耕	소설/일본	회수 오류
4	1~2		一休禪師 〈57〉 잇큐 선사	松月堂呑玉	고단	회수 오류

1908년 09월 06일 (일) 2940호

지면	단수	기획	기사제목 〈회수〉〔곡수〕	필자/저자(역자)	분류	비고
1	4	雜錄	樂しき朝 〈2〉 즐거운 아침	蘇川	수필/일상	
1	4	文藝	涼 〔7〕 선선함	新庄竹涯	시가/단카	
1	6~7		元和三勇士 〈23〉 겐나 삼용사	柴田馨	고단	
3	1~2		幻影 〈69〉 환영	鐵耕	소설/일본	회수 오류
3	7~8		川柳ポンチ 〈27〉〔1〕 센류폰치		시가/센류	

1908년 09월 07일 (월) 2941호

지면	단수	기획	기사제목 〈회수〉〔곡수〕	필자/저자(역자)	분류	비고
1	6	雜錄	樂しき朝 〈3〉 즐거운 아침	蘇川	수필/일상	
1	6~7	文苑	薄月夜 〔8〕 으스름 달밤	新庄竹涯	시가/단카	
1	7~9		元和三勇士 〈24〉 겐나 삼용사	柴田馨	고단	
3	1~2		一休禪師 〈58〉 잇큐 선사	松月堂呑玉	고단	회수 오류
3	5		副統監の近作 〔1〕 부통감 최근의 작품		시가/기타	
3	6~7		川柳ポンチ 〈28〉〔1〕 센류폰치		시가/센류	

1908년 09월 08일 (화) 2942호

지면	단수	기획	기사제목 〈회수〉〔곡수〕	필자/저자(역자)	분류	비고
1	4~6	雜錄	車中雜觀/京城より新橋まで 〈1〉 차중잡감/경성부터 신바시까지	信實生	수필/기행	
1	6	文苑	秋 〔9〕 가을	新庄竹涯	시가/하이쿠	
1	7~9		元和三勇士 〈25〉 겐나 삼용사	柴田馨	고단	
3	1~2		幻影 〈70〉 환영	鐵耕	소설/일본	회수 오류
3	6~7		川柳ポンチ 〈29〉〔1〕 센류폰치		시가/센류	

1908년 09월 10일 (수) 2943호   날짜 오류

지면	단수	기획	기사제목 〈회수〉 [곡수]	필자/저자(역자)	분류	비고
1	5	雜錄	車中雜觀/京城より新橋まで 〈2〉 차중잡감/경성부터 신바시까지	信實生	수필/기행	
1	5	文苑	秋 [9] 가을	新庄竹涯	시가/하이쿠	
1	6~8		元和三勇士 〈26〉 겐나 삼용사	柴田馨	고단	
3	2~3		一休禪師 〈59〉 잇큐 선사	松月堂呑玉	고단	회수 오류
3	6~7		川柳ポンチ 〈30〉 [1] 센류폰치	竹涯生	시가/센류	

1908년 09월 11일 (목) 2944호 날짜 오류

1	5	文苑	伊勢物語 [1] 이세 모노가타리		시가/신체시	
1	6~8		元和三勇士 〈27〉 겐나 삼용사	柴田馨	고단	
3	1~3		幻影 〈71〉 환영	鐵耕	소설/일본	회수 오류
3	6~7		川柳ポンチ 〈31〉 [1] 센류폰치	竹涯生	시가/센류	

1908년 09월 12일 (토) 2945호

1	5	雜錄	ふるさと記 〈1〉 [1] 고향 기록	孤宵生	수필/일상	
1	5~6	文苑	秋の句 [10] 가을 구	竹涯生	시가/하이쿠	
1	6~8		元和三勇士 〈28〉 겐나 삼용사	柴田馨	고단	
3	2~3		一休禪師 〈60〉 잇큐 선사	松月堂呑玉	고단	회수 오류
3	7		川柳ポンチ 〈32〉 [1] 센류폰치		시가/센류	

1908년 09월 13일 (일) 2946호

1	5~6		#の賦 [1] #의 시	竹涯生	시가/신체시	
1	6~8		元和三勇士 〈29〉 겐나 삼용사	柴田馨	고단	
3	1~2		一休禪師 〈61〉 잇큐 선사	松月堂呑玉	고단	회수 오류
3	6~7		川柳ポンチ 〈33〉 [1] 센류폰치		시가/센류	

1908년 09월 14일 (월) 2947호

1	6	雜錄	十五夜の月(上) 〈1〉 [1] 보름달(상)	大嶺	수필/일상	
1	7~9		元和三勇士 〈30〉 겐나 삼용사	柴田馨	고단	
3	1~2		一休禪師 〈62〉 잇큐 선사	松月堂呑玉	고단	회수 오류
3	4		(제목없음) [5]		시가/도도이 쓰	

지면	단수	기획	기사제목 〈회수〉〔곡수〕	필자/저자(역자)	분류	비고
3	6~7		川柳ポンチ 〈34〉〔1〕 센류폰치		시가/센류	

1908년 09월 15일 (화) 2948호

지면	단수	기획	기사제목 〈회수〉〔곡수〕	필자/저자(역자)	분류	비고
1	5	雜錄	十五夜の月(下) 〈2〉〔1〕 보름달(하)	大嶺	수필/일상	
1	5	文苑	森の沼〔1〕 숲의 늪	竹涯生	시가/신체시	
1	6~8		元和三勇士 〈31〉 겐나 삼용사	柴田馨	고단	
3	1~2		一休禪師 〈63〉 잇큐 선사	松月堂呑玉	고단	회수 오류
3	7		川柳ポンチ 〈35〉〔1〕 센류폰치		시가/센류	

1908년 09월 16일 (수) 2949호

지면	단수	기획	기사제목 〈회수〉〔곡수〕	필자/저자(역자)	분류	비고
1	4~5	雜錄	ふるさと記 〈2〉〔1〕 고향 기록	孤宵生	수필/일상	
1	5~6	文苑	夏二十句〔20〕 여름-이십구	竹涯生	시가/하이쿠	
1	6~8		元和三勇士 〈32〉 겐나 삼용사	柴田馨	고단	
3	1~2		一休禪師 〈64〉 잇큐 선사	松月堂呑玉	고단	회수 오류

1908년 09월 17일 (목) 2950호

지면	단수	기획	기사제목 〈회수〉〔곡수〕	필자/저자(역자)	분류	비고
1	5	雜錄	ふるさと記 〈3〉〔1〕 고향 기록	孤宵生	수필/일상	
1	6~8		元和三勇士 〈33〉 겐나 삼용사	柴田馨	고단	
3	1~2		一休禪師 〈65〉 잇큐 선사	松月堂呑玉	고단	회수 오류
3	8		川柳ポンチ 〈36〉〔1〕 센류폰치		시가/센류	

1908년 09월 18일 (금) 2951호

지면	단수	기획	기사제목 〈회수〉〔곡수〕	필자/저자(역자)	분류	비고
1	5~6	雜錄	ふるさと記 〈4〉〔1〕 고향 기록	孤宵生	수필/일상	
1	6~8		元和三勇士 〈34〉 겐나 삼용사	柴田馨	고단	
3	1~2		幻影 〈72〉 환영	鐵耕	소설/일본	회수 오류
3	7		川柳ポンチ 〈37〉〔1〕 센류폰치		시가/센류	

1908년 09월 19일 (토) 2952호

지면	단수	기획	기사제목 〈회수〉〔곡수〕	필자/저자(역자)	분류	비고
1	7~9		元和三勇士 〈35〉 겐나 삼용사	柴田馨	고단	
3	1~3		幻影 〈73〉 환영	鐵耕	소설/일본	회수 오류
3	7		川柳ポンチ 〈38〉〔1〕 센류폰치		시가/센류	

지면	단수	기획	기사제목 〈회수〉 [곡수]	필자/저자(역자)	분류	비고
4	1~2		一休禪師 〈66〉 잇큐 선사	松月堂呑玉	고단	회수 오류

1908년 09월 20일 (일) 2953호

지면	단수	기획	기사제목 〈회수〉 [곡수]	필자/저자(역자)	분류	비고
1	6~8		元和三勇士 〈36〉 겐나 삼용사	柴田馨	고단	
3	1~2		幻影 〈74〉 환영	鐵耕	소설/일본	회수 오류
3	7		川柳ポンチ 〈39〉 [1] 센류폰치		시가/센류	

1908년 09월 21일 (월) 2954호

지면	단수	기획	기사제목 〈회수〉 [곡수]	필자/저자(역자)	분류	비고
1	6	文苑	秋 [5] 가을	淸太郎	시가/하이쿠	
1	6~8		元和三勇士 〈37〉 겐나 삼용사	柴田馨	고단	
3	1~2		一休禪師 〈67〉 잇큐 선사	松月堂呑玉	고단	회수 오류
3	7		川柳ポンチ 〈40〉 [1] 센류폰치		시가/센류	

1908년 09월 22일 (화) 2955호

지면	단수	기획	기사제목 〈회수〉 [곡수]	필자/저자(역자)	분류	비고
1	4~6	雜錄	ふるさと記 〈5〉 [1] 고향 기록	孤宵生	수필/일상	
1	6~8		元和三勇士 〈38〉 겐나 삼용사	柴田馨	고단	
3	1~2		一休禪師 〈68〉 잇큐 선사	松月堂呑玉	고단	회수 오류
1	7~8		川柳ポンチ 〈41〉 [1] 센류폰치		시가/센류	

1908년 09월 23일 (수) 2956호

지면	단수	기획	기사제목 〈회수〉 [곡수]	필자/저자(역자)	분류	비고
1	5	雜錄	彼岸の記 [1] 피안기		수필/일상	
1	5	雜錄	ふるさと記 〈6〉 [1] 고향 기록	孤宵生	수필/일상	
1	6~8		元和三勇士 〈39〉 겐나 삼용사	柴田馨	고단	
3	1~2		一休禪師 〈69〉 잇큐 선사	松月堂呑玉	고단	회수 오류
3	7		川柳ポンチ 〈42〉 [1] 센류폰치		시가/센류	

1908년 09월 25일 (금) 2957호

지면	단수	기획	기사제목 〈회수〉 [곡수]	필자/저자(역자)	분류	비고
1	5~7	雜錄	ふるさと記 〈7〉 [1] 고향 기록	孤宵生	수필/일상	
1	7~9		元和三勇士 〈40〉 겐나 삼용사	柴田馨	고단	
3	1~2		一休禪師 〈70〉 잇큐 선사	松月堂呑玉	고단	회수 오류
3	8		川柳ポンチ 〈44〉 [1] 센류폰치		시가/센류	

지면	단수	기획	기사제목 〈회수〉〔곡수〕	필자/저자(역자)	분류	비고
			1908년 09월 26일 (토) 2958호			
1	5~6	雜錄	ふるさと記 〈8〉〔1〕 고향 기록	孤宵生	수필/일상	
1	7~9		元和三勇士 〈41〉 겐나 삼용사	柴田馨	고단	
3	1~2		一休禪師 〈71〉 잇큐 선사	松月堂呑玉	고단	회수 오류
3	6		川柳ポンチ 〈45〉〔1〕 센류폰치		시가/센류	
			1908년 09월 27일 (일) 2959호			
1	6	雜錄	菊の話(上) 〈1〉〔1〕 국화 이야기(상)		수필/일상	
1	7~9		元和三勇士 〈42〉 겐나 삼용사	柴田馨	고단	
3	1~2		一休禪師 〈72〉 잇큐 선사	松月堂呑玉	고단	회수 오류
3	7		川柳ポンチ 〈46〉〔1〕 센류폰치		시가/센류	
			1908년 09월 28일 (월) 2960호			
1	5~6	雜錄	消息/僕の富士觀 〈1〉〔1〕 소식/후지에 대한 나의 생각	東京帝國大學 蕗花	수필/서간	
1	6~8		元和三勇士 〈43〉 겐나 삼용사	柴田馨	고단	
3	1~2		一休禪師 〈73〉 잇큐 선사	松月堂呑玉	고단	회수 오류
3	7		川柳ポンチ 〈47〉〔1〕 센류폰치		시가/센류	
			1908년 09월 29일 (화) 2961호			
1	5	雜錄	菊の話(下) 〈2〉〔1〕 국화 이야기(하)		수필/일상	
1	5~6	文苑	いとよき應へ〔1〕 매우 좋은 반응	河野川	시가/신체시	
1	6~8		元和三勇士 〈44〉 겐나 삼용사	柴田馨	고단	
3	1~2		一休禪師 〈74〉 잇큐 선사	松月堂呑玉	고단	회수 오류
3	7		川柳ポンチ 〈48〉〔1〕 센류폰치		시가/센류	
			1908년 09월 30일 (수) 2962호			
1	4~6	雜錄	消息/御祭騷ぎ 〈2〉〔1〕 소식/야단법석	東京帝國大學 蕗花	수필/서간	
1	6~8		元和三勇士 〈45〉 겐나 삼용사	柴田馨	고단	
3	1~2		一休禪師 〈75〉 잇큐 선사	松月堂呑玉	고단	회수 오류
3	7~8		川柳ポンチ 〈49〉〔1〕 센류폰치		시가/센류	

지면	단수	기획	기사제목 〈회수〉〔곡수〕	필자/저자(역자)	분류	비고
			1908년 10월 01일 (목) 2963호			
1	2~5	雜錄	消息/小說の創作 〈3〉 소식/소설의 창작	東京帝國大學 蕗花	수필/서간	
1	5~7		元和三勇士 〈46〉 겐나 삼용사	柴田馨	고단	
3	1~2		一休禪師 〈76〉 잇큐 선사	松月堂呑玉	고단	회수 오류
			1908년 10월 02일 (금) 2964호			
1	3~5	雜錄	消息/僕の戀愛觀 〈4〉 소식/나의 연애관	東京帝國大學 蕗花	수필/서간	
1	6~8		元和三勇士 〈47〉 겐나 삼용사	柴田馨	고단	
3	1~2		一休禪師 〈77〉 잇큐 선사	松月堂呑玉	고단	회수 오류
			1908년 10월 03일 (토) 2965호			
1	5	雜錄	消息/受洗 〈5〉 소식/세례를 받다	東京帝國大學 蕗花	수필/서간	
1	5~6	雜錄	消息/旅行 〈6〉 소식/여행	東京帝國大學 蕗花	수필/서간	
1	6~8		元和三勇士 〈48〉 겐나 삼용사	柴田馨	고단	
3	1~2		一休禪師 〈78〉 잇큐 선사	松月堂呑玉	고단	회수 오류
3	7~8		川柳ポンチ 〈50〉〔1〕 센류폰치		시가/센류	
			1908년 10월 04일 (일) 2966호			
1	5	雜錄	消息/旅行(續) 〈6〉 소식/여행(속)	東京帝國大學 蕗花	수필/서간	
1	6~8		元和三勇士 〈49〉 겐나 삼용사	柴田馨	고단	
3	1~2		朝顔日記 〈1〉 아사가오 일기	在仁 東光齋楳林 講 演/本社員 速記	고단	
3	6~7		川柳ポンチ 〈51〉〔1〕 센류폰치		시가/센류	
			1908년 10월 05일 (월) 2967호			
1	5	雜錄	消息/北條より 〈7〉 소식/호조에서	東京帝國大學 蕗花	수필/서간	
1	5	雜錄	消息/いたづき 〈8〉 소식/고생	東京帝國大學 蕗花	수필/서간	
1	6	文苑	俳句 〔5〕 하이쿠	藤川	시가/하이쿠	
1	6~8		元和三勇士 〈50〉 겐나 삼용사	柴田馨	고단	
3	2~3		朝顔日記 〈2〉 아사가오 일기	在仁 東光齋楳林 講 演/本社員 速記	고단	
			1908년 10월 06일 (화) 2968호			

지면	단수	기획	기사제목 〈회수〉〔곡수〕	필자/저자(역자)	분류	비고
1	6~8		元和三勇士 〈51〉 겐나 삼용사	柴田馨	고단	
3	2~3		朝顔日記 〈3〉 아사가오 일기	在仁 東光齋楳林 講演/本社員 速記	고단	
3	6		川柳ポンチ 〈52〉〔1〕 센류폰치		시가/센류	

1908년 10월 07일 (수) 2969호

지면	단수	기획	기사제목 〈회수〉〔곡수〕	필자/저자(역자)	분류	비고
1	6~8		元和三勇士 〈52〉 겐나 삼용사	柴田馨	고단	
3	2~3		朝顔日記 〈4〉 아사가오 일기	在仁 東光齋楳林 講演/本社員 速記	고단	
3	6~7		川柳ポンチ 〈53〉〔1〕 센류폰치		시가/센류	

1908년 10월 08일 (목) 2970호

지면	단수	기획	기사제목 〈회수〉〔곡수〕	필자/저자(역자)	분류	비고
1	5~6	雜錄	消息/フール物語 〈9〉 소식/수영장 이야기	東京帝國大學 蕗花	수필/서간	
1	6~8		元和三勇士 〈53〉 겐나 삼용사	柴田馨	고단	
3	2~3		朝顔日記 〈5〉 아사가오 일기	在仁 東光齋楳林 講演/本社員 速記	고단	

1908년 10월 09일 (금) 2971호

지면	단수	기획	기사제목 〈회수〉〔곡수〕	필자/저자(역자)	분류	비고
1	5	雜錄	消息/フール物語(續) 〈9〉 소식/수영장 이야기(속)	東京帝國大學 蕗花	수필/서간	
1	6~8		元和三勇士 〈54〉 겐나 삼용사	柴田馨	고단	
3	2~3		朝顔日記 〈6〉 아사가오 일기	在仁 東光齋楳林 講演/本社員 速記	고단	

1908년 10월 10일 (토) 2972호

지면	단수	기획	기사제목 〈회수〉〔곡수〕	필자/저자(역자)	분류	비고
1	6~8		元和三勇士 〈55〉 겐나 삼용사	柴田馨	고단	
3	2~3		朝顔日記 〈7〉 아사가오 일기	在仁 東光齋楳林 講演/本社員 速記	고단	
3	6~7		川柳ポンチ 〈54〉〔1〕 센류폰치		시가/센류	

1908년 10월 11일 (일) 2973호

지면	단수	기획	기사제목 〈회수〉〔곡수〕	필자/저자(역자)	분류	비고
1	5	文苑	秋日和 〈1〉〔10〕 화창한 가을 날씨	英彦山麓 信天翁	시가/하이쿠	
1	6~8		元和三勇士 〈56〉 겐나 삼용사	柴田馨	고단	
3	2~3		朝顔日記 〈8〉 아사가오 일기	在仁 東光齋楳林 講演/本社員 速記	고단	

1908년 10월 13일 (화) 2975호

지면	단수	기획	기사제목 〈회수〉〔곡수〕	필자/저자(역자)	분류	비고
1	5~6	文苑	秋日和/菊 〈3〉〔10〕 화창한 가을 날씨/국화	英彦山麓 信天翁	시가/하이쿠	
1	6~8		元和三勇士 〈58〉 겐나 삼용사	柴田馨	고단	

지면	단수	기획	기사제목 〈회수〉〔곡수〕	필자/저자(역자)	분류	비고
3	2~3		朝顔日記 〈10〉 아사가오 일기	在仁 東光齋楪林 講 演/本社員 速記	고단	

1908년 10월 14일 (수) 2976호

지면	단수	기획	기사제목 〈회수〉〔곡수〕	필자/저자(역자)	분류	비고
1	5	文苑	亂れ髮 〔1〕 흐트러진 머리카락	竹涯生	시가/신체시	
1	6~8		元和三勇士 〈59〉 겐나 삼용사	柴田馨	고단	
3	2~3		朝顔日記 〈11〉 아사가오 일기	在仁 東光齋楪林 講 演/本社員 速記	고단	

1908년 10월 15일 (목) 2977호

지면	단수	기획	기사제목 〈회수〉〔곡수〕	필자/저자(역자)	분류	비고
1	5~6	文苑	秋の句 〔18〕 가을의 구	竹涯生	시가/하이쿠	
1	6~8		元和三勇士 〈60〉 겐나 삼용사	柴田馨	고단	
3	2~3		朝顔日記 〈12〉 아사가오 일기	在仁 東光齋楪林 講 演/本社員 速記	고단	

1908년 10월 16일 (금) 2978호

지면	단수	기획	기사제목 〈회수〉〔곡수〕	필자/저자(역자)	분류	비고
1	5	雜錄	評論の亂用 평론의 남용	新庄竹涯	수필/비평	
1	5~6	文苑	秋の句 〔12〕 가을의 구	竹涯生	시가/하이쿠	
1	6~8		元和三勇士 〈61〉 겐나 삼용사	柴田馨	고단	
3	2~3		朝顔日記 〈13〉 아사가오 일기	在仁 東光齋楪林 講 演/本社員 速記	고단	

1908년 10월 17일 (토) 2979호

지면	단수	기획	기사제목 〈회수〉〔곡수〕	필자/저자(역자)	분류	비고
1	5		落葉日記 〈1〉 낙엽 일기	東京帝國大學 蕗花	수필/일기	
1	5~6	文苑	干柿 〔6〕 곶감	竹涯生	시가/단카	
1	6	文苑	父のみ墓に詣でて詠る二首 〔2〕 아버지 무덤에 참배하고 읊은 단카 두 수	竹涯生	시가/단카	
1	6~8		元和三勇士 〈62〉 겐나 삼용사	柴田馨	고단	
3	2~3		朝顔日記 〈14〉 아사가오 일기	在仁 東光齋楪林 講 演/本社員 速記	고단	

1908년 10월 19일 (월) 2980호

지면	단수	기획	기사제목 〈회수〉〔곡수〕	필자/저자(역자)	분류	비고
1	6~7		落葉日記 〈2〉 낙엽 일기	東京帝國大學 蕗花	수필/일기	
1	7	文苑	秋の句 〔8〕 가을의 구	竹涯生	시가/하이쿠	
3	2~4		朝顔日記 〈15〉 아사가오 일기	在仁 東光齋楪林 講 演/本社員 速記	고단	

1908년 10월 20일 (화) 2981호

지면	단수	기획	기사제목 〈회수〉〔곡수〕	필자/저자(역자)	분류	비고
1	5~6		落葉日記 〈3〉 낙엽 일기	東京帝國大學 蕗花	수필/일기	

지면	단수	기획	기사제목 〈회수〉〔곡수〕	필자/저자(역자)	분류	비고
1	6~8		元和三勇士 〈63〉 겐나 삼용사	柴田馨	고단	
3	2~4		朝顔日記 〈16〉 아사가오 일기	在仁 東光齋樣林 講 演/本社員 速記	고단	

1908년 10월 21일 (수) 2982호

지면	단수	기획	기사제목 〈회수〉〔곡수〕	필자/저자(역자)	분류	비고
1	5~6		落葉日記 〈4〉 낙엽 일기	東京帝國大學 蘆花	수필/일기	
1	6~8		元和三勇士 〈64〉 겐나 삼용사	柴田馨	고단	
3	3~4		朝顔日記 〈17〉 아사가오 일기	在仁 東光齋樣林 講 演/本社員 速記	고단	

1908년 10월 22일 (목) 2983호

지면	단수	기획	기사제목 〈회수〉〔곡수〕	필자/저자(역자)	분류	비고
1	5		落葉日記 〈5〉 낙엽 일기	東京帝國大學 蘆花	수필/일기	
1	6	文苑	山頂 〔1〕 산 정상	竹涯生	시가/신체시	
1	6~8		元和三勇士 〈65〉 겐나 삼용사	柴田馨	고단	

1908년 10월 23일 (금) 2984호

지면	단수	기획	기사제목 〈회수〉〔곡수〕	필자/저자(역자)	분류	비고
1	5		落葉日記 〈6〉 낙엽 일기	東京帝國大學 蘆花	수필/일기	
1	5~6	文苑	花束 〔8〕 꽃다발	新庄竹涯	시가/단카	
1	6~8		元和三勇士 〈66〉 겐나 삼용사	柴田馨	고단	
3	6~7		川柳ポンチ 〈55〉〔1〕 센류폰치		시가/센류	

1908년 10월 24일 (토) 2985호

지면	단수	기획	기사제목 〈회수〉〔곡수〕	필자/저자(역자)	분류	비고
1	5		落葉日記 〈7〉 낙엽 일기	東京帝國大學 蘆花	수필/일기	
1	5~6	文苑	戀を唄はで 〔1〕 사랑을 부르지 않고	竹涯生	시가/신체시	
1	6~8		元和三勇士 〈67〉 겐나 삼용사	柴田馨	고단	

1908년 10월 25일 (일) 2986호

지면	단수	기획	기사제목 〈회수〉〔곡수〕	필자/저자(역자)	분류	비고
1	6~8		元和三勇士 〈68〉 겐나 삼용사	柴田馨	고단	

1908년 10월 26일 (월) 2987호

지면	단수	기획	기사제목 〈회수〉〔곡수〕	필자/저자(역자)	분류	비고
1	5	雜錄	そゞろあるき(上) 〈1〉 산책(상)	孤宵	수필/일상	
1	6	文苑	秋の句 〔3〕 가을의 구	翠嵐	시가/하이쿠	
1	6~8		元和三勇士 〈69〉 겐나 삼용사	柴田馨	고단	
3	3~4		朝顔日記 〈18〉 아사가오 일기	在仁 東光齋樣林 講 演/本社員 速記	고단	

지면	단수	기획	기사제목 〈회수〉〔곡수〕	필자/저자(역자)	분류	비고
3	6~7		川柳ポンチ 〈56〉〔1〕 센류폰치		시가/센류	

1908년 10월 27일 (화) 2988호

지면	단수	기획	기사제목 〈회수〉〔곡수〕	필자/저자(역자)	분류	비고
1	5	雜錄	細君不在中の夫/筆者は英國人 〈1〉 아내가 부재 중인 남편/필자는 영국인		수필/일상	
1	6~8		元和三勇士 〈70〉 겐나 삼용사	柴田馨	고단	

1908년 10월 28일 (수) 2989호

지면	단수	기획	기사제목 〈회수〉〔곡수〕	필자/저자(역자)	분류	비고
1	5~6	雜錄	そゞろあるき(下) 〈2〉 산책(하)	孤宵	수필/일상	
1	6~8		元和三勇士 〈71〉 겐나 삼용사	柴田馨	고단	
3	6~7		川柳ポンチ 〈57〉〔1〕 센류폰치		시가/센류	

1908년 10월 29일 (목) 2990호

지면	단수	기획	기사제목 〈회수〉〔곡수〕	필자/저자(역자)	분류	비고
1	5	雜錄	細君不在中の夫/筆者は英國人 〈2〉 아내가 부재 중인 남편/필자는 영국인		수필/일상	
1	6~8		元和三勇士 〈72〉 겐나 삼용사	柴田馨	고단	
3	6~7		川柳ポンチ 〈58〉〔1〕 센류폰치		시가/센류	
4	1~2		朝顔日記 〈19〉 아사가오 일기	在仁 東光齋楳林 講 演/本社員 速記	고단	

1908년 10월 30일 (금) 2991호

지면	단수	기획	기사제목 〈회수〉〔곡수〕	필자/저자(역자)	분류	비고
1	5~6	雜錄	細君不在中の夫/筆者は英國人 〈3〉 아내가 부재 중인 남편/필자는 영국인		수필/일상	
1	6~8		元和三勇士 〈73〉 겐나 삼용사	柴田馨	고단	

1908년 10월 31일 (토) 2992호

지면	단수	기획	기사제목 〈회수〉〔곡수〕	필자/저자(역자)	분류	비고
1	4~5	雜錄	細君不在中の夫/筆者は英國人 〈4〉 아내가 부재 중인 남편/필자는 영국인		수필/일상	
1	5~6	文苑	いたつき 병	孤宵	수필/일상	
1	6~8		元和三勇士 〈74〉 겐나 삼용사	柴田馨	고단	
4	1~2		朝顔日記 〈20〉 아사가오 일기	在仁 東光齋楳林 講 演/本社員 速記	고단	

1908년 11월 01일 (일) 2993호

지면	단수	기획	기사제목 〈회수〉〔곡수〕	필자/저자(역자)	분류	비고
1	6~8		元和三勇士 〈75〉 겐나 삼용사	柴田馨	고단	
4	1		朝顔日記 〈21〉 아사가오 일기	在仁 東光齋楳林 講 演/本社員 速記	고단	

1908년 11월 03일 (화) 2995호

지면	단수	기획	기사제목 〈회수〉〔곡수〕	필자/저자(역자)	분류	비고
1	7	和歌	白菊 〔7〕 흰 국화	新庄竹涯	시가/단카	

지면	단수	기획	기사제목 〈회수〉〔곡수〕	필자/저자(역자)	분류	비고
1	7~9		元和三勇士 〈77〉 겐나 삼용사	柴田馨	고단	
4	1~2		朝顔日記 〈22〉 아사가오 일기	在仁 東光齋楪林 講 演/本社員 速記	고단	

1908년 11월 05일 (목) 2996호

지면	단수	기획	기사제목 〈회수〉〔곡수〕	필자/저자(역자)	분류	비고
1	6~8		元和三勇士 〈78〉 겐나 삼용사	柴田馨	고단	

1908년 11월 06일 (금) 2997호

지면	단수	기획	기사제목 〈회수〉〔곡수〕	필자/저자(역자)	분류	비고
1	6~8		元和三勇士 〈79〉 겐나 삼용사	柴田馨	고단	

1908년 11월 07일 (토) 2998호

지면	단수	기획	기사제목 〈회수〉〔곡수〕	필자/저자(역자)	분류	비고
1	6~8		元和三勇士 〈80〉 겐나 삼용사	柴田馨	고단	

1908년 11월 08일 (일) 2999호

지면	단수	기획	기사제목 〈회수〉〔곡수〕	필자/저자(역자)	분류	비고
1	6~8		元和三勇士 〈81〉 겐나 삼용사	柴田馨	고단	

1908년 11월 09일 (월) 3000호

지면	단수	기획	기사제목 〈회수〉〔곡수〕	필자/저자(역자)	분류	비고
3	1~2		朝顔日記 〈23〉 아사가오 일기	在仁 東光齋楪林 講 演/本社員 速記	고단	
3	6~7		川柳ポンチ 〈59〉〔1〕 센류폰치		시가/센류	
9	1~4		精神修養 佐賀論語 〈1〉 정신수양 사가논어		수필/기타	
9	4~6		元和三勇士 〈83〉 겐나 삼용사	柴田馨	고단	회수 오류
11	1~4		時雨の窓 〈1〉 늦가을 비 내리는 창	水町蕗花	소설/일본	
17	3		歌いろへ 〔10〕 여러 가지 노래	山田蘆湖	시가/센류	

1908년 11월 12일 (목) 3001호

지면	단수	기획	기사제목 〈회수〉〔곡수〕	필자/저자(역자)	분류	비고
1	2		精神修養 佐賀論語/躊躇は臆病の種 〈2〉 정신수양 사가논어/주저는 겁쟁이의 씨앗		수필/기타	
1	5~7		元和三勇士 〈82〉 겐나 삼용사	柴田馨	고단	회수 오류

1908년 11월 13일 (금) 3002호

지면	단수	기획	기사제목 〈회수〉〔곡수〕	필자/저자(역자)	분류	비고
1	2		精神修養 佐賀論語/乘氣は後悔の基 〈3〉 정신수양 사가논어/승기는 후회의 토대	桑滄生	수필/기타	
1	2		精神修養 佐賀論語/手本の說 〈3〉 정신수양 사가논어/본보기설	桑滄生	수필/기타	
1	2~3		精神修養 佐賀論語/堪忍と度胸 〈3〉 정신수양 사가논어/인내와 담력	桑滄生	수필/기타	
1	4~5	文苑	歌いろへ 〔5〕 여러 가지 노래	山田蘆湖	시가/단카	
1	5	文苑	佐賀に遊ぶ 〔1〕 사가에서 놀다	修天翁	시가/하이쿠	

지면	단수	기획	기사제목 〈회수〉〔곡수〕	필자/저자(역자)	분류	비고
1	5	文苑	閑居〔1〕 은거	信天翁	시가/하이쿠	
1	5	文苑	第三千號を祝す〔1〕 제삼천 오를 축하함	延聲	시가/하이쿠	
1	5~7		元和三勇士〈84〉 겐나 삼용사	柴田馨	고단	
3	1~2		朝顔日記〈24〉 아사가오 일기	在仁 東光齋楳林 講 演/本社員 速記	고단	

1908년 11월 14일 (토) 3003호

지면	단수	기획	기사제목 〈회수〉〔곡수〕	필자/저자(역자)	분류	비고
1	2		精神修養 佐賀論語/分限を守れ〈4〉 정신수양 사가논어/분수를 지켜라	桑滄生	수필/기타	
1	2		精神修養 佐賀論語/學問の心得〈4〉 정신수양 사가논어/학문의 마음가짐	桑滄生	수필/기타	
1	2		精神修養 佐賀論語/大雨の咸〈4〉 정신수양 사가논어/폭우의 모든 것	桑滄生	수필/기타	
1	3		精神修養 佐賀論語/龍の圖を好む人〈4〉 정신수양 사가논어/용 그림을 좋아하는 사람	桑滄生	수필/기타	
1	4~5	文藝	時雨の窓〈2〉 늦가을 비 내리는 창	水町蕗花	소설/일본	
1	5~7		元和三勇士〈85〉 겐나 삼용사	柴田馨	고단	
3	1~2		朝顔日記〈25〉 아사가오 일기	在仁 東光齋楳林 講 演/本社員 速記	고단	

1908년 11월 15일 (일) 3004호

지면	단수	기획	기사제목 〈회수〉〔곡수〕	필자/저자(역자)	분류	비고
1	3~4		精神修養 佐賀論語/始終の勝〈5〉 정신수양 사가논어/처음과 끝의 승리	桑滄生	수필/기타	
1	4		精神修養 佐賀論語/育兒法〈5〉 정신수양 사가논어/육아법	桑滄生	수필/기타	
1	4		精神修養 佐賀論語/卑劣千萬〈5〉 정신수양 사가논어/비열천만	桑滄生	수필/기타	
1	5		精神修養 佐賀論語/武士の打留は浪人〈5〉 정신수양 사가논어/무사의 끝내기는 낭인	桑滄生	수필/기타	
1	5	雜錄	秋風颯々〈1〉 가을 바람이 분다	新庄竹涯	수필/일상	
1	5~6	文藝	時雨の窓〈3〉 늦가을 비 내리는 창	水町蕗花	소설/일본	
1	6~8		元和三勇士〈86〉 겐나 삼용사	柴田馨	고단	
3	1~2		朝顔日記〈26〉 아사가오 일기	在仁 東光齋楳林 講 演/本社員 速記	고단	
3	2~3		仁川のお宮/金色夜叉を其儘〈1〉 인천의 오미야/곤지키야샤를 그대로		수필/일상	

1908년 11월 16일 (월) 3005호

지면	단수	기획	기사제목 〈회수〉〔곡수〕	필자/저자(역자)	분류	비고
1	3		精神修養 佐賀論語/確信あれ〈6〉 정신수양 사가논어/확신이지만	桑滄生	수필/기타	
1	3		精神修養 佐賀論語/人の難儀に取合ぬは腰拔也〈6〉 정신수양 사가논어/사람이 어려운 때 돕지 않는 사람은 겁쟁이다	桑滄生	수필/기타	
1	3~4		精神修養 佐賀論語/神文も無用〈6〉 정신수양 사가논어/신문도 무용	桑滄生	수필/기타	

지면	단수	기획	기사제목 〈회수〉〔곡수〕	필자/저자(역자)	분류	비고
1	4		精神修養 佐賀論語/目遣か第一義 〈6〉 정신수양 사가논어/눈짓이 가장 중요	桑滄生	수필/기타	
1	4~6	文藝	時雨の窓 〈4〉 늦가을 비 내리는 창	水町蕗花	소설/일본	
1	6~8		元和三勇士 〈87〉 겐나 삼용사	柴田馨	고단	
3	1~2		朝顔日記 〈27〉 아사가오 일기	在仁 東光齋榛林 講演/本社員 速記	고단	
3	3~4		仁川のお宮/金色夜叉を其儘 〈2〉 인천의 오미야/곤지키야샤를 그대로		수필/일상	

1908년 11월 17일 (화) 3006호

지면	단수	기획	기사제목 〈회수〉〔곡수〕	필자/저자(역자)	분류	비고
1	3		精神修養 佐賀論語/勘定は武士の神魂に反す 〈7〉 정신수양 사가논어/득실 계산은 무사의 영혼에 반하는 것이다	桑滄生	수필/기타	
1	3		精神修養 佐賀論語/武士道は死狂ひ 〈7〉 정신수양 사가논어/무사도는 필사적이다	桑滄生	수필/기타	
1	3		精神修養 佐賀論語/三德兼備は容易也 〈7〉 정신수양 사가논어/삼덕겸비는 용이하다	桑滄生	수필/기타	
1	3~4		精神修養 佐賀論語/時代時代 〈7〉 정신수양 사가논어/시대시대	桑滄生	수필/기타	
1	4~5	文藝	時雨の窓 〈5〉 늦가을 비 내리는 창	水町蕗花	소설/일본	
1	5~6	雜錄	秋風颯々 〈2〉 가을 바람이 분다	新庄竹涯	수필/일상	
1	6~8		元和三勇士 〈88〉 겐나 삼용사	柴田馨	고단	
3	1~2		朝顔日記 〈28〉 아사가오 일기	在仁 東光齋榛林 講演/本社員 速記	고단	
3	2~3		仁川のお宮/金色夜叉を其儘 〈3〉 인천의 오미야/곤지키야샤를 그대로		수필/일상	

1908년 11월 18일 (수) 3007호

지면	단수	기획	기사제목 〈회수〉〔곡수〕	필자/저자(역자)	분류	비고
1	3~4		精神修養 佐賀論語/礫も慈悲 〈8〉 정신수양 사가논어/벌도 자비	桑滄生	수필/기타	
1	4		精神修養 佐賀論語/仕舞口が大事 〈8〉 정신수양 사가논어/마무리가 중요하다	桑滄生	수필/기타	
1	4		精神修養 佐賀論語/武勇は大高慢 〈8〉 정신수양 사가논어/무용은 큰 교만	桑滄生	수필/기타	
1	4		精神修養 佐賀論語/氣高きは思死 〈8〉 정신수양 사가논어/고상한 것은 생각해 죽는 것	桑滄生	수필/기타	
1	5	文藝	時雨の窓 〈6〉 늦가을 비 내리는 창	水町蕗花	소설/일본	
1	6~8		元和三勇士 〈89〉 겐나 삼용사	柴田馨	고단	
3	5		仁川のお宮/金色夜叉を其儘 〈4〉 인천의 오미야/곤지키야샤를 그대로		수필/일상	

1908년 11월 19일 (목) 3008호

지면	단수	기획	기사제목 〈회수〉〔곡수〕	필자/저자(역자)	분류	비고
1	3		精神修養 佐賀論語/眞眼を高くせよ 〈9〉 정신수양 사가논어/눈을 높게 해라	桑滄生	수필/기타	
1	3		精神修養 佐賀論語/得意淡然 〈9〉 정신수양 사가논어/득의담연	桑滄生	수필/기타	

지면	단수	기획	기사제목 〈회수〉〔곡수〕	필자/저자(역자)	분류	비고
1	3		精神修養 佐賀論語/眞の智勇は慈善より出づ 〈9〉 정신수양 사가논어/진정한 지혜와 용기는 자선에서 나온다	桑滄生	수필/기타	
1	3~4		精神修養 佐賀論語/苦でない事は惡しき事 〈9〉 정신수양 사가논어/괴롭지 않은 것은 나쁜 것	桑滄生	수필/기타	
1	4~5	文藝	時雨の窓 〈7〉 늦가을 비 내리는 창	水町蕗花	소설/일본	
1	5	雜錄	秋風颯々 〈3〉 가을바람이 분다	新庄竹涯	수필/일상	
1	5~6		歌のいろへ 〔5〕 여러 가지 노래	山田蘆湖	시가/단카	
1	6~8		朝顔日記 〈29〉 아사가오 일기	在仁 東光齋楳林 講 演/本社員 速記	고단	
3	2~4		仁川のお宮/金色夜叉を其儘 〈5〉 인천의 오미야/곤지키야샤를 그대로		수필/일상	

1908년 11월 20일 (금) 3009호

지면	단수	기획	기사제목 〈회수〉〔곡수〕	필자/저자(역자)	분류	비고
1	2		精神修養 佐賀論語/意地は過る程に立てよ 〈10〉 정신수양 사가논어/고집을 지나치게 부려라	桑滄生	수필/기타	
1	2		精神修養 佐賀論語/大事の分別 〈10〉 정신수양 사가논어/중요 사건의 분별	桑滄生	수필/기타	
1	2		精神修養 佐賀論語/不仕合がよし 〈10〉 정신수양 사가논어/불행이 좋다	桑滄生	수필/기타	
1	2		精神修養 佐賀論語/對接要訣 〈10〉 정신수양 사가논어/대접요결	桑滄生	수필/기타	
1	2		精神修養 佐賀論語/水增船高 〈10〉 정신수양 사가논어/물이 불면 배가 높아진다	桑滄生	수필/기타	
1	2~3		精神修養 佐賀論語/我も人也 〈10〉 정신수양 사가논어/나도 사람이다	桑滄生	수필/기타	
1	6	文藝	短歌 〔3〕 단카	蘇川	시가/단카	
1	6~8		元和三勇士 〈89〉 겐나 삼용사	柴田馨	고단	회수 오류
1	9		歌のいろへ 〔7〕 여러 가지 노래	山田蘆湖	시가/단카	
3	1~3		朝顔日記 〈30〉 아사가오 일기	在仁 東光齋楳林 講 演/本社員 速記	고단	
3	3~6		仁川のお宮/金色夜叉を其儘 〈6〉 인천의 오미야/곤지키야샤를 그대로		수필/일상	

조선신문 1908.12.~1910.12.

지면	단수	기획	기사제목 〈회수〉〔곡수〕	필자/저자(역자)	분류	비고

1908년 12월 01일 (화) 1호

지면	단수	기획	기사제목 〈회수〉〔곡수〕	필자/저자(역자)	분류	비고
1	1~2		發刊の辭 발간사		수필/기타	
3	1~2		祝辭 축사	大阪商船會社 仁川 支店長 西風重遠	수필/기타	
5	1~2		警察大臣 〈1〉 경찰 대신	ポーレース (藝陽外史)	소설/기타	

지면	단수	기획	기사제목 〈회수〉〔곡수〕	필자/저자(역자)	분류	비고
5	3~4		可憐女 〈1〉 가련한 여자		수필/일상	
5	5		文學熱を排する 문학열을 배척하며		수필/비평	
5	6~7		仁川の花柳界 〈1〉 인천의 화류계		수필/관찰	

1908년 12월 03일 (목) 2호

지면	단수	기획	기사제목 〈회수〉〔곡수〕	필자/저자(역자)	분류	비고
1	3~4		精神修養 續佐賀論語 〈1〉 정신수양 속사가논어	桑滄生	수필/기타	
1	7	文藝	俳句 〔4〕 하이쿠	蘇川	시가/하이쿠	
1	7~9		北海の快男兒 〈1〉 북해의 쾌남아	猫遊軒伯知 講演/今 村次郎 速記	고단	
3	1~2		警察大臣 〈2〉 경찰 대신	ポーレース (藝陽外史)	소설/기타	

1908년 12월 05일 (토) 3호

지면	단수	기획	기사제목 〈회수〉〔곡수〕	필자/저자(역자)	분류	비고
1	4~5		精神修養 續佐賀論語 〈2〉 정신수양 속사가논어	桑滄生	수필/기타	
1	5~6		水原修學旅行 〈1〉 수원 수학여행	たつみ	수필/기행	
1	6~8		元和三勇婦 〈1〉 겐나 삼용부	一立齊文車	고단	
3	1~2		警察大臣 〈3〉 경찰 대신	ポーレース (藝陽外史)	소설/기타	
4	1~2		北海の快男兒 〈2〉 북해의 쾌남아	猫遊軒伯知 講演/今 村次郎 速記	고단	삽입

1908년 12월 06일 (일) 4호

지면	단수	기획	기사제목 〈회수〉〔곡수〕	필자/저자(역자)	분류	비고
1	4~5		精神修養 續佐賀論語 〈3〉 정신수양 속사가논어	桑滄生	수필/기타	
1	5~6		水原修學旅行 〈2〉 수원 수학여행	たつみ	수필/기행	
1	6	俳句	○ 〔10〕 ○	蘇川	시가/하이쿠	
1	6~8		元和三勇婦 〈2〉 겐나 삼용부	一立齊文車	고단	
3	1~2		警察大臣 〈4〉 경찰 대신	ポーレース (藝陽外史)	소설/기타	
3	4~5		可憐女 〈2〉 가련한 여자		수필/일상	
4	1~2		北海の快男兒 〈3〉 북해의 쾌남아	猫遊軒伯知 講演/今 村次郎 速記	고단	

1908년 12월 08일 (화) 5호

지면	단수	기획	기사제목 〈회수〉〔곡수〕	필자/저자(역자)	분류	비고
1	4~5		精神修養 續佐賀論語 〈4〉 정신수양 속사가논어	桑滄生	수필/기타	
1	5~6		水原修學旅行 〈3〉 수원 수학여행	たつみ	수필/기행	
1	6~8		元和三勇婦 〈3〉 겐나 삼용부	一立齊文車	고단	

지면	단수	기획	기사제목 〈회수〉〔곡수〕	필자/저자(역자)	분류	비고
3	1~2		警察大臣 〈5〉 경찰 대신	ポーレース (藝陽外史)	소설/기타	
4	1~2		北海の快男兒 〈4〉 북해의 쾌남아	猫遊軒伯知 講演/今 村次郎 速記	고단	

1908년 12월 09일 (수) 6호

지면	단수	기획	기사제목 〈회수〉〔곡수〕	필자/저자(역자)	분류	비고
1	6~7	雜錄	何が流行るでしょう 무엇이 유행하고 있나요?	杏#	수필/관찰	
1	7~9		元和三勇婦 〈4〉 겐나 삼용부	一立齊文車	고단	
3	1~2		警察大臣 〈6〉 경찰 대신	ポーレース (藝陽外史)	소설/기타	
4	1~2		北海の快男兒 〈5〉 북해의 쾌남아	猫遊軒伯知 講演/今 村次郎 速記	고단	

1908년 12월 10일 (목) 7호

지면	단수	기획	기사제목 〈회수〉〔곡수〕	필자/저자(역자)	분류	비고
1	3~5		精神修養 續佐賀論語 〈5〉 정신수양 속사가논어	桑滄生	수필/기타	
1	5~6	文藝	大連仁川間の航海 〈1〉 다롄과 인천 간 항해		수필/기행	
1	6~8		元和三勇婦 〈5〉 겐나 삼용부	一立齊文車	고단	
3	1~2		警察大臣 〈7〉 경찰 대신	ポーレース (藝陽外史)	소설/기타	
4	1~2		北海の快男兒 〈6〉 북해의 쾌남아	猫遊軒伯知 講演/今 村次郎 速記	고단	

1908년 12월 11일 (금) 8호

지면	단수	기획	기사제목 〈회수〉〔곡수〕	필자/저자(역자)	분류	비고
1	4~5		精神修養 續佐賀論語 〈6〉 정신수양 속사가논어	桑滄生	수필/기타	
1	5	文藝	大連仁川間の航海 〈2〉 다롄과 인천 간 항해		수필/기행	
1	6	雜錄	何が流行るでしょう 〈2〉 무엇이 유행하죠	杏面	수필/관찰	
1	6~9		元和三勇婦 〈6〉 겐나 삼용부	一立齊文車	고단	
3	4~5		可憐女 〈3〉 가련한 여자		수필/일상	
4	1~2		北海の快男兒 〈7〉 북해의 쾌남아	猫遊軒伯知 講演/今 村次郎 速記	고단	

1908년 12월 12일 (토) 9호

지면	단수	기획	기사제목 〈회수〉〔곡수〕	필자/저자(역자)	분류	비고
1	4~5		精神修養 續佐賀論語 〈6〉 정신수양 속사가논어	桑滄生	수필/기타	
1	7	俳句	靑蕪#紅/某農學敎を訪ふ 〔10〕 청무#홍/모 농학교를 방문하다	信天翁	시가/하이쿠	
1	7~9		元和三勇婦 〈7〉 겐나 삼용부	一立齊文車	고단	
3	1~2		警察大臣 〈8〉 경찰 대신	ポーレース (藝陽外史)	소설/기타	
3	4~5		可憐女 〈4〉 가련한 여자		수필/일상	

지면	단수	기획	기사제목 〈회수〉〔곡수〕	필자/저자(역자)	분류	비고
1908년 12월 13일 (일) 10호						
1	4~5		精神修養 續佐賀論語 〈6〉 정신수양 속사가논어	桑滄生	수필/기타	
1	5~6	文藝	大連仁川間の航海 〈3〉 다롄과 인천 간 항해		수필/기행	
1	7	俳句	霧 〔10〕 안개	信天翁	시가/하이쿠	
1	7~9		元和三勇婦 〈8〉 겐나 삼용부	一立齊文車	고단	
3	1~2		警察大臣 〈9〉 경찰 대신	ポーレース (藝陽外史)	소설/기타	
1908년 12월 15일 (화) 11호						
1	4~5		精神修養 續佐賀論語 〈7〉 정신수양 속사가논어	桑滄生	수필/기타	
1	5~6	文藝	大連仁川間の航海 〈4〉 다롄과 인천 간 항해		수필/기행	
1	6	俳句	○ 〔6〕 ○	白雨星	시가/하이쿠	
1	6~9		元和三勇婦 〈9〉 겐나 삼용부	一立齊文車	고단	
3	1~2		警察大臣 〈10〉 경찰 대신	ポーレース (藝陽外史)	소설/기타	
3	8		入院日記 〈1〉 입원 일기	敷島樓やつこ	수필/일기	
1908년 12월 16일 (수) 12호						
1	5~6		精神修養 續佐賀論語 〈8〉 정신수양 속사가논어	桑滄生	수필/기타	
1	6~7	文藝	大連仁川間の航海 〈6〉 다롄과 인천 간 항해		수필/기행	
1	7~9		元和三勇婦 〈10〉 겐나 삼용부	一立齊文車	고단	
3	1~2		警察大臣 〈11〉 경찰 대신	ポーレース (藝陽外史)	소설/기타	
3	3~4		可憐女 〈5〉 가련한 여자		수필/일상	
3	8		入院日記 〈2〉 입원 일기	敷島樓やつこ	수필/일기	
1908년 12월 17일 (목) 13호						
1	5~6		精神修養 續佐賀論語 〈9〉 정신수양 속사가논어	桑滄生	수필/기타	
1	6	文藝	大連仁川間の航海 〈6〉 다롄과 인천 간 항해		수필/기행	
1	7	俳句	○ 〔7〕 ○	白雨星	시가/하이쿠	
1	7~9		元和三勇婦 〈11〉 겐나 삼용부	一立齊文車	고단	
3	1~2		警察大臣 〈12〉 경찰 대신	ポーレース (藝陽外史)	소설/기타	

지면	단수	기획	기사제목 〈회수〉〔곡수〕	필자/저자(역자)	분류	비고
3	8		入院日記 〈3〉 입원 일기	敷島樓やつこ	수필/일기	

1908년 12월 18일 (금) 14호

지면	단수	기획	기사제목 〈회수〉〔곡수〕	필자/저자(역자)	분류	비고
1	6		精神修養 續佐賀論語 〈10〉 정신수양 속사가논어	桑滄生	수필/기타	
1	6~7	文藝	大連仁川間の航海 〈7〉 다롄과 인천 간 항해		수필/기행	
1	7~9		元和三勇婦 〈12〉 겐나 삼용부	一立齊文車	고단	
3	1~2		警察大臣 〈13〉 경찰 대신	ポーレース (藝陽外史)	소설/기타	
3	3		ヘ博士旅行談(續) 헤 박사 여행담(속)		수필/기행	
3	7		入院日記 〈4〉 입원 일기	敷島樓やつこ	수필/일기	

1908년 12월 19일 (토) 15호

지면	단수	기획	기사제목 〈회수〉〔곡수〕	필자/저자(역자)	분류	비고
1	5		精神修養 續佐賀論語 〈11〉 정신수양 속사가논어	桑滄生	수필/기타	
1	5~6	文藝	大連仁川間の航海 〈8〉 다롄과 인천 간 항해		수필/기행	
1	6~8		元和三勇婦 〈13〉 겐나 삼용부	一立齊文車	고단	
3	2		可憐女 〈6〉 가련한 여자		수필/일상	

1908년 12월 20일 (일) 16호

지면	단수	기획	기사제목 〈회수〉〔곡수〕	필자/저자(역자)	분류	비고
1	5~6	文藝	大連仁川間の航海 〈9〉 다롄과 인천 간 항해		수필/기행	
1	6	和歌	韓京の友に 〔6〕 한경의 친구에게	西江#強	시가/단카	
1	6~8		元和三勇婦 〈14〉 겐나 삼용부	一立齊文車	고단	
3	1~2		警察大臣 〈14〉 경찰 대신	ポーレース (藝陽外史)	소설/기타	
3	7~8		入院日記 〈5〉 입원 일기	敷島樓やつこ	수필/일기	

1908년 12월 22일 (화) 17호

지면	단수	기획	기사제목 〈회수〉〔곡수〕	필자/저자(역자)	분류	비고
1	5		精神修養 續佐賀論語 〈12〉 정신수양 속사가논어	桑滄生	수필/기타	
1	5~6	文藝	大連仁川間の航海 〈10〉 다롄과 인천 간 항해		수필/기행	
1	6	俳句	○ 〔5〕 ○	蘇川	시가/하이쿠	
1	6~8		元和三勇婦 〈15〉 겐나 삼용부	一立齊文車	고단	
2	5		白頭伯漫語 〈1〉 백두백 만어		수필/관찰	
3	1~2		警察大臣 〈15〉 경찰 대신	ポーレース (藝陽外史)	소설/기타	

지면	단수	기획	기사제목 〈회수〉〔곡수〕	필자/저자(역자)	분류	비고
3	2~3		可憐女 〈7〉 가련한 여자		수필/일상	

1908년 12월 23일 (수) 18호

지면	단수	기획	기사제목 〈회수〉〔곡수〕	필자/저자(역자)	분류	비고
1	6~7		精神修養 續佐賀論語 〈13〉 정신수양 속사가논어	桑滄生	수필/기타	
1	7~8	文藝	大連仁川間の航海 〈2〉 다렌과 인천 간 항해		수필/기행	
2	6		白頭伯漫語 〈2〉 백두백 만어		수필/관찰	
3	1~2		警察大臣 〈16〉 경찰 대신	ポーレース (藝陽外史)	소설/기타	
3	2~4		戀の柵 사랑의 울타리		수필/일상	

1908년 12월 24일 (목) 19호

지면	단수	기획	기사제목 〈회수〉〔곡수〕	필자/저자(역자)	분류	비고
1	4~5		精神修養 續佐賀論語 〈14〉 정신수양 속사가논어	桑滄生	수필/기타	
1	5~6	文藝	大連仁川間の航海 〈3〉 다렌과 인천 간 항해		수필/기행	
1	6~8		元和三勇婦 〈16〉 겐나 삼용부	一立齊文車	고단	
2	7		白頭伯漫語 〈3〉 백두백 만어		수필/관찰	
3	1~2		警察大臣 〈17〉 경찰 대신	ポーレース (藝陽外史)	소설/기타	

1908년 12월 25일 (금) 20호

지면	단수	기획	기사제목 〈회수〉〔곡수〕	필자/저자(역자)	분류	비고
1	5~6	文藝	大連仁川間の航海 〈13〉 다렌과 인천 간 항해		수필/기행	
1	6~8		元和三勇婦 〈17〉 겐나 삼용부	一立齊文車	고단	
2	6		白頭伯漫語 〈4〉 백두백 만어		수필/관찰	
3	6		クリスマス 크리스마스		수필/일상	

1908년 12월 26일 (토) 21호

지면	단수	기획	기사제목 〈회수〉〔곡수〕	필자/저자(역자)	분류	비고
1	4		精神修養 續佐賀論語 〈15〉 정신수양 속사가논어	桑滄生	수필/기타	
1	4~5	文藝	大連仁川間の航海 〈14〉 다렌과 인천 간 항해		수필/기행	
1	5~8		元和三勇婦 〈18〉 겐나 삼용부	一立齊文車	고단	
2	6		白頭伯漫語 〈5〉 백두백 만어		수필/관찰	
3	1~2		警察大臣 〈18〉 경찰 대신	ポーレース (藝陽外史)	소설/기타	

1909년 01월 01일 (금) 22호

지면	단수	기획	기사제목 〈회수〉〔곡수〕	필자/저자(역자)	분류	비고
1	3~5		新年の辭 신년사		수필/기타	

지면	단수	기획	기사제목 〈회수〉〔곡수〕	필자/저자(역자)	분류	비고
1	6		夢の海 꿈의 바다		시가/기타	
1	7		(제목없음)〔9〕		시가/단카	
1	8		(제목없음)〔1〕		시가/단카	
3	8		雪中松/和歌〔3〕 눈 속의 소나무/와카	理髮道人楪林	시가/단카	
3	8		雪中松/都々逸〔2〕 눈 속의 소나무/도도이쓰	理髮道人楪林	시가/도도이쓰	
3	8		雪中松/サノサ節〔2〕 눈 속의 소나무/사노사부시	理髮道人楪林	시가/사노사부시	
3	8		雪中松/ラツパ節〔3〕 눈 속의 소나무/랏파부시	理髮道人楪林	시가/랏파부시	
3	8		雪中松/落語 눈 속의 소나무/라쿠고	理髮道人楪林	라쿠고	
3	8		雪中松/淺くとも〔3〕 눈 속의 소나무/아사쿠토모	理髮道人楪林	시가/하우타	

1909년 01월 01일 (금) 22호 其二

지면	단수	기획	기사제목 〈회수〉〔곡수〕	필자/저자(역자)	분류	비고
1	1~8	小說	わかれ 이별	ホルツ/シユラアフ 合作(森林太郞)	소설/번역소설	
1	8~9		雜詠〔1〕 잡영	與謝野寬	시가/신체시	
1	9		雨〔1〕 비	蒲原有明	시가/신체시	
1	9		白き雲〔1〕 하얀 구름	蒲原有明	시가/신체시	

1909년 01월 01일 (금) 22호 其四

지면	단수	기획	기사제목 〈회수〉〔곡수〕	필자/저자(역자)	분류	비고
1	9		雪中松〔10〕 눈 속의 소나무	沖田錦城	시가/단카	

1909년 01월 01일 (금) 22호 其六

지면	단수	기획	기사제목 〈회수〉〔곡수〕	필자/저자(역자)	분류	비고
1	1~8		鳥居强右衛門 도리이 스네에몬	松林白知 講演	고단	
1	9		時計〔1〕 시계	平野萬里	시가/신체시	
1	9		あくび〔1〕 하품	平野萬里	시가/신체시	
1	9		はくか〔1〕 신을까	平野萬里	시가/신체시	
1	9		おあな〔1〕 당신	平野萬里	시가/신체시	
1	9		キス〔1〕 키스	平野萬里	시가/신체시	
1	9		むく犬〔1〕 삽살개	平野萬里	시가/신체시	

1909년 01월 01일 (금) 22호 其七

지면	단수	기획	기사제목 〈회수〉〔곡수〕	필자/저자(역자)	분류	비고
1	4~5		精神修養 續佐賀論語〈18〉 정신수양 속사가논어	桑滄生	수필/기타	

지면	단수	기획	기사제목 〈회수〉 〔곡수〕	필자/저자(역자)	분류	비고
1	5~9		博徒 노름꾼	馬場孤蝶	수필/일상	

1909년 01월 01일 (금) 22호 其八

지면	단수	기획	기사제목 〈회수〉 〔곡수〕	필자/저자(역자)	분류	비고
1	7~9		元和三勇婦 〈19〉 겐나 삼용부	一立齊文車	고단	

1909년 01월 05일 (화) 23호

지면	단수	기획	기사제목 〈회수〉 〔곡수〕	필자/저자(역자)	분류	비고
1	5		佐賀論語の後に記す 사가논어 후에 적다		수필/기타	
1	5	文藝	海の琴 〔1〕 바다의 거문고		시가/기타	
1	5~8		元和三勇婦 〈20〉 겐나 삼용부	一立齊文車	고단	
3	1~2		警察大臣 〈19〉 경찰 대신	ポーレース (藝陽外史)	소설/기타	

1909년 01월 07일 (목) 24호

지면	단수	기획	기사제목 〈회수〉 〔곡수〕	필자/저자(역자)	분류	비고
1	4~5		佐賀論語の後に記す(續) 사가논어 후에 적다 (속)		수필/기타	
1	5		當世赤毛布 〈1〉 당세 시골뜨기	茶目	수필/일상	
1	5~7		元和三勇婦 〈21〉 겐나 삼용부	一立齊文車	고단	
3	1~2		警察大臣 〈20〉 경찰 대신	ポーレース (藝陽外史)	소설/기타	
3	2~3		初夢の話 〈1〉 새해 첫 꿈 이야기		수필/일상	

1909년 01월 08일 (금) 25호

지면	단수	기획	기사제목 〈회수〉 〔곡수〕	필자/저자(역자)	분류	비고
1	4		佐賀論語の後に記す(續) 사가논어 후에 적다 (속)		수필/기타	
1	5		當世赤毛布 〈2〉 당세 시골뜨기	茶目	수필/일상	
1	5~7		元和三勇婦 〈22〉 겐나 삼용부	一立齊文車	고단	
3	1~2		警察大臣 〈21〉 경찰 대신	ポーレース (藝陽外史)	소설/기타	
3	2~3		初夢の話 〈2〉 새해 첫 꿈 이야기		수필/일상	

1909년 01월 09일 (토) 26호

지면	단수	기획	기사제목 〈회수〉 〔곡수〕	필자/저자(역자)	분류	비고
1	3~4		佐賀論語の後に記す(續) 사가논어 후에 적다 (속)		수필/기타	
1	4~6		元和三勇婦 〈23〉 겐나 삼용부	一立齊文車	고단	
3	1~2		警察大臣 〈22〉 경찰 대신	ポーレース (藝陽外史)	소설/기타	

1909년 01월 10일 (일) 27호

지면	단수	기획	기사제목 〈회수〉 〔곡수〕	필자/저자(역자)	분류	비고
1	4		當世赤毛布 〈3〉 당세 시골뜨기	茶目	수필/일상	

지면	단수	기획	기사제목 〈회수〉〔곡수〕	필자/저자(역자)	분류	비고
1	5~7		元和三勇婦 〈24〉 겐나 삼용부	一立齊文車	고단	
3	1~2		警察大臣 〈23〉 경찰 내신	ポーレース (藝陽外史)	소설/기타	
3	5~6		韓國の酒 한국의 술		수필/관찰	

1909년 01월 12일 (화) 28호

지면	단수	기획	기사제목 〈회수〉〔곡수〕	필자/저자(역자)	분류	비고
1	5~8		元和三勇婦 〈25〉 겐나 삼용부	一立齊文車	고단	
3	1~2		警察大臣 〈24〉 경찰 대신	ポーレース (藝陽外史)	소설/기타	
3	8~9		初舞臺初失敗 〈1〉 첫 무대 첫 실패	旭山生	수필/비평	

1909년 01월 13일 (수) 29호

지면	단수	기획	기사제목 〈회수〉〔곡수〕	필자/저자(역자)	분류	비고
1	5		當世赤毛布 〈4〉 당세 시골뜨기	茶目	수필/일상	
1	5~7		元和三勇婦 〈26〉 겐나 삼용부	一立齊文車	고단	
1	1~2		警察大臣 〈25〉 경찰 대신	ポーレース (藝陽外史)	소설/기타	
3	7		初舞臺初失敗 〈2〉 첫 무대 첫 실패	旭山生	수필/비평	

1909년 01월 14일 (목) 30호

지면	단수	기획	기사제목 〈회수〉〔곡수〕	필자/저자(역자)	분류	비고
1	5		(제목없음) 〔6〕		시가/하이쿠	
1	5~7		元和三勇婦 〈27〉 겐나 삼용부	一立齊文車	고단	
3	8~9		初舞臺初失敗 〈3〉 첫 무대 첫 실패	旭山生	수필/비평	

1909년 01월 15일 (금) 31호

지면	단수	기획	기사제목 〈회수〉〔곡수〕	필자/저자(역자)	분류	비고
1	5~7		元和三勇婦 〈28〉 겐나 삼용부	一立齊文車	고단	
3	1~2		警察大臣 〈25〉 경찰 대신	ポーレース (藝陽外史)	소설/기타	회차 오류
3	8~9		初舞臺初失敗 〈4〉 첫 무대 첫 실패	旭山生	수필/비평	

1909년 01월 16일 (토) 32호

지면	단수	기획	기사제목 〈회수〉〔곡수〕	필자/저자(역자)	분류	비고
1	5	和歌	君が笑まひの 〔5〕 너의 미소	蘇川	시가/단카	
1	5~7		元和三勇婦 〈29〉 겐나 삼용부	一立齊文車	고단	
3	1~2		警察大臣 〈27〉 경찰 대신	ポーレース (藝陽外史)	소설/기타	
3	2		當世赤毛布 〈6〉 당세 시골뜨기	茶目	수필/일상	
3	8~9		初舞臺初失敗 〈5〉 첫 무대 첫 실패	旭山生	수필/비평	

지면	단수	기획	기사제목 〈회수〉〔곡수〕	필자/저자(역자)	분류	비고
1909년 01월 17일 (일) 33호						
1	5~8		元和三勇婦 〈30〉 겐나 삼용부	一立齊文車	고단	
3	1~2		警察大臣 〈28〉 경찰 대신	ポーレース (藝陽外史)	소설/기타	
3	3		當世赤毛布 〈7〉 당세 시골뜨기	茶目	수필/일상	
1909년 01월 19일 (화) 34호						
1	5~7		元和三勇婦 〈31〉 겐나 삼용부	一立齊文車	고단	
2	2		宮中御歌會 〔1〕 궁중 오우타카이	明治天皇	시가/단카	
2	2		宮中御歌會 〔1〕 궁중 오우타카이	昭憲皇后	시가/단카	
2	2		宮中御歌會 〔1〕 궁중 오우타카이	東宮	시가/단카	
2	2		宮中御歌會 〔1〕 궁중 오우타카이	東宮妃	시가/단카	
3	1~2		警察大臣 〈29〉 경찰 대신	ポーレース (藝陽外史)	소설/기타	
3	4		當世赤毛布 〈8〉 당세 시골뜨기	茶目	수필/일상	
1909년 01월 20일 (수) 35호						
1	4~5		賢母良妻主義 〈1〉 현모양처주의		수필/비평	
1	5~7		元和三勇婦 〈32〉 겐나 삼용부	一立齊文車	고단	
3	1~2		警察大臣 〈30〉 경찰 대신	ポーレース (藝陽外史)	소설/기타	
3	3~4		當世赤毛布 〈9〉 당세 시골뜨기	茶目	수필/일상	
1909년 01월 21일 (목) 36호						
1	4~5		賢母良妻主義 〈2〉 현모양처주의		수필/비평	
1	5~8		元和三勇婦 〈33〉 겐나 삼용부	一立齊文車	고단	
2	4		宮中御歌會撰歌 〔1〕 궁중 오우타카이 찬가	帝室林野管理局 技師 江崎政忠妻 まち子	시가/단카	
2	4		宮中御歌會撰歌 〔1〕 궁중 오우타카이 찬가	東京府土族 柴田もと子	시가/단카	
2	4		宮中御歌會撰歌 〔1〕 궁중 오우타카이 찬가	鹿児島県土族歌道獎勵會員 折田稲春	시가/단카	
2	4		宮中御歌會撰歌 〔1〕 궁중 오우타카이 찬가	新潟県平民歌道獎勵會員 外山勝正	시가/단카	
2	4		宮中御歌會撰歌 〔1〕 궁중 오우타카이 찬가	長野県平民 安部政太郎	시가/단카	
2	4		宮中御歌會撰歌 〔1〕 궁중 오우타카이 찬가	岡山県平民 梶村平五	시가/단카	

지면	단수	기획	기사제목 〈회수〉 [곡수]	필자/저자(역자)	분류	비고
3	4~5		當世赤毛布 〈10〉 당세 시골뜨기	茶目	수필/일상	

1909년 01월 22일 (금) 37호

지면	단수	기획	기사제목 〈회수〉 [곡수]	필자/저자(역자)	분류	비고
1	4~5		賢母良妻主義 〈3〉 현모양처주의		수필/일상	
1	5	漢詩	雪中松 [1] 눈 속의 소나무	潁原東周	시가/한시	
1	5	漢詩	元日口號 [1] 첫날 구호	潁原東周	시가/한시	
1	5	漢詩	除夜 [1] 제야	潁原東周	시가/한시	
1	5	漢詩	春興 [1] 춘흥	潁原東周	시가/한시	
1	5~8		元和三勇婦 〈34〉 겐나 삼용부	一立齊文車	고단	
3	1~2		警察大臣 〈31〉 경찰 대신	ポーレース (藝陽外史)	소설/기타	

1909년 01월 23일 (토) 38호

지면	단수	기획	기사제목 〈회수〉 [곡수]	필자/저자(역자)	분류	비고
1	4	文藝	去年を思ふて 작년을 생각하며	旭峰	수필/일상	
1	4~7		元和三勇婦 〈35〉 겐나 삼용부	一立齊文車	고단	
3	1~2		警察大臣 〈32〉 경찰 대신	ポーレース (藝陽外史)	소설/기타	
3	4		當世赤毛布 〈12〉 당세 시골뜨기	茶目	수필/일상	

1909년 01월 24일 (일) 39호

지면	단수	기획	기사제목 〈회수〉 [곡수]	필자/저자(역자)	분류	비고
1	4~5	雜錄	印度人と語る 〈1〉 인도인과 이야기하다		수필/기행	
1	5~7		元和三勇婦 〈36〉 겐나 삼용부	一立齊文車	고단	
3	1~2		警察大臣 〈33〉 경찰 대신	ポーレース (藝陽外史)	소설/기타	
3	3~4		當世赤毛布 〈13〉 당세 시골뜨기	茶目	수필/일상	

1909년 01월 26일 (화) 40호

지면	단수	기획	기사제목 〈회수〉 [곡수]	필자/저자(역자)	분류	비고
1	4		賢母良妻主義 〈4〉 현모양처주의		수필/일상	
1	5		船人の歌 〈1〉 [5] 뱃사람 노래	いさなとり	시가/단카	
1	5~7		元和三勇婦 〈37〉 겐나 삼용부	一立齊文車	고단	
3	1~2		警察大臣 〈34〉 경찰 대신	ポーレース (藝陽外史)	소설/기타	
3	4~5		當世赤毛布 〈14〉 당세 시골뜨기	茶目	수필/일상	

1909년 01월 27일 (수) 41호

지면	단수	기획	기사제목 〈회수〉 〔곡수〕	필자/저자(역자)	분류	비고
1	4~5	文藝	船人の歌 〈2〉 〔17〕 뱃사람의 노래	いさなとり	시가/단카	
1	5~8		元和三勇婦 〈38〉 겐나 삼용부	一立齊文車	고단	
3	1~2		警察大臣 〈35〉 경찰 대신	ポーレース (藝陽外史)	소설/기타	
3	4		當世赤毛布 〈15〉 당세 시골뜨기	茶目	수필/일상	

1909년 01월 28일 (목) 42호

지면	단수	기획	기사제목 〈회수〉 〔곡수〕	필자/저자(역자)	분류	비고
1	5~8		元和三勇婦 〈39〉 겐나 삼용부	一立齊文車	고단	
3	1~2		警察大臣 〈36〉 경찰 대신	ポーレース (藝陽外史)	소설/기타	
3	5~6		當世赤毛布 〈16〉 당세 시골뜨기	茶目	수필/일상	

1909년 01월 29일 (금) 43호

지면	단수	기획	기사제목 〈회수〉 〔곡수〕	필자/저자(역자)	분류	비고
1	5~8		元和三勇婦 〈40〉 겐나 삼용부	一立齊文車	고단	
3	1~2		警察大臣 〈37〉 경찰 대신	ポーレース (藝陽外史)	소설/기타	
3	4~5		當世赤毛布 〈17〉 당세 시골뜨기	茶目	수필/일상	

1909년 01월 30일 (토) 44호

지면	단수	기획	기사제목 〈회수〉 〔곡수〕	필자/저자(역자)	분류	비고
1	5~8		元和三勇婦 〈41〉 겐나 삼용부	一立齊文車	고단	
3	1~2		警察大臣 〈38〉 경찰 대신	ポーレース (藝陽外史)	소설/기타	
3	5		當世赤毛布 〈18〉 당세 시골뜨기	茶目	수필/일상	

1909년 02월 02일 (화) 45호

지면	단수	기획	기사제목 〈회수〉 〔곡수〕	필자/저자(역자)	분류	비고
1	5~7		元和三勇婦 〈42〉 겐나 삼용부	一立齊文車	고단	
2	9		釜山みやげ 〈1〉 부산 토산품	加來榮太郎	수필/일상	
3	1~2		警察大臣 〈39〉 경찰 대신	ポーレース (藝陽外史)	소설/기타	
3	3~4		親子の名乗 〈1〉 부모와 자식의 통성명		수필/일상	
3	4~5		淺岡の女將 〈1〉 아사오카의 여주인		수필/기타	
3	5		當世赤毛布 〈19〉 당세 시골뜨기	茶目	수필/일상	

1909년 02월 03일 (수) 46호

지면	단수	기획	기사제목 〈회수〉 〔곡수〕	필자/저자(역자)	분류	비고
1	5	俳句	○ 〔4〕 ○	蘇川	시가/하이쿠	
1	5	俳句	○ 〔4〕 ○	波生	시가/하이쿠	

지면	단수	기획	기사제목 〈회수〉〔곡수〕	필자/저자(역자)	분류	비고
1	5~7		元和三勇婦 〈43〉 겐나 삼용부	一立齊文車	고단	
2	8~9		釜山みやげ 〈2〉 부산 토산품	加來榮太郞	수필/일상	
3	4		當世赤毛布 〈19〉 당세 시골뜨기	茶目	수필/일상	
3	4~5		親子の名乘 〈2〉 부모와 자식의 통성명		수필/기타	
3	5~6		淺岡の女將 〈2〉 아사오카의 여주인		수필/일상	

1909년 02월 04일 (목) 47호

지면	단수	기획	기사제목 〈회수〉〔곡수〕	필자/저자(역자)	분류	비고
1	5		自制心の練磨 〈1〉 자제심 연마	へう六	수필/일상	
1	5	俳句	(제목없음)〔2〕	波生	시가/하이쿠	
1	5	俳句	王城拜觀〔5〕 왕성 배관	波生	시가/하이쿠	
1	5~8		元和三勇婦 〈43〉 겐나 삼용부	一立齊文車	고단	
2	9		釜山みやげ 〈3〉 부산토산품	加來榮太郞	수필/일상	
3	1~2		警察大臣 〈40〉 경찰 대신	ポーレース (藝陽外史)	소설/기타	
3	3~4		親子の名乘 〈3〉 부모와 자식의 통성명		수필/일상	
3	4~5		當世赤毛布 〈21〉 당세 시골뜨기	茶目	수필/일상	

1909년 02월 05일 (금) 48호

지면	단수	기획	기사제목 〈회수〉〔곡수〕	필자/저자(역자)	분류	비고
1	5~7		元和三勇婦 〈45〉 겐나 삼용부	一立齊文車	고단	
3	1~2		警察大臣 〈41〉 경찰 대신	ポーレース (藝陽外史)	소설/기타	
3	4~5		當世赤毛布 〈22〉 당세 시골뜨기	茶目	수필/일상	

1909년 02월 06일 (토) 49호

지면	단수	기획	기사제목 〈회수〉〔곡수〕	필자/저자(역자)	분류	비고
1	4		自制心の練磨 〈2〉 자제심 연마	へう六	수필/일상	
1	4~7		元和三勇婦 〈46〉 겐나 삼용부	一立齊文車	고단	
3	1~2		警察大臣 〈42〉 경찰 대신	ポーレース (藝陽外史)	소설/기타	
3	5~6		當世赤毛布 〈23〉 당세 시골뜨기	茶目	수필/일상	

1909년 02월 07일 (일) 50호

지면	단수	기획	기사제목 〈회수〉〔곡수〕	필자/저자(역자)	분류	비고
1	4~5	雜錄	きまぐれ小品/朝風呂 변덕스런 소품/아침 목욕	瓢六	수필/일상	
1	5~8		元和三勇婦 〈47〉 겐나 삼용부	一立齊文車	고단	

지면	단수	기획	기사제목 〈회수〉〔곡수〕	필자/저자(역자)	분류	비고
3	1~2		警察大臣 〈43〉 경찰 대신	ポーレース (藝陽外史)	소설/기타	
3	4~5		當世赤毛布 〈24〉 당세 시골뜨기	茶目	수필/일상	

1909년 02월 09일 (화) 51호

지면	단수	기획	기사제목 〈회수〉〔곡수〕	필자/저자(역자)	분류	비고
3	1~9		二月九日の回顧 2월 9일의 회고	不驚庵主人	수필/일상	
5	1		二月九日の回顧(三面のつづき) 2월 9일의 회고(삼면에 이어)	不驚庵主人	수필/일상	
5	7		當世赤毛布 〈25〉 당세 시골뜨기	茶目	수필/일상	

1909년 02월 11일 (목) 52호

지면	단수	기획	기사제목 〈회수〉〔곡수〕	필자/저자(역자)	분류	비고
1	5~8		元和三勇婦 〈48〉 겐나 삼용부	一立齊文車	고단	
3	1~2		警察大臣 〈44〉 경찰 대신	ポーレース (藝陽外史)	소설/기타	
5	8		當世赤毛布 〈26〉 당세 시골뜨기	茶目	수필/일상	

1909년 02월 13일 (토) 53호

지면	단수	기획	기사제목 〈회수〉〔곡수〕	필자/저자(역자)	분류	비고
1	4~5		きまぐれ小品/憂き世 〈1〉 변덕스런 소품/근심스런 세상	瓢六	수필/일상	
1	5~8		元和三勇婦 〈49〉 겐나 삼용부	一立齊文車	고단	
3	1~2		警察大臣 〈45〉 경찰 대신	ポーレース (藝陽外史)	소설/기타	
3	7~8		當世赤毛布 〈27〉 당세 시골뜨기	茶目	수필/일상	

1909년 02월 14일 (일) 54호

지면	단수	기획	기사제목 〈회수〉〔곡수〕	필자/저자(역자)	분류	비고
1	4~5		きまぐれ小品/憂き世 〈2〉 변덕스런 소품/근심스런 세상	瓢六	수필/일상	
1	5~7		元和三勇婦 〈50〉 겐나 삼용부	一立齊文車	고단	
3	1~2		警察大臣 〈46〉 경찰 대신	ポーレース (藝陽外史)	소설/기타	
3	3~4		珍しき佛式結婚 〈1〉 진귀한 불교식 결혼		수필/일상	
3	8		當世赤毛布 〈28〉 당세 시골뜨기	茶目	수필/관찰	

1909년 02월 16일 (화) 55호

지면	단수	기획	기사제목 〈회수〉〔곡수〕	필자/저자(역자)	분류	비고
1	4~6		元和三勇婦 〈51〉 겐나 삼용부	一立齊文車	고단	
3	1~2		警察大臣 〈47〉 경찰 대신	ポーレース (藝陽外史)	소설/기타	
3	3~4		珍しき佛式結婚 〈2〉 진귀한 불교식 결혼식		수필/관찰	

1909년 02월 17일 (수) 56호

지면	단수	기획	기사제목 〈회수〉〔곡수〕	필자/저자(역자)	분류	비고
1	4~5		きまぐれ小品/今昔 〈1〉 변덕스런 소품/고금	瓢六	수필/일상	
1	5~8		元和三勇婦 〈52〉 겐나 삼용부	一立齊文車	고단	
3	1~2		警察大臣 〈48〉 경찰 대신	ボーレース (藝陽外史)	소설/기타	

1909년 02월 18일 (목) 57호

| 1 | 4~7 | | 元和三勇婦 〈53〉
겐나 삼용부 | 一立齊文車 | 고단 | |

1909년 02월 19일 (금) 58호

| 1 | 7~9 | | 元和三勇婦 〈54〉
겐나 삼용부 | 一立齊文車 | 고단 | |
| 3 | 1~3 | | 警察大臣 〈49〉
경찰 대신 | ポレース
(藝陽外史) | 소설/기타 | |

1909년 02월 20일 (토) 59호

1	4		きまぐれ小品/今昔 〈2〉 변덕스런 소품/고금	瓢六	수필/일상	
1	5~7		元和三勇婦 〈55〉 겐나 삼용부	一立齊文車	고단	
3	1~3		警察大臣 〈50〉 경찰 대신	ポレース (藝陽外史)	소설/기타	

1909년 02월 21일 (일) 60호

| 1 | 5~7 | | 元和三勇婦 〈56〉
겐나 삼용부 | 一立齊文車 | 고단 | |
| 3 | 1~3 | | 警察大臣 〈51〉
경찰 대신 | ポレース
(藝陽外史) | 소설/기타 | |

1909년 02월 23일 (화) 61호

| 1 | 5~8 | | 元和三勇婦 〈57〉
겐나 삼용부 | 一立齊文車 | 고단 | |
| 3 | 1~2 | | 警察大臣 〈52〉
경찰 대신 | ポレース
(藝陽外史) | 소설/기타 | |

1909년 02월 24일 (수) 62호

| 1 | 5~8 | | 元和三勇婦 〈58〉
겐나 삼용부 | 一立齊文車 | 고단 | |
| 3 | 1~3 | | 警察大臣 〈53〉
경찰 대신 | ポレース
(藝陽外史) | 소설/기타 | |

1909년 02월 25일 (목) 63호

1	5~8		元和三勇婦 〈59〉 겐나 삼용부	一立齊文車	고단	
3	1~3		警察大臣 〈54〉 경찰 대신	ポレース (藝陽外史)	소설/기타	
3	6~7		妖怪の魔術 〈1〉 요괴의 마술		수필/일상	

1909년 02월 26일 (금) 64호

지면	단수	기획	기사제목 〈회수〉〔곡수〕	필자/저자(역자)	분류	비고
1	5~8		元和三勇婦 〈60〉 겐나 삼용부	一立齊文車	고단	
3	1~2		警察大臣 〈55〉 경찰 대신	ポレース (藝陽外史)	소설/기타	
3	4~5		妖怪の魔術 〈2〉 요괴의 마술		수필/일상	
3	8		當世赤毛布 〈29〉 당세 시골뜨기	茶目	수필/일상	

1909년 02월 27일 (토) 65호

지면	단수	기획	기사제목 〈회수〉〔곡수〕	필자/저자(역자)	분류	비고
1	5~8		元和三勇婦 〈61〉 겐나 삼용부	一立齊文車	고단	
2	9		雪の南山 눈 오는 남산	九岳生	수필/기행	
3	1~3		警察大臣 〈56〉 경찰 대신	ポレース (藝陽外史)	소설/기타	
3	7~8		妖怪の魔術 〈3〉 요괴의 마술		수필/일상	

1909년 02월 28일 (일) 66호

지면	단수	기획	기사제목 〈회수〉〔곡수〕	필자/저자(역자)	분류	비고
1	5~7		元和三勇婦 〈62〉 겐나 삼용부	一立齊文車	고단	
3	1~2		警察大臣 〈57〉 경찰 대신	ポレース (藝陽外史)	소설/기타	
3	4~5		妖怪の魔術 〈4〉 요괴의 마술		수필/일상	
3	8		當世赤毛布 〈30〉 당세 시골뜨기	茶目	수필/일상	

1909년 03월 02일 (화) 67호

지면	단수	기획	기사제목 〈회수〉〔곡수〕	필자/저자(역자)	분류	비고
1	6~8		聖僧日蓮記 〈1〉 성승 니치렌기	柴田薫	고단	
3	1~3		警察大臣 〈58〉 경찰 대신	ポレース (藝陽外史)	소설/기타	
3	9		特使一行 〈1〉 특사 일행		수필/기타	

1909년 03월 03일 (수) 68호

지면	단수	기획	기사제목 〈회수〉〔곡수〕	필자/저자(역자)	분류	비고
1	5~7		聖僧日蓮記 〈2〉 성승 니치렌기	柴田薫	고단	
3	1~2		警察大臣 〈59〉 경찰 대신	ポレース (藝陽外史)	소설/기타	
3	2~4		特使一行 〈2〉 특사 일행		수필/기타	

1909년 03월 04일 (목) 69호

지면	단수	기획	기사제목 〈회수〉〔곡수〕	필자/저자(역자)	분류	비고
1	5	俳句	○ 〔6〕 ○	蘇川	시가/하이쿠	
1	5~7		聖僧日蓮記 〈3〉 성승 니치렌기	柴田薫	고단	
3	1~2		警察大臣 〈60〉 경찰 대신	ポレース (藝陽外史)	소설/기타	

지면	단수	기획	기사제목 〈회수〉 〔곡수〕	필자/저자(역자)	분류	비고
3	2~3		特使一行 〈3〉 특사 일행		수필/기타	
3	8		穴門居士ラツハ節 〔6〕 아나몬 거사 랏파부시		시가/갓파부 시	

1909년 03월 05일 (금) 70호

지면	단수	기획	기사제목 〈회수〉 〔곡수〕	필자/저자(역자)	분류	비고
1	4~6		聖僧日蓮記 〈4〉 성승 니치렌기	柴田薫	고단	
3	1~2		警察大臣 〈61〉 경찰 대신	ポレース (藝陽外史)	소설/기타	

1909년 03월 06일 (토) 71호

지면	단수	기획	기사제목 〈회수〉 〔곡수〕	필자/저자(역자)	분류	비고
1	4~6		聖僧日蓮記 〈5〉 성승 니치렌기	柴田薫	고단	

1909년 03월 07일 (일) 72호

지면	단수	기획	기사제목 〈회수〉 〔곡수〕	필자/저자(역자)	분류	비고
1	3	俳句	(제목없음) 〔7〕	蘇川	시가/하이쿠	
1	4~7		聖僧日蓮記 〈6〉 성승 니치렌기	柴田薫	고단	
3	1~3		警察大臣 〈63〉 경찰 대신	ポレース (藝陽外史)	소설/기타	회수 오류
3	8		呈富美子君 도미코 군에게 드리다	イロハ生	시가/신체시	

1909년 03월 09일 (화) 73호

지면	단수	기획	기사제목 〈회수〉 〔곡수〕	필자/저자(역자)	분류	비고
1	3	俳句	○ 〔7〕 ○	蘇川	시가/하이쿠	
1	3~4	和歌	紅梅摸樣 〔6〕 홍매화 모양	蘇川	시가/단카	
1	4~6		聖僧日蓮記 〈7〉 성승 니치렌기	柴田薫	고단	
3	1~3		警察大臣 〈64〉 경찰 대신	ポレース (藝陽外史)	소설/기타	회수 오류

1909년 03월 10일 (수) 74호

지면	단수	기획	기사제목 〈회수〉 〔곡수〕	필자/저자(역자)	분류	비고
1	7~9		聖僧日蓮記 〈8〉 성승 니치렌기	柴田薫	고단	
3	1~3		警察大臣 〈65〉 경찰 대신	ポレース (藝陽外史)	소설/기타	회수 오류

1909년 03월 12일 (금) 75호

지면	단수	기획	기사제목 〈회수〉 〔곡수〕	필자/저자(역자)	분류	비고
1	4	俳句	○ 〔7〕 ○	蘇川	시가/하이쿠	
1	4~6		聖僧日蓮記 〈9〉 성승 니치렌기	柴田薫	고단	
3	1~2		警察大臣 〈66〉 경찰 대신	ポレース (藝陽外史)	소설/기타	회수 오류

1909년 03월 13일 (토) 76호

지면	단수	기획	기사제목 〈회수〉 〔곡수〕	필자/저자(역자)	분류	비고
1	4~6		聖僧日蓮記 〈10〉 성승 니치렌기	柴田薫	고단	

지면	단수	기획	기사제목 〈회수〉〔곡수〕	필자/저자(역자)	분류	비고
3	1~2		警察大臣 〈67〉 경찰 대신	ポレース (藝陽外史)	소설/기타	회수 오류
3	6~7		釣られ美人 유혹되는 미인		수필/기타	
1909년 03월 14일 (일) 77호						
1	4~6		聖僧日蓮記 〈11〉 성승 니치렌기	柴田薫	고단	
3	1~2		警察大臣 〈68〉 경찰 대신	ポレース (藝陽外史)	소설/기타	회수 오류
1909년 03월 16일 (화) 78호						
1	3	俳句	陽炎 〔1〕 아지랑이	皷石	시가/하이쿠	
1	3	俳句	陽炎 〔1〕 아지랑이	鶴堂	시가/하이쿠	
1	3	俳句	陽炎 〔1〕 아지랑이	心水	시가/하이쿠	
1	3	俳句	陽炎 〔1〕 아지랑이	夢庵	시가/하이쿠	
1	3	俳句	陽炎 〔1〕 아지랑이	法仙坊	시가/하이쿠	
1	3	俳句	陽炎 〔1〕 아지랑이	秋陽	시가/하이쿠	
1	3	俳句	陽炎 〔1〕 아지랑이	昇	시가/하이쿠	
1	3	俳句	陽炎 〔1〕 아지랑이	友觸	시가/하이쿠	
1	3	俳句	陽炎 〔1〕 아지랑이	如夢	시가/하이쿠	
1	3	俳句	陽炎 〔1〕 아지랑이	伏山	시가/하이쿠	
1	4	俳句	陽炎 〔1〕 아지랑이	雪嶺	시가/하이쿠	
1	4	俳句	陽炎 〔1〕 아지랑이	柳谷	시가/하이쿠	
1	4	俳句	陽炎 〔1〕 아지랑이	孤村	시가/하이쿠	
1	4	俳句	陽炎 〔1〕 아지랑이	花葉	시가/하이쿠	
1	4	俳句	陽炎 〔1〕 아지랑이	霧海	시가/하이쿠	
1	4	俳句	陽炎 〔1〕 아지랑이	鶴堂	시가/하이쿠	
1	4	俳句	陽炎 〔1〕 아지랑이	柳谷	시가/하이쿠	
1	4	俳句	陽炎 〔1〕 아지랑이	花葉	시가/하이쿠	
1	4	俳句	陽炎 〔1〕 아지랑이	那山	시가/하이쿠	
1	4	俳句	陽炎 〔1〕 아지랑이	心水	시가/하이쿠	

지면	단수	기획	기사제목 〈회수〉 [곡수]	필자/저자(역자)	분류	비고
1	4	俳句	陽炎 [1] 아지랑이	水柳	시가/하이쿠	
1	4	俳句	陽炎 [1] 아지랑이	蘇川	시가/하이쿠	
1	4	俳句	陽炎 [1] 아지랑이	水柳	시가/하이쿠	
1	4~6		聖僧日蓮記 〈12〉 성승 니치렌기	柴田薰	고단	
3	1~2		警察大臣 〈69〉 경찰 대신	ポレース (藝陽外史)	소설/기타	회수 오류

1909년 03월 17일 (수) 79호

지면	단수	기획	기사제목 〈회수〉 [곡수]	필자/저자(역자)	분류	비고
1	4~6		聖僧日蓮記 〈13〉 성승 니치렌기	柴田薰	고단	
3	1~2		警察大臣 〈70〉 경찰 대신	ポレース (藝陽外史)	소설/기타	회수 오류
3	7~8		歌舞伎座の新ハムレット 가부키자 신 햄릿		수필/비평	
3	8		喜劇アカアカのテンテン 희극 아카아카의 텐텐	若侍	수필/비평	

1909년 03월 18일 (목) 80호

지면	단수	기획	기사제목 〈회수〉 [곡수]	필자/저자(역자)	분류	비고
1	3	俳句	若鮎 [1] 어린 메기	友#	시가/하이쿠	
1	3	俳句	若鮎 [1] 어린 메기	伏山	시가/하이쿠	
1	3	俳句	若鮎 [1] 어린 메기	如夢	시가/하이쿠	
1	3	俳句	若鮎 [1] 어린 메기	霧海	시가/하이쿠	
1	3	俳句	若鮎 [1] 어린 메기	鼓石	시가/하이쿠	
1	3	俳句	若鮎 [1] 어린 메기	花葉	시가/하이쿠	
1	4	俳句	若鮎 [1] 어린 메기	昇	시가/하이쿠	
1	4	俳句	若鮎 [1] 어린 메기	秋陽	시가/하이쿠	
1	4	俳句	若鮎 [1] 어린 메기	心水	시가/하이쿠	
1	4	俳句	若鮎 [1] 어린 메기	柳谷	시가/하이쿠	
1	4	俳句	若鮎 [1] 어린 메기	桂花	시가/하이쿠	
1	4	俳句	若鮎 [1] 어린 메기	秋陽	시가/하이쿠	
1	4	俳句	若鮎 [1] 어린 메기	蘇川	시가/하이쿠	
1	4	俳句	若鮎 [1] 어린 메기	水草	시가/하이쿠	
1	4	俳句	若鮎 [1] 어린 메기	蘇川	시가/하이쿠	

지면	단수	기획	기사제목 〈회수〉〔곡수〕	필자/저자(역자)	분류	비고
1	4	俳句	若鮎 〔1〕 어린 메기	水草	시가/하이쿠	
1	4~6		聖僧日蓮記 〈14〉 성승 니치렌기	柴田薫	고단	
3	1~2		警察大臣 〈71〉 경찰 대신	ポレース (藝陽外史)	소설/기타	회수 오류

1909년 03월 19일 (금) 81호

지면	단수	기획	기사제목 〈회수〉〔곡수〕	필자/저자(역자)	분류	비고
1	3	俳句	雛 〔1〕 히나	柳翠	시가/하이쿠	
1	3	俳句	雛 〔1〕 히나	法仙坊	시가/하이쿠	
1	3	俳句	雛 〔1〕 히나	友#	시가/하이쿠	
1	3	俳句	雛 〔1〕 히나	如夢	시가/하이쿠	
1	3	俳句	雛 〔1〕 히나	花葉	시가/하이쿠	
1	3	俳句	雛 〔1〕 히나	夢庵	시가/하이쿠	
1	3	俳句	雛 〔1〕 히나	秋水	시가/하이쿠	
1	3	俳句	雛 〔1〕 히나	南陽	시가/하이쿠	
1	3	俳句	雛 〔1〕 히나	鶴堂	시가/하이쿠	
1	3	俳句	雛 〔1〕 히나	花葉	시가/하이쿠	
1	3	俳句	雛 〔1〕 히나	柳翠	시가/하이쿠	
1	3	俳句	雛 〔1〕 히나	孤村	시가/하이쿠	
1	3	俳句	雛 〔1〕 히나	心水	시가/하이쿠	
1	3	俳句	雛 〔1〕 히나	鶴堂	시가/하이쿠	
1	4	俳句	雛 〔1〕 히나	鼓石	시가/하이쿠	
1	4	俳句	雛 〔1〕 히나	孤村	시가/하이쿠	
1	4	俳句	雛 〔1〕 히나	桂花	시가/하이쿠	
1	4	俳句	雛 〔1〕 히나	水柳	시가/하이쿠	
1	4	俳句	雛 〔1〕 히나	蘇川	시가/하이쿠	
1	4	俳句	雛 〔1〕 히나	水柳	시가/하이쿠	
1	4	俳句	雛 〔1〕 히나	蘇川	시가/하이쿠	
1	4~6		聖僧日蓮記 〈15〉 성승 니치렌기	柴田薫	고단	

지면	단수	기획	기사제목 〈회수〉〔곡수〕	필자/저자(역자)	분류	비고
3	1~3		警察大臣 〈72〉 경찰 대신	ポレース (藝陽外史)	소설/기타	회수 오류
3	4~5		漂流韓人助けらる 〈1〉 표류 한인을 구하다		수필/기행	

1909년 03월 20일 (토) 82호

지면	단수	기획	기사제목 〈회수〉〔곡수〕	필자/저자(역자)	분류	비고
1	5~6		朝霧 아침 안개	柴田好月	소설/한국	
3	1~3		警察大臣 〈72〉 경찰 대신	ポレース (藝陽外史)	소설/기타	
3	3~4		漂流韓人助けらる 〈2〉 표류 한인을 구하다		수필/기행	

1909년 03월 21일 (일) 83호

지면	단수	기획	기사제목 〈회수〉〔곡수〕	필자/저자(역자)	분류	비고
1	3	俳句	(제목없음) 〔1〕	枕櫻	시가/하이쿠	
1	3	俳句	(제목없음) 〔1〕	牛人	시가/하이쿠	
1	3	俳句	(제목없음) 〔1〕	湖東	시가/하이쿠	
1	3	俳句	(제목없음) 〔1〕	鼓石	시가/하이쿠	
1	3	俳句	(제목없음) 〔1〕	可醉	시가/하이쿠	
1	4	俳句	(제목없음) 〔1〕	花葉	시가/하이쿠	
1	4	俳句	(제목없음) 〔1〕	杜#	시가/하이쿠	
1	4	俳句	(제목없음) 〔1〕	曉村	시가/하이쿠	
1	4	俳句	(제목없음) 〔1〕	白雨	시가/하이쿠	
1	4	俳句	(제목없음) 〔1〕	牛人	시가/하이쿠	
1	4	俳句	(제목없음) 〔1〕	心水	시가/하이쿠	
1	4	俳句	(제목없음) 〔1〕	梅子	시가/하이쿠	
1	4~6		聖僧日蓮記 〈16〉 성승 니치렌기	柴田薰	고단	
3	1~3		警察大臣 〈74〉 경찰 대신	ポレース (藝陽外史)	소설/기타	회수 오류

1909년 03월 23일 (화) 84호

지면	단수	기획	기사제목 〈회수〉〔곡수〕	필자/저자(역자)	분류	비고
1	7	俳句	(제목없음) 〔1〕	牛人	시가/하이쿠	
1	7	俳句	(제목없음) 〔1〕	目地	시가/하이쿠	
1	7	俳句	(제목없음) 〔1〕	杜#	시가/하이쿠	
1	7	俳句	(제목없음) 〔1〕	落葉	시가/하이쿠	

지면	단수	기획	기사제목 〈회수〉〔곡수〕	필자/저자(역자)	분류	비고
1	7	俳句	(제목없음) [1]	湖東	시가/하이쿠	
1	7	俳句	(제목없음) [1]	曉村	시가/하이쿠	
1	7	俳句	(제목없음) [1]	鼓石	시가/하이쿠	
1	7	俳句	(제목없음) [1]	杜子	시가/하이쿠	
1	7	俳句	(제목없음) [1]	曉村	시가/하이쿠	
1	7	俳句	(제목없음) [1]	蘇川	시가/하이쿠	
1	7	俳句	(제목없음) [1]	白雨	시가/하이쿠	
1	7	俳句	(제목없음) [1]	秋陽	시가/하이쿠	
1	7	俳句	(제목없음) [1]	目地	시가/하이쿠	
1	7	俳句	(제목없음) [1]	梅峯	시가/하이쿠	
1	7~9		聖僧日蓮記 〈17〉 성승 니치렌기	柴田薰	고단	
3	1~3		警察大臣 〈74〉 경찰 대신	ポレース (藝陽外史)	소설/기타	

1909년 03월 24일 (수) 85호

지면	단수	기획	기사제목 〈회수〉〔곡수〕	필자/저자(역자)	분류	비고
1	7~9		聖僧日蓮記 〈18〉 성승 니치렌기	柴田薰	고단	
3	1~2		警察大臣 〈74〉 경찰 대신	ポレース (藝陽外史)	소설/기타	회수 오류

1909년 03월 25일 (목) 86호

지면	단수	기획	기사제목 〈회수〉〔곡수〕	필자/저자(역자)	분류	비고
1	7	俳句	(제목없음) [1]	孤村	시가/하이쿠	
1	7	俳句	(제목없음) [1]	花葉	시가/하이쿠	
1	7	俳句	(제목없음) [1]	松華	시가/하이쿠	
1	7	俳句	(제목없음) [1]	心水	시가/하이쿠	
1	7	俳句	(제목없음) [1]	花葉	시가/하이쿠	
1	7	俳句	(제목없음) [1]	湖東	시가/하이쿠	
1	7	俳句	(제목없음) [1]	桂丈	시가/하이쿠	
1	7	俳句	(제목없음) [1]	梅子	시가/하이쿠	
1	7	俳句	(제목없음) [1]	牛人	시가/하이쿠	
1	7	俳句	(제목없음) [1]	孤村	시가/하이쿠	

지면	단수	기획	기사제목 〈회수〉 〔곡수〕	필자/저자(역자)	분류	비고
1	7	俳句	(제목없음) 〔1〕	白雨	시가/하이쿠	
1	7	俳句	(제목없음) 〔1〕	心水	시기/하이쿠	
1	7	俳句	(제목없음) 〔1〕	秋陽	시가/하이쿠	
1	7	俳句	(제목없음) 〔1〕	桂丈	시가/하이쿠	
1	7	俳句	(제목없음) 〔1〕	白雨	시가/하이쿠	
1	7	俳句	(제목없음) 〔1〕	秋陽	시가/하이쿠	
1	7~9		聖僧日蓮記 〈19〉 성승 니치렌기	柴田薫	고단	
3	1~2		警察大臣 〈77〉 경찰 대신	ポレース (藝陽外史)	소설/기타	회수 오류

1909년 03월 26일 (금) 87호

지면	단수	기획	기사제목 〈회수〉 〔곡수〕	필자/저자(역자)	분류	비고
1	7~9		聖僧日蓮記 〈20〉 성승 니치렌기	柴田薫	고단	
1	9	俳句	(제목없음) 〔1〕	秋陽	시가/하이쿠	
1	9	俳句	(제목없음) 〔1〕	綠彩	시가/하이쿠	
1	9	俳句	(제목없음) 〔1〕	心水	시가/하이쿠	
1	9	俳句	(제목없음) 〔1〕	湖東	시가/하이쿠	
1	9	俳句	(제목없음) 〔1〕	桂丈	시가/하이쿠	
1	9	俳句	(제목없음) 〔1〕	花葉	시가/하이쿠	
1	9	俳句	(제목없음) 〔1〕	杜#	시가/하이쿠	
1	9	俳句	(제목없음) 〔1〕	心水	시가/하이쿠	
1	9	俳句	(제목없음) 〔1〕	桂丈	시가/하이쿠	
1	9	俳句	(제목없음) 〔1〕	鼓石	시가/하이쿠	
1	9	俳句	(제목없음) 〔1〕	松華	시가/하이쿠	
1	9	俳句	(제목없음) 〔1〕	白雨	시가/하이쿠	
1	9	俳句	(제목없음) 〔1〕	桂丈	시가/하이쿠	
1	9	俳句	(제목없음) 〔1〕	虎耳	시가/하이쿠	
1	9	俳句	(제목없음) 〔1〕	蘇川	시가/하이쿠	
1	9	俳句	(제목없음) 〔1〕	孤村	시가/하이쿠	

지면	단수	기획	기사제목 〈회수〉〔곡수〕	필자/저자(역자)	분류	비고
1	9	俳句	(제목없음) 〔1〕	花葉	시가/하이쿠	
1	9	俳句	(제목없음) 〔1〕	桂丈	시가/하이쿠	
3	1~3		警察大臣 〈78〉 경찰 대신	ポレース (藝陽外史)	소설/기타	회수 오류
3	7		落魄の記 〈1〉 몰락기	△▲子	수필/일상	

1909년 03월 27일 (토) 88호

지면	단수	기획	기사제목 〈회수〉〔곡수〕	필자/저자(역자)	분류	비고
1	6~9		聖僧日蓮記 〈21〉 성승 니치렌기	柴田薫	고단	
1	9	俳句	(제목없음) 〔1〕	曉村	시가/하이쿠	
1	9	俳句	(제목없음) 〔1〕	白雨	시가/하이쿠	
1	9	俳句	(제목없음) 〔1〕	那山	시가/하이쿠	
1	9	俳句	(제목없음) 〔1〕	牛人	시가/하이쿠	
1	9	俳句	(제목없음) 〔1〕	白雨	시가/하이쿠	
1	9	俳句	(제목없음) 〔1〕	目地	시가/하이쿠	
1	9	俳句	(제목없음) 〔1〕	心水	시가/하이쿠	
1	9	俳句	(제목없음) 〔1〕	寒月	시가/하이쿠	
1	9	俳句	蜆 〔1〕 바지락	心水	시가/하이쿠	
1	9	俳句	蜆 〔1〕 바지락	鳴聲	시가/하이쿠	
1	9	俳句	蜆 〔1〕 바지락	花葉	시가/하이쿠	
1	9	俳句	蜆 〔1〕 바지락	秋陽	시가/하이쿠	
1	9	俳句	蜆 〔1〕 바지락	友#	시가/하이쿠	
1	9	俳句	蜆 〔1〕 바지락	水艸	시가/하이쿠	
1	9	俳句	蜆 〔1〕 바지락	千春	시가/하이쿠	
1	9	俳句	蜆 〔1〕 바지락	桂花	시가/하이쿠	
1	9	俳句	蜆 〔1〕 바지락	蘇川	시가/하이쿠	
1	9		落魄の記 〈2〉 몰락기	△▲子	수필/일상	
3	1~3		警察大臣 〈79〉 경찰 대신	ポレース (藝陽外史)	소설/기타	회수 오류

1909년 03월 28일 (일) 89호

지면	단수	기획	기사제목 〈회수〉 〔곡수〕	필자/저자(역자)	분류	비고
1	6~9		聖僧日蓮記 〈22〉 성승 니치렌기	柴田薰	고단	
1	9		落魄の記 〈3〉 몰락기	△▲子	수필/일상	
1	9	俳句	硯 〔1〕 벼루	蘇川	시가/하이쿠	
1	9	俳句	硯 〔1〕 벼루	崔堂	시가/하이쿠	
1	9	俳句	硯 〔1〕 벼루	友#	시가/하이쿠	
1	9	俳句	硯 〔1〕 벼루	秋陽	시가/하이쿠	
1	9	俳句	硯 〔1〕 벼루	昇	시가/하이쿠	
1	9	俳句	春の海 〔1〕 봄 바다	鶴堂	시가/하이쿠	
1	9	俳句	春の海 〔1〕 봄 바다	蘇川	시가/하이쿠	
1	9	俳句	春の海 〔1〕 봄 바다	花葉	시가/하이쿠	
1	9	俳句	春の海 〔1〕 봄 바다	心水	시가/하이쿠	
1	9	俳句	春の海 〔1〕 봄 바다	伏山	시가/하이쿠	
1	9	俳句	春の海 〔1〕 봄 바다	昇	시가/하이쿠	
1	9	俳句	春の海 〔1〕 봄 바다	花葉	시가/하이쿠	
1	9	俳句	春の海 〔1〕 봄 바다	鼓石	시가/하이쿠	
1	9	俳句	暖 〔1〕 온기	秋月	시가/하이쿠	
1	9	俳句	暖 〔1〕 온기	伏山	시가/하이쿠	
1	9	俳句	暖 〔1〕 온기	昇	시가/하이쿠	
1	9	俳句	暖 〔1〕 온기	心水	시가/하이쿠	
1	9	俳句	暖 〔1〕 온기	水艸	시가/하이쿠	
1	9	俳句	暖 〔1〕 온기	孤村	시가/하이쿠	
1	9	俳句	暖 〔1〕 온기	鼓石	시가/하이쿠	
1	9	俳句	暖 〔1〕 온기	鶴堂	시가/하이쿠	
1	9	俳句	暖 〔1〕 온기	花葉	시가/하이쿠	
1	9	俳句	暖 〔1〕 온기	桂花	시가/하이쿠	
1	9	俳句	暖 〔1〕 온기	如夢	시가/하이쿠	

지면	단수	기획	기사제목 〈회수〉〔곡수〕	필자/저자(역자)	분류	비고
1	9	俳句	暖 〔1〕 온기	水艸	시가/하이쿠	
1	9	俳句	暖 〔1〕 온기	蘇川	시가/하이쿠	
3	1~2		警察大臣 〈80〉 경찰 대신	ポレース (藝陽外史)	소설/기타	회수 오류

1909년 03월 30일 (화) 90호

지면	단수	기획	기사제목 〈회수〉〔곡수〕	필자/저자(역자)	분류	비고
1	6		吾輩は歌留多である 〈1〉 나는 가루타이다	●○生	수필/기타	
1	6~9		聖僧日蓮記 〈23〉 성승 니치렌기	柴田薫	고단	
1	9		落魄の記 〈4〉 몰락기	△▲子	수필/일상	
1	9	俳句	畑打/二點 〔1〕 밭을 갊/이점	秋陽	시가/하이쿠	
1	9	俳句	畑打/二點 〔2〕 밭을 갊/이점	桂花	시가/하이쿠	
1	9	俳句	畑打/三點 〔1〕 밭을 갊/삼점	秋月	시가/하이쿠	
1	9	俳句	畑打/三點 〔1〕 밭을 갊/삼점	秋月	시가/하이쿠	
1	9	俳句	畑打/三點 〔1〕 밭을 갊/삼점	蘇川	시가/하이쿠	
1	9	俳句	畑打/三點 〔1〕 밭을 갊/삼점	千春	시가/하이쿠	
1	9	俳句	畑打/四點 〔1〕 밭을 갊/사점	皷石	시가/하이쿠	
1	9	俳句	畑打/四點 〔1〕 밭을 갊/사점	心水	시가/하이쿠	
1	9	俳句	畑打/四點 〔1〕 밭을 갊/사점	花葉	시가/하이쿠	
1	9	俳句	畑打/四點 〔1〕 밭을 갊/사점	秋陽	시가/하이쿠	
1	9	俳句	畑打/五點 〔1〕 밭을 갊/오점	千春	시가/하이쿠	
1	9	俳句	畑打/拾參點 〔1〕 밭을 갊/십삼점	鶴堂	시가/하이쿠	
1	9	俳句	山葵 〔1〕 고추냉이	友#	시가/하이쿠	
1	9	俳句	山葵 〔1〕 고추냉이	昇	시가/하이쿠	
1	9	俳句	山葵 〔1〕 고추냉이	蘇川	시가/하이쿠	
1	9	俳句	山葵 〔1〕 고추냉이	鶴堂	시가/하이쿠	
1	9	俳句	山葵 〔1〕 고추냉이	皷石	시가/하이쿠	
3	1~3		警察大臣 〈81〉 경찰 대신	ポレース (藝陽外史)	소설/기타	회수 오류

1909년 03월 31일 (수) 91호

지면	단수	기획	기사제목 〈회수〉〔곡수〕	필자/저자(역자)	분류	비고
1	5		吾輩は歌留多である 〈2〉 나는 가루타이다	●○生	수필/기타	
1	6~9		聖僧日蓮記 〈24〉 성승 니치렌기	柴田薰	고단	
1	9		落魄の記 〈5〉 몰락기	△▲子	수필/일상	
1	9	俳句	春の鐘/二點 〔1〕 봄의 종소리/이점	伏山	시가/하이쿠	
1	9	俳句	春の鐘/二點 〔1〕 봄의 종소리/이점	昇	시가/하이쿠	
1	9	俳句	春の鐘/二點 〔2〕 봄의 종소리/이점	蘇川	시가/하이쿠	
1	9	俳句	春の鐘/三點 〔1〕 봄의 종소리/삼점	昇	시가/하이쿠	
1	9	俳句	春の鐘/三點 〔1〕 봄의 종소리/삼점	友#	시가/하이쿠	
1	9	俳句	春の鐘/三點 〔1〕 봄의 종소리/삼점	桂花	시가/하이쿠	
1	9	俳句	春の鐘/三點 〔1〕 봄의 종소리/삼점	幽谷	시가/하이쿠	
1	9	俳句	春の鐘/三點 〔1〕 봄의 종소리/삼점	那山	시가/하이쿠	
1	9	俳句	春の鐘/三點 〔1〕 봄의 종소리/삼점	鶴堂	시가/하이쿠	
1	9	俳句	春の鐘/三點 〔1〕 봄의 종소리/삼점	心水	시가/하이쿠	
1	9	俳句	春の鐘/四點 〔1〕 봄의 종소리/사점	孤村	시가/하이쿠	
1	9	俳句	春の鐘/四點 〔1〕 봄의 종소리/사점	那山	시가/하이쿠	
3	1~3		警察大臣 〈81〉 경찰 대신	ポレース (藝陽外史)	소설/기타	

1909년 04월 01일 (목) 92호

1	6	俳句	春の鐘/四點 〔1〕 봄의 종소리/사점	夢庵	시가/하이쿠	
1	6	俳句	春の鐘/四點 〔1〕 봄의 종소리/사점	秋陽	시가/하이쿠	
1	6	俳句	春の鐘/四點 〔1〕 봄의 종소리/사점	南陽	시가/하이쿠	
1	6	俳句	春の鐘/四點 〔1〕 봄의 종소리/사점	鳴聲	시가/하이쿠	
1	6	俳句	春の鐘/四點 〔1〕 봄의 종소리/사점	霧海	시가/하이쿠	
1	6	俳句	春の鐘/四點 〔1〕 봄의 종소리/사점	今二王	시가/하이쿠	
1	6	俳句	春の鐘/四點 〔1〕 봄의 종소리/사점	如夢	시가/하이쿠	
1	6	俳句	春の鐘/四點 〔1〕 봄의 종소리/사점	蘇川	시가/하이쿠	
1	6	俳句	春の鐘/四點 〔1〕 봄의 종소리/사점	桂花	시가/하이쿠	

지면	단수	기획	기사제목 〈회수〉〔곡수〕	필자/저자(역자)	분류	비고
1	6	俳句	春の鐘/四點〔1〕 봄의 종소리/사점	花葉	시가/하이쿠	
1	6	俳句	春の鐘/四點〔1〕 봄의 종소리/사점	今二王	시가/하이쿠	
1	6	俳句	春の鐘/四點〔1〕 봄의 종소리/사점	鶴堂	시가/하이쿠	
1	6	俳句	春の鐘/四點〔1〕 봄의 종소리/사점	友#	시가/하이쿠	
1	6	俳句	春の鐘/四點〔1〕 봄의 종소리/사점	鶴堂	시가/하이쿠	
1	6~9		聖僧日蓮記 〈25〉 성승 니치렌기	柴田薰	고단	
1	9		きまぐれ小品/迷ひ(其壹) 〈1〉 변덕스런 소품/망설임(그 첫 번째)	小池瓢六	수필/일상	
3	1~3		警察大臣 〈82〉 경찰 대신	ポレース (藝陽外史)	소설/기타	

1909년 04월 02일 (금) 93호

지면	단수	기획	기사제목 〈회수〉〔곡수〕	필자/저자(역자)	분류	비고
1	7~9		聖僧日蓮記 〈26〉 성승 니치렌기	柴田薰	고단	
1	9		きまぐれ小品/迷ひ(其二) 〈2〉 변덕스런 소품/망설임(그 두 번째)	小池瓢六	수필/일상	
1	9	俳句	歸雁〔1〕 귀안	蘇川	시가/하이쿠	
1	9	俳句	歸雁〔1〕 귀안	花葉	시가/하이쿠	
1	9	俳句	歸雁〔1〕 귀안	心水	시가/하이쿠	
1	9	俳句	歸雁〔1〕 귀안	友#	시가/하이쿠	
1	9	俳句	歸雁〔1〕 귀안	知夢	시가/하이쿠	
1	9	俳句	歸雁〔1〕 귀안	南陽	시가/하이쿠	
1	9	俳句	歸雁〔1〕 귀안	盤山	시가/하이쿠	
1	9	俳句	歸雁〔1〕 귀안	今二王	시가/하이쿠	
1	9	俳句	歸雁〔1〕 귀안	盤山	시가/하이쿠	
1	9	俳句	歸雁〔1〕 귀안	蘇川	시가/하이쿠	
1	9	俳句	歸雁〔2〕 귀안	霧海	시가/하이쿠	
1	9	俳句	歸雁〔1〕 귀안	孤村	시가/하이쿠	
1	9	俳句	歸雁〔1〕 귀안	鳴聲	시가/하이쿠	
1	9	俳句	歸雁〔1〕 귀안	秋陽	시가/하이쿠	
1	9	俳句	歸雁〔1〕 귀안	柳翠	시가/하이쿠	

지면	단수	기획	기사제목 〈회수〉〔곡수〕	필자/저자(역자)	분류	비고
1	9	俳句	歸雁〔1〕 귀안	友#	시가/하이쿠	
1	9	俳句	歸雁〔1〕 귀안	南陽	시가/하이쿠	
1	9	俳句	歸雁〔1〕 귀안	夢庵	시가/하이쿠	
1	9	俳句	歸雁〔1〕 귀안	南陽	시가/하이쿠	

1909년 04월 03일 (토) 94호

지면	단수	기획	기사제목 〈회수〉〔곡수〕	필자/저자(역자)	분류	비고
1	6~9		聖僧日蓮記 〈27〉 성승 니치렌기	柴田薰	고단	
1	9		きまぐれ小品/迷ひ(其三) 〈3〉 변덕스런 소품/망설임(그 세 번째)	小池飄六	수필/일상	
1	9		春の月五句 〔5〕 봄의 달-오구	鶴堂	시가/기타	
1	9	俳句	歸雁〔1〕 귀안	幽谷	시가/하이쿠	
1	9	俳句	歸雁〔1〕 귀안	那山	시가/하이쿠	
1	9	俳句	歸雁〔1〕 귀안	明鳥	시가/하이쿠	
1	9	俳句	歸雁〔1〕 귀안	孤村	시가/하이쿠	
1	9	俳句	歸雁〔1〕 귀안	鳴聲	시가/하이쿠	
1	9	俳句	歸雁〔2〕 귀안	鶴堂	시가/하이쿠	
1	9	俳句	歸雁〔1〕 귀안	幽谷	시가/하이쿠	
1	9	俳句	歸雁〔1〕 귀안	心水	시가/하이쿠	
1	9	俳句	歸雁〔1〕 귀안	盤山	시가/하이쿠	
1	9	俳句	歸雁〔1〕 귀안	如夢	시가/하이쿠	
1	9	俳句	歸雁〔1〕 귀안	土龍子	시가/하이쿠	
1	9	俳句	歸雁〔1〕 귀안	那山	시가/하이쿠	
1	9	俳句	歸雁〔1〕 귀안	伏山	시가/하이쿠	
1	9	俳句	歸雁〔1〕 귀안	水草	시가/하이쿠	
1	9	俳句	歸雁〔1〕 귀안	牛段	시가/하이쿠	
3	6		喇叭節/○ 랏파부시/○		시가/랏파부시	
3	6		喇叭節/女學生 랏파부시/여학생		시가/랏파부시	

1909년 04월 06일 (화) 95호

지면	단수	기획	기사제목 〈회수〉〔곡수〕	필자/저자(역자)	분류	비고
1	7~9		聖僧日蓮記 〈28〉 성승 니치렌기	柴田薰	고단	
1	9	俳句	自吟自是/梨花 〔3〕 자음자시/배꽃	目池	시가/하이쿠	
3	1~3		警察大臣 〈82〉 경찰 대신	ポレース (藝陽外史)	소설/기타	회수 오류

1909년 04월 07일 (수) 96호

지면	단수	기획	기사제목 〈회수〉〔곡수〕	필자/저자(역자)	분류	비고
1	7~9		聖僧日蓮記 〈29〉 성승 니치렌기	柴田薰	고단	
1	9		きまぐれ小品/迷ひ(其四) 〈4〉 변덕스런 소품/망설임(그 네 번째)	小池瓢六	수필/일상	
3	1~2		警察大臣 〈82〉 경찰 대신	ポレース (藝陽外史)	소설/기타	회수 오류
3	6		藝妓 〔1〕 게이샤		시가/신체시	
3	6		藝妓の心を詠みて 〔1〕 게이샤의 마음을 알고		시가/신체시	

1909년 04월 08일 (목) 97호

지면	단수	기획	기사제목 〈회수〉〔곡수〕	필자/저자(역자)	분류	비고
1	7~9		聖僧日蓮記 〈30〉 성승 니치렌기	柴田薰	고단	
1	9		きまぐれ小品/迷ひ(其四) 〈4〉 변덕스런 소품/망설임(그 네 번째)	小池瓢六	수필/일상	회수 오류
1	9		自吟自是/草餅十句 〔10〕 자음자시/쑥떡-십구	目池	시가/하이쿠	
3	1~2		警察大臣 〈86〉 경찰 대신	ポレース (藝陽外史)	소설/기타	회수 오류
3	6		(제목없음) 〔1〕		시가/신체시	
3	6		樂天主義 〔1〕 낙천주의		시가/신체시	

1909년 04월 09일 (금) 98호

지면	단수	기획	기사제목 〈회수〉〔곡수〕	필자/저자(역자)	분류	비고
1	6		きまぐれ小品/迷ひ(其六) 〈6〉 변덕스런 소품/망설임(그 다섯 번째)	小池瓢六	수필/일상	
1	6	俳句	土筆 〔1〕 뱀밥	霧海	시가/하이쿠	
1	6	俳句	土筆 〔1〕 뱀밥	孤村	시가/하이쿠	
1	6	俳句	土筆 〔1〕 뱀밥	友#	시가/하이쿠	
1	6	俳句	土筆 〔1〕 뱀밥	秋陽	시가/하이쿠	
1	6	俳句	土筆 〔1〕 뱀밥	鶴堂	시가/하이쿠	
1	6	俳句	土筆 〔1〕 뱀밥	如夢	시가/하이쿠	
1	6	俳句	土筆 〔1〕 뱀밥	伏山	시가/하이쿠	
1	6	俳句	土筆 〔1〕 뱀밥	心水	시가/하이쿠	

지면	단수	기획	기사제목 〈회수〉〔곡수〕	필자/저자(역자)	분류	비고
1	6	俳句	土筆 〔1〕 뱀밥	蘇川	시가/하이쿠	
1	6	俳句	土筆 〔1〕 뱀밥	那山	시기/하이쿠	
1	6	俳句	土筆 〔1〕 뱀밥	花葉	시가/하이쿠	
1	6	俳句	土筆 〔1〕 뱀밥	磐山	시가/하이쿠	
1	6	俳句	土筆 〔1〕 뱀밥	夢庵	시가/하이쿠	
1	6	俳句	土筆 〔1〕 뱀밥	幽谷	시가/하이쿠	
1	6	俳句	土筆 〔1〕 뱀밥	那山	시가/하이쿠	
1	6	俳句	土筆 〔1〕 뱀밥	秋陽	시가/하이쿠	
1	6	俳句	土筆 〔1〕 뱀밥	柳翠	시가/하이쿠	
1	6	俳句	土筆 〔1〕 뱀밥	花葉	시가/하이쿠	
1	6	俳句	土筆 〔1〕 뱀밥	水草	시가/하이쿠	
1	6	俳句	土筆 〔1〕 뱀밥	牛殿	시가/하이쿠	
1	6	俳句	土筆 〔1〕 뱀밥	椿山	시가/하이쿠	
1	6		自吟自是 〔3〕 자음자시	目池	시가/하이쿠	
3	1~2		警察大臣 〈87〉 경찰 대신	ポレース (藝陽外史)	소설/기타	회수 오류
3	6		遊女 〔1〕 유녀		시가/신체시	

1909년 04월 10일 (토) 99호

지면	단수	기획	기사제목 〈회수〉〔곡수〕	필자/저자(역자)	분류	비고
1	6~9		聖僧日蓮記 〈31〉 성승 니치렌기	柴田薫	고단	
1	9		きまぐれ小品/迷ひ(其七) 〈7〉 변덕스런 소품/망설임(그 일곱 번째)	小池瓢六	수필/일상	
1	6	俳句	水温む 〔1〕 봄 따뜻해진 물	花葉	시가/하이쿠	
1	6	俳句	水温む 〔1〕 봄 따뜻해진 물	鶴堂	시가/하이쿠	
1	6	俳句	水温む 〔1〕 봄 따뜻해진 물	友#	시가/하이쿠	
1	6	俳句	水温む 〔1〕 봄 따뜻해진 물	皷石	시가/하이쿠	
1	6	俳句	水温む 〔1〕 봄 따뜻해진 물	蘇川	시가/하이쿠	
3	1~2		警察大臣 〈88〉 경찰 대신	ポレース (藝陽外史)	소설/기타	회수 오류

1909년 04월 11일 (일) 100호

지면	단수	기획	기사제목 〈회수〉〔곡수〕	필자/저자(역자)	분류	비고
1	6~9		聖僧日蓮記 〈32〉 성승 니치렌기	柴田薫	고단	
1	9		きまぐれ小品/迷ひ(其八) 〈8〉 변덕스런 소품/망설임(그 여덟 번째)	小池瓢六	수필/일상	
1	9	俳句	水溫む 〔1〕 봄 따뜻해진 물	桂花	시가/하이쿠	
1	9	俳句	水溫む 〔1〕 봄 따뜻해진 물	鶴堂	시가/하이쿠	
1	9	俳句	水溫む 〔1〕 봄 따뜻해진 물	牛殿	시가/하이쿠	
1	9	俳句	水溫む 〔1〕 봄 따뜻해진 물	土#子	시가/하이쿠	
1	9	俳句	水溫む 〔1〕 봄 따뜻해진 물	皷石	시가/하이쿠	
1	9	俳句	水溫む 〔1〕 봄 따뜻해진 물	今二王	시가/하이쿠	
1	9	俳句	水溫む 〔1〕 봄 따뜻해진 물	秋陽	시가/하이쿠	
1	9	俳句	水溫む 〔1〕 봄 따뜻해진 물	皷石	시가/하이쿠	
1	9	俳句	水溫む 〔1〕 봄 따뜻해진 물	のぼる	시가/하이쿠	
1	9	俳句	水溫む 〔1〕 봄 따뜻해진 물	花葉	시가/하이쿠	
1	9	俳句	踏靑 〔1〕 답청	水草	시가/하이쿠	
1	9	俳句	踏靑 〔1〕 답청	幽谷	시가/하이쿠	
1	9	俳句	踏靑 〔1〕 답청	法仙坊	시가/하이쿠	
1	9	俳句	踏靑 〔1〕 답청	心水	시가/하이쿠	
1	9	俳句	踏靑 〔1〕 답청	鶴堂	시가/하이쿠	
1	9	俳句	踏靑 〔1〕 답청	蘇川	시가/하이쿠	
1	9	俳句	踏靑 〔1〕 답청	心水	시가/하이쿠	
1	9	俳句	踏靑 〔1〕 답청	友#	시가/하이쿠	
1	9	俳句	踏靑 〔1〕 답청	花葉	시가/하이쿠	
1	9	俳句	踏靑 〔1〕 답청	皷石	시가/하이쿠	
3	1~2		警察大臣 〈89〉 경찰 대신	ポレース (藝陽外史)	소설/기타	회수 오류

1909년 04월 13일 (화) 101호

지면	단수	기획	기사제목 〈회수〉〔곡수〕	필자/저자(역자)	분류	비고
1	7~9		聖僧日蓮記 〈33〉 성승 니치렌기	柴田薫	고단	
1	9		きまぐれ小品/迷ひ(其九) 〈9〉 변덕스런 소품/망설임(그 아홉 번째)	小池瓢六	수필/일상	

지면	단수	기획	기사제목 〈회수〉〔곡수〕	필자/저자(역자)	분류	비고
3	1~2		警察大臣 〈89〉 경찰 대신	ポレース (藝陽外史)	소설/기타	

1909년 04월 14일 (수) 102호

지면	단수	기획	기사제목 〈회수〉〔곡수〕	필자/저자(역자)	분류	비고
1	7~9		聖僧日蓮記 〈34〉 성승 니치렌기	柴田薰	고단	
1	9		きまぐれ小品/迷ひ(其十) 〈10〉 변덕스런 소품/망설임(그 열 번째)	小池瓢六	수필/일상	
1	9	俳句	呼子鳥 〔1〕 뻐꾸기	蘇川	시가/하이쿠	
1	9	俳句	呼子鳥 〔1〕 뻐꾸기	心水	시가/하이쿠	
1	9	俳句	呼子鳥 〔1〕 뻐꾸기	鶴堂	시가/하이쿠	
1	9	俳句	呼子鳥 〔1〕 뻐꾸기	花葉	시가/하이쿠	
1	9	俳句	呼子鳥 〔1〕 뻐꾸기	桂花	시가/하이쿠	
1	9	俳句	呼子鳥 〔1〕 뻐꾸기	法仙坊	시가/하이쿠	
1	9	俳句	呼子鳥 〔1〕 뻐꾸기	花葉	시가/하이쿠	
1	9	俳句	呼子鳥 〔1〕 뻐꾸기	秋陽	시가/하이쿠	
1	9	俳句	呼子鳥 〔1〕 뻐꾸기	牛殿	시가/하이쿠	
3	1~2		警察大臣 〈91〉 경찰 대신	ポレース (藝陽外史)	소설/기타	
3	5		韓國にてうかうかと 〔2〕 한국에서 얼떨결에		시가/도도이 쓰	회수 오류

1909년 04월 15일 (목) 103호

지면	단수	기획	기사제목 〈회수〉〔곡수〕	필자/저자(역자)	분류	비고
1	7~9		聖僧日蓮記 〈35〉 성승 니치렌기	柴田薰	고단	
1	9		きまぐれ小品/迷ひ(十一) 〈11〉 변덕스런 소품/망설임(열 하나)	小池瓢六	수필/일상	
3	1~2		警察大臣 〈92〉 경찰 대신	ポレース (藝陽外史)	소설/기타	회수 오류

1909년 04월 16일 (금) 104호

지면	단수	기획	기사제목 〈회수〉〔곡수〕	필자/저자(역자)	분류	비고
1	7~9		聖僧日蓮記 〈36〉 성승 니치렌기	柴田薰	고단	
1	9		きまぐれ小品/迷ひ(十二) 〈12〉 변덕스런 소품/망설임(열 둘)	小池瓢六	수필/일상	
3	1~2		警察大臣 〈93〉 경찰 대신	ポレース (藝陽外史)	소설/기타	회수 오류

1909년 04월 17일 (토) 105호

지면	단수	기획	기사제목 〈회수〉〔곡수〕	필자/저자(역자)	분류	비고
1	7~9		聖僧日蓮記 〈37〉 성승 니치렌기	柴田薰	고단	
1	9		きまぐれ小品/迷ひ(十三) 〈13〉 변덕스런 소품/망설임(열 셋)	小池瓢六	수필/일상	

지면	단수	기획	기사제목 〈회수〉〔곡수〕	필자/저자(역자)	분류	비고
1	9	俳句	薪能〔5〕 다키기노	土風	시가/하이쿠	
1	9	俳句	薪能〔5〕 다키기노	蘇川	시가/하이쿠	

1909년 04월 18일 (일) 106호

지면	단수	기획	기사제목 〈회수〉〔곡수〕	필자/저자(역자)	분류	비고
1	7~9		聖僧日蓮記〈38〉 성승 니치렌기	柴田薫	고단	
1	9		きまぐれ小品/迷ひ(十四)〈14〉 변덕스런 소품/망설임(열 넷)	小池瓢六	수필/일상	
1	9	俳句	鳥交る〔5〕 새의 짝짓기	土風	시가/하이쿠	
1	9	俳句	鳥交る〔5〕 새의 짝짓기	蘇川	시가/하이쿠	

1909년 04월 20일 (화) 107호

지면	단수	기획	기사제목 〈회수〉〔곡수〕	필자/저자(역자)	분류	비고
1	7~9		聖僧日蓮記〈39〉 성승 니치렌기	柴田薫	고단	
1	9		きまぐれ小品/迷ひ(十五)〈15〉 변덕스런 소품/망설임(열 다섯)	小池瓢六	수필/일상	
1	9		ピストル〈1〉〔3〕 피스톨	坂梨葉村	시가/교카	

1909년 04월 21일 (수) 108호

지면	단수	기획	기사제목 〈회수〉〔곡수〕	필자/저자(역자)	분류	비고
1	7~9		聖僧日蓮記〈40〉 성승 니치렌기	柴田薫	고단	
1	9		ピストル〈2〉〔10〕 피스톨	坂梨葉村	시가/교카	
1	9	俳句	(제목없음)〔1〕	水艸	시가/하이쿠	
1	9	俳句	(제목없음)〔1〕	蘇川	시가/하이쿠	
1	9	俳句	(제목없음)〔1〕	花葉	시가/하이쿠	
1	9	俳句	(제목없음)〔1〕	那山	시가/하이쿠	
1	9	俳句	(제목없음)〔1〕	水艸	시가/하이쿠	
1	9	俳句	(제목없음)〔1〕	蘇川	시가/하이쿠	
1	9	俳句	(제목없음)〔1〕	花葉	시가/하이쿠	
1	9	俳句	(제목없음)〔1〕	紫	시가/하이쿠	

1909년 04월 22일 (목) 109호

지면	단수	기획	기사제목 〈회수〉〔곡수〕	필자/저자(역자)	분류	비고
1	4	文藝	春五句〔5〕 봄-오구	蘇川	시가/기타	
1	4	文藝	(제목없음)〔1〕	桂花	시가/하이쿠	
1	4	文藝	(제목없음)〔1〕	幽谷	시가/하이쿠	

지면	단수	기획	기사제목 〈회수〉〔곡수〕	필자/저자(역자)	분류	비고
1	4	文藝	(제목없음) 〔1〕	花葉	시가/하이쿠	
1	4	文藝	(제목없음) 〔1〕	秋陽	시가/하이쿠	
1	4	文藝	(제목없음) 〔1〕	蘇川	시가/하이쿠	
1	4	文藝	(제목없음) 〔1〕	桂花	시가/하이쿠	
1	4	文藝	(제목없음) 〔1〕	白雨星	시가/하이쿠	
1	4	文藝	(제목없음) 〔1〕	那山	시가/하이쿠	
1	4	文藝	(제목없음) 〔1〕	孤村	시가/하이쿠	
1	4	文藝	(제목없음) 〔1〕	素水	시가/하이쿠	
1	4	文藝	(제목없음) 〔1〕	心水	시가/하이쿠	
1	4	文藝	(제목없음) 〔1〕	牛殿	시가/하이쿠	
1	4	文藝	(제목없음) 〔1〕	素水	시가/하이쿠	
1	4	文藝	(제목없음) 〔1〕	蘇川	시가/하이쿠	
1	5~7		聖僧日蓮記 〈41〉 성승 니치렌기	柴田薫	고단	
1909년 04월 23일 (금) 110호						
1	4	文藝	寒煙居句屑 〔10〕 한연거구설	芳宙	시가/하이쿠	
1	4	文藝	京城巴吟社 〔1〕 경성 도모에긴샤	蘇川	시가/하이쿠	
1	4	文藝	京城巴吟社 〔1〕 경성 도모에긴샤	秋月	시가/하이쿠	
1	4	文藝	京城巴吟社 〔1〕 경성 도모에긴샤	紫水	시가/하이쿠	
1	4	文藝	京城巴吟社 〔1〕 경성 도모에긴샤	如夢	시가/하이쿠	
1	4	文藝	京城巴吟社 〔1〕 경성 도모에긴샤	紫水	시가/하이쿠	
1	4	文藝	京城巴吟社 〔1〕 경성 도모에긴샤	如夢	시가/하이쿠	
1	4	文藝	京城巴吟社 〔1〕 경성 도모에긴샤	花葉	시가/하이쿠	
1	4	文藝	京城巴吟社 〔1〕 경성 도모에긴샤	蘇川	시가/하이쿠	
1	4	文藝	京城巴吟社 〔1〕 경성 도모에긴샤	紫水	시가/하이쿠	
1	5~7		聖僧日蓮記 〈42〉 성승 니치렌기	柴田薫	고단	
1909년 04월 24일 (토) 111호						

지면	단수	기획	기사제목 〈회수〉 [곡수]	필자/저자(역자)	분류	비고
1	4	文藝	行春 [5] 행춘	土風	시가/하이쿠	
1	4	文藝	行春 [5] 행춘	蘇川	시가/하이쿠	
1	4	文藝	春にはあはで [5] 봄을 맞이하지 않고	蘇川	시가/단카	
1	5~7		聖僧日蓮記 〈43〉 성승 니치렌기	柴田薫	고단	

1909년 04월 25일 (일) 112호

지면	단수	기획	기사제목 〈회수〉 [곡수]	필자/저자(역자)	분류	비고
1	3~4	文藝	文藝時事 문예 시사		수필/비평	
1	4	文藝	菊根分 [5] 국화 근분	土風	시가/하이쿠	
1	4	文藝	菊根分 [5] 국화 근분	蘇川	시가/하이쿠	
1	4	文藝	菊根分 [3] 국화 근분	皷石	시가/하이쿠	
1	4	文藝	菊根分 [1] 국화 근분	のぼる	시가/하이쿠	
1	4	文藝	菊根分 [1] 국화 근분	心水	시가/하이쿠	
1	4	文藝	菊根分 [1] 국화 근분	鳴聲	시가/하이쿠	
1	4	文藝	菊根分 [1] 국화 근분	水草	시가/하이쿠	
1	4	文藝	菊根分 [1] 국화 근분	蘇川	시가/하이쿠	
1	5~7		聖僧日蓮記 〈44〉 성승 니치렌기	柴田薫	고단	

1909년 04월 27일 (화) 113호

지면	단수	기획	기사제목 〈회수〉 [곡수]	필자/저자(역자)	분류	비고
1	5~7		聖僧日蓮記 〈45〉 성승 니치렌기	柴田薫	고단	

1909년 04월 28일 (수) 114호

지면	단수	기획	기사제목 〈회수〉 [곡수]	필자/저자(역자)	분류	비고
1	3~4		寒鴉堂漫筆 〈1〉 간아도 만필	鮟生	수필/일상	
1	4~5		飛龍里の一日 〈1〉 비룡리의 하루	勝	수필/기행	
1	5	俳句	夏四句 [4] 여름-사구	梨卿	시가/하이쿠	
1	5~7		聖僧日蓮記 〈46〉 성승 니치렌기	柴田薫	고단	

1909년 04월 29일 (목) 115호

지면	단수	기획	기사제목 〈회수〉 [곡수]	필자/저자(역자)	분류	비고
1	3~4		寒鴉堂漫筆 〈2〉 간아도 만필	鮟生	수필/일상	
1	4		飛龍里の一日 〈2〉 비룡리의 하루	勝	수필/기행	
1	4		寒煙居句屑 [10] 한연거구설	芳宙	시가/하이쿠	

지면	단수	기획	기사제목 〈회수〉〔곡수〕	필자/저자(역자)	분류	비고
1	4		(제목없음) 〔1〕	昇	시가/하이쿠	
1	4		(제목없음) 〔1〕	鶴堂	시가/하이쿠	
1	4		(제목없음) 〔1〕	桂花	시가/하이쿠	
1	4		(제목없음) 〔1〕	紫水	시가/하이쿠	
1	4		(제목없음) 〔1〕	孤村	시가/하이쿠	
1	4		(제목없음) 〔1〕	秋陽	시가/하이쿠	
1	5~7		聖僧日蓮記 〈47〉 성승 니치렌기	柴田薫	고단	
3	1~3		懲無情 〈1〉 연무정	前田曙山	소설/일본	

1909년 04월 30일 (금) 116호

지면	단수	기획	기사제목 〈회수〉〔곡수〕	필자/저자(역자)	분류	비고
1	2~3		溫陽行(四月二十六日) 〈1〉 온양행(4월 26일)	白眼	수필/기행	
1	4		寒鴉堂漫筆 〈3〉 간아도 만필	鰒生	수필/일상	
1	4		春季句屑 〔10〕 춘계구설	蘇川	시가/하이쿠	
1	4		(제목없음) 〔1〕	鶴堂	시가/하이쿠	
1	4		(제목없음) 〔1〕	紫水	시가/하이쿠	
1	4		(제목없음) 〔1〕	孤村	시가/하이쿠	
1	4		二十四日正# 〔1〕 24일 정#	土風	시가/하이쿠	
1	4		二十四日正# 〔1〕 24일 정#	蘇川	시가/하이쿠	
1	5~7		聖僧日蓮記 〈48〉 성승 니치렌기	柴田薫	고단	

1909년 05월 01일 (토) 117호

지면	단수	기획	기사제목 〈회수〉〔곡수〕	필자/저자(역자)	분류	비고
1	2~3		溫陽行(四月二十六日) 〈2〉 온양행(4월 26일)	白眼	수필/기행	
1	4		寒鴉堂漫筆 〈4〉 간아도 만필	鰒生	수필/일상	
1	4~5		自吟自是 〔12〕 자음자시	目池	시가/하이쿠	
1	5		獅子きざむ 〔5〕 사자 새기기	蘇川	시가/단카	
1	5~7		聖僧日蓮記 〈49〉 성승 니치렌기	柴田薫	고단	
3	1~2		懲無情 〈2〉 연무정	前田曙山	소설/일본	

1909년 05월 02일 (일) 118호

지면	단수	기획	기사제목 〈회수〉〔곡수〕	필자/저자(역자)	분류	비고
1	1~2		溫陽行(四月二十六日) 〈3〉 온양행(4월 26일)	白眼	수필/기행	
1	2~3		京城に於ける文學的會合 〈1〉 경성에서의 문학적 회합	愛詩生	수필/비평	
1	4	文藝	南山の一夜 〈1〉 남산에서 하룻밤	蘇川	수필/기행	
1	4	文藝	春季雜吟 〈1〉〔8〕 춘계-잡음	牛人	시가/하이쿠	
1	4~5	文藝	菜の花 〔1〕 유채꽃	水草	시가/하이쿠	
1	4~5	文藝	菜の花 〔1〕 유채꽃	皷石	시가/하이쿠	
1	4~5	文藝	菜の花 〔1〕 유채꽃	花葉	시가/하이쿠	
1	4~5	文藝	菜の花 〔1〕 유채꽃	孤村	시가/하이쿠	
1	4~5	文藝	菜の花 〔1〕 유채꽃	那山	시가/하이쿠	
1	4~5	文藝	菜の花 〔1〕 유채꽃	秋陽	시가/하이쿠	
1	4~5	文藝	菜の花 〔1〕 유채꽃	鶴堂	시가/하이쿠	
1	4~5	文藝	菜の花 〔1〕 유채꽃	昇	시가/하이쿠	
1	4~5	文藝	菜の花 〔1〕 유채꽃	秋月	시가/하이쿠	
1	4~5	文藝	菜の花 〔1〕 유채꽃	桂花	시가/하이쿠	
1	4~5	文藝	菜の花 〔1〕 유채꽃	那山	시가/하이쿠	
1	5	文藝	水夫之歌 〈1〉〔5〕 뱃사람의 노래	勇魚どり	시가/단카	
1	5~7		聖僧日蓮記 〈50〉 성승 니치렌기	柴田薰	고단	
3	1~2		戀無情 〈3〉 연무정	前田曙山	소설/일본	

1909년 05월 04일 (화) 119호

지면	단수	기획	기사제목 〈회수〉〔곡수〕	필자/저자(역자)	분류	비고
1	2~3		溫陽行(四月二十七日) 〈4〉 온양행(4월 27일)	白眼	수필/기행	
1	3~4		京城に於ける文學的會合 〈2〉 경성에서의 문학적 회합	愛詩生	수필/비평	
1	4	文藝	南山の一夜 〈2〉 남산에서 하룻밤	蘇川	수필/기행	
1	4		春季雜吟 〈2〉〔8〕 춘계-잡음	牛人	시가/하이쿠	
1	5		自吟自是 〔8〕 자음자시	目池	시가/하이쿠	
1	5		水夫の歌 〈2〉〔3〕 뱃사람의 노래	勇魚どり	시가/단카	
1	5~7		聖僧日蓮記 〈51〉 성승 니치렌기	柴田薰	고단	

지면	단수	기획	기사제목 〈회수〉 〔곡수〕	필자/저자(역자)	분류	비고
3	1~2		戀無情 〈4〉 연무정	前田曙山	소설/일본	

1909년 05월 05일 (수) 120호

지면	단수	기획	기사제목 〈회수〉 〔곡수〕	필자/저자(역자)	분류	비고
1	1~2		溫陽行(四月二十八日) 〈5〉 온양행(4월 28일)	白眼	수필/기행	
1	3~4	文藝	南山の一夜 〈3〉 남산에서 하룻밤	蘇川	수필/기행	
1	4		春季雜吟 〈3〉〔8〕 춘계-잡음	牛人	시가/하이쿠	
1	5~7		聖僧日蓮記 〈52〉 성승 니치렌기	柴田薰	고단	
3	1~2		戀無情 〈5〉 연무정	前田曙山	소설/일본	

1909년 05월 06일 (목) 121호

지면	단수	기획	기사제목 〈회수〉 〔곡수〕	필자/저자(역자)	분류	비고
1	2		溫陽より(三十日) 〈6〉 온양에서(30일)	白眼	수필/기행	
1	4	文藝	寒鴉堂漫筆 〈6〉 간아도 만필	鰒生	수필/일상	
1	4~5		南山の一夜 〈4〉 남산에서 하룻밤	蘇川	수필/기행	
1	5~7		聖僧日蓮記 〈53〉 성승 니치렌기	柴田薰	고단	
3	1~2		戀無情 〈5〉 연무정	前田曙山	소설/일본	

1909년 05월 07일 (금) 122호

지면	단수	기획	기사제목 〈회수〉 〔곡수〕	필자/저자(역자)	분류	비고
1	3~4	文藝	宇宙と人生/海 〈1〉 우주와 인생/바다	默人	수필/일상	
1	4	文藝	寒鴉堂漫筆 〈7〉 간아도 만필	鰒生	수필/일상	
1	4~5	文藝	梨の花 〔1〕 배꽃	秋月	시가/하이쿠	
1	4~5	文藝	梨の花 〔1〕 배꽃	那山	시가/하이쿠	
1	4~5	文藝	梨の花 〔1〕 배꽃	友#	시가/하이쿠	
1	4~5	文藝	梨の花 〔1〕 배꽃	孤村	시가/하이쿠	
1	4~5	文藝	梨の花 〔1〕 배꽃	花葉	시가/하이쿠	
1	4~5	文藝	梨の花 〔1〕 배꽃	蘇川	시가/하이쿠	
1	4~5	文藝	梨の花 〔1〕 배꽃	鶴堂	시가/하이쿠	
1	4~5	文藝	梨の花 〔1〕 배꽃	のぼる	시가/하이쿠	
1	4~5	文藝	梨の花 〔1〕 배꽃	桂花	시가/하이쿠	
1	4~5	文藝	梨の花 〔1〕 배꽃	鶴堂	시가/하이쿠	

지면	단수	기획	기사제목 〈회수〉 〔곡수〕	필자/저자(역자)	분류	비고
1	4~5	文藝	梨の花 [1] 배꽃	皷石	시가/하이쿠	
1	5	文藝	水夫の歌 〈3〉 [2] 뱃사람의 노래		시가/단카	
1	5~7		聖僧日蓮記 〈54〉 성승 니치렌기	柴田薫	고단	
3	1~2		戀無情 〈6〉 연무정	前田曙山	소설/일본	

1909년 05월 08일 (토) 123호

지면	단수	기획	기사제목 〈회수〉 〔곡수〕	필자/저자(역자)	분류	비고
1	1~2		溫陽より(一日) 온양에서(1일)	白眼	수필/기행	
1	3		寒鴉堂漫筆 〈8〉 간아도 만필	鰻生	수필/일상	
1	3~4	文藝	宇宙と人生/柳 〈2〉 우주와 인생/버드나무	潮聲	수필/일상	
1	5~7		聖僧日蓮記 〈55〉 성승 니치렌기	柴田薫	고단	
1	7	文藝	水夫の歌 〈4〉 [4] 뱃사람의 노래		시가/단카	

1909년 05월 09일 (일) 124호

지면	단수	기획	기사제목 〈회수〉 〔곡수〕	필자/저자(역자)	분류	비고
1	3~4	文藝	溫陽より(三日) 온양에서(3일)	潮聲	수필/기행	
1	5~7		聖僧日蓮記 〈56〉 성승 니치렌기	柴田薫	고단	
1	7	文藝	水夫の歌 〈5〉 [3] 뱃사람의 노래		시가/단카	

1909년 05월 11일 (화) 125호

지면	단수	기획	기사제목 〈회수〉 〔곡수〕	필자/저자(역자)	분류	비고
1	2~3		溫陽より(五日) 온양에서(5일)	白眼	수필/기행	
1	4~5	文藝	宇宙と人生/磁石 〈6〉 우주와 인생/자석	潮聲	수필/일상	
1	4	文藝	☆龍山まで [8] 용산까지	句法師	시가/하이쿠	
1	4~5	文藝	夏雜吟 [10] 여름-잡음	落伍	시가/하이쿠	
1	5	文藝	日傘 [1] 양산	如水	시가/하이쿠	
1	5	文藝	日傘 [1] 양산	秋陽	시가/하이쿠	
1	5	文藝	日傘 [1] 양산	孤村	시가/하이쿠	
1	5	文藝	日傘 [1] 양산	花葉	시가/하이쿠	
1	5	文藝	日傘 [1] 양산	如夢	시가/하이쿠	
1	5	文藝	日傘 [1] 양산	鶴堂	시가/하이쿠	
1	5	文藝	日傘 [1] 양산	明々	시가/하이쿠	

지면	단수	기획	기사제목 〈회수〉〔곡수〕	필자/저자(역자)	분류	비고
1	5	文藝	日傘 [1] 양산	友月	시가/하이쿠	
1	5~7		聖僧日蓮記 〈57〉 성승 니치렌기	柴田薫	고단	
3	1~2		戀無情 〈8〉 연무정	前田曙山	소설/일본	

1909년 05월 12일 (수) 126호

지면	단수	기획	기사제목 〈회수〉〔곡수〕	필자/저자(역자)	분류	비고
1	1~2		溫陽より(八日) 온양에서(8일)	白眼	수필/기행	
1	2~4	文藝	隣 이웃	蒼浪子	수필/일상	
1	4	文藝	宇宙と人生/水底の月 〈8〉 우주와 인생/물밑의 달	潮聲	수필/일상	
1	4	文藝	金魚 [1] 금붕어	恕堂	시가/하이쿠	
1	4	文藝	金魚 [1] 금붕어	蘇川	시가/하이쿠	
1	4	文藝	金魚 [1] 금붕어	花葉	시가/하이쿠	
1	4	文藝	金魚 [1] 금붕어	那山	시가/하이쿠	
1	4	文藝	金魚 [1] 금붕어	牛殿	시가/하이쿠	
1	4	文藝	金魚 [1] 금붕어	如水	시가/하이쿠	
1	4	文藝	金魚 [1] 금붕어	如夢	시가/하이쿠	
1	4	文藝	鶴 [1] 학	友#	시가/하이쿠	
1	4	文藝	鶴 [1] 학	花葉	시가/하이쿠	
1	4	文藝	鶴 [1] 학	昇	시가/하이쿠	
1	4	文藝	鶴 [1] 학	那山	시가/하이쿠	
1	4	文藝	鶴 [1] 학	恕堂	시가/하이쿠	
1	4	文藝	鶴 [1] 학	蘇川	시가/하이쿠	
1	4	文藝	鶴 [1] 학	如夢	시가/하이쿠	
1	5	文藝	重荷つけて [1] 부담을 지고	梨雨	시가/신체시	
1	5~7		聖僧日蓮記 〈58〉 성승 니치렌기	柴田薫	고단	
3	1~2		戀無情 〈10〉 연무정	前田曙山	소설/일본	

1909년 05월 13일 (목) 127호

지면	단수	기획	기사제목 〈회수〉〔곡수〕	필자/저자(역자)	분류	비고
1	3~4	文藝	カナリヤ 〈1〉 카나리아	白雨星	수필/일상	

지면	단수	기획	기사제목 〈회수〉 [곡수]	필자/저자(역자)	분류	비고
1	4	詩百篇	停車場 〈1〉 [12] 정거장	坂梨葉村	시가/신체시	
1	4~5		小品數篇/落日 〈1〉 소품수편/낙일	默人	수필/일상	
1	5~7		聖僧日蓮記 〈59〉 성승 니치렌기	柴田薰	고단	
3	1~2		戀無情 〈11〉 연무정	前田曙山	소설/일본	

1909년 05월 14일 (금) 128호

지면	단수	기획	기사제목 〈회수〉 [곡수]	필자/저자(역자)	분류	비고
1	2~3		結婚と女性 〈1〉 결혼과 여성	▲△子	수필/관찰	
1	3~4	文藝	カナリヤ 〈2〉 카나리아	白雨星	수필/일상	
1	4		小品數篇/春の海 〈2〉 소품수편/봄 바다	默人	수필/일상	
1	4	詩百篇	小鳥が鳴てる 〈2〉 [1] 작은 새가 울고 있다	坂梨葉村	시가/신체시	
1	4~5		(제목없음) [10]	白雨星	시가/하이쿠	
1	5~7		聖僧日蓮記 〈60〉 성승 니치렌기	柴田薰	고단	
3	1~2		戀無情 〈12〉 연무정	前田曙山	소설/일본	

1909년 05월 15일 (토) 129호

지면	단수	기획	기사제목 〈회수〉 [곡수]	필자/저자(역자)	분류	비고
1	3~4		結婚と女性 〈2〉 결혼과 여성	▲△子	수필/관찰	
1	5	文藝	カナリヤ 〈3〉 카나리아	白雨星	수필/일상	
1	5~7	文藝	小品數篇/親しき友へ 〈3〉 소품수편/친한 벗에게	默人	수필/일상	
1	7	詩百篇	女 〈3〉 [1] 여자	坂梨葉村	시가/신체시	
1	7		夏雜吟 [10] 여름-잡음	蘇川	시가/하이쿠	
1	7		田植 [1] 모내기	那山	시가/하이쿠	
1	7		田植 [1] 모내기	友月	시가/하이쿠	
1	7		田植 [1] 모내기	昇	시가/하이쿠	
1	7		田植 [1] 모내기	鶴堂	시가/하이쿠	
1	7		田植 [1] 모내기	桂花	시가/하이쿠	
1	7		田植 [1] 모내기	南山	시가/하이쿠	
1	7		田植 [1] 모내기	花葉	시가/하이쿠	
1	8		京城名所/南山 〈1〉 경성명소/남산	郎公	수필/기행	

지면	단수	기획	기사제목 〈회수〉 〔곡수〕	필자/저자(역자)	분류	비고
3	1~2		戀無情 〈13〉 연무정	前田曙山	소설/일본	

1909년 05월 16일 (일) 130호

지면	단수	기획	기사제목 〈회수〉 〔곡수〕	필자/저자(역자)	분류	비고
1	3~4		結婚と女性 〈3〉 결혼과 여성	▲△子	수필/관찰	
1	5	文藝	カナリヤ 〈4〉 카나리아	白雨星	수필/일상	
1	6	文藝	小品數篇/病める友へ 〈4〉 소품수편/아픈 벗에게	默人	수필/일상	
1	6~7	文藝	小品數篇/飴賣 〈5〉 소품수편/사탕 판매	默人	수필/일상	
1	7	詩百篇	フラスコ 〈4〉〔1〕 플라스크	坂梨葉村	시가/신체시	
1	7		夏雜吟 〔9〕 여름-잡음	牛人	시가/하이쿠	
1	7		夏雜吟 〔10〕 여름-잡음	蘇川	시가/하이쿠	
1	7~8		京城名所/南山 〈2〉 경성명소/남산	郞公	수필/기행	
3	1~2		戀無情 〈14〉 연무정	前田曙山	소설/일본	

1909년 05월 18일 (화) 131호

지면	단수	기획	기사제목 〈회수〉 〔곡수〕	필자/저자(역자)	분류	비고
1	2~3		京城名所/南山 〈3〉 경성명소/남산	郞公	수필/기행	
1	3~4		小品數篇/唐辛 〈6〉 소품수편/고추	歌人	수필/일상	
1	4	詩百篇	熱 〈5〉〔1〕 열	坂梨葉村	시가/신체시	
1	4		苔の花 〔1〕 이끼꽃	恕堂	시가/하이쿠	
1	4		苔の花 〔1〕 이끼꽃	如水	시가/하이쿠	
1	4		苔の花 〔1〕 이끼꽃	鶴堂	시가/하이쿠	
1	4		苔の花 〔1〕 이끼꽃	如夢	시가/하이쿠	
1	4		苔の花 〔1〕 이끼꽃	皷石	시가/하이쿠	
1	4		苔の花 〔1〕 이끼꽃	杉#	시가/하이쿠	
1	4		苔の花 〔1〕 이끼꽃	南山	시가/하이쿠	
1	4		苔の花 〔1〕 이끼꽃	桂花	시가/하이쿠	
1	4		苔の花 〔1〕 이끼꽃	昇	시가/하이쿠	
1	4		苔の花 〔1〕 이끼꽃	花葉	시가/하이쿠	
1	4		苔の花 〔1〕 이끼꽃	友月	시가/하이쿠	

지면	단수	기획	기사제목 〈회수〉〔곡수〕	필자/저자(역자)	분류	비고
1	4		苔の花〔1〕 이끼꽃	蘇川	시가/하이쿠	
1	5~7		聖僧日蓮記〈61〉 성승 니치렌기	柴田薫	고단	
3	1~2		戀無情〈15〉 연무정	前田曙山	소설/일본	

1909년 05월 19일 (수) 132호

지면	단수	기획	기사제목 〈회수〉〔곡수〕	필자/저자(역자)	분류	비고
1	4	文藝/詩 百篇	暗い家〈6〉〔13〕 음울한 집	坂梨葉村	시가/신체시	
1	4	文藝	小品數篇/支那町〈7〉 소품수편/시나마치	默人	수필/일상	
1	5	文藝	蕨〔1〕 고사리	昇	시가/하이쿠	
1	5	文藝	蕨〔1〕 고사리	心水	시가/하이쿠	
1	5	文藝	蕨〔1〕 고사리	花葉	시가/하이쿠	
1	5	文藝	蕨〔1〕 고사리	無覺	시가/하이쿠	
1	5	文藝	蕨〔1〕 고사리	如夢	시가/하이쿠	
1	5	文藝	蕨〔1〕 고사리	鳴聲	시가/하이쿠	
1	5	文藝	蕨〔1〕 고사리	土龍子	시가/하이쿠	
1	5	文藝	蕨〔1〕 고사리	皷石	시가/하이쿠	
1	5	文藝	蕨〔1〕 고사리	如水	시가/하이쿠	
1	5	文藝	蕨〔1〕 고사리	幽谷	시가/하이쿠	
1	5	文藝	蕨〔1〕 고사리	友#	시가/하이쿠	
1	5	文藝	蕨〔1〕 고사리	玉兎	시가/하이쿠	
1	5	文藝	蕨〔1〕 고사리	桂花	시가/하이쿠	
1	5	文藝	蕨〔1〕 고사리	鶴堂	시가/하이쿠	
1	5~7		聖僧日蓮記〈62〉 성승 니치렌기	柴田薫	고단	
3	1~2		戀無情〈16〉 연무정	前田曙山	소설/일본	
3	6~7		杜鵑の話 두견새 이야기		수필/일상	

1909년 05월 20일 (목) 133호

지면	단수	기획	기사제목 〈회수〉〔곡수〕	필자/저자(역자)	분류	비고
1	2~3	文藝	小品數篇/山家の黃昏〈8〉 소품수편/산가의 황혼	默人	수필/일상	
1	3	文藝/詩 百篇	二階の女〈7〉〔1〕 이층 여자	坂梨葉村	시가/신체시	

지면	단수	기획	기사제목 〈회수〉 〔곡수〕	필자/저자(역자)	분류	비고
1	3	文藝	夏雜吟 〔9〕 여름-잡음	牛人	시가/하이쿠	
1	4	文藝	夏季雜吟 〔10〕 하계-잡음	歌人	시가/하이쿠	
1	4~5		京城名所/南山の裾廻し 〈4〉 경성명소/남산의 스소마와시	郞公	수필/기행	
1	5~7		聖僧日蓮記 〈63〉 성승 니치렌기	柴田薫	고단	
3	1~2		戀無情 〈17〉 연무정	前田曙山	소설/일본	

1909년 05월 21일 (금) 134호

지면	단수	기획	기사제목 〈회수〉 〔곡수〕	필자/저자(역자)	분류	비고
1	2~3		結婚と女性 〈5〉 결혼과 여성	▲△子	수필/관찰	
1	3~4	文藝	小品數篇/孤獨者 〈9〉 소품수편/고독한 사람	默人	수필/일상	
1	4		京城名所/南山の裾廻し 〈5〉 경성명소/남산의 스소마와시	郞公	수필/기행	
1	5~7		聖僧日蓮記 〈64〉 성승 니치렌기	柴田薫	고단	
3	1~2		戀無情 〈18〉 연무정	前田曙山	소설/일본	

1909년 05월 22일 (토) 135호

지면	단수	기획	기사제목 〈회수〉 〔곡수〕	필자/저자(역자)	분류	비고
1	2~3	文藝	小品數篇/夏の朝 〈10〉 소품수편/여름날 아침	默人	수필/일상	
1	4~5		京城名所/南山の裾廻し 〈6〉 경성명소/남산의 스소마와시	郞公	수필/기행	
1	5~7		聖僧日蓮記 〈65〉 성승 니치렌기	柴田薫	고단	
3	1~3		戀無情 〈19〉 연무정	前田曙山	소설/일본	

1909년 05월 23일 (일) 136호

지면	단수	기획	기사제목 〈회수〉 〔곡수〕	필자/저자(역자)	분류	비고
1	3~4	文藝	小品數篇/犧牲 〈10〉 소품수편/희생	默人	수필/일상	
1	4	詩百篇	靑い顏 〈8〉 〔1〕 푸른 빛의 얼굴	坂梨葉村	시가/신체시	
1	4~5		京城名所/南山の値打 〈7〉 경성명소/남산의 가격	郞公	수필/기행	
1	5~7		聖僧日蓮記 〈66〉 성승 니치렌기	柴田薫	고단	
3	1~3		戀無情 〈20〉 연무정	前田曙山	소설/일본	

1909년 05월 25일 (화) 137호

지면	단수	기획	기사제목 〈회수〉 〔곡수〕	필자/저자(역자)	분류	비고
1	2~3	文藝	小品數篇/良さん 〈12〉 소품수편/료 상	默人	수필/일상	
1	3	文藝 / 詩百篇	父の聲 〈9〉 〔1〕 아버지의 목소리	坂梨葉村	시가/신체시	
1	3	文藝	扇, 雨乞 〔8〕 부채, 기우제	蘇川	시가/하이쿠	

지면	단수	기획	기사제목 〈회수〉〔곡수〕	필자/저자(역자)	분류	비고
1	3	文藝	白玉、河骨 〔9〕 백옥, 개연꽃	蘇川	시가/하이쿠	
1	4~5	文藝	京城名所/南山の裾廻し 〈8〉 경성명소/남산의 스소마와시	郎公	수필/기행	
1	5~7		聖僧日蓮記 〈67〉 성승 니치렌기	柴田薰	고단	
3	1~3		戀無情 〈22〉 연무정	前田曙山	소설/일본	회수 오류

1909년 05월 26일 (수) 138호

지면	단수	기획	기사제목 〈회수〉〔곡수〕	필자/저자(역자)	분류	비고
1	3	文藝	小品數篇/宿直 〈13〉 소품수편/숙직	默人	수필/일상	
1	3~4	文藝	小品數篇/玄関番 〈14〉 소품수편/문지기	默人	수필/일상	
1	4	文藝/詩 百篇	二羽の鳥 〈10〉〔1〕 새 두 마리	坂梨葉村	시가/신체시	
1	4	文藝	夏季雜吟 〔7〕 하계-잡음	默人	시가/하이쿠	
1	5~7		聖僧日蓮記 〈68〉 성승 니치렌기	柴田薰	고단	
3	1~2		戀無情 〈23〉 연무정	前田曙山	소설/일본	회수 오류

1909년 05월 27일 (목) 139호

지면	단수	기획	기사제목 〈회수〉〔곡수〕	필자/저자(역자)	분류	비고
1	3	文藝	小品數篇/壁書 〈15〉 소품수편/벽서	默人	수필/일상	
1	4	文藝/詩 百篇	梅の香 〈11〉〔1〕 매화 향기	坂梨葉村	시가/신체시	
1	5~7		聖僧日蓮記 〈69〉 성승 니치렌기	柴田薰	고단	
3	1~2		戀無情 〈24〉 연무정	前田曙山	소설/일본	회수 오류

1909년 05월 29일 (토) 140호

지면	단수	기획	기사제목 〈회수〉〔곡수〕	필자/저자(역자)	분류	비고
1	3	文藝	蝸牛偶語 달팽이 대화	啞石	수필/일상	
1	4	文藝	小品數篇/咄!! 〈16〉 소품수편/야!!	默人	수필/일상	
1	4	文藝	小品數篇/湖畔 〈17〉 소품수편/호반	默人	수필/일상	
1	4	文藝/詩 百篇	白日の恐怖 〈11〉〔1〕 백일의 공포	坂梨葉村	시가/신체시	
1	5~7		聖僧日蓮記 〈70〉 성승 니치렌기	柴田薰	고단	

1909년 05월 30일 (일) 141호

지면	단수	기획	기사제목 〈회수〉〔곡수〕	필자/저자(역자)	분류	비고
1	3~4	文藝	蝸牛偶語 〈2〉 달팽이 대화	啞石	수필/일상	
1	4~5	文藝	小品數篇/二日月 〈18〉 소품수편/후쓰카즈키	默人	수필/일상	
1	5~7		聖僧日蓮記 〈71〉 성승 니치렌기	柴田薰	고단	

지면	단수	기획	기사제목 〈회수〉〔곡수〕	필자/저자(역자)	분류	비고
3	1		戀無情 〈25〉 연무정	前田曙山	소설/일본	회수 오류

1909년 06월 01일 (화) 142호

지면	단수	기획	기사제목 〈회수〉〔곡수〕	필자/저자(역자)	분류	비고
1	1~2		滿韓跋涉記 〈1〉 만한 돌아다니기	狼嘯月	수필/기행	
1	2~3	文藝	★小說 鼻眼鏡 〈1〉 소설 코안경	(黑潮)	소설	
1	5~7		聖僧日蓮記 〈72〉 성승 니치렌기	柴田薰	고단	
3	1		戀無情 〈26〉 연무정	前田曙山	소설/일본	회수 오류

1909년 06월 02일 (수) 143호

지면	단수	기획	기사제목 〈회수〉〔곡수〕	필자/저자(역자)	분류	비고
1	3~4	文藝	★小說 鼻眼鏡 〈2〉 소설 코안경	(黑潮)	소설	
1	5~7		聖僧日蓮記 〈73〉 성승 니치렌기	柴田薰	고단	
3	1		戀無情 〈27〉 연무정	前田曙山	소설/일본	회수 오류

1909년 06월 03일 (목) 144호

지면	단수	기획	기사제목 〈회수〉〔곡수〕	필자/저자(역자)	분류	비고
1	3	文藝	★小說 鼻眼鏡 〈3〉 소설 코안경	(黑潮)	소설	
1	3~4	文藝	小品數篇/放浪 〈19〉 소품수편/방랑	默人	수필/일상	
1	4		その紅の 〔6〕 그 붉은	山地白雨	시가/단카	
1	4		戌申歲晩 〔1〕 수신세만	中井錦城	시가/한시	
1	4		★迎西島師團長 〔1〕 니시지마 사단장을 맞으며	中井錦城	시가/한시	
1	5~7		聖僧日蓮記 〈74〉 성승 니치렌기	柴田薰	고단	
3	1		戀無情 〈28〉 연무정	前田曙山	소설/일본	회수 오류

1909년 06월 04일 (금) 145호

지면	단수	기획	기사제목 〈회수〉〔곡수〕	필자/저자(역자)	분류	비고
1	1~2		滿韓跋涉記 〈2〉 만한 돌아다니기	狼嘯月	수필/기행	
1	3~4	文藝	★小說 鼻眼鏡 〈4〉 소설 코안경	(黑潮)	소설	
1	5~7		聖僧日蓮記 〈75〉 성승 니치렌기	柴田薰	고단	
3	1~2		戀無情 〈29〉 연무정	前田曙山	소설/일본	회수 오류

1909년 06월 05일 (토) 146호

지면	단수	기획	기사제목 〈회수〉〔곡수〕	필자/저자(역자)	분류	비고
1	1~2		滿韓跋涉記 〈3〉 만한 돌아다니기	狼嘯月	수필/기행	
1	3~4	文藝	★小說 鼻眼鏡 〈5〉 소설 코안경	(黑潮)	소설	

지면	단수	기획	기사제목 〈회수〉〔곡수〕	필자/저자(역자)	분류	비고
1	4		小品數篇/靑嵐 〈20〉 소품수편/청람	默人	수필/일상	
1	4		後の日 〔6〕 다음날	山地白雨	시가/단카	
1	4		送田尻少佐歸朝次 〔1〕 송전고소좌귀조차	中井錦城	시가/한시	
1	4		道民大會席上 〔1〕 도민대회석상	中井錦城	시가/한시	
1	5~7		聖僧日蓮記 〈76〉 성승 니치렌기	柴田薰	고단	
3	1~2		戀無情 〈30〉 연무정	前田曙山	소설/일본	회수 오류

1909년 06월 08일 (화) 148호

지면	단수	기획	기사제목 〈회수〉〔곡수〕	필자/저자(역자)	분류	비고
1	3~4	文藝	★小說 鼻眼鏡 〈7〉 소설 코안경	(黑潮)	소설	
1	5~7		聖僧日蓮記 〈78〉 성승 니치렌기	柴田薰	고단	
3	1~2		戀無情 〈32〉 연무정	前田曙山	소설/일본	

1909년 06월 09일 (수) 149호

지면	단수	기획	기사제목 〈회수〉〔곡수〕	필자/저자(역자)	분류	비고
1	1		御製 〔1〕 어제	明治天皇	시가/단카	
1	1		御歌 〔1〕 어가	昭憲皇后	시가/단카	
1	3	文藝	黃鳥 〈1〉 꾀꼬리	蘇川	수필/일상	
1	3~4	文藝	★小說 鼻眼鏡 〈8〉 소설 코안경	(黑潮)	소설	
1	4		彼岸 〔1〕 피안	心水	시가/하이쿠	
1	4		彼岸 〔1〕 피안	桂花	시가/하이쿠	
1	4		彼岸 〔1〕 피안	秋陽	시가/하이쿠	
1	4		彼岸 〔1〕 피안	南陽	시가/하이쿠	
1	4		彼岸 〔1〕 피안	幽谷	시가/하이쿠	
1	4		彼岸 〔1〕 피안	梁川	시가/하이쿠	
1	4		彼岸 〔1〕 피안	蘇川	시가/하이쿠	
1	4		彼岸 〔1〕 피안	友#	시가/하이쿠	
1	4		彼岸 〔1〕 피안	柳翠	시가/하이쿠	
1	4		彼岸 〔1〕 피안	秋陽	시가/하이쿠	
1	4		彼岸 〔1〕 피안	伏山	시가/하이쿠	

지면	단수	기획	기사제목 〈회수〉 〔곡수〕	필자/저자(역자)	분류	비고
1	4		彼岸 〔1〕 피안	朗州	시가/하이쿠	
1	4		彼岸 〔1〕 피안	霧海	시가/하이쿠	
1	5		彼岸 〔1〕 피안	無覚	시가/하이쿠	
1	5		彼岸 〔1〕 피안	霧海	시가/하이쿠	
1	5		彼岸 〔1〕 피안	花葉	시가/하이쿠	
1	5		彼岸 〔1〕 피안	孤村	시가/하이쿠	
1	5		彼岸 〔1〕 피안	今二王	시가/하이쿠	
1	5		彼岸 〔1〕 피안	鶴堂	시가/하이쿠	
1	5		彼岸 〔1〕 피안	皷石	시가/하이쿠	
1	5		彼岸 〔1〕 피안	松壽	시가/하이쿠	
1	5		彼岸 〔1〕 피안	如夢	시가/하이쿠	
1	5		彼岸 〔1〕 피안	昇	시가/하이쿠	
1	5		彼岸 〔1〕 피안	那山	시가/하이쿠	
1	5		彼岸 〔1〕 피안	牛殿	시가/하이쿠	
1	5		彼岸 〔1〕 피안	秋陽	시가/하이쿠	
1	5		彼岸 〔1〕 피안	昇	시가/하이쿠	
1	5		彼岸 〔1〕 피안	今二王	시가/하이쿠	
1	5		彼岸 〔1〕 피안	幽谷	시가/하이쿠	
1	5		彼岸 〔1〕 피안	狡霧	시가/하이쿠	
1	5		彼岸 〔1〕 피안	桂花	시가/하이쿠	
1	5		彼岸 〔1〕 피안	梁川	시가/하이쿠	
1	5		彼岸 〔1〕 피안	白雨星	시가/하이쿠	
1	5~7		聖僧日蓮記 〈79〉 성승 니치렌기	柴田薰	고단	
3	1~2		戀無情 〈33〉 연무정	前田曙山	소설/일본	

1909년 06월 10일 (목) 150호

지면	단수	기획	기사제목 〈회수〉 〔곡수〕	필자/저자(역자)	분류	비고
1	2~3	文藝	★小說 鼻眼鏡 〈9〉 소설 코안경	(黑潮)	소설	

지면	단수	기획	기사제목 〈회수〉 〔곡수〕	필자/저자(역자)	분류	비고
1	3~4	文藝	黃鳥 〈2〉 꾀꼬리	蘇川	수필/일상	
1	4	文藝	暑 〈4〉 더위	默人	시가/하이쿠	
1	4	文藝	暑 〈5〉 더위	蘇川	시가/하이쿠	
1	4	文藝	雲雀 〔1〕 종달새	花葉	시가/하이쿠	
1	4	文藝	雲雀 〔1〕 종달새	柳翠	시가/하이쿠	
1	4	文藝	雲雀 〔1〕 종달새	秋陽	시가/하이쿠	
1	4	文藝	雲雀 〔1〕 종달새	花葉	시가/하이쿠	
1	4	文藝	雲雀 〔1〕 종달새	鳴聲	시가/하이쿠	
1	4	文藝	雲雀 〔1〕 종달새	孤村	시가/하이쿠	
1	4	文藝	雲雀 〔1〕 종달새	南陽	시가/하이쿠	
1	4	文藝	雲雀 〔1〕 종달새	法仙坊	시가/하이쿠	
1	4	文藝	雲雀 〔1〕 종달새	如夢	시가/하이쿠	
1	4	文藝	雲雀 〔1〕 종달새	秋陽	시가/하이쿠	
1	4	文藝	雲雀 〔1〕 종달새	無庵	시가/하이쿠	
1	4	文藝	雲雀 〔1〕 종달새	蘇川	시가/하이쿠	
1	4	文藝	雲雀 〔1〕 종달새	幽谷	시가/하이쿠	
1	4	文藝	雲雀 〔1〕 종달새	霧海	시가/하이쿠	
1	4	文藝	雲雀 〔1〕 종달새	昇	시가/하이쿠	
1	4	文藝	雲雀 〔1〕 종달새	無庵	시가/하이쿠	
1	4	文藝	雲雀 〔1〕 종달새	桂花	시가/하이쿠	
1	4	文藝	雲雀 〔1〕 종달새	狡霧	시가/하이쿠	
1	4	文藝	雲雀 〔1〕 종달새	今二王	시가/하이쿠	
1	4	文藝	雲雀 〔1〕 종달새	松壽	시가/하이쿠	
1	4	文藝	雲雀 〔1〕 종달새	柳翠	시가/하이쿠	
1	4	文藝	雲雀 〔1〕 종달새	牛殿	시가/하이쿠	
1	4	文藝	雲雀 〔1〕 종달새	那山	시가/하이쿠	

지면	단수	기획	기사제목 〈회수〉 〔곡수〕	필자/저자(역자)	분류	비고
1	4	文藝	雲雀 〔1〕 종달새	鶴堂	시가/하이쿠	
1	4	文藝	雲雀 〔1〕 종달새	伏山	시가/하이쿠	
1	4	文藝	雲雀 〔1〕 종달새	梁川	시가/하이쿠	
1	4	文藝	雲雀 〔1〕 종달새	那山	시가/하이쿠	
1	4	文藝	雲雀 〔1〕 종달새	東陽	시가/하이쿠	
1	4	文藝	雲雀 〔1〕 종달새	蘇川	시가/하이쿠	
1	4	文藝	雲雀 〔1〕 종달새	今二王	시가/하이쿠	
1	5~7		聖僧日蓮記 〈80〉 성승 니치렌기	柴田薰	고단	
3	1~2		懸無情 〈34〉 연무정	前田曙山	소설/일본	
3	5		醉語 취해서 하는 말	老無覺	수필/일상	

1909년 06월 11일 (금) 151호

지면	단수	기획	기사제목 〈회수〉 〔곡수〕	필자/저자(역자)	분류	비고
1	2~3	文藝	★小說 鼻眼鏡 〈10〉 소설 코안경	(黑潮)	소설/기타	
1	3~4	文藝	晴れ朝 〈1〉 맑은 아침	默人	소설/일상	
1	4	文藝	黃鳥 〈3〉 꾀꼬리	蘇川	수필/일상	
1	5	文藝	かくれたる 남몰래 하는 일	山地白雨	수필/관찰	
1	5~7		聖僧日蓮記 〈81〉 성승 니치렌기	柴田薰	고단	
3	1~2		懸無情 〈35〉 연무정	前田曙山	소설/일본	

1909년 06월 12일 (토) 152호

지면	단수	기획	기사제목 〈회수〉 〔곡수〕	필자/저자(역자)	분류	비고
1	2~3	文藝	思出のまま 추억 그대로	貧窟主人	수필/일상	
1	3~4	文藝	黃鳥 〈4〉 꾀꼬리	蘇川	수필/일상	
1	4	文藝	晴れ朝 〈2〉 맑은 아침	默人	소설/일상	
1	4	文藝	初雷 〔1〕 첫 천둥	水草	시가/하이쿠	
1	4	文藝	初雷 〔1〕 첫 천둥	秋陽	시가/하이쿠	
1	4	文藝	初雷 〔1〕 첫 천둥	花葉	시가/하이쿠	
1	4	文藝	初雷 〔1〕 첫 천둥	松壽	시가/하이쿠	
1	4	文藝	初雷 〔1〕 첫 천둥	秋月	시가/하이쿠	

지면	단수	기획	기사제목 〈회수〉〔곡수〕	필자/저자(역자)	분류	비고
1	5	文藝	雲雀 〔1〕 종달새	心水	시가/하이쿠	
1	5	文藝	雲雀 〔1〕 종달새	鳴聲	시가/하이쿠	
1	5	文藝	雲雀 〔1〕 종달새	皷石	시가/하이쿠	
1	5	文藝	雲雀 〔1〕 종달새	鶴堂	시가/하이쿠	
1	5	文藝	雲雀 〔1〕 종달새	朗州	시가/하이쿠	
1	5	文藝	雲雀 〔1〕 종달새	#山	시가/하이쿠	
1	5	文藝	雲雀 〔1〕 종달새	白雨	시가/하이쿠	
1	5	文藝	雲雀 〔1〕 종달새	如夢	시가/하이쿠	
1	5~7		聖僧日蓮記 〈82〉 성승 니치렌기	柴田薰	고단	
3	1~2		戀無情 〈36〉 연무정	前田曙山	소설/일본	

1909년 06월 13일 (일) 153호

지면	단수	기획	기사제목 〈회수〉〔곡수〕	필자/저자(역자)	분류	비고
1	2~3	文藝	雨の日 〈1〉 비 오는 날	默人	수필/일상	
1	3	文藝	黃鳥 〈5〉 꾀꼬리	蘇川	수필/일상	
1	3~4	文藝	★小說 鼻眼鏡 〈11〉 소설 코안경	(黑潮)	소설	
1	4	文藝	水草庵偶會 〔6〕 미즈쿠사안 우회	水翠	기타/모임 안내	
1	4	文藝	水草庵偶會 〔1〕 미즈쿠사안 우회	秋陽	시가/하이쿠	
1	4	文藝	水草庵偶會 〔1〕 미즈쿠사안 우회	心水	시가/하이쿠	
1	4	文藝	水草庵偶會 〔1〕 미즈쿠사안 우회	水草	시가/하이쿠	
1	4	文藝	水草庵偶會 〔1〕 미즈쿠사안 우회	友#	시가/하이쿠	
1	4	文藝	水草庵偶會 〔1〕 미즈쿠사안 우회	秋陽	시가/하이쿠	
1	4	文藝	水草庵偶會 〔1〕 미즈쿠사안 우회	心水	시가/하이쿠	
1	4	文藝	水草庵偶會 〔1〕 미즈쿠사안 우회	水草	시가/하이쿠	
1	4	文藝	水草庵偶會 〔1〕 미즈쿠사안 우회	心水	시가/하이쿠	
1	4	文藝	水草庵偶會 〔1〕 미즈쿠사안 우회	秋陽	시가/하이쿠	
1	4	文藝	水草庵偶會 〔1〕 미즈쿠사안 우회	桂花	시가/하이쿠	
1	4	文藝	水草庵偶會 〔1〕 미즈쿠사안 우회	水草	시가/하이쿠	

지면	단수	기획	기사제목 〈회수〉〔곡수〕	필자/저자(역자)	분류	비고
1	4	文藝	水草庵偶會〔1〕 미즈쿠사안 우회	鳴聲	시가/하이쿠	
1	4	文藝	水草庵偶會〔1〕 미즈쿠사안 우회	桂花	시가/하이쿠	
1	4	文藝	水草庵偶會〔1〕 미즈쿠사안 우회	秋陽	시가/하이쿠	
1	4	文藝	水草庵偶會〔1〕 미즈쿠사안 우회	水草	시가/하이쿠	
1	4	文藝	水草庵偶會〔1〕 미즈쿠사안 우회	土龍子	시가/하이쿠	
1	4	文藝	水草庵偶會〔1〕 미즈쿠사안 우회	水草	시가/하이쿠	
1	4	文藝	水草庵偶會〔1〕 미즈쿠사안 우회	秋陽	시가/하이쿠	
1	4	文藝	水草庵偶會〔1〕 미즈쿠사안 우회	鳴聲	시가/하이쿠	
1	4	文藝	水草庵偶會〔1〕 미즈쿠사안 우회	水草	시가/하이쿠	
1	4	文藝	水草庵偶會〔1〕 미즈쿠사안 우회	水草	시가/하이쿠	
1	5	文藝	芭蕉の實〔9〕 바나나	默人	시가/하이쿠	
1	5	文藝	初雷〔1〕 첫 천둥	狡霧	시가/하이쿠	
1	5	文藝	初雷〔1〕 첫 천둥	心水	시가/하이쿠	
1	5	文藝	初雷〔1〕 첫 천둥	牛段	시가/하이쿠	
1	5	文藝	初雷〔1〕 첫 천둥	馨山	시가/하이쿠	
1	5	文藝	初雷〔1〕 첫 천둥	皷石	시가/하이쿠	
1	5	文藝	初雷〔1〕 첫 천둥	如夢	시가/하이쿠	
1	5	文藝	初雷〔1〕 첫 천둥	心水	시가/하이쿠	
1	5	文藝	初雷〔1〕 첫 천둥	桂花	시가/하이쿠	
1	5~7		聖僧日蓮記〈83〉 성승 니치렌기	柴田薰	고단	
3	1~2		戀無情〈37〉 연무정	前田曙山	소설/일본	

1909년 06월 15일 (화) 154호

지면	단수	기획	기사제목 〈회수〉〔곡수〕	필자/저자(역자)	분류	비고
1	3~4	文藝	黃鳥〈6〉 꾀꼬리	蘇川	수필/일상	
1	4	文藝	雨の日〈2〉 비 오는 날	默人	수필/일상	
1	4	文藝	歌加留多〔6〕 우타가루타	新庄竹涯	시가/단카	
1	5	文藝	夏季雜吟〔10〕 하계-잡음	雨星	시가/하이쿠	

지면	단수	기획	기사제목 〈회수〉〔곡수〕	필자/저자(역자)	분류	비고
1	5	文藝	ふらすこ [1] 프라스코	那山	시가/하이쿠	
1	5	文藝	ふらすこ [1] 프라스코	天賴	시가/하이쿠	
1	5	文藝	ふらすこ [1] 프라스코	馨山	시가/하이쿠	
1	5	文藝	ふらすこ [1] 프라스코	花葉	시가/하이쿠	
1	5	文藝	ふらすこ [1] 프라스코	牛殿	시가/하이쿠	
1	5	文藝	ふらすこ [1] 프라스코	紫水	시가/하이쿠	
1	5	文藝	ふらすこ [1] 프라스코	蘇川	시가/하이쿠	
1	5~7		聖僧日蓮記 〈84〉 성승 니치렌기	柴田薰	고단	
3	1~2		戀無情 〈38〉 연무정	前田曙山	소설/일본	
3	3~4		慾の塊 〈1〉 욕심 덩어리		수필/일상	

1909년 06월 16일 (수) 155호

지면	단수	기획	기사제목 〈회수〉〔곡수〕	필자/저자(역자)	분류	비고
1	2~3	文藝	黃鳥 〈7〉 꾀꼬리	蘇川	수필/일상	
1	3~4	文藝	★小說 鼻眼鏡 〈12〉 소설 코안경	(黑潮)	소설/기타	
1	4	つぶて集	星 [1] 별	採蓮子	수필/기타	
1	4	つぶて集	食事 [1] 식사	採蓮子	수필/기타	
1	4~5		性なれば [6] 천성따라	新庄竹涯	시가/단카	
1	5		はち [1] 벌	那山	시가/하이쿠	
1	5		はち [1] 벌	無庵	시가/하이쿠	
1	5		はち [1] 벌	幽谷	시가/하이쿠	
1	5		はち [1] 벌	馨山	시가/하이쿠	
1	5		はち [1] 벌	紫水	시가/하이쿠	
1	5~7		聖僧日蓮記 〈85〉 성승 니치렌기	柴田薰	고단	
3	1~2		戀無情 〈39〉 연무정	前田曙山	소설/일본	
3	4~5		慾の塊 〈2〉 욕심 덩어리		수필/일상	

1909년 06월 17일 (목) 156호

지면	단수	기획	기사제목 〈회수〉〔곡수〕	필자/저자(역자)	분류	비고
1	2~3	文藝	黃鳥 〈8〉 꾀꼬리	蘇川	수필/일상	

지면	단수	기획	기사제목 〈회수〉〔곡수〕	필자/저자(역자)	분류	비고
1	3~4	文藝	★小說 鼻眼鏡 〈13〉 소설 코안경	(黑潮)	소설	
1	4	つぶて集	血 〈2〉 피	採蓮子	수필/일상	
1	4	つぶて集	夕日 〈2〉 석양	採蓮子	수필/일상	
1	4	つぶて集	夕鐘 〔6〕 저녁 종	新庄竹涯	시가/단카	
1	4	つぶて集	凉し 시원함	默人	시가/하이쿠	
1	5~7		聖僧日蓮記 〈86〉 성승 니치렌기	柴田薰	고단	
3	1~2		懋無情 〈40〉 연무정	前田曙山	소설/일본	

1909년 06월 18일 (금) 157호

지면	단수	기획	기사제목 〈회수〉〔곡수〕	필자/저자(역자)	분류	비고
1	2~3		★小說 鼻眼鏡 〈14〉 소설 코안경	(黑潮)	소설/기타	
1	3	つぶて集	時計 〈3〉 시계	採蓮子	수필/일상	
1	3	つぶて集	錢 〈3〉 전	採蓮子	수필/일상	
1	3~4		伽羅の香 〔12〕 향료의 향기	河野蘇川	시가/기타	
1	4		○ 〔9〕 ○	射石	시가/하이쿠	
1	4		○ 〔9〕 ○	せきぢ	시가/하이쿠	
1	5~7		聖僧日蓮記 〈87〉 성승 니치렌기	柴田薰	고단	
3	1~2		懋無情 〈41〉 연무정	前田曙山	소설/일본	

1909년 06월 19일 (토) 158호

지면	단수	기획	기사제목 〈회수〉〔곡수〕	필자/저자(역자)	분류	비고
1	2	詩歌 / つぶて集	湯 〈4〉 탕	採蓮子	수필/일상	
1	2~3	詩歌 / つぶて集	水瓶 〈4〉 물동이	採蓮子	수필/일상	
1	3	詩歌 / つぶて集	虫? 〈4〉 벌레?	採蓮子	수필/일상	
1	3	詩歌 / つぶて集	石人 〈4〉 석인	採蓮子	수필/일상	
1	3		○ 〔8〕 ○	射石	시가/하이쿠	
1	3		○ 〔8〕 ○	せきぢ	시가/하이쿠	
1	3~4		夏六十句 〈1〉 〔10〕 여름-육십구	竹涯生	시가/하이쿠	
1	4		凉し 〔10〕 시원함	蘇川	시가/하이쿠	
1	4		(제목없음) 〔1〕	鳴聲	시가/하이쿠	

지면	단수	기획	기사제목 〈회수〉〔곡수〕	필자/저자(역자)	분류	비고
1	4		(제목없음) 〔1〕	牛殿	시가/하이쿠	
1	4		(제목없음) 〔1〕	水草	시가/하이쿠	
1	4		(제목없음) 〔1〕	秋陽	시가/하이쿠	
1	4		(제목없음) 〔1〕	蘇川	시가/하이쿠	
1	5~7		聖僧日蓮記 〈88〉 성승 니치렌기	柴田薫	고단	
3	1~2		戀無情 〈42〉 연무정	前田曙山	소설/일본	

1909년 06월 20일 (일) 159호

지면	단수	기획	기사제목 〈회수〉〔곡수〕	필자/저자(역자)	분류	비고
1	2~3		漂浪 〈1〉 표랑	花水子	수필/일상	
1	3	詩歌 / つ ぶて集	醒める 〈5〉 깨다	採蓮子	수필/일상	
1	3~4	詩歌 / つ ぶて集	暗中の塔 〈5〉 어둠 속의 탑	採蓮子	수필/일상	
1	4~5		★小說 鼻眼鏡 〈15〉 소설 코안경	(黑潮)	소설	
1	5~7		聖僧日蓮記 〈89〉 성승 니치렌기	柴田薫	고단	
3	1~2		戀無情 〈43〉 연무정	前田曙山	소설/일본	

1909년 06월 22일 (화) 160호

지면	단수	기획	기사제목 〈회수〉〔곡수〕	필자/저자(역자)	분류	비고
1	2~3		★小說 鼻眼鏡 〈16〉 소설 코안경	(黑潮)	소설	
1	3	詩歌 / つ ぶて集	悲歌 〈6〉 비가	採蓮子	수필/일상	
1	4	詩歌 / つ ぶて集	漂浪 〈2〉 표랑	花水子	수필/일상	
1	4		夏六十句 〈2〉〔10〕 여름-육십구	竹涯	시가/하이쿠	
1	5~7		聖僧日蓮記 〈90〉 성승 니치렌기	柴田薫	고단	
3	1~2		戀無情 〈44〉 연무정	前田曙山	소설/일본	

1909년 06월 23일 (수) 161호

지면	단수	기획	기사제목 〈회수〉〔곡수〕	필자/저자(역자)	분류	비고
1	2		漂浪 〈2〉 표랑	花水子	수필/일상	
1	2~3		★小說 鼻眼鏡 〈17〉 소설 코안경	(黑潮)	소설/기타	
1	3~4	詩歌 / つ ぶて集	弱者 〈7〉 약자	採蓮子	수필/일상	
1	4	詩歌	夏六十句 〈3〉〔10〕 여름-육십구	竹涯生	시가/하이쿠	
1	4	詩歌	○ 〔8〕 ○	せきぢ	시가/하이쿠	

지면	단수	기획	기사제목 〈회수〉〔곡수〕	필자/저자(역자)	분류	비고
1	4	詩歌	○ 〔8〕 ○	射石	시가/하이쿠	
1	4~5	詩歌	母戀し 〔9〕 그리운 어머니	新庄竹涯	시가/단카	
1	5~7		聖僧日蓮記 〈91〉 성승 니치렌기	柴田薫	고단	
3	1~2		戀無情 〈45〉 연무정	前田曙山	소설/일본	

1909년 06월 25일 (금) 163호

지면	단수	기획	기사제목 〈회수〉〔곡수〕	필자/저자(역자)	분류	비고
1	3~4		★小說 鼻眼鏡 〈19〉 소설 코안경	(黑潮)	소설/기타	
1	4	詩歌 / つ ぶて集	小天地 〈9〉 소천지	採蓮子	수필/일상	
1	5		夏六十句 〈4〉〔10〕 여름-육십구	竹涯生	시가/하이쿠	
1	5~7		聖僧日蓮記 〈93〉 성승 니치렌기	柴田薫	고단	
3	1~2		戀無情 〈46〉 연무정	前田曙山	소설/일본	

1909년 06월 26일 (토) 164호

지면	단수	기획	기사제목 〈회수〉〔곡수〕	필자/저자(역자)	분류	비고
1	3~5		★小說 鼻眼鏡 〈20〉 소설 코안경	(黑潮)	소설/기타	
1	5	詩歌	○ 〔7〕 ○	せきぢ	시가/하이쿠	
1	5	詩歌	○ 〔8〕 ○	射石	시가/하이쿠	
1	5~7		聖僧日蓮記 〈94〉 성승 니치렌기	柴田薫	고단	
3	1~2		戀無情 〈47〉 연무정	前田曙山	소설/일본	

1909년 06월 27일 (일) 165호

지면	단수	기획	기사제목 〈회수〉〔곡수〕	필자/저자(역자)	분류	비고
1	3~4		★小說 鼻眼鏡 〈21〉 소설 코안경	(黑潮)	소설/기타	
1	4	詩歌 / つ ぶて集	夏瘦 〈10〉 여름을 타다	採蓮子	수필/일상	
1	4	詩歌	夏六十句 〈5〉〔10〕 여름-육십구	竹涯生	시가/하이쿠	
1	4~5	詩歌	○ 〔8〕 ○	射石	시가/하이쿠	
1	5	詩歌	○ 〔4〕 ○	せきぢ	시가/하이쿠	
1	5~7		聖僧日蓮記 〈95〉 성승 니치렌기	柴田薫	고단	
3	1~2		戀無情 〈48〉 연무정	前田曙山	소설/일본	

1909년 06월 29일 (화) 166호

지면	단수	기획	기사제목 〈회수〉〔곡수〕	필자/저자(역자)	분류	비고
1	4	詩歌 / つ ぶて集	桑の實 〈11〉 뽕 나무 열매	採蓮子	수필/일상	

지면	단수	기획	기사제목 〈회수〉〔곡수〕	필자/저자(역자)	분류	비고
1	4~5		★小說 鼻眼鏡 〈22〉 소설 코안경	(黑潮)	소설/기타	
1	5~7		聖僧日蓮記 〈96〉 성승 니치렌기	柴田薫	고단	
3	1~2		戀無情 〈49〉 연무정	前田曙山	소설/일본	

1909년 06월 30일 (수) 167호

지면	단수	기획	기사제목 〈회수〉〔곡수〕	필자/저자(역자)	분류	비고
1	3~4		★小說 鼻眼鏡 〈23〉 소설 코안경	(黑潮)	소설/기타	
1	4	詩歌 / つぶて集	虫 〈12〉 벌레	採蓮子	수필/일상	
1	4	詩歌	霞山會席上作 〔1〕 가잔회석상작	中田鐘城	시가/한시	
1	4	詩歌	夏六十句 〈6〉〔10〕 여름-육십구	竹涯生	시가/하이쿠	
1	5~7		聖僧日蓮記 〈97〉 성승 니치렌기	柴田薫	고단	
3	1~2		戀無情 〈50〉 연무정	前田曙山	소설/일본	

1909년 07월 01일 (목) 168호

지면	단수	기획	기사제목 〈회수〉〔곡수〕	필자/저자(역자)	분류	비고
1	3~4		★小說 鼻眼鏡 〈24〉 소설 코안경	(黑潮)	소설	
1	4	詩歌 / つぶて集	疲 〈13〉 피로	採蓮子	수필/일상	
1	4~5	詩歌 / つぶて集	我が圃 〈13〉 나의 정원	採蓮子	수필/일상	
1	5~7		聖僧日蓮記 〈98〉 성승 니치렌기	柴田薫	고단	
3	1~2		戀無情 〈51〉 연무정	前田曙山	소설/일본	

1909년 07월 02일 (금) 169호

지면	단수	기획	기사제목 〈회수〉〔곡수〕	필자/저자(역자)	분류	비고
1	4~5		★小說 鼻眼鏡 〈25〉 소설 코안경	(黑潮)	소설	
1	5~7		聖僧日蓮記 〈99〉 성승 니치렌기	柴田薫	고단	
3	1~2		戀無情 〈52〉 연무정	前田曙山	소설/일본	

1909년 07월 03일 (토) 170호

지면	단수	기획	기사제목 〈회수〉〔곡수〕	필자/저자(역자)	분류	비고
1	4~5		★小說 鼻眼鏡 〈26〉 소설 코안경	(黑潮)	소설	
1	5~7		聖僧日蓮記 〈100〉 성승 니치렌기	柴田薫	고단	
3	1~2		戀無情 〈53〉 연무정	前田曙山	소설/일본	

1909년 07월 04일 (일) 171호

지면	단수	기획	기사제목 〈회수〉〔곡수〕	필자/저자(역자)	분류	비고
1	3~4		★小說 鼻眼鏡 〈27〉 소설 코안경	(黑潮)	소설	

지면	단수	기획	기사제목 〈회수〉〔곡수〕	필자/저자(역자)	분류	비고
1	4		僞强盜 가짜 강도		광고/연재 예고	
1	5~7		聖僧日蓮記 〈101〉 성승 니치렌기	柴田薰	고단	
3	1~2		戀無情 〈54〉 연무정	前田曙山	소설/일본	

1909년 07월 06일 (화) 172호

지면	단수	기획	기사제목 〈회수〉〔곡수〕	필자/저자(역자)	분류	비고
1	3~4		★僞强盜 〈1〉 가짜 강도	(黑潮)	소설	
1	4~5	詩歌 / つ ぶて集	むくの木 〈14〉 푸조 나무	探蓮子	수필/일상	
1	5~7		聖僧日蓮記 〈102〉 성승 니치렌기	柴田薰	고단	
3	1~2		戀無情 〈55〉 연무정	前田曙山	소설/일본	

1909년 07월 07일 (수) 173호

지면	단수	기획	기사제목 〈회수〉〔곡수〕	필자/저자(역자)	분류	비고
1	5~6	つぶて集	下駄 〈15〉 게타	探蓮子	수필/일상	
1	6	つぶて集	藥瓶 〈15〉 약병	探蓮子	수필/일상	
1	6~7	つぶて集	ざんげ 〈15〉 회개	ひつ子	수필/일상	
1	7~9		聖僧日蓮記 〈103〉 성승 니치렌기	柴田薰	고단	
3	1~2		戀無情 〈56〉 연무정	前田曙山	소설/일본	

1909년 07월 08일 (목) 174호

지면	단수	기획	기사제목 〈회수〉〔곡수〕	필자/저자(역자)	분류	비고
1	3~4		★僞强盜 〈2〉 가짜 강도	(黑潮)	소설	
1	5~7		聖僧日蓮記 〈104〉 성승 니치렌기	柴田薰	고단	
3	1~2		戀無情 〈57〉 연무정	前田曙山	소설/일본	

1909년 07월 09일 (금) 175호

지면	단수	기획	기사제목 〈회수〉〔곡수〕	필자/저자(역자)	분류	비고
1	4~5		★僞强盜 〈3〉 가짜 강도	(黑潮)	소설	
1	5~7		聖僧日蓮記 〈105〉 성승 니치렌기	柴田薰	고단	
3	1~2		戀無情 〈58〉 연무정	前田曙山	소설/일본	

1909년 07월 10일 (토) 176호

지면	단수	기획	기사제목 〈회수〉〔곡수〕	필자/저자(역자)	분류	비고
1	2~3		★僞强盜 〈4〉 가짜 강도	(黑潮)	소설	
1	5~7		聖僧日蓮記 〈106〉 성승 니치렌기	柴田薰	고단	
3	1~2		戀無情 〈59〉 연무정	前田曙山	소설/일본	

지면	단수	기획	기사제목 〈회수〉〔곡수〕	필자/저자(역자)	분류	비고
1909년 07월 11일 (일) 177호						
1	3~4		★僞强盜 〈5〉 가짜 강도	(黑潮)	소설	
1	5~7		聖僧日蓮記 〈107〉 성승 니치렌기	柴田薫	고단	
3	1~2		懋無情 〈60〉 연무정	前田曙山	소설/일본	
1909년 07월 13일 (화) 178호						
1	4~5		★僞强盜 〈6〉 가짜 강도	(黑潮)	소설	
1	5~7		聖僧日蓮記 〈108〉 성승 니치렌기	柴田薫	고단	
3	1~2		懋無情 〈61〉 연무정	前田曙山	소설/일본	
1909년 07월 14일 (수) 179호						
1	4~5		★僞强盜 〈7〉 가짜 강도	(黑潮)	소설	
1	5~7		聖僧日蓮記 〈109〉 성승 니치렌기	柴田薫	고단	
3	1~2		懋無情 〈62〉 연무정	前田曙山	소설/일본	
1909년 07월 15일 (목) 180호						
1	4		★僞强盜 〈8〉 가짜 강도	(黑潮)	소설	
1	4~5	つぶて集	電車 〈16〉 전차	採蓮子	수필/일상	
1	5~7		聖僧日蓮記 〈110〉 성승 니치렌기	柴田薫	고단	
3	1~2		懋無情 〈63〉 연무정	前田曙山	소설/일본	
1909년 07월 16일 (금) 181호						
1	4~5		★僞强盜 〈9〉 가짜 강도	(黑潮)	소설	
1	5~7		聖僧日蓮記 〈111〉 성승 니치렌기	柴田薫	고단	
1909년 07월 17일 (토) 182호						
1	4~5		★僞强盜 〈10〉 가짜 강도	(黑潮)	소설	
1	5~7		聖僧日蓮記 〈112〉 성승 니치렌기	柴田薫	고단	
3	1~2		懋無情 〈64〉 연무정	前田曙山	소설/일본	
1909년 07월 18일 (일) 183호						
1	3~4	詩歌 / つ ぶて集	殘者の眼 〈17〉 남은 자의 눈	採蓮子	수필/일상	

지면	단수	기획	기사제목 〈회수〉 [곡수]	필자/저자(역자)	분류	비고
1	4~5		★僞強盗 〈11〉 가짜 강도	(黑潮)	소설	
1	5~7		聖僧日蓮記 〈113〉 성승 니치렌기	柴田薰	고단	
3	1~2		戀無情 〈65〉 연무정	前田曙山	소설/일본	

1909년 07월 20일 (화) 184호

| 1 | 5~7 | | 聖僧日蓮記 〈114〉
성승 니치렌기 | 柴田薰 | 고단 | |
| 3 | 1~2 | | 戀無情 〈66〉
연무정 | 前田曙山 | 소설/일본 | |

1909년 07월 21일 (수) 185호

1	3~5		★僞強盗 〈12〉 가짜 강도	(黑潮)	소설	
1	5~7		聖僧日蓮記 〈115〉 성승 니치렌기	柴田薰	고단	
3	1~2		戀無情 〈67〉 연무정	前田曙山	소설/일본	

1909년 07월 22일 (목) 186호

1	4~5		★僞強盗 〈13〉 가짜 강도	(黑潮)	소설	
1	5~7		聖僧日蓮記 〈116〉 성승 니치렌기	柴田薰	고단	
3	1~2		戀無情 〈68〉 연무정	前田曙山	소설/일본	

1909년 07월 23일 (금) 187호

1	4~5	詩歌	★僞強盗 〈14〉 가짜 강도	(黑潮)	소설	
1	5~7		聖僧日蓮記 〈117〉 성승 니치렌기	柴田薰	고단	
3	1		戀無情 〈69〉 연무정	前田曙山	소설/일본	

1909년 07월 24일 (토) 188호

1	4~5	詩歌	★僞強盗 〈15〉 가짜 강도	(黑潮)	소설	
1	5~7		聖僧日蓮記 〈118〉 성승 니치렌기	柴田薰	고단	
3	1~2		戀無情 〈70〉 연무정	前田曙山	소설/일본	

1909년 07월 25일 (일) 189호

1	3~4	詩歌	★僞強盗 〈16〉 가짜 강도	(黑潮)	소설	
1	4~5	詩歌 / つ ぶて集	石工 〈19〉 석공	採蓮子	수필/일상	
1	5~7		聖僧日蓮記 〈119〉 성승 니치렌기	柴田薰	고단	

지면	단수	기획	기사제목 〈회수〉〔곡수〕	필자/저자(역자)	분류	비고
3	1~2		戀無情 〈71〉 연무정	前田曙山	소설/일본	

1909년 07월 27일 (화) 190호

지면	단수	기획	기사제목 〈회수〉〔곡수〕	필자/저자(역자)	분류	비고
1	4~5		★僞强盜 〈17〉 가짜 강도	(黑潮)	소설	
1	5~7		聖僧日蓮記 〈120〉 성승 니치렌기	柴田薰	고단	
3	1~2		戀無情 〈72〉 연무정	前田曙山	소설/일본	

1909년 07월 28일 (수) 191호

지면	단수	기획	기사제목 〈회수〉〔곡수〕	필자/저자(역자)	분류	비고
1	3		★僞强盜 〈18〉 가짜 강도	(黑潮)	소설	
1	4	詩歌 / つ ぶて集	文庫の書 〈20〉 문고의 서적	採蓮子	수필/일상	
1	4	詩歌 / つ ぶて集	蠅捕器 〈20〉 파리 잡는 그릇	採蓮子	수필/일상	
1	4	詩歌	紫陽花 〔1〕 자양화	林無庵	시가/단카	
1	4	詩歌	夕早苗 〔1〕 저녁 묘종	林無庵	시가/단카	
1	5	詩歌	市梅雨 〔1〕 거리의 장마	林無庵	시가/단카	
1	5	詩歌	酒 〔1〕 술	林無庵	시가/단카	
1	5	詩歌	旅宿 〔1〕 여숙	林無庵	시가/단카	
1	5~7		聖僧日蓮記 〈121〉 성승 니치렌기	柴田薰	고단	
3	1~2		戀無情 〈73〉 연무정	前田曙山	소설/일본	

1909년 07월 29일 (목) 192호

지면	단수	기획	기사제목 〈회수〉〔곡수〕	필자/저자(역자)	분류	비고
1	4~5		★僞强盜 〈19〉 가짜 강도	(黑潮)	소설	
1	5~7		聖僧日蓮記 〈122〉 성승 니치렌기	柴田薰	고단	
3	1~2		戀無情 〈74〉 연무정	前田曙山	소설/일본	

1909년 07월 29일 (금) 193호

지면	단수	기획	기사제목 〈회수〉〔곡수〕	필자/저자(역자)	분류	비고
1	4~5		★僞强盜 〈20〉 가짜 강도	(黑潮)	소설	
1	5~7		聖僧日蓮記 〈123〉 성승 니치렌기	柴田薰	고단	
3	1~2		戀無情 〈75〉 연무정	前田曙山	소설/일본	

1909년 07월 31일 (토) 194호

지면	단수	기획	기사제목 〈회수〉〔곡수〕	필자/저자(역자)	분류	비고
1	4~5		★僞强盜 〈21〉 가짜 강도	(黑潮)	소설	

지면	단수	기획	기사제목 〈회수〉〔곡수〕	필자/저자(역자)	분류	비고
1	5~7		聖僧日蓮記 〈124〉 성승 니치렌기	柴田薫	고단	
3	1~2		戀無情 〈76〉 연무정	前田曙山	소설/일본	

1909년 08월 01일 (일) 195호

1	4~5		★僞强盜 〈22〉 가짜 강도	(黑潮)	소설	
1	5~7		聖僧日蓮記 〈125〉 성승 니치렌기	柴田薫	고단	
3	1~2		戀無情 〈77〉 연무정	前田曙山	소설/일본	
3	4~5		水戶黃門記 미토코몬기		광고/연재 예고	

1909년 08월 03일 (화) 196호

| 1 | 4~5 | | ★僞强盜 〈23〉
가짜 강도 | (黑潮) | 소설 | |
| 1 | 5~7 | | 水戶黃門記 〈1〉
미토코몬기 | 伊東潮玉 | 고단 | |

1909년 08월 04일 (수) 197호

1	2~4		寫眞の不思議 불가사의한 사진	零星兒	수필/일상	
1	4		★僞强盜 〈24〉 가짜 강도	(黑潮)	소설	
1	5~7		水戶黃門記 〈2〉 미토코몬기	伊東潮玉	고단	
3	1		戀無情 〈78〉 연무정	前田曙山	소설/일본	

1909년 08월 05일 (목) 198호

1	4~5		★僞强盜 〈25〉 가짜 강도	(黑潮)	소설	
1	5~7		水戶黃門記 〈3〉 미토코몬기	伊東潮玉	고단	
3	1~2		戀無情 〈79〉 연무정	前田曙山	소설/일본	

1909년 08월 06일 (금) 199호

1	3~5		★探偵奇談 第二の血痕 〈1〉 탐정기담 제2의 혈흔	(黑潮)	소설	
1	5~7		水戶黃門記 〈4〉 미토코몬기	伊東潮玉	고단	
3	1~2		戀無情 〈80〉 연무정	前田曙山	소설/일본	

1909년 08월 07일 (토) 200호

| 1 | 3~4 | | ★探偵奇談 第二の血痕 〈2〉
탐정기담 제2의 혈흔 | (黑潮) | 소설 | |
| 1 | 5~7 | | 水戶黃門記 〈5〉
미토코몬기 | 伊東潮玉 | 고단 | |

지면	단수	기획	기사제목 〈회수〉〔곡수〕	필자/저자(역자)	분류	비고
3	1~2		戀無情 〈81〉 연무정	前田曙山	소설/일본	

1909년 08월 08일 (일) 201호

지면	단수	기획	기사제목	필자/저자	분류	비고
1	4~5		★探偵奇談 第二の血痕 〈3〉 탐정기담 제2의 혈흔	(黑潮)	소설	
1	5~7		水戸黃門記 〈6〉 미토코몬기	伊東潮玉	고단	
3	1~2		戀無情 〈82〉 연무정	前田曙山	소설/일본	

1909년 08월 10일 (화) 202호

지면	단수	기획	기사제목	필자/저자	분류	비고
1	4~5		★探偵奇談 第二の血痕 〈4〉 탐정기담 제2의 혈흔	(黑潮)	소설	
1	5~7		水戸黃門記 〈7〉 미토코몬기	伊東潮玉	고단	
3	1~2		戀無情 〈83〉 연무정	前田曙山	소설/일본	

1909년 08월 11일 (수) 203호

지면	단수	기획	기사제목	필자/저자	분류	비고
1	2~3		光化門前 광화문 앞	零星兒	수필/일상	
1	3~5		★探偵奇談 第二の血痕 〈5〉 탐정기담 제2의 혈흔	(黑潮)	소설	
1	5~7		水戸黃門記 〈8〉 미토코몬기	伊東潮玉	고단	
3	1~2		戀無情 〈84〉 연무정	前田曙山	소설/일본	

1909년 08월 12일 (목) 204호

지면	단수	기획	기사제목	필자/저자	분류	비고
1	4~5		★探偵奇談 第二の血痕 〈6〉 탐정기담 제2의 혈흔	(黑潮)	소설	
1	5~7		水戸黃門記 〈9〉 미토코몬기	伊東潮玉	고단	
3	1~2		戀無情 〈85〉 연무정	前田曙山	소설/일본	

1909년 08월 13일 (금) 205호

지면	단수	기획	기사제목	필자/저자	분류	비고
1	4~5		★探偵奇談 第二の血痕 〈7〉 탐정기담 제2의 혈흔	(黑潮)	소설	
1	5~7		水戸黃門記 〈10〉 미토코몬기	伊東潮玉	고단	

1909년 08월 14일 (토) 206호

지면	단수	기획	기사제목	필자/저자	분류	비고
1	3~4		★探偵奇談 第二の血痕 〈8〉 탐정기담 제2의 혈흔	(黑潮)	소설	
1	4	詞藻	夕顔 〔1〕 박꽃	備後 静子	시가/단카	
1	4	詞藻	★夕顔 〔1〕 박꽃	美濃 鈴木正俊	시가/단카	
1	4	詞藻	夕顔 〔1〕 박꽃	播磨 中村盛子	시가/단카	

지면	단수	기획	기사제목 〈회수〉 [곡수]	필자/저자(역자)	분류	비고
1	4	詞藻	夕顔 [1] 박꽃	京城 林金次	시가/단카	
1	4	詞藻	★夕顔 [1] 박꽃	備後 林翠	시가/단카	
1	4	詞藻	夕顔 [1] 박꽃	備後 #田英忠	시가/단카	
1	4	詞藻	夕顔 [1] 박꽃	備後 平山#子	시가/단카	
1	5~7		水戸黃門記 〈11〉 미토코몬기	伊東潮玉	고단	
3	1~2		戀無情 〈86〉 연무정	前田曙山	소설/일본	

1909년 08월 15일 (일) 207호

지면	단수	기획	기사제목 〈회수〉 [곡수]	필자/저자(역자)	분류	비고
1	3~4		三人心中 세 명 동반자살	零星兒	수필/일상	
1	4~5		★探偵奇談 第二の血痕 〈9〉 탐정기담 제2의 혈흔	(黑潮)	소설	
1	5~7		水戸黃門記 〈12〉 미토코몬기	伊東潮玉	고단	
3	1~2		戀無情 〈87〉 연무정	前田曙山	소설/일본	

1909년 08월 17일 (화) 208호

지면	단수	기획	기사제목 〈회수〉 [곡수]	필자/저자(역자)	분류	비고
1	4		★探偵奇談 第二の血痕 〈10〉 탐정기담 제2의 혈흔	(黑潮)	소설	
1	4~5	詞藻	錢#居士未廣君之玉韻調詠現在之光景 [1] 전#거사미광중공군지옥운조영현재지광경	白儻居士	시가/한시	
1	4	詞藻	夏曉 [1] 여름 새벽	堀內俊凋	시가/한시	
1	4	詞藻	題扇 [1] 제선	堀內俊凋	시가/한시	
1	4	詞藻	題扇 [1] 제선	堀內俊凋	시가/한시	
1	5	詞藻	遊南山 [1] 남산에서 놀다	堀內俊凋	시가/한시	
1	5~7		水戸黃門記 〈13〉 미토코몬기	伊東潮玉	고단	
3	1~2		戀無情 〈88〉 연무정	前田曙山	소설/일본	

1909년 08월 18일 (수) 209호

지면	단수	기획	기사제목 〈회수〉 [곡수]	필자/저자(역자)	분류	비고
1	4~5		★探偵奇談 第二の血痕 〈11〉 탐정기담 제2의 혈흔	(黑潮)	소설	
1	5~7		水戸黃門記 〈14〉 미토코몬기	伊東潮玉	고단	

1909년 08월 19일 (목) 210호

지면	단수	기획	기사제목 〈회수〉 [곡수]	필자/저자(역자)	분류	비고
1	4		★探偵奇談 第二の血痕 〈12〉 탐정기담 제2의 혈흔	(黑潮)	소설	
1	4	詞藻	★京城觀 [1] 경성풍경	白儻居士	시가/한시	

지면	단수	기획	기사제목 〈회수〉〔곡수〕	필자/저자(역자)	분류	비고
1	4~5	詞藻	開城觀 〔1〕 개성을 돌아보다	白儂居士	시가/한시	
1	5~7		水戶黃門記 〈15〉 미토코몬기	伊東潮玉	고단	
3	1~2		懸無情 〈89〉 연무정	前田曙山	소설/일본	

1909년 08월 20일 (금) 211호

지면	단수	기획	기사제목 〈회수〉〔곡수〕	필자/저자(역자)	분류	비고
1	4~5		★探偵奇談 第二の血痕 〈13〉 탐정기담 제2의 혈흔	(黑潮)	소설	
1	5~7		水戶黃門記 〈16〉 미토코몬기	伊東潮玉	고단	
3	1~2		懸無情 〈90〉 연무정	前田曙山	소설/일본	

1909년 08월 21일 (토) 212호

지면	단수	기획	기사제목 〈회수〉〔곡수〕	필자/저자(역자)	분류	비고
1	4~5		★探偵奇談 第二の血痕 〈14〉 탐정기담 제2의 혈흔	(黑潮)	소설	
1	5~7		水戶黃門記 〈17〉 미토코몬기	伊東潮玉	고단	

1909년 08월 22일 (일) 213호

지면	단수	기획	기사제목 〈회수〉〔곡수〕	필자/저자(역자)	분류	비고
1	3~4	文藝	★探偵奇談 第二の血痕 〈14〉 탐정기담 제2의 혈흔	(黑潮)	소설	회수 오류
1	4~7		水戶黃門記 〈18〉 미토코몬기	伊東潮玉	고단	
3	1~2		懸無情 〈91〉 연무정	前田曙山	소설/일본	

1909년 08월 24일 (화) 214호

지면	단수	기획	기사제목 〈회수〉〔곡수〕	필자/저자(역자)	분류	비고
1	4~5	文藝	★探偵奇談 第二の血痕 〈15〉 탐정기담 제2의 혈흔	(黑潮)	소설	회수 오류
1	5~7		水戶黃門記 〈19〉 미토코몬기	伊東潮玉	고단	
3	1~2		懸無情 〈92〉 연무정	前田曙山	소설/일본	

1909년 08월 25일 (수) 215호

지면	단수	기획	기사제목 〈회수〉〔곡수〕	필자/저자(역자)	분류	비고
1	3~4	文藝	★探偵奇談 第二の血痕 〈16〉 탐정기담 제2의 혈흔	(黑潮)	소설	회수 오류
1	4~7		水戶黃門記 〈20〉 미토코몬기	伊東潮玉	고단	
3	1~2		懸無情 〈93〉 연무정	前田曙山	소설/일본	

1909년 08월 26일 (목) 216호

지면	단수	기획	기사제목 〈회수〉〔곡수〕	필자/저자(역자)	분류	비고
1	3~4	文藝	★探偵奇談 第二の血痕 〈17〉 탐정기담 제2의 혈흔	(黑潮)	소설	
1	5~7		水戶黃門記 〈21〉 미토코몬기	伊東潮玉	고단	
3	1~2		懸無情 〈94〉 연무정	前田曙山	소설/일본	

지면	단수	기획	기사제목 〈회수〉〔곡수〕	필자/저자(역자)	분류	비고
1909년 08월 27일 (금) 217호						
1	5~7		水戶黃門記 〈22〉 미토코몬기	伊東潮玉	고단	
3	1~2		戀無情 〈95〉 연무정	前田曙山	소설/일본	
1909년 08월 28일 (토) 218호						
1	4~5	文藝	★探偵奇談 第二の血痕 〈18〉 탐정기담 제2의 혈흔	(黑潮)	소설	
1	5~7		水戶黃門記 〈23〉 미토코몬기	伊東潮玉	고단	
3	1~2		戀無情 〈96〉 연무정	前田曙山	소설/일본	
1909년 08월 29일 (일) 219호						
1	5~7		水戶黃門記 〈24〉 미토코몬기	伊東潮玉	고단	
3	1~2		戀無情 〈97〉 연무정	前田曙山	소설/일본	
1909년 08월 31일 (화) 220호						
1	4~7		水戶黃門記 〈25〉 미토코몬기	伊東潮玉	고단	
3	1~2		戀無情 〈98〉 연무정	前田曙山	소설/일본	
1909년 09월 01일 (수) 221호						
1	1~3		半嶋橫斷記 〈1〉 반도 횡단기	城山生	수필/기행	
1	4~5	文藝	★探偵奇談 第二の血痕 〈19〉 탐정기담 제2의 혈흔	(黑潮)	소설/기타	
1	5~7		水戶黃門記 〈26〉 미토코몬기	伊東潮玉	고단	
3	1~2		戀無情 〈98〉 연무정	前田曙山	소설/일본	회수 오류
1909년 09월 02일 (목) 222호						
1	3~5	文藝	★探偵奇談 第二の血痕 〈19〉 탐정기담 제2의 혈흔	(黑潮)	소설/기타	회수 오류
1	5~7		水戶黃門記 〈27〉 미토코몬기	伊東潮玉	고단	
3	1~2		戀無情 〈99〉 연무정	前田曙山	소설/일본	회수 오류
1909년 09월 03일 (금) 223호						
1	2~3		半嶋橫斷記 〈2〉 반도 횡단기	城山生	수필/기행	
1	3~4	文藝	★探偵奇談 第二の血痕 〈20〉 탐정기담 제2의 혈흔	(黑潮)	소설	회수 오류
1	5~7		水戶黃門記 〈28〉 미토코몬기	伊東潮玉	고단	

지면	단수	기획	기사제목 〈회수〉〔곡수〕	필자/저자(역자)	분류	비고
1909년 09월 04일 (토) 224호						
1	1~2		半嶋橫斷記 〈3〉 반도 횡단기	城山生	수필/기행	
1	2~4	文藝	★探偵奇談 第二の血痕 〈20〉 탐정기담 제2의 혈흔	(黑潮)	소설	회수 오류
1	5~7		水戶黃門記 〈29〉 미토코몬기	伊東潮玉	고단	
3	1~2		戀無情 〈99〉 연무정	前田曙山	소설/일본	회수 오류
1909년 09월 05일 (일) 225호						
1	1~2		半嶋橫斷記 〈4〉 반도 횡단기	城山生	수필/기행	
1	3~4	文藝	★探偵奇談 第二の血痕 〈20〉 탐정기담 제2의 혈흔	(黑潮)	소설	회수 오류
1	5~7		水戶黃門記 〈30〉 미토코몬기	伊東潮玉	고단	
3	1~2		戀無情 〈100〉 연무정	前田曙山	소설/일본	회수 오류
1909년 09월 07일 (화) 226호						
1	5~7		水戶黃門記 〈31〉 미토코몬기	伊東潮玉	고단	
3	1~2		戀無情 〈101〉 연무정	前田曙山	소설/일본	회수 오류
1909년 09월 08일 (수) 226호						호수 오류
1	1~2		半嶋橫斷記 〈4〉 반도 횡단기	城山生	수필/기행	회수 오류
1	3~4	文藝	★探偵奇談 第二の血痕 〈20〉 탐정기담 제2의 혈흔	(黑潮)	소설	회수 오류
1	5~7		水戶黃門記 〈32〉 미토코몬기	伊東潮玉	고단	
3	1~2		戀無情 〈102〉 연무정	前田曙山	소설/일본	회수 오류
1909년 09월 09일 (목) 227호						
1	4~5	文藝	★探偵奇談 第二の血痕 〈20〉 탐정기담 제2의 혈흔	(黑潮)	소설	회수 오류
1	5~7		水戶黃門記 〈33〉 미토코몬기	伊東潮玉	고단	
3	1~2		戀無情 〈103〉 연무정	前田曙山	소설/일본	회수 오류
1909년 09월 10일 (금) 228호						
1	3~4	文藝	★探偵奇談 第二の血痕 〈21〉 탐정기담 제2의 혈흔	(黑潮)	소설	회수 오류
1	5~7		水戶黃門記 〈34〉 미토코몬기	伊東潮玉	고단	
3	1		戀無情 〈104〉 연무정	前田曙山	소설/일본	회수 오류

지면	단수	기획	기사제목 〈회수〉 〔곡수〕	필자/저자(역자)	분류	비고
			1909년 09월 11일 (토) 229호			
1	1~2		半嶋橫斷記 〈4〉 반도 횡단기	城山生	수필/기행	회수 오류
1	3~4	文藝	★探偵奇談 第二の血痕 〈22〉 탐정기담 제2의 혈흔	(黑潮)	소설	회수 오류
1	4~7		水戸黃門記 〈35〉 미토코몬기	伊東潮玉	고단	
3	1~2		戀無情 〈105〉 연무정	前田曙山	소설/일본	회수 오류
			1909년 09월 12일 (일) 230호			
1	5~7		水戸黃門記 〈36〉 미토코몬기	伊東潮玉	고단	
3	1~2		戀無情 〈106〉 연무정	前田曙山	소설/일본	회수 오류
			1909년 09월 14일 (화) 231호			
1	3~4	文藝	★探偵奇談 第二の血痕 〈23〉 탐정기담 제2의 혈흔	(黑潮)	소설	회수 오류
1	4	文藝	何を思ふや 〔5〕 무엇을 생각하나	新庄竹涯	시가/단카	
1	4~7		水戸黃門記 〈37〉 미토코몬기	伊東潮玉	고단	
3	1~2		戀無情 〈107〉 연무정	前田曙山	소설/일본	회수 오류
			1909년 09월 15일 (수) 232호			
1	3~4	文藝	★探偵奇談 第二の血痕 〈24〉 탐정기담 제2의 혈흔	(黑潮)	소설	회수 오류
1	4		秋雜吟 〔8〕 가을-잡음	竹涯生	시가/하이쿠	
1	4~7		水戸黃門記 〈38〉 미토코몬기	伊東潮玉	고단	
3	1~2		戀無情 〈108〉 연무정	前田曙山	소설/일본	회수 오류
			1909년 09월 16일 (목) 233호			
1	4		秋雜吟 〔20〕 가을-잡음	竹涯	시가/하이쿠	
1	4~7		水戸黃門記 〈39〉 미토코몬기	伊東潮玉	고단	
			1909년 09월 17일 (금) 234호			
1	4	文藝	不忍にて 〔1〕 시노바즈에서	夜汐	시가/신체시	
1	4	文藝	相見め日 〔5〕 상견례 날	新庄竹涯	시가/단카	
1	4~5	文藝	俳句 〔22〕 하이쿠		시가/하이쿠	
1	5~7		水戸黃門記 〈40〉 미토코몬기	伊東潮玉	고단	

지면	단수	기획	기사제목 〈회수〉〔곡수〕	필자/저자(역자)	분류	비고
3	1~2		戀無情 〈109〉 연무정	前田曙山	소설/일본	회수 오류

1909년 09월 18일 (토) 235호

지면	단수	기획	기사제목 〈회수〉〔곡수〕	필자/저자(역자)	분류	비고
1	4~5	文藝	夏衣 〔1〕 여름 옷	竹涯生	시가/신체시	
1	5~7		水戶黃門記 〈41〉 미토코몬기	伊東潮玉	고단	
3	1		戀無情 〈110〉 연무정	前田曙山	소설/일본	회수 오류

1909년 09월 19일 (일) 236호

지면	단수	기획	기사제목 〈회수〉〔곡수〕	필자/저자(역자)	분류	비고
1	4	文藝	鳩 〔1〕 비둘기	夜汐	시가/신체시	
1	4	文藝	睡蓮 〔1〕 수련	夜汐	시가/신체시	
1	4~5	文藝	玉と玉との 〔5〕 구슬과 구슬	新庄竹涯	시가/단카	
1	5~7		水戶黃門記 〈42〉 미토코몬기	伊東潮玉	고단	
3	1		戀無情 〈110〉 연무정	前田曙山	소설/일본	회수 오류

1909년 09월 21일 (화) 237호

지면	단수	기획	기사제목 〈회수〉〔곡수〕	필자/저자(역자)	분류	비고
1	5		☆俳句會 〔4〕 하이쿠회	香黑	시가/하이쿠	
1	5		俳句會 〔6〕 하이쿠회	孤杉	시가/하이쿠	
1	5		☆俳句會 〔5〕 하이쿠회	來川	시가/하이쿠	
1	5		俳句會 〔1〕 하이쿠회	靑紗	시가/하이쿠	
1	5		★俳句會 〔1〕 하이쿠회	若翁	시가/하이쿠	
1	5		俳句會 〔3〕 하이쿠회	鷗盟	시가/하이쿠	
1	5~7		水戶黃門記 〈43〉 미토코몬기	伊東潮玉	고단	
3	1~2		戀無情 〈111〉 연무정	前田曙山	소설/일본	회수 오류

1909년 09월 22일 (수) 238호

지면	단수	기획	기사제목 〈회수〉〔곡수〕	필자/저자(역자)	분류	비고
1	5~7		水戶黃門記 〈44〉 미토코몬기	伊東潮玉	고단	
3	1		戀無情 〈111〉 연무정	前田曙山	소설/일본	회수 오류

1909년 09월 23일 (목) 239호

지면	단수	기획	기사제목 〈회수〉〔곡수〕	필자/저자(역자)	분류	비고
1	5	文藝	芙蓉 〔1〕 부용	夜汐	시가/신체시	
1	5~7		水戶黃門記 〈45〉 미토코몬기	伊東潮玉	고단	

지면	단수	기획	기사제목 〈회수〉 [곡수]	필자/저자(역자)	분류	비고
3	1		戀無情 〈112〉 연무정	前田曙山	소설/일본	회수 오류

1909년 09월 24일 (금) 240호

지면	단수	기획	기사제목 〈회수〉 [곡수]	필자/저자(역자)	분류	비고
1	5~7		水戶黃門記 〈46〉 미토코몬기	伊東潮玉	고단	
3	1		戀無情 〈113〉 연무정	前田曙山	소설/일본	회수 오류

1909년 09월 26일 (일) 241호

지면	단수	기획	기사제목 〈회수〉 [곡수]	필자/저자(역자)	분류	비고
1	4~7		水戶黃門記 〈47〉 미토코몬기	伊東潮玉	고단	
3	1		戀無情 〈114〉 연무정	前田曙山	소설/일본	회수 오류

1909년 09월 28일 (화) 242호

지면	단수	기획	기사제목 〈회수〉 [곡수]	필자/저자(역자)	분류	비고
1	4	文藝	文月の宵 [1] 음력 7월 저녁	東京 夜汐	시가/신체시	
1	5	文藝	淸閑半日 [9] 청한반일	東京 杉本皷石	시가/하이쿠	
1	5~7		水戶黃門記 〈48〉 미토코몬기	伊東潮玉	고단	

1909년 09월 29일 (수) 243호

지면	단수	기획	기사제목 〈회수〉 [곡수]	필자/저자(역자)	분류	비고
1	5		秋風一夜 [5] 추풍일야	東京 杉本皷石	시가/하이쿠	
1	5~7		水戶黃門記 〈49〉 미토코몬기	伊東潮玉	고단	
3	1		戀無情 〈115〉 연무정	前田曙山	소설/일본	회수 오류

1909년 09월 30일 (목) 244호

지면	단수	기획	기사제목 〈회수〉 [곡수]	필자/저자(역자)	분류	비고
1	4~5	文藝	戀草 [14] 연초	新庄竹涯	시가/기타	
1	5~7		水戶黃門記 〈50〉 미토코몬기	伊東潮玉	고단	
3	1		戀無情 〈116〉 연무정	前田曙山	소설/일본	회수 오류

1909년 10월 01일 (금) 245호

지면	단수	기획	기사제목 〈회수〉 [곡수]	필자/저자(역자)	분류	비고
1	4		出鱈目集 〈1〉 엉터리 집	御山の大將	수필/일상	
1	4~5		秋雜吟 [8] 가을-잡음	皷石	시가/하이쿠	
1	5~7		水戶黃門記 〈51〉 미토코몬기	伊東潮玉	고단	
3	1~2		戀無情 〈117〉 연무정	前田曙山	소설/일본	회수 오류

1909년 10월 02일 (토) 246호

지면	단수	기획	기사제목 〈회수〉〔곡수〕	필자/저자(역자)	분류	비고
1	1~2	評論	自然歌へる東西の二詩人/西行とウオーヅオース/一、日本と英國の氣候風土 〈1〉 자연을 노래하는 동양과 서양의 두 시인/사이교와 워즈오스/1. 일본과 영국의 기후 풍토	在東京文科大學 みづまち	수필/비평	
1	4~5		出鱈目集 〈1〉 엉터리 집	御山の大将	수필/일상	
1	5~6	文藝	折れ杖 〔1〕 부러진 지팡이	竹涯生	시가/신체시	
1	6~7		懸無情 〈118〉 연무정	前田曙山	소설/일본	회수 오류

1909년 10월 03일 (일) 247호

지면	단수	기획	기사제목 〈회수〉〔곡수〕	필자/저자(역자)	분류	비고
1	1~2	評論	自然歌へる東西の二詩人/西行とウオーヅオース/二 ,彼等が生れたる時代 〈2〉 자연을 노래하는 동양과 서양의 두 시인/사이교와 워즈오스/2 그들이 태어난 시대	在東京文科大學 みづまち	수필/비평	
1	4~5		出鱈目集 〈1〉 엉터리 집	御山の大将	수필/일상	
1	5~7		懸無情 〈119〉 연무정	前田曙山	소설/일본	회수 오류

1909년 10월 05일 (화) 248호

지면	단수	기획	기사제목 〈회수〉〔곡수〕	필자/저자(역자)	분류	비고
1	1~3	評論	自然歌へる東西の二詩人/西行とウオーヅオース/三、彼等は如何に自然を觀察したるか 〈3〉 자연을 노래하는 동양과 서양의 두 시인/사이교와 워즈오스/3. 그들은 어떤 방식으로 자연을 관찰했는가	在東京文科大學 みづまち	수필/비평	
1	4		出鱈目集 〈1〉 엉터리 집	御山の大将	수필/일상	
1	4	文藝	遠鳴 〔1〕 멀리서 들려오다	竹涯生	시가/신체시	
1	4~5	文藝	秋雜吟 〔15〕 가을-잡음		시가/하이쿠	
1	5~7		水戸黃門記 〈53〉 미토코몬기	伊東潮玉	고단	회수 오류
3	1~2		懸無情 〈120〉 연무정	前田曙山	소설/일본	회수 오류

1909년 10월 06일 (수) 249호

지면	단수	기획	기사제목 〈회수〉〔곡수〕	필자/저자(역자)	분류	비고
1	1	評論	自然歌へる東西の二詩人/西行とウオーヅオース/四、詩語に對する彼等の用意 〈4〉 자연을 노래하는 동양과 서양의 두 시인/사이교와 워즈오스/4. 그들의 시어에 대한 준비	在東京文科大學 みづまち	수필/비평	
1	1~2	評論	自然歌へる東西の二詩人/西行とウオーヅオース/五、結論 〈5〉 자연을 노래하는 동양과 서양의 두 시인/사이교와 워즈오스/5. 결론	在東京文科大學 みづまち	수필/비평	
1	4		出鱈目集 〈1〉 엉터리 집	御山の大将	수필/일상	
1	5~7		水戸黃門記 〈52〉 미토코몬기	伊東潮玉	고단	회수 오류
3	1		懸無情 〈121〉 연무정	前田曙山	소설/일본	회수 오류

1909년 10월 07일 (목) 250호

지면	단수	기획	기사제목 〈회수〉〔곡수〕	필자/저자(역자)	분류	비고
1	4		出鱈目集 〈1〉 엉터리 집	御山の大将	수필/일상	

지면	단수	기획	기사제목 〈회수〉〔곡수〕	필자/저자(역자)	분류	비고
1	5~7		水戶黃門記 〈54〉 미토코몬기	伊東潮玉	고단	
3	1~2		戀無情 〈122〉 연무정	前田曙山	소설/일본	회수 오류
3	6		吊縊死青年 목 매 죽은 청년	四水	수필/기타	

1909년 10월 08일 (금) 251호

지면	단수	기획	기사제목 〈회수〉〔곡수〕	필자/저자(역자)	분류	비고
1	4		出鱈目集 〈1〉 엉터리 집	御山の大将	수필/일상	
1	4	文藝	こゝろ 〈1〉 마음	竹涯	시가/신체시	
1	5~7		水戶黃門記 〈55〉 미토코몬기	伊東潮玉	고단	
3	1~2		戀無情 〈122〉 연무정	前田曙山	소설/일본	회수 오류

1909년 10월 09일 (토) 252호

지면	단수	기획	기사제목 〈회수〉〔곡수〕	필자/저자(역자)	분류	비고
1	4~5	俳句	秋十句 〔10〕 가을-십구	竹涯	시가/하이쿠	
1	5~7		水戶黃門記 〈56〉 미토코몬기	伊東潮玉	고단	
3	1~2		戀無情 〈123〉 연무정	前田曙山	소설/일본	회수 오류

1909년 10월 10일 (일) 253호

지면	단수	기획	기사제목 〈회수〉〔곡수〕	필자/저자(역자)	분류	비고
1	4~7		水戶黃門記 〈57〉 미토코몬기	伊東潮玉	고단	
3	1~2		戀無情 〈124〉 연무정	前田曙山	소설/일본	회수 오류

1909년 10월 12일 (화) 254호

지면	단수	기획	기사제목 〈회수〉〔곡수〕	필자/저자(역자)	분류	비고
1	4~5	文藝	悔恨 〈1〉 회한	新庄竹涯	시가/신체시	
1	5	文藝	秋十五句 〔15〕 가을-십오구	竹涯	시가/하이쿠	
1	5~7		水戶黃門記 〈58〉 미토코몬기	伊東潮玉	고단	
3	1		戀無情 〈125〉 연무정	前田曙山	소설/일본	회수 오류

1909년 10월 13일 (수) 255호

지면	단수	기획	기사제목 〈회수〉〔곡수〕	필자/저자(역자)	분류	비고
1	5~7		水戶黃門記 〈59〉 미토코몬기	伊東潮玉	고단	
3	1~2		戀無情 〈126〉 연무정	前田曙山	소설/일본	회수 오류

1909년 10월 14일 (목) 256호

지면	단수	기획	기사제목 〈회수〉〔곡수〕	필자/저자(역자)	분류	비고
1	4~5		出鱈目集 〈1〉 엉터리 집	御山の大将	수필/일상	
1	5~7		水戶黃門記 〈60〉 미토코몬기	伊東潮玉	고단	

지면	단수	기획	기사제목 〈회수〉〔곡수〕	필자/저자(역자)	분류	비고
3	1~2		戀無情 〈127〉 연무정	前田曙山	소설/일본	회수 오류

1909년 10월 15일 (금) 257호

1	4~5		出鱈目集 〈1〉 엉터리 집	御山の大将	수필/일상	
1	5~7		水戸黄門記 〈61〉 미토코몬기	伊東潮玉	고단	
2	1~2		戀無情 〈128〉 연무정	前田曙山	소설/일본	회수 오류

1909년 10월 16일 (토) 258호

1	5		出鱈目集 〈1〉 엉터리 집	御山の大将	수필/일상	
1	5~7		水戸黄門記 〈62〉 미토코몬기	伊東潮玉	고단	
3	1~2		戀無情 〈129〉 연무정	前田曙山	소설/일본	회수 오류

1909년 10월 17일 (일) 259호

1	3~4		出鱈目集 〈1〉 엉터리 집	御山の大将	수필/일상	
1	5~7		水戸黄門記 〈63〉 미토코몬기	伊東潮玉	고단	
2	1~2		戀無情 〈130〉 연무정	前田曙山	소설/일본	회수 오류

1909년 10월 19일 (화) 260호

1	5~7		水戸黄門記 〈64〉 미토코몬기	伊東潮玉	고단	
3	1~2		戀無情 〈131〉 연무정	前田曙山	소설/일본	회수 오류

1909년 10월 20일 (수) 261호

1	3~6		出鱈目集 〈1〉 엉터리 집	御山の大将	수필/일상	
1	5~7		水戸黄門記 〈65〉 미토코몬기	伊東潮玉	고단	
3	1~2		戀無情 〈132〉 연무정	前田曙山	소설/일본	회수 오류

1909년 10월 21일 (목) 262호

1	4~5		出鱈目集 〈1〉 엉터리 집	御山の大将	수필/일상	
1	5~7		水戸黄門記 〈66〉 미토코몬기	伊東潮玉	고단	
3	1~2		戀無情 〈133〉 연무정	前田曙山	소설/일본	회수 오류

1909년 10월 22일 (금) 263호

1	5~7		水戸黄門記 〈67〉 미토코몬기	伊東潮玉	고단	

지면	단수	기획	기사제목 〈회수〉 [곡수]	필자/저자(역자)	분류	비고
3	1~2		戀無情 〈134〉 연무정	前田曙山	소설/일본	회수 오류

1909년 10월 23일 (토) 264호

지면	단수	기획	기사제목 〈회수〉 [곡수]	필자/저자(역자)	분류	비고
1	4~5		凡人奇語 범인기어		수필/일상	
1	5~7		水戸黄門記 〈68〉 미토코몬기	伊東潮玉	고단	
3	1~2		戀無情 〈135〉 연무정	前田曙山	소설/일본	회수 오류

1909년 10월 24일 (일) 265호

지면	단수	기획	기사제목 〈회수〉 [곡수]	필자/저자(역자)	분류	비고
1	5~7		水戸黄門記 〈69〉 미토코몬기	伊東潮玉	고단	
3	1~2		戀無情 〈136〉 연무정	前田曙山	소설/일본	회수 오류
3	7	一口噺	(제목없음) 〈1〉		수필/일상	

1909년 10월 26일 (화) 266호

지면	단수	기획	기사제목 〈회수〉 [곡수]	필자/저자(역자)	분류	비고
1	3~5	文藝	烽火山に登る記 〈1〉 봉화산에 오른 기록	寺町 枯葉生	수필/기행	
1	5~7		水戸黄門記 〈70〉 미토코몬기	伊東潮玉	고단	
3	1~2		戀無情 〈137〉 연무정	前田曙山	소설/일본	회수 오류

1909년 10월 27일 (수) 267호

지면	단수	기획	기사제목 〈회수〉 [곡수]	필자/저자(역자)	분류	비고
1	4~5	文藝	烽火山に登る記 〈1〉 봉화산에 오른 기록	寺町 枯葉生	수필/기행	
1	5~7		水戸黄門記 〈71〉 미토코몬기	伊東潮玉	고단	
3	1~2		戀無情 〈138〉 연무정	前田曙山	소설/일본	회수 오류
3	4~5		権妻おみつ/淫奔娘の標本 〈1〉 첩 오미쓰/음란한 딸의 표본		수필/일상	

1909년 10월 28일 (목) 268호

지면	단수	기획	기사제목 〈회수〉 [곡수]	필자/저자(역자)	분류	비고
1	5~7		水戸黄門記 〈72〉 미토코몬기	伊東潮玉	고단	
3	1~2		戀無情 〈139〉 연무정	前田曙山	소설/일본	회수 오류

1909년 10월 29일 (금) 269호

지면	단수	기획	기사제목 〈회수〉 [곡수]	필자/저자(역자)	분류	비고
1	4		樂我記 〈1〉 낙서	△○生	수필/일상	
1	4~7		水戸黄門記 〈73〉 미토코몬기	伊東潮玉	고단	

1909년 10월 30일 (토) 270호

지면	단수	기획	기사제목 〈회수〉 [곡수]	필자/저자(역자)	분류	비고
1	5		夕野 [1] 저녁 들판	竹涯	시가/신체시	

지면	단수	기획	기사제목 〈회수〉〔곡수〕	필자/저자(역자)	분류	비고
1	5		秋雜句 〔15〕 가을-잡구	竹涯生	시가/하이쿠	
1	5~7		水戶黃門記 〈74〉 미토코몬기	伊東潮玉	고단	
3	1~2		戀無情 〈139〉 연무정	前田曙山	소설/일본	회수 오류
3	2~3		伊藤公逸話 〈1〉 이토 공 일화		수필/일상	

1909년 10월 31일 (일) 271호

지면	단수	기획	기사제목 〈회수〉〔곡수〕	필자/저자(역자)	분류	비고
1	5~7		水戶黃門記 〈75〉 미토코몬기	伊東潮玉	고단	
3	1~2		戀無情 〈140〉 연무정	前田曙山	소설/일본	회수 오류
3	2~4		伊藤公逸話 〈2〉 이토 공 일화		수필/일상	

1909년 11월 02일 (화) 272호

지면	단수	기획	기사제목 〈회수〉〔곡수〕	필자/저자(역자)	분류	비고
1	2~4		藤公出世譚 〈1〉 이토 공 출세 이야기		수필/일상	
1	5		秋季混題 〔5〕 추계-혼제	竹涯生	시가/하이쿠	
1	5~7		水戶黃門記 〈76〉 미토코몬기	伊東潮玉	고단	
3	1		戀無情 〈141〉 연무정	前田曙山	소설/일본	회수 오류
3	6~7		白虎隊短評(上)/壽座の初日狂言 〈1〉 뱟코타이 단평(상)/고토부키자의 첫날 교겐		수필/비평	

1909년 11월 03일 (수) 273호

지면	단수	기획	기사제목 〈회수〉〔곡수〕	필자/저자(역자)	분류	비고
1	3~4		菊月花 〔15〕 국화, 달, 꽃	竹涯生	시가/단카	
1	4~6		(제목없음) 〔24〕		시가/단카	
1	7~8		藤公出世譚 〈2〉 이토 공 출세 이야기		수필/일상	
1	8		菊十五句 〔15〕 국화-십오구		시가/하이쿠	
3	1~6	卷譚	菊池武時 기쿠치 다케토키	松林伯知	고단	
4	1~3		水戶黃門記 〈77〉 미토코몬기	伊東潮玉	고단	
5	1~2		戀無情 〈141〉 연무정	前田曙山	소설/일본	회수 오류
5	6~7		白虎隊短評(下)/壽座の初日狂言 〈2〉 뱟코타이 단평(하)/고토부키자의 첫날 교겐		수필/비평	

1909년 11월 06일 (토) 274호

지면	단수	기획	기사제목 〈회수〉〔곡수〕	필자/저자(역자)	분류	비고
1	1~4		藤公出世譚 〈3〉 이토 공 출세 이야기		수필/일상	
1	5~7		水戶黃門記 〈78〉 미토코몬기	伊東潮玉	고단	

지면	단수	기획	기사제목 〈회수〉 [곡수]	필자/저자(역자)	분류	비고
3	1		戀無情 〈142〉 연무정	前田曙山	소설/일본	회수 오류

1909년 11월 07일 (일) 275호

지면	단수	기획	기사제목 〈회수〉 [곡수]	필자/저자(역자)	분류	비고
1	1~2		藤公出世譚 〈4〉 이토 공 출세 이야기		수필/일상	
1	5~7		水戶黃門記 〈79〉 미토코몬기	伊東潮玉	고단	
3	1~2		韓國の刺客 〈1〉 한국 자객		수필/일상	
3	5		活動寫眞劇短評 〈1〉 활동 사진 연극 단평		수필/비평	

1909년 11월 09일 (화) 276호

지면	단수	기획	기사제목 〈회수〉 [곡수]	필자/저자(역자)	분류	비고
1	1~3		藤公出世譚 〈5〉 이토 공 출세 이야기		수필/일상	
1	5~7		水戶黃門記 〈80〉 미토코몬기	伊東潮玉	고단	
3	1~2		戀無情 〈143〉 연무정	前田曙山	소설/일본	회수 오류
3	2~3		伊藤公逸話 〈4〉 이토 공 일화		수필/일상	
3	4~5		權妻おみつ/淫奔娘の標本 〈2〉 첩 오미쓰/음란한 딸의 표본		수필/일상	

1909년 11월 10일 (수) 277호

지면	단수	기획	기사제목 〈회수〉 [곡수]	필자/저자(역자)	분류	비고
1	1~2		藤公出世譚 〈6〉 이토 공 출세 이야기		수필/일상	
1	5	文林	秋乱題 [15] 가을-난제	竹涯生	시가/하이쿠	
1	5~7		水戶黃門記 〈81〉 미토코몬기	伊東潮玉	고단	
3	1~2		戀無情 〈144〉 연무정	前田曙山	소설/일본	회수 오류

1909년 11월 11일 (목) 278호

지면	단수	기획	기사제목 〈회수〉 [곡수]	필자/저자(역자)	분류	비고
1	1~2		藤公出世譚 〈7〉 이토 공 출세 이야기		수필/일상	
1	5~7		水戶黃門記 〈82〉 미토코몬기	伊東潮玉	고단	
3	1~2		戀無情 〈144〉 연무정	前田曙山	소설/일본	회수 오류

1909년 11월 12일 (금) 279호

지면	단수	기획	기사제목 〈회수〉 [곡수]	필자/저자(역자)	분류	비고
1	1~3		藤公出世譚 〈8〉 이토 공 출세 이야기		수필/일상	
1	4~5	文林	野かいり [1] 노카이리	竹涯生	시가/신체시	
1	5	文林	秋の句 [4] 가을 구	竹涯生	시가/하이쿠	
1	5~7		水戶黃門記 〈83〉 미토코몬기	伊東潮玉	고단	

지면	단수	기획	기사제목 〈회수〉 〔곡수〕	필자/저자(역자)	분류	비고
3	1		戀無情 〈145〉 연무정	前田曙山	소설/일본	회수 오류

지면	단수	기획	기사제목	필자	분류	비고
1	1~3		藤公出世譚 〈9〉 이토 공 출세 이야기		수필/일상	
1	4	文林	秋乱題 [11] 가을-난제	竹涯生	시가/하이쿠	
1	5~7		水戸黄門記 〈84〉 미토코몬기	伊東潮玉	고단	
3	1~2		戀無情 〈146〉 연무정	前田曙山	소설/일본	회수 오류
3	2~3		伊藤公逸話 〈5〉 이토 공 일화		수필/일상	
3	3~4		韓國の穢多種族/今村警視の談 〈1〉 한국은 에타 종족/이마무라 경시 이야기		수필/관찰	

지면	단수	기획	기사제목	필자	분류	비고
1	1~2		藤公出世譚 〈10〉 이토 공 출세 이야기		수필/일상	
1	5~7		水戸黄門記 〈85〉 미토코몬기	伊東潮玉	고단	
3	2~3		韓國の穢多種族/今村警視の談 〈2〉 한국은 에타 종족/이마무라 경시 이야기		수필/관찰	

지면	단수	기획	기사제목	필자	분류	비고
1	1~2		藤公出世譚 〈11〉 이토 공 출세 이야기		수필/일상	
1	5~7		水戸黄門記 〈86〉 미토코몬기	伊東潮玉	고단	
3	1		戀無情 〈146〉 연무정	前田曙山	소설/일본	회수 오류
3	3		韓國の穢多種族/今村警視の談 〈3〉 한국은 에타 종족/이마무라 경시 이야기		수필/관찰	

지면	단수	기획	기사제목	필자	분류	비고
1	1~2		藤公出世譚 〈12〉 이토 공 출세 이야기		수필/일상	
1	5~7		水戸黄門記 〈87〉 미토코몬기	伊東潮玉	고단	
3	1		戀無情 〈147〉 연무정	前田曙山	소설/일본	회수 오류
3	6		韓國の穢多種族/今村警視の談 〈4〉 한국은 에타 종족/이마무라 경시 이야기		수필/관찰	

지면	단수	기획	기사제목	필자	분류	비고
1	5~7		水戸黄門記 〈88〉 미토코몬기	伊東潮玉	고단	
3	1~2		戀無情 〈148〉 연무정	前田曙山	소설/일본	회수 오류
3	7		韓國の穢多種族/今村警視の談 〈5〉 한국은 에타 종족/이마무라 경시 이야기		수필/관찰	

지면	단수	기획	기사제목 〈회수〉〔곡수〕	필자/저자(역자)	분류	비고
1909년 11월 19일 (금) 285호						
1	5~7		水戸黃門記 〈89〉 미토코몬기	伊東潮玉	고단	
3	1~2		戀無情 〈149〉 연무정	前田曙山	소설/일본	회수 오류
1909년 11월 20일 (토) 286호						
1	5	文林	黃昏 〔1〕 황혼	竹涯生	시가/신체시	
1	5~7		水戸黃門記 〈90〉 미토코몬기	伊東潮玉	고단	
3	1		戀無情 〈150〉 연무정	前田曙山	소설/일본	회수 오류
1909년 11월 21일 (일) 287호						
1	5~7		水戸黃門記 〈91〉 미토코몬기	伊東潮玉	고단	
3	1		戀無情 〈150〉 연무정	前田曙山	소설/일본	회수 오류
1909년 11월 23일 (화) 288호						
1	5~7		水戸黃門記 〈92〉 미토코몬기	伊東潮玉	고단	
3	1~3		戀無情 〈150〉 연무정	前田曙山	소설/일본	회수 오류
3	4~5		忠臣藏短評(上) 〈1〉 주신구라 단평(상)	半可通	수필/비평	
3	7		壽座「潮」劇短評 〈1〉 고토부키자 「우시오」 연극 단평		수필/비평	
1909년 11월 25일 (목) 289호						
1	5~7		水戸黃門記 〈93〉 미토코몬기	伊東潮玉	고단	
3	1~2		戀無情 〈150〉 연무정	前田曙山	소설/일본	회수 오류
3	2~3		忠臣藏短評(下) 〈2〉 주신구라 단평(하)	半可通	수필/비평	
3	7~8		壽座「潮」劇短評 〈1〉 고토부키자 「우시오」 연극 단평	あさひ丸	수필/비평	
1909년 11월 26일 (금) 290호						
1	3~5	文藝	死と生(上) 〈1〉 죽음과 삶(상)	新庄竹涯	수필/일상	
1	5~7		水戸黃門記 〈94〉 미토코몬기	伊東潮玉	고단	
3	1~2		戀無情 〈150〉 연무정	前田曙山	소설/일본	회수 오류
1909년 11월 27일 (토) 291호						
1	4~5		死と生(下) 〈2〉 죽음과 삶(하)	新庄竹涯	수필/일상	

지면	단수	기획	기사제목 〈회수〉 〔곡수〕	필자/저자(역자)	분류	비고
1	5~7		水戸黄門記 〈95〉 미토코몬기	伊東潮玉	고단	
3	1~2		戀無情 〈151〉 연무정	前田曙山	소설/일본	회수 오류

1909년 11월 28일 (일) 292호

지면	단수	기획	기사제목 〈회수〉 〔곡수〕	필자/저자(역자)	분류	비고
1	3~4	文藝	我觀錄(上) 〈1〉 아관록(상)	竹涯	수필/일상	
1	4	俳句	冬雜句 〔9〕 겨울-잡구	竹涯生	시가/하이쿠	
1	5~7		水戸黄門記 〈95〉 미토코몬기	伊東潮玉	고단	회수 오류
3	1~2		戀無情 〈152〉 연무정	前田曙山	소설/일본	회수 오류

1909년 11월 30일 (화) 293호

지면	단수	기획	기사제목 〈회수〉 〔곡수〕	필자/저자(역자)	분류	비고
1	4~5	文藝	我觀錄(上) 〈1〉 아관록(상)	竹涯	수필/일상	회수 오류
1	5	俳句	(제목없음) 〔11〕		시가/하이쿠	
1	5~7		水戸黄門記 〈96〉 미토코몬기	伊東潮玉	고단	회수 오류

1909년 12월 01일 (화) 294호   요일 오류

지면	단수	기획	기사제목 〈회수〉 〔곡수〕	필자/저자(역자)	분류	비고
1	3~4	文藝	一言半語(上) 〈1〉 일언반어(상)	竹涯生	수필/일상	
1	4	俳句	(제목없음) 〔11〕		시가/하이쿠	
1	5~7		水戸黄門記 〈98〉 미토코몬기	伊東潮玉	고단	
3	1~2		戀無情 〈152〉 연무정	前田曙山	소설/일본	회수 오류

1909년 12월 02일 (수) 295호   요일 오류

지면	단수	기획	기사제목 〈회수〉 〔곡수〕	필자/저자(역자)	분류	비고
1	4~5	文藝	一言半語(上) 〈2〉 일언반어(상)	竹涯生	수필/일상	
1	5~7		水戸黄門記 〈99〉 미토코몬기	伊東潮玉	고단	
3	1~2		戀無情 〈152〉 연무정	前田曙山	소설/일본	회수 오류

1909년 12월 03일 (목) 296호   요일 오류

지면	단수	기획	기사제목 〈회수〉 〔곡수〕	필자/저자(역자)	분류	비고
1	5~7		水戸黄門記 〈100〉 미토코몬기	伊東潮玉	고단	
1	1~2		戀無情 〈152〉 연무정	前田曙山	소설/일본	회수 오류

1909년 12월 04일 (토) 297호

지면	단수	기획	기사제목 〈회수〉 〔곡수〕	필자/저자(역자)	분류	비고
1	5~7		水戸黄門記 〈101〉 미토코몬기	伊東潮玉	고단	
3	1~2		戀無情 〈152〉 연무정	前田曙山	소설/일본	회수 오류

지면	단수	기획	기사제목 〈회수〉〔곡수〕	필자/저자(역자)	분류	비고
			1909년 12월 05일 (일) 298호			
1	4	俳句	(제목없음)〔24〕		시가/하이쿠	
1	5~7		水戸黃門記 〈102〉 미토코몬기	伊東潮玉	고단	
3	1~2		戀無情 〈153〉 연무정	前田曙山	소설/일본	회수 오류
			1909년 12월 07일 (화) 299호			
1	4	俳句	古人句抄/渡り鳥〔3〕 고인구초/철새	蕪村	시가/하이쿠	
1	4	俳句	古人句抄/渡り鳥〔1〕 고인구초/철새	太祇	시가/하이쿠	
1	4	俳句	古人句抄/渡り鳥〔1〕 고인구초/철새	丈草	시가/하이쿠	
1	4	俳句	古人句抄/#〔1〕 고인구초/#	珍磧	시가/하이쿠	
1	4	俳句	古人句抄/鵬〔1〕 고인구초/붕새	蕪村	시가/하이쿠	
1	4	俳句	古人句抄/菊戴〔1〕 고인구초/상모솔새	柳居	시가/하이쿠	
1	4	俳句	古人句抄/椋鳥〔1〕 고인구초/찌르레기	芭蕉	시가/하이쿠	
1	4	俳句	古人句抄/山雀〔1〕 고인구초/곤줄박이	蕪村	시가/하이쿠	
1	4	俳句	古人句抄/百舌鳥〔1〕 고인구초/때까치	凡兆	시가/하이쿠	
1	4	俳句	古人句抄/鴨〔1〕 고인구초/오리	支考	시가/하이쿠	
1	4	俳句	古人句抄/碧鳥〔1〕 고인구초/푸른 새	敲水	시가/하이쿠	
1	5~7		水戸黃門記 〈103〉 미토코몬기	伊東潮玉	고단	
3	1~2		戀無情 〈154〉 연무정	前田曙山	소설/일본	회수 오류
3	2~4		國民演說傍聽記 국민 연설 방청기	珍糞漢	수필/일상	
			1909년 12월 08일 (수) 300호			
1	4~5	文藝	俳畵に就いて/俳趣は一の閃光である 〈1〉 하이쿠화에 대해서/하이쿠 취미는 한 줄기의 섬광과 같다		수필/비평	
1	5~7		水戸黃門記 〈104〉 미토코몬기	伊東潮玉	고단	
3	1		戀無情 〈154〉 연무정	前田曙山	소설/일본	회수 오류
			1909년 12월 09일 (목) 301호			
1	4	文藝	俳畵に就いて/俳趣は一の閃光である 〈2〉 하이쿠화에 대해서/하이쿠 취미는 한 줄기의 섬광과 같다		수필/비평	
1	5~7		水戸黃門記 〈105〉 미토코몬기	伊東潮玉	고단	

지면	단수	기획	기사제목 〈회수〉〔곡수〕	필자/저자(역자)	분류	비고
3	1~2		戀無情 〈155〉 연무정	前田曙山	소설/일본	회수 오류

1909년 12월 10일 (금) 302호

지면	단수	기획	기사제목 〈회수〉〔곡수〕	필자/저자(역자)	분류	비고
1	4	文藝	俳畫に就いて/俳畫の真味 〈3〉 하이쿠화에 대해서/하이쿠화의 진미		수필/비평	
1	5~7		水戸黃門記 〈106〉 미토코몬기	伊東潮玉	고단	
5	1		戀無情 〈156〉 연무정	前田曙山	소설/일본	회수 오류

1909년 12월 11일 (토) 303호

지면	단수	기획	기사제목 〈회수〉〔곡수〕	필자/저자(역자)	분류	비고
1	4~5	文藝	俳畫に就いて/抱一と蕪村との俳畫 〈4〉 하이쿠화에 대해서/호이치와 부손의 하이쿠화		수필/비평	
1	5~7		水戸黃門記 〈107〉 미토코몬기	伊東潮玉	고단	
6	1		戀無情 〈156〉 연무정	前田曙山	소설/일본	회수 오류

1909년 12월 12일 (일) 304호

지면	단수	기획	기사제목 〈회수〉〔곡수〕	필자/저자(역자)	분류	비고
1	5~7		水戸黃門記 〈108〉 미토코몬기	伊東潮玉	고단	
6	1		戀無情 〈157〉 연무정	前田曙山	소설/일본	회수 오류
6	2~3		韓國の穢多種族 〈4〉 한국은 에타 종족		수필/일상	회수 오류

1909년 12월 14일 (화) 305호

지면	단수	기획	기사제목 〈회수〉〔곡수〕	필자/저자(역자)	분류	비고
1	5~7		水戸黃門記 〈109〉 미토코몬기	伊東潮玉	고단	
6	1~2		戀無情 〈157〉 연무정	前田曙山	소설/일본	회수 오류
6	2~3		韓國の穢多種族/今村警視の談 〈4〉 한국은 에타 종족/이마무라 경시 이야기		수필/일상	회수 오류

1909년 12월 15일 (수) 306호

지면	단수	기획	기사제목 〈회수〉〔곡수〕	필자/저자(역자)	분류	비고
1	4~5	文藝	俳畫に就いて/俳畫一派の重複 〈5〉 하이쿠화에 대해서/하이쿠화 일파의 중복		수필/비평	
1	5~7		水戸黃門記 〈110〉 미토코몬기	伊東潮玉	고단	
6	1		戀無情 〈158〉 연무정	前田曙山	소설/일본	회수 오류
6	2~3		韓國の穢多種族/今村警視の談 〈4〉 한국은 에타 종족/이마무라 경시 이야기		수필/일상	회수 오류

1909년 12월 16일 (목) 307호

지면	단수	기획	기사제목 〈회수〉〔곡수〕	필자/저자(역자)	분류	비고
1	3~4	文藝	俳畫に就いて/予の俳畫繪葉書 〈5〉 하이쿠화에 대해서/나의 하이쿠화 그림 엽서		수필/비평	회수 오류
1	4~7		水戸黃門記 〈111〉 미토코몬기	伊東潮玉	고단	
3	1~2		戀無情 〈159〉 연무정	前田曙山	소설/일본	회수 오류

지면	단수	기획	기사제목 〈회수〉〔곡수〕	필자/저자(역자)	분류	비고
1909년 12월 17일 (금) 308호						
1	3~4	文藝	俳畵に就いて/俳畵の範圍は極めて廣い 〈6〉 하이쿠화에 대해서/하이쿠화 범위는 매우 넓다		수필/비평	
1	4		新年俳句募集 신년 하이쿠 모집		광고/모집 광고	
1	4~7		水戶黃門記 〈112〉 미토코몬기	伊東潮玉	고단	
3	1~2		戀無情 〈159〉 연무정	前田曙山	소설/일본	회수 오류
1909년 12월 18일 (토) 309호						
1	5	文藝	俳畵に就いて/一茶同好會の出版に就て 〈6〉 하이쿠화에 대해서/잇사 동호회 출판에 대해서		수필/비평	회수 오류
1	5~7		水戶黃門記 〈112〉 미토코몬기	伊東潮玉	고단	회수 오류
3	1~2		戀無情 〈159〉 연무정	前田曙山	소설/일본	회수 오류
1909년 12월 19일 (일) 310호						
1	4~5		庭園の感 〈1〉 정원 감상		수필/일상	
1	5~7		水戶黃門記 〈114〉 미토코몬기	伊東潮玉	고단	
3	1		戀無情 〈#〉 연무정	前田曙山	소설/일본	회수 판독 불가
1909년 12월 21일 (화) 311호						
1	5~7		水戶黃門記 〈115〉 미토코몬기	伊東潮玉	고단	
3	1~2		戀無情 〈#〉 연무정	前田曙山	소설/일본	회수 판독 불가
1909년 12월 22일 (수) 312호						
1	5~7		水戶黃門記 〈116〉 미토코몬기	伊東潮玉	고단	
3	1		戀無情 〈#〉 연무정	前田曙山	소설/일본	회수 판독 불가
3	2~3		當世商賣氣質/宿屋と淫賣婦 〈1〉 당세 장사 기질/여관과 매춘부		수필/일상	
1909년 12월 23일 (목) 313호						
1	5~7		水戶黃門記 〈116〉 미토코몬기	伊東潮玉	고단	회수 오류
3	1~2		戀無情 〈#〉 연무정	前田曙山	소설/일본	회수 판독 불가
1909년 12월 24일 (금) 314호						
1	4~5		俳句解釋 하이쿠 해석		수필/비평	
1	5~7		水戶黃門記 〈116〉 미토코몬기	伊東潮玉	고단	회수 오류

지면	단수	기획	기사제목 〈회수〉〔곡수〕	필자/저자(역자)	분류	비고
3	1		戀無情 〈#〉 연무정	前田曙山	소설/일본	회수 판독 불가
1909년 12월 25일 (토) 315호						
1	4~5	文藝	俳句解釋 하이쿠 해석		수필/비평	
1	5~7		水戶黃門記 〈117〉 미토코몬기	伊東潮玉	고단	회수 오류
3	1~2		戀無情 〈#〉 연무정	前田曙山	소설/일본	회수 판독 불가
1909년 12월 26일 (일) 316호						
1	5~7		水戶黃門記 〈120〉 미토코몬기	伊東潮玉	고단	
3	1		戀無情 〈1524〉 연무정	前田曙山	소설/일본	회수 오류
1909년 12월 28일 (화) 317호						
1	4~6		水戶黃門記 〈120〉 미토코몬기	伊東潮玉	고단	회수 오류
1910년 01월 01일 (토) 318호						
1	3		(제목없음) 〔1〕	守武	시가/하이쿠	
1	3		(제목없음) 〔5〕	蕪村	시가/하이쿠	
1	3		(제목없음) 〔1〕	凡董	시가/하이쿠	
1	3		(제목없음) 〔1〕	芭蕉	시가/하이쿠	
1	3		(제목없음) 〔1〕	去來	시가/하이쿠	
1	3		(제목없음) 〔2〕	子規	시가/하이쿠	
1	3		(제목없음) 〔1〕	嵐雪	시가/하이쿠	
1	3		(제목없음) 〔1〕	鑑翁	시가/하이쿠	
1	3		(제목없음) 〔1〕	太祇	시가/하이쿠	
1	3		(제목없음) 〔1〕	虛子	시가/하이쿠	
1	3		(제목없음) 〔1〕	失名	시가/하이쿠	
1	4		新年雜詠 〔9〕 신년-잡영	新庄竹涯	시가/단카	
3	4~6		屠蘇機嫌 거나한 기분		수필/일상	
1910년 01월 01일 (토) 318호 第二						
3	1~6		吾輩は狆である 나는 개이다	ようめい	수필/일상	

지면	단수	기획	기사제목 〈회수〉〔곡수〕	필자/저자(역자)	분류	비고
			1910년 01월 01일 (토) 318호 第三			
1	1~3		曙光 서광	新庄竹涯	수필/일상	
1	3~5		醉興漫錄 취흥만녹	牟田口是々坊	수필/일상	
1	5~7		似たもの二三 비슷한 것 두세 개	豊前坊	수필/일상	
1	7~9		桂褌錄 계곤녹	無髥郎	수필/일상	
1	9		瞑想雜感 명상 잡감	▲△生	수필/일상	
			1910년 01월 01일 (토) 318호 第四			
3	1~7	小說	お戌さん 견공	渡邊獸禪	소설/일본	
3	7		新年雜句 〈5〉 신년-잡구	竹涯生	시가/하이쿠	
			1910년 01월 01일 (토) 318호 第六			
1	1~5		旌旗譚 깃발 이야기	瑞穗	수필/일상	
			1910년 01월 01일 (토) 318호 第七			
1	1~4		水戶黃門記 〈122〉 미토코몬기	伊東潮玉	고단	
			1910년 01월 01일 (토) 318호 第八			
1	1~4	募集文藝	趣味に活よ 취미에 살다	千々庵	수필/일상	
1	5~6	募集文藝	むかしの戀(伊勢物語より) 옛 사랑(이세 모노가타리에서)	眼華情史	수필/일상	
1	6~7	募集文藝	雨の一日 비 내리는 하루	幽香子	수필/일상	
1	7~8	募集文藝	天と地 하늘과 땅	仙集樓	수필/일상	
1	8	募集文藝	俳句/一等 〔1〕 하이쿠/1등	初心	시가/하이쿠	
1	8	募集文藝	俳句/二等 〔1〕 하이쿠/2등	隻眼	시가/하이쿠	
1	8	募集文藝	俳句/三等 〔1〕 하이쿠/3등	南明樓	시가/하이쿠	
1	8	募集文藝	俳句 〔3〕 하이쿠	南明樓	시가/하이쿠	
1	8	募集文藝	俳句 〔1〕 하이쿠	ゝ水	시가/하이쿠	
1	8	募集文藝	俳句 〔1〕 하이쿠	千春	시가/하이쿠	
1	8	募集文藝	俳句 〔1〕 하이쿠	浪月	시가/하이쿠	
1	8	募集文藝	俳句 〔1〕 하이쿠	梓弓	시가/하이쿠	

지면	단수	기획	기사제목 〈회수〉〔곡수〕	필자/저자(역자)	분류	비고
1	8	募集文藝	俳句 〔1〕 하이쿠	松月	시가/하이쿠	
1	8	募集文藝	俳句 〔1〕 하이쿠	一滴	시가/하이쿠	
1	8	募集文藝	俳句 〔1〕 하이쿠	螢川	시가/하이쿠	
1	8	募集文藝	俳句 〔1〕 하이쿠	貫日	시가/하이쿠	
1	8	募集文藝	俳句 〔1〕 하이쿠	李圓	시가/하이쿠	
1	8	募集文藝	俳句 〔15〕 하이쿠		시가/하이쿠	

1910년 01월 01일 (토) 318호 第九

지면	단수	기획	기사제목 〈회수〉〔곡수〕	필자/저자(역자)	분류	비고
1	1~8	講談	犬山城 이누야마 성	揚名舎桃李	고단	
1	8		(제목없음) 〔12〕		시가/하이쿠	

1910년 01월 01일 (토) 318호 第十

지면	단수	기획	기사제목 〈회수〉〔곡수〕	필자/저자(역자)	분류	비고
1	2		(제목없음) 〔11〕	竹涯	시가/단카	

1910년 01월 01일 (토) 318호 第十一

지면	단수	기획	기사제목 〈회수〉〔곡수〕	필자/저자(역자)	분류	비고
1	1~2		戀無情 〈173〉 연무정	前田山曙	소설/일본	작가이름 오류 曙山 회수 오류
1	2~3		新年雪 〔1〕 신년설	穎原芳一郎	시가/한시	
1	3		新年感懷 〔1〕 신년감회	穎原芳一郎	시가/한시	

1910년 01월 05일 (수) 319호

지면	단수	기획	기사제목 〈회수〉〔곡수〕	필자/저자(역자)	분류	비고
1	4~5	文藝	犬の人間論 〈1〉 개의 인간론		수필/일상	
1	5~7		水戸黄門記 〈123〉 미토코몬기	伊東潮玉	고단	
3	1~2		戀無情 〈106〉 연무정	前田曙山	소설/일본	회수 오류

1910년 01월 07일 (금) 320호

지면	단수	기획	기사제목 〈회수〉〔곡수〕	필자/저자(역자)	분류	비고
1	4~5	文藝	犬の人間論 〈2〉 개의 인간론		수필/일상	
1	5~7		水戸黄門記 〈123〉 미토코몬기	伊東潮玉	고단	회수 오류
3	1		戀無情 〈107〉 연무정	前田曙山	소설/일본	회수 오류

1910년 01월 08일 (토) 321호

지면	단수	기획	기사제목 〈회수〉〔곡수〕	필자/저자(역자)	분류	비고
1	5~7		水戸黄門記 〈125〉 미토코몬기	伊東潮玉	고단	

지면	단수	기획	기사제목 〈회수〉 〔곡수〕	필자/저자(역자)	분류	비고
3	1~2		戀無情 〈108〉 연무정	前田曙山	소설/일본	회수 오류

1910년 01월 09일 (일) 322호

지면	단수	기획	기사제목 〈회수〉 〔곡수〕	필자/저자(역자)	분류	비고
1	3~4	文藝	犬の人間論 〈3〉 개의 인간론		수필/일상	
1	5~7		水戸黄門記 〈126〉 미토코몬기	伊東潮玉	고단	
3	1		戀無情 〈109〉 연무정	前田曙山	소설/일본	회수 오류
3	6~7		近縣旅行記 〈1〉 가까운 현 여행기	是々坊	수필/기행	

1910년 01월 11일 (화) 323호

지면	단수	기획	기사제목 〈회수〉 〔곡수〕	필자/저자(역자)	분류	비고
1	5~7		水戸黄門記 〈127〉 미토코몬기	伊東潮玉	고단	
3	1~2		戀無情 〈110〉 연무정	前田曙山	소설/일본	회수 오류

1910년 01월 12일 (수) 324호

지면	단수	기획	기사제목 〈회수〉 〔곡수〕	필자/저자(역자)	분류	비고
1	5~7		水戸黄門記 〈128〉 미토코몬기	伊東潮玉	고단	
3	1		戀無情 〈111〉 연무정	前田曙山	소설/일본	회수 오류
3	6~7		近縣旅行記 〈2〉 가까운 현 여행기	是々坊	수필/기행	

1910년 01월 13일 (목) 325호

지면	단수	기획	기사제목 〈회수〉 〔곡수〕	필자/저자(역자)	분류	비고
1	5~7		水戸黄門記 〈129〉 미토코몬기	伊東潮玉	고단	
3	1~2		戀無情 〈112〉 연무정	前田曙山	소설/일본	회수 오류

1910년 01월 14일 (금) 326호

지면	단수	기획	기사제목 〈회수〉 〔곡수〕	필자/저자(역자)	분류	비고
1	4~5		つまらぬ歸朝 〈1〉 하잘것없는 귀국	娯壽子	수필/기행	
1	5~7		水戸黄門記 〈130〉 미토코몬기	伊東潮玉	고단	
3	1~2		戀無情 〈113〉 연무정	前田曙山	소설/일본	회수 오류

1910년 01월 15일 (토) 327호

지면	단수	기획	기사제목 〈회수〉 〔곡수〕	필자/저자(역자)	분류	비고
1	5		俳句會 〔14〕 하이쿠회		시가/하이쿠	
1	5~7		水戸黄門記 〈131〉 미토코몬기	伊東潮玉	고단	
3	1~2		戀無情 〈113〉 연무정	前田曙山	소설/일본	회수 오류
3	5~6		淫奔酌婦の末路 〈1〉 음란한 작부의 말로		수필/일상	

1910년 01월 16일 (일) 328호

지면	단수	기획	기사제목 〈회수〉〔곡수〕	필자/저자(역자)	분류	비고
1	4~5		つまらぬ歸朝 〈2〉 하잘것없는 귀국	娛壽子	수필/기행	
1	5~7		水戶黃門記 〈132〉 미토코몬기	伊東潮玉	고단	
3	1		戀無情 〈114〉 연무정	前田曙山	소설/일본	회수 오류
3	5~6		淫奔酌婦の末路 〈2〉 음란한 작부의 말로		수필/일상	

1910년 01월 18일 (화) 329호

1	3~4		つまらぬ歸朝 〈2〉 하잘것없는 귀국	娛壽子	수필/기행	회수 오류
1	5~7		水戶黃門記 〈133〉 미토코몬기	伊東潮玉	고단	
3	1~2		戀無情 〈115〉 연무정	前田曙山	소설/일본	회수 오류
3	3~4		淫奔酌婦の末路 〈3〉 음란한 작부의 말로		수필/일상	

1910년 01월 19일 (수) 330호

1	5~7		水戶黃門記 〈134〉 미토코몬기	伊東潮玉	고단	
3	1~2		戀無情 〈116〉 연무정	前田曙山	소설/일본	회수 오류
3	4~5		淫奔酌婦の末路 〈4〉 음란한 작부의 말로		수필/일상	

1910년 01월 20일 (목) 331호

1	5~7		水戶黃門記 〈135〉 미토코몬기	伊東潮玉	고단	
3	1		戀無情 〈117〉 연무정	前田曙山	소설/일본	회수 오류
3	4~5		淫奔酌婦の末路 〈5〉 음란한 작부의 말로		수필/일상	

1910년 01월 21일 (금) 332호

1	3~4		つまらぬ歸朝 〈4〉 하잘것없는 귀국	娛壽子	수필/기행	
1	4~7		水戶黃門記 〈136〉 미토코몬기	伊東潮玉	고단	
3	1~2		戀無情 〈118〉 연무정	前田曙山	소설/일본	회수 오류

1910년 01월 22일 (토) 333호

1	4		つまらぬ歸朝 〈5〉 하잘것없는 귀국	娛壽子	수필/기행	
1	5	文藝	多雜吟 〔16〕 다수-잡음	蘇川	시가/하이쿠	
1	5~7		水戶黃門記 〈137〉 미토코몬기	伊東潮玉	고단	
3	1~2		戀無情 〈119〉 연무정	前田曙山	소설/일본	회수 오류

지면	단수	기획	기사제목 〈회수〉 〔곡수〕	필자/저자(역자)	분류	비고
1910년 01월 23일 (일) 334호						
1	5	文藝	(제목없음) 〔11〕		시가/하이쿠	
1	5~7		水戶黃門記 〈138〉 미토코몬기	伊東潮玉	고단	
3	1		戀無情 〈120〉 연무정	前田曙山	소설/일본	회수 오류
1910년 01월 25일 (화) 335호						
1	3~4		つまらぬ歸朝 〈5〉 하잘것없는 귀국	娛壽子	수필/기행	회수 오류
1	4~7		水戶黃門記 〈139〉 미토코몬기	伊東潮玉	고단	
3	1~2		戀無情 〈121〉 연무정	前田曙山	소설/일본	회수 오류
1910년 01월 26일 (수) 336호						
1	5~7		水戶黃門記 〈140〉 미토코몬기	伊東潮玉	고단	
2	9		公州の一日 〈1〉 공주에서 하루	如翁	수필/기행	
3	1~2		戀無情 〈122〉 연무정	前田曙山	소설/일본	회수 오류
1910년 01월 27일 (목) 337호						
1	3~4		つまらぬ歸朝 〈6〉 하잘것없는 귀국	娛壽子	수필/기행	회수 오류
1	5~7		水戶黃門記 〈141〉 미토코몬기	伊東潮玉	고단	
2	9		公州の一日 〈2〉 공주에서 하루	如翁	수필/기행	
3	1		戀無情 〈124〉 연무정	前田曙山	소설/일본	회수 오류
1910년 01월 28일 (금) 338호						
1	4~5		公州の一日 〈2〉 공주에서 하루	如翁	수필/기행	회수 오류
1	5~7		水戶黃門記 〈142〉 미토코몬기	伊東潮玉	고단	
3	1~2		戀無情 〈125〉 연무정	前田曙山	소설/일본	회수 오류
1910년 01월 29일 (토) 339호						
1	2~3		公州の一日 〈4〉 공주에서 하루	如翁	수필/기행	
1	4~5		つまらぬ歸朝 〈7〉 하잘것없는 귀국	娛壽子	수필/기행	회수 오류
1	5~7		水戶黃門記 〈143〉 미토코몬기	伊東潮玉	고단	
3	1~2		戀無情 〈127〉 연무정	前田曙山	소설/일본	회수 오류

지면	단수	기획	기사제목 〈회수〉〔곡수〕	필자/저자(역자)	분류	비고
1910년 01월 30일 (일) 340호						
1	4~5		公州の一日 〈5〉 공주에서 하루	如翁	수필/기행	
1	5~7		水戸黃門記 〈144〉 미토코몬기	伊東潮玉	고단	
3	1~2		戀無情 〈129〉 연무정	前田曙山	소설/일본	회수 오류
3	3~4		遊女の戀路/文之助女郎の胸の中/情けない勤めぢやな 〈1〉 유녀의 사랑의 행로/몬노스케 창녀의 마음/한심한 일이구나		수필/일상	
1910년 02월 01일 (화) 341호						
1	3~4		公州の一日 〈6〉 공주에서 하루	如翁	수필/기행	
1	4~5		つまらぬ歸朝 〈9〉 하잘것없는 귀국	娛壽子	수필/기행	
1	5~7		水戸黃門記 〈145〉 미토코몬기	伊東潮玉	고단	
3	1~2		戀無情 〈130〉 연무정	前田曙山	소설/일본	회수 오류
3	2~5		遊女の戀路/廓を拔け出る/女將の取り成 〈2〉 유녀의 사랑의 행로/유곽에서 도망치다/여주인의 주선		수필/일상	
1910년 02월 02일 (수) 342호						
1	4~5		公州の一日 〈7〉 공주에서 하루	如翁	수필/기행	
1	5~7		水戸黃門記 〈146〉 미토코몬기	伊東潮玉	고단	
3	1~2		戀無情 〈131〉 연무정	前田曙山	소설/일본	회수 오류
1910년 02월 03일 (목) 343호						
1	4~5		公州の一日 〈8〉 공주에서 하루	如翁	수필/기행	
1	5~7		水戸黃門記 〈147〉 미토코몬기	伊東潮玉	고단	
3	1~2		戀無情 〈132〉 연무정	前田曙山	소설/일본	회수 오류
1910년 02월 04일 (금) 344호						
1	4~5		公州の一日 〈9〉 공주에서 하루	如翁	수필/기행	
1	5~7		水戸黃門記 〈148〉 미토코몬기	伊東潮玉	고단	
3	1~2		戀無情 〈133〉 연무정	前田曙山	소설/일본	회수 오류
1910년 02월 05일 (토) 345호						
1	4~5		つまらぬ歸朝 〈10〉 하잘것없는 귀국	娛壽子	수필/기행	
1	5~7		水戸黃門記 〈149〉 미토코몬기	伊東潮玉	고단	

지면	단수	기획	기사제목 〈회수〉〔곡수〕	필자/저자(역자)	분류	비고
3	1~2		戀無情 〈135〉 연무정	前田曙山	소설/일본	회수 오류

1910년 02월 06일 (일) 346호

지면	단수	기획	기사제목 〈회수〉〔곡수〕	필자/저자(역자)	분류	비고
1	3~4		公州の一日 〈10〉 공주에서 하루	如翁	수필/기행	
1	5~7		水戸黄門記 〈150〉 미토코몬기	伊東潮玉	고단	
3	1~2		戀無情 〈136〉 연무정	前田曙山	소설/일본	회수 오류
3	5		歌舞伎座寸評 〈1〉 가부키자 촌평		수필/비평	

1910년 02월 08일 (화) 347호

지면	단수	기획	기사제목 〈회수〉〔곡수〕	필자/저자(역자)	분류	비고
1	3~4		公州の一日 〈11〉 공주에서 하루	如翁	수필/기행	
1	5~7		水戸黄門記 〈151〉 미토코몬기	伊東潮玉	고단	
3	1~2		戀無情 〈117〉 연무정	前田曙山	소설/일본	회수 오류

1910년 02월 09일 (수) 348호 부록

지면	단수	기획	기사제목 〈회수〉〔곡수〕	필자/저자(역자)	분류	비고
1	1~3		回顧錄 〈1〉 회고록	不驚庵主人	수필/일상	
2	1~3		水戸黄門記 〈151〉 미토코몬기	伊東潮玉	고단	회수 오류

1910년 02월 11일 (금) 349호

지면	단수	기획	기사제목 〈회수〉〔곡수〕	필자/저자(역자)	분류	비고
1	7~9		水戸黄門記 〈152〉 미토코몬기	伊東潮玉	고단	회수 오류

1910년 02월 13일 (일) 350호

지면	단수	기획	기사제목 〈회수〉〔곡수〕	필자/저자(역자)	분류	비고
1	2~3		公州の一日 〈11〉 공주에서 하루	如翁	수필/기행	
1	4~5		つまらぬ歸朝 〈11〉 하잘것없는 귀국	娛壽子	수필/기행	
1	5~7		水戸黄門記 〈154〉 미토코몬기	伊東潮玉	고단	

1910년 02월 15일 (화) 351호

지면	단수	기획	기사제목 〈회수〉〔곡수〕	필자/저자(역자)	분류	비고
1	5~7		水戸黄門記 〈155〉 미토코몬기	伊東潮玉	고단	
3	1~2		戀無情 〈118〉 연무정	前田曙山	소설/일본	회수 오류

1910년 02월 16일 (수) 352호

지면	단수	기획	기사제목 〈회수〉〔곡수〕	필자/저자(역자)	분류	비고
1	5~7		水戸黄門記 〈156〉 미토코몬기	伊東潮玉	고단	
3	1~2		戀無情 〈120〉 연무정	前田曙山	소설/일본	회수 오류

1910년 02월 17일 (목) 353호

지면	단수	기획	기사제목 〈회수〉〔곡수〕	필자/저자(역자)	분류	비고
1	2~3		公州の一日 〈12〉 공주에서 하루	如翁	수필/기행	
1	5~7		水戶黃門記 〈157〉 미토코몬기	伊東潮玉	고단	
3	1		戀無情 〈122〉 연무정	前田曙山	소설/일본	회수 오류

1910년 02월 18일 (금) 354호

지면	단수	기획	기사제목 〈회수〉〔곡수〕	필자/저자(역자)	분류	비고
1	5~7		水戶黃門記 〈158〉 미토코몬기	伊東潮玉	고단	
3	1~2		戀無情 〈123〉 연무정	前田曙山	소설/일본	회수 오류

1910년 02월 19일 (토) 355호

지면	단수	기획	기사제목 〈회수〉〔곡수〕	필자/저자(역자)	분류	비고
1	5~7		水戶黃門記 〈159〉 미토코몬기	伊東潮玉	고단	
3	1~2		戀無情 〈124〉 연무정	前田曙山	소설/일본	회수 오류

1910년 02월 20일 (일) 356호

지면	단수	기획	기사제목 〈회수〉〔곡수〕	필자/저자(역자)	분류	비고
1	5~7		水戶黃門記 〈160〉 미토코몬기	伊東潮玉	고단	
3	1		戀無情 〈125〉 연무정	前田曙山	소설/일본	회수 오류

1910년 02월 22일 (화) 357호

지면	단수	기획	기사제목 〈회수〉〔곡수〕	필자/저자(역자)	분류	비고
1	4~5		南韓見聞錄/群山港(一) 〈1〉 남한 견문록/군산항(1)	群山港にて 娛濤生	수필/기행	
1	6~7		水戶黃門記 〈161〉 미토코몬기	伊東潮玉	고단	
5	1		戀無情 〈127〉 연무정	前田曙山	소설	회수 오류

1910년 02월 23일 (수) 358호

지면	단수	기획	기사제목 〈회수〉〔곡수〕	필자/저자(역자)	분류	비고
1	2~3		南韓見聞錄/群山港(二) 〈2〉 남한 견문록/군산항(2)	群山港にて 娛濤生	수필/기행	
1	5		俳句會 〔2〕 하이쿠회	香雲	시가/하이쿠	
1	5		俳句會 〔2〕 하이쿠회	孤杉	시가/하이쿠	
1	5		俳句會 〔2〕 하이쿠회	又支	시가/하이쿠	
1	5		俳句會 〔1〕 하이쿠회	兵一	시가/하이쿠	
1	5		俳句會 〔1〕 하이쿠회	靑紗	시가/하이쿠	
1	5		俳句會 〔1〕 하이쿠회	來川	시가/하이쿠	
1	5		俳句會 〔1〕 하이쿠회	大奇	시가/하이쿠	
1	5		俳句會 〔1〕 하이쿠회	未知	시가/하이쿠	

지면	단수	기획	기사제목 〈회수〉〔곡수〕	필자/저자(역자)	분류	비고
1	5		俳句會 [1] 하이쿠회	桃園	시가/하이쿠	
1	5		俳句會 [1] 하이쿠회	若翁	시가/하이쿠	
1	5		俳句會 [2] 하이쿠회	鷗盟	시가/하이쿠	
1	5~7		水戸黃門記 〈162〉 미토코몬기	伊東潮玉	고단	
3	1~2		戀無情 〈129〉 연무정	前田曙山	소설/일본	회수 오류

1910년 02월 24일 (목) 359호

지면	단수	기획	기사제목 〈회수〉〔곡수〕	필자/저자(역자)	분류	비고
1	5~7		水戸黃門記 〈163〉 미토코몬기	伊東潮玉	고단	
3	1~2		戀無情 〈130〉 연무정	前田曙山	소설/일본	회수 오류

1910년 02월 25일 (금) 360호

지면	단수	기획	기사제목 〈회수〉〔곡수〕	필자/저자(역자)	분류	비고
1	5~7		水戸黃門記 〈164〉 미토코몬기	伊東潮玉	고단	
3	1~2		戀無情 〈131〉 연무정	前田曙山	소설/일본	회수 오류

1910년 02월 26일 (토) 361호

지면	단수	기획	기사제목 〈회수〉〔곡수〕	필자/저자(역자)	분류	비고
1	5~7		水戸黃門記 〈165〉 미토코몬기	伊東潮玉	고단	
3	1~2		戀無情 〈132〉 연무정	前田曙山	소설/일본	회수 오류

1910년 02월 27일 (일) 362호

지면	단수	기획	기사제목 〈회수〉〔곡수〕	필자/저자(역자)	분류	비고
1	4~7		水戸黃門記 〈166〉 미토코몬기	伊東潮玉	고단	
3	1~2		戀無情 〈133〉 연무정	前田曙山	소설/일본	회수 오류
3	3~4		自稱 色男の末路(上) 〈1〉 자칭 색남의 말로(상)		수필/기타	

1910년 03월 01일 (화) 363호

지면	단수	기획	기사제목 〈회수〉〔곡수〕	필자/저자(역자)	분류	비고
1	5~7		水戸黃門記 〈167〉 미토코몬기	伊東潮玉	고단	
3	1~2		戀無情 〈134〉 연무정	前田曙山	소설/일본	회수 오류
3	2~3		自稱 色男の末路(下) 〈2〉 자칭 색남의 말로(하)		수필/기타	

1910년 03월 02일 (수) 364호

지면	단수	기획	기사제목 〈회수〉〔곡수〕	필자/저자(역자)	분류	비고
1	5	俳句	(제목없음) [10]	鷗盟	시가/하이쿠	
1	5~7		水戸黃門記 〈168〉 미토코몬기	伊東潮玉	고단	
3	1~2		戀無情 〈136〉 연무정	前田曙山	소설/일본	회수 오류

지면	단수	기획	기사제목 〈회수〉〔곡수〕	필자/저자(역자)	분류	비고
			1910년 03월 03일 (목) 365호			
1	5~7		水戶黃門記 〈169〉 미토코몬기	伊東潮玉	고단	
3	1~2		戀無情 〈137〉 연무정	前田曙山	소설/일본	회수 오류
			1910년 03월 04일 (금) 366호			
1	5	俳句	(제목없음) 〔9〕	鷗盟	시가/하이쿠	
1	5~7		水戶黃門記 〈170〉 미토코몬기	伊東潮玉	고단	
3	1~2		戀無情 〈139〉 연무정	前田曙山	소설/일본	회수 오류
			1910년 03월 05일 (토) 367호			
1	5~7		水戶黃門記 〈171〉 미토코몬기	伊東潮玉	고단	
3	1~2		戀無情 〈140〉 연무정	前田曙山	소설/일본	회수 오류
			1910년 03월 06일 (일) 368호			
1	5~7		水戶黃門記 〈172〉 미토코몬기	伊東潮玉	고단	
3	1~2		戀無情 〈141〉 연무정	前田曙山	소설/일본	회수 오류
			1910년 03월 08일 (화) 369호			
1	4	珍聞奇談	脚の早い日本 발이 빠른 일본		수필/기타	
1	4~5		俗曲評釋-長唄 道成寺 속곡평석-조카 도죠지		수필/비평	
1	5		俗曲評釋-謠曲 道成寺 속곡평석-요쿄쿠 도죠지		수필/비평	
1	5~7		水戶黃門記 〈173〉 미토코몬기	伊東潮玉	고단	
3	1~2		戀無情 〈141〉 연무정	前田曙山	소설/일본	회수 오류
			1910년 03월 09일 (수) 370호			
1	4~7		水戶黃門記 〈174〉 미토코몬기	伊東潮玉	고단	
3	1~2		戀無情 〈142〉 연무정	前田曙山	소설/일본	회수 오류
			1910년 03월 10일 (목) 371호			
1	6	俳句	(제목없음) 〔9〕	鷗盟	시가/하이쿠	
1	6	俳句	(제목없음) 〔2〕	暖風	시가/하이쿠	
3	1~2		戀無情 〈143〉 연무정	前田曙山	소설/일본	회수 오류

지면	단수	기획	기사제목 〈회수〉〔곡수〕	필자/저자(역자)	분류	비고
3	5~6		南山の怪美人 남산의 괴미인		수필/기타	
4	1~3		水戶黃門記 〈175〉 미토코몬기	伊東潮玉	고단	

1910년 03월 11일 (금) 372호

1	4		俗曲評釋-長唄 道成寺 속곡평석-조카 도조지		수필/비평	
1	4~5	珍聞奇談	(제목없음)		수필/기타	
1	5~7		水戶黃門記 〈176〉 미토코몬기	伊東潮玉	고단	
3	1~2		戀無情 〈144〉 연무정	前田曙山	소설/일본	회수 오류
3	2~3		南山の怪美人 남산의 괴미인		수필/기타	

1910년 03월 12일 (토) 373호

1	4		俗曲評釋 속곡평석		수필/비평	
1	5~7		水戶黃門記 〈177〉 미토코몬기	伊東潮玉	고단	
3	1~2		戀無情 〈145〉 연무정	前田曙山	소설/일본	회수 오류
3	2~4		滑稽 戀の言い譯 골계 사랑의 변명		수필/일상	

1910년 03월 13일 (일) 374호

1	4~5		俗曲評釋 속곡평석		수필/비평	
1	5	珍聞奇談	(제목없음)		수필/기타	
1	5~7		水戶黃門記 〈178〉 미토코몬기	伊東潮玉	고단	
3	1~2		戀無情 〈146〉 연무정	前田曙山	소설/일본	회수 오류
3	2~4		花町の嫉妬喧嘩 하나마치의 질투 싸움		수필/기타	

1910년 03월 15일 (화) 375호

1	4~5	寸鐵	(제목없음)		수필/기타	
1	5~7		水戶黃門記 〈179〉 미토코몬기	伊東潮玉	고단	
3	1~2		戀無情 〈147〉 연무정	前田曙山	소설/일본	회수 오류
3	6		伊東劇を見る 이토극을 보다	若侍	수필/비평	

1910년 03월 16일 (수) 376호

1	4~5	珍聞奇談	歸る彗星と歸らぬ彗星 돌아가는 혜성과 돌아가지 않는 혜성		수필/기타	

지면	단수	기획	기사제목 〈회수〉〔곡수〕	필자/저자(역자)	분류	비고
1	5~7		水戶黃門記 〈180〉 미토코몬기	伊東潮玉	고단	

1910년 03월 17일 (목) 377호

지면	단수	기획	기사제목 〈회수〉〔곡수〕	필자/저자(역자)	분류	비고
1	4~5		南韓見聞錄/群山港(三) 〈3〉 남한 견문록/군산항(3)	群山港にて 娛濤生	수필/기행	
1	5~7		水戶黃門記 〈181〉 미토코몬기	伊東潮玉	고단	
3	5~6		伊東劇の土屋主稅 이토극 쓰치야 지카라	若侍	수필/비평	

1910년 03월 18일 (금) 378호

지면	단수	기획	기사제목 〈회수〉〔곡수〕	필자/저자(역자)	분류	비고
1	2~3		南韓見聞錄/群山港(四) 〈4〉 남한 견문록/군산항(4)	群山港にて 娛濤生	수필/기행	
1	4~5	寸鐵	(제목없음)		수필/기타	
1	5	珍聞奇談	魚類の記憶力 어류의 기억력		수필/기타	
1	5~7		水戶黃門記 〈182〉 미토코몬기	伊東潮玉	고단	

1910년 03월 19일 (토) 379호

지면	단수	기획	기사제목 〈회수〉〔곡수〕	필자/저자(역자)	분류	비고
1	4~5	寸鐵	(제목없음)		수필/기타	
1	5~7		水戶黃門記 〈183〉 미토코몬기	伊東潮玉	고단	
3	1~2		戀の魂膽 사랑의 속사정		수필/기타	

1910년 03월 20일 (일) 380호

지면	단수	기획	기사제목 〈회수〉〔곡수〕	필자/저자(역자)	분류	비고
1	2~4		南韓見聞錄/群山港(五) 〈5〉 남한 견문록/군산항(5)	群山港にて 娛濤生	수필/기행	
1	5~7		水戶黃門記 〈184〉 미토코몬기	伊東潮玉	고단	
3	2~3		戀の魂膽 사랑의 속사정		수필/기타	

1910년 03월 23일 (수) 381호

지면	단수	기획	기사제목 〈회수〉〔곡수〕	필자/저자(역자)	분류	비고
1	4~5	寸鐵	(제목없음)		수필/기타	
1	5~7		水戶黃門記 〈185〉 미토코몬기	伊東潮玉	고단	
3	1		藝妓の自白(上) 〈1〉 예기의 자백(상)		수필/일상	
3	1~2		戀の魂膽 사랑의 속사정		수필/기타	

1910년 03월 24일 (목) 382호

지면	단수	기획	기사제목 〈회수〉〔곡수〕	필자/저자(역자)	분류	비고
1	2~3		南韓見聞錄/全州平野(上) 〈6〉 남한 견문록/전주 평야(상)	全州にて 娛濤生	수필/기행	
1	5~7		水戶黃門記 〈185〉 미토코몬기	伊東潮玉	고단	회수 오류

지면	단수	기획	기사제목 〈회수〉〔곡수〕	필자/저자(역자)	분류	비고
3	1~2		藝妓の自白(下) 〈2〉 예기의 자백(하)		수필/일상	

1910년 03월 25일 (금) 383호

지면	단수	기획	기사제목 〈회수〉〔곡수〕	필자/저자(역자)	분류	비고
1	2~4		南韓見聞錄/全州平野(中) 〈7〉 남한 견문록/전주 평야(중)	全州にて　娯濤生	수필/기행	
1	4	寸鐵	(제목없음)		수필/기타	
1	4~5	珍聞奇談	假色で泥棒逮捕 가성으로 도둑 체포		수필/기타	
1	5~7		水戶黃門記 〈187〉 미토코몬기	伊東潮玉	고단	

1910년 03월 26일 (토) 384호

지면	단수	기획	기사제목 〈회수〉〔곡수〕	필자/저자(역자)	분류	비고
1	2~3		南韓見聞錄/全州平野(下) 〈8〉 남한 견문록/전주 평야(하)	全州にて　娯濤生	수필/기행	
1	4~5		日韓類似點(怪談多き韓国) 〈1〉 일한 유사점(괴담 많은 한국)	萩野文學博士	수필/비평	
1	5~7		水戶黃門記 〈188〉 미토코몬기	伊東潮玉	고단	
3	6		三面曰く集 삼면 가라사대 집	四の字	수필/기타	

1910년 03월 27일 (일) 385호

지면	단수	기획	기사제목 〈회수〉〔곡수〕	필자/저자(역자)	분류	비고
1	1~2		南韓見聞錄 〈8〉 남한 견문록	全州にて　娯濤生	수필/기행	
1	3~5		日韓類似點(怪談多き韓国) 〈2〉 일한 유사점(괴담 많은 한국)	萩野文學博士	수필/비평	
1	5	珍聞奇談	振った結婚廣告/首計りで後向かぬ迷信 용기있는 결혼 광고/목매고 자살해서 돌아보지 못하는 미신		수필/기타	
1	5~7		水戶黃門記 〈189〉 미토코몬기	伊東潮玉	고단	

1910년 03월 29일 (화) 386호

지면	단수	기획	기사제목 〈회수〉〔곡수〕	필자/저자(역자)	분류	비고
1	2~3		南韓見聞錄/全州府 〈10〉 남한 견문록/전주부	全州府にて　娯濤生	수필/기행	
1	4	珍聞奇談	低氣壓の所在/春分のこと 저기압의 소재/춘분에 대하여		수필/기타	
1	5~7		水戶黃門記 〈190〉 미토코몬기	伊東潮玉	고단	
3	2~3		お花の愁嘆(上) 〈1〉 오하나의 근심과 슬픔(상)		수필/일상	
3	6~7		三面曰く集 삼면 가라사대 집	四の字	수필/기타	

1910년 03월 30일 (수) 387호

지면	단수	기획	기사제목 〈회수〉〔곡수〕	필자/저자(역자)	분류	비고
1	2~4		南韓見聞錄/全州府 〈11〉 남한 견문록/전주부	全州府にて　娯濤生	수필/기행	
1	5~7		水戶黃門記 〈191〉 미토코몬기	伊東潮玉	고단	

1910년 03월 31일 (목) 388호

지면	단수	기획	기사제목 〈회수〉 [곡수]	필자/저자(역자)	분류	비고
1	4~5	寸鐵	(제목없음)		수필/기타	
1	5~7		水戶黃門記 〈192〉 미토코몬기	伊東潮玉	고단	

1910년 04월 01일 (금) 389호

지면	단수	기획	기사제목 〈회수〉 [곡수]	필자/저자(역자)	분류	비고
1	5	寸鐵	(제목없음)		수필/기타	
1	5	珍聞奇談	玻璃の帽子/世界一の機關車/風變りの遺産 수정으로 만든 모자/세계 제1의 기관차/색다른 유산		수필/기타	
1	5~7		水戶黃門記 〈193〉 미토코몬기	伊東潮玉	고단	
3	1~4		滑稽 戀の掛け引き 골계 사랑의 홍정		수필/일상	
3	6~7		三面曰く集 삼면 가라사대 집	四の字	수필/기타	

1910년 04월 02일 (토) 390호

지면	단수	기획	기사제목 〈회수〉 [곡수]	필자/저자(역자)	분류	비고
1	5		隨感雜記 수감 잡기	新庄竹涯	수필/일상	
1	5~7		水戶黃門記 〈194〉 미토코몬기	伊東潮玉	고단	
3	1~2		三越吳服店を訪ふ 미쓰코시 오복점을 방문하다		수필/관찰	

1910년 04월 03일 (일) 391호

지면	단수	기획	기사제목 〈회수〉 [곡수]	필자/저자(역자)	분류	비고
1	4	寸鐵	(제목없음)		수필/기타	
1	4~5		隨感雜記 수감 잡기	新庄竹涯	수필/일상	
1	5		小鼓 [7] 작은 북	新庄竹涯	시가/단카	
1	5~7		水戶黃門記 〈195〉 미토코몬기	伊東潮玉	고단	

1910년 04월 05일 (화) 392호

지면	단수	기획	기사제목 〈회수〉 [곡수]	필자/저자(역자)	분류	비고
1	4	寸鐵	(제목없음)		수필/기타	
1	4		櫻月夜 [7] 벗꽃 피는 달밤		시가/단카	
1	5~7		水戶黃門記 〈196〉 미토코몬기	伊東潮玉	고단	
3	1~2		小宮 次官を訪ふ 소궁 차관을 방문하다		수필/일상	

1910년 04월 06일 (수) 393호

지면	단수	기획	기사제목 〈회수〉 [곡수]	필자/저자(역자)	분류	비고
1	1~2		南韓見聞錄/江景平野 〈12〉 남한 견문록/강경평야	江景にて 娛濤生	수필/기행	
1	3		隨感雜記 수감 잡기	新庄竹涯	수필/일상	
1	4	和歌	謎 [4] 수수께끼	新庄竹涯	시가/단카	

지면	단수	기획	기사제목 〈회수〉〔곡수〕	필자/저자(역자)	분류	비고
1	4	和歌	病床にて二首 [2] 병상에서 두수	新庄竹涯	시가/단카	
1	4	和歌	湖上の月 [6] 호수 위의 달	新庄竹涯	시가/단카	
1	5~7		水戸黄門記 〈197〉 미토코몬기	伊東潮玉	고단	
3	1		京城監獄所を訪ふ 경성 감옥소를 방문하다		수필/관찰	

1910년 04월 07일 (목) 394호

지면	단수	기획	기사제목 〈회수〉〔곡수〕	필자/저자(역자)	분류	비고
1	4~5		随感雑記 수감 잡기	新庄竹涯	수필/일상	
1	5	和歌	戀ざめ [6] 사랑이 식다	新庄竹涯	시가/단카	
1	5~7		水戸黄門記 〈198〉 미토코몬기	伊東潮玉	고단	

1910년 04월 08일 (금) 395호

지면	단수	기획	기사제목 〈회수〉〔곡수〕	필자/저자(역자)	분류	비고
1	4	寸鐵	(제목없음)		수필/기타	
1	4~5		随感雑記 수감 잡기	新庄竹涯	수필/일상	
1	5~7		水戸黄門記 〈199〉 미토코몬기	伊東潮玉	고단	
3	2~3		百萬名歌 백만명가		수필/기타	

1910년 04월 09일 (토) 396호

지면	단수	기획	기사제목 〈회수〉〔곡수〕	필자/저자(역자)	분류	비고
1	4~5	珍聞奇談	巧妙な詐欺 교묘한 사기		수필/기타	
1	5~7		水戸黄門記 〈200〉 미토코몬기	伊東潮玉	고단	
3	4		當世戀物語り 당세 연애이야기		수필/일상	

1910년 04월 10일 (일) 397호

지면	단수	기획	기사제목 〈회수〉〔곡수〕	필자/저자(역자)	분류	비고
1	3~4	寸鐵	(제목없음)		수필/기타	
1	4		随感雑記 수감 잡기	新庄竹涯	수필/일상	
1	4~5		西行法師 〈1〉 사이교 법사	新庄竹涯	수필/비평	
1	5	俳句	(제목없음) 〔19〕	竹涯生	시가/하이쿠	
1	5~7		水戸黄門記 〈201〉 미토코몬기	伊東潮玉	고단	
3	2~3		當世戀物語り 당세 연애이야기		수필/일상	

1910년 04월 12일 (화) 398호

지면	단수	기획	기사제목 〈회수〉〔곡수〕	필자/저자(역자)	분류	비고
1	1~2		南韓見聞錄 〈12〉 남한 견문록	江景にて 娛濤生	수필/기행	회수 오류

지면	단수	기획	기사제목 〈회수〉 〔곡수〕	필자/저자(역자)	분류	비고
1	3~4		西行法師 〈1〉 사이교 법사	新庄竹涯	수필/비평	회수 오류
1	4	俳句	(제목없음) 〔20〕	竹涯生	시가/하이쿠	
1	5~7		水戶黃門記 〈202〉 미토코몬기	伊東潮玉	고단	

1910년 04월 13일 (수) 399호

지면	단수	기획	기사제목 〈회수〉 〔곡수〕	필자/저자(역자)	분류	비고
1	5~7		水戶黃門記 〈203〉 미토코몬기	伊東潮玉	고단	

1910년 04월 14일 (목) 400호

지면	단수	기획	기사제목 〈회수〉 〔곡수〕	필자/저자(역자)	분류	비고
1	4~5		西行法師 〈3〉 사이교 법사	新庄竹涯	수필/비평	
1	5	俳句	(제목없음) 〔35〕	竹涯生	시가/하이쿠	
1	6~7		水戶黃門記 〈204〉 미토코몬기	伊東潮玉	고단	
3	2~3		當世戀物語り 당세 연애이야기		수필/일상	

1910년 04월 15일 (금) 401호

지면	단수	기획	기사제목 〈회수〉 〔곡수〕	필자/저자(역자)	분류	비고
1	4		西行法師 〈4〉 사이교 법사	新庄竹涯	수필/비평	
1	4~5	俳句	(제목없음) 〔20〕	竹涯生	시가/하이쿠	
1	5~7		水戶黃門記 〈205〉 미토코몬기	伊東潮玉	고단	
3	2~4		日韓戀の柵 일한 사랑의 굴레		수필/기타	

1910년 04월 16일 (토) 402호

지면	단수	기획	기사제목 〈회수〉 〔곡수〕	필자/저자(역자)	분류	비고
1	3~4	寸鐵	(제목없음)		수필/기타	
1	4~5		西行法師 〈5〉 사이교 법사	新庄竹涯	수필/비평	
1	5~7		水戶黃門記 〈206〉 미토코몬기	伊東潮玉	고단	
3	3~4		當世戀物語り 당세 연애이야기		수필/일상	

1910년 04월 17일 (일) 403호

지면	단수	기획	기사제목 〈회수〉 〔곡수〕	필자/저자(역자)	분류	비고
1	4	寸鐵	(제목없음)		수필/기타	
1	5~7		水戶黃門記 〈206〉 미토코몬기	伊東潮玉	고단	회수 오류

1910년 04월 19일 (화) 404호

지면	단수	기획	기사제목 〈회수〉 〔곡수〕	필자/저자(역자)	분류	비고
1	4~5	寸鐵	(제목없음)		수필/기타	
1	5~7		水戶黃門記 〈208〉 미토코몬기	伊東潮玉	고단	

지면	단수	기획	기사제목 〈회수〉〔곡수〕	필자/저자(역자)	분류	비고
3	2~3		當世戀物語り 당세 연애이야기		수필/일상	

1910년 04월 20일 (수) 405호

지면	단수	기획	기사제목 〈회수〉〔곡수〕	필자/저자(역자)	분류	비고
1	5~7		水戶黃門記 〈209〉 미토코몬기	伊東潮玉	고단	
3	4~5		當世戀物語り 당세 연애이야기		수필/일상	

1910년 04월 21일 (목) 406호

지면	단수	기획	기사제목 〈회수〉〔곡수〕	필자/저자(역자)	분류	비고
1	5~7		水戶黃門記 〈210〉 미토코몬기	伊東潮玉	고단	

1910년 04월 22일 (금) 407호

지면	단수	기획	기사제목 〈회수〉〔곡수〕	필자/저자(역자)	분류	비고
1	4~5	寸鐵	(제목없음)		수필/기타	
1	5~7		水戶黃門記 〈211〉 미토코몬기	伊東潮玉	고단	
3	5	訪問錄	某刑事を訪ふ 모형사를 방문하다		수필/일상	

1910년 04월 23일 (토) 408호

지면	단수	기획	기사제목 〈회수〉〔곡수〕	필자/저자(역자)	분류	비고
1	5~7		水戶黃門記 〈212〉 미토코몬기	伊東潮玉	고단	
3	4		戀女の落し文 사랑에 빠진 여자가 떨어트린 편지		수필/서간	

1910년 04월 24일 (일) 409호

지면	단수	기획	기사제목 〈회수〉〔곡수〕	필자/저자(역자)	분류	비고
1	5~7		水戶黃門記 〈213〉 미토코몬기	伊東潮玉	고단	

1910년 04월 26일 (화) 410호

지면	단수	기획	기사제목 〈회수〉〔곡수〕	필자/저자(역자)	분류	비고
1	5~7		水戶黃門記 〈214〉 미토코몬기	伊東潮玉	고단	

1910년 04월 27일 (수) 411호

지면	단수	기획	기사제목 〈회수〉〔곡수〕	필자/저자(역자)	분류	비고
1	5~7		水戶黃門記 〈215〉 미토코몬기	伊東潮玉	고단	

1910년 04월 28일 (목) 412호

지면	단수	기획	기사제목 〈회수〉〔곡수〕	필자/저자(역자)	분류	비고
1	4~5	寸鐵	(제목없음)		수필/기타	
1	5~7		水戶黃門記 〈216〉 미토코몬기	伊東潮玉	고단	
3	3~4		落し文 떨어트린 편지		수필/서간	

1910년 04월 29일 (금) 413호

지면	단수	기획	기사제목 〈회수〉〔곡수〕	필자/저자(역자)	분류	비고
1	3~4	寸鐵	(제목없음)		수필/기타	
1	5~7		水戶黃門記 〈217〉 미토코몬기	伊東潮玉	고단	

지면	단수	기획	기사제목 〈회수〉〔곡수〕	필자/저자(역자)	분류	비고
			1910년 04월 30일 (토) 414호			
1	5~7		水戸黃門記〈218〉 미토코몬기	伊東潮玉	고단	
			1910년 05월 01일 (일) 415호			
1	5~7		水戸黃門記〈219〉 미토코몬기	伊東潮玉	고단	
			1910년 05월 03일 (화) 416호			
1	5~7		水戸黃門記〈220〉 미토코몬기	伊東潮玉	고단	
			1910년 05월 04일 (수) 417호			
1	5~7		水戸黃門記〈221〉 미토코몬기	伊東潮玉	고단	
3	5~6		溫陽行雜觀(上)〈1〉 온양행 잡관(상)		수필/기행	
			1910년 05월 05일 (목) 418호			
1	4~5	寸鐵	(제목없음)		수필/기타	
1	5~7		水戸黃門記〈222〉 미토코몬기	伊東潮玉	고단	
3	5~6		溫陽行雜觀(下)〈2〉 온양행 잡관(하)		수필/기행	
			1910년 05월 06일 (금) 419호			
1	3~4	寸鐵	(제목없음)		수필/기타	
1	5~7		水戸黃門記〈223〉 미토코몬기	伊東潮玉	고단	
			1910년 05월 07일 (토) 420호			
1	5~7		水戸黃門記〈224〉 미토코몬기	伊東潮玉	고단	
			1910년 05월 08일 (일) 421호			
1	4~5		飛行機を走す心持(上)〈1〉 비행기 조종을 하는 마음가짐(상)	カルテシ	수필/기타	
1	5~7		水戸黃門記〈225〉 미토코몬기	伊東潮玉	고단	
3	1~2		南山の一夜(上)〈1〉 남산의 하룻밤(상)		수필/일상	
			1910년 05월 10일 (화) 422호			
1	4		飛行機を走す心持(二)〈2〉 비행기 조종을 하는 마음가짐(2)	カルテシ	수필/기타	
1	5~7		水戸黃門記〈226〉 미토코몬기	伊東潮玉	고단	
			1910년 05월 11일 (수) 423호			

지면	단수	기획	기사제목 〈회수〉〔곡수〕	필자/저자(역자)	분류	비고
1	5~7		水戶黃門記 〈227〉 미토코몬기	伊東潮玉	고단	

1910년 05월 12일 (목) 424호

지면	단수	기획	기사제목 〈회수〉〔곡수〕	필자/저자(역자)	분류	비고
1	4~5		八景園詩宴席土君山詩伯卽吟 팔경원시연석토군산시백즉음	南海散士	수필·시가/ 비평·한시	
1	6~7		水戶黃門記 〈228〉 미토코몬기	伊東潮玉	고단	

1910년 05월 13일 (금) 425호

지면	단수	기획	기사제목 〈회수〉〔곡수〕	필자/저자(역자)	분류	비고
1	5~7		水戶黃門記 〈229〉 미토코몬기	伊東潮玉	고단	
3	2~3		大神宮祭典雜觀 다이진구 제전 잡관		수필/일상	

1910년 05월 14일 (토) 426호

지면	단수	기획	기사제목 〈회수〉〔곡수〕	필자/저자(역자)	분류	비고
1	5~7		水戶黃門記 〈230〉 미토코몬기	伊東潮玉	고단	

1910년 05월 15일 (일) 427호

지면	단수	기획	기사제목 〈회수〉〔곡수〕	필자/저자(역자)	분류	비고
1	3~7		歌劇マノン 가극 마농	遠藤吉雄	수필/비평	

1910년 05월 17일 (화) 428호

지면	단수	기획	기사제목 〈회수〉〔곡수〕	필자/저자(역자)	분류	비고
1	4~5	寸鐵	(제목없음)		수필/기타	
1	5~7		奇しき路伴 〈1〉 수상한 길벗	ゴールキー (淸也)	소설	

1910년 05월 18일 (수) 429호

지면	단수	기획	기사제목 〈회수〉〔곡수〕	필자/저자(역자)	분류	비고
1	5~7		奇しき路伴 〈2〉 수상한 길벗	ゴールキー (淸也)	소설	

1910년 05월 19일 (목) 430호

지면	단수	기획	기사제목 〈회수〉〔곡수〕	필자/저자(역자)	분류	비고
1	5~7		奇しき路伴 〈3〉 수상한 길벗	ゴールキー (淸也)	소설	
3	1		俵夫人を訪ふ 다와라 부인을 만나다		수필/일상	

1910년 05월 20일 (금) 431호

지면	단수	기획	기사제목 〈회수〉〔곡수〕	필자/저자(역자)	분류	비고
1	5~7		路傍の人 〈1〉 길가의 사람	出口靑石	소설/일본	

1910년 05월 21일 (토) 432호

지면	단수	기획	기사제목 〈회수〉〔곡수〕	필자/저자(역자)	분류	비고
1	4~5		思ひ出のまま 추억 그대로	貧窟主人	수필/일상	
1	5~7		路傍の人 〈2〉 길가의 사람	出口靑石	소설/일본	

1910년 05월 24일 (화) 433호

지면	단수	기획	기사제목 〈회수〉〔곡수〕	필자/저자(역자)	분류	비고
1	4		犬は六千年已に人間の友達であった 개는 육천 년 전부터 이미 인간의 친구였다		수필/일상	

지면	단수	기획	기사제목 〈회수〉〔곡수〕	필자/저자(역자)	분류	비고
1	5~7		路傍の人 〈3〉 길가의 사람	出口靑石	소설/일본	

1910년 05월 25일 (수) 434호

지면	단수	기획	기사제목 〈회수〉〔곡수〕	필자/저자(역자)	분류	비고
1	5~7		俠客 春雨傘 〈1〉 협객 하루사메가사	神田伯鱗	고단	

1910년 05월 26일 (목) 435호

지면	단수	기획	기사제목 〈회수〉〔곡수〕	필자/저자(역자)	분류	비고
1	5~7		俠客 春雨傘 〈2〉 협객 하루사메가사	神田伯鱗	고단	
3	1		路傍の人 〈4〉 길가의 사람	出口靑石	소설/일본	

1910년 05월 27일 (금) 436호

지면	단수	기획	기사제목 〈회수〉〔곡수〕	필자/저자(역자)	분류	비고
1	5~7		俠客 春雨傘 〈3〉 협객 하루사메가사	神田伯鱗	고단	
3	5~6		京城婦人病院を訪ふ 〈2〉 경성 부인병원을 방문하다		수필/일상	

1910년 05월 28일 (토) 437호

지면	단수	기획	기사제목 〈회수〉〔곡수〕	필자/저자(역자)	분류	비고
1	9		國母陛下の御事/御作歌/愼獨 〔1〕 국모폐하에 대하여/어작가/신독	貞明皇后	시가/단카	
1	9		國母陛下の御事/御作歌/寄露述懷 〔1〕 국모폐하에 대하여/어작가/기로술회	貞明皇后	시가/단카	
1	9		國母陛下の御事/御作歌/讀書言志 〔1〕 국모폐하에 대하여/어작가/독서언지	貞明皇后	시가/단카	
1	9		國母陛下の御事/御作歌/あるをり 〔1〕 국모폐하에 대하여/어작가/신독	貞明皇后	시가/단카	
1	9		國母陛下の御事/御作歌/四海兄弟 〔1〕 국모폐하에 대하여/어작가/사해형제	貞明皇后	시가/단카	
1	9		國母陛下の御事/御作歌/海上春月 〔1〕 국모폐하에 대하여/어작가/바다 위 봄달	貞明皇后	시가/단카	
1	9		國母陛下の御事/御作歌/善友に親めよとの心を 〔1〕 국모폐하에 대하여/어작가/선량한 친구와 친하고자 하는 마음을	貞明皇后	시가/단카	
3	1		路傍の人 〈[4]1〉 길가의 사람	出口靑石	소설/일본	

1910년 05월 29일 (일) 438호

지면	단수	기획	기사제목 〈회수〉〔곡수〕	필자/저자(역자)	분류	비고
1	3~5		思ひ出のまま 추억 그대로	貧窟主人	수필/일상	
1	5~7		俠客 春雨傘 〈4〉 협객 하루사메가사	神田伯鱗	고단	

1910년 05월 31일 (화) 439호

지면	단수	기획	기사제목 〈회수〉〔곡수〕	필자/저자(역자)	분류	비고
1	3~4		懷しき海 그리운 바다	在京 ▲▲生	수필/일상	
1	5~7		俠客 春雨傘 〈5〉 협객 하루사메가사	神田伯鱗	고단	

1910년 06월 01일 (수) 440호

지면	단수	기획	기사제목 〈회수〉〔곡수〕	필자/저자(역자)	분류	비고
1	5~7		俠客 春雨傘 〈6〉 협객 하루사메가사	神田伯鱗	고단	

지면	단수	기획	기사제목 〈회수〉〔곡수〕	필자/저자(역자)	분류	비고
3	1		九味浦航行 〈1〉 구미 포항행	娛濤生	수필/기행	

1910년 06월 02일 (목) 441호

지면	단수	기획	기사제목 〈회수〉〔곡수〕	필자/저자(역자)	분류	비고
1	4		懐しき海 그리운 바다	在京 ▲▲生	수필/일상	
1	5~7		俠客 春雨傘 〈7〉 협객 하루사메가사	神田伯鱗	고단	
3	1		九味浦航行 〈2〉 구미 포항행	娛濤生	수필/기행	
3	3~4		琵琶の流し(上) 〈1〉 비파소리(상)		수필/기타	

1910년 06월 03일 (금) 442호

지면	단수	기획	기사제목 〈회수〉〔곡수〕	필자/저자(역자)	분류	비고
1	4		懐しき海 그리운 바다	在京 ▲▲生	수필/기행	
1	5~7		俠客 春雨傘 〈8〉 협객 하루사메가사	神田伯鱗	고단	
3	1		九味浦航行 〈3〉 구미 포항행	娛濤生	수필/기행	
3	3~4		琵琶の流し(下) 〈2〉 비파소리(하)		수필/기타	

1910년 06월 04일 (토) 443호

지면	단수	기획	기사제목 〈회수〉〔곡수〕	필자/저자(역자)	분류	비고
1	4		馬風言 〈1〉 마풍언	▲▲▲	수필/일상	
1	5~7		俠客 春雨傘 〈9〉 협객 하루사메가사	神田伯鱗	고단	
3	1~2		九味浦航行 〈4〉 구미 포항행	娛濤生	수필/기행	

1910년 06월 05일 (일) 444호

지면	단수	기획	기사제목 〈회수〉〔곡수〕	필자/저자(역자)	분류	비고
1	4	文藝	馬風言 〈2〉 마풍언	▲▲▲	수필/일상	
1	5~7		俠客 春雨傘 〈10〉 협객 하루사메가사	神田伯鱗	고단	
3	6~7		九味浦航行 〈5〉 구미 포항행	娛濤生	수필/기행	

1910년 06월 07일 (화) 445호

지면	단수	기획	기사제목 〈회수〉〔곡수〕	필자/저자(역자)	분류	비고
1	4~5	文藝	思ひ出のまま 〈3〉 추억 그대로	貧窟主人	수필/일상	
1	5~7		俠客 春雨傘 〈11〉 협객 하루사메가사	神田伯鱗	고단	
3	1		九味浦航行 〈6〉 구미 포항행	娛濤生	수필/기행	

1910년 06월 08일 (수) 446호

지면	단수	기획	기사제목 〈회수〉〔곡수〕	필자/저자(역자)	분류	비고
1	4~5	文藝	思ひ出のまま 〈4〉 추억 그대로	貧窟主人	수필/일상	
1	5~7		俠客 春雨傘 〈12〉 협객 하루사메가사	神田伯鱗	고단	

지면	단수	기획	기사제목 〈회수〉〔곡수〕	필자/저자(역자)	분류	비고
3	1~2		九味浦航行 〈7〉 구미 포항행	娛濤生	수필/기행	

1910년 06월 09일 (목) 447호

1	4~5	文藝	馬風言 〈3〉 마풍언	▲▲▲	수필/일상	
1	5~7		俠客 春雨傘 〈13〉 협객 하루사메가사	神田伯鱗	고단	

1910년 06월 10일 (금) 448호

1	4~5		續隨感雜記 〈1〉 속 수감 잡기	竹涯生	수필/일상	
1	5~7		俠客 春雨傘 〈14〉 협객 하루사메가사	神田伯鱗	고단	
3	1~2		京城の細君/髮結のお光さん 〈1〉 경성의 아내/머리 만지는 미쓰 씨		수필/일상	

1910년 06월 11일 (토) 449호

1	4		續隨感雜記 〈2〉 속 수감 잡기	竹涯生	수필/일상	
1	5~7		俠客 春雨傘 〈15〉 협객 하루사메가사	神田伯鱗	고단	

1910년 06월 12일 (일) 450호

1	5		續隨感雜記 〈3〉 속 수감 잡기	竹涯生	수필/일상	
1	5~7		俠客 春雨傘 〈16〉 협객 하루사메가사	神田伯鱗	고단	
2	9		北關槎記 〈1〉 북관차기	老虎嘯生	수필/기행	

1910년 06월 14일 (화) 451호

1	1~2		忠羅 視察一夕話 〈1〉 충나 시찰 어느 밤 이야기	嶋重治	수필/기행	
1	4~5		續隨感雜記 〈4〉 속 수감 잡기	竹涯生	수필/일상	
1	5~7		俠客 春雨傘 〈17〉 협객 하루사메가사	神田伯鱗	고단	

1910년 06월 15일 (수) 452호

1	1~2		忠羅 視察一夕話 〈2〉 충나 시찰 어느 밤 이야기	嶋重治	수필/기행	
1	4		續隨感雜記 〈4〉 속 수감 잡기	竹涯生	수필/일상	
1	5~7		俠客 春雨傘 〈18〉 협객 하루사메가사	神田伯鱗	고단	

1910년 06월 16일 (목) 453호

1	2~3		忠羅 視察一夕話 〈3〉 충나 시찰 어느 밤 이야기	嶋重治	수필/기행	
1	4~5		續隨感雜記 〈5〉 속 수감 잡기	竹涯生	수필/일상	

지면	단수	기획	기사제목 〈회수〉 〔곡수〕	필자/저자(역자)	분류	비고
1	5~7		俠客 春雨傘 〈19〉 협객 하루사메가사	神田伯鱗	고단	
3	1~2		夏の婦人の頭髮 여름철 부인의 머리모양	△△生	수필/일상	

1910년 06월 17일 (금) 454호

지면	단수	기획	기사제목 〈회수〉 〔곡수〕	필자/저자(역자)	분류	비고
1	2~4		忠羅 視察一夕話 〈4〉 충나 시찰 어느 밤 이야기	嶋重治	수필/기행	
1	4		北關槎記 〈2〉 북관차기	老虎嘯生	수필/기행	
1	4~5		續隨感雜記 〈6〉 속 수감 잡기	竹涯生	수필/일상	
1	5~7		俠客 春雨傘 〈20〉 협객 하루사메가사	神田伯鱗	고단	
3	5~6		若遊三を聽く 와카유산을 듣다	若侍	수필/비평	

1910년 06월 18일 (토) 455호

지면	단수	기획	기사제목 〈회수〉 〔곡수〕	필자/저자(역자)	분류	비고
1	2~3		忠羅 視察一夕話 〈5〉 충나 시찰 어느 밤 이야기	嶋重治	수필/기행	
1	4~5		續隨感雜記 〈7〉 속 수감 잡기	竹涯生	수필/일상	
1	5~7		俠客 春雨傘 〈21〉 협객 하루사메가사	神田伯鱗	고단	
3	1		夏の菓子 여름철 과자		수필/일상	

1910년 06월 19일 (일) 456호

지면	단수	기획	기사제목 〈회수〉 〔곡수〕	필자/저자(역자)	분류	비고
1	1~2		忠羅 視察一夕話 〈6〉 충나 시찰 어느 밤 이야기	嶋重治	수필/기행	
1	2~3		北關槎記 〈3〉 북관차기	老虎嘯生	수필/기행	
1	5~7		俠客 春雨傘 〈22〉 협객 하루사메가사	神田伯鱗	고단	

1910년 06월 21일 (일) 457호   요일 오류

지면	단수	기획	기사제목 〈회수〉 〔곡수〕	필자/저자(역자)	분류	비고
1	2~3		北關槎記 〈4〉 북관차기	老虎嘯生	수필/기행	
1	4~5		若きヱルテルが憂愁を讀む(上) 〈1〉 젊은 베르테르의 슬픔을 읽고(상)	竹涯生	수필/비평	
1	5~7		俠客 春雨傘 〈23〉 협객 하루사메가사	神田伯鱗	고단	
3	1~2		本社演藝園演劇 본사 연예원 연극		수필/비평	

1910년 06월 22일 (수) 458호

지면	단수	기획	기사제목 〈회수〉 〔곡수〕	필자/저자(역자)	분류	비고
1	2~4		北關槎記 〈5〉 북관차기	老虎嘯生	수필/기행	
1	5	俳句	(제목없음) 〔1〕	桂圓	시가/하이쿠	
1	5	俳句	(제목없음) 〔1〕	桃園	시가/하이쿠	

지면	단수	기획	기사제목 〈회수〉 [곡수]	필자/저자(역자)	분류	비고
1	5	俳句	(제목없음) [1]	青紗	시가/하이쿠	
1	5	俳句	(제목없음) [1]	來川	시가/하이쿠	
1	5	俳句	(제목없음) [1]	桐花	시가/하이쿠	
1	5	俳句	(제목없음) [1]	如水	시가/하이쿠	
1	5	俳句	(제목없음) [3]	失名	시가/하이쿠	
1	5~7		俠客 春雨傘 〈24〉 협객 하루사메가사	神田伯鱗	고단	
3	3~4		本社 演劇雜觀 본사 연극 잡관		수필/비평	

1910년 06월 23일 (목) 459호

지면	단수	기획	기사제목 〈회수〉 [곡수]	필자/저자(역자)	분류	비고
1	4~5		若きヱルテルが憂愁を讀む(中) 〈2〉 젊은 베르테르의 슬픔을 읽고(중)	竹涯生	수필/비평	
1	5~7		俠客 春雨傘 〈25〉 협객 하루사메가사	神田伯鱗	고단	

1910년 06월 24일 (금) 460호

지면	단수	기획	기사제목 〈회수〉 [곡수]	필자/저자(역자)	분류	비고
1	2~3		北關槎記 〈6〉 북관차기	老虎嘯生	수필/기행	
1	5~7		俠客 春雨傘 〈26〉 협객 하루사메가사	神田伯鱗	고단	
3	1~3		黴の話 곰팡이 이야기		수필/일상	

1910년 06월 25일 (토) 461호

지면	단수	기획	기사제목 〈회수〉 [곡수]	필자/저자(역자)	분류	비고
1	2~3		北關槎記 〈7〉 북관차기	老虎嘯生	수필/기행	
1	4~5		若きヱルテルが憂愁を讀む(下) 〈3〉 젊은 베르테르의 슬픔을 읽고(하)	竹涯生	수필/비평	
1	5~7		俠客 春雨傘 〈27〉 협객 하루사메가사	神田伯鱗	고단	

1910년 06월 26일 (일) 462호

지면	단수	기획	기사제목 〈회수〉 [곡수]	필자/저자(역자)	분류	비고
1	5		若きヱルテルが憂愁を讀む(下) 〈4〉 젊은 베르테르의 슬픔을 읽고(하)	竹涯生	수필/비평	
1	5~7		俠客 春雨傘 〈28〉 협객 하루사메가사	神田伯鱗	고단	

1910년 06월 28일 (화) 463호

지면	단수	기획	기사제목 〈회수〉 [곡수]	필자/저자(역자)	분류	비고
1	4~5		續隨感雜記 〈8〉 속 수감 잡기	竹涯生	수필/일상	
1	5		春湖 [7] 봄날의 호수	新庄竹涯	시가/단카	
1	5~7		俠客 春雨傘 〈29〉 협객 하루사메가사	神田伯鱗	고단	
3	5		閑話休題 한화 휴제		수필/기타	

지면	단수	기획	기사제목 〈회수〉〔곡수〕	필자/저자(역자)	분류	비고
1910년 06월 29일 (수) 464호						
1	5		春の雲 〔6〕 봄날의 구름	新庄竹涯	시가/단카	
1	5~7		俠客 春雨傘 〈30〉 협객 하루사메가사	神田伯鱗	고단	
1910년 06월 30일 (목) 465호						
1	5		春の月 〔6〕 봄날의 달	新庄竹涯	시가/단카	
1	5~7		俠客 春雨傘 〈31〉 협객 하루사메가사	神田伯鱗	고단	
1910년 07월 01일 (금) 466호						
1	4~5		青疊 〔6〕 푸른 다타미	新庄竹涯	시가/단카	
1	5~7		俠客 春雨傘 〈32〉 협객 하루사메가사	神田伯鱗	고단	
1910년 07월 02일 (토) 467호						
1	5~7		俠客 春雨傘 〈33〉 협객 하루사메가사	神田伯鱗	고단	
1910년 07월 03일 (일) 468호						
1	5~7		俠客 春雨傘 〈34〉 협객 하루사메가사	神田伯鱗	고단	
1910년 07월 05일 (화) 469호						
1	5~7		俠客 春雨傘 〈35〉 협객 하루사메가사	神田伯鱗	고단	
1910년 07월 06일 (수) 470호						
1	5		新錄 〔1〕 신록	竹涯生	시가/기타	
1	5	俳句	(제목없음) 〔6〕	竹涯生	시가/하이쿠	
1	5~7		俠客 春雨傘 〈36〉 협객 하루사메가사	神田伯鱗	고단	
3	3~4		滑稽雨宿り 골계 비긋기		수필/기타	
1910년 07월 07일 (목) 471호						
1	5~7		俠客 春雨傘 〈37〉 협객 하루사메가사	神田伯鱗	고단	
1910년 07월 08일 (금) 472호						
1	5~7		俠客 春雨傘 〈38〉 협객 하루사메가사	神田伯鱗	고단	
1910년 07월 09일 (토) 473호						
1	5~7		俠客 春雨傘 〈39〉 협객 하루사메가사	神田伯鱗	고단	

지면	단수	기획	기사제목 〈회수〉〔곡수〕	필자/저자(역자)	분류	비고
			1910년 07월 10일 (일) 474호			
1	5~7		俠客 春雨傘 〈40〉 협객 하루사메가사	神田伯鱗	고단	
			1910년 07월 12일 (화) 475호			
1	5~7		俠客 春雨傘 〈41〉 협객 하루사메가사	神田伯鱗	고단	
			1910년 07월 13일 (수) 476호			
1	5~7		俠客 春雨傘 〈42〉 협객 하루사메가사	神田伯鱗	고단	
3	4~6		金馬一行評 긴바 일행평		수필/비평	
			1910년 07월 14일 (목) 477호			
1	5~7		俠客 春雨傘 〈43〉 협객 하루사메가사	神田伯鱗	고단	
			1910년 07월 15일 (금) 478호			
1	5~7		俠客 春雨傘 〈44〉 협객 하루사메가사	神田伯鱗	고단	
			1910년 07월 16일 (토) 479호			
1	5~7		俠客 春雨傘 〈45〉 협객 하루사메가사	神田伯鱗	고단	
3	1~2		水泳片言 수영편언	ケーユー生	수필/기타	
			1910년 07월 17일 (일) 480호			
1	5~7		俠客 春雨傘 〈45〉 협객 하루사메가사	神田伯鱗	고단	회수 오류
5	5~6		京城の演藝界 경성의 연예계		수필/기타	
			1910년 07월 19일 (화) 481호			
1	5~7		俠客 春雨傘 〈46〉 협객 하루사메가사	神田伯鱗	고단	회수 오류
			1910년 07월 20일 (수) 482호			
1	5~7		俠客 春雨傘 〈48〉 협객 하루사메가사	神田伯鱗	고단	
			1910년 07월 21일 (목) 483호			
1	5~7		俠客 春雨傘 〈49〉 협객 하루사메가사	神田伯鱗	고단	
3	1~2		游泳我觀 유영아관	薫風生	수필/비평	
			1910년 07월 22일 (금) 484호			
1	5~7		俠客 春雨傘 〈50〉 협객 하루사메가사	神田伯鱗	고단	

지면	단수	기획	기사제목 〈회수〉〔곡수〕	필자/저자(역자)	분류	비고
3	1~2		氣車を待つ間 기차를 기다리는 동안	同行二人	수필/일상	

1910년 07월 23일 (토) 485호

지면	단수	기획	기사제목 〈회수〉〔곡수〕	필자/저자(역자)	분류	비고
1	4~5		俳句の起り 〈1〉 하이쿠의 유래	佐藤紅緑	수필/비평	
1	5~7		俠客 春雨傘 〈51〉 협객 하루사메가사	神田伯鱗	고단	
3	1~2		海水浴に就て 〈1〉 해수욕에 대하여	漢城病院醫員 小林 千壽	수필/일상	
3	3~4		酌婦の生活 〈1〉 작부의 생활		수필/일상	

1910년 07월 24일 (일) 486호

지면	단수	기획	기사제목 〈회수〉〔곡수〕	필자/저자(역자)	분류	비고
1	4~5		俳句の起り 〈2〉 하이쿠의 유래	佐藤紅緑	수필/비평	
1	5~7		俠客 春雨傘 〈52〉 협객 하루사메가사	神田伯鱗	고단	
3	1		海水浴に就て 〈2〉 해수욕에 대하여	漢城病院醫員 小林 千壽	수필/일상	
3	3~4		酌婦の生活 〈2〉 작부의 생활		수필/일상	

1910년 07월 26일 (화) 487호

지면	단수	기획	기사제목 〈회수〉〔곡수〕	필자/저자(역자)	분류	비고
1	5~7		俠客 春雨傘 〈53〉 협객 하루사메가사	神田伯鱗	고단	
3	1~2		一昨日の海水浴 그저께의 해수욕		수필/일상	
3	6~7		酌婦の生活 〈3〉 작부의 생활		수필/일상	

1910년 07월 27일 (수) 488호

지면	단수	기획	기사제목 〈회수〉〔곡수〕	필자/저자(역자)	분류	비고
1	4~5		俳句の起り 〈2〉 하이쿠의 유래	佐藤紅緑	수필/비평	
1	6~7		俠客 春雨傘 〈54〉 협객 하루사메가사	神田伯鱗	고단	
3	5		花柳漫語 〈1〉 화류만어	若侍	수필/기타	
3	6~7		酌婦の生活 〈4〉 작부의 생활		수필/일상	

1910년 07월 28일 (목) 489호

지면	단수	기획	기사제목 〈회수〉〔곡수〕	필자/저자(역자)	분류	비고
1	4~5		俳句の起り 〈4〉 하이쿠의 유래	佐藤紅緑	수필/비평	
1	5~7		俠客 春雨傘 〈55〉 협객 하루사메가사	神田伯鱗	고단	
3	7~8		仲居の生活 〈5〉 여관 종업원의 생활		수필/일상	

1910년 07월 29일 (금) 490호

지면	단수	기획	기사제목 〈회수〉〔곡수〕	필자/저자(역자)	분류	비고
1	4~5		俳句の起り 〈5〉 하이쿠의 유래	佐藤紅緑	수필/비평	

지면	단수	기획	기사제목 〈회수〉〔곡수〕	필자/저자(역자)	분류	비고
1	5~7		俠客 春雨傘 〈56〉 협객 하루사메가사	神田伯鱗	고단	
3	6~7		仲居の生活 〈6〉 여관 종업원의 생활		수필/일상	

1910년 07월 30일 (토) 491호

지면	단수	기획	기사제목 〈회수〉〔곡수〕	필자/저자(역자)	분류	비고
1	5~7		俠客 春雨傘 〈57〉 협객 하루사메가사	神田伯鱗	고단	
3	5		花柳漫語 〈2〉 화류만어	若侍	수필/기타	
3	6~7		女將の策略 〈7〉 여주인의 책략		수필/일상	

1910년 07월 31일 (일) 492호

지면	단수	기획	기사제목 〈회수〉〔곡수〕	필자/저자(역자)	분류	비고
1	5~7		俠客 春雨傘 〈58〉 협객 하루사메가사	神田伯鱗	고단	

1910년 08월 02일 (화) 493호

지면	단수	기획	기사제목 〈회수〉〔곡수〕	필자/저자(역자)	분류	비고
1	5~7		俠客 春雨傘 〈59〉 협객 하루사메가사	神田伯鱗	고단	

1910년 08월 03일 (수) 494호

지면	단수	기획	기사제목 〈회수〉〔곡수〕	필자/저자(역자)	분류	비고
1	5~7		俠客 春雨傘 〈60〉 협객 하루사메가사	神田伯鱗	고단	
3	1~2		水永漫語 수영만어	エスデー生	수필/기타	
3	2~3		女將の策略 〈8〉 여주인의 책략		수필/일상	

1910년 08월 04일 (목) 495호

지면	단수	기획	기사제목 〈회수〉〔곡수〕	필자/저자(역자)	분류	비고
1	5~7		俠客 春雨傘 〈61〉 협객 하루사메가사	神田伯鱗	고단	
3	4~5		車夫の生活 〈1〉 차부의 생활		수필/일상	

1910년 08월 05일 (금) 496호

지면	단수	기획	기사제목 〈회수〉〔곡수〕	필자/저자(역자)	분류	비고
1	5~7		俠客 春雨傘 〈62〉 협객 하루사메가사	神田伯鱗	고단	

1910년 08월 05일 (금) 496호 한국철도연선호 제 2

지면	단수	기획	기사제목 〈회수〉〔곡수〕	필자/저자(역자)	분류	비고
2	1~2		韓南の樂園/居住地としての馬山 한남의 낙원/거류지로서의 마산		수필/기타	
3	2~3		馬山の名花 마산의 명화		수필/기타	

1910년 08월 06일 (토) 497호

지면	단수	기획	기사제목 〈회수〉〔곡수〕	필자/저자(역자)	분류	비고
1	4~5		俳句の起り 〈6〉 하이쿠의 유래	佐藤紅綠	수필/비평	
1	5~7		俠客 春雨傘 〈63〉 협객 하루사메가사	神田伯鱗	고단	
3	4~5		車夫の生活/日本人車夫 〈2〉 차부의 생활/일본인 차부		수필/일상	

			1910년 08월 07일 (일) 498호			
1	1		國境周游 〈1〉 국경 주유	老虎嘯	수필/기행	
1	1~2		水鄕の夏 수향의 여름		수필/일상	
1	5~7		俠客 春雨傘 〈64〉 협객 하루사메가사	神田伯鱗	고단	
3	5~6		車夫の生活/日本人の部 〈3〉 차부의 생활/일본인 부		수필/일상	
			1910년 08월 09일 (화) 499호			
1	1~2		國境周游 〈2〉 국경 주유	老虎嘯	수필/기행	
1	3~4		俳句の起り 〈7〉 하이쿠의 유래	佐藤紅綠	수필/비평	
1	5~6		俠客 春雨傘 〈65〉 협객 하루사메가사	神田伯鱗	고단	
3	1		車夫の生活/日本人の部 〈4〉 차부의 생활/일본인 부		수필/일상	
3	2~3		當世色男氣質 당세색남기질		수필/기타	
			1910년 08월 13일 (수) 500호			요일 오류
1	2~4		國境周游 〈3〉 국경 주유	老虎嘯	수필/기행	
1	4~7		河內山宗俊 〈1〉 고우치야마 소슌	杢左衛門 記	고단	
			1910년 08월 14일 (일) 501호			
1	2~4		國境周游 〈3〉 국경 주유	老虎嘯	수필/기행	
1	5~7		河內山宗俊 〈2〉 고우치야마 소슌	杢左衛門 記	고단	
3	1~2		夏の自由結婚 여름철 자유 결혼		수필/기타	
5	1		車夫の生活/日本人車夫 〈6〉 차부의 생활/일본인 차부		수필/일상	
			1910년 08월 16일 (화) 502호			
1	4~5		俳句の起り 〈7〉 하이쿠의 유래	佐藤紅綠	수필/비평	
1	5~7		河內山宗俊 〈3〉 고우치야마 소슌	杢左衛門 記	고단	
			1910년 08월 17일 (수) 503호			
1	1~2		國境周游 〈4〉 국경 주유	老虎嘯	수필/기행	
1	4~5		俳句の起り 〈8〉 하이쿠의 유래	佐藤紅綠	수필/비평	
1	5~7		河內山宗俊 〈4〉 고우치야마 소슌	杢左衛門 記	고단	

지면	단수	기획	기사제목 〈회수〉〔곡수〕	필자/저자(역자)	분류	비고
5	1~2		車夫の生活/韓人車夫 〈7〉 차부의 생활/한인 차부		수필/일상	

1910년 08월 18일 (목) 504호

지면	단수	기획	기사제목 〈회수〉〔곡수〕	필자/저자(역자)	분류	비고
1	4~5		續隨感雜記 속 수감 잡기	竹涯生	수필/일상	
1	5~7		河內山宗俊 〈5〉 고우치야마 소슌	杢左衛門 記	고단	
3	1~2		海水浴の話 〈1〉 해수욕 이야기	醫學博士 山田鐵藏	수필/기타	
3	6		車夫の生活/韓人車夫 〈8〉 차부의 생활/한인 차부		수필/일상	

1910년 08월 19일 (금) 505호

지면	단수	기획	기사제목 〈회수〉〔곡수〕	필자/저자(역자)	분류	비고
1	4~5		續隨感雜記 속 수감 잡기	竹涯生	수필/일상	
1	5~7		河內山宗俊 〈6〉 고우치야마 소슌	杢左衛門 記	고단	
3	1~2		海水浴の話 〈2〉 해수욕 이야기	醫學博士 山田鐵藏	수필/기타	
3	4~5		車夫の生活/韓人車夫 〈8〉 차부의 생활/한인 차부		수필/일상	회차 오류

1910년 08월 20일 (토) 506호

지면	단수	기획	기사제목 〈회수〉〔곡수〕	필자/저자(역자)	분류	비고
1	1~2		國境周游 〈6〉 국경 주유	老虎嘯	수필/기행	
1	4~5		俳句の起り 〈9〉 하이쿠의 유래	佐藤紅綠	수필/비평	
1	5~7		河內山宗俊 〈7〉 고우치야마 소슌	杢左衛門 記	고단	
3	1~2		海水浴の話 〈3〉 해수욕 이야기	醫學博士 山田鐵藏	수필/기타	

1910년 08월 21일 (일) 507호

지면	단수	기획	기사제목 〈회수〉〔곡수〕	필자/저자(역자)	분류	비고
1	3~4		續隨感雜記 속 수감 잡기	竹涯生	수필/일상	
1	4~5		俳句の起り 〈10〉 하이쿠의 유래	佐藤紅綠	수필/비평	
1	5~7		河內山宗俊 〈8〉 고우치야마 소슌	杢左衛門 記	고단	

1910년 08월 23일 (화) 508호

지면	단수	기획	기사제목 〈회수〉〔곡수〕	필자/저자(역자)	분류	비고
1	4~5		續隨感雜記 속 수감 잡기	竹涯生	수필/일상	
1	5~7		河內山宗俊 〈9〉 고우치야마 소슌	杢左衛門 記	고단	
3	1~2		朝鮮の怪談 〈1〉 조선의 괴담		소설/한국고 전	

1910년 08월 24일 (수) 509호

지면	단수	기획	기사제목 〈회수〉〔곡수〕	필자/저자(역자)	분류	비고
1	3~4		續隨感雜記 속 수감 잡기	竹涯生	수필/일상	

지면	단수	기획	기사제목 〈회수〉〔곡수〕	필자/저자(역자)	분류	비고
1	4~5		俳句の起り 〈11〉 하이쿠의 유래	佐藤紅綠	수필/비평	
1	5~7		河內山宗俊 〈10〉 고우치야마 소슌	杢左衛門 記	고단	

1910년 08월 25일 (목) 510호

지면	단수	기획	기사제목 〈회수〉〔곡수〕	필자/저자(역자)	분류	비고
1	4~5		續隨感雜記 속 수감 잡기	竹涯生	수필/일상	
1	5~7		河內山宗俊 〈11〉 고우치야마 소슌	杢左衛門 記	고단	
3	1~2		朝鮮奇聞 〈2〉 조선기문		소설/한국고전	
3	2~3		鬼薊 도깨비 엉겅퀴		수필/기타	

1910년 08월 26일 (금) 511호

지면	단수	기획	기사제목 〈회수〉〔곡수〕	필자/저자(역자)	분류	비고
1	4~5		杜の月 〔1〕 신사의 달	竹涯生	시가/신체시	
1	5~7		河內山宗俊 〈12〉 고우치야마 소슌	杢左衛門 記	고단	
3	1~2		朝鮮奇聞 〈3〉 조선기문		소설/한국고전	
3	2~3		鬼薊 도깨비 엉겅퀴		수필/기타	

1910년 08월 27일 (토) 512호

지면	단수	기획	기사제목 〈회수〉〔곡수〕	필자/저자(역자)	분류	비고
1	4~5		二つの光 〔1〕 두 개의 빛	竹涯生	시가/신체시	
1	5		夏の句 〔12〕 여름의 하이쿠	新庄竹涯	시가/하이쿠	
1	5~7		河內山宗俊 〈13〉 고우치야마 소슌	杢左衛門 記	고단	
3	1~2		朝鮮奇聞 〈4〉 조선기문		소설/한국고전	
3	5		はがき便り 〈1〉 엽서 소식	#子	수필/일상	

1910년 08월 28일 (일) 513호

지면	단수	기획	기사제목 〈회수〉〔곡수〕	필자/저자(역자)	분류	비고
1	5		夏の句 〔13〕 여름의 하이쿠	新庄竹涯	시가/하이쿠	
1	5~7		河內山宗俊 〈14〉 고우치야마 소슌	杢左衛門 記	고단	
3	1~2		朝鮮奇聞 〈5〉 조선기문		소설/한국고전	

1910년 08월 30일 (화) 514호

지면	단수	기획	기사제목 〈회수〉〔곡수〕	필자/저자(역자)	분류	비고
1	5		夏の句 〔13〕 여름의 하이쿠	新庄竹涯	시가/하이쿠	
1	5~7		河內山宗俊 〈15〉 고우치야마 소슌	杢左衛門 記	고단	
3	1~2		朝鮮奇聞 〈6〉 조선기문		소설/한국고전	

지면	단수	기획	기사제목 〈회수〉〔곡수〕	필자/저자(역자)	분류	비고
			1910년 08월 31일 (수) 515호			
1	2~3		日本語普及 일본어 보급	金澤文學博士	수필/비평	
1	4~5		朝鮮人の性格 조선인의 성격	松村普通學務局長	수필/비평	
1	5		夏の句 〔7〕 여름의 하이쿠	新庄竹涯	시가/하이쿠	
1	5~7		河內山宗俊 〈16〉 고우치야마 소슌	杢左衛門 記	고단	
3	1~2		朝鮮奇聞 〈7〉 조선기문		소설/한국고전	
			1910년 09월 01일 (목) 516호			
1	4	俳句	(제목없음) 〔10〕		시가/하이쿠	
1	4~6		河內山宗俊 〈17〉 고우치야마 소슌	杢左衛門 記	고단	
3	1~2		朝鮮奇聞 〈8〉 조선기문		소설/한국고전	
			1910년 09월 02일 (금) 517호			
1	4~6		河內山宗俊 〈18〉 고우치야마 소슌	杢左衛門 記	고단	
3	1~2		朝鮮奇聞 〈9〉 조선기문		소설/한국고전	
			1910년 09월 03일 (토) 518호			
1	2~3		俗謠より見たる韓國民 속요로 보는 한국민	七面	수필·시가/비평·속요	
1	4	俳句	(제목없음) 〔5〕		시가/하이쿠	
1	4	俳句	送別 〔5〕 송별		시가/하이쿠	
1	4~6		河內山宗俊 〈19〉 고우치야마 소슌	杢左衛門 記	고단	
3	1~2		朝鮮奇聞 〈10〉 조선기문		소설/한국고전	
3	5		はがき便り 〈2〉 엽서 소식	#子	수필/일상	
			1910년 09월 04일 (일) 519호			
1	3~4		俗謠より見たる新邦人 〈2〉 속요로 보는 새로운 일본인	七面	수필·시가/비평·속요	
1	4	俳句	(제목없음) 〔11〕		시가/하이쿠	
1	4~6		河內山宗俊 〈20〉 고우치야마 소슌	杢左衛門 記	고단	
3	1~2		朝鮮奇聞 〈11〉 조선기문		소설/한국고전	
3	5		はがき便り 〈3〉 엽서 소식	#子	수필/일상	

지면	단수	기획	기사제목 〈회수〉〔곡수〕	필자/저자(역자)	분류	비고
			1910년 09월 06일 (화) 520호			
1	4	俳句	(제목없음)〔10〕	竹涯生	시가/하이쿠	
1	4~6		河內山宗俊〈21〉 고우치야마 소슌	杢左衛門 記	고단	
3	1~2		朝鮮奇聞〈12〉 조선기문		소설/한국고전	
3	4~5		桃山探驗記 모모야마 탐험기		수필/관찰	
			1910년 09월 07일 (수) 521호			
1	3		俗謠より見たる新邦人〈3〉 속요로 보는 새로운 일본인	七面	수필·시가/비평·속요	
1	4~6		河內山宗俊〈22〉 고우치야마 소슌	杢左衛門 記	고단	
3	1~2		朝鮮奇聞〈13〉 조선기문		소설/한국고전	
3	4		都々逸〔10〕 도도이쓰	はあ坊	시가/도도이쓰	
3	4		はがき便り〈5〉 엽서 소식	#子	수필/일상	
			1910년 09월 08일 (목) 522호			
1	4	俳句	(제목없음)〔4〕	竹涯生	시가/하이쿠	
1	4~6		河內山宗俊〈23〉 고우치야마 소슌	杢左衛門 記	고단	
3	1~2		朝鮮奇聞〈14〉 조선기문		소설/한국고전	
3	4	短歌十篇	秋〔10〕 가을	樂未子	시가/단카	
			1910년 09월 09일 (금) 523호			
1	4~6		河內山宗俊〈24〉 고우치야마 소슌	杢左衛門 記	고단	
3	1~2		朝鮮奇聞〈15〉 조선기문		소설/한국고전	
3	4		呪ひ〔8〕 저주	樂未子	시가/기타	
3	5~6		初目見得(上)〈1〉 첫인상(상)	△△生	수필/일상	
			1910년 09월 10일 (토) 524호			
1	4~6		河內山宗俊〈25〉 고우치야마 소슌	杢左衛門 記	고단	
3	1~2		朝鮮奇聞〈16〉 조선기문		소설/한국고전	
3	5~6		初目見得(下)〈2〉 첫인상(하)	△△生	수필/일상	
			1910년 09월 11일 (일) 525호			

지면	단수	기획	기사제목 〈회수〉〔곡수〕	필자/저자(역자)	분류	비고
1	4	俳句	(제목없음) 〔7〕	竹涯生	시가/하이쿠	
1	4~6		河內山宗俊 〈26〉 고우치야마 소슌	杢左衛門 記	고단	
3	1~2		朝鮮奇聞 〈17〉 조선기문		소설/한국고전	

1910년 09월 13일 (화) 526호

지면	단수	기획	기사제목 〈회수〉〔곡수〕	필자/저자(역자)	분류	비고
1	4	和歌	○ 〔8〕 ○	小ゆり	시가/단카	
1	4~6		河內山宗俊 〈27〉 고우치야마 소슌	杢左衛門 記	고단	
3	1~2		朝鮮奇聞 〈18〉 조선기문		소설/한국고전	
3	4		はがき便り 〈5〉 엽서 소식	#子	수필/일상	회수 오류

1910년 09월 14일 (수) 527호

지면	단수	기획	기사제목 〈회수〉〔곡수〕	필자/저자(역자)	분류	비고
1	4		最近の感想 〈1〉 최근의 감상		수필/기타	
1	4~6		河內山宗俊 〈28〉 고우치야마 소슌	杢左衛門 記	고단	
5	1		學校訪問記 학교 방문기	龍山士	수필/일상	
5	4		都々逸 〔8〕 도도이쓰	はあ坊	시가/도도이쓰	

1910년 09월 15일 (목) 528호

지면	단수	기획	기사제목 〈회수〉〔곡수〕	필자/저자(역자)	분류	비고
1	3~4		最近の感想 〈2〉 최근의 감상		수필/기타	
1	4~6		河內山宗俊 〈29〉 고우치야마 소슌	杢左衛門 記	고단	
3	1		永宗嶋行き 〈1〉 영종도 가는 길	枯骨	수필/기행	
3	4		☆都々逸 〔6〕 도도이쓰	三條舍主人	시가/도도이쓰	

1910년 09월 16일 (금) 529호

지면	단수	기획	기사제목 〈회수〉〔곡수〕	필자/저자(역자)	분류	비고
1	4~6	講談	河內山宗俊 〈30〉 고우치야마 소슌	杢左衛門 記	고단	
3	1		永宗嶋行き(下) 〈2〉 영종도 가는 길(하)	枯骨	수필/기행	

1910년 09월 17일 (토) 530호

지면	단수	기획	기사제목 〈회수〉〔곡수〕	필자/저자(역자)	분류	비고
1	5		最近の感想 〈3〉 최근의 감상		수필/기타	
1	5~7	講談	河內山宗俊 〈31〉 고우치야마 소슌	杢左衛門 記	고단	

1910년 09월 18일 (일) 531호

지면	단수	기획	기사제목 〈회수〉〔곡수〕	필자/저자(역자)	분류	비고
1	4~6	講談	河內山宗俊 〈32〉 고우치야마 소슌	杢左衛門 記	고단	

지면	단수	기획	기사제목 〈회수〉〔곡수〕	필자/저자(역자)	분류	비고
3	1		書籍より見た民心 서적으로 본 민심	京城支局 △△生	수필/기타	

1910년 09월 20일 (화) 532호

지면	단수	기획	기사제목 〈회수〉〔곡수〕	필자/저자(역자)	분류	비고
1	5		最近の感想〈4〉 최근의 감상		수필/기타	
1	6		亞弗利加 猛獸狩手記〈1〉 아프리카 맹수 사냥기	ルーズヴエルト	수필/기행	
3	1~2		新町の十分間 신마치에서의 10분 동안		수필/일상	
4	1~3	講談	河內山宗俊〈33〉 고우치야마 소슌	杢左衛門 記	고단	

1910년 09월 21일 (수) 533호

지면	단수	기획	기사제목 〈회수〉〔곡수〕	필자/저자(역자)	분류	비고
1	5~6		亞弗利加 猛獸狩手記〈2〉 아프리카 맹수 사냥기	ルーズヴエルト	수필/기행	
4	1~3	講談	河內山宗俊〈34〉 고우치야마 소슌	杢左衛門 記	고단	

1910년 09월 22일 (목) 534호

지면	단수	기획	기사제목 〈회수〉〔곡수〕	필자/저자(역자)	분류	비고
1	2~4		朝鮮は天然樂土〈1〉 조선은 천연 낙원		수필/관찰	
1	5		最近の感想〈5〉 최근의 감상		수필/기타	
1	5~6		亞弗利加 猛獸狩手記〈3〉 아프리카 맹수 사냥기	ルーズヴエルト	수필/기행	
3	4		都々逸/待身〔5〕 도도이쓰/기다리는 사람	## 出來合	시가/도도이쓰	
5	1~2	小說	白百合〈1〉 흰 백합	黑法師	소설/일본고전	
6	1~3	講談	河內山宗俊〈35〉 고우치야마 소슌	杢左衛門 記	고단	

1910년 09월 23일 (금) 535호

지면	단수	기획	기사제목 〈회수〉〔곡수〕	필자/저자(역자)	분류	비고
1	5~6		亞弗利加 猛獸狩手記〈4〉 아프리카 맹수 사냥기	ルーズヴエルト	수필/기행	
4	1~3	講談	河內山宗俊〈36〉 고우치야마 소슌	杢左衛門 記	고단	

1910년 09월 24일 (토) 536호

지면	단수	기획	기사제목 〈회수〉〔곡수〕	필자/저자(역자)	분류	비고
1	5		最近の感想〈6〉 최근의 감상		수필/기타	
1	5~6		亞弗利加 猛獸狩手記〈5〉 아프리카 맹수 사냥기	ルーズヴエルト	수필/기행	
4	1~3	講談	河內山宗俊〈37〉 고우치야마 소슌	杢左衛門 記	고단	

1910년 09월 27일 (화) 537호 朝鮮新聞 韓國併合記念號 其三

지면	단수	기획	기사제목 〈회수〉〔곡수〕	필자/저자(역자)	분류	비고
1	1~4		文字と同化 문자와 동화	前田翠雨	수필/비평	

1910년 09월 27일 (화) 537호 朝鮮新聞 韓國併合記念號 其四

지면	단수	기획	기사제목 〈회수〉〔곡수〕	필자/저자(역자)	분류	비고
1	6		合倂所感〔1〕 합병 소감	匪石 志水高次郞	시가/한시	

1910년 09월 27일 (화) 537호 朝鮮新聞 韓國倂合記念號 其六

지면	단수	기획	기사제목	필자/저자(역자)	분류	비고
1	1~4	講談	河內山宗俊 〈38〉 고우치야마 소슌	杢左衛門 記	고단	

1910년 09월 28일 (수) 538호

지면	단수	기획	기사제목	필자/저자(역자)	분류	비고
1	2~4		朝鮮は天然樂土 〈2〉 조선은 천연 낙토		수필/관찰	
1	5~6		亞弗利加 猛獸狩手記 〈6〉 아프리카 맹수 사냥기	ルーズヴエルト	수필/기행	
3	1~2		朝鮮奇聞(中ノ一) 〈1〉 조선기문(중-1)		소설/한국고전	
4	1~3	講談	河內山宗俊 〈39〉 고우치야마 소슌	杢左衛門 記	고단	

1910년 09월 29일 (목) 539호

지면	단수	기획	기사제목	필자/저자(역자)	분류	비고
1	2~3		詩を見る/婿搜しに諸國遍歷 〈1〉 시를 보다/남편 찾기에 여러 나라 편력	望天孔	수필/비평	
1	4~5		小品三種 〈1〉 소품삼종		수필/일상	
1	5~6		亞弗利加 猛獸狩手記 〈7〉 아프리카 맹수 사냥기	ルーズヴエルト	수필/기행	
3	1~2	小說	白百合 〈4〉 흰 백합	黑法師	소설/일본고전	
5	1~2		朝鮮奇聞(中ノ二) 〈2〉 조선기문(중-2)		소설/한국고전	
6	1~3	講談	河內山宗俊 〈40〉 고우치야마 소슌	杢左衛門 記	고단	

1910년 09월 30일 (금) 540호

지면	단수	기획	기사제목	필자/저자(역자)	분류	비고
1	2~4		詩を見る/婿搜しに諸國遍歷 〈2〉 시를 보다/남편 찾기에 여러 나라 편력	望天孔	수필/비평	
1	4		小品三種 〈2〉 소품삼종		수필/일상	
1	5~6		亞弗利加 猛獸狩手記 〈8〉 아프리카 맹수 사냥기	ルーズヴエルト	수필/기행	
3	1~2		朝鮮奇聞(中ノ三) 〈3〉 조선기문(중-3)		소설/한국고전	
4	1~3	講談	河內山宗俊 〈41〉 고우치야마 소슌	杢左衛門 記	고단	

1910년 10월 01일 (토) 541호

지면	단수	기획	기사제목	필자/저자(역자)	분류	비고
1	2~4		詩を見る 〈3〉 시를 보다	望天孔	수필/비평	
1	4~5		茸狩の記(上) 〈1〉 버섯 채취 기록(상)	吉田#笛	수필/관찰	
1	5		小品三種 〈3〉 소품삼종		수필/일상	
1	5~6		亞弗利加 猛獸狩手記 〈9〉 아프리카 맹수 사냥기	ルーズヴエルト	수필/기행	

지면	단수	기획	기사제목 〈회수〉〔곡수〕	필자/저자(역자)	분류	비고
3	1~2		朝鮮奇聞(中ノ四) 〈4〉 조선기문(중-4)		소설/한국고전	
4	1~3	講談	河內山宗俊 〈42〉 고우치야마 소슌	杢左衛門 記	고단	

1910년 10월 02일 (일) 542호

1	4~5		茸狩の記(下) 〈1〉 버섯 채취 기록(하)	吉田#笛	수필/관찰	
1	5~6		亞弗利加 猛獸狩手記 〈10〉 아프리카 맹수 사냥기	ルーズヴエルト	수필/기행	
3	1~2		朝鮮奇聞(中ノ五) 〈5〉 조선기문(중-5)		소설/한국고전	
4	1~3	講談	河內山宗俊 〈43〉 고우치야마 소슌	杢左衛門 記	고단	

1910년 10월 04일 (화) 543호

1	4~6		亞弗利加 猛獸狩手記 〈11〉 아프리카 맹수 사냥기	ルーズヴエルト	수필/기행	
3	1~2		髮結さん(上) 〈1〉 머리 만지는 사람(상)		수필/일상	
4	1~3	講談	河內山宗俊 〈44〉 고우치야마 소슌	杢左衛門 記	고단	

1910년 10월 05일 (수) 544호

1	6~7		幽靈の正體 〈1〉 유령의 정체	理學士 川村淸一	수필/비평	
4	1~2	小說	白百合 〈7〉 흰 백합	黑法師	소설/일본고전	
5	1~2		朝鮮奇聞(中ノ六) 〈6〉 조선기문(중-6)		소설/한국고전	
6	1~3	講談	河內山宗俊 〈45〉 고우치야마 소슌	杢左衛門 記	고단	

1910년 10월 06일 (목) 545호

1	4~6		幽靈の正體 〈2〉 유령의 정체	理學士 川村淸一	수필/비평	
3	1~2		髮結さん(下) 〈2〉 머리 만지는 사람(하)		수필/일상	
4	1~3	講談	河內山宗俊 〈46〉 고우치야마 소슌	杢左衛門 記	고단	

1910년 10월 07일 (금) 546호

1	3~4		感想と評論 〈1〉 감상과 평론		수필/비평	
1	5~6		幽靈の正體 〈3〉 유령의 정체	理學士 川村淸一	수필/비평	
3	1~2	小說	白百合 〈9〉 흰 백합	黑法師	소설/일본고전	
6	1~3	講談	河內山宗俊 〈47〉 고우치야마 소슌	杢左衛門 記	고단	

1910년 10월 08일 (토) 547호

지면	단수	기획	기사제목 〈회수〉〔곡수〕	필자/저자(역자)	분류	비고
1	4~5		感想と評論 〈2〉 감상과 평론		수필/비평	
1	5~6		幽靈の正體 〈4〉 유령의 정체	理學士 川村淸一	수필/비평	
4	1~3	講談	河內山宗俊 〈48〉 고우치야마 소슌	杢左衛門 記	고단	

1910년 10월 09일 (일) 548호

지면	단수	기획	기사제목	필자/저자(역자)	분류	비고
1	5		感想と評論 〈3〉 감상과 평론		수필/비평	
1	5~6		幽靈の正體 〈5〉 유령의 정체	理學士 川村淸一	수필/비평	
4	1~3	講談	河內山宗俊 〈49〉 고우치야마 소슌	杢左衛門 記	고단	

1910년 10월 11일 (화) 549호

지면	단수	기획	기사제목	필자/저자(역자)	분류	비고
1	5		感想と評論 〈4〉 감상과 평론		수필/비평	
1	5	俳句	(제목없음) 〔9〕		시가/하이쿠	
1	5~6		動物の藝の研究 〈1〉 동물의 재주에 대한 연구	理學博士 石川千代松	수필/관찰	
4	1~2	小說	白百合 〈12〉 흰 백합	黑法師	소설/일본 고전	
6	1~3	講談	河內山宗俊 〈50〉 고우치야마 소슌	杢左衛門 記	고단	

1910년 10월 12일 (수) 550호

지면	단수	기획	기사제목	필자/저자(역자)	분류	비고
1	4~5		感想と評論 〈5〉 감상과 평론		수필/비평	
1	5	短歌	(제목없음) 〔8〕		시가/단카	
1	5~6		動物の藝の研究 〈2〉 동물의 재주에 대한 연구	理學博士 石川千代松	수필/관찰	
3	1~2		毒婦かすみ傳 〈1〉 독부 가스미 전		수필/기타	
4	1~3	講談	河內山宗俊 〈51〉 고우치야마 소슌	杢左衛門 記	고단	

1910년 10월 13일 (목) 551호

지면	단수	기획	기사제목	필자/저자(역자)	분류	비고
1	5		感想と評論 〈6〉 감상과 평론		수필/비평	
1	5	短歌	(제목없음) 〔15〕		시가/단카	
1	5~6		山神とヲコゼ 〈1〉 산신과 쑤기미	柳田國男	수필/기타	
5	1~2		毒婦かすみ傳 〈2〉 독부 가스미 전		수필/기타	
6	1~3	講談	河內山宗俊 〈52〉 고우치야마 소슌	杢左衛門 記	고단	

1910년 10월 14일 (금) 552호

지면	단수	기획	기사제목 〈회수〉〔곡수〕	필자/저자(역자)	분류	비고
1	4~5		園藝趣味の中心點 〈1〉 원예취미의 중심점		수필/일상	
1	5	俳句	(제목없음)〔10〕		시가/하이쿠	
1	5~6		山神とヲコゼ 〈2〉 산신과 쑤기미	柳田國男	수필/기타	
3	1~2		毒婦かすみ傳 〈3〉 독부 가스미 전		수필/기타	
4	1~3	講談	河內山宗俊 〈53〉 고우치야마 소슌	杢左衛門 記	고단	

1910년 10월 15일 (토) 553호

지면	단수	기획	기사제목	필자/저자	분류	비고
1	5~6		園藝趣味の中心點 〈2〉 원예 취미의 중심점		수필/일상	
1	6		山神とヲコゼ 〈3〉 산신과 쑤기미	柳田國男	수필/기타	
3	1~2		毒婦かすみ傳 〈4〉 독부 가스미 전		수필/기타	
4	1~3	講談	河內山宗俊 〈54〉 고우치야마 소슌	杢左衛門 記	고단	

1910년 10월 16일 (일) 554호

지면	단수	기획	기사제목	필자/저자	분류	비고
1	5~6		山神とヲコゼ 〈4〉 산신과 쑤기미	柳田國男	수필/기타	
4	1~3	講談	河內山宗俊 〈55〉 고우치야마 소슌	杢左衛門 記	고단	

1910년 10월 19일 (수) 555호

지면	단수	기획	기사제목	필자/저자	분류	비고
6	1~3	講談	河內山宗俊 〈56〉 고우치야마 소슌	杢左衛門 記	고단	

1910년 10월 19일 (수) 555호 朝鮮新聞鐵道沿線號第四

지면	단수	기획	기사제목	필자/저자	분류	비고
2	6		錦江水上の四時間 〈1〉 금강 상류에서 네 시간	#木樂水	수필/기타	

1910년 10월 20일 (목) 556호

지면	단수	기획	기사제목	필자/저자	분류	비고
1	4~5	俳句	秋百五十句 〈1〉〔7〕 가을-백오십구	竹涯生	시가/하이쿠	
5	1~2		歌舞伎座の講談/奮鬪と宗敎的生活 〈1〉 가부키자 고단/분투와 종교적 생활		수필/기타	
6	1~3	講談	河內山宗俊 〈57〉 고우치야마 소슌	杢左衛門 記	고단	

1910년 10월 21일 (금) 557호

지면	단수	기획	기사제목	필자/저자	분류	비고
3	1~2		七百年前の藏經 칠백년 전 대장경		수필/기타	
5	4~5		歌舞伎座の講談/奮鬪と宗敎的生活 〈2〉 가부키자 고단/분투와 종교적 생활		수필/기타	
6	1~3	講談	河內山宗俊 〈58〉 고우치야마 소슌	杢左衛門 記	고단	

1910년 10월 22일 (토) 558호

지면	단수	기획	기사제목 〈회수〉〔곡수〕	필자/저자(역자)	분류	비고
1	2~4		日本語と朝鮮語 일본어와 한국어		수필/기타	
1	5	俳句	秋百五十句 〈2〉〔16〕 가을-백오십구	竹涯生	시가/하이쿠	
1	5~6		厭世思想 염세사상	####	수필/기타	
3	1~2		狂歌の德 〈1〉 교카의 덕	伯鶴	수필/기타	
5	1~2		歌舞伎座の講談/奮鬪と宗敎的生活 〈3〉 가부키자 고단/분투와 종교적 생활		수필/기타	
6	1~3	講談	河內山宗俊 〈59〉 고우치야마 소슌	杢左衛門 記	고단	

1910년 10월 23일 (일) 559호

지면	단수	기획	기사제목	필자/저자(역자)	분류	비고
1	5	俳句	秋百五十句 〈3〉〔7〕 가을-백오십구	竹涯生	시가/하이쿠	
1	5~6		紅燈 〈1〉 홍등	こぬ人	수필/일상	
3	1~3	講談	河內山宗俊 〈60〉 고우치야마 소슌	杢左衛門 記	고단	
5	1		歌舞伎座の講談/宗敎とはドンなもの 〈4〉 가부키자 고단/종교란 어떤 것인가		수필/기타	
6	1~2		狂歌の德 〈2〉 교카의 덕	伯鶴	수필/기타	

1910년 10월 25일 (화) 560호

지면	단수	기획	기사제목	필자/저자(역자)	분류	비고
1	5~6		紅燈 〈2〉 홍등	こぬ人	수필/일상	
4	1~3	講談	河內山宗俊 〈61〉 고우치야마 소슌	杢左衛門 記	고단	
5	5~6		慈善演藝會を見る 자선 연예회를 보다		수필/기타	
6	1~2		狂歌の德 〈3〉 교카의 덕	伯鶴	수필/기타	

1910년 10월 26일 (수) 561호

지면	단수	기획	기사제목	필자/저자(역자)	분류	비고
4	1~3	講談	河內山宗俊 〈62〉 고우치야마 소슌	杢左衛門 記	고단	
5	4~5		桃山探檢記 모모야마 탐검기	龍山支局員	수필/기타	

1910년 10월 27일 (목) 562호

지면	단수	기획	기사제목	필자/저자(역자)	분류	비고
1	2~3		心境の洗垢 심경의 때를 씻다	竹涯小史	수필/기타	
1	5	俳句	秋百五十句 〈4〉〔16〕 가을-백오십구	竹涯生	시가/하이쿠	
3	1~3	講談	河內山宗俊 〈63〉 고우치야마 소슌	杢左衛門 記	고단	
6	1~2		狂歌の德 〈4〉 교카의 덕	伯鶴	수필/기타	

1910년 10월 28일 (금) 563호

지면	단수	기획	기사제목 〈회수〉〔곡수〕	필자/저자(역자)	분류	비고
1	5	俳句	秋百五十句 〈4〉〔10〕 가을-백오십구	竹涯生	시가/하이쿠	
3	1~3	講談	河内山宗俊 〈64〉 고우치야마 소슌	杢左衛門 記	고단	
6	1~2		狂歌の德 〈5〉 교카의 덕	伯鶴	수필/기타	

1910년 10월 29일 (토) 564호

지면	단수	기획	기사제목 〈회수〉〔곡수〕	필자/저자(역자)	분류	비고
1	6	朝鮮反古袋	住職苟めの券/渡水僧(上) 〈1〉 주지의 조바심 편/도수승(상)		민속/한국	
3	1~3	講談	河内山宗俊 〈65〉 고우치야마 소슌	杢左衛門 記	고단	
5	1~2		賴まれぬ記 부탁받지 않은 기록		수필/일상	
6	1~2		大當り 〈1〉 적중	桃川小燕玉 口演	라쿠고	

1910년 10월 30일 (일) 565호

지면	단수	기획	기사제목 〈회수〉〔곡수〕	필자/저자(역자)	분류	비고
1	4		秋宵雜筆/金と世の中 가을 밤의 잡필/돈과 세상	竹涯生	수필/일상	
1	4~5		秋宵雜筆/死 가을 밤의 잡필/죽음	竹涯生	수필/일상	
1	5		秋宵雜筆/小說と戲曲 가을 밤의 잡필/소설과 희곡	竹涯生	수필/일상	
1	5	俳苑	秋百五十句 〈4〉〔5〕 가을-백오십구	竹涯生	시가/하이쿠	
1	5~6	朝鮮反古袋	住職苟めの券/渡水僧(下) 〈1〉 주지의 조바심 편/도수승(하)		민속/한국	
4	1~3	講談	河内山宗俊 〈66〉 고우치야마 소슌	杢左衛門 記	고단	

1910년 11월 01일 (화) 566호

지면	단수	기획	기사제목 〈회수〉〔곡수〕	필자/저자(역자)	분류	비고
1	4		秋宵雜筆/所謂與論 가을 밤의 잡필/소위 여론	竹涯生	수필/일상	
1	4~5		秋宵雜筆/簡單と複雜 가을 밤의 잡필/간단과 복잡	竹涯生	수필/일상	
1	5	俳苑	秋百五十句 〈5〉〔12〕 가을-백오십구	竹涯生	시가/하이쿠	
4	1~3	講談	河内山宗俊 〈67〉 고우치야마 소슌	杢左衛門 記	고단	

1910년 11월 02일 (수) 567호

지면	단수	기획	기사제목 〈회수〉〔곡수〕	필자/저자(역자)	분류	비고
1	6	俳苑	秋百五十句 〈6〉〔10〕 가을-백오십구	竹涯生	시가/하이쿠	
1	6	朝鮮反古袋	馬鹿婿 바보 사위		민속/한국	
4	1~3	講談	河内山宗俊 〈68〉 고우치야마 소슌	杢左衛門 記	고단	

1910년 11월 03일 (목) 568호

지면	단수	기획	기사제목 〈회수〉〔곡수〕	필자/저자(역자)	분류	비고
1	7		黃菊白菊 〔19〕 노란 국화 흰 국화	##生	시가/단카	

지면	단수	기획	기사제목 〈회수〉〔곡수〕	필자/저자(역자)	분류	비고
1	7~8		黃菊白菊〔12〕 노란 국화 흰 국화	##生	시가/하이쿠	
1	8		古寺所見〔1〕 고절소견	##生	시가/기타	
1	8		世界列强の國歌/日本 세계열강의 국가/일본		시가/기타	
1	8		世界列强の國歌/露國 세계열강의 국가/러시아		시가/기타	
1	8		世界列强の國歌/佛國 세계열강의 국가/프랑스		시가/기타	
1	8		世界列强の國歌/獨逸 세계열강의 국가/독일		시가/기타	
3	1~3	朝鮮反古袋	齒無し坊主 이가 없는 스님		민속/한국	

1910년 11월 05일 (토) 569호

지면	단수	기획	기사제목 〈회수〉〔곡수〕	필자/저자(역자)	분류	비고
1	6	朝鮮反古袋	小僧の復讐 젊은 스님의 복수		민속/한국	
3	1~3	講談	河內山宗俊〈69〉 고우치야마 소슌	杢左衛門 記	고단	
5	1~2		大當り〈2〉 적중	桃川小燕玉 口演	라쿠고	

1910년 11월 06일 (일) 570호

지면	단수	기획	기사제목 〈회수〉〔곡수〕	필자/저자(역자)	분류	비고
1	5	俳苑	(제목없음)〔9〕	竹涯	시가/하이쿠	
1	5~6	朝鮮反古袋	行者の失策 행자의 실책		민속/한국	
3	1~3	講談	河內山宗俊〈70〉 고우치야마 소슌	杢左衛門 記	고단	
5	1~2		沿岸巡遊日記〈1〉 연안 유람일기	おうめい	수필/일기	
6	1~2		大當り〈3〉 적중	桃川小燕玉 口演	라쿠고	

1910년 11월 08일 (화) 571호

지면	단수	기획	기사제목 〈회수〉〔곡수〕	필자/저자(역자)	분류	비고
1	1~2		西海岸視察錄〈1〉 서해안 시찰록	同盟漁史	수필/기행	
1	6	俳苑	(제목없음)〔10〕	竹涯	시가/하이쿠	
1	6		朝鮮談語 조선 담어		수필/관찰	
3	1~2		沿岸巡遊日記〈2〉 연안 유람일기	おうめい	수필/일기	
4	1~3	講談	河內山宗俊〈71〉 고우치야마 소슌	杢左衛門 記	고단	

1910년 11월 09일 (화) 572호　　　　　　　　　　요일 오류

지면	단수	기획	기사제목 〈회수〉〔곡수〕	필자/저자(역자)	분류	비고
1	1~2		西海岸視察錄〈2〉 서해안 시찰록	同盟漁史	수필/기행	
1	5	俳苑	秋百五十句〈9〉〔10〕 가을-백오십구	竹涯	시가/하이쿠	

지면	단수	기획	기사제목 〈회수〉 〔곡수〕	필자/저자(역자)	분류	비고
3	1~2		大當り 〈4〉 적중	桃川小燕玉 口演	라쿠고	
4	1~3	講談	河內山宗俊 〈72〉 고우치야마 소슌	杢左衛門 記	고단	
5	1~2		沿岸巡遊日記 〈3〉 연안 유람일기	おうめい	수필/일기	
5	5~6		時子一座の略評 도키코 극단의 약평		수필/비평	

1910년 11월 10일 (수) 573호 요일 오류

지면	단수	기획	기사제목 〈회수〉 〔곡수〕	필자/저자(역자)	분류	비고
1	1~2		西海岸視察錄 〈3〉 서해안 시찰록	同盟漁史	수필/기행	
1	4		朝鮮人の婚禮 〈1〉 조선인의 혼례	弊原文学博士婦人	수필/관찰	
1	5	俳苑	秋百五十句 〔10〕 가을-백오십구	竹涯	시가/하이쿠	
1	6	朝鮮反古袋	朝鮮一の見え坊 조선 제일의 허영꾼		민속/한국	
3	1~3	講談	河內山宗俊 〈73〉 고우치야마 소슌	杢左衛門 記	고단	
5	1~2		沿岸巡遊日記 〈4〉 연안 유람일기	おうめい	수필/일기	

1910년 11월 11일 (금) 574호

지면	단수	기획	기사제목 〈회수〉 〔곡수〕	필자/저자(역자)	분류	비고
1	1~2		西海岸視察錄 〈3〉 서해안 시찰록	同盟漁史	수필/기행	회수 오류
1	5~6	俳苑	秋百五十句 〈10〉〔18〕 가을-백오십구	竹涯	시가/하이쿠	
1	6	朝鮮反古袋	好色の盲人 여색을 좋아하는 맹인		민속/한국	
3	1~2		大當り 〈5〉 적중	桃川小燕玉 口演	라쿠고	
4	1~3	講談	河內山宗俊 〈74〉 고우치야마 소슌	杢左衛門 記	고단	
5	1~2		沿岸巡遊日記 〈5〉 연안 유람일기	おうめい	수필/일기	

1910년 11월 12일 (토) 575호

지면	단수	기획	기사제목 〈회수〉 〔곡수〕	필자/저자(역자)	분류	비고
1	1~2		西海岸視察錄 〈4〉 서해안 시찰록	同盟漁史	수필/기행	회수 오류
1	5		朝鮮人の婚禮 〈2〉 조선인의 혼례	弊原文学博士婦人	수필/관찰	
1	5~6		朝鮮談語 조선 담어		수필/관찰	
3	1~2		沿岸巡遊日記 〈6〉 연안 유람일기	おうめい	수필/일기	
4	1~3	講談	河內山宗俊 〈75〉 고우치야마 소슌	杢左衛門 記	고단	

1910년 11월 13일 (일) 576호

지면	단수	기획	기사제목 〈회수〉 〔곡수〕	필자/저자(역자)	분류	비고
1	5~6		朝鮮談語 조선 담어		수필/관찰	

지면	단수	기획	기사제목 〈회수〉〔곡수〕	필자/저자(역자)	분류	비고
1	6		朝鮮人の婚禮 〈3〉 조선인의 혼례	弊原文学博士婦人	수필/관찰	
4	1~3	講談	河內山宗俊 〈76〉 고우치야마 소슌	杢左衛門 記	고단	

1910년 11월 15일 (화) 577호

1	4~5	ハナシノ 種	素人の小兒科藥局法 초심자의 소아과 약국법		수필/기타	
1	6		朝鮮談語 조선 담어		수필/관찰	
4	1~2		男一疋 〈上〉 사내대장부	桃川若燕 口演	라쿠고	
3	1~3	講談	河內山宗俊 〈77〉 고우치야마 소슌	杢左衛門 記	고단	면수 오류

1910년 11월 16일 (수) 578호

1	5	文苑	秋思 〔1〕 추사	新庄竹涯	시가/단카	
1	5	文苑	### 〔3〕 ###	新庄竹涯	시가/단카	
4	1~3	講談	河內山宗俊 〈78〉 고우치야마 소슌	杢左衛門 記	고단	

1910년 11월 17일 (목) 579호

1	3~4		朝鮮人と羅馬字 〈1〉 조선인과 로마자		수필/기타	
1	5	ハナシノ 種	洋服に汚點の出來た時 양복에 얼룩이 생겼을 때		수필/기타	
1	6	文苑	客##國他#父母##秋思 〔1〕 객##국타#부모##추사	## #香女史	시가/한시	
1	6	文苑	#次秋思#故#比香 〔1〕 #차추사#고#비향	## 加藤##	시가/한시	
1	6		朝鮮談語 조선 담어		수필/관찰	
4	1~3	講談	河內山宗俊 〈79〉 고우치야마 소슌	杢左衛門 記	고단	

1910년 11월 17일 (목) 579호 한국철도연선호 제 5

1	6		前田子爵の詠 〔3〕 마에다 자작의 노래		시가/단카	

1910년 11월 18일 (금) 580호

1	2~4		朝鮮人と羅馬字 〈2〉 조선인과 로마자		수필/기타	
1	4	文苑	(제목없음) 〔5〕	新庄竹涯	시가/단카	
1	6		朝鮮談語 조선 담어		수필/관찰	
3	1~3	講談	河內山宗俊 〈80〉 고우치야마 소슌	杢左衛門 記	고단	
4	1~2		男一疋 〈下〉 사내대장부	桃川若燕 口演	라쿠고	

지면	단수	기획	기사제목 〈회수〉〔곡수〕	필자/저자(역자)	분류	비고
1910년 11월 19일 (토) 581호						
1	1~2		沿岸巡遊日記 〈6〉 연안 유람일기	おうめい	수필/일기	회수 오류
1	6	文苑	(제목없음) 〔5〕	新庄竹涯	시가/단카	
1	6		朝鮮談語 조선 담어		수필/관찰	
4	1~3	講談	河內山宗俊 〈81〉 고우치야마 소슌	杢左衛門 記	고단	
1910년 11월 20일 (일) 582호						
1	1~2		沿岸巡遊日記 〈8〉 연안 유람일기	おうめい	수필/일기	
1	6	文苑	(제목없음) 〔5〕	新庄竹涯	시가/단카	
1	6	ハナシノ種	胡瓜の元祖は朝鮮かな 오이의 원조는 조선인가		수필/기타	
1	6		朝鮮談語 조선 담어		수필/관찰	
3	1~3	講談	河內山宗俊 〈82〉 고우치야마 소슌	杢左衛門 記	고단	
4	1~2		五人廻し 〈1〉 다섯 명 상대	三遊亭一朝	라쿠고	
5	2~4		電車飛乗飛降の記 달리는 전차에 오르고 내리는 이야기	ちの字	수필/일상	
1910년 11월 22일 (화) 583호						
1	1~2		西海岸視察錄 〈5〉 서해안 시찰록	同盟漁史	수필/기행	회수 오류
1	4~5	ハナシノ種	進步したる乾燥せんたく法 진보한 건조세탁법		수필/기타	
1	6		朝鮮談語 조선 담어		수필/관찰	
3	1~2		湯屋の三十分間 목욕탕에서 삼십분	京城 ちの字	수필/일상	
3	5~6		京山小園一座評判記 교야마 고엔 극단 평판기	清正公	수필/평판기	
4	1~3	講談	河內山宗俊 〈83〉 고우치야마 소슌	杢左衛門 記	고단	
1910년 11월 23일 (수) 584호						
1	1~2		西海岸視察錄 〈6〉 서해안 시찰록	同盟漁史	수필/기행	회수 오류
1	5	ハナシノ種	水吞は熱湯を注ぎ破ぬ法 뜨거운 물을 부어도 물컵이 찢어지지 않는 방법		수필/기타	
1	6		◎ 〔4〕 ◎	新庄竹涯	시가/단카	
1	6		朝鮮談語 조선 담어		수필/관찰	
3	1~3	講談	河內山宗俊 〈84〉 고우치야마 소슌	杢左衛門 記	고단	

지면	단수	기획	기사제목 〈회수〉 [곡수]	필자/저자(역자)	분류	비고
4	1~2		五人廻し 〈2〉 다섯 명 상대	三遊亭一朝	라쿠고	

1910년 11월 25일 (금) 585호

지면	단수	기획	기사제목 〈회수〉 [곡수]	필자/저자(역자)	분류	비고
1	1~2		西海岸視察錄 〈7〉 서해안 시찰록	同盟漁史	수필/기행	회수 오류
1	5~6		鬼言魔語/一種の經濟法 〈1〉 귀언마어/일종의 경제법	竹涯生	수필/기타	
1	6	文苑	(제목없음) [4]	新庄竹涯	시가/단카	
1	6		朝鮮談語 조선 담어		수필/관찰	
2	7~8		南遊記 〈1〉 남유기	長風生	수필/기행	
4	1~3	講談	河內山宗俊 〈85〉 고우치야마 소슌	杢左衛門 記	고단	

1910년 11월 26일 (토) 586호

지면	단수	기획	기사제목 〈회수〉 [곡수]	필자/저자(역자)	분류	비고
1	2~3		猫と朝鮮 〈1〉 고양이와 조선	ある人	수필/관찰	
1	4~5		鬼言魔語/公德論 〈3〉 귀언마어/공덕론	竹涯生	수필/기타	회수 오류
1	6	文苑	秋十句 [10] 가을-십구	竹涯生	시가/하이쿠	
2	1~2		南遊記 〈2〉 남유기	長風生	수필/기행	
3	1~3	講談	河內山宗俊 〈86〉 고우치야마 소슌	杢左衛門 記	고단	
4	1~2		五人廻し 〈3〉 다섯 명 상대	三遊亭一朝	라쿠고	

1910년 11월 27일 (일) 587호

지면	단수	기획	기사제목 〈회수〉 [곡수]	필자/저자(역자)	분류	비고
1	1~2		西海岸視察錄 〈8〉 서해안 시찰록	同盟漁史	수필/기행	회수 오류
1	4~5		猫と朝鮮 〈2〉 고양이와 조선	ある人	수필/관찰	
1	5~6		鬼言魔語/人身攻擊 〈3〉 귀언마어/인신공격	竹涯生	수필/기타	
1	6	文苑	冬十句 [10] 겨울-십구	竹涯生	시가/하이쿠	
1	6		朝鮮談語 조선 담어		수필/관찰	
3	1~2		五人廻し 〈4〉 다섯 명 상대	三遊亭一朝	라쿠고	
4	1~3	講談	河內山宗俊 〈87〉 고우치야마 소슌	杢左衛門 記	고단	

1910년 11월 29일 (화) 588호

지면	단수	기획	기사제목 〈회수〉 [곡수]	필자/저자(역자)	분류	비고
1	1~2		西海岸視察錄 〈10〉 서해안 시찰록	同盟漁史	수필/기행	
1	4~5		猫と朝鮮 〈3〉 고양이와 조선	ある人	수필/관찰	

지면	단수	기획	기사제목 〈회수〉〔곡수〕	필자/저자(역자)	분류	비고
1	5~6		鬼言魔語/平和...感化...征服 〈4〉 귀언마어/평화...감화...정복	竹涯生	수필/기타	
1	6		朝鮮談語 조선 담어		수필/관찰	
4	1~3	講談	河內山宗俊 〈88〉 고우치야마 소슌	杢左衛門 記	고단	
5	3~4		京城歌舞伎座の小園 경성 가부키자의 고엔		수필/비평	

1910년 11월 30일 (수) 589호

지면	단수	기획	기사제목 〈회수〉〔곡수〕	필자/저자(역자)	분류	비고
1	1~3		西海岸視察錄 〈11〉 서해안 시찰록	同盟漁史	수필/기행	
1	5~6		猫と朝鮮 〈4〉 고양이와 조선	ある人	수필/관찰	
2	7~8		南遊記 〈3〉 남유기	長風生	수필/기행	
3	1~3	講談	河內山宗俊 〈89〉 고우치야마 소슌	杢左衛門 記	고단	

1910년 12월 01일 (목) 590호

지면	단수	기획	기사제목 〈회수〉〔곡수〕	필자/저자(역자)	분류	비고
1	1~2		西海岸視察錄 〈12〉 서해안 시찰록	同盟漁史	수필/기행	
1	4~5		猫と朝鮮 〈5〉 고양이와 조선	ある人	수필/관찰	
2	1		南遊記 〈4〉 남유기	長風生	수필/기행	
4	1~3	講談	河內山宗俊 〈90〉 고우치야마 소슌	杢左衛門 記	고단	

1910년 12월 02일 (금) 591호

지면	단수	기획	기사제목 〈회수〉〔곡수〕	필자/저자(역자)	분류	비고
1	1~2		西海岸視察錄 〈13〉 서해안 시찰록	同盟漁史	수필/기행	
1	4~5		鬼言魔語/理想と空理 〈5〉 귀언마어/이상과 공리	竹涯生	수필/기타	
1	6		猫と朝鮮 〈6〉 고양이와 조선	ある人	수필/관찰	
2	8		南遊記 〈5〉 남유기	長風生	수필/기행	
4	1~3	講談	河內山宗俊 〈91〉 고우치야마 소슌	杢左衛門 記	고단	

1910년 12월 03일 (토) 592호

지면	단수	기획	기사제목 〈회수〉〔곡수〕	필자/저자(역자)	분류	비고
1	1~2		西海岸視察錄 〈14〉 서해안 시찰록	同盟漁史	수필/기행	
1	4~5	小品	秋雨日記 〈1〉 추우일기	枯骨生	수필/일기	
4	1~3	講談	河內山宗俊 〈92〉 고우치야마 소슌	杢左衛門 記	고단	

1910년 12월 04일 (일) 593호

지면	단수	기획	기사제목 〈회수〉〔곡수〕	필자/저자(역자)	분류	비고
1	1~2		西海岸視察錄 〈15〉 서해안 시찰록	同盟漁史	수필/기행	

지면	단수	기획	기사제목 〈회수〉〔곡수〕	필자/저자(역자)	분류	비고
1	4~5	小品	歌ぶくろ 노래주머니	大#	수필/일상	
1	6	文苑	冬十句〔10〕 겨울-십구	竹涯生	시가/하이쿠	
2	7~8		南遊記 〈6〉 남유기	長風生	수필/기행	
3	1~3	講談	河內山宗俊 〈93〉 고우치야마 소슌	杢左衛門 記	고단	
4	1~2		落語 松竹梅(上) 〈1〉 라쿠고 송죽매(상)	三遊亭一朝	라쿠고	
5	4~5		お寺しらべ(一)/一番古い東本願寺 〈1〉 사찰 조사(1)/가장 오래된 히가시혼간지		수필/관찰	

1910년 12월 06일 (화) 594호

지면	단수	기획	기사제목 〈회수〉〔곡수〕	필자/저자(역자)	분류	비고
1	3~5	小品	弱き者よ…月尾橋…爾の名に女なり(上) 약한 자여…월미교…그대 이름은 여자니라(상)	朝鮮 屋主人	수필/기타	
1	6		鬼言魔語/愛國心 〈5〉 귀언마어/애국심	竹涯生	수필/기타	회수 오류
3	1~3	講談	河內山宗俊 〈94〉 고우치야마 소슌	杢左衛門 記	고단	
4	1~2		落語 松竹梅(下) 〈2〉 라쿠고 송죽매(하)	三遊亭一朝	라쿠고	
5	5		お寺しらべ(二)/一番新しい曹洞宗 사찰 조사(2)/가장 새로운 소토슈		수필/관찰	

1910년 12월 07일 (수) 595호

지면	단수	기획	기사제목 〈회수〉〔곡수〕	필자/저자(역자)	분류	비고
1	1~2		黃山淸水 兩道廿一郡 〈1〉 황산청수 양도 이십일 군	橘香橋	수필/관찰	
1	5~6		沿岸巡遊日誌 〈9〉 연안 유람일지	おうめい	수필/일기	
1	6		朝鮮談語 조선 담어		수필/관찰	
3	1~3	講談	河內山宗俊 〈95〉 고우치야마 소슌	杢左衛門 記	고단	
4	1~2		無一文より産を興せし奇才「平賀源內」〈1〉 무일푼으로 재산을 불린 기재「히라가 겐나이」	ある人 口演	수필/기타	

1910년 12월 08일 (목) 596호

지면	단수	기획	기사제목 〈회수〉〔곡수〕	필자/저자(역자)	분류	비고
1	1~3		黃山淸水 兩道廿一郡 〈2〉 황산청수 양도 이십일 군	橘香橋	수필/관찰	
1	3~4		鬼言魔語/小心大膽 〈6〉 귀언마어/소심대선	竹涯生	수필/기타	회수 오류
1	5~6		沿岸巡遊日誌 〈10〉 연안 유람일지	おうめい	수필/일기	
1	6		朝鮮談語 조선 담어		수필/관찰	
3	1~3	講談	河內山宗俊 〈96〉 고우치야마 소슌	杢左衛門 記	고단	
4	1~2		無一文より産を興せし奇才「平賀源內」〈2〉 무일푼으로 재산을 불린 기재「히라가 겐나이」	ある人 口演	수필/기타	
5	4~5		娘と按摩(上) 〈1〉 딸과 안마(상)		수필/일상	

지면	단수	기획	기사제목 〈회수〉〔곡수〕	필자/저자(역자)	분류	비고
			1910년 12월 09일 (금) 597호			
1	1~2		沿岸巡遊日誌 〈11〉 연안 유람일지	おうめい	수필/일기	
1	2~5		鬼言魔語/人の意志 〈7〉 귀언마어/사람의 의지	竹涯生	수필/기타	회수 오류
1	5		アメリカの子守りうた 미국 자장가		시가/기타	
1	5	文苑	初霜〔4〕 첫 서리	磯ヶ谷#江	시가/단카	
1	5~6		黃山淸水 兩道廿一郡 〈3〉 황산청수 양도 이십일 군	橘香橋	수필/관찰	
1	6		朝鮮談語 조선 담어		수필/관찰	
3	1~3	講談	河內山宗俊 〈97〉 고우치야마 소슌	杢左衛門 記	고단	
4	1~2		無一文より産を興せし奇才「平賀源內」〈3〉 무일푼으로 재산을 불린 기재「히라가 겐나이」	ある人 口演	수필/기타	
5	4~5		娘と按摩(下) 〈2〉 딸과 안마(하)		수필/일상	
			1910년 12월 10일 (토) 598호			
1	1~2		黃山淸水 兩道廿一郡 〈4〉 황산청수 양도 이십일 군	橘香橋	수필/관찰	
1	2~4		沿岸巡遊日誌 〈12〉 연안 유람일지	おうめい	수필/일기	
1	5	文苑	初霜〔12〕 첫 서리	磯ヶ谷紫江	시가/단카	
1	6		朝鮮談語 조선 담어		수필/관찰	
3	1~3	講談	河內山宗俊 〈98〉 고우치야마 소슌	杢左衛門 記	고단	
4	1~2		武士氣質 〈1〉 무사 기질	眞龍齋貞水	고단	
			1910년 12월 11일 (일) 599호			
1	1~2		黃山淸水 兩道廿一郡 〈5〉 황산청수 양도 이십일 군	橘香橋	수필/관찰	
1	2~5		沿岸巡遊日誌 〈13〉 연안 유람일지	おうめい	수필/일기	
1	5~6		鬼言魔語/哲學者と道德 〈9〉 귀언마어/철학자와 도덕	竹涯生	수필/기타	
1	6		朝鮮談語 조선 담어		수필/관찰	
2	1		南遊記 〈7〉 남유기	長風生	수필/기행	
4	1~3	講談	河內山宗俊 〈99〉 고우치야마 소슌	杢左衛門 記	고단	
			1910년 12월 13일 (화) 600호			
1	1~4		黃山淸水 兩道廿一郡 〈6〉 황산청수 양도 이십일 군	橘香橋	수필/관찰	

지면	단수	기획	기사제목 〈회수〉〔곡수〕	필자/저자(역자)	분류	비고
1	5~6	文苑	初霜 〔18〕 첫 서리	磯ヶ谷紫江	시가/단카	
1	6		朝鮮談語 조선 담어		수필/관찰	
3	4~5		新流行の春衣(上) 〈1〉 신유행 봄옷(상)		수필/기타	
4	1~3	講談	河內山宗俊 〈100〉 고우치야마 소슌	杢左衛門 記	고단	

1910년 12월 14일 (수) 601호

1	1~2		富の黄海道 〈1〉 풍족한 황해도	橘香橋	수필/관찰	
1	5	文苑	初霜 〔5〕 첫 서리	磯ヶ谷紫江	시가/단카	
1	5~6	小品	蛇骨川 자고쓰 강	狂客	수필/일상	
1	6		朝鮮談語 조선 담어		수필/관찰	
3	3		朝鮮貴族と三越 조선 귀족과 미쓰코시		수필/일상	
4	1~3	講談	河內山宗俊 〈101〉 고우치야마 소슌	杢左衛門 記	고단	

1910년 12월 15일 (목) 602호

1	5		十二月の異名の和歌/しはす月 萬葉集 〔1〕 12월의 다른 이름으로 지은 와카/시하스쓰키-만엽집		시가/단카	
1	5		十二月の異名の和歌/おやこ月-莫傳抄 〔1〕 12월의 다른 이름으로 지은 와카/오야코쓰키-막전초		시가/단카	
1	5		十二月の異名の和歌/年の末て月-是則の歌 〔1〕 12월의 다른 이름으로 지은 와카/도시노하테쓰키-고와노리노우타		시가/단카	
1	5		十二月の異名の和歌/春待月-藏玉集 〔1〕 12월의 다른 이름으로 지은 와카/하루마치쓰키-장옥집		시가/단카	
1	5		十二月の異名の和歌/暮来月-莫傳抄 〔1〕 12월의 다른 이름으로 지은 와카/구레코즈키-막전초		시가/단카	
1	5		十二月の異名の和歌/年世積月-秘藏抄 〔1〕 12월의 다른 이름으로 지은 와카/도시요쓰무쓰키-비장초		시가/단카	
1	5~6		富の黄海道 〈2〉 풍족한 황해도	橘香橋	수필/관찰	
3	1~3	講談	河內山宗俊 〈102〉 고우치야마 소슌	杢左衛門 記	고단	
4	1~2		武士氣質 〈2〉 무사 기질	眞龍齋貞水	고단	
5	5~6		新流行の春衣(下) 〈2〉 신유행 봄옷(하)		수필/기타	

1910년 12월 16일 (금) 603호

1	5~6		富の黄海道 〈3〉 풍족한 황해도	橘香橋	수필/관찰	
1	6		朝鮮談語 조선 담어		수필/관찰	
4	1~3	講談	河內山宗俊 〈103〉 고우치야마 소슌	杢左衛門 記	고단	

지면	단수	기획	기사제목 〈회수〉〔곡수〕	필자/저자(역자)	분류	비고
1910년 12월 17일 (토) 604호						
1	1~3		富の黃海道 〈4〉 풍족한 황해도	橘香橋	수필/관찰	
3	1~3	講談	河內山宗俊 〈104〉 고우치야마 소슌	杢左衛門 記	고단	
4	1~2		武士氣質 〈3〉 무사 기질	眞龍齋貞水	고단	
1910년 12월 18일 (일) 605호						
1	1~2		富の黃海道 〈5〉 풍족한 황해도	橘香橋	수필/관찰	
1	4~5		味(味を種々に硏究せし結果) 맛(여러 종류의 맛을 연구한 결과)		수필/관찰	
1	6	小品	友の文 친구의 글	#子	수필/일상	
2	1~2		南遊記 〈8〉 남유기	長風生	수필/기행	
4	1~3	講談	河內山宗俊 〈105〉 고우치야마 소슌	杢左衛門 記	고단	
1910년 12월 20일 (화) 606호						
1	1~2		富の黃海道 〈6〉 풍족한 황해도	橘香橋	수필/관찰	
1	5		達磨(上) 〈1〉 달마(상)		수필/기타	
1	5~6		命名の記(上) 〈1〉 명명기(상)	細井机#	수필/기타	
4	1~2		武士氣質 〈4〉 무사 기질	眞龍齋貞水	고단	
1910년 12월 21일 (수) 607호						
1	1~2		吉林みやげ 〈1〉 길림에서의 선물	小島文六	수필/기행	
1	3~5		命名の記(下) 〈2〉 명명기(하)	細井机#	수필/기타	
1	5		達磨(下) 〈2〉 달마(하)		수필/기타	
1	5~6		富の黃海道 〈6〉 풍족한 황해도	橘香橋	수필/관찰	회수 오류
1	6		朝鮮談語 조선 담어		수필/관찰	
4	1~3	講談	河內山宗俊 〈106〉 고우치야마 소슌	杢左衛門 記	고단	
1910년 12월 22일 (목) 608호						
1	1~2		富の黃海道 〈7〉 풍족한 황해도	橘香橋	수필/관찰	회수 오류
1	6		朝鮮談語 조선 담어		수필/관찰	
3	1~3	講談	河內山宗俊 〈107〉 고우치야마 소슌	杢左衛門 記	고단	

지면	단수	기획	기사제목 〈회수〉〔곡수〕	필자/저자(역자)	분류	비고
4	1~2		武士氣質 〈5〉 무사 기질	眞龍齋貞水	고단	

1910년 12월 23일 (금) 609호

1	1~2		富の黃海道 〈8〉 풍족한 황해도	橘香橋	수필/관찰	회수 오류
1	6		冬至 동지	####	수필/기타	
1	6		朝鮮談語 조선 담어		수필/관찰	
3	1~3	講談	河內山宗俊 〈108〉 고우치야마 소슌	杢左衛門 記	고단	
4	1~2		武士氣質 〈6〉 무사 기질	眞龍齋貞水	고단	

1910년 12월 24일 (토) 610호

1	1~2		富の黃海道 〈9〉 풍족한 황해도	橘香橋	수필/관찰	회수 오류
1	4~5		朝鮮と醬油の話 〈1〉 조선과 간장 이야기		수필/기타	
1	5~6		吉林みやげ 〈2〉 길림에서의 선물	小島文六	수필/기행	
3	1~3	講談	河內山宗俊 〈109〉 고우치야마 소슌	杢左衛門 記	고단	
4	1~2		武士氣質 〈7〉 무사 기질	眞龍齋貞水	고단	

1910년 12월 25일 (일) 611호

1	1~3		富の黃海道 〈10〉 풍족한 황해도	橘香橋	수필/관찰	회수 오류
1	3~4		朝鮮と醬油の話 〈2〉 조선과 간장 이야기		수필/기타	
1	5		吉林みやげ 〈3〉 길림에서의 선물	小島文六	수필/기행	
1	5~6		續歌ぶくろ 속가 주머니	大#	수필·시가/ 기타·기타	
1	6		朝鮮談語 조선 담어		수필/관찰	
3	1~2		武士氣質 〈8〉 무사 기질	眞龍齋貞水	고단	
4	1~3	講談	河內山宗俊 〈110〉 고우치야마 소슌	杢左衛門 記	고단	

1910년 12월 27일 (화) 612호

1	1~2		富の黃海道 〈11〉 풍족한 황해도	橘香橋	수필/관찰	회수 오류
1	5		メリヤス物語/メリヤスの日本發展史(上) 〈1〉 메리야스 이야기/메리야스 일본 발전사(상)		수필/기타	
1	6		朝鮮と醬油の話 〈3〉 조선과 간장 이야기		수필/기타	
4	1~3	講談	河內山宗俊 〈111〉 고우치야마 소슌	杢左衛門 記	고단	

지면	단수	기획	기사제목 〈회수〉 [곡수]	필자/저자(역자)	분류	비고
5	3~4		吉林みやげ 〈4〉 길림에서의 선물	小島文六	수필/기행	

1910년 12월 28일 (수) 613호

지면	단수	기획	기사제목 〈회수〉 [곡수]	필자/저자(역자)	분류	비고
1	1~2		富の黃海道 〈12〉 풍족한 황해도	橘香橋	수필/관찰	회수 오류
1	2~3		橘君の視察記を讀みて 다치바나씨의 시찰기를 읽고	八萬三##主人	수필/비평	
1	3~5		吉林みやげ 〈5〉 길림에서의 선물	小島文六	수필/기행	
1	5~6		メリヤス物語/メリヤスの日本發展史(中) 〈2〉 메리야스 이야기/메리야스 일본 발전사(중)		수필/기타	
1	6	文苑	秋風 [8] 가을바람	新庄竹涯	시가/단카	
1	6		朝鮮と醬油の話 〈4〉 조선과 간장 이야기		수필/기타	
3	1~2		武士氣質 〈9〉 무사 기질	眞龍齋貞水	고단	
4	1~3	講談	河內山宗俊 〈112〉 고우치야마 소슌	杢左衛門 記	고단	

조선신문 1911.01.~1912.12.

지면	단수	기획	기사제목 〈회수〉 [곡수]	필자/저자(역자)	분류	비고

1911년 01월 01일 (일) 614호 其一

지면	단수	기획	기사제목 〈회수〉 [곡수]	필자/저자(역자)	분류	비고
1	1~2		迎春の辭 영춘사		수필/기타	

1911년 01월 01일 (일) 614호 其二

지면	단수	기획	기사제목 〈회수〉 [곡수]	필자/저자(역자)	분류	비고
2	4		勅題五句 [5] 칙제-오구	###	시가/하이쿠	

1911년 01월 01일 (일) 614호 其三

지면	단수	기획	기사제목 〈회수〉 [곡수]	필자/저자(역자)	분류	비고
1	1~2		試筆 시필	枯骨	수필/일상	
1	2		新春 [10] 신춘	新庄竹涯	시가/단카	
1	3		疎影橫斜 [10] 소영횡사	##	시가/단카	
3	2		新年 [44] 신년	新庄竹涯	시가/하이쿠	

1911년 01월 01일 (일) 614호 其四

지면	단수	기획	기사제목 〈회수〉 [곡수]	필자/저자(역자)	분류	비고
3	1~3		あこがれの子 동경하는 아이	豊前坊	수필/기타	

1911년 01월 01일 (일) 614호 其五

지면	단수	기획	기사제목 〈회수〉 [곡수]	필자/저자(역자)	분류	비고
3	1~3		居間 거실	柳川春葉	소설/일본	

지면	단수	기획	기사제목 〈회수〉〔곡수〕	필자/저자(역자)	분류	비고
3	3~5		途端 찰나	柳川春葉	소설/일본	
3	5		玄關 현관	柳川春葉	소설/일본	

1911년 01월 01일 (일) 614호 其六

지면	단수	기획	기사제목 〈회수〉〔곡수〕	필자/저자(역자)	분류	비고
2	1		(제목없음)	######	시가/하이쿠	
2	1~2		存申候 의견을 말씀드리다	###	수필/일상	
2	2		僕の新年 나의 신년	しず#	수필/일상	
3	1~2		快樂の極致 쾌락의 극치	#江	수필/일상	
3	2		偶感 우감	###	수필/일상	
3	2		初夢 첫꿈	###	수필/일상	

1911년 01월 01일 (일) 614호 其七

지면	단수	기획	기사제목 〈회수〉〔곡수〕	필자/저자(역자)	분류	비고
1	1		春三輪/春を迎ふ 봄 삼륜/봄을 맞이하며	###	수필/일상	
1	1		春三輪/平和の春 봄 삼륜/평화의 봄	###	수필/일상	
1	1~2		春三輪/梅花 봄 삼륜/매화	###	수필/일상	
1	2		猪の壽命しらべ 돼지의 수명 조사		수필/일상	

1911년 01월 01일 (일) 614호 其八

지면	단수	기획	기사제목 〈회수〉〔곡수〕	필자/저자(역자)	분류	비고
2	1~6		#ひの## ######	#川若燕	소설/일본	

1911년 01월 01일 (일) 614호 其十

지면	단수	기획	기사제목 〈회수〉〔곡수〕	필자/저자(역자)	분류	비고
1	1~2		猪の話 멧돼지 이야기		수필/기타	
1	2~3		是も亥の歲 이것도 돼지의 해		수필/기타	
3	1~6	落語	うかれ猪 들뜬 돼지	昔昔亭今輔 口演	라쿠고	

1911년 01월 01일 (일) 614호 其十一

지면	단수	기획	기사제목 〈회수〉〔곡수〕	필자/저자(역자)	분류	비고
3	1~3	講談	河內山宗俊 〈113〉 고우치야마 소슌	杢左衛門 記	고단	

1911년 01월 01일 (일) 614호 其十四

지면	단수	기획	기사제목 〈회수〉〔곡수〕	필자/저자(역자)	분류	비고
1	1~2		歌留多の必勝法 가루타 필승법	來ぬ人	수필/기타	

1911년 01월 05일 (금) 615호

지면	단수	기획	기사제목 〈회수〉〔곡수〕	필자/저자(역자)	분류	비고
						날짜 오류
1	1~2		吉林みやげ 〈6〉 길림에서의 선물	小島文六	수필/기행	

지면	단수	기획	기사제목 〈회수〉〔곡수〕	필자/저자(역자)	분류	비고
1	3~5		猪勇耶兎怯耶 조유카우쿄카	かげべんけい	민속/일본 고전	
1	5~6	小品	初日の出 설날의 해돋이	老#師	수필/일상	
1	6		朝鮮談語 조선 담어		수필/관찰	
3	1~3	講談	河內山宗俊 〈114〉 고우치야마 소슌	杢左衛門 記	고단	

1911년 01월 07일 (금) 616호 요일 오류

지면	단수	기획	기사제목	필자/저자(역자)	분류	비고
1	1~2		當世猪武者 당대의 멧돼지처럼 저돌적인 무사	中村柳芳	수필/기타	
1	6		指輪(いろくのはなし)(上) 〈1〉 반지(다양한 이야기)(상)		수필/기타	
4	1~3	講談	河內山宗俊 〈115〉 고우치야마 소슌	杢左衛門 記	고단	

1911년 01월 08일 (일) 617호

지면	단수	기획	기사제목	필자/저자(역자)	분류	비고
1	1~2		朝鮮內陸の新年 조선 내륙의 새해	淸安郡淸州にて ― 通客者	수필/기행	
1	6		指輪(いろくのはなし)(下) 〈2〉 반지(다양한 이야기)(하)		수필/기타	
3	1~3	講談	河內山宗俊 〈116〉 고우치야마 소슌	杢左衛門 記	고단	

1911년 01월 10일 (화) 618호

지면	단수	기획	기사제목	필자/저자(역자)	분류	비고
1	5~6		辛亥新春の出版界 〈1〉 신해년 신춘의 출판계		수필/기타	
1	6		朝鮮談語 조선 담어		수필/관찰	
3	1~3	講談	河內山宗俊 〈117〉 고우치야마 소슌	杢左衛門 記	고단	
5	2~3		朝鮮のお正月/儀式と迷信 조선의 정월(의식과 미신)		수필/기타	

1911년 01월 11일 (수) 619호

지면	단수	기획	기사제목	필자/저자(역자)	분류	비고
1	2~3		太鼓を稽古する秘訣 태고를 배우는 비결		수필/관찰	
1	3~5		昔の男と女の名前 예전 남녀의 이름		수필/관찰	
1	6		朝鮮談語 조선 담어		수필/관찰	
3	1~3	講談	河內山宗俊 〈118〉 고우치야마 소슌	杢左衛門 記	고단	

1911년 01월 12일 (목) 620호

지면	단수	기획	기사제목	필자/저자(역자)	분류	비고
1	1~3		江原道奇聞 강원도 기문		수필/기타	
1	3~5		朝鮮の珍らしい動物 조선의 진귀한 동물		수필/기타	
1	6		マコトの漢字は廿五 마코토의 한자는 스물다섯 자		수필/기타	

지면	단수	기획	기사제목 〈회수〉〔곡수〕	필자/저자(역자)	분류	비고
3	1~3	講談	河內山宗俊 〈119〉 고우치야마 소슌	朿左衛門 記	고단	

1911년 01월 13일 (금) 621호

지면	단수	기획	기사제목 〈회수〉〔곡수〕	필자/저자(역자)	분류	비고
1	5		辛亥新春の出版界 〈2〉 신해년 신춘의 출판계		수필/기타	
1	6		朝鮮談語 조선 담어		수필/관찰	
3	1~3	講談	河內山宗俊 〈120〉 고우치야마 소슌	朿左衛門 記	고단	

1911년 01월 14일 (토) 622호

지면	단수	기획	기사제목 〈회수〉〔곡수〕	필자/저자(역자)	분류	비고
1	5		辛亥新春の出版界 〈3〉 신해년 신춘의 출판계		수필/기타	
1	6		朝鮮談語 조선 담어		수필/관찰	
3	1~3	講談	河內山宗俊 〈121〉 고우치야마 소슌	朿左衛門 記	고단	

1911년 01월 15일 (일) 623호

지면	단수	기획	기사제목 〈회수〉〔곡수〕	필자/저자(역자)	분류	비고
1	6	文苑	來雨 〔4〕 비가 내리다	新庄竹涯	시가/단카	
1	6		朝鮮談語 조선 담어		수필/관찰	
3	1~3	講談	河內山宗俊 〈122〉 고우치야마 소슌	朿左衛門 記	고단	

1911년 01월 17일 (화) 624호

지면	단수	기획	기사제목 〈회수〉〔곡수〕	필자/저자(역자)	분류	비고
4	1~3	講談	河內山宗俊 〈123〉 고우치야마 소슌	朿左衛門 記	고단	

1911년 01월 18일 (수) 625호

지면	단수	기획	기사제목 〈회수〉〔곡수〕	필자/저자(역자)	분류	비고
1	5		辛亥新春の出版界 〈4〉 신해년 신춘의 출판계		수필/기타	
1	5	文苑	(제목없음) 〔2〕	##	시가/하이쿠	
1	6	文苑	(제목없음) 〔2〕	##	시가/하이쿠	
1	6	文苑	(제목없음) 〔2〕	##	시가/하이쿠	
1	6	文苑	(제목없음) 〔1〕	##	시가/하이쿠	
1	6	文苑	(제목없음) 〔1〕	##	시가/하이쿠	
4	1~3	講談	河內山宗俊 〈124〉 고우치야마 소슌	朿左衛門 記	고단	

1911년 01월 19일 (목) 626호

지면	단수	기획	기사제목 〈회수〉〔곡수〕	필자/저자(역자)	분류	비고
3	4~5		京城の朝鮮藝妓 경성의 조선 예기		수필/기타	
4	1~3	講談	河內山宗俊 〈125〉 고우치야마 소슌	朿左衛門 記	고단	

지면	단수	기획	기사제목 〈회수〉 〔곡수〕	필자/저자(역자)	분류	비고

1911년 01월 20일 (금) 627호

지면	단수	기획	기사제목 〈회수〉 〔곡수〕	필자/저자(역자)	분류	비고
1	4~5		辛亥新春の出版界 〈5〉 신해년 신춘의 출판계		수필/기타	
1	6	文苑	(제목없음) 〔1〕	#星#	시가/하이쿠	
1	6	文苑	(제목없음) 〔1〕	愛香	시가/하이쿠	
1	6	文苑	(제목없음) 〔1〕	###	시가/하이쿠	
1	6	文苑	(제목없음) 〔2〕	曙衣	시가/하이쿠	
3	1~3	講談	河內山宗俊 〈126〉 고우치야마 소슌	杢左衛門 記	고단	
5	5		島之助一座の漫評 시마노스케 극단의 만평		수필/비평	

1911년 01월 21일 (토) 628호

지면	단수	기획	기사제목 〈회수〉 〔곡수〕	필자/저자(역자)	분류	비고
4	1~3	講談	河內山宗俊 〈127〉 고우치야마 소슌	杢左衛門 記	고단	

1911년 01월 22일 (일) 629호

지면	단수	기획	기사제목 〈회수〉 〔곡수〕	필자/저자(역자)	분류	비고
1	6		辛亥新春の出版界 〈6〉 신해년 신춘의 출판계		수필/기타	
1	6	文苑	(제목없음) 〔1〕	#々	시가/하이쿠	
1	6	文苑	(제목없음) 〔1〕	##	시가/하이쿠	
1	6	文苑	(제목없음) 〔2〕	孤村	시가/하이쿠	
1	6	文苑	(제목없음) 〔1〕	同上	시가/하이쿠	
3	1~3	講談	河內山宗俊 〈128〉 고우치야마 소슌	杢左衛門 記	고단	

1911년 01월 24일 (화) 630호

지면	단수	기획	기사제목 〈회수〉 〔곡수〕	필자/저자(역자)	분류	비고
3	1~3	講談	河內山宗俊 〈129〉 고우치야마 소슌	杢左衛門 記	고단	

1911년 01월 25일 (수) 631호

지면	단수	기획	기사제목 〈회수〉 〔곡수〕	필자/저자(역자)	분류	비고
1	6		辛亥新春の出版界 〈7〉 신해년 신춘의 출판계		수필/기타	
1	6	文苑	冬夜 〔12〕 겨울 밤	竹涯生	시가/하이쿠	
3	1~3	講談	河內山宗俊 〈130〉 고우치야마 소슌	杢左衛門 記	고단	

1911년 01월 26일 (목) 632호

지면	단수	기획	기사제목 〈회수〉 〔곡수〕	필자/저자(역자)	분류	비고
1	5		血(上) 〈1〉 혈(상)		수필/기타	
1	6	文苑	猪 〔8〕 돼지	竹涯生	시가/하이쿠	

지면	단수	기획	기사제목 〈회수〉〔곡수〕	필자/저자(역자)	분류	비고
1	6		朝鮮談語 조선 담어		수필/관찰	
3	1~3	講談	河內山宗俊 〈131〉 고우치야마 소슌	杢左衛門 記	고단	

1911년 01월 27일 (금) 633호

지면	단수	기획	기사제목 〈회수〉〔곡수〕	필자/저자(역자)	분류	비고
1	5		血(下) 〈2〉 혈(하)		수필/기타	
1	6	文苑	冬二十句 〔20〕 겨울-이십구	竹涯生	시가/하이쿠	
4	1~3	講談	河內山宗俊 〈132〉 고우치야마 소슌	杢左衛門 記	고단	

1911년 01월 28일 (토) 634호

지면	단수	기획	기사제목 〈회수〉〔곡수〕	필자/저자(역자)	분류	비고
1	6	文苑	冬二十句 〔20〕 겨울-이십구	竹涯生	시가/하이쿠	
1	6		朝鮮談語 조선 담어		수필/관찰	
3	1~3	講談	河內山宗俊 〈133〉 고우치야마 소슌	杢左衛門 記	고단	

1911년 01월 29일 (일) 635호

지면	단수	기획	기사제목 〈회수〉〔곡수〕	필자/저자(역자)	분류	비고
1	6	文苑	冬二十句 〔20〕 겨울-이십구	竹涯生	시가/하이쿠	
1	6		朝鮮談語 조선 담어		수필/관찰	
4	1~3	講談	河內山宗俊 〈134〉 고우치야마 소슌	杢左衛門 記	고단	

1911년 02월 01일 (수) 636호

지면	단수	기획	기사제목 〈회수〉〔곡수〕	필자/저자(역자)	분류	비고
1	6	文苑	冬七句 〔7〕 겨울-칠구	竹涯生	시가/하이쿠	
1	6		朝鮮談語 조선 담어		수필/관찰	
4	1~3	講談	河內山宗俊 〈135〉 고우치야마 소슌	杢左衛門 記	고단	

1911년 02월 02일 (목) 637호

지면	단수	기획	기사제목 〈회수〉〔곡수〕	필자/저자(역자)	분류	비고
1	5	文苑	冬八句 〔8〕 겨울-팔구	竹涯生	시가/하이쿠	
1	6		朝鮮談語 조선 담어		수필/관찰	
4	1~3	講談	河內山宗俊 〈136〉 고우치야마 소슌	杢左衛門 記	고단	

1911년 02월 04일 (토) 639호

지면	단수	기획	기사제목 〈회수〉〔곡수〕	필자/저자(역자)	분류	비고
3	1~3	講談	河內山宗俊 〈138〉 고우치야마 소슌	杢左衛門 記	고단	

1911년 02월 05일 (일) 640호

지면	단수	기획	기사제목 〈회수〉〔곡수〕	필자/저자(역자)	분류	비고
1	6	文苑	千鳥 〔15〕 물떼새	竹涯生	시가/하이쿠	

지면	단수	기획	기사제목 〈회수〉〔곡수〕	필자/저자(역자)	분류	비고
1	6		初午(今二月五日) 하쓰우마(이번 2월 5일)		수필·시가/ 기타·단카	
4	1~3	講談	河內山宗俊 〈139〉 고우치야마 소슌	杢左衛門 記	고단	

1911년 02월 07일 (화) 641호

지면	단수	기획	기사제목 〈회수〉〔곡수〕	필자/저자(역자)	분류	비고
1	6	文苑	霰〔9〕 싸라기눈	竹涯生	시가/하이쿠	
4	1~3	講談	河內山宗俊 〈140〉 고우치야마 소슌	杢左衛門 記	고단	

1911년 02월 08일 (수) 642호

지면	단수	기획	기사제목 〈회수〉〔곡수〕	필자/저자(역자)	분류	비고
1	4~5		朝鮮の宗教は迷信的 조선 종교는 미신적	山田保	수필/관찰	
3	1~3	講談	河內山宗俊 〈141〉 고우치야마 소슌	杢左衛門 記	고단	

1911년 02월 09일 (목) 643호

지면	단수	기획	기사제목 〈회수〉〔곡수〕	필자/저자(역자)	분류	비고
1	7	文苑	雪〔15〕 눈	竹涯生	시가/하이쿠	
3	1~3	講談	河內山宗俊 〈142〉 고우치야마 소슌	杢左衛門 記	고단	

1911년 02월 10일 (금) 644호

지면	단수	기획	기사제목 〈회수〉〔곡수〕	필자/저자(역자)	분류	비고
1	6		朝鮮談語 조선 담어		수필/관찰	
6	4		新小說 怪人村 신소설 괴인촌	安岡夢鄕	광고/연재 예고	면수 오류
4	1~3	講談	河內山宗俊 〈143〉 고우치야마 소슌	杢左衛門 記	고단	

1911년 02월 11일 (토) 645호

지면	단수	기획	기사제목 〈회수〉〔곡수〕	필자/저자(역자)	분류	비고
1	3		神武天皇御製〔4〕 진무천황어제	神武天皇	시가/기타	
1	7	文苑	(제목없음)〔10〕	竹涯生	시가/하이쿠	
3	1~3	講談	河內山宗俊 〈144〉 고우치야마 소슌	杢左衛門 記	고단	
5	1		新小說の揭載 怪人村 신소설 게재 괴인촌	安岡夢鄕	광고/연재 예고	
5	2~4		お伽噺を選擇せる 옛날이야기를 선택하다	太平#生寄	수필/기타	

1911년 02월 14일 (화) 646호

지면	단수	기획	기사제목 〈회수〉〔곡수〕	필자/저자(역자)	분류	비고
1	5~7	新小說	怪人村 〈1〉 괴인촌	安岡夢鄕	소설	
3	1~3	講談	河內山宗俊 〈145〉 고우치야마 소슌	杢左衛門 記	고단	

1911년 02월 15일 (수) 647호

지면	단수	기획	기사제목 〈회수〉〔곡수〕	필자/저자(역자)	분류	비고
1	4	文苑	雜吟〔8〕 잡음	###	시가/하이쿠	

지면	단수	기획	기사제목 〈회수〉〔곡수〕	필자/저자(역자)	분류	비고
1	4	文苑	旭櫻 〔1〕 아침 벚나무	###	시가/하이쿠	
1	4~6		怪人村 〈2〉 괴인촌	安岡夢郷	소설	
3	1~3	講談	河內山宗俊 〈146〉 고우치야마 소슌	杢左衛門 記	고단	

1911년 02월 16일 (목) 648호

지면	단수	기획	기사제목 〈회수〉〔곡수〕	필자/저자(역자)	분류	비고
1	4~6		怪人村 〈3〉 괴인촌	安岡夢郷	소설	
4	1~3	講談	河內山宗俊 〈147〉 고우치야마 소슌	杢左衛門 記	고단	

1911년 02월 17일 (금) 649호

지면	단수	기획	기사제목 〈회수〉〔곡수〕	필자/저자(역자)	분류	비고
1	2	文苑	(제목없음) 〔3〕	#賀#春	시가/단카	
1	3~4		おかみさん 〈1〉 마누라		수필/일상	
1	4~6		怪人村 〈4〉 괴인촌	安岡夢郷	소설	
3	1~3	講談	河內山宗俊 〈148〉 고우치야마 소슌	杢左衛門 記	고단	
5	2~3		龍山附近の怪獸 용산 부근의 괴수		수필/기타	
5	3~4		古書の面白い豫言 고서의 재미있는 예언		수필/기타	

1911년 02월 18일 (토) 650호

지면	단수	기획	기사제목 〈회수〉〔곡수〕	필자/저자(역자)	분류	비고
1	3~4		おかみさん 〈2〉 마누라		수필/일상	
1	4	文苑	☆おぼろ夜の鐘 〔8〕 어슴푸레한 밤의 종소리	薰村生	시가/하이쿠	
1	4	文苑	水産會社の魚印の旗を見て 〔1〕 수산회사의 물고기 표시 깃발을 보고	薰村生	시가/센류	
1	4~6		怪人村 〈5〉 괴인촌	安岡夢郷	소설	
3	1~3	講談	河內山宗俊 〈149〉 고우치야마 소슌	杢左衛門 記	고단	
5	2~3		(제목없음) 〔1〕		시가/하이쿠	

1911년 02월 19일 (일) 651호

지면	단수	기획	기사제목 〈회수〉〔곡수〕	필자/저자(역자)	분류	비고
1	4~5	文苑	おぼろ夜 〔11〕 어슴푸레한 밤	薰村生	시가/하이쿠	
1	5	文苑	旭屋旅館夜泊 〔1〕 야사히야 여관 숙박	薰村生	시가/하이쿠	
1	5~7		怪人村 〈6〉 괴인촌	安岡夢郷	소설	
3	1~3	講談	河內山宗俊 〈150〉 고우치야마 소슌	杢左衛門 記	고단	

1911년 02월 21일 (화) 652호

지면	단수	기획	기사제목 〈회수〉 [곡수]	필자/저자(역자)	분류	비고
1	2~4		おかみさん 〈3〉 마누라		수필/일상	
1	4	小品	春影集 〈1〉 춘영집	水のへ	수필/일상	
1	5~6		怪人村 〈7〉 괴인촌	安岡夢鄕	소설	
4	1~3	講談	河內山宗俊 〈151〉 고우치야마 소슌	杢左衛門 記	고단	

1911년 02월 22일 (수) 653호

지면	단수	기획	기사제목 〈회수〉 [곡수]	필자/저자(역자)	분류	비고
1	2	文苑	(제목없음) [2]		시가/하이쿠	
1	2	文苑	◎ [6]		시가/하이쿠	
1	2	文苑	####### [2] #######		시가/하이쿠	
1	4	小品	春影集 〈2〉 춘영집	水のへ	수필/일상	
1	4~6		怪人村 〈8〉 괴인촌	安岡夢鄕	소설	
3	1~3	講談	河內山宗俊 〈152〉 고우치야마 소슌	杢左衛門 記	고단	

1911년 02월 23일 (목) 654호

지면	단수	기획	기사제목 〈회수〉 [곡수]	필자/저자(역자)	분류	비고
1	4	小品	春影集 〈3〉 춘영집	水のへ	수필/일상	
1	4~6		怪人村 〈9〉 괴인촌	安岡夢鄕	소설	
4	1~3	講談	河內山宗俊 〈153〉 고우치야마 소슌	杢左衛門 記	고단	

1911년 02월 24일 (금) 655호

지면	단수	기획	기사제목 〈회수〉 [곡수]	필자/저자(역자)	분류	비고
1	3~4	小品	春影集 〈4〉 춘영집	水のへ	수필/일상	
1	4	文苑	春季雜題 [8] 춘계-잡제	薰村生	시가/하이쿠	
1	4	文苑	火燵、埋火、煖爐 [2] 고타쓰, 매화, 난로	鶴聲	시가/하이쿠	
1	4~6		怪人村 〈10〉 괴인촌	安岡夢鄕	소설	
3	4		鮮人研究の一資料 조선인 연구 자료 하나		수필/관찰	
4	1~3	講談	河內山宗俊 〈154〉 고우치야마 소슌	杢左衛門 記	고단	

1911년 02월 25일 (토) 656호

지면	단수	기획	기사제목 〈회수〉 [곡수]	필자/저자(역자)	분류	비고
1	4	文苑	春季雜吟 [10] 춘계-잡음	薰村生	시가/하이쿠	
1	4~5	小品	春影集 〈5〉 춘영집	水のへ	수필/일상	
1	5~7		怪人村 〈11〉 괴인촌	安岡夢鄕	소설	

지면	단수	기획	기사제목 〈회수〉〔곡수〕	필자/저자(역자)	분류	비고
3	1~3	講談	河內山宗俊 〈155〉 고우치야마 소슌	杢左衛門 記	고단	

1911년 02월 26일 (일) 657호

지면	단수	기획	기사제목 〈회수〉〔곡수〕	필자/저자(역자)	분류	비고
1	4		此の頃引き易き風邪 요즘 걸리기 쉬운 감기		수필/일상	
1	4	小品	僞おぼえ帳 가짜 기억장		수필/기타	
1	4~5	文苑	春季雜吟 [10] 춘계-잡음	薰村生	시가/하이쿠	
1	5~7		怪人村 〈12〉 괴인촌	安岡夢鄕	소설	
3	1~3	講談	河內山宗俊 〈156〉 고우치야마 소슌	杢左衛門 記	고단	

1911년 02월 28일 (화) 658호

지면	단수	기획	기사제목 〈회수〉〔곡수〕	필자/저자(역자)	분류	비고
1	4~5	小品	春影集 〈6〉 춘영집	水のへ	수필/일상	
1	5	文苑	春季雜吟 [8] 춘계-잡음	薰村生	시가/하이쿠	
1	5~7		怪人村 〈13〉 괴인촌	安岡夢鄕	소설	
3	1~3	講談	河內山宗俊 〈157〉 고우치야마 소슌	杢左衛門 記	고단	
5	4~5		喜劇四つ巴 희극 네 개의 소용돌이		수필/기타	

1911년 03월 01일 (수) 659호

지면	단수	기획	기사제목 〈회수〉〔곡수〕	필자/저자(역자)	분류	비고
1	4	文苑	春季雜吟 [15] 춘계-잡음	薰村	시가/하이쿠	
1	4~6		怪人村 〈14〉 괴인촌	安岡夢鄕	소설	
4	1~3	講談	河內山宗俊 〈158〉 고우치야마 소슌	杢左衛門 記	고단	

1911년 03월 02일 (목) 660호

지면	단수	기획	기사제목 〈회수〉〔곡수〕	필자/저자(역자)	분류	비고
1	5~7		怪人村 〈15〉 괴인촌	安岡夢鄕	소설	
4	1~3	講談	河內山宗俊 〈159〉 고우치야마 소슌	杢左衛門 記	고단	

1911년 03월 03일 (금) 661호

지면	단수	기획	기사제목 〈회수〉〔곡수〕	필자/저자(역자)	분류	비고
1	4		夫婦の始たる神の御歌 시작하는 부부의 신의 어가		수필/관찰	
1	4	文苑	春季雜吟 [10] 춘계-잡음	薰村	시가/하이쿠	
1	4~6		怪人村 〈16〉 괴인촌	安岡夢鄕	소설	
3	1~3	講談	河內山宗俊 〈160〉 고우치야마 소슌	杢左衛門 記	고단	

1911년 03월 04일 (토) 662호

지면	단수	기획	기사제목 〈회수〉〔곡수〕	필자/저자(역자)	분류	비고
1	4	文苑	春季雜吟 〔10〕 춘계-잡음	薰村	시가/하이쿠	
1	4~7		怪人村 〈17〉 괴인촌	安岡夢鄕	소설	
4	1~3	講談	河內山宗俊 〈161〉 고우치야마 소슌	杢左衛門 記	고단	

1911년 03월 05일 (일) 663호

지면	단수	기획	기사제목 〈회수〉〔곡수〕	필자/저자(역자)	분류	비고
1	5~7		怪人村 〈18〉 괴인촌	安岡夢鄕	소설	
3	1~3	講談	河內山宗俊 〈162〉 고우치야마 소슌	杢左衛門 記	고단	
5	1		夜の仁川市中 밤의 인천시		수필/기타	

1911년 03월 07일 (화) 664호

지면	단수	기획	기사제목 〈회수〉〔곡수〕	필자/저자(역자)	분류	비고
1	3~4		凡ての動物は夢を見る 모든 동물은 꿈을 꾼다		수필/기타	
1	4~5	文苑	春季雜吟 〔9〕 춘계-잡음	薰村	시가/하이쿠	
1	5~7		怪人村 〈19〉 괴인촌	安岡夢鄕	소설	
4	1~3	講談	河內山宗俊 〈163〉 고우치야마 소슌	杢左衛門 記	고단	

1911년 03월 08일 (수) 665호

지면	단수	기획	기사제목 〈회수〉〔곡수〕	필자/저자(역자)	분류	비고
1	4	文苑	春季雜吟 〔10〕 춘계-잡음	薰村	시가/하이쿠	
1	5~7		怪人村 〈20〉 괴인촌	安岡夢鄕	소설	
4	1~3	講談	河內山宗俊 〈164〉 고우치야마 소슌	杢左衛門 記	고단	

1911년 03월 09일 (목) 666호

지면	단수	기획	기사제목 〈회수〉〔곡수〕	필자/저자(역자)	분류	비고
1	3~4	文苑	春季雜吟 〔10〕 춘계-잡음	薰村	시가/하이쿠	
1	5~7		怪人村 〈21〉 괴인촌	安岡夢鄕	소설	
4	1~3	講談	河內山宗俊 〈165〉 고우치야마 소슌	杢左衛門 記	고단	

1911년 03월 10일 (금) 667호

지면	단수	기획	기사제목 〈회수〉〔곡수〕	필자/저자(역자)	분류	비고
1	5~7		怪人村 〈22〉 괴인촌	安岡夢鄕	소설	
3	1~3	講談	河內山宗俊 〈166〉 고우치야마 소슌	杢左衛門 記	고단	

1911년 03월 11일 (토) 668호

지면	단수	기획	기사제목 〈회수〉〔곡수〕	필자/저자(역자)	분류	비고
1	5	文苑	春季雜吟 〔10〕 춘계-잡음	薰村	시가/하이쿠	
1	5~8		怪人村 〈23〉 괴인촌	安岡夢鄕	소설	

지면	단수	기획	기사제목 〈회수〉〔곡수〕	필자/저자(역자)	분류	비고
3	5		言葉の遣ひ方心得/朝鮮の江戶っ子の言葉 언어 사용 습득/조선의 에도말		수필/기타	
4	1~3	講談	河內山宗俊 〈167〉 고우치야마 소슌	杢左衛門 記	고단	

1911년 03월 12일 (일) 669호

지면	단수	기획	기사제목 〈회수〉〔곡수〕	필자/저자(역자)	분류	비고
1	3		大連表裏鏡 〈1〉 다롄 표리경	禿翁	수필/기타	
1	4	文苑	永日吟 〈1〉〔4〕 영일음	木生	시가/단카	
1	5~8		怪人村 〈24〉 괴인촌	安岡夢鄉	소설	
4	1~3	講談	河內山宗俊 〈168〉 고우치야마 소슌	杢左衛門 記	고단	

1911년 03월 14일 (화) 670호

지면	단수	기획	기사제목 〈회수〉〔곡수〕	필자/저자(역자)	분류	비고
1	4	文苑	春季雜吟 〔10〕 춘계-잡음	薰村	시가/하이쿠	
1	4~6		怪人村 〈25〉 괴인촌	安岡夢鄉	소설	
3	3~4		喜劇借り女房(上) 〈1〉 희극 빌린 아내(상)		수필/기타	
4	1~3	講談	河內山宗俊 〈169〉 고우치야마 소슌	杢左衛門 記	고단	

1911년 03월 15일 (수) 671호

지면	단수	기획	기사제목 〈회수〉〔곡수〕	필자/저자(역자)	분류	비고
1	3		大連表裏鏡 〈2〉 다롄 표리경	禿翁	수필/기타	
1	4		永日吟 〈2〉〔4〕 영일음	木生	시가/단카	
1	5	文苑	春季雜吟 〔10〕 춘계-잡음	薰村	시가/하이쿠	
1	5~7		怪人村 〈26〉 괴인촌	安岡夢鄉	소설	
3	1~3	講談	河內山宗俊 〈170〉 고우치야마 소슌	杢左衛門 記	고단	
5	3~5		喜劇借り女房(下) 〈2〉 희극 빌린 아내(하)		수필/기타	

1911년 03월 16일 (목) 672호

지면	단수	기획	기사제목 〈회수〉〔곡수〕	필자/저자(역자)	분류	비고
1	3		火(上) 〈1〉 불(상)		수필/기타	
1	4		大連表裏鏡 〈3〉 다롄 표리경	大連支局 禿翁	수필/기타	
1	5~6		怪人村 〈27〉 괴인촌	安岡夢鄉	소설	
4	1~3	講談	河內山宗俊 〈171〉 고우치야마 소슌	杢左衛門 記	고단	

1911년 03월 17일 (금) 673호

지면	단수	기획	기사제목 〈회수〉〔곡수〕	필자/저자(역자)	분류	비고
1	4		火(下) 〈2〉 불(하)		수필/기타	

지면	단수	기획	기사제목 〈회수〉〔곡수〕	필자/저자(역자)	분류	비고
1	4		大連表裏鏡 〈3〉 다롄 표리경	大連支局 禿翁	수필/기타	
1	4	文苑	春季雜吟 〔10〕 춘계-잡음	薫村	시가/하이쿠	
1	5~7		怪人村 〈28〉 괴인촌	安岡夢郷	소설	
4	1~3	講談	河內山宗俊 〈172〉 고우치야마 소슌	杢左衛門 記	고단	

1911년 03월 18일 (토) 674호

지면	단수	기획	기사제목 〈회수〉〔곡수〕	필자/저자(역자)	분류	비고
1	4~5		義太夫上達の苦心(上) 〈1〉 기다유 숙달에 대한 고심(상)		수필/기타	
1	5~7		怪人村 〈29〉 괴인촌	安岡夢郷	소설	
3	1		世界無錢旅行者 세계 무전여행자		수필/기타	
4	1~3	講談	河內山宗俊 〈173〉 고우치야마 소슌	杢左衛門 記	고단	

1911년 03월 19일 (일) 675호

지면	단수	기획	기사제목 〈회수〉〔곡수〕	필자/저자(역자)	분류	비고
1	3~4		義太夫上達の苦心(下) 〈2〉 기다유 숙달에 대한 고심(하)		수필/기타	
1	4~5		家庭雜話/子供時代の教育 가정 잡화/어린이 시대의 교육		수필/기타	
1	5~7		怪人村 〈30〉 괴인촌	安岡夢郷	소설	
3	1~3	講談	河內山宗俊 〈174〉 고우치야마 소슌	杢左衛門 記	고단	

1911년 03월 21일 (화) 676호

지면	단수	기획	기사제목 〈회수〉〔곡수〕	필자/저자(역자)	분류	비고
1	4		家庭雜話/嫁入りをする心得 가정 잡화/시집갈 때의 마음가짐		수필/기타	
1	5~6		怪人村 〈31〉 괴인촌	安岡夢郷	소설	
3	1~3	講談	河內山宗俊 〈175〉 고우치야마 소슌	杢左衛門 記	고단	

1911년 03월 22일 (수) 677호

지면	단수	기획	기사제목 〈회수〉〔곡수〕	필자/저자(역자)	분류	비고
1	5~7		怪人村 〈32〉 괴인촌	安岡夢郷	소설	
3	1~3	講談	河內山宗俊 〈176〉 고우치야마 소슌	杢左衛門 記	고단	

1911년 03월 24일 (금) 678호

지면	단수	기획	기사제목 〈회수〉〔곡수〕	필자/저자(역자)	분류	비고
1	4		家庭雜話/遠足と子供のお小遣ひ 가정 잡화/소풍과 어린이의 용돈		수필/기타	
1	4		大連表裏鏡 〈4〉 다롄 표리경	大連支局 禿翁	수필/기타	
1	5~6		怪人村 〈33〉 괴인촌	安岡夢郷	소설	
3	1~3	講談	河內山宗俊 〈177〉 고우치야마 소슌	杢左衛門 記	고단	

지면	단수	기획	기사제목 〈회수〉〔곡수〕	필자/저자(역자)	분류	비고
1911년 03월 25일 (토) 679호						
1	4		大連表裏鏡 〈5〉 다롄 표리경	大連支局 禿翁	수필/기타	
1	4~6		怪人村 〈34〉 괴인촌	安岡夢鄕	소설	
3	1~3	講談	河內山宗俊 〈178〉 고우치야마 소슌	杢左衛門 記	고단	
5	2		新灘津驛の怪聞(上) 〈1〉 신탄진역의 괴소문(상)		수필/기타	
1911년 03월 26일 (일) 680호						
1	2~3	寄書	朝鮮美術批判 〈1〉 조선미술 비판	伊山洞 村瀨太郎	수필/비평	
1	4		家庭雜話/どんな薪が得用か 가정 잡화/어떤 장작이 덕용인가		수필/기타	
1	4		大連表裏鏡 〈6〉 다롄 표리경	大連支局 禿翁	수필/기타	
1	5~6		怪人村 〈35〉 괴인촌	安岡夢鄕	소설	
3	1~3	講談	河內山宗俊 〈179〉 고우치야마 소슌	杢左衛門 記	고단	
5	1		新灘津驛の怪聞(中) 〈2〉 신탄진역의 괴소문(중)		수필/기타	
1911년 03월 28일 (화) 681호						
1	2	寄書	朝鮮美術批判 〈2〉 조선미술 비판	伊山洞 村瀨太郎	수필/비평	
1	3~4		家庭雜話/織物を保存する法 가정 잡화/직물을 보존하는 법		수필/기타	
1	5~7		怪人村 〈36〉 괴인촌	安岡夢鄕	소설	
3	1~3	講談	河內山宗俊 〈180〉 고우치야마 소슌	杢左衛門 記	고단	
1911년 03월 29일 (수) 682호						
1	1~2		朝鮮諺文の紀元(上) 〈1〉 조선언문의 기원(上)	林泰輔	수필/비평	
1	2~3	寄書	朝鮮美術批判 〈3〉 조선미술 비판	伊山洞 村瀨太郎	수필/비평	
1	4		家庭雜話/鷄を料理する頁法 가정 잡화/닭을 요리하는 방법		수필/기타	
1	5	文苑	春百七十五句 〔9〕 봄-백칠십오구	竹涯	시가/하이쿠	
1	5~7		怪人村 〈37〉 괴인촌	安岡夢鄕	소설	
3	1~3	講談	河內山宗俊 〈181〉 고우치야마 소슌	杢左衛門 記	고단	
5	1~2		新灘津驛の怪聞(下) 〈3〉 신탄진역의 괴소문(하)		수필/기타	
1911년 03월 30일 (목) 683호						

지면	단수	기획	기사제목 〈회수〉〔곡수〕	필자/저자(역자)	분류	비고
1	1~2		朝鮮諺文の紀元(下) 〈2〉 조선언문의 기원(하)	林泰輔	수필/비평	
1	2~3		天才(上) 〈1〉 천재(상)	竹涯生	수필/비평	
1	3~4	寄書	朝鮮美術批判/新羅時代 〈4〉 조선미술 비판/신라시대	伊山洞 村瀨太郎	수필/비평	
1	4	文苑	春百七十五句 〔9〕 봄-백칠십오구	竹涯	시가/하이쿠	
1	5~7		怪人村 〈38〉 괴인촌	安岡夢鄉	소설	
3	1~3	講談	河內山宗俊 〈182〉 고우치야마 소슌	杢左衛門 記	고단	

1911년 03월 31일 (금) 684호

지면	단수	기획	기사제목 〈회수〉〔곡수〕	필자/저자(역자)	분류	비고
1	2~3	寄書	朝鮮美術批判/(一)新羅時代 〈5〉 조선미술 비판/(1)신라시대	伊山洞 村瀨太郎	수필/비평	
1	3		天才(中) 〈2〉 천재(중)	竹涯生	수필/비평	
1	4		家庭雜話/お美味い御飯の炊き方 가정 잡화/맛있게 밥 짓는 법		수필/기타	
1	4	文苑	春百七十五句 〔10〕 봄-백칠십오구	竹涯	시가/하이쿠	
1	5~7		怪人村 〈39〉 괴인촌	安岡夢鄉	소설	

1911년 04월 01일 (토) 685호

지면	단수	기획	기사제목 〈회수〉〔곡수〕	필자/저자(역자)	분류	비고
1	2~3	寄書	朝鮮美術批判/(二)新羅時代の陶磁器 〈2〉 조선미술 비판/(2)신라시대의 도자기	伊山洞 村瀨太郎	수필/비평	
1	3~4		天才(中の下) 〈3〉 천재(중-하)	竹涯生	수필/비평	
1	4	文苑	春百七十五句 〔10〕 봄-백칠십오구	竹涯	시가/하이쿠	
1	4~6		怪人村 〈40〉 괴인촌	安岡夢鄉	소설	
4	1~3	講談	河內山宗俊 〈183〉 고우치야마 소슌	杢左衛門 記	고단	

1911년 04월 02일 (일) 686호

지면	단수	기획	기사제목 〈회수〉〔곡수〕	필자/저자(역자)	분류	비고
1	1~2	寄書	朝鮮美術批判/(三)新羅時代の陶磁器 〈3〉 조선미술 비판/(3)신라시대의 도자기	伊山洞 村瀨太郎	수필/비평	
1	2~3		天才(下) 〈4〉 천재(하)	竹涯生	수필/비평	
1	4	文苑	春百七十五句 〔10〕 봄-백칠십오구	竹涯	시가/하이쿠	
1	5~7		怪人村 〈41〉 괴인촌	安岡夢鄉	소설	
3	1~3	講談	河內山宗俊 〈184〉 고우치야마 소슌	杢左衛門 記	고단	
4	1~2		食堂の一時間 〈1〉 식당에서 한 시간	水の人	수필/기타	

1911년 04월 05일 (수) 687호

지면	단수	기획	기사제목 〈회수〉 [곡수]	필자/저자(역자)	분류	비고
1	2~4	寄書	朝鮮美術批判 조선미술 비판	伊山洞 村瀨太郞	수필/비평	
1	4	文苑	春百七十五句 [10] 봄-백칠십오구	竹涯	시가/하이쿠	
1	4~6		怪人村 〈41〉 괴인촌	安岡夢鄕	소설	회수 오류
4	1~3	講談	河內山宗俊 〈185〉 고우치야마 소슌	杢左衛門 記	고단	

1911년 04월 06일 (목) 688호

지면	단수	기획	기사제목 〈회수〉 [곡수]	필자/저자(역자)	분류	비고
1	1~2	寄書	朝鮮美術批判/新羅時代の鑄造物及木像 조선미술 비판/신라시대의 주조물과 목상	伊山洞 村瀨太郞	수필/비평	
1	4		大連表裏鏡 〈6〉 다롄 표리경	大連支局 禿翁	수필/기타	
1	4	文苑	春百七十五句 [10] 봄-백칠십오구	竹涯	시가/하이쿠	
1	4~6		怪人村 〈43〉 괴인촌	安岡夢鄕	소설	
3	1~3	講談	河內山宗俊 〈186〉 고우치야마 소슌	杢左衛門 記	고단	
5	5~6		雲右エ門と語る 〈1〉 구모에몬과 이야기하다	旭山生	수필/기타	

1911년 04월 07일 (금) 689호

지면	단수	기획	기사제목 〈회수〉 [곡수]	필자/저자(역자)	분류	비고
1	2~3	寄書	朝鮮美術批判 조선미술 비판	伊山洞 村瀨太郞	수필/비평	
1	3~4		大連表裏鏡 〈7〉 다롄 표리경	大連支局 禿翁	수필/기타	
1	4		雲右エ門と語る 〈2〉 구모에몬과 이야기하다	旭山生	수필/기타	
1	4	文苑	春百七十五句 [10] 봄-백칠십오구	竹涯	시가/하이쿠	
1	4~6		怪人村 〈44〉 괴인촌	安岡夢鄕	소설	
3	1~3	講談	河內山宗俊 〈187〉 고우치야마 소슌	杢左衛門 記	고단	
5	1		花の仁川港 꽃피는 인천항	枯骨	수필/일상	

1911년 04월 08일 (토) 690호

지면	단수	기획	기사제목 〈회수〉 [곡수]	필자/저자(역자)	분류	비고
1	2~3		宵ある記 밤의 기록	エム生	수필/일상	
1	3~4	寄書	朝鮮美術批判 조선미술 비판	伊山洞 村瀨太郞	수필/비평	
1	4		大連表裏鏡 〈8〉 다롄 표리경	大連支局 禿翁	수필/기타	
1	4~5	文苑	春百七十五句 [10] 봄-백칠십오구	竹涯	시가/하이쿠	
1	5~7		怪人村 〈45〉 괴인촌	安岡夢鄕	소설	
2	7~8		二日紀行 〈1〉 2일 기행	山の人	수필/기행	

지면	단수	기획	기사제목 〈회수〉 〔곡수〕	필자/저자(역자)	분류	비고
3	1~3	講談	河內山宗俊 〈188〉 고우치야마 소슌	杢左衞門 記	고단	
5	2		雲右工門と語る 〈3〉 구모에몬과 이야기하다	旭山生	수필/기타	
5	5~6		花の仁川港 꽃피는 인천항	枯骨	수필/일상	

1911년 04월 09일 (일) 691호

1	2~3	寄書	朝鮮美術批判 〈4〉 조선미술 비판	伊山洞 村瀨太郞	수필/비평	
1	4	文苑	春百七十五句 〔10〕 봄-백칠십오구	竹涯	시가/하이쿠	
1	4~6		怪人村 〈46〉 괴인촌	安岡夢鄕	소설	
2	7		二日紀行 〈2〉 2일 기행	山の人	수필/기행	
3	1~3	講談	河內山宗俊 〈189〉 고우치야마 소슌	杢左衞門 記	고단	
5	1		雲右工門と語る 〈4〉 구모에몬과 이야기하다	旭山生	수필/기타	

1911년 04월 11일 (화) 692호

1	3~4	寄書	朝鮮美術批判/新羅時代の石工(續) 〈4〉 조선미술 비판/신라시대의 석공(속)	伊山洞 村瀨太郞	수필/비평	
1	4	文苑	春百七十五句 〔10〕 봄-백칠십오구	竹涯	시가/하이쿠	
1	4~6		怪人村 〈47〉 괴인촌	安岡夢鄕	소설	

1911년 04월 12일 (수) 693호

1	4		二日紀行 〈3〉 2일 기행	山の人	수필/기행	
1	4~5	寄書	朝鮮美術批判/新羅時代の石工(續) 〈5〉 조선미술 비판/신라시대의 석공(속)	伊山洞 村瀨太郞	수필/비평	
1	5	文苑	春百七十五句 〔10〕 봄-백칠십오구	竹涯	시가/하이쿠	
1	5~7		怪人村 〈48〉 괴인촌	安岡夢鄕	소설	
3	1~3	講談	河內山宗俊 〈191〉 고우치야마 소슌	杢左衞門 記	고단	

1911년 04월 13일 (목) 694호

1	4~5		二日紀行/芙江 〈4(1)〉 2일 기행/부강	山の人	수필/기행	
1	5	文苑	春百七十五句 〔9〕 봄-백칠십오구	竹涯	시가/하이쿠	
1	5~7		怪人村 〈49〉 괴인촌	安岡夢鄕	소설	
4	1~3	講談	河內山宗俊 〈192〉 고우치야마 소슌	杢左衞門 記	고단	

1911년 04월 14일 (금) 695호

지면	단수	기획	기사제목 〈회수〉〔곡수〕	필자/저자(역자)	분류	비고
1	2	寄書	朝鮮美術批判 〈5〉 조선미술 비판	伊山洞 村瀨太郞	수필/비평	
1	2~3		家庭雜話 가정 잡화	△△生	수필	
1	4		二日紀行/芙江 〈5〔2〕〉 2일 기행/부강	山の人	수필/기행	
1	5	文苑	春百七十五句 〔9〕 봄-백칠십오구	竹涯	시가/하이쿠	
1	5~7		怪人村 〈50〉 괴인촌	安岡夢鄕	소설	
3	1~3	講談	河內山宗俊 〈193〉 고우치야마 소슌	杢左衛門 記	고단	

1911년 04월 15일 (토) 696호

지면	단수	기획	기사제목 〈회수〉〔곡수〕	필자/저자(역자)	분류	비고
1	4	寄書	朝鮮美術批判/新羅時代の繪畵 〈6〉 조선미술 비판/신라시대의 회화	伊山洞 村瀨太郞	수필/비평	
1	4~6		怪人村 〈51〉 괴인촌	安岡夢鄕	소설	
3	1~3	講談	河內山宗俊 〈194〉 고우치야마 소슌	杢左衛門 記	고단	
4	1~2		講談 秋色櫻 〈2〉 고단 슈시키자쿠라	松林伯知	고단	
5	6~7		隱君子とは何? 〈1〉 은군자란 무엇인가?		수필/일상	

1911년 04월 16일 (일) 697호

지면	단수	기획	기사제목 〈회수〉〔곡수〕	필자/저자(역자)	분류	비고
1	4	寄書	朝鮮美術批判/新羅時代の繪畵 〈7〉 조선미술 비판/신라시대의 회화	伊山洞 村瀨太郞	수필/비평	
1	4	文苑	春百七十五句 〔10〕 봄-백칠십오구	竹涯	시가/하이쿠	
1	4~6		怪人村 〈52〉 괴인촌	安岡夢鄕	소설	
3	1~3	講談	河內山宗俊 〈195〉 고우치야마 소슌	杢左衛門 記	고단	
5	1~2		隱君子とは何? 〈2〉 은군자란 무엇인가?		수필/일상	

1911년 04월 18일 (화) 698호

지면	단수	기획	기사제목 〈회수〉〔곡수〕	필자/저자(역자)	분류	비고
1	3~4	寄書	朝鮮美術批判/新羅時代の結論 〈7〉 조선미술 비판/신라시대의 결론	伊山洞 村瀨太郞	수필/비평	
1	4	文苑	春百七十五句 〔10〕 봄-백칠십오구	竹涯	시가/하이쿠	
1	4~6		怪人村 〈53〉 괴인촌	安岡夢鄕	소설	
3	1~2		隱君子とは何? 〈3〉 은군자란 무엇인가?		수필/일상	
4	1~3	講談	河內山宗俊 〈196〉 고우치야마 소슌	杢左衛門 記	고단	

1911년 04월 19일 (수) 699호

지면	단수	기획	기사제목 〈회수〉〔곡수〕	필자/저자(역자)	분류	비고
1	2~3		花 꽃	水の人	수필/일상	

지면	단수	기획	기사제목 〈회수〉〔곡수〕	필자/저자(역자)	분류	비고
1	4	寄書	朝鮮美術批判/新羅時代の結論(續) 〈7〉 조선미술 비판/신라시대의 결론(속)	伊山洞 村瀬太郎	수필/비평	
1	4	文苑	春百七十五句 〔10〕 봄-백칠십오구	竹涯	시가/하이쿠	
1	4~6		怪人村 〈54〉 괴인촌	安岡夢郷	소설	
3	4~5		隱君子とは何? 〈4〉 은군자란 무엇인가?		수필/일상	
4	1~3	講談	河內山宗俊 〈197〉 고우치야마 소슌	杢左衛門 記	고단	

1911년 04월 20일 (목) 700호

지면	단수	기획	기사제목 〈회수〉〔곡수〕	필자/저자(역자)	분류	비고
1	4	寄書	朝鮮美術批判/高麗時代序論 조선미술 비판/고려시대 서론	伊山洞 村瀬實太郎	수필/비평	
1	4~7		怪人村 〈55〉 괴인촌	安岡夢郷	소설	
3	1~3	講談	河內山宗俊 〈198〉 고우치야마 소슌	杢左衛門 記	고단	

1911년 04월 21일 (금) 701호

지면	단수	기획	기사제목 〈회수〉〔곡수〕	필자/저자(역자)	분류	비고
1	4	寄書	朝鮮美術批判/高麗時代序論 조선미술 비판/고려시대 서론	伊山洞 村瀬實太郎	수필/비평	
1	4~6		怪人村 〈56〉 괴인촌	安岡夢郷	소설	
3	1~3	講談	河內山宗俊 〈199〉 고우치야마 소슌	杢左衛門 記	고단	
5	3		隱君子とは何? 〈5〉 은군자란 무엇인가?		수필/일상	

1911년 04월 22일 (토) 702호

지면	단수	기획	기사제목 〈회수〉〔곡수〕	필자/저자(역자)	분류	비고
1	4		大連表裏かゞみ 다롄 표리경	大連支局 禿翁	수필/기타	
1	4	寄書	朝鮮美術批判/高麗時代序論(續) 〈2〉 조선미술 비판/고려시대 서론(속)	伊山洞 村瀬實太郎	수필/비평	
1	5~7		怪人村 〈57〉 괴인촌	安岡夢郷	소설	
3	1~3	講談	河內山宗俊 〈200〉 고우치야마 소슌	杢左衛門 記	고단	
5	5		隱君子とは何? 〈6〉 은군자란 무엇인가?		수필/일상	

1911년 04월 23일 (일) 703호

지면	단수	기획	기사제목 〈회수〉〔곡수〕	필자/저자(역자)	분류	비고
1	3~4	文苑	春百七十五句 〔7〕 봄-백칠십오구	竹涯	시가/하이쿠	
1	4	寄書	朝鮮美術批判/高麗の佛像と佛具 조선미술 비판/고려의 불상과 불구	伊山洞 村瀬實太郎	수필/비평	
1	4~6		怪人村 〈58〉 괴인촌	安岡夢郷	소설	
3	1~3	講談	河內山宗俊 〈201〉 고우치야마 소슌	杢左衛門 記	고단	
5	1		隱君子とは何? 〈7〉 은군자란 무엇인가?		수필/일상	

지면	단수	기획	기사제목 〈회수〉〔곡수〕	필자/저자(역자)	분류	비고
5	3	春の港頭	各國公園の朝(仁川) 각국 공원의 아침(인천)		수필/일상	

1911년 04월 25일 (화) 704호

지면	단수	기획	기사제목 〈회수〉〔곡수〕	필자/저자(역자)	분류	비고
1	3~4	寄書	朝鮮美術批判/高麗の佛像と佛具(續) 조선미술 비판/고려의 불상과 불구(속)	伊山洞 村瀬實太郎	수필/비평	
1	5~6		怪人村 〈59〉 괴인촌	安岡夢鄕	소설	
3	1~3	講談	河內山宗俊 〈202〉 고우치야마 소슌	杢左衛門 記	고단	
5	3	春の港頭	月尾島の晝(仁川) 월미도의 낮(인천)		수필/일상	

1911년 04월 26일 (수) 705호

지면	단수	기획	기사제목 〈회수〉〔곡수〕	필자/저자(역자)	분류	비고
1	4	寄書	朝鮮美術批判/高麗の佛像と佛具(續) 조선미술 비판/고려의 불상과 불구(속)	伊山洞 村瀬實太郎	수필/비평	
1	5~6		怪人村 〈60〉 괴인촌	安岡夢鄕	소설	
3	1~3	講談	河內山宗俊 〈203〉 고우치야마 소슌	杢左衛門 記	고단	
5	1~2		隱君子とは何? 〈8〉 은군자란 무엇인가?		수필/일상	
5	3	春の港頭	日本公園の夜(仁川) 일본 공원의 밤(인천)		수필/일상	

1911년 04월 27일 (목) 706호

지면	단수	기획	기사제목 〈회수〉〔곡수〕	필자/저자(역자)	분류	비고
1	4	寄書	朝鮮美術批判/高麗の佛像と佛具(續) 조선미술 비판/고려의 불상과 불구(속)	伊山洞 村瀬實太郎	수필/비평	
1	4	文苑	屋根 〔1〕 지붕	#の#	시가/신체시	
1	5~7		怪人村 〈61〉 괴인촌	安岡夢鄕	소설	
3	1~3	講談	河內山宗俊 〈204〉 고우치야마 소슌	杢左衛門 記	고단	
4	1		講談 秋色櫻 〈4〉 고단 슈시키자쿠라	松林伯知	고단	

1911년 04월 28일 (금) 707호

지면	단수	기획	기사제목 〈회수〉〔곡수〕	필자/저자(역자)	분류	비고
1	2~3	寄書	朝鮮美術批判/高麗朝の磁器 조선미술 비판/고려조의 자기	伊山洞 村瀬實太郎	수필/비평	
1	4		家庭雜話 가정 잡화	△△生	수필/일상	
1	5~7		怪人村 〈62〉 괴인촌	安岡夢鄕	소설	
3	1~3	講談	河內山宗俊 〈205〉 고우치야마 소슌	杢左衛門 記	고단	
4	1~2		講談 秋色櫻 〈5〉 고단 슈시키자쿠라	松林伯知	고단	

1911년 04월 29일 (토) 708호

지면	단수	기획	기사제목 〈회수〉〔곡수〕	필자/저자(역자)	분류	비고
1	1~2	寄書	朝鮮美術批判/高麗朝の磁器(續) 조선미술 비판/고려조의 자기(속)	伊山洞 村瀬實太郎	수필/비평	

지면	단수	기획	기사제목 〈회수〉 [곡수]	필자/저자(역자)	분류	비고
1	5~7		怪人村 〈63〉 괴인촌	安岡夢鄕	소설	
3	1~3	講談	河內山宗俊 〈206〉 고우치야마 소슌	杢左衛門 記	고단	

1911년 04월 30일 (일) 709호

지면	단수	기획	기사제목 〈회수〉 [곡수]	필자/저자(역자)	분류	비고
1	4	寄書	朝鮮美術批判/高麗朝の磁器(續) 조선미술 비판/고려조의 자기(속)	伊山洞 村瀨實太郎	수필/비평	
1	4	文苑	送木下千陰君榮轉公州 [1] 송목하천음군영전공주	天安 京山賀屋##	시가/한시	
1	4	文苑	送木下千陰君榮轉公州 [1] 송목하천음군영전공주	北# ###	시가/한시	
1	5~7		怪人村 〈64〉 괴인촌	安岡夢鄕	소설	
2	7~8	寄書	時事隨評 시사 수평	在京城 方七庵主人	수필/비평	
3	1~3	講談	河內山宗俊 〈207〉 고우치야마 소슌	杢左衛門 記	고단	

1911년 05월 02일 (화) 710호

지면	단수	기획	기사제목 〈회수〉 [곡수]	필자/저자(역자)	분류	비고
1	2	寄書	朝鮮美術批判/高麗朝の磁器(續) 조선미술 비판/고려조의 자기(속)	伊山洞 村瀨實太郎	수필/비평	
1	4	文苑	折々集 [7] 그때그때의 시가집	薰村	시가/하이쿠	
1	5~6		怪人村 〈65〉 괴인촌	安岡夢鄕	소설	
4	1~3	講談	河內山宗俊 〈208〉 고우치야마 소슌	杢左衛門 記	고단	

1911년 05월 03일 (수) 711호

지면	단수	기획	기사제목 〈회수〉 [곡수]	필자/저자(역자)	분류	비고
1	2~3	寄書	朝鮮美術批判/高麗朝の磁器(續) 조선미술 비판/고려조의 자기(속)	伊山洞 村瀨實太郎	수필/비평	
1	4	文苑	春五句 [5] 봄-오구	千#	시가/하이쿠	
1	4~6		怪人村 〈66〉 괴인촌	安岡夢鄕	소설	
3	1~3	講談	河內山宗俊 〈209〉 고우치야마 소슌	杢左衛門 記	고단	

1911년 05월 04일 (목) 712호

지면	단수	기획	기사제목 〈회수〉 [곡수]	필자/저자(역자)	분류	비고
1	2	寄書	朝鮮美術批判/高麗朝の磁器(續) 조선미술 비판/고려조의 자기(속)	伊山洞 村瀨實太郎	수필/비평	
1	5~7		怪人村 〈67〉 괴인촌	安岡夢鄕	소설	
3	1~3	講談	河內山宗俊 〈210〉 고우치야마 소슌	杢左衛門 記	고단	

1911년 05월 05일 (금) 713호

지면	단수	기획	기사제목 〈회수〉 [곡수]	필자/저자(역자)	분류	비고
1	2~3	寄書	朝鮮美術批判/高麗朝の磁器(續) 조선미술 비판/고려조의 자기(속)	伊山洞 村瀨實太郎	수필/비평	
1	4	文苑	春五句 [5] 봄-오구	千#	시가/하이쿠	

지면	단수	기획	기사제목 〈회수〉〔곡수〕	필자/저자(역자)	분류	비고
1	4~6		怪人村 〈68〉 괴인촌	安岡夢鄕	소설	
3	1~3	講談	河內山宗俊 〈211〉 고우치야마 소슌	朮左衛門 記	고단	
5	1~2		鮮婦人の新傾向 조선 부인의 새로운 경향		수필/관찰	

1911년 05월 06일 (토) 714호

지면	단수	기획	기사제목 〈회수〉〔곡수〕	필자/저자(역자)	분류	비고
1	4	寄書	朝鮮美術批判/高麗朝の磁器(續) 조선미술 비판/고려조의 자기(속)	伊山洞 村瀨實太郎	수필/비평	
1	4~7		怪人村 〈69〉 괴인촌	安岡夢鄕	소설	
3	1~3	講談	河內山宗俊 〈212〉 고우치야마 소슌	朮左衛門 記	고단	

1911년 05월 07일 (일) 715호

지면	단수	기획	기사제목 〈회수〉〔곡수〕	필자/저자(역자)	분류	비고
1	4	寄書	朝鮮美術批判/高麗朝の磁器(續) 조선미술 비판/고려조의 자기(속)	伊山洞 村瀨實太郎	수필/비평	
1	4~6		怪人村 〈70〉 괴인촌	安岡夢鄕	소설	
3	1~3	講談	河內山宗俊 〈213〉 고우치야마 소슌	朮左衛門 記	고단	

1911년 05월 09일 (화) 716호

지면	단수	기획	기사제목 〈회수〉〔곡수〕	필자/저자(역자)	분류	비고
1	4~5	寄書	朝鮮美術批判/高麗朝の磁器(續) 조선미술 비판/고려조의 자기(속)	伊山洞 村瀨實太郎	수필/비평	
1	5~7		怪人村 〈71〉 괴인촌	安岡夢鄕	소설	
3	1~3	講談	河內山宗俊 〈214〉 고우치야마 소슌	朮左衛門 記	고단	

1911년 05월 10일 (수) 717호

지면	단수	기획	기사제목 〈회수〉〔곡수〕	필자/저자(역자)	분류	비고
1	4	寄書	朝鮮美術批判/高麗朝の磁器(續) 조선미술 비판/고려조의 자기(속)	伊山洞 村瀨實太郎	수필/비평	
1	4~7		怪人村 〈72〉 괴인촌	安岡夢鄕	소설	

1911년 05월 11일 (목) 718호

지면	단수	기획	기사제목 〈회수〉〔곡수〕	필자/저자(역자)	분류	비고
1	5~7		怪人村 〈73〉 괴인촌	安岡夢鄕	소설	
3	1~3	講談	河內山宗俊 〈216〉 고우치야마 소슌	朮左衛門 記	고단	

1911년 05월 12일 (금) 719호

지면	단수	기획	기사제목 〈회수〉〔곡수〕	필자/저자(역자)	분류	비고
1	1	寄書	朝鮮美術批判/高麗朝の磁器(續) 조선미술 비판/고려조의 자기(속)	伊山洞 村瀨實太郎	수필/비평	
1	4	小品	吾輩は玉である(上) 〈1〉 나는 다마다(상)	水の人	수필/일상	
1	5~7		怪人村 〈74〉 괴인촌	安岡夢鄕	소설	
3	1~3	講談	河內山宗俊 〈217〉 고우치야마 소슌	朮左衛門 記	고단	

지면	단수	기획	기사제목 〈회수〉〔곡수〕	필자/저자(역자)	분류	비고
4	1~2		講談 加賀見山 〈1〉 고단 가가미야마		고단	
5	4		新小說 手鞠歌 신소설 데마리우타		광고/연재예 고	

1911년 05월 13일 (토) 720호

지면	단수	기획	기사제목 〈회수〉〔곡수〕	필자/저자(역자)	분류	비고
1	1~2		李王朝の美術/序論 〈1〉 이왕조의 미술/서론	伊山洞 村瀨實太郎	수필/비평	
1	4	小品	吾輩は玉である(中) 〈2〉 나는 다마다(중)	水の人	수필/일상	
1	5~6		怪人村 〈75〉 괴인촌	安岡夢鄕	소설	
3	1~3	講談	河內山宗俊 〈218〉 고우치야마 소슌	杢左衛門 記	고단	
4	1~2		講談 加賀見山 〈2〉 고단 가가미야마		고단	
5	3		新小說豫告 手鞠歌 신소설 예고 데마리우타	黑法師	광고/연재예 고	

1911년 05월 14일 (일) 721호

지면	단수	기획	기사제목 〈회수〉〔곡수〕	필자/저자(역자)	분류	비고
1	2~3	小品	吾輩は玉である(下) 〈3〉 나는 다마다(하)	水の人	수필/일상	
1	4		李王朝の美術/序論(續) 〈2〉 이왕조의 미술/서론(속)	伊山洞 村瀨實太郎	수필/비평	
1	5~7		怪人村 〈76〉 괴인촌	安岡夢鄕	소설	
3	1~3	講談	河內山宗俊 〈219〉 고우치야마 소슌	杢左衛門 記	고단	
4	1~2		講談 加賀見山 〈3〉 고단 가가미야마		고단	
5	2		新小說豫告 手鞠歌 신소설 예고 데마리우타	黑法師	광고/연재예 고	

1911년 05월 16일 (화) 722호

지면	단수	기획	기사제목 〈회수〉〔곡수〕	필자/저자(역자)	분류	비고
1	3		李王朝の美術/序論(續) 〈3〉 이왕조의 미술/서론(속)	伊山洞 村瀨實太郎	수필/비평	
1	4~7		怪人村 〈77〉 괴인촌	安岡夢鄕	소설	
3	3		新小說豫告 手鞠歌 신소설 예고 데마리우타	黑法師	광고/연재예 고	
4	1~3	講談	河內山宗俊 〈220〉 고우치야마 소슌	杢左衛門 記	고단	

1911년 05월 17일 (수) 723호

지면	단수	기획	기사제목 〈회수〉〔곡수〕	필자/저자(역자)	분류	비고
1	2		李王朝の美術/美術論 〈3[1]〉 이왕조의 미술/미술론	伊山洞 村瀨實太郎	수필/비평	
1	5~7	小說	手鞠歌 〈1[1]〉 데마리우타	黑法師	소설/일본	
3	1~3	講談	河內山宗俊 〈221〉 고우치야마 소슌	杢左衛門 記	고단	
4	1~2		講談 加賀見山 〈4〉 고단 가가미야마		고단	

지면	단수	기획	기사제목 〈회수〉〔곡수〕	필자/저자(역자)	분류	비고
			1911년 05월 18일 (목) 724호			
1	1~2		李王朝の美術 〈4〉 이왕조의 미술	伊山洞 村瀬實太郎	수필/비평	
1	4~6	小說	手鞠歌 〈1〔2〕〉 데마리우타	黑法師	소설/일본	
3	1~3	講談	河內山宗俊 〈222〉 고우치야마 소슌	杢左衛門 記	고단	
4	1~2		講談 櫻井驛 〈1〉 고단 사쿠라이에키	松林伯知	고단	
			1911년 05월 19일 (금) 725호			
1	4~5		病床日記 병상일기	○○病院にて ##子	수필/일기	
1	5	文苑	短歌 〔4〕 단카	#子	시가/단카	
1	5~7	小說	手鞠歌 〈1〔3〕〉 데마리우타	黑法師	소설/일본	
3	1~3	講談	河內山宗俊 〈223〉 고우치야마 소슌	杢左衛門 記	고단	
4	1~2		講談 櫻井驛 〈2〉 고단 사쿠라이에키	松林伯知	고단	
			1911년 05월 20일 (토) 726호			
1	4~5		病床日記 병상일기	○○病院にて ##子	수필/일기	
1	5~7	小說	手鞠歌 〈2〔1〕〉 데마리우타	黑法師	소설/일본	
3	1~3	講談	河內山宗俊 〈224〉 고우치야마 소슌	杢左衛門 記	고단	
4	1~2		講談 櫻井驛 〈3〉 고단 사쿠라이에키	松林伯知	고단	
			1911년 05월 21일 (일) 727호			
1	1~2		閑言語 〈1〉 부질없는 말	藤原賢然	수필/기타	
1	2~3		李王朝の美術 〈5〉 이왕조의 미술	伊山洞 村瀬實太郎	수필/비평	
1	4~5		病床日記 병상일기	○○病院にて ##子	수필/일기	
1	5~6	小說	手鞠歌 〈2〔2〕〉 데마리우타	黑法師	소설/일본	
3	1~3	講談	河內山宗俊 〈225〉 고우치야마 소슌	杢左衛門 記	고단	
4	1~2		講談 櫻井驛 〈4〉 고단 사쿠라이에키	松林伯知	고단	
5	1~2		八景園の奇遇(上) 〈1〉 팔경원의 기이한 우연(상)	娛濤生	수필/기타	
			1911년 05월 23일 (화) 728호			
1	2		李王朝の美術 〈6〉 이왕조의 미술	伊山洞 村瀬太郎	수필/비평	

지면	단수	기획	기사제목 〈회수〉〔곡수〕	필자/저자(역자)	분류	비고
1	4~5		星(上) 〈1〉 별(상)		수필/기타	
1	5..7	小說	手鞠歌 〈3〔1〕〉 데마리우타	黑法師	소설/일본	
3	1~3	講談	河內山宗俊 〈226〉 고우치야마 소슌	杢左衛門 記	고단	
4	1~2		講談 櫻井驛 〈5〉 고단 사쿠라이에키	松林伯知	고단	
5	1~3		八景園の奇遇(中) 〈2〉 팔경원의 기이한 우연(중)	娛濤生	수필/기타	

1911년 05월 24일 (수) 729호

지면	단수	기획	기사제목 〈회수〉〔곡수〕	필자/저자(역자)	분류	비고
1	1~2		閑言語 〈2〉 부질없는 말	藤原賢然	수필/기타	
1	2~3		星(下) 〈2〉 별(하)		수필/기타	
1	5	文苑	流れ星 〔8〕 별똥별	新庄竹涯	시가/단카	
1	5~7	小說	手鞠歌 〈3〔2〕〉 데마리우타	黑法師	소설/일본	
3	1~3	講談	河內山宗俊 〈227〉 고우치야마 소슌	杢左衛門 記	고단	
4	1~2		講談 菅原道眞公 〈1〉 고단 스가와라노 미치자네 공	桃川燕玉	고단	
5	1		八景園の奇遇(下) 〈3〉 팔경원의 기이한 우연(하)	娛濤生	수필/기타	

1911년 05월 25일 (목) 730호

지면	단수	기획	기사제목 〈회수〉〔곡수〕	필자/저자(역자)	분류	비고
1	1~3		閑言語 〈3〉 부질없는 말	藤原賢然	수필/기타	
1	4	文苑	そら笑 〔8〕 선웃음	新庄竹涯	시가/단카	
1	4~6	小說	手鞠歌 〈3〔3〕〉 데마리우타	黑法師	소설/일본	
3	1~3	講談	河內山宗俊 〈228〉 고우치야마 소슌	杢左衛門 記	고단	
4	1~2	講談	菅原道眞公 〈2〉 고단 스가와라노 미치자네 공	桃川燕玉	고단	

1911년 05월 26일 (금) 731호

지면	단수	기획	기사제목 〈회수〉〔곡수〕	필자/저자(역자)	분류	비고
1	5~6	小說	手鞠歌 〈3〔4〕〉 데마리우타	黑法師	소설/일본	
5	1~3	講談	河內山宗俊 〈228〉 고우치야마 소슌	杢左衛門 記	고단	회수 오류 면수 오류
4	1~2		講談 菅原道眞公 〈2〉 고단 스가와라노 미치자네 공	桃川燕玉	고단	회수 오류
5	1		八景園の奇遇(續) 〈4〉 팔경원의 기이한 우연(속)	娛濤生	수필/기타	
5	4~5		新派高峯琵琶 〈1〉 신파 다카미네 비와		수필/비평	

1911년 05월 27일 (토) 732호

지면	단수	기획	기사제목 〈회수〉〔곡수〕	필자/저자(역자)	분류	비고
1	5~7	小說	手鞠歌 〈3〉〔5〕 데마리우타	黑法師	소설/일본	
3	1~3	講談	河內山宗俊 〈230〉 고우치야마 소슌	杢左衛門 記	고단	
2	1~2	講談	菅原道眞公 〈3〉 고단 스가와라노 미치자네 공	桃川燕玉	고단	회수 오류 면수 오류
3	1~2		新派高峯琵琶 〈2〉 신파 다카미네 비와		수필/비평	면수 오류

1911년 05월 28일 (일) 733호

지면	단수	기획	기사제목 〈회수〉〔곡수〕	필자/저자(역자)	분류	비고
1	2~3		家庭雜話 가정 잡화	△△生	수필/기타	
1	5	文苑	おぼろ夜 〔8〕 어슴푸레한 밤	新庄竹涯	시가/단카	
1	5~8	小說	手鞠歌 〈4〉〔1〕 데마리우타	黑法師	소설/일본	
3	1~3	講談	河內山宗俊 〈231〉 고우치야마 소슌	杢左衛門 記	고단	
4	1~2		腕力論 〈1〉 완력론	竹涯生	수필/기타	
3	1~2		新派高峯琵琶 〈3〉 신파 다카미네 비와		수필/비평	면수 오류

1911년 05월 29일 (월) 734호

지면	단수	기획	기사제목 〈회수〉〔곡수〕	필자/저자(역자)	분류	비고
1	5	文苑	春の灯 〔8〕 봄의 등불	新庄竹涯	시가/단카	
1	5~7	小說	手鞠歌 〈4〉〔2〕 데마리우타	黑法師	소설/일본	
3	1~3	講談	河內山宗俊 〈232〉 고우치야마 소슌	杢左衛門 記	고단	
4	1~2		腕力論 〈2〉 완력론	竹涯生	수필/기타	

1911년 05월 30일 (화) 735호

지면	단수	기획	기사제목 〈회수〉〔곡수〕	필자/저자(역자)	분류	비고
1	1~2		閑言語 〈3〉 부질없는 말	藤原賢然	수필/기타	회수 오류
1	2~3	小品	糸車(上)小供心 〈1〉 물레(상)어린이 마음	竹涯生	수필/일상	
1	4	文苑	短歌 〔4〕 단카	半# ##あい子	시가/단카	
1	5~6		手鞠歌 〈4〉〔3〕 데마리우타	黑法師	소설/일본	
3	1~3	講談	河內山宗俊 〈233〉 고우치야마 소슌	杢左衛門 記	고단	
5	1~2	小說	覺悟(上) 〈1〉 각오(상)	天外生	소설	
7	5~6		新派高峯琵琶 〈4〉 신파 다카미네 비와		수필/비평	

1911년 05월 31일 (수) 736호

지면	단수	기획	기사제목 〈회수〉〔곡수〕	필자/저자(역자)	분류	비고
1	2~3	小品	糸車(中)天の罰 〈2〉 물레(중)천벌	竹涯生	수필/일상	

지면	단수	기획	기사제목 〈회수〉〔곡수〕	필자/저자(역자)	분류	비고
1	3	文苑	たそがれ 〔4〕 해질녘	新庄竹涯	시가/단카	
1	3~5		手鞠歌 〈4[4]〉 데마리우타	黑法師	소설/일본	
3	1~3	講談	河內山宗俊 〈234〉 고우치야마 소슌	杢左衛門 記	고단	

1911년 06월 01일 (목) 736호

지면	단수	기획	기사제목 〈회수〉〔곡수〕	필자/저자(역자)	분류	비고
1	4		家庭雜話/をいしい奈良漬の漬け方 가정 잡화/맛있는 나라즈케 담그는 법	△△生	수필/기타	
1	4		酒 〈1〉 술		수필/기타	
1	4~5	小品	糸車(下)青嵐 〈3〉 물레(하)청람	竹涯生	수필/일상	
1	5~7		手鞠歌 〈4[5]〉 데마리우타	黑法師	소설/일본	
3	1~3	講談	河內山宗俊 〈235〉 고우치야마 소슌	杢左衛門 記	고단	
4	1~2	小說	覺悟(下) 〈2〉 각오(하)	天外生	소설	

1911년 06월 02일 (금) 738호

지면	단수	기획	기사제목 〈회수〉〔곡수〕	필자/저자(역자)	분류	비고
1	4		酒 〈2〉 술		수필/기타	
1	4	寄書	艸枕の記 〈1〉 구사마쿠라 기록	在大田 大島生	수필/일상	
1	4	文苑	たそがれ 〔4〕 해질녘	新庄竹涯	시가/단카	
1	5~6		手鞠歌 〈4[6]〉 데마리우타	黑法師	소설/일본	
4	1~3	講談	河內山宗俊 〈235〉 고우치야마 소슌	杢左衛門 記	고단	회수 오류

1911년 06월 03일 (토) 739호

지면	단수	기획	기사제목 〈회수〉〔곡수〕	필자/저자(역자)	분류	비고
1	1~2		閑言語 부질없는 말	藤原賢然	수필/기타	
1	3		酒 〈3〉 술		수필/기타	
1	4~5	寄書	艸枕の記 〈2〉 구사마쿠라 기록	在大田 大島生	수필/일상	
1	5	文苑	緣日 〔4〕 연일	新庄竹涯	시가/단카	
1	5~7		手鞠歌 〈4[7]〉 데마리우타	黑法師	소설/일본	
3	1~3	講談	河內山宗俊 〈236〉 고우치야마 소슌	杢左衛門 記	고단	회수 오류

1911년 06월 04일 (일) 740호

지면	단수	기획	기사제목 〈회수〉〔곡수〕	필자/저자(역자)	분류	비고
1	1~2		閑言語 부질없는 말	藤原賢然	수필/기타	
1	2		家庭雜話 가정 잡화	△△生	수필/기타	

지면	단수	기획	기사제목 〈회수〉〔곡수〕	필자/저자(역자)	분류	비고
1	2~3		大田繁昌記 대전 번창기	六月二日支局にて 一記者	수필/기타	
1	4		酒 〈4〉 술		수필/기타	
1	4	寄書	艸枕の記 〈3〉 구사마쿠라 기록	在大田 大島生	수필/일상	
1	5~7		手鞠歌 〈5〔1〕〉 데마리우타	黑法師	소설/일본	
3	1~3	講談	河內山宗俊 〈237〉 고우치야마 소슌	杢左衛門 記	고단	회수 오류

1911년 06월 06일 (화) 741호

1	4		酒 〈5〉 술		수필/기타	
1	4		家庭雜話 가정 잡화	△△生	수필/기타	
1	5~7		手鞠歌 〈5〔2〕〉 데마리우타	黑法師	소설/일본	
3	1~3	講談	河內山宗俊 〈238〉 고우치야마 소슌	杢左衛門 記	고단	회수 오류

1911년 06월 07일 (수) 742호

| 1 | 5~7 | | 手鞠歌 〈5〔3〕〉
데마리우타 | 黑法師 | 소설/일본 | |
| 3 | 1~3 | 講談 | 河內山宗俊 〈239〉
고우치야마 소슌 | 杢左衛門 記 | 고단 | 회수 오류 |

1911년 06월 08일 (목) 743호

1	1~2		閑言語 부질없는 말	藤原賢然	수필/기타	
1	4	文苑	緣日 〔4〕 연일	新庄竹涯	시가/단카	
1	5~6		手鞠歌 〈5〔4〕〉 데마리우타	黑法師	소설/일본	
3	1~3	講談	河內山宗俊 〈240〉 고우치야마 소슌	杢左衛門 記	고단	회수 오류

1911년 06월 09일 (금) 744호

| 1 | 5~6 | | 手鞠歌 〈5〔5〕〉
데마리우타 | 黑法師 | 소설/일본 | |

1911년 06월 10일 (토) 745호

1	2~3		朝顔の話 나팔꽃 이야기		수필/일상	
1	5~6		手鞠歌 〈5〔6〕〉 데마리우타	黑法師	소설/일본	
3	1~3	講談	河內山宗俊 〈242〉 고우치야마 소슌	杢左衛門 記	고단	

1911년 06월 11일 (일) 746호

| 9 | 1~2 | | 手鞠歌 〈6〔1〕〉
데마리우타 | 黑法師 作/山中古洞
畫 | 소설/일본 | |

지면	단수	기획	기사제목 〈회수〉〔곡수〕	필자/저자(역자)	분류	비고
11	1~2		三十年前の仁川(某氏の懷奮談) 삼십 년 전 인천(모 씨의 회분담)		수필/일상	
11	2		土肥福三郎氏談 도이후쿠자부로 씨 담		수필/일상	
21	1~2		#のたより #의 소식	是々坊	수필/일상	
22	1~3	講談	河內山宗俊 〈243〉 고우치야마 소슌	杢左衛門 記	고단	

1911년 06월 12일 (월) 747호

지면	단수	기획	기사제목 〈회수〉〔곡수〕	필자/저자(역자)	분류	비고
1	7		繪葉書漫筆(如何に利用すべきか)/久保田米#氏談 그림 엽서 만필(어떻게 이용해야 하는가)/구보타## 씨의 말		수필/일상	
5	1~3		手鞠歌 〈6〔2〕〉 데마리우타	黑法師 作/山中古洞 畫	소설/일본	
7	1~3	講談	河內山宗俊 〈244〉 고우치야마 소슌	杢左衛門 記	고단	

1911년 06월 14일 (수) 748호

지면	단수	기획	기사제목 〈회수〉〔곡수〕	필자/저자(역자)	분류	비고
1	2~3		煙草の話/我國傳來の歷史 〈1〉 담배 이야기/우리나라 전래의 역사		수필/일상	
1	3~5		手鞠歌 〈6〔3〕〉 데마리우타	黑法師 作/山中古洞 畫	소설/일본	
3	1~3	講談	河內山宗俊 〈245〉 고우치야마 소슌	杢左衛門 記	고단	
5	3		面白き讀み物 〔1〕 재미있는 읽을거리		광고/연재예 고	

1911년 06월 15일 (목) 749호

지면	단수	기획	기사제목 〈회수〉〔곡수〕	필자/저자(역자)	분류	비고
1	2~3		煙草の話/世界に於ける起原 〈2〉 담배 이야기/세계에서의 기원		수필/일상	
1	4	文苑	季節五句 〔5〕 계절-오구	杏村	시가/하이쿠	
1	4~6		手鞠歌 〈6〔4〕〉 데마리우타	黑法師 作/山中古洞 畫	소설/일본	
3	1~3	講談	河內山宗俊 〈246〉 고우치야마 소슌	杢左衛門 記	고단	
2	1~2		漂流實話 渚の月 〈1〉 표류실화 물가의 달	今村外園	소설/일본	면수 오류

1911년 06월 16일 (금) 750호

지면	단수	기획	기사제목 〈회수〉〔곡수〕	필자/저자(역자)	분류	비고
1	4~6		手鞠歌 〈7〔1〕〉 데마리우타	黑法師 作/山中古洞 畫	소설/일본	
3	1~3	講談	河內山宗俊 〈247〉 고우치야마 소슌	杢左衛門 記	고단	
4	1~2		漂流實話 渚の月 〈2〉 표류실화 물가의 달	今村外園	소설/일본	

1911년 06월 17일 (토) 751호

지면	단수	기획	기사제목 〈회수〉〔곡수〕	필자/저자(역자)	분류	비고
1	2		煙草の話/世界に於ける起原 〈3〉 담배 이야기/세계에서의 기원		수필/일상	
1	3~5		世界動物奇談/十三年目で出來上た動物園 〈1〉 세계 동물 기담/십삼 년 만에 완성된 동물원		수필/일상	

지면	단수	기획	기사제목 〈회수〉 〔곡수〕	필자/저자(역자)	분류	비고
1	5	文苑	(제목없음) 〔4〕	莫耶	시가/하이쿠	
1	5~7		手鞠歌 〈7(2)〉 데마리우타	黑法師 作/山中古洞 畫	소설/일본	
3	1~3	講談	河內山宗俊 〈248〉 고우치야마 소슌	杢左衛門 記	고단	

1911년 06월 18일 (일) 752호

1	2~3		煙草の話/世界に於ける起原 〈4〉 담배 이야기/세계에서의 기원		수필/일상	
1	3~5		世界動物奇談/十三年目で出來上た動物園 〈2〉 세계 동물 기담/십삼 년 만에 완성된 동물원		수필/일상	
1	5~7		手鞠歌 〈7(3)〉 데마리우타	黑法師 作/山中古洞 畫	소설/일본	
3	1~3	講談	河內山宗俊 〈248〉 고우치야마 소슌	杢左衛門 記	고단	회수 오류
4	1~2		漂流實話 渚の月 〈3〉 표류실화 물가의 달	今村外園	소설/일본	

1911년 06월 20일 (화) 753호

1	2~4		煙草の話/世界に於ける起原 〈5〉 담배 이야기/세계에서의 기원		수필/일상	
1	5	文苑	(제목없음) 〔5〕	杏村	시가/하이쿠	
1	5~7		手鞠歌 〈7(4)〉 데마리우타	黑法師 作/山中古洞 畫	소설/일본	
3	1~3	講談	河內山宗俊 〈250〉 고우치야마 소슌	杢左衛門 記	고단	
4	1~2		漂流實話 渚の月 〈4〉 표류실화 물가의 달	今村外園	소설/일본	

1911년 06월 21일 (수) 754호

1	1~2		閑言語 부질없는 말	藤原賢然	수필/일상	
1	2~3		煙草の話/世界に於ける起原 〈6〉 담배 이야기/세계에서의 기원		수필/일상	
1	5~7		手鞠歌 〈7(5)〉 데마리우타	黑法師 作/山中古洞 畫	소설/일본	
3	1~3	講談	河內山宗俊 〈251〉 고우치야마 소슌	杢左衛門 記	고단	
4	1~2		漂流實話 渚の月 〈5〉 표류실화 물가의 달	今村外園	소설/일본	

1911년 06월 22일 (목) 755호

1	8	歌	はじめて仁川の港にあそびけるとき 〔2〕 처음 인천항에서 놀던 때	#足	시가/단카	
1	8	歌	月夜逐涼 〔1〕 달 밤 서늘함	#足	시가/단카	
1	8	歌	果聲夜涼 〔1〕 과성야량	#足	시가/단카	
1	8	歌	避暑 〔1〕 피서	#足	시가/단카	

지면	단수	기획	기사제목 〈회수〉〔곡수〕	필자/저자(역자)	분류	비고
3	1~3	講談	河內山宗俊 〈252〉 고우치야마 소슌	杢左衛門 記	고단	
4	1~2		漂流實話 渚の月 〈6〉 표류실화 물가의 달	今村外園	소설/일본	
5	1~2		弓術秘傳の口授/(日置印西流大家の談) 〈1〉 궁술비전의 구수/(히오키 인세이류 대가의 말)		수필/일상	

1911년 06월 23일 (금) 756호

지면	단수	기획	기사제목 〈회수〉〔곡수〕	필자/저자(역자)	분류	비고
1	1~2		閑言語 부질없는 말	藤原賢然	수필/일상	
1	2~3		煙草の話/世界に於ける起原 〈6〉 담배 이야기/세계에서의 기원		수필/일상	회수 오류
1	3		家庭雜話 가정 잡화	△△生	수필/일상	
1	4	小品	ソクラテースの死刑 〈1〉 소크라테스의 사형	京城 碌々庵	수필/일상	
1	5~6		手鞠歌 〈7〔6〕〉 데마리우타	黑法師 作/山中古洞 畫	소설/일본	
3	1~3	講談	河內山宗俊 〈253〉 고우치야마 소슌	杢左衛門 記	고단	
4	1~2		漂流實話 渚の月 〈7〉 표류실화 물가의 달	今村外園	소설/일본	
5	5~6		弓術秘傳の口授/(日置印西流大家の談) 〈2〉 궁술비전의 구수/(히오키 인세이류 대가의 말)		수필/일상	

1911년 06월 24일 (토) 757호

지면	단수	기획	기사제목 〈회수〉〔곡수〕	필자/저자(역자)	분류	비고
1	1~2		閑言語 부질없는 말	藤原賢然	수필/일상	
1	2~3		煙草の話/世界に於ける起原 〈8〉 담배 이야기/세계에서의 기원		수필/일상	회수 오류
1	4~5	小品	ソクラテースの死刑 〈2〉 소크라테스의 사형	京城 碌々庵	수필/일상	
1	5~7		手鞠歌 〈7〔7〕〉 데마리우타	黑法師 作/山中古洞 畫	소설/일본	
3	1~3	講談	河內山宗俊 〈254〉 고우치야마 소슌	杢左衛門 記	고단	
4	1~2		漂流實話 渚の月 〈8〉 표류실화 물가의 달	今村外園	소설/일본	
5	2~3		弓術秘傳の口授/(日置印西流大家の談) 〈3〉 궁술비전의 구수/(히오키 인세이류 대가의 말)		수필/일상	

1911년 06월 25일 (일) 758호

지면	단수	기획	기사제목 〈회수〉〔곡수〕	필자/저자(역자)	분류	비고
1	1~2		錦山瞥見 금산 별견	大田支局 大島生	수필/기행	
1	2~4		洋酒の話/品種のいろいろ 〈上〉 양주 이야기/품종 여러 가지		수필/일상	
1	5~7		手鞠歌 〈8〔1〕〉 데마리우타	黑法師 作/山中古洞 畫	소설/일본	
3	1~3	講談	河內山宗俊 〈255〉 고우치야마 소슌	杢左衛門 記	고단	
4	1~2		漂流實話 渚の月 〈9〉 표류실화 물가의 달	今村外園	소설/일본	

지면	단수	기획	기사제목 〈회수〉〔곡수〕	필자/저자(역자)	분류	비고
5	3~4		弓術秘傳の口授/(日置印西流大家の談)〈4〉 궁술비전의 구수/(히오키 인세이류 대가의 말)		수필/일상	

1911년 06월 27일 (화) 759호

지면	단수	기획	기사제목 〈회수〉〔곡수〕	필자/저자(역자)	분류	비고
1	2~3		洋酒の話/品種のいろいろ〈下〉 양주 이야기/품종 여러 가지		수필/일상	
1	4		家庭雜話 가정 잡화	△△生	수필/일상	
1	4	文苑	(제목없음)〔8〕	#君	시가/하이쿠	
1	5~6		手鞠歌〈8[2]〉 데마리우타	黑法師 作/山中古洞 畫	소설/일본	
3	1~3	講談	河內山宗俊〈256〉 고우치야마 소슌	杢左衛門 記	고단	
4	1~2		漂流實話 渚の月〈10〉 표류실화 물가의 달	今村外園	소설/일본	
5	2		色と欲との道連れ〈1〉 색과 욕의 길동무	大田支局	수필/일상	

1911년 06월 28일 (수) 760호

지면	단수	기획	기사제목 〈회수〉〔곡수〕	필자/저자(역자)	분류	비고
1	5~7		手鞠歌〈8[3]〉 데마리우타	黑法師 作/山中古洞 畫	소설/일본	
3	1~3	講談	河內山宗俊〈257〉 고우치야마 소슌	杢左衛門 記	고단	
4	1~2		漂流實話 渚の月〈11〉 표류실화 물가의 달	今村外園	소설/일본	
5	5~6		弓術秘傳の口授/(日置印西流大家の談)〈5〉 궁술비전의 구수/(히오키 인세이류 대가의 말)		수필/일상	

1911년 06월 29일 (목) 761호

지면	단수	기획	기사제목 〈회수〉〔곡수〕	필자/저자(역자)	분류	비고
1	5	文苑	(제목없음)〔5〕	##	시가/하이쿠	
1	5~7		手鞠歌〈8[4]〉 데마리우타	黑法師 作/山中古洞 畫	소설/일본	
3	2~3		弓術秘傳の口授/(日置印西流大家の談)〈6〉 궁술비전의 구수/(히오키 인세이류 대가의 말)		수필/일상	
5	1~2		漂流實話 渚の月〈12〉 표류실화 물가의 달	今村外園	소설/일본	

1911년 06월 30일 (금) 762호

지면	단수	기획	기사제목 〈회수〉〔곡수〕	필자/저자(역자)	분류	비고
1	5~7		手鞠歌〈8[5]〉 데마리우타	黑法師 作/山中古洞 畫	소설/일본	
4	1~3	講談	河內山宗俊〈258〉 고우치야마 소슌	杢左衛門 記	고단	

1911년 07월 01일 (토) 763호

지면	단수	기획	기사제목 〈회수〉〔곡수〕	필자/저자(역자)	분류	비고
1	5~7		手鞠歌〈8[6]〉 데마리우타	黑法師 作/山中古洞 畫	소설/일본	
3	1~3	講談	河內山宗俊〈259〉 고우치야마 소슌	杢左衛門 記	고단	
4	1~2		漂流實話 渚の月〈14〉 표류실화 물가의 달	今村外園	소설/일본	회수 오류

지면	단수	기획	기사제목 〈회수〉 [곡수]	필자/저자(역자)	분류	비고
5	2		色と欲との道連れ 〈2〉 색과 욕의 길동무		수필/일상	

1911년 07월 02일 (일) 764호

지면	단수	기획	기사제목 〈회수〉 [곡수]	필자/저자(역자)	분류	비고
1	5~7		手鞠歌 〈8[7]〉 데마리우타	黑法師 作/山中古洞 畫	소설/일본	
4	1~2		漂流實話 渚の月 〈14〉 표류실화 물가의 달	今村外園	소설/일본	

1911년 07월 04일 (화) 765호

지면	단수	기획	기사제목 〈회수〉 [곡수]	필자/저자(역자)	분류	비고
1	5	文苑	(제목없음) [7]		시가/단카	
1	5~7		手鞠歌 〈9[1]〉 데마리우타	黑法師 作/山中古洞 畫	소설/일본	
3	1~3	講談	河內山宗俊 〈260〉 고우치야마 소슌	杢左衛門 記	고단	
4	1~2		漂流實話 渚の月 〈15〉 표류실화 물가의 달	今村外園	소설/일본	

1911년 07월 05일 (수) 766호

지면	단수	기획	기사제목 〈회수〉 [곡수]	필자/저자(역자)	분류	비고
1	5~7		手鞠歌 〈9[2]〉 데마리우타	黑法師 作/山中古洞 畫	소설/일본	
3	1~3	講談	河內山宗俊 〈261〉 고우치야마 소슌	杢左衛門 記	고단	
4	1~2		漂流實話 渚の月 〈16〉 표류실화 물가의 달	今村外園	소설/일본	

1911년 07월 06일 (목) 767호

지면	단수	기획	기사제목 〈회수〉 [곡수]	필자/저자(역자)	분류	비고
1	4~6		手鞠歌 〈10[1]〉 데마리우타	黑法師 作/山中古洞 畫	소설/일본	
3	1~3	講談	河內山宗俊 〈262〉 고우치야마 소슌	杢左衛門 記	고단	
4	1~2		漂流實話 渚の月 〈17〉 표류실화 물가의 달	今村外園	소설/일본	

1911년 07월 07일 (금) 768호

지면	단수	기획	기사제목 〈회수〉 [곡수]	필자/저자(역자)	분류	비고
1	5~7		手鞠歌 〈10[2]〉 데마리우타	黑法師 作/山中古洞 畫	소설/일본	
3	1~3	講談	河內山宗俊 〈263〉 고우치야마 소슌	杢左衛門 記	고단	
4	1~2		漂流實話 渚の月 〈18〉 표류실화 물가의 달	今村外園	소설/일본	

1911년 07월 08일 (토) 769호

지면	단수	기획	기사제목 〈회수〉 [곡수]	필자/저자(역자)	분류	비고
1	4	文苑	短歌 [3] 단카		시가/단카	
1	4	文苑	夕 [2] 저녁		시가/단카	
1	5~6		手鞠歌 〈10[3]〉 데마리우타	黑法師 作/山中古洞 畫	소설/일본	
3	1~3	講談	河內山宗俊 〈264〉 고우치야마 소슌	杢左衛門 記	고단	

지면	단수	기획	기사제목 〈회수〉 〔곡수〕	필자/저자(역자)	분류	비고
4	1~2		漂流實話 渚の月 〈19〉 표류실화 물가의 달	今村外園	소설/일본	

1911년 07월 09일 (일) 770호

지면	단수	기획	기사제목 〈회수〉 〔곡수〕	필자/저자(역자)	분류	비고
1	4~5	小品	公園の一夜 공원의 하룻밤	#野##	수필/일상	
1	5	文苑	仁川裁判所#含成 〔1〕 인천 재판소#함성	朴星楚	시가/한시	
1	5	文苑	次##詞兄#含成韻 〔1〕 차##사형#함성운	志水#石	시가/한시	
1	5	文苑	舟遊 〔1〕 뱃놀이	朴星楚	시가/한시	
1	5	文苑	次#楚詞兄舟#韻 〔1〕 차#초사형주#운	志水#石	시가/한시	
1	5	文苑	夏いろいろ 〔6〕 여름 여러 가지	蛙の子	시가/하이쿠	
1	5~7		手鞠歌 〈10[4]〉 데마리우타	黑法師 作/山中古洞 畫	소설/일본	
3	1~3	講談	河內山宗俊 〈265〉 고우치야마 소슌	杢左衛門 記	고단	
4	1~2		漂流實話 渚の月 〈20〉 표류실화 물가의 달	今村外園	소설/일본	

1911년 07월 11일 (화) 771호

지면	단수	기획	기사제목 〈회수〉 〔곡수〕	필자/저자(역자)	분류	비고
1	2		虫やり火/想の日 모깃불/그리워하는 날	木のふ	수필/일상	
1	2~3		虫やり火/涼風の夜 모깃불/서늘한 바람부는 밤	木のふ	수필/일상	
1	4~5	小品	感じたるまゝ 느낀 대로	仁川 #野#江子	수필/일상	
1	5~7		手鞠歌 〈10[5]〉 데마리우타	黑法師 作/山中古洞 畫	소설/일본	
3	1~3	講談	河內山宗俊 〈266〉 고우치야마 소슌	杢左衛門 記	고단	
4	1~2		漂流實話 渚の月 〈21〉 표류실화 물가의 달	今村外園	소설/일본	

1911년 07월 12일 (수) 772호

지면	단수	기획	기사제목 〈회수〉 〔곡수〕	필자/저자(역자)	분류	비고
1	5~7		手鞠歌 〈10[6]〉 데마리우타	黑法師 作/山中古洞 畫	소설/일본	
3	1~3	講談	河內山宗俊 〈267〉 고우치야마 소슌	杢左衛門 記	고단	
4	1~2		漂流實話 渚の月 〈22〉 표류실화 물가의 달	今村外園	소설/일본	

1911년 07월 13일 (목) 773호

지면	단수	기획	기사제목 〈회수〉 〔곡수〕	필자/저자(역자)	분류	비고
1	4~5	小品	折く草 오리오리구사	仁川 奧野路江子	수필/일상	
1	5~6		手鞠歌 〈10[7]〉 데마리우타	黑法師 作/山中古洞 畫	소설/일본	
3	1~3	講談	河內山宗俊 〈268〉 고우치야마 소슌	杢左衛門 記	고단	

지면	단수	기획	기사제목 〈회수〉〔곡수〕	필자/저자(역자)	분류	비고
4	1~2		漂流實話 渚の月 〈23〉 표류실화 물가의 달	今村外園	소설/일본	
5	6~7		球戱に寄する 〔1〕 공놀이에 부쳐	美登里	시가/신체시	
5	7		大弓に寄する 〔1〕 대궁에 부쳐	美登里	시가/신체시	

1911년 07월 14일 (금) 774호

지면	단수	기획	기사제목 〈회수〉〔곡수〕	필자/저자(역자)	분류	비고
1	5	文苑	をりく艸 〔4〕 오리오리구사	星川	시가/하이쿠	
1	5~8		手鞠歌 〈10〔8〕〉 데마리우타	黑法師 作/山中古洞 畵	소설/일본	
3	1~3	講談	河內山宗俊 〈269〉 고우치야마 소슌	杢左衛門 記	고단	
3	1~2		漂流實話 渚の月 〈24〉 표류실화 물가의 달	今村外園	소설/일본	지면 오류

1911년 07월 15일 (토) 775호

지면	단수	기획	기사제목 〈회수〉〔곡수〕	필자/저자(역자)	분류	비고
1	5~7		手鞠歌 〈10〔9〕〉 데마리우타	黑法師 作/山中古洞 畵	소설/일본	
3	1~3	講談	河內山宗俊 〈270〉 고우치야마 소슌	杢左衛門 記	고단	
4	1~2		漂流實話 渚の月 〈25〉 표류실화 물가의 달	今村外園	소설/일본	

1911년 07월 16일 (일) 776호

지면	단수	기획	기사제목 〈회수〉〔곡수〕	필자/저자(역자)	분류	비고
1	5~6		手鞠歌 〈11〔1〕〉 데마리우타	黑法師 作/山中古洞 畵	소설/일본	
3	1~3	講談	河內山宗俊 〈271〉 고우치야마 소슌	杢左衛門 記	고단	
4	1~2		漂流實話 渚の月 〈26〉 표류실화 물가의 달	今村外園	소설/일본	
3	5~6		藝者蓄音機/老妓小蝶が身の上咄し 게이샤 축음기/늙은 게이샤 초초의 신상이야기		수필/일상	지면 오류

1911년 07월 18일 (화) 777호

지면	단수	기획	기사제목 〈회수〉〔곡수〕	필자/저자(역자)	분류	비고
1	4	小品	俳日誌 〔7〕 하이쿠 일지	仁川 悠右子	수필·시가/ 일기·하이쿠	
1	4	文苑	をりをりぐさ 〔6〕 오리오리구사	杏月	시가/하이쿠	
1	5~6		手鞠歌 〈11〔2〕〉 데마리우타	黑法師 作/山中古洞 畵	소설/일본	
3	1~3	講談	河內山宗俊 〈272〉 고우치야마 소슌	杢左衛門 記	고단	
4	1~2		漂流實話 渚の月 〈27〉 표류실화 물가의 달	今村外園	소설/일본	

1911년 07월 19일 (수) 778호

지면	단수	기획	기사제목 〈회수〉〔곡수〕	필자/저자(역자)	분류	비고
1	5	小品	よしなごと 요시나고토	仁川 山口愛子	수필/일상	
1	5	文苑	夏季雜詠 〔5〕 하계-잡영	千春	시가/하이쿠	

지면	단수	기획	기사제목 〈회수〉〔곡수〕	필자/저자(역자)	분류	비고
1	5~7		漂流實話 渚の月 〈28〉 표류실화 물가의 달	今村外園	소설/일본	
3	1~3	講談	河內山宗俊 〈273〉 고우치야마 소슌	杢左衛門 記	고단	
4	1~3		手鞠歌 〈11〔3〕〉 데마리우타	黑法師 作/山中古洞 畫	소설/일본	

1911년 07월 20일 (목) 779호

지면	단수	기획	기사제목 〈회수〉〔곡수〕	필자/저자(역자)	분류	비고
1	5	文苑	夏季五句 〔5〕 하계-오구	千春	시가/하이쿠	
1	5~7		漂流實話 渚の月 〈29〉 표류실화 물가의 달	今村外園	소설/일본	
3	1~3	講談	河內山宗俊 〈274〉 고우치야마 소슌	杢左衛門 記	고단	
4	1~2		手鞠歌 〈12〔1〕〉 데마리우타	黑法師 作/山中古洞 畫	소설/일본	

1911년 07월 21일 (금) 780호

지면	단수	기획	기사제목 〈회수〉〔곡수〕	필자/저자(역자)	분류	비고
1	5	文苑	夏季五句 〔5〕 하계-오구	千春	시가/하이쿠	
1	5~7		漂流實話 渚の月 〈30〉 표류실화 물가의 달	今村外園	소설/일본	
3	1~3	講談	河內山宗俊 〈275〉 고우치야마 소슌	杢左衛門 記	고단	
3	3~4		嶋見物 〈1〉 섬 구경	#公子	수필/기행	
4	1~2		手鞠歌 〈12〔2〕〉 데마리우타	黑法師 作/山中古洞 畫	소설/일본	

1911년 07월 22일 (토) 781호

지면	단수	기획	기사제목 〈회수〉〔곡수〕	필자/저자(역자)	분류	비고
1	5	文苑	夏季五句 〔5〕 하계-오구	千春	시가/하이쿠	
1	5~7		漂流實話 渚の月 〈31〉 표류실화 물가의 달	今村外園	소설/일본	
3	1~3	講談	河內山宗俊 〈276〉 고우치야마 소슌	杢左衛門 記	고단	
4	1~2		手鞠歌 〈12〔3〕〉 데마리우타	黑法師 作/山中古洞 畫	소설/일본	
4	3	小品	夏菊 여름 국화	揚子	수필/일상	
4	3~4		嶋見物 〈1〉 섬 구경	#公子	수필/기행	회수 오류

1911년 07월 23일 (일) 782호

지면	단수	기획	기사제목 〈회수〉〔곡수〕	필자/저자(역자)	분류	비고
1	4~6		漂流實話 渚の月 〈32〉 표류실화 물가의 달	今村外園	소설/일본	
3	1~3	講談	河內山宗俊 〈277〉 고우치야마 소슌	杢左衛門 記	고단	
3	3~4		嶋見物 〈3〉 섬 구경	#公子	수필/기행	
4	1~2		手鞠歌 〈13〔1〕〉 데마리우타	黑法師 作/山中古洞 畫	소설/일본	

지면	단수	기획	기사제목 〈회수〉〔곡수〕	필자/저자(역자)	분류	비고
			1911년 07월 25일 (화) 783호			
1	5~7		漂流實話 渚の月 〈33〉 표류실화 물가의 달	今村外園	소설/일본	
4	1~3		手鞠歌 〈13(2)〉 데마리우타	黑法師 作/山中古洞 畫	소설/일본	
			1911년 07월 26일 (수) 784호			
1	5		嶋見物 〈4〉 섬 구경	#公子	수필/기행	
1	6	詩	漢江## 〔1〕 한강##	若生影#	시가/한시	
1	6~7		漂流實話 渚の月 〈34〉 표류실화 물가의 달	今村外園	소설/일본	
4	1~3	講談	河內山宗俊 〈278〉 고우치야마 소슌	杢左衛門 記	고단	
			1911년 07월 27일 (목) 785호			
1	5		嶋見物 〈5〉 섬 구경	#公子	수필/기행	
1	6~7		漂流實話 渚の月 〈35〉 표류실화 물가의 달	今村外園	소설/일본	
4	1~3		手鞠歌 〈13(3)〉 데마리우타	黑法師 作/山中古洞 畫	소설/일본	
			1911년 07월 28일 (금) 786호			
1	5~6		漂流實話 渚の月 〈36〉 표류실화 물가의 달	今村外園	소설/일본	
3	1~3	講談	河內山宗俊 〈279〉 고우치야마 소슌	杢左衛門 記	고단	
4	1~3		手鞠歌 〈13(4)〉 데마리우타	黑法師 作/山中古洞 畫	소설/일본	
5	5		棺前誦經の刹那 〈1〉 관 앞 불경의 찰나	八畝九郎	수필/일상	
			1911년 07월 29일 (토) 787호			
1	5~6		漂流實話 渚の月 〈37〉 표류실화 물가의 달	今村外園	소설/일본	
3	1~3	講談	河內山宗俊 〈280〉 고우치야마 소슌	杢左衛門 記	고단	
4	1~2		手鞠歌 〈13(5)〉 데마리우타	黑法師 作/山中古洞 畫	소설/일본	
4	4~5		嶋見物 〈6〉 섬 구경	#公子	수필/기행	
			1911년 07월 30일 (일) 788호			
1	5	文苑	夏季五句 〔5〕 하계-오구	千春	시가/하이쿠	
1	5~6		漂流實話 渚の月 〈38〉 표류실화 물가의 달	今村外園	소설/일본	
3	1~3	講談	河內山宗俊 〈281〉 고우치야마 소슌	杢左衛門 記	고단	

지면	단수	기획	기사제목 〈회수〉〔곡수〕	필자/저자(역자)	분류	비고
3	3~5		朝鮮船日記 〈1〉 조선 배 일기	秋耶子	수필/기행	
4	1~2		手鞠歌 〈13〔6〕〉 데마리우타	黑法師 作/山中古洞 畫	소설/일본	

1911년 08월 01일 (화) 789호

지면	단수	기획	기사제목 〈회수〉〔곡수〕	필자/저자(역자)	분류	비고
1	4~5		朝鮮と鮎 〈1〉 조선과 은어	小公望	수필/일상	
1	5~6		漂流實話 渚の月 〈39〉 표류실화 물가의 달	今村外園	소설/일본	
3	1~3	講談	河內山宗俊 〈282〉 고우치야마 소슌	杢左衛門 記	고단	
3	3~5		朝鮮船日記 〈2〉 조선 배 일기	秋耶子	수필/기행	
4	1~2		手鞠歌 〈13〔7〕〉 데마리우타	黑法師 作/山中古洞 畫	소설/일본	

1911년 08월 02일 (수) 790호

지면	단수	기획	기사제목 〈회수〉〔곡수〕	필자/저자(역자)	분류	비고
1	5~6		漂流實話 渚の月 〈40〉 표류실화 물가의 달	今村外園	소설/일본	
3	1~2		猛獸狩り日記(意外なる狩物あらん) 맹수 사냥꾼 일기(의외로 잡은 것 없음)		수필/일기	
3	3~4		福奴の置き土産 후쿠얏코의 남겨 놓은 선물		수필/일상	
4	1~2		手鞠歌 〈14〔1〕〉 데마리우타	黑法師 作/山中古洞 畫	소설/일본	

1911년 08월 03일 (목) 791호

지면	단수	기획	기사제목 〈회수〉〔곡수〕	필자/저자(역자)	분류	비고
1	5~6		漂流實話 渚の月 〈41〉 표류실화 물가의 달	今村外園	소설/일본	
3	1~2		手鞠歌 〈14〔2〕〉 데마리우타	黑法師 作/山中古洞 畫	소설/일본	
3	3		朝鮮と鮎 〈2〉 조선과 은어	小公望	수필/일상	
3	3~4		浦島太郎と朝鮮 〈1〉 우라시마 다로와 조선	着た切り雀	수필/일상	
4	1~3	講談	河內山宗俊 〈283〉 고우치야마 소슌	杢左衛門 記	고단	
5	1~3		花籠の角力談(名力士の名言) 하나카고의 스모 이야기(유명한 스모꾼의 명언)		수필/일상	

1911년 08월 04일 (금) 792호

지면	단수	기획	기사제목 〈회수〉〔곡수〕	필자/저자(역자)	분류	비고
1	5~6		漂流實話 渚の月 〈42〉 표류실화 물가의 달	今村外園	소설/일본	
3	1~2		手鞠歌 〈14〔3〕〉 데마리우타	黑法師 作/山中古洞 畫	소설/일본	
3	2~4		朝鮮船日記 〈3〉 조선 배 일기	秋耶子	수필/기행	
4	1~3	講談	河內山宗俊 〈284〉 고우치야마 소슌	杢左衛門 記	고단	
4	3~4		浦島太郎と朝鮮/丹後風土記大意(#) 〈2〉 우라시마 다로와 조선/단고 풍토기 대의(#)	着た切り雀	수필/일상	

지면	단수	기획	기사제목 〈회수〉〔곡수〕	필자/저자(역자)	분류	비고
5	3		新講談の御披露〔1〕 신 고단 피로		광고/연재예 고	

1911년 08월 05일 (토) 793호

지면	단수	기획	기사제목 〈회수〉〔곡수〕	필자/저자(역자)	분류	비고
1	5~7		漂流奇談 渚の月 〈43〉 표류기담 물가의 달	今村外園	소설/일본	
3	1~3	講談	河內山宗俊 〈285〉 고우치야마 소슌	杢左衛門 記	고단	
3	3~5		朝鮮船日記 〈4〉 조선 배 일기	秋耶子	수필/기행	
4	1~2		手鞠歌 〈14〔4〕〉 데마리우타	黑法師 作/山中古洞 畵	소설/일본	
4	3~4		浦島太郎と朝鮮 〈4〉 우라시마 다로와 조선	着た切り雀	수필/일상	회수 오류
5	1		相撲雜觀(國見と相撲道の話) 스모잡감(구니미와 스모도 이야기)		수필/일상	
5	5		講談 天下御免の仇討 고단 천하에 거리낌이 없는 복수		광고/연재예 고	

1911년 08월 06일 (일) 794호

지면	단수	기획	기사제목 〈회수〉〔곡수〕	필자/저자(역자)	분류	비고
1	5~6		漂流奇談 渚の月 〈44〉 표류기담 물가의 달	今村外園	소설/일본	
3	1~3	講談	講談 天下御免の仇討 〈1〉 고단 천하에 거리낌이 없는 복수	桃川燕二 口演	고단	
4	1~2		手鞠歌 〈15〔1〕〉 데마리우타	黑法師 作/山中古洞 畵	소설/일본	
5	1~2		相撲雜觀(仁川の大相撲) 스모잡감(인천의 대스모)		수필/일상	

1911년 08월 08일 (화) 795호

지면	단수	기획	기사제목 〈회수〉〔곡수〕	필자/저자(역자)	분류	비고
1	5~6		漂流奇談 渚の月 〈45〉 표류기담 물가의 달	今村外園	소설/일본	
3	1~3	講談	講談 天下御免の仇討 〈2〉 고단 천하에 거리낌이 없는 복수	桃川燕二 口演	고단	
3	3		浦島太郎と朝鮮 〈5〉 우라시마 다로와 조선	着た切り雀	수필/일상	회수 오류
4	1~2		手鞠歌 〈15〔2〕〉 데마리우타	黑法師 作/山中古洞 畵	소설/일본	
4	2~3		朝鮮船日記 〈5〉 조선 배 일기	秋耶子	수필/기행	
5	4		すゞみ臺/鈴木警視の話 스즈미다이/스즈키 경시의 이야기		수필/일상	

1911년 08월 09일 (수) 796호

지면	단수	기획	기사제목 〈회수〉〔곡수〕	필자/저자(역자)	분류	비고
1	5	文苑	夏季雜吟〔6〕 하계-잡음	海南	시가/하이쿠	
1	5	文苑	惜別〔1〕 석별	海南	시가/하이쿠	
1	5~7		漂流奇談 渚の月 〈46〉 표류기담 물가의 달	今村外園	소설/일본	
3	1~3	講談	講談 天下御免の仇討 〈3〉 고단 천하에 거리낌이 없는 복수	桃川燕二 講演	고단	

지면	단수	기획	기사제목 〈회수〉 〔곡수〕	필자/저자(역자)	분류	비고
4	1~2		手鞠歌 〈15〔2〕〕 데마리우타	黑法師 作/山中古洞 畫	소설/일본	회수 오류
5	3		すゞみ臺/某警部談 스즈미다이/어떤 경부담		수필/일상	

1911년 08월 10일 (목) 797호

1	5		朝鮮船日記 〈6〉 조선 배 일기	秋耶子	수필/기행	
1	5	文苑	(제목없음) 〔10〕	千春	시가/하이쿠	
1	5~7		漂流奇談 渚の月 〈47〉 표류기담 물가의 달	今村外園	소설/일본	
3	1~3	講談	講談 天下御免の仇討 〈4〉 고단 천하에 거리낌이 없는 복수	桃川燕二 講演	고단	
4	1~2		手鞠歌 〈15〔4〕〕 데마리우타	黑法師 作/山中古洞 畫	소설/일본	
5	5		すゞみ臺/井門本店政子 스즈미다이/이카도 본점 마사코		수필/일상	

1911년 08월 11일 (금) 798호

1	3~4		朝鮮船日記 〈7〉 조선 배 일기	秋耶子	수필/기행	
1	5		凌宵花/月下の白楊樹/雨後の白楊樹 료쇼카/월하의 백양 나무/비 내린 후의 백양 나무	水の人	수필/일상	
1	5~7		漂流奇談 渚の月 〈48〉 표류기담 물가의 달	今村外園	소설/일본	
2	1~2		四十九日 49일		수필/일상	
3	1~3	講談	講談 天下御免の仇討 〈5〉 고단 천하에 거리낌이 없는 복수	桃川燕二 講演	고단	
3	3		浦島太郎と朝鮮 〈6〉 우라시마 다로와 조선	着た切り雀	수필/일상	회수 오류
3	3~4		鬼か人か/人の娘を賣り飛ばし/人の妻を嬲り者にす 〈1〉 귀신인가 사람인가/남의 딸을 팔고/남의 아내를 놀림감으로 하다		수필/일상	
4	1~2		手鞠歌 〈15〔5〕〕 데마리우타	黑法師 作/山中古洞 畫	소설/일본	
5	5		すゞみ臺/浪人某氏の話 스즈미다이/어떤 낭인의 이야기		수필/일상	
6	1		現代時世粧(外見許りの裝ひ) 현대시세장(외관만의 치장)	小公生	수필/일상	
6	1~2	朝鮮文壇	短歌 〔7〕 단카	夢の子	시가/단카	
6	2	朝鮮文壇	相撲都々一/角力十手讀込 〔7〕 스모 도도이쓰/스모 줏테 요미코미	京城## 花魁屋主人	시가/도도이쓰	
6	2	朝鮮文壇	狂句 〔9〕 교쿠	夢松	시가/센류	

1911년 08월 12일 (토) 799호

1	1~2		海州行 〈1〉 해주행	海州支局にて 秋耶子	수필/기행	
1	5		凌宵花/午後三時/美しい客 료쇼카/오후 세 시/ 아름다운 손님	水の人	수필/일상	

지면	단수	기획	기사제목 〈회수〉 〔곡수〕	필자/저자(역자)	분류	비고
1	5	文苑	夏の月五句 〔5〕 여름 달- 오구	千春	시가/하이쿠	
1	5~7		漂流奇談 渚の月 〈49〉 표류기담 물가의 달	今村外園	소설/일본	
3	1~3	講談	講談 天下御免の仇討 〈6〉 고단 천하에 거리낌이 없는 복수	桃川燕二 講演	고단	
3	3~4		朝鮮船日記 〈8〉 조선 배 일기	秋耶子	수필/기행	
4	1~2		手鞠歌 〈15[6]〉 데마리우타	黑法師 作/山中古洞 畫	소설/일본	
6	1		鬼か人か/人の娘を賣り飛ばし/人の妻を嬲り者にす 〈2〉 귀신인가 사람인가/남의 딸을 팔고/남의 아내를 놀림감으로 하다		수필/일상	

1911년 08월 13일 (일) 800호

지면	단수	기획	기사제목 〈회수〉 〔곡수〕	필자/저자(역자)	분류	비고
1	1~2		海州行 〈2〉 해주행	海州支局にて 秋耶子	수필/기행	
1	4	詩	星志水道本居士 〔1〕 성지수도본거사	#生 #山#師	시가/한시	
1	4	詩	次形山老師瑤龍(却星) 〔1〕 차형산 노사 요롱(각성)	志水道本居士	시가/한시	
1	4		草と花 〈1〉 풀과 꽃	###	수필/일상	
1	4~5		朝鮮船日記 〈8〉 조선 배 일기	秋耶子	수필/기행	회수 오류
1	5	文苑	夏季雜詠 〔7〕 하계-잡영	千春	시가/하이쿠	
1	5~8		漂流奇談渚の月 〈50〉 표류기담 물가의 달	今村外園	소설/일본	
3	1~3	講談	講談 天下御免の仇討 〈7〉 고단 천하에 거리낌이 없는 복수	桃川燕二 講演	고단	
4	1~2		手鞠歌 〈15[7]〉 데마리우타	黑法師 作/山中古洞 畫	소설/일본	
4	3~4		人か鬼か/人の娘を賣り飛ばし/人の妻を嬲り者にす タイトル逆になった 〈3〉 귀신인가 사람인가/남의 딸을 팔고/남의 아내를 놀림감으로 하다		수필/일상	
3	3		某高等官の話 어느 고등관의 이야기		수필/일상	면수 오류

1911년 08월 15일 (화) 801호

지면	단수	기획	기사제목 〈회수〉 〔곡수〕	필자/저자(역자)	분류	비고
1	1~2		京城訪問錄/朝鮮人と佛敎 〈1〉 경성 방문록/조선인과 불교	本國寺##監督#山 ####	수필/일상	
1	2~4		新らしき故鄕 새로운 고향	水の人	수필/일상	
1	4~5		草と花 〈2〉 풀과 꽃	濱翁述	수필/일상	
1	5	文苑	夏の月五句 〔5〕 여름의 달 오구	千春	시가/하이쿠	
1	5~6		漂流奇談 渚の月 〈51〉 표류기담 물가의 달	今村外園	소설/일본	
3	1~3	講談	天下御免の仇討 〈8〉 천하에 거리낌이 없는 복수	桃川燕二 講演	고단	

지면	단수	기획	기사제목 〈회수〉〔곡수〕	필자/저자(역자)	분류	비고
3	3		朝鮮船日記 〈9〉 조선 배 일기	秋耶子	수필/기행	회수 오류
4	1~2		手鞠歌 〈15〔8〕〉 데마리우타	黑法師 作/山中古洞 畫	소설/일본	

1911년 08월 16일 (수) 802호

지면	단수	기획	기사제목 〈회수〉〔곡수〕	필자/저자(역자)	분류	비고
1	1~2		京城訪問錄/朝鮮人と佛教 〈2〉 경성 방문록/조선인 불교	本國寺##監督#山 ####	수필/일상	
1	3~5		草と花 〈3〉 풀과 꽃	濱翁述	수필/일상	
1	5~6		漂流奇談 渚の月 〈52〉 표류기담 물가의 달	今村外園	소설/일본	
3	1~3	講談	天下御免の仇討 〈9〉 천하에 거리낌이 없는 복수	桃川燕二 講演	고단	
3	3		明治町の猾老爺/貯金講の管理者/嫂と其娘を辱む 〈1〉 메이지초의 늙은 원숭이/저금강의 관리자/형수와 그 딸을 더럽히다		수필/일상	
4	1~2		手鞠歌 〈15〔8〕〉 데마리우타	黑法師 作/山中古洞 畫	소설/일본	회수 오류
4	3~4		浦島太郎と朝鮮/予の想像せる浦嶋の實話 〈7〉 우라시마 다로와 조선/내가 상상하는 우라시마의 실화	着た切り雀	수필/일상	회수 오류
6	1		朝鮮船日記 〈10〉 조선 배 일기	秋耶子	수필/기행	회수 오류

1911년 08월 17일 (목) 803호

지면	단수	기획	기사제목 〈회수〉〔곡수〕	필자/저자(역자)	분류	비고
1	1~2		京城訪問錄/女學生と嗜好 〈3〉 경성 방문록/여학생과 기호	京城高等女學校長 代理佐伯氏談	수필/일상	
1	4~5		草と花 〈4〉 풀과 꽃	濱翁述	수필/일상	
1	5~6		漂流奇談 渚の月 〈53〉 표류기담 물가의 달	今村外園	소설/일본	
3	1~3	講談	天下御免の仇討 〈10〉 천하에 거리낌이 없는 복수	桃川燕二 講演	고단	
3	3~5		明治町の猾老爺/貯金講の管理者/嫂と其娘を辱む 〈2〉 메이지초의 늙은 원숭이/저금강의 관리자/형수와 그 딸을 더럽히다		수필/일상	
4	1~3		手鞠歌 〈15〔8〕〉 데마리우타	黑法師 作/山中古洞 畫	소설/일본	회수 오류

1911년 08월 18일 (금) 804호

지면	단수	기획	기사제목 〈회수〉〔곡수〕	필자/저자(역자)	분류	비고
1	1~2		一家言 일가견	藤原賢然	수필/일상	
1	5~6		漂流奇談 渚の月 〈54〉 표류기담 물가의 달	今村外園	소설/일본	
3	1~3	講談	天下御免の仇討 〈11〉 천하에 거리낌이 없는 복수	桃川燕二 講演	고단	
3	3		明治町の猾老爺/貯金講の管理者/嫂と其娘を辱む 〈3〉 메이지초의 늙은 원숭이/저금강의 관리자/형수와 그 딸을 더럽히다		수필/일상	
4	1~2		手鞠歌 〈16〔4〕〉 데마리우타	黑法師 作/山中古洞 畫	소설/일본	회수 오류
4	2~3		浦島太郎と朝鮮/予の想像せる浦嶋の實話 〈8〉 우라시마 다로와 조선/내가 상상하는 우라시마의 실화	着た切り雀	수필/일상	회수 오류
3	1~2		海上の二日 〈2〉 해상에서의 이틀	一記者	수필/기행	

지면	단수	기획	기사제목 〈회수〉〔곡수〕	필자/저자(역자)	분류	비고
			1911년 08월 19일 (토) 805호			
1	3~4		京城訪問錄/植林と植樹 경성 방문록/식림과 식수	京畿道# 近野技師 談/文責記者	수필/일상	
1	4~5		浦島太郎と朝鮮/丹後風土記大意 〈9〉 우라시마 다로와 조선/단고 풍토기 대의	着た切り雀	수필/일상	회수 오류
1	5~6		漂流奇談 渚の月 〈55〉 표류기담 물가의 달	今村外園	소설/일본	
3	1		鬼女の崇りで離婚 귀녀의 재앙으로 이혼		수필/일상	
4	1~2		手鞠歌〈16(5)〉 데마리우타	黒法師 作/山中古洞 畫	소설/일본	
6	1~3	講談	天下御免の仇討 〈12〉 천하에 거리낌이 없는 복수	桃川燕二 講演	고단	
			1911년 08월 20일 (일) 806호			
1	1~2		一家言 일가견	藤原賢然	수필/일상	
1	4		京城訪問錄/山水畫ト朝鮮 경성 방문록/산수화와 조선	畫家 天草#來氏談	수필/일상	
1	5		浦島太郎と朝鮮 〈11〉 우라시마 다로와 조선	着た切り雀	수필/일상	회수 오류
1	5~6		漂流奇談 渚の月 〈56〉 표류기담 물가의 달	今村外園	소설/일본	
4	1~2		手鞠歌 〈16(6)〉 데마리우타	黒法師 作/山中古洞 畫	소설/일본	
5	1~2		海上の二日 〈3〉 해상에서의 이틀	一記者	수필/기행	
6	1~3	講談	天下御免の仇討 〈13〉 천하에 거리낌이 없는 복수	桃川燕二 講演	고단	
			1911년 08월 22일 (화) 807호			
1	5		浦島太郎と朝鮮 〈12〉 우라시마 다로와 조선	着た切り雀	수필/일상	회수 오류
1	5~7		漂流奇談 渚の月 〈57〉 표류기담 물가의 달	今村外園	소설/일본	
3	4~5		明治町の狒老爺/貯金講の管理者/嫂と其娘を辱む 〈4〉 메이지초의 늙은 원숭이/저금강의 관리자/형수와 그 딸을 더럽히다		수필/일상	
4	1~3		手鞠歌〈16(7)〉 데마리우타	黒法師 作/山中古洞 畫	소설/일본	
6	1~3	講談	天下御免の仇討 〈14〉 천하에 거리낌이 없는 복수	桃川燕二 講演	고단	
			1911년 08월 23일 (수) 808호			
1	5~6		漂流奇談 渚の月 〈58〉 표류기담 물가의 달	今村外園	소설/일본	
4	1~3		手鞠歌 〈17(1)〉 데마리우타	黒法師 作/山中古洞 畫	소설/일본	
6	1~3	講談	天下御免の仇討 〈15〉 천하에 거리낌이 없는 복수	桃川燕二 講演	고단	
			1911년 08월 24일 (목) 809호			

지면	단수	기획	기사제목 〈회수〉〔곡수〕	필자/저자(역자)	분류	비고
1	5~7		漂流奇談 渚の月 〈59〉 표류기담 물가의 달	今村外園	소설/일본	
4	1~3		手鞠歌 〈17〔2〕〉 데마리우타	黑法師 作/山中古洞 畫	소설/일본	
6	1~3	講談	天下御免の仇討 〈16〉 천하에 거리낌이 없는 복수	桃川燕二 講演	고단	

1911년 08월 25일 (금) 810호

지면	단수	기획	기사제목 〈회수〉〔곡수〕	필자/저자(역자)	분류	비고
1	5~7		漂流奇談 渚の月 〈60〉 표류기담 물가의 달	今村外園	소설/일본	
4	1~3		手鞠歌 〈18〔1〕〉 데마리우타	黑法師 作/山中古洞 畫	소설/일본	
6	1~3	講談	天下御免の仇討 〈16〉 천하에 거리낌이 없는 복수	桃川燕二 講演	고단	회수 오류

1911년 08월 26일 (토) 811호

지면	단수	기획	기사제목 〈회수〉〔곡수〕	필자/저자(역자)	분류	비고
1	1~2		京城訪問錄/朝鮮婦人思想の變化 경성 방문록/조선 부인 사상의 변화	##高等女學校##能 #子女史談	수필/일상	
1	4~5		世界的となれる我武士道 〈1〉 세계적이 된 우리의 무사도	仁川#士 石山一寬#	수필/일상	
1	5~7		漂流奇談 渚の月 〈61〉 표류기담 물가의 달	今村外園	소설/일본	
4	1~3		手鞠歌 〈18〔2〕〉 데마리우타	黑法師 作/山中古洞 畫	소설/일본	
5	1~2		大同山の虎狩 〈1〉 대동산의 호랑이 사냥		수필/일상	
6	1~3	講談	天下御免の仇討 〈18〉 천하에 거리낌이 없는 복수	桃川燕二 講演	고단	

1911년 08월 27일 (일) 812호

지면	단수	기획	기사제목 〈회수〉〔곡수〕	필자/저자(역자)	분류	비고
1	3~4		世界的となれる我武士道 〈2〉 세계적이 된 우리의 무사도	仁川#士 石山一寬#	수필/일상	
1	5	文苑	初秋五句 〔5〕 초가을-오구	草#	시가/하이쿠	
1	5~6		漂流奇談 渚の月 〈62〉 표류기담 물가의 달	今村外園	소설/일본	
4	1~2		手鞠歌 〈18〔3〕〉 데마리우타	黑法師 作/山中古洞 畫	소설/일본	
5	1~2		大同山の虎狩 〈2〉 대동산의 호랑이 사냥		수필/일상	
6	1~3	講談	天下御免の仇討 〈19〉 천하에 거리낌이 없는 복수	桃川燕二 講演	고단	

1911년 08월 29일 (화) 813호

지면	단수	기획	기사제목 〈회수〉〔곡수〕	필자/저자(역자)	분류	비고
1	7~8		漂流奇談 渚の月 〈63〉 표류기담 물가의 달	今村外園	소설/일본	
3	1~3	講談	天下御免の仇討 〈20〉 천하에 거리낌이 없는 복수	桃川燕二 講演	고단	
4	1~3		手鞠歌 〈18〔4〕〉 데마리우타	黑法師 作/山中古洞 畫	소설/일본	
5	2~3		大同山の虎狩 〈3〉 대동산의 호랑이 사냥		수필/일상	

지면	단수	기획	기사제목 〈회수〉 〔곡수〕	필자/저자(역자)	분류	비고
			1911년 08월 30일 (수) 814호			
1	5~6		漂流奇談 渚の月 〈64〉 표류기담 물가의 달	今村外園	소설/일본	
4	1~3		手鞠歌〈18[5]〉 데마리우타	黑法師 作/山中古洞 畫	소설/일본	
5	1		大同山の虎狩〈4〉 대동산의 호랑이 사냥		수필/일상	
6	1~3	講談	天下御免の仇討〈21〉 천하에 거리낌이 없는 복수	桃川燕二 講演	고단	
			1911년 08월 31일 (목) 815호			
1	5		朝鮮語と九州の言葉 조선어와 규슈 말	文學博士 金澤庄耶 氏談	수필/일상	
1	5~6		漂流奇談 渚の月 〈65〉 표류기담 물가의 달	今村外園	소설/일본	
3	1~3	講談	天下御免の仇討〈22〉 천하에 거리낌이 없는 복수	桃川燕二 講演	고단	
5	3		近日掲載の新小說 근일 게재의 신소설		광고/연재예고	
			1911년 09월 01일 (금) 816호			
1	1~2		一家言 일가견	藤原賢然	수필/일상	
1	2~4		京城訪問錄/秋の草花に就いて 경성 방문록/가을 화초에 대해서	京城植物園主談	수필/일상	
1	5~7		漂流奇談 渚の月 〈66〉 표류기담 물가의 달	今村外園	소설/일본	
4	1~2		手鞠歌〈18[6]〉 데마리우타	黑法師 作/山中古洞 畫	소설/일본	
			1911년 09월 02일 (토) 817호			
1	5~7		漂流奇談 渚の月(完) 〈67〉 표류기담 물가의 달(끝)	今村外園	소설/일본	
3	1~2		手鞠歌〈18[7]〉 데마리우타	黑法師 作/山中古洞 畫	소설/일본	
4	3~4	文苑	落日居句稿 [9] 라쿠지쓰쿄 구고	磊々	시가/하이쿠	
4	3~4	文苑	落日居句稿 [3] 라쿠지쓰쿄 구고	竹窓	시가/하이쿠	
4	3~4	文苑	落日居句稿 [5] 라쿠지쓰쿄 구고	凌霜	시가/하이쿠	
4	3~4	文苑	落日居句稿 [10] 라쿠지쓰쿄 구고	海南	시가/하이쿠	
4	3~4	文苑	落日居句稿 [7] 라쿠지쓰쿄 구고	愚石	시가/하이쿠	
4	3~4	文苑	歸省途上 [2] 귀성 도상	愚石	시가/하이쿠	
6	1~3	講談	天下御免の仇討〈24〉 천하에 거리낌이 없는 복수	桃川燕二 講演	고단	
			1911년 09월 03일 (일) 818호			

지면	단수	기획	기사제목 〈회수〉〔곡수〕	필자/저자(역자)	분류	비고
1	5~6		鉢の木 〈1〉 하치노키	桃川小若燕 口演	고단	
3	1~2		手鞠歌(大團圓) 〈18〔7〕〉 데마리우타(대단원)	黑法師 作/山中古洞 畫	소설/일본	회수 오류
5	2		新小說揭載 신소설 게재		광고/연재예 고	
6	1~3	講談	天下御免の仇討 〈25〉 천하에 거리낌이 없는 복수	桃川燕二 講演	고단	

1911년 09월 05일 (화) 819호

지면	단수	기획	기사제목 〈회수〉〔곡수〕	필자/저자(역자)	분류	비고
1	5~7		鉢の木 〈2〉 하치노키	桃川小若燕 口演	고단	
4	1~3		喜劇 人形の婚禮/萬德屋福右エ門宅 〈1〉 희극 인형의 혼례/만토쿠야 후쿠에몬집	夢鄕山人	소설/일본	
6	1~3	講談	天下御免の仇討 〈26〉 천하에 거리낌이 없는 복수	桃川燕二 講演	고단	

1911년 09월 06일 (수) 820호

지면	단수	기획	기사제목 〈회수〉〔곡수〕	필자/저자(역자)	분류	비고
1	1~2		京城訪問錄/東拓一回移民の現況 경성 방문록/동척 일회 이민 현황	######　松田移民 ###	수필/일상	
1	5~7		喜劇 人形の婚禮/萬德屋福右エ門宅 〈2〉 희극 인형의 혼례/만토쿠야 후쿠에몬집	夢鄕山人	소설/일본	
4	1~2		鉢の木 〈3〉 하치노키	桃川小若燕 口演	고단	
6	1~3	講談	天下御免の仇討 〈27〉 천하에 거리낌이 없는 복수	桃川燕二 講演	고단	

1911년 09월 07일 (목) 821호

지면	단수	기획	기사제목 〈회수〉〔곡수〕	필자/저자(역자)	분류	비고
1	4~6		喜劇 人形の婚禮/淨願寺住職の居間 〈3〉 희극 인형의 혼례/조간지 주지의 거실	夢鄕山人	소설/일본	
4	1~2		鉢の木 〈4〉 하치노키	桃川小若燕 口演	고단	
6	1~3	講談	天下御免の仇討 〈28〉 천하에 거리낌이 없는 복수	桃川燕二 講演	고단	

1911년 09월 08일 (금) 822호

지면	단수	기획	기사제목 〈회수〉〔곡수〕	필자/저자(역자)	분류	비고
1	6~7		良吉 〈1〉 료키치	水の人	소설/일본	
4	1~2		喜劇 人形の婚禮/淨願寺住職の居間 〈4〉 희극 인형의 혼례/조간지 주지의 거실	夢鄕山人	소설/일본	
6	1~3	講談	天下御免の仇討 〈29〉 천하에 거리낌이 없는 복수	桃川燕二 講演	고단	

1911년 09월 09일 (토) 823호

지면	단수	기획	기사제목 〈회수〉〔곡수〕	필자/저자(역자)	분류	비고
1	5~7		良吉 〈2〉 료키치	水の人	소설/일본	
3	3~4		うなぎの話 장어 이야기	理學博士 石川千代 松氏談	수필/일상	
4	1~2		喜劇 人形の婚禮/淨願寺住職の居間 〈5〉 희극 인형의 혼례/조간지 주지의 거실	夢鄕山人	소설/일본	
6	1~3	講談	天下御免の仇討 〈29〉 천하에 거리낌이 없는 복수	桃川燕二 講演	고단	회수 오류

지면	단수	기획	기사제목 〈회수〉 〔곡수〕	필자/저자(역자)	분류	비고
			1911년 09월 10일 (일) 824호			
1	3~4		秋の七草と大和民族 〈1〉 가을의 일곱 가지 화초와 야마토 민족	理學博士 伊藤篤太 郎氏談	수필/일상	
1	5~6		良吉 〈3〉 료키치	水の人	소설/일본	
4	1~3		喜劇 人形の婚禮/淨願寺住職の居間 〈6〉 희극 인형의 혼례/조간지 주지의 거실	夢鄉山人	소설/일본	
6	1~3	講談	天下御免の仇討 〈31〉 천하에 거리낌이 없는 복수	桃川燕二 講演	고단	
			1911년 09월 12일 (화) 825호			
1	2~3		秋の七草と大和民族 〈2〉 가을의 일곱 가지 화초와 야마토 민족	理學博士 伊藤篤太 郎氏談	수필/일상	
1	5		一日二句 〈1〉 일일 이구	不#郎	수필/일상	
1	5~6		良吉 〈4〉 료키치	水の人	소설/일본	
3	1~3		二十年前の追懷/京城花柳界#今昔/井門本店主人の懷舊談 〈1〉 이십 년 전 추회/경성 화류계#금석/이몬 본점 주인의 회구담		수필/일상	
3	3	短歌	(제목없음) 〔6〕	仁川 みどり	시가/단카	
4	1~3		喜劇 人形の婚禮/淨願寺住職の居間 〈7〉 희극 인형의 혼례/조간지 주지의 거실	夢鄉山人	소설/일본	
4	3~4		禁酒の秘訣(主婦の責任問題) 금주의 비결(주부의 책임 문제)	##博士 ###氏談	수필/일상	
6	1~3	講談	天下御免の仇討 〈32〉 천하에 거리낌이 없는 복수	桃川燕二 講演	고단	
			1911년 09월 13일 (수) 826호			
1	3~4		あめも 비도		수필/일상	
1	4~5		秋の七草と大和民族 〈3〉 가을의 일곱 가지 화초와 야마토 민족	理學博士 伊藤篤太 郎氏談	수필/일상	
1	5		一日二句 〈2〉〔2〕 일일이구	不#郎	수필·시가/ 일상·하이쿠	
1	5~6		良吉 〈5〉 료키치	水の人	소설/일본	
4	1~2		喜劇 人形の婚禮/淨願寺住職の居間 〈8〉 희극 인형의 혼례/조간지 주지의 거실	夢鄉山人	소설/일본	
4	3		語憎い義太夫/太子の光秀と壺坂の實市 말하기 어려운 기다유/태자의 미쓰히데와 쓰보사카의 사네이치		수필/기타	
6	1~3	講談	天下御免の仇討 〈33〉 천하에 거리낌이 없는 복수	桃川燕二 講演	고단	
			1911년 09월 14일 (목) 827호			
1	4~5		秋の七草と大和民族 〈3〉 가을의 일곱 가지 화초와 야마토 민족	理學博士 伊藤篤太 郎氏談	수필/일상	회수 오류
1	5	文苑	落日居句稿 〔4〕 라쿠지쓰쿄 구고	##	시가/하이쿠	
1	5	文苑	落日居句稿 〔3〕 라쿠지쓰쿄 구고	愚石	시가/하이쿠	

지면	단수	기획	기사제목 〈회수〉〔곡수〕	필자/저자(역자)	분류	비고
1	5~7		良吉 〈6〉 료키치	水の人	소설/일본	
4	1~3		喜劇 人形の婚禮/人形師の店 　〈9〉 희극 인형의 혼례/인형사의 가게	夢鄕山人	소설/일본	
5	3~5		大暴風雨夜行記/十二日の夜京城##にて 대폭풍우 야간기/12일 밤 경성##에서	一記者	수필/일상	
6	1~3	講談	天下御免の仇討 〈33〉 천하에 거리낌이 없는 복수	桃川燕二 講演	고단	회수 오류

1911년 09월 15일 (금) 828호

지면	단수	기획	기사제목 〈회수〉〔곡수〕	필자/저자(역자)	분류	비고
1	1~2		一家言 일가견	藤原賢然	수필/일상	
1	5~7		良吉 〈7〉 료키치	水の人	소설/일본	
3	4~5		牛肉と卵の話/間違った衛生法のいろいろ 소고기와 계란 이야기/여러 잘못된 위생법		수필/일상	
4	1~2		喜劇 人形の婚禮/人形師の奧座敷 〈10〉 희극 인형의 혼례/인형사의 안쪽 방	夢鄕山人	소설/일본	
6	1~3	講談	天下御免の仇討 〈33〉 천하에 거리낌이 없는 복수	桃川燕二 講演	고단	회수 오류

1911년 09월 16일 (토) 829호

지면	단수	기획	기사제목 〈회수〉〔곡수〕	필자/저자(역자)	분류	비고
1	1		一家言 일가견	藤原賢然	수필/일상	
1	5~6		良吉 〈8〉 료키치	水の人	소설/일본	
3	4~5		職業しらべ/仁川驛構内車夫 직업 조사/인천역구내 인력거꾼	藤公子	수필/일상	
4	1~3		喜劇 人形の婚禮/人形師の元の店先 〈11〉 희극 인형의 혼례/인형사의 원래의 가게 앞	夢鄕山人	소설/일본	
6	1~3	講談	天下御免の仇討 〈33〉 천하에 거리낌이 없는 복수	桃川燕二 講演	고단	회수 오류

1911년 09월 17일 (일) 830호

지면	단수	기획	기사제목 〈회수〉〔곡수〕	필자/저자(역자)	분류	비고
1	1~2		京城訪問錄/牧師觀光團に就て 경성 방문록/목사관광단에 대하여	京城キリスト#年會 丹羽幹事談	수필/일상	
1	4	文苑	柿七句　〔7〕 감-칠구	千春	시가/하이쿠	
1	5~7		良吉 〈9〉 료키치	水の人	소설/일본	
3	2~4		職業しらべ/多過ぎる仁川の寫眞屋 〈2〉 직업 조사/지나치게 많은 인천 사진실	藤公子	수필/일상	
4	1~3		喜劇 人形の婚禮/人形師の元の店先 〈12〉 희극 인형의 혼례/인형사의 원래의 가게 앞	夢鄕山人	소설/일본	
6	1~3	講談	天下御免の仇討 〈37〉 천하에 거리낌이 없는 복수	桃川燕二 講演	고단	

1911년 09월 19일 (화) 831호

지면	단수	기획	기사제목 〈회수〉〔곡수〕	필자/저자(역자)	분류	비고
1	5	文苑	行秋七句 〔7〕 가는 가을-칠구	千春	시가/하이쿠	
1	5~7		良吉 〈10〉 료키치	水の人	소설/일본	

지면	단수	기획	기사제목 〈회수〉〔곡수〕	필자/저자(역자)	분류	비고
3	2~3		職業しらべ/仁川の小間物商 〈3〉 직업 조사/인천의 장신구상	藤公子	수필/일상	
4	1~2		喜劇 人形の婚禮/人形師の元の店先 〈13〉 희극 인형의 혼례/인형사의 원래의 가게 앞	夢鄕山人	소설/일본	
6	1~3	講談	天下御免の仇討 〈38〉 천하에 거리낌이 없는 복수	桃川燕二 講演	고단	

1911년 09월 20일 (수) 832호

지면	단수	기획	기사제목 〈회수〉〔곡수〕	필자/저자(역자)	분류	비고
1	2~3		僕 〈1〉 나	ライス翁	수필/일상	
1	3~5		海州案內 〈1〉 해주 안내	海州支局にて 池秋郎	수필/기행	
1	5	文苑	夜長七句 〔7〕 긴 밤-칠구	千春	시가/하이쿠	
1	5~6		良吉 〈11〉 료키치	水の人	소설/일본	
3	1~2		秋 가을	#蕩々	수필/일상	
3	2~3		職業しらべ/仁川の賣藥商 〈4〉 직업 조사/인천의 매약상	藤公子	수필/일상	
3	4	詩	(제목없음) 〔2〕	在鮮 加藤游滋	시가/한시	
3	4	詩	短歌五首 〔5〕 단카-오수	仁川 みどり	시가/단카	
4	1~2		喜劇 人形の婚禮/人形師の元の店先/元の萬德屋宅 〈14〉 희극 인형의 혼례/인형사의 원래의 가게 앞/원래의 만토쿠야 댁	夢鄕山人	소설/일본	
5	3~4		書畵談叢 〈1〉 서화담총	在京城 羽生超然	수필/일상	
6	1~3	講談	天下御免の仇討 〈49〉 천하에 거리낌이 없는 복수	桃川燕二 講演	고단	회수 오류

1911년 09월 21일 (목) 833호

지면	단수	기획	기사제목 〈회수〉〔곡수〕	필자/저자(역자)	분류	비고
1	2~5		僕 〈2〉 나	ライス翁	수필/일상	
1	5~6		良吉 〈12〉 료키치	水の人	소설/일본	
3	1~2		海州案內 〈2〉 해주 안내	海州支局にて 池秋郎	수필/기행	
3	3~4		職業しらべ/仁川の繪葉書屋 〈4〉 직업 조사/인천의 그림 엽서 가게	藤公子	수필/일상	회수 오류
4	1~2		喜劇 人形の婚禮/人形師の元の店先/元の萬德屋宅 〈15〉 희극 인형의 혼례/인형사의 원래의 가게 앞/원래의 만토쿠야 댁	夢鄕山人	소설/일본	
6	1~3	講談	天下御免の仇討 〈39〉 천하에 거리낌이 없는 복수	桃川燕二 講演	고단	회수 오류

1911년 09월 22일 (금) 834호

지면	단수	기획	기사제목 〈회수〉〔곡수〕	필자/저자(역자)	분류	비고
1	2~4		僕 〈3〉 나	ライス翁	수필/일상	
1	5~6		良吉 〈13〉 료키치	水の人	소설/일본	
3	1~2		海州案內 〈3〉 해주 안내	海州支局にて 池秋郎	수필/기행	

지면	단수	기획	기사제목 〈회수〉〔곡수〕	필자/저자(역자)	분류	비고
3	2~3		書畫談叢 〈2〉 서화담총	在京城 羽生超然	수필/일상	
3	3~4		職業しらべ/仁川の陶器商 〈5〉 직업 조사/인천의 도기상	藤公子	수필/일상	회수 오류
4	1~2		喜劇 人形の婚禮/元の萬德屋宅 〈16〉 희극 인형의 혼례/원래의 만토쿠야 댁	夢鄕山人	소설/일본	
6	1~3	講談	天下御免の仇討 〈41〉 천하에 거리낌이 없는 복수	桃川燕二 講演	고단	

1911년 09월 23일 (토) 835호

지면	단수	기획	기사제목 〈회수〉〔곡수〕	필자/저자(역자)	분류	비고
1	2~4		僕 〈4〉 나	ライス翁	수필/일상	
1	5~6		良吉 〈14〉 료키치	水の人	소설/일본	
3	1~3		海州案內 〈3〉 해주 안내	海州支局にて 池秋郎	수필/기행	
3	3~4		書畫談叢 〈3〉 서화담총	在京城 羽生超然	수필/일상	
3	4~5		職業しらべ/仁川の貸本屋 〈5〉 직업 조사/인천의 책 대여점	藤公子	수필/일상	회수 오류
4	1~3		喜劇 人形の婚禮/福右衛門宅の玄關 〈17〉 희극 인형의 혼례/후쿠에몬 댁의 현관	夢鄕山人	소설/일본	
6	1~3	講談	天下御免の仇討 〈42〉 천하에 거리낌이 없는 복수	桃川燕二 講演	고단	

1911년 09월 24일 (일) 836호

지면	단수	기획	기사제목 〈회수〉〔곡수〕	필자/저자(역자)	분류	비고
1	2~4		僕 〈5〉 나	ライス翁	수필/일상	
1	6~7		良吉 〈15〉 료키치	水の人	소설/일본	
3	1~2		喜劇 人形の婚禮/元の万德屋居間 〈18〉 희극 인형의 혼례/원래의 만토쿠야 거실	夢鄕山人	소설/일본	
4	1~4		海州案內 〈6〉 해주 안내	海州支局にて 池秋郎	수필/기행	
4	4~5		職業しらべ/紙箱製造業 〈6〉 직업 조사/종이 상자 제조업	藤公子	수필/일상	회수 오류
6	1~3	講談	天下御免の仇討 〈43〉 천하에 거리낌이 없는 복수	桃川燕二 講演	고단	

1911년 09월 26일 (화) 837호

지면	단수	기획	기사제목 〈회수〉〔곡수〕	필자/저자(역자)	분류	비고
1	1~3		書畫談叢 〈4〉 서화담총	羽生超然	수필/일상	
1	3~5		僕 〈6〉 나	ライス翁	수필/일상	
1	5~6		良吉 〈16〉 료키치	水の人	소설/일본	
3	1~3		海州案內 〈7〉 해주 안내	海州支局にて 池秋郎	수필/기행	
4	1~2		喜劇 人形の婚禮/元の万德屋居間 〈19〉 희극 인형의 혼례/원래의 만토쿠야 거실	夢鄕山人	소설/일본	
5	3		新小說の御披露 신소설 공개		광고/연재예고	

지면	단수	기획	기사제목 〈회수〉〔곡수〕	필자/저자(역자)	분류	비고
6	1~3	講談	天下御免の仇討 〈43〉 천하에 거리낌이 없는 복수	桃川燕二 講演	고단	회수 오류

1911년 09월 27일 (수) 838호

지면	단수	기획	기사제목 〈회수〉〔곡수〕	필자/저자(역자)	분류	비고
1	2~3		僕 〈7〉 나	ライス翁	수필/일상	
1	5~8		良吉 〈17〉 료키치	水の人	소설/일본	
3	1~3		職業しらべ/仁川の古物商 〈7〉 직업 조사/인천의 고물상	藤公子	수필/일상	회수 오류
4	1~3		喜劇 人形の婚禮/元の万德屋居間 〈20〉 희극 인형의 혼례/원래의 만토쿠야 거실	夢郷山人	소설/일본	
5	3		新小說の御披露 신소설 공개		광고/연재예 고	
6	1~3	講談	天下御免の仇討 〈44〉 천하에 거리낌이 없는 복수	桃川燕二 講演	고단	회수 오류

1911년 09월 28일 (목) 839호

지면	단수	기획	기사제목 〈회수〉〔곡수〕	필자/저자(역자)	분류	비고
1	2~4		僕 〈8〉 나	ライス翁	수필/일상	
1	5~7		良吉 〈18〉 료키치	水の人	소설/일본	
4	1~3		誰の物か(百萬円) 〈1〉 누구 것인가(백만 엔)	無名子 作	소설/일본	
6	1~3	講談	天下御免の仇討 〈45〉 천하에 거리낌이 없는 복수	桃川燕二 講演	고단	회수 오류

1911년 09월 29일 (금) 840호

지면	단수	기획	기사제목 〈회수〉〔곡수〕	필자/저자(역자)	분류	비고
1	2~4		僕 〈9〉 나	ライス翁	수필/일상	
1	5~7		良吉 〈19〉 료키치	水の人	소설/일본	
3	1~3		職業しらべ/仁川の彫刻界 〈9〉 직업 조사/인천의 조각계	藤公子	수필/일상	회수 오류
4	1~3		誰の物か(百萬円) 〈2〉 누구 것인가(백만 엔)	無名子 作	소설/일본	
6	1~3	講談	天下御免の仇討 〈47〉 천하에 거리낌이 없는 복수	桃川燕二 講演	고단	

1911년 09월 30일 (토) 841호

지면	단수	기획	기사제목 〈회수〉〔곡수〕	필자/저자(역자)	분류	비고
1	2~3		書畫談叢 〈5〉 서화담총	羽生超然	수필/일상	
1	3~6		僕 〈10〉 나	ライス翁	수필/일상	
1	6~8		良吉 〈20〉 료키치	水の人	소설/일본	
3	1~3		誰の物か(百萬円) 〈3〉 누구 것인가(백만 엔)	無名子 作	소설/일본	
4	1		職業しらべ/仁川の理髮師 〈9〉 직업 조사/인천의 이발사	藤公子	수필/일상	회수 오류
6	1~3	講談	天下御免の仇討 〈48〉 천하에 거리낌이 없는 복수	桃川燕二 講演	고단	

지면	단수	기획	기사제목 〈회수〉〔곡수〕	필자/저자(역자)	분류	비고

1911년 10월 01일 (일) 842호

지면	단수	기획	기사제목 〈회수〉〔곡수〕	필자/저자(역자)	분류	비고
1	6~8		諺文欄新設辨 언문란 신설 변		수필	
1	8		祝朝鮮新聞〔1〕 축 조선신문	韓錫生	시가/한시	
1	8		祝朝鮮新聞〔1〕 축 조선신문	朝鮮###習所	시가/한시	
1	8	文苑	品庭花十五種〔1〕 품정화 십오종	#花翁	시가/한시	
1	8	文苑	瀧本#寺〔1〕 용본#사	#卜山人	시가/한시	
1	8	文苑	同梅下遊山寺〔1〕 동매하유산사	竹##	시가/한시	
1	8	文苑	秋雨〔1〕 가을비	##子	시가/한시	
1	8	文苑	一曲〔1〕 한곡	##生	시가/한시	

1911년 10월 01일 (일) 842호 其五

지면	단수	기획	기사제목 〈회수〉〔곡수〕	필자/저자(역자)	분류	비고
1	1~2		諺文の起源 언문 기원	京城 鮎貝房之進氏 談	수필/일상	
1	3~4		朝鮮の僧侶(法類の起源に就て) 조선의 스님(법류 기원에 대하여)		수필/일상	
1	4	漫墨	秋意(一)〔1〕 추의(1)		시가/한시	
1	4	漫墨	秋聲(二)〔1〕 추성(2)		시가/한시	
1	4	漫墨	秋氣(三)〔1〕 추기(3)		시가/한시	
1	4	漫墨	秋光(四)〔1〕 추광(4)		시가/한시	
1	4	漫墨	秋夢(五)〔1〕 추몽(5)		시가/한시	
1	4	漫墨	秋思(六)〔1〕 추사(6)		시가/한시	
1	4	漫墨	秋晴(七)〔1〕 추청(7)		시가/한시	
1	4	漫墨	秋興(八)〔1〕 추흥(8)		시가/한시	
3	2~3		渾球一轉〔1〕 혼구일전	###學士 工藤武城	시가/신체시	

1911년 10월 01일 (일) 842호 其七

지면	단수	기획	기사제목 〈회수〉〔곡수〕	필자/저자(역자)	분류	비고
1	1~2		雜記帳 잡기장	####にて 池#郞	수필/일상	
1	3~4		千二百年前の關係(朝鮮の天文臺と日本への輸入) 천이백 년 전의 관계(조선 천문대와 일본의 수입)		수필/일상	
3	1~3	講談	天下御免の仇討〈49〉 천하에 거리낌이 없는 복수	桃川燕二 講演	고단	

1911년 10월 01일 (일) 842호 其十一

지면	단수	기획	기사제목 〈회수〉〔곡수〕	필자/저자(역자)	분류	비고
1	2~3		諺文と朝鮮語 언문과 조선어	文學博士 金#庄三郎氏談	수필/일상	
3	1~3		誰の物か(百萬円) 〈4〉 누구 것인가(백만 엔)	無名子 作	소설/일본	

1911년 10월 01일 (일) 842호 其十二

지면	단수	기획	기사제목 〈회수〉〔곡수〕	필자/저자(역자)	분류	비고
1	4	文苑	秋七句〔7〕 가을-칠구	海州 #骨	시가/하이쿠	
2	1~3		★半嶋と文學 반도와 문학	前田##	수필/일상	

1911년 10월 01일 (일) 842호 附錄壹

지면	단수	기획	기사제목 〈회수〉〔곡수〕	필자/저자(역자)	분류	비고
2	1~3		朝鮮人と信仰 조선인과 신앙	某牧師談	수필/일상	

1911년 10월 01일 (일) 842호 附錄二

지면	단수	기획	기사제목 〈회수〉〔곡수〕	필자/저자(역자)	분류	비고
2	1~2		時……處……度 때……장소……정도	髥先生(寄)	수필/일상	
3	1~2		朝鮮と中學 조선과 중학	總督府中學校長 隈本有尙	수필/일상	

1911년 10월 01일 (일) 842호 附錄三

지면	단수	기획	기사제목 〈회수〉〔곡수〕	필자/저자(역자)	분류	비고
1	1~3		書畵談叢 〈6〉 서화담총	羽生超然	수필/일상	
1	3		學校めぐり 〈1〉 학교 순회	海州支局にて 秋耶生	수필/기행	
3	1~2		僕 〈10〉 나	ライス翁	수필/일상	

1911년 10월 03일 (화) 843호

지면	단수	기획	기사제목 〈회수〉〔곡수〕	필자/저자(역자)	분류	비고
1	1~2		書畵談叢 〈7〉 서화담총	羽生超然	수필/일상	
1	2~4		僕 〈12〉 나	ライス翁	수필/일상	
1	5~7		良吉 〈21〉 료키치	水の人	소설/일본	

1911년 10월 03일 (화) 843호 諺文欄

지면	단수	기획	기사제목 〈회수〉〔곡수〕	필자/저자(역자)	분류	비고
3	4	文苑	觀金剛山幻燈 〔1〕 관금강산환등	凌雲子	시가/한시	
3	4	文苑	開雷 〔1〕 개뢰	##生	시가/한시	
3	4~5	文苑	秋懷 〔1〕 추회	雲居由人	시가/한시	
3	5~6	文苑	見南山 〔1〕 견남산		시가/한시	
5	1~2		遊東門外記 유동문 외기		수필/일상	
5	2		一口噺 짤막한 이야기		수필/일상	
5	3~4		職業しらべ/仁川の履物商 〈10〉 직업 조사/인천의 신발상	藤公子	수필/일상	회수 오류

지면	단수	기획	기사제목 〈회수〉〔곡수〕	필자/저자(역자)	분류	비고
5	4~5		學校めぐり 〈2〉 학교 순회	海州支局にて 秋耶生	수필/기행	

1911년 10월 03일 (화) 843호

지면	단수	기획	기사제목 〈회수〉〔곡수〕	필자/저자(역자)	분류	비고
6	1~3		誰の物か(百萬円) 〈5〉 누구 것인가(백만 엔)	無名子 作	소설/일본	
8	1~3	講談	天下御免の仇討 〈50〉 천하에 거리낌이 없는 복수	桃川燕二 講演	고단	

1911년 10월 04일 (수) 844호

지면	단수	기획	기사제목 〈회수〉〔곡수〕	필자/저자(역자)	분류	비고
1	2~4		僕 〈13〉 나	ライス翁	수필/일상	
1	4~5		書畫談叢 〈8〉 서화담총	羽生超然	수필/일상	
1	6~7		良吉 〈22〉 료키치	水の人	소설/일본	

1911년 10월 04일 (수) 844호 諺文欄

지면	단수	기획	기사제목 〈회수〉〔곡수〕	필자/저자(역자)	분류	비고
3	2~3	文苑	漢文不可# 〔1〕 한문불가#	小石生	시가/한시	
3	3	文苑	草蕎麥 〔1〕 초교맥	凌雲子	시가/한시	
3	3	文苑	郊行 〔1〕 교행	石老生	시가/한시	
3	3	文苑	旅懷 여회	石老生	시가/한시	

1911년 10월 04일 (수) 844호

지면	단수	기획	기사제목 〈회수〉〔곡수〕	필자/저자(역자)	분류	비고
6	1~3		誰の物か(百萬円) 〈6〉 누구 것인가(백만 엔)	無名子 作	소설/일본	
8	1~3	講談	天下御免の仇討 〈51〉 천하에 거리낌이 없는 복수	桃川燕二 講演	고단	

1911년 10월 05일 (목) 845호

지면	단수	기획	기사제목 〈회수〉〔곡수〕	필자/저자(역자)	분류	비고
1	1~2		書畫談叢 〈9〉 서화담총	羽生超然	수필/일상	
1	2~4		僕 〈14〉 나	ライス翁	수필/일상	
1	5~6		良吉 〈23〉 료키치	水の人	소설/일본	

1911년 10월 05일 (목) 845호 諺文欄

지면	단수	기획	기사제목 〈회수〉〔곡수〕	필자/저자(역자)	분류	비고
3	5	文苑	郊行 〔1〕 교행	凌雲子	시가/한시	
3	5~7	文苑	送友人之嶺南 〔1〕 송우인지령남	老#生	시가/한시	
3	7	文苑	聞鴈 〔1〕 문안	石老生	시가/한시	

1911년 10월 05일 (목) 845호

지면	단수	기획	기사제목 〈회수〉〔곡수〕	필자/저자(역자)	분류	비고
6	1~3		誰の物か(百萬円) 〈7〉 누구 것인가(백만 엔)	無名子 作	소설/일본	

지면	단수	기획	기사제목 〈회수〉〔곡수〕	필자/저자(역자)	분류	비고
7	3~4		朝鮮鐵道五十三次/振出しの南大門出發 조선철도 53차/출발점인 남대문 출발	八萬三#生	수필/기행	
8	1~3	講談	天下御免の仇討 〈52〉 천하에 거리낌이 없는 복수	桃川燕二 講演	고단	

1911년 10월 06일 (금) 846호

지면	단수	기획	기사제목 〈회수〉〔곡수〕	필자/저자(역자)	분류	비고
1	3~5		ライス翁へ 〔14〕 라이스 옹에게	安田雨村	시가/신체시	
1	5~6		良吉 〈24〉 료키치	水の人	소설/일본	

1911년 10월 06일 (금) 846호 諺文欄

지면	단수	기획	기사제목 〈회수〉〔곡수〕	필자/저자(역자)	분류	비고
3	5	文宛	大鰐魚 〔1〕 큰 악어	凌雲子	시가/한시	
3	5	文宛	#秋### 〔1〕 #추###	竹前生	시가/한시	
3	5	漫墨	秋雨(九) 〔1〕 가을비(9)		시가/한시	
3	5	漫墨	秋月(十) 〔1〕 가을 달(10)		시가/한시	
3	5	漫墨	秋山(十一) 〔1〕 가을 산(11)		시가/한시	
3	5	漫墨	秋水(十二) 〔1〕 가을 물(12)		시가/한시	
5	3~4		水道の話 〈1〉 수도 이야기	仁川水道事務所長 松田耕作氏 談	수필/일상	

1911년 10월 06일 (금) 846호

지면	단수	기획	기사제목 〈회수〉〔곡수〕	필자/저자(역자)	분류	비고
6	1~3	講談	天下御免の仇討 〈53〉 천하에 거리낌이 없는 복수	桃川燕二 講演	고단	
7	4~5		朝鮮鐵道五十三次/日本一の大ステーシヨン 조선철도 53차/일본에서 제일 큰 역	八#三奇生	수필/기행	

1911년 10월 07일 (토) 847호

지면	단수	기획	기사제목 〈회수〉〔곡수〕	필자/저자(역자)	분류	비고
1	3~4		水道の話 〈2〉 수도 이야기	仁川水道事務所長 松田耕作氏 談	수필/일상	
1	4~5		半島の文學/ヘボン博士の隱れたる功績 반도의 문학/해본 박사의 숨은 공적		수필/일상	
1	6~7		良吉 〈25〉 료키치	水の人	소설/일본	

1911년 10월 07일 (토) 847호 諺文欄

지면	단수	기획	기사제목 〈회수〉〔곡수〕	필자/저자(역자)	분류	비고
3	6	文苑	遊華溪寺 유화계사	老嘴生	시가/한시	
3	6	文苑	黃鶴亭#射 황학정#사	雲居生	시가/한시	

1911년 10월 07일 (토) 847호

지면	단수	기획	기사제목 〈회수〉〔곡수〕	필자/저자(역자)	분류	비고
6	1~3		誰の物か(百萬円) 〈8〉 누구 것인가(백만 엔)	無名子 作	소설/일본	
7	2~3		朝鮮鐵道五十三次/是は鐵道工場龍山の償値 조선철도 53차/이것은 철도공장 용산의 가치	八#三奇生	수필/기행	

지면	단수	기획	기사제목 〈회수〉〔곡수〕	필자/저자(역자)	분류	비고
7	5		鼠に踊を踊らせる法 쥐에게 춤을 춤추게 하는 법		수필/일상	
8	1~3	講談	天下御免の仇討 〈54〉 천하에 거리낌이 없는 복수	桃川燕二 講演	고단	

1911년 10월 08일 (일) 848호

지면	단수	기획	기사제목 〈회수〉〔곡수〕	필자/저자(역자)	분류	비고
1	1~3		殖民と植民 식민과 식민	兒玉篁南	수필/일상	
1	5~6		良吉 〈26〉 료키치	水の人	소설/일본	

1911년 10월 08일 (일) 848호 諺文欄

지면	단수	기획	기사제목 〈회수〉〔곡수〕	필자/저자(역자)	분류	비고
3	5	文苑	秋夕 〔1〕 추석	凌雲子	시가/한시	
3	5~6	文苑	送友人之海鄕 〔1〕 송우인지해향	老嘴生	시가/한시	
5	3~4		水道の話 〈3〉 수도 이야기	仁川水道事務所長 松田耕作氏 談	수필/일상	

1911년 10월 08일 (일) 848호

지면	단수	기획	기사제목 〈회수〉〔곡수〕	필자/저자(역자)	분류	비고
6	1~4		誰の物か(百萬円) 〈9〉 누구 것인가(백만 엔)	無名子 作	소설/일본	
7	2~3		朝鮮鐵道五十三次/漢江の水運と鮮人米問屋 조선철도 53차/한강의 수운과 조선인 쌀 도매상	八#三驕生	수필/기행	
8	1~3	講談	天下御免の仇討 〈55〉 천하에 거리낌이 없는 복수	桃川燕二 講演	고단	

1911년 10월 10일 (화) 849호

지면	단수	기획	기사제목 〈회수〉〔곡수〕	필자/저자(역자)	분류	비고
1	4		職業しらべ 직업 조사		수필/일상	
1	4	小品	コスモス 코스모스		수필/일상	
1	5~6		良吉 〈27〉 료키치	水の人	소설/일본	

1911년 10월 10일 (화) 849호 諺文欄

지면	단수	기획	기사제목 〈회수〉〔곡수〕	필자/저자(역자)	분류	비고
3	5~6	文苑	枯秋月揚明####寄 〔1〕 추월양명####기	#風子	시가/한시	

1911년 10월 10일 (화) 849호

지면	단수	기획	기사제목 〈회수〉〔곡수〕	필자/저자(역자)	분류	비고
6	1~4		誰の物か(百萬円) 〈11〉 누구 것인가(백만 엔)	無名子 作	소설/일본	회수 오류
7	1~2		一家言 일가견	藤原賢然	수필/일상	
7	2~3		朝鮮鐵道五十三次/富の河此#は漢江の# 조선철도 53차/부의 강 이#은 한강의 #	八#三驕生	수필/기행	
8	1~3	講談	天下御免の仇討 〈56〉 천하에 거리낌이 없는 복수	桃川燕二 講演	고단	

1911년 10월 11일 (水) 850호

지면	단수	기획	기사제목 〈회수〉〔곡수〕	필자/저자(역자)	분류	비고
1	2~3		水道の話 〈4〉 수도 이야기	仁川水道事務所長 松田耕作氏 談	수필/일상	

지면	단수	기획	기사제목 〈회수〉〔곡수〕	필자/저자(역자)	분류	비고
1	3~5		もしほ草 〈1〉 모시호구사		수필/일상	
1	5	小品	虫の聲 벌레 소리	ペンニ	수필/일상	
1	6~7		良吉 〈28〉 료키치	水の人	소설/일본	

1911년 10월 11일 (수) 850호 諺文欄

| 3 | 5 | 文苑 | 霜信 〔1〕
기러기 | 老#生 | 시가/한시 | |

1911년 10월 11일 (수) 850호

| 6 | 1~3 | | 誰の物か(百萬円) 〈10〉
누구 것인가(백만 엔) | 無名子 作 | 소설/일본 | 회수 오류 |
| 8 | 1~3 | 講談 | 天下御免の仇討 〈57〉
천하에 거리낌이 없는 복수 | 桃川燕二 講演 | 고단 | |

1911년 10월 12일 (목) 851호

1	3~4		もしほ草 〈2〉 모시호구사	ライス翁	수필/일상	
1	4~5		水道の話 〈4〉 수도 이야기	仁川水道事務所長 松田耕作氏 談	수필/일상	
1	5~6		良吉 〈29〉 료키치	水の人	소설/일본	

1911년 10월 12일 (목) 851호 諺文欄

3	6	文苑	秋日書#寄老# 〔1〕 추일서#기로#	凌雲子	시가/한시	
3	6	文苑	題一首 〔1〕 제 일수	老嘴生	시가/한시	
3	6	漫墨(四)	待月 一 〔1〕 대월 1		시가/한시	
3	6	漫墨(四)	步月 二 〔1〕 보월 2		시가/한시	
3	6	漫墨(四)	仰月 三 〔1〕 앙월 3		시가/한시	
3	6	漫墨(四)	立月 四 〔1〕 입월 4		시가/한시	
6	1~4		誰の物か(百萬円) 〈12〉 누구 것인가(백만 엔)	無名子 作	소설/일본	

1911년 10월 12일 (목) 851호

7	1~2		一家言 일가견	藤原賢然	수필/일상	
7	3~4		朝鮮鐵道五十三次/恋々汽車中の人となる 조선철도 53차/드디어 기차 안의 사람이 되다	八岳三驕生	수필/기행	
8	1~3	講談	天下御免の仇討 〈58〉 천하에 거리낌이 없는 복수	桃川燕二 講演	고단	

1911년 10월 13일 (금) 852호

| 1 | 3~4 | | 水道の話 〈4〉
수도 이야기 | 仁川水道事務所長
松田耕作氏 談 | 수필/일상 | |

지면	단수	기획	기사제목 〈회수〉〔곡수〕	필자/저자(역자)	분류	비고
1	5~6		良吉 〈30〉 료키치	水の人	소설/일본	

1911년 10월 13일 (금) 852호 諺文欄

지면	단수	기획	기사제목 〈회수〉〔곡수〕	필자/저자(역자)	분류	비고
3	5	文苑	祝文藝俱樂部#立/分語 〔1〕 축 문예구락부#립/분어	政堂	시가/한시	
6	1~4	講談	天下御免の仇討 〈59〉 천하에 거리낌이 없는 복수	桃川燕二 講演	고단	

1911년 10월 13일 (금) 852호

지면	단수	기획	기사제목 〈회수〉〔곡수〕	필자/저자(역자)	분류	비고
7	1~2		忠清道行脚 〈1〉 충청도 행각	不驚庵	수필/기행	

1911년 10월 14일 (토) 853호

지면	단수	기획	기사제목 〈회수〉〔곡수〕	필자/저자(역자)	분류	비고
1	2		一家言 일가견	藤原賢然	수필/일상	
1	4~5		水道の話 〈5〉 수도 이야기	仁川水道事務所長 松田耕作氏 談	수필/일상	

1911년 10월 14일 (토) 853호 諺文欄

지면	단수	기획	기사제목 〈회수〉〔곡수〕	필자/저자(역자)	분류	비고
3	6	文苑	待菊花 〔1〕 대국화	凌雲子	시가/한시	
3	6	文苑	秋雨 〔1〕 가을비	凌雲子	시가/한시	
3	6	文苑	#湖至自#鄉 〔1〕 #호지자#향	老嘴生	시가/한시	

1911년 10월 14일 (토) 853호

지면	단수	기획	기사제목 〈회수〉〔곡수〕	필자/저자(역자)	분류	비고
6	1~4		誰の物か(百萬円) 〈13〉 누구 것인가(백만 엔)	無名子 作	소설/일본	
7	1~2		忠清道行脚 〈2〉 충청도 행각	不驚庵	수필/기행	
8	1~3	講談	天下御免の仇討 〈60〉 천하에 거리낌이 없는 복수	桃川燕二 講演	고단	

1911년 10월 15일 (일) 854호

지면	단수	기획	기사제목 〈회수〉〔곡수〕	필자/저자(역자)	분류	비고
1	2~3		一家言 일가언	藤原賢然	수필/일상	
1	3~4		書畫談叢 〈10〉 서화담총	京城 羽生超然	수필/일상	
1	4~5		水道の話 〈6〉 수도 이야기	仁川水道事務所長 松田耕作氏 談	수필/일상	
1	6~7		仲町通り 〈上〉 나카마치 거리	水の人	소설/일본	

1911년 10월 15일 (일) 854호 諺文欄

지면	단수	기획	기사제목 〈회수〉〔곡수〕	필자/저자(역자)	분류	비고
3	5	文苑	#友人未歸 〔1〕 #우인미귀	凌雲子	시가/한시	
3	6	文苑	石工 〔1〕 석공	蒼山生	시가/한시	
3	7		朝鮮古代歌曲/江湖四時# 〈13〉 조선 고대 가곡/강호사시#		시가/기타	

지면	단수	기획	기사제목 〈회수〉〔곡수〕	필자/저자(역자)	분류	비고

1911년 10월 15일 (일) 854호

지면	단수	기획	기사제목 〈회수〉〔곡수〕	필자/저자(역자)	분류	비고
6	1~4		誰の物か(百萬円) 〈14〉 누구 것인가(백만 엔)	無名子 作	소설/일본	
7	1~2		忠淸道行脚 〈3〉 충청도 행각	不驚庵	수필/기행	
8	1~3	講談	天下御免の仇討 〈61〉 천하에 거리낌이 없는 복수	桃川燕二 講演	고단	

1911년 10월 17일 (화) 855호

지면	단수	기획	기사제목 〈회수〉〔곡수〕	필자/저자(역자)	분류	비고
1	2~3		もしほ草/識る人へ……識らるゝものより…… 〈3〉 모시호구사/아는 사람에게 모르는 사람부터	ライス翁	수필/일상	
1	5		書畵談叢 〈11〉 서화담총	京城 羽生超然	수필/일상	
1	5~6		仲町通り 〈中〉 나카마치 거리	水の人	소설/일본	

1911년 10월 17일 (화) 855호 鮮文欄

지면	단수	기획	기사제목 〈회수〉〔곡수〕	필자/저자(역자)	분류	비고
3	5~6	文苑	##### 〔1〕 #####	###	시가/한시	

1911년 10월 17일 (화) 855호

지면	단수	기획	기사제목 〈회수〉〔곡수〕	필자/저자(역자)	분류	비고
6	1~4		誰の物か(百萬円) 〈15〉 누구 것인가(백만 엔)	無名子 作	소설/일본	
7	1~2		忠淸道行脚 〈4〉 충청도 행각	不驚庵	수필/기행	
7	5~6		水原紀行 〈1〉 수원 기행	#軒生	수필/기행	
8	1~3	講談	天下御免の仇討 〈62〉 천하에 거리낌이 없는 복수	桃川燕二 講演	고단	

1911년 10월 19일 (목) 856호

지면	단수	기획	기사제목 〈회수〉〔곡수〕	필자/저자(역자)	분류	비고
1	2~4		もしほ草/今と昔の支那海軍 〈4〉 모시호구사/지금과 옛날 중국 해군	ライス翁	수필/일상	
1	4~5		書畵談叢 〈12〉 서화담총	京城 羽生超然	수필/일상	
1	5~6		仲町通り 〈下〉 나카마치 거리	水の人	소설/일본	
4	1~3	講談	天下御免の仇討 〈63〉 천하에 거리낌이 없는 복수	桃川燕二 講演	고단	
5	1~2		水原紀行 〈2〉 수원 기행	#軒生	수필/기행	

1911년 10월 20일 (금) 857호

지면	단수	기획	기사제목 〈회수〉〔곡수〕	필자/저자(역자)	분류	비고
1	1~3		朝鮮と佛敎 조선과 불교		수필/일상	
1	5~7		薄命/夕暮の姿 〈1〉 박명/해질녘 모습	水の人	소설/일본	
3	1~3		誰の物か(百萬円) 〈16〉 누구 것인가(백만 엔)	無名子 作	소설/일본	
5	1~2		水原紀行 〈3〉 수원 기행	#軒生	수필/기행	

지면	단수	기획	기사제목 〈회수〉〔곡수〕	필자/저자(역자)	분류	비고
6	1~3	講談	天下御免の仇討 〈64〉 천하에 거리낌이 없는 복수	桃川燕二 講演	고단	

1911년 10월 21일 (토) 858호

지면	단수	기획	기사제목 〈회수〉〔곡수〕	필자/저자(역자)	분류	비고
1	5~6		薄命/夕暮の姿 〈2〉 박명/해질녘 모습	水の人	소설/일본	
3	1~3		誰の物か(百萬円) 〈18〉 누구 것인가(백만 엔)	無名子 作	소설/일본	회수 오류
5	1~2		水原紀行 〈4〉 수원 기행	#軒生	수필/기행	
6	1~3	講談	天下御免の仇討 〈65〉 천하에 거리낌이 없는 복수	桃川燕二 講演	고단	

1911년 10월 22일 (일) 859호

지면	단수	기획	기사제목 〈회수〉〔곡수〕	필자/저자(역자)	분류	비고
1	5~7		薄命/夕暮の姿 〈3〉 박명/해질녘 모습	水の人	소설/일본	
3	1~3		誰の物か(百萬円) 〈19〉 누구 것인가(백만 엔)	無名子 作	소설/일본	회수 오류
5	1~2		水原紀行 〈5〉 수원 기행	#軒生	수필/기행	
5	4~5		袁世凱とはドンな人か 위안스카이는 어떤 사람인가	古城梅溪氏 談	수필/일상	
6	1~3	講談	天下御免の仇討 〈66〉 천하에 거리낌이 없는 복수	桃川燕二 講演	고단	

1911년 10월 24일 (화) 860호

지면	단수	기획	기사제목 〈회수〉〔곡수〕	필자/저자(역자)	분류	비고
1	5~7		薄命/追憶 〈4〉 박명/추억	水の人	소설/일본	
2	1~2		湖南線試乘記 호남선 시승기	##	수필/기행	
3	1~3		誰の物か(百萬円) 〈20〉 누구 것인가(백만 엔)	無名子 作	소설/일본	회수 오류
6	1~3	講談	天下御免の仇討 〈67〉 천하에 거리낌이 없는 복수	桃川燕二 講演	고단	

1911년 10월 25일 (수) 861호

지면	단수	기획	기사제목 〈회수〉〔곡수〕	필자/저자(역자)	분류	비고
1	1~2		もしほ草/演義三國志 〈1〉 모시호구사/연의삼국지	ライス翁	수필/일상	
1	5~6		薄命/追憶 〈5〉 박명/추억	水の人	소설/일본	
2	6~7		湖南線試乘記 호남선 시승기	若侍	수필/기행	
3	1~3		誰の物か(百萬円) 〈21〉 누구 것인가(백만 엔)	無名子 作	소설/일본	회수 오류
6	1~3	講談	天下御免の仇討 〈68〉 천하에 거리낌이 없는 복수	桃川燕二 講演	고단	

1911년 10월 26일 (목) 862호

지면	단수	기획	기사제목 〈회수〉〔곡수〕	필자/저자(역자)	분류	비고
1	2~4		もしほ草/演義三國志 〈2〉 모시호구사/연의삼국지	ライス翁	수필/일상	
1	5~6		薄命/黑髮 〈6〉 박명/흑발	水の人	소설/일본	

지면	단수	기획	기사제목 〈회수〉〔곡수〕	필자/저자(역자)	분류	비고
3	1~3		誰の物か(百萬円) 〈22〉 누구 것인가(백만 엔)	無名子 作	소설/일본	회수 오류
4	3~4		孫逸仙とは如何なる人か 손일선은 어떤 사람인가		수필/일상	
5	1~2		湖南線試乘記/稻より出でて稻に入る月 호남선 시승기/벼에서 나와 벼로 들어가는 달	若侍	수필/기행	
6	1~3	講談	天下御免の仇討 〈69〉 천하에 거리낌이 없는 복수	桃川燕二 講演	고단	

1911년 10월 27일 (금) 863호

지면	단수	기획	기사제목 〈회수〉〔곡수〕	필자/저자(역자)	분류	비고
1	2~4		もしほ草/演義三國志 〈3〉 모시호구사/연의삼국지	ライス翁	수필/일상	
1	4~5	小品	秋雨の夜 가을비 내리는 밤	淸白	수필/일상	
1	5	文苑	秋の句 〔11〕 가을 구	#耶	시가/하이쿠	
1	5~6		薄命/仁川へ 〈7〉 박명/인천으로	水の人	소설/일본	
2	7~8		忠淸道行脚/淸州の過去現在未來 충청도 행각/청주의 과거 현재 미래	不驚庵	수필/기행	
3	1~3		誰の物か(百萬円) 〈23〉 누구 것인가(백만 엔)	無名子 作	소설/일본	회수 오류
5	1		湖南線試乘記/全州平野の寶庫 호남선 시승기/전주 평야의 보고	若侍	수필/기행	
6	1~3	講談	天下御免の仇討 〈70〉 천하에 거리낌이 없는 복수	桃川燕二 講演	고단	

1911년 10월 28일 (토) 864호

지면	단수	기획	기사제목 〈회수〉〔곡수〕	필자/저자(역자)	분류	비고
1	4		受動的「生」 〈1〉 수동적 「생」	淸白生	수필/일상	
1	5~6		薄命/その夜 〈8〉 박명/그날 밤	水の人	소설/일본	
2	1~2		忠淸道行脚/淸州の過去現在未來(#) 충청도 행각/청주의 과거 현재 미래(#)	不驚庵	수필/기행	
3	1~3		誰の物か(百萬円) 〈24〉 누구 것인가(백만 엔)	無名子 作	소설/일본	회수 오류
4	1~2		朝鮮半島と宗敎 조선 반도와 종교	##### #山##氏談	수필/일상	
5	1~2		湖南線試乘記/錦江を下るの記 호남선 시승기/금강을 내려가는 기록	若侍	수필/기행	
6	1~3	講談	天下御免の仇討 〈71〉 천하에 거리낌이 없는 복수	桃川燕二 講演	고단	

1911년 10월 29일 (일) 865호

지면	단수	기획	기사제목 〈회수〉〔곡수〕	필자/저자(역자)	분류	비고
1	3~4		受動的「生」 〈2〉 수동적 「생」	淸白生	수필/일상	
1	5~6		薄命/さわぐ心 〈9〉 박명/설레는 마음	水の人	소설/일본	
2	1~2		忠淸道行脚/忠淸北道#の施設 충청도 행각/충청북도 #의 시설	不驚庵	수필/기행	
3	1		朝鮮海の漁業 조선해 어업		수필/일상	

지면	단수	기획	기사제목 〈회수〉〔곡수〕	필자/저자(역자)	분류	비고
4	1~3	講談	天下御免の仇討 〈72〉 천하에 거리낌이 없는 복수	桃川燕二 講演	고단	
6	1~3		誰の物か(百萬円) 〈25〉 누구 것인가(백만 엔)	無名子 作	소설/일본	회수 오류
7	1~2		湖南線試乘記 호남선 시승기	若侍	수필/기행	

1911년 10월 31일 (화) 866호

지면	단수	기획	기사제목 〈회수〉〔곡수〕	필자/저자(역자)	분류	비고
1	3~4		受動的「生」 〈3〉 수동적 「생」	淸白生	수필/일상	
1	5~6		薄命/さわぐ心 〈10〉 박명/설레는 마음	水の人	소설/일본	
3	1~3		誰の物か(百萬円) 〈26〉 누구 것인가(백만 엔)	無名子 作	소설/일본	회수 오류
6	1~3	講談	天下御免の仇討 〈73〉 천하에 거리낌이 없는 복수	桃川燕二 講演	고단	

1911년 11월 01일 (수) 867호

지면	단수	기획	기사제목 〈회수〉〔곡수〕	필자/저자(역자)	분류	비고
1	1~2		もしほ草/易水の離愁 〈8〉 모시호구사/역수의 이별의 슬픔	ライス翁	수필/일상	
1	5		受動的「生」 〈4〉 수동적 「생」	淸白生	수필/일상	
1	5~6		薄命/さわぐ心 〈11〉 박명/설레는 마음	水の人	소설/일본	
3	1~3		誰の物か(百萬円) 〈26〉 누구 것인가(백만 엔)	無名子 作	소설/일본	

1911년 11월 02일 (목) 868호

지면	단수	기획	기사제목 〈회수〉〔곡수〕	필자/저자(역자)	분류	비고
1	5~6		受動的「生」 〈5〉 수동적 「생」	淸白生	수필/일상	
1	6~7		薄命/さわぐ心 〈12〉 박명/설레는 마음	水の人	소설/일본	
3	1~3		誰の物か(百萬円) 〈27〉 누구 것인가(백만 엔)	無名子 作	소설/일본	
5	3~4		(제목없음) 〔1〕		시가/하이쿠	
6	1~3	講談	天下御免の仇討 〈74〉 천하에 거리낌이 없는 복수	桃川燕二 講演	고단	

1911년 11월 03일 (금) 869호

지면	단수	기획	기사제목 〈회수〉〔곡수〕	필자/저자(역자)	분류	비고
1	3~4		もしほ草/易水の離愁 〈9〉 모시호구사/역수의 이별의 슬픔	ライス翁	수필/일상	
1	7		(제목없음) 〔1〕		시가/한시	
1	7~8		薄命/さわぐ心 〈13〉 박명/설레는 마음	水の人	소설/일본	
4	1~3		誰の物か(百萬円) 〈28〉 누구 것인가(백만 엔)	無名子 作	소설/일본	
5	1~3	講談	天下御免の仇討 〈75〉 천하에 거리낌이 없는 복수	桃川燕二 講演	고단	

1911년 11월 05일 (일) 870호

지면	단수	기획	기사제목 〈회수〉 [곡수]	필자/저자(역자)	분류	비고
1	2~3		旅行中の觀察 〈1〉 여행 중 관찰		수필/관찰	
1	5~6		薄命/聖い同情 〈14〉 박명/성스러운 동정	水の人	소설/일본	
3	1~3		誰の物か(百萬円) 〈29〉 누구 것인가(백만 엔)	無名子 作	소설/일본	
6	1~3	講談	天下御免の仇討 〈76〉 천하에 거리낌이 없는 복수	桃川燕二 講演	고단	

1911년 11월 07일 (화) 871호

1	4~5		旅行中の觀察 〈2〉 여행 중 관찰		수필/관찰	
1	5~6		薄命/高樓の宴 〈15〉 박명/다카 루의 연회	水の人	소설/일본	
3	1~3		誰の物か(百萬円) 〈30〉 누구 것인가(백만 엔)	無名子 作	소설/일본	
6	1~3	講談	天下御免の仇討 〈77〉 천하에 거리낌이 없는 복수	桃川燕二 講演	고단	

1911년 11월 08일 (수) 872호

1	4~5		旅行中の觀察 〈3〉 여행 중 관찰		수필/관찰	
1	5~7		薄命/未知の女 〈16〉 박명/미지의 여자	水の人	소설/일본	
3	1~3		誰の物か(百萬円) 〈31〉 누구 것인가(백만 엔)	無名子 作	소설/일본	
6	1~3	講談	天下御免の仇討 〈78〉 천하에 거리낌이 없는 복수	桃川燕二 講演	고단	

1911년 11월 09일 (목) 873호

1	1~2		書畫叢談(#) 서화총담(#)	羽生超然	수필/일상	
1	5~7		薄命/未知の女 〈17〉 박명/미지의 여자	水の人	소설/일본	
3	1~3		誰の物か(百萬円) 〈32〉 누구 것인가(백만 엔)	無名子 作	소설/일본	
6	1~3	講談	天下御免の仇討 〈79〉 천하에 거리낌이 없는 복수	桃川燕二 講演	고단	

1911년 11월 10일 (금) 874호

1	2~5		書畫叢談(#) 서화총담(#)	羽生超然	수필/일상	
1	5~6		薄命/吉野 〈18〉 박명/요시노	水の人	소설/일본	
3	1~3		誰の物か(百萬円) 〈33〉 누구 것인가(백만 엔)	無名子 作	소설/일본	
6	1~3	講談	天下御免の仇討 〈80〉 천하에 거리낌이 없는 복수	桃川燕二 講演	고단	

1911년 11월 11일 (토) 875호

1	2~3		書畫叢談(#) 서화총담(#)	羽生超然	수필/일상	

지면	단수	기획	기사제목 〈회수〉〔곡수〕	필자/저자(역자)	분류	비고
1	3~5		米國と朝鮮の人参 〈1〉 미국과 조선의 인삼	理學博士 三宅一氏談	수필/일상	
1	5~7		薄命/翌る日 〈19〉 박명/다음날	水の人	소설/일본	
3	1~3		誰の物か(百萬円) 〈34〉 누구 것인가(백만 엔)	無名子 作	소설/일본	
6	1~3	講談	天下御免の仇討 〈81〉 천하에 거리낌이 없는 복수	桃川燕二 講演	고단	

1911년 11월 12일 (일) 876호

지면	단수	기획	기사제목 〈회수〉〔곡수〕	필자/저자(역자)	분류	비고
1	5		米國と朝鮮の人参 〈2〉 미국과 조선의 인삼	理學博士 三宅一氏談	수필/일상	
1	6~7		薄命/翌る日 〈20〉 박명/다음날	水の人	소설/일본	
3	1~3		誰の物か(百萬円) 〈34〉 누구 것인가(백만 엔)	無名子 作	소설/일본	회수 오류
5	3~4		一昨日の後藤劇 그저께의 고토 연극		수필/비평	
6	1~3	講談	天下御免の仇討 〈82〉 천하에 거리낌이 없는 복수	桃川燕二 講演	고단	

1911년 11월 14일 (화) 877호

지면	단수	기획	기사제목 〈회수〉〔곡수〕	필자/저자(역자)	분류	비고
3	1~3		誰の物か(百萬円) 〈34〉 누구 것인가(백만 엔)	無名子 作	소설/일본	회수 오류
5	3~4		一昨日の後藤劇 그저께의 고토 연극		수필/비평	
6	1~3	講談	天下御免の仇討 〈83〉 천하에 거리낌이 없는 복수	桃川燕二 講演	고단	

1911년 11월 15일 (수) 878호

지면	단수	기획	기사제목 〈회수〉〔곡수〕	필자/저자(역자)	분류	비고
1	6~7		薄命/奪はるゝ日 〈21〉 박명/빼앗긴 날	水の人	소설/일본	
3	1~3		誰の物か(百萬円) 〈35〉 누구 것인가(백만 엔)	無名子 作	소설/일본	회수 오류
6	1~3	講談	天下御免の仇討 〈84〉 천하에 거리낌이 없는 복수	桃川燕二 講演	고단	

1911년 11월 16일 (목) 879호

지면	단수	기획	기사제목 〈회수〉〔곡수〕	필자/저자(역자)	분류	비고
1	5~6		薄命/高調 〈22〉 박명/고조	水の人	소설/일본	
3	1~3		誰の物か(百萬円) 〈36〉 누구 것인가(백만 엔)	無名子 作	소설/일본	회수 오류
6	1~3	講談	天下御免の仇討 〈85〉 천하에 거리낌이 없는 복수	桃川燕二 講演	고단	

1911년 11월 17일 (금) 880호

지면	단수	기획	기사제목 〈회수〉〔곡수〕	필자/저자(역자)	분류	비고
1	4~5		滄浪箚記 창랑차기	羽生超然	수필/비평	
1	6~7		薄命/高調 〈23〉 박명/고조	水の人	소설/일본	
3	1~3		誰の物か(百萬円) 〈36〉 누구 것인가(백만 엔)	無名子 作	소설/일본	회수 오류

지면	단수	기획	기사제목 〈회수〉〔곡수〕	필자/저자(역자)	분류	비고
6	1~3	講談	天下御免の仇討 〈86〉 천하에 거리낌이 없는 복수	桃川燕二 講演	고단	

1911년 11월 18일 (토) 881호

지면	단수	기획	기사제목 〈회수〉〔곡수〕	필자/저자(역자)	분류	비고
1	5~6		薄命/姉妹 〈24〉 박명/자매	水の人	소설/일본	
3	1~3		誰の物か(百萬円) 〈36〉 누구 것인가(백만 엔)	無名子 作	소설/일본	회수 오류

1911년 11월 19일 (일) 882호

지면	단수	기획	기사제목 〈회수〉〔곡수〕	필자/저자(역자)	분류	비고
1	5~6		薄命/姉妹 〈25〉 박명/자매	水の人	소설/일본	
3	1~3		誰の物か(百萬円) 〈36〉 누구 것인가(백만 엔)	無名子 作	소설/일본	회수 오류
6	1~3	講談	天下御免の仇討 〈87〉 천하에 거리낌이 없는 복수	桃川燕二 講演	고단	

1911년 11월 21일 (화) 883호

지면	단수	기획	기사제목 〈회수〉〔곡수〕	필자/저자(역자)	분류	비고
1	5~7		薄命/姉妹 〈26〉 박명/자매	水の人	소설/일본	
3	1~3		誰の物か(百萬円) 〈37〉 누구 것인가(백만 엔)	無名子 作	소설/일본	회수 오류

1911년 11월 22일 (수) 884호

지면	단수	기획	기사제목 〈회수〉〔곡수〕	필자/저자(역자)	분류	비고
1	5~6		薄命/姉妹 〈27〉 박명/자매	水の人	소설/일본	
3	1~3		誰の物か(百萬円) 〈37〉 누구 것인가(백만 엔)	無名子 作	소설/일본	회수 오류
6	1~3		貞享三勇士 〈1〉 데이쿄 삼용사	桃川如燕 口演	고단	

1911년 11월 23일 (목) 885호

지면	단수	기획	기사제목 〈회수〉〔곡수〕	필자/저자(역자)	분류	비고
1	5~7		薄命/姉妹 〈28〉 박명/자매	水の人	소설/일본	
3	1~3		誰の物か(百萬円) 〈38〉 누구 것인가(백만 엔)	無名子 作	소설/일본	회수 오류
5	1~3		貞享三勇士 〈2〉 데이쿄 삼용사	桃川如燕 口演	고단	

1911년 11월 25일 (토) 886호

지면	단수	기획	기사제목 〈회수〉〔곡수〕	필자/저자(역자)	분류	비고
1	4~6		をんな 〈1〉 여자	竹#生	수필/일상	
1	6~7		薄命/姉妹 〈29〉 박명/자매	水の人	소설/일본	
3	1~3		誰の物か(百萬円) 〈38〉 누구 것인가(백만 엔)	無名子 作	소설/일본	회수 오류
6	1~3		貞享三勇士 〈3〉 데이쿄 삼용사	桃川如燕 口演	고단	

1911년 11월 26일 (일) 887호

지면	단수	기획	기사제목 〈회수〉〔곡수〕	필자/저자(역자)	분류	비고
1	5~6		薄命/姉妹 〈30〉 박명/자매	水の人	소설/일본	

지면	단수	기획	기사제목 〈회수〉〔곡수〕	필자/저자(역자)	분류	비고
3	1~3		誰の物か(百萬円) 〈40〉 누구 것인가(백만 엔)	無名子 作	소설/일본	회수 오류
4	3~4		をんな 〈2〉 여자	竹#生	수필/일상	
6	1~3		貞享三勇士 〈4〉 데이쿄 삼용사	桃川如燕 口演	고단	

1911년 11월 28일 (화) 888호

1	5~6		薄命/不生しならば 〈31〉 박명/태어나지 않았다면	水の人	소설/일본	
3	1~3		誰の物か(百萬円) 〈40〉 누구 것인가(백만 엔)	無名子 作	소설/일본	회수 오류
5	1~3		貞享三勇士 〈5〉 데이쿄 삼용사	桃川如燕 口演	고단	

1911년 11월 29일 (수) 889호

1	5~6		薄命/不生しならば 〈32〉 박명/태어나지 않았다면	水の人	소설/일본	
3	1~3		誰の物か(百萬円) 〈41〉 누구 것인가(백만 엔)	無名子 作	소설/일본	회수 오류
5	1~3		貞享三勇士 〈6〉 데이쿄 삼용사	桃川如燕 口演	고단	

1911년 11월 30일 (목) 890호

1	5~7		薄命/朋自遠方來 〈33〉 박명/먼 곳에서 친구가 찾아오다	水の人	소설/일본	
3	1~3		貞享三勇士 〈7〉 데이쿄 삼용사	桃川如燕 口演	고단	

1911년 12월 01일 (금) 891호

1	6~7		薄命/朋自遠方來 〈34〉 박명/먼 곳에서 친구가 찾아오다	水の人	소설/일본	
3	1~3		誰の物か(百萬円) 〈41〉 누구 것인가(백만 엔)	無名子 作	소설	회수 오류
6	1~3		貞享三勇士 〈8〉 데이쿄 삼용사	桃川如燕	고단	

1911년 12월 02일 (토) 892호

1	5~7		薄命/友情 〈35〉 박명/우정	水の人	소설/일본	
3	1~3		誰の物か(百萬円) 〈42〉 누구 것인가(백만 엔)	無名子 作	소설	회수 오류

1911년 12월 03일 (일) 893호

1	5~7		薄命/友情 〈36〉 박명/우정	水の人	소설/일본	
3	1~3		誰の物か(百萬円) 〈43〉 누구 것인가(백만 엔)	無名子 作	소설	회수 오류
6	1~3		貞享三勇士 〈9〉 데이쿄 삼용사	桃川如燕	고단	

1911년 12월 05일 (화) 894호

지면	단수	기획	기사제목 〈회수〉 [곡수]	필자/저자(역자)	분류	비고
1	5~6		薄命/友情 〈37〉 박명/우정	水の人	소설/일본	
5	1~3		誰の物か(百萬円) 〈44〉 누구 것인가(백만 엔)	無名子 作	소설	회수 오류
8	1~3		貞享三勇士 〈10〉 데이쿄 삼용사	桃川如燕	고단	

1911년 12월 06일 (수) 895호

1	5~6		薄命/友情 〈38〉 박명/우정	水の人	소설/일본	
3	1~3		誰の物か(百萬円) 〈44〉 누구 것인가(백만 엔)	無名子 作	소설	회수 오류
4	2~3		話の種/商人失策物語 이야깃거리/상인 실책 이야기	(雨花生)	수필/기타	
6	1~3		貞享三勇士 〈11〉 데이쿄 삼용사	桃川如燕	고단	

1911년 12월 07일 (목) 896호

1	5~6		薄命/友情 〈39〉 박명/우정	水の人	소설/일본	
3	1~3		誰の物か(百萬円) 〈45〉 누구 것인가(백만 엔)	無名子 作	소설	회수 오류
6	1~3		貞享三勇士 〈12〉 데이쿄 삼용사	桃川如燕	고단	

1911년 12월 08일 (금) 897호

1	5~6		薄命/朝勤行 〈40〉 박명/아침 근행	水の人	소설/일본	
3	1~3		誰の物か(百萬円) 〈49〉 누구 것인가(백만 엔)	無名子 作	소설	회수 오류
6	1~3		貞享三勇士 〈13〉 데이쿄 삼용사	桃川如燕	고단	

1911년 12월 09일 (토) 898호

1	5~6		薄命/動搖 〈41〉 박명/동요	水の人	소설/일본	
3	1~3		誰の物か(百萬円) 〈49〉 누구 것인가(백만 엔)	無名子 作	소설	회수 오류
6	1~3		貞享三勇士 〈14〉 데이쿄 삼용사	桃川如燕	고단	

1911년 12월 10일 (일) 899호

1	6~7		薄命/動搖 〈42〉 박명/동요	水の人	소설/일본	
3	1~3		誰の物か(百萬円) 〈50〉 누구 것인가(백만 엔)	無名子 作	소설	회수 오류
6	1~3		貞享三勇士 〈15〉 데이쿄 삼용사	桃川如燕	고단	

1911년 12월 12일 (화) 900호

| 1 | 6~8 | | 薄命/胸から.....胸へ 〈43〉
박명/가슴에서...가슴으로 | 水の人 | 소설/일본 | |

지면	단수	기획	기사제목 〈회수〉〔곡수〕	필자/저자(역자)	분류	비고
3	1~3		誰の物か(百萬円) 〈51〉 누구 것인가(백만 엔)	無名子 作	소설	회수 오류
5	1~2		埃及旅行奇談 이집트 여행 기담	志賀重昂	수필/기행	
6	1~3		貞享三勇士 〈16〉 데이쿄 삼용사	桃川如燕	고단	

1911년 12월 13일 (수) 901호

지면	단수	기획	기사제목 〈회수〉〔곡수〕	필자/저자(역자)	분류	비고
1	5~6		薄命/胸から.....胸へ 〈44〉 박명/가슴에서...가슴으로	水の人	소설/일본	
3	1~3		誰の物か(百萬円) 〈52〉 누구 것인가(백만 엔)	無名子 作	소설	회수 오류
6	1~3		貞享三勇士 〈17〉 데이쿄 삼용사	桃川如燕	고단	

1911년 12월 14일 (목) 902호

지면	단수	기획	기사제목 〈회수〉〔곡수〕	필자/저자(역자)	분류	비고
1	5~6		薄命/胸から.....胸へ 〈45〉 박명/가슴에서...가슴으로	水の人	소설/일본	
3	1~3		誰の物か(百萬円) 〈53〉 누구 것인가(백만 엔)	無名子 作	소설	회수 오류
6	1~3		貞享三勇士 〈18〉 데이쿄 삼용사	桃川如燕	고단	

1911년 12월 15일 (금) 903호

지면	단수	기획	기사제목 〈회수〉〔곡수〕	필자/저자(역자)	분류	비고
1	5~6		薄命/鼓動 〈46〉 박명/고동	水の人	소설/일본	
4	1~3		誰の物か(百萬円) 〈##〉 누구 것인가(백만 엔)	無名子 作	소설	회수 판독 불가
6	1~3		貞享三勇士 〈19〉 데이쿄 삼용사	桃川如燕	고단	

1911년 12월 16일 (토) 904호

지면	단수	기획	기사제목 〈회수〉〔곡수〕	필자/저자(역자)	분류	비고
1	5~7		薄命/眞情 〈47〉 박명/애틋한 마음	水の人	소설/일본	
3	1~3		誰の物か(百萬円) 〈54〉 누구 것인가(백만 엔)	無名子 作	소설	회수 오류
6	1~3		貞享三勇士 〈20〉 데이쿄 삼용사	桃川如燕	고단	

1911년 12월 17일 (일) 904호

지면	단수	기획	기사제목 〈회수〉〔곡수〕	필자/저자(역자)	분류	비고
1	4~5		納豆の話 〈1〉 낫토 이야기	##	수필/일상	
1	5~6		薄命/眞情 〈48〉 박명/애틋한 마음	水の人	소설/일본	
3	1~3		誰の物か(百萬円) 〈55〉 누구 것인가(백만 엔)	無名子 作	소설	회수 오류
6	1~3		貞享三勇士 〈21〉 데이쿄 삼용사	桃川如燕	고단	

1911년 12월 19일 (화) 905호

지면	단수	기획	기사제목 〈회수〉〔곡수〕	필자/저자(역자)	분류	비고
1	3~5		納豆の話 〈2〉 낫토 이야기	##	수필/일상	

지면	단수	기획	기사제목 〈회수〉〔곡수〕	필자/저자(역자)	분류	비고
1	5~6		薄命/矛盾〈49〉 박명/모순	水の人	소설/일본	
3	1~3		誰の物か(百萬円)〈56〉 누구 것인가(백만 엔)	無名子 作	소설	회수 오류
6	1~3		貞享三勇士〈22〉 데이쿄 삼용사	桃川如燕	고단	

1911년 12월 20일 (수) 907호

지면	단수	기획	기사제목	필자	분류	비고
1	5~6		薄命/或る夜〈50〉 박명/어느 날 밤	水の人	소설/일본	
3	1~3		誰の物か(百萬円)〈57〉 누구 것인가(백만 엔)	無名子 作	소설	회수 오류
6	1~3		貞享三勇士〈23〉 데이쿄 삼용사	桃川如燕	고단	

1911년 12월 21일 (목) 908호

지면	단수	기획	기사제목	필자	분류	비고
1	5~6		薄命/逢ひ見し日〈51〉 박명/인연을 맺은 날	水の人	소설/일본	
3	1~3		誰の物か(百萬円)〈57〉 누구 것인가(백만 엔)	無名子 作	소설	회수 오류
4	2~3		武士道と我武術 무사도와 나의 무술	石山一##	수필/일상	
6	1~3		貞享三勇士〈24〉 데이쿄 삼용사	桃川如燕	고단	

1911년 12월 22일 (금) 909호

지면	단수	기획	기사제목	필자	분류	비고
1	5	小品	寂寥 적요	エスケ一丘	수필/일상	
1	5~7		薄命/逢ひ見し日〈52〉 박명/인연을 맺은 날	水の人	소설/일본	
3	1~3		誰の物か(百萬円)〈58〉 누구 것인가(백만 엔)	無名子 作	소설	회수 오류
4	1~3		日本の紳士〈1〉 일본의 신사	竹通生	수필/비평	
6	1~3		貞享三勇士〈25〉 데이쿄 삼용사	桃川如燕	고단	

1911년 12월 23일 (토) 910호

지면	단수	기획	기사제목	필자	분류	비고
1	5~6		薄命/逢ひ見し日〈53〉 박명/인연을 맺은 날	水の人	소설/일본	
3	1~3		誰の物か(百萬円)〈59〉 누구 것인가(백만 엔)	無名子 作	소설	회수 오류
4	2~3		日本の紳士〈2〉 일본의 신사	竹通生	수필/비평	

1911년 12월 24일 (일) 911호

지면	단수	기획	기사제목	필자	분류	비고
1	5~6		薄命/逢ひ見し日〈54〉 박명/인연을 맺은 날	水の人	소설/일본	
3	1~3		誰の物か(百萬円)〈60〉 누구 것인가(백만 엔)	無名子 作	소설	회수 오류
4	1~3		日本の紳士〈3〉 일본의 신사	竹通生	수필/비평	

지면	단수	기획	기사제목 〈회수〉〔곡수〕	필자/저자(역자)	분류	비고
6	1~3		貞享三勇士 〈26〉 데이쿄 삼용사	桃川如燕	고단	

1911년 12월 26일 (화) 912호

지면	단수	기획	기사제목 〈회수〉〔곡수〕	필자/저자(역자)	분류	비고
1	5~6		薄命/逢ひ見し日 〈55〉 박명/인연을 맺은 날	水の人	소설/일본	
3	1~3		貞享三勇士 〈27〉 데이쿄 삼용사	桃川如燕	고단	
6	1~3		婦人日常心得 부인 일상 마음가짐	某大家	수필/일상	

1911년 12월 27일 (수) 913호

지면	단수	기획	기사제목 〈회수〉〔곡수〕	필자/저자(역자)	분류	비고
1	5~6		薄命/明るい街へ 〈56〉 박명/밝은 거리로	水の人	소설/일본	
3	1~3		貞享三勇士 〈28〉 데이쿄 삼용사	桃川如燕	고단	

1911년 12월 28일 (목) 914호

지면	단수	기획	기사제목 〈회수〉〔곡수〕	필자/저자(역자)	분류	비고
1	5~6		薄命/朽葉の匂 〈57〉 박명/썩은 낙엽 냄새	水の人	소설/일본	
3	1~3		貞享三勇士 〈29〉 데이쿄 삼용사	桃川如燕	고단	

1912년 01월 01일 (월) 915호 其二

지면	단수	기획	기사제목 〈회수〉〔곡수〕	필자/저자(역자)	분류	비고
2	1~4		笑ひ初め 새해 첫 웃음		라쿠고	
3	1~2		笑ひ初め 새해 첫 웃음		라쿠고	

1912년 01월 01일 (월) 915호 其三

지면	단수	기획	기사제목 〈회수〉〔곡수〕	필자/저자(역자)	분류	비고
1	7~8		正月雜記 정월잡기	天保老人	수필/일상	

1912년 01월 01일 (월) 915호 其五

지면	단수	기획	기사제목 〈회수〉〔곡수〕	필자/저자(역자)	분류	비고
1	1~6	講談	福ねづみ 복 쥐	田邊南窓	고단	

1912년 01월 01일 (월) 915호 其六

지면	단수	기획	기사제목 〈회수〉〔곡수〕	필자/저자(역자)	분류	비고
3	1~3		滑稽實話 學者の權威 골계실화 학자의 권위	朝寢坊きらく	수필/기타	

1912년 01월 01일 (월) 915호 其七

지면	단수	기획	기사제목 〈회수〉〔곡수〕	필자/저자(역자)	분류	비고
3	1~6		朝鮮の古き隨筆にある滑稽艶物語 조선의 옛날 수필에 있는 골계 정사이야기		소설/한국고 전	

1912년 01월 01일 (월) 915호 其八

지면	단수	기획	기사제목 〈회수〉〔곡수〕	필자/저자(역자)	분류	비고
1	1~4		六十年間に於ける子歳の事跡 육십 년 간의 설날 사적	木村赤軒	민속	
2	1~2		ねずみの話/鼠算...歷史...種類 쥐 이야기/번식...역사...종류		수필/기타	
3	1~4		鼠算 네즈미잔	三遊亭桃花	라쿠고	

지면	단수	기획	기사제목 〈회수〉 〔곡수〕	필자/저자(역자)	분류	비고

1912년 01월 01일 (월) 915호 其九

지면	단수	기획	기사제목	필자/저자(역자)	분류	비고
1	4~5		屠蘇綺言 도소기언	水漾々	수필/일기	

1912년 01월 01일 (월) 915호 其十

1	1~4		歌舞伎としての鼠 가부키에서의 쥐	止丘齋翁	민속	
2	1~2		鼠 쥐	イス翁	민속	
2	2		御題『松上の鶴』/御題 〔1〕 어제『소나무 위의 학』/어제		시가/단카	
2	2		御題『松上の鶴』/皇后陛下 〔1〕 어제『소나무 위의 학』/황후폐하		시가/단카	
2	2		御題『松上の鶴』/皇太子殿下 〔1〕 어제『소나무 위의 학』/황태자전하		시가/단카	
3	1~4		松前誠忠錄 마쓰마에 충성록	一心齋貞好	고단	

1912년 01월 01일 (월) 915호 其十一

3	1~3		新年の御歌會初/勅題の選定と儀式 설날 어가 모임의 시작/칙제의 선정과 의식		민속	
3	3~4		四方拜と屠蘇の話 사방배와 도소주 이야기		민속	
3	4		友より 친구로부터	牟田口是々坊	수필/서간	

1912년 01월 01일 (월) 915호 其十二

3	1~4		初春 이른 봄	木野靑柳	수필/일기	

1912년 01월 01일 (월) 915호 其十三

1	1~3		諸種の遊戲起源 여러 놀이의 기원		민속	
1	3~4		歌留多の由來 가루타의 유래		민속	
3	1~3		目出たらめ 엉터리	僕さん	민속	

1912년 01월 01일 (월) 915호 其十四

1	1~4		我輩は鼠である 나는 쥐로소이다	鼠堂	소설/일본 고전	

1912년 01월 01일 (월) 915호 其十五

1	4		濟物浦頭の曙光 제물포 부두의 서광	水漾々	시가/기타	
1	4		和歌/勅題松上鶴 〔2〕 와카/칙제 소나무 위의 학	堀內宗生	시가/단카	
1	4		和歌/新年 〔1〕 와카/신년	堀內宗生	시가/단카	
1	4		和歌/勅題松上鶴 〔2〕 와카/칙제 소나무 위의 학	左琴	시가/단카	

지면	단수	기획	기사제목 〈회수〉〔곡수〕	필자/저자(역자)	분류	비고
3	1~3		貞享三勇士 〈30〉 데이쿄 삼용사	桃川如燕	고단	

1912년 01월 01일 (월) 915호 其十六

지면	단수	기획	기사제목 〈회수〉〔곡수〕	필자/저자(역자)	분류	비고
3	2		☆海州歌壇/東門內 〔2〕 해주 가단/동문 안쪽	礎白夢	시가/단카	
3	2		☆海州歌壇/東門內 〔3〕 해주 가단/동문 안쪽	大村蝶二	시가/단카	
3	2		★海州歌壇/南門內 〔1〕 해주 가단/남문 안쪽	みち子	시가/단카	
3	2		海州歌壇/東門內 〔2〕 해주 가단/동문 안쪽	老人亭	시가/단카	
3	2		海州歌壇/東門內 〔3〕 해주 가단/동문 안쪽	村田てい子	시가/단카	

1912년 01월 01일 (월) 915호 其十七

지면	단수	기획	기사제목 〈회수〉〔곡수〕	필자/저자(역자)	분류	비고
3	1~2		本日の四方排/宮中に於ける行事 오늘의 사방배/궁중의 행사		민속	

1912년 01월 01일 (월) 915호 其十八

지면	단수	기획	기사제목 〈회수〉〔곡수〕	필자/저자(역자)	분류	비고
1	4		壬子元旦 임자 설날 아침	在京城 見玉碧川	시가/한시	

1912년 01월 01일 (월) 915호 其廿二

지면	단수	기획	기사제목 〈회수〉〔곡수〕	필자/저자(역자)	분류	비고
1	3	小品	元日 설날		수필/일상	
3	1~3		誰の物か(百萬円) 〈71〉 누구 것인가(백만 엔)	無名子 作	소설	

1912년 01월 01일 (월) 915호 其廿三

지면	단수	기획	기사제목 〈회수〉〔곡수〕	필자/저자(역자)	분류	비고
1	3		松上鶴 〔2〕 소나무 위 학	#內 宗生	시가/단카	

1912년 01월 05일 (금) 916호

지면	단수	기획	기사제목 〈회수〉〔곡수〕	필자/저자(역자)	분류	비고
1	5~6		春の女 봄날의 여자	水の人	소설/일본 고전	
3	1~3		誰の物か(百萬円) 〈71〉 누구 것인가(백만 엔)	無名子 作	소설	회수 오류
5	5~6		落語「雪舟の鼠」 라쿠고 「셋슈의 쥐」	大阪 曾呂利#兵衛	라쿠고	

1912년 01월 07일 (일) 917호

지면	단수	기획	기사제목 〈회수〉〔곡수〕	필자/저자(역자)	분류	비고
1	1~3		大黒天と朝鮮の鼠 다이코쿠텐과 조선의 쥐	##第七師範敎授	민속	
1	5~6		俳諧一夕話 하이카이 어느 날 밤 이야기	黙俳	수필/비평	
3	1~3		貞享三勇士 〈31〉 데이쿄 삼용사	桃川如燕	고단	

1912년 01월 09일 (화) 918호

지면	단수	기획	기사제목 〈회수〉〔곡수〕	필자/저자(역자)	분류	비고
1	5~6		讀物について 읽을거리에 대해	老書生	수필/비평	

지면	단수	기획	기사제목 〈회수〉〔곡수〕	필자/저자(역자)	분류	비고
3	1~3		誰の物か(百萬円) 〈72〉 누구 것인가(백만 엔)	無名子 作	소설	
6	1~3		貞享三勇士 〈32〉 데이쿄 삼용사	桃川如燕	고단	

1912년 01월 10일 (수) 919호

지면	단수	기획	기사제목 〈회수〉〔곡수〕	필자/저자(역자)	분류	비고
1	5		新年雜感 신년잡감	####	수필/일상	
1	5		##故#廻###見寄 〔1〕 ##고#회###견기		시가/한시	
1	5		##故#廻###見寄/其一 〔1〕 ##고#회###견기/그 첫 번째		시가/한시	
1	5		##故#廻###見寄/其二 〔1〕 ##고#회###견기/그 두 번째		시가/한시	
1	6~7		暖簾 〈1〉 포렴	燕子	소설/일본	
3	1~3		誰の物か(百萬円) 〈73〉 누구 것인가(백만 엔)	無名子 作	소설	
4	1~3		平壤の隱君子 〈1〉 평양의 은군자	奴之助	소설/일본	
6	1~3		貞享三勇士 〈33〉 데이쿄 삼용사	桃川如燕	고단	

1912년 01월 11일 (목) 920호

지면	단수	기획	기사제목 〈회수〉〔곡수〕	필자/저자(역자)	분류	비고
1	6~7		暖簾 〈2〉 포렴	燕子	소설/일본	
3	1~3		誰の物か(百萬円) 〈74〉 누구 것인가(백만 엔)	無名子 作	소설	
4	1~3		平壤の隱君子 〈2〉 평양의 은군자	奴之助	소설/일본	
6	1~3		貞享三勇士 〈34〉 데이쿄 삼용사	桃川如燕	고단	

1912년 01월 12일 (금) 921호

지면	단수	기획	기사제목 〈회수〉〔곡수〕	필자/저자(역자)	분류	비고
1	6~7		童話 栗拾ひ 동화 밤 줍기	君枝	소설/동화	
3	1~3		誰の物か(百萬円) 〈75〉 누구 것인가(백만 엔)	無名子 作	소설	
4	1~3		平壤の隱君子 〈3〉 평양의 은군자	奴之助	소설/일본	
4	1		古い落語 옛 라쿠고	芳加 文學博士	수필/비평	
6	1~3		貞享三勇士 〈35〉 데이쿄 삼용사	桃川如燕	고단	

1912년 01월 13일 (토) 922호

지면	단수	기획	기사제목 〈회수〉〔곡수〕	필자/저자(역자)	분류	비고
1	5~6		野の眞晝 한낮의 들	琴人	수필/일상	
3	1~3		誰の物か(百萬円) 〈76〉 누구 것인가(백만 엔)	無名子 作	소설	
4	2~3		平壤の隱君子 〈4〉 평양의 은군자	奴之助	소설/일본	

지면	단수	기획	기사제목 〈회수〉〔곡수〕	필자/저자(역자)	분류	비고
6	1~3		貞享三勇士 〈36〉 데이쿄 삼용사	桃川如燕	고단	

1912년 01월 14일 (일) 923호

지면	단수	기획	기사제목 〈회수〉〔곡수〕	필자/저자(역자)	분류	비고
1	6~7		夜の街の感想 〈1〉 밤거리 감상	水の人	수필/일상	
3	1~3		誰の物か(百萬円) 〈77〉 누구 것인가(백만 엔)	無名子 作	소설	
6	1~3		貞享三勇士 〈37〉 데이쿄 삼용사	桃川如燕	고단	

1912년 01월 16일 (화) 924호

지면	단수	기획	기사제목 〈회수〉〔곡수〕	필자/저자(역자)	분류	비고
1	6~7		夜の街の感想 〈2〉 밤거리 감상	水の人	수필/일상	
3	1~3		誰の物か(百萬円) 〈78〉 누구 것인가(백만 엔)	無名子 作	소설	
6	1~3		貞享三勇士 〈38〉 데이쿄 삼용사	桃川如燕	고단	

1912년 01월 17일 (수) 925호

지면	단수	기획	기사제목 〈회수〉〔곡수〕	필자/저자(역자)	분류	비고
1	6~7		沈默 〈1〉 침묵		소설/일본	
3	1~3		誰の物か(百萬円) 〈79〉 누구 것인가(백만 엔)	無名子 作	소설	
6	1~3		貞享三勇士 〈39〉 데이쿄 삼용사	桃川如燕	고단	

1912년 01월 18일 (목) 926호

지면	단수	기획	기사제목 〈회수〉〔곡수〕	필자/저자(역자)	분류	비고
1	5~7		沈默 〈2〉 침묵		소설/일본	
3	1~3		誰の物か(百萬円) 〈80〉 누구 것인가(백만 엔)	無名子 作	소설	
4	2~3		大阪米信 오사카 미신	大阪にて 兩健生	민속	
6	1~3		貞享三勇士 〈40〉 데이쿄 삼용사	桃川如燕	고단	

1912년 01월 19일 (금) 927호

지면	단수	기획	기사제목 〈회수〉〔곡수〕	필자/저자(역자)	분류	비고
1	5	文苑	淡雪 〔4〕 약간 내린 눈	音州	시가/하이쿠	
1	5~7		沈默 〈3〉 침묵		소설/일본	
3	1~3		誰の物か(百萬円) 〈81〉 누구 것인가(백만 엔)	無名子 作	소설	
6	1~3		貞享三勇士 〈41〉 데이쿄 삼용사	桃川如燕	고단	

1912년 01월 20일 (토) 928호

지면	단수	기획	기사제목 〈회수〉〔곡수〕	필자/저자(역자)	분류	비고
1	5~6		生活の趣味 〈1〉 생활의 취미	琴人	수필/일상	
3	1~3		誰の物か(百萬円) 〈82〉 누구 것인가(백만 엔)	無名子 作	소설	

지면	단수	기획	기사제목 〈회수〉 [곡수]	필자/저자(역자)	분류	비고
6	1~3		貞享三勇士 〈42〉 데이쿄 삼용사	桃川如燕	고단	

1912년 01월 21일 (일) 929호

지면	단수	기획	기사제목 〈회수〉 [곡수]	필자/저자(역자)	분류	비고
1	5~6		生活の趣味 〈2〉 생활의 취미	琴人	수필/일상	
3	1~3		誰の物か(百萬円) 〈83〉 누구 것인가(백만 엔)	無名子 作	소설	
6	1~3		貞享三勇士 〈43〉 데이쿄 삼용사	桃川如燕	고단	

1912년 01월 23일 (화) 930호

지면	단수	기획	기사제목 〈회수〉 [곡수]	필자/저자(역자)	분류	비고
1	5~7		生活の趣味 〈3〉 생활의 취미	琴人	수필/일상	
3	1~3		誰の物か(百萬円) 〈84〉 누구 것인가(백만 엔)	無名子 作	소설	
6	1~3		貞享三勇士 〈44〉 데이쿄 삼용사	桃川如燕	고단	

1912년 01월 24일 (수) 931호

지면	단수	기획	기사제목 〈회수〉 [곡수]	필자/저자(역자)	분류	비고
1	2~4		新案朝鮮名物集 〈1〉 신안 조선명물집	縣人會	민속	
1	5~8		誰の物か(百萬円) 〈85〉 누구 것인가(백만 엔)	無名子 作	소설	
4	1~3		貞享三勇士 〈45〉 데이쿄 삼용사	桃川如燕	고단	

1912년 01월 25일 (목) 932호

지면	단수	기획	기사제목 〈회수〉 [곡수]	필자/저자(역자)	분류	비고
1	2~3		新案朝鮮名物集 〈2〉 신안 조선명물집	縣人會	민속	
1	5~8		誰の物か(百萬円) 〈86〉 누구 것인가(백만 엔)	無名子 作	소설	
4	1~3		貞享三勇士 〈46〉 데이쿄 삼용사	桃川如燕	고단	

1912년 01월 26일 (금) 933호

지면	단수	기획	기사제목 〈회수〉 [곡수]	필자/저자(역자)	분류	비고
1	5~6		別府入浴雜記 〈1〉 벳부 입욕 잡기	岩崎竹雨	수필/일상	
1	6~8		誰の物か(百萬円) 〈87〉 누구 것인가(백만 엔)	無名子 作	소설	
4	1~3		貞享三勇士 〈47〉 데이쿄 삼용사	桃川如燕	고단	

1912년 01월 27일 (토) 934호

지면	단수	기획	기사제목 〈회수〉 [곡수]	필자/저자(역자)	분류	비고
1	1		別府入浴雜記 〈2〉 벳부 입욕 잡기	岩崎竹雨	수필/일상	
1	5		へなぶり集 〈1〉 헤나부리 집	ライス翁	시가/교카	
1	5~8		誰の物か(百萬円) 〈78〉 누구 것인가(백만 엔)	無名子 作	소설	회수 오류
3	1		豫選歌 예선가		시가/하이쿠	

지면	단수	기획	기사제목 〈회수〉〔곡수〕	필자/저자(역자)	분류	비고
6	1~3		貞享三勇士 〈48〉 데이쿄 삼용사	桃川如燕	고단	

1912년 01월 28일 (일) 935호

지면	단수	기획	기사제목 〈회수〉〔곡수〕	필자/저자(역자)	분류	비고
1	2~4		別府入浴雑記 〈3〉 벳부 입욕 잡기	岩崎竹雨	수필/일상	
1	4~5		大田の今昔を語る 〈1〉 대전의 역사를 말한다	沖忠學	민속	
1	5~6		へなぶり集 〈1〉 헤나부리 집	ライス翁	시가/교카	회수 오류
3	1~3		誰の物か(百萬円) 〈89〉 누구 것인가(백만 엔)	無名子 作	소설	
4	3		春十句 〔10〕 봄-십구	茶磯	시가/하이쿠	
6	1~3		貞享三勇士 〈49〉 데이쿄 삼용사	桃川如燕	고단	

1912년 01월 30일 (화) 936호

지면	단수	기획	기사제목 〈회수〉〔곡수〕	필자/저자(역자)	분류	비고
1	3~5		別府入浴雑記 〈4〉 벳부 입욕 잡기	岩崎竹雨	수필/일상	
1	5~6		大田の今昔を語る 〈2〉 대전의 역사를 말한다	沖忠學	민속	
1	6~8		誰の物か(百萬円) 〈89〉 누구 것인가(백만 엔)	無名子 作	소설	회수 오류
4	1~3		貞享三勇士 〈50〉 데이쿄 삼용사	桃川如燕	고단	

1912년 02월 01일 (목) 937호

지면	단수	기획	기사제목 〈회수〉〔곡수〕	필자/저자(역자)	분류	비고
1	4~5		別府入浴雑記 〈5〉 벳부 입욕 잡기	岩崎竹雨	수필/일상	
1	5~6		へなぶり集 〈3〉 헤나부리 집	ライス翁	시가/교카	
1	6~8		誰の物か(百萬円) 〈92〉 누구 것인가(백만 엔)	無名子 作	소설	회수 오류
4	1~2		人参の話 〈1〉 인삼 이야기		수필/기타	
6	1~3		貞享三勇士 〈51〉 데이쿄 삼용사	桃川如燕	고단	

1912년 02월 02일 (금) 938호

지면	단수	기획	기사제목 〈회수〉〔곡수〕	필자/저자(역자)	분류	비고
1	5		旅から旅へ 〈1〉 여행에서 여행으로	八萬三騎生	수필/기행	
1	6		蘆田 노전	みひ生	수필/일상	
3	1~3		誰の物か(百萬円) 〈93〉 누구 것인가(백만 엔)	無名子 作	소설	
6	1~3		貞享三勇士 〈52〉 데이쿄 삼용사	桃川如燕	고단	

1912년 02월 03일 (토) 939호

지면	단수	기획	기사제목 〈회수〉〔곡수〕	필자/저자(역자)	분류	비고
1	3~5		人参の話 〈2〉 인삼 이야기		수필/기타	

지면	단수	기획	기사제목 〈회수〉 〔곡수〕	필자/저자(역자)	분류	비고
1	5		俳諧天氣豫報(下) 〈2〉 〔4〕 하이카이 날씨예보(하)		시가/하이쿠	
1	5~6		へなぶり集 〈4〉 헤나부리 집	ライス翁	시가/교카	
3	5~6		旅から旅へ 〈2〉 여행에서 여행으로	八萬三騎生	수필/기행	鮮南附錄 누락
4	1~3		誰の物か(百萬円) 〈94〉 누구 것인가(백만 엔)	無名子 作	소설	
6	1~3		貞享三勇士 〈53〉 데이쿄 삼용사	桃川如燕	고단	

1912년 02월 04일 (일) 940호

지면	단수	기획	기사제목 〈회수〉 〔곡수〕	필자/저자(역자)	분류	비고
1	3~5		人參の話 〈3〉 인삼 이야기		수필/기타	
1	5~6		酒の話 〈1〉 술 이야기	上城生	민속	
3	4~5		南鮮にある酒の人へ 남선에 있는 술 사람에게	ライス翁	수필/서간	鮮南附錄 누락
4	1~3		誰の物か(百萬円) 〈95〉 누구 것인가(백만 엔)	無名子 作	소설	
6	1~3		貞享三勇士 〈54〉 데이쿄 삼용사	桃川如燕	고단	

1912년 02월 06일 (화) 941호

지면	단수	기획	기사제목 〈회수〉 〔곡수〕	필자/저자(역자)	분류	비고
1	4~6		酒の話 〈2〉 술 이야기	上城生	민속	
3	4~5		旅から旅へ 〈3〉 여행에서 여행으로	八萬三騎生	수필/기행	鮮南附錄 누락
4	1~3		誰の物か(百萬円) 〈96〉 누구 것인가(백만 엔)	無名子 作	소설	
6	1~3		貞享三勇士 〈55〉 데이쿄 삼용사	桃川如燕	고단	

1912년 02월 07일 (수) 942호

지면	단수	기획	기사제목 〈회수〉 〔곡수〕	필자/저자(역자)	분류	비고
1	4~6		酒の話 〈3〉 술 이야기	上城生	민속	
4	1~3		誰の物か(百萬円) 〈97〉 누구 것인가(백만 엔)	無名子 作	소설	
6	1~3		貞享三勇士 〈56〉 데이쿄 삼용사	桃川如燕	고단	

1912년 02월 08일 (목) 943호

지면	단수	기획	기사제목 〈회수〉 〔곡수〕	필자/저자(역자)	분류	비고
1	6~7		酒の話 〈4〉 술 이야기	上城生	민속	
4	1~3		誰の物か(百萬円) 〈98〉 누구 것인가(백만 엔)	無名子 作	소설	
6	1~3		貞享三勇士 〈57〉 데이쿄 삼용사	桃川如燕	고단	

1912년 02월 09일 (금) 944호

지면	단수	기획	기사제목 〈회수〉 〔곡수〕	필자/저자(역자)	분류	비고
1	8		酒の話 〈4〉 술 이야기	上城生	민속	

지면	단수	기획	기사제목 〈회수〉〔곡수〕	필자/저자(역자)	분류	비고
4	1~3		誰の物か(百萬円) 〈98〉 누구 것인가(백만 엔)	無名子 作	소설	회수 오류
5	1~3		貞享三勇士 〈58〉 데이쿄 삼용사	桃川如燕	고단	

1912년 02월 10일 (토) 945호

지면	단수	기획	기사제목 〈회수〉〔곡수〕	필자/저자(역자)	분류	비고
1	1~2	寄書	精靈上の大奇蹟 정령 상의 큰 기적	横瀬琢之	수필/기타	
1	6		酒の話 〈5〉 술 이야기	上城生	민속	
4	1~2		誰の物か(百萬円) 〈99〉 누구 것인가(백만 엔)	無名子 作	소설	
6	1~3		貞享三勇士 〈59〉 데이쿄 삼용사	桃川如燕	고단	

1912년 02월 11일 (일) 946호

지면	단수	기획	기사제목 〈회수〉〔곡수〕	필자/저자(역자)	분류	비고
1	6		酒の話 〈6〉 술 이야기	上城生	민속	
1	7~8	寄書	精靈上の大奇蹟 정령 상의 큰 기적	横瀬琢之	수필/기타	
3	4~5	鮮南文壇	支那街の夕暮 지나 거리의 저녁 무렵	白#	수필/일상	鮮南附錄 누락
4	1~3		誰の物か(百萬円) 〈100〉 누구 것인가(백만 엔)	無名子 作	소설	
6	1~3		貞享三勇士 〈60〉 데이쿄 삼용사	桃川如燕	고단	

1912년 02월 13일 (화) 947호

지면	단수	기획	기사제목 〈회수〉〔곡수〕	필자/저자(역자)	분류	비고
1	5~7	寄書	精靈上の大奇蹟 정령 상의 큰 기적	横瀬琢之	수필/기타	
4	1~3		誰の物か(百萬円) 〈101〉 누구 것인가(백만 엔)	無名子 作	소설	
6	1~3		貞享三勇士 〈61〉 데이쿄 삼용사	桃川如燕	고단	

1912년 02월 14일 (수) 948호

지면	단수	기획	기사제목 〈회수〉〔곡수〕	필자/저자(역자)	분류	비고
1	4~5		砂上語 〈1〉 모래 위 말	水の人	수필/일상	
1	5~6	寄書	精靈上の大奇蹟 정령 상의 큰 기적	横瀬琢之	수필/기타	
4	1~3		誰の物か(百萬円) 〈102〉 누구 것인가(백만 엔)	無名子 作	소설	
6	1~3		貞享三勇士 〈61〉 데이쿄 삼용사	桃川如燕	고단	회수 오류

1912년 02월 15일 (목) 949호

지면	단수	기획	기사제목 〈회수〉〔곡수〕	필자/저자(역자)	분류	비고
1	2~3		砂上語 〈2〉 모래 위 말	水の人	수필/일상	
4	1~3		誰の物か(百萬円) 〈102〉 누구 것인가(백만 엔)	無名子 作	소설	회수 오류
6	1~3		貞享三勇士 〈63〉 데이쿄 삼용사	桃川如燕	고단	

지면	단수	기획	기사제목 〈회수〉 [곡수]	필자/저자(역자)	분류	비고
			1912년 02월 16일 (금) 950호			
1	2~4	寄書	精靈上の大奇蹟 정령 상의 큰 기석	橫瀬琢之	수필/기타	
1	4~7		別るる前 이별하기 전에	野菊	소설/일본 고전	
4	1~3		誰の物か(百萬円) 〈104〉 누구 것인가(백만 엔)	無名子 作	소설	
6	1~3		貞享三勇士 〈64〉 데이쿄 삼용사	桃川如燕	고단	
			1912년 02월 17일 (토) 951호			
1	2~3		砂上語 〈3〉 모래 위 말	水の人	수필/일상	
1	5~7	寄書	精靈上の大奇蹟 정령 상의 큰 기적	橫瀬琢之	수필/기타	
4	1~3		誰の物か(百萬円) 〈105〉 누구 것인가(백만 엔)	無名子 作	소설	
6	1~3		貞享三勇士 〈65〉 데이쿄 삼용사	桃川如燕	고단	
			1912년 02월 18일 (일) 952호			
1	2~4	寄書	精靈上の大奇蹟 정령 상의 큰 기적	橫瀬琢之	수필/기타	
4	1~3		誰の物か(百萬円) 〈106〉 누구 것인가(백만 엔)	無名子 作	소설	
6	1~3		貞享三勇士 〈66〉 데이쿄 삼용사	桃川如燕	고단	
			1912년 02월 20일 (화) 953호			
1	2~5	寄書	精靈上の大奇蹟 정령 상의 큰 기적	橫瀬琢之	수필/기타	
4	1~3		誰の物か(百萬円) 〈107〉 누구 것인가(백만 엔)	無名子 作	소설	
6	1~3		貞享三勇士 〈67〉 데이쿄 삼용사	桃川如燕	고단	
			1912년 02월 21일 (수) 954호			
1	4~5		科學雑談 과학 잡담		수필/기타	
1	5~6	寄書	精靈上の大奇蹟 정령 상의 큰 기적	橫瀬琢之	수필/기타	
1	6~7		冷たい印象 차가운 인상	水の人	수필/일상	
4	1~3		誰の物か(百萬円) 〈108〉 누구 것인가(백만 엔)	無名子 作	소설	
6	1~3		貞享三勇士 〈68〉 데이쿄 삼용사	桃川如燕	고단	
			1912년 02월 22일 (목) 955호			
4	1~3		誰の物か(百萬円) 〈109〉 누구 것인가(백만 엔)	無名子 作	소설	

지면	단수	기획	기사제목 〈회수〉〔곡수〕	필자/저자(역자)	분류	비고
6	1~3		貞享三勇士 〈69〉 데이쿄 삼용사	桃川如燕	고단	
1	3~4		科學雜談 과학 잡담		수필/기타	
1	4~7	寄書	精靈上の大奇蹟 정령 상의 큰 기적	橫瀬琢之	수필/기타	

1912년 02월 23일 (금) 956호

지면	단수	기획	기사제목 〈회수〉〔곡수〕	필자/저자(역자)	분류	비고
1	4~7		誰の物か(百萬円) 〈110〉 누구 것인가(백만 엔)	無名子 作	소설	
2	8		洞天箕踞錄 〈1〉 동천기거록	不驚山人	수필/비평	
4	1~4	寄書	精靈上の大奇蹟 정령 상의 큰 기적	橫瀬琢之	수필/기타	
6	1~3		貞享三勇士 〈70〉 데이쿄 삼용사	桃川如燕	고단	

1912년 02월 24일 (토) 957호

지면	단수	기획	기사제목 〈회수〉〔곡수〕	필자/저자(역자)	분류	비고
1	3~4		科學雜談 과학 잡담		수필/기타	
1	4~6		誰の物か(百萬円) 〈111〉 누구 것인가(백만 엔)	無名子 作	소설	
2	8		洞天箕踞錄 〈2〉 동천기거록	不驚山人	수필/비평	
3	3~4		湖南線の瞥見記 호남선 별견기	大田支局 沖光學	수필/기행	鮮南附錄 누락
4	1~4	寄書	精靈上の大奇蹟 정령 상의 큰 기적	橫瀬琢之	수필/기타	
5	4		とゞーの起源 〈1〉 도도이쓰의 기원		수필/기타	

1912년 02월 25일 (일) 958호

지면	단수	기획	기사제목 〈회수〉〔곡수〕	필자/저자(역자)	분류	비고
1	3~4		雪の夕暮 눈 쌓인 저녁	水の人	수필/일상	
1	4~7		百萬円(誰れの物か) 〈112〉 100만엔(누구 것인가)	無名氏 作	소설	
2	8		洞天箕踞錄 〈3〉 동천기거록	不驚山人	수필/비평	
4	1~4	寄書	精靈上の大奇蹟 정령 상의 큰 기적	橫瀬琢之	수필/기타	
5	4		雛と古代物流行 병아리와 고대물 유행		수필/일상	
5	5		とゞーの起源 〈2〉 도도이쓰의 기원		수필/기타	
6	1~3		貞享三勇士 〈72〉 데이쿄 삼용사	桃川如燕	고단	

1912년 02월 27일 (화) 959호

지면	단수	기획	기사제목 〈회수〉〔곡수〕	필자/저자(역자)	분류	비고
1	3~4		爐邊にて 난로 옆에서	水の人	수필/일상	
1	4~6		百萬円(誰れの物か) 〈113〉 100만엔(누구 것인가)	無名氏 作	소설	

지면	단수	기획	기사제목 〈회수〉 〔곡수〕	필자/저자(역자)	분류	비고
2	8		洞天箕踞錄 〈4〉 동천기거록	不驚山人	수필/일상	

1912년 02월 28일 (수) 960호

지면	단수	기획	기사제목 〈회수〉 〔곡수〕	필자/저자(역자)	분류	비고
1	5~7		百萬円(誰れの物か) 〈114〉 100만엔(누구 것인가)	無名氏 作	소설	
8	1~3		貞享三勇士 〈75〉 데이쿄 삼용사	桃川如燕	고단	회수 오류

1912년 02월 29일 (목) 961호

지면	단수	기획	기사제목 〈회수〉 〔곡수〕	필자/저자(역자)	분류	비고
1	5~7		百萬円(誰れの物か) 〈115〉 100만엔(누구 것인가)	無名氏 作	소설	

1912년 02월 29일 (목) 961호 鮮南附錄

지면	단수	기획	기사제목 〈회수〉 〔곡수〕	필자/저자(역자)	분류	비고
3	5~6		鮮南文壇/如是觀 선남문단/여시관	黑川湖村	수필/비평	

1912년 02월 29일 (목) 961호

지면	단수	기획	기사제목 〈회수〉 〔곡수〕	필자/저자(역자)	분류	비고
4	1~4	寄書	精靈上の大奇蹟 정령 상의 큰 기적	横瀬琢之	수필/기타	
6	1~3		貞享三勇士 〈74〉 데이쿄 삼용사	桃川如燕	고단	

1912년 03월 01일 (금) 962호

지면	단수	기획	기사제목 〈회수〉 〔곡수〕	필자/저자(역자)	분류	비고
1	5~7		百萬円(誰れの物か) 〈116〉 100만엔(누구 것인가)	無名氏 作	소설	
6	1~3		貞享三勇士 〈75〉 데이쿄 삼용사	桃川如燕	고단	

1912년 03월 02일 (토) 963호

지면	단수	기획	기사제목 〈회수〉 〔곡수〕	필자/저자(역자)	분류	비고
1	4~7		百萬円(誰れの物か) 〈117〉 100만엔(누구 것인가)	無名氏 作	소설	

1912년 03월 02일 (토) 963호 鮮南附錄

지면	단수	기획	기사제목 〈회수〉 〔곡수〕	필자/저자(역자)	분류	비고
3	2~4		★鳥致院にて珍らしく思ひし事 〈1〉 조치원에서 신기하게 여겨진 일	山崎源一郎	수필/일상	

1912년 03월 02일 (토) 963호

지면	단수	기획	기사제목 〈회수〉 〔곡수〕	필자/저자(역자)	분류	비고
4	1~4	寄書	精靈上の大奇蹟 정령 상의 큰 기적	横瀬琢之	수필/기타	
6	1~3		貞享三勇士 〈76〉 데이쿄 삼용사	桃川如燕	고단	

1912년 03월 03일 (일) 964호

지면	단수	기획	기사제목 〈회수〉 〔곡수〕	필자/저자(역자)	분류	비고
1	4~7		百萬円(誰れの物か) 〈118〉 100만엔(누구 것인가)	無名氏 作	소설	
2	8		洞天箕踞錄 〈5〉 동천기거록	不驚山人	수필/일상	
4	1~3	寄書	精靈上の大奇蹟 정령 상의 큰 기적	横瀬琢之	수필/기타	

1912년 03월 05일 (화) 965호

지면	단수	기획	기사제목 〈회수〉〔곡수〕	필자/저자(역자)	분류	비고
1	2~4		京仁草花界 〈1〉 경인초화계		민속	
1	4~7		百萬円(誰れの物か) 〈119〉 100만엔(누구 것인가)	無名氏 作	소설	

1912년 03월 05일 (화) 965호 鮮南附錄

지면	단수	기획	기사제목 〈회수〉〔곡수〕	필자/저자(역자)	분류	비고
3	1~3		★鳥致院にて珍らしく思ひし事 〈2〉 조치원에서 신기하게 여겨진 일	山崎源一郎	수필/일상	

1912년 03월 05일 (화) 965호

지면	단수	기획	기사제목 〈회수〉〔곡수〕	필자/저자(역자)	분류	비고
6	1~3		貞享三勇士 〈77〉 데이쿄 삼용사	桃川如燕	고단	

1912년 03월 06일 (수) 966호

지면	단수	기획	기사제목 〈회수〉〔곡수〕	필자/저자(역자)	분류	비고
1	2~3		京仁草花界 〈2〉 경인초화계		민속	
1	5~8		百萬円(誰れの物か)/大團圓 〈120〉 100만엔(누구 것인가)/대단원	無名氏 作	소설	
2	8		洞天箕踞錄 〈6〉 동천기거록	不驚山人	수필/일상	

1912년 03월 06일 (수) 966호 鮮南附錄

지면	단수	기획	기사제목 〈회수〉〔곡수〕	필자/저자(역자)	분류	비고
3	4~6		★鳥致院にて珍らしく思ひし事 〈3〉 조치원에서 신기하게 여겨진 일	山崎源一郎	수필/일상	

1912년 03월 06일 (수) 966호

지면	단수	기획	기사제목 〈회수〉〔곡수〕	필자/저자(역자)	분류	비고
4	1~3	寄書	精靈上の大奇蹟 정령 상의 큰 기적	橫瀨琢之	수필/기타	

1912년 03월 07일 (목) 967호

지면	단수	기획	기사제목 〈회수〉〔곡수〕	필자/저자(역자)	분류	비고
1	2~4		京仁草花界 〈3〉 경인초화계		민속	
1	4~7		貞享三勇士 〈78〉 데이쿄 삼용사	桃川如燕	고단	

1912년 03월 07일 (목) 967호 鮮南附錄

지면	단수	기획	기사제목 〈회수〉〔곡수〕	필자/저자(역자)	분류	비고
3	1		余が見たる論山 〈1〉 내가 본 논산	沖光學	수필/관찰	
3	3~5		★鳥致院にて珍らしく思ひし事 〈4〉 조치원에서 신기하게 여겨진 일	山崎源一郎	수필/일상	

1912년 03월 07일 (목) 967호

지면	단수	기획	기사제목 〈회수〉〔곡수〕	필자/저자(역자)	분류	비고
4	1~3	寄書	精靈上の大奇蹟 정령 상의 큰 기적	橫瀨琢之	수필/기타	
6	1~2	落語	高砂や 〈1〉 다카사고야	翁屋扇子 口演	라쿠고	

1912년 03월 08일 (금) 968호

지면	단수	기획	기사제목 〈회수〉〔곡수〕	필자/저자(역자)	분류	비고
1	2		京仁草花界 〈4〉 경인초화계		민속	
1	4~7		貞享三勇士 〈79〉 데이쿄 삼용사	桃川如燕	고단	

지면	단수	기획	기사제목 〈회수〉〔곡수〕	필자/저자(역자)	분류	비고
			1912년 03월 08일 (금) 968호 鮮南附錄			
3	5		★吾輩は豚の兒である 나는 돼지새끼로소이다		수필/일상	
			1912년 03월 08일 (금) 968호			
4	1~3	寄書	精靈上の大奇蹟 정령 상의 큰 기적	横瀬琢之	수필/기타	
6	1~2	落語	高砂や 〈2〉 다카사고야	翁屋扇子 口演	라쿠고	
6	4~5		小猫のお手水 새끼 고양이의 세숫물		수필/기타	
			1912년 03월 09일 (토) 969호			
1	4~7		貞享三勇士 〈80〉 데이쿄 삼용사	桃川如燕	고단	
4	1~4	寄書	精靈上の大奇蹟 정령 상의 큰 기적	横瀬琢之	수필/기타	
6	1~2	落語	高砂や 〈3〉 다카사고야	翁屋扇子 口演	라쿠고	
			1912년 03월 10일 (일) 970호			
1	5~7		貞享三勇士 〈81〉 데이쿄 삼용사	桃川如燕	고단	
2	8		朝鮮僧尼の階級 〈1〉 조선 승려의 계급		민속	
4	1~3	寄書	精靈上の大奇蹟 정령 상의 큰 기적	横瀬琢之	수필/기타	
6	1	落語	高砂や 〈4〉 다카사고야	翁屋扇子 口演	라쿠고	
			1912년 03월 12일 (화) 971호			
1	5~8		貞享三勇士 〈82〉 데이쿄 삼용사	桃川如燕	고단	
2	8		洞天箕踞錄 〈7〉 동천기거록	不驚山人	수필/일상	
4	1~2	寄書	精靈上の大奇蹟 정령 상의 큰 기적	横瀬琢之	수필/기타	
6	1~2	落語	高砂や 〈4〉 다카사고야	翁屋扇子 口演	라쿠고	회수 오류
			1912년 03월 13일 (수) 972호			
1	5~8		貞享三勇士 〈83〉 데이쿄 삼용사	桃川如燕	고단	
2	8		洞天箕踞錄 〈8〉 동천기거록	不驚山人	수필/일상	
4	1~2	寄書	精靈上の大奇蹟 정령 상의 큰 기적	横瀬琢之	수필/기타	
6	1~2		落語 羽ごろも 〈1〉 라쿠고 하고로모	三遊亭小圓朝	라쿠고	
			1912년 03월 14일 (목) 973호			

지면	단수	기획	기사제목 〈회수〉〔곡수〕	필자/저자(역자)	분류	비고
1	3~4		朝鮮僧尼の階級 〈2〉 조선 승려의 계급		민속	
1	4~7		貞享三勇士 〈84〉 데이쿄 삼용사	桃川如燕	고단	
4	1~2	寄書	精靈上の大奇蹟 정령 상의 큰 기적	橫瀨琢之	수필/기타	
6	1~2		落語 羽ごろも 〈2〉 라쿠고 하고로모	三遊亭小圓朝	라쿠고	

1912년 03월 15일 (금) 974호

지면	단수	기획	기사제목 〈회수〉〔곡수〕	필자/저자(역자)	분류	비고
1	5~7		貞享三勇士 〈85〉 데이쿄 삼용사	桃川如燕	고단	
2	8		洞天箕踞錄 〈9〉 동천기거록	不驚山人	수필/비평	
4	1~2	寄書	精靈上の大奇蹟 정령 상의 큰 기적	橫瀨琢之	수필/기타	
6	1		落語 羽ごろも 〈5〉 라쿠고 하고로모	三遊亭小圓朝	라쿠고	

1912년 03월 16일 (토) 975호

지면	단수	기획	기사제목 〈회수〉〔곡수〕	필자/저자(역자)	분류	비고
1	4~7		貞享三勇士 〈86〉 데이쿄 삼용사	桃川如燕	고단	
4	3		閉店の悲運を免れし僕の實驗/米國雜誌所載の成功談 〈1〉 폐점의 비운을 면한 나의 실험/미국 잡지 소재의 성공담		수필/기타	
6	1		落語 羽ごろも 〈6〉 라쿠고 하고로모	三遊亭小圓朝	라쿠고	

1912년 03월 17일 (일) 976호

지면	단수	기획	기사제목 〈회수〉〔곡수〕	필자/저자(역자)	분류	비고
1	4~6		貞享三勇士 〈87〉 데이쿄 삼용사	桃川如燕	고단	

1912년 03월 17일 (일) 976호 鮮南附錄

지면	단수	기획	기사제목 〈회수〉〔곡수〕	필자/저자(역자)	분류	비고
3	4~5		料亭評判記 요정평판기		수필/기타	

1912년 03월 17일 (일) 976호

지면	단수	기획	기사제목 〈회수〉〔곡수〕	필자/저자(역자)	분류	비고
4	3		閉店の悲運を免れし僕の實驗/米國雜誌所載の成功談 〈2〉 폐점의 비운을 면한 나의 실험/미국 잡지 소재의 성공담		수필/기타	

1912년 03월 19일 (화) 977호

지면	단수	기획	기사제목 〈회수〉〔곡수〕	필자/저자(역자)	분류	비고
1	5~8		貞享三勇士 〈88〉 데이쿄 삼용사	桃川如燕	고단	
4	1~3		李太祖の逸事 〈1〉 이태조의 일화	幣原坦	수필/기타	
6	1~2	春の大よ せ	講談 名香『蘭麝待』 〈1〉 고단 명향 『란자타이』	松林伯知 口演	고단	

1912년 03월 20일 (수) 978호

지면	단수	기획	기사제목 〈회수〉〔곡수〕	필자/저자(역자)	분류	비고
1	5~8		貞享三勇士 〈89〉 데이쿄 삼용사	桃川如燕	고단	
4	2~4		李太祖の逸事 〈2〉 이태조의 일화	幣原坦	수필/기타	

지면	단수	기획	기사제목 〈회수〉〔곡수〕	필자/저자(역자)	분류	비고
6	1~2	春の大よ せ	講談 名香『蘭麝待』〈3〉 고단 명향『란자타이』	松林伯知 口演	고단	회수 오류

1912년 03월 21일 (목) 979호

지면	단수	기획	기사제목 〈회수〉〔곡수〕	필자/저자(역자)	분류	비고
1	2~3		湖西の春 〈1〉 호서의 봄	八万三騎生	수필/일상	
1	4~7		貞享三勇士 〈90〉 데이쿄 삼용사	桃川如燕	고단	
4	1~2		妻に死なれたる時の感想 아내가 죽었을 때의 감상	森村市左衛門	수필	
5	5~7		此大犯人は? 이 대범인은?	松林伯知	광고/연재예고	

1912년 03월 23일 (토) 980호

지면	단수	기획	기사제목 〈회수〉〔곡수〕	필자/저자(역자)	분류	비고
1	5~8		貞享三勇士 〈91〉 데이쿄 삼용사	桃川如燕	고단	
4	1~3	春の大よ せ	講談 名香『蘭麝待』〈3〉 고단 명향『란자타이』	松林伯知 口演	고단	
4	3		此大犯人は? 〈2〉 이 대범인은?	松林伯知	광고/연재예고	

1912년 03월 24일 (일) 981호

지면	단수	기획	기사제목 〈회수〉〔곡수〕	필자/저자(역자)	분류	비고
1	4~6		貞享三勇士 〈92〉 데이쿄 삼용사	桃川如燕	고단	
4	1~2		余が見たる論山 〈3〉 내가 본 논산	沖光學	수필/관찰	
4	4~5	春の大よ せ	長短槍試合 〈1〉 장단창 시합	一龍齊貞山 講演	고단	

1912년 03월 26일 (화) 982호

지면	단수	기획	기사제목 〈회수〉〔곡수〕	필자/저자(역자)	분류	비고
1	2~4		桃太郎と國民性 모모타로와 국민성	セイ二	수필/비평	
1	4~7		貞享三勇士 〈93〉 데이쿄 삼용사	桃川如燕	고단	
4	1~2	春の大よ せ	長短槍試合 〈2〉 장단창 시합	一龍齊貞山 講演	고단	

1912년 03월 27일 (수) 983호

지면	단수	기획	기사제목 〈회수〉〔곡수〕	필자/저자(역자)	분류	비고
1	3~4	寄書	西行法師の半面 〈2〉 서행법사의 반면	セイ二	수필/비평	
1	4~7	探偵新講 談	此大犯人は? 〈1〉 이 대범인은?	松林伯知 講述/加藤 由太郎 速記	고단	
2	8		湖南線の試乘記 〈1〉 호남선의 시승기	犬猫齋	수필/기행	
4	1~2	春の大よ せ	長短槍試合 〈4〉 장단창 시합	一龍齊貞山 講演	고단	회수 오류

1912년 03월 28일 (목) 984호

지면	단수	기획	기사제목 〈회수〉〔곡수〕	필자/저자(역자)	분류	비고
1	3~4		寫眞と背景の話 사진과 배경 이야기		수필/일상	
1	4~5	小品	私の努力 나의 노력	セイ二	수필/일상	

지면	단수	기획	기사제목 〈회수〉〔곡수〕	필자/저자(역자)	분류	비고
1	5~7	探偵新講談	此大犯人は? 〈2〉 이 대범인은?	松林伯知 講述/加藤 由太郎 速記	고단	
2	6		湖南線の試乗記 〈2〉 호남선 시승기	犬猫齋	수필/기행	
5	1~2	春の大よせ	長短槍試合 〈4〉 장단창 시합	一龍齊貞山 講演	고단	

1912년 03월 29일 (금) 985호

1	5~7	春の大よせ	長短槍試合 〈5〉 장단창 시합	一龍齊貞山 講演	고단	
5	1~3	探偵新講談	此大犯人は? 〈3〉 이 대범인은?	松林伯知 講述/加藤 由太郎 速記	고단	
7	2~3		湖南線の試乗記 〈3〉 호남선 시승기	犬猫齋	수필/기행	

1912년 03월 30일 (토) 986호

1	2~4		湖南線の試乗記 〈4〉 호남선 시승기	犬猫齋	수필/기행	
1	4~5	寄書	吉原を興せ 요시와라를 일으키라	セイ二	수필/비평	
1	5~7	春の大よせ	長短槍試合 〈6〉 장단창 시합	一龍齊貞山 講演	고단	
4	1~3		歐人の見たる切腹 유럽인이 본 할복		수필/비평	

1912년 03월 31일 (일) 987호

1	2		湖南線の試乗記 〈5〉 호남선 시승기	犬猫齋	수필/기행	

1912년 04월 02일 (화) 988호

1	2~3		新短詩 신단시	セイ二	시가/기타	
1	4~5		花の研究 〈1〉 꽃 연구	花の人	수필/기타	
1	5		湖南線の試乗記 〈6〉 호남선 시승기	犬猫齋	수필/기행	
1	6~7	講談	頓智の出世譚 〈1〉 기지의 출세담	桃川燕玉	고단	
6	1~3	探偵新講談	此大犯人は? 〈4〉 이 대범인은?	松林伯知 講述/加藤 由太郎 速記	고단	

1912년 04월 03일 (수) 989호

1	2~5		湖南線の試乗記 〈7〉 호남선 시승기	犬猫齋	수필/기행	
1	5		花の研究 〈2〉 꽃 연구	花の人	수필/기타	
1	5~6	小品	川端柳と軍刀の錆 강변의 버드나무와 군도의 녹	セイ二	수필/일상	
1	6~7	講談	頓智の出世譚 〈2〉 기지의 출세담	桃川燕玉	고단	

1912년 04월 03일 (수) 989호 鮮南附錄

지면	단수	기획	기사제목 〈회수〉 [곡수]	필자/저자(역자)	분류	비고
3	2~3		鳥致院見聞錄 〈1〉 조치원 견문록	鳥致院支局	수필/일상	
3	3~4		江景料亭のぞき 〈1〉 강경 요정 엿보기	風來坊	수필/관찰	

1912년 04월 03일 (수) 989호

지면	단수	기획	기사제목 〈회수〉 [곡수]	필자/저자(역자)	분류	비고
6	1~3	探偵新講談	此大犯人は? 〈5〉 이 대범인은?	松林伯知 講述/加藤 由太郎 速記	고단	
6	6		秋元子爵訪聞記 아키모토 자작 방문기	春亭生	수필/일상	

1912년 04월 05일 (금) 990호

지면	단수	기획	기사제목 〈회수〉 [곡수]	필자/저자(역자)	분류	비고
1	2~3	小品	運動季 운동의 계절	セイ二	수필/일상	
1	3~5		開城附近名勝案內 〈1〉 개성 근처의 명소 안내	開城驛の調査	민속	
1	5		花の研究 〈4〉 꽃 연구	花の人	수필/기타	
1	5~6	講談	頓智の出世譚 〈3〉 기지의 출세담	桃川燕玉	고단	
6	1~3	探偵新講談	此大犯人は? 〈6〉 이 대범인은?	松林伯知 講述/加藤 由太郎 速記	고단	

1912년 04월 06일 (토) 991호

지면	단수	기획	기사제목 〈회수〉 [곡수]	필자/저자(역자)	분류	비고
1	2~4		湖南線の試乘記 〈8〉 호남선 시승기	犬猫齋	수필/기행	
1	4~5		汽車に注意すべし 기차에서 주의해야 함	セイ二	수필/일상	
1	5~6	講談	頓智の出世譚 〈4〉 기지의 출세담	桃川燕玉	고단	

1912년 04월 06일 (토) 991호 鮮南附錄

지면	단수	기획	기사제목 〈회수〉 [곡수]	필자/저자(역자)	분류	비고
3	5		鳥致院見聞錄 조치원 견문록	鳥致院支局	수필/일상	

1912년 04월 06일 (토) 991호

지면	단수	기획	기사제목 〈회수〉 [곡수]	필자/저자(역자)	분류	비고
3	6		江景料亭のぞき 〈2〉 강경 요정 엿보기	風來坊	수필/관찰	
6	1~3	探偵新講談	此大犯人は? 〈7〉 이 대범인은?	松林伯知 講述/加藤 由太郎 速記	고단	

1912년 04월 07일 (일) 992호

지면	단수	기획	기사제목 〈회수〉 [곡수]	필자/저자(역자)	분류	비고
1	2~3		開城附近名勝案內 〈2〉 개성 근처의 명소 안내	開城驛の調査	민속	
1	3~4	小品	盆栽の趣味 분재 취미	セイ二	수필/일상	
1	4~6		史外史傳 坂東武者 〈1〉 사외사전 반도무샤	無名氏	소설/일본 고전	

1912년 04월 07일 (일) 992호 鮮南附錄

지면	단수	기획	기사제목 〈회수〉 [곡수]	필자/저자(역자)	분류	비고
3	3		鳥致院見聞錄 조치원 견문록	鳥致院支局	수필/일상	

지면	단수	기획	기사제목 〈회수〉〔곡수〕	필자/저자(역자)	분류	비고

1912년 04월 07일 (일) 992호

지면	단수	기획	기사제목 〈회수〉〔곡수〕	필자/저자(역자)	분류	비고
4	1~3	探偵新講談	此大犯人は?〈8〉 이 대범인은?	松林伯知 講述/加藤由太郎 速記	고단	
6	1~3	クラブ新聞	ヲハナシ/寶の函 이야기/보물상자	百々太郎	소설/일본고전	

1912년 04월 09일 (화) 993호

지면	단수	기획	기사제목 〈회수〉〔곡수〕	필자/저자(역자)	분류	비고
1	2~3	小品	東京の酒と京都の酒〈1〉 도쿄의 술과 교토의 술	セイ二	수필/일상	
1	4~6		史外史傳 坂東武者〈2〉 사외사전 반도무샤	無名氏	소설/일본고전	
6	1~3	探偵新講談	此大犯人は?〈9〉 이 대범인은?	松林伯知 講述/加藤由太郎 速記	고단	

1912년 04월 10일 (수) 994호

지면	단수	기획	기사제목 〈회수〉〔곡수〕	필자/저자(역자)	분류	비고
1	2~3		東京の酒と京都の酒〈2〉 도쿄의 술과 교토의 술	セイ二	수필/일상	
1	3~6		史外史傳 坂東武者〈3〉 사외사전 반도무샤	無名氏	소설/일본고전	

1912년 04월 10일 (수) 994호 鮮南附錄

지면	단수	기획	기사제목 〈회수〉〔곡수〕	필자/저자(역자)	분류	비고
3	3~4		料理屋評判記 요리집 평판기	舟一	수필/기타	

1912년 04월 10일 (수) 994호

지면	단수	기획	기사제목 〈회수〉〔곡수〕	필자/저자(역자)	분류	비고
4	1~3	探偵新講談	此大犯人は?〈10〉 이 대범인은?	松林伯知 講述/加藤由太郎 速記	고단	

1912년 04월 11일 (목) 995호

지면	단수	기획	기사제목 〈회수〉〔곡수〕	필자/저자(역자)	분류	비고
1	3	小品	新短詩 신단시	セイ二	시가/기타	
1	3~5		史外史傳 坂東武者〈4〉 사외사전 반도무샤	遺稿 山田美妙	소설/일본고전	작가 변경
4	1~3	探偵新講談	此大犯人は?〈11〉 이 대범인은?	松林伯知 講述/加藤由太郎 速記	고단	
6	1	クラブ新聞	可笑な眞似 우스꽝스러운 흉내	岡田八千代夫人	수필/일상	
6	2	クラブ新聞	クラブ都々逸〔4〕 구락 도도이쓰		시가/도도이쓰	

1912년 04월 12일 (금) 996호

지면	단수	기획	기사제목 〈회수〉〔곡수〕	필자/저자(역자)	분류	비고
1	2~3		新短詩 신단시	セイ二	시가/신체시	
1	3~6		史外史傳 坂東武者〈5〉 사외사전 반도무샤	遺稿 山田美妙	소설/일본고전	
4	1~3	探偵新講談	此大犯人は?〈12〉 이 대범인은?	松林伯知 講述/加藤由太郎 速記	고단	

1912년 04월 13일 (토) 997호

지면	단수	기획	기사제목 〈회수〉〔곡수〕	필자/저자(역자)	분류	비고
1	2~3	小品	櫻花の一敎訓 벚꽃의 교훈 하나	セイ二	수필/기타	

지면	단수	기획	기사제목 〈회수〉 〔곡수〕	필자/저자(역자)	분류	비고
1	3~6		史外史傳 坂東武者 〈6〉 사외사전 반도무샤	遺稿 山田美妙	소설/일본 고전	
4	1~3	探偵新講談	此大犯人は? 〈13〉 이 대범인은?	松林伯知 講述/加藤由太郎 速記	고단	
6	2	クラブ新聞	未摘花 홍화	花風生	수필/일상	
6	2~3	クラブ新聞	良友とクラブ 좋은 친구와 구락부		수필/일상	

1912년 04월 14일 (일) 998호

지면	단수	기획	기사제목 〈회수〉 〔곡수〕	필자/저자(역자)	분류	비고
1	3		目の女たれ 〈1〉 처진 눈의 여자	せい二	수필/비평	
1	3~6		史外史傳 坂東武者 〈7〉 사외사전 반도무샤	遺稿 山田美妙	소설/일본 고전	
4	1~3	探偵新講談	此大犯人は? 〈14〉 이 대범인은?	松林伯知 講述/加藤由太郎 速記	고단	

1912년 04월 16일 (화) 999호

지면	단수	기획	기사제목 〈회수〉 〔곡수〕	필자/저자(역자)	분류	비고
1	3		目の女たれ 〈2〉 처진 눈의 여자	せい二	수필/비평	
1	4~6		史外史傳 坂東武者 〈8〉 사외사전 반도무샤	遺稿 山田美妙	소설/일본 고전	
4	1~3	探偵新講談	此大犯人は? 〈15〉 이 대범인은?	松林伯知 講述/加藤由太郎 速記	고단	

1912년 04월 17일 (수) 1000호

지면	단수	기획	기사제목 〈회수〉 〔곡수〕	필자/저자(역자)	분류	비고
1	3		目の女たれ 〈3〉 눈의 여자	せい二	수필/일상	
1	3~6		史外史傳 坂東武者 〈9〉 사외사전 반도무샤	遺稿 山田美妙	소설/일본 고전	
4	1~3	探偵新講談	此大犯人は? 〈16〉 이 대범인은?	松林伯知 講述/加藤由太郎 速記	고단	

1912년 04월 18일 (목) 1001호

지면	단수	기획	기사제목 〈회수〉 〔곡수〕	필자/저자(역자)	분류	비고
1	2~3		吾社の素人芝居 〈3〉 우리 회사의 아마추어 연극	山崎犬猫齋	광고/공연광고	
1	4~6		史外史傳 坂東武者 〈10〉 사외사전 반도무샤	遺稿 山田美妙	소설/일본 고전	
4	1~3	探偵新講談	此大犯人は? 〈16〉 이 대범인은?	松林伯知 講述/加藤由太郎 速記	고단	회수 오류
5	1~2		京仁工場廻り 〈1〉 경인공장 견학	ライス翁	수필/기행	

1912년 04월 19일 (금) 1002호

지면	단수	기획	기사제목 〈회수〉 〔곡수〕	필자/저자(역자)	분류	비고
1	2~3		吾社の素人芝居 〈3〉 우리 회사의 아마추어 연극	山崎犬猫齋	광고/공연광고	
1	4~6		史外史傳 坂東武者 〈11〉 사외사전 반도무샤	遺稿 山田美妙	소설/일본 고전	

1912년 04월 19일 (금) 1002호 鮮南附錄

지면	단수	기획	기사제목 〈회수〉 〔곡수〕	필자/저자(역자)	분류	비고
3	5~6		料理屋評判記 요리집 평판기	沖一舟	수필/기타	

지면	단수	기획	기사제목 〈회수〉〔곡수〕	필자/저자(역자)	분류	비고
1912년 04월 19일 (금) 1002호						
4	1~3	探偵新講談	此大犯人は? 〈17〉 이 대범인은?	松林伯知 講述/加藤 由太郎 速記	고단	회수 오류
5	1~2		京仁工場廻り 〈2〉 경인공장 견학	ライス翁	수필/기행	
1912년 04월 20일 (토) 3967호						
1	1~2		京仁工場廻り 〈3〉 경인공장 견학	ライス翁	수필/기행	
1	3~6		史外史傳 坂東武者 〈12〉 사외사전 반도무샤	遺稿 山田美妙	소설/일본 고전	
4	1~3	探偵新講談	此大犯人は? 〈18〉 이 대범인은?	松林伯知 講述/加藤 由太郎 速記	고단	회수 오류
1912년 04월 21일 (일) 3968호						
1	1~2		京仁工場廻り 〈4〉 경인공장 견학	ライス翁	수필/기행	
1	4~6		史外史傳 坂東武者 〈13〉 사외사전 반도무샤	遺稿 山田美妙	소설/일본 고전	
4	1~3	探偵新講談	此大犯人は? 〈19〉 이 대범인은?	松林伯知 講述/加藤 由太郎 速記	고단	회수 오류
1912년 04월 23일 (화) 3969호						
1	4~6		史外史傳 坂東武者 〈14〉 사외사전 반도무샤	遺稿 山田美妙	소설/일본 고전	
4	1~3	探偵新講談	此大犯人は? 〈21〉 이 대범인은?	松林伯知 講述/加藤 由太郎 速記	고단	
1912년 04월 24일 (수) 3970호						
1	1~3		飛行機見物 비행기구경	葆光生	수필/기행	
1	4~6		史外史傳 坂東武者 〈15〉 사외사전 반도무샤	遺稿 山田美妙	소설/일본 고전	
2	1~3	探偵新講談	此大犯人は? 〈22〉 이 대범인은?	松林伯知 講述/加藤 由太郎 速記	고단	면수 오류
3	1~2		春を過すの記 봄을 지낸 일기	葆光生	수필/일기	
1912년 04월 25일 (목) 3971호						
1	3		新短詩 신단시	せい二	시가/기타	
1	4~6		史外史傳 坂東武者 〈16〉 사외사전 반도무샤	遺稿 山田美妙	소설/일본 고전	
2	1~3	探偵新講談	此大犯人は? 〈22〉 이 대범인은?	松林伯知 講述/加藤 由太郎 速記	고단	면수 오류, 회수 오류
1912년 04월 26일 (금) 3972호						
1	1~2		京仁工場廻り 〈4〉 경인공장 견학	ライス翁	수필/기행	회수 오류
1	2~3	小品	群山うろつ記 군산 방황기	群山薄水生	수필	

지면	단수	기획	기사제목 〈회수〉〔곡수〕	필자/저자(역자)	분류	비고
1	4~6		史外史傳 坂東武者 〈17〉 사외사전 반도무샤	遺稿 山田美妙	소설/일본 고전	
2	1~3	探偵新講 談	此大犯人は? 〈23〉 이 대범인은?	松林伯知 講述/加藤 由太郎 速記	고단	면수 오류, 회수 오류

1912년 04월 27일 (토) 3973호

지면	단수	기획	기사제목 〈회수〉〔곡수〕	필자/저자(역자)	분류	비고
1	1~2		京仁工場廻り 〈5〉 경인공장 견학	ライス翁	수필/기행	
1	3		新短詩 신단시	せい二	시가/기타	
1	3~4	文苑	待花 대화	井上和三郎	시가/한시	
1	3~4	文苑	#白髮 #백발	井上和三郎	시가/한시	
1	3~4	文苑	其二 그 두 번째	井上和三郎	시가/한시	
1	3~4	文苑	移居 이거	井上和三郎	시가/한시	
1	3~4	文苑	春雨 봄비	井上和三郎	시가/한시	
1	4~7		史外史傳 坂東武者 〈18〉 사외사전 반도무샤	遺稿 山田美妙	소설/일본 고전	
2	1~3	探偵新講 談	此大犯人は? 〈25〉 이 대범인은?	松林伯知 講述/加藤 由太郎 速記	고단	면수 오류

1912년 04월 28일 (일) 3974호

지면	단수	기획	기사제목 〈회수〉〔곡수〕	필자/저자(역자)	분류	비고
1	1~2		京仁工場廻り 〈7〉 경인공장 견학	ライス翁	수필/기행	회수 오류
1	2~4	小品	親道論を排す 새로운 도론을 배척하다	せい二	수필/비평	
1	4~6		史外史傳 坂東武者 〈19〉 사외사전 반도무샤	遺稿 山田美妙	소설/일본 고전	
2	1~3	探偵新講 談	此大犯人は? 〈26〉 이 대범인은?	松林伯知 講述/加藤 由太郎 速記	고단	면수 오류

1912년 04월 30일 (화) 3975호

지면	단수	기획	기사제목 〈회수〉〔곡수〕	필자/저자(역자)	분류	비고
1	1~2		京仁工場廻り 〈8〉 경인공장 견학	ライス翁	수필/기행	
1	4~6		史外史傳 坂東武者 〈20〉 사외사전 반도무샤	遺稿 山田美妙	소설/일본 고전	
2	1~3	探偵新講 談	此大犯人は? 〈27〉 이 대범인은?	松林伯知 講述/加藤 由太郎 速記	고단	면수 오류

1912년 05월 01일 (수) 3976호

지면	단수	기획	기사제목 〈회수〉〔곡수〕	필자/저자(역자)	분류	비고
1	1~2		京仁工場廻り 〈9〉 경인공장 견학	ライス翁	수필/기행	
1	3~6		史外史傳 坂東武者 〈21〉 사외사전 반도무샤	遺稿 山田美妙	소설/일본 고전	
2	1~3	探偵新講 談	此大犯人は? 〈28〉 이 대범인은?	松林伯知 講述/加藤 由太郎 速記	고단	면수 오류

1912년 05월 02일 (목) 3977호

지면	단수	기획	기사제목 〈회수〉〔곡수〕	필자/저자(역자)	분류	비고
1	1~2		京仁工場廻り〈10〉 경인공장 견학	ライス翁	수필/기행	
1	2~3	小品	琴線 금선	水の人	수필/일상	
1	4~6		史外史傳 坂東武者〈22〉 사외사전 반도무샤	遺稿 山田美妙	소설/일본 고전	
2	1~3	探偵新講 談	此大犯人は?〈29〉 이 대범인은?	松林伯知 講述/加藤 由太郎 速記	고단	면수 오류

1912년 05월 03일 (금) 3978호

지면	단수	기획	기사제목 〈회수〉〔곡수〕	필자/저자(역자)	분류	비고
1	1~2		趣味論 취미론	月村渚水	수필/기타	
1	2~3		普通學校の運動會 보통 학교의 운동회	秋耶子	수필/일상	
1	3~6		史外史傳 坂東武者〈23〉 사외사전 반도무샤	遺稿 山田美妙	소설/일본 고전	
2	1~3	探偵新講 談	此大犯人は?〈30〉 이 대범인은?	松林伯知 講述/加藤 由太郎 速記	고단	면수 오류
8	1~2	クラブ新 聞	秋元子爵訪問記 아키모토 시샤쿠 방문기	春#生	수필/기타	
8	2	クラブ新 聞	都々逸〔7〕 도도이쓰		시가/도도이 쓰	

1912년 05월 04일 (토) 3979호

지면	단수	기획	기사제목 〈회수〉〔곡수〕	필자/저자(역자)	분류	비고
1	2~3	文苑	心のまゝ〔1〕 마음대로	四如子	시가/단카	
1	2~3	文苑	和歌 와카	春#生	시가/단카	
1	2~3	文苑	雪中訪友 눈 속 친구의 방문	冠靜#	시가/단카	
1	3~5	小品	老車夫 늙은 차부	新田淳舟	수필/일상	
2	1~3	探偵新講 談	此大犯人は?〈31〉 이 대범인은?	松林伯知 講述/加藤 由太郎 速記	고단	면수 오류

1912년 05월 05일 (일) 3980호

지면	단수	기획	기사제목 〈회수〉〔곡수〕	필자/저자(역자)	분류	비고
1	4~5	小品	端午と古川柳〔6〕 단오와 옛 센류	せい二	수필·시가/ 일상·센류	
3	1		誰れの落し文 누구의 익명서		수필/기타	鮮南附錄 누락
2	1~3	探偵新講 談	此大犯人は?〈32〉 이 대범인은?	松林伯知 講述/加藤 由太郎 速記	고단	면수 오류
8	1~4		史外史傳 坂東武者〈24〉 사외사전 반도무샤	遺稿 山田美妙	소설/일본 고전	

1912년 05월 07일 (화) 3981호

지면	단수	기획	기사제목 〈회수〉〔곡수〕	필자/저자(역자)	분류	비고
1	3		關西と九州の俗語 간사이와 규슈의 속어		민속	
1	4~5	小品	六十番 육십 번	せい二	수필/일상	
2	1~3	探偵新講 談	此大犯人は?〈33〉 이 대범인은?	松林伯知 講述/加藤 由太郎 速記	고단	면수 오류

지면	단수	기획	기사제목 〈회수〉〔곡수〕	필자/저자(역자)	분류	비고
8	1~3		史外史傳 坂東武者 〈25〉 사외사전 반도무샤	遺稿 山田美妙	소설/일본 고전	

1912년 05월 08일 (수) 3982호

지면	단수	기획	기사제목 〈회수〉〔곡수〕	필자/저자(역자)	분류	비고
8	1~3	探偵新講 談	此大犯人は? 〈34〉 이 대범인은?	松林伯知 講述/加藤 由太郎 速記	고단	면수 오류
8	1~3		史外史傳 坂東武者 〈26〉 사외사전 반도무샤	遺稿 山田美妙	소설/일본 고전	

1912년 05월 09일 (목) 3983호

지면	단수	기획	기사제목 〈회수〉〔곡수〕	필자/저자(역자)	분류	비고
1	2~5	小品	智久子姉さんに與るの書 〈1〉 지쿠시 언니에게 보내는 편지	せい二	수필/서간	
2	1~3	探偵新講 談	此大犯人は? 〈35〉 이 대범인은?	松林伯知 講述/加藤 由太郎 速記	고단	면수 오류
8	1~3		史外史傳 坂東武者 〈27〉 사외사전 반도무샤	遺稿 山田美妙	소설/일본 고전	

1912년 05월 10일 (금) 3984호

지면	단수	기획	기사제목 〈회수〉〔곡수〕	필자/저자(역자)	분류	비고
1	2~5	小品	智久子姉さんに與るの書 〈2〉 지쿠시 언니에게 보내는 편지	せい二	수필/서간	
1	5	文苑	同人諸兄 동인제형	水の人	수필/일상	
2	1~3	探偵新講 談	此大犯人は? 〈36〉 이 대범인은?	松林伯知 講述/加藤 由太郎 速記	고단	면수 오류
8	1~3		史外史傳 坂東武者 〈28〉 사외사전 반도무샤	遺稿 山田美妙	소설/일본 고전	

1912년 05월 11일 (토) 3985호

지면	단수	기획	기사제목 〈회수〉〔곡수〕	필자/저자(역자)	분류	비고
1	3~4	小品	智久子姉さんに與るの書 〈3〉 지쿠시 언니에게 보내는 편지	せい二	수필/서간	
8	1~3	探偵新講 談	此大犯人は? 〈37〉 이 대범인은?	松林伯知 講述/加藤 由太郎 速記	고단	면수 오류
8	1~3		史外史傳 坂東武者 〈29〉 사외사전 반도무샤	遺稿 山田美妙	소설/일본 고전	
8	6	クラブ新 聞	寺鳥伯訪聞記 데라초하쿠 방문기		수필/일상	
8	6	クラブ新 聞	お誘ひ 권유		시가/기타	
8	6	クラブ新 聞	クラブ俳句 〔7〕 구락부 하이쿠		시가/하이쿠	

1912년 05월 12일 (일) 3986호

지면	단수	기획	기사제목 〈회수〉〔곡수〕	필자/저자(역자)	분류	비고
1	1~2		名士の京城研究 〈1〉 명사의 경성 연구		민속	
1	3~5		史外史傳 坂東武者 〈30〉 사외사전 반도무샤	遺稿 山田美妙	소설/일본 고전	
7	1~2		花ちゃんの園藝 하나짱의 원예	きみ郎	수필/일상	
8	1~3	探偵新講 談	此大犯人は? 〈38〉 이 대범인은?	松林伯知 講述/加藤 由太郎 速記	고단	

1912년 05월 14일 (화) 3987호

지면	단수	기획	기사제목 〈회수〉〔곡수〕	필자/저자(역자)	분류	비고
1	1		名士の京城研究 〈2〉 명사의 경성 연구	岡崎遠光	민속	
1	2~3	小品	僧正 〈1〉 승정	ゴリキイ	소설/기타	
1	3~6		史外史傳 坂東武者 〈31〉 사외사전 반도무샤	遺稿 山田美妙	소설/일본 고전	
8	1~3	探偵新講 談	此大犯人は? 〈39〉 이 대범인은?	松林伯知 講述/加藤 由太郎 速記	고단	

1912년 05월 15일 (수) 3988호

지면	단수	기획	기사제목 〈회수〉〔곡수〕	필자/저자(역자)	분류	비고
1	2~3		名士の京城研究 〈3〉 명사의 경성 연구	岡崎遠光	민속	
1	3~6		史外史傳 坂東武者 〈32〉 사외사전 반도무샤	遺稿 山田美妙	소설/일본 고전	
8	1~3	探偵新講 談	此大犯人は? 〈40〉 이 대범인은?	松林伯知 講述/加藤 由太郎 速記	고단	

1912년 05월 16일 (목) 3989호

지면	단수	기획	기사제목 〈회수〉〔곡수〕	필자/저자(역자)	분류	비고
1	1~2		地方を歩いての偶感 〈1〉 지방을 걸으면서 느낀 점	山崎犬猫齋	수필/일상	
1	3~6	小品	僧正 〈2〉 승정	ゴリキイ	소설/기타	
8	1~3	探偵新講 談	此大犯人は? 〈41〉 이 대범인은?	松林伯知 講述/加藤 由太郎 速記	고단	

1912년 05월 17일 (금) 3990호

지면	단수	기획	기사제목 〈회수〉〔곡수〕	필자/저자(역자)	분류	비고
1	1		名士の京城研究 〈3〉 명사의 경성 연구	釘本藤次郎	민속	
1	2~3		鳥致院紀行 〈1〉 조치원 기행	ライス翁	수필/기행	
1	3~6		史外史傳 坂東武者 〈33〉 사외사전 반도무샤	遺稿 山田美妙	소설/일본 고전	
7	1~2		予の知る理想的の人 내가 아는 이상적인 사람	#生	수필/일상	
7	2~4		診察室 진찰실	早田草人	소설/일본 고전	
7	4~6		便所論 변소론	せい二	수필/비평	
8	1~3	探偵新講 談	此大犯人は? 〈42〉 이 대범인은?	松林伯知 講述/加藤 由太郎 速記	고단	

1912년 05월 18일 (토) 3991호

지면	단수	기획	기사제목 〈회수〉〔곡수〕	필자/저자(역자)	분류	비고
1	1		名士の京城研究 〈4〉 명사의 경성 연구	菅駒之助	민속	
1	2~3		鳥致院紀行 〈2〉 조치원 기행	ライス翁	수필/기행	
1	3~6		史外史傳 坂東武者 〈34〉 사외사전 반도무샤	遺稿 山田美妙	소설/일본 고전	
면수 불명	1~3	探偵新講 談	此大犯人は? 〈43〉 이 대범인은?	松林伯知 講述/加藤 由太郎 速記	고단	

1912년 05월 21일 (화) 3994호

지면	단수	기획	기사제목 〈회수〉〔곡수〕	필자/저자(역자)	분류	비고
1	2~3		名士の京城研究 〈5〉 명사의 경성 연구	竹山純平	민속	
1	3~5		鳥致院紀行 〈3〉 조치원 기행	ライス翁	수필/기행	
1	5~6		史外史傳 坂東武者 〈35〉 사외사전 반도무샤	遺稿 山田美妙	소설/일본 고전	
8	1~3	探偵新講 談	此大犯人は? 〈44〉 이 대범인은?	松林伯知 講述/加藤 由太郎 速記	고단	

1912년 05월 22일 (수) 3995호

지면	단수	기획	기사제목 〈회수〉〔곡수〕	필자/저자(역자)	분류	비고
1	3~4		鳥致院紀行 〈4〉 조치원 기행	ライス翁	수필/기행	
1	5~6		史外史傳 坂東武者 〈36〉 사외사전 반도무샤	遺稿 山田美妙	소설/일본 고전	
8	1~3	探偵新講 談	此大犯人は? 〈45〉 이 대범인은?	松林伯知 講述/加藤 由太郎 速記	고단	

1912년 05월 23일 (목) 3996호

지면	단수	기획	기사제목 〈회수〉〔곡수〕	필자/저자(역자)	분류	비고
1	4~5		史外史傳 坂東武者 〈37〉 사외사전 반도무샤	遺稿 山田美妙	소설/일본 고전	
2	7~8		水原の觀光列車 〈1〉 수원의 관광열차	牟田口是々助	수필/일상	
2	1~3	探偵新講 談	此大犯人は? 〈46〉 이 대범인은?	松林伯知 講述/加藤 由太郎 速記	고단	면수 오류
7	6		淸州此華會句集/佳作七印 〔1〕 청주 고노하나카이 구집/가작 칠인	舍利首	시가/하이쿠	
7	6		淸州此華會句集/佳作七印 〔1〕 청주 고노하나카이 구집/가작 칠인	仙境	시가/하이쿠	
7	6		淸州此華會句集/佳作七印 〔1〕 청주 고노하나카이 구집/가작 칠인	破舟	시가/하이쿠	
7	6		淸州此華會句集/佳作七印 〔1〕 청주 고노하나카이 구집/가작 칠인	啄翁	시가/하이쿠	
7	6		淸州此華會句集/佳作七印 〔1〕 청주 고노하나카이 구집/가작 칠인	舍利首	시가/하이쿠	
7	6		淸州此華會句集/佳作七印 〔1〕 청주 고노하나카이 구집/가작 칠인	桂南	시가/하이쿠	
7	6		淸州此華會句集/佳作七印 〔1〕 청주 고노하나카이 구집/가작 칠인	舍利首	시가/하이쿠	
7	6		淸州此華會句集/佳作七印 〔1〕 청주 고노하나카이 구집/가작 칠인	靑山	시가/하이쿠	
7	6		淸州此華會句集/佳作七印 〔1〕 청주 고노하나카이 구집/가작 칠인	俳佛	시가/하이쿠	
7	6		淸州此華會句集/佳作七印 〔1〕 청주 고노하나카이 구집/가작 칠인	破舟	시가/하이쿠	
7	6		淸州此華會句集/佳作七印 〔2〕 청주 고노하나카이 구집/가작 칠인	俳佛	시가/하이쿠	
7	6		淸州此華會句集/佳作七印 〔1〕 청주 고노하나카이 구집/가작 칠인	一流	시가/하이쿠	
7	6		淸州此華會句集/佳作七印 〔1〕 청주 고노하나카이 구집/가작 칠인	沈心	시가/하이쿠	
7	6		淸州此華會句集/佳作七印 〔1〕 청주 고노하나카이 구집/가작 칠인	俳佛	시가/하이쿠	

지면	단수	기획	기사제목 〈회수〉〔곡수〕	필자/저자(역자)	분류	비고
7	6		淸州此華會句集/佳作七印〔1〕 청주 고노하나카이 구집/가작 칠인	一流	시가/하이쿠	
7	6		淸州此華會句集/佳作七印〔1〕 청주 고노하나카이 구집/가작 칠인	俳佛	시가/하이쿠	
7	6		淸州此華會句集/佳作七印〔1〕 청주 고노하나카이 구집/가작 칠인	石香	시가/하이쿠	
7	6		淸州此華會句集/佳作七印〔1〕 청주 고노하나카이 구집/가작 칠인	桂南	시가/하이쿠	
7	6		淸州此華會句集/佳作七印〔1〕 청주 고노하나카이 구집/가작 칠인	布袋	시가/하이쿠	
7	6		淸州此華會句集/佳作七印〔1〕 청주 고노하나카이 구집/가작 칠인	文殛舍	시가/하이쿠	
7	6		淸州此華會句集/再考十印〔1〕 청주 고노하나카이 구집/재고 십인	一流	시가/하이쿠	
7	6		淸州此華會句集/再考十印〔1〕 청주 고노하나카이 구집/재고 십인	梅蔭	시가/하이쿠	
7	6		淸州此華會句集/再考十印〔1〕 청주 고노하나카이 구집/재고 십인	一流	시가/하이쿠	
7	6		淸州此華會句集/再考十印〔1〕 청주 고노하나카이 구집/재고 십인	石香	시가/하이쿠	
7	7		淸州此華會句集/再々考十二印三光逆座〔2〕 청주 고노하나카이 구집/재재고십이인감광역좌	破舟	시가/하이쿠	
7	7		淸州此華會句集/再々考十二印三光逆座〔1〕 청주 고노하나카이 구집/재재고십이인감광역좌	俳佛	시가/하이쿠	
7	7		淸州此華會句集/追加〔1〕 청주 고노하나카이 구집/추가	機一	시가/하이쿠	

1912년 05월 24일 (금) 3997호

지면	단수	기획	기사제목 〈회수〉〔곡수〕	필자/저자(역자)	분류	비고
1	2~4		名士の京城硏究〈6〉 명사의 경성 연구	柄澤三越	민속	
1	4~6		史外史傳 坂東武者〈38〉 사외사전 반도무샤	遺稿 山田美妙	소설/일본 고전	
2	7~8		水原の觀光列車〈2〉 수원의 관광열차	牟田口是々助	수필/기행	
7	6		淸州此華會句集/上座逆列〔1〕 청주 고노하나카이 구집/상좌역열	靑山	시가/하이쿠	
7	6		淸州此華會句集/上座逆列〔1〕 청주 고노하나카이 구집/상좌역열	一九	시가/하이쿠	
7	6		淸州此華會句集/上座逆列〔1〕 청주 고노하나카이 구집/상좌역열	俳佛	시가/하이쿠	
7	6		淸州此華會句集/上座逆列〔1〕 청주 고노하나카이 구집/상좌역열	桂南	시가/하이쿠	
7	6		淸州此華會句集/上座逆列〔1〕 청주 고노하나카이 구집/상좌역열	文殛舍	시가/하이쿠	
7	6		淸州此華會句集/上座逆列〔1〕 청주 고노하나카이 구집/상좌역열	桂南	시가/하이쿠	
7	6		淸州此華會句集/上座逆列〔2〕 청주 고노하나카이 구집/상좌역열	靑山	시가/하이쿠	
7	6		淸州此華會句集/上座逆列〔1〕 청주 고노하나카이 구집/상좌역열	桃南	시가/하이쿠	
7	6		淸州此華會句集/上座逆列〔1〕 청주 고노하나카이 구집/상좌역열	##	시가/하이쿠	

지면	단수	기획	기사제목 〈회수〉〔곡수〕	필자/저자(역자)	분류	비고
7	6		淸州此華會句集/上座逆列〔1〕 청주 고노하나카이 구집/상좌역열	俳佛	시가/하이쿠	
7	6		淸州此華會句集/上座逆列〔1〕 성주 고노하나카이 구십/상좌역열	桂南	시가/하이쿠	
7	6		淸州此華會句集/上座逆列〔1〕 청주 고노하나카이 구집/상좌역열	俳佛	시가/하이쿠	
7	6		淸州此華會句集/上座逆列〔1〕 청주 고노하나카이 구집/상좌역열	舍利首	시가/하이쿠	
7	6		淸州此華會句集/上座逆列〔1〕 청주 고노하나카이 구집/상좌역열	文廼舍	시가/하이쿠	
7	6		淸州此華會句集/上座逆列〔1〕 청주 고노하나카이 구집/상좌역열	舍利首	시가/하이쿠	
7	6		淸州此華會句集/上座逆列〔1〕 청주 고노하나카이 구집/상좌역열	梅蔭	시가/하이쿠	
7	6		淸州此華會句集/上座逆列〔2〕 청주 고노하나카이 구집/상좌역열	破舟	시가/하이쿠	
7	6		淸州此華會句集/上座逆列〔1〕 청주 고노하나카이 구집/상좌역열	桂南	시가/하이쿠	
7	6		淸州此華會句集/上座逆列〔1〕 청주 고노하나카이 구집/상좌역열	俳佛	시가/하이쿠	
7	6		淸州此華會句集/上座逆列〔1〕 청주 고노하나카이 구집/상좌역열	桂南	시가/하이쿠	
7	6		淸州此華會句集/人〔1〕 청주 고노하나카이 구집/인	靑山	시가/하이쿠	
7	6		淸州此華會句集/地〔1〕 청주 고노하나카이 구집/지	俳佛	시가/하이쿠	
7	6		淸州此華會句集/天〔1〕 청주 고노하나카이 구집/천	靑山	시가/하이쿠	
7	6		淸州此華會句集/追加〔1〕 청주 고노하나카이 구집/추가	##	시가/하이쿠	
8	1~3	探偵新講談	此大犯人は?〈47〉 이 대범인은?	松林伯知 講述/加藤由太郎 速記	고단	

1912년 05월 25일 (토) 3998호

지면	단수	기획	기사제목 〈회수〉〔곡수〕	필자/저자(역자)	분류	비고
1	4~6		史外史傳 坂東武者〈39〉 사외사전 반도무샤	遺稿 山田美妙	소설/일본고전	
2	7~8		水原の觀光列車〈3〉 수원의 관광열차	牟田口是々助	수필/기행	
7	4		淸州此華會/佳調〔1〕 청주 고노하나카이/가조	俳佛	시가/하이쿠	
7	4		淸州此華會/佳調〔1〕 청주 고노하나카이/가조	一九	시가/하이쿠	
7	4		淸州此華會/佳調〔1〕 청주 고노하나카이/가조	靑山	시가/하이쿠	
7	4		淸州此華會/佳調〔1〕 청주 고노하나카이/가조	俳佛	시가/하이쿠	
7	4		淸州此華會/佳調〔1〕 청주 고노하나카이/가조	破舟	시가/하이쿠	
7	4		淸州此華會/佳調〔2〕 청주 고노하나카이/가조	俳佛	시가/하이쿠	
7	4		淸州此華會/佳調〔1〕 청주 고노하나카이/가조	桂南	시가/하이쿠	

지면	단수	기획	기사제목 〈회수〉〔곡수〕	필자/저자(역자)	분류	비고
7	4		淸州此華會/佳調〔1〕 청주 고노하나카이/가조	文殖舍	시가/하이쿠	
7	4		淸州此華會/佳調〔1〕 청주 고노하나카이/가조	靑山	시가/하이쿠	
7	4		淸州此華會/佳調〔4〕 청주 고노하나카이/가조	破舟	시가/하이쿠	
7	4		淸州此華會/佳調〔1〕 청주 고노하나카이/가조	俳佛	시가/하이쿠	
7	4		淸州此華會/佳調〔2〕 청주 고노하나카이/가조	舍利首	시가/하이쿠	
7	4		淸州此華會/佳調〔1〕 청주 고노하나카이/가조	俳佛	시가/하이쿠	
7	4		淸州此華會/佳調〔2〕 청주 고노하나카이/가조	梅蔭	시가/하이쿠	
7	4		淸州此華會/佳調〔2〕 청주 고노하나카이/가조	俳佛	시가/하이쿠	
7	4		淸州此華會/佳調〔1〕 청주 고노하나카이/가조	梅蔭	시가/하이쿠	
7	4		淸州此華會/佳調〔1〕 청주 고노하나카이/가조	俳佛	시가/하이쿠	
7	4		淸州此華會/人〔1〕 청주 고노하나카이/인	靑山	시가/하이쿠	
7	4		淸州此華會/地〔1〕 청주 고노하나카이/지	靑山	시가/하이쿠	
7	4		淸州此華會/天〔1〕 청주 고노하나카이/천	俳佛	시가/하이쿠	
8	1~3	探偵新講 談	此大犯人は?〈48〉 이 대범인은?	松林伯知 講述/加藤 由太郎 速記	고단	

1912년 05월 26일 (일) 3999호

지면	단수	기획	기사제목 〈회수〉〔곡수〕	필자/저자(역자)	분류	비고
1	5~6		史外史傳 坂東武者〈40〉 사외사전 반도무샤	遺稿 山田美妙	소설/일본 고전	
3	4		淸州此華會句集〔1〕 청주 고노하나카이 구집	文殖舍	시가/하이쿠	
3	4		淸州此華會句集〔1〕 청주 고노하나카이 구집	梅蔭	시가/하이쿠	
3	4		淸州此華會句集〔1〕 청주 고노하나카이 구집	文殖舍	시가/하이쿠	
3	4		淸州此華會句集〔2〕 청주 고노하나카이 구집	桂南	시가/하이쿠	
3	4		淸州此華會句集〔1〕 청주 고노하나카이 구집	破舟	시가/하이쿠	
3	4		淸州此華會句集〔1〕 청주 고노하나카이 구집	桂南	시가/하이쿠	
3	4		淸州此華會句集〔1〕 청주 고노하나카이 구집	石香	시가/하이쿠	
3	5		淸州此華會句集〔1〕 청주 고노하나카이 구집	春骨	시가/하이쿠	
3	5		淸州此華會句集〔2〕 청주 고노하나카이 구집	破舟	시가/하이쿠	
3	5		淸州此華會句集〔1〕 청주 고노하나카이 구집	石香	시가/하이쿠	

지면	단수	기획	기사제목 〈회수〉 〔곡수〕	필자/저자(역자)	분류	비고
3	5		淸州此華會句集 〔1〕 청주 고노하나카이 구집	桂南	시가/하이쿠	
3	5		淸州此華會句集 〔2〕 청주 고노하나가이 구집	春骨	시가/하이쿠	
3	5		淸州此華會句集 〔1〕 청주 고노하나카이 구집	舍利首	시가/하이쿠	
3	5		淸州此華會句集 〔2〕 청주 고노하나카이 구집	石香	시가/하이쿠	
3	5		淸州此華會句集 〔1〕 청주 고노하나카이 구집	一九	시가/하이쿠	
3	5		淸州此華會句集 〔2〕 청주 고노하나카이 구집	石香	시가/하이쿠	
3	5		淸州此華會句集 〔1〕 청주 고노하나카이 구집	破舟	시가/하이쿠	
3	5		淸州此華會句集 〔1〕 청주 고노하나카이 구집	桂南	시가/하이쿠	
3	5		淸州此華會句集 〔2〕 청주 고노하나카이 구집	舍利首	시가/하이쿠	
3	5		淸州此華會句集 〔1〕 청주 고노하나카이 구집	石香	시가/하이쿠	
3	5		淸州此華會句集 〔1〕 청주 고노하나카이 구집	布袋	시가/하이쿠	
3	5		淸州此華會句集 〔1〕 청주 고노하나카이 구집	文廼舍	시가/하이쿠	
3	5		淸州此華會句集 〔1〕 청주 고노하나카이 구집	靑山	시가/하이쿠	
3	5		淸州此華會句集 〔1〕 청주 고노하나카이 구집	一九	시가/하이쿠	
3	5		淸州此華會句集 〔1〕 청주 고노하나카이 구집	俳佛	시가/하이쿠	
3	5		淸州此華會句集/人 〔1〕 청주 고노하나카이 구집/인	一九	시가/하이쿠	
3	5		淸州此華會句集/地 〔1〕 청주 고노하나카이 구집/지	俳佛	시가/하이쿠	
3	5		淸州此華會句集/天 〔1〕 청주 고노하나카이 구집/천	俳佛	시가/하이쿠	
3	5		淸州此華會句集/追加 〔1〕 청주 고노하나카이 구집/추가	耕用	시가/하이쿠	
5	1~3	探偵新講 談	此大犯人は? 〈49〉 이 대범인은?	松林伯知 講述/加藤 由太郎 速記	고단	

1912년 05월 28일 (일) 4000호   요일 오류

지면	단수	기획	기사제목 〈회수〉 〔곡수〕	필자/저자(역자)	분류	비고
6	4		俳句 〔1〕 하이쿠	華山	시가/하이쿠	
6	4		俳句 〔1〕 하이쿠	陶兩	시가/하이쿠	
6	4		俳句 〔1〕 하이쿠	潮聲	시가/하이쿠	
6	4		俳句 〔1〕 하이쿠	不知火	시가/하이쿠	
6	4		俳句 〔1〕 하이쿠	夢拙	시가/하이쿠	

지면	단수	기획	기사제목 〈회수〉〔곡수〕	필자/저자(역자)	분류	비고
6	4		俳句 〔1〕 하이쿠	不二	시가/하이쿠	
6	4		俳句 〔1〕 하이쿠	靑嵐	시가/하이쿠	
9	2~3		朝鮮を氣樂な所と誤解する勿れ 조선을 마음 편한 곳이라고 오해하지 말라		수필/비평	
9	3~4		支那人の迷信/種々なる傳說 지나인의 미신/여러 가지 전설		민속	
11	1~2		史外史傳 坂東武者 〈41〉 사외사전 반도무샤	遺稿 山田美妙	소설/일본 고전	
14	1~2		覺え帳 〈1〉 기억장	是々坊	수필/일상	
18	1~3		ねざめの記 기상기	セイ二	수필/일상	
21	3~5		偶感/少年敎育 우감/소년 교육	セイ二	수필/일상	
26	1~2		史箋毫 사첨호	ライス翁	수필/일상	
26	2~4		親切な少女達 친절한 소녀들	是々坊	수필/일상	
30	1~3		世界の珍しき新案 세계의 신기한 신안	坪井正五郎	수필/비평	
30	3~4		日本古俗の朝鮮 일본 옛 풍속과 조선	荻野由之	민속	
37	2~4	探偵新講 談	此大犯人は? 〈50〉 이 대범인은?	松林伯知 講述/加藤 由太郎 速記	고단	
38	1~3	落語	おどり花車 오도리 가샤	三遊亭金馬 口演	라쿠고	

1912년 05월 29일 (수) 4001호

지면	단수	기획	기사제목 〈회수〉〔곡수〕	필자/저자(역자)	분류	비고
5	4		南海遊詩 남해유시	學鶴松田甲	시가/한시	
6	1~2		史外史傳 坂東武者 〈42〉 사외사전 반도무샤	遺稿 山田美妙	소설/일본 고전	

1912년 05월 30일 (목) 4002호

지면	단수	기획	기사제목 〈회수〉〔곡수〕	필자/저자(역자)	분류	비고
9	1~3	探偵新講 談	此大犯人は 〈51〉 이 대범인은	松林伯知 講述/加藤 由太郎 速記	고단	
11	3		結婚慣習の歷史 결혼 관습의 역사		민속	

1912년 05월 31일 (금) 4003호

지면	단수	기획	기사제목 〈회수〉〔곡수〕	필자/저자(역자)	분류	비고
3	2~3		可憐な兒童の聲 가련한 아동의 목소리		수필/서간	
5	1~3	探偵新講 談	此大犯人は 〈51〉 이 대범인은	松林伯知 講述/加藤 由太郎 速記	고단	
5	3		過扶餘邑 〔1〕 과부여읍	公州 中谷鄭圃	시가/한시	
5	3		又 〔1〕 또	公州 中谷鄭圃	시가/한시	
5	3		##彩雲山 〔1〕 ##채운산	公州 中谷鄭圃	시가/한시	

지면	단수	기획	기사제목 〈회수〉〔곡수〕	필자/저자(역자)	분류	비고
7	2~3		史外史傳 坂東武者 〈43〉 사외사전 반도무샤	遺稿 山田美妙	소설/일본 고전	

1912년 06월 01일 (토) 4004호

지면	단수	기획	기사제목 〈회수〉〔곡수〕	필자/저자(역자)	분류	비고
7	1~3	探偵新講談	此大犯人は 〈53〉 이 대범인은	松林伯知 講述/加藤由太郎 速記	고단	
9	1~2		史外史傳 坂東武者 〈44〉 사외사전 반도무샤	遺稿 山田美妙	소설/일본 고전	

1912년 06월 02일 (일) 4005호

지면	단수	기획	기사제목 〈회수〉〔곡수〕	필자/저자(역자)	분류	비고
7	1~3	探偵新講談	此大犯人は 〈54〉 이 대범인은	松林伯知 講述/加藤由太郎 速記	고단	
9	1~2		史外史傳 坂東武者 〈44〉 사외사전 반도무샤	遺稿 山田美妙	소설/일본 고전	회수 오류
10~11	1~3		儒敎の感化に對する日鮮人の差異 유교의 감화에 대한 일본인과 조선인의 차이		민속	

1912년 06월 04일 (화) 4006호

지면	단수	기획	기사제목 〈회수〉〔곡수〕	필자/저자(역자)	분류	비고
1	4~5	小品	雲の峰 구름 봉우리	###	수필/일상	
5	4	文苑	晩秋 〔1〕 만추	江南生	시가/한시	
5	4	文苑	晩秋 〔1〕 만추		시가/한시	
7	3		初夏雜題 〔4〕 초여름-잡제	仁川 ##	시가/하이쿠	
9	1~2		史外史傳 坂東武者 〈46〉 사외사전 반도무샤	遺稿 山田美妙	소설/일본 고전	
11	1~3	探偵新講談	此大犯人は 〈55〉 이 대범인은	松林伯知 講述/加藤由太郎 速記	고단	

1912년 06월 05일 (수) 4007호

지면	단수	기획	기사제목 〈회수〉〔곡수〕	필자/저자(역자)	분류	비고
7	1~2		山里のいろいろ 산촌의 여러 가지	松月生	수필/일상	
7	2~3		群山時感 군산 시감	#外生#	수필/일상	
7	3~4		誰の落文か 누구의 익명서인가		수필/서간	
8	1~3	探偵新講談	此大犯人は 〈56〉 이 대범인은	松林伯知 講述/加藤由太郎 速記	고단	
10	8	和歌クラブ新聞	(제목없음) 〔6〕		시가/단카	

1912년 06월 06일 (목) 4008호

지면	단수	기획	기사제목 〈회수〉〔곡수〕	필자/저자(역자)	분류	비고
1	4~6		史外史傳 坂東武者 〈47〉 사외사전 반도무샤	遺稿 山田美妙	소설/일본 고전	
2	8		薫風錄 훈풍록		수필/기행	
3	4		淸州此華會句集/秀逸 〔2〕 청주 고노하나카이 구집/수일	俳佛	시가/하이쿠	
3	4		淸州此華會句集/秀逸 〔1〕 청주 고노하나카이 구집/수일	破舟	시가/하이쿠	

지면	단수	기획	기사제목 〈회수〉〔곡수〕	필자/저자(역자)	분류	비고
3	4		淸州此華會句集/秀逸〔1〕 청주 고노하나카이 구집/수일	破舟	시가/하이쿠	
3	4		淸州此華會句集/秀逸〔1〕 청주 고노하나카이 구집/수일	桂南	시가/하이쿠	
3	4		淸州此華會句集/秀逸〔2〕 청주 고노하나카이 구집/수일	一九	시가/하이쿠	
3	4		淸州此華會句集/秀逸〔1〕 청주 고노하나카이 구집/수일	俳佛	시가/하이쿠	
3	4		淸州此華會句集/秀逸〔1〕 청주 고노하나카이 구집/수일	文廼舍	시가/하이쿠	
3	4		淸州此華會句集/秀逸〔1〕 청주 고노하나카이 구집/수일	俳佛	시가/하이쿠	
3	4		淸州此華會句集/秀逸〔1〕 청주 고노하나카이 구집/수일	一九	시가/하이쿠	
3	4		淸州此華會句集/秀逸〔1〕 청주 고노하나카이 구집/수일	桂南	시가/하이쿠	
3	4		淸州此華會句集/秀逸〔1〕 청주 고노하나카이 구집/수일	文廼舍	시가/하이쿠	
3	4		淸州此華會句集/秀逸〔1〕 청주 고노하나카이 구집/수일	俳佛	시가/하이쿠	
3	4		淸州此華會句集/秀逸〔1〕 청주 고노하나카이 구집/수일	洗心	시가/하이쿠	
3	4		淸州此華會句集/秀逸〔1〕 청주 고노하나카이 구집/수일	一流	시가/하이쿠	
3	4		淸州此華會句集/秀逸〔1〕 청주 고노하나카이 구집/수일	俳佛	시가/하이쿠	
3	4		淸州此華會句集/秀逸〔1〕 청주 고노하나카이 구집/수일	破舟	시가/하이쿠	
3	4		淸州此華會句集/秀逸〔1〕 청주 고노하나카이 구집/수일	春骨	시가/하이쿠	
3	4		淸州此華會句集/秀逸〔1〕 청주 고노하나카이 구집/수일	俳佛	시가/하이쿠	
3	4		淸州此華會句集/秀逸〔1〕 청주 고노하나카이 구집/수일	一九	시가/하이쿠	
3	4		淸州此華會句集/秀逸〔2〕 청주 고노하나카이 구집/수일	石香	시가/하이쿠	
3	4		淸州此華會句集/秀逸〔1〕 청주 고노하나카이 구집/수일	俳佛	시가/하이쿠	
3	4		淸州此華會句集/秀逸〔1〕 청주 고노하나카이 구집/수일	舍利首	시가/하이쿠	
3	4		淸州此華會句集/秀逸〔1〕 청주 고노하나카이 구집/수일	桂南	시가/하이쿠	
3	4		淸州此華會句集/秀逸〔1〕 청주 고노하나카이 구집/수일	俳佛	시가/하이쿠	
3	4		淸州此華會句集/秀逸〔1〕 청주 고노하나카이 구집/수일	春骨	시가/하이쿠	
3	4		淸州此華會句集/秀逸〔2〕 청주 고노하나카이 구집/수일	俳佛	시가/하이쿠	
3	4		淸州此華會句集/秀逸〔2〕 청주 고노하나카이 구집/수일	破舟	시가/하이쿠	
3	4		淸州此華會句集/秀逸〔1〕 청주 고노하나카이 구집/수일	舍利首	시가/하이쿠	

지면	단수	기획	기사제목 〈회수〉〔곡수〕	필자/저자(역자)	분류	비고
3	4		淸州此華會句集/秀逸〔1〕 청주 고노하나카이 구집/수일	石香	시가/하이쿠	
3	4		淸州此華會句集/秀逸〔1〕 청주 고노하나카이 구십/수일	靑山	시가/하이쿠	
3	4		淸州此華會句集/秀逸〔1〕 청주 고노하나카이 구집/수일	洗心	시가/하이쿠	
3	4		淸州此華會句集/秀逸〔1〕 청주 고노하나카이 구집/수일	俳佛	시가/하이쿠	
3	4		淸州此華會句集/秀逸〔1〕 청주 고노하나카이 구집/수일	桂南	시가/하이쿠	
3	4		淸州此華會句集/秀逸〔1〕 청주 고노하나카이 구집/수일	靑山	시가/하이쿠	
3	4		淸州此華會句集/秀逸〔2〕 청주 고노하나카이 구집/수일	破舟	시가/하이쿠	
3	4		淸州此華會句集/秀逸〔1〕 청주 고노하나카이 구집/수일	文殛舍	시가/하이쿠	
3	4		淸州此華會句集/秀逸〔1〕 청주 고노하나카이 구집/수일	俳佛	시가/하이쿠	
3	4		淸州此華會句集/秀逸〔1〕 청주 고노하나카이 구집/수일	文殛舍	시가/하이쿠	
3	4		淸州此華會句集/秀逸〔1〕 청주 고노하나카이 구집/수일	舍利首	시가/하이쿠	
3	4		淸州此華會句集/人〔1〕 청주 고노하나카이 구집/인	石香	시가/하이쿠	
3	4		淸州此華會句集/地〔1〕 청주 고노하나카이 구집/지	靑山	시가/하이쿠	
3	5		淸州此華會句集/天〔1〕 청주 고노하나카이 구집/천	桂南	시가/하이쿠	
3	5		淸州此華會句集/追加〔1〕 청주 고노하나카이 구집/추가	桂南	시가/하이쿠	
9	1~3	探偵新講談	此大犯人は 〈56〉 이 대범인은	松林伯知 講述/加藤 由太郎 速記	고단	

1912년 06월 07일 (금) 4009호

지면	단수	기획	기사제목 〈회수〉〔곡수〕	필자/저자(역자)	분류	비고
1	2~4	小品	紙屋治兵衛 〈1〉 종이 가게 지헤에	セイ二	수필/일상	
1	5~7		史外史傳 坂東武者 〈48〉 사외사전 반도무샤	遺稿 山田美妙	소설/일본 고전	
6	1~3	探偵新講談	此大犯人は 〈57〉 이 대범인은	松林伯知 講述/加藤 由太郎 速記	고단	
10	6	クラブ新聞	新千里眼 신 천리안		수필/기타	

1912년 06월 08일 (토) 4010호

지면	단수	기획	기사제목 〈회수〉〔곡수〕	필자/저자(역자)	분류	비고
1	2~4	小品	紙屋治兵衛 〈2〉 종이 가게 지헤에	セイ二	수필/일상	
1	5~7		史外史傳 坂東武者 〈49〉 사외사전 반도무샤	遺稿 山田美妙	소설/일본 고전	
7	4		淸州此華會句集/秀逸〔1〕 청주 고노하나카이 구집/수일	春骨	시가/하이쿠	
7	4		淸州此華會句集/秀逸〔1〕 청주 고노하나카이 구집/수일	靑山	시가/하이쿠	

지면	단수	기획	기사제목 〈회수〉〔곡수〕	필자/저자(역자)	분류	비고
7	4		淸州此華會句集/秀逸 〔1〕 청주 고노하나카이 구집/수일	桂南	시가/하이쿠	
7	4		淸州此華會句集/秀逸 〔1〕 청주 고노하나카이 구집/수일	破舟	시가/하이쿠	
7	4		淸州此華會句集/秀逸 〔1〕 청주 고노하나카이 구집/수일	桂南	시가/하이쿠	
7	4		淸州此華會句集/秀逸 〔1〕 청주 고노하나카이 구집/수일	破舟	시가/하이쿠	
7	4		淸州此華會句集/秀逸 〔1〕 청주 고노하나카이 구집/수일	俳佛	시가/하이쿠	
7	4		淸州此華會句集/秀逸 〔1〕 청주 고노하나카이 구집/수일	洗心	시가/하이쿠	
7	4		淸州此華會句集/秀逸 〔1〕 청주 고노하나카이 구집/수일	破舟	시가/하이쿠	
7	4		淸州此華會句集/秀逸 〔1〕 청주 고노하나카이 구집/수일	桂南	시가/하이쿠	
7	4		淸州此華會句集/秀逸 〔1〕 청주 고노하나카이 구집/수일	俳佛	시가/하이쿠	
7	4		淸州此華會句集/秀逸 〔1〕 청주 고노하나카이 구집/수일	洗心	시가/하이쿠	
7	4		淸州此華會句集/秀逸 〔1〕 청주 고노하나카이 구집/수일	俳佛	시가/하이쿠	
7	4		淸州此華會句集/秀逸 〔1〕 청주 고노하나카이 구집/수일	洗心	시가/하이쿠	
7	4		淸州此華會句集/秀逸 〔1〕 청주 고노하나카이 구집/수일	俳佛	시가/하이쿠	
7	4		淸州此華會句集/秀逸 〔2〕 청주 고노하나카이 구집/수일	靑山	시가/하이쿠	
7	4		淸州此華會句集/秀逸 〔2〕 청주 고노하나카이 구집/수일	俳佛	시가/하이쿠	
7	4		淸州此華會句集/秀逸 〔1〕 청주 고노하나카이 구집/수일	一流	시가/하이쿠	
7	4		淸州此華會句集/秀逸 〔1〕 청주 고노하나카이 구집/수일	破舟	시가/하이쿠	
7	4		淸州此華會句集/秀逸 〔1〕 청주 고노하나카이 구집/수일	南窓	시가/하이쿠	
7	4		淸州此華會句集/秀逸 〔1〕 청주 고노하나카이 구집/수일	靑山	시가/하이쿠	
7	4		淸州此華會句集/秀逸 〔1〕 청주 고노하나카이 구집/수일	俳佛	시가/하이쿠	
7	4		淸州此華會句集/秀逸 〔1〕 청주 고노하나카이 구집/수일	靑山	시가/하이쿠	
7	4		淸州此華會句集/人 〔1〕 청주 고노하나카이 구집/인	一流	시가/하이쿠	
7	4		淸州此華會句集/地 〔2〕 청주 고노하나카이 구집/지	俳佛	시가/하이쿠	
7	4		淸州此華會句集/天 〔1〕 청주 고노하나카이 구집/천	##	시가/하이쿠	
8	1~3	探偵新講 談	此大犯人は 〈59〉 이 대범인은	松林伯知 講述/加藤 由太郞 速記	고단	
9	1~2		夏の美祿 여름의 미록		수필/일상	

지면	단수	기획	기사제목 〈회수〉 〔곡수〕	필자/저자(역자)	분류	비고
			1912년 06월 09일 (일) 4011호			
1	4	小品	紙屋治兵衛 〈3〉 종이 가게 지헤에	セイ二	수필/일상	
1	5~8		史外史傳 坂東武者 〈50〉 사외사전 반도무샤	遺稿 山田美妙	소설/일본 고전	
7	4		淸州此華會句集/秀逸 〔1〕 청주 고노하나카이 구집/수일	破舟	시가/하이쿠	
7	4		淸州此華會句集/秀逸 〔1〕 청주 고노하나카이 구집/수일	靑山	시가/하이쿠	
7	4		淸州此華會句集/秀逸 〔3〕 청주 고노하나카이 구집/수일	俳佛	시가/하이쿠	
7	4		淸州此華會句集/秀逸 〔1〕 청주 고노하나카이 구집/수일	靑山	시가/하이쿠	
7	4		淸州此華會句集/秀逸 〔1〕 청주 고노하나카이 구집/수일	南窓	시가/하이쿠	
7	4		淸州此華會句集/秀逸 〔1〕 청주 고노하나카이 구집/수일	仙境	시가/하이쿠	
7	4		淸州此華會句集/秀逸 〔1〕 청주 고노하나카이 구집/수일	無名子	시가/하이쿠	
7	4		淸州此華會句集/秀逸 〔1〕 청주 고노하나카이 구집/수일	一九	시가/하이쿠	
7	4		淸州此華會句集/秀逸 〔1〕 청주 고노하나카이 구집/수일	破舟	시가/하이쿠	
7	4		淸州此華會句集/秀逸 〔1〕 청주 고노하나카이 구집/수일	破舟	시가/하이쿠	
7	4		淸州此華會句集/秀逸 〔1〕 청주 고노하나카이 구집/수일	桂南	시가/하이쿠	
7	4		淸州此華會句集/秀逸 〔1〕 청주 고노하나카이 구집/수일	破舟	시가/하이쿠	
7	4		淸州此華會句集/秀逸 〔2〕 청주 고노하나카이 구집/수일	靑山	시가/하이쿠	
7	4		淸州此華會句集/秀逸 〔1〕 청주 고노하나카이 구집/수일	一九	시가/하이쿠	
7	4		淸州此華會句集/秀逸 〔1〕 청주 고노하나카이 구집/수일	無名子	시가/하이쿠	
7	4		淸州此華會句集/秀逸 〔1〕 청주 고노하나카이 구집/수일	俳佛	시가/하이쿠	
7	5		淸州此華會句集/秀逸 〔1〕 청주 고노하나카이 구집/수일	靑山	시가/하이쿠	
7	5		淸州此華會句集/秀逸 〔1〕 청주 고노하나카이 구집/수일	一九	시가/하이쿠	
7	5		淸州此華會句集/秀逸 〔1〕 청주 고노하나카이 구집/수일	俳佛	시가/하이쿠	
7	5		淸州此華會句集/人 〔1〕 청주 고노하나카이 구집/인	仙境	시가/하이쿠	
7	5		淸州此華會句集/地 〔1〕 청주 고노하나카이 구집/지	靑山	시가/하이쿠	
7	5		淸州此華會句集/天 〔1〕 청주 고노하나카이 구집/천	破舟	시가/하이쿠	
7	5		淸州此華會句集/追加 〔1〕 청주 고노하나카이 구집/추가	羽洲	시가/하이쿠	

지면	단수	기획	기사제목 〈회수〉〔곡수〕	필자/저자(역자)	분류	비고
8	1~3	探偵新講談	此大犯人は〈60〉 이 대범인은	松林伯知 講述/加藤 由太郎 速記	고단	
10	6	クラブ新聞	櫻と薊 앵두와 엉겅퀴		소설	
10	7	クラブ新聞/俳句	(제목없음)〔9〕		시가/하이쿠	

1912년 06월 11일 (화) 4012호

지면	단수	기획	기사제목 〈회수〉〔곡수〕	필자/저자(역자)	분류	비고
1	5~7		史外史傳 坂東武者〈51〉 사외사전 반도무샤	遺稿 山田美妙	소설/일본 고전	
7	4		淸州此華會句集/秀逸〔1〕 청주 고노하나카이 구집/수일	一九	시가/하이쿠	
7	4		淸州此華會句集/秀逸〔1〕 청주 고노하나카이 구집/수일	破舟	시가/하이쿠	
7	4		淸州此華會句集/秀逸〔1〕 청주 고노하나카이 구집/수일	俳佛	시가/하이쿠	
7	4		淸州此華會句集/秀逸〔1〕 청주 고노하나카이 구집/수일	靑山	시가/하이쿠	
7	4		淸州此華會句集/秀逸〔1〕 청주 고노하나카이 구집/수일	一九	시가/하이쿠	
7	4		淸州此華會句集/秀逸〔1〕 청주 고노하나카이 구집/수일	俳佛	시가/하이쿠	
7	4		淸州此華會句集/秀逸〔1〕 청주 고노하나카이 구집/수일	無名子	시가/하이쿠	
7	4		淸州此華會句集/秀逸〔1〕 청주 고노하나카이 구집/수일	破舟	시가/하이쿠	
7	4		淸州此華會句集/秀逸〔1〕 청주 고노하나카이 구집/수일	俳佛	시가/하이쿠	
7	4		淸州此華會句集/秀逸〔1〕 청주 고노하나카이 구집/수일	破舟	시가/하이쿠	
7	4		淸州此華會句集/秀逸〔1〕 청주 고노하나카이 구집/수일	無名子	시가/하이쿠	
7	4		淸州此華會句集/秀逸〔1〕 청주 고노하나카이 구집/수일	一流	시가/하이쿠	
7	4		淸州此華會句集/秀逸 청주 고노하나카이 구집/수일	仙境	시가/하이쿠	
7	4		淸州此華會句集/秀逸〔1〕 청주 고노하나카이 구집/수일	一九	시가/하이쿠	
7	4		淸州此華會句集/秀逸〔1〕 청주 고노하나카이 구집/수일	桂南	시가/하이쿠	
7	4		淸州此華會句集/秀逸〔1〕 청주 고노하나카이 구집/수일	一流	시가/하이쿠	
7	4		淸州此華會句集/秀逸〔1〕 청주 고노하나카이 구집/수일	桂南	시가/하이쿠	
7	4		淸州此華會句集/秀逸〔1〕 청주 고노하나카이 구집/수일	南窓	시가/하이쿠	
7	4		淸州此華會句集/秀逸〔2〕 청주 고노하나카이 구집/수일	桂南	시가/하이쿠	
7	4		淸州此華會句集/秀逸〔2〕 청주 고노하나카이 구집/수일	俳佛	시가/하이쿠	
7	4		淸州此華會句集/秀逸〔1〕 청주 고노하나카이 구집/수일	南窓	시가/하이쿠	

지면	단수	기획	기사제목 〈회수〉〔곡수〕	필자/저자(역자)	분류	비고
7	4		清州此華會句集/秀逸 〔1〕 청주 고노하나카이 구집/수일	仙境	시가/하이쿠	
7	4		清州此華會句集/秀逸 〔1〕 청수 고노하나카이 구집/수일	俳佛	시가/하이쿠	
7	4		清州此華會句集/秀逸 〔1〕 청주 고노하나카이 구집/수일	青山	시가/하이쿠	
7	4		清州此華會句集/秀逸 〔1〕 청주 고노하나카이 구집/수일	一九	시가/하이쿠	
7	4		清州此華會句集/秀逸 〔2〕 청주 고노하나카이 구집/수일	青山	시가/하이쿠	
7	4		清州此華會句集/秀逸 〔1〕 청주 고노하나카이 구집/수일	桂南	시가/하이쿠	
7	4		清州此華會句集/秀逸 〔1〕 청주 고노하나카이 구집/수일	俳佛	시가/하이쿠	
7	4		清州此華會句集/秀逸 〔1〕 청주 고노하나카이 구집/수일	一九	시가/하이쿠	
7	4		清州此華會句集/秀逸 〔1〕 청주 고노하나카이 구집/수일	一流	시가/하이쿠	
7	4		清州此華會句集/秀逸 〔3〕 청주 고노하나카이 구집/수일	青山	시가/하이쿠	
7	4		清州此華會句集/秀逸 〔1〕 청주 고노하나카이 구집/수일	俳佛	시가/하이쿠	
7	4		清州此華會句集/秀逸 〔1〕 청주 고노하나카이 구집/수일	仙境	시가/하이쿠	
7	4		清州此華會句集/秀逸 〔1〕 청주 고노하나카이 구집/수일	青山	시가/하이쿠	
7	4		清州此華會句集/秀逸 〔1〕 청주 고노하나카이 구집/수일	破舟	시가/하이쿠	
7	4		清州此華會句集/秀逸 〔1〕 청주 고노하나카이 구집/수일	一九	시가/하이쿠	
7	4		清州此華會句集/秀逸 〔1〕 청주 고노하나카이 구집/수일	無名子	시가/하이쿠	
7	4		清州此華會句集/秀逸 〔1〕 청주 고노하나카이 구집/수일	青山	시가/하이쿠	
7	4		清州此華會句集/秀逸 〔1〕 청주 고노하나카이 구집/수일	仙境	시가/하이쿠	
7	4		清州此華會句集/秀逸 〔1〕 청주 고노하나카이 구집/수일	桂南	시가/하이쿠	
7	4		清州此華會句集/秀逸 〔1〕 청주 고노하나카이 구집/수일	青山	시가/하이쿠	
7	4		清州此華會句集/秀逸 〔1〕 청주 고노하나카이 구집/수일	桂南	시가/하이쿠	
7	4		清州此華會句集/秀逸 〔1〕 청주 고노하나카이 구집/수일	青山	시가/하이쿠	
7	4		清州此華會句集/秀逸 〔1〕 청주 고노하나카이 구집/수일	俳佛	시가/하이쿠	
7	4		清州此華會句集/人 〔1〕 청주 고노하나카이 구집/인	南窓	시가/하이쿠	
7	4		清州此華會句集/地 〔1〕 청주 고노하나카이 구집/지	一流	시가/하이쿠	
7	4		清州此華會句集/天 〔1〕 청주 고노하나카이 구집/천	一九	시가/하이쿠	

지면	단수	기획	기사제목 〈회수〉〔곡수〕	필자/저자(역자)	분류	비고
7	4		淸州此華會句集/追加〔1〕 청주 고노하나카이 구집/추가	耕兩	시가/하이쿠	
8	1~3	探偵新講 談	此大犯人は 〈61〉 이 대범인은	松林伯知 講述/加藤 由太郞 速記	고단	

1912년 06월 12일 (수) 4013호

지면	단수	기획	기사제목 〈회수〉〔곡수〕	필자/저자(역자)	분류	비고
1	5	文苑	春葉會小集/題 #、薰風、夕涼〔1〕 슌요카이 소모임/주제 #, 훈풍, 저녁 서늘한 바람	鳴竹	시가/하이쿠	
1	5	文苑	春葉會小集/題 #、薰風、夕涼〔1〕 슌요카이 소모임/주제 #, 훈풍, 저녁 서늘한 바람	#金牛	시가/하이쿠	
1	5	文苑	春葉會小集/題 #、薰風、夕涼〔1〕 슌요카이 소모임/주제 #, 훈풍, 저녁 서늘한 바람	芳州	시가/하이쿠	
1	5	文苑	春葉會小集/題 #、薰風、夕涼〔1〕 슌요카이 소모임/주제 #, 훈풍, 저녁 서늘한 바람	#堂	시가/하이쿠	
1	5	文苑	春葉會小集/題 #、薰風、夕涼〔1〕 슌요카이 소모임/주제 #, 훈풍, 저녁 서늘한 바람	芳州	시가/하이쿠	
1	5	文苑	春葉會小集/題 #、薰風、夕涼〔1〕 슌요카이 소모임/주제 #, 훈풍, 저녁 서늘한 바람	#金牛	시가/하이쿠	
1	5	文苑	春葉會小集/題 #、薰風、夕涼〔1〕 슌요카이 소모임/주제 #, 훈풍, 저녁 서늘한 바람	海金砂	시가/하이쿠	
1	5	文苑	春葉會小集/題 #、薰風、夕涼〔1〕 슌요카이 소모임/주제 #, 훈풍, 저녁 서늘한 바람	#堂	시가/하이쿠	
1	5	文苑	春葉會小集/題 #、薰風、夕涼〔1〕 슌요카이 소모임/주제 #, 훈풍, 저녁 서늘한 바람	きみを	시가/하이쿠	
1	5	文苑	春葉會小集/題 #、薰風、夕涼〔1〕 슌요카이 소모임/주제 #, 훈풍, 저녁 서늘한 바람	鳴竹	시가/하이쿠	
1	5	文苑	春葉會小集/題 #、薰風、夕涼〔1〕 슌요카이 소모임/주제 #, 훈풍, 저녁 서늘한 바람	#金牛	시가/하이쿠	
1	5	文苑	春葉會小集/題 #、薰風、夕涼〔1〕 슌요카이 소모임/주제 #, 훈풍, 저녁 서늘한 바람	海金砂	시가/하이쿠	
1	5	文苑	春葉會小集/題 #、薰風、夕涼〔1〕 슌요카이 소모임/주제 #, 훈풍, 저녁 서늘한 바람	#堂	시가/하이쿠	
1	5	文苑	春葉會小集/題 #、薰風、夕涼〔1〕 슌요카이 소모임/주제 #, 훈풍, 저녁 서늘한 바람	きみを	시가/하이쿠	
1	5~8		史外史傳 坂東武者 〈52〉 사외사전 반도무샤	遺稿 山田美妙	소설/일본 고전	
8	1~3	探偵新講 談	此大犯人は 〈62〉 이 대범인은	松林伯知 講述/加藤 由太郞 速記	고단	

1912년 06월 13일 (목) 4014호

지면	단수	기획	기사제목 〈회수〉〔곡수〕	필자/저자(역자)	분류	비고
1	2~4	小品	禿の話 〈1〉 대머리 이야기	セイ二	수필/일상	
1	5~7		史外史傳 坂東武者 〈53〉 사외사전 반도무샤	遺稿 山田美妙	소설/일본 고전	
7	4		仁川俳句會句集(一) 〈1〉〔4〕 인천 하이쿠회 구집(1)	丹葉	시가/하이쿠	
7	4		仁川俳句會句集(一) 〈1〉〔1〕 인천 하이쿠회 구집(1)	月吐	시가/하이쿠	
7	4		仁川俳句會句集(一) 〈1〉〔1〕 인천 하이쿠회 구집(1)	海南	시가/하이쿠	
7	4		仁川俳句會句集(一) 〈1〉〔1〕 인천 하이쿠회 구집(1)	丹葉	시가/하이쿠	

지면	단수	기획	기사제목 〈회수〉〔곡수〕	필자/저자(역자)	분류	비고
7	4		仁川俳句會句集(一) 〈1〉〔1〕 인천 하이쿠회 구집(1)	一滴	시가/하이쿠	
7	4		仁川俳句會句集(一) 〈1〉〔1〕 인천 하이쿠회 구집(1)	柳仙	시가/하이쿠	
7	4		仁川俳句會句集(一) 〈1〉〔1〕 인천 하이쿠회 구집(1)	一#	시가/하이쿠	
7	4		仁川俳句會句集(一) 〈1〉〔1〕 인천 하이쿠회 구집(1)	##	시가/하이쿠	
7	4		仁川俳句會句集(一) 〈1〉〔1〕 인천 하이쿠회 구집(1)	丹葉	시가/하이쿠	
7	4		仁川俳句會句集(一) 〈1〉〔1〕 인천 하이쿠회 구집(1)	竹窓	시가/하이쿠	
7	4		仁川俳句會句集(一) 〈1〉〔1〕 인천 하이쿠회 구집(1)	春靜	시가/하이쿠	
7	4		仁川俳句會句集(一) 〈1〉〔4〕 인천 하이쿠회 구집(1)	丹葉	시가/하이쿠	
7	4		仁川俳句會句集(一) 〈1〉〔1〕 인천 하이쿠회 구집(1)	一滴	시가/하이쿠	
7	5		仁川俳句會句集(一) 〈1〉〔1〕 인천 하이쿠회 구집(1)	丹葉	시가/하이쿠	
7	5		仁川俳句會句集(一) 〈1〉〔1〕 인천 하이쿠회 구집(1)	月吐	시가/하이쿠	
7	5		仁川俳句會句集(一) 〈1〉〔1〕 인천 하이쿠회 구집(1)	丹葉	시가/하이쿠	
7	5		仁川俳句會句集(一) 〈1〉〔1〕 인천 하이쿠회 구집(1)	一滴	시가/하이쿠	
7	5		仁川俳句會句集(一) 〈1〉〔1〕 인천 하이쿠회 구집(1)	甕月	시가/하이쿠	
7	5		仁川俳句會句集(一) 〈1〉〔1〕 인천 하이쿠회 구집(1)	丹葉	시가/하이쿠	
7	5		仁川俳句會句集(一) 〈1〉〔1〕 인천 하이쿠회 구집(1)	一滴	시가/하이쿠	
7	5		仁川俳句會句集(一) 〈1〉〔1〕 인천 하이쿠회 구집(1)	春靜	시가/하이쿠	
7	5		仁川俳句會句集(一) 〈1〉〔1〕 인천 하이쿠회 구집(1)	海南	시가/하이쿠	
7	5		仁川俳句會句集(一) 〈1〉〔1〕 인천 하이쿠회 구집(1)	丹葉	시가/하이쿠	
7	5		仁川俳句會句集(一) 〈1〉〔1〕 인천 하이쿠회 구집(1)	一杯	시가/하이쿠	
7	5		仁川俳句會句集(一) 〈1〉〔1〕 인천 하이쿠회 구집(1)	丹葉	시가/하이쿠	
7	5		仁川俳句會句集(一) 〈1〉〔1〕 인천 하이쿠회 구집(1)	松園	시가/하이쿠	
7	5		仁川俳句會句集(一) 〈1〉〔1〕 인천 하이쿠회 구집(1)	柳仙	시가/하이쿠	
7	5		仁川俳句會句集(一) 〈1〉〔2〕 인천 하이쿠회 구집(1)	丹葉	시가/하이쿠	
7	5		仁川俳句會句集(一) 〈1〉〔1〕 인천 하이쿠회 구집(1)	柳仙	시가/하이쿠	
7	5		仁川俳句會句集(一) 〈1〉〔1〕 인천 하이쿠회 구집(1)	丹葉	시가/하이쿠	

지면	단수	기획	기사제목 〈회수〉〔곡수〕	필자/저자(역자)	분류	비고
7	5		仁川俳句會句集(一) 〈1〉〔1〕 인천 하이쿠회 구집(1)	竹窓	시가/하이쿠	
7	5		仁川俳句會句集(一) 〈1〉〔1〕 인천 하이쿠회 구집(1)	丹葉	시가/하이쿠	
7	5		仁川俳句會句集(一) 〈1〉〔1〕 인천 하이쿠회 구집(1)	一滴	시가/하이쿠	
8	1~3	探偵新講 談	此大犯人は 〈63〉 이 대범인은	松林伯知 講述/加藤 由太郎 速記	고단	

1912년 06월 14일 (금) 4015호

지면	단수	기획	기사제목 〈회수〉〔곡수〕	필자/저자(역자)	분류	비고
1	4~5		史外史傳 坂東武者 〈54〉 사외사전 반도무샤	遺稿 山田美妙	소설/일본 고전	
4	4		漫吟 〔4〕 만음	水の人	시가/하이쿠	
5	3		仁川俳句會句集(二) 〈2〉〔1〕 인천 하이쿠회 구집(2)	海南	시가/하이쿠	
5	3		仁川俳句會句集(二) 〈2〉〔1〕 인천 하이쿠회 구집(2)	丹葉	시가/하이쿠	
5	3		仁川俳句會句集(二) 〈2〉〔1〕 인천 하이쿠회 구집(2)	海南	시가/하이쿠	
5	3		仁川俳句會句集(二) 〈2〉〔1〕 인천 하이쿠회 구집(2)	月吐	시가/하이쿠	
5	3		仁川俳句會句集(二) 〈2〉〔1〕 인천 하이쿠회 구집(2)	春靜	시가/하이쿠	
5	3		仁川俳句會句集(二) 〈2〉〔1〕 인천 하이쿠회 구집(2)	醉仙	시가/하이쿠	
5	3		仁川俳句會句集(二) 〈2〉〔2〕 인천 하이쿠회 구집(2)	丹葉	시가/하이쿠	
5	3		仁川俳句會句集(二) 〈2〉〔1〕 인천 하이쿠회 구집(2)	一滴	시가/하이쿠	
5	3		仁川俳句會句集(二) 〈2〉〔1〕 인천 하이쿠회 구집(2)	松園	시가/하이쿠	
5	3		仁川俳句會句集(二) 〈2〉〔3〕 인천 하이쿠회 구집(2)	一滴	시가/하이쿠	
5	3		仁川俳句會句集(二) 〈2〉〔1〕 인천 하이쿠회 구집(2)	醉仙	시가/하이쿠	
5	3		仁川俳句會句集(二) 〈2〉〔1〕 인천 하이쿠회 구집(2)	柳仙	시가/하이쿠	
5	3		仁川俳句會句集(二) 〈2〉〔1〕 인천 하이쿠회 구집(2)	一滴	시가/하이쿠	
5	3		仁川俳句會句集(二) 〈2〉〔1〕 인천 하이쿠회 구집(2)	海南	시가/하이쿠	
5	4		仁川俳句會句集(二) 〈2〉〔1〕 인천 하이쿠회 구집(2)	丹葉	시가/하이쿠	
5	4		仁川俳句會句集(二) 〈2〉〔1〕 인천 하이쿠회 구집(2)	歡月	시가/하이쿠	
5	4		仁川俳句會句集(二) 〈2〉〔2〕 인천 하이쿠회 구집(2)	一滴	시가/하이쿠	
5	4		仁川俳句會句集(二) 〈2〉〔1〕 인천 하이쿠회 구집(2)	松園	시가/하이쿠	
5	4		仁川俳句會句集(二)/人 〈2〉〔1〕 인천 하이쿠회 구집(2)/인	丹葉	시가/하이쿠	

지면	단수	기획	기사제목 〈회수〉〔곡수〕	필자/저자(역자)	분류	비고
5	4		仁川俳句會句集(二)/地 〈2〉〔1〕 인천 하이쿠회 구집(2)/지	海南	시가/하이쿠	
5	4		仁川俳句會句集(二)/天 〈2〉〔1〕 인천 하이쿠회 구집(2)/천	海南	시가/하이쿠	
5	4		仁川俳句會句集(二)/選者吟 〈2〉〔1〕 인천 하이쿠회 구집(2)/선자음		시가/하이쿠	
6	1~3	探偵新講談	此大犯人は 〈64〉 이 대범인은	松林伯知 講述/加藤 由太郎 速記	고단	

1912년 06월 15일 (토) 4016호

지면	단수	기획	기사제목 〈회수〉〔곡수〕	필자/저자(역자)	분류	비고
1	3~4	小品	禿の話 〈2〉 대머리 이야기	セイ二	수필/일상	
8	1~3	探偵新講談	此大犯人は 〈65〉 이 대범인은	松林伯知 講述/加藤 由太郎 速記	고단	

1912년 06월 16일 (일) 4017호

지면	단수	기획	기사제목 〈회수〉〔곡수〕	필자/저자(역자)	분류	비고
1	3~4	小品	禿の話 〈3〉 대머리 이야기	セイ二	수필/일상	
1	5~7		史外史傳 坂東武者 〈55〉 사외사전 반도무샤	遺稿 山田美妙	소설/일본 고전	
8	1~3	探偵新講談	此大犯人は 〈66〉 이 대범인은	松林伯知 講述/加藤 由太郎 速記	고단	

1912년 06월 18일 (화) 4018호

지면	단수	기획	기사제목 〈회수〉〔곡수〕	필자/저자(역자)	분류	비고
1	4~5	小品	名を知らぬ女 이름을 모르는 여자	セイ二	수필/일상	
1	5~7		史外史傳 坂東武者 〈56〉 사외사전 반도무샤	遺稿 山田美妙	소설/일본 고전	
8	1~3	探偵新講談	此大犯人は 〈67〉 이 대범인은	松林伯知 講述/加藤 由太郎 速記	고단	

1912년 06월 19일 (수) 4019호

지면	단수	기획	기사제목 〈회수〉〔곡수〕	필자/저자(역자)	분류	비고
1	5~6		史外史傳 坂東武者 〈57〉 사외사전 반도무샤	遺稿 山田美妙	소설/일본 고전	
5	3		夏季雜吟 〔10〕 하계-잡음		시가/하이쿠	
6	1~3	探偵新講談	此大犯人は 〈68〉 이 대범인은	松林伯知 講述/加藤 由太郎 速記	고단	

1912년 06월 20일 (목) 4020호

지면	단수	기획	기사제목 〈회수〉〔곡수〕	필자/저자(역자)	분류	비고
1	5~6		史外史傳 坂東武者 〈58〉 사외사전 반도무샤	遺稿 山田美妙	소설/일본 고전	
6	1~3	探偵新講談	此大犯人は 〈69〉 이 대범인은	松林伯知 講述/加藤 由太郎 速記	고단	

1912년 06월 21일 (금) 4021호

지면	단수	기획	기사제목 〈회수〉〔곡수〕	필자/저자(역자)	분류	비고
1	3~4	小品	讀『旅順攻圍軍』 『뤼순공위군』을 읽다	石井省二	수필/일상	
1	4~6		史外史傳 坂東武者 〈59〉 사외사전 반도무샤	遺稿 山田美妙	소설/일본 고전	
6	1~3	探偵新講談	此大犯人は 〈70〉 이 대범인은	松林伯知 講述/加藤 由太郎 速記	고단	

지면	단수	기획	기사제목 〈회수〉 〔곡수〕	필자/저자(역자)	분류	비고
			1912년 06월 22일 (토) 4022호			
1	3~5		孝と敬 효와 경	セイ二	수필/일상	
1	5~6		史外史傳 坂東武者 〈60〉 사외사전 반도무샤	遺稿 山田美妙	소설/일본 고전	
5	2		朝鮮在來の俚言俗謠及び謎 〈1〉 조선 재래의 속어 속요 및 수수께끼	池秋郎	민속	
6	1~3	探偵新講 談	此大犯人は 〈71〉 이 대범인은	松林伯知 講述/加藤 由太郎 速記	고단	
			1912년 06월 23일 (일) 4023호			
1	4~6		追悼洪疇大和尙 홍주 스님을 추도하며	不驚山人	수필/일상	
5	2~3		朝鮮在來の俚言俗謠及び謎 〈2〉 조선 재래의 속어 속요 및 수수께끼	池秋郎	민속	
5	3~4		夏季雜吟 〔34〕 하계-잡음		시가/하이쿠	
6	1~3	探偵新講 談	此大犯人は 〈72〉 이 대범인은	松林伯知 講述/加藤 由太郎 速記	고단	
			1912년 06월 25일 (화) 4024호			
1	2~4		朝鮮博覽會說 조선박람회를 말하다		수필/기행	
1	5~6		史外史傳 坂東武者 〈61〉 사외사전 반도무샤	遺稿 山田美妙	소설/일본 고전	
5	1~2		朝鮮在來の俚言俗謠及び謎 〈3〉 조선 재래의 속어 속요 및 수수께끼	池秋郎	민속	
6	1~3	探偵新講 談	此大犯人は 〈73〉 이 대범인은	松林伯知 講述/加藤 由太郎 速記	고단	
			1912년 06월 26일 (수) 4025호			
1	3~4	小品	親捨の家 〈1〉 부모를 버린 집안	セイ二	수필/일상	
1	5~6		史外史傳 坂東武者 〈62〉 사외사전 반도무샤	遺稿 山田美妙	소설/일본 고전	
5	1~2		兒童學寮を觀る 아동 학사를 둘러보다		수필/관찰	
5	2~3		朝鮮在來の俚言俗謠及び謎 〈4〉 조선 재래의 속어 속요 및 수수께끼	池秋郎	민속	
6	1~3	探偵新講 談	此大犯人は 〈74〉 이 대범인은	松林伯知 講述/加藤 由太郎 速記	고단	
7	1		相撲雜感 스모 잡감		수필/일상	
			1912년 06월 27일 (목) 4026호			
1	4	小品	親捨の家 〈2〉 부모를 버린 집안	セイ二	수필/일상	
1	5~7		史外史傳 坂東武者 〈63〉 사외사전 반도무샤	遺稿 山田美妙	소설/일본 고전	
5	1~3		朝鮮在來の俚言俗謠及び謎 〈4〉 조선 재래의 속어 속요 및 수수께끼	池秋郎	민속	

지면	단수	기획	기사제목 〈회수〉〔곡수〕	필자/저자(역자)	분류	비고
6	1~3	探偵新講談	此大犯人は 〈75〉 이 대범인은	松林伯知 講述/加藤 由太郎 速記	고단	

1912년 06월 28일 (금) 4027호

지면	단수	기획	기사제목 〈회수〉〔곡수〕	필자/저자(역자)	분류	비고
1	2~3	小品	平原より 〈1〉 평원에서	ある人	수필/일상	
1	5~6		史外史傳 坂東武者 〈64〉 사외사전 반도무샤	遺稿 山田美妙	소설/일본 고전	
5	2~4		朝鮮在來の俚言俗謠及び謎 〈5〉 조선 재래의 속어 속요 및 수수께끼	池秋郎	민속	
6	1~3	探偵新講談	此大犯人は 〈76〉 이 대범인은	松林伯知 講述/加藤 由太郎 速記	고단	

1912년 06월 29일 (토) 4028호

지면	단수	기획	기사제목 〈회수〉〔곡수〕	필자/저자(역자)	분류	비고
1	4	小品	平原より 〈2〉 평원에서	ある人	수필/일상	
1	5~7		史外史傳 坂東武者 〈65〉 사외사전 반도무샤	遺稿 山田美妙	소설/일본 고전	
6	1~3	探偵新講談	此大犯人は 〈77〉 이 대범인은	松林伯知 講述/加藤 由太郎 速記	고단	

1912년 06월 30일 (일) 4029호

지면	단수	기획	기사제목 〈회수〉〔곡수〕	필자/저자(역자)	분류	비고
1	3~4	小品	沙里院より 〈1〉 사리원에서	平雨生	수필/일상	
1	5~6		史外史傳 坂東武者 〈66〉 사외사전 반도무샤	遺稿 山田美妙	소설/일본 고전	
6	1~3	探偵新講談	此大犯人は 〈78〉 이 대범인은	松林伯知 講述/加藤 由太郎 速記	고단	

1912년 07월 02일 (화) 4030호

지면	단수	기획	기사제목 〈회수〉〔곡수〕	필자/저자(역자)	분류	비고
1	3~4	小品	沙里院より 〈2〉 사리원에서	平雨生	수필/일상	
1	4~6		史外史傳 坂東武者 〈67〉 사외사전 반도무샤	遺稿 山田美妙	소설/일본 고전	
5	1~3	探偵新講談	此大犯人は 〈78〉 이 대범인은	松林伯知 講述/加藤 由太郎 速記	고단	

1912년 07월 03일 (수) 4031호

지면	단수	기획	기사제목 〈회수〉〔곡수〕	필자/저자(역자)	분류	비고
1	5~6		史外史傳 坂東武者 〈68〉 사외사전 반도무샤	遺稿 山田美妙	소설/일본 고전	
4	1~3	探偵新講談	此大犯人は 〈81〉 이 대범인은	松林伯知 講述/加藤 由太郎 速記	고단	

1912년 07월 04일 (목) 4032호

지면	단수	기획	기사제목 〈회수〉〔곡수〕	필자/저자(역자)	분류	비고
1	5~6		史外史傳 坂東武者 〈69〉 사외사전 반도무샤	遺稿 山田美妙	소설/일본 고전	
4	1~2		學校參觀の記 〈1〉 학교참관기		수필/기행	
6	1~3	探偵新講談	此大犯人は 〈81〉 이 대범인은	松林伯知 講述/加藤 由太郎 速記	고단	

1912년 07월 05일 (금) 4033호

지면	단수	기획	기사제목 〈회수〉〔곡수〕	필자/저자(역자)	분류	비고
1	4~6		史外史傳 坂東武者 〈70〉 사외사전 반도무샤	遺稿 山田美妙	소설/일본 고전	
3	5		淸州此華會句集/奧上坐〔1〕 청주 고노하나카이 구집/오상좌	綠水	시가/하이쿠	
3	5		淸州此華會句集/奧上坐〔2〕 청주 고노하나카이 구집/오상좌	桂南	시가/하이쿠	
3	5		淸州此華會句集/奧上坐〔1〕 청주 고노하나카이 구집/오상좌	南窓	시가/하이쿠	
3	5		淸州此華會句集/奧上坐〔1〕 청주 고노하나카이 구집/오상좌	俳佛	시가/하이쿠	
3	5		淸州此華會句集/奧上坐〔1〕 청주 고노하나카이 구집/오상좌	桂南	시가/하이쿠	
3	5		淸州此華會句集/奧上坐〔4〕 청주 고노하나카이 구집/오상좌	綠水	시가/하이쿠	
3	5		淸州此華會句集/奧上坐〔2〕 청주 고노하나카이 구집/오상좌	俳佛	시가/하이쿠	
3	5		淸州此華會句集/秀逸〔1〕 청주 고노하나카이 구집/수일	舍利首	시가/하이쿠	
3	5		淸州此華會句集/秀逸〔1〕 청주 고노하나카이 구집/수일	啄翁	시가/하이쿠	
3	5		淸州此華會句集/秀逸〔1〕 청주 고노하나카이 구집/수일	靑山	시가/하이쿠	
3	5		淸州此華會句集/秀逸〔1〕 청주 고노하나카이 구집/수일	きみを	시가/하이쿠	
3	5		淸州此華會句集/秀逸〔2〕 청주 고노하나카이 구집/수일	靑山	시가/하이쿠	
3	5		淸州此華會句集/秀逸〔1〕 청주 고노하나카이 구집/수일	南窓	시가/하이쿠	
3	5		淸州此華會句集/秀逸〔1〕 청주 고노하나카이 구집/수일	一流	시가/하이쿠	
3	5		淸州此華會句集/秀逸〔3〕 청주 고노하나카이 구집/수일	靑山	시가/하이쿠	
3	5		淸州此華會句集/秀逸〔1〕 청주 고노하나카이 구집/수일	俳佛	시가/하이쿠	
3	5		淸州此華會句集/秀逸〔1〕 청주 고노하나카이 구집/수일	きみを	시가/하이쿠	
3	5		淸州此華會句集/秀逸〔1〕 청주 고노하나카이 구집/수일	靑山	시가/하이쿠	
3	5		淸州此華會句集/秀逸〔1〕 청주 고노하나카이 구집/수일	俳佛	시가/하이쿠	
3	5		淸州此華會句集/秀逸〔1〕 청주 고노하나카이 구집/수일	靑山	시가/하이쿠	
3	5		淸州此華會句集/秀逸〔1〕 청주 고노하나카이 구집/수일	一九	시가/하이쿠	
3	5		淸州此華會句集/秀逸〔2〕 청주 고노하나카이 구집/수일	俳佛	시가/하이쿠	
3	5		淸州此華會句集/秀逸〔1〕 청주 고노하나카이 구집/수일	破舟	시가/하이쿠	
3	5		淸州此華會句集/感吟三光 人〔1〕 청주 고노하나카이 구집/감음삼광 인	靑山	시가/하이쿠	
3	5		淸州此華會句集/地〔1〕 청주 고노하나카이 구집/지	俳佛	시가/하이쿠	

지면	단수	기획	기사제목 〈회수〉〔곡수〕	필자/저자(역자)	분류	비고
3	5		清州此華會句集/天位〔1〕 청주 고노하나카이 구집/천위	同人	시가/하이쿠	
3	5		清州此華會句集/追加〔1〕 청주 고노하나카이 구집/추가	聽秋	시가/하이쿠	
4	4		學校參觀の記 〈2〉 학교참관기		수필/기행	
6	1~3	探偵新講談	此大犯人は 〈82〉 이 대범인은	松林伯知 講述/加藤 由太郎 速記	고단	

1912년 07월 06일 (토) 4034호

지면	단수	기획	기사제목 〈회수〉〔곡수〕	필자/저자(역자)	분류	비고
1	5~7		史外史傳 坂東武者 〈71〉 사외사전 반도무샤	遺稿 山田美妙	소설/일본 고전	
6	1~3	探偵新講談	此大犯人は 〈83〉 이 대범인은	松林伯知 講述/加藤 由太郎 速記	고단	

1912년 07월 07일 (일) 4035호

지면	단수	기획	기사제목 〈회수〉〔곡수〕	필자/저자(역자)	분류	비고
1	5~6		史外史傳 坂東武者 〈72〉 사외사전 반도무샤	遺稿 山田美妙	소설/일본 고전	
4	1		斷片語-鯨尺と金尺 단편어-경척와 금척	せい二	수필/일상	
4	1		斷片語-鯛 단편어-도미	せい二	수필/일상	
4	1		斷片語-屁一つ 단편어-방귀 하나	せい二	수필/일상	
4	1		斷片語-暴飲と斷食 단편어-폭음과 단식	せい二	수필/일상	
4	1		斷片語-藪醫の言 단편어-돌팔이 의사의 말	せい二	수필/일상	
4	1~2		斷片語-禪論 단편어-선론	せい二	수필/일상	
4	2		斷片語-雲入道 단편어-운입도	せい二	수필/일상	
4	2		斷片語-絶大の敎訓 단편어-절대 교훈	せい二	수필/일상	
4	2		斷片語-下女の人格 단편어-하녀의 인격	せい二	수필/일상	
4	2		斷片語-活動寫眞の害 단편어-활동 사진의 피해	せい二	수필/일상	
6	1~3	探偵新講談	此大犯人は 〈84〉 이 대범인은	松林伯知 講述/加藤 由太郎 速記	고단	

1912년 07월 09일 (화) 4036호

지면	단수	기획	기사제목 〈회수〉〔곡수〕	필자/저자(역자)	분류	비고
1	5~6		史外史傳 坂東武者 〈73〉 사외사전 반도무샤	遺稿 山田美妙	소설/일본 고전	
6	1~3	探偵新講談	此大犯人は 〈85〉 이 대범인은	松林伯知 講述/加藤 由太郎 速記	고단	

1912년 07월 10일 (수) 4037호

지면	단수	기획	기사제목 〈회수〉〔곡수〕	필자/저자(역자)	분류	비고
1	5~6		史外史傳 坂東武者 〈74〉 사외사전 반도무샤	遺稿 山田美妙	소설/일본 고전	
6	1~3	探偵新講談	此大犯人は 〈86〉 이 대범인은	松林伯知 講述/加藤 由太郎 速記	고단	

지면	단수	기획	기사제목 〈회수〉〔곡수〕	필자/저자(역자)	분류	비고
			1912년 07월 11일 (목) 4038호			
1	5~6		史外史傳 坂東武者 〈75〉 사외사전 반도무샤	遺稿 山田美妙	소설/일본 고전	
6	1~3	探偵新講 談	此大犯人は 〈87〉 이 대범인은	松林伯知 講述/加藤 由太郎 速記	고단	
			1912년 07월 12일 (금) 4039호			
1	3~4	小品	初松魚 첫 송어	せい二	수필/일상	
1	4~6		史外史傳 坂東武者 〈76〉 사외사전 반도무샤	遺稿 山田美妙	소설/일본 고전	
6	1~3	探偵新講 談	此大犯人は 〈88〉 이 대범인은	松林伯知 講述/加藤 由太郎 速記	고단	
			1912년 07월 13일 (토) 4040호			
1	3~4	小品	米なる木 쌀이 되는 나무	せい二	수필/일상	
1	4~6		史外史傳 坂東武者 〈71〉 사외사전 반도무샤	遺稿 山田美妙	소설/일본 고전	회수 오류
6	1~3	探偵新講 談	此大犯人は 〈89〉 이 대범인은	松林伯知 講述/加藤 由太郎 速記	고단	
7	1~2		探偵苦心談/兒玉伯を種にして二千餘圓騙取 〈1〉 탐정고심담/고다마 백작을 술수로 이천여만 원을 빼앗다		수필/기타	
			1912년 07월 14일 (일) 4041호			
1	4~5		史外史傳 坂東武者 〈78〉 사외사전 반도무샤	遺稿 山田美妙	소설/일본 고전	
4	1~2		探偵苦心談/兒玉伯を種にして二千餘圓騙取 〈2〉 탐정고심담/고다마 백작을 술수로 이천여만 원을 빼앗다		수필/기타	
6	1~3	探偵新講 談	此大犯人は 〈90〉 이 대범인은	松林伯知 講述/加藤 由太郎 速記	고단	
			1912년 07월 16일 (화) 4042호			
1	2~3	小品	赤ひ夢 붉은 꿈	#山#村	수필/일상	
1	5~6		史外史傳 坂東武者 〈79〉 사외사전 반도무샤	遺稿 山田美妙	소설/일본 고전	
4	1~2		探偵苦心談/兒玉伯を種にして二千餘圓騙取 〈3〉 탐정고심담/고다마 백작을 술수로 이천여만 원을 빼앗다		수필/기타	
6	1~3	探偵新講 談	此大犯人は 〈91〉 이 대범인은	松林伯知 講述/加藤 由太郎 速記	고단	
			1912년 07월 17일 (수) 4043호			
1	5~6		史外史傳 坂東武者 〈80〉 사외사전 반도무샤	遺稿 山田美妙	소설/일본 고전	
6	1~3	探偵新講 談	此大犯人は 〈92〉 이 대범인은	松林伯知 講述/加藤 由太郎 速記	고단	
			1912년 07월 18일 (목) 4044호			
1	5~6		史外史傳 坂東武者 〈81〉 사외사전 반도무샤	遺稿 山田美妙	소설/일본 고전	

지면	단수	기획	기사제목 〈회수〉 〔곡수〕	필자/저자(역자)	분류	비고
6	1~3	探偵新講談	此大犯人は 〈93〉 이 대범인은	松林伯知 講述/加藤 由太郎 速記	고단	

1912년 07월 19일 (금) 4045호

지면	단수	기획	기사제목 〈회수〉 〔곡수〕	필자/저자(역자)	분류	비고
1	4~6		史外史傳 坂東武者 〈82〉 사외사전 반도무샤	遺稿 山田美妙	소설/일본고전	
4	2~4	小品	猪牙と首尾の松 돼지의 이빨과 수미의 소나무	せい二	수필/일상	
4	4~6		文章につき 문장에 관하여	是々坊	수필/비평	
6	1~3	探偵新講談	此大犯人は 〈94〉 이 대범인은	松林伯知 講述/加藤 由太郎 速記	고단	

1912년 07월 20일 (토) 4046호

지면	단수	기획	기사제목 〈회수〉 〔곡수〕	필자/저자(역자)	분류	비고
1	4~6		史外史傳 坂東武者 〈83〉 사외사전 반도무샤	遺稿 山田美妙	소설/일본고전	
3	3~4		浴衣物語 〈1〉 유카타 이야기		민속	
3	4~5	小品	天戈 천과	是々坊	수필/일상	
3	5~6	小品	ぜんざい會 젠자이회	せい二	수필/일상	
6	1~3	探偵新講談	此大犯人は 〈95〉 이 대범인은	松林伯知 講述/加藤 由太郎 速記	고단	
8	6	婦人の領分	御見合 맞선		수필/일상	
8	6~7	婦人の領分	一人ぼっち 외톨이	み#子	수필/일상	
8	7	婦人の領分	俳句 〔4〕 하이쿠	#浪	시가/하이쿠	
8	7~8	婦人の領分	嬉シイ日記 기쁜 일기	#子	수필/일기	

1912년 07월 21일 (일) 4047호

지면	단수	기획	기사제목 〈회수〉 〔곡수〕	필자/저자(역자)	분류	비고
1	4~6		史外史傳 坂東武者 〈84〉 사외사전 반도무샤	遺稿 山田美妙	소설/일본고전	
6	1~3	探偵新講談	此大犯人は 〈96〉 이 대범인은	松林伯知 講述/加藤 由太郎 速記	고단	

1912년 07월 23일 (화) 4048호

지면	단수	기획	기사제목 〈회수〉 〔곡수〕	필자/저자(역자)	분류	비고
1	3~4	小品	道聽途說 도청도설	せい二	수필/일상	
1	5~6		史外史傳 坂東武者 〈85〉 사외사전 반도무샤	遺稿 山田美妙	소설/일본고전	
6	1~4	探偵新講談	此大犯人は 〈97〉 이 대범인은	松林伯知 講述/加藤 由太郎 速記	고단	

1912년 07월 24일 (수) 4049호

지면	단수	기획	기사제목 〈회수〉 〔곡수〕	필자/저자(역자)	분류	비고
1	3~4	小品	ポプラの蔭より 〈1〉 포플러의 그늘에서	せい二	수필/일상	
1	4~6		史外史傳 坂東武者 〈86〉 사외사전 반도무샤	遺稿 山田美妙	소설/일본고전	

지면	단수	기획	기사제목 〈회수〉〔곡수〕	필자/저자(역자)	분류	비고
6	1~3	探偵新講談	此大犯人は 〈98〉 이 대범인은	松林伯知 講述/加藤 由太郎 速記	고단	

1912년 07월 25일 (목) 4050호

지면	단수	기획	기사제목	필자/저자(역자)	분류	비고
1	4	小品	ポプラの蔭より 〈2〉 포플러의 그늘에서	せい二	수필/일상	
1	5~6		史外史傳 坂東武者 〈87〉 사외사전 반도무샤	遺稿 山田美妙	소설/일본 고전	
6	1~3	探偵新講談	此大犯人は 〈99〉 이 대범인은	松林伯知 講述/加藤 由太郎 速記	고단	

1912년 07월 26일 (금) 4051호

지면	단수	기획	기사제목	필자/저자(역자)	분류	비고
1	3~4	小品	ポプラの蔭より 〈3〉 포플러의 그늘에서	せい二	수필/일상	
1	5~6		史外史傳 坂東武者 〈88〉 사외사전 반도무샤	遺稿 山田美妙	소설/일본 고전	
4	1~3	小品	歳前風 세전풍	せい二	수필/일상	
6	1~3	探偵新講談	此大犯人は 〈100〉 이 대범인은	松林伯知 講述/加藤 由太郎 速記	고단	

1912년 07월 27일 (토) 4052호

지면	단수	기획	기사제목	필자/저자(역자)	분류	비고
1	5~6		史外史傳 坂東武者 〈89〉 사외사전 반도무샤	遺稿 山田美妙	소설/일본 고전	
6	1~3	探偵新講談	此大犯人は 〈101〉 이 대범인은	松林伯知 講述/加藤 由太郎 速記	고단	

1912년 07월 28일 (일) 4053호

지면	단수	기획	기사제목	필자/저자(역자)	분류	비고
1	4~6		史外史傳 坂東武者 〈90〉 사외사전 반도무샤	遺稿 山田美妙	소설/일본 고전	
6	1~3	探偵新講談	此大犯人は 〈102〉 이 대범인은	松林伯知 講述/加藤 由太郎 速記	고단	

1912년 07월 30일 (화) 4054호

지면	단수	기획	기사제목	필자/저자(역자)	분류	비고
1	5~6		史外史傳 坂東武者 〈91〉 사외사전 반도무샤	遺稿 山田美妙	소설/일본 고전	
5	3~5		首陽山紀行(上) 〈1〉 수양산 기행(상)	孤翠生	수필/기행	
6	1~3	探偵新講談	此大犯人は 〈103〉 이 대범인은	松林伯知 講述/加藤 由太郎 速記	고단	

1912년 07월 31일 (수) 4055호

지면	단수	기획	기사제목	필자/저자(역자)	분류	비고
1	4~6		史外史傳 坂東武者 〈92〉 사외사전 반도무샤	遺稿 山田美妙	소설/일본 고전	
5	3~4		首陽山紀行(中) 〈2〉 수양산 기행(중)	孤翠生	수필/기행	
6	1~3	探偵新講談	此大犯人は 〈104〉 이 대범인은	松林伯知 講述/加藤 由太郎 速記	고단	

1912년 08월 01일 (목) 4056호

지면	단수	기획	기사제목	필자/저자(역자)	분류	비고
1	3~5	小品	噫...殘花...一輪 아...시든 꽃...한 송이	せい二	수필/일상	

지면	단수	기획	기사제목 〈회수〉 〔곡수〕	필자/저자(역자)	분류	비고
1	5~6		史外史傳 坂東武者 〈93〉 사외사전 반도무샤	遺稿 山田美妙	소설/일본 고전	
3	4~5		首陽山紀行(下) 〈3〉 수양산 기행(하)	孤翠生	수필/기행	
5	5~6		哀愁日誌 〈1〉 애수일지	是々坊	수필/일기	
6	1~3	探偵新講 談	此大犯人は 〈105〉 이 대범인은	松林伯知 講述/加藤 由太郎 速記	고단	

1912년 08월 02일 (금) 4057호

1	4~5		悲愁日誌 〈2〉 비수일지	是々坊	수필/일기	
1	5~7		史外史傳 坂東武者 〈94〉 사외사전 반도무샤	遺稿 山田美妙	소설/일본 고전	
6	1~3	探偵新講 談	此大犯人は 〈106〉 이 대범인은	松林伯知 講述/加藤 由太郎 速記	고단	

1912년 08월 03일 (토) 4058호

1	4~6		史外史傳 坂東武者 〈95〉 사외사전 반도무샤	遺稿 山田美妙	소설/일본 고전	
6	1~3	探偵新講 談	此大犯人は 〈107〉 이 대범인은	松林伯知 講述/加藤 由太郎 速記	고단	

1912년 08월 04일 (일) 4059호

1	2~3		先帝の御文德(古今#步詩聖)/田#翁/##三十七年九月廿五日日露戰爭 #####へる## 〔2〕 선황제의 문덕(고금#보시성)/전#옹/##37년 9월 25일 러일전쟁#####하는 ##		시가/단카	
1	3		先帝の御文德(古今#步詩聖)/軍#凱旋を 〔1〕 선황제의 문덕(고금#보시성)/군# 개선을		시가/단카	
1	3		先帝の御文德(古今#步詩聖)/靖國神社に御幸ましまして 〔1〕 선황제의 문덕(고금#보시성)/야스쿠니 신사에 행차하시여		시가/단카	
1	4		先帝の御文德(古今#步詩聖)/社頭祈世 〔1〕 선황제의 문덕(고금#보시성)/신사 앞에서 나라를 위해 기도하다		시가/단카	
1	4		先帝の御文德(古今#步詩聖)/春風來海上 〔1〕 선황제의 문덕(고금#보시성)/봄바람 부는 바다 위		시가/단카	
1	4		先帝の御文德(古今#步詩聖)/春來日暖 〔1〕 선황제의 문덕(고금#보시성)/봄이 와 따스한 날		시가/단카	
1	4		先帝の御文德(古今#步詩聖)/貴賤春迎 〔1〕 선황제의 문덕(고금#보시성)/귀한 사람 천한 사람 모두 봄을 맞이하다		시가/단카	
1	4		先帝の御文德(古今#步詩聖)/風光日々# 〔1〕 선황제의 문덕(고금#보시성)/풍광일일#		시가/단카	
1	4		先帝の御文德(古今#步詩聖)/新年祝道 〔1〕 선황제의 문덕(고금#보시성)/신년축도		시가/단카	
1	4		先帝の御文德(古今#步詩聖)/#年#志 〔1〕 선황제의 문덕(고금#보시성)/#년#지		시가/단카	
1	4		先帝の御文德(古今#步詩聖)##迎年 〔1〕 선황제의 문덕(고금#보시성)/#년#지		시가/단카	
1	5~6		史外史傳 坂東武者 〈96〉 사외사전 반도무샤	遺稿 山田美妙	소설/일본 고전	
6	1~3	探偵新講 談	此大犯人は 〈108〉 이 대범인은	松林伯知 講述/加藤 由太郎 速記	고단	

지면	단수	기획	기사제목 〈회수〉〔곡수〕	필자/저자(역자)	분류	비고
			1912년 08월 06일 (화) 4060호			
1	1		大行天皇御製/をりにふれたる〔1〕 대행 천황 어제/가끔가다가	明治天皇	시가/단카	
1	1		大行天皇御製/をりにふれて〔1〕 대행 천황 어제/가끔가다가	明治天皇	시가/단카	
1	1		大行天皇御製/深夜述懷〔1〕 대행 천황 어제/심야술회	明治天皇	시가/단카	
1	1		大行天皇御製/をりにふれて〔1〕 대행 천황 어제/가끔가다가	明治天皇	시가/단카	
1	1		大行天皇御製/夜述懷〔1〕 대행 천황 어제/밤 술회	明治天皇	시가/단카	
1	1		大行天皇御製/牛〔1〕 대행 천황 어제/소	明治天皇	시가/단카	
1	1		大行天皇御製/をりにふれたる〔1〕 대행 천황 어제/가끔가다가	明治天皇	시가/단카	
1	1		大行天皇御製/夏述懷〔1〕 대행 천황 어제/여름술회	明治天皇	시가/단카	
1	1		大行天皇御製/夜〔1〕 대행 천황 어제/밤	明治天皇	시가/단카	
1	1		大行天皇御製/折にふれて〔1〕 대행 천황 어제/가끔가다가	明治天皇	시가/단카	
1	1		大行天皇御製/をりにふれて〔1〕 대행 천황 어제/가끔가다가	明治天皇	시가/단카	
1	1		大行天皇御製/述懷〔1〕 대행 천황 어제/술회	明治天皇	시가/단카	
1	1		大行天皇御製/折にふれたる〔1〕 대행 천황 어제/가끔가다가	明治天皇	시가/단카	
1	1		大行天皇御製/行〔1〕 대행 천황 어제/행	明治天皇	시가/단카	
1	1		大行天皇御製/寶〔1〕 대행 천황 어제/보	明治天皇	시가/단카	
1	1		大行天皇御製/述懷〔1〕 대행 천황 어제/술회	明治天皇	시가/단카	
1	1		大行天皇御製/をりにふれたる〔1〕 대행 천황 어제/가끔가다가	明治天皇	시가/단카	
1	1		大行天皇御製/述懷〔1〕 대행 천황 어제/술회	明治天皇	시가/단카	
1	2		大行天皇御製/賤家〔1〕 대행 천황 어제/천가	明治天皇	시가/단카	
1	2		大行天皇御製/をりにふれて〔1〕 대행 천황 어제/가끔가다가	明治天皇	시가/단카	
1	2		大行天皇御製/述懷〔1〕 대행 천황 어제/술회	明治天皇	시가/단카	
1	2		大行天皇御製/曉更鷄〔1〕 대행 천황 어제/새벽녘 닭	明治天皇	시가/단카	
1	2		大行天皇御製/行路蟬〔1〕 대행 천황 어제/행로의 매미	明治天皇	시가/단카	
1	2		大行天皇御製/馬上聞蟬〔1〕 대행 천황 어제/말 위에서 매미 소리를 들으며	明治天皇	시가/단카	
1	2		大行天皇御製/行路夕立〔1〕 대행 천황 어제/행로의 소나기	明治天皇	시가/단카	

지면	단수	기획	기사제목 〈회수〉〔곡수〕	필자/저자(역자)	분류	비고
1	2		大行天皇御製/水邊撫子〔1〕 대행 천황 어제/스이헨 나데시코	明治天皇	시가/단카	
1	2		大行天皇御製/をりにふれて〔1〕 대행 천황 어제/가끔가다가	明治天皇	시가/단카	
1	2		大行天皇御製/夏星〔1〕 대행 천황 어제/여름 별	明治天皇	시가/단카	
1	2		大行天皇御製/夏水〔1〕 대행 천황 어제/여름 물	明治天皇	시가/단카	
1	2		大行天皇御製/夏山水〔1〕 대행 천황 어제/여름 산수	明治天皇	시가/단카	
1	2		大行天皇御製/夏灯〔1〕 대행 천황 어제/여름 불	明治天皇	시가/단카	
1	2		大行天皇御製/夏市〔1〕 대행 천황 어제/여름 시장	明治天皇	시가/단카	
1	2		大行天皇御製/夏夢〔1〕 대행 천황 어제/여름 꿈	明治天皇	시가/단카	
1	2		大行天皇御製/薄暮眺望〔1〕 대행 천황 어제/해질 무렵의 조망	明治天皇	시가/단카	
1	2		大行天皇御製/庭水〔1〕 대행 천황 어제/마당 물	明治天皇	시가/단카	
1	2		大行天皇御製/瞬の朝顔〔1〕 대행 천황 어제/어렴풋한 나팔꽃	明治天皇	시가/단카	
1	3		大行天皇御製/故鄉庭〔1〕 고향의 정원	明治天皇	시가/단카	
1	3		大行天皇御製/故鄉花草〔1〕 대행 천황 어제/고향의 화초	明治天皇	시가/단카	
1	3		大行天皇御製/秋川〔1〕 대행 천황 어제/가을 강	明治天皇	시가/단카	
1	3		大行天皇御製/田家翁〔1〕 대행 천황 어제/다이에 어르신	明治天皇	시가/단카	
1	3		大行天皇御製/をりにふれて〔1〕 대행 천황 어제/가끔가다가	明治天皇	시가/단카	
1	3		大行天皇御製/天〔1〕 대행 천황 어제/하늘	明治天皇	시가/단카	
1	3		大行天皇御製/人〔1〕 대행 천황 어제/사람	明治天皇	시가/단카	
1	3		大行天皇御製/詞〔1〕 대행 천황 어제/사	明治天皇	시가/단카	
1	3		大行天皇御製/霜〔1〕 대행 천황 어제/서리	明治天皇	시가/단카	
1	3		大行天皇御製/#海兄弟〔1〕 대행 천황 어제/#해형제	明治天皇	시가/단카	
1	3		大行天皇御製/歌〔1〕 대행 천황 어제/노래	明治天皇	시가/단카	
1	3		大行天皇御製/孤島松〔1〕 대행 천황 어제/외로운 섬의 소나무	明治天皇	시가/단카	
1	3		大行天皇御製/兄弟〔1〕 대행 천황 어제/형제	明治天皇	시가/단카	
1	4		大行天皇御製/折にふれて〔1〕 대행 천황 어제/가끔가다가	明治天皇	시가/단카	
1	4		大行天皇御製/藥〔1〕 대행 천황 어제/약	明治天皇	시가/단카	

지면	단수	기획	기사제목 〈회수〉〔곡수〕	필자/저자(역자)	분류	비고
1	4		大行天皇御製/松年久 〔1〕 대행 천황 어제/송년구	明治天皇	시가/단카	
1	4		大行天皇御製/をりにふれて 〔1〕 대행 천황 어제/가끔가다가	明治天皇	시가/단카	
1	4		大行天皇御製/峯 〔1〕 대행 천황 어제/산봉우리	明治天皇	시가/단카	
1	4		大行天皇御製/五 〔1〕 대행 천황 어제/오	明治天皇	시가/단카	
1	4		大行天皇御製/藥 〔1〕 대행 천황 어제/약	明治天皇	시가/단카	
1	6~8		史外史傳 坂東武者 〈97〉 사외사전 반도무샤	遺稿 山田美妙	소설/일본 고전	
6	1~3	探偵新講 談	此大犯人は 〈109〉 이 대범인은	松林伯知 講述/加藤 由太郎 速記	고단	

1912년 08월 07일 (수) 4061호

지면	단수	기획	기사제목 〈회수〉〔곡수〕	필자/저자(역자)	분류	비고
1	5~6		史外史傳 坂東武者 〈58〉 사외사전 반도무샤	遺稿 山田美妙	소설/일본 고전	회수 오류
3	1		大行天皇御製/をりにふれて 〔1〕 대행 천황 어제/가끔가다가	明治天皇	시가/단카	
3	1		大行天皇御製/# 〔1〕 대행 천황 어제/자#	明治天皇	시가/단카	
3	1		大行天皇御製/蟬 〔1〕 대행 천황 어제/매미	明治天皇	시가/단카	
3	1		大行天皇御製/蝸牛 〔1〕 대행 천황 어제/달팽이	明治天皇	시가/단카	
3	1		大行天皇御製/奇草述懷 〔1〕 대행 천황 어제/진기한 풀 술회	明治天皇	시가/단카	
3	1		大行天皇御製/盃 〔1〕 대행 천황 어제/술잔	明治天皇	시가/단카	
3	1		大行天皇御製/歌 〔1〕 대행 천황 어제/노래	明治天皇	시가/단카	
3	1		大行天皇御製/鏡 〔1〕 대행 천황 어제/거울	明治天皇	시가/단카	
3	1		大行天皇御製/老人 〔1〕 대행 천황 어제/노인	明治天皇	시가/단카	
3	1		大行天皇御製/述懷 〔1〕 대행 천황 어제/술회	明治天皇	시가/단카	
3	1		大行天皇御製/# 〔1〕 대행 천황 어제/#	明治天皇	시가/단카	
3	1		大行天皇御製/をりにふれたる 〔1〕 대행 천황 어제/가끔가다가	明治天皇	시가/단카	
3	1		大行天皇御製/をりにふれて 〔1〕 대행 천황 어제/가끔가다가	明治天皇	시가/단카	
3	1		大行天皇御製/披#思昔 〔1〕 대행 천황 어제/피#사석	明治天皇	시가/단카	
3	1		大行天皇御製/筆 〔1〕 대행 천황 어제/붓	明治天皇	시가/단카	
3	1		大行天皇御製/時計 〔1〕 대행 천황 어제/시계	明治天皇	시가/단카	
3	1		大行天皇御製/思往事 〔1〕 대행 천황 어제/지난 일을 생각하다	明治天皇	시가/단카	

지면	단수	기획	기사제목 〈회수〉〔곡수〕	필자/저자(역자)	분류	비고
3	1		大行天皇御製/松〔1〕 대행 천황 어제/소나무	明治天皇	시가/단카	
3	1		大行天皇御製/#〔1〕 대행 천황 어제/#	明治天皇	시가/단카	
3	1		大行天皇御製/##〔1〕 대행 천황 어제/##	明治天皇	시가/단카	
3	2		大行天皇御製/##祝〔1〕 대행 천황 어제/##축	明治天皇	시가/단카	
5	1~3	探偵新講談	此大犯人は 〈110〉 이 대범인은	松林伯知 講述/加藤由太郎 速記	고단	

1912년 08월 08일 (목) 4062호

지면	단수	기획	기사제목 〈회수〉〔곡수〕	필자/저자(역자)	분류	비고
1	5~6		史外史傳 坂東武者 〈99〉 사외사전 반도무샤	遺稿 山田美妙	소설/일본 고전	
6	1~3	探偵新講談	此大犯人は 〈111〉 이 대범인은	松林伯知 講述/加藤由太郎 速記	고단	

1912년 08월 11일 (일) 4064호

지면	단수	기획	기사제목 〈회수〉〔곡수〕	필자/저자(역자)	분류	비고
1	3~4	小品	病床一日有半 〈1〉 병상에서 하루 반나절	せい二	수필/일상	
1	5~6		史外史傳 坂東武者 〈101〉 사외사전 반도무샤	遺稿 山田美妙	소설/일본 고전	회수 오류
6	1~3	探偵新講談	此大犯人は 〈113〉 이 대범인은	松林伯知 講述/加藤由太郎 速記	고단	

1912년 08월 13일 (화) 4065호

지면	단수	기획	기사제목 〈회수〉〔곡수〕	필자/저자(역자)	분류	비고
1	3~4	小品	隨聞駄話 〈1〉 수문태화	せい二	수필/일상	
1	4~6		史外史傳 坂東武者 〈102〉 사외사전 반도무샤	遺稿 山田美妙	소설/일본 고전	
6	1~3	探偵新講談	此大犯人は 〈114〉 이 대범인은	松林伯知 講述/加藤由太郎 速記	고단	

1912년 08월 14일 (수) 4066호

지면	단수	기획	기사제목 〈회수〉〔곡수〕	필자/저자(역자)	분류	비고
1	2~3	小品	隨聞駄話 〈2〉 수문태화	せい二	수필/일상	
1	5~6		史外史傳 坂東武者 〈103〉 사외사전 반도무샤	遺稿 山田美妙	소설/일본 고전	
3	6~7		米の話 쌀 이야기	せい二	수필/일상	
4	5		淸州此華會吟集〔1〕 청주 고노하나카이음집	一九	시가/하이쿠	
4	5		淸州此華會吟集〔1〕 청주 고노하나카이음집	きみを	시가/하이쿠	
4	5		淸州此華會吟集〔1〕 청주 고노하나카이음집	落花	시가/하이쿠	
4	5		淸州此華會吟集〔1〕 청주 고노하나카이음집	破舟	시가/하이쿠	
4	5		淸州此華會吟集〔1〕 청주 고노하나카이음집	詞人	시가/하이쿠	
4	5		淸州此華會吟集〔1〕 청주 고노하나카이음집	南窓	시가/하이쿠	

지면	단수	기획	기사제목 〈회수〉〔곡수〕	필자/저자(역자)	분류	비고
4	5		淸州此華會吟集〔2〕 청주 고노하나카이음집	破舟	시가/하이쿠	
4	5		淸州此華會吟集〔1〕 청주 고노하나카이음집	棹花	시가/하이쿠	
4	5		淸州此華會吟集〔1〕 청주 고노하나카이음집	一九	시가/하이쿠	
4	5		淸州此華會吟集〔1〕 청주 고노하나카이음집	棹花	시가/하이쿠	
4	6		淸州此華會吟集〔1〕 청주 고노하나카이음집	俳佛	시가/하이쿠	
4	6		淸州此華會吟集〔1〕 청주 고노하나카이음집	棹花	시가/하이쿠	
4	6		淸州此華會吟集〔1〕 청주 고노하나카이음집	春骨	시가/하이쿠	
4	6		淸州此華會吟集〔1〕 청주 고노하나카이음집	落花	시가/하이쿠	
4	6		淸州此華會吟集〔1〕 청주 고노하나카이음집	棹花	시가/하이쿠	
4	6		淸州此華會吟集〔1〕 청주 고노하나카이음집	俳佛	시가/하이쿠	
4	6		淸州此華會吟集/人〔1〕 청주 고노하나카이음집/인	靑山	시가/하이쿠	
4	6		淸州此華會吟集/地〔1〕 청주 고노하나카이음집/지	靑山	시가/하이쿠	
4	6		淸州此華會吟集/天〔1〕 청주 고노하나카이음집/천	南窓	시가/하이쿠	
6	1~3	探偵新講 談	此大犯人は〈115〉 이 대범인은	松林伯知 講述/加藤 由太郞 速記	고단	

1912년 08월 15일 (목) 4067호

지면	단수	기획	기사제목 〈회수〉〔곡수〕	필자/저자(역자)	분류	비고
1	3~4	小品	隨聞駄話〈3〉 수문태화	せい二	수필/일상	
1	5~7		史外史傳 坂東武者〈104〉 사외사전 반도무샤	遺稿 山田美妙	소설/일본 고전	
3	7		淸州此華會吟集〔1〕 청주 고노하나카이음집	桂南	시가/하이쿠	
3	7		淸州此華會吟集〔1〕 청주 고노하나카이음집	破舟	시가/하이쿠	
3	7		淸州此華會吟集〔1〕 청주 고노하나카이음집	靑山	시가/하이쿠	
3	7		淸州此華會吟集〔1〕 청주 고노하나카이음집	棹花	시가/하이쿠	
3	7		淸州此華會吟集〔1〕 청주 고노하나카이음집	俳佛	시가/하이쿠	
3	7		淸州此華會吟集〔1〕 청주 고노하나카이음집	きみを	시가/하이쿠	
3	7		淸州此華會吟集〔2〕 청주 고노하나카이음집	破舟	시가/하이쿠	
3	7		淸州此華會吟集〔1〕 청주 고노하나카이음집	靑山	시가/하이쿠	
3	7		淸州此華會吟集〔1〕 청주 고노하나카이음집	俳佛	시가/하이쿠	

지면	단수	기획	기사제목 〈회수〉〔곡수〕	필자/저자(역자)	분류	비고
3	7		清州此華會吟集 〔1〕 청주 고노하나카이음집	南窓	시가/하이쿠	
3	7		清州此華會吟集 〔1〕 청주 고노하나카이음십	洗心	시가/하이쿠	
3	7		清州此華會吟集 〔1〕 청주 고노하나카이음집	青山	시가/하이쿠	
3	7		清州此華會吟集 〔1〕 청주 고노하나카이음집	南窓	시가/하이쿠	
3	7		清州此華會吟集 〔1〕 청주 고노하나카이음집	青山	시가/하이쿠	
3	7		清州此華會吟集 〔1〕 청주 고노하나카이음집	きみを	시가/하이쿠	
6	1~3	探偵新講談	此大犯人は 〈116〉 이 대범인은	松林伯知 講述/加藤 由太郎 速記	고단	

1912년 08월 16일 (금) 4068호

지면	단수	기획	기사제목 〈회수〉〔곡수〕	필자/저자(역자)	분류	비고
1	4~6		史外史傳 坂東武者 〈105〉 사외사전 반도무샤	遺稿 山田美妙	소설/일본 고전	
4	1~2		忠南 西海岸案內 충남 서해안 안내	郡山支局	수필/기행	
6	1~3	探偵新講談	此大犯人は 〈117〉 이 대범인은	松林伯知 講述/加藤 由太郎 速記	고단	

1912년 08월 17일 (토) 4069호

지면	단수	기획	기사제목 〈회수〉〔곡수〕	필자/저자(역자)	분류	비고
1	5~6		史外史傳 坂東武者 〈106〉 사외사전 반도무샤	遺稿 山田美妙	소설/일본 고전	
3	1~2		忠南 西海岸案內 충남 서해안 안내	郡山支局	수필/기행	
5	6	家庭クラブ	旅より歸りて 여행에서 돌아와서	CB生	수필/일상	
5	7	家庭クラブ	若葉の風 〔8〕 새잎의 바람		시가/자유시	
5	7	家庭クラブ	蟲賣 〔10〕 벌레 팔이		수필/관찰	
5	7	家庭クラブ	川柳 〔1〕 센류	甲府 艶の字	시가/센류	
5	7	家庭クラブ	川柳 〔1〕 센류	四谷 翠月	시가/센류	
5	7	家庭クラブ	川柳 〔1〕 센류	京橋 ##坊	시가/센류	
5	7	家庭クラブ	川柳 〔1〕 센류	淺草 藤枝	시가/센류	
5	7	家庭クラブ	川柳 〔1〕 센류	本鄉 山鳥生	시가/센류	
5	7	家庭クラブ	川柳 〔1〕 센류	長門 洸子	시가/센류	
5	7	家庭クラブ	川柳 〔1〕 센류	## 詞人	시가/센류	
8	1~3	探偵新講談	此大犯人は 〈118〉 이 대범인은	松林伯知 講述/加藤 由太郎 速記	고단	

1912년 08월 18일 (일) 4070호

지면	단수	기획	기사제목 〈회수〉〔곡수〕	필자/저자(역자)	분류	비고
1	4~6		史外史傳 坂東武者 〈107〉 사외사전 반도무샤	遺稿 山田美妙	소설/일본 고전	
3	6	讀者文藝 雲の峰	別れ程悲しい者はない 이별보다 슬픈 것은 없다	奥野#江子	수필/기타	
5	1		一言一則 일언일칙	一記者	수필/기타	
6	1~3	探偵新講 談	此大犯人は 〈119〉 이 대범인은	松林伯知 講述/加藤 由太郎 速記	고단	

1912년 08월 20일 (화) 4071호

지면	단수	기획	기사제목 〈회수〉〔곡수〕	필자/저자(역자)	분류	비고
1	5~6		史外史傳 坂東武者 〈108〉 사외사전 반도무샤	遺稿 山田美妙	소설/일본 고전	
4	3~5	讀者文藝 雲の峰	病床一日有半(續) 병상에서 하루 반나절(속)	せい二	수필/기타	
4	5~6		交換手の氣焰 교환수의 기염	仁川 きぬた女	수필/일상	
8	1~3	探偵新講 談	此大犯人は 〈120〉 이 대범인은	松林伯知 講述/加藤 由太郎 速記	고단	

1912년 08월 21일 (수) 4072호

지면	단수	기획	기사제목 〈회수〉〔곡수〕	필자/저자(역자)	분류	비고
1	5~6		史外史傳 坂東武者 〈109〉 사외사전 반도무샤	遺稿 山田美妙	소설/일본 고전	
4	4~6	讀者文藝 雲の峰	病床一日有半(續) 병상에서 하루 반나절(속)	せい二	수필/기타	
4	6		浮世さまざま 속세의 여러 가지	奥野#江子	수필/일상	
6	1~3	探偵新講 談	此大犯人は 〈121〉 이 대범인은	松林伯知 講述/加藤 由太郎 速記	고단	

1912년 08월 22일 (목) 4073호

지면	단수	기획	기사제목 〈회수〉〔곡수〕	필자/저자(역자)	분류	비고
1	4	文苑	奉輓 大行天皇陛下 〈1〉〔2〕 봉만 대행 천황 폐하	#水#	시가/한시	
1	4	文苑	奉輓 大行天皇陛下 〈2〉〔2〕 봉만 대행 천황 폐하	#水#	시가/한시	
1	4	文苑	奉輓 大行天皇陛下 〈3〉〔2〕 봉만 대행 천황 폐하	#水#	시가/한시	
1	4	文苑	奉輓 大行天皇陛下 〈4〉〔2〕 봉만 대행 천황 폐하	#水#	시가/한시	
1	4	文苑	奉輓 大行天皇陛下 〈5〉〔2〕 봉만 대행 천황 폐하	#水#	시가/한시	
1	4	文苑	奉輓 大行天皇陛下 〈6〉〔2〕 봉만 대행 천황 폐하	#水#	시가/한시	
1	4	文苑	奉輓 大行天皇陛下 〈7〉〔2〕 봉만 대행 천황 폐하	#水#	시가/한시	
1	4	文苑	奉輓 大行天皇陛下 〈8〉〔2〕 봉만 대행 천황 폐하	#水#	시가/한시	
1	4~6		史外史傳 坂東武者 〈110〉 사외사전 반도무샤	遺稿 山田美妙	소설/일본 고전	

1912년 08월 22일 (목) 4073호 家庭クラブ

지면	단수	기획	기사제목 〈회수〉〔곡수〕	필자/저자(역자)	분류	비고
5	3		和歌 〔1〕 와카	武蔵 金室たから	시가/단카	

지면	단수	기획	기사제목 〈회수〉〔곡수〕	필자/저자(역자)	분류	비고
5	3		和歌 〔1〕 와카	赤坂 戶田露子	시가/단카	
5	3		和歌 〔3〕 와카	靜岡 樓#子	시가/단카	
5	3		和歌 〔2〕 와카	本鄕 田中春の家	시가/단카	

1912년 08월 22일 (목) 4073호

지면	단수	기획	기사제목 〈회수〉〔곡수〕	필자/저자(역자)	분류	비고
6	1~3	探偵新講 談	此大犯人は 〈122〉 이 대범인은	松林伯知 講述/加藤 由太郎 速記	고단	면수 오류

1912년 08월 23일 (금) 4074호

지면	단수	기획	기사제목 〈회수〉〔곡수〕	필자/저자(역자)	분류	비고
1	5~6		史外史傳 坂東武者 〈111〉 사외사전 반도무샤	遺稿 山田美妙	소설/일본 고전	
3	3~4		旅順に歸る友に贈る 〔1〕 여순에 돌아가는 친구에게 보내다	史野賄江	시가/신체시	
3	4		彼の女 그의 여자	せい二	수필/기타	
6	1~3	探偵新講 談	此大犯人は 〈123〉 이 대범인은	松林伯知 講述/加藤 由太郎 速記	고단	면수 오류

1912년 08월 24일 (토) 4075호

지면	단수	기획	기사제목 〈회수〉〔곡수〕	필자/저자(역자)	분류	비고
1	5~6		史外史傳 坂東武者 〈112〉 사외사전 반도무샤	遺稿 山田美妙	소설/일본 고전	
4	5		恩津紀行 은진 기행	一記者	수필/기행	

1912년 08월 24일 (토) 4075호 家庭クラブ

지면	단수	기획	기사제목 〈회수〉〔곡수〕	필자/저자(역자)	분류	비고
6	3		和歌(入選發表) 〔7〕 와카(입선 발표)		시가/단카	

1912년 08월 24일 (토) 4075호

지면	단수	기획	기사제목 〈회수〉〔곡수〕	필자/저자(역자)	분류	비고
6	1~3	探偵新講 談	此大犯人は 〈124〉 이 대범인은	松林伯知 講述/加藤 由太郎 速記	고단	면수 오류

1912년 08월 25일 (일) 4076호

지면	단수	기획	기사제목 〈회수〉〔곡수〕	필자/저자(역자)	분류	비고
1	5~6		史外史傳 坂東武者 〈113〉 사외사전 반도무샤	遺稿 山田美妙	소설/일본 고전	
6	1~3	探偵新講 談	此大犯人は 〈125〉 이 대범인은	松林伯知 講述/加藤 由太郎 速記	고단	면수 오류

1912년 08월 27일 (화) 4077호

지면	단수	기획	기사제목 〈회수〉〔곡수〕	필자/저자(역자)	분류	비고
1	5~6		史外史傳 坂東武者 〈114〉 사외사전 반도무샤	遺稿 山田美妙	소설/일본 고전	
2	6~7		秋風錄 추풍록	#不坊	수필/일상	
4	5~6	讀者文藝 雲の峰	思ふがまゝを 생각하는대로	奧野#江子	수필/기타	
6	1~3	探偵新講 談	此大犯人は 〈126〉 이 대범인은	松林伯知 講述/加藤 由太郎 速記	고단	
6	5	家庭クラ ブ	和歌 〔2〕 와카		시가/단카	

지면	단수	기획	기사제목 〈회수〉〔곡수〕	필자/저자(역자)	분류	비고
6	5	家庭クラブ	俳句 〔3〕 하이쿠		시가/하이쿠	
6	6	家庭クラブ	都々逸 〔2〕 도도이쓰		시가/도도이쓰	

1912년 08월 28일 (수) 4078호

지면	단수	기획	기사제목 〈회수〉〔곡수〕	필자/저자(역자)	분류	비고
1	5	文苑	奉輓 大行天皇陛下 〈9〉〔2〕 봉만 대행 천황 폐하	崔永年	시가/한시	
1	5	文苑	奉輓 大行天皇陛下 〈10〉〔2〕 봉만 대행 천황 폐하	崔永年	시가/한시	
1	5	文苑	奉輓 大行天皇陛下 〈11〉〔2〕 봉만 대행 천황 폐하	崔永年	시가/한시	
1	5	文苑	奉輓 大行天皇陛下 〈12〉〔2〕 봉만 대행 천황 폐하	崔永年	시가/한시	
1	5	文苑	奉輓 大行天皇陛下 〈13〉〔2〕 봉만 대행 천황 폐하	崔永年	시가/한시	
1	5	文苑	奉輓 大行天皇陛下 〈14〉〔2〕 봉만 대행 천황 폐하	崔永年	시가/한시	
1	5~6		史外史傳 坂東武者 〈115〉 사외사전 반도무샤	遺稿 山田美妙	소설/일본 고전	
4	4~5	讀者文藝 雲の峰	山越え 산을 넘어	仁川 花汀生	수필/기타	
4	5~6	讀者文藝 雲の峰	お友達へ 친구에게	奧野#江子	수필/기타	
4	6	讀者文藝 雲の峰	雨の降る日 비가 내리는 날	蛙の子	수필/기타	
4	6~7		交換手の述懷 교환수의 술회	花#女	수필/일상	
6	1~3	探偵新講談	此大犯人は 〈127〉 이 대범인은	松林伯知 講述/加藤 由太郎 速記	고단	

1912년 08월 29일 (목) 4079호

지면	단수	기획	기사제목 〈회수〉〔곡수〕	필자/저자(역자)	분류	비고
1	5	文苑	日韓合併二回記念 〔4〕 일한합병 이 주년 기념	竹#生	시가/한시	
1	5~7		史外史傳 坂東武者 〈116〉 사외사전 반도무샤	遺稿 山田美妙	소설/일본 고전	
2	5		奉悼歌 〔2〕 봉도가		시가/기타	
3	1~2		恐るべき飛行機と自動車の話 〈1〉 무서운 비행기와 자동차 이야기		수필/관찰	
6	1~3	探偵新講談	此大犯人は 〈128〉 이 대범인은	松林伯知 講述/加藤 由太郎 速記	고단	

1912년 08월 30일 (금) 4080호

지면	단수	기획	기사제목 〈회수〉〔곡수〕	필자/저자(역자)	분류	비고
1	5~7		史外史傳 坂東武者 〈117〉 사외사전 반도무샤	遺稿 山田美妙	소설/일본 고전	
3	4~5		恐るべき飛行機と自動車の話 〈2〉 무서운 비행기와 자동차 이야기		수필/관찰	
6	1~3	探偵新講談	此大犯人は 〈129〉 이 대범인은	松林伯知 講述/加藤 由太郎 速記	고단	

1912년 08월 31일 (토) 4081호

지면	단수	기획	기사제목 〈회수〉〔곡수〕	필자/저자(역자)	분류	비고
1	2~4		今上陛下の御文德/御製の詩歌 [14] 금상 폐하의 문덕/어제의 시가		수필·시가/ 기타·단카	
1	5~7		史外史傳 坂東武者 〈118〉 사외사선 반도무샤	遺稿 山田美妙	소설/일본 고전	
6	1~3	探偵新講 談	此大犯人は 〈130〉 이 대범인은	松林伯知 講述/加藤 由太郎 速記	고단	

1912년 09월 01일 (일) 4082호

지면	단수	기획	기사제목	필자/저자(역자)	분류	비고
1	5~7		史外史傳 坂東武者 〈119〉 사외사전 반도무샤	遺稿 山田美妙	소설/일본 고전	
4	4		讀者文藝に就て 독자문예에 관하여	日#生	수필/비평	
4	5~6		雜記帳 잡기장	夢弦琴	수필/기타	
6	1~3	探偵新講 談	此大犯人は 〈131〉 이 대범인은	松林伯知 講述/加藤 由太郎 速記	고단	

1912년 09월 03일 (화) 4083호

지면	단수	기획	기사제목	필자/저자(역자)	분류	비고
1	5~6		史外史傳 坂東武者 〈120〉 사외사전 반도무샤	遺稿 山田美妙	소설/일본 고전	
6	1~3	探偵新講 談	此大犯人は 〈132〉 이 대범인은	松林伯知 講述/加藤 由太郎 速記	고단	

1912년 09월 04일 (수) 4084호

지면	단수	기획	기사제목	필자/저자(역자)	분류	비고
1	5	文苑	○ [2] ○	仁川 花汀生	시가/단카	
1	5	文苑	○ [3] ○	仁川 花汀生	시가/단카	
1	5~6	文苑	○ [6] ○	野尻#也	시가/단카	
1	6~7		一人一講/物忘れをする心理的順序 〈1〉 일인일강/물건을 잃어버리는 심리적 순서	文學博士 大槻##	수필/기타	
3	1~3		恐るべき飛行機と自動車の話 〈4〉 무서운 비행기와 자동차 이야기		수필/관찰	
4	1~3		大飛行機 羽衣號 〈1〉 큰 비행기 하고로모 호	江見水蔭	소설	
6	1~3	探偵新講 談	此大犯人は 〈133〉 이 대범인은	松林伯知 講述/加藤 由太郎 速記	고단	

1912년 09월 05일 (목) 4085호

지면	단수	기획	기사제목	필자/저자(역자)	분류	비고
1	5~7		一人一講/物忘れをする心理的順序 〈2〉 일인일강/물건을 잃어버리는 심리적 순서	文學博士 大槻##	수필/관찰	
3	6		大行天皇の御登遐を悼み奉りてよめる今樣 [4] 대행 천황의 승하를 애도하며 읊는 이마요	四頭秋古	시가/이마요	
4	1~2		大飛行機 羽衣號 〈2〉 큰 비행기 하고로모 호	江見水蔭	소설	
8	1~3	探偵新講 談	此大犯人は 〈134〉 이 대범인은	松林伯知 講述/加藤 由太郎 速記	고단	

1912년 09월 06일 (금) 4086호

지면	단수	기획	기사제목	필자/저자(역자)	분류	비고
1	5~7		一人一講/不可思議なる現象 〈1〉 일인일강/불가사의한 현상	文學博士 福#友吉	수필/관찰	

지면	단수	기획	기사제목 〈회수〉〔곡수〕	필자/저자(역자)	분류	비고
4	1~2		大飛行機 羽衣號 〈3〉 큰 비행기 하고로모 호	江見水蔭	소설	
6	1~3	探偵新講 談	此大犯人は 〈135〉 이 대범인은	松林伯知 講述/加藤 由太郎 速記	고단	

1912년 09월 07일 (토) 4087호

지면	단수	기획	기사제목 〈회수〉〔곡수〕	필자/저자(역자)	분류	비고
1	5~6	文苑	◎ 〔5〕 ◎	野尻#也	시가/단카	
1	6		一人一講/不可思議なる現象 〈2〉 일인일강/불가사의한 현상	文學博士 福#友吉	수필/관찰	
3	5~7		奥さん論 부인론	竹馬	수필/비평	
4	1~2		大飛行機 羽衣號 〈3〉 큰 비행기 하고로모 호	江見水蔭	소설	
4	2~4		御山陵 어산릉	渡邊生	수필/관찰	
6	1~3	探偵新講 談	此大犯人は 〈136〉 이 대범인은	松林伯知 講述/加藤 由太郎 速記	고단	

1912년 09월 08일 (일) 4088호

지면	단수	기획	기사제목 〈회수〉〔곡수〕	필자/저자(역자)	분류	비고
1	5~6		一人一講/不可思議なる現象 〈3〉 일인일강/불가사의한 현상	文學博士 福#友吉	수필/관찰	
3	1~3		大飛行機 羽衣號 〈5〉 큰 비행기 하고로모 호	江見水蔭	소설	
3	3~4		御山陵 어산릉	渡邊生	수필/관찰	
4	4~5	讀者文藝 花す＞き	君と寝ようか 너와 잘까나	竹馬	수필/일상	
4	5	讀者文藝 花す＞き	光ある悶え 빛이 있는 번민	仁川 正木花汀	수필/일상	
4	5~6	讀者文藝 花す＞き	みなしご 고아	白須	수필/일상	
4	6	讀者文藝 花す＞き	夏季雜詠 〔13〕 하계-잡영	佐藤欣冶	시가/단카	
8	1~3	探偵新講 談	此大犯人は 〈137〉 이 대범인은	松林伯知 講述/加藤 由太郎 速記	고단	

1912년 09월 10일 (화) 4089호

지면	단수	기획	기사제목 〈회수〉〔곡수〕	필자/저자(역자)	분류	비고
1	5~7		一人一講/不可思議なる現象 〈4〉 일인일강/불가사의한 현상	文學博士 福#友吉	수필/관찰	
3	1~3		大飛行機 羽衣號 〈6〉 큰 비행기 하고로모 호	江見水蔭	소설	
6	1~3	探偵新講 談	此大犯人は 〈138〉 이 대범인은	松林伯知 講述/加藤 由太郎 速記	고단	

1912년 09월 11일 (수) 4090호

지면	단수	기획	기사제목 〈회수〉〔곡수〕	필자/저자(역자)	분류	비고
1	5~6		一人一講/不可思議なる現象 〈5〉 일인일강/불가사의한 현상	文學博士 福#友吉	수필/관찰	
3	1~3		大飛行機 羽衣號 〈7〉 큰 비행기 하고로모 호	江見水蔭	소설	
4	5~6	讀者文藝 雲の峰	お別れ 이별	奥野#江子	수필/일상	

지면	단수	기획	기사제목 〈회수〉 〔곡수〕	필자/저자(역자)	분류	비고
6	1~3	探偵新講談	此大犯人は 〈139〉 이 대범인은	松林伯知 講述/加藤 由太郎 速記	고단	
6	5	家庭クラブ	田植歌 〔1〕 모내기 노래	宮城惠子	시가/단카	
6	6	家庭クラブ	蛇目傘 〔1〕 뱀 눈 우산	千駄ケ谷 三千代	시가/단카	
6	6	家庭クラブ	俳句 〔1〕 하이쿠	麴町 月海堂	시가/하이쿠	
6	6	家庭クラブ	俳句 〔1〕 하이쿠	深川 一德	시가/하이쿠	
6	6	家庭クラブ	俳句 〔1〕 하이쿠	京橋 ##子	시가/하이쿠	
6	6	家庭クラブ	俳句 〔1〕 하이쿠	日本橋 友荷	시가/하이쿠	
6	6	家庭クラブ	俳句 〔1〕 하이쿠	半島生	시가/하이쿠	
6	6	家庭クラブ	俳句 〔1〕 하이쿠	半島生	시가/하이쿠	
6	6	家庭クラブ	俳句 〔1〕 하이쿠	丹波 春星子	시가/하이쿠	
6	6	家庭クラブ	俳句 〔1〕 하이쿠	靜岡 感謝子	시가/하이쿠	
6	6	家庭クラブ	俳句 〔1〕 하이쿠	山梨 大公子	시가/하이쿠	
6	6	家庭クラブ	俳句 〔1〕 하이쿠	小石川 ひで子	시가/하이쿠	
6	6~7	家庭クラブ	身嗜みとおしやれ 몸가짐과 멋부림	ND生	기타	

1912년 09월 12일 (목) 4091호

지면	단수	기획	기사제목 〈회수〉 〔곡수〕	필자/저자(역자)	분류	비고
1	5~7		一人一講/不可思議なる現象 〈6〉 일인일강/불가사의한 현상	文學博士 福#友吉	수필/관찰	
3	1~3		大飛行機 羽衣號 〈8〉 큰 비행기 하고로모 호	江見水蔭	소설	
6	1~3	探偵新講談	此大犯人は 〈140〉 이 대범인은	松林伯知 講述/加藤 由太郎 速記	고단	

1912년 09월 13일 (금) 4092호

지면	단수	기획	기사제목 〈회수〉 〔곡수〕	필자/저자(역자)	분류	비고
5	3		奉悼歌 〔3〕 봉도가		시가/단카	
10	3		奉悼歌 〔2〕 봉도가		시가/단카	
29	3	文苑	(제목없음) 〔5〕		시가/단카	

1912년 09월 17일 (화) 4095호

지면	단수	기획	기사제목 〈회수〉 〔곡수〕	필자/저자(역자)	분류	비고
3	1~3		出世角力成田利生記 〈1〉 출세 스모 나리타 리쇼 기	寶井馬琴 口演	고단	
3	5~7		一人一講/不可思議なる現象 〈#〉 일인일강/불가사의한 현상	文學博士 福#友吉	수필/관찰	
8	1~3		大飛行機 羽衣號 〈9〉 큰 비행기 하고로모 호	江見水蔭	소설	

지면	단수	기획	기사제목 〈회수〉〔곡수〕	필자/저자(역자)	분류	비고

1912년 09월 18일 (수) 4096호

지면	단수	기획	기사제목 〈회수〉〔곡수〕	필자/저자(역자)	분류	비고
1	6~7		一人一講/兩端の性を有する人 일인일강/양단의 성을 가진 사람	文學博士 市村#次郎	수필/기타	
3	1~3		出世角力成田利生記 〈2〉 출세 스모 나리타 리쇼 기	寶井馬琴 口演	고단	
3	5~6		なぜおこすか 왜 일으킬까	せい二	수필/관찰	
8	1~3		大飛行機 羽衣號 〈10〉 큰 비행기 하고로모 호	江見水蔭	소설	

1912년 09월 19일 (목) 4097호

지면	단수	기획	기사제목 〈회수〉〔곡수〕	필자/저자(역자)	분류	비고
1	6~7		一人一講/鼾の理由と療法 〈1〉 일인일강/코 고는 이유와 치료법	狩野病院長 狩野##	수필/기타	
3	1~3		出世角力成田利生記 〈3〉 출세 스모 나리타 리쇼 기	寶井馬琴 口演	고단	
3	5~6	讀者文藝 花すゝき	クオ,ワヂス? 쿠오 와지스?	京城 #生	수필/일상	
5	6	家庭クラブ	百人一首かへ歌 〔2〕 백인일수 가에우타	芝 ふみ子	시가/단카	
5	6~7	家庭クラブ	うつくしきもの 아름다운 것	化粧納言	수필/일상	
5	7	家庭クラブ	俳句 〔1〕 하이쿠	駿州 風雲兒	시가/하이쿠	
5	7	家庭クラブ	俳句 〔1〕 하이쿠	下野 詩朗	시가/하이쿠	
5	7	家庭クラブ	俳句 〔1〕 하이쿠	伊勢 ひと子	시가/하이쿠	
5	7	家庭クラブ	俳句 〔1〕 하이쿠	橫濱 三馬	시가/하이쿠	
5	7	家庭クラブ	俳句 〔1〕 하이쿠	四谷 翠月	시가/하이쿠	
5	7	家庭クラブ	俳句 〔1〕 하이쿠	京橋 秋慶子	시가/하이쿠	
5	7	家庭クラブ	俳句 〔1〕 하이쿠	淺草 六花	시가/하이쿠	
5	7	家庭クラブ	俳句 〔1〕 하이쿠	愛知 冷雲子	시가/하이쿠	
5	7	家庭クラブ	俳句 〔1〕 하이쿠	駿州 風雲兒	시가/하이쿠	
5	7	家庭クラブ	俳句 〔1〕 하이쿠	新橋 平太郎	시가/하이쿠	
5	7	家庭クラブ	俳句 〔1〕 하이쿠	愛知 雲冷子	시가/하이쿠	
5	7~8	家庭クラブ	美人傳/衣通姬 미인전/소토오리히메		소설/기타	
8	1~3		大飛行機 羽衣號 〈11〉 큰 비행기 하고로모 호	江見水蔭	소설	

1912년 09월 20일 (금) 4098호

지면	단수	기획	기사제목 〈회수〉〔곡수〕	필자/저자(역자)	분류	비고
1	3~7		一人一講/鼾の理由と療法 〈2〉 일인일강/코 고는 이유와 치료법	狩野病院長 狩野##	수필/기타	

지면	단수	기획	기사제목 〈회수〉〔곡수〕	필자/저자(역자)	분류	비고
3	1~3		出世角力成田利生記 〈3〉 출세 스모 나리타 리쇼 기	寶井馬琴 口演	고단	회수 오류
6	1~3		大飛行機 羽衣號 〈12〉 큰 비행기 하고보모 호	江見水蔭	소설	

1912년 09월 21일 (토) 4099호

지면	단수	기획	기사제목 〈회수〉〔곡수〕	필자/저자(역자)	분류	비고
1	5~7		一人一講/實業界を廓淸せよ 일인일강/실업계를 일소하자	飯田榮吉	수필/기타	
3	1~3		出世角力成田利生記 〈5〉 출세 스모 나리타 리쇼 기	寶井馬琴 口演	고단	
4	5~6	讀者文藝 花すゝき	續奧さん論 속 부인론	せい二	수필/일상	
4	6		淸州此華會吟集/秀逸十印之部 〔1〕 청주 고노하나카이음집/수일 십인의 부	棹花	시가/하이쿠	
4	6		淸州此華會吟集/秀逸十印之部 〔1〕 청주 고노하나카이음집/수일 십인의 부	醉茶	시가/하이쿠	
4	6		淸州此華會吟集/秀逸十印之部 〔1〕 청주 고노하나카이음집/수일 십인의 부	棹花	시가/하이쿠	
4	7		淸州此華會吟集/秀逸十印之部 〔1〕 청주 고노하나카이음집/수일 십인의 부	俳佛	시가/하이쿠	
4	7		淸州此華會吟集/秀逸十印之部 〔1〕 청주 고노하나카이음집/수일 십인의 부	舍利	시가/하이쿠	
4	7		淸州此華會吟集/秀逸十印之部 〔1〕 청주 고노하나카이음집/수일 십인의 부	醉茶	시가/하이쿠	
4	7		淸州此華會吟集/秀逸十印之部 〔1〕 청주 고노하나카이음집/수일 십인의 부	棹花	시가/하이쿠	
4	7		淸州此華會吟集/秀逸十印之部 〔1〕 청주 고노하나카이음집/수일 십인의 부	靑山	시가/하이쿠	
4	7		淸州此華會吟集/秀逸十印之部 〔1〕 청주 고노하나카이음집/수일 십인의 부	落葉	시가/하이쿠	
4	7		淸州此華會吟集/秀逸十印之部 〔1〕 청주 고노하나카이음집/수일 십인의 부	一流	시가/하이쿠	
4	7		淸州此華會吟集/秀逸十印之部 〔1〕 청주 고노하나카이음집/수일 십인의 부	破舟	시가/하이쿠	
4	7		淸州此華會吟集/秀逸十印之部 〔1〕 청주 고노하나카이음집/수일 십인의 부	一新	시가/하이쿠	
4	7		淸州此華會吟集/秀逸十印之部 〔1〕 청주 고노하나카이음집/수일 십인의 부	醉茶	시가/하이쿠	
4	7		淸州此華會吟集/秀逸十印之部 〔1〕 청주 고노하나카이음집/수일 십인의 부	棹花	시가/하이쿠	
4	7		淸州此華會吟集/秀逸十印之部 〔1〕 청주 고노하나카이음집/수일 십인의 부	俳佛	시가/하이쿠	
4	7		淸州此華會吟集/三光十五印/人 〔1〕 청주 고노하나카이음집/삼광십오인/인	弘正	시가/하이쿠	
4	7		淸州此華會吟集/三光十五印/地 〔1〕 청주 고노하나카이음집/삼광십오인/지	桂南	시가/하이쿠	
4	7		淸州此華會吟集/三光十五印/天 〔1〕 청주 고노하나카이음집/삼광십오인/천	一流	시가/하이쿠	
4	7		淸州此華會吟集/三光十五印/追加 〔1〕 청주 고노하나카이음집/삼광십오인/추가	宇貫	시가/하이쿠	
6	1~3		大飛行機 羽衣號 〈13〉 큰 비행기 하고로모 호	江見水蔭	소설	

지면	단수	기획	기사제목 〈회수〉〔곡수〕	필자/저자(역자)	분류	비고
1912년 09월 22일 (일) 4100호						
3	6		淸州此華會吟集/秀逸〔2〕 청주 고노하나카이음집/수일	きみを	시가/하이쿠	
3	6		淸州此華會吟集/秀逸〔1〕 청주 고노하나카이음집/수일	綠水	시가/하이쿠	
3	6		淸州此華會吟集/秀逸〔1〕 청주 고노하나카이음집/수일	棹花	시가/하이쿠	
3	6		淸州此華會吟集/秀逸〔1〕 청주 고노하나카이음집/수일	一新	시가/하이쿠	
3	6		淸州此華會吟集/秀逸〔1〕 청주 고노하나카이음집/수일	きみを	시가/하이쿠	
3	6		淸州此華會吟集/秀逸〔1〕 청주 고노하나카이음집/수일	俳佛	시가/하이쿠	
3	6		淸州此華會吟集/秀逸〔1〕 청주 고노하나카이음집/수일	きみを	시가/하이쿠	
3	6		淸州此華會吟集/秀逸〔1〕 청주 고노하나카이음집/수일	一新	시가/하이쿠	
3	6		淸州此華會吟集/秀逸〔1〕 청주 고노하나카이음집/수일	棹花	시가/하이쿠	
3	7		淸州此華會吟集/秀逸〔1〕 청주 고노하나카이음집/수일	綠水	시가/하이쿠	
3	7		淸州此華會吟集/秀逸〔1〕 청주 고노하나카이음집/수일	弘正	시가/하이쿠	
3	7		淸州此華會吟集/秀逸〔1〕 청주 고노하나카이음집/수일	舍利首	시가/하이쿠	
3	7		淸州此華會吟集/秀逸〔2〕 청주 고노하나카이음집/수일	棹花	시가/하이쿠	
3	7		淸州此華會吟集/秀逸〔1〕 청주 고노하나카이음집/수일	桂南	시가/하이쿠	
3	7		淸州此華會吟集/秀逸〔1〕 청주 고노하나카이음집/수일	棹花	시가/하이쿠	
3	7		淸州此華會吟集/秀逸〔1〕 청주 고노하나카이음집/수일	俳佛	시가/하이쿠	
3	7		淸州此華會吟集/秀逸/人〔1〕 청주 고노하나카이음집/수일/인	俳佛	시가/하이쿠	
3	7		淸州此華會吟集/秀逸/地〔1〕 청주 고노하나카이음집/수일/지	俳佛	시가/하이쿠	
3	7		淸州此華會吟集/秀逸/天〔1〕 청주 고노하나카이음집/수일/천	綠水	시가/하이쿠	
3	7		淸州此華會吟集/秀逸/追加〔1〕 청주 고노하나카이음집/수일/추가	宇貫	시가/하이쿠	
4	1~3		出世角力成田利生記〈6〉 출세 스모 나리타 리쇼 기	寶井馬琴 口演	고단	
6	1~3		大飛行機 羽衣號〈14〉 큰 비행기 하고로모 호	江見水蔭	소설	면수 오류
1912년 09월 25일 (수) 4101호						
4	1~3		出世角力成田利生記〈7〉 출세 스모 나리타 리쇼 기	寶井馬琴 口演	고단	
8	1~3		大飛行機 羽衣號〈15〉 큰 비행기 하고로모 호	江見水蔭	소설	

지면	단수	기획	기사제목 〈회수〉 〔곡수〕	필자/저자(역자)	분류	비고
			1912년 09월 26일 (목) 4102호			
4	1~3		出世角力成田利生記 〈7〉 출세 스모 나리타 리쇼 기	寶井馬琴 口演	고단	회수 오류
5	2	家庭クラブ	夏の風 〔2〕 여름 바람		시가/도도이쓰	
5	2	家庭クラブ	川柳 〔1〕 센류	雪の家	시가/센류	
5	2	家庭クラブ	川柳 〔1〕 센류	淺草 きく子	시가/센류	
5	2	家庭クラブ	川柳 〔1〕 센류	小石川 龍子	시가/센류	
5	2	家庭クラブ	川柳 〔1〕 센류	丹後 松舍	시가/센류	
5	2	家庭クラブ	川柳 〔1〕 센류	日本橋 柳家#	시가/센류	
5	2	家庭クラブ	川柳 〔1〕 센류	小石川 笑子	시가/센류	
5	2	家庭クラブ	川柳 〔1〕 센류	橫濱 慶子	시가/센류	
5	2	家庭クラブ	川柳 〔1〕 센류	京橋 愛子	시가/센류	
5	2	家庭クラブ	川柳 〔1〕 센류	京橋 猿仙坊	시가/센류	
5	2	家庭クラブ	川柳 〔1〕 센류	橫濱 慶子	시가/센류	
8	1~3		大飛行機 羽衣號 〈16〉 큰 비행기 하고로모 호	江見水蔭	소설	
			1912년 09월 27일 (금) 4103호			
1	4~6	小品文	剪燈錄 전등록	せい二	수필/일상	
4	1~3		出世角力成田利生記 〈9〉 출세 스모 나리타 리쇼 기	寶井馬琴 口演	고단	
8	1~3		大飛行機 羽衣號 〈17〉 큰 비행기 하고로모 호	江見水蔭	소설	
			1912년 09월 28일 (토) 4104호			
4	1~3		出世角力成田利生記 〈10〉 출세 스모 나리타 리쇼 기	寶井馬琴 口演	고단	
5	1~2	讀者文藝 花す﹥き	なぜ突轉がすか 왜 찌르고 넘어지게 하는가	奧野#江子	수필/일상	
5	2~3	讀者文藝 花す﹥き	吾が一惡習慣 나의 한 가지 안 좋은 습관	竹鳥生	수필/일상	
5	3		白い花 〔10〕 하얀 꽃	白#	시가/신체시	
5	3		靜かな夜 〔10〕 조용한 밤	#の字	수필/일상	
6	1~3		大飛行機 羽衣號 〈18〉 큰 비행기 하고로모 호	江見水蔭	소설	
			1912년 09월 29일 (일) 4105호			

지면	단수	기획	기사제목 〈회수〉〔곡수〕	필자/저자(역자)	분류	비고
1	6		雨の夕の子規庵〔12〕 비 오는 저녁의 시키암	在東京 古城生	수필·시가/ 일상·하이쿠	
4	1~3		出世角力成田利生記 〈11〉 출세 스모 나리타 리쇼 기	寶井馬琴 口演	고단	
6	1~3		大飛行機 羽衣號 〈19〉 큰 비행기 하고로모 호	江見水蔭	소설	

1912년 10월 01일 (화) 4106호

지면	단수	기획	기사제목 〈회수〉〔곡수〕	필자/저자(역자)	분류	비고
3	5		淸州此華會吟集〔1〕 청주 고노하나카이음집	緣水	시가/하이쿠	
3	5		淸州此華會吟集〔1〕 청주 고노하나카이음집	破舟	시가/하이쿠	
3	5		淸州此華會吟集〔1〕 청주 고노하나카이음집	桂南	시가/하이쿠	
3	5		淸州此華會吟集〔1〕 청주 고노하나카이음집	破舟	시가/하이쿠	
3	5		淸州此華會吟集〔1〕 청주 고노하나카이음집	桂南	시가/하이쿠	
3	5		淸州此華會吟集〔1〕 청주 고노하나카이음집	南窓	시가/하이쿠	
3	5		淸州此華會吟集〔1〕 청주 고노하나카이음집	一九	시가/하이쿠	
3	5		淸州此華會吟集〔1〕 청주 고노하나카이음집	俳佛	시가/하이쿠	
3	5		淸州此華會吟集〔1〕 청주 고노하나카이음집	破舟	시가/하이쿠	
3	5		淸州此華會吟集〔1〕 청주 고노하나카이음집	桂南	시가/하이쿠	
3	5		淸州此華會吟集〔1〕 청주 고노하나카이음집	俳佛	시가/하이쿠	
3	5		淸州此華會吟集〔1〕 청주 고노하나카이음집	靑山	시가/하이쿠	
3	5		淸州此華會吟集〔1〕 청주 고노하나카이음집	一九	시가/하이쿠	
3	5		淸州此華會吟集〔1〕 청주 고노하나카이음집	きみを	시가/하이쿠	
3	5		淸州此華會吟集〔1〕 청주 고노하나카이음집	南窓	시가/하이쿠	
3	5		淸州此華會吟集〔1〕 청주 고노하나카이음집	きみを	시가/하이쿠	
3	5		淸州此華會吟集〔1〕 청주 고노하나카이음집	五川	시가/하이쿠	
3	5		淸州此華會吟集〔1〕 청주 고노하나카이음집	俳佛	시가/하이쿠	
3	5		淸州此華會吟集〔1〕 청주 고노하나카이음집	棹花	시가/하이쿠	
3	5		淸州此華會吟集〔1〕 청주 고노하나카이음집	一九	시가/하이쿠	
3	5		淸州此華會吟集〔1〕 청주 고노하나카이음집	靑山	시가/하이쿠	
3	5		淸州此華會吟集〔1〕 청주 고노하나카이음집	桂南	시가/하이쿠	

지면	단수	기획	기사제목 〈회수〉〔곡수〕	필자/저자(역자)	분류	비고
3	5		淸州此華會吟集〔1〕 청주 고노하나카이음집	靑山	시가/하이쿠	
3	5		淸州此華會吟集〔1〕 청주 고노하나카이음집	俳佛	시가/하이쿠	
3	5		淸州此華會吟集〔1〕 청주 고노하나카이음집	南窓	시가/하이쿠	
3	5		淸州此華會吟集〔1〕 청주 고노하나카이음집	緣水	시가/하이쿠	
3	5		淸州此華會吟集〔2〕 청주 고노하나카이음집	靑山	시가/하이쿠	
3	5~6		淸州此華會吟集〔2〕 청주 고노하나카이음집	棹花	시가/하이쿠	
3	6		淸州此華會吟集〔1〕 청주 고노하나카이음집	破舟	시가/하이쿠	
3	6		淸州此華會吟集〔1〕 청주 고노하나카이음집	洗心	시가/하이쿠	
3	6		淸州此華會吟集〔1〕 청주 고노하나카이음집	一流	시가/하이쿠	
3	6		淸州此華會吟集〔1〕 청주 고노하나카이음집	俳佛	시가/하이쿠	
3	6		淸州此華會吟集〔1〕 청주 고노하나카이음집	洗心	시가/하이쿠	
3	6		淸州此華會吟集〔1〕 청주 고노하나카이음집	玉川	시가/하이쿠	
3	6		淸州此華會吟集〔2〕 청주 고노하나카이음집	俳佛	시가/하이쿠	
3	6		淸州此華會吟集〔1〕 청주 고노하나카이음집	緣水	시가/하이쿠	
3	6		淸州此華會吟集/人〔1〕 청주 고노하나카이음집/인	淸州 俳佛	시가/하이쿠	
3	6		淸州此華會吟集/地〔1〕 청주 고노하나카이음집/지	淸州 南窓	시가/하이쿠	
3	6		淸州此華會吟集/天〔1〕 청주 고노하나카이음집/천	京城 きみを	시가/하이쿠	
3	6		淸州此華會吟集/追加〔1〕 청주 고노하나카이음집/추가	耕雨	시가/하이쿠	
3	6		淸州此華會吟集/秀逸〔1〕 청주 고노하나카이음집/수일	きみを	시가/하이쿠	
3	6		淸州此華會吟集/秀逸〔1〕 청주 고노하나카이음집/수일	落葉	시가/하이쿠	
3	6		淸州此華會吟集/秀逸〔1〕 청주 고노하나카이음집/수일	棹花	시가/하이쿠	
3	6		淸州此華會吟集/秀逸〔1〕 청주 고노하나카이음집/수일	桂南	시가/하이쿠	
3	6		淸州此華會吟集/秀逸〔1〕 청주 고노하나카이음집/수일	破舟	시가/하이쿠	
3	6		淸州此華會吟集/秀逸〔1〕 청주 고노하나카이음집/수일	南窓	시가/하이쿠	
3	6		淸州此華會吟集/秀逸〔1〕 청주 고노하나카이음집/수일	靑山	시가/하이쿠	
3	6		淸州此華會吟集/秀逸〔1〕 청주 고노하나카이음집/수일	南窓	시가/하이쿠	

지면	단수	기획	기사제목 〈회수〉〔곡수〕	필자/저자(역자)	분류	비고
3	6		淸州此華會吟集/秀逸〔1〕 청주 고노하나카이음집/수일	破舟	시가/하이쿠	
3	6		淸州此華會吟集/秀逸〔2〕 청주 고노하나카이음집/수일	桂南	시가/하이쿠	
3	6		淸州此華會吟集/秀逸〔1〕 청주 고노하나카이음집/수일	落葉	시가/하이쿠	
3	6		淸州此華會吟集/秀逸〔1〕 청주 고노하나카이음집/수일	掉花	시가/하이쿠	
3	6		淸州此華會吟集/秀逸〔2〕 청주 고노하나카이음집/수일	俳佛	시가/하이쿠	
3	6		淸州此華會吟集/秀逸〔1〕 청주 고노하나카이음집/수일	破舟	시가/하이쿠	
3	6		淸州此華會吟集/秀逸〔1〕 청주 고노하나카이음집/수일	落葉	시가/하이쿠	
3	6		淸州此華會吟集/秀逸〔1〕 청주 고노하나카이음집/수일	南窓	시가/하이쿠	
3	6		淸州此華會吟集/秀逸〔1〕 청주 고노하나카이음집/수일	靑山	시가/하이쿠	
3	6		淸州此華會吟集/秀逸〔1〕 청주 고노하나카이음집/수일	俳佛	시가/하이쿠	
3	6		淸州此華會吟集/秀逸〔1〕 청주 고노하나카이음집/수일	梅蔭	시가/하이쿠	
3	6		淸州此華會吟集/秀逸〔2〕 청주 고노하나카이음집/수일	南窓	시가/하이쿠	
3	6		淸州此華會吟集/秀逸〔1〕 청주 고노하나카이음집/수일	一九	시가/하이쿠	
3	6		淸州此華會吟集/秀逸〔1〕 청주 고노하나카이음집/수일	落葉	시가/하이쿠	
3	6		淸州此華會吟集/秀逸〔1〕 청주 고노하나카이음집/수일	一流	시가/하이쿠	
3	6		淸州此華會吟集/秀逸〔1〕 청주 고노하나카이음집/수일	俳佛	시가/하이쿠	
3	6		淸州此華會吟集/秀逸〔1〕 청주 고노하나카이음집/수일	靑山	시가/하이쿠	
3	6		淸州此華會吟集/秀逸〔1〕 청주 고노하나카이음집/수일	一九	시가/하이쿠	
3	6		淸州此華會吟集/秀逸〔1〕 청주 고노하나카이음집/수일	桂南	시가/하이쿠	
3	6		淸州此華會吟集/秀逸〔1〕 청주 고노하나카이음집/수일	きみを	시가/하이쿠	
3	6		淸州此華會吟集/秀逸〔2〕 청주 고노하나카이음집/수일	棹花	시가/하이쿠	
3	6		淸州此華會吟集/秀逸〔1〕 청주 고노하나카이음집/수일	きみを	시가/하이쿠	
3	6		淸州此華會吟集/秀逸〔2〕 청주 고노하나카이음집/수일	靑山	시가/하이쿠	
3	6		淸州此華會吟集/秀逸〔1〕 청주 고노하나카이음집/수일	洗心	시가/하이쿠	
3	6		淸州此華會吟集/秀逸〔1〕 청주 고노하나카이음집/수일	俳佛	시가/하이쿠	
3	6		淸州此華會吟集/人〔1〕 청주 고노하나카이음집/인	淸州 南窓	시가/하이쿠	

지면	단수	기획	기사제목 〈회수〉〔곡수〕	필자/저자(역자)	분류	비고
3	6		清州此華會吟集/地〔1〕 청주 고노하나카이음집/지	南窓	시가/하이쿠	
3	6		清州此華會吟集/天〔1〕 청주 고노하나카이음집/천	清州 桂南	시가/하이쿠	
3	6		清州此華會吟集/追加〔1〕 청주 고노하나카이음집/추가	耕雨	시가/하이쿠	
4	1~3		出世角力成田利生記 〈12〉 출세 스모 나리타 리쇼 기	寶井馬琴 口演	고단	
6	1~3		大飛行機 羽衣號 〈20〉 큰 비행기 하고로모 호	江見水蔭	소설	

1912년 10월 02일 (수) 4107호

지면	단수	기획	기사제목 〈회수〉〔곡수〕	필자/저자(역자)	분류	비고
4	1~3		出世角力成田利生記 〈13〉 출세 스모 나리타 리쇼 기	寶井馬琴 口演	고단	
6	1~4		大飛行機 羽衣號 〈21〉 큰 비행기 하고로모 호	江見水蔭	소설	

1912년 10월 03일 (목) 4108호

지면	단수	기획	기사제목 〈회수〉〔곡수〕	필자/저자(역자)	분류	비고
1	6		秋〔2〕 가을	夢想	시가/단카	
3	6		清州此華會吟集〔1〕 청주 고노하나카이음집	桂南	시가/하이쿠	
3	6		清州此華會吟集〔1〕 청주 고노하나카이음집	破舟	시가/하이쿠	
3	6		清州此華會吟集〔1〕 청주 고노하나카이음집	きみを	시가/하이쿠	
3	6		清州此華會吟集〔1〕 청주 고노하나카이음집	棹花	시가/하이쿠	
3	6		清州此華會吟集〔1〕 청주 고노하나카이음집	破舟	시가/하이쿠	
3	6		清州此華會吟集〔1〕 청주 고노하나카이음집	桂南	시가/하이쿠	
3	6		清州此華會吟集〔1〕 청주 고노하나카이음집	一新	시가/하이쿠	
3	6		清州此華會吟集〔1〕 청주 고노하나카이음집	桂南	시가/하이쿠	
3	6		清州此華會吟集〔2〕 청주 고노하나카이음집	きみを	시가/하이쿠	
3	6		清州此華會吟集〔1〕 청주 고노하나카이음집	綠水	시가/하이쿠	
3	6		清州此華會吟集〔1〕 청주 고노하나카이음집	破舟	시가/하이쿠	
3	6		清州此華會吟集〔1〕 청주 고노하나카이음집	舍利首	시가/하이쿠	
3	6		清州此華會吟集〔1〕 청주 고노하나카이음집	俳佛	시가/하이쿠	
3	6		清州此華會吟集〔1〕 청주 고노하나카이음집	一流	시가/하이쿠	
3	6		清州此華會吟集〔1〕 청주 고노하나카이음집	俳佛	시가/하이쿠	
3	6		清州此華會吟集〔1〕 청주 고노하나카이음집	桂南	시가/하이쿠	

지면	단수	기획	기사제목 〈회수〉〔곡수〕	필자/저자(역자)	분류	비고
3	6		淸州此華會吟集〔1〕 청주 고노하나카이음집	綠水	시가/하이쿠	
3	6		淸州此華會吟集〔1〕 청주 고노하나카이음집	一新	시가/하이쿠	
3	6		淸州此華會吟集〔2〕 청주 고노하나카이음집	俳佛	시가/하이쿠	
3	6		淸州此華會吟集〔1〕 청주 고노하나카이음집	棹花	시가/하이쿠	
3	6		淸州此華會吟集〔2〕 청주 고노하나카이음집	一新	시가/하이쿠	
3	6		淸州此華會吟集〔1〕 청주 고노하나카이음집	きみを	시가/하이쿠	
3	6		淸州此華會吟集〔1〕 청주 고노하나카이음집	一新	시가/하이쿠	
3	6		淸州此華會吟集〔1〕 청주 고노하나카이음집	破舟	시가/하이쿠	
3	6		淸州此華會吟集〔1〕 청주 고노하나카이음집	桂南	시가/하이쿠	
3	6		淸州此華會吟集〔1〕 청주 고노하나카이음집	きみを	시가/하이쿠	
3	6		淸州此華會吟集〔1〕 청주 고노하나카이음집	一新	시가/하이쿠	
3	6		淸州此華會吟集〔1〕 청주 고노하나카이음집	棹花	시가/하이쿠	
3	6		淸州此華會吟集〔2〕 청주 고노하나카이음집	きみを	시가/하이쿠	
3	6		淸州此華會吟集〔1〕 청주 고노하나카이음집	弘正	시가/하이쿠	
3	6		淸州此華會吟集〔1〕 청주 고노하나카이음집	舍利首	시가/하이쿠	
3	6		淸州此華會吟集〔1〕 청주 고노하나카이음집	桂南	시가/하이쿠	
3	6		淸州此華會吟集〔1〕 청주 고노하나카이음집	舍利首	시가/하이쿠	
3	6		淸州此華會吟集〔1〕 청주 고노하나카이음집	棹花	시가/하이쿠	
3	7		淸州此華會吟集〔1〕 청주 고노하나카이음집	桂南	시가/하이쿠	
3	7		淸州此華會吟集〔2〕 청주 고노하나카이음집	一流	시가/하이쿠	
3	7		淸州此華會吟集〔1〕 청주 고노하나카이음집	破舟	시가/하이쿠	
3	7		淸州此華會吟集〔1〕 청주 고노하나카이음집	綠水	시가/하이쿠	
3	7		淸州此華會吟集〔1〕 청주 고노하나카이음집	俳佛	시가/하이쿠	
4	1~3		出世角力成田利生記 〈14〉 출세 스모 나리타 리쇼 기	寶井馬琴 口演	고단	
6	1~3		大飛行機 羽衣號 〈22〉 큰 비행기 하고로모 호	江見水蔭	소설	

1912년 10월 04일 (금) 4109호

지면	단수	기획	기사제목 〈회수〉〔곡수〕	필자/저자(역자)	분류	비고
1	5		秋〔2〕 가을		시가/단카	
1	5~6		一人一講/梅毒の歷史と舊名 일인일강/매독의 역사와 옛 이름	ドクトル 富士川#	수필/관찰	
4	1~3		出世角力成田利生記〈15〉 출세 스모 나리타 리쇼 기	寶井馬琴 口演	고단	
5	1	讀者文藝 花す>き	長榮山の畫葉書 장영산의 그림엽서	仁川 竹鳥	수필/일상	
5	1~2	讀者文藝 花す>き	お友達へ返へし 친구에게 되돌려 보내기	奧野#江子	수필/일상	
5	2	讀者文藝 花す>き	日向葵 양지의 해바라기	柳の子	수필/일상	
5	2~3	讀者文藝 花す>き	夜 밤	仁川 柳#星生	수필/일상	
5	3	讀者文藝 花す>き	うき草〔12〕 뜨는 풀	#の子	시가/신체시	
5	3~4	讀者文藝 花す>き	短歌〔4〕 단카	仁川 夏汀生	시가/단카	
6	1~3		大飛行機 羽衣號〈23〉 큰 비행기 하고로모 호	江見水蔭	소설	

1912년 10월 05일 (토) 4110호

지면	단수	기획	기사제목 〈회수〉〔곡수〕	필자/저자(역자)	분류	비고
1	2		御歌所員の和歌/靈柩の二重橋を渡らせ給ふを仰ぎ奉りて〔1〕 오우타도코로원의 와카/관이 니주바시를 건너시는 것을 우러러 받들며	阪正臣	시가/단카	
1	2		御歌所員の和歌/道すがら思ひつゞける〔1〕 오우타도코로원의 와카/길을 가면서 계속 생각하다	阪正臣	시가/단카	
1	2		御歌所員の和歌/御大喪の夜〔1〕 오우타도코로원의 와카/어대상의 밤	大口#二	시가/단카	
1	2		御歌所員の和歌/十五日夜〔1〕 오우타도코로원의 와카/십오일 밤	大口#二	시가/단카	
1	2		御歌所員の和歌/十六日夜〔1〕 오우타도코로원의 와카/십육일 밤	大口#二	시가/단카	
1	2		御歌所員の和歌/靑山大喪場にて〔2〕 오우타도코로원의 와카/아오야마 대상장에서	千葉#明	시가/단카	
1	3		御歌所員の和歌/十四日夜ふりければ〔2〕 오우타도코로원의 와카/십사일 밤을 돌아보면	千葉#明	시가/단카	
1	3		御歌所員の和歌/二百二十日の夜〔1〕 오우타도코로원의 와카/이백이십일 밤	加藤義淸	시가/단카	
1	3		御歌所員の和歌/十四日の夜〔1〕 오우타도코로원의 와카/십사일 밤	加藤義淸	시가/단카	
1	3		御歌所員の和歌/御大喪を拜して〔1〕 오우타도코로원의 와카/어대상에 절하며	岡山高#	시가/단카	
1	3		御歌所員の和歌/乃木將軍の#去をきいて〔1〕 오우타도코로원의 와카/노기장군의 #거를 듣고서	阪正臣	시가/단카	
1	3		御歌所員の和歌/乃木大將#夫人最後のさまを傳へきいて〔1〕 오우타도코로원의 와카/노기대장 #부인의 최후 모습을 전해 듣고서	大口#二	시가/단카	
4	1~3		出世角力成田利生記〈16〉 출세 스모 나리타 리쇼 기	寶井馬琴 口演	고단	
4	6		淸州此華會吟集〈1〉〔1〕 청주 고노하나카이음집	靑山	시가/하이쿠	
4	6		淸州此華會吟集〈1〉〔1〕 청주 고노하나카이음집	落葉	시가/하이쿠	

지면	단수	기획	기사제목 〈회수〉 〔곡수〕	필자/저자(역자)	분류	비고
4	6		淸州此華會吟集 〈1〉 〔1〕 청주 고노하나카이음집	俳佛	시가/하이쿠	
4	6		淸州此華會吟集 〈1〉 〔1〕 청주 고노하나카이음집	一流	시가/하이쿠	
4	6		淸州此華會吟集 〈1〉 〔1〕 청주 고노하나카이음집	醉茶	시가/하이쿠	
4	6		淸州此華會吟集 〈1〉 〔1〕 청주 고노하나카이음집	棹花	시가/하이쿠	
4	6		淸州此華會吟集 〈1〉 〔1〕 청주 고노하나카이음집	綠水	시가/하이쿠	
4	6		淸州此華會吟集 〈1〉 〔1〕 청주 고노하나카이음집	一新	시가/하이쿠	
4	6		淸州此華會吟集 〈1〉 〔1〕 청주 고노하나카이음집	俳佛	시가/하이쿠	
4	6		淸州此華會吟集 〈1〉 〔1〕 청주 고노하나카이음집	綠水	시가/하이쿠	
4	6		淸州此華會吟集 〈1〉 〔1〕 청주 고노하나카이음집	一新	시가/하이쿠	
4	6		淸州此華會吟集 〈1〉 〔1〕 청주 고노하나카이음집	落葉	시가/하이쿠	
4	6		淸州此華會吟集 〈1〉 〔1〕 청주 고노하나카이음집	一新	시가/하이쿠	
4	6		淸州此華會吟集 〈1〉 〔1〕 청주 고노하나카이음집	綠水	시가/하이쿠	
4	6		淸州此華會吟集 〈1〉 〔2〕 청주 고노하나카이음집	落葉	시가/하이쿠	
4	6		淸州此華會吟集 〈1〉 〔1〕 청주 고노하나카이음집	俳佛	시가/하이쿠	
4	6		淸州此華會吟集 〈1〉 〔1〕 청주 고노하나카이음집	一流	시가/하이쿠	
4	6		淸州此華會吟集 〈1〉 〔1〕 청주 고노하나카이음집	破舟	시가/하이쿠	
4	6		淸州此華會吟集 〈1〉 〔1〕 청주 고노하나카이음집	一流	시가/하이쿠	
4	6		淸州此華會吟集 〈1〉 〔1〕 청주 고노하나카이음집	桂南	시가/하이쿠	
4	6		淸州此華會吟集 〈1〉 〔1〕 청주 고노하나카이음집	舍利首	시가/하이쿠	
4	6		淸州此華會吟集 〈1〉 〔1〕 청주 고노하나카이음집	綠水	시가/하이쿠	
4	6		淸州此華會吟集 〈1〉 〔1〕 청주 고노하나카이음집	一新	시가/하이쿠	
4	6		淸州此華會吟集 〈1〉 〔1〕 청주 고노하나카이음집	一流	시가/하이쿠	
6	1~3		大飛行機 羽衣號 〈24〉 큰 비행기 하고로모 호	江見水蔭	소설	

1912년 10월 06일 (일) 4111호

지면	단수	기획	기사제목 〈회수〉 〔곡수〕	필자/저자(역자)	분류	비고
4	1~3		出世角力成田利生記 〈17〉 출세 스모 나리타 리쇼 기	寶井馬琴 口演	고단	
5	1~2	讀者文藝 花す > き	剪燈錄 전등록	竹鳥	수필/일상	

지면	단수	기획	기사제목 〈회수〉 [곡수]	필자/저자(역자)	분류	비고
5	2		淸州此華會吟集 〈2〉 [1] 청주 고노하나카이음집	緣水	시가/하이쿠	
5	2		淸州此華會吟集 〈2〉 [1] 청주 고노하나카이음십	舍利首	시가/하이쿠	
5	2		淸州此華會吟集 〈2〉 [1] 청주 고노하나카이음집	落葉	시가/하이쿠	
5	2		淸州此華會吟集 〈2〉 [1] 청주 고노하나카이음집	桂南	시가/하이쿠	
5	2		淸州此華會吟集 〈2〉 [2] 청주 고노하나카이음집	一流	시가/하이쿠	
5	2		淸州此華會吟集 〈2〉 [1] 청주 고노하나카이음집	俳佛	시가/하이쿠	
5	2		淸州此華會吟集 〈2〉 [1] 청주 고노하나카이음집	靑山	시가/하이쿠	
5	2		淸州此華會吟集 〈2〉 [1] 청주 고노하나카이음집	桂南	시가/하이쿠	
5	2		淸州此華會吟集 〈2〉 [1] 청주 고노하나카이음집	棹花	시가/하이쿠	
5	2		淸州此華會吟集 〈2〉 [1] 청주 고노하나카이음집	靑山	시가/하이쿠	
5	2		淸州此華會吟集 〈2〉 [1] 청주 고노하나카이음집	一流	시가/하이쿠	
5	2		淸州此華會吟集 〈2〉 [1] 청주 고노하나카이음집	靑山	시가/하이쿠	
5	2		淸州此華會吟集 〈2〉 [2] 청주 고노하나카이음집	舍利首	시가/하이쿠	
5	2		淸州此華會吟集 〈2〉 [2] 청주 고노하나카이음집	醉茶	시가/하이쿠	
5	2		淸州此華會吟集 〈2〉 [1] 청주 고노하나카이음집	緣水	시가/하이쿠	
5	2		淸州此華會吟集 〈2〉 [1] 청주 고노하나카이음집	俳佛	시가/하이쿠	
5	2		淸州此華會吟集/人 〈2〉 [1] 청주 고노하나카이음집/인	淸州 緣水	시가/하이쿠	
5	2		淸州此華會吟集/地 〈2〉 [1] 청주 고노하나카이음집/지	淸州 緣水	시가/하이쿠	
5	3		淸州此華會吟集/天 〈2〉 [2] 청주 고노하나카이음집/천	##	시가/하이쿠	
6	1~3		大飛行機 羽衣號 〈25〉 큰 비행기 하고로모 호	江見水蔭	소설	

1912년 10월 08일 (화) 4112호

지면	단수	기획	기사제목 〈회수〉 [곡수]	필자/저자(역자)	분류	비고
3	3~4	讀者文藝 花す〉き	剪燈錄/妻と母と 전등록/아내와 엄마와	竹馬	수필/일상	
3	4~5	讀者文藝 花す〉き	剪燈錄/白と赤の糸 전등록/희고 빨간 실	竹馬	수필/일상	
4	1~3		出世角力成田利生記 〈18〉 출세 스모 나리타 리쇼 기	寶井馬琴 口演	고단	
6	1~3		大飛行機 羽衣號 〈26〉 큰 비행기 하고로모 호	江見水蔭	소설	

1912년 10월 09일 (수) 4113호

지면	단수	기획	기사제목 〈회수〉〔곡수〕	필자/저자(역자)	분류	비고
1	5		暴風は如何して起こるか 폭풍은 어째서 일어날까		수필/관찰	
1	6	文苑	河鹿-五句 〔5〕 산청 개구리-오구	古城	시가/하이쿠	
4	1~3		出世角力成田利生記 〈19〉 출세 스모 나리타 리쇼 기	寶井馬琴 口演	고단	
6	1~3		大飛行機 羽衣號 〈27〉 큰 비행기 하고로모 호	江見水蔭	소설	

1912년 10월 10일 (목) 4114호

지면	단수	기획	기사제목 〈회수〉〔곡수〕	필자/저자(역자)	분류	비고
1	6~7		一人一講/人間到處良藥有り 일인일강/인간 도처에 좋은 약이 있다	竹中#憲	수필/관찰	
4	1~3		出世角力成田利生記 〈20〉 출세 스모 나리타 리쇼 기	寶井馬琴 口演	고단	
6	1~3		大飛行機 羽衣號 〈28〉 큰 비행기 하고로모 호	江見水蔭	소설	

1912년 10월 11일 (금) 4115호

지면	단수	기획	기사제목 〈회수〉〔곡수〕	필자/저자(역자)	분류	비고
1	5~7		一人一講/不意の出來事に處する法 일인일강/불의의 일을 처리하는 법	某氏	수필/관찰	
4	1~3		出世角力成田利生記 〈21〉 출세 스모 나리타 리쇼 기	寶井馬琴 口演	고단	
6	1~3		大飛行機 羽衣號 〈29〉 큰 비행기 하고로모 호	江見水蔭	소설	

1912년 10월 12일 (토) 4116호

지면	단수	기획	기사제목 〈회수〉〔곡수〕	필자/저자(역자)	분류	비고
4	1~3		出世角力成田利生記 〈22〉 출세 스모 나리타 리쇼 기	寶井馬琴 口演	고단	
6	1~3		大飛行機 羽衣號 〈30〉 큰 비행기 하고로모 호	江見水蔭	소설	

1912년 10월 13일 (일) 4117호

지면	단수	기획	기사제목 〈회수〉〔곡수〕	필자/저자(역자)	분류	비고
4	1~3		出世角力成田利生記 〈23〉 출세 스모 나리타 리쇼 기	寶井馬琴 口演	고단	
6	1~3		大飛行機 羽衣號 〈31〉 큰 비행기 하고로모 호	江見水蔭	소설	

1912년 10월 15일 (화) 4118호

지면	단수	기획	기사제목 〈회수〉〔곡수〕	필자/저자(역자)	분류	비고
4	1~3		出世角力成田利生記 〈24〉 출세 스모 나리타 리쇼 기	寶井馬琴 口演	고단	
6	1~3		大飛行機 羽衣號 〈32〉 큰 비행기 하고로모 호	江見水蔭	소설	

1912년 10월 16일 (수) 4119호

지면	단수	기획	기사제목 〈회수〉〔곡수〕	필자/저자(역자)	분류	비고
1	4~6		馬山溫泉紀行 〈1〉 마산온천 기행	秋郎子	수필/기행	
4	1~3		出世角力成田利生記 〈25〉 출세 스모 나리타 리쇼 기	寶井馬琴 口演	고단	
6	1~3		大飛行機 羽衣號 〈33〉 큰 비행기 하고로모 호	江見水蔭	소설	

1912년 10월 17일 (목) 4120호

지면	단수	기획	기사제목 〈회수〉〔곡수〕	필자/저자(역자)	분류	비고
1	4~6		馬山溫泉紀行 〈2〉 마산온천 기행	秋郎子	수필/기행	
4	1~3		出世角力成田利生記 〈26〉 출세 스모 나리타 리쇼 기	寶井馬琴 口演	고단	
6	1~3		大飛行機 羽衣號 〈34〉 큰 비행기 하고로모 호	江見水蔭	소설	

1912년 10월 19일 (토) 4121호

지면	단수	기획	기사제목 〈회수〉〔곡수〕	필자/저자(역자)	분류	비고
1	3~5		馬山溫泉紀行 〈3〉 마산온천 기행	秋郎子	수필/기행	
4	1~3		出世角力成田利生記 〈27〉 출세 스모 나리타 리쇼 기	寶井馬琴 口演	고단	
6	1~3		大飛行機 羽衣號 〈35〉 큰 비행기 하고로모 호	江見水蔭	소설	

1912년 10월 20일 (일) 4122호

지면	단수	기획	기사제목 〈회수〉〔곡수〕	필자/저자(역자)	분류	비고
1	3~5		馬山溫泉紀行 〈4〉 마산온천 기행	秋郎子	수필/기행	
3	5		淸州此華會句集 〔2〕 청주 고노하나카이 구집	緣水	시가/하이쿠	
3	5		淸州此華會句集 〔1〕 청주 고노하나카이 구집	弘正	시가/하이쿠	
3	5		淸州此華會句集 〔2〕 청주 고노하나카이 구집	靑山	시가/하이쿠	
3	5		淸州此華會句集 〔1〕 청주 고노하나카이 구집	掉花	시가/하이쿠	
3	5		淸州此華會句集 〔1〕 청주 고노하나카이 구집	桂南	시가/하이쿠	
3	5		淸州此華會句集 〔2〕 청주 고노하나카이 구집	一新	시가/하이쿠	
4	1~3		出世角力成田利生記 〈28〉 출세 스모 나리타 리쇼 기	寶井馬琴 口演	고단	
6	1~3		大飛行機 羽衣號 〈36〉 큰 비행기 하고로모 호	江見水蔭	소설	

1912년 10월 22일 (화) 4123호

지면	단수	기획	기사제목 〈회수〉〔곡수〕	필자/저자(역자)	분류	비고
3	5		淸州此華會句集 〈2〉〔1〕 청주 고노하나카이 구집	同人	시가/하이쿠	
3	6		淸州此華會句集 〈2〉〔2〕 청주 고노하나카이 구집	俳佛	시가/하이쿠	
3	6		淸州此華會句集 〈2〉〔1〕 청주 고노하나카이 구집	一新	시가/하이쿠	
3	6		淸州此華會句集 〈2〉〔1〕 청주 고노하나카이 구집	靑山	시가/하이쿠	
3	6		淸州此華會句集 〈2〉〔1〕 청주 고노하나카이 구집	一流	시가/하이쿠	
3	6		淸州此華會句集 〈2〉〔1〕 청주 고노하나카이 구집	緣水	시가/하이쿠	
3	6		淸州此華會句集 〈2〉〔1〕 청주 고노하나카이 구집	一流	시가/하이쿠	
3	6		淸州此華會句集 〈2〉〔1〕 청주 고노하나카이 구집	弘正	시가/하이쿠	

지면	단수	기획	기사제목 〈회수〉〔곡수〕	필자/저자(역자)	분류	비고
3	6		清州此華會句集 〈2〉〔1〕 청주 고노하나카이 구집	靑山	시가/하이쿠	
4	1~3		出世角力成田利生記 〈29〉 출세 스모 나리타 리쇼 기	寶井馬琴 口演	고단	
6	1~3		大飛行機 羽衣號 〈37〉 큰 비행기 하고로모 호	江見水蔭	소설	

1912년 10월 23일 (수) 4124호

지면	단수	기획	기사제목 〈회수〉〔곡수〕	필자/저자(역자)	분류	비고
1	2~3		朴趾源 〈1〉 박지원		수필/기타	
1	6		俳句募集 하이쿠 모집		광고/모집	광고
4	1~3		出世角力成田利生記 〈30〉 출세 스모 나리타 리쇼 기	寶井馬琴 口演	고단	
6	1~3		大飛行機 羽衣號 〈38〉 큰 비행기 하고로모 호	江見水蔭	소설	

1912년 10월 24일 (목) 4125호

지면	단수	기획	기사제목 〈회수〉〔곡수〕	필자/저자(역자)	분류	비고
3	4		清州此華會句集/五秀 〈4〉〔2〕 청주 고노하나카이 구집/오수	緣水	시가/하이쿠	
3	4		清州此華會句集/五秀 〈4〉〔1〕 청주 고노하나카이 구집/오수	棹花	시가/하이쿠	
3	4		清州此華會句集/五秀 〈4〉〔1〕 청주 고노하나카이 구집/오수	弘正	시가/하이쿠	
3	4		清州此華會句集/五秀 〈4〉〔1〕 청주 고노하나카이 구집/오수	緣水	시가/하이쿠	
4	1~3		出世角力成田利生記 〈31〉 출세 스모 나리타 리쇼 기	寶井馬琴 口演	고단	
5	1~3		平壤と物資 〈2〉 평양과 물자		수필/관찰	
6	1~3		大飛行機 羽衣號 〈39〉 큰 비행기 하고로모 호	江見水蔭	소설	
7	1		仁川のは斯んなもの 인천이란 이런 곳	上原新市	수필/기행	
7	4~5		鐵原行 철원행	一記者	수필/기행	

1912년 10월 25일 (금) 4126호

지면	단수	기획	기사제목 〈회수〉〔곡수〕	필자/저자(역자)	분류	비고
1	4~5		朴趾源 〈2〉 박지원		수필/기타	
1	5~7		仁川のは斯んなもの 인천이란 이런 곳	上原新市	수필/기행	
3	4		清州此華會吟集/人 〈4〉〔1〕 청주 고노하나카이음집/인	桂南	시가/하이쿠	
3	4		清州此華會吟集/地 〈4〉〔1〕 청주 고노하나카이음집/지	俳佛	시가/하이쿠	
3	4		清州此華會吟集/天 〈4〉〔1〕 청주 고노하나카이음집/천	靑山	시가/하이쿠	
3	4		清州此華會吟集/軸 〈4〉〔1〕 청주 고노하나카이음집/축	桂南	시가/하이쿠	
4	1~3		出世角力成田利生記 〈32〉 출세 스모 나리타 리쇼 기	寶井馬琴 口演	고단	

지면	단수	기획	기사제목 〈회수〉〔곡수〕	필자/저자(역자)	분류	비고
4	3~4		鳥致院の夜行紀 조치원 야행기	鳥致院支局	수필/기행	
6	1~3		大飛行機 羽衣號 〈40〉 큰 비행기 하고로모 호	江見水蔭	소설	

1912년 10월 26일 (토) 4127호

지면	단수	기획	기사제목 〈회수〉〔곡수〕	필자/저자(역자)	분류	비고
1	5~6		朴趾源 〈3〉 박지원		수필/기타	
4	1~3		出世角力成田利生記 〈33〉 출세 스모 나리타 리쇼 기	寶井馬琴 口演	고단	
6	1~3		大飛行機 羽衣號 〈41〉 큰 비행기 하고로모 호	江見水蔭	소설	

1912년 10월 27일 (일) 4128호

지면	단수	기획	기사제목 〈회수〉〔곡수〕	필자/저자(역자)	분류	비고
1	1~2		朴趾源 〈4〉 박지원		수필/기타	
4	1~3		出世角力成田利生記 〈34〉 출세 스모 나리타 리쇼 기	寶井馬琴 口演	고단	
6	1~3		大飛行機 羽衣號 〈42〉 큰 비행기 하고로모 호	江見水蔭	소설	

1912년 10월 29일 (화) 4129호

지면	단수	기획	기사제목 〈회수〉〔곡수〕	필자/저자(역자)	분류	비고
4	1~3		出世角力成田利生記 〈35〉 출세 스모 나리타 리쇼 기	寶井馬琴 口演	고단	
6	1~3		大飛行機 羽衣號 〈43〉 큰 비행기 하고로모 호	江見水蔭	소설	

1912년 10월 30일 (수) 4130호

지면	단수	기획	기사제목 〈회수〉〔곡수〕	필자/저자(역자)	분류	비고
1	4~5		朴趾源 〈5〉 박지원		수필/기타	
4	1~3		出世角力成田利生記 〈36〉 출세 스모 나리타 리쇼 기	寶井馬琴 口演	고단	
5	1~2		商店訪問記 〈1〉 상점 방문기	#師#	수필/기행	
6	1~3		大飛行機 羽衣號 〈44〉 큰 비행기 하고로모 호	江見水蔭	소설	

1912년 10월 31일 (목) 4131호

지면	단수	기획	기사제목 〈회수〉〔곡수〕	필자/저자(역자)	분류	비고
4	1~3		出世角力成田利生記 〈37〉 출세 스모 나리타 리쇼 기	寶井馬琴 口演	고단	
6	1~3		大飛行機 羽衣號 〈45〉 큰 비행기 하고로모 호	江見水蔭	소설	

1912년 11월 01일 (금) 4132호

지면	단수	기획	기사제목 〈회수〉〔곡수〕	필자/저자(역자)	분류	비고
4	1~3		出世角力成田利生記 〈37〉 출세 스모 나리타 리쇼 기	寶井馬琴 口演	고단	회수 오류
6	1~3		大飛行機 羽衣號 〈46〉 큰 비행기 하고로모 호	江見水蔭	소설	

1912년 11월 02일 (토) 4133호

지면	단수	기획	기사제목 〈회수〉〔곡수〕	필자/저자(역자)	분류	비고
5	1~3		出世角力成田利生記 〈39〉 출세 스모 나리타 리쇼 기	寶井馬琴 口演	고단	

지면	단수	기획	기사제목 〈회수〉 〔곡수〕	필자/저자(역자)	분류	비고
6	1~3		大飛行機 羽衣號 〈47〉 큰 비행기 하고로모 호	江見水蔭	소설	

1912년 11월 03일 (일) 4134호

지면	단수	기획	기사제목 〈회수〉 〔곡수〕	필자/저자(역자)	분류	비고
4	1~3		出世角力成田利生記 〈40〉 출세 스모 나리타 리쇼 기	寶井馬琴 口演	고단	
6	1~3		大飛行機 羽衣號 〈48〉 큰 비행기 하고로모 호	江見水蔭	소설	
7	4~5		永登浦の一夜 영등포의 하룻밤	一記者	수필/일상	

1912년 11월 05일 (화) 4135호

지면	단수	기획	기사제목 〈회수〉 〔곡수〕	필자/저자(역자)	분류	비고
1	6~7		窓から 창문에서	平壤 未##人	수필/일상	
4	1~2		出世角力成田利生記 〈41〉 출세 스모 나리타 리쇼 기	寶井馬琴 口演	고단	
4	2~4		巡行餘滴 〈1〉 순행여적	小島紅淚	수필/관찰	

1912년 11월 06일 (수) 4136호

지면	단수	기획	기사제목 〈회수〉 〔곡수〕	필자/저자(역자)	분류	비고
1	6~8		一人一講/人蔘は万病の藥になる 일인일강/인삼은 만병의 약이 된다	三宅#一	수필/관찰	
4	1~2		出世角力成田利生記 〈42〉 출세 스모 나리타 리쇼 기	寶井馬琴 口演	고단	
4	5		巡行餘滴 〈2〉 순행여적	小島紅淚	수필/관찰	
6	1~3		大飛行機 羽衣號 〈49〉 큰 비행기 하고로모 호	江見水蔭	소설	

1912년 11월 07일 (목) 4137호

지면	단수	기획	기사제목 〈회수〉 〔곡수〕	필자/저자(역자)	분류	비고
1	5~6		菊の句 〔18〕 국화의 구	京城 野#小聲	수필·시가/ 기타·하이쿠	
4	1~2		出世角力成田利生記 〈43〉 출세 스모 나리타 리쇼 기	寶井馬琴 口演	고단	
4	6		巡行餘滴 순행여적	小島紅淚	수필/관찰	
6	1~3		大飛行機 羽衣號 〈50〉 큰 비행기 하고로모 호	江見水蔭	소설	

1912년 11월 08일 (금) 4138호

지면	단수	기획	기사제목 〈회수〉 〔곡수〕	필자/저자(역자)	분류	비고
1	7		一人一講/病氣見舞ひと贈物 일인일강/병문안과 선물	某ドクトル	수필/관찰	
4	1~3		出世角力成田利生記 〈44〉 출세 스모 나리타 리쇼 기	寶井馬琴 口演	고단	
5	1~3		巡行餘滴 〈3〉 순행여적	小島紅淚	수필/관찰	
5	3~4		歌 〔10〕 노래	野尻玄#子	시가/기타	
6	1~3		大飛行機 羽衣號 〈51〉 큰 비행기 하고로모 호	江見水蔭	소설	

1912년 11월 09일 (토) 4139호

지면	단수	기획	기사제목 〈회수〉 [곡수]	필자/저자(역자)	분류	비고
3	4~6		平壌商店訪問記 〈6〉 평양상점방문기	絹前堂	수필/기행	
3	4	百人百色	松永武吉氏 〈1〉 마쓰에이 다케요시 씨		수필/관찰	
4	1~3		出世角力成田利生記 〈45〉 출세 스모 나리타 리쇼 기	寶井馬琴 口演	고단	
6	1~3		大飛行機 羽衣號 〈52〉 큰 비행기 하고로모 호	江見水蔭	소설	

1912년 11월 10일 (일) 4140호

지면	단수	기획	기사제목 〈회수〉 [곡수]	필자/저자(역자)	분류	비고
3	3	百人百色	向井嵐氏 무카이 란 씨		수필/관찰	
3	4~5		群山から京城へ 〈1〉 군산에서 경성으로	湖村	수필/기행	
4	1~3		出世角力成田利生記 〈46〉 출세 스모 나리타 리쇼 기	寶井馬琴 口演	고단	
6	1~3		大飛行機 羽衣號 〈53〉 큰 비행기 하고로모 호	江見水蔭	소설	

1912년 11월 12일 (화) 4141호

지면	단수	기획	기사제목 〈회수〉 [곡수]	필자/저자(역자)	분류	비고
1	2~3	紀行	公州所觀 공주 소관		수필/기행	
4	1~3		出世角力成田利生記 〈47〉 출세 스모 나리타 리쇼 기	寶井馬琴 口演	고단	
6	1~3		大飛行機 羽衣號 〈55〉 큰 비행기 하고로모 호	江見水蔭	소설	

1912년 11월 13일 (수) 4142호

지면	단수	기획	기사제목 〈회수〉 [곡수]	필자/저자(역자)	분류	비고
1	4~6		小雪の窓より 소설의 창에서		수필/일상	
1	6~7		一人一講/海中に於ける農業 일인일강/바다에서의 농업		수필/관찰	
3	3~4		群山から京城へ 〈2〉 군산에서 경성으로	群山支局 湖村生	수필/기행	
4	1~3		出世角力成田利生記 〈48〉 출세 스모 나리타 리쇼 기	寶井馬琴 口演	고단	
6	1~3		大飛行機 羽衣號 〈56〉 큰 비행기 하고로모 호	江見水蔭	소설	

1912년 11월 14일 (목) 4143호

지면	단수	기획	기사제목 〈회수〉 [곡수]	필자/저자(역자)	분류	비고
1	6		秋 [9] 가을		시가/단카	
3	4~5		群山から京城へ 〈3〉 군산에서 경성으로	群山支局 湖村生	수필/기행	
4	1~3		出世角力成田利生記 〈49〉 출세 스모 나리타 리쇼 기	寶井馬琴 口演	고단	
6	1~3		大飛行機 羽衣號 〈57〉 큰 비행기 하고로모 호	江見水蔭	소설	

1912년 11월 15일 (금) 4144호

지면	단수	기획	기사제목 〈회수〉 [곡수]	필자/저자(역자)	분류	비고
4	1~3		出世角力成田利生記 〈49〉 출세 스모 나리타 리쇼 기	寶井馬琴 口演	고단	회수 오류

지면	단수	기획	기사제목 〈회수〉 [곡수]	필자/저자(역자)	분류	비고
5	3		歌 [4] 노래	京城 小野來子	시가/단카	
6	1~3		大飛行機 羽衣號 〈57〉 큰 비행기 하고로모 호	江見水蔭	소설	

1912년 11월 16일 (토) 4145호

지면	단수	기획	기사제목 〈회수〉 [곡수]	필자/저자(역자)	분류	비고
1	5~6		蜻蛉會 세이레이카이	十八公	수필·시가/ 기타·하이쿠	
1	6		とんぼ [1] 잠자리	默石	시가/하이쿠	
1	7		とんぼ [1] 잠자리	染岳	시가/하이쿠	
1	7		とんぼ [1] 잠자리	靑蛙	시가/하이쿠	
1	7		とんぼ [1] 잠자리	小羊	시가/하이쿠	
1	7		とんぼ [1] 잠자리	##	시가/하이쿠	
1	7		落花憂 [5] 낙화우	十八公	시가/하이쿠	
3	4		水原華城會句集 〈1〉 [1] 수원 화성회 구집	華南	시가/하이쿠	
3	4		水原華城會句集 〈1〉 [1] 수원 화성회 구집	馬雲	시가/하이쿠	
3	4		水原華城會句集 〈1〉 [1] 수원 화성회 구집	##	시가/하이쿠	
3	4		水原華城會句集 〈1〉 [1] 수원 화성회 구집	#足	시가/하이쿠	
3	4		水原華城會句集 〈1〉 [1] 수원 화성회 구집	#城	시가/하이쿠	
3	4		水原華城會句集 〈1〉 [1] 수원 화성회 구집	#石	시가/하이쿠	
3	4		水原華城會句集 〈1〉 [1] 수원 화성회 구집	#足	시가/하이쿠	
3	4		水原華城會句集 〈1〉 [1] 수원 화성회 구집	#城	시가/하이쿠	
3	4		水原華城會句集 〈1〉 [1] 수원 화성회 구집	起足	시가/하이쿠	
4	1~3		出世角力成田利生記 〈51〉 출세 스모 나리타 리쇼 기	寶井馬琴 口演	고단	
6	1~3		大飛行機 羽衣號 〈58〉 큰 비행기 하고로모 호	江見水蔭	소설	

1912년 11월 17일 (일) 4146호

지면	단수	기획	기사제목 〈회수〉 [곡수]	필자/저자(역자)	분류	비고
1	6~7		いろは記 〈1〉 이로하 기	南天生	수필/일상	
3	4		水原華城會句集 〈2〉 [1] 수원 화성회 구집	露#	시가/하이쿠	
3	4		水原華城會句集 〈2〉 [1] 수원 화성회 구집	其#	시가/하이쿠	
3	4		水原華城會句集 〈2〉 [1] 수원 화성회 구집	##	시가/하이쿠	

지면	단수	기획	기사제목 〈회수〉〔곡수〕	필자/저자(역자)	분류	비고
3	4		水原華城會句集 〈2〉〔1〕 수원 화성회 구집	懷石	시가/하이쿠	
3	4		水原華城會句集 〈2〉〔1〕 수원 화성회 구집	#城	시가/하이쿠	
3	4		水原華城會句集 〈2〉〔1〕 수원 화성회 구집	##	시가/하이쿠	
3	4		水原華城會句集 〈2〉〔1〕 수원 화성회 구집	#石	시가/하이쿠	
3	4		水原華城會句集 〈2〉〔1〕 수원 화성회 구집	秋風	시가/하이쿠	
3	4~5		群山から京城へ 〈4〉 군산에서 경성으로	湖村生	수필/기행	
4	1~3		出世角力成田利生記 〈52〉 출세 스모 나리타 리쇼 기	寶井馬琴 口演	고단	
6	1~3		大飛行機 羽衣號 〈59〉 큰 비행기 하고로모 호	江見水蔭	소설	

1912년 11월 19일 (화) 4147호

지면	단수	기획	기사제목 〈회수〉〔곡수〕	필자/저자(역자)	분류	비고
1	5		募集俳句/佐治賣劍選 〈1〉〔1〕 모집 하이쿠/사지 바이켄 선	仁川 國石	시가/하이쿠	
1	5		募集俳句/佐治賣劍選 〈1〉〔1〕 모집 하이쿠/사지 바이켄 선	安東縣 桂南	시가/하이쿠	
1	5		募集俳句/佐治賣劍選 〈1〉〔1〕 모집 하이쿠/사지 바이켄 선	永登浦 露月	시가/하이쿠	
1	5		募集俳句/佐治賣劍選 〈1〉〔1〕 모집 하이쿠/사지 바이켄 선	仁川 李尖子	시가/하이쿠	
1	5		募集俳句/佐治賣劍選 〈1〉〔1〕 모집 하이쿠/사지 바이켄 선	仁川 兼道	시가/하이쿠	
1	5		募集俳句/佐治賣劍選 〈1〉〔1〕 모집 하이쿠/사지 바이켄 선	仁川 蘭石	시가/하이쿠	
1	5		募集俳句/佐治賣劍選 〈1〉〔1〕 모집 하이쿠/사지 바이켄 선	仁川 李尖子	시가/하이쿠	
1	5		募集俳句/佐治賣劍選 〈1〉〔1〕 모집 하이쿠/사지 바이켄 선	仁川 #月	시가/하이쿠	
1	5		募集俳句/佐治賣劍選 〈1〉〔1〕 모집 하이쿠/사지 바이켄 선	仁川 兼道	시가/하이쿠	
1	6		募集俳句/佐治賣劍選 〈1〉〔1〕 모집 하이쿠/사지 바이켄 선	安東縣 桂浦	시가/하이쿠	
1	6		募集俳句/佐治賣劍選 〈1〉〔2〕 모집 하이쿠/사지 바이켄 선	仁川 李尖子	시가/하이쿠	
1	6		いつた記 〈2〉 이쓰타 기	天南生	수필/일상	제목 변경
3	5		水原華城會句集 〈3〉〔1〕 수원 화성회 구집	露光	시가/하이쿠	
3	5		水原華城會句集 〈3〉〔1〕 수원 화성회 구집	秋風	시가/하이쿠	
3	5		水原華城會句集 〈3〉〔1〕 수원 화성회 구집	撫城	시가/하이쿠	
3	5		水原華城會句集 〈3〉〔1〕 수원 화성회 구집	露光	시가/하이쿠	
3	5		水原華城會句集 〈3〉〔1〕 수원 화성회 구집	懷石	시가/하이쿠	

지면	단수	기획	기사제목 〈회수〉 〔곡수〕	필자/저자(역자)	분류	비고
3	5		水原華城會句集 〈3〉 〔1〕 수원 화성회 구집	撫城	시가/하이쿠	
3	5		水原華城會句集 〈3〉 〔2〕 수원 화성회 구집	知足	시가/하이쿠	
3	5		水原華城會句集 〈3〉 〔1〕 수원 화성회 구집	稻峰	시가/하이쿠	
4	1~3		出世角力成田利生記 〈53〉 출세 스모 나리타 리쇼 기	寶井馬琴 口演	고단	
6	1~3		大飛行機 羽衣號 〈61〉 큰 비행기 하고로모 호	江見水蔭	소설	

1912년 11월 20일 (수) 4148호

지면	단수	기획	기사제목 〈회수〉 〔곡수〕	필자/저자(역자)	분류	비고
1	5		募集俳句/佐治賣劍選/夜寒、寒、朝寒 〈2〉 〔1〕 모집 하이쿠/사지 바이켄 선/밤 추위, 추위, 아침 추위	淸州 人兆	시가/하이쿠	
1	5		募集俳句/佐治賣劍選/夜寒、寒、朝寒 〈2〉 〔1〕 모집 하이쿠/사지 바이켄 선/밤 추위, 추위, 아침 추위	眞南浦 榮華	시가/하이쿠	
1	5		募集俳句/佐治賣劍選/夜寒、寒、朝寒 〈2〉 〔1〕 모집 하이쿠/사지 바이켄 선/밤 추위, 추위, 아침 추위	仁川 柳榮	시가/하이쿠	
1	5		募集俳句/佐治賣劍選/夜寒、寒、朝寒 〈2〉 〔1〕 모집 하이쿠/사지 바이켄 선/밤 추위, 추위, 아침 추위	木浦 みどり	시가/하이쿠	
1	5		募集俳句/佐治賣劍選/夜寒、寒、朝寒 〈2〉 〔1〕 모집 하이쿠/사지 바이켄 선/밤 추위, 추위, 아침 추위	京城 狂#	시가/하이쿠	
1	5		募集俳句/佐治賣劍選/夜寒、寒、朝寒 〈2〉 〔1〕 모집 하이쿠/사지 바이켄 선/밤 추위, 추위, 아침 추위	安東縣 桂浦	시가/하이쿠	
1	5		募集俳句/佐治賣劍選/夜寒、寒、朝寒 〈2〉 〔1〕 모집 하이쿠/사지 바이켄 선/밤 추위, 추위, 아침 추위	仁川 #道	시가/하이쿠	
1	5		募集俳句/佐治賣劍選/夜寒、寒、朝寒 〈2〉 〔1〕 모집 하이쿠/사지 바이켄 선/밤 추위, 추위, 아침 추위	仁川 半狂生	시가/하이쿠	
1	5		募集俳句/佐治賣劍選/夜寒、寒、朝寒 〈2〉 〔1〕 모집 하이쿠/사지 바이켄 선/밤 추위, 추위, 아침 추위	平壤 水石	시가/하이쿠	
1	5		募集俳句/佐治賣劍選/夜寒、寒、朝寒 〈2〉 〔1〕 모집 하이쿠/사지 바이켄 선/밤 추위, 추위, 아침 추위	仁川 さい女	시가/하이쿠	
1	5		募集俳句/佐治賣劍選/夜寒、寒、朝寒 〈2〉 〔2〕 모집 하이쿠/사지 바이켄 선/밤 추위, 추위, 아침 추위	黃海道 立名	시가/하이쿠	
1	5		募集俳句/佐治賣劍選/夜寒、寒、朝寒 〈2〉 〔1〕 모집 하이쿠/사지 바이켄 선/밤 추위, 추위, 아침 추위	仁川 本因坊	시가/하이쿠	
1	5		募集俳句/佐治賣劍選/夜寒、寒、朝寒 〈2〉 〔3〕 모집 하이쿠/사지 바이켄 선/밤 추위, 추위, 아침 추위	仁川 杢尖子	시가/하이쿠	
1	5~6		いつた記 〈3〉 이쓰타 기	天南生	수필/일상	
3	3~4		群山から京城へ 〈5〉 군산에서 경성으로	湖村生	수필/기행	
4	1~3		出世角力成田利生記 〈54〉 출세 스모 나리타 리쇼 기	寶井馬琴 口演	고단	
6	1~3		大飛行機 羽衣號 〈62〉 큰 비행기 하고로모 호	江見水蔭	소설	

1912년 11월 21일 (목) 4149호

지면	단수	기획	기사제목 〈회수〉 〔곡수〕	필자/저자(역자)	분류	비고
1	1~2	紀行	歌聖紀貫之 가성 기노쓰라 유키		수필/기행	
1	5		募集俳句/佐治賣劍選/寒,夜寒、朝寒、肌寒 〈2〉 〔1〕 모집 하이쿠/사지 바이켄 선/추위,밤 추위, 아침 추위, 으스스한 추위	仁川 兼道	시가/하이쿠	

지면	단수	기획	기사제목 〈회수〉〔곡수〕	필자/저자(역자)	분류	비고
1	5		募集俳句/佐治賣劍選/寒,夜寒、朝寒、肌寒 〈2〉〔1〕 모집 하이쿠/사지 바이켄 선/추위,밤 추위, 아침 추위, 으스스한 추위	大邱 玖西	시가/하이쿠	
1	5		募集俳句/佐治賣劍選/寒,夜寒、朝寒、肌寒 〈2〉〔1〕 모집 하이쿠/사지 바이켄 선/추위,밤 추위, 아침 주위, 으스스한 주위	仁川 鬼塚公	시가/하이쿠	
1	5		募集俳句/佐治賣劍選/寒,夜寒、朝寒、肌寒 〈2〉〔1〕 모집 하이쿠/사지 바이켄 선/추위,밤 추위, 아침 추위, 으스스한 추위	安東縣 桂浦	시가/하이쿠	
1	5		募集俳句/佐治賣劍選/寒,夜寒、朝寒、肌寒 〈2〉〔1〕 모집 하이쿠/사지 바이켄 선/추위,밤 추위, 아침 추위, 으스스한 추위	大邱 一六生	시가/하이쿠	
1	5		募集俳句/佐治賣劍選/寒,夜寒、朝寒、肌寒 〈2〉〔1〕 모집 하이쿠/사지 바이켄 선/추위,밤 추위, 아침 추위, 으스스한 추위	永登浦 露月	시가/하이쿠	
1	5		募集俳句/佐治賣劍選/寒,夜寒、朝寒、肌寒 〈2〉〔1〕 모집 하이쿠/사지 바이켄 선/추위,밤 추위, 아침 추위, 으스스한 추위	仁川 竹#	시가/하이쿠	
1	5		募集俳句/佐治賣劍選/寒,夜寒、朝寒、肌寒 〈2〉〔1〕 모집 하이쿠/사지 바이켄 선/추위,밤 추위, 아침 추위, 으스스한 추위	鎭南浦 紫峯	시가/하이쿠	
1	5		募集俳句/佐治賣劍選/寒,夜寒、朝寒、肌寒 〈2〉〔1〕 모집 하이쿠/사지 바이켄 선/추위,밤 추위, 아침 추위, 으스스한 추위	仁川 さい女	시가/하이쿠	
1	5		募集俳句/佐治賣劍選/寒,夜寒、朝寒、肌寒 〈2〉〔1〕 모집 하이쿠/사지 바이켄 선/추위,밤 추위, 아침 추위, 으스스한 추위	淸州 人兆	시가/하이쿠	
1	5		募集俳句/佐治賣劍選/寒,夜寒、朝寒、肌寒 〈2〉〔1〕 모집 하이쿠/사지 바이켄 선/추위,밤 추위, 아침 추위, 으스스한 추위	仁川 春靜	시가/하이쿠	
1	5		募集俳句/佐治賣劍選/寒,夜寒、朝寒、肌寒 〈2〉〔1〕 모집 하이쿠/사지 바이켄 선/추위,밤 추위, 아침 추위, 으스스한 추위	仁川 半狂生	시가/하이쿠	
1	5		募集俳句/佐治賣劍選/寒,夜寒、朝寒、肌寒 〈2〉〔1〕 모집 하이쿠/사지 바이켄 선/추위,밤 추위, 아침 추위, 으스스한 추위	仁川 松園	시가/하이쿠	
1	5		募集俳句/佐治賣劍選/寒,夜寒、朝寒、肌寒 〈2〉〔1〕 모집 하이쿠/사지 바이켄 선/추위,밤 추위, 아침 추위, 으스스한 추위	大邱 玖西	시가/하이쿠	
1	5		募集俳句/佐治賣劍選/寒,夜寒、朝寒、肌寒 〈2〉〔1〕 모집 하이쿠/사지 바이켄 선/추위,밤 추위, 아침 추위, 으스스한 추위	黃海道 立名	시가/하이쿠	
1	5		募集俳句/佐治賣劍選/寒,夜寒、朝寒、肌寒 〈2〉〔1〕 모집 하이쿠/사지 바이켄 선/추위,밤 추위, 아침 추위, 으스스한 추위	仁川 柳#	시가/하이쿠	
1	5		募集俳句/佐治賣劍選/寒,夜寒、朝寒、肌寒 〈2〉〔1〕 모집 하이쿠/사지 바이켄 선/추위,밤 추위, 아침 추위, 으스스한 추위	仁川 樂多坊	시가/하이쿠	
3	1~3		出世角力成田利生記 〈55〉 출세 스모 나리타 리쇼 기	寶井馬琴 口演	고단	
3	6		群山から京城へ 〈6〉 군산에서 경성으로	湖村生	수필/기행	
5	1~2		地方巡視奇談 〈1〉 지방 순시 기담	藥師川警務部長談	수필	
6	1~3		大飛行機 羽衣號 〈63〉 큰 비행기 하고로모 호	江見水蔭	소설	

1912년 11월 22일 (금) 4150호

지면	단수	기획	기사제목 〈회수〉〔곡수〕	필자/저자(역자)	분류	비고
1	5		募集俳句/佐治賣劍選/寒,夜寒、夕寒、朝寒 〈4〉〔1〕 모집 하이쿠/사지 바이켄 선/추위, 밤 추위, 저녁때 추위, 아침 추위	大邱 玖西	시가/하이쿠	
1	5		募集俳句/佐治賣劍選/寒,夜寒、夕寒、朝寒 〈4〉〔1〕 모집 하이쿠/사지 바이켄 선/추위, 밤 추위, 저녁때 추위, 아침 추위	仁川 #浦	시가/하이쿠	
1	5		募集俳句/佐治賣劍選/寒,夜寒、夕寒、朝寒 〈4〉〔1〕 모집 하이쿠/사지 바이켄 선/추위, 밤 추위, 저녁때 추위, 아침 추위	水原 膳市	시가/하이쿠	
1	5		募集俳句/佐治賣劍選/寒,夜寒、夕寒、朝寒 〈4〉〔1〕 모집 하이쿠/사지 바이켄 선/추위, 밤 추위, 저녁때 추위, 아침 추위	仁川 宇洪	시가/하이쿠	
1	5		募集俳句/佐治賣劍選/寒,夜寒、夕寒、朝寒 〈4〉〔1〕 모집 하이쿠/사지 바이켄 선/추위, 밤 추위, 저녁때 추위, 아침 추위	仁川 半狂生	시가/하이쿠	

지면	단수	기획	기사제목 〈회수〉〔곡수〕	필자/저자(역자)	분류	비고
1	5		募集俳句/佐治賣劍選/寒,夜寒、夕寒、朝寒 〈4〉〔1〕 모집 하이쿠/사지 바이켄 선/추위, 밤 추위, 저녁때 추위, 아침 추위	靑州 人兆	시가/하이쿠	
1	5		募集俳句/佐治賣劍選/寒,夜寒、夕寒、朝寒 〈4〉〔1〕 모집 하이쿠/사지 바이켄 선/추위, 밤 추위, 저녁때 추위, 아침 추위	仁川 さい女	시가/하이쿠	
1	5		募集俳句/佐治賣劍選/寒,夜寒、夕寒、朝寒 〈4〉〔1〕 모집 하이쿠/사지 바이켄 선/추위, 밤 추위, 저녁때 추위, 아침 추위	仁川 松園	시가/하이쿠	
1	5		募集俳句/佐治賣劍選/寒,夜寒、夕寒、朝寒 〈4〉〔1〕 모집 하이쿠/사지 바이켄 선/추위, 밤 추위, 저녁때 추위, 아침 추위	仁川 花灯	시가/하이쿠	
1	5		募集俳句/佐治賣劍選/寒,夜寒、夕寒、朝寒 〈4〉〔1〕 모집 하이쿠/사지 바이켄 선/추위, 밤 추위, 저녁때 추위, 아침 추위	木浦 みどり	시가/하이쿠	
1	5		募集俳句/佐治賣劍選/寒,夜寒、夕寒、朝寒 〈4〉〔1〕 모집 하이쿠/사지 바이켄 선/추위, 밤 추위, 저녁때 추위, 아침 추위	京城 松琴	시가/하이쿠	
1	5		募集俳句/佐治賣劍選/寒,夜寒、夕寒、朝寒 〈4〉〔1〕 모집 하이쿠/사지 바이켄 선/추위, 밤 추위, 저녁때 추위, 아침 추위	黃海道 立名	시가/하이쿠	
1	5		募集俳句/佐治賣劍選/寒,夜寒、夕寒、朝寒 〈4〉〔1〕 모집 하이쿠/사지 바이켄 선/추위, 밤 추위, 저녁때 추위, 아침 추위	仁川 ##	시가/하이쿠	
1	5		募集俳句/佐治賣劍選/寒,夜寒、夕寒、朝寒 〈4〉〔1〕 모집 하이쿠/사지 바이켄 선/추위, 밤 추위, 저녁때 추위, 아침 추위	大連 佐藤#	시가/하이쿠	
1	5		募集俳句/佐治賣劍選/寒,夜寒、夕寒、朝寒 〈4〉〔1〕 모집 하이쿠/사지 바이켄 선/추위, 밤 추위, 저녁때 추위, 아침 추위	仁川 兼道	시가/하이쿠	
1	5		募集俳句/佐治賣劍選/寒,夜寒、夕寒、朝寒 〈4〉〔2〕 모집 하이쿠/사지 바이켄 선/추위, 밤 추위, 저녁때 추위, 아침 추위	仁川 杢尖子	시가/하이쿠	
1	5~6		いつた記 이쓰타 기	天南生	수필/일상	
4	1~3		出世角力成田利生記 〈56〉 출세 스모 나리타 리쇼 기	寶井馬琴 口演	고단	
5	1~2		群山から京城へ 군산에서 경성으로	湖村生	수필/기행	
5	3		有駄話無駄話/菊の話 유익한 이야기 실없는 이야기/국화 이야기	竹馬	수필/일상	
5	3~4		有駄話無駄話/武邊談 유익한 이야기 실없는 이야기/무변담	竹馬	수필/일상	
5	4		有駄話無駄話/母とは何んぞ 유익한 이야기 실없는 이야기/어머니는 무엇인가	竹馬	수필/일상	
6	1~3		大飛行機 羽衣號 〈64〉 큰 비행기 하고로모 호	江見水蔭	소설	

1912년 11월 23일 (토) 4151호

지면	단수	기획	기사제목 〈회수〉〔곡수〕	필자/저자(역자)	분류	비고
1	6		募集俳句/佐治賣劍選/火鉢 〈5〉〔1〕 모집 하이쿠/사지 바이켄 선/화로	鎭南浦 紫峯	시가/하이쿠	
1	6		募集俳句/佐治賣劍選/火鉢 〈5〉〔1〕 모집 하이쿠/사지 바이켄 선/화로	仁川 さい女	시가/하이쿠	
1	6		募集俳句/佐治賣劍選/火鉢 〈5〉〔1〕 모집 하이쿠/사지 바이켄 선/화로	淸州 人兆	시가/하이쿠	
1	6		募集俳句/佐治賣劍選/火鉢 〈5〉〔1〕 모집 하이쿠/사지 바이켄 선/화로	仁川 春#	시가/하이쿠	
1	6		募集俳句/佐治賣劍選/火鉢 〈5〉〔1〕 모집 하이쿠/사지 바이켄 선/화로	淸州 一新	시가/하이쿠	
1	6		募集俳句/佐治賣劍選/火鉢 〈5〉〔1〕 모집 하이쿠/사지 바이켄 선/화로	仁川 本因坊	시가/하이쿠	
1	6		募集俳句/佐治賣劍選/火鉢 〈5〉〔1〕 모집 하이쿠/사지 바이켄 선/화로	仁川 ##	시가/하이쿠	

지면	단수	기획	기사제목 〈회수〉 〔곡수〕	필자/저자(역자)	분류	비고
1	6		募集俳句/佐治賣劍選/火鉢 〈5〉〔2〕 모집 하이쿠/사지 바이켄 선/화로	安東縣 桂浦	시가/하이쿠	
1	6		募集俳句/佐治賣劍選/火鉢 〈5〉〔1〕 모집 하이쿠/사지 바이켄 선/화로	永登浦 露月	시가/하이쿠	
1	6		募集俳句/佐治賣劍選/火鉢 〈5〉〔1〕 모집 하이쿠/사지 바이켄 선/화로	仁川 樂多坊	시가/하이쿠	
1	6		募集俳句/佐治賣劍選/火鉢 〈5〉〔1〕 모집 하이쿠/사지 바이켄 선/화로	仁川 竹#	시가/하이쿠	
1	6		募集俳句/佐治賣劍選/火鉢 〈5〉〔1〕 모집 하이쿠/사지 바이켄 선/화로	仁川 桂清	시가/하이쿠	
1	6		募集俳句/佐治賣劍選/火鉢 〈5〉〔1〕 모집 하이쿠/사지 바이켄 선/화로	仁川 半狂生	시가/하이쿠	
1	6		募集俳句/佐治賣劍選/火鉢 〈5〉〔1〕 모집 하이쿠/사지 바이켄 선/화로	清州 棹花	시가/하이쿠	
1	6		募集俳句/佐治賣劍選/火鉢 〈5〉〔4〕 모집 하이쿠/사지 바이켄 선/화로	仁川 杢尖子	시가/하이쿠	
3	1~3		百鬼夜行 백귀야행		수필/기행	
4	1~3		出世角力成田利生記 〈57〉 출세 스모 나리타 리쇼 기	寶井馬琴 口演	고단	
6	1~3		大飛行機 羽衣號 〈65〉 큰 비행기 하고로모 호	江見水蔭	소설	

1912년 11월 25일 (월) 4152호

지면	단수	기획	기사제목 〈회수〉 〔곡수〕	필자/저자(역자)	분류	비고
1	5		募集俳句/佐治賣劍選/火鉢 〈6〉〔2〕 모집 하이쿠/사지 바이켄 선/화로	鎮南浦 紫峯	시가/하이쿠	
1	5		募集俳句/佐治賣劍選/火鉢 〈6〉〔1〕 모집 하이쿠/사지 바이켄 선/화로	仁川 さい女	시가/하이쿠	
1	5		募集俳句/佐治賣劍選/火鉢 〈6〉〔2〕 모집 하이쿠/사지 바이켄 선/화로	仁川 春#	시가/하이쿠	
1	5		募集俳句/佐治賣劍選/火鉢 〈6〉〔1〕 모집 하이쿠/사지 바이켄 선/화로	仁川 花汀	시가/하이쿠	
1	5		募集俳句/佐治賣劍選/火鉢 〈6〉〔1〕 모집 하이쿠/사지 바이켄 선/화로	清州 一新	시가/하이쿠	
1	5		募集俳句/佐治賣劍選/火鉢 〈6〉〔1〕 모집 하이쿠/사지 바이켄 선/화로	仁川 本因坊	시가/하이쿠	
1	5		募集俳句/佐治賣劍選/火鉢 〈6〉〔1〕 모집 하이쿠/사지 바이켄 선/화로	永登浦 露月	시가/하이쿠	
1	5		募集俳句/佐治賣劍選/火鉢 〈6〉〔2〕 모집 하이쿠/사지 바이켄 선/화로	安東縣 桂浦	시가/하이쿠	
1	5		募集俳句/佐治賣劍選/火鉢 〈6〉〔1〕 모집 하이쿠/사지 바이켄 선/화로	仁川 鬼塚公	시가/하이쿠	
1	5		募集俳句/佐治賣劍選/火鉢 〈6〉〔2〕 모집 하이쿠/사지 바이켄 선/화로	清州 掉花	시가/하이쿠	
1	5		募集俳句/佐治賣劍選/火鉢 〈6〉〔1〕 모집 하이쿠/사지 바이켄 선/화로	仁川 兼道	시가/하이쿠	
1	5		募集俳句/佐治賣劍選/火鉢 〈6〉〔1〕 모집 하이쿠/사지 바이켄 선/화로	仁川 半狂生	시가/하이쿠	
1	5		募集俳句/佐治賣劍選/火鉢 〈6〉〔1〕 모집 하이쿠/사지 바이켄 선/화로	仁川 一六生	시가/하이쿠	
1	5		募集俳句/佐治賣劍選/火鉢 〈6〉〔3〕 모집 하이쿠/사지 바이켄 선/화로	仁川 杢尖子	시가/하이쿠	

지면	단수	기획	기사제목 〈회수〉〔곡수〕	필자/저자(역자)	분류	비고
1	5~6		いつた記 이쓰타 기	天南生	수필/일상	
3	1		地方巡視奇談 〈4〉 지방순시 기담	藥師川警務部長談	수필	

1	5		募集俳句/佐治賣劍選/散紅葉 〈6〉〔2〕 모집 하이쿠/사지 바이켄 선/떨어지는 붉은 낙엽	仁川 半狂生	시가/하이쿠	
1	5		募集俳句/佐治賣劍選/散紅葉 〈6〉〔1〕 모집 하이쿠/사지 바이켄 선/떨어지는 붉은 낙엽	清州 人兆	시가/하이쿠	
1	5		募集俳句/佐治賣劍選/散紅葉 〈6〉〔1〕 모집 하이쿠/사지 바이켄 선/떨어지는 붉은 낙엽	仁川 本因坊	시가/하이쿠	
1	5		募集俳句/佐治賣劍選/散紅葉 〈6〉〔1〕 모집 하이쿠/사지 바이켄 선/떨어지는 붉은 낙엽	仁川 さい女	시가/하이쿠	
1	5		募集俳句/佐治賣劍選/散紅葉 〈6〉〔1〕 모집 하이쿠/사지 바이켄 선/떨어지는 붉은 낙엽	黃海道 立名	시가/하이쿠	
1	5		募集俳句/佐治賣劍選/散紅葉 〈6〉〔1〕 모집 하이쿠/사지 바이켄 선/떨어지는 붉은 낙엽	仁川 松園	시가/하이쿠	
1	5		募集俳句/佐治賣劍選/散紅葉 〈6〉〔1〕 모집 하이쿠/사지 바이켄 선/떨어지는 붉은 낙엽	仁川 #道	시가/하이쿠	
1	5		募集俳句/佐治賣劍選/散紅葉 〈6〉〔1〕 모집 하이쿠/사지 바이켄 선/떨어지는 붉은 낙엽	清州 一#	시가/하이쿠	
1	5		募集俳句/佐治賣劍選/散紅葉 〈6〉〔1〕 모집 하이쿠/사지 바이켄 선/떨어지는 붉은 낙엽	平壤 水石	시가/하이쿠	
1	5		募集俳句/佐治賣劍選/散紅葉 〈6〉〔1〕 모집 하이쿠/사지 바이켄 선/떨어지는 붉은 낙엽	仁川 竹堂	시가/하이쿠	
1	5		募集俳句/佐治賣劍選/散紅葉 〈6〉〔1〕 모집 하이쿠/사지 바이켄 선/떨어지는 붉은 낙엽	清州 江#	시가/하이쿠	
1	5		募集俳句/佐治賣劍選/散紅葉 〈6〉〔1〕 모집 하이쿠/사지 바이켄 선/떨어지는 붉은 낙엽	永登浦 露月	시가/하이쿠	
1	5		募集俳句/佐治賣劍選/散紅葉 〈6〉〔1〕 모집 하이쿠/사지 바이켄 선/떨어지는 붉은 낙엽	京城 #佛	시가/하이쿠	
1	5		募集俳句/佐治賣劍選/散紅葉 〈6〉〔1〕 모집 하이쿠/사지 바이켄 선/떨어지는 붉은 낙엽	清州 樟花	시가/하이쿠	
1	5		募集俳句/佐治賣劍選/散紅葉 〈6〉〔1〕 모집 하이쿠/사지 바이켄 선/떨어지는 붉은 낙엽	## 由#	시가/하이쿠	
1	5		募集俳句/佐治賣劍選/散紅葉 〈6〉〔1〕 모집 하이쿠/사지 바이켄 선/떨어지는 붉은 낙엽	安東縣 桂浦	시가/하이쿠	
1	5		募集俳句/佐治賣劍選/散紅葉 〈6〉〔2〕 모집 하이쿠/사지 바이켄 선/떨어지는 붉은 낙엽	仁川 杢尖子	시가/하이쿠	
4	1~3		出世角力成田利生記 〈58〉 출세 스모 나리타 리쇼 기	寶井馬琴 口演	고단	
5	3		情緒からペンへ 마음에서 펜으로	平南支社 中西伊之助	수필/일상	
6	1~3		大飛行機 羽衣號 〈66〉 큰 비행기 하고로모 호	江見水蔭	소설	

1	6		いつた記補遺 〈1〉 이쓰타 기 보유	天南生	수필/관찰	
4	1~3		出世角力成田利生記 〈59〉 출세 스모 나리타 리쇼 기	寶井馬琴 口演	고단	

지면	단수	기획	기사제목 〈회수〉 〔곡수〕	필자/저자(역자)	분류	비고
6	1~3		大飛行機 羽衣號 〈67〉 큰 비행기 하고로모 호	江見水蔭	소설	

1912년 11월 28일 (목) 4155호

지면	단수	기획	기사제목 〈회수〉 〔곡수〕	필자/저자(역자)	분류	비고
1	5		募集俳句/佐治賣劍選/散紅葉 〈7〉〔1〕 모집 하이쿠/사지 바이켄 선/떨어지는 붉은 낙엽	鎭南浦 紫峯	시가/하이쿠	
1	5		募集俳句/佐治賣劍選/散紅葉 〈7〉〔1〕 모집 하이쿠/사지 바이켄 선/떨어지는 붉은 낙엽	仁川 花灯	시가/하이쿠	
1	5		募集俳句/佐治賣劍選/散紅葉 〈7〉〔1〕 모집 하이쿠/사지 바이켄 선/떨어지는 붉은 낙엽	仁川 十八女	시가/하이쿠	
1	5		募集俳句/佐治賣劍選/散紅葉 〈7〉〔1〕 모집 하이쿠/사지 바이켄 선/떨어지는 붉은 낙엽	黃海道 立名	시가/하이쿠	
1	5		募集俳句/佐治賣劍選/散紅葉 〈7〉〔1〕 모집 하이쿠/사지 바이켄 선/떨어지는 붉은 낙엽	仁川 竹#	시가/하이쿠	
1	5		募集俳句/佐治賣劍選/散紅葉 〈7〉〔1〕 모집 하이쿠/사지 바이켄 선/떨어지는 붉은 낙엽	木浦 みどり	시가/하이쿠	
1	5		募集俳句/佐治賣劍選/散紅葉 〈7〉〔1〕 모집 하이쿠/사지 바이켄 선/떨어지는 붉은 낙엽	仁川 丸坊生	시가/하이쿠	
1	5		募集俳句/佐治賣劍選/散紅葉 〈7〉〔1〕 모집 하이쿠/사지 바이켄 선/떨어지는 붉은 낙엽	仁川 春靜	시가/하이쿠	
1	5		募集俳句/佐治賣劍選/散紅葉 〈7〉〔1〕 모집 하이쿠/사지 바이켄 선/떨어지는 붉은 낙엽	仁川 巨國	시가/하이쿠	
1	5		募集俳句/佐治賣劍選/散紅葉 〈7〉〔1〕 모집 하이쿠/사지 바이켄 선/떨어지는 붉은 낙엽	龍山 一愛	시가/하이쿠	
1	5		募集俳句/佐治賣劍選/散紅葉 〈7〉〔1〕 모집 하이쿠/사지 바이켄 선/떨어지는 붉은 낙엽	仁川 半狂生	시가/하이쿠	
1	5		募集俳句/佐治賣劍選/散紅葉 〈7〉〔2〕 모집 하이쿠/사지 바이켄 선/떨어지는 붉은 낙엽	仁川 兼道	시가/하이쿠	
1	5		募集俳句/佐治賣劍選/散紅葉 〈7〉〔1〕 모집 하이쿠/사지 바이켄 선/떨어지는 붉은 낙엽	永登浦 露月	시가/하이쿠	
1	5		募集俳句/佐治賣劍選/散紅葉 〈7〉〔1〕 모집 하이쿠/사지 바이켄 선/떨어지는 붉은 낙엽	淸州 棹花	시가/하이쿠	
1	5		募集俳句/佐治賣劍選/散紅葉 〈7〉〔1〕 모집 하이쿠/사지 바이켄 선/떨어지는 붉은 낙엽	鎭南浦 由利	시가/하이쿠	
1	5		募集俳句/佐治賣劍選/散紅葉 〈7〉〔1〕 모집 하이쿠/사지 바이켄 선/떨어지는 붉은 낙엽	安東縣 桂浦	시가/하이쿠	
1	5		募集俳句/佐治賣劍選/散紅葉 〈7〉〔2〕 모집 하이쿠/사지 바이켄 선/떨어지는 붉은 낙엽	仁川 杢尖子	시가/하이쿠	
1	5		募集俳句/佐治賣劍選/散紅葉 〈7〉〔1〕 모집 하이쿠/사지 바이켄 선/떨어지는 붉은 낙엽	仁川 花汀	시가/하이쿠	
1	5		募集俳句/佐治賣劍選/散紅葉 〈7〉〔1〕 모집 하이쿠/사지 바이켄 선/떨어지는 붉은 낙엽	黃海道 立名	시가/하이쿠	
1	5		募集俳句/佐治賣劍選/散紅葉 〈7〉〔1〕 모집 하이쿠/사지 바이켄 선/떨어지는 붉은 낙엽	仁川 竹#	시가/하이쿠	
1	5		募集俳句/佐治賣劍選/散紅葉 〈7〉〔1〕 모집 하이쿠/사지 바이켄 선/떨어지는 붉은 낙엽	仁川 さい女	시가/하이쿠	
1	5		募集俳句/佐治賣劍選/散紅葉 〈7〉〔1〕 모집 하이쿠/사지 바이켄 선/떨어지는 붉은 낙엽	仁川 半狂生	시가/하이쿠	
1	5		募集俳句/佐治賣劍選/散紅葉 〈7〉〔1〕 모집 하이쿠/사지 바이켄 선/떨어지는 붉은 낙엽	永登浦 露月	시가/하이쿠	
1	5		募集俳句/佐治賣劍選/散紅葉 〈7〉〔1〕 모집 하이쿠/사지 바이켄 선/떨어지는 붉은 낙엽	仁川 ##坊	시가/하이쿠	

지면	단수	기획	기사제목 〈회수〉〔곡수〕	필자/저자(역자)	분류	비고
1	5		募集俳句/佐治賣劍選/散紅葉 〈7〉〔1〕 모집 하이쿠/사지 바이켄 선/떨어지는 붉은 낙엽	木浦 みどり	시가/하이쿠	
1	5		募集俳句/佐治賣劍選/散紅葉 〈7〉〔2〕 모집 하이쿠/사지 바이켄 선/떨어지는 붉은 낙엽	仁川 杢尖子	시가/하이쿠	
1	5		募集俳句/佐治賣劍選/散紅葉/人 〈7〉〔1〕 모집 하이쿠/사지 바이켄 선/떨어지는 붉은 낙엽/인	仁川 杢尖子	시가/하이쿠	
1	5		募集俳句/佐治賣劍選/散紅葉/地 〈7〉〔1〕 모집 하이쿠/사지 바이켄 선/떨어지는 붉은 낙엽/지	仁川 正木花汀	시가/하이쿠	
1	5		募集俳句/佐治賣劍選/散紅葉/天 〈7〉〔2〕 모집 하이쿠/사지 바이켄 선/떨어지는 붉은 낙엽/천	仁川 杢尖子	시가/하이쿠	
1	6		いつた記補遺 〈2〉 이쓰타 기 보유	天南生	수필/관찰	
4	1~3		出世角力成田利生記 〈60〉 출세 스모 나리타 리쇼 기	寶井馬琴 口演	고단	
4	5~7		出鱈目集 〈1〉 엉터리 집	御山の大將	수필/일상	
6	1~3		大飛行機 羽衣號 〈68〉 큰 비행기 하고로모 호	江見水蔭	소설	

1912년 11월 29일 (금) 4156호

지면	단수	기획	기사제목 〈회수〉〔곡수〕	필자/저자(역자)	분류	비고
1	6		蜻蛉會吟 〈1〉〔1〕 세이레이카이 음	小羊	시가/하이쿠	
1	6		蜻蛉會吟 〈1〉〔2〕 세이레이카이 음	默石	시가/하이쿠	
1	6		蜻蛉會吟 〈1〉〔1〕 세이레이카이 음	靑蛙	시가/하이쿠	
1	6		蜻蛉會吟 〈1〉〔6〕 세이레이카이 음	十八公	시가/하이쿠	
3	4~5		いつた記補遺 〈3〉 이쓰타 기 보유	天南生	수필/관찰	
4	1~3		出世角力成田利生記 〈61〉 출세 스모 나리타 리쇼 기	寶井馬琴 口演	고단	
4	5~6		出鱈目集 〈3〉 엉터리 집	御山の大將	수필/일상	
6	1~3		大飛行機 羽衣號 〈69〉 큰 비행기 하고로모 호	江見水蔭	소설	

1912년 11월 30일 (토) 4157호

지면	단수	기획	기사제목 〈회수〉〔곡수〕	필자/저자(역자)	분류	비고
1	5~6		出鱈目集 〈2〉 엉터리 집	御山の大將	소설/기타	
1	6		蜻蛉會 〈2〉〔3〕 세이레이카이	白面郎	시가/하이쿠	
1	6		蜻蛉會 〈2〉〔1〕 세이레이카이	默石	시가/하이쿠	
1	6		蜻蛉會 〈2〉〔4〕 세이레이카이	染岳	시가/하이쿠	
4	1~3		出世角力成田利生記 〈62〉 출세 스모 나리타 리쇼 기	寶井馬琴 口演	고단	
6	1~3		大飛行機 羽衣號 〈70〉 큰 비행기 하고로모 호	江見水蔭	소설	

1912년 12월 01일 (일) 4158호

지면	단수	기획	기사제목 〈회수〉〔곡수〕	필자/저자(역자)	분류	비고
1	2~4		鐵原より一筆 철원에서의 짧은 문장	###	수필	
1	5		蜻蛉會吟 〈3〉〔1〕 세이레이카이 음	染岳	시가/하이쿠	
1	5		蜻蛉會吟 〈3〉〔1〕 세이레이카이 음	靑蛙	시가/하이쿠	
1	5		蜻蛉會吟 〈3〉〔1〕 세이레이카이 음	默石	시가/하이쿠	
1	5		蜻蛉會吟 〈3〉〔1〕 세이레이카이 음	小羊	시가/하이쿠	
1	5		蜻蛉會吟 〈3〉〔6〕 세이레이카이 음	十八公	시가/하이쿠	
1	5		蜻蛉會吟 〈3〉〔3〕 세이레이카이 음	白面郎	시가/하이쿠	
1	5		蜻蛉會吟 〈3〉〔1〕 세이레이카이 음	小羊	시가/하이쿠	
1	5		蜻蛉會吟 〈3〉〔1〕 세이레이카이 음	默石	시가/하이쿠	
1	5		蜻蛉會吟 〈3〉〔1〕 세이레이카이 음	染岳	시가/하이쿠	
1	5		蜻蛉會吟 〈3〉〔4〕 세이레이카이 음	十八公	시가/하이쿠	
4	1~3		出世角力成田利生記 〈62〉 출세 스모 나리타 리쇼 기	寶井馬琴 口演	고단	회수 오류
6	1~3		大飛行機 羽衣號 〈71〉 큰 비행기 하고로모 호	江見水蔭	소설	

1912년 12월 03일 (화) 4159호

지면	단수	기획	기사제목 〈회수〉〔곡수〕	필자/저자(역자)	분류	비고
1	2~5		新羅の古都慶州 〈1〉 신라의 고도 경주	朝鮮總督府月報抄出	수필/관찰	
1	5		蜻蛉會吟 〈4〉〔4〕 세이레이카이 음	白面郎	시가/하이쿠	
1	5		蜻蛉會吟 〈4〉〔1〕 세이레이카이 음	默石	시가/하이쿠	
1	5		蜻蛉會吟 〈4〉〔1〕 세이레이카이 음	小羊	시가/하이쿠	
1	5		蜻蛉會吟 〈4〉〔1〕 세이레이카이 음	染岳	시가/하이쿠	
1	5		蜻蛉會吟 〈4〉〔3〕 세이레이카이 음	十八公	시가/하이쿠	
1	5		蜻蛉會吟 〈4〉〔3〕 세이레이카이 음	白面郎	시가/하이쿠	
1	5		蜻蛉會吟 〈4〉〔1〕 세이레이카이 음	默石	시가/하이쿠	
1	5		蜻蛉會吟 〈4〉〔1〕 세이레이카이 음	小羊	시가/하이쿠	
1	5		蜻蛉會吟 〈4〉〔5〕 세이레이카이 음	染岳	시가/하이쿠	
3	1~2		鐵原より一筆 〈2〉 철원에서의 짧은 문장	鐵原支局 ##	수필	
4	1~3		出世角力成田利生記 〈64〉 출세 스모 나리타 리쇼 기	寶井馬琴 口演	고단	

지면	단수	기획	기사제목 〈회수〉〔곡수〕	필자/저자(역자)	분류	비고
6	1~3		大飛行機 羽衣號 〈71〉 큰 비행기 하고로모 호	江見水蔭	소설	

1912년 12월 04일 (수) 4160호

지면	단수	기획	기사제목 〈회수〉〔곡수〕	필자/저자(역자)	분류	비고
1	2~4		新羅の古都慶州 〈2〉 신라의 고도 경주	朝鮮總督府月報抄出	수필/관찰	
1	5		蜻蛉會吟 〈5〉〔4〕 세이레이카이 음	白面郎	시가/하이쿠	
1	5		蜻蛉會吟 〈5〉〔1〕 세이레이카이 음	默石	시가/하이쿠	
1	5		蜻蛉會吟 〈5〉〔1〕 세이레이카이 음	小羊	시가/하이쿠	
1	5		蜻蛉會吟 〈5〉〔2〕 세이레이카이 음	染岳	시가/하이쿠	
1	5		蜻蛉會吟/悼乃木將軍 〈5〉〔3〕 세이레이카이 음/노기 장군을 애도하며	十八公	시가/하이쿠	
1	5		蜻蛉會吟/悼乃木將軍 〈5〉〔2〕 세이레이카이 음/노기 장군을 애도하며	染岳	시가/하이쿠	
1	5		蜻蛉會吟/悼乃木將軍 〈5〉〔2〕 세이레이카이 음/노기 장군을 애도하며	默石	시가/하이쿠	
1	5		蜻蛉會吟/悼乃木將軍 〈5〉〔1〕 세이레이카이 음/노기 장군을 애도하며	小羊	시가/하이쿠	
1	6		蜻蛉會吟/悼乃木將軍 〈5〉〔6〕 세이레이카이 음/노기 장군을 애도하며	十八公	시가/하이쿠	
4	1~3		出世角力成田利生記 〈65〉 출세 스모 나리타 리쇼 기	寶井馬琴 口演	고단	
6	1~3		大飛行機 羽衣號 〈72〉 큰 비행기 하고로모 호	江見水蔭	소설	

1912년 12월 05일 (목) 4161호

지면	단수	기획	기사제목 〈회수〉〔곡수〕	필자/저자(역자)	분류	비고
1	5~7		新羅の古都慶州 〈2〉 신라의 고도 경주	朝鮮總督府月報抄出	수필/관찰	회수 오류
4	1~3		出世角力成田利生記 〈66〉 출세 스모 나리타 리쇼 기	寶井馬琴 口演	고단	
5	3~4		仁川記 인천기	鷺柳堂	수필/기행	
6	1~3		大飛行機 羽衣號 〈73〉 큰 비행기 하고로모 호	江見水蔭	소설	
7	5~6		濱口熊嶽 하마구치 유가쿠	琴花生	수필/비평	

1912년 12월 06일 (금) 4162호

지면	단수	기획	기사제목 〈회수〉〔곡수〕	필자/저자(역자)	분류	비고
1	3~5		新羅の古都慶州 〈3〉 신라의 고도 경주	朝鮮總督府月報抄出	수필/관찰	
1	5		應募俳句/佐治賣劍選/氷 〈1〉〔1〕 응모 하이쿠/사지 바이켄 선/얼음	大田 馬川	시가/하이쿠	
1	5		應募俳句/佐治賣劍選/氷 〈1〉〔1〕 응모 하이쿠/사지 바이켄 선/얼음	仁川 樂山人	시가/하이쿠	
1	5		應募俳句/佐治賣劍選/氷 〈1〉〔1〕 응모 하이쿠/사지 바이켄 선/얼음	仁川 正華	시가/하이쿠	
1	5		應募俳句/佐治賣劍選/氷 〈1〉〔1〕 응모 하이쿠/사지 바이켄 선/얼음	淸州 人兆	시가/하이쿠	

지면	단수	기획	기사제목 〈회수〉〔곡수〕	필자/저자(역자)	분류	비고
1	5		應募俳句/佐治賣劍選/氷 〈1〉〔1〕 응모 하이쿠/사지 바이켄 선/얼음	仁川 花笑	시가/하이쿠	
1	5		應募俳句/佐治賣劍選/氷 〈1〉〔1〕 응모 하이쿠/사지 바이켄 선/얼음	鎭南浦 紫峯	시가/하이쿠	
1	5		應募俳句/佐治賣劍選/氷 〈1〉〔1〕 응모 하이쿠/사지 바이켄 선/얼음	仁川 竹香	시가/하이쿠	
1	5		應募俳句/佐治賣劍選/氷 〈1〉〔1〕 응모 하이쿠/사지 바이켄 선/얼음	## 骨外生	시가/하이쿠	
1	5		應募俳句/佐治賣劍選/氷 〈1〉〔1〕 응모 하이쿠/사지 바이켄 선/얼음	仁川 #堂	시가/하이쿠	
1	5		應募俳句/佐治賣劍選/氷 〈1〉〔1〕 응모 하이쿠/사지 바이켄 선/얼음	仁川 步月	시가/하이쿠	
1	5		應募俳句/佐治賣劍選/氷 〈1〉〔1〕 응모 하이쿠/사지 바이켄 선/얼음	龍山 松堂	시가/하이쿠	
1	5		應募俳句/佐治賣劍選/氷 〈1〉〔1〕 응모 하이쿠/사지 바이켄 선/얼음	鎭南浦 次郎	시가/하이쿠	
1	5		應募俳句/佐治賣劍選/氷 〈1〉〔2〕 응모 하이쿠/사지 바이켄 선/얼음	仁川 杢尖公	시가/하이쿠	
1	6		應募俳句/佐治賣劍選/氷 〈1〉〔1〕 응모 하이쿠/사지 바이켄 선/얼음	淸州 棹花	시가/하이쿠	
1	6		應募俳句/佐治賣劍選/氷 〈1〉〔1〕 응모 하이쿠/사지 바이켄 선/얼음	仁川 さい女	시가/하이쿠	
1	6		應募俳句/佐治賣劍選/氷 〈1〉〔1〕 응모 하이쿠/사지 바이켄 선/얼음	仁川 半狂生	시가/하이쿠	
1	6		應募俳句/佐治賣劍選/氷 〈1〉〔1〕 응모 하이쿠/사지 바이켄 선/얼음	仁川 兼道	시가/하이쿠	
3	4~5		馬九坪行 마구평행	樂弓生	수필/기행	
4	1~3		出世角力成田利生記 〈67〉 출세 스모 나리타 리쇼 기	寶井馬琴 口演	고단	
4	5		蜻蛉會吟 〈6〉〔1〕 세이레이카이 음	默石	시가/하이쿠	
4	5		蜻蛉會吟 〈6〉〔1〕 세이레이카이 음	染岳	시가/하이쿠	
4	5		蜻蛉會吟 〈6〉〔1〕 세이레이카이 음	小羊	시가/하이쿠	
4	5		蜻蛉會吟 〈6〉〔7〕 세이레이카이 음	十八公	시가/하이쿠	
6	1~3		大飛行機 羽衣號 〈72〉 큰 비행기 하고로모 호	江見水蔭	소설	회수 오류

1912년 12월 07일 (토) 4163호

지면	단수	기획	기사제목 〈회수〉〔곡수〕	필자/저자(역자)	분류	비고
1	4		應募俳句/佐治賣劍選/氷 〈2〉〔1〕 응모 하이쿠/사지 바이켄 선/얼음	仁川 樂山人	시가/하이쿠	
1	4		應募俳句/佐治賣劍選/氷 〈2〉〔1〕 응모 하이쿠/사지 바이켄 선/얼음	仁川 花笑	시가/하이쿠	
1	4		應募俳句/佐治賣劍選/氷 〈2〉〔1〕 응모 하이쿠/사지 바이켄 선/얼음	大田 馬川	시가/하이쿠	
1	4		應募俳句/佐治賣劍選/氷 〈2〉〔1〕 응모 하이쿠/사지 바이켄 선/얼음	仁川 兼道	시가/하이쿠	
1	5		應募俳句/佐治賣劍選/氷 〈2〉〔1〕 응모 하이쿠/사지 바이켄 선/얼음	永登浦 京花	시가/하이쿠	

지면	단수	기획	기사제목 〈회수〉〔곡수〕	필자/저재(역자)	분류	비고
1	5		應募俳句/佐治賣劍選/氷 〈2〉〔1〕 응모 하이쿠/사지 바이켄 선/얼음	仁川 一天	시가/하이쿠	
1	5		應募俳句/佐治賣劍選/氷 〈2〉〔1〕 응모 하이쿠/사지 바이켄 선/얼음	仁川 半狂生	시가/하이쿠	
1	5		應募俳句/佐治賣劍選/氷 〈2〉〔1〕 응모 하이쿠/사지 바이켄 선/얼음	淸州 棹花	시가/하이쿠	
1	5		應募俳句/佐治賣劍選/氷 〈2〉〔1〕 응모 하이쿠/사지 바이켄 선/얼음	淸州 #水	시가/하이쿠	
1	5		應募俳句/佐治賣劍選/氷 〈2〉〔1〕 응모 하이쿠/사지 바이켄 선/얼음	仁川 正華	시가/하이쿠	
1	5		應募俳句/佐治賣劍選/氷 〈2〉〔1〕 응모 하이쿠/사지 바이켄 선/얼음	仁川 さい女	시가/하이쿠	
1	5		應募俳句/佐治賣劍選/氷 〈2〉〔2〕 응모 하이쿠/사지 바이켄 선/얼음	鎭南浦 紫峯	시가/하이쿠	
1	5		應募俳句/佐治賣劍選/氷 〈2〉〔2〕 응모 하이쿠/사지 바이켄 선/얼음	仁川 竹香	시가/하이쿠	
1	5		應募俳句/佐治賣劍選/氷 〈2〉〔1〕 응모 하이쿠/사지 바이켄 선/얼음	黃海道 夏水	시가/하이쿠	
1	5		應募俳句/佐治賣劍選/氷 〈2〉〔2〕 응모 하이쿠/사지 바이켄 선/얼음	仁川 杢尖公	시가/하이쿠	
4	1~3		出世角力成田利生記 〈68〉 출세 스모 나리타 리쇼 기	寶井馬琴 口演	고단	
5	1~3		南の旅 〈1〉 남쪽 여행	小島紅櫻	수필/기행	
6	1~3		大飛行機 羽衣號 〈73〉 큰 비행기 하고로모 호	江見水蔭	소설	회수 오류

1912년 12월 08일 (일) 4164호

지면	단수	기획	기사제목 〈회수〉〔곡수〕	필자/저재(역자)	분류	비고
1	5~6		新羅の古都慶州 〈4〉 신라의 고도 경주	朝鮮總督府月報抄出	수필/관찰	
1	6		應募俳句/佐治賣劍選/炬燵 〈3〉〔1〕 응모 하이쿠/사지 바이켄 선/고타쓰	平讓 水石	시가/하이쿠	
1	6		應募俳句/佐治賣劍選/炬燵 〈3〉〔1〕 응모 하이쿠/사지 바이켄 선/고타쓰	仁川 ##女	시가/하이쿠	
1	6		應募俳句/佐治賣劍選/炬燵 〈3〉〔1〕 응모 하이쿠/사지 바이켄 선/고타쓰	仁川 正華	시가/하이쿠	
1	6		應募俳句/佐治賣劍選/炬燵 〈3〉〔2〕 응모 하이쿠/사지 바이켄 선/고타쓰	仁川 #哉	시가/하이쿠	
1	6		應募俳句/佐治賣劍選/炬燵 〈3〉〔1〕 응모 하이쿠/사지 바이켄 선/고타쓰	淸州 人兆	시가/하이쿠	
1	6		應募俳句/佐治賣劍選/炬燵 〈3〉〔1〕 응모 하이쿠/사지 바이켄 선/고타쓰	仁川 宇洪	시가/하이쿠	
1	6		應募俳句/佐治賣劍選/炬燵 〈3〉〔1〕 응모 하이쿠/사지 바이켄 선/고타쓰	仁川 さい女	시가/하이쿠	
1	6		應募俳句/佐治賣劍選/炬燵 〈3〉〔1〕 응모 하이쿠/사지 바이켄 선/고타쓰	金# #外生	시가/하이쿠	
1	6		應募俳句/佐治賣劍選/炬燵 〈3〉〔1〕 응모 하이쿠/사지 바이켄 선/고타쓰	仁川 #迫	시가/하이쿠	
1	6		應募俳句/佐治賣劍選/炬燵 〈3〉〔1〕 응모 하이쿠/사지 바이켄 선/고타쓰	永登浦 京花	시가/하이쿠	
1	6		應募俳句/佐治賣劍選/炬燵 〈3〉〔3〕 응모 하이쿠/사지 바이켄 선/고타쓰	仁川 杢尖公	시가/하이쿠	

지면	단수	기획	기사제목 〈회수〉〔곡수〕	필자/저자(역자)	분류	비고
1	6		應募俳句/佐治賣劍選/炬燵 〈3〉〔1〕 응모 하이쿠/사지 바이켄 선/고타쓰	大邱 #円	시가/하이쿠	
1	6		應募俳句/佐治賣劍選/炬燵 〈3〉〔1〕 응모 하이쿠/사지 바이켄 신/고타쓰	仁川 竹骨	시가/하이쿠	
1	6		應募俳句/佐治賣劍選/炬燵 〈3〉〔1〕 응모 하이쿠/사지 바이켄 선/고타쓰	仁川 花葉	시가/하이쿠	
1	6		應募俳句/佐治賣劍選/炬燵 〈3〉〔1〕 응모 하이쿠/사지 바이켄 선/고타쓰	淸州 樟花	시가/하이쿠	
1	6~7		應募俳句/佐治賣劍選/炬燵 〈3〉〔2〕 응모 하이쿠/사지 바이켄 선/고타쓰	仁川 朱山人	시가/하이쿠	
4	1~3		出世角力成田利生記 〈69〉 출세 스모 나리타 리쇼 기	寶井馬琴 口演	고단	
6	1~3		大飛行機 羽衣號 〈76〉 큰 비행기 하고로모 호	江見水蔭	소설	

1912년 12월 10일 (화) 4165호

지면	단수	기획	기사제목 〈회수〉〔곡수〕	필자/저자(역자)	분류	비고
1	6		應募俳句/佐治賣劍選/炬燵 〈4〉〔1〕 응모 하이쿠/사지 바이켄 선/고타쓰	仁川 正華	시가/하이쿠	
1	6		應募俳句/佐治賣劍選/炬燵 〈4〉〔1〕 응모 하이쿠/사지 바이켄 선/고타쓰	仁川 風船樓	시가/하이쿠	
1	6		應募俳句/佐治賣劍選/炬燵 〈4〉〔1〕 응모 하이쿠/사지 바이켄 선/고타쓰	平讓 露暗	시가/하이쿠	
1	6		應募俳句/佐治賣劍選/炬燵 〈4〉〔1〕 응모 하이쿠/사지 바이켄 선/고타쓰	仁川 花笑	시가/하이쿠	
1	6		應募俳句/佐治賣劍選/炬燵 〈4〉〔1〕 응모 하이쿠/사지 바이켄 선/고타쓰	仁川 兼道	시가/하이쿠	
1	6		應募俳句/佐治賣劍選/炬燵 〈4〉〔2〕 응모 하이쿠/사지 바이켄 선/고타쓰	仁川 半狂生	시가/하이쿠	
1	6		應募俳句/佐治賣劍選/炬燵 〈4〉〔1〕 응모 하이쿠/사지 바이켄 선/고타쓰	金泉 可堂	시가/하이쿠	
1	6		應募俳句/佐治賣劍選/炬燵 〈4〉〔1〕 응모 하이쿠/사지 바이켄 선/고타쓰	仁川 丸坊生	시가/하이쿠	
1	6		應募俳句/佐治賣劍選/炬燵 〈4〉〔3〕 응모 하이쿠/사지 바이켄 선/고타쓰	仁川 杢尖公	시가/하이쿠	
1	6		應募俳句/佐治賣劍選/炬燵 〈4〉〔1〕 응모 하이쿠/사지 바이켄 선/고타쓰	京城 加半郎	시가/하이쿠	
1	6		應募俳句/佐治賣劍選/炬燵 〈4〉〔1〕 응모 하이쿠/사지 바이켄 선/고타쓰	平讓 露晴	시가/하이쿠	
1	6		應募俳句/佐治賣劍選/炬燵 〈4〉〔3〕 응모 하이쿠/사지 바이켄 선/고타쓰	仁川 #哉	시가/하이쿠	
1	6		應募俳句/佐治賣劍選/炬燵 〈4〉〔1〕 응모 하이쿠/사지 바이켄 선/고타쓰	仁川 さい女	시가/하이쿠	
1	6		應募俳句/佐治賣劍選/炬燵 〈4〉〔1〕 응모 하이쿠/사지 바이켄 선/고타쓰	鎭南浦 芭子	시가/하이쿠	
1	6		應募俳句/佐治賣劍選/炬燵 〈4〉〔1〕 응모 하이쿠/사지 바이켄 선/고타쓰	黃海道 夏水	시가/하이쿠	
4	1~3		出世角力成田利生記 〈70〉 출세 스모 나리타 리쇼 기	寶井馬琴 口演	고단	
6	1~3		大飛行機 羽衣號 〈77〉 큰 비행기 하고로모 호	江見水蔭	소설	

1912년 12월 11일 (수) 4166호

지면	단수	기획	기사제목 〈회수〉〔곡수〕	필자/저자(역자)	분류	비고
1	6		募集俳句/佐治賣劍選/火爐 〈5〉〔1〕 모집 하이쿠/사지 바이켄 선/화로	仁川 一晴	시가/하이쿠	
1	6		募集俳句/佐治賣劍選/火爐 〈5〉〔1〕 모집 하이쿠/사지 바이켄 선/화로	仁川 字洪	시가/하이쿠	
1	6		募集俳句/佐治賣劍選/火爐 〈5〉〔1〕 모집 하이쿠/사지 바이켄 선/화로	京城 ##	시가/하이쿠	
1	6		募集俳句/佐治賣劍選/火爐 〈5〉〔1〕 모집 하이쿠/사지 바이켄 선/화로	仁川 丸坊生	시가/하이쿠	
1	6		募集俳句/佐治賣劍選/火爐 〈5〉〔1〕 모집 하이쿠/사지 바이켄 선/화로	仁川 一天	시가/하이쿠	
1	6		募集俳句/佐治賣劍選/火爐 〈5〉〔1〕 모집 하이쿠/사지 바이켄 선/화로	仁川 兼道	시가/하이쿠	
1	6		募集俳句/佐治賣劍選/火爐 〈5〉〔1〕 모집 하이쿠/사지 바이켄 선/화로	大邱 玖西	시가/하이쿠	
1	6		募集俳句/佐治賣劍選/火爐 〈5〉〔1〕 모집 하이쿠/사지 바이켄 선/화로	仁川 樂山人	시가/하이쿠	
1	6		募集俳句/佐治賣劍選/火爐 〈5〉〔1〕 모집 하이쿠/사지 바이켄 선/화로	鎭南浦 芭子	시가/하이쿠	
1	6		募集俳句/佐治賣劍選/火爐 〈5〉〔1〕 모집 하이쿠/사지 바이켄 선/화로	仁川 正華	시가/하이쿠	
1	6		募集俳句/佐治賣劍選/火爐 〈5〉〔3〕 모집 하이쿠/사지 바이켄 선/화로	仁川 杢尖公	시가/하이쿠	
1	6		募集俳句/佐治賣劍選/火爐 〈5〉〔1〕 모집 하이쿠/사지 바이켄 선/화로	永登浦 露月	시가/하이쿠	
1	6		募集俳句/佐治賣劍選/火爐 〈5〉〔3〕 모집 하이쿠/사지 바이켄 선/화로	仁川 ##	시가/하이쿠	
1	6		募集俳句/佐治賣劍選/火爐 〈5〉〔1〕 모집 하이쿠/사지 바이켄 선/화로	仁川 半狂生	시가/하이쿠	
1	6		募集俳句/佐治賣劍選/火爐 〈5〉〔1〕 모집 하이쿠/사지 바이켄 선/화로	仁川 棹花	시가/하이쿠	
1	6		募集俳句/佐治賣劍選/火爐 〈5〉〔1〕 모집 하이쿠/사지 바이켄 선/화로	仁川 花葉	시가/하이쿠	
4	1~3		出世角力成田利生記 〈71〉 출세 스모 나리타 리쇼 기	寶井馬琴 口演	고단	
6	1~3		大飛行機 羽衣號 〈78〉 큰 비행기 하고로모 호	江見水蔭	소설	

1912년 12월 12일 (목) 4167호

지면	단수	기획	기사제목 〈회수〉〔곡수〕	필자/저자(역자)	분류	비고
1	6		募集俳句/佐治賣劍選/冬木立 〈6〉〔1〕 모집 하이쿠/사지 바이켄 선/겨울에 잎이 떨어진 나무들	仁川 字洪	시가/하이쿠	
1	6		募集俳句/佐治賣劍選/冬木立 〈6〉〔1〕 모집 하이쿠/사지 바이켄 선/겨울에 잎이 떨어진 나무들	仁川 一晴	시가/하이쿠	
1	6		募集俳句/佐治賣劍選/冬木立 〈6〉〔1〕 모집 하이쿠/사지 바이켄 선/겨울에 잎이 떨어진 나무들	仁川 さい女	시가/하이쿠	
1	6		募集俳句/佐治賣劍選/冬木立 〈6〉〔1〕 모집 하이쿠/사지 바이켄 선/겨울에 잎이 떨어진 나무들	京城 考古	시가/하이쿠	
1	6		募集俳句/佐治賣劍選/冬木立 〈6〉〔2〕 모집 하이쿠/사지 바이켄 선/겨울에 잎이 떨어진 나무들	仁川 正華	시가/하이쿠	
1	6		募集俳句/佐治賣劍選/冬木立 〈6〉〔1〕 모집 하이쿠/사지 바이켄 선/겨울에 잎이 떨어진 나무들	淸州 一新	시가/하이쿠	
1	6		募集俳句/佐治賣劍選/冬木立 〈6〉〔1〕 모집 하이쿠/사지 바이켄 선/겨울에 잎이 떨어진 나무들	仁川 #石	시가/하이쿠	

지면	단수	기획	기사제목 〈회수〉 〔곡수〕	필자/저자(역자)	분류	비고
1	6		募集俳句/佐治賣劍選/冬木立 〈6〉 [1] 모집 하이쿠/사지 바이켄 선/겨울에 잎이 떨어진 나무들	仁川 花葉	시가/하이쿠	
1	6		募集俳句/佐治賣劍選/冬木立 〈6〉 [1] 모집 하이쿠/사지 바이켄 선/겨울에 잎이 떨어진 나무들	鎭南浦 芭子	시가/하이쿠	
1	6		募集俳句/佐治賣劍選/冬木立 〈6〉 [2] 모집 하이쿠/사지 바이켄 선/겨울에 잎이 떨어진 나무들	仁川 兼道	시가/하이쿠	
1	6		募集俳句/佐治賣劍選/冬木立 〈6〉 [1] 모집 하이쿠/사지 바이켄 선/겨울에 잎이 떨어진 나무들	大邱 玖西	시가/하이쿠	
1	6		募集俳句/佐治賣劍選/冬木立 〈6〉 [1] 모집 하이쿠/사지 바이켄 선/겨울에 잎이 떨어진 나무들	仁川 杢尖公	시가/하이쿠	
1	6		募集俳句/佐治賣劍選/冬木立 〈6〉 [1] 모집 하이쿠/사지 바이켄 선/겨울에 잎이 떨어진 나무들	清州 悟竹	시가/하이쿠	
1	6		募集俳句/佐治賣劍選/冬木立 〈6〉 [1] 모집 하이쿠/사지 바이켄 선/겨울에 잎이 떨어진 나무들	仁川 #水	시가/하이쿠	
1	6		募集俳句/佐治賣劍選/冬木立 〈6〉 [1] 모집 하이쿠/사지 바이켄 선/겨울에 잎이 떨어진 나무들	鎭南浦 紫峯	시가/하이쿠	
1	6		募集俳句/佐治賣劍選/冬木立 〈6〉 [2] 모집 하이쿠/사지 바이켄 선/겨울에 잎이 떨어진 나무들	仁川 半狂生	시가/하이쿠	
1	6		募集俳句/佐治賣劍選/冬木立 〈6〉 [1] 모집 하이쿠/사지 바이켄 선/겨울에 잎이 떨어진 나무들	清州 棹花	시가/하이쿠	
4	1~3		出世角力成田利生記 〈71〉 출세 스모 나리타 리쇼 기	寶井馬琴 口演	고단	회수 오류
4	3~4		全州行 〈1〉 전주행	小島紅淚	수필/기행	
6	1~3		大飛行機 羽衣號 〈79〉 큰 비행기 하고로모 호	江見水蔭	소설	

1912년 12월 13일 (금) 4168호

지면	단수	기획	기사제목 〈회수〉 〔곡수〕	필자/저자(역자)	분류	비고
1	7		募集俳句/佐治賣劍選/冬木立 〈7〉 [1] 모집 하이쿠/사지 바이켄 선/겨울에 잎이 떨어진 나무들	鎭南浦 芭子	시가/하이쿠	
1	7		募集俳句/佐治賣劍選/冬木立 〈7〉 [1] 모집 하이쿠/사지 바이켄 선/겨울에 잎이 떨어진 나무들	仁川 さい女	시가/하이쿠	
1	7		募集俳句/佐治賣劍選/冬木立 〈7〉 [1] 모집 하이쿠/사지 바이켄 선/겨울에 잎이 떨어진 나무들	仁川 步月	시가/하이쿠	
1	7		募集俳句/佐治賣劍選/冬木立 〈7〉 [1] 모집 하이쿠/사지 바이켄 선/겨울에 잎이 떨어진 나무들	永登浦 露月	시가/하이쿠	
1	7		募集俳句/佐治賣劍選/冬木立 〈7〉 [1] 모집 하이쿠/사지 바이켄 선/겨울에 잎이 떨어진 나무들	平讓 水石	시가/하이쿠	
1	7		募集俳句/佐治賣劍選/冬木立 〈7〉 [2] 모집 하이쿠/사지 바이켄 선/겨울에 잎이 떨어진 나무들	仁川 杢尖公	시가/하이쿠	
1	7		募集俳句/佐治賣劍選/冬木立 〈7〉 [2] 모집 하이쿠/사지 바이켄 선/겨울에 잎이 떨어진 나무들	清州 棹花	시가/하이쿠	
1	7		募集俳句/佐治賣劍選/冬木立 〈7〉 [2] 모집 하이쿠/사지 바이켄 선/겨울에 잎이 떨어진 나무들	仁川 正華	시가/하이쿠	
1	7		募集俳句/佐治賣劍選/冬木立 〈7〉 [1] 모집 하이쿠/사지 바이켄 선/겨울에 잎이 떨어진 나무들	京城 考古	시가/하이쿠	
1	7		募集俳句/佐治賣劍選/冬木立 〈7〉 [1] 모집 하이쿠/사지 바이켄 선/겨울에 잎이 떨어진 나무들	清州 棹花	시가/하이쿠	
1	7		募集俳句/佐治賣劍選/冬木立 〈7〉 [1] 모집 하이쿠/사지 바이켄 선/겨울에 잎이 떨어진 나무들	仁川 #石	시가/하이쿠	
1	7		募集俳句/佐治賣劍選/冬木立 〈7〉 [1] 모집 하이쿠/사지 바이켄 선/겨울에 잎이 떨어진 나무들	平讓 ##	시가/하이쿠	

지면	단수	기획	기사제목 〈회수〉〔곡수〕	필자/저자(역자)	분류	비고
1	7		募集俳句/佐治賣劍選/冬木立 〈7〉〔2〕 모집 하이쿠/사지 바이켄 선/겨울에 잎이 떨어진 나무들	仁川 半狂生	시가/하이쿠	
1	7		募集俳句/佐治賣劍選/冬木立 〈7〉〔1〕 모집 하이쿠/사지 바이켄 선/겨울에 잎이 떨어진 나무들	金泉 可堂	시가/하이쿠	
1	7		募集俳句/佐治賣劍選/冬木立 〈7〉〔1〕 모집 하이쿠/사지 바이켄 선/겨울에 잎이 떨어진 나무들	仁川 樂山人	시가/하이쿠	
4	1~3		出世角力成田利生記 〈73〉 출세 스모 나리타 리쇼 기	寶井馬琴 口演	고단	
4	3~4		全州行 〈2〉 전주행	小島紅淚	수필/기행	
6	1~3		大飛行機 羽衣號 〈80〉 큰 비행기 하고로모 호	江見水蔭	소설	

1912년 12월 14일 (토) 4169호

지면	단수	기획	기사제목 〈회수〉〔곡수〕	필자/저자(역자)	분류	비고
1	6		募集俳句/佐治賣劍選/冬木立 〈8〉〔1〕 모집 하이쿠/사지 바이켄 선/겨울에 잎이 떨어진 나무들	大田 馬川	시가/하이쿠	
1	6		募集俳句/佐治賣劍選/冬木立 〈8〉〔1〕 모집 하이쿠/사지 바이켄 선/겨울에 잎이 떨어진 나무들	仁川 #水	시가/하이쿠	
1	6		募集俳句/佐治賣劍選/冬木立 〈8〉〔2〕 모집 하이쿠/사지 바이켄 선/겨울에 잎이 떨어진 나무들	京城 考古	시가/하이쿠	
1	6		募集俳句/佐治賣劍選/冬木立 〈8〉〔1〕 모집 하이쿠/사지 바이켄 선/겨울에 잎이 떨어진 나무들	仁川 竹香	시가/하이쿠	
1	6		募集俳句/佐治賣劍選/冬木立 〈8〉〔1〕 모집 하이쿠/사지 바이켄 선/겨울에 잎이 떨어진 나무들	仁川 悟堂	시가/하이쿠	
1	6		募集俳句/佐治賣劍選/冬木立 〈8〉〔1〕 모집 하이쿠/사지 바이켄 선/겨울에 잎이 떨어진 나무들	清州 人兆	시가/하이쿠	
1	6		募集俳句/佐治賣劍選/冬木立 〈8〉〔1〕 모집 하이쿠/사지 바이켄 선/겨울에 잎이 떨어진 나무들	仁川 雲浦	시가/하이쿠	
1	6		募集俳句/佐治賣劍選/冬木立 〈8〉〔1〕 모집 하이쿠/사지 바이켄 선/겨울에 잎이 떨어진 나무들	仁川 如水	시가/하이쿠	
1	6		募集俳句/佐治賣劍選/冬木立 〈8〉〔1〕 모집 하이쿠/사지 바이켄 선/겨울에 잎이 떨어진 나무들	大邱 一六	시가/하이쿠	
1	6		募集俳句/佐治賣劍選/冬木立 〈8〉〔1〕 모집 하이쿠/사지 바이켄 선/겨울에 잎이 떨어진 나무들	鎭南浦 紫峯	시가/하이쿠	
1	6		募集俳句/佐治賣劍選/冬木立 〈8〉〔2〕 모집 하이쿠/사지 바이켄 선/겨울에 잎이 떨어진 나무들	仁川 兼道	시가/하이쿠	
1	6		募集俳句/佐治賣劍選/冬木立 〈8〉〔1〕 모집 하이쿠/사지 바이켄 선/겨울에 잎이 떨어진 나무들	平讓 水石	시가/하이쿠	
1	6		募集俳句/佐治賣劍選/冬木立 〈8〉〔2〕 모집 하이쿠/사지 바이켄 선/겨울에 잎이 떨어진 나무들	仁川 半狂生	시가/하이쿠	
1	6		募集俳句/佐治賣劍選/冬木立 〈8〉〔1〕 모집 하이쿠/사지 바이켄 선/겨울에 잎이 떨어진 나무들	平南道 #又#	시가/하이쿠	
1	6		募集俳句/佐治賣劍選/冬木立 〈8〉〔2〕 모집 하이쿠/사지 바이켄 선/겨울에 잎이 떨어진 나무들	仁川 正華	시가/하이쿠	
1	6		募集俳句/佐治賣劍選/冬木立 〈8〉〔2〕 모집 하이쿠/사지 바이켄 선/겨울에 잎이 떨어진 나무들	仁川 杢尖公	시가/하이쿠	
4	1~3		出世角力成田利生記 〈74〉 출세 스모 나리타 리쇼 기	寶井馬琴 口演	고단	
6	1~3		大飛行機 羽衣號 〈81〉 큰 비행기 하고로모 호	江見水蔭	소설	

1912년 12월 15일 (일) 4170호

지면	단수	기획	기사제목 〈회수〉〔곡수〕	필자/저자(역자)	분류	비고
1	6		募集俳句/佐治賣劍選/冬木立 〈9〉〔1〕 모집 하이쿠/사지 바이켄 선/겨울에 잎이 떨어진 나무들	仁川 兼道	시가/하이쿠	
1	6		募集俳句/佐治賣劍選/冬木立 〈9〉〔2〕 모집 하이쿠/사지 바이켄 선/겨울에 잎이 떨어진 나무들	仁川 樂山人	시가/하이쿠	
1	6		募集俳句/佐治賣劍選/冬木立 〈9〉〔1〕 모집 하이쿠/사지 바이켄 선/겨울에 잎이 떨어진 나무들	鎭南浦 紫峯	시가/하이쿠	
1	6		募集俳句/佐治賣劍選/冬木立 〈9〉〔1〕 모집 하이쿠/사지 바이켄 선/겨울에 잎이 떨어진 나무들	仁川 竹香	시가/하이쿠	
1	6		募集俳句/佐治賣劍選/冬木立 〈9〉〔2〕 모집 하이쿠/사지 바이켄 선/겨울에 잎이 떨어진 나무들	仁川 正華	시가/하이쿠	
1	6		募集俳句/佐治賣劍選/冬木立 〈9〉〔2〕 모집 하이쿠/사지 바이켄 선/겨울에 잎이 떨어진 나무들	仁川 花笑	시가/하이쿠	
1	6		募集俳句/佐治賣劍選/冬木立 〈9〉〔1〕 모집 하이쿠/사지 바이켄 선/겨울에 잎이 떨어진 나무들	公州 北山	시가/하이쿠	
1	6		募集俳句/佐治賣劍選/冬木立 〈9〉〔1〕 모집 하이쿠/사지 바이켄 선/겨울에 잎이 떨어진 나무들	仁川 李尖公	시가/하이쿠	
1	6		募集俳句/佐治賣劍選/冬木立 〈9〉〔1〕 모집 하이쿠/사지 바이켄 선/겨울에 잎이 떨어진 나무들	淸州 棹花	시가/하이쿠	
1	6		募集俳句/佐治賣劍選/冬木立 〈9〉〔2〕 모집 하이쿠/사지 바이켄 선/겨울에 잎이 떨어진 나무들	仁川 半狂生	시가/하이쿠	
1	6		募集俳句/佐治賣劍選/冬木立/人 〈9〉〔1〕 모집 하이쿠/사지 바이켄 선/겨울에 잎이 떨어진 나무들/인	仁川 李尖公	시가/하이쿠	
1	6		募集俳句/佐治賣劍選/冬木立/地 〈9〉〔1〕 모집 하이쿠/사지 바이켄 선/겨울에 잎이 떨어진 나무들/지	仁川 麗哉	시가/하이쿠	
1	6		募集俳句/佐治賣劍選/冬木立/天 〈9〉〔2〕 모집 하이쿠/사지 바이켄 선/겨울에 잎이 떨어진 나무들/천	仁川 李尖公	시가/하이쿠	
4	1~3		出世角力成田利生記 〈75〉 출세 스모 나리타 리쇼 기	寶井馬琴 口演	고단	
6	1~3		大飛行機 羽衣號 〈82〉 큰 비행기 하고로모 호	江見水蔭	소설	

1912년 12월 17일 (화) 4171호

지면	단수	기획	기사제목 〈회수〉〔곡수〕	필자/저자(역자)	분류	비고
1	5~7		開城行 〈1〉 개성행	量田生	수필/기행	
1	7	文苑	淸州此華會詠草 〔1〕 청주 고노하나카이 영초	一流	시가/하이쿠	
1	7	文苑	淸州此華會詠草 〔1〕 청주 고노하나카이 영초	綠水	시가/하이쿠	
1	7	文苑	淸州此華會詠草 〔2〕 청주 고노하나카이 영초	一新	시가/하이쿠	
1	8	文苑	淸州此華會詠草 〔1〕 청주 고노하나카이 영초	續聽	시가/하이쿠	
1	8	文苑	淸州此華會詠草 〔1〕 청주 고노하나카이 영초	一滴	시가/하이쿠	
1	8	文苑	淸州此華會詠草 〔1〕 청주 고노하나카이 영초	#南	시가/하이쿠	
1	8	文苑	淸州此華會詠草 〔1〕 청주 고노하나카이 영초	靑山	시가/하이쿠	
1	8	文苑	淸州此華會詠草 〔2〕 청주 고노하나카이 영초	綠水	시가/하이쿠	
1	8	文苑	淸州此華會詠草 〔1〕 청주 고노하나카이 영초	一新	시가/하이쿠	

지면	단수	기획	기사제목 〈회수〉〔곡수〕	필자/저자(역자)	분류	비고
1	8	文苑	清州此華會詠草 〔1〕 청주 고노하나카이 영초	悟竹	시가/하이쿠	
1	8	文苑	清州此華會詠草 〔1〕 청주 고노하나카이 영초	一#	시가/하이쿠	
1	8	文苑	清州此華會詠草 〔1〕 청주 고노하나카이 영초	靑山	시가/하이쿠	
1	8		清州此華會詠草/選者吟 〔3〕 청주 고노하나카이 영초/선자음	## 故園	시가/하이쿠	
1	8		清州此華會詠草/選者吟 〔1〕 청주 고노하나카이 영초/선자음	#京 ##	시가/하이쿠	
4	1~3		出世角力成田利生記 〈76〉 출세 스모 나리타 리쇼 기	寶井馬琴 口演	고단	
6	1~3		大飛行機 羽衣號 〈83〉 큰 비행기 하고로모 호	江見水蔭	소설	

1912년 12월 18일 (수) 4172호

지면	단수	기획	기사제목 〈회수〉〔곡수〕	필자/저자(역자)	분류	비고
1	6		蜻蛉會吟 〔1〕 세이레이카이 음	小羊	시가/하이쿠	
1	6		蜻蛉會吟 〔1〕 세이레이카이 음	染岳	시가/하이쿠	
1	6		蜻蛉會吟 〔1〕 세이레이카이 음	默石	시가/하이쿠	
1	6		蜻蛉會吟 〔1〕 세이레이카이 음	靑蛙	시가/하이쿠	
1	6		蜻蛉會吟 〔8〕 세이레이카이 음	十八公	시가/하이쿠	
4	1~3		出世角力成田利生記 〈77〉 출세 스모 나리타 리쇼 기	寶井馬琴 口演	고단	
6	1~3		大飛行機 羽衣號 〈84〉 큰 비행기 하고로모 호	江見水蔭	소설	

1912년 12월 19일 (목) 4173호

지면	단수	기획	기사제목 〈회수〉〔곡수〕	필자/저자(역자)	분류	비고
1	2~4		陰城行 음성행	一山生	수필/기행	
1	6	文苑	蜻蛉會吟(永同) 〔2〕 세이레이카이 음(영동)	染岳	시가/하이쿠	
1	6	文苑	蜻蛉會吟(永同) 〔3〕 세이레이카이 음(영동)	默石	시가/하이쿠	
1	6	文苑	蜻蛉會吟(永同) 〔1〕 세이레이카이 음(영동)	小羊	시가/하이쿠	
1	6	文苑	蜻蛉會吟(永同) 〔1〕 세이레이카이 음(영동)	靑蛙	시가/하이쿠	
1	6	文苑	蜻蛉會吟(永同) 〔6〕 세이레이카이 음(영동)	十八公	시가/하이쿠	
4	1~3		出世角力成田利生記 〈77〉 출세 스모 나리타 리쇼 기	寶井馬琴 口演	고단	회수 오류
4	3~4		永同まで 〈1〉 영동까지	大田支局 刀川生	수필/기행	
6	1~3		大飛行機 羽衣號 〈85〉 큰 비행기 하고로모 호	江見水蔭	소설	

1912년 12월 20일 (금) 4174호

지면	단수	기획	기사제목 〈회수〉〔곡수〕	필자/저자(역자)	분류	비고
1	6~7	文苑	蜻蛉會吟(永同)〔7〕 세이레이카이 음(영동)	白面郎	시가/하이쿠	
1	7	文苑	蜻蛉會吟(永同)〔3〕 세이레이카이 음(영동)	染岳	시가/하이쿠	
1	7	文苑	蜻蛉會吟(永同)〔1〕 세이레이카이 음(영동)	默石	시가/하이쿠	
1	7	文苑	蜻蛉會吟(永同)〔4〕 세이레이카이 음(영동)	十八公	시가/하이쿠	
3	5~6		永同まで〈2〉 영동까지	大田支局 刀川生	수필/기행	
4	1~3		出世角力成田利生記〈79〉 출세 스모 나리타 리쇼 기	寶井馬琴 口演	고단	
6	1~3		大飛行機 羽衣號〈86〉 큰 비행기 하고로모 호	江見水蔭	소설	

1912년 12월 21일 (토) 4175호

지면	단수	기획	기사제목 〈회수〉〔곡수〕	필자/저자(역자)	분류	비고
1	7	文苑	蜻蛉會吟/永同〔9〕 세이레이카이 음/영동	十八公	시가/하이쿠	
3	3~4		永同まで〈3〉 영동까지	大田支局 刀川生	수필/기행	
4	1~3		出世角力成田利生記〈80〉 출세 스모 나리타 리쇼 기	寶井馬琴 口演	고단	
6	1~3		大飛行機 羽衣號〈87〉 큰 비행기 하고로모 호	江見水蔭	소설	

1912년 12월 22일 (일) 4176호

지면	단수	기획	기사제목 〈회수〉〔곡수〕	필자/저자(역자)	분류	비고
1	6		募集俳句/佐治賣劍選/枯菊〈1〉〔3〕 모집 하이쿠/사지 바이켄 선/시든 국화	仁川 杢尖公	시가/하이쿠	
1	7		募集俳句/佐治賣劍選/枯菊〈1〉〔1〕 모집 하이쿠/사지 바이켄 선/시든 국화	仁川 花笑	시가/하이쿠	
1	7		募集俳句/佐治賣劍選/枯菊〈1〉〔1〕 모집 하이쿠/사지 바이켄 선/시든 국화	大邱 玖西	시가/하이쿠	
1	7		募集俳句/佐治賣劍選/枯菊〈1〉〔1〕 모집 하이쿠/사지 바이켄 선/시든 국화	仁川 花葉	시가/하이쿠	
1	7		募集俳句/佐治賣劍選/枯菊〈1〉〔2〕 모집 하이쿠/사지 바이켄 선/시든 국화	仁川 樂山人	시가/하이쿠	
1	7		募集俳句/佐治賣劍選/枯菊〈1〉〔1〕 모집 하이쿠/사지 바이켄 선/시든 국화	淸州 汀月	시가/하이쿠	
1	7		募集俳句/佐治賣劍選/枯菊〈1〉〔1〕 모집 하이쿠/사지 바이켄 선/시든 국화	大邱 馬川	시가/하이쿠	
1	7		募集俳句/佐治賣劍選/枯菊〈1〉〔2〕 모집 하이쿠/사지 바이켄 선/시든 국화	仁川 兼道	시가/하이쿠	
1	7		募集俳句/佐治賣劍選/枯菊〈1〉〔2〕 모집 하이쿠/사지 바이켄 선/시든 국화	仁川 正華	시가/하이쿠	
1	7		募集俳句/佐治賣劍選/枯菊〈1〉〔1〕 모집 하이쿠/사지 바이켄 선/시든 국화	仁川 #水	시가/하이쿠	
1	7		募集俳句/佐治賣劍選/枯菊〈1〉〔1〕 모집 하이쿠/사지 바이켄 선/시든 국화	仁川 丸坊生	시가/하이쿠	
1	7		募集俳句/佐治賣劍選/枯菊〈1〉〔1〕 모집 하이쿠/사지 바이켄 선/시든 국화	鎭南浦 紫峯	시가/하이쿠	
1	7		募集俳句/佐治賣劍選/枯菊〈1〉〔1〕 모집 하이쿠/사지 바이켄 선/시든 국화	木浦 みどり	시가/하이쿠	

지면	단수	기획	기사제목 〈회수〉〔곡수〕	필자/저자(역자)	분류	비고
1	7		募集俳句/佐治賣劍選/枯菊 〈1〉〔1〕 모집 하이쿠/사지 바이켄 선/시든 국화	仁川 ##	시가/하이쿠	
1	7		募集俳句/佐治賣劍選/枯菊 〈1〉〔1〕 모집 하이쿠/사지 바이켄 선/시든 국화	仁川 ###	시가/하이쿠	
1	7		募集俳句/佐治賣劍選/枯菊 〈1〉〔1〕 모집 하이쿠/사지 바이켄 선/시든 국화	仁川 宇洪	시가/하이쿠	
4	1~3		出世角力成田利生記 〈81〉 출세 스모 나리타 리쇼 기	寶井馬琴 口演	고단	
6	1~3		大飛行機 羽衣號 〈88〉 큰 비행기 하고로모 호	江見水蔭	소설	

1912년 12월 24일 (화) 4177호

지면	단수	기획	기사제목 〈회수〉〔곡수〕	필자/저자(역자)	분류	비고
1	6		募集俳句/佐治賣劍選/冬籠 〈2〉〔1〕 모집 하이쿠/사지 바이켄 선/겨울 칩거	大邱 玖西	시가/하이쿠	
1	6		募集俳句/佐治賣劍選/冬籠 〈2〉〔1〕 모집 하이쿠/사지 바이켄 선/겨울 칩거	仁川 丸坊生	시가/하이쿠	
1	6		募集俳句/佐治賣劍選/冬籠 〈2〉〔2〕 모집 하이쿠/사지 바이켄 선/겨울 칩거	仁川 樂山人	시가/하이쿠	
1	6		募集俳句/佐治賣劍選/冬籠 〈2〉〔2〕 모집 하이쿠/사지 바이켄 선/겨울 칩거	仁川 兼道	시가/하이쿠	
1	6		募集俳句/佐治賣劍選/冬籠 〈2〉〔1〕 모집 하이쿠/사지 바이켄 선/겨울 칩거	淸州 汀月	시가/하이쿠	
1	6		募集俳句/佐治賣劍選/冬籠 〈2〉〔1〕 모집 하이쿠/사지 바이켄 선/겨울 칩거	仁川 宇洪	시가/하이쿠	
1	6		募集俳句/佐治賣劍選/冬籠 〈2〉〔2〕 모집 하이쿠/사지 바이켄 선/겨울 칩거	仁川 坪井生	시가/하이쿠	
1	6		募集俳句/佐治賣劍選/冬籠 〈2〉〔1〕 모집 하이쿠/사지 바이켄 선/겨울 칩거	京城 #津	시가/하이쿠	
1	6		募集俳句/佐治賣劍選/冬籠 〈2〉〔1〕 모집 하이쿠/사지 바이켄 선/겨울 칩거	仁川 如水	시가/하이쿠	
1	6		募集俳句/佐治賣劍選/冬籠 〈2〉〔1〕 모집 하이쿠/사지 바이켄 선/겨울 칩거	仁川 風船樓	시가/하이쿠	
1	6		募集俳句/佐治賣劍選/冬籠 〈2〉〔1〕 모집 하이쿠/사지 바이켄 선/겨울 칩거	群山 可堂	시가/하이쿠	
1	6		募集俳句/佐治賣劍選/冬籠 〈2〉〔1〕 모집 하이쿠/사지 바이켄 선/겨울 칩거	仁川 紅雲	시가/하이쿠	
1	6		募集俳句/佐治賣劍選/冬籠 〈2〉〔1〕 모집 하이쿠/사지 바이켄 선/겨울 칩거	淸州 ##	시가/하이쿠	
1	6		募集俳句/佐治賣劍選/冬籠 〈2〉〔1〕 모집 하이쿠/사지 바이켄 선/겨울 칩거	仁川 花葉	시가/하이쿠	
1	6		募集俳句/佐治賣劍選/冬籠 〈2〉〔3〕 모집 하이쿠/사지 바이켄 선/겨울 칩거	仁川 杢尖公	시가/하이쿠	
1	6		募集俳句/佐治賣劍選/冬籠 〈2〉〔1〕 모집 하이쿠/사지 바이켄 선/겨울 칩거	大邱 一六	시가/하이쿠	
4	1~3		出世角力成田利生記 〈82〉 출세 스모 나리타 리쇼 기	寶井馬琴 口演	고단	
6	1~3		大飛行機 羽衣號 〈89〉 큰 비행기 하고로모 호	江見水蔭	소설	

1912년 12월 25일 (수) 4178호

지면	단수	기획	기사제목 〈회수〉〔곡수〕	필자/저자(역자)	분류	비고
3	3~4		京元線馳ある記 〈1〉 경원선을 달린 기록	鐵原支局 良雙郞	수필/기행	

지면	단수	기획	기사제목 〈회수〉〔곡수〕	필자/저자(역자)	분류	비고
3	5		忠州文壇/忠州句會/題 雪, 師走〔1〕 충주문단/충주 구회/주제 눈, 음력 섣달	雲山	시가/하이쿠	
3	5		忠州文壇/忠州句會/題 雪, 師走〔1〕 충주문단/충주 구회/주제 눈, 음력 섣달	松月	시가/하이쿠	
3	5		忠州文壇/忠州句會/題 雪, 師走〔1〕 충주문단/충주 구회/주제 눈, 음력 섣달	湖月	시가/하이쿠	
3	5		忠州文壇/忠州句會/題 雪, 師走〔1〕 충주문단/충주 구회/주제 눈, 음력 섣달	可笑	시가/하이쿠	
3	5		忠州文壇/忠州句會/題 雪, 師走〔1〕 충주문단/충주 구회/주제 눈, 음력 섣달	湖月	시가/하이쿠	
3	5		忠州文壇/忠州句會/題 雪, 師走〔1〕 충주문단/충주 구회/주제 눈, 음력 섣달	可笑	시가/하이쿠	
3	5		忠州文壇/忠州句會/題 雪, 師走〔1〕 충주문단/충주 구회/주제 눈, 음력 섣달	文山	시가/하이쿠	
3	5		忠州文壇/忠州句會/題 雪, 師走〔1〕 충주문단/충주 구회/주제 눈, 음력 섣달	松月	시가/하이쿠	
3	5		忠州文壇/忠州句會/題 雪, 師走〔2〕 충주문단/충주 구회/주제 눈, 음력 섣달	可笑	시가/하이쿠	
4	1~3		出世角力成田利生記 〈83〉 출세 스모 나리타 리쇼 기	寶井馬琴 口演	고단	
6	1~3		大飛行機 羽衣號 〈90〉 큰 비행기 하고로모 호	江見水蔭	소설	

1912년 12월 26일 (목) 4179호

지면	단수	기획	기사제목 〈회수〉〔곡수〕	필자/저자(역자)	분류	비고
1	6		募集俳句/佐治賣劍選/河豚 〈3〉〔1〕 모집 하이쿠/사지 바이켄 선/복어	大邱 一六	시가/하이쿠	
1	6		募集俳句/佐治賣劍選/河豚 〈3〉〔1〕 모집 하이쿠/사지 바이켄 선/복어	仁川 樂山人	시가/하이쿠	
1	6		募集俳句/佐治賣劍選/河豚 〈3〉〔1〕 모집 하이쿠/사지 바이켄 선/복어	仁川 #石	시가/하이쿠	
1	6		募集俳句/佐治賣劍選/河豚 〈3〉〔1〕 모집 하이쿠/사지 바이켄 선/복어	仁川 如水	시가/하이쿠	
1	6		募集俳句/佐治賣劍選/河豚 〈3〉〔2〕 모집 하이쿠/사지 바이켄 선/복어	清州 汀月	시가/하이쿠	
1	6		募集俳句/佐治賣劍選/河豚 〈3〉〔1〕 모집 하이쿠/사지 바이켄 선/복어	京城 子#	시가/하이쿠	
1	6		募集俳句/佐治賣劍選/河豚 〈3〉〔1〕 모집 하이쿠/사지 바이켄 선/복어	仁川 風泉樓	시가/하이쿠	
1	6		募集俳句/佐治賣劍選/河豚 〈3〉〔2〕 모집 하이쿠/사지 바이켄 선/복어	平讓 九十九	시가/하이쿠	
1	6		募集俳句/佐治賣劍選/河豚 〈3〉〔1〕 모집 하이쿠/사지 바이켄 선/복어	### ##	시가/하이쿠	
1	6		募集俳句/佐治賣劍選/河豚 〈3〉〔1〕 모집 하이쿠/사지 바이켄 선/복어	清州 悟竹	시가/하이쿠	
1	6		募集俳句/佐治賣劍選/河豚 〈3〉〔1〕 모집 하이쿠/사지 바이켄 선/복어	仁川 ##	시가/하이쿠	
1	6		募集俳句/佐治賣劍選/河豚 〈3〉〔1〕 모집 하이쿠/사지 바이켄 선/복어	木浦 みどり	시가/하이쿠	
1	6		募集俳句/佐治賣劍選/河豚 〈3〉〔1〕 모집 하이쿠/사지 바이켄 선/복어	水原 ##	시가/하이쿠	
1	6		募集俳句/佐治賣劍選/河豚 〈3〉〔3〕 모집 하이쿠/사지 바이켄 선/복어	仁川 杢尖公	시가/하이쿠	

지면	단수	기획	기사제목 〈회수〉〔곡수〕	필자/저자(역자)	분류	비고
1	6		募集俳句/佐治賣劍選/河豚 〈3〉〔1〕 모집 하이쿠/사지 바이켄 선/복어	大邱 玖西	시가/하이쿠	
1	6		募集俳句/佐治賣劍選/河豚 〈3〉〔2〕 모집 하이쿠/사지 바이켄 선/복어	仁川 ##	시가/하이쿠	
1	6		募集俳句/佐治賣劍選/河豚 〈3〉〔1〕 모집 하이쿠/사지 바이켄 선/복어	京城 ##	시가/하이쿠	
1	6		募集俳句/佐治賣劍選/河豚 〈3〉〔6〕 모집 하이쿠/사지 바이켄 선/복어	愚石	시가/하이쿠	
4	1~3		出世角力成田利生記 〈84〉 출세 스모 나리타 리쇼 기	寶井馬琴 口演	고단	
4	3~4		京元線駈ある記 〈2〉 경원선을 달린 기록	鐵原支局 良雙郞	수필/기행	
6	1~3		大飛行機 羽衣號 〈91〉 큰 비행기 하고로모 호	江見水蔭	소설	

1912년 12월 27일 (금) 4180호

지면	단수	기획	기사제목 〈회수〉〔곡수〕	필자/저자(역자)	분류	비고
1	6		募集俳句/佐治賣劍選/冬籠 〈6〉〔1〕 모집 하이쿠/사지 바이켄 선/겨울 칩거	仁川 時雨女	시가/하이쿠	
1	6		募集俳句/佐治賣劍選/冬籠 〈6〉〔1〕 모집 하이쿠/사지 바이켄 선/겨울 칩거	仁川 さい女	시가/하이쿠	
1	6		募集俳句/佐治賣劍選/冬籠 〈6〉〔1〕 모집 하이쿠/사지 바이켄 선/겨울 칩거	平讓 ##	시가/하이쿠	
1	6		募集俳句/佐治賣劍選/冬籠 〈6〉〔1〕 모집 하이쿠/사지 바이켄 선/겨울 칩거	仁川 花笑	시가/하이쿠	
1	6		募集俳句/佐治賣劍選/冬籠 〈6〉〔1〕 모집 하이쿠/사지 바이켄 선/겨울 칩거	大邱 玖西	시가/하이쿠	
1	6		募集俳句/佐治賣劍選/冬籠 〈6〉〔1〕 모집 하이쿠/사지 바이켄 선/겨울 칩거	仁川 花葉	시가/하이쿠	
1	6		募集俳句/佐治賣劍選/冬籠 〈6〉〔1〕 모집 하이쿠/사지 바이켄 선/겨울 칩거	大邱 一六	시가/하이쿠	
1	6		募集俳句/佐治賣劍選/冬籠 〈6〉〔2〕 모집 하이쿠/사지 바이켄 선/겨울 칩거	大邱 樂山人	시가/하이쿠	
1	6		募集俳句/佐治賣劍選/冬籠 〈6〉〔1〕 모집 하이쿠/사지 바이켄 선/겨울 칩거	淸州 汀月	시가/하이쿠	
1	6		募集俳句/佐治賣劍選/冬籠 〈6〉〔1〕 모집 하이쿠/사지 바이켄 선/겨울 칩거	仁川 #石	시가/하이쿠	
1	6		募集俳句/佐治賣劍選/冬籠 〈6〉〔1〕 모집 하이쿠/사지 바이켄 선/겨울 칩거	仁川 兼道	시가/하이쿠	
1	6		募集俳句/佐治賣劍選/冬籠 〈6〉〔1〕 모집 하이쿠/사지 바이켄 선/겨울 칩거	仁川 正華	시가/하이쿠	
1	6		募集俳句/佐治賣劍選/冬籠 〈6〉〔1〕 모집 하이쿠/사지 바이켄 선/겨울 칩거	木浦 みどり	시가/하이쿠	
1	6		募集俳句/佐治賣劍選/冬籠 〈6〉〔1〕 모집 하이쿠/사지 바이켄 선/겨울 칩거	大邱 #子	시가/하이쿠	
1	6		募集俳句/佐治賣劍選/冬籠 〈6〉〔1〕 모집 하이쿠/사지 바이켄 선/겨울 칩거	仁川 如水	시가/하이쿠	
1	6		募集俳句/佐治賣劍選/冬籠 〈6〉〔1〕 모집 하이쿠/사지 바이켄 선/겨울 칩거	仁川 宇洪	시가/하이쿠	
1	6		募集俳句/佐治賣劍選/冬籠 〈6〉〔1〕 모집 하이쿠/사지 바이켄 선/겨울 칩거	## 如堂	시가/하이쿠	
1	6		募集俳句/佐治賣劍選/冬籠 〈6〉〔2〕 모집 하이쿠/사지 바이켄 선/겨울 칩거	仁川 李尖公	시가/하이쿠	

지면	단수	기획	기사제목 〈회수〉〔곡수〕	필자/저자(역자)	분류	비고
1	6		募集俳句/佐治賣劍選/冬籠 〈6〉〔1〕 모집 하이쿠/사지 바이켄 선/겨울 칩거	京城 子#	시가/하이쿠	
1	6		募集俳句/佐治賣劍選/冬籠 〈7〉〔7〕 모집 하이쿠/사지 바이켄 선/겨울 칩거	愚石	시가/하이쿠	
1	6		募集俳句/佐治賣劍選/河豚 〈8〉 모집 하이쿠/사지 바이켄 선/복어	仁川 #石	시가/하이쿠	
1	6		募集俳句/佐治賣劍選/河豚 〈9〉〔1〕 모집 하이쿠/사지 바이켄 선/복어	木浦 みどり	시가/하이쿠	
1	6		募集俳句/佐治賣劍選/河豚 〈10〉〔1〕 모집 하이쿠/사지 바이켄 선/복어	仁川 如水	시가/하이쿠	
1	6		募集俳句/佐治賣劍選/河豚 〈11〉〔2〕 모집 하이쿠/사지 바이켄 선/복어	淸州 汀月	시가/하이쿠	
1	6		募集俳句/佐治賣劍選/河豚 〈12〉〔1〕 모집 하이쿠/사지 바이켄 선/복어	仁川 風泉樓	시가/하이쿠	
1	6		募集俳句/佐治賣劍選/河豚 〈13〉〔1〕 모집 하이쿠/사지 바이켄 선/복어	## 如意	시가/하이쿠	
1	6		募集俳句/佐治賣劍選/河豚 〈14〉〔1〕 모집 하이쿠/사지 바이켄 선/복어	群山 可堂	시가/하이쿠	
1	6		募集俳句/佐治賣劍選/河豚 〈15〉〔2〕 모집 하이쿠/사지 바이켄 선/복어	仁川 兼道	시가/하이쿠	
1	6		募集俳句/佐治賣劍選/河豚 〈16〉〔1〕 모집 하이쿠/사지 바이켄 선/복어	鎭南浦 紫峰	시가/하이쿠	
1	6		募集俳句/佐治賣劍選/河豚 〈17〉〔1〕 모집 하이쿠/사지 바이켄 선/복어	京城 子#	시가/하이쿠	
1	6		募集俳句/佐治賣劍選/河豚 〈18〉〔1〕 모집 하이쿠/사지 바이켄 선/복어	仁川 樂山人	시가/하이쿠	
1	6		募集俳句/佐治賣劍選/河豚 〈19〉〔1〕 모집 하이쿠/사지 바이켄 선/복어	大邱 玖西	시가/하이쿠	
1	6		募集俳句/佐治賣劍選/河豚 〈20〉〔1〕 모집 하이쿠/사지 바이켄 선/복어	京城 晚#	시가/하이쿠	
1	6		募集俳句/佐治賣劍選/河豚 〈21〉〔1〕 모집 하이쿠/사지 바이켄 선/복어	鎭南浦 金次郎	시가/하이쿠	
1	6		募集俳句/佐治賣劍選/河豚 〈22〉〔4〕 모집 하이쿠/사지 바이켄 선/복어	仁川 杢尖公	시가/하이쿠	
5	3~4		京元線駈ある記 〈3〉 경원선을 달린 기록	鐵原支局 良雙郎	수필/기행	면수 오류
4	1~3		出世角力成田利生記 〈84〉 출세 스모 나리타 리쇼 기	寶井馬琴 口演	고단	회수 오류
6	1~2		大飛行機 羽衣號 〈92〉 큰 비행기 하고로모 호	江見水蔭	소설	

1912년 12월 28일 (토) 4181호

지면	단수	기획	기사제목 〈회수〉〔곡수〕	필자/저자(역자)	분류	비고
1	5~6		募集俳句/佐治賣劍選/枯菊 〔2〕 모집 하이쿠/사지 바이켄 선/시든 국화	杢尖公	시가/하이쿠	
1	6		募集俳句/佐治賣劍選/枯菊 〔1〕 모집 하이쿠/사지 바이켄 선/시든 국화	#雲	시가/하이쿠	
1	6		募集俳句/佐治賣劍選/枯菊 〔1〕 모집 하이쿠/사지 바이켄 선/시든 국화	花笑	시가/하이쿠	
1	6		募集俳句/佐治賣劍選/枯菊 〔1〕 모집 하이쿠/사지 바이켄 선/시든 국화	玖西	시가/하이쿠	
1	6		募集俳句/佐治賣劍選/枯菊 〔1〕 모집 하이쿠/사지 바이켄 선/시든 국화	樂山人	시가/하이쿠	

지면	단수	기획	기사제목 〈회수〉〔곡수〕	필자/저자(역자)	분류	비고
1	6		募集俳句/佐治賣劍選/枯菊〔2〕 모집 하이쿠/사지 바이켄 선/시든 국화	正葉	시가/하이쿠	
1	6		募集俳句/佐治賣劍選/枯菊〔1〕 모집 하이쿠/사지 바이켄 선/시든 국화	みどり	시가/하이쿠	
1	6		募集俳句/佐治賣劍選/枯菊〔1〕 모집 하이쿠/사지 바이켄 선/시든 국화	如水	시가/하이쿠	
1	6		募集俳句/佐治賣劍選/枯菊〔1〕 모집 하이쿠/사지 바이켄 선/시든 국화	風泉樓	시가/하이쿠	
1	6		募集俳句/佐治賣劍選/枯菊〔1〕 모집 하이쿠/사지 바이켄 선/시든 국화	まさゑ	시가/하이쿠	
1	6		募集俳句/佐治賣劍選/枯菊〔1〕 모집 하이쿠/사지 바이켄 선/시든 국화	播兼	시가/하이쿠	
1	6		募集俳句/佐治賣劍選/枯菊〔1〕 모집 하이쿠/사지 바이켄 선/시든 국화	楓葉子	시가/하이쿠	
1	6		募集俳句/佐治賣劍選/枯菊〔1〕 모집 하이쿠/사지 바이켄 선/시든 국화	子稼	시가/하이쿠	
1	6		募集俳句/佐治賣劍選/枯菊〔1〕 모집 하이쿠/사지 바이켄 선/시든 국화	坪井生	시가/하이쿠	
1	6		募集俳句/佐治賣劍選/枯菊〔1〕 모집 하이쿠/사지 바이켄 선/시든 국화	金次郎	시가/하이쿠	
1	6		募集俳句/佐治賣劍選/枯菊〔1〕 모집 하이쿠/사지 바이켄 선/시든 국화	虹橋	시가/하이쿠	
1	6		募集俳句/佐治賣劍選/枯菊〔1〕 모집 하이쿠/사지 바이켄 선/시든 국화	馬川	시가/하이쿠	
1	6		募集俳句/佐治賣劍選/枯菊〔1〕 모집 하이쿠/사지 바이켄 선/시든 국화	紫峰	시가/하이쿠	
1	6		募集俳句/佐治賣劍選/枯菊〔1〕 모집 하이쿠/사지 바이켄 선/시든 국화	悟竹	시가/하이쿠	
1	6		募集俳句/佐治賣劍選/冬籠〔1〕 모집 하이쿠/사지 바이켄 선/겨울 칩거	馬川	시가/하이쿠	
1	6		募集俳句/佐治賣劍選/冬籠〔1〕 모집 하이쿠/사지 바이켄 선/겨울 칩거	晩峯	시가/하이쿠	
1	6		募集俳句/佐治賣劍選/冬籠〔1〕 모집 하이쿠/사지 바이켄 선/겨울 칩거	丸坊生	시가/하이쿠	
1	6		募集俳句/佐治賣劍選/冬籠〔1〕 모집 하이쿠/사지 바이켄 선/겨울 칩거	泗水	시가/하이쿠	
1	6		募集俳句/佐治賣劍選/冬籠〔1〕 모집 하이쿠/사지 바이켄 선/겨울 칩거	虹橋	시가/하이쿠	
1	6		募集俳句/佐治賣劍選/冬籠〔1〕 모집 하이쿠/사지 바이켄 선/겨울 칩거	如意	시가/하이쿠	
1	6		募集俳句/佐治賣劍選/冬籠〔1〕 모집 하이쿠/사지 바이켄 선/겨울 칩거	時雨女	시가/하이쿠	
1	6		募集俳句/佐治賣劍選/冬籠〔1〕 모집 하이쿠/사지 바이켄 선/겨울 칩거	孤舟	시가/하이쿠	
1	6		募集俳句/佐治賣劍選/冬籠〔1〕 모집 하이쿠/사지 바이켄 선/겨울 칩거	惠#慶	시가/하이쿠	
1	6		募集俳句/佐治賣劍選/冬籠〔1〕 모집 하이쿠/사지 바이켄 선/겨울 칩거	紫峯	시가/하이쿠	
1	6		募集俳句/佐治賣劍選/冬籠〔1〕 모집 하이쿠/사지 바이켄 선/겨울 칩거	坪井生	시가/하이쿠	
1	6		募集俳句/佐治賣劍選/冬籠〔1〕 모집 하이쿠/사지 바이켄 선/겨울 칩거	知足	시가/하이쿠	

지면	단수	기획	기사제목 〈회수〉〔곡수〕	필자/저자(역자)	분류	비고
1	6		募集俳句/佐治賣劍選/冬籠〔1〕 모집 하이쿠/사지 바이켄 선/겨울 칩거	九十九	시가/하이쿠	
1	6		募集俳句/佐治賣劍選/冬籠〔1〕 모집 하이쿠/사지 바이켄 선/겨울 칩거	玖西	시가/하이쿠	
1	6		募集俳句/佐治賣劍選/冬籠〔2〕 모집 하이쿠/사지 바이켄 선/겨울 칩거	杢尖公	시가/하이쿠	
1	6		募集俳句/佐治賣劍選/冬籠〔1〕 모집 하이쿠/사지 바이켄 선/겨울 칩거	蘭石	시가/하이쿠	
1	6		募集俳句/佐治賣劍選/冬籠〔1〕 모집 하이쿠/사지 바이켄 선/겨울 칩거	みどり	시가/하이쿠	
1	6		募集俳句/佐治賣劍選/冬籠〔1〕 모집 하이쿠/사지 바이켄 선/겨울 칩거	正華	시가/하이쿠	
1	6		募集俳句/佐治賣劍選/冬籠〔1〕 모집 하이쿠/사지 바이켄 선/겨울 칩거	汀月	시가/하이쿠	
1	6		募集俳句/佐治賣劍選/河豚,枯菊,冬籠〔1〕 모집 하이쿠/사지 바이켄 선/복어,시든 국화, 겨울 칩거	花葉	시가/하이쿠	
1	6		募集俳句/佐治賣劍選/河豚,枯菊,冬籠〔1〕 모집 하이쿠/사지 바이켄 선/복어,시든 국화, 겨울 칩거	一六	시가/하이쿠	
1	6		募集俳句/佐治賣劍選/河豚,枯菊,冬籠〔2〕 모집 하이쿠/사지 바이켄 선/복어,시든 국화, 겨울 칩거	馬子	시가/하이쿠	
1	6		募集俳句/佐治賣劍選/河豚,枯菊,冬籠〔1〕 모집 하이쿠/사지 바이켄 선/복어,시든 국화, 겨울 칩거	さい女	시가/하이쿠	
1	6		募集俳句/佐治賣劍選/河豚,枯菊,冬籠〔2〕 모집 하이쿠/사지 바이켄 선/복어,시든 국화, 겨울 칩거	子稼	시가/하이쿠	
1	6		募集俳句/佐治賣劍選/河豚,枯菊,冬籠〔2〕 모집 하이쿠/사지 바이켄 선/복어,시든 국화, 겨울 칩거	馬川	시가/하이쿠	
1	6		募集俳句/佐治賣劍選/河豚,枯菊,冬籠〔2〕 모집 하이쿠/사지 바이켄 선/복어,시든 국화, 겨울 칩거	晩峰	시가/하이쿠	
1	6		募集俳句/佐治賣劍選/河豚,枯菊,冬籠〔1〕 모집 하이쿠/사지 바이켄 선/복어,시든 국화, 겨울 칩거	正華	시가/하이쿠	
1	6		募集俳句/佐治賣劍選/河豚,枯菊,冬籠〔1〕 모집 하이쿠/사지 바이켄 선/복어,시든 국화, 겨울 칩거	風泉樓	시가/하이쿠	
1	6		募集俳句/佐治賣劍選/河豚,枯菊,冬籠〔2〕 모집 하이쿠/사지 바이켄 선/복어,시든 국화, 겨울 칩거	兼道	시가/하이쿠	
1	6		募集俳句/佐治賣劍選/河豚,枯菊,冬籠〔1〕 모집 하이쿠/사지 바이켄 선/복어,시든 국화, 겨울 칩거	玖西	시가/하이쿠	
1	6		募集俳句/佐治賣劍選/河豚,枯菊,冬籠〔1〕 모집 하이쿠/사지 바이켄 선/복어,시든 국화, 겨울 칩거	古覺	시가/하이쿠	
1	6		募集俳句/佐治賣劍選/河豚,枯菊,冬籠〔2〕 모집 하이쿠/사지 바이켄 선/복어,시든 국화, 겨울 칩거	樂山人	시가/하이쿠	
1	6		募集俳句/佐治賣劍選/河豚,枯菊,冬籠〔1〕 모집 하이쿠/사지 바이켄 선/복어,시든 국화, 겨울 칩거	宇洪	시가/하이쿠	
1	6		募集俳句/佐治賣劍選/河豚,枯菊,冬籠〔1〕 모집 하이쿠/사지 바이켄 선/복어,시든 국화, 겨울 칩거	如意	시가/하이쿠	
1	6		募集俳句/佐治賣劍選/河豚,枯菊,冬籠〔1〕 모집 하이쿠/사지 바이켄 선/복어,시든 국화, 겨울 칩거	丸坊生	시가/하이쿠	
1	6		募集俳句/佐治賣劍選/河豚,枯菊,冬籠〔1〕 모집 하이쿠/사지 바이켄 선/복어,시든 국화, 겨울 칩거	坪井生	시가/하이쿠	
1	6		募集俳句/佐治賣劍選/河豚,枯菊,冬籠〔7〕 모집 하이쿠/사지 바이켄 선/복어,시든 국화, 겨울 칩거	杢尖公	시가/하이쿠	
1	6		募集俳句/佐治賣劍選/河豚,枯菊,冬籠〔1〕 모집 하이쿠/사지 바이켄 선/복어,시든 국화, 겨울 칩거	みどり	시가/하이쿠	

지면	단수	기획	기사제목 〈회수〉〔곡수〕	필자/저자(역자)	분류	비고
1	6		募集俳句/佐治賣劍選/河豚,枯菊,冬籠 〔1〕 모집 하이쿠/사지 바이켄 선/복어,시든 국화, 겨울 칩거	蘭石	시가/하이쿠	
1	6~7		募集俳句/佐治賣劍選/河豚,枯菊,冬籠 〔3〕 모집 하이쿠/사지 바이켄 선/복어,시든 국화, 겨울 칩거	紫峰	시가/하이쿠	
1	7		募集俳句/佐治賣劍選/河豚,枯菊,冬籠 〔1〕 모집 하이쿠/사지 바이켄 선/복어,시든 국화, 겨울 칩거	汀月	시가/하이쿠	
1	7		募集俳句/佐治賣劍選/河豚,枯菊,冬籠/人 〔1〕 모집 하이쿠/사지 바이켄 선/복어,시든 국화, 겨울 칩거/인	京城 子稼	시가/하이쿠	
1	7		募集俳句/佐治賣劍選/河豚,枯菊,冬籠/地 〔1〕 모집 하이쿠/사지 바이켄 선/복어,시든 국화, 겨울 칩거/지	仁川 杢尖公	시가/하이쿠	
1	7		募集俳句/佐治賣劍選/河豚,枯菊,冬籠/天 〔1〕 모집 하이쿠/사지 바이켄 선/복어,시든 국화, 겨울 칩거/천	仁川 杢尖公	시가/하이쿠	
1	7		募集俳句/佐治賣劍選/河豚,枯菊,冬籠/選者吟 〔1〕 모집 하이쿠/사지 바이켄 선/복어,시든 국화, 겨울 칩거/선자음	佐治賣劍	시가/하이쿠	
4	1~3		出世角力成田利生記 〈86〉 출세 스모 나리타 리쇼 기	寶井馬琴 口演	고단	
6	1~3		大飛行機 羽衣號 〈93〉 큰 비행기 하고로모 호	江見水蔭	소설	

연구책임자 유재진 고려대학교 일어일문학과 교수

공동원구원 김효순 고려대학교 글로벌일본연구원 교수

이승신 배제대학교 인문과학연구소 학술교수

이현희 고려대학교 BK21플러스 중일어문학사업단 연구교수

이윤지 고려대학교 글로벌일본연구원 연구교수

김보현 고려대학교 글로벌일본연구원 연구교수

김인아 고려대학교 글로벌일본연구원 연구교수

연구보조원 소리마치 마스미 고려대학교 중일어문학과 박사과정

일본학 총서 36
일제강점 초기 한반도 간행 일본어 민간신문의 문예물 연구 1

일제강점 초기 일본어 민간신문 문예물 목록집 1 〈경성·인천 편〉

2020년 5월 22일 초판 1쇄 펴냄

집필진 고려대학교 글로벌일본연구원
일제강점 초기 한반도 간행 일본어 민간신문의 문예물 연구 사업팀
발행인 김흥국
발행처 보고사

책임편집 황효은
표지디자인 손정자

등록 1990년 12월 13일 제6-0429호
주소 경기도 파주시 회동길 337-15 보고사
전화 031-955-9797(대표), 02-922-5120~1(편집), 02-922-2246(영업)
팩스 02-922-6990
메일 kanapub3@naver.com / bogosabooks@naver.com
http://www.bogosabooks.co.kr

ISBN 979-11-6587-002-7 94800
        979-11-6587-001-0 (세트)

정가 55,000원

이 저서는 2016년 대한민국 교육부와 한국연구재단의 지원을 받아 수행된 연구임.
(NRF-2016S1A5A2A03926907)